# Franz Binder
# Der Sonnenstern
## Roman

CIP Titelaufnahme der Deutschen Bibliothek

**Binder, Franz:**
Der Sonnenstern : Roman / Franz Binder.-
Ergolding : Drei-Eichen-Verl., 1989
(Edition »Dhun«)
ISBN 3-7699-0477-X

ISBN 3-7699-0477-X
Verlagsnummer 477
Alle Rechte vorbehalten
© 1988 by Drei Eichen Verlag Manuel Kissener
D-8300 Ergolding

Nachdruck, auch auszugsweise, die fotomechanische Wiedergabe, sowie die Bearbeitung als Hörspiel, die Übertragung durch Rundfunk sowie auf Datenträger und Tonträger, Verfilmung und Übersetzung bedürfen der ausdrücklichen und schriftlichen Genehmigung des Drei Eichen Verlages.

1. Auflage, 1.–4. Tsd. 1989
Umschlagbild: Udo Becker
Satz: Fotosatz Weihrauch, Würzburg
Druck und Bindung: Ebner Ulm

*Für den Sonnenstern in allem Leben*

INHALT

Prolog . . . . . . . . . . . . . . . . . 9

*Erstes Buch*

Kapitel 1   Brüllendes Schwarz . . . . . . . . . . .  17
Kapitel 2   Herbstgäste . . . . . . . . . . . . . .  37
Kapitel 3   Die Hüter der Stadt . . . . . . . . . .  61
Kapitel 4   Vielzüngiges Schweigen . . . . . . . .  81
Kapitel 5   Ein Wohlgeruch . . . . . . . . . . . . 101
Kapitel 6   Die große Wanderung . . . . . . . . . 123
Kapitel 7   Dunkelheit der Liebe . . . . . . . . . 143
Kapitel 8   Der Name des Sonnensterns . . . . . . 169
Kapitel 9   Die Blüte aus dem Feuer . . . . . . . 193
Kapitel 10  Am verfallenen Haus . . . . . . . . . 223

*Zweites Buch*

Kapitel 1   Die Maske der Flamme . . . . . . . . . 245
Kapitel 2   Eine Zeit endet . . . . . . . . . . . . 269
Kapitel 3   Ein Tauschhandel . . . . . . . . . . . 291
Kapitel 4   Eine gesellige Runde . . . . . . . . . 313
Kapitel 5   Die Begegnung . . . . . . . . . . . . 335
Kapitel 6   Verräter . . . . . . . . . . . . . . . 359
Kapitel 7   Die Nacht des Rates . . . . . . . . . 381
Kapitel 8   Im Ring des Schweigens . . . . . . . . 403
Kapitel 9   Das Orakel der Flamme . . . . . . . . 425
Kapitel 10  In der Gläsernen Stadt . . . . . . . . 447

*Drittes Buch*

| | | | |
|---|---|---|---:|
| Kapitel | 1 | Alte Freunde | 471 |
| Kapitel | 2 | Drei Brüder | 495 |
| Kapitel | 3 | Hohe Würden | 517 |
| Kapitel | 4 | Gnade vor Recht | 539 |
| Kapitel | 5 | Der von San | 563 |
| Kapitel | 6 | Das Haus des Trem | 587 |
| Kapitel | 7 | Die Ruinen von Sari | 609 |
| Kapitel | 8 | Ein Abschied | 635 |
| Kapitel | 9 | Das Ende der Stimme | 659 |
| Kapitel | 10 | Der Spiegel im See | 681 |

*Viertes Buch*

| | | | |
|---|---|---|---:|
| Kapitel | 1 | Wasser des Lebens | 707 |
| Kapitel | 2 | Die Liebe der Flamme | 731 |
| Kapitel | 3 | Der goldene Fisch | 757 |
| Kapitel | 4 | Brüder im Meer | 781 |
| Kapitel | 5 | Ein Dorn im Fleisch | 805 |
| Kapitel | 6 | Die Prüfung | 831 |
| Kapitel | 7 | Lohn der Lüge | 857 |
| Kapitel | 8 | Das Feuer erlischt | 885 |
| Kapitel | 9 | Heiliger Krieg | 911 |
| Kapitel | 10 | Letzter Frühling | 937 |

Epilog . . . . . . . . . . . . . . . . . 963

*Anhang*

Glossar . . . . . . . . . . . . . . 967
Wichtige Personen . . . . . . . . . . . 973

PROLOG

Im Jahre Eintausendachthundertvierunddreißig der Neuen Zeitrechnung, dem neununddreißigsten Jahr der Herrschaft von Tat-Alat-Te, dem siebenundvierzigsten Tat-Tsok aus dem Geschlecht der Te, dem Auge des Tat-Be'el, der fleischgewordenen Flamme, dem Herrscher über die vier Stämme Atlans, dem Licht des Zweiten Weltenalters, begann sich unter den Arbeitern der Minen und Manufakturen um Melat eine tödliche Seuche auszubreiten. Fliehende trugen die Krankheit in Windeseile in die Städte und Dörfer des Westens. Wer die brennenden Pusteln am Körper spürte, war ohne Hoffnung verloren. Zu glasigen Beulen wuchsen diese Blüten des Todes heran, füllten sich mit Blut und Eiter und überwucherten den fieberdurchglühten Körper in wenigen Tagen. Der Todeskampf ihrer Opfer ließ sie aufbrechen, höllischer Gestank entströmte ihnen und vertrieb auch die letzten, die am Lager der Sterbenden ausharrten. Der Tat-Be'el aber, der doppelgesichtige Gott, der Allgewaltige, der Lenker der Geschicke von Himmel und Erde, saß taub im mächtig schwellenden Strom der Gebete und Wehgesänge. In seinen Tempeln brannten ohne Unterlaß Räucherwerk und Opfergaben, und auch jene, die niemals sonst beteten und an den heiligen Zeremonien teilnahmen, schlugen jetzt die Klagetrommeln, fasteten, knieten vor den Bildwerken der Schreine und flehten um Schonung für sich und die ihren. Aber die Ohren des Tat-Be'el waren verschlossen. Rasch griff die Seuche über das Land, denn sie wurde durch den Atem übertragen, durch das gemeinsam verzehrte Brot und das Wasser, von dem alle tranken. Aber dem Tat-Be'el war dies nicht Strafe genug. Er schickte der Provinz um Melat einen Sommer, der trockener und heißer war als alle Sommer seit Menschengedenken. Die Flüsse verdampften in ihren Betten und das Getreide auf den Feldern brannte zu Staub. Groß war die Not der Menschen des Westens, so daß viele glaubten, das Ende der Welt sei gekommen.

Wie immer in Zeiten der Heimsuchung, wenn die Mittel der Menschen versagen und die Ohren der Götter verschlossen sind, hört das Volk verzweifelt auf jeden, der ihm Trost und Hoffnung verheißt. So war es nicht verwunderlich, daß die Anhängerschaft des Tat-Sanla plötzlich zu Tausenden und Abertausenden zählte, obwohl in den Jahren, die er schon in den Landen des Westens wanderte und seine Lehre vom Einen Tat als dem unendlichen, einzigen Ozean, dem goldenen Fisch des Himmels predigte, sich kaum mehr als einige Dutzend zu ihm bekannt. Nun aber, da der Tat-Be'el sein Strafgericht auf die Völker des Westens herabschickte und die Menschen in so großen Mengen hinsiechten, daß niemand mehr ihre Leichen bestatten konnte, als der Hauch von Tod und Verwesung durch den glühenden Sommer wehte und selbst Menschenopfer den zürnenden Gott nicht zu besänftigen vermochten, fand die Stimme des Tat-Sanla, des kleinen, zierlichen Mannes, der von der Insel San gekommen war, um das Gericht des Einen Tat zu verkünden, auf einmal Gehör. Die Menschen der Städte und Dörfer hörten sie, die überlebt hatten in ihren Häusern und Hütten; sie schoben die Riegel der Türen zurück und kamen heraus, ihr zu folgen. Die Fliehenden hörten sie, die auf offenem Feld wohnten und kein Ziel mehr kannten, da die Seuche schneller war als Pferde und Wagen. Die Verlassenen, die Kranken und Sterbenden hörten sie, und ihnen war sie die letzte Hoffnung im Höllenbrodem des Todes, denn der Tat-Sanla, der Weise von San, der von Tat Gesandte, der Retter, der Erlöser, so hieß es, besaß die Kraft, die Krankheit aus den Körpern zu treiben und das todbringende Fieber zu bannen. Unzählige brachen auf, ihn zu suchen und seinen Worten zu lauschen. Auf die Ebene von Melat zogen sie, wo er zu finden war, auf jene mit Blut getränkte Ebene, wo vor undenklichen Zeiten die Schlacht um San getobt, in der das Heer der Khaïla geschlagen wurde. Dort, auf einem Hügel, der nach allen Seiten freien Blick bot, hatte sich der Sanla niedergelassen, im Schatten der Zedern, und seine engsten Getreuen schirmten ihn vor den herandrängenden Massen. Jeden Tag in der Morgendämmerung und beim Sinken der Sonne sprach er zu den Menschen. Seine Stimme, die leise war und sanft, füllte auf wundersame Weise die weite Ebene. Tiefe Stille lag wie ein Schild über den Tausenden. Die Stimme des Tat-Sanla ging hin über sie wie eine linde Brise, so daß die zuletzt Gekommenen, die ihn kaum zu erkennen vermochten im Schatten der Bäume, sie so deutlich vernahmen wie jene, die unmittelbar zu seinen Füßen saßen. Jedesmal, wenn er sprach, erhoben sich Kranke von ihren Lagern und riefen: Er hat mich geheilt, und nicht nur einmal, so flog die

Kunde durch die raunende Menge, seien Tote erwacht und aufgestanden, als die Stimme des Tat-Sanla, durch den die Liebe und Barmherzigkeit des Tat floß, die erkalteten Herzen berührte.
Aber nicht nur die Kranken und Verlorenen vernahmen sie, die Entwurzelten und Furchtsamen. Sie drang auch in die Paläste und Tempel der Priester und weckte zähen Haß; Haß wider diesen Frevler und Lästerer, der sich anmaßte, sie Götzendiener zu nennen, Heuchler, Verräter und Beschmutzer der Liebe des Einen Tat. Der sich gegen die Tempel und Zeremonien wandte, gegen die öffentlichen Gebete und Opfer, gegen den Prunk der Prozessionen und Feste. Und der den Be'el, das Feuergesicht des Tat-Be'el, einen Auswurf des Bösen schimpfte, den verderbten Schatten der dunklen Macht. Aus der zahllosen Schar der Dhans, der Wanderprediger, Heiligen und Mönche, die das Land durchstreiften und ob ihrer Harmlosigkeit geduldet waren von den Priestern der Tempel, war der Tat-Sanla hervorgetreten, doch nun, als Tausende kamen, ihn zu hören, verlangte der Tat-Be'el nach seinem Blut. Kunde vom Sanla drang bis nach Kurteva, in die Stadt der Ringe, wo der Tat-Tsok Hof hielt. Die Alok, die sieben höchsten Priester, schleuderten den Bannfluch gegen den Volksaufwiegler und Lästerer aus San, denn nur seinetwillen, so sprachen sie, suche der allmächtige Tat-Be'el Atlan mit Not und Unheil heim. Er predige, der Tat-Tsok sei kein fleischgewordener Gott, sondern ein gewöhnlicher Sterblicher, den der Tat strafen werde für seine Vermessenheit, bliesen sie dem Tat-Tsok ins Ohr. Schon seien Tempel geschändet worden vom verblendeten Volk und Diener des Tat-Be'el hinterrücks ermordet.
Der Tat-Tsok aber, begierig nach jedem Kitzel für seine abgestumpften Sinne, ließ den Tat-Sanla, den Wunderheiler, den Erlöser und Gottgesandten, um dessen Blut ihn die Alok anflehten, des Nachts, als die Menge sich verlaufen hatte, von Gurenas ergreifen und auf geheimen Wegen nach Kurteva bringen, um ihn mit eigenen Augen zu sehen und seine Worte zu hören. Aber die sanfte Stimme des Sanla erhob sich nicht im Palast des Tat-Tsok. Stumm stand der kleine Mann im abgerissenen Sackgewand vor dem eitel herausgeputzten Hof, der ihn anstarrte wie ein seltenes, ekliges Tier. Bald schon war der Tat-Tsok des Stillen müde, der keine Wunder tun wollte vor den Neugierigen und allen Bitten, allen Versprechungen, allem Spott und allem Drohen nur sein dürres Schweigen entgegenhielt. Der nicht klagte, wenn man ihn peitschte und der lächelte, wenn man ihn mit grausamem Tod bedrohte. Als nach Ablauf eines Mondes noch immer kein Wort über seine Lippen gekommen war, übergab ihn der Tat-Tsok den drängenden Priestern,

die dem Volk verkünden ließen, nur das Blut dieses Frevlers vermöge den Zorn des Tat-Be'el zu besänftigen. Noch in der gleichen Nacht, einer schwülen, fiebernden Nacht, in der sich ein Sturm über dem Meer zusammenzog und die Flamme in der gläsernen Kuppel des Tempels in wilden Zuckungen sprang, opferten die Alok den Mann von der Insel San dem zürnenden Tat-Be'el. Unter dumpfen Rachegebeten, dem Schlagen der Gongs und den schnarrenden Klängen der Xelm, in der Dämmerung des gewaltigen, von Nebeln schweren Räucherwerks erfüllten Tempels stürzte der zerfleischte Körper des Tat-Sanla, des Mundes des Tat, durch den die Kraft und die Liebe des Allbarmherzigen flossen, auf die dunkel glühenden Mosaiken des Altars und sein Blut strömte in die Opferschale aus rotem Gold. Herolde verkündeten den Tod des Frevlers, der den Zorn des Tat-Be'el herausgefordert und ließen das Volk wissen, daß es sieben Tage zu fasten habe und zu beten, um den Herrscher über Himmel und Erde günstig zu stimmen.

Im Westen aber erhoben sich Abertausende gegen die Priester und Tnachas des Tat-Tsok. Tempel wurden in Brand gesteckt, die Diener des Tat-Be'el ermordet, so daß der Tat-Tsok ein Heer entsenden mußte, die Aufstände niederzuschlagen. Nach der tödlichen Seuche und dem dürren, unfruchtbaren Sommer kamen als dritte Strafe des Tat-Be'el die Soldaten Kurtevas in den Westen, und sie mordeten, raubten und plünderten, um dem verblendeten Volk den wahren Glauben wiederzugeben. Die Prophezeiung aber lebte, der Sanla werde wiederkommen, um den Tat-Tsok und seine Priester zu strafen und das Böse für immer von Atlan zu bannen. Der Sanla selbst hatte dies in seiner letzten Rede den Menschen des Westens verkündet.

Der Tat-Tsok, der spürte, daß ihm die Macht über sein riesiges Reich entglitt, umgab sich mit ausschweifendem Prunk und immer ausgefalleneren Lüsten. Schwer lag er auf dem Land, ein mächtiger, fauler Drachenleib, der das Mark des Reiches aussaugte, um seine Genußsucht zu stillen. Mißtrauische, böse Augen blitzten in seinem aufgedunsenen Gesicht, und die Schmeichler und Intriganten, die sich um ihn drängten, folgten unterwürfig jeder Willkür seiner Laune. Dem Volk aber galt er schlimmer als alles Unheil, das der Himmel sandte. Schon raunte man in den Tempeln heimliche Gebete, die sein Ende erflehten. Als er schließlich seinen langen, schweren Tod starb, jubelte das Reich, und sein ältester Sohn, der Bayhi, Tat-Nar-Te, wurde als achtundvierzigster Tat-Tsok von seinem Volk begrüßt wie ein Erlöser.

Algor, der sein Erzieher gewesen, der mächtigste Diener des Tat-Be'el,

Oberhaupt der Alok, wurde sein engster Vertrauter und Ratgeber. Auf seine Stimme hörte der junge Herrscher. Viele Jahre sprach sie von den Zerwürfnissen in der Priesterschaft und von den Intrigen der dunkelgewandeten Männer, die im doppelgesichtigen Tat-Be'el nur den Be'el verehrten, die Flamme, das verzehrende Feuer. Die den althergebrachten Bräuchen, den prunkvollen Zeremonien mit Verachtung begegneten, sich von den Festen des Hofes fernhielten und lebten wie Krieger, karg, in eiserner Zucht. Die im Stillen nach der alleinigen Macht strebten, heimlich das Volk aufwiegelten, um ihre Ziele zu verfolgen. Die Aufstände im Westen, die schwelende Unzufriedenheit der Gurenas, der unausrottbare Glaube an die Wiederkehr des Tat-Sanla, all das sei ihr heimliches Werk, sprach Algor zu seinem Tat-Tsok, Abkömmlinge der Nokam seien sie, jener bösen Diener der dunklen Kraft, die vor undenklichen Zeiten der Khaïla gedient und durch die Güte des Tat der Vernichtung der südlichen Reiche entgangen waren. Eine tödliche Gefahr seien sie für Atlan und seinen Herrscher, dessen Herz die reine Kraft des Einen Tat erfülle. Der Tat-Tsok, blind der Weisheit seines Beraters trauend, erteilte Befehle, erließ Verordnungen und Gesetze. Kein Widerspruch rührte sich, denn die Stimme des Tat-Tsok war die Stimme des allgewaltigen Gottes. So gewannen die Tat-Los, die Priester des väterlichen Tat, die den Pomp liebten und das Gold, Wohlleben und prachtvolle Zeremonie, Übermacht über die Tam-Be'el, ihre asketischen Brüder, die das Feuer verehrten, die reine Flamme des Be'el, die läutern und zerstören konnte und in ihrer Erleuchtung die Herzen versengte.

Algor spann die Netze seiner Intrige fein. Er wollte nicht ruhen, bis der Tat-Tsok die Xem, die drei mächtigsten und weisesten Diener des Be'el, aus dem Rat der Alok verstieß. Auch drängte er den König, die ewige Flamme in der Kuppel des Tempels zu löschen und das Auge des Tat, von dem die Sage erzählte, daß es aus der Gläsernen Stadt stamme, als Zeichen des Einzigen Gottes an ihre Stelle zu setzen. Da beschlossen die Tam-Be'el den Tod des Algor. Der gedungene Mörder aber, der des Nachts in seine Gemächer drang, verletzte Algor nur, wurde von den Wachen ergriffen und gestand unter der Folter die Namen seiner Herren. Als Algor seinen Wunden erlag, befahl der Tat-Tsok in rasendem Schmerz, alle Tam-Be'el zu töten, ungeachtet ihres Ranges. Jedem, der einen von ihnen erschlug, wurde reicher Lohn versprochen. Unzählige Anhänger der Flamme wurden ermordet in den Städten Atlans und ihre bluttriefenden Häupter aufgeschichtet vor dem Thron des rachedürstenden Tat-Tsok, viele aber vermochten zu fliehen.

Der Tat-Tsok verstieß den Be'el und verbot bei schwerer Strafe, daß der Name des verderbten Gottes jemals wieder ausgesprochen werde in Atlan. Der väterliche Tat, der Schöpfer, der Gütige, sei der Eine, Einzige Gott, so wie es gewesen war im alten Reich von Hak, vor Beginn der Neuen Zeitrechnung, ließ er verkünden. Am Hofe des Tat-Tsok aber, in den weißen Roben des Tat verborgen, blieben unerkannt einige Tam-Be'el zurück, um den Weg für die Rückkehr ihres Gottes zu bereiten. Ihre Lippen priesen den allweisen Tat, der die Verräter und Frevler von sich gestoßen, in ihren Herzen aber brannte unauslöschlich der Haß der Flamme. Von den drei mächtigsten Männern des Be'el, den Xem, den Herren des Feuers, konnte nur einer ergriffen werden, Zont, der Traumdeuter des Königs und Hüter des Feuerorakels des Be'el, doch als er, einen schrecklichen Fluch auf den Lippen, vor dem Thron des Tat-Tsok hingeschlachtet wurde, wog die Enttäuschung schwerer als der Triumph, denn die beiden anderen waren entkommen. Yort, so flüsterte man im Palast, der Herr der Flammendämonen, sei in das verfluchte und verbotene Land jenseits der Kahlen Berge geflohen, die Spuren von Xerck, dem Meister des Feuers, dem Walter der Macht des Be'el, verloren sich in den Wäldern des Nordens.

Die Zeiten wandelten sich rasch auf dem Kontinent von Atlan in diesen späten Jahren. Nur der Sonnenstern, das lebende Zeichen aller Götter, erhob sich noch immer in der Jahreszeit der fallenden Blätter, ging auf im Norden als leuchtende Himmelserscheinung, wanderte über das nächtliche Firmament, die anderen Sterne hell überstrahlend, und versank noch vor dem Morgengrauen am südlichen Horizont, so wie es gewesen war seit dem Anbeginn der Geschichte, als die Namaii, die Hüter der Einen Kraft, die Gläserne Stadt auf den Gletschern des Am erbauten und das goldene Zeitalter von Hak in Licht und Weisheit erblühte.

# ERSTES BUCH

*Kapitel 1*
BRÜLLENDES SCHWARZ

Bevor Ros-La den sorgfältig geschnürten Ballen auf den Rücken des Sok wuchtete, hielt er einen Augenblick inne und betrachtete die Gipfel, die majestätisch vor dem tiefblauen Herbsthimmel aufragten. Im Tal lag noch Dämmerung, das ewige Eis der Gletscher aber schimmerte in der Morgensonne. Ros-La kannte diesen Anblick seit vielen Jahren, doch immer wieder weitete sich sein Herz, wenn er am Morgen nach der Ankunft in Vihnn, in der klaren Frühe, vor dieses Bild trat, das ihm wie ein Blick in höhere Welten schien. Ros-La war trotz seines Reichtums, seiner Stellung als Herr des größten Handelshauses von Feen, ein einfacher Mann geblieben, und wenn er einmal im Jahr, um die Zeit des Sonnensternfestes, ohne Knechte und Gehilfen nach Vihnn kam und dort früh am Morgen mit eigenen Händen den zottigen, schwarzen Bergbüffel belud, spürte er, daß die Schlichtheit des Herzens, die er sich bis ins Alter bewahrt, gut war. Jedes Jahr, wenn er aus der Char von Vihnn in den jungen Herbsttag mit seinem rauchigen Licht und der krossen, frischen Gebirgsluft hinaustrat und die ewig gleichen, unnahbaren Gipfel der Am-Gebirge betrachtete, stellte er sein Herz auf die Probe und fragte sich, ob es sich gewandelt habe im vergangenen Jahr, ob Härte eingezogen sei, Raffgier und Geiz. Und immer, wenn er dann die kindliche Freude spürte, die bange Aufgeregtheit, die der Anblick der zerklüfteten Wildnis in ihm hervorrief, war er zufrieden mit sich und seinem Herzen. Ros-La, der schlichte Kaufmann aus Feen, der es zum großen Handelsherrn gebracht, dessen Karawanen in die entferntesten Winkel Atlans zogen und der über ein befreundetes Kaufmannshaus in Kurteva selbst zu den Kolonien in Nok, weit über dem östlichen Meer, gewinnträchtige Verbindungen pflegte, stand vor den im Sonnenlicht glitzernden Schneegipfeln und freute sich daran, daß er noch immer das arglose, leicht zu rührende Herz eines Jünglings besaß. Mit zufriedenem Lächeln hob er den Warenballen auf den Rücken des geduldig wartenden Sok, zurrte ihn fest, prüfte, rückte ihn zurecht und dachte, ein wenig mißmutig, an Hem, seinen Sohn, der noch am Tisch der Herberge saß und schlecht gelaunt das Morgenmahl in sich hineinschlang. Könnte ich ihm mit allem Gold und Geld auch mein Herz vererben, dachte Ros-La. Doch auch bei diesem Gedanken, den er schon tausendmal gedacht, kamen die alten, immer gleichen Gefühle – Resignation, Bitterkeit und ein Schimmer von Hoffnung, daß Hem sich noch ändern, daß mit dem Alter Mäßigkeit und Vernunft in ihm reifen würden. Ros-La überprüfte zum zweiten Mal das Geschirr des Sok, befestigte den Beutel mit Proviant, den Ledersack voll Lemp, tätschelte den zottigen Hals des Bergbüffels und sah zu, wie der weiße Atem des Tieres in der Morgenluft verging. Er machte einige tänzelnde Schritte, denn es fröstelte ihn, und ließ seinen Blick lange über die Berge streifen, über deren Rücken die Sonne langsam ins Tal kroch. Schließlich gab er sich einen Ruck, klatschte in die Hände und rief ärgerlich in die offene Türe der Char nach seinem Sohn: »Komm endlich, wir müssen aufbrechen, sonst schaffen wir den Weg nicht vor Einbruch der Dunkelheit. Wir sind ohnehin schon zu spät.«

Statt des säumigen Hem aber zwängte sich No-Ge, der Wirt, durch die enge, niedrige Tür, keuchend, mit zornrotem Gesicht, armrudernd, die einmal in aufgeregte Bewegung versetzte, bebende und wackelnde Leibesfülle nur mühsam vor Ros-La zum Stehen bringend.

»Es ist nicht zum Aushalten,« prustete er heraus. »Ich bin ein geduldiger Mann und ein gutmütiger obendrein, aber das geht zu weit.« Seine Arme fuchtelten wild in der Luft. »Das Bett ist zu hart, das Dörrfleisch zu trocken, der Lemp zu warm, die Suppe zu kalt. Ihr wißt, verehrter Ros-La, daß Ihr mir mehr seid als ein Gast. Ein geschätzter Freund, ein willkommener alter Freund seid Ihr, dessen Ankunft ich jedes Jahr mit Freuden erwarte. Auch Euer werter Sohn ist mir willkommen, wie jeder, der aus Eurem Hause stammt, Tat möge es schützen, aber ich kann nicht dulden, daß der junge Herr mich unaufhörlich beleidigt. Seit er gestern abend den Fuß über die Schwelle meiner Char setzte, schimpft er, höhnt er, verlacht er mich, kränkt er mich. Er stellt den Mägden nach und er hat sogar den berühmten Mehdrana aus Eurer Heimatstadt beleidigt, der sich die Ehre geben wird, heute abend in meiner Char zu erzählen. Nicht einmal die Ruhe der Nacht ist ihm heilig. Noch zur Stunde der Dämonen ist er in seiner Kammer umhergetrampelt wie ein Sok, weil er, wie er sagt, in meinen harten Betten nicht schlafen kann. Dem Tat sei Dank, daß meine Söhne nicht so mißraten sind. Wären sie hier, würden sie ihren alten Vater vor den Schmähungen dieses ungezogenen Grünlings zu schützen wissen. Verzeiht Ros-La, aber ich ...«

Ros-La lächelte und legte dem völlig außer Atem geratenen Wirt die Hand auf die Schulter. »Laß nur, No-Ge. So ist die Jugend der Stadt heutzutage. Keinen Respekt vor dem Alter. Vor nichts Achtung. Immerzu laut, frech und herablassend. Durch und durch verdorben. Ganz Feen ist voll von solch ungehobelten Bengeln. In Kurteva soll es noch schlimmer sein. Sei froh, daß du es nur einmal im Jahr auszuhalten hast und bedauere mich, der das ganze Jahr unter diesen Verrückten leben muß und den Verrücktesten von allen im eigenen Haus wohnen hat. Aber glaube mir, man gewöhnt sich daran.«

»Oh nein! Wie könnt Ihr nur so gelassen sein. Ich würde mich niemals daran gewöhnen und möchte es auch nicht. In welchen Zeiten leben wir ...«

»Bei euch ist die Zeit stehengeblieben, No-Ge. Seit über vierzig Jahren komme ich ins Tal des Am und finde noch immer alles unverändert. Danke dem Tat dafür, alter Freund, daß er die Zeit still an euch vorüberfließen läßt. Glaube mir, eine größere Gnade kann er den Menschen nicht zuteil werden lassen.« Ros-La war milder Stimmung. Die Aufregung des Wirtes erheiterte ihn. Wenn er lächelte, legte sich sein wettergegerbtes Gesicht in unzählige Falten.

»Glaubt das nicht, verehrter Ros-La. Die Zeit steht auch bei uns nicht still. Seht nur ... «

Weiter kam No-Ge nicht. Ein schlanker, hochgewachsener Jüngling trat ins Freie. Er mußte sich bücken, um den Kopf nicht am niedrigen Türstock zu stoßen. Er trug einen nach der neuesten Mode gefertigten Reiseanzug aus zartblau gefärbtem Tuch, an dessen Gürtel er im Gehen ein kurzes, in reich mit filigraner Silberarbeit verzierter Scheide steckendes Schwert befestigte. Trotz der Beschwerlichkeiten der Reise in die Gebirge hatte Hem-La sich geweigert, die grobe Kleidung anzulegen, die bei Karawanenfahrten üblich war. Gerade an diesem Tag, an dem sie das Ziel ihrer Fahrt erreichen würden, wollte Hem auf die feinen Kleider aus Feen nicht verzichten, die schon gestern den Vihnner Bauern Eindruck gemacht hatten. Das milchige Blau des Leinens brachte die goldene Bronze der Haut und das dunkle, weich fließende Haar des Kaufmannssohnes auf angenehme Weise zur Geltung. Hem-La war schön wie ein junger Gott, und jede seiner Bewegungen zeigte, daß er sich dessen ganz und gar bewußt war und großen Wert darauf legte, daß alle Welt es erkannte. Seine schwarzen Augen streiften flüchtig über die Schneegipfel im Morgenlicht, dann wandte er sich mit boshaftem Lächeln an den Wirt: »Ist es bei euch in den Bergen üblich, Gäste alleine am Tisch sitzen zu lassen, vor ungefülltem Glas?«

Und zum Vater gewandt sagte er: »Diese Reise ist eine größere Strapaze als ich dachte. Aber daß wir in solchen Häusern nächtigen müssen, geht zu weit.«
»Seht Ihr, er beleidigt mich schon wieder,« schnaubte der Wirt. Die Röte seines Gesichts schwoll bedenklich.
»Sei still, Hem, und mache dich bereit. Wir müssen aufbrechen,« zischte Ros-La streng.
»No-Ge, nimm es ihm nicht übel. Du weißt, was von solchen Feener Bengeln zu halten ist.«
»Wäre er nicht Euer Sohn, würde ich ihm zeigen, wie man in Vihnn mit seinesgleichen umgeht.«
»Es täte mir leid, den einzigen Wirt dieses kümmerlichen Dörfchens einen Kopf kürzer zu machen, obwohl es bestimmt nicht schade um ihn wäre,« grinste Hem und klopfte an seinen Schwertknauf. Der so leicht in Wallung geratende, dicke Mann bereitete ihm hämische Freude. No-Ge schnaubte wie ein Bulle, rollte die Augen, stampfte zornig mit dem Fuß auf und eilte, heftig gestikulierend und zeternd, so rasch es seine Fettmassen zuließen, ins Haus zurück. Hem schickte ihm höhnisches Gelächter nach.
»Komm endlich!« trieb Ros-La. »Unser Weg ist lang und beschwerlich.« Er gab dem Sok einen Schlag mit der flachen Hand und setzte sich mit ihm in Bewegung.
Mit einem vorwurfsvollen Seufzer folgte Hem. »Wenn es unbedingt sein muß,« brummte er achselzuckend.
Als sie in sicherer Entfernung waren, fuhr No-Ge nochmals aus der Türe seiner Char, ein langes Fleischmesser schwingend und drohte hinter Hem her. »Komm du nur zurück! Ich werde nicht mehr so geduldig mit dir sein!«
Hem lachte sein helles, wieherndes Lachen und machte dem Wirt eine obszöne Geste. Ros-La rief besänftigend zurück: »Bis bald, No-Ge. Noch eine Nacht in deinem Haus, dann bist du wieder für ein Jahr von uns befreit.«
Auch Ros-La, in der milden, gelassenen Stimmung dieses Morgens, hatte der überschäumende Zorn des Wirtes belustigt. Seine Stimme klang nicht sonderlich streng, als er zu seinem Sohn sagte: »Wohin wir kommen, bringst du uns in Schwierigkeiten. Und dein alter Vater muß sich schämen für dich. Du kannst nicht erwarten, daß man dich in einem solchen Dorf behandelt wie in einer Delay in Dweny.«
Hem lachte versöhnlich. »Ich habe schlecht geschlafen, Väterchen, schlechter als in den Wäldern unter freiem Himmel. Außerdem reizt

dieser dicke, rotköpfige Kerl geradezu zum Sticheln. Er sollte in Feen eine Delay aufmachen. Die Herzen aller Leute würden ihm zufliegen.«
»Warte ab, wo du heute nacht schlafen wirst. Wie werden dich die Betten von Han peinigen, wenn dir das von No-Ge schon zu hart war. Wenn wir auf dem Rückweg wieder bei ihm einkehren, wirst du schlummern wie auf einer Wolke.«
No-Ges Char war das letzte Haus von Vihnn, ein paar Schritte außerhalb des Dorfes gebaut, denn in den Tälern der nördlichen Gebirge war man Fremden gegenüber mißtrauisch. Der schmale Weg, der weiter in das sich verengende Tal hineinführte, verlor sich bald. Nach einer Stunde gelangten die Kaufleute zu den Resten einer Brücke, die einst den Am-Fluß und einen in ihn mündenden Bach überquert hatte, grüne, reißende Gewässer, die sich gurgelnd und schäumend unter dem morschen Holz vereinigten. Unmittelbar vor der Brücke begann ein überwachsener Saumpfad, der dem Flußtal bergan folgte. Durch dichten Wald führte dieser Weg stetig nach oben, zuweilen neben dem Fluß herlaufend, dann ihn unter sich lassend, sich eine steile Anhöhe hinaufwindend, wo das Wasser des Am donnernd über dunkle Felsen herabstürzte. Allmählich verengte sich das Tal. Nacktes Gestein drängte die Bäume zurück. Auf dem Felsensteig, der jetzt hoch über dem tosenden Gewässer hinführte, vermochten Mensch und Tier nur mühsam Tritt zu fassen. Der Sok, der Büffel der nördlichen Berge, war das einzige Lasttier, mit dem sich eine solche Reise unternehmen ließ. Die Pferde, mit denen Ros-La und Hem aus Feen gekommen waren, standen in No-Ges Stall und erholten sich von dem mühsamen Weg durch das Tal des Am nach Vihnn. Nach einer Weile trafen sich Weg und Fluß wieder. Das tief in den Fels gegrabene Tal ließ gerade Raum für einen schmalen Steig neben dem Wasser. Die senkrecht aufsteigenden Wände aus schwarzem Gestein trugen einen engen Streifen Himmel, aber kein Sonnenstrahl drang in die Tiefe der Schlucht. Feuchte Kälte legte sich den beiden Wanderern drückend auf die Brust. Hem fluchte unentwegt vor sich hin. Immer wieder glitt er auf den feuchten Steinen aus. Er hielt seinen wollenen Umhang krampfhaft um sich geschlungen.
Hem war wütend. Wütend auf den Vater, der ihn an solch entsetzliche Plätze schleppte, wütend auf sich selbst, daß er überhaupt mitgekommen war. Dieses dumme Gerede über das Innere Tal, die Geheimnistuerei, die Altweibermystik. Jedes Jahr machte der Vater diese Reise, jeden Herbst, immer um die Zeit des Sonnensternfestes, und jedesmal wurde ein maßlos übertriebenes Gehabe darum veranstaltet. Keiner

durfte die Stunde der Abreise erfahren, kein Knecht, kein Sklave, kein Krieger durfte Ros-La begleiten, doch jetzt, zum ersten Male, welch große Ehre, war es dem Sohn und Erben gestattet, die geheimnisvolle Fahrt mitzumachen. Hem lachte bitter und spuckte aus. Wirklich eine geheimnisvolle Reise. Erst Tag für Tag endlos scheinende Etappen durch Wälder und Berge, auf Saumpfaden oder in weglosem Gelände, eintönige, karge Mahlzeiten, Übernachten unter freiem Himmel oder in den Hütten irgendwelcher Dhans oder Bauern, die der Vater kannte und mit denen er die halbe Nacht schwatzte, als sei er einer von ihnen, dann dieses Vihnn mit seinem fetten Wirt, ein erbärmliches Nest, und jetzt die halsbrecherische Wanderung durch diese Schlucht. Wenn man nicht abstürzte, holte man sich den Tod in dieser schneidend kalten Nässe. Hem hustete ärgerlich, aber Ros-La achtete nicht darauf. Natürlich war der Handel mit dem Tal von Han, diesem so geheimnisumwitterten Inneren Tal, von der der Vater jedes Jahr mit einer wohl gefüllten Kassette wertvollster Edelsteine nach Hause zurückkehrte, eine erstklassige Verbindung. Wer sonst käme auf den Gedanken, in diesen Bergen ein paar verstockte Bauern zu vermuten, die Edelsteine von solcher Qualität herbeizuschaffen vermochten und sie eintauschten für ein bißchen Tuch, Gewürze und Tand. Daß sich aber der Herr des Hauses persönlich herablassen mußte, seine Waren dort feilzubieten wie ein fahrender Händler, war mehr als unsinnig. Er hatte es sich nicht ausreden lassen, jedes Jahr alleine die gefährliche Reise zu unternehmen. Gerüchte gingen um in Feen seit langem, daß der Alte irgendwelche verbotenen Dinge trieb, weil er jedes Jahr um die gleiche Zeit stillschweigend verschwand und niemandem sagte, wohin er ging. Dabei könnte er irgendeinen Karawanenführer schicken. Die Edelsteine, die er heimbrachte, waren nicht wertvoller als der Erlös einer großen Karawane in den Süden oder Westen. Zwar mit bedeutend geringerem Aufwand gewonnen, aber trotzdem ... Der Alte war nur eigensinnig. Außerdem ließe sich das Geschäft mit diesen tumben Bauern bestimmt ausweiten. Wenn sie schon über solche Reichtümer verfügten, durfte man die Gelegenheit nicht ungenutzt lassen, mit beiden Händen zuzugreifen. Schließlich konnten sie in ihrem verwunschenen Tal mit den Edelsteinen ohnehin nichts anfangen. Ein geheimer Schatz, so hörte man sagen, liege in diesen Bergen, der Schatz irgendeiner versunkenen Stadt. Man müßte sich bemühen, ein wenig mehr aus diesen Kerlen herauszubekommen, bevor andere es taten.
Es gab wirklich eine Menge zu verändern, sollte der Alte irgendwann einmal die Güte haben, sich zur Ruhe zu setzen. Alles war verknö-

chert, die Führung des Geschäfts, der Umgang mit den anderen Handelshäusern, die Ausstattung der Karawanen. Welche Gewinne hatte man sich schon entgehen lassen, nur weil die Art, sie zu erwerben, nicht dem Althergebrachten, den überkommenen Sitten einer lange vergangenen Zeit entsprach. Die Handelshäuser in Kurteva waren nicht so zimperlich. Sie nutzten jede sich bietende Möglichkeit unerbittlich, einen Konkurrenten auszuschalten, einen Vorteil zu gewinnen. Sie belegten die Karawanen aus Feen, die auf dem Weg in den Westen in Kurteva Halt machten, mit hohen Zöllen und Abgaben. Es gab keine Möglichkeit, diese Wucherer zu umgehen, seit die Wege durch die Wälder wegen der Räuber nur unter Gefahren für Leib und Leben benutzt werden konnten. Sie waren näher am Tat-Tsok und seinen Tnachas und natürlich an diesen verfluchten Tat-Los, die ihre nach Gold gierenden Hände mit Vorliebe in die Angelegenheiten der Kaufleute steckten. Sie kauften ihnen Gesetze und Erlasse ab, die ihnen nutzten und die Kaufleute der anderen Städte benachteiligten. Es mußte anders werden. Man müßte selbst nach Kurteva gehen, dort ein Kontor einrichten, Verbindungen anknüpfen mit dem Hof, auch wenn es eine Menge kostete. Jedes Stück Gold würde hundertfach zurückkommen, wenn es nur gelänge, einige einflußreiche Personen günstig zu stimmen. Das Haus La besaß genug, um diesen Schritt zu wagen, doch der Vater zauderte und widersetzte sich starrsinnig diesen Plänen. Er wollte festhalten an der überkommenen Art seiner Vorväter. Aber Sen-Ju würde bestimmt helfen können. Seine Beziehungen nach Kurteva hatten in der Vergangenheit schon viel bewirkt. Vielleicht vermochte er sogar zu erreichen, daß die La das Privileg erhielten, selbst ein Schiff zur Fahrt in die Kolonien zu rüsten, anstatt wie bisher die begehrten Güter den Kaufleuten Kurtevas abzuhandeln, die damit unsägliche Gewinne erzielten. Doch der Vater würde das nie wagen, wenn man ihn nicht dazu zwang. Er reiste lieber unter großen Mühen zu diesen Bauern der Gebirge.

Hem, der widerwillig hinter dem Sok hertrottete, den der rüstig ausschreitende Vater sicher über die gefährlichen Stellen des Weges führte, war in Gedanken verloren. Er bemerkte nicht, daß das Tal wieder breiter wurde und die Sonne, die jetzt hoch am Himmel stand, ihre Strahlen bis auf den Grund des ruhiger fließenden Gebirgswassers schickte. Ros-La winkte seinen Sohn nach vorne. Mürrisch gehorchte Hem und verdrehte die Augen, als sein Vater zu sprechen begann.
»Du hast die Angewohnheit, Dinge, die du nicht hören willst, rasch zu vergessen oder vollkommen mißzuverstehen.«

»Wollt Ihr mir zu all den Unannehmlichkeiten dieser Reise auch noch moralische Vorträge halten?« gab Hem respektlos zurück.
»Ganz und gar nicht,« lachte der Vater, dessen gute Laune heute nicht aus der Fassung zu bringen war. Er, der sonst rasch mit seinem Sohn in Streit geriet, hatte gelobt, sich auf dieser Reise von keiner Ungezogenheit Hems aus der Ruhe bringen zu lassen.
»Ich möchte dich nur auf die Begegnung mit den Handan des Inneren Tales vorbereiten und dir einige Verhaltensregeln erteilen, damit dein vorlautes Benehmen nicht in einer Stunde eine Handelsbeziehung zerstört, die von unserer Familie seit vielen Generationen gepflegt wird. Ich weiß, du hältst es für unsinnig, diese Reise zu unternehmen. Du hast es mir in den letzten Tagen oft genug vorgehalten und meine Entgegnungen nicht einmal anhören wollen. Aber ich möchte nicht, daß du dieses einträgliche Geschäft gefährdest und deshalb bitte ich dich, wenigstens jetzt, eine halbe Tagesreise vor dem Ziel, einige Dinge in Betracht zu ziehen, die unserem Haus – deinem Erbe – nur nützen. Ich hoffe, daß dich wenigstens der Gedanke an raschen Gewinn vernünftig machen wird. Denn dies scheint das einzige zu sein, das dich an unserem Handel interessiert.«
»Aber bitte, Ihr schätzt mich falsch ein, Vater. Ich habe Euren Rat nie verschmäht, obwohl ich meine eigene Meinung darüber habe, wie man mit diesem verstockten Bauernpack umgehen sollte.« Hems Stimme klang höhnisch. Ros-La winkte ab und sprach weiter.
»Die Verbindung zum Inneren Tal stammt aus den Tagen, als sich der Nordstamm trennte und Hem-Kar, der Aibo der Händler und Handwerker, mit seinen Leuten an die Große Bucht kam und Feen gründete...«
»Wollt Ihr mir Geschichtsunterricht erteilen?«
»Es heißt, daß damals die Gläserne Stadt für die Menschen unsichtbar und ihnen der Zugang zu ihr verwehrt wurde. Alle Stämme Atlans...«
»Oder Märchen erzählen?«
»Alle Stämme Atlans bewegten sich nach den großen Kriegen von Hak. Städte wurden gegründet, Urwälder gerodet, Sümpfe trockengelegt. Nur die Handan bewegten sich nicht, die Leute von Han im Inneren Tal. Sie waren dort, noch bevor die Gläserne Stadt gebaut wurde und haben sich bis zum heutigen Tag nicht verändert.«
Hem drehte die Augen zum Himmel. »Das ist noch lange kein Grund, ihnen auf solch beschwerliche Weise einen Besuch abzustatten. Meinetwegen können sie bis ans Ende der Welt in ihrem Tal bleiben und sich nicht verändern.«

»Da sie zum Nordstamm gehören, obwohl sie selbst von sich glauben, ein eigenes Volk zu sein, das keinerlei Verwandtschaft aufweist zu den Stämmen Atlans, bestanden immer schon Verbindungen zwischen den Völkern des Nordens und ihnen. Die Händler knüpften sie. Sie wurden bewahrt, auch nachdem Feen gegründet war und der Wohlstand der neuen Zeit begann. Das Privileg, das Innere Tal zu besuchen und mit seinen Bewohnern Handel zu treiben, über ...«

»Ein schönes Privileg ...«

»... übertrug sich auf die Vorväter unserer Familie, die noch als fahrende Händler durch das Land zogen. Es wurde weitergegeben vom Vater auf den Sohn, bis zum heutigen Tag. Nie ist es anders gewesen, als daß der Oberste unseres Hauses selbst aufbrach, um nach Han zu reisen. Mein Vater hat es so gehalten, mein Großvater und alle, die vor ihnen waren.«

»Ein Grund mehr, damit aufzuhören.«

»Das Innere Tal, so sagt die Legende, ist durch einen Ring des Schweigens abgeschieden von der übrigen Welt. Nur wenigen ist gestattet, es zu betreten. Der Bann des Vergessens liegt um die Gläserne Stadt. Die Handan bewachen ihn. Hast du bemerkt, daß ich auf dieser Reise einen Ring an einer Kette um den Hals trage? Er ist Zeichen dieses Privilegs, Han zu besuchen und wurde mir gegeben von meinem Vater, so wie ich ihn dir eines Tages geben werde als Teil deines Erbes. Er öffnet den Zugang zum Tal, aber nur jenen, die ihn rechtens besitzen. Du kannst ihn nicht verkaufen oder verschenken oder ihn einem anderen anvertrauen, damit er die Geschäfte im Tal an deiner statt erledige. Der Ring würde seine Kraft verlieren, und der ihn unrechtmäßig trüge, würde ein grausames Geschick erleiden in der Schlucht des Am. Das ist der Grund, warum ich über vierzig Jahre lang jeden Herbst diese beschwerliche Reise unternahm, und das ist der Grund, warum auch du sie unternehmen wirst, willst du diese Verbindung nicht verlieren.«

»Väterchen,« lächelte Hem mit spöttischer Milde, »ich finde es rührend, daß Ihr Euch diesen kindlichen Glauben bewahrt habt und ich gebe zu, daß ein wenig Romantik, vor allem hier in dieser entsetzlichen Schlucht, die Reise erträglicher macht, aber ich wage zu bezweifeln, daß solche Legenden irgendetwas mit dem Geschäft zu tun haben, das wir im Inneren Tal abwickeln. Natürlich denke ich nicht daran, die Verbindung zu diesen sicherlich reizenden Leuten hinter den Bergen abzubrechen. Ganz im Gegenteil. Wir sollten uns überlegen, vielleicht zweimal im Jahr hier Handel zu treiben, denn die Edelsteine, die dieses Geschäft einbringt, sind so leicht nirgendwo in Atlan zu bekommen.

Wir werden uns allerdings vor der Konkurrenz in acht nehmen müssen, denn die Geschichten über irgendwelche vergrabene Schätze, in gläsernen Städten oder nicht, nehmen überhand. Es wird nicht mehr lange dauern, bis so mancher mehr darüber wissen will und sich auf die Suche macht. Ich hörte in Feen schon von den Geheimnissen des Am-Tales munkeln. Mir persönlich ist es gleichgültig, woher die Steine stammen, obwohl ich gedenke, wenn ich schon die Mühen dieses Weges auf mich nehme, an Ort und Stelle mehr über die Gültigkeit solcher Gerüchte in Erfahrung zu bringen. Es kann nicht schaden. Also wirklich, ich habe durchaus nicht vor, den Handel mit dem Tal einzustellen, aber ich habe auch nicht vor, jedes Jahr persönlich diese Vergnügungsfahrt zu unternehmen. Ich werde eine kleine Karawane rüsten, mit Leuten, denen man völlig vertrauen kann. Ich werde sie von einer Eskorte Gurenas bis Vihnn begleiten lassen, denn, lieber Vater, es ist sehr unverantwortlich von Euch, diese Reise alleine anzutreten. Die Straßen sind unsicher geworden. Das gute alte, oder wie Ihr zu sagen pflegt, das goldene Zeitalter, ist ein für allemal vorüber. Ihr müßt das einsehen. Heute kann der Herr des größten Handelshauses von Feen nicht mehr persönlich in abgelegenen Gebirgstälern vorsprechen wie ein fahrender Händler, auch wenn sie hinter magischen Glocken liegen. Dafür wird er die Ausgaben für eine Truppe Krieger nicht scheuen, die seine Karawane begleiten. Der lange Friede macht die Gurenas immer billiger. Selbst Gurenas aus den alten Familien Kurtevas stehen schon im Dienst von Handelshäusern.«
Ros-La schüttelte den Kopf. »Frage Sen-Ju, dem du mehr vertraust als dem eigenen Vater. Frage ihn. Er war selbst nie im Inneren Tal, er kennt die Handan nicht, doch er hat mir stets geraten, meine Reise streng geheim zu halten, niemanden mitzunehmen und keinem davon zu erzählen. Sen-Ju ist nicht der Mann, der sich von Ammenmärchen einschüchtern läßt. Hat er dir vor unserer Abreise keine Anweisungen gegeben, wie du dich verhalten sollst? Hat er dir nicht erzählt, wie heikel dieses Geschäft mit den Handan ist? Er weiß doch sonst über alle Dinge so gut Bescheid.«
Hem brummte mürrisch und ließ den Vater weiterreden.
»Wenn du schon nicht auf mich hören willst, so höre wenigstens auf ihn. Ich weiß, daß er meine Ansichten über das Innere Tal teilt.«
»Schon gut. Es freut mich, daß ihr wenigstens über diese Angelegenheit einer Meinung seid. Aber darum geht es nicht. Meinetwegen kann dieses Tal samt seinen Bewohnern so sein wie es will. Aber das bedeutet nicht, daß wir uns ihren Gesetzen unterwerfen müssen. Die Welt

verändert sich. Man kann nicht verlangen, daß alles, was die Vorväter für richtig befunden haben, auch heute noch gilt. Auch Eure Ams werden das einsehen müssen.«
»Du kennst die Starrköpfe von Han nicht. Deine Sturheit ist bereits außergewöhnlich, aber du wirst sie von den Handan übertroffen finden. Sage übrigens niemals Ams zu ihnen, wie wir es in Feen gewohnt sind und wie sich die Leute des äußeren Tales nennen, das beleidigt sie. Sie nennen sich Handan, in ihrer alten Sprache, die, wie sie sagen, die Sprache der Gläsernen Stadt ist. Sie sind wie die Felsen ihrer Gebirge, unbeweglich, unverrückbar, für immer erstarrt. Glaube nicht, daß du ihnen mit deiner Feener Frechheit imponieren kannst. Dort gibt es keinen No-Ge, der rot anläuft und mit dem Messer hinter dir herdroht – und der übrigens gar kein echter Am ist, sondern aus einer Familie stammt, die vor vielen Generationen aus der Gegend um Mombut nach Vihnn kam. Die Ams des Inneren Tales sind zwar verwandt mit denen von Vihnn, aber du kannst sie nicht mit den Vihnnern vergleichen. Sie setzen dir ihr Schweigen entgegen, wenn ihnen etwas nicht gefällt, was sage ich, Schweigen, es ist mehr als Schweigen, es ist etwas, das dich zurückschlägt, das dich ausschließt, sich wie eine Glocke über dich stülpt, eine endgültige Abweisung, die nicht wieder gutzumachen ist. Seltsame Kerle. Ich komme nun seit vielen Jahren zu ihnen und doch ist es mir nicht gelungen, sie ganz zu verstehen. Laß dich von ihrer Langsamkeit nicht dazu verleiten, sie für dumm zu halten, oder für leicht zu übertölpeln. Obwohl sie etwas wie eine eigene Sprache haben, verstehen und sprechen sie doch die unsere sehr gut, aber sie sprechen sie so langsam, daß du glaubst, du müßtest ihnen jedes Wort einzeln von der Zunge stehlen. Doch versuche auf keinen Fall, sie zu drängen, unterbreche sie nicht, lasse sie ausreden, auch wenn sie lange Pausen machen, sonst verärgerst du sie. Und dann schweigen sie, schweigen, schweigen. Du kannst dir nicht vorstellen, wie sie schweigen können. Vielzüngiges Schweigen ist der Name dafür in ihrer Sprache. Jede Feinheit ihrer Gefühle drücken sie durch ihr Schweigen aus, Freundschaft und Wohlwollen ebenso wie Verärgerung und Feindschaft, in jeder Abstufung. Und darüber hinaus noch viele andere Dinge, die sie untereinander ausmachen und von denen ich nichts weiß, obwohl ich schon oft bei ihnen war. Es sollen in ihren Häusern Tage und Wochen vergehen, in denen nicht ein einziges Wort gesprochen wird.«
»Welch himmlische Ruhe . . .« spottete Hem. »Ich wünschte manchmal, es wäre auch in unserem Haus so.«
»Sie denken so langsam wie sie sprechen, aber wenn sie zu einem Ent-

schluß gekommen sind, ist er unumstößlich. Versuche niemals, mit ihnen zu debattieren. Es wäre zwecklos. Das Maß ihres Schweigens würde dir unwiderruflich zeigen, wie sinnlos dein Reden ist. Nichts gilt als verwerflicher im Inneren Tal, als einen anderen überzeugen zu wollen oder sich gar zu streiten. Es heißt, manche ihrer Gedanken würden über Generationen hinweg gedacht, über hunderte von Jahren. So ist es für sie immer noch ungeklärt, ob es gut oder schlecht war, daß die Handan die Gläserne Stadt verlassen haben, wie es ihre Legenden berichten.«

Hem lachte schallend. »Es ist nicht zu fassen!« rief er. »Vielleicht fällt ihnen in hundert Jahren ein, daß sie zuviel für unsere Waren bezahlt haben, und sie fordern ihre Edelsteine zurück. Ich muß sagen, Väterchen, ich beginne mich für diese Käuze zu interessieren. Wenn sie nur halb so spaßig sind wie Ihr mir erzählt, bringe ich das nächste Mal Freunde aus Feen mit, die solche Kuriositäten zu schätzen wissen.«

Allmählich schwand die gute Laune Ros-Las. »Ich beginne zu bedauern, dich mitgenommen zu haben, Hem. Ich hätte weiterhin alleine kommen und den Handan berichten sollen, ich hätte keinen Erben, wenigstens keinen, der sich dieser alten Verbindung würdig zeigt,« knurrte er. »Es wäre mir lieb, du würdest umkehren und in Vihnn auf mich warten.«

»Nicht doch, nicht doch,« besänftigte Hem. Solche halb ernst, halb spöttisch geführten Gespräche mit seinem Vater pflegten ihn zu beleben. »Ich habe Euch gesagt, daß ich auf die Verbindung zu diesem Tal besonderen Wert lege. Selbstverständlich bin ich bereit, auf die Eigenheiten seiner Bewohner Rücksicht zu nehmen, wenn es sein muß. Ich werde gehorsam all Euren Anordnungen folgen, damit es dem guten Geschäft nicht schadet. Aber solange wir nicht bei diesen Käuzen sind, werde ich doch meine Witze über sie machen dürfen.«

»Sie spüren deine Gedanken, Hem. Sei nicht leichtsinnig. Fähigkeiten, die unserer Welt längst verloren sind, haben sich im Inneren Tal erhalten. Die Nähe der Gläsernen Stadt verleiht den Handan außergewöhnliche Kräfte. Spürst du den Ring des Schweigens nicht, der über diesen Bergen liegt wie ein Fluch?«

»Ihr werdet wieder romantisch, Väterchen. Wir sollten das im Geschäftlichen sein lassen. Es paßt nicht mehr in unsere Zeit.«

»Du wirst es mit eigenen Augen sehen. Ich bitte dich nur um eines: Reize sie nicht, sprich sie nicht ungebührlich an, prahle nicht, überlaß das Reden mir. Ich kenne sie. Ich weiß mit ihnen umzugehen. Laß dich von keiner ihrer Absonderlichkeiten hinreißen, über sie zu spotten,

auch nicht in Gedanken. Ich werde dich als meinen Sohn und Erben vorstellen. In den nächsten Jahren wirst du wieder mit mir zusammen das Innere Tal besuchen. Du wirst dann allmählich die Geschäfte in deine Hände nehmen. Wenn die Handan an dich gewöhnt sind, wirst du alleine fahren und sie werden das Privileg des Ringes auf dich übertragen. Ebenso hielt es mein Vater mit mir, und es war gut so. Bist du nicht gewillt, das hinzunehmen, werde ich die Verbindung abbrechen, denn das wäre besser für sie und für uns. Denn nur Unglück kann entstehen, wenn der Bann des Schweigens verletzt wird durch ungebührliches Reden und Denken. Als ich zum ersten Mal mit meinem Vater diesen Weg ging, habe ich ähnlich gedacht wie du, aber ich mußte lernen, so wie du wirst lernen müssen.«
»Schon gut, Väterchen,« antwortete Hem kopfschüttelnd. »Wenn es darauf ankommt und es dem Geschäft nutzt, weiß ich mich zu benehmen. Ich werde das vielzüngige Schweigen erlernen und die Grade meiner Belustigung damit ausdrücken.«
»Und noch etwas, das du wissen sollst. Du kannst ihr Alter an ihrer Hautfarbe ablesen. Ein Handan, der älter wird, dunkelt. Die Farbe der jungen ist von heller Bronze wie die aller Menschen von Atlan, aber mit den Jahren dunkelt sie. Die Farbe der alten Handan, von denen keiner weiß, wieviele Winter sie schon auf dem Buckel haben, ist von tiefem Dunkelbraun. Manche scheinen sogar schwarz wie die Menschen aus dem Volk der Nok. Nimm dich vor den Alten in acht. Sie lesen in deinen Gedanken und durchschauen dich, bevor du den Mund auftust, du aber kannst ihre Züge, die wie der Fels dieser Schlucht sind, nicht deuten. Wie ein Schatten legt sich das Alter auf ihre Gesichter. Man sagt, es komme von der besonderen Luft in diesem Tal, die durchdrungen ist von der Kraft der Gläsernen Stadt.«
»Vielleicht kommt es daher, daß sie sich nicht waschen,« pfiff Hem durch die Zähne und lachte. »Nicht böse werden, Väterchen. Ich muß mich verbessern und Abbitte leisten. Ich finde jetzt, es war eine glänzende Idee, mich mitzunehmen. Wenn diese Burschen halten, was Ihr versprecht, geben sie bestimmt Stoff für ein paar Jahre Spaß ab, den man nicht irgendwelchen Karawanenführern überlassen sollte.«
»Hüte deine Worte und deine Gedanken, Hem,« brummte Ros-La, die Verärgerung über den verstockten Sohn mühsam unterdrückend. »Wenn du ihnen mißfällst, wirst du sie nie wieder umstimmen können.«
Nach einer kurzen Zeit des Schweigens rezitierte er in leierndem Singsang: »Eher wandeln sich die Berge als das Herz eines Handan, eher

stürzen die Himmel nieder. Wie die Gletscher des heiligen Sum, auf denen die Stadt schimmert, ist das Herz eines Handan, unvergänglich. Doch wenn die Handan sich einst bewegen, wenn sie die große Wanderung fortsetzen, die sie an den Pforten der Gläsernen Stadt begannen, wird Atlan versinken.«
»Woher habt Ihr das?«
»Lok-Ma ist ihnen nahe verbunden. Er zeichnet ihre Lieder und Legenden auf.«
»Meint Ihr den alten Märchenerzähler, von dem No-Ge gestern gesprochen hat, und über den man in Feen nur mehr lacht?«
»Er ist ein angesehener Mehdrana, und er ist der einzige, der das Leben der Handan erforscht hat und wirklich etwas über sie weiß. Es ist schade, daß wir nicht dabei sein können, wenn er heute abend bei No-Ge zu Gast weilt, denn er ist ein Tso, ein Wissender der Zeit. Aber wir müssen vor dem Sonnensternfest das Innere Tal wieder verlassen haben. Kein Fremder darf in dieser Nacht im Tal bleiben. Nur Lok-Ma besitzt die Erlaubnis. Er kommt oft aus Feen hierher. Ich bin manchmal ein Stück des Weges mit ihm gereist und habe viel von ihm über das Tal erfahren. Vielleicht begegnen wir ihm auf dem Rückweg. Wir werden zum Sonnensternfest wieder in Vihnn sein. Auch das ist ein Grund, warum ich gerne die Reise mache. In Feen ist das Sonnensternfest ein Feiertag wie jeder andere auch, mit Zeremonien in den Tempeln, mit Essen und Trinken und Tanzen, hier aber, in den Bergen, ist es der höchste Feiertag des Jahres. Nirgendwo anders kann man den Sonnenstern so klar am Himmel erblicken. Noch dazu ist in diesem Jahr Neumond. Der Stern wird heller erstrahlen als sonst. Ein gutes Omen für unsere Reise.«
»Es mag bestimmt recht lustig werden, mit No-Ge das Sonnensternfest zu feiern, obwohl ich für meinen Teil lieber in Kurteva wäre, wenn die Tempeltuben die Dunkelheit der Liebe anblasen. Auch das ist etwas Einmaliges in Atlan. Sen-Ju kennt es ...«
Ros-La winkte angewidert ab. »Spreche mir nicht von dieser Schändlichkeit. Der große Tat wird sein Strafgericht herabbrechen lassen über diesen Pfuhl der Verderbtheit.«
»Aber die Dunkelheit der Liebe ist dem großen Tat geweiht ...«
»Still. Ich will davon nichts hören!« schnitt Ros-La seinem Sohn das Wort ab. Hem zuckte grinsend die Schultern und ließ die Sache auf sich beruhen. Nach einer Weile sprach Ros-La weiter.
»Hier in den Bergen hat man die alte Kunst des Feierns bewahrt, die schlichte Würde und Festlichkeit, die uns seit langem verloren ist. Seit

deine Mutter tot ist, versuche ich die Zeit meiner Reise so zu legen, daß ich zum Sonnensternfest in den Bergen bin. Außerdem ist der Herbst die beste Reisezeit. Im Frühjahr schwillt der Fluß derart an, daß der Weg ins Innere Tal unpassierbar wird, der Sommer ist zu heiß und im Winter gelänge es keinem Lebenden, durch Schnee und Eis das Tal des Am heraufzukommen.«

»Warum verbringt Ihr das Sonnensternfest nicht mit den Handan im Inneren Tal?«

»Ich sagte dir schon, daß keinem Fremden gestattet ist, in der Nacht des Sonnensterns in Han zu verweilen. Der Mehdrana ist der einzige, von dem ich weiß, daß die Handan ihn dulden. Man munkelt, er sei im Inneren Tal geboren.«

»Oder er hat den richtigen Preis dafür bezahlt.«

»Oh nein! Es mag so sein, daß du in Feen oder Kurteva alles mit Gold kaufen kannst, den Tat-Lo des Tempels ebenso wie den Tnacha am Hof des Tat-Tsok, aber die Handan sind nicht käuflich. Es gelten andere Gesetze im Inneren Tal. Ich bitte dich nochmals, respektiere sie.«

»Schon gut, schon gut. Zu unserem Nutzen gerne. Sollen sie ihr Fest alleine feiern. Mir wird der Feener Sonnensterntrubel heuer fehlen. Obwohl ich die Art des Feierns, die Euch soviel Freude zu bereiten scheint, offenbar nicht kenne, glaube ich doch, daß ich künftig meine Geschäfte mit dem Tal so legen werde, daß ich zum Sonnensternfest wieder zuhause bin – oder in Kurteva.«

»Wie du willst,« antwortete Ros-La schroff. »Mit den Jahren wird sich dein Unverständnis wandeln. Dann wirst du verstehen, was ich meine.«

Hem rollte die Augen, verschluckte aber um des Friedens willen die boshafte Antwort, die ihm auf der Zunge lag.

Das Tal verengte sich. Der Weg stieg steil an und ließ den Fluß weit unter sich am Grund der schwarzen Schlucht. Der Pfad wurde so schmal, daß die beiden Kaufleute wieder hintereinander gehen mußten. Ros-La marschierte vorneweg, führte den Sok am Zügel, und Hem folgte mit einigem Abstand. Der Gestank des Bergbüffels drehte ihm den Magen um. Senkrecht wuchsen die schwarzen Felsen zur Rechten empor, zur Linken fielen sie jäh ab in den tobenden, wirbelnden Fluß. Aus der weißen Gischt des Wassers, das über Steine und Felsbrocken stürzte, stieg die Wand am anderen Ufer senkrecht zum Himmel.

»Es wird wieder ungemütlich,« schrie Hem in das Tosen des Wassers, als Ros-La sich umwandte, aber der Vater zeigte mit einer Geste, daß er kein Wort verstand.

Das Brüllen, das die Schlucht erfüllte, schwoll an. Auch Ros-La schrie seinem Sohn etwas zu, doch es ging in dem mächtigen Donnern unter. Wahrscheinlich war es eine Warnung, denn der Weg stieg nun steil an. Es erforderte Geschicklichkeit, auf dem feuchten Stein nicht auszugleiten. Als sie die Steigung überwunden hatten, hielt Ros-La an, um das Schauspiel, das sich ihnen nun bot, und das den alten Mann immer wieder aufs neue gefangen nahm, genießen zu können.
Vor ihnen lag eine kesselartige Erweiterung der Schlucht. Es schien, als hätte eine gewaltige Macht einen kreisförmigen Platz aus den schwarzen Felsmassen herausgeschnitten. Der Am floß breiter und ruhiger in diesem Tal. Der Pfad, der sich in steilen Serpentinen zum Boden des Kessels hinabwand, verlor sich unten zwischen den Felsen und Büschen, die sich in den spärlichen Sonnenstrahlen wärmten, und führte am entgegengesetzten Ende des Kessels wieder in eine enge, düstere Schlucht hinein. Doch das waren Dinge, die das Auge erst später entdeckte. Der Blick wurde sofort gebannt von dem zu weißer Gischt verwandelten Wasser, das auf der linken Seite des Kessels, wie vom Himmel herab, tosend in den Am stürzte. Selbst Hem, der glaubte, nichts auf dieser Welt könne ihn noch beeindrucken außer einer Sonnensternnacht in Kurteva, starrte diesen Wasserfall mit offenem Mund an. Nie zuvor hatte er ähnliches gesehen. Im freien Fall stürzte das Wasser herab, schob sich im Flug übereinander, zerstäubte in der Luft, donnerte in den Am, der es brodelnd und kochend aufnahm. In dem Becken, das die Kraft des Wassers geschaffen hatte, mitten in der herabbrechenden Gischt, ragte eine schlanke, etwa fünfzig Schritte hohe Felsnadel senkrecht empor. Ein mächtiger Widersacher des fallenden Wassers war sie. Sie wuchs aus dem aufgewühlten Fluß wie eine zu schwarzem Stein erstarrte Fontäne. Das Tosen und Brüllen, das als zitternde Gewalt greifbar zwischen den Felswänden stand, übertönte die Worte, die Ros-La seinem Sohn ins Ohr schrie: »Sie nennen es Brüllendes Schwarz. Für sie ist es das äußerste Tor der Gläsernen Stadt. Die Felsnadel dort soll der in Stein verwandelte Hüter der Stadt sein, der alle zurückweist, die in böser Absicht kommen.«
Hem nickte abwesend. Das wilde Spiel von Fels und Wasser nahm ihn gefangen. Ros-La trieb den Sok weiter und führte ihn den steilen Weg zum Boden des Kessels hinab. Dort hielt er bei einigen flachen Felsblöcken an, auf denen sich bequem Rast machen ließ. Ros-La band den Büffel an einen Strauch, öffnete den Sack mit Proviant und gab Hem Brot und gedörrte Fleischstücke, die No-Ge für sie eingepackt hatte. Schweigend aßen sie, und schweigend tranken sie ihren Lemp.

Das Tosen des Wassers füllte den Talkessel mit nicht endendem Donner.

Das Schweigen der Handan wird sich seiner bemächtigen und ihn verwandeln, dachte Ros-La und lächelte still in sich hinein. Auch Hem wird lernen zu verstehen, wenn er im Inneren Tal gewesen ist.

»Wir haben mehr als die Hälfte des Weges geschafft,« rief er. »Der übrige Weg ins Tal ist nicht mehr so beschwerlich wie bisher. Nur an einer Stelle gilt es noch aufzupassen. Dort sind selbst Handan schon verunglückt.«

Hem nickte nur.

Sofort nachdem sie gegessen hatten, zogen sie weiter. Das Brüllende Schwarz lud nicht zu einer langen Rast ein. Der Weg beschrieb einen großen Bogen um den Wasserfall, und doch schlug den Kaufleuten die fein zerstäubte Gischt wie eisiger Regen ins Gesicht. Als sie den Kessel verlassen hatten, schien ihnen das Tosen des Am in seiner Schlucht wie sanftes Murmeln, verglichen mit dem Donnern des großen Falls. Nach etwa einer Stunde, kurz nachdem sie das schwierigste Stück des Pfades überwunden hatten, ein aus senkrechter Wand herausgehauenes, enges und ausgesetztes Wegstück, das auf schlüpfrigen, brüchigen Felsen hoch über dem Fluß entlangführte, verbreiterte sich die Schlucht. Hem konnte wieder neben seinem Vater gehen. Die Ängste, die er beim Passieren dieser endlos scheinenden, lebensgefährlichen Stelle ausgestanden hatte, klangen als mulmige, beengende Krämpfe um seinen Magen in ihm nach. Seine Knie schlotterten.

»Es heißt, daß eine unsichtbare Schutzglocke über diesen Bergen liegt. Die Bewohner der Gläsernen Stadt haben sie errichtet, als sich die Stadt den Blicken der Menschen entzog, damit niemand mehr in ihre Nähe zu gelangen vermag. Die Handan, die immer schon im Tal lebten, sind die einzigen, die der Stadt nahe sind. Diese sonderbaren Leute hüten die Schätze und Wunder der Stadt. Dort am Brüllenden Schwarz beginnt der Ring des Schweigens und er endet dort, wo die Schneegipfel ins westliche Meer abfallen. So erzählen die Legenden. Auf meinen Reisen in das Tal habe ich gelernt, ihnen Glauben zu schenken.«

Hem nickte nur. Er war nicht mehr fähig, zu antworten. Er ließ den Vater reden.

»Was sagen die Steuereinnehmer des Tat-Tsok zu dieser Schutzglocke,« brachte er nach einer Weile hervor. »Sie haben gewöhnlich für jede Türe einen Schlüssel.«

Ros-La lächelte. »Es heißt, daß vor langer Zeit einmal Steuereintreiber nach Vihnn heraufgekommen und ins Innere Tal weitergezogen sind.«

»Und?«
»Sie wurden nie wieder erblickt.«
»Oho. Die Ams im Inneren Tal scheinen gerissener zu sein als ich dachte. Jedenfalls wissen sie, wie man mit gierigen Tnachas umgeht.« Hem pfiff durch die Zähne.
»Ich glaube nicht, daß die Handan auch nur einen Finger gerührt haben. Sie meiden jede Auseinandersetzung und jeden Streit. Der Friede ihres Tales ist ihnen heilig. Sie würden jeden ausstoßen, der es wagte, eine Waffe gegen einen anderen zu erheben. Doch die alte Kraft ist mächtig in den Bergen. Es gibt Dinge dort, die wir nicht mehr verstehen wollen.«
»Und der On-Tnacha? Was berichtet der dem Tat-Tsok über die fehlenden Steuern?«
»Man hat das Innere Tal vergessen. Es existiert nicht in den Aufzeichnungen der Tnachas von Kurteva. Vihnn gilt als die letzte menschliche Siedlung der Am-Gebirge, aber auch nach Vihnn kommen die Gesandten der Tnachas nicht mehr. Was sollten sie dort auch eintreiben? Die Menschen der Berge sind arm. Man mißt dem Tal des Am keine Bedeutung zu. Nicht wenige glauben, es sei ganz unbewohnt. Manche halten selbst Vihnn für eine Erfindung der Charis. Das Innere Tal aber ist völlig vergessen und gehört der Legende, mein Sohn.«
»Und uns, Väterchen! Und so soll es bleiben.«
Ros-La wiegte zweifelnd den Kopf. Hem aber lachte und gab dem Büffel einen Schlag auf das zottige Fell.
»Los, du stinkendes Untier! Gehe schneller, damit wir dich bald mit Edelsteinen beladen können! Woher glaubt Ihr, Vater, haben die Ams diese Steine?«
»Ich weiß es nicht. Die Handan nennen sich Hüter der Stadt. Obwohl ich nicht glaube, daß sie Verbindung zur Gläsernen Stadt haben, falls es diese überhaupt gibt, wissen sie offenbar doch um Zugänge zu geheimen Schätzen, die seit undenkbaren Zeiten im Inneren Tal verborgen liegen. Denn die Steine, die sie uns geben, sind von erlesener Qualität. Ich habe in der Vergangenheit auch dir nicht alles gezeigt, was ich aus Han mitbrachte. Ich wollte nicht, daß du mit diesen Dingen vor deinen Feener Freunden prahlst.«
»Hört, hört,« entgegnete Hem und hob den Kopf. »Gibt es denn keine Möglichkeit, ein paar mehr davon zu erhandeln, oder zu erfahren, wo man selbst danach suchen könnte?«
»Oh nein. Ich bin kaum je über die Char hinausgekommen, die gleich am Eingang des Tales liegt. Nur den tropfenförmigen See des Inneren

Tales habe ich gesehen. Er scheint selbst wie ein riesiger, heller Smaragd. Auch die Art des Handels ist genau festgelegt. Wenn ich komme, ihnen ihre Waren zu bringen, bestellen sie bei mir die Dinge, die sie im nächsten Jahr benötigen. Genau das nehmen sie mir dann auch ab. Übrigens wickeln bei den Handan die Frauen die Geschäfte ab. Die Männer sehen nur zu und lassen sich Neuigkeiten aus Atlan erzählen. Bei aller Schweigsamkeit sind sie dennoch neugierig. Aber auch dabei ist Vorsicht geboten. Man muß wissen, was sie gerne hören. Fange auf keinen Fall mit deinen Feener Aufschneidereien an.«
Hem winkte unwirsch ab.
»Anfangs habe ich versucht, mehr mitzunehmen, als sie bestellt hatten, besonders schöne Stoffe oder ungewöhnliche neue Gewürze aus den Kolonien. Sie aber haben nur ihr Schweigen dagegengehalten und ich nahm all das wieder mit nach Hause. Für das, was sie bestellt haben, geben sie reichlich. Ich habe nie einen Preis genannt und sie haben nie gefeilscht. Sie nehmen die Waren und geben mir Edelsteine dafür. Keiner hat je versucht, einen geringeren Preis zu bezahlen oder mehr für seinen Beutel voll Steinen zu verlangen. Ein uraltes, ungeschriebenes Gesetz regelt den Handel mit ihnen und ich habe darüber Stillschweigen bewahrt. Obwohl ich sicher bin, daß es keinem, der nicht dazu befugt ist, gelingen würde, auch nur einen Fuß in das Innere Tal zu setzen, wäre es doch störend, wenn allzuviele von seinen geheimen Reichtümern wüßten. Hast du mir nicht von Gerüchten über versunkene Schätze erzählt?«
»Ja, man spricht in den Delays von Feen darüber, wie man früher von den Schätzen von Hak und Sari gesprochen hat. Dummes Gerede zumeist, aber ich könnte mir denken, daß es den einen oder anderen neugierig macht. Ich jedenfalls werde schweigen wie ein Grab.«
»Du beginnst zu lernen, mein Sohn,« lächelte Ros-La.
Die Abenddämmerung sank herab, als sich das Tal verbreiterte, die Felswände zurückwichen und der Himmel über ihnen wuchs. Hem atmete auf. Eine drückende Last schien von ihm abzufallen.
Schließlich öffnete sich die Schlucht in ein schmales Tal. Auf den steilen Wiesen standen Herbstblumen wie blaue Sterne und über die runden Bergrücken dehnte sich dunkel der Wald. Unmittelbar hinter ihnen aber wuchsen die zerklüfteten, schneebedeckten Felsmassive des Am in den Himmel. Als Ros-La an einem Hang den ersten Bauernhof erblickte, ein kleines, niedriges Holzhaus mit schrägem, steil bis zum Boden abfallenden Dach, an die Anhöhe geschmiegt und zu einem Teil in den Berg hineingebaut, lachte der alte Mann, neigte das

Haupt und sagte: »Wir sind da. Dem großen Tat sei Dank für seinen Schutz.«
Die Sonne war längst hinter den Bergen versunken. Auf den Gletschern flimmerte ein Rest rosigen Lichts.

## Kapitel 2
### HERBSTGÄSTE

In der großen Stube von No-Ges Gasthaus, die, wie in den Dörfern des Nordens üblich, auch als Char, als Erzählhalle diente, tanzte der Staub in der Herbstsonne, die in breiten Streifen durch die Fenster schnitt. An den groben Holztischen, die No-Ge zu langen Reihen zusammengeschoben hatte, saßen die Bewohner von Vihnn, alt und jung, Männer, Frauen und Kinder, irdene Krüge mit warmem Lemp, dem gegorenen Saft aus den Früchten des Lemp-Baumes, vor sich. No-Ge wieselte geschäftig zwischen ihnen umher, rückte Tische und Bänke gerade, trieb die Mägde an, die Öllampen zu füllen, die Feuerstelle nicht zu vernachlässigen, dies und das zu besorgen, wischte zum hundersten Mal mit einem Lappen über den dreieckigen Tisch, der wie ein Lehrerpult vor den Bänken aufgebaut war und warf dazwischen immer wieder ungeduldige Blicke aus der Türe. Sein aufgeregtes Schnauben und die rudernden Bewegungen seines massigen Körpers wirkten grotesk in der regungslosen Stille des Raumes. Keiner der Anwesenden sprach ein Wort. Wie erstarrt saßen sie an den Tischen und warteten. Manchmal nur wandte sich einer zur Türe um, wenn ein Windstoß durch die Ritzen pfiff, lauschte, und beugte sich wieder geduldig über seinen Lempkrug. Ein fremder Gast hätte die Versammlung für eine Zusammenkunft von Traumwandlern oder Geistern gehalten.

Aber die wenigen verstreuten Dörfer der nördlichen Gebirge sahen selten Gäste, und wenn, dann waren es kaum willkommene – Steuereintreiber oder Händler, Soldaten auf der Suche nach Entflohenen, Gurenas, die in Kriegszeiten kräftige Bauernsöhne für die Armee des Tat-Tsok zu gewinnen suchten, oder Abenteurer, Schatzsucher, von den Legenden über die Am-Gebirge angelockt, Taugenichtse und Preghs, denen die Berge eine letzte Zuflucht schienen. Doch selbst diese Wagemutigen und Verzweifelten kamen nicht bis Vihnn, das am Ende des unwegsamen Am-Tales lag, weitab im Norden, am Fuße gewaltiger Massive aus Fels und Eis, die noch kein Mensch durchwandert hatte, am Ende der Welt, wo aus schwarzer Felsenschlucht der Am hervorbrach, von dem die Legende berichtete, seine drei Quellflüsse würden genährt von den Brunnen der Gläsernen Stadt. Doch die Legenden waren längst vergessen von den Menschen der Städte; sie erzählten ihren Kindern, daß Geister und Dämonen in den Bergen hausten, den Tat-Los aber galten die Gebirge als verflucht und vom Bann des Bösen geschlagen.

Gewöhnlich ging das Jahr hin, ohne daß sich ein Fremder nach Vihnn verirrte, die langen Wintermonde, in denen die Menschen auf ihren Höfen eingeschneit waren, das Frühjahr, in dem der Am seine Schlucht ganz anfüllte und mit tosender Gewalt zu Tale stürzte und der Sommer, die Zeit der Ernte. No-Ge schenkte Lemp an die Männer von Vihnn aus, die abends in seine Stube kamen, und er schmückte die Char, wenn es heitere und traurige Feste zu feiern gab, die Geburt eines Kindes, den Tod eines Alten, das Fest der ersten Blüte und das Fest der Ernte.

Zum Fest des Sonnensterns aber, dem höchsten Feiertag des Jahres, im Monat des Rauchlichts, wenn die Laubbäume des unteren Tales golden und rot in der klaren Herbstluft leuchteten und die Schneegipfel des Am sich von Dunst und Wolken befreiten und in einem Licht badeten, das sie wie Visionen erscheinen ließ, unwirklich, von innen heraus strahlend, kamen Fremde aus den Ebenen Atlans nach Vihnn herauf. Sie blieben nur kurz im Gasthaus von No-Ge, bevor sie weiterwanderten durch das Brüllende Schwarz nach Han, ins Innere Tal. Ros-La, der Kaufmann aus Feen, kam mit Packpferden an, breitete einen Teil seiner Waren in der Char von No-Ge zum Verkauf aus und zog dann zu den Handan weiter, wie schon seine Väter und Vorväter es getan. Und Lok-Ma kam, der Mehdrana aus Feen, der als Kenner der Bräuche der nördlichen Stämme galt, und als Tso, als Wissender der Zeit, der das Sonnensternfest oft in den Gebirgen verbrachte. Sehr selten nur verirrte sich ein fahrender Chari oder ein wagemutiger Händler, der sich von den Schauergeschichten über die Gebirge nicht abschrecken ließ, bis nach Vihnn, enttäuscht zumeist, nur einige verstreute Höfe mit schweigsamen, verschlossenen Bauern am Ende der beschwerlichen Reise vorzufinden, und kaum je war es vorgekommen, daß ein Fremder weitergezogen war in das Brüllende Schwarz.

Auch in diesem Jahr war es nicht anders gewesen, und doch war der seit langem gewohnte Lauf der Dinge durchbrochen worden – Ros-La kam mit seinem Sohn Hem, dessen spöttische Überheblichkeit das Blut in den Adern des jähzornigen Wirts zum Kochen brachte, und Lok-Ma,

der früher als gewöhnlich angekommen war, hatte No-Ge versprochen, nach seiner Rückkehr aus dem Inneren Tal, noch vor dem Sonnensternfest, eine Geschichte zu erzählen, damit die Char von Vihnn ihren Namen zu Recht trage. Solna, der von den Vihnner Bauernburschen als der frechste und ungestümste galt, hatte den Mehdrana darum gebeten, scheu, mit tausend Entschuldigungen, doch ernst und entschlossen, und der wohlwollende Herr aus Feen hatte ganz selbstverständlich zugestimmt.
»In deiner Erzählhalle ist lange nicht mehr erzählt worden, No-Ge,« hatte er später zum Wirt gesagt. »Ich werde am Abend vor der Abreise eine Geschichte erzählen, für alle, die gerne zuhören wollen.«
Welch eine Aufregung. Kaum war Lok-Ma ins Innere Tal weitergewandert, als ruhelose Geschäftigkeit wie das Schüttelfieber über No-Ge kam. In jedes Haus, jeden Hof rannte er, die Nachricht selbst zu überbringen, daß der berühmte Mehdrana in seiner, No-Ges Char, eine Geschichte erzählen werde. Er erteilte Verhaltensregeln, trieb jammernd und händeringend die Mägde an, die das Haus zu putzen hatten, schmückte die Char eigenhändig mit den Bändern und Schleifen des Sonnensternfests, nachdem das Gesinde es ihm nicht hatte recht machen können und war vom frühen Morgen bis spät in die Nacht ständig außer Atem. Dann kamen Ros-La und Hem an, was No-Ges Eifer ins Unermeßliche steigerte. Diese wenigen Tage bescherten ihm mehr Aufregung und Ärger als sein ganzes bisheriges Leben.
»Der Mehdrana, der berühmte Mehdrana aus Feen, wird in meiner Char sprechen,« leierte er unaufhörlich. Er plapperte es als ehrenvolle Einladung den Ältesten des Dorfes vor, zischte es als Vorwurf den Mägden hin, die den Boden der Stube nicht sauber genug gescheuert hatten, und als Drohung der Dorfjugend, die sich über den fetten Wirt, der wie ein aufgescheuchtes Huhn durch Vihnn ruderte, lustig machte.
»Der Mehdrana Lok-Ma, der berühmte Tso aus Feen, gibt sich die Ehre, in meiner Char zu erzählen!«
Wir können ihn jeden Tag hören, wenn wir wollen, aber in Feen interessiert sich kein Mensch für seine langweiligen Ammenmärchen, wenigstens kein vernünftiger. Deshalb erzählt er sie am liebsten den Betrunkenen in den Delays von Dweny. Er wird seine Gründe haben, warum er sie jetzt auf dem Dorf zum besten gibt, hatte Hem ihm erwidert, der arrogante Stutzer aus Feen. Diese geringschätzig hingeworfene Antwort, die No-Ge für einen Moment die Luft abgeschnürt hatte, war der eigentliche Grund für den unversöhnlichen Zorn des Wirtes auf den Sohn des Kaufmanns. Das brüllende Schwarz soll dich ver-

schlingen, hatte er dem lachenden Jüngling ins Gesicht geschrien, als er bebend, mit dunkelrot geschwollenem Kopf, heftig nach Luft schnappend, seine Leibesfülle durch die Tür geschoben hatte.

Schon am Nachmittag des großen Tages waren die Dorfbewohner in No-Ges Stube versammelt, denn der Wirt hatte jedem eingeschärft, auf keinen Fall zu spät zu kommen. Von den entlegensten Höfen waren sie hergewandert, und selbst der alte Ut von den Furthöfen, die eine gute Tagesreise von Vihnn entfernt im unteren Am-Tal lagen, war gekommen. Anfangs hatte es noch Stoff für Gespräche gegeben: die Ernte, die heuer reichlich ausgefallen war, das Wetter, die unerhörte Dreistigkeit dieses Solna, den Mehdrana ohne weiteres anzusprechen und um eine Geschichte zu bitten. Solna mußte den Vorfall immer wieder erzählen, schmückte ihn bei jedem Male mehr aus und galt bald als Held, so daß No-Ge nichts übrigblieb, als dem frechen Kerl, der ihm schon manchen Streich gespielt hatte, einen Platz in den vorderen Reihen anzuweisen. Auch der jährliche Besuch des Händlers Ros-La, der am gleichen Morgen mit seinem Sohn ins Innere Tal weitergezogen war, ohne das große Ereignis abzuwarten, war längst in allen Einzelheiten besprochen. Die abfällige Antwort seines Sohnes Hem, der sich in den Berichten des Wirtes zu einer vom allweisen Tat gesandten Strafe wandelte und deshalb die unverhohlene Neugier der Dorfjugend weckte, kannte bald jeder in Vihnn auswendig, und man wälzte die kecken Feener Worte kopfschüttelnd zwischen den zur Sprache wenig begabten Lippen.

Die Sonne stand noch über den Schneegipfeln des Am, als die Gespräche der Vihnner verstummten und tiefe Stille auf die Wartenden herabsank. Als die Abendschatten über das Dorf hinweg die Hänge im Osten hinaufkrochen, kehrte Lok-Ma aus dem Inneren Tal zurück. No-Ge, der ihn durch das Fenster erspähte, eilte ihm winkend entgegen und geleitete den Feener Mehdrana mit übertriebenen Verbeugungen zur Char. Lok-Ma war ein großer, kräftiger Mann in mittleren Jahren, dessen ausgreifenden, federnden Schritten der fette No-Ge nur mühsam zu folgen vermochte. Kurzgetrimmtes, dunkles Haar umrahmte sein kantig geschnittenes Gesicht, das eher einem Gurena gehören mochte als einem Gelehrten, aber die warme Heiterkeit und Güte, die aus seinen dunklen Augen und seinem Lächeln strahlte, nahm den markanten, tief eingekerbten Zügen jede Härte. »Darf ich mich erfrischen, bevor ich beginne?« fragte er. Der leise Anflug von gutmütiger Ironie verlieh seiner tiefen, rauhen Stimme etwas Herzliches.

»Aber gewiß, Herr,« dienerte No-Ge. »Ich werde ein Mahl bereiten lassen und frischen Lemp.«
»Nicht doch. Ein Becher Lemp genügt. Wie ich sehe, hast du das ganze Dorf antreten und auf mich warten lassen.«
»Oh, sie warten gerne, wenn ihnen eine solch hohe Ehre zuteil wird.«
Lok-Ma winkte lachend ab. Sie waren am Haus angelangt. Lok-Ma trat in die Char von Vihnn und begrüßte die Wartenden mit ungezwungener Freundlichkeit. Er nahm den Becher, den No-Ge ihm brachte und zwinkerte beim Trinken dem grinsenden Solna zu, der auf seinem Ehrenplatz hin und her rutschte und es sichtlich genoß, daß es ausschließlich seiner Vorwitzigkeit zuzuschreiben war, daß der berühmte Mehdrana heute sein Wissen und seine Erzählkunst den Vihnner Bauern zuteil werden ließ.
Lok-Mas heitere Natürlichkeit ließ die Wartenden auftauen. Als er den immer noch übereifrig umherwieselnden No-Ge fragte, warum er die Bänke und Tische aufgestellt habe wie in einer Schule, ob er denn der Mehdra von Feen nacheifern wolle, dort gehe es nämlich ähnlich feierlich zu, da lachten die Vihnner und stießen sich an. Lok-Ma schien ihnen auf einmal wie irgendeiner der fahrenden Chari, der Erzähler und Sänger, die von Dorf zu Dorf zogen und die ernste Erwartung ihres Publikums mit Späßen und Frotzeleien aufzulockern pflegten. Als Lok-Ma an sein Pult ging, es mit dem Fuß ein Stück von sich wegschob, den Stuhl näher an seine Zuhörer rückte und noch eine lustige Bemerkung über die Feener Mehdra mit einem Schluck Lemp hinuntergespült hatte, war der feierliche Respekt vor dem Mehdrana ganz verflogen. Lok-Ma ließ seinen Blick über die versammelten Dorfleute schweifen, aus deren Mienen die Anspannung gewichen war und begann seine Erzählung.
»Alle Legenden sind Wahrheit. Aber sie sind überwuchert von den Ausschmückungen der Sänger und Dichter, und von dem Dickicht, das die Zeit über sie wachsen ließ. Oft sind sie so fremd geworden, daß man glauben mag, der Chari, der sie erzählt, hätte sie selbst erfunden. Immer aber leuchtet in ihrem Kern die Wahrheit. Ich werde heute die Geschichte der Gläsernen Stadt und der Stämme Atlans erzählen, aber ich tue das nicht wie einer der fahrenden Erzähler, die ein Märchen daraus machen und es kunstvoll ausgestalten mit schillernden Unwirklichkeiten, oder die mit ihren Geschichten Kinder erschrecken und Narren zum Lachen bringen. Ich werde euch stattdessen vom Kern der Wahrheit berichten, der unter dem Gestrüpp der Legende verborgen liegt, denn in Atlan werden Zeiten anbrechen, in denen die alten Über-

lieferungen in den Mantel der Lüge gehüllt werden. Es wird gut sein, ihre wahre Bedeutung und ihren tiefen Sinn zu kennen.«

Lok-Ma hielt inne, schloß für einen Moment die Augen, als suche er nach Worten, dann nickte er und sprach weiter: »Vor undenklichen Äonen, zu einer Zeit, die so weit ins Dunkel der Vergangenheit gesunken ist, daß niemand die Jahre zu zählen vermag, die seither verflossen sind, bestand fern über den Ozeanen und Ländern des Westens das Reich von Mu. Ein gewaltiger Kontinent war es, von einem sanften Meer umspült, und die Menschen, die ihn bewohnten, lebten in ewigem Frühling. Keine Jahreszeiten teilten den Lauf der Zeit, jahrein, jahraus brachten die Felder und Bäume reiche Frucht, ohne daß die Bewohner von Mu sich darum mühen mußten. Die Eine Kraft des Hju schenkte den Menschen Frieden, Glück und Gesundheit, denn sie wußten um die Geheimnisse der Macht, die alles erschafft und erhält. Unendlich lange währte das Goldene Zeitalter dieses Reiches. Der Strom der Zeit floß so unmerklich, daß es schien, als spanne sich der Bogen der Ewigkeit aus den höchsten Himmeln bis zur Erde herab. Keine Waffen sah diese glückliche Zeit, keinen Krieg, keine Not. Selbst der Tod, wenn er nach langem, erfüllten Leben zu den Menschen kam, sanft, ohne Schmerzen, war kein Schrecken für sie, denn die hellen Länder, in die er sie führte, waren ihnen so vertraut wie die Ebenen und Hügel ihrer Heimat. Die Himmel und Welten der anderen Seite standen offen in dieser Zeit und die Menschen konnten ungehindert zwischen ihnen wandern, denn die Kunst des Fai, des Mühelosen Reisens, war alltägliche Gewohnheit in Mu. Künste und Wissenschaften blühten; die Bibliotheken von Feen und Kurteva wären zu klein, das Wissen und die Weisheit dieser Zeit zu fassen. Niemand heute könnte es verstehen, und selbst denen, die hoch gebildet sind in unseren Tagen, klingt es wie Märchen, wenn sie davon hören. Das Wissen um die Wahrheit der Einen Kraft, aus der alles Licht und alle Macht fließen, lebte im Herzen eines jeden Menschen von Mu. Alle waren gleich im Licht des Sonnensterns. Deshalb gab es keinen Neid und keine Unzufriedenheit unter ihnen, weil der eine König, der andere Hirte war, denn alle fühlten sich von der gleichen Kraft durchdrungen und in ihr vereint. Die Namaii aber, die Hüter des Sonnensterns, wachten darüber, daß die Eine Kraft, die aus dem Ozean der Liebe fließt, aus der wesenlosen Quelle allen Seins, nicht mißbraucht werde von den Menschen. Ohne Maß war die Macht der Geschlechter von Mu. Ihre Schiffe und Flugmaschinen erreichten viele Länder der Erde und sähten dort die Weisheit und die Kraft des Sonnensterns. Die Dynastien der Könige regierten ihr Reich weise und in Ehrfurcht vor der Einen Kraft des Hju, welche der Anfang und das Ende allen Lebens ist.

Aber die Zeit ist grausam. Sie läßt nicht zu, daß die Dinge ewig währen in dieser Welt des Wandels, selbst wenn sie durchdrungen sind von Weisheit und Liebe. Denn alles Leben in den Grenzen der Vergänglichkeit wird hervorgebracht von den zwei Strömen des Ehfem, der zweigespaltenen Kraft, Elrach und Elroi, hell und dunkel, Sonne und Mond, die unentwegt miteinander kämpfen, wie das Licht mit der Finsternis, wie die Wellen des Meeres mit der Küste. Aus der Einen Kraft des Hju treten sie hervor, wenn sie die Ebenen des Wandelbaren berührt, und ihr ewiger Kampf ist der Schoß, der die Welten und Universen gebiert. Ist das Hju das Ungeformte, so ist das Ehfem das Geformte. Ist das Hju der Klang, so ist das Ehfem sein Echo. Ist das Hju das Licht, so ist das Ehfem sein Widerschein. Ist das Hju der unsterbliche Sonnenstern im Herzen des Menschen, so ist das Ehfem sein Körper und sein Verstand. Ist das Hju die Wirklichkeit, so ist das Ehfem Illusion. Auch im glücklichen Land von Mu bewegten diese ehernen, unumstößlichen Gesetze das Rad des Lebens. Die Zeit floß hin und das ewig scheinende goldene Zeitalter von Mu schwand allmählich, so wie der Teich austrocknet in der Hitze des Sommers.

Als sich eine Kolonie von Mu gegen die Herrscher des Reiches erhob, aufgehetzt von Königen, welche die Macht an sich reißen wollten und der Stimme dunkler Götter gehorchten, befahlen die Maoi, die Herrscher von Mu, Maschinen zu bauen, welche die Eine Kraft in ein Werkzeug schrecklicher Vernichtung verwandelten, um die Feinde des Reiches zu bestrafen. Da hoben die Namaii die Stimme und versagten den Maoi, den mächtigsten Königen unter der Sonne, die Macht der Einen Kraft, denn ihr innerstes Wesen ist Leben, nicht Tod und Zerstörung. Die Herrscher von Mu aber wandten sich gegen ihren Spruch, so daß es zu einem heftigen Streit im Rat des Palastes kam. Da zeigte sich, daß die Menschen von Mu nicht mehr um die tiefe Weisheit des Sonnensterns wußten, daß sich die Schleier des Ehfem über ihre Herzen gesenkt. Sie glaubten, die Eine Kraft sei ihnen geschenkt zu ihrem eigenen willkürlichen Nutzen. Als die Maoi aber gegen den Willen der Namaii die todbringenden Maschinen bauen ließen, strafte die Eine Kraft den Mißbrauch ihrer Stärke mit einem furchtbaren Erdbeben, das die Stadt der Maoi, aus Kristall und Edelstein kunstvoll errichtet, mit großen Ländereien, Wäldern und Feldern, im Meer versinken ließ. Unzählige Menschen wurden getötet, denn das Meer sandte eine gewaltige Flut und die Berge des Feuers spieen glühenden Tod aus.

Die anderen aber, die das Unglück überlebten, erkannten noch einmal die Macht des Sonnensterns, der Einen Kraft des Hju, aber ihre Herzen waren nicht mehr rein, und viele achteten die Namaii nur, weil sie sie fürchteten. Die schlichte Weisheit der alten Zeit war für immer dahin, das Reich von Mu aber blühte nach dem Unglück prächtiger auf als zuvor. Die zerstörte Königsstadt wurde größer und schöner wieder errichtet, und die Maoi, die in ihr herrschten, berauschten sich an einer Macht, die noch gewaltiger war als die ihrer Vorväter. Sie schworen Eide auf die Eine Kraft, gelobten demütigen Dienst am Sonnenstern, der einzigen Quelle aller Macht, in ihren Herzen aber grollten Neid und Mißgunst, daß da etwas sein sollte, das mächtiger war als sie. Die Gier nach der absoluten Macht wühlte in ihnen und verblendete sie. In den verborgenen Kammern ihrer Herzen keimte die Saat der dunklen Seite des Ehfem. Heimlich ließen sie Geräte und Maschinen bauen, in denen die Eine Kraft, die alles Leben gibt und erhält, in den Dienst der Vernichtung und des Bösen gezwungen wurde. Noch priesen ihre Lippen den Sonnenstern, ihre Herzen aber haßten alles, das mächtiger schien als sie. Der Schleier des Ehfem hatte sich über sie gelegt, das Blendwerk, das das Echo als den wahren Klang scheinen läßt und die Spiegelung als das wirkliche Ding. Das Volk verfiel den Versprechungen von Größe und Reichtum und ließ sich vom Glanz des Ehfem blenden.

Die Hüter des Sonnensterns warnten die Maoi und das Volk vor einem zweiten Unglück, das Mu für immer vernichten würde. Das Volk aber höhnte nur, denn das erste Verderben, das über Mu hereingebrochen war, lag viele Menschenalter zurück, und die meisten hatten es im neuen Blühen des Reiches vergessen. Priester traten hervor, die den Strömen des Ehfem Namen gaben und sie als Götter verehrten. Sie beredeten die Könige von Mu, jene Frevler und Volksaufwiegler, die sich Namaii nannten, Hüter des Sonnensterns, die von einer Kraft redeten, die jener der Götter überlegen sei, nicht länger zu dulden. Und sie verhießen den Herrschern die unbegrenzte Macht, seien die Namaii einmal beseitigt. Die Maoi hörten auf die lockenden Worte des Ehfem. Sie forderten von den Namaii die Macht des Hju in einem Krieg gegen aufständische Fürsten, doch als die Hüter des Sonnensterns sich weigerten, wurden sie angeklagt und verfolgt wie Verräter. Viele, die sich zu den Wegen der alten Weisheit bekannten, starben unter den Schwertern der Soldaten, denn mit der dunklen Verlockung der Macht war auch die Angst in den Herzen der Könige gewachsen. Sie ließen Waffen schmieden und scharten Krieger um sich, aus Furcht vor Neidern und Feinden. Da wußten die Hüter der Einen Kraft, daß die Zeit von

Mu verstrichen war und das Licht des Sonnensterns sich trübte. An einem anderen Ort der Erde müsse es neu erstrahlen, so berieten sie, um dem Streben der Menschen nach Erkenntnis auf die rechte Weise zu dienen. Und sie beschlossen, Mu, das glückliche Reich ewiger Sonne, zu verlassen.

Der Sonnenstern selbst wies ihnen den Weg zu den gewaltigen Eisgebirgen Atlans, denn sie kamen in der Nacht, in welcher der Sonnenstern, der allen sichtbar ist, hell am Himmel steht. Nur die wenigen, denen das wahre Licht der Herzen noch nicht verdunkelt war von der Verblendung des Ehfem, folgten ihnen. So verließ die Macht des Sonnensterns, die Quelle der Einen Kraft, den Kontinent von Mu. Die Maoi aber, die sich vom Volk als Götter verehren ließen, spürten, daß ihre Macht wie Sand in den Händen zerrann. Mit verzweifelter Wut verfolgten sie die Namaii, um die Quelle der Kraft nach Mu zurückzubringen. Ihre Flugmaschinen jagten über die Gipfel der Am-Gebirge hin, ließen Feuer und Blitze regnen, und die Menschen, die zu dieser Zeit in der Wildnis von Atlan lebten, fürchteten sich und glaubten, der Zorn des Himmels sei über sie gekommen. Die Namaii aber verbargen sich, und die Eine Kraft des Hju verhüllte sie vor den Augen der Verfolger. Den Gottkönigen von Mu jedoch schwand die Macht, obwohl ihr Reich noch einmal aufzublühen schien, so wie eine Kerze noch einmal hell flackert, bevor sie verlischt. Kolonien erhoben sich und fielen ab von Mu. Furchtbar waren die Kriegsmaschinen, mit denen die Maoi ihre Feinde bekämpften, denn noch immer war ihr Wissen um die geheimen Wege der Kraft unermeßlich, aber sie nutzten es nur zu niederen Zwecken, und es machte sie vermessen und selbstherrlich. Die dunkle Seite des Ehfem ergriff vollends Besitz von ihren Herzen und das letzte Blatt der Weisheit wehte vom verdorrenden Baum. Aber als sie die aufständischen Kolonien in die Knie zwangen und grausame Zerstörung auf die Länder und Völker der Alten Zeit herabbeschworen, traf die Prophezeiung der Namaii ein. Gewaltige Erschütterungen durchzuckten den Kontinent von Mu. Wochenlang bebte die Erde, riß auf zu riesigen Kratern und Spalten und peitschte das Meer weit über die Küsten hinaus. Die Todesschreie der Völker gingen unter im Krachen und Toben von Wasser und Erde. Feuer brach aus den Gebirgen und ganze Städte versanken in den Klüften, die sich jäh auftaten wie gefräßige Rachen. Orkane zerfetzten die Flugmaschinen der Fliehenden, und ihre Schiffe zerbrachen wie Spielzeug im Rasen des Ozeans. Keine Macht der Erde und des Himmels vermochte die Maoi und die Menschen von Mu zu retten. Niemand entging dem Wüten der Elemente. Eine gewaltige Flutwelle brach über das versinkende Land herein und verschlang die letzten noch lebenden Menschen und Tiere. Wo einst der mächtige Kontinent von Mu aufragte, dehnt sich heute das Meer, sanft wie in der Alten Zeit. Die weit verstreuten Inseln, an deren Strände es seine Wellen rollt, sind die letzten Spitzen der ehemals riesigen Gebirge. So endete das Reich von Mu, das erste Weltenalter. Die Hüter des Sonnensterns aber, verborgen in den Weiten von Schnee und Eis auf den Gipfeln des Am, machten sich bereit für die Morgendämmerung einer neuen Epoche, denn das Fließen der Einen Kraft kennt keinen Stillstand.«

Lok-Ma nahm einen tiefen Zug aus seinem Becher und schenkte bedächtig aus dem irdenen Krug nach. In der Dämmerung der Stube herrschte tiefe Stille. Die Zuhörer wagten kaum zu atmen. Zwar hatte mancher schon Legenden über das versunkene Reich von Mu vernommen, doch waren es meist Sagen von tapferen Heldengeschlechtern gewesen, von blutigen Kämpfen um Ehre, Macht und Ruhm, mit schillernder Phantasie ausgemalte Erzählungen über die Vernichtung des Alten Kontinents. Einer der fahrenden Chari hatte berichtet, ein riesiger Fisch habe das Land verschluckt und sei mit ihm hinabgesunken auf den Grund des Ozeans, wo die Menschen von Mu noch heute im Bauch des Untieres lebten, das eines Tages, wenn das Ende der Welt gekommen sei, wieder auftauchen werde. Ein anderer hatte geschildert, wie Mu von der Schwere des von seinen Königen gehorteten Goldes in den Mittelpunkt der Erde abgesunken und dort geschmolzen sei. Die einfachen Worte von Lok-Ma schienen karg und dürr gegen die blühende Erzählkunst der anderen, die ihre Geschichten bekräftigten, indem sie Bilder vorzeigten oder Beweisstücke aus dem Quersack kramten – ein Schuppenstück des Riesenfisches, der Mu verschlungen hatte, oder einen Zacken aus der Goldkrone des letzten Königs von Mu, aber Lok-Mas Erzählung griff den schlichten Menschen von Vihnn unmittelbar ans Herz und versenkte sie in tiefes, traumgleiches Erstaunen. Keiner hätte nur einen Augenblick bezweifelt, daß der Mehdrana aus Feen eine wahre Geschichte erzählte, und als im Fluß seiner Stimme eine Pause eintrat, schreckten manche auf wie aus leichtem Schlaf. Selbst der zappelige No-Ge saß regungslos auf einem Schemel neben der Türe, den Blick starr nach oben gerichtet und atmete schwer durch den weit geöffneten Mund. Die Mägde standen hinter ihm. Keiner fiel es ein, die geleerten Krüge auf den Tischen nachzufüllen oder nach dem Feuer zu sehen. Eine nur schlich im Raum umher und entzündete die Lampen. Immer wieder blickte sie scheu zu Lok-Ma hin, der aber

nickte ihr mit freundlichem Lächeln zu und setzte seine Erzählung erst fort, als alle Flammen in ihren Schalen sprangen und den niedrigen Raum in warmes, von Schatten durchzucktes Dämmerlicht tauchten.
»Die Namaii bauten auf den Gebirgen des Am die Gläserne Stadt. Hoch und zierlich ragte sie in die Wolken, funkelndes Kristall, in dem die Sonne sich brach und das ewige Eis der Gletscher sich spiegelte. Aus dem Gipfel des Sum in ihrer Mitte strömte in gewaltig pulsierenden Wellen das Licht und die Musik des Sonnensterns, die Eine Kraft des Hju. Mühelos bauten die Namaii die Gläserne Stadt, denn das geheime Wissen um die Wege der Einen Kraft, das Erbe von Mu, wurde von ihnen bewahrt. Die Menschen Atlans aber, die Sonne und Meer, Feuer und Erde als Götter verehrten, vermochten die Gläserne Stadt nicht zu erblicken, denn die Hüter des Sonnensterns hatten einen dichten Schleier um die kristallenen Mauern und Türme gelegt. Nur die Handan des Inneren Am-Tales, die der Stadt am nächsten wohnten, sahen manchmal die Wellen des Lichts wie leuchtende Nebel aus der Quelle der Einen Kraft aufsteigen, und die Musik, die in die Täler hinabwehte, pflanzte wundersame Sehnsucht in ihre Herzen. Die alten Lieder der Handan berichten noch heute vom singenden Licht der Berge, das wie der Klang der Ne-Flöte in die Herzen schneidet. Einige der Handan machten sich auf die Suche nach der Quelle des Lichts. Als die Namaii sahen, daß die Menschen von Atlan nach der Einen Kraft zu forschen begannen, beschlossen sie, den Schleier zu heben und die Stadt den Menschenaugen zu offenbaren. Wieder waren es die Handan, die die Gläserne Stadt zum ersten Mal erblickten, am Morgen nach einer Sonnensternnacht. Die Sehnsucht ihrer Herzen wurde so groß, daß sie hinaufstiegen zu ihr und Einlaß begehrten. Die Namaii nahmen sie auf und sandten gleichzeitig Boten aus, um auch die anderen Menschen von Atlan zur Gläsernen Stadt zu rufen, denn die Zeit war gekommen, sie in die Wege der Einen Kraft einzuweihen. Die Boten gingen hinaus und durchquerten ohne Mühe die undurchdringlichen Sümpfe und Wälder, die Gebirge und Ebenen, die Atlan bedeckten, denn das Fai, die Kunst des Mühelosen Reisens, war ihnen vertraut wie Essen und Schlafen.
Wenige Menschen nur fanden sie, weit verstreut über den Kontinent von Atlan. Mühsam bestritten sie ihr Dasein, von Jagen und Sammeln lebten sie, und sie wohnten auf Bäumen und in Höhlen wie die Tiere. Die Boten der Gläsernen Stadt luden sie ein, mit ihnen zu kommen, und da die Menschen von Atlan glaubten, die Götter selbst seien vom Himmel herabgestiegen, folgten sie ihnen willig. Aus allen Teilen des

weiten Landes kamen die Menschen zur Gläsernen Stadt, die Handan aber waren die ersten gewesen, die ihre Pforten durchwandert hatten. Ihre Legenden sprechen von der großen Wanderung ihrer Vorväter in die tiefen Gebirge, und jene Handan des Inneren Tales, die spüren, daß der Tod ihnen naht, steigen noch immer hinauf zur Gläsernen Stadt, aber nur jene, deren Herzen klar sind und unbefleckt, rein wie Spiegel, vermögen sie zu finden. Damals jedoch waren alle Menschen Atlans willkommen in der Gläsernen Stadt. Wenige nur verbargen sich aus Furcht, oder weil sie sich ihren alten Göttern nicht widersetzen wollten, die voll Haß waren auf die Eindringlinge aus Mu. In den Wäldern versteckten sie sich, in den Gebirgen des Westens und in den tiefen Höhlen am Vulkan Xav am östlichen Meer. Auch das kleine Volk der Yach blieb in den Dschungeln um ihre schwarze Stadt Sari, die schon in Trümmern gelegen, bevor die Namaii nach Mu kamen. Die anderen aber versammelten sich in der Gläsernen Stadt hoch auf den Gipfeln des Am, und die Hüter des Sonnensterns begannen, ihnen die Geheimnisse der Einen Kraft zu lehren. Viele Menschenalter lang lebten sie in der Stadt aus Kristall und empfingen die Wunder des Sonnensterns.
Aus dem Einen, Namenlosen, dem Unerreichbaren, Wesenlosen, dem Ozean der Liebe, so vernahmen sie, dem Zentrum des Kreises, der Nabe des Rades, dem großen Stern, der Einen Sonne, fließt unaufhörlich das Hju, die Eine Kraft, die alles Leben erschafft und erhält. Sie ist das Blühen des Baumes im Frühling, die Kraft des Tigers, der jagt, die Gewalt des tobenden Ozeans und das Lächeln auf den Lippen des Kindes. Sie fließt im Herzen von allem das lebt, als Ne, die weiße Musik, deren Echos hinauswehen bis an den Rand der Zeit und als Ban, das reine Licht, das keinen Schatten wirft. Sie ist das Licht und die Musik des Sonnensterns, der jedem Menschen im Herzen wohnt, unsterblich, ewig. Aus ihr entspringt auch die Macht des Einen, des Ewigen, der den Sonnenstern in sich zum Leuchten bringt und selbst zu ihm wird, der On-Nam, das Licht der Welt, der Hüter der Macht, der allen, die das ursprüngliche Hju in den Schleiern des Ehfem vergessen haben, den Weg zurück zur Einen Kraft weist. Er, der On-Nam, ist der Erste Namaii, der Walter des Hju, der Herr der weißen Musik, die Quelle lebender Weisheit. Er war es, der die Menschen Atlans in die Gläserne Stadt gerufen hatte.
Lange, lange verweilten sie bei ihm und den anderen Namaii, denn die weiße Musik der Einen Kraft, welche die einzige Nahrung der Bewohner der Gläsernen Stadt ist, hielt den Tod fern von ihnen. Sie vermehrten sich und mischten sich mit denen, die aus Mu gekommen waren.

Ihre Herzen wurden weit, denn die Weisheit des Sonnensterns, das Wissen um die Gesetze der Einen Kraft und die Macht des Hju durchströmte sie mit gewaltiger Stärke. Einer von ihnen aber, Harlar nannte man ihn später, den Wanderer, trank begieriger als die übrigen vom Wasser des Lebens, und der Sonnenstern in ihm leuchtete hell. Harlar war es, der als erster der weiten Länder Atlans gedachte, aus denen er einst mit den anderen in die Gläserne Stadt gekommen, und er sprach dem On-Nam und den Hütern des Sonnensterns, deren liebster Schüler er war, von seinen geheimen Gedanken: Reiche Saat habt ihr in mein Herz gepflanzt, sie will keimen. Eine klare Quelle habt ihr in mir geweckt, sie will fließen. Helles Licht habt ihr in meinem Auge entzündet, es will strahlen. Tosende Musik habt ihr entfacht in mir, sie will klingen.

Der On-Nam und die Namaii beugten die Häupter vor Harlar, denn sie wußten um das innerste Wesen der Einen Kraft, und als Harlar die Gläserne Stadt verließ, hielt niemand ihn zurück. Schneller als die Schwingen eines Vogels trug ihn das Fai, welches die Kunst des Sonnensterns in den Menschen ist, an allen Orten und zu allen Zeiten gleichzeitig zu sein, über die Weiten Atlans. Er sah, daß die Menschen, die dort zurückgeblieben waren, noch immer lebten wie die Tiere des Waldes und der Steppe, daß sie in Höhlen und auf Bäumen schliefen und nur mühevoll die Nahrung für sich und die ihren gewannen. Einige im Süden hatten begonnen, die fruchtbare Erde, die sie nährte, als Göttin zu verehren. Andere huldigten dem Feuer des großen Vulkans, das sie Be'el nannten, dem Seris, dem Gott der Wälder, oder dem namenlosen, unendlichen Meer. Harlar aber sah das Licht des Sonnensterns, das hell in ihm strahlte, auch in ihren Herzen, verborgen, schwach glimmend im Dunkel wie fast verloschene Glut, doch als er es erblickte, wußte er, daß die Zeit des Lernens in der Gläsernen Stadt vorüber und die Zeit des Gebens gekommen war. Er kehrte zurück in die Stadt auf den Gletschern zu denen, die jenseits des Todes wohnten, unberührt von den Jahreszeiten und vom Kampf der Wogen des Ehfem, im schimmernden Kristall, der aus dem Licht der Einen Kraft gegossen schien. Er kehrte zurück zu den Unsterblichen im ewigen Eis, die glaubten, sie seien zu Göttern geworden, und brachte ihnen Geschenke aus den vier Himmelsrichtungen Atlans, die sie an das Land erinnern sollten, das sie geboren. Aus den Gebirgen des Nordens brachte er einen funkelnden Diamant, tief aus dem Leib der Erde. Von den Küsten des Westens brachte er eine gewundene Muschel, in der das Rauschen des Meeres gefangen war. Aus den Wäldern des Ostens brachte er Orchideen, süß

duftend und gewachsen wie lodernde Flammen. Aus den weiten Ebenen des Südens aber brachte er eine Flöte aus Schilfrohr, durch die der Wind das ewige Lied des Hju sang. Diese Gaben brachte er den Menschen in der Gläsernen Stadt, die Atlan vergessen hatten, und in ihren Herzen regte sich die Sehnsucht nach dem alten Land.
Willst du uns führen? fragten ihn einige. Zurück in die Heimat, die uns geboren hat? Harlar, der Wissende, der Vater der Stämme Atlans, nickte. Die Kraft des Hju durchdrang ihn nun ganz und strahlte hell aus seinem Herzen. Da wußten die Männer von Mu, die Namaii, die Hüter des Sonnensterns, daß die Zeit eines neuen Weltenalters gekommen war, und sie übergaben Harlar die Macht der Einen Kraft. So wurde Harlar, der Wanderer, der erste On-Nam, der hinausging in die Ebenen Atlans. Er zog mit den seinen nach Süden, in die weiten, fruchtbaren Länder, die fast ohne Bemühung reiche Ernte hervorbrachten und wollte dort eine Stadt bauen zu Ehren des Hju. Auf einem Hügel fand Harlar, als er in der Nacht, in der der Sonnenstern über den Himmel zog, alleine wanderte, eine Quelle. Er trank von ihr, und das Wasser des Lebens, das aus ihr floß, zeigte ihm das Bild der wahren Stadt Hak, das zu Stein geformte Licht des Sonnensterns, die Blüte des neuen Zeitalters. Das Orakel von Hak, der Mund der Wahrheit, die Stimme der Einen Kraft, sprach in dieser Nacht zum ersten Mal im Herzen von Harlar.
Der Führer des ersten Stammes von Atlan baute um den Hügel der Quelle die Stadt Hak in Form eines sechszackigen Sterns. Aus Gold, Kristall und weißem Marmor baute er sie als lebendes Zeichen des Sonnensterns in den weiten Ebenen des Südens. Sechs Flüsse wurden von der Quelle gespeist und flossen nach allen Seiten hinab zu den sechs Spitzen des Sterns. Den Quellenhügel, eine ebenmäßig geformte Erhebung, ließ Harlar unberührt. Blumen und heilende Kräuter, Büsche und blühende Bäume wuchsen auf ihm als Zeichen der Einen Kraft, die alles Leben schafft und nährt. Vom Fuß des Hügels strebten die Straßen der Stadt wie Strahlen in alle Himmelsrichtungen, gekreuzt von Ringen, die nach außen hin breiter wurden wie Wellen in einem Teich, in den ein Stein gefallen ist.
An den sechs Spitzen des Sterns, wo die sechs Flüsse die Stadt verließen und hinausflossen, das fruchtbare Land zu nähren, erbaute Harlar Häuser aus Kristall, um den sechs Merkmalen des Sonnensterns Gestalt zu geben. Ein jedes war durchströmt von einem der Flüsse, und das kühle Murmeln des Wassers erfüllte ihre hohen Hallen. Harlar nannte sie: Haus des Tones, Haus des Lichts, Haus der Erde, Haus des Him-

mels, Haus der Erkenntnis und Haus der Liebe, den kristallenen Tempel aber, den er, geformt wie der sechszackige Stern, über der Quelle von Hak erbaute, nannte er Haus der Einen Kraft.

Die sechs Häuser, die er aus weißem Marmor an den inneren Ecken des Sternes von Hak errichtete, nannte er Haus des Lebens, Haus des Todes, Haus der Freude, Haus der Schrift, Haus der Prophezeiung und Haus des Weges. Das Haus des Weges bewohnte er fortan selbst, zusammen mit jenen, die seine engsten Schüler waren und die geheime Weisheit des Sonnensterns in ihren Herzen zum Blühen brachten.

Die Menschen aber, die mit Harlar gekommen waren, bevölkerten die Stadt. Jedes ihrer Häuser war lichtdurchströmt und von blühenden Gärten eingefaßt. Zierlich ragten die Gebäude aus goldverziertem Marmor zwischen den Bäumen auf, spiegelten sich in Teichen und Wasserläufen. Ihre Portale führten hinaus auf die sechs Alleen, in deren Mitte die Flüsse von Hak zu den Spitzen des Sterns flossen, oder zu den Ringstraßen, die goldene Bildwerke säumten. Frei bewegten sich die Menschen von Hak, kein Haus war verschlossen, denn niemand trachtete in Neid nach dem Besitz eines anderen. Jeder hatte Zutritt zu den Häusern des Sonnensterns und auch das Haus des Weges, in dem Harlar wohnte, stand jedem offen, der das Wissen der Einen Kraft begehrte. Frei ergossen sich die sechs Flüsse in das fruchtbare Land des Südens, denn Hak war nicht von Mauern umgürtet. Keine Feinde drohten, kein Gedanke an Streit oder Krieg trübte den Frieden dieser Tage. Auch das alte Volk, die Menschen, die nicht in der Gläsernen Stadt gewesen waren, verloren ihre Scheu, wagten sich in die Stadt und wurden in Freundschaft empfangen.

Glück und Weisheit erfüllte das Goldene Zeitalter von Hak, das dieser Welt niemals in solcher Reinheit wiedererstehen wird. Künste und Wissenschaften erblühten und das geheime Wissen um die Eine Kraft, das die Namaii aus Mu gerettet, wurde allen Menschen zuteil. Unermeßlich war die Fülle des Wissens, die aus dem Hju floß, und die Menschen von Hak nutzten es zum Wohle aller. Schiffe gab es, die unter dem Meere fuhren, Flugmaschinen, die alle Plätze der Erde erreichten und den Ruhm von Hak bis zu den Sternen trugen. Die Harmonie des Himmels war den Menschen ebenso vertraut wie die Sprache der Natur. Überall fanden sie den ewigen Klang des Ne wieder, im Lauf der Planeten, im Wachsen der Bäume, in den Gezeiten des Meeres. Und er lebte auch in der Musik, die in den Häusern von Hak ertönte. Dichter und Erzähler priesen das lebensspendende Hju, und Maler, Bildhauer

und Baumeister schufen aus den geheimen Akkorden der Einen Kraft Werke vollendeter Schönheit.
Von edelster Anmut waren auch die Menschen von Hak. Der Glanz des Sonnensterns leuchtete auf ihren Gesichtern. Groß waren sie von Wuchs, doch aber sanft und feingliedrig. Unendlich lange währte ihr Leben auf Erden, und sie vermochten die Stunde ihres Scheidens selbst zu bestimmen. Ohne Furcht und Schmerzen war der Tod, ein sanfter Geleiter nur in die Lichtwelten des Hju. Die Kunst des Fai war jedem Kind vertraut. Mit der Leichtigkeit eines Gedankens durchwanderten die Menschen die endlosen Räume der anderen Welten und die Gebirge und Ebenen Atlans, ohne einen Schritt über die Schwelle ihrer Türe zu tun. Die Gläserne Stadt auf den Gletschern des Am besuchten sie, um von den Strömen klingenden Lichts zu trinken, die aus ihrer unerschöpflichen Quelle flossen. Das goldene Zeitalter von Mu, jene glücklichste Zeit der Menschheit, schien wiedererstanden.
Harlar aber kannte die Geschichte des versunkenen Kontinents und wollte die seinen vor dem unseligen Schicksal des Alten Landes bewahren. So bestimmte er, daß nur der On-Nam, der Eine, der Erste Hüter des Sonnensterns, den der Rat der neun Namaii in der Gläsernen Stadt erwählt, die Königswürde innehaben dürfe, denn nicht hohe Geburt zeichne den Menschen aus, sondern lebendige Weisheit des Herzens. Als Harlar nach vielen Jahren für immer in die Gläserne Stadt ging, wurde die Macht des Hju in der Nacht des Sonnensternfestes auf Namar übertragen, der die Eine Kraft in seinem Herzen zur leuchtenden Blüte gebracht hatte. Einer der Handan aus den nördlichen Gebirgstälern war er, die mit Harlar in die Ebenen des Südens gekommen waren. Harlar aber verließ Hak und ging zurück zur Stadt auf den Gletschern, wo er im Rat der neun Namaii über die Geschicke Atlans wacht.
Bevor er die sechszackige Stadt verließ, rief Harlar die Menschen von Hak in die weiten Gärten, die das Haus der Einen Kraft, die heilige Quelle, umgaben. Die Alten rief er, die mit ihm aus der Gläsernen Stadt gekommen waren, ihre Kinder und Kindeskinder und die Menschen des Südens, die nicht in der reinen Welt aus Kristall gewesen waren. Er hieß sie, die Augen zu schließen und trotzdem zu schauen. Und er hieß sie, die Ohren von den Tönen der Welt abzuwenden und trotzdem zu lauschen. Sie sahen mit ihren geschlossenen Augen das Ban, das reine Licht des Sonnensterns und mit ihren inneren Ohren hörten sie das Ne, die weiße Musik des Hju. Die Eine Kraft fließt in euch als Licht und Musik, sagte Harlar. Die mit reinem Herzen sehen und hören, werden

immer die Macht und die Liebe des Sonnensterns besitzen. Als sie die Augen wieder öffneten, war Harlar fort.

Elf weise Könige, jeder ein On-Nam, folgten dem Harlar. Hunderte von Jahren regierten sie, und unter jedem mehrte sich die Herrlichkeit des Reiches von Hak, bis der zwölfte, Sahin, eine Frau aus dem alten Volk nahm, das nicht in der Gläsernen Stadt gewesen war, und das sich wieder an die Göttin der mütterlichen Erde erinnert hatte, ihr Bildwerke schuf und ihr opferte. Aber auch die Nachkommen der Väter von Hak begannen, in den Spiegeln des Ehfem die ursprüngliche Wahrheit des Sonnensterns zu verlieren. Sie gaben dem Ozean der Liebe, dem Einen Formlosen, der Quelle des Hju, die keinen Namen besitzt und kein Gesicht, den Namen Tat, um ihn fassen zu können in der Enge menschlicher Vernunft, und die nach ihnen kamen, schufen dem Tat Bildwerke und Statuen und sagten, dies sei Tats Gestalt. Sie blickten auf diese mit ihren äußeren Augen und hielten sie für Wirklichkeit, denn es ist das Wesen des Ehfem, Scheinbarkeiten zu schaffen und Vergängliches, um dieses dann dem Wirklichen, Ewigen gleichzusetzen. So wurde der Tat der Gott des Elrach, der hellen Seite des Ehfem, und seine väterliche Güte herrschte fortan im Reich von Hak mit mildem Glanz. Das Licht des Sonnensterns aber, das Zeichen der unvergänglichen Wahrheit, begann zu erblassen im Dunkel des Vergessens. Dies jedoch trug sich erst viele Jahre nach dem Abschied des Harlar zu, als er das Ne und das Ban in die Herzen der Menschen gelegt, und es gehört nicht zu der Geschichte aus der alten Zeit von Atlan, die ich euch heute erzähle.

Als Harlar in die Gläserne Stadt zurückkehrte und die nördlichen Völker von Atlan hörten, daß einer der ihren, Namar, als neuer König und On-Nam in Hak herrsche, beschlossen sie, ebenfalls aufzubrechen zur Stadt aus Gold und Marmor im Süden. Die Hüter des Sonnensterns ließen sie gewähren, denn die Zeit war gekommen, daß alle Völker Atlans die Gläserne Stadt verlassen sollten. Die Handan, jene, die als erste die Gläserne Stadt erblickt und betreten hatten, gingen hinaus und wanderten von den Gipfeln des Am hinab in die Täler. Als sie aber das Tal von Han sahen, den smaragdfunkelnden See in seiner Mitte und die von Blumen und Kräutern übersäten, fetten Bergwiesen, da erwachte in vielen von ihnen die Liebe zu ihrer alten Heimat wieder. Sie vergaßen die Stadt im Süden und siedelten sich an den Plätzen ihrer ursprünglichen Herkunft an. Andere zogen weiter, aber auch sie fanden in den Gebirgen des Nordens Orte von solcher Schönheit, daß sie ihre Wanderung aufgaben und sich dort niederließen. So wurden die nördlichen Gebirge besiedelt, und bald bauten auch diese Stämme Städte

und Dörfer, geschmückt mit den Edelsteinen, die sie aus den Tiefen der Erde bargen. Weit trieben sie ihre Schächte und Stollen in das Innere der Erde, um den Einen, Reinen Stein zu finden, der dem Rak glich, dem Diamanten, den Harlar ihnen von der ersten Wanderung mitgebracht. Die Schätze, die sie fanden, brachten sie zur Gläsernen Stadt, als Geschenk für die Eine Kraft des Hju.
Mit den Völkern des Nordens verließen auch einige Stämme, die früher im Osten gelebt, die Gläserne Stadt und wanderten an die Stätten ihrer Herkunft zurück, wo sie sich in den weiten Ebenen um den Vulkan Xav, dessen Feuerlicht sie auf ihrer Reise leitete, niederließen. Auch an den Küsten des Westens erwuchsen Städte und Siedlungen. Die Stadt Hak aber galt allen als die Hauptstadt. Reger Handel entwickelte sich zwischen allen Städten und Ländern von Atlan, bis später, als die Macht des Sonnensterns auf das Westvolk überging und in Hak der Kult der Mutter sich zum Bösen wandte, die Bande der Gemeinschaft zerrissen. Viele, viele hunderte von Jahren nach Harlars Fortgehen geschah dies. Längst war das Hju vergessen von den meisten Menschen. Der Stamm der Handan im Inneren Tal aber wohnte an den Pforten der Gläsernen Stadt, und selbst als alle Völker die Stadt verlassen hatten und schreckliche Kriege wüteten unter denen, die einst im Sonnenstern vereint waren, so daß die Namaii den Berg des Lichts und die Stadt aus Kristall wieder vor den Augen der Menschen verhüllten, vergaßen die Handan niemals die alte Heimat auf den Gletschern des Am. Sie kennen die geheimen Wege, verborgen in der Wildnis der Berge, durch die Schleier der Blindheit hindurch in die Stadt. Die sterbenden Handan, deren Herz so leicht wie eine Feder wird, finden den Weg mühelos wie einst, als alle Völker frei zwischen den Städten wanderten. Die Handan wurden zu den Hütern der Stadt. Sie beschützen ihre Schätze und die Weisheit der Einen Kraft vor der Gier der Menschen Atlans. Sie leben im Ring des Schweigens, den die Hüter des Sonnensterns um die Stadt gezogen. In ihrem vielzüngigen Schweigen wohnt die Kraft des Bannes, den die Namaii einst um die Gläserne Stadt legten. Ihr aber, die Ams der äußeren Täler, seid die Wächter der wenigen Pforten, die hineinführen in das verborgene Reich der vergessenen Weisheit. Obwohl auch ihr die Gläserne Stadt nur aus den Legenden kennt, so seid doch gewiß, daß ihre unermeßlichen Schätze euch näher sind als allen anderen, die in den Tälern und Ebenen wohnen...«
»Habt ihr es gehört?« zischte eine Flüsterstimme vor dem Fenster, das eine Magd geöffnet hatte, um frische Luft hereinzulassen.
»Maul halten!« befahl eine andere, gepreßt und ärgerlich.

Der Mehdrana brach seine Erzählung ab. No-Ge sprang trotz seiner Leibesfülle blitzschnell auf und eilte zum Fenster. Als er es aufriß und den Kopf hinausstreckte, sah er gerade noch einige Schatten in der Dunkelheit verschwinden.

No-Ge zog den Kopf wieder ein, ratlos, zuckte mit den Schultern. »Herumtreiber, die uns einen Streich spielen wollen. Vielleicht die Burschen von den Wan-Höfen, die meine Char nicht mehr betreten dürfen. Wenn ich sie erwische,« drohte er und wollte gerade einen Schwall von Entschuldigungen wegen dieser Störung, wie sie noch niemals vorgekommen, seit er der Wirt dieser Char sei, über Lok-Ma ergießen, als die Türe aufgestoßen wurde und ein großer, verwilderter Mann mit gezücktem Schwert an der Spitze einer Rotte von schmutzigen, zottigen Kerlen hereinbrach. Seine zusammengekniffenen Augen jagten über die wie versteinert dasitzenden, mit offenen Mündern starrenden Vihnner hinweg, dann machte sich ein böses Grinsen auf seinem runden, bärtigen Gesicht breit. Von diesen Bauerntölpeln gab es nichts zu befürchten.

»Nennt ihr fremde Gäste immer Herumtreiber?« fragte er barsch und machte einen langsamen, drohenden Schritt auf den fetten Wirt zu.

»Wenn sie sich heimlich ans Haus heranschleichen und mit gezogenem Schwert in die Stube treten, schon!« schrie No-Ge, dem vor Zorn die Stirnadern schwollen. Er wäre auf den ungebetenen Gast losgefahren, ungeachtet des auf ihn gerichteten Schwertes, hätte eine scharfe Geste des Feener Mehdrana ihn nicht im letzten Moment zurückgehalten. Die abrupte Störung des Erzählabends von Lok-Ma, der ihm als das bedeutendste Ereignis seines Daseins als Wirt von Vihnn erschien, versetzte ihn in blinde Empörung, die jede Todesgefahr mißachtete. Der Fremde warf dem vor Wut schäumenden Mann, der sich grollend nach hinten verzog, einen Blick boshafter Belustigung nach.

»Sollen wir ihm eine Tracht Prügel verabreichen, Hor-Yu?« fragte einer seiner Männer. Die anderen grinsten und nickten voll Streitlust.

»Maul halten!« kläffte der Anführer. Ihre Mienen gefroren augenblicklich wieder zu grimmigen Masken.

Die Vihnner gafften die Fremdlinge ungläubig an. Keiner von ihnen hatte jemals so viele Menschen aus den Ebenen gesehen. Dieser Herbst war wirklich ein ungewöhnlicher.

»Auch wenn selten Fremde in diese Gegend kommen, so sind sie doch stets willkommen, aber verlangt das Gastrecht, daß sie ihre Waffen an der Türe lassen und nicht feindselig in einen Erzählabend platzen.« Lok-Mas freundliche, aber eindringliche Stimme unterbrach die plötzlich eingetretene Stille. Hor-Yu warf seinen Blick auf ihn wie ein blitzendes Messer. Lok-Ma begegnete ihm mit Gelassenheit. Der Fremde verengte die Lider, dann wandte er sich rasch ab und ließ die Augen unstet im Raum umherschweifen.

»Auch ist es Sitte, daß Gäste ihren Namen nennen, wenn sie ein Haus betreten, und berichten, woher sie kommen und wohin sie gehen wollen,« fuhr Lok-Ma fort, trat hinter seinem Pult hervor und ging furchtlos auf die Männer zu. Hor-Yu wich einen Schritt zurück. Das Grinsen, das er plötzlich wiederfand, erschien gewollt und unsicher. Seine Stimme hatte die Schärfe verloren.

»Wir wollen euch nicht zur Last fallen,« sagte er, nach Worten ringend, »haben auch nicht vor, eure Gäste zu sein. Deshalb erspart uns lange Erzählungen. Was geht es euch an, wer wir sind und woher wir kommen? Wir wanderten durch euer Dorf, und da nur in diesem Haus Licht brannte, kamen wir her und haben eurer Geschichte ein wenig zugehört.«

Lok-Ma schaute den Fremden unverwandt an. Hor-Yu wand sich unter dem Blick des Mehdrana. Etwas sprach aus diesem Blick, das ihn unsicher machte. Er hatte Mühe, nicht zu stottern. Mit aller Gewalt nahm er sich zusammen.

»Da wir ohnehin gerade dabei sind, nachzusehen, was an dieser Gläsernen Stadt Wahres dran ist, hat sie uns natürlich besonders interessiert,« warf einer der Männner ein.

»Maul halten!« herrschte Hor-Yu ihn an und stampfte mit dem Fuß auf. Aber sein Zorn wirkte lächerlich.

»Ihr wollt weiter in die Berge?« fragte Lok-Ma.

»Wenn ihr nichts dagegen habt. Und selbst wenn ihr etwas dagegen hättet. Es geht euch einen Dreck an.« Hor-Yu versuchte, seine Sicherheit wiederzugewinnen. Etwas in ihm aber wimmelte wie tausende Insekten. Mit fahriger Bewegung steckte er sein Schwert in die Scheide. Sein Blick suchte Halt im Raum. Mit eisernem Willen bezwang er sich.

»Ihr habt gerade so aufschlußreich über die Schätze der Gläsernen Stadt erzählt,« sagte er und versuchte seiner Stimme einen festen Klang zu geben. Er sah Lok-Ma von der Seite an. Der Mehdrana hielt seine Augen ruhig auf ihn gerichtet. »Wir wollten Euch nicht unterbrechen. Fahrt getrost fort. Es ist ein Thema, das uns außerordentlich interessiert. Man kann sagen, wir haben die lange Reise in diese Wildnis nur unternommen, um diese Legenden näher zu ergründen. Es ist für uns also geradezu ein Glücksfall, daß wir auf Euch gestoßen sind. Ihr könnt uns sicherlich einige aufschlußreiche Dinge darüber berichten. Nicht wahr, Männer?«

Hor-Yu kicherte gekünstelt. Die anderen ließen ein zustimmendes Brummen hören und traten von einem Fuß auf den anderen. Das seltsame Gebaren ihres Anführers machte sie stutzig. Normalerweise hätte er diesem lästigen Frager längst sein Schwert zu spüren gegeben.

»Ihr habt die Reise umsonst gemacht,« erwiderte Lok-Ma streng. »Hier ist der Weg zuende.«

»Oh nein,« grinste Hor-Yu. »Man hat uns von einem Tal berichtet, das hier in diesen Bergen liegen soll. Wir haben einen wegkundigen Führer dabei und . . .«

»Das Innere Tal von Han, wenn ihr das meint, ist Fremden nicht zugänglich,« unterbrach ihn Lok-Ma.

»Oh,« stieß Hor-Yu hervor und legte die Hand an den Schwertknauf. »Wir waren schon an vielen Plätzen, die für Fremde nicht zugänglich schienen. Und wir sind trotzdem dortgewesen. Nicht wahr, Männer?«

Seine mit kostbaren Ringen geschmückten Finger spielten nervös am Griff des Schwertes. Wieder kam bejahendes Gebrumm von seinen Gefolgsleuten.

»Wenn ihr so mutig seid, dann versucht es ruhig,« sagte Lok-Ma achselzuckend und wandte sich ab. Hor-Yu taumelte unmerklich, als er den Blick dieses seltsamen Märchenerzählers nicht mehr auf sich spürte. Der Mehdrana nickte No-Ge zu, der mit einem rasch herbeigeholten mächtigen Rundstock hinter ihm stand.

»Ich danke dir, No-Ge, daß du die Leute von Vihnn zusammengerufen und mir Gelegenheit gegeben hast, eine Geschichte zu erzählen,« sagte er mit einer leichten Verbeugung zu dem verdutzten Wirt. Es schien, als seien die Eindringlinge nicht mehr vorhanden für ihn. »Auch euch danke ich,« sagte er zu den Vihnnern, die wie angewurzelt saßen, »für euer geduldiges Zuhören, denn ich war mit meiner Geschichte am Ende, als die Fremden mich unterbrachen. So blieb mir erspart, nach geeigneten Schlußworten zu suchen, was mir, der ich gerne immer weiter erzählen würde, am schwersten fällt.« Er deutete lächelnd eine Verneigung vor seinem Publikum an.

»Und ihr, Fremde, die ihr die Sitten des Gastrechts nicht zu kennen scheint, verlaßt dieses Haus,« sagte er zu den Eindringlingen und wies mit der Hand zur Türe. Die Männer drückten sich murrend, wie Hunde mit eingezogenen Schwänzen, hinter ihrem Anführer herum, als Lok-Ma sie scharf anblickte.

»Wir haben Hunger und Durst,« stieß Hor-Yu schließlich hervor. »Wir sind weit gereist.«

»Niemand hindert euch daran, zu essen und zu trinken, wenn ihr es nur außerhalb des Dorfes tut,« erwiderte Lok-Ma schroff und kehrte den Männern den Rücken zu.

Hor-Yus Hand zuckte nach seinem Schwert. Aber noch bevor er es halb aus der Scheide gezogen hatte, fuhr Lok-Ma herum. Sein Blick ließ den Eindringling zurückprallen. Hor-Yu senkte den Kopf. Kraftlos schob er das Schwert zurück.

»Wir werden uns an eure großzügige Gastfreundschaft stets erinnern,« höhnte er voll ohnmächtigem Haß. »Außerdem ist mir ein Lager unter den Sternen hundertmal lieber als ein Bett in euren stinkenden Hütten.« Hor-Yu schluckte. Seine Stimme klang unsicher. »Habe ich recht, Männer?«

»Ja, Hor-Yu,« riefen seine Gesellen halbherzig. Ihre Blicke wanderten scheu zu Lok-Ma, der ihren Anführer noch immer scharf im Auge hatte.

»Los, wir haben hier nichts mehr verloren!« befahl Hor-Yu und wandte sich zum Gehen.

»Noch einmal, Hor-Yu!« sagte eine Stimme hinter ihm, leise und sanft, doch sie ließ ihn jäh herumfahren. Lok-Ma stand ihm unmittelbar gegenüber und schaute ihm in die Augen. Hor-Yu erschrak. »Hor-Yu, laß dir einen guten Rat geben. Es haben vor euch schon viele versucht, Schätze zu suchen in den Bergen, aber die wenigen, die überhaupt zurückgekehrt sind in die Ebenen Atlans, brachten nichts mit sich als ihr nacktes Leben. Ihr tut besser daran, morgen dahin zurückzugehen, woher ihr gekommen seid.«

Hor-Yu bebte am ganzen Körper. Seine Mundwinkel zuckten. Aber seine Großmäuligkeit überwand noch einmal die Angst, die mit kalter Hand nach seinem Herzen griff.

»Kommt Männer,« preßte er hervor. Seine Stimme überschlug sich. »Wir verlassen dieses dreckige Kaff. Die Gläserne Stadt wird uns besser aufnehmen.« Er spuckte auf den Boden, warf den Kopf in den Nacken und ging. Seine Männer schlichen ihm nach, scheu, geduckt, die Augen niedergeschlagen.

»Das Brüllende Schwarz soll euch verschlingen, elendes Gesindel,« schrie No-Ge ihnen nach und drohte mit dem Rundstock.

»Geht jetzt nach Hause, aber verriegelt Fenster und Türen heute nacht,« sagte Lok-Ma zu den Dorfbewohnern, die noch immer wie erstarrt auf ihren Plätzen saßen. »Die Zeiten sind unsicher geworden in

Atlan. Nun kommt das Gelichter schon bis Vihnn herauf. Seid auf der Hut.«

Langsam erhoben sich die Vihnner, standen noch eine Weile in der Stube herum, schweigend, einander anschauend, dann drängten sie aus der Char ins Freie. No-Ge verabschiedete sie an der Türe, entzündete ihre Fackeln und begleitete sie, unaufhörlich über die Eindringlinge schimpfend und zeternd, ein Stück des Weges zum Dorf. Er hielt nach den Fremden Ausschau, konnte sie im Dunkel aber nirgendwo ausmachen. Die Nacht war kühl und klar. Der Wind rauschte leise in den Lempbäumen vor dem Haus und nahm das welke Laub von ihren Zweigen. No-Ge blieb stehen und sah seinen Gästen nach, die kräftig ausschritten. Manche hatten lange Wege zurückzulegen zu ihren weit entfernten Höfen hoch an den Hängen des Tales. Bald schwammen ihre Lichter als flackernde Punkte im Meer der Nacht. Auch Lok-Ma trat vor die Türe und nahm einen tiefen Atemzug. No-Ge kam auf ihn zugeeilt und wollte den Schwall seiner Empörung über den Mehdrana ergießen. Aber Lok-Ma winkte lächelnd ab.

»Das Licht von Hak ist lange verloschen,« sagte er mild. »Aber wenn die Dunkelheit kommt, scheint jeder Schimmer hell zu strahlen, wie auch der Sonnenstern heuer in der Neumondnacht heller leuchten wird denn je.«

No-Ge klappte unwillig den schon geöffneten Mund wieder zu. Die Schneegipfel der Berge glitzerten fern und unwirklich im Glanz unzähliger Sterne.

Kapitel 3
DIE HÜTER DER STADT

Das erste Haus des Inneren Tales, auf das der Wanderer nach seinem mühevollen Weg durch das Brüllende Schwarz stieß, war die Char, die Erzählhalle, das Gasthaus. Es lag unmittelbar am Weg, unweit der Stelle, an der die allmählich sich weitende Schlucht den ersten Blick auf das Tal von Han öffnete. Wie in den nördlichen Gebirgen üblich, lag die Char ein gutes Stück außerhalb des Dorfes, und auch im Inneren Tal war sie das stattlichste Haus des Ortes, aus grob behauenen Steinblöcken zwei Stockwerke hoch gebaut, mit einem Dach aus bemoosten Holzschindeln, das zur einen Seite bis zum Boden reichte, sich zur anderen an den steilen Hang neben dem Haus lehnte. Ein Seitenarm des Am führte am Gebäude vorbei, und dieses munter schäumende, kristallklare Gewässer leistete Tan-Y, dem Wirt von Han, wertvolle Dienste. Es betrieb eine kleine Mühle hinter dem Haus, durchfloß die in den Hohlraum zwischen Hauswand und Dach gemauerte Kühlkammer, in der Sok-Butter, Käse und andere verderbliche Nahrung gelagert wurde und speiste den Fischteich neben der Mühle. Der Weg überquerte den reißenden Bach zweimal, gabelte sich bei Tan-Ys Ziegenstall und führte weiter zu den Häusern und Höfen, die um die Ufer des tropfenförmigen, smaragdgrünen Sees in der Mitte des Talkessels verstreut lagen. Felder und Weiden stießen zu beiden Seiten bis fast an das klare Wasser, aus dem im Osten der Am entsprang, und in das auf der von dichtem Riedgras bewachsenen Westseite die drei Quellflüsse des Am, der Log, der Nam und der Huk, aus engen Felsschluchten hervorbrechend, mündeten. Steile Wiesen zogen sich zu allen Seiten des Tales zu den Felsen empor. Zwischen ihnen duckten sich kleine Häuser eng an den Hang, alle auf der einen Seite in das Erdreich und die Felsen hineingebaut, und auf der anderen von einem bis zum Boden reichenden Dach vor der rauhen Witterung der Berge geschützt. Die am höchsten gelegenen Höfe schmiegten sich in die Schatten der dunklen Waldstücke an den Südhängen oder lehnten sich an die senkrecht aufragenden Felswände im Norden und Westen.

Han, das Dorf der Handan des Inneren Tales, war die letzte Ansiedlung der nördlichen Berge Atlans, vergessen von den Menschen der Städte und Ebenen und unberührt von den Wirren der Zeit, die über das Reich von Atlan hinwegfegten. Die Schneegipfel des Am, die es auf drei Seiten umschlossen, majestätisch und über alle Zeit erhaben, zerklüftet von Schluchten und Karen, von Gletscherzungen und jäh zum Himmel weisenden Felswänden, weit über die Wolken hinausragend, zeigten selbst dem kühnsten Wanderer, der bis hierher vorgedrungen war, daß er am Ende seiner Reise, am Ende von Atlan, am Ende der Welt angekommen war. Nur das Fai, die Kunst des Mühelosen Reisens, von dem die Legenden erzählten, könnte ihn weitertragen in die alte Heimat der Völker Atlans. Die wenigen, die trotzdem ihr Glück versucht hatten, die geheime Wege und Pässe finden wollten, verborgene Pfade zur Gläsernen Stadt oder zum Versteck ihrer sagenumwobenen Schätze, waren entweder kaum über die letzten Gehöfte von Han hinausgekommen oder niemals von ihrer Wanderung wiedergekehrt. Nur die alten Handan kannten Pfade, die näher an die Welten von ewigem Eis heranführten, in denen die Gläserne Stadt liegen sollte, den menschlichen Blicken verborgen, von Schleiern des Vergessens umflossen, aber auch sie, die auf ihnen wanderten, um im Sterben zurückzukehren in die alte Heimat, kamen niemals wieder von ihrer Wanderung durch die Pforten des Todes. Die anderen aber schwiegen. Wie eine unsichtbare Mauer schied der Ring des Schweigens das Innere Tal von der übrigen Welt.

Hem hatte geschlafen wie lange nicht mehr. Erschöpft von der Wanderung durch das Brüllende Schwarz war er gleich nach dem kargen Abendbrot in das einzige noch bewohnbare Gästezimmer von Tan-Ys Herberge gestiegen, fluchend und schimpfend, eine Butterlampe in der Hand, die gebrechliche Leiter hinauf in den engen Verschlag unter dem Dach. Aber als sein Vater ihm nachfolgte, ein paar Minuten später, schlief der verwöhnte junge Mann aus Feen schon tief und traumlos.

Früh am anderen Morgen begannen die Geschäfte. Ros-La legte seine Waren auf den Tischen der Char aus, und die ersten Handan traten herein, als sich das Grau der Dämmerung kaum über den Bergen erhoben hatte. Die Dorfjugend kam zuerst, ungeschlachte, verlegen grinsende Burschen, die sich scheu in der Stube herumdrückten, neugierig die ausgebreiteten Waren beäugten und den Jüngling aus Feen, der in einer

Ecke des Raumes vor seinem Becher Lemp saß und schlechtgelaunt vor sich hinstierte, mit ihren Blicken verschlangen. Es kam nicht oft vor, daß er so früh auf den Beinen war, aber das harte Strohlager war kaum für genüßliches Ausschlafen tauglich.

Mißmutig war Hem aufgestanden, und der sauer schmeckende Käse, den Tan-Y zusammen mit hartem Brot und Sokmilch zum Morgenmahl auftrug, hatte die Laune des Feener Kaufmannssohns auf einen Tiefpunkt sinken lassen. Gähnend musterte er die schüchtern in einer Ecke stehenden Bauernburschen. Es war ihm unangenehm, daß sie ihn mit unverhohlener Neugierde angafften wie ein seltenes Tier. Doch für die jungen Männer des Tales war der Aufenthalt der Fremden in Han ein großes Ereignis. Sie setzten alles daran, keinen Augenblick ihrer Anwesenheit zu versäumen. Vor allem wollten sie keine der Neuigkeiten verpassen, die Ros-La zu erzählen pflegte, wenn er seine Geschäfte tätigte. Sie freuten sich schon seit Tagen darauf, sprachen wieder und wieder die Dinge durch, die der Kaufmann im letzten Jahr berichtet hatte und machten sich schon lange vor Sonnenaufgang auf den Weg, um rechtzeitig zum Frühstück der Gäste in Tan-Ys Char einzutreffen. Sie waren geduldige Zuhörer. Auch wenn am Nachmittag der Kaufmann seine Geschichten zum wiederholten Male von sich gab, hörten sie noch immer so aufmerksam zu wie am Morgen, lachten ihr scheues, kicherndes Lachen an immer den gleichen Stellen und freuten sich, wenn sie eine neue Einzelheit heraushörten, die der Kaufmann zuvor vergessen hatte.

»Das ist mein Sohn Hem,« sprach Ros-La sie an. »Er wird in den kommenden Jahren meine Geschäfte übernehmen und später alleine zu euch kommen. Aber setzt euch doch.«

Die jungen Burschen verbeugten sich artig vor Hem. Der junge Kaufmann erwiderte ihre Höflichkeit mit geringschätzigem Lächeln und knapper Geste. Sein Vater strafte diese Überheblichkeit mit einem mißbilligenden Blick. Hem gähnte lautstark. Was gingen ihn diese beschränkten Bauernköpfe an?

»Euer Sohn ist das Wandern nicht gewohnt. Er ist noch immer müde, obwohl er lange geschlafen hat,« sagte Tan-Y, der neuen Lemp brachte. Hem wollte auffahren, aber sein Vater schnitt ihm das Wort ab.

»Ach, er gehört einer Generation an, die in Sattheit und Wohlleben aufgewachsen ist und glaubt, alles Gute komme von alleine, ohne daß man etwas dazutun müsse.«

»Es ist überall das gleiche,« antwortete Tan-Y. Die Wirte in den Dörfern der nördlichen Gebirge waren offenbar weit geschwätziger als ihre

Landsleute. »Als ich so jung war wie die da« – er zeigte auf die Burschen, die sich auf Ros-Las Einladung hin umständlich um einen der großen Tische scharten – »hätte ich es nicht gewagt, schon am frühen Vormittag in der Char zu sitzen.«
»Laß sie doch,« lachte Ros-La. »Es wird nicht oft geschehen, daß Fremde zu euch kommen, die Geschichten mitbringen und Neuigkeiten aus Atlan.«
Der Wirt brummte etwas Unverständliches, während er in die Küche zurückschlurfte.
»Habt ihr gehört?« sagte Hem augenzwinkernd zu den Burschen. »Ihr seid genauso verdorben wie ich.«
Ros-La schickte seinem Sohn einen flehenden Blick, doch still zu sein, aber die Bauernjungen, geehrt von der Aufmerksamkeit des feinen Jünglings aus der Stadt, grinsten, stießen sich an und nickten behäbig.
»Wenigstens habt ihr das Lachen nicht verlernt in eurem Tal,« höhnte Hem und bedeutete seinem Vater, er solle ihn nur reden lassen. »Aber habt ihr auch das Sprechen gelernt?«
Die Burschen lachten scheu und schauten einander feixend an. Hem imponierte ihnen. Einen solch schönen, selbstbewußten Jüngling in solch feinen Kleidern hatten sie noch nie zu Gesicht bekommen. Hem nahm ihre Bewunderung belustigt zur Kenntnis und forderte sie mit einer lässigen Geste auf, doch endlich den Mund aufzutun, um ihm zu antworten.
Da ging knarrend die Türe auf. Die ersten Handan mit ihren Frauen traten ein. Die Männer trugen wie die Ams des äußeren Tales grob geschneiderte Hosen und Hemden aus Sackleinen mit einer Jacke aus Sokfell, die Frauen lange Kleider aus erdfarbenem Stoff, die sie an Festtagen mit bunten Bändern und Gürteln zu schmücken pflegten. Ihr klobiges Schuhwerk polterte auf dem Holzboden der Char. Die Handan unterschieden sich kaum von den Bauern, die Hem in Vihnn gesehen hatte, nur ihre Gesichter schienen dunkler und verhärteter. Die zerfurchten Züge einiger Alter, die mit hereingekommen waren, schienen fast schwarz.
Und Väterchen machte sie zu Fabelwesen, dachte Hem, nur weil sie im Alter vergilben. Dabei waren es ganz gewöhnliche Bauernrüpel wie überall in diesen Bergen.
Die Männer nahmen die Hüte ab und kamen langsam näher. Ihre Bewegungen wirkten plump und unbeholfen. Jeder begrüßte Ros-La mit einem knappen Nicken und murmelte unverständliche Grußworte in einer schweren, knarrenden Sprache, aus der sich nur mühsam ver-

traute Laute heraushören ließen. Ros-La erwiderte die Begrüßung der Bauern mit warmer Herzlichkeit, nannte sie beim Namen und fand für jeden ein paar freundliche Worte. Dann stellte er ihnen seinen Sohn vor. Hem bemühte sich, freundlich zu sein, nickte ihnen zu und lächelte artig ihre Frauen an, die abseits standen und eifrig tuschelnd die Waren auf den Tischen betrachteten und befühlten. Bei allen Göttern, dachte Hem, wegen dieser paar Bauern solch ein Getue. Ring des Schweigens. Hüter der Stadt. Albernes Gewäsch. Kein Wunder, daß man in Feen schon über den Herrn des Hauses La lächelte und sich dumme Gerüchte in die Ohren blies wegen seiner heimlichen Reisen in die Berge. Aber all das würde sich ändern in den nächsten Jahren.
»Aelan, wo steckst du?« Der Wirt rief nach seinem Sohn, der am Tisch der Burschen stand und den schönen Jüngling aus Feen anstarrte. Aelan riß sich von seinen Freunden los und lief in die Küche. Er war etwa fünfundzwanzig Jahre alt, trug die selben derben Kleider und Schuhe, unterschied sich von seinen Altersgenossen aber durch die fein geschnittenen Züge seines länglichen Gesichts, das dichte, schwarze Haare umrahmten, und den schmaleren Körper, der sich zwischen den breiten, kantigen Bauernburschen fast zerbrechlich ausnahm, obwohl auch ihm die zähe Kraft der Bergmenschen innezuwohnen schien. Aelan war kleiner als die übrigen Jungen und seine Bewegungen schienen geschmeidiger und weicher. Seine dunklen Augen leuchteten, als er an dem jungen Kaufmann vorbeiging.
Hem sah ihm nach. Der da schien ein bißchen weniger klotzig, ging es ihm durch den Kopf, als Aelan in der Küchentüre verschwand, er gaffte nicht ganz so blöde aus seinen Sackkleidern. Auch schien er sich zu waschen, denn er war nicht so dunkel wie die anderen. Hem schmunzelte über diesen Gedanken und blickte zu den alten Handan hinüber, von denen einige fast schwarze Gesichter hatten. Obwohl es ihm schwerfiel, seine Lästerzunge im Zaum zu halten, hatte er sich vorgenommen, der Bitte seines Vaters nachzugeben, die Handan nicht durch ungebührliches Benehmen oder Reden zu verärgern. Er wollte still alles beobachten, um dadurch vielleicht dem Geheimnis der Edelsteinschätze dieser Am-Tölpel auf den Grund zu kommen. Gold und Juwelen waren Dinge, für die es sich durchaus lohnte, ein paar Tage lang den braven Sohn zu spielen. So wie diese Bauern aussahen, durfte es nicht allzu schwierig sein, ihnen ihre Heimlichkeiten aus der Nase zu ziehen. Der Vater hatte die Sache nur falsch angepackt. Es war lächerlich und würdelos, wie er, der reichste und mächtigste Kaufmann Feens, ihnen zu gefallen suchte, mit welch untertänigem Respekt er sie hofierte.

Er benahm sich wie ein gemeiner Straßenhändler in Dweny, der mit seinem billigen Trödel die Spaziergänger umschwänzelt. Erniedrigend. Wenn der Rat der Kaufleute das sähe, würde er sein einflußreichstes Mitglied ausschließen.

Die Handanfrauen plauderten munter, während ihre Männer schweigend um einen der Tische saßen. Aelan brachte Krüge mit warmem Lemp, und Ros-La, der ein wenig mit den Frauen gesprochen, die Waren gezeigt und neue Bestellungen aufgeschrieben hatte, setzte sich zu den Bauern.

»Wie war die Ernte in diesem Jahr?« fragte er und sprach weiter, ohne eine Antwort abzuwarten. »Die Bauern von Feen konnten sich nicht beklagen heuer. Tat war ihnen gewogen mit Sonne und Regen und Wind. Es heißt, es sei die beste Ernte seit Jahren gewesen.«

Die Handan nickten zustimmend. Die Jünglinge spitzten die Ohren. Auch Aelan, der eigentlich dem Vater helfen sollte, drückte sich säumig in der Stube herum, um nichts zu verpassen. Trotzdem draußen die Sonne aufgegangen war, herrschte trübe Dämmerung in der Char. Das Tageslicht fiel nur durch zwei kleine, an den Giebelseiten des Hauses einander gegenüberliegende Öffnungen herein, denn die breiten Seiten waren fensterlos. Hem sah sich angewidert um. Welch ein Leben, dachte er, dumpf und dunkel, und noch dazu schweigsam. Aber worüber sollten sie auch reden? Das Viertel der geringen Handwerker in Feen war ein himmlisches Paradies dagegen. Jeder, der meinte, über die Unbequemlichkeiten der Stadt die Nase rümpfen zu können, sollte für ein paar Wochen in dieses Tal kommen.

Die Frauen wählten indes die Waren aus, die sie im letzten Jahr bestellt hatten, packten sie in mitgebrachte Körbe, holten Lederbeutelchen aus den Taschen ihrer Kleider und reichten sie dem Kaufmann, der sie mit leichter Verbeugung und einigen gemurmelten Worten des Dankes entgegennahm. Die Männer schienen davon keine Notiz zu nehmen, tranken ungerührt ihren Lemp und blieben sitzen, als ihre Frauen die Char verließen. Immer neue Gäste kamen. Jedesmal wiederholte sich die gleiche Begrüßungszeremonie. Ros-La erhob sich von seinem Platz, verbeugte sich, grüßte die Bauern, sagte ihren Frauen ein paar Höflichkeiten und stellte seinen Sohn vor. Auch Hem stand auf, grüßte die Bauern mit einem Lächeln, das mit jedem Mal saurer wurde und fühlte sich von den mißtrauischen Blicken der dunkelgesichtigen Alten durchbohrt. Unausstehliche Kerle, dachte er, schauen, als wollten sie einen fressen. Man sollte sich einen grandiosen Scherz mit diesen vierschrötigen Rüpeln erlauben, um zu sehen, wie unbeweglich ihre Mas-

ken wirklich sind. Sie sahen aus wie aus Holz geschnitzt. Vielleicht waren es hölzerne Kambhuks, die irgendein Jahch an Fäden führte. Hem mußte schmunzeln über diesen Gedanken. Dann aber wurde seine Aufmerksamkeit von den Lederbeutelchen in Anspruch genommen, die sich vor seinem Vater ansammelten. Hem erhob sich und trat an den Tisch der Handan.
»Erlaubt Vater, daß ich Euch ein wenig von Eurer Arbeit abnehme,« sagte er mit süßer Stimme. »Ich werde die Beutel leeren und ihren Inhalt prüfen.«
Ros-La lächelte gequält, denn er wollte vor den Handan keinen Streit mit seinem Sohn beginnen. Als Hem die Beutel zusammenraffte und zu seinem Tisch in der Ecke trug, spürte er zum ersten Mal das vielzüngige Schweigen der Handan. Es kroch seinen Rücken empor, als er zu seinem Platz ging. Er wußte augenblicklich, daß die Männer des Inneren Tales, die wortlos mit seinem Vater am Tisch saßen, sein Tun mißbilligten. Er drehte sich zu ihnen um, aber sie hockten da wie zuvor, regungslos und steif wie riesige Puppen. Ros-La, der ihr mißlauniges Schweigen, das den Raum wie unsichtbarer Dunst durchwehte, ebenso spürte, versuchte, sie mit ein paar Neuigkeiten aus Feen abzulenken.
»Es ist leider so,« begann er, »daß die Tat-Los in Kurteva immer mehr nach der Macht streben und sich in Dinge einmischen, die nur den Tat-Tsok und seine Tnachas etwas angehen. Sie möchten den Handel kontrollieren, nehmen Einfluß auf die Steuereintreiber und wollen sich vom Tat-Tsok das Recht sichern, die Steuern selbst festzusetzen und in ihren Tempeln einzuziehen. Warum brauchen wir Steuereinnehmer, die aus der Kasse der Tnachas bezahlt werden müssen, wenn die Priester doch in allen Städten und Orten sitzen und die Gelder durch die Tempel einziehen können, sagen sie. Der Tat-Tsok scheint zu überlegen, ob er ihrem Ratschlag folgen soll. Viele der Tnachas sind auf ihrer Seite, weil auch sie sich zusätzliche Einnahmen versprechen, wenn sie die Sache der Tat-Los fördern. Außerdem verfallen viele der Priester immer mehr der Völlerei und Genußsucht. Der Dienst am Einen Tat ist ihnen nur mehr Vorwand, sich der Faulheit und dem Laster zu ergeben. Manche der Tempel in Kurteva, so sagt man, seien kaum mehr von einer Delay zu unterscheiden. Ich bin wirklich kein Anhänger der Tam-Be'el gewesen, aber als sie noch im Rat der Alok sprachen, herrschte mehr Zucht unter den Priestern. Ich finde, ein Tat-Los sollte sich um die heiligen Opfer und Gebete kümmern, nicht um Steuern und Verfügungen, die den Kaufleuten das Leben schwer machen. Der Himmel allein weiß, was uns noch alles bevorsteht. Die Steuerlasten sind ohne-

hin schon unerträglich. Es wird von Jahr zu Jahr schwieriger für einen Mann wie mich, Karawanen auszurüsten, um mit den Provinzen Handel zu treiben. Zu viele Priester und Tnachas müssen mit Gold und Geschenken günstig gestimmt werden. Wer nicht regelmäßig den Tempeln gibt, vermag kaum etwas zu bewirken mit seinen Geschäften. Aber ich gebe gerne, mit dem Gedanken im Herzen, daß ich meine Gaben dem Einen Tat zum Opfer weihe, damit er meinem Hause auch fortan günstig gesonnen sei. Aber ihr habt all diese Probleme ja nicht. In den Gebirgen gibt es weit und breit keinen Tempel. Dafür aber viele anständige Menschen. Dankt dem Einen Tat dafür, daß er euch vor den Wirren dieser Zeit bewahrt.«

Die Bauern hörten dem Kaufmann mit unbewegten Mienen zu und doch war ihre wache Aufmerksamkeit deutlich spürbar. Die Woge ihrer Mißbilligung klang allmählich ab. Hem musterte sie lächelnd. Ein reizendes Kunststück, das die Kerle da beherrschten, dachte er, es lief einem kalt den Rücken hinunter, wenn sie einen so anschwiegen. Der junge Kaufmann rückte seinen Stuhl eng an den Tisch und schüttete den Inhalt der Ledersäckchen auf die zerfurchte Holzplatte. Edelsteine aller Arten und Größen kamen zum Vorschein. Als Hem die kostbaren Steine in dem dämmrigen Licht vor sich funkeln und blitzen sah, weiteten sich seine Augen. Er vergaß alles andere um sich herum. Smaragde, Opale, Rubine, Saphire, Topase, Lapislazuli, Klümpchen puren Goldes und Diamanten glitten durch seine Hände. Immer wieder befühlte Hem die Steine, hielt sie prüfend gegen das Licht des Fensters, um sie leuchten zu sehen, begann sie zu sortieren und nach Größe und Art auf dem Tisch anzuordnen. Der junge Kaufmann schüttelte ungläubig den Kopf. Was hatten diese Bauernweiber dafür genommen? Ein wenig Tuch, Gewürze, einfache Küchenwerkzeuge, Bänder und Tand. Hem war überwältigt. Bei allen Göttern Atlans, der Vater untertrieb weit, wenn er hinter vorgehaltener Hand berichtete, das Innere Tal biete lohnende Geschäfte. Wenn ein Karawanenführer die Hälfte davon in die eigene Tasche steckte, würde man ihm für das, was er in die Schatullen seines Herrn legte, viermal die Hände küssen, so vorteilhaft glaubte man den Handel abgewickelt. Die Gedanken in Hems Kopf gingen durcheinander. Väterchen war gerissen. Er hatte es tatsächlich fertiggebracht, in dieser geschwätzigen Zeit sein Geschäft mit dem Tal ganz für sich zu behalten. Die anderen taten ihn als unbedarft und harmlos ab, dabei war er der Schlaueste von allen. Hem mußte lächeln über den Vater, der eifrig auf die Bauern einredete. Diese dunkelgesichtigen Kerle mit ihren Edelsteinen hatten allem Anschein nach

nicht unwesentlich dazu beigetragen, daß die La zum bedeutendsten Kaufmannshaus von Feen aufgestiegen waren. In ganz Atlan gab es keinen anderen Ort, wo sich so hohe Gewinne mit so wenig Aufwand erzielen ließen. Der Vater hatte recht. Man durfte diese Reise nur selbst machen, kein anderer, nicht einmal der vertrauenswürdigste Karawanenführer, sollte von diesem geheimen Ort des Reichtums erfahren. Kein anderer könnte seinen Mund halten. Deshalb auch das Geschwätz von der magischen Glocke des Schweigens und vom Ring des Eintritts. Man müßte noch viel mehr dieser Schauergeschichten erfinden, um die Neugierigen vom Tal fernzuhalten, Geschichten von Ungeheuern und Räubern, die auf dem Weg lauern, von unpassierbaren Pfaden und reißenden Flüssen. Tuschelten nicht einige der Diener neulich, die Gebirge seien verhext und von Dämonen bewohnt? Sagten sie nicht, der Herr selbst habe es ihnen erzählt? Der Alte war klug. Hems Augen leuchteten. Maßlose Gier ergriff Besitz von ihm. Er betrachtete die Schätze vor sich näher. Es war unmöglich, daß diese Vielfalt von Kostbarkeiten in diesem Tal zu finden war. Außerdem waren viele der Steine kunstvoll geschliffen oder gar in Gold gefaßt. Diese Bauern besaßen unmöglich das Geschick, solch meisterliche Arbeit zu vollbringen. Vielleicht trugen die Legenden von der Gläsernen Stadt doch einen Kern der Wahrheit in sich, vielleicht hatte es in diesen Bergen tatsächlich eine Siedlung von kultivierten Menschen gegeben, die solche Schätze gehortet hatten, vielleicht war es ein Räubernest gewesen oder die geheime und vergessene Schatzkammer eines ängstlichen Aibo. Hem ließ den Blick über die Handan schweifen. Es mußte eine Möglichkeit geben, ihnen dieses Geheimnis zu entreißen.
In der Zwischenzeit hatten sich auf dem Tisch des Vaters neue Lederbeutel angesammelt. Ros-La schien sich nicht um sie zu kümmern, sondern sprach zu den schweigenden Handan: »Aber mir scheint, daß der Widerstand gegen die Tat-Los wächst. Man hört von Reisenden aus Kurteva, daß die Gurenas immer unzufriedener werden und die verweichlichten Priester verachten. Obwohl es schwer bestraft wird, verlangen manche von ihnen öffentlich, daß der Be'el wieder in seine alte Stellung erhoben werde. Recht und Ordnung sind aufgelöst, seit der Tat-Tsok die Flamme verstieß. Das Volk ist unzufrieden, im Westen gab es wieder blutige Aufstände im letzten Jahr, und in Mombut haben die Sklaven und Arbeiter der Minen revoltiert und sind ausgebrochen. Gelichter und Gesindel schließt sich zu Räuberbanden zusammen. Die Straßen sind unsicher geworden. Einige sagen, dies sei die Strafe des Be'el, die anderen meinen, die vertriebenen Tam-Be'el schüren

heimlich die Wirren, um den Tat-Tsok zu stürzen. Ich weiß nicht, woran es liegt, aber die Zustände verschlimmern sich. Im vergangenen Jahr wurden zwei meiner Karawanen von Räubern überfallen. Ich muß viel Gold aufwenden, um Soldaten zu ihrem Schutz anzuheuern. Dunkle Zeiten sind angebrochen in Atlan. Die Jugend ist verdorben von den neuen Sitten, schätzt nicht mehr den Wert ehrlicher Arbeit, ergibt sich dem Wohlleben und dem Laster und lebt in unverdientem Reichtum wie die Maus im Mehlsack. Es ist schlimm. Ich bin froh, daß ich schon so alt bin, damit ich die kommenden Zeiten, die noch ärger sein werden, nicht mehr erleben muß.«

Hem verdrehte die Augen. Er kannte dieses Hadern und Wehklagen seines Vaters zur Genüge und hielt es für dumm und weibisch. Der junge Mann konnte sich keine bessere Zeit vorstellen als die, in der er lebte. Es war gut, daß die strengen Sitten der alten Zeit endlich zerbrachen, dachte er. Ungeahnte Möglichkeiten bot diese Zeit des Wandels all denen, die sie zu nutzen wußten, gute Geschäfte und eine Vielzahl erlesener Vergnügungen. Wehmütig dachte Hem an die Delay des Kam in Dweny, in der seine Freunde jetzt das Fest des Sonnensterns vorbereiteten. Nur die kostbaren Steine vor ihm auf dem Tisch vermochten ihn darüber hinwegzutrösten, daß er es stattdessen an diesem widerwärtigen Ort unter stumpfsinnigen Bauern aushalten mußte. Und welchen Grund hatte der Alte denn, sich zu beschweren? Er war einer der reichsten Männer von Feen, wenn nicht sogar der reichste, er wußte durch seine zahlreichen Beziehungen mehr über die inneren Zusammenhänge im Reich als so mancher hohe Tnacha, aber trotzdem liebte er nichts mehr, als mit irgendwelchen simplen Tröpfen beim Lemp zu sitzen und den Verfall der Sitten zu bejammern oder in den Tat-Tempeln den guten alten Zeiten hinterher zu beten. Er ließ sich durch seine Sentimentalitäten sogar dazu hinreißen, den Geschäften seines eigenen Hauses Nachteile zu bringen. Hatte er nicht kurz vor der Abreise dem Haus der Sal, das den La seit langem tief verschuldet war, erneut eine große Summe Goldes geliehen? Nur aufgrund seiner freundschaftlichen Verbindung zum alten Sal, der ein ähnlicher Schwärmer war, nur, weil er den Niedergang der Sal bedauerte und weil die Sal vor vielen Generationen den La geholfen hatten. Spielte er nicht sogar mit dem Gedanken, durch eine Heirat Hems mit Mahla, der Tochter des alten Sal, das Geschick der beiden Handelshäuser zu verbinden? Er würde seinen einzigen Erben zu einer Heirat zwingen, nur um seinem Freund aus der Not zu helfen. Hem dachte mit Schaudern an eine Hochzeit mit der verwöhnten Kaufmannstochter, die seinem ungebundenen Leben im Kreis der Freunde ein jähes Ende bereiten würde. Dabei brauchte man nur die Schuldscheine beim Rat der Kaufleute vorzuweisen und das Haus der Sal gehörte den La für immer, samt der hübschen Tochter.

Hem schüttelte den Kopf über seinen Vater, der nicht begreifen wollte, welch glänzende Aussichten diese neuen Zeiten eröffneten, wenn man ihre Möglichkeiten nur geschickt ausnutzte.

Ros-La aber hob klagend die Hände und sprach weiter:»Wenn ich zu euch komme, reise ich wie ein armer Mann in abgerissenen Kleidern, damit ich nicht das Auge der Wegelagerer auf mich ziehe. Dem Tat sei Dank, daß ich unversehrt geblieben bin bisher. Mein Sohn Hem hat mir geraten, künftig Soldaten mitzunehmen auf die Reise bis Vihnn. Ich muß mir überlegen, ob ich es in den nächsten Jahren nicht tun werde, denn man ist seines Lebens nicht mehr sicher in den Provinzen Atlans. Die einstmals so friedlichen Wälder um Feen sind zu Brutstätten des Bösen geworden. Kaum ein Kaufmann wagt es noch, eine Karawane auf die alten Waldstraßen zu entsenden. Ach, seid zufrieden, daß euer Tal verschont blieb von den Unruhen der Welt und den Schatten der neuen dunklen Zeit.«

Die Handan hörten dem Kaufmann schweigend zu. Wenn Ros-La eine Pause machte, seufzend nickte und einen tiefen Schluck Lemp nahm, ehe er für eine Weile in bedeutungsvolles Schweigen versank, erhob sich der eine oder andere, verabschiedete sich und verließ den Raum, machte seinen Platz frei für einen anderen, der später gekommen war. So traten nach und nach die Bewohner von Han in Tan-Ys Gaststube, tätigten ihre Einkäufe bei Ros-La, blieben eine Weile, um ihm zuzuhören und gingen wieder. Nach einiger Zeit begann Ros-La, sich zu wiederholen, und im Laufe des Tages erzählte er seine Ansichten über die Zustände in Atlan und die unbedeutenden Neuigkeiten aus Kurteva oder Feen ein gutes Dutzend Male. Hem resignierte, saß stumm an seinem Tisch, versenkte sich in den Anblick der Edelsteine und ließ alles schweigend über sich ergehen.

Die Waren auf den Tischen wurden weniger. Aelan, der unermüdlich zwischen Küche und Stube hin und her lief, brachte ständig frisch gefüllte Krüge mit Lemp. Um die Mittagszeit stellte er eine Schüssel mit Getreidebrei und hartes, getrocknetes Fladenbrot vor Hem und seinen Vater. Hem blickte den jungen Handan vorwurfsvoll an und würgte den ungewürzten Brei mit Abscheu in sich hinein. Ros-La hingegen aß mit Genuß und wurde nicht müde, zu betonen, wie sehr er die einfache, unverdorbene Lebensart der Handan schätze.

»Vielleicht lasse ich mich später einmal, wenn mein Sohn die Geschäf-

te übernommen hat, in den Bergen nieder. Am liebsten wäre es mir natürlich bei euch, aber es wird schwierig sein, hier im Inneren Tal ein Haus zu bauen.«
Noch während Ros-La sprach, spürte er am Schweigen der Handan, daß ihnen diese Bemerkung mißfiel. Hem amüsierte sich, als sein Vater einige Sätze stotterte, um seinen Fehler wieder gutzumachen. Wie eine feine Welle lief das widerborstige Schweigen durch den Raum und verlor sich nach einiger Zeit. Erstaunlich, dachte Hem. Was sie wohl täten, wenn man sie wirklich ärgerte?
Die Geschäfte währten den ganzen Tag. Hem konnte es trotz des kurz aufwallenden, mißbilligenden Schweigens der Handan nicht lassen, immer wieder die gefüllten Beutel vom Tisch des Vaters zu holen, um sie vor sich auszuleeren und sich an ihrem kostbaren Inhalt zu weiden. Als die Sonne hinter die Schneegipfel der westlichen Berge sank und Felsen und Eis mit rötlichem Schimmer überhauchte, hatten sich die Tische in Tan-Ys Char geleert. Von Ros-Las Waren war nichts übriggeblieben. Gelassen nahm es der alte Kaufmann zur Kenntnis, denn es war in jedem Jahr so gewesen, aber die unverhohlene Gier seines Sohnes, der sich immer noch mit dem Zählen und Prüfen der Steine beschäftigte, verdrießte ihn.
»Ja,« sagte er zu den Männern, die noch um seinen Tisch saßen, alte, dunkelgesichtige zumeist, deren unbewegte Hände und Gesichter im Dämmerlicht der Stube wie aus Stein gemeißelt schienen, »die Zeiten haben sich geändert. Redlichkeit gilt als Dummheit und ehrliche Arbeit als Zeitverschwendung. Dankt dem Tat, daß er das verderbte Treiben der Welt von eurem Tal fernhält. Glaubt mir, daß ich euch im Gewühl von Feen oft genug beneide um eure Abgeschiedenheit.«
Tan-Y entzündete Butterlampen und setzte sich zu den Männern. Sein Sohn Aelan stand wieder bei den jungen Burschen, die sich den ganzen Tag in der Stube herumgedrückt hatten. Einige waren zwischendurch fortgegangen, aber nun waren alle wieder versammelt, um die letzten Stunden des Tages mit dem Kaufmann und seinem Sohn zu verbringen. Hem, der die Edelsteine zum wiederholten Male gezählt, sortiert und abgeschätzt hatte, war des Schweigens müde und wandte sich an die Burschen, die in seiner Nähe saßen.
»Warum setzt ihr euch nicht zu mir? Die Jugend muß zusammenhalten, besonders wenn die Zeiten so schlecht sind, wie sie euch mein Vater ausmalt,« spottete er. Die Burschen lachten verschämt und legten das Kinn auf die Brust. Als Hem sie drängte, kamen sie zögernd, sich gegenseitig derb puffend und stoßend, der Aufforderung nach, rückten

an seinen Tisch, hielten aber respektvollen Abstand zu dem jungen Kaufmann. Mit gleichgültiger Geste raffte Hem die Edelsteine auf einen Haufen zusammen und ließ sie vor sich liegen, als seien sie gewöhnliche Bachkiesel.
»Bring Lemp für uns alle,« rief er in den Raum. »Auch die Jugend hat Durst. Ihr seid eingeladen von mir. Schließlich werden wir in Zukunft die Geschäfte miteinander machen. Ich will gut mit euch auskommen.«
Aelan schaute fragend seinen Vater an. Als der knapp nickte, lief er in die Küche und kam mit einem großen Krug Lemp und einigen Bechern zurück. Ros-La versuchte seinem Sohn durch versteckte Gesten zu bedeuten, er möge seine Zunge im Zaum halten, aber Hem winkte großspurig ab. Die Geschäfte waren getan, die Steine in seinem Besitz. Was sollte also noch passieren? Außerdem hatte er dieses Schweigen satt, das ihn bedrückte wie eine schwere Last. Die jungen Burschen schienen begierig darauf zu warten, daß er ihnen etwas erzählte. Warum also nicht. Der Vater redete schließlich auch ununterbrochen von der schlechten Welt. Aelan stellte den Lemp auf den Tisch und verteilte die Becher. Hem nahm den Krug und schenkte ein.
»Erzählt mir vom Leben hier!« posaunte er in den Raum. »Wer miteinander Geschäfte machen will, muß sich kennenlernen.«
Die jungen Handan rückten verlegen auf ihren Plätzen herum. Am Tisch der Alten herrschte Schweigen. Eine fast unmerkliche Welle der Mißbilligung huschte durch den Raum.
»Nun, Aelan,« sprach Hem den Sohn des Wirtes an, den er als einzigen mit Namen kannte. »Was treibt ihr denn so das ganze Jahr über?«
»Arbeiten,« drückte Aelan nach einer Weile unbeholfen heraus und zuckte die Achseln.
Hem lachte. »Arbeiten!« wiederholte er. »Das lob' ich mir. Mein Vater hört das bestimmt gerne. Es ist offenbar um die Jugend der Berge nicht so schlecht bestellt wie um uns in den Städten.«
»Und ihr tätet gut daran, euch ein Beispiel zu nehmen,« mischte sich Ros-La mit energischer Stimme ein. »Hem, quäle die Jungen nicht mit deinen Fragen.«
Hem war plötzlich bester Laune, aufgelegt zu einem Streit mit seinem Vater oder einer Kraftprobe mit diesen ungehobelten Bauernlümmeln.
»Ich quäle sie?« fragte er mit gespielter Betroffenheit und machte eine Geste der Unschuld. »Wir unterhalten uns doch nett, und Ihr müßt zugestehen, lieber Vater, daß ich, wenn ich einst Eure Nachfolge antreten und alleine in dieses Tal reisen werde, meine künftigen Geschäfts-

freunde kennenlernen muß. Oder fühlt ihr euch wirklich von mir gequält?« Er blickte die Bauernburschen fragend an.
»Nein, nein,« murmelten sie grinsend und rutschten auf ihren Plätzen herum.
»Seht Ihr, Vater, ich bin unschuldig.«
»Erzähle du uns von der Stadt,« sagte Aelan kaum hörbar, in der schwerfälligen, knarrenden Mundart der Handan. Den leichtzüngigen Feenern wäre diese Art zu sprechen eher wie Grunzen erschienen. Hem sah Aelan nickend an und grinste. Der Sohn des Wirtes schien tatsächlich aus feinerem Holz geschnitzt als die anderen. In seinen dunklen Augen lag eine kluge Wachheit, die Hem bei den anderen vermißte. Aelan errötete, denn es war ungehörig gewesen, den Fremden anzusprechen. Die anderen Burschen pufften Aelan verstohlen in die Seite und gafften den Feener Jüngling erwartungsvoll an. Ros-La zuckte resignierend die Schultern und wandte sich wieder den alten Handan zu.
»Von der Stadt soll ich erzählen?« fragte Hem und strich sich durch die Haare. Er überlegte eine Weile, spannte seine Zuhörer auf die Folter.
»Nun, da ich annehme, daß ihr noch nie aus eurem Tal herausgekommen seid, fällt das natürlich schwer. Wo soll ich anfangen?« Er nahm einen Schluck Lemp, wischte sich genüßlich den Mund und schaute die Burschen der Reihe nach an. Hem genoß es, im Mittelpunkt zu stehen. Er kostete die neugierige Erwartung seiner Zuhörer bis zur Neige aus.
»Gut,« sagte er schließlich. Er sprach laut, damit auch die alten Handan am anderen Tisch ihn hören konnten. »Wie ihr vielleicht wißt, ist Feen neben Kurteva die wichtigste Stadt Atlans. Karawanen ziehen aus in alle Winkel des Reiches und kehren mit Kostbarkeiten schwer beladen nach Feen zurück. Von unserem Hafen segelten einst sogar Schiffe zu den Kolonien über den östlichen Meeren und auch sie kehrten mit Bäuchen voll erlesener Köstlichkeiten wieder. Feen ist das Herz von Atlan, denn dort sitzen die alten Kaufmannsfamilien und dort strömen die Waren und Dinge aus der ganzen Welt zusammen. Wißt ihr übrigens, daß die Straße, die von Feen zum Hafen Ayach führt, ganz mit weißem Marmor gepflastert ist? Ihr werdet selbst in Kurteva lange suchen müssen, bis ihr eine solch prächtige Straße findet. Feen ist auch viel älter als Kurteva. Alles, was bei den Bewohnern dieser sogenannten Hauptstadt gefragt und teuer ist, kommt aus den Lagern der Feener Handelsleute. Ihr könnt euch vorstellen, daß es da viel zu tun gibt. Auch ich muß hart arbeiten, damit die Dinge ihren rechten Gang nehmen. Meine Arbeit ist bestimmt anders als eure, aber nicht minder schwer. Karawanen müssen ausgerüstet werden, Waren verladen, Prei-

se bestimmt, die Sklaven und Arbeiter wollen angewiesen werden. Schulden müssen bezahlt, Forderungen eingetrieben und die übrigen Geschäfte erledigt werden. Die Schreiber sitzen oft bis spät abends über den Rollen und Büchern, weil sie ihre Arbeit kaum zu bewältigen vermögen. Aber natürlich gibt es nicht nur Arbeit. Arbeit muß mit Vergnügen belohnt werden, sonst tut man sie nicht gerne. All die schönen Dinge, von denen ihr wahrscheinlich nicht einmal wißt, daß es sie gibt, kann man kaufen in Feen. Duftende Hölzer, süßes Räucherwerk, Gewürze in allen Farben, die sich zu Düften mischen, die ihr nie zuvor gerochen habt. Kostbare Essenzen, von denen ein Tropfen mit hundert Goldstücken bezahlt wird. Früchte, Weine und Speisen, die ihr noch nie gesehen und gekostet habt, und die schmecken, als kämen sie von der Tafel der Götter. Feinstes Schmiedewerk, Statuen und Bilder, die wirklicher sind als das Leben. Kunstvollster Schmuck, wie von Zwergenhand gemacht. Teppiche, deren Farben leuchtender sind als die der Natur und zierliche Gefäße aus Gold, Silber, Onyx und Achat. Ich weiß nicht, was ich euch noch nennen soll aus dieser unvorstellbaren Fülle des Reichtums.«

Hem begeisterte sich an seinen eigenen Worten. Hier in diesem elenden Tal erschien ihm die bunte Vielfalt des Stadtlebens in noch strahlenderem Licht.»Seltene Metalle, Gold und Edelsteine von erlesenster Qualität. Tiere, die man in Atlan nicht kennt – Vögel, die zu sprechen vermögen, Hunde, die Kunststücke vollführen und rechnen können wie Mehdranas. Und Frauen. Frauen von solcher Anmut und Schönheit, daß ihr erblinden würdet, wenn sie euch unvorbereitet vor die Augen kämen.«

Ros-La räusperte sich laut. Er wollte nicht, daß Hem länger bei seinem Lieblingsthema verweilte, das nach kurzer Zeit unvermeidbar in die Bereiche des Unschicklichen abzurutschen pflegte. Hem warf ihm einen schelmischen Blick zu.»Würde ich euch mehr von diesen Frauen erzählen, so würdet ihr aus eurem Tal fortlaufen, um sie zu suchen, und wir könnten keine Geschäfte mehr miteinander machen.«

Die jungen Handan hingen gebannt an Hems Lippen. Mit leuchtenden Augen sogen sie seine Worte auf. Besonders Aelan schien verzaubert von dem Jüngling aus Feen. Er hatte seine Umgebung vergessen, den Lempkrug, der gefüllt werden wollte, und auch das leise wachsende, ablehnende Schweigen der alten Handan, das die übrigen Burschen bald zu ernüchtern begann und ihre Begeisterung bremste. Aelan aber war ganz Ohr. Am liebsten hätte er den Sohn des Kaufmanns gebeten, ihn in diese Stadt der Wunder mitzunehmen. Ros-La saß mißmutig am

Tisch, beunruhigt vom Schweigen der alten Handan, das eine deutliche Sprache redete, und warf seinem Sohn flehende und vorwurfsvolle Blicke zu. Solche Großspurigkeit war nicht gut, besonders nicht im Inneren Tal. Es galt als unschicklich, sich so in den Vordergrund zu rücken. Vermessenheit brachte nur Unglück. Aber Hem ließ sich nicht aus der Fassung bringen. Er genoß die Wirkung, die seine Worte auf diese unbehauenen Bauerntölpel ausübten und wurde immer kühner.
»Geschöpfe bringt man von den Kolonien über den Meeren,« fuhr er mit beschwörender Stimme fort. Er schrieb eine ausladende Geste in die Dämmerung der Char. »Kreaturen, die aussehen wie Menschen. Aber sie sind schwarz wie das Tor der Unterwelt und riesenhaft von Wuchs. Ihre kahlgeschorenen Köpfe können mächtiger stoßen als ein zorniger Stier und sie sind stärker als zwanzig schwere Zugpferde. Sie haben eine Sprache, die wir nicht verstehen können, aber die Mehdranas sagen, es sei die Sprache der Dämonen und Kambhuks. Dabei sind sie sanft wie die Lämmer, gehorchen willig und winseln wie kleine Hunde, wenn man sie peitscht. Auch wir besitzen eines dieser Wesen. Es schleppt die schwersten Warenballen, unermüdlich, Tag und Nacht. Es nimmt nichts zu sich als Wasser, und wenn es müde wird, erfrischen es ein paar kräftige Hiebe wie einen Menschen die langen Stunden des Schlafes. Es hat unbeschreibliche Kräfte und könnte mühelos die mächtigsten Felsen eures Tales versetzen. Ich selbst habe es auf einem der Schiffe aus den Kolonien entdeckt und gekauft. Vielleicht bringe ich es einmal mit in euer Tal. Es könnte mit Leichtigkeit all die Waren tragen, die wir zu euch bringen, und ich könnte obendrein noch auf ihm reiten. Ich wäre in der halben Zeit hier, so rasch vermag es zu laufen. Und auf dem Nachhauseweg würde es die Felsnadel im Brüllenden Schwarz abbrechen und als Andenken mit nach Feen nehmen.«
Die jungen Handan stießen Rufe des Erstaunens aus.
Hem amüsierte sich köstlich. Er malte sich aus, wie er seinen Freunden von diesen offenmaulig gaffenden und staunenden Tölpeln erzählen würde, denen er mit ernster, überzeugender Stimme immer toller werdende Lügengeschichten aufband. Mit wachsendem Vergnügen sprach er von den großen Marmorbädern Feens, in denen süßer Lemp und Wein in riesige Becken sprudelte, so daß man trinken din ihnen baden konnte, und von den Märchengärten Dwenys, in denen zierliche Jungfrauen auf einem besonderen Baum heranwuchsen, den man aus den Kolonien herbeigebracht hatte und der nur in Feen gedieh.
Hem bemerkte nicht, daß hinter ihm eine Wand des Schweigens emporwuchs und sein Vater verzweifelt versuchte, die alten Handan in

aufgeregtem Flüsterton davon zu überzeugen, all dies seien doch nur dumme, unüberlegte Scherze der verdorbenen Feener Jugend. Doch die steinernen Züge der Alten blieben unbewegt und abweisend. »Alle Wunder der Welt findet ihr in Feen. Ihr könnt viermal am Tag ausgiebig speisen und müßtet zehn Jahre lang keines der Gerichte ein zweites Mal essen. Ihr könnt euch an gewürzten Tränken laben, die euch für Stunden in Paradiese versetzen, deren wohlige Vergnügungen ihr euch nicht einmal zu erträumen vermögt. Paläste gibt es überall, aus Glas und Marmor, in denen Frauen wohnen, zierlich wie Libellen, die euch Wonnen verschaffen, die es selbst in der Gläsernen Stadt nicht gibt. Die Delays von Dweny, dem funkelnden Edelstein Feens, sind voll von ihnen. Sie sind schöner als das Licht der Sterne, das sich in der großen Bucht mit dem Widerschein der Lampions und Fackeln mischt. Das alles könnt ihr haben und noch viel mehr. Es ist nicht einmal schwer, es zu bekommen. Wenn ihr genug von diesen Steinen habt, stehen euch alle Annehmlichkeiten der Welt offen.« Hem zeigte auf die Edelsteine auf dem Tisch. Endlich war er an dem Punkt angelangt, der *ihn* besonders interessierte. »Ihr lebt hier, abgeschieden in den Gebirgen und besitzt das im Überfluß, womit man sich ganz Atlan kaufen könnte. Ihr selbst jedoch könnt nichts damit anfangen. Was macht ihr denn mit euren Schätzen? Eßt ihr sie auf oder legt ihr euch schlafen darauf? Wie ich sehe, tut man sich schwer, sich in Han einen vergnüglichen Abend zu machen. Ich könnte das ändern für euch. Ich könnte euch die Wunder von Atlan verschaffen, denn ich sehe an euren Augen, daß ihr sie gerne hättet, und ich sehe auch, daß es euch an den Mitteln, sie zu gewinnen, nicht mangelt.«

»Hem, sei still!« zischte Ros-La. Unwirsch winkte Hem ab.

»Wollt ihr mir nicht sagen, woher ihr all diese Steine habt? Man nennt euch sicher nicht ohne Grund Hüter der Stadt. Wollt ihr mir jetzt nicht ein wenig über *eure* Stadt erzählen. Ich bin sehr neugierig. Wer weiß, vielleicht ist Feen gegen diese Gläserne Stadt in euren Bergen nur ein lächerliches Dorf. Man erzählt viel darüber in Atlan. Ich bin sehr daran interessiert, von euch die Wahrheit zu erfahren. Vielleicht ließen sich gute Geschäfte anknüpfen zwischen unseren beiden Städten.«

Obwohl die jungen Handan die Kunst des vielzüngigen Schweigens noch nicht beherrschten, bemerkte Hem sofort, daß er einen Punkt berührt hatte, der sie verschlossen machte. Plötzlich spürte auch er die vibrierende Wand der Ablehnung, die, vom Tisch der alten Handan ausströmend, den Raum erfüllte. Wie ein Keulenschlag traf ihn ihre niederschmetternde Gewalt. Die Jungen rückten von Hem ab. Einige ver-

ließen ihre Plätze und verdrückten sich in eine entfernte Ecke des Raumes, scheu nach den Alten schielend, deren Gesichter im Halbdunkel des Raumes erschienen wie die Masken furchterregender Dämonen. Nur Aelan schien davon nicht beeindruckt. Mit leuchtenden Augen starrte er den Feener Jüngling an. In seinem Kopf drängten sich die bunten Bilder von den Wundern der Stadt. Sein Herz war weit geöffnet. Er hätte alles in der Welt darum gegeben, mit dem Kaufmannssohn, der ihm erschien wie ein vom Himmel herabgestiegener Gott, fortreisen zu dürfen in die große Welt jenseits des Tales. Klangen manche der Erzählungen über die Stadt auf den Gletschern nicht ähnlich wie die des Jünglings? Vielleicht lag die Gläserne Stadt gar nicht auf den Gipfeln des Am, sondern draußen in den Ebenen Atlans, an der Bucht von Feen. Sehnsucht packte Aelan. Als er die abweisenden Mienen der anderen sah, schämte er sich für seine Freunde und wünschte, er würde nicht zu ihnen gehören. Er spürte Hems Verachtung für die Handan, und obwohl Aelan selbst einer von ihnen war, wuchs in ihm glühende Zuneigung zu dem feinen Jüngling aus der Stadt. Auf einen kleinen Wink hin hätte er alles für Hem-La getan, der kaum älter war als er selbst und sich mit den Bauern des Inneren Tales nur einen dummen Scherz erlauben wollte. Der herablassende junge Mann aus Feen schien ihm der Inbegriff all seiner geheimen Wünsche und Sehnsüchte. Selbst daß Hem sich lustig machte über die Handan, schien ihm nur recht und billig. Verzweifelt schaute Aelan sich um und versuchte, seine Kameraden mit vorwurfsvollen Blicken zur Vernunft zu bringen. Immer wieder wanderten seine Augen scheu zu Hem, der gönnerhaft, mit beschwichtigender Geste sagte: »Aber nicht doch. Versteht mich nicht falsch. Glaubt nicht, daß ich eure Geheimnisse nicht achte. Aber man wird doch fragen dürfen unter Freunden. Schließlich besitzen wir den Ring des Eintritts, und der gilt doch sicher auch für eure Stadt.« Doch das vielzüngige Schweigen wuchs zu einer unerträglichen Glocke. Ros-La legte die Hände vor das Gesicht und wäre am liebsten im Erdboden vesunken. »Sei still, Hem,« flüsterte er beschwörend. »Es wird ein Unglück geschehen, wenn du nicht still bist.« Doch sein Sohn wandte sich zornig ab. Diese Bauerntölpel konnten ihn nicht beeindrucken.
Hem versuchte es nochmals: »Ach ja, ich wollte euch noch von den Theatern und Chars erzählen und von den Häusern der Musik. Dort könnt ihr traurig und lustig sein, ganz wie ihr wollt und euch jeden Abend auf eine andere angenehme Art in bester Gesellschaft unterhalten. Ich könnte euch die Delays beschreiben, in denen sich die feinsten

und reichsten Leute Feens treffen. Alles könnt ihr dort haben – die schönsten Frauen, den kostbarsten Wein, die erlesensten Speisen. Es gibt doch in der Gläsernen Stadt auch Delays, in denen man speisen und trinken und tanzen kann, nicht wahr...? Oder ich könnte euch erzählen, wie man bei uns in Feen das Sonnensternfest feiert... Ich hörte, es ist euer liebstes Fest...«
Aber es war aussichtslos. Hems Worte bröckelten ab. Als unüberwindbare Mauer stand das vielzüngige Schweigen vor dem jungen Kaufmann, eine Wand, aus der Ablehnung und Mißbilligung strahlten wie eine stumme, zermalmende Kraft. Hem duckte sich unwillkürlich nach vorne. Die plötzlich herabsinkende Stille schien ihn niederzudrücken. Seine Augen wanderten im Raum umher. Jede Bewegung schien auf einmal mühevoll und schwer. Aber er bezwang sich und zuckte trotzig die Achseln. Was gingen ihn diese ungehobelten Lümmel an? Sollten sie in ihrem Tal bis ans Ende der Welt versauern und ihre Stadt hüten, dieses Hirngespinst von Legendenerzählern. Allein ihre Edelsteine waren von Bedeutung. Hem legte die Hände auf die kostbaren Steine vor sich, als wolle er sie vor dem unerträglichen Schweigen beschützen. Diese Steine waren alles, wofür diese Tölpel gut waren. Diese Schätze waren wirklich, die Gläserne Stadt aber war nur Legende. Doch irgendwann, durch irgendeinen Zufall, würde sich die Gelegenheit ergeben, diesen tumben Schweigern das Geheimnis der Herkunft ihrer Kostbarkeiten zu entlocken. Irgendwann würden sie reden. Mit abschätzigem Blick musterte er die jungen Handan. Hüter der Stadt, höhnte er in Gedanken. Sein Gesicht verzog sich in tiefer Abscheu. Als er den Augen Aelans begegnete, die voll schwärmerischer Verehrung auf ihn gerichtet waren, mußte der junge Kaufmann lächeln. Vielleicht war dieser Kerl, der etwas weniger rüpelhaft schien als die anderen, ein Weg zu den Schätzen des Inneren Tales. Er nickte Aelan freundlich zu und blinzelte mit einem Auge. Aelan war selig. Schamröte stieg dem jungen Handan ins Gesicht. Verlegen senkte er den Kopf und klammerte seine Hände fest um den irdenen Becher. Eine der Butterlampen flackerte. Jähe Schatten huschten über die versteinerten Gesichter der Hüter der Stadt. Über ihrem Schweigen stand greifbar das eintönige Rauschen des Am.

## Kapitel 4
## VIELZÜNGIGES SCHWEIGEN

Hor-Yus Atem ging stoßweise. Seine zornfunkelnden Augen huschten gehetzt über die Gesichter der Männer hin, die sich mit gesenkten Köpfen, die Schultern hochgezogen, an die Felswand drängten und dem Blick ihres Anführers auswichen. Diese feigen Hunde. Hor-Yu wußte, daß seine Autorität auf dem Spiel stand. Die Männer murrten. Er hatte Setit, den Wortführer der Unzufriedenen, vor ihren Augen getötet, als er wieder beginnen wollte mit seinem kleinmütigen Gerede über die Sinnlosigkeit ihres Unterfangens, über die schlechte Vorbereitung und die aussichtslose Lage des stark zusammengeschmolzenen, erschöpften Haufens, der sich widerwillig in ein unbekanntes, Tod und Verderben bringendes Tal vorkämpfte. Setit hatte den Versuch, die Ponas gegen ihren Führer aufzuwiegeln, mit dem Leben bezahlt. Das würde den anderen für eine Weile den Mut zum Meutern nehmen. Da standen sie mit offenen Mäulern und starrten ungläubig auf die bluttriefende Klinge in Hor-Yus Faust. Blut vermochte die Männer am leichtesten zu überzeugen. Es schien die einzige Sprache zu sein, die sie wirklich verstanden. Ihr Genörgel verstummte augenblicklich, wenn sie einen Kopf rollen sahen oder einem ihrer Kameraden die Haut vom Leib gepeitscht wurde. Auf diese Weise hatte sich Hor-Yu schon aus vielen heiklen Situationen herausgewunden und sein Ansehen als strenger, unerbittlicher Führer gewahrt, dem sich jeder, dem sein Leben lieb war, bedingungslos unterwerfen mußte. Doch es war nötig, die Männer immer wieder von neuem zu überzeugen, daß sein Wort das unbeugsame Gesetz der Ponas war. Die Männer hörten auf ihn, gehorchten ihm blind, solange er mit unnachgiebiger Härte über sie herrschte. Nur so waren sie unter Kontrolle zu halten. Nachsichtigkeit ließ sie unzufrieden werden, aufbegehren, meckern. Sie waren treu ergeben, solange man sie streng anpackte. Doch Hor-Yu war klug genug zu wissen, daß seine Männer mit der gleichen Hingabe jedem anderen folgen würden, der sich stärker

zeigte als er. Und eben das war Hor-Yus unablässig bohrende Befürchtung.
Als sie aus den Minen bei Mombut ausgebrochen waren, hatte er sie angeführt. Er hatte den Tag des Ausbruchs bestimmt, hatte in langer, mühevoller Arbeit den Plan der Flucht geschmiedet. Er hatte die Säumigen überzeugt, die Ungeduldigen beschwichtigt, er hatte Waffen beschafft und Verbindungen geknüpft. Sieben Monde hatte er gewartet, bis der richtige Zeitpunkt gekommen war, sieben endlose Monde in der Hölle der Minen, bedroht vom Verrat durch Spitzel und Neider, geschunden von den Aufsehern, die ihn, den letzten Sproß der Aibos von Ütock, haßten und mutwillig quälten. Dann aber hatte er losgeschlagen, kaltblütig, am richtigen Tag, zur richtigen Stunde. Er hatte sich grausam gerächt an seinen Peinigern, hatte sie in Stücke reißen lassen von den wütenden Männern, hatte die Verräter bestraft und augenblicklich alle Widersacher beseitigt, die ihm hätten gefährlich werden können. Und er hatte seine Leute in die Wälder geführt, die Männer, die ihn nun als ihren Herrn anerkannten, diesen wilden Haufen von Preghs, von rechtlosen Sträflingen, Sklaven und Kriegsgefangenen, die einen Heilsbringer in ihm sahen, der sie vor dem unabwendbaren, grausamen Tod in den Minen bewahrt hatte und dem sie willig ihr Leben anvertrauten, ihre Hoffnungen und ihre Träume. Er hatte sich durchgesetzt, später, als es in den Wäldern zu Kämpfen mit den Führern anderer Gruppen kam. Jeden, der sich seiner Herrschaft nicht unterwerfen wollte, hatte er besiegt und erschlagen, bis seine Männer ihn feierten als Herrn der Wälder. Er hatte Phonalam mit Palisaden befestigen lassen, den verfallenen Karawanenstützpunkt auf dem Hügel der Zwei Flüsse im Dickicht der nördlichen Wälder zwischen Feen und Ütock. Und er hatte seine Gefolgsleute, die bald schon zu hunderten zählten, Ponas genannt, die Freien. Sie trugen diesen Namen mit Stolz, denn er hob sie hervor von gewöhnlichen Räubern und Wegelagerern. Noch immer kamen viele zu ihm, um Ponas zu werden, entlaufene Sklaven, desertierte Soldaten und unzufriedene Arbeiter, Gesindel aus den großen Städten und Verstoßene, die vor den Tat-Los und Tnachas flüchteten. Hor-Yu fragte nicht nach ihren Namen und ihrer Herkunft, sondern nahm sie auf in die Reihen seiner Männer, wenn sie die Mutprobe der Ponas bestanden. Sie schworen den Treueeid auf ihn, Hor-Yu, besiegelten ihn mit ihrem Blut und gelobten, jede Härte zu ertragen, die ihr Führer ihnen auferlegte und blind jedem seiner Befehle zu gehorchen. Doch immer wieder spürte er ihren Wankelmut, ihren Zweifel. Wenn Todesgefahr drohte, wenn es Verluste gab und Fehl-

schläge, mußte er sie neu für sich gewinnen, und er hatte das Mittel gefunden, mit dem sie sich am raschesten überzeugen ließen: Blut.

Nie aber waren ihm Zweifel an sich selbst gekommen. Jeder, der es wagte, ihm einen Fehler vorzuwerfen, oder der nach einem mißglückten Beutezug glaubte, die Pläne und Vorbereitungen dazu verurteilen zu können, hatte seine Vermessenheit mit dem Leben bezahlt. Seinen ältesten Getreuen aus den Minen hatte er totpeitschen lassen, als er nach einem verlorenen Kampf mit den Kriegern eines Handelshauses die Ponas aufwiegeln wollte. Nie hatte Hor-Yu auch nur die geringsten Zweifel an der Richtigkeit seiner Pläne, seiner Befehle, seiner Maßnahmen gehegt. Auch wenn alles gegen ihn zu sprechen schien, wenn offenbar war, daß seine Anweisungen falsch gewesen waren, war es ihm gelungen, die Männer zu überzeugen und sich ihrer Treue zu versichern.

Dieses Unterfangen jedoch, dieser Zug in die Berge, stand von Anfang an unter einem so schlechten Stern, daß Hor-Yu zum ersten Mal erwog, eines seiner Vorhaben vorzeitig abzubrechen. Alle Mächte des Himmels und der Erde schienen gegen ihn verschworen. Und doch, er war nicht gewillt, vor den Männer das Gesicht zu verlieren und jenen, die heimlich seinen Anspruch auf die alleinige Führerschaft über die Ponas zu untergraben suchten, Vorwände zu liefern, und Zeichen der Schwäche. Mit noch härterer Strenge hatte er die Ponas angepackt und vorwärts gezwungen. Er *mußte* diese Stadt aus Glas finden, von der die Legenden berichteten, daß sich Schätze in ihr türmten, die jene des Tat-Tsok in Kurteva weit übertrafen. Hor-Yu glaubte an diese Stadt mit der ganzen Kraft seines Herzens. Eine innere Stimme, die durch nichts zum Schweigen zu bringen war, trieb ihn dazu, nach ihr zu suchen. Obwohl er anfangs über die alten Legenden gespottet, sich selbst einen Narren geheißen hatte, verstummte dieses Flüstern in seinem Inneren nicht, das ihm eingab, er, Hor, der letzte Sproß des Geschlechts der Yu, das einst, bevor die Tat-Tsok mächtig wurden, als Aibos die Wälder um Ütock beherrscht hatte, sei auserwählt, Herr der größten Reichtümer Atlans zu werden, König der Gläsernen Stadt, mächtiger als alle Herrscher dieser Erde. Diese Stimme hatte ihm die Kraft gegeben, die Gefangenschaft in den Minen zu überstehen, sie hatte ihn getrieben, den Ausbruch zu wagen, sie hatte ihn in die Wälder geführt und dort mächtig werden lassen. Sie leitete ihn und gab seinen Befehlen, die er auf ihre Anordnung hin traf, den Glanz einer unfehlbaren Vorsehung. Auch seine Männer wußten um die Stimme, die in ihrem Führer

sprach, und sie glaubten, er sei ein Erwählter der Götter, auserkoren, die Ponas zur höchsten Macht zu führen.
Und die Stimme hatte Hor-Yu gut geführt. Schon beugten sich die Banden der nördlichen Gebiete unter seiner Herrschaft und nannten sich Ponas. Viele Dörfer an den Karawanenstraßen zahlten ihm Tribut, damit er sie verschone. Bald würde auch der Süden ihm gehören, denn seine Widersacher dort vermochten sich nicht zu einigen gegen ihn, und einer nach dem anderen unterlag seiner List und Übermacht. Selbst die Yach, das alte Volk der Wälder, die kleinen, scheuen Menschen, die dem Seris huldigten, dem launischen Affengötzen, würden sich ihm noch unterwerfen. Schon war ein Stoßtrupp in den Süden unterwegs, um ihr Gebiet und die Stärke ihrer Waffen zu erkunden. Es war schwer, sie zu fassen, aber eines Tages würden sie die Häupter neigen vor ihm, ihn König nennen und ihm die Schätze von Sari zu Füßen legen. Dann würde sich sein Reich von den Alas-Sümpfen bei Alani bis fast an die Bucht von Feen erstrecken, von den Ausläufern der westlichen Gebirge bis zum Kanal des Tat-Tsok, der die Flüsse Ysop und Mot verband. Doch das sollte nur das Fundament seiner Macht sein. Die Stimme, die ihn weise gelenkt bisher, der er blind zu vertrauen gelernt hatte, würde ihn nicht ruhen lassen, bis er die Gläserne Stadt gefunden und bezwungen hatte. So war es ihm bestimmt und längst schon hatte er aufgehört, daran zu zweifeln. Wenn er in Phonalam Befehle gab, von denen Tod und Leben abhingen, wenn er tapfere Männer auszeichnete und widerspenstige töten ließ, so war das nur eine Vorahnung der wahren Macht, der eigentlichen Macht, die ihm noch zufallen würde.
Die Gläserne Stadt. Die Legenden aller Stämme Atlans sprachen von ihr und ihren unermeßlichen Schätzen. Ohne Waffen seien ihre Bewohner, erzählten die Lieder aus den alten Tagen Atlans, denn die Gottgleichen auf den Gletschern vertrauten dem Schutz der unüberwindlichen Gebirge, jener aber, dem es gelänge, die Mauern aus ewigem Schweigen zu brechen, so kündeten sie, der werde herrschen in der Stadt aus Kristall und Erbe sein ihrer unermeßlichen Macht. Lange hatte Hor-Yu sich nach den Tälern der Am-Gebirge erkundigt, bei Händlern und Soldaten, bei fahrenden Sängern und Charis, und allmählich war sein Plan reif geworden. Wie das Lager eines Gegners in den Wäldern wollte er die Gläserne Stadt bezwingen. Mit wenigen Männern sie finden und belauern wollte er, die Wege durch die Gebirge sich einprägen und die Stärke der feindlichen Streitmacht erkunden, um dann zum richtigen Zeitpunkt mit der ganzen Wucht der Ponas überraschend zuzuschlagen. Die Stimme mahnte ihn schon und

trieb ihn zur Eile, und so rüstete Hor-Yu nach einem glanzvollen Triumph über zwei seiner ärgsten Widersacher in den Wäldern einen Trupp ausgewählter Männer, um sie selbst auf einem Erkundungsgang in die nördlichen Berge zu führen. Reiche Belohnung versprach er ihnen und Anteil an der künftigen Macht. Seine Unterführer aber, die in Phonalam zurückblieben, wies er an, die Ponas auf Beutezüge zu führen, damit sie beschäftigt waren in der Zeit seiner Abwesenheit. Zudem setzte er Vertraute ein, die Ponas zu beobachten und ihre heimlichen Gespräche zu belauschen. Hor-Yu war mißtrauisch. Nur die Gewalt seiner inneren Stimme hatte ihn bewegt, die Ponas alleine zurückzulassen. Erst wollte er einen der verdienten Kämpfer auf die Suche nach der Gläsernen Stadt senden, aber die Stimme hatte ihm verheißen, nur ihm allein sei es vergönnt, die Stadt auf den Gletschern zu finden, niemand anderem dürfe er den Triumph gönnen, sie als erster zu erschauen. Zugleich aber quälte ihn die Furcht, ein Abtrünniger könne die Herrschaft über Phonalam an sich reißen. Jeder, des Verrats verdächtig war, verfiel in den Wochen vor Hor-Yus Aufbruch zu den Gebirgen des Am unrettbar dem Tod. In Blut versuchte er seine Angst zu ertränken, aber jedesmal, wenn der Kopf eines vermeintlichen Verräters rollte und der schaurige Kitzel der Macht verklang, wuchs sie stärker in ihm auf. Kurz nur, so verkündete er, werde er fortbleiben, um nach seiner Rückkehr die Ponas zu einer Macht zu führen, die sie in ihren geheimsten Träumen noch nicht erblickt.

Unter dem Jubel seiner Leute war er aufgebrochen, dreißig gut bewaffnete Männer zu Pferd hinter sich, und einen Führer an seiner Seite, der vorgab, die nördlichen Gebirge zu kennen wie das Innere seines Quersacks.

Doch sie ritten unter schlechten Sternen. Wochenlang waren sie in den Gebirgen umhergestreift, bis der Rat eines fahrenden Chari sie in eine tödliche Schlucht geführt hatte. Einige Männer waren umgekommen bei waghalsigen Klettereien, und Pferde, beladen mit wertvollem Proviant, bei einem Steinschlag in die Tiefe gestürzt. Dann waren sie dem Am bergan gefolgt, hatten Seitentäler erkundet und schließlich aus einem alten Bauern die Kunde vom Tal der Handan hinter den Toren des Brüllenden Schwarz herausgepeitscht. Nochmals hatten sie Männer und Pferde verloren, und die Ponas, die sich fürchteten vor den unerbittlichen Bergen, in denen jeder Fehltritt den sicheren Tod bedeutete, flehten ihn an, zurückzukehren nach Phonalam. Hor-Yu aber hatte sie weitergezwungen bis Vihnn. Matt und übermüdet waren sie dort angelangt, mit fast aufgebrauchten Vorräten, auf zuschanden gerittenen

Pferden. Sie waren auf diesen seltsamen Mann gestoßen, der den Bauern Geschichten über die Gläserne Stadt erzählte, und der die Ponas fortgeschickt hatte wie unartige Kinder. Warum hatten sie ihn nicht in Stücke gehauen für seine Vermessenheit? Warum waren sie davongeschlichen wie geprügelte Hunde, er, Hor-Yu, allen voran, ohnmächtig, von einer lähmenden Kraft befallen? Hor-Yu hatte lange darüber nachgedacht, als sie am Eingang der Schlucht die Nacht verbrachten, hatte es seiner Erschöpfung zugeschrieben, seinem eigenen Befehl an die Männer, sich keine unnötigen Feinde zu schaffen in den Bergen, doch das waren Ausflüchte, die den Zwiespalt in ihm nicht zu lindern vermochten. Gab es geheime Magie in den Bergen? Vielleicht war dieser Mann ein Jahch gewesen, ein Zauberer, dessen Fluch auf den Wegen der Gebirge lag. Die Legenden sprachen von Hütern der Stadt und Schleiern des Schweigens. Immer, wenn Hor-Yu an den Blick des Fremden dachte, an seine dunklen, tiefen Augen, spürte er diese gnadenlose Kraft wieder, die seine Zweifel und Schwächen aus der Verborgenheit gezwungen und in ein blendendes Licht gezerrt hatte. Nackt war er gewesen in diesem Augenblick, entblößt, schwach, verlassen von der Stimme, hilflos. Wut war aufgeflammt in ihm, Wut auf sich selbst, Wut auf diesen Fremden, der ihn vor den Ponas gedemütigt hatte, ohnmächtiger Zorn und Ratlosigkeit, schließlich aber war es Hor-Yu gelungen, den Zwischenfall in die Dunkelheit des Vergessens zu drängen, wie er es mit all den Mißerfolgen getan, die ihm jemals in seinem Leben begegnet waren.

Am anderen Morgen hatten sie zwei Männer als Wache bei den Pferden zurückgelassen und waren aufgebrochen. Hor-Yu hatte den Ponas Mut gemacht, ihnen versichert, daß ihr Ziel greifbar nahe sei, gleich hinter diesen Bergen, im Tal von Han. Hatte der Fremde gestern abend nicht zu den Bauern gesagt, sie seien die Torwächter der Stadt? Hatte er nicht von unermeßlichen Schätzen gesprochen? War dies nicht ein untrügliches Zeichen, daß ihre beschwerliche Suche schließlich doch erfolgreich war? Die Ponas hatten genickt und noch einmal die letzten Kräfte gesammelt für den Weg durch das Brüllende Schwarz. Doch eine lähmende Kraft hatte sich ihnen entgegengeworfen, eine Macht, die sie nie zuvor gefühlt. Als auf dem Pfad durch die grauenvolle Schlucht ein Unvorsichtiger ausgeglitten war und den wegkundigen Führer mit in den Tod gerissen hatte, war die lange schon schwelende Unzufriedenheit der Männer offen hervorgebrochen.

Setit, der bereits seit Tagen drängte, nach Phonalam zurückzukehren, hatte Hor-Yu vor allen anderen aufgefordert, endlich den Befehl zum

Rückzug zu geben, respektlos und laut, und die Männer, müde, und erschrocken über den Tod ihres Kameraden und des Führers, hatten beifällig gebrummt. Einen Moment hatte Hor-Yu gezögert, einen kurzen Augenblick nur den Gedanken verfolgt, die unheilvolle, vom Tosen des wilden Flusses erfüllte Schlucht zu verlassen, von der niemand wußte, wohin sie führte. Vielleicht war auch dieses Tal, von dem aus man zur Gläsernen Stadt gelangen sollte, nichts weiter als eine Legende, vielleicht endete auch diese Schlucht an einer unüberwindlichen Felswand, von der Steine und Felsbrocken herabregneten. Vielleicht war es gar am besten, die Suche nach der Stadt der Legenden aufzugeben, sich lieber um die Kämpfe in den Wäldern zu kümmern, die noch bevorstanden. Viel zu lange schon waren sie fort aus Phonalam. Vielleicht hatte Setit recht. Er war ein erfahrener, langgedienter Krieger, ein treuer Pona, der seinen Anführer liebte, ihm beigestanden hatte in vielen Schlachten, ein besonnener, tapferer Mann, der keine unüberlegten Vorschläge machte. Natürlich, ohne einen Führer war das Weiterziehen sinnlos. Die Vorräte waren aufgebraucht, die Männer überanstrengt und müde. Alles sprach dafür, so schnell wie möglich in die Ebenen zurückzukehren.

In einem winzigen Augenblick war Hor-Yu dies durch den Kopf geschossen, eine Flut wild durcheinanderwirbelnder Bilder, dann aber hatte die Stimme zu ihm gesprochen. Töte ihn, hatte sie gerufen, klar vernehmlich, als spreche sie unmittelbar in sein Ohr, töte den Verräter. Sein Schwert war aus der Scheide geflogen, so schnell, daß es den Männern wie das Zucken eines Blitzes erschien. Setits Kopf war gegen die Felswand geschlagen und in die Schlucht gerollt, fassungsloses Entsetzen in den brechenden Augen. Den Körper, der sich einen Augenblick noch breitbeinig und schwankend auf dem schmalen Felsvorsprung hielt, hatte Hor-Yu fluchend mit einem derben Fußtritt dem Kopf nachgeschickt, hinab in den gähnenden Abgrund, der erfüllt war vom Tosen des Am.

»Wer will noch umkehren?« schrie er, das zornrote Gesicht zur Dämonenfratze verzerrt. »Wer möchte mir noch Ratschläge erteilen?« Die Männer senkten die Köpfe vor dem bluttriefenden Schwert, das Hor-Yu ihnen entgegenhielt, wichen zurück, krallten sich in die Felsen. Ihre vor Grauen geweiteten Augen bekundeten flehende, hündische Unterwerfung.

Doch der Gedanke, daß gerade dieses waghalsige Unterfangen seine Herrschaft gefährden könnte, ließ Hor-Yu nicht mehr los. Als er die Männer auf dem engen Felsenpfad weitergehen sah, mit zögernden, von quälender Angst unsicher gemachten Schritten, mußte er an die Ponas denken, die in den Wäldern zurückgeblieben waren. Vielleicht hatten sie schon rebelliert. Vielleicht hatte ein anderer die Führung an sich gerissen. Vielleicht hatte ein kluger Verräter die Kunde verbreitet, Hor-Yu liege tot in den Gebirgen, auf dem Grund einer bodenlosen Schlucht, erschlagen von den Dämonen der verfluchten Stadt. Hor-Yu wußte, daß sein Schicksal davon abhing, ob sich am Ende dieser Schlucht eine nicht zu überwindende Felswand fand oder der Eingang in das Innere Tal, von dem der Bauer gesprochen. Er horchte nach innen, doch die Stimme in ihm schwieg. Eine drückende Macht legte sich auf ihn und wollte ihm den Atem rauben.

Als sie das Brüllende Schwarz erreichten, das wie das Zürnen einer überirdischen Macht in seinem kreisrunden Talkessel tobte, verließ die Ponas der letzte Mut. Sie waren den Wald gewohnt, das Dickicht, in dem sie sich augenblicklich verbergen konnten, wenn Gefahr drohte, das sie schützte, das Unterschlupf bot und Sicherheit. Keiner von ihnen hatte je zuvor die Gebirge des Am gesehen. Die Berge um Mombut, durchhöhlt von unzähligen Bergwerken und Stollen, waren harmlose Hügel gegen diese Massen von Fels und Eis, in denen ein kalter, unbarmherziger Tod wohnte, gegen den es kein Mittel der Abwehr gab. Mit Schrecken sahen sie, daß am anderen Ende des Talkessels die Schlucht finster drohend tiefer hinein in ein unbekanntes Nirgendwo führte, und als Hor-Yu nach einer kurzen Rast den Aufbruch befahl, zögerten sie, hin und her gerissen zwischen der Angst vor den feindlichen Bergen und der Angst vor ihrem unerbittlichen Anführer. Auch Hor-Yu zauderte. Die lähmende Kraft, die er spürte, seit sie in die Schlucht des Am eingedrungen waren, stand wie eine Mauer vor diesem Wasserfall. Plötzlich erschienen Hor-Yu die Legenden und Sagen über den Fluch der Berge nicht mehr als Geschwätz von Märchenerzählern. Alles in ihm sträubte sich, an der schwarzen Felsnadel vorbeizugehen, die sich wie ein mahnender Finger im Tosen des Wassers aufreckte. Seine Stimme aber, die ihn trieb, der er vertraute und die ihn noch nie getrogen hatte, sprach deutlich vernehmlich im Brüllen des Wasserfalls: Gehe voran, das Ziel ist nahe, sagte sie, mit einer Bestimmtheit und Schärfe, die für einen Augenblick den zermürbenden Bann der Berge vergessen machte und Hor-Yu mit neuer, todesverachtender Kraft erfüllte. Die Stimme war gewachsen in ihm, war mächtiger geworden auf dieser entbehrungsreichen Fahrt. Hor-Yu deutete es als Zeichen der Gunst der höheren Macht, die ihn führte und beschützte, die ihn hervorhob von den gewöhnlichen Menschen. Er zog sein

Schwert, mit boshafter Bedächtigkeit, faßte jeden einzelnen der Männer fest ins Auge, zwang die verängstigten, flehenden Blicke nieder und zischte mit eisiger Stimme: »Wer in einer Minute nicht marschbereit ist, den opfere ich dem zornigen Dämon dieses Wasserfalls.« So zogen sie weiter durch die Schlucht des Am, langsam, mit hängenden Köpfen. Keiner der Männer glaubte mehr, lebend in die Wälder zurückzukehren. Noch zwei der Ponas mußten ihre Unachtsamkeit an einem glitschigen, steilen Wegstück mit dem Leben bezahlen und stürzten hinab in das tosende, weiße Gewässer. Hor-Yu schien es, als rissen sie all seine Träume und Hoffnungen mit in den Abgrund. Fast zweifelte er an der Stimme, die nun wieder schwieg in ihm, die seinen flehenden Bitten taub blieb, die er im Stillen an sie richtete, doch unerbittlich zwang er sich zur Ruhe. Er legte die Hand drohend an den Griff seines Schwertes, als die Männer einen Augenblick lang zögerten. Hor-Yu ging nun hinter seinen Leuten, denn er fürchtete, einer der Verzweifelten könnte ihn von hinten erdolchen, doch keiner hatte mehr die Kraft, an etwas anderes zu denken, als an den nächsten, gefährlichen Schritt, und an die Bedrohung, auszugleiten und in den Tod zu stürzen. Der Bann des Schweigens hing an ihnen wie bleierne Gewichte.

Ein abgerissener, hoffnungsloser Haufen zog in der wachsenden Dämmerung auf dem breiter werdenden Weg dahin, doch als die Schlucht sich weitete und Hor-Yu Häuser erkannte, hingeduckt an die steilen Hänge, dankte er der Stimme, die ihm mehr galt als alle Götter Atlans, und bat sie um Vergebung für seine Zweifel. Die heiße Genugtuung, die in ihm hochstieg, wischte den Gedanken fort, daß er zwar das Tal der Handan, nicht aber die Gläserne Stadt gefunden hatte. Als er die Ponas auf die Häuser von Han hinwies, brachen die Männer in Jubelgeschrei aus und schlugen sich auf die Schultern, als hätten sie eine Schlacht gegen einen mächtigen Feind gewonnen. Hor-Yu stand einen Augenblick still, kostete den Triumph aus, den er fühlte, ließ den Blick über das Innere Tal schweifen, dann aber wies er die Männer streng zurecht, denn er wollte nicht, daß ihr Übermut so nah am Ziel Schaden anrichtete. Er spürte an ihrem Stillschweigen, daß er wieder die bedingungslose Macht über diesen heruntergekommenen Haufen besaß. Als sie vor die Char des Tan-Y kamen, war die Sonne längst hinter den Gipfeln des Am versunken. Die Reste der Dämmerung verlöschten am Himmel. Hor-Yu spürte, wie die Verehrung seiner Männer, die ihn noch vor Stunden am liebsten in den Abgrund gestoßen hätten, ins Unermeßliche wuchs. Er hatte wieder einmal recht behalten. Seine geheimnisvolle Stimme, die ihn führte und die ihn allen anderen überlegen machte, hatte sie durch alle Todesgefahren an das verheißene Ziel gebracht. Obwohl keiner von ihnen wußte, was sie in diesem Tal erwartete, erschien ihnen ihre bloße Anwesenheit an dem verborgenen Ort wie ein herrlicher, hart erkämpfter Sieg.

Als Hor-Yu die schwere Holztüre aufstieß, fest entschlossen, nicht wieder einem frech sich aufspielenden Märchenerzähler auf den Leim zu gehen, war die Macht des vielzüngigen Schweigens, das die Char anfüllte, ins Unerträgliche gewachsen. Es schien selbst die Flammen der Butterlampen niederzudrücken, die Tan-Ys Gaststube mit flackerndem Dämmerlicht erfüllten. Hem-Las Zorn über die Sturheit dieser elenden Bauern war ohne Maß, doch die Wellen seiner üblen Gedanken verstärkten nur die vibrierende Gewalt des Schweigens. Ros-La saß hilflos am Tisch der Handan, verloren zwischen den reglos verharrenden Alten und machte sich bittere Vorwürfe, daß er seinen mißratenen Sohn auf die Reise nach Han mitgenommen hatte.

Hem, angespannt wie ein Tiger vor dem Sprung, fuhr jäh herum, als die Türe aufflog.

Hor-Yu stampfte herein und erkundete mit einem Blick die Lage. Die alten Männer und die Bauernlümmel bedeuteten keine Gefahr, aber was wollte dieser Jüngling, der offenbar aus der Stadt stammte, hier in diesem Tal? Hems zuckende Bewegung, sein mürrischer, herausfordernder Blick machten Hor-Yu für einen Augenblick unsicher. Wie kamen diese seltsamen Fremden in die Gebirge? Waren es Händler, oder Chari oder gar verkleidete Jahch, deren Flüche über die verbotenen Orte der Gebirge wachten? Doch Hor-Yu hatte geschworen, sich nie wieder übertölpeln zu lassen wie gestern nacht in Vihnn. Er hatte das Innere Tal erreicht. Niemand würde ihn nun davon abhalten können, auch die Gläserne Stadt zu finden. Hor-Yu spürte das vielzüngige Schweigen der Handan und schnaubte unwillig. Es war ein widerwärtiges Gefühl, das wie eine kalte Hand den Rücken hinabstrich. Hor-Yu witterte eine starke Bedrohung darin. Dann sah er die Edelsteine funkeln, die vor dem Jüngling auf dem Tisch lagen. Die Gier nach leichter Beute wischte alle anderen Gedanken aus seinem Kopf fort. Seine Männer drängten hinter ihm durch die niedrige Tür. Sie erkannten rasch, daß sie der Handvoll unbewaffneter Bauern ohne weiteres überlegen waren. Und doch, sie hatten den Zwischenfall in der Char von Vihnn nicht vergessen. Als das vielzüngige Schweigen nach ihnen griff, wichen sie erschrocken einen Schritt zurück.

»Lemp her und Essen,« schrie Hor-Yu, um sich von dem zitternden

Druck zu befreien. Mit schweren Schritten trampelte er in die Mitte des Raumes. Er würde seinen Männern in diesem Tal das bieten, was sie aus den Wäldern gewohnt waren: grobe Macht über andere, diktiert von der Angst vor seinem Schwert. Als er seine eigene Stimme schreien hörte, überkam ihn grimmiges Wohlgefühl. Am liebsten hätte er den erstbesten Bauernschädel in zwei Hälften gespalten. Er spürte alte Kräfte zurückkehren. Der Alptraum von gestern war vergessen. Hor-Yu begnügte sich damit, einen im Weg stehenden Stuhl mit einem Fußtritt an die Wand zu schleudern, daß er in Stücke brach.

»Seid ihr taub oder habt ihr Dreck in den Ohren?« schrie er. »Oder ist es in diesen verfluchten Bergen Sitte, hungrige Gäste so zu behandeln? Kommt, setzt euch, Männer!«

Das forsche Auftreten ihres Anführers zerstreute die Zweifel der Ponas. Mit zustimmendem Murmeln polterten sie in die Stube. Die Handan rührten sich nicht. Auf ihren versteinerten Gesichtern zeigte sich keine Regung. Tan-Y erhob sich langsam von seinem Platz und gab Aelan mit einer Kopfbewegung zu verstehen, er solle ihm in die Küche folgen. Der Junge gehorchte und verließ zögernd seinen Platz neben dem Sohn des Kaufmanns.

»Etwas rascher, wenn ich bitten darf!« schrie Hor-Yu dem Wirt nach. »Wir haben gewaltigen Hunger und Durst. Habe ich recht, Männer?« Beifälliges Grölen kam zur Antwort. Die Ponas ließen sich an den leerstehenden Tischen nieder. Hor-Yu musterte die Schar, die ihm geblieben war. Von den dreißig, mit denen er aus Phonalam aufgebrochen war, waren zwölf übriggeblieben. Mehr als genug, um mit diesen Bauern fertigzuwerden, genug auch für den Stutzer aus der Stadt, der zwar als einziger ein Schwert am Gürtel trug, seinem Aussehen nach zu schließen aber ein verweichlichtes Muttersöhnchen war. Die Männer begannen ein lärmendes Gespräch, schrien nach dem Wirt, machten sich über die Bauern lustig, die stumm an ihrem Tisch saßen, beglückwünschten einander lautstark, daß es ihnen gelungen war, die unheimliche Schlucht zu überwinden. Hor-Yu schwieg, ließ seinen Blick lauernd im Raum umherwandern und faßte jeden einzelnen der Bauern scharf ins Auge, bevor er sich dem jungen Städter zuwandte, der die Eindringlinge mit unverhüllter Geringschätzung musterte.

Hem-La hatte, wie alle Söhne aus gutem Haus, eine Weile Unterricht in einer der Ghuras, der Kriegsschulen Feens, genossen, bis die Verpflichtungen des väterlichen Geschäftes ihm keine Zeit mehr für die Übungen mit dem Schwert ließen. Aber die wenigen Jahre in der Ghura hatten ihn zu der Überzeugung gebracht, er könne es mit jedem Gegner aufnehmen. Unter den Jünglingen von Feen, die manchmal zum Vergnügen mit Holzschwertern kämpften, galt er als guter Fechter, doch seine Angewohnheit, in Anfällen blinder Wut jedes Maß für Spiel und Ernst außer acht zu lassen, war gefürchtet. Einer hatte sein Auge eingebüßt, als Hem im Kampfspiel, das für ihn verlorenzugehen drohte, vom Zorn übermannt, jede Regel fairen Wettstreits mißachtete. Hem ließ seinen Blick über die zerlumpten Ponas gleiten, ohne die tiefe Abscheu auf seinem Gesicht zu verbergen. Ein Haufen hergelaufener Wegelagerer, dachte er, Abschaum, müde, verwahrlost wie Bettler, Lumpengesindel mit einem großmäuligen Anführer, der sich stark fühlte, weil ein paar dumme Bauern vor ihm erschraken. Obwohl es dreizehn Männer waren, die ihm gegenübersaßen, fühlte sich Hem ihnen weit überlegen. Da waren also schon die ersten, die den Gerüchten über die Schätze der Berge nachspürten, dachte er. Kein Ring des Schweigens hatte sie abgehalten, ins Innere Tal zu finden.

Tan-Y brachte zwei große Holzschüsseln mit aufgewärmtem Getreidebrei. Aelan folgte ihm mit irdenen Krügen voll Lemp.

»Her damit. Los, bewege dich! Schlafe nicht ein beim Gehen!« schrien die Männer durcheinander und begannen, den zähen Brei gierig in sich hineinzuschlingen. Auch Hor-Yu aß, aber er ließ den jungen Städter keinen Moment aus den Augen. Für eine Weile kehrte Stille ein. Die vibrierende Glocke des Schweigens wurde wieder spürbar. Die geballte Kraft der Mißbilligung, die von den alten Handan ausging, machte die Ponas unruhig. Als die Männer ihren Getreidebrei ausgelöffelt hatten, schrien sie nach Fleisch und Wein, erhoben sich von den Bänken, schlugen mit den Fäusten auf die Tische, und jeder versuchte den anderen an Großmäuligkeit zu übertreffen. Selten noch waren sie sich ihrer Sache so sicher gewesen. Das überstandene Abenteuer im Brüllenden Schwarz hatte sie in ihren eigenen Augen zu unerschrockenen Helden gemacht, denen nichts mehr zustoßen konnte. Als Tan-Y ihre durcheinander geschrienen Befehle und Schimpfworte mit feindseligem Schweigen beantwortete, stand der lauteste der Schreihälse auf. Langsam erhob er sich von der Bank, gespreizt wie ein Pfau, ließ sein Schwertgehänge klirren und wandte sich an seine Kameraden: »Soll ich diesem Stück Bauerndreck Beine machen? Er hat sich wohl die Ohren verstopft mit seiner ekelhaften Pampe, die er uns aufgetischt hat.«

»Ja, zeige es ihm, Dart,« schrien und grölten die anderen. »Er soll gebratenes Fleisch bringen! Und Wein! Und Käse!«

Hor-Yu, der gewöhnlich rasch einschritt, wenn die Ponas über die Stränge schlugen, weil er wußte, daß es der Disziplin schadete, wenn man ihnen zuviele Freiheiten einräumte, ließ sie gewähren. Sie hatten sich diese harmlose Belustigung verdient. Sollten sie den Holzgesichtern nur zeigen, wer jetzt in diesem Tal das Sagen hatte. Außerdem stand auch ihm der Sinn nach besserer Kost. Der Getreidebrei lag im Magen wie ein Stein.

Dart, ein gedrungener, roher Kerl mit rundem, vor Erregung gerötetem Gesicht, schob seinen massigen Körper von der Bank und ging tänzelnd auf Tan-Y zu, der sich zu den Handan gesetzt hatte. Grinsend drehte er sich zu seinen Kameraden um, die ihn lautstark anfeuerten. Die Glocke des Schweigens war so unerträglich geworden, daß Ros-La glaubte, sein Kopf würde jeden Augenblick zerspringen. Als der Pona an Hems Tisch vorbeikam, erhaschte er mit den Augenwinkeln ein Glitzern. Er warf den Kopf herum und glaubte seinem Blick nicht zu trauen. Ein Haufen funkelnder Edelsteine lag vor diesem nach feiner, städtischer Mode gekleideten Jüngling.

»Habt ihr das gesehen?« schrie Dart atemlos. Augenblicklich hatte er den Wirt vergessen. »Die Schätze der Glasstadt! Hier! Der Bursche da hat einen ganzen Haufen Edelsteine...« Er stammelte und wich einen Schritt zurück, als Hems zorniger Blick ihn traf. Die anderen sprangen von den Tischen auf und drängten heran.

»Halt!« befahl Hor-Yu und hieb seinen Becher auf den Tisch, daß der hellrote Lemp heraussspritzte. »Setzt euch wieder!« Die Männer hielten inne. »Ich habe diese Steinchen schon gesehen, als wir zur Türe hereinkamen. Ich wollte den hübschen Jüngling ohnehin fragen, woher er sie hat. Wir wollen sie ihm nicht fortnehmen. Wir wollen nur wissen, woher sie kommen, damit wir uns auch welche holen können. Also benehmt euch und laßt den vornehmen jungen Herrn in Ruhe sprechen.« Hor-Yus Gesicht verzog sich zu einem Grinsen. Widerwillig kehrten die Männer auf ihre Plätze zurück.

»Nun, mein Freund, wir warten...«

Als hätte er Hor-Yu nicht gehört, wandte sich Hem an seinen Vater: »Ihr habt mir erzählt, das Innere Tal sei abgeriegelt durch irgendeinen geheimnisvollen Bannkreis. Woher glaubt Ihr, kommt dann dieses Pack? Hat der steinerne Hüter am Wasserfall etwa ein Nickerchen gemacht?«

Ros-La machte beschwörende Gesten, Hem solle schweigen.

Dart, durch seine Entdeckung übermütig geworden, schnellte auf Hem zu und schrie: »Unser Herr ist gewohnt, daß man ihm antwortet, wenn er eine Frage stellt, und zwar sofort!«

»Dann sage deinem Herrn, daß ich mich nicht mit jedem herge-

laufenen Strolch unterhalte,« zischte der junge Kaufmann zurück.
»Das wirst du büßen, du Hund,« schrie der Pona und stürzte auf Hem los. Es war nicht auszumachen, ob seine Hände nach Hem griffen oder nach den funkelnden Steinen auf dem Tisch, denn abrupt hielt er in der Bewegung inne. Seine wutverzerrrten Gesichtszüge wurden starr, bevor er langsam nach vorne sank. Mit einem Ruck zog Hem sein kurzes Schwert aus dem Leib des Mannes. Der schwere Körper krachte zu Boden, krümmte sich und verröchelte. Hem gab ihm einen Tritt, daß er auf den Rücken rollte und schaute die anderen, die mit gezückten Klingen von den Bänken aufgesprungen waren, kampflüstern an.
»Gibt es sonst noch Fragen?« stieß er hervor, bemüht, seiner Stimme einen gleichgültigen Klang zu geben. Doch er war nahe daran, sich zu vergessen und mit seinem Schwert auf die schmutzige Bande loszuhauen. Die pulsierende Glocke des vielzüngigen Schweigens steigerte seinen Zorn zur Besessenheit. Die Ponas, die seine wütende Entschlossenheit spürten, wichen zurück. Ihre Blicke suchten den Anführer, der ruhig sitzengeblieben war. Wenn er das Zeichen zum Angriff gab, würden sie den jungen Prahler in Stücke reißen. Auch sie waren überreizt von der Kraft, die drückend im Raume hing. Doch Hor-Yu saß ruhig und nippte an seinem Lemp, als sei nichts geschehen.
»Ihr seid ein guter Kämpfer,« sagte er schließlich zu Hem, als plaudere er über etwas Alltägliches. »Ich habe gleich bemerkt, daß ihr nicht zu denen da gehört.« Mit abfälliger Gebärde wies er auf die stumm und regungslos sitzenden Bauern. Hor-Yu musterte Hem von oben bis unten. Er versuchte, den Gegner einzuschätzen. Sein erster Eindruck hatte getäuscht. Offenbar hatte dieser Heißsporn ein paar Jahre in einer Ghura verbracht. Blitzschnell war sein Kurzschwert aus der Scheide gefahren und hatte den dummen Dart sofort tödlich getroffen. Ein guter Stoß. Mit solchen Leuten war nicht zu spaßen. Was all diese Fremden wohl hier, in der entferntesten Wildnis, zu suchen hatten? Zuerst dieser Chari in Vihnn und jetzt der junge Schwertkämpfer. Vermutlich gab es mehr Leute, die den Schätzen der Gläsernen Stadt auf der Spur waren. Dieser Jüngling hatte offenbar Erfolg gehabt. Die Steine, die vor ihm auf dem Tisch lagen, waren von unermeßlichem Wert. Hor-Yu vermochte eine Beute mit einem Blick abzuschätzen. Dieser Bursche wußte allem Anschein nach, wo die Gläserne Stadt zu finden war. Er konnte von Nutzen sein. Man durfte ihn nicht töten, denn aus diesen holzgesichtigen Bauern war außer verworrenen Legenden und Lügengeschichten wahrscheinlich nichts herauszubringen.

»Ihr habt meinen besten Mann getötet,« sagte Hor-Yu und zwang sich zu einem boshaften Lächeln. »Aber ich bin gewillt, es Euch nachzusehen, wenn Ihr die Güte habt, mir zu sagen, woher Ihr Eure schönen Steine habt. Ich sagte Euch bereits, daß ich durchaus vorhabe, sie Euch zu belassen. Ich will nur wissen, wo Ihr sie gefunden habt.«
»Und ich sagte bereits, daß ich nicht willens bin, mit jedem hergelaufenen Landstreicher eine Unterhaltung zu führen,« gab Hem zurück.
Hor-Yu bebte vor Zorn, aber er zwang sich zur Ruhe. »Ihr seid jung, und obwohl Ihr gewisses Talent besitzt, das Schwert zu führen, seid Ihr doch unerfahren. Wollt Ihr es wirklich mit zwölf Bewaffneten aufnehmen? Eure Bauernfreunde werden Euch kaum von Nutzen sein. Die sind vor Angst zu Stein geworden.«
»Wenn dieses Stück Dreck am Boden dein bester Mann war, nehme ich es mit zwanzig von seinesgleichen auf.«
Hor-Yu lachte, obwohl hemmungsloser Haß in ihm aufkochte. Seine Mundwinkel zuckten. »Du nimmst das Maul voller, als dir zusteht. Hättest du die Güte, mir deinen Namen mitzuteilen, bevor dich meine Männer in Stücke hauen?«
Ros-La zitterte am ganzen Körper. Er spürte das vielzüngige Schweigen der alten Handan, schwer wie Blei. Der Kaufmann wußte, daß die Handan keinen Finger rühren würden, um ihm oder seinem Sohn zu helfen. Das Schwert eines Handan ist sein Schweigen. Die Zeile aus einem alten Lied fiel ihm jetzt ein. Es galt als verwerflich, sich in die Angelegenheiten anderer zu mischen. Nichts war den Handan ärger verpönt als offener Streit. Auch Tan-Y, der Wirt, unternahm nichts, den drohenden Kampf in seiner Char zu verhindern. Er saß ruhig bei den anderen und sah gedankenverloren zu, wie das Blut, das aus dem Körper des toten Pona floß, sich in einem breiten Strom über den Holzfußboden ausbreitete und in die Fugen zwischen den Brettern hinabtropfte. Ros-La sprach stumme Gebete an den Tat, inbrünstig wie nie zuvor, und dazwischen verfluchte er seinen nach langen Überlegungen und Zweifeln getroffenen Entschluß, Hem ins Innere Tal mitzunehmen. Es war das Ende. Sie waren verloren. Den Eindringlingen war es irgendwie gelungen, den Ring des Schweigens zu überwinden. Nichts gab es mehr, das sie davon abhalten konnte, Hem und ihn selbst zu ermorden. Hor-Yu zog das Schwert und gab seinen Männern ein Zeichen. Langsam lösten sie sich von ihrem Tisch, schlichen vorsichtig in die Stube und und bildeten einen Halbkreis um Hem.
»Ich will diesen Kerl lebend haben,« zischte Hor-Yu. »Er kann uns noch von Nutzen sein. Ich will aus seinem Mund hören, woher er diese

Steine hat, und wenn ich ihm die Haut in kleinen Streifen abziehen muß. Habt ihr mich verstanden?«
Die Ponas nickten, ohne den Blick von Hem zu wenden. Sie waren entschlossen, den Mann, der ihren Kameraden umgebracht hatte, zu überwältigen, um ihm einen langsamen Tod zu bereiten. Hem hielt die Spitze seines Schwertes auf die Mitte der Angreiferlinie gerichtet, wie er es in der Ghura gelernt. Jetzt plötzlich befiel ihn ein mulmiges Gefühl. Er spürte, wie seine Knie zitterten. Das war kein Übungskampf mit Holzschwertern. Diese vor Haß bebenden Kerle wollten ihm ans Leben. So viele wie nur möglich mitnehmen, schoß es ihm durch den Kopf, mit den anderen werden die Bauerntölpel vielleicht alleine fertig. Vater wird ... Im selben Augenblick griffen die Ponas an. Hor-Yu gab ein Zeichen und die Männer stürzten mit markerschütterndem Gebrüll auf den Jüngling los. Hem stach den ersten mit blitzschneller Bewegung ins Herz, aber bevor er sein Schwert zurückgerissen hatte, waren die anderen über ihm. Es gelang ihm nochmals, sich loszureißen und mit wilden, unkontrollierten Hieben einen zweiten und dritten zu treffen, dann aber warfen sie ihn zu Boden, schlugen ihm das Schwert aus der Hand und droschen mit Fäusten und den Knäufen ihrer Schwerter fluchend und schreiend auf den Wehrlosen ein.
Den alten Ros-La, der seinem Sohn zu Hilfe eilen wollte, streckte Hor-Yu mit einem Hieb mit der flachen Klinge zu Boden. Der Kaufmann schlug hart mit dem Kopf auf dem Boden auf und blieb reglos liegen. Die wenigen Bauernburschen, die noch an Hems Tisch gesessen waren, rückten auf den Bänken zurück, den alten Handan zu, die mit unbewegten Mienen saßen, erstarrt wie Bildsäulen, und unbeteiligt das grausige Schauspiel verfolgten. Pulsierende Ströme des Schweigens gingen von ihnen aus und brandeten wie Wellen durch den Raum, in dem sich neben dem stoßenden und schlagenden Knäuel, das sich über dem zu Boden geworfenen Hem gebildet hatte, zwei Männer jammernd und stöhnend im Blut wälzten. Mit kurzem Blick erkannte Hor-Yu, der regungslos wie ein würdiger Kriegsherr die Schlacht beobachtete, daß der junge Kämpfer sie tödlich getroffen hatte. Doch der Kampf war gewonnen. Die Männer hatten Hem bewußtlos geschlagen und ließen gerade geifernd und spuckend von ihm ab, als der Junge, der vorhin mit dem Wirt Lemp aufgetragen hatte, wie ein Blitz aus der Küchentüre schoß und mit einem gewaltigen Holzstock, den er mit beiden Fäusten umfaßt hielt, auf die überraschten Ponas losschlug. Der breitschultrige, grobschlächtige Kerl, der über Hem kniete, um den Leblosen mit derben Ohrfeigen wieder zu Bewußtsein zu bringen, be-

kam Aelans Stock als erster zu spüren. Ein mächtiger Hieb sauste auf ihn herab und zertrümmerte seinen Schädel. Lautlos sackte er zusammen und begrub den Sohn des Kaufmanns unter sich. Die anderen stürzten sich mit Wutgeheul auf den neuen Feind. Auch Hor-Yu sprang mit einem Schrei des Erstaunens nach vorne.

Aelan, der als Sohn des Wirts von Han noch nie etwas von Fechtkunst gehört hatte, von Kampftechnik und Strategie, wie sie die Söhne edler Familien in allen Städten Atlans wenigstens einige Jahre lang in der Ghura erlernten, focht allein mit der Kraft der heißen Wut, die in ihn gefahren war, als die Fremden Hem angegriffen hatten. Er brachte es nicht fertig, unbeteiligt zuzusehen, wie sie den Jüngling aus der Stadt totschlugen. Als die Sorge um den schönen jungen Mann aus Feen in ihm hochschoß und sich mischte mit Stolz über die Tapferkeit seines Idols und Zorn auf die feigen Kerle, die ihn unter sich begraben hatten, wußte er auf einmal, daß er nicht zu denen gehörte, die schweigend um die Tische saßen und dem ungleichen Kampf zusahen, daß er ihnen fremd war und immer schon fremd gewesen war. Ein gewaltiger Schmerz über diese plötzliche Erkenntnis fuhr brennend in jede Faser seines Körpers. Gegen alle Grundsätze der Erziehung, die ihm sein Vater hatte angedeihen lassen, gegen alle Regeln des Tales, gegen alles, was den Handan heilig war, ergriff er den Stock und kam dem Fremdling aus der Stadt, der mit ein paar prahlerischen Reden sein Herz gewonnen, zu Hilfe. In Bruchteilen von Sekunden passierte das, ohne daß Aelan wußte, wie ihm geschah. Eine fremde Kraft führte seine Arme, die den Stock schwangen und ihn krachend auf die verdutzten Ponas niederfahren ließ. Es war einer der dicken, hüfthohen Stöcke, welche die älteren Handan benutzten, wenn sie in den Gebirgen wanderten. In den Händen eines zornigen jungen Mannes aber wurde er zu einer verheerenden Waffe. Zwei weitere Angreifer traf Aelan tödlich, einige andere wurden durch die Wucht seiner Hiebe und durch fallende, zurücktaumelnde Kameraden zu Boden gerissen. Aelan nutzte die Verwirrung der Ponas, die sich fluchend aufrappelten und in wildem Durcheinander in der Char herumstolperten, und stürzte zur Türe hinaus.

Kühle Nachtluft wehte herein. Die Ponas standen wie vom Donner gerührt und schauten sich betreten nach ihrem Anführer um. Für einen Augenblick erfüllte tiefe Stille den Raum. Auf einmal konnten sie das feindselige Schweigen der Handan, dessen Wucht sich während des Kampfes unentwegt gesteigert hatte, wieder spüren. Auch Hor-Yu griff es plötzlich wie eine eisige Hand ans Herz. Einer Springflut gleich, die den Damm zerbrochen hat, überflutete die Angst vor diesem unheimlichen Schweigen die Ponas.

»Ich will diesen Bauernlümmel haben,« brüllte Hor-Yu. Er wollte mit seinem Schreien erneut die Glocke des Schweigens brechen, aber es gelang ihm nicht mehr. Heftig pulsierende Kraft füllte jetzt den Raum und ließ jede Bewegung gefrieren. Mit weit aufgerissenen Augen starrten die Ponas Hor-Yu an. Sein Schreien schien von dichtem Nebel verschlungen. Nur sein Mund klappte auf und zu. Hor-Yus Gesicht verzerrte sich im Halbdunkel des Raumes zu einer schrecklichen Fratze. Todesangst sprang die Männer an. Die Kraft klammerte sich um ihre Glieder, lähmte sie, zog und zerrte an ihnen. Einer wollte sie abschütteln, wollte zur Seite ausweichen, aber er stolperte über einen Toten und schlug zu Boden wie ein gefüllter Sack, unfähig, sich wieder zu erheben. Stöhnend vor Entsetzen kroch er auf die Türe zu. Mit offenen Mündern gafften die anderen. Das lähmende Eis in ihren Herzen ergriff Besitz von ihren Körpern. Alle Kraft wich aus ihnen. Einige rissen den Mund auf, doch sie vermochten nicht zu schreien. Die Beine wollten ihnen nicht mehr gehorchen. Die Knie wurden weich. Das eisige Gift schien ihre Köpfe zu zersprengen. Mit letzter Kraft retteten sich die Ponas zur Türe der Char, wie in einem Fieber, schwankend, strauchelnd, einander anstoßend, sich festklammernd am anderen, und torkelten ins Freie. Die Handan saßen unbeweglich auf ihren Plätzen, starrten mit versteinerten Gesichtern in den Raum. Es schien, als bemerkten sie das Schauspiel vor ihren Augen nicht, als seien sie versunken in tiefer Entrückung. Auch Tan-Y hatte keine Spur von Anteilnahme gezeigt, als sich sein Sohn in den Kampf gemischt. Als Hor-Yu, der sich mit der ganzen Kraft seines Willens gegen die lähmende Gewalt des Schweigens zur Wehr setzte, ihre Gesichter sah, aus Stein gehauene, dunkle Masken, riß die Angst jäh die letzten Barrieren in ihm fort, an die sich sein Wille klammerte. Dämonen, schoß es ihm durch den Kopf, Berggeister, ein verwunschenes, verfluchtes Tal. Mit letzten Kräften gegen die Lähmung ankämpfend, die nun wie eine Welle über seinem Körper zusammenschlug, folgte er seinen Männern nach draußen.

Die kalte Nachtluft traf ihn ins Gesicht wie ein Peitschenhieb. Hinter ihm krachte die Türe ins Schloß. Ein Riegel wurde vorgelegt. Hor-Yu war es, als erwache er aus einem bösen Traum. Ohnmächtige Wut drängte alle anderen Gefühle fort.

»Ihr Memmen, ihr feigen Nichtsnutze!« schrie er seine Männer an, die apathisch vor der Char standen und einander anstarrten. Seine Stimme überschlug sich zu wildem Kreischen. »Ihr habt euch von einem Bauernlümmel übertölpeln lassen. Ich werde euch peitschen, bis euch die Haut in Fetzen herunterhängt, bevor ich euch in die Schlucht werfe.« Hor-Yu raste. Er riß sein Schwert aus der Scheide und ging auf die Ponas los. »Schafft mir diesen Kerl her, tot oder lebend!« brüllte er wie von Sinnen. Als die Männer zögerten und ihn anblickten, als sei er ein Fremder, schlug er geifernd, das Gesicht zu einer zornigen Grimasse verzerrt, mit dem Schwert auf sie los. Mit einem Aufschrei stoben sie auseinander.

Aelan aber rannte schon am Ufer des Sees entlang, der glatt und dunkel schimmerte wie ein blankes Stück Metall. Wolkenfetzen waren über die Berge gezogen. Zwischen ihnen blitzten Sterne.

## Kapitel 5
## EIN WOHLGERUCH

Mit dem untrüglichen Instinkt eines Gurena witterte Rah-Seph, daß an diesem Morgen etwas Feindseliges in der Luft lag. Rah spürte, wie sich seine Muskeln spannten. Ein prickelndes Gefühl rieselte das Rückgrat herab. Er blieb einen Augenblick unter dem Portal des väterlichen Hauses stehen, zog prüfend den Atem ein, ließ den Blick über den Kanal schweifen, auf dem zwei Boote mit bunten Segeln dahinzogen, schickte ihn die Straße in beide Richtungen entlang, jeden Schlupfwinkel, in dem ein Feind im Hinterhalt liegen könnte, abtastend. Aber welche Gefahr sollte ihm hier drohen? Hier, im zweiten Ring Kurtevas, im Viertel der Gurenas, jetzt, kurz vor dem Sonnensternfest. Da in diesen Tagen viel fremdes Volk nach Kurteva kam, um das Fest in der Hauptstadt zu feiern, wo man es prachtvoller und ungewöhnlicher beging als an jedem anderen Ort in Atlan, wurden die Wachen an den Toren und in den Straßen verstärkt. Sie waren angewiesen, alle nur im geringsten Verdächtigen aus der Stadt zu verbannen. Obwohl die Herbergen von Menschen überquollen und sich Mengen von Fremden durch die Straßen und Alleen des äußeren Ringes wälzten, schien Kurteva sicherer und friedlicher an diesen Tagen vor dem Fest, nicht zuletzt, weil die Menschen durch die Spiele und die vielfältigen Vergnügungen, die den Feierlichkeiten vorangingen, abgelenkt waren von der Gier und der Streitlust des Alltags.

Rah entspannte sich, strich mit der Hand durch seine kurzen, pechschwarzen Haare und stieg die Treppe zur Straße hinab. Rasch, aber nicht eilig, ging er am Südkanal entlang, in Richtung der inneren Stadt. Die Leute, denen er begegnete, grüßten ihn ihrem Rang gemäß freundlich oder ehrerbietig, erkundigten sich nach seinem Befinden, trugen ihm Grüße an den Vater auf. Es war wie an jedem anderen Morgen, wenn Rah zu seinem täglichen Gang durch die Stadt aufbrach. Die Eindrücke des sonnigen Herbstmorgens schoben sich über die Unruhe in seinem Inneren, bis sie schließlich ganz verschwunden war.

Rah war der einzige Sohn der Seph, des ältesten und angesehensten Gurenageschlechts des Ostens, das den Tat-Tsok von allen Gurenas am nächsten stand. Die Seph hatten den Herrschern aus der Dynastie der Te schon gedient, als sie noch Könige von Teras gewesen, und sie hatten sich hervorgetan in den Kriegen gegen die Khaïla, aus denen die Te als Tat-Tsok, als Gottkönige von Atlan hervorgegangen waren. Sie trugen das Auge des Tigers im Wappen; der Tat-Tsok selbst, der Herr des Tigerthrones, hatte ihnen dieses hohe Privileg gewährt. Große Namen waren aus dem Geschlecht der Seph erblüht, Sakam-Seph, der in der Schlacht von Melat das Banner des ersten Tat-Tsok getragen, Leas-Seph, der bei den Ruinen von Hak an der Seite seines Königs gefallen, Hemrud-Seph, der das Heer des Tat-Tsok in den Kampf um die Westprovinzen geführt, Lak-Seph, der zwei Expeditionen zu den Kontinenten und Meeren des Ostens begleitet und die Kolonien Atlans im Land der Nok, der schwarzen Menschen, erobert hatte. Viele andere ruhmreiche Männer zierten, edlen Blüten gleich, den Stammbaum der Seph, und ihre Taten, ihr Kämpfen und Sterben, waren immer eng verflochten gewesen mit der Dynastie der Te, die als Tat-Tsok zum mächtigsten Herrschergeschlecht aufgestiegen war, das Atlan seit dem Goldenen Zeitalter von Hak gesehen.

Auf Rah, dem einzigen Erben des Ruhmes des Seph, ruhten nun die Augen der Ahnen, und der junge Gurena war sich dieser Verpflichtung wohl bewußt. Es war ungewöhnlich, daß eine Gurenafamilie ihre Zukunft auf nur einen Sproß baute, denn das Schlachtenglück war launisch, und auch der beste Kämpfer war nicht gefeit vor einem versteckten Pfeil oder einem Speerwurf aus dem Hinterhalt. So war eines der wenigen Gebete, das die Krieger gebrauchten, das Gebet um viele Söhne, damit ihr Stammbaum weiterhin erblühe, auch wenn viele seiner Kinder Blut und Leben für den Tat-Tsok ließen. Als Unglück galt es, nur einen Sohn zu haben, denn einer flackernden Kerze glich das Geschick der Familie dann, leicht auszulöschen vom Schicksal. Doch das Unglück schien herabgekommen auf das Haus der Seph. Fahel, eine Tochter aus der engen Familie des Tat-Tsok, hatte Hareth-Seph drei Söhne und eine Tochter geboren. Der erste Sohn starb noch im Wochenbett, der zweite, Herem, ein kräftiger Knabe, in dessen Blut das feurige Temperament der Seph loderte, ertrank als Knabe in einem der Kanäle. Bei der Geburt Rahs und seiner Zwillingsschwester Sinis aber starb Fahel am Kindbettfieber, die zartgliedrige, schöne Fahel, die weiße Blüte, die Sonne der Liebe im Leben des Hareth-Seph. Im wilden Schmerz seiner Trauer gelobte der Herr des Hauses Seph, sich niemals wieder zu vermählen, um Fahel, die er liebte wie sein Augenlicht, nicht zu entehren. Selbst der Tat-Tsok, der sich sorgte um das Geschlecht der Seph, das er vor allen anderen Gurenafamilien schätzte, vermochte ihn nicht zu bewegen, ein zweites Weib zu nehmen. Hareth wies sogar eine Tochter des Tat-Tsok zurück, denn das Bild Fahels wollte nicht verblassen in seinem Herzen. Und schon tuschelten die Neider, das Ende der Seph sei gekommen.

Rah aber reifte zu einem stattlichen Jüngling heran. Sein von unablässiger Übung gestählter Körper war groß und kräftig, doch von feinem, wohlgegliederten Wuchs. Über seine ebenmäßigen, edlen Züge spotteten manche, sie seien zu weich und zu anmutig für einen Krieger, paßten eher zu einem Tänzer, der in den Delays mit weibischem Gehabe die Gäste belustigt. Die liebliche Schönheit seiner Mutter lebte auf Rahs Gesicht fort, ihre mandelförmigen Augen, ihre schmale, gebogene Nase, ihre weich geschwungenen Lippen, ihre helle, samtene Haut. Hareth-Seph, der den einzigen Sohn streng und unnachgiebig erzog, wie es Brauch war in den Häusern der Gurenas, liebte ihn zugleich zärtlich, weil er wehmütige Erinnerungen an Fahel in ihm erweckte, an das zierliche Reh, die unvergleichliche Blume. Von früher Jugend an besuchte Rah die Ghura des So, deren Gründer einst als Harlana, als Schwertkämpfer des Harl, dem Tat-Tsok nach Kurteva gefolgt war, um die königlichen Elitekrieger und ihre Söhne im Weg des Schwertes zu unterweisen. Sie galt als die beste Ghura Atlans, und die Ghurads, die in ihr heranreiften, wurden ausnahmslos in den Dienst des Tat-Tsok übernommen. Rah aber lernte auch die Ne-Flöte blasen, was ungewöhnlich war für einen Kriegersohn, doch neben seiner Bestimmung, die Klinge für den Tat-Tsok zu führen, hatte der junge Seph die Liebe zur Musik in sich entdeckt, und seine Lehrer wurden nicht müde, die Begabung des Ghurad zu loben. Auch die anderen Wissensgebiete, in denen die Kinder der edlen Familien unterrichtet wurden, und die den Ghurads oftmals nur unbequeme, nachlässig geübte Pflicht waren, studierte Rah mit Eifer. Dichtkunst, Malerei, Geschichte und Philosophie, Astrologie und die Wissenschaften der Natur nahmen sein Interesse gefangen, und es schien, daß alles, worauf er seine Aufmerksamkeit richtete, wohl geriet. Hareth-Seph ließ ihn gewähren. Er spürte die feinsinnigen Gaben seiner Fahel in Rah wiedererstanden, und im geheimen glaubte er, daß sich in seinem einzigen Sohn die Kräfte und Talente vieler nicht geborener Erben vereinten. Es schien ihm gewiß, daß Rah einst zu einer der leuchtendsten Blüten am Stammbaum des alten Geschlechts erwachsen würde, und so hatte er für die Spötter und

Neider, die dem Witwer mit ihren heuchlerischen Ratschlägen in den Ohren lagen, nur kalte Verachtung.

Rah wußte um die Erwartungen, die sein Vater in ihn setzte, und der junge Gurena, dessen Kraft und Schönheit mit jedem Jahr wuchsen, das ihn vom Jüngling zum Mann heranreifen ließ, wollte den Herrn der Seph nicht enttäuschen. Ein Ehrgeiz schwelte in ihm, der ihn hart machte gegen sich selbst und den er nur mühsam hinter der stolzen Gelassenheit seiner Züge zu verbergen vermochte. Alles, was er begann, wollte er augenblicklich zur Meisterschaft bringen. Niederlagen gegen ältere und erfahrenere Schüler der Ghura brachten ihn fast um den Verstand, stürzten ihn in Verzweiflung und Selbsthaß. Obwohl er sich als guter Verlierer zeigte, der die Stärke der anderen neidlos anerkannte, zerfraß ihn innerlich die Scham, ein Unterlegener zu sein. Hatte er den ersten lähmenden Schmerz überwunden, trieb er sich zu unermüdlichem Eifer, und hatte er schließlich das Ziel erreicht, das er sich in Zerknirschung und Wut über die eigene Schwäche gesetzt, griff er voll Ungeduld nach dem nächsten. Dabei war er unerbittlich gegen sich selbst, und seine Disziplin und Willenskraft waren so eisern, daß manche, die weniger ehrgeizig waren, heimlich darüber höhnten. Einige meinten, seine Ruhmsucht werde ihn eines Tages ins Verderben führen, andere aber prophezeiten ihm eine leuchtende Zukunft und stellten ihn nachlässigen Ghurads als Vorbild hin, denn Ehrgeiz und eherne Selbstzucht zählten neben Mut und Todesverachtung zu den Tugenden eines wahren Gurena.

Wenn Rah morgens das väterliche Haus verließ, zu einer Stunde, da die reichen Kaufleute, die auf der anderen Seite des Kanals wohnten, sich gerade aus den Betten erhoben, hatte er schon eine Reihe von Übungen absolviert, die zur täglichen Ausbildung des Gurena gehörten. Im Morgengrauen, nach einem kalten Bad, versenkte er sich in sich selbst, um seinem Geist Ausgeglichenheit und Schärfe für den kommenden Tag zu geben. Dann unterzog er sich den Übungen, die jeden Muskel stählten und dem Willen gefügig machten. War sein Körper heiß und schweißüberströmt, übte er mit dem Schwert, die vielfältigen Hiebe und Schlagtechniken, die seit Generationen von den Harlanas der Ghuras bewahrt und überliefert wurden. Auch viele der geheimen waren Rah schon anvertraut, solche, die nur den Ghurads mitgeteilt wurden, die Reife erlangt hatten im Schwertkampf und in der Entfaltung des Herzens. Erst dann nahm er gemeinsam mit dem Vater, der die Schwertübungen teilte – ein drahtiger, weißhaariger Mann, dem das Alter nichts von der Behendigkeit und fließenden Anmut seiner Bewegungen genommen hatte – das Morgenmahl ein. Danach pflegte Rah auszugehen, ziellos durch die Straßen Kurtevas zu streifen, zu den Tempeln, den Bädern, den Plätzen, auf denen sich die Jünglinge versammelten, den Märkten, den Anlegestellen der Boote, den Magazinen der Kaufleute. Müßig schlenderte er durch die Straßen und Gassen, scheinbar unbeeindruckt vom pulsierenden Leben der Stadt, alleine, oder mit Freunden plaudernd und lachend, da und dort verweilend, den Bauern zuschauend, die ihre hoch bepackten Wagen zum Markt zogen, oder den Bootsleuten, die kostbare Ladung aus dem Bauch ihrer Schiffe in die Speicher der Kaufleute schleppten. Jeden Morgen ging Rah aus, doch alle, die glaubten, es sei eitler Müßiggang eines reichen Jünglings, irrten. Die morgendlichen Stunden im Getriebe der Stadt waren Teil der Ausbildung von Rah-Seph, und, wollte man dem alten, schweigsamen Meister der Ghura Glauben schenken, der schwierigste, jener, dessen Bewältigung einen guten Ghurad von einem schlechten unterschied, einen Gurena, der dem hohen Weg des Schwertes folgte, von einem gewöhnlichen Soldaten.

Das Ka, die Kunst des Da-Seins, galt es zu erlernen, die Durchdringung des Augenblicks, die wahre Kraft des Gurena, aus der die Erleuchtung erwuchs, die unbezwingbar machte und unsterblich. Rah übte sie unentwegt, denn er wußte, daß in ihr der Schlüssel zu wahrer Vollkommenheit auf dem Weg des Schwertes lag, die er anstrebte. Das Ka – immer im Hier und Jetzt sein, den Augenblick sehen, hören, fühlen und riechen, die Aufmerksamkeit, die ihn vollkommen durchdrang, ihn ganz umfaßte und einschloß, ohne die geringste Abweichung zuzulassen, das Sammeln aller Kräfte, innen und außen, im gegenwärtigen Augenblick des Lebens, ohne Ablenkung, ohne Zersplitterung, im Gespräch mit einem Freund ebenso wie beim Beobachten der Fischer am Kanal, beim Scherzen und Feilschen mit Bauernmädchen am Markt, beim Versinken in die weiten Räume des Ne-Flötentones, beim Heben des Schwertes im Kampf. Immer ganz den Augenblick umspannen, in dem der Puls der Ewigkeit schlug, alle Bilder, alle Gedanken, alle Regungen erfassen, die ihn durchzuckten, alle Bedrohungen und alle Arten, ihnen zu begegnen, im gleichen Moment wissen und erkennen. Die am Kay, dem Punkt über der Nasenwurzel, gesammelte Kraft stets bereit zu haben, in jedem Augenblick, in der Erregung der Schlacht ebenso wie beim müßigen Schlendern über den Markt. Das Ka, das Geheimnis der Gurenas, das die Harlanas vor undenklichen Zeiten entdeckt und zur Meisterschaft gebracht, und das einen Gurena den Kampf gewinnen ließ, noch bevor das Schwert gezogen war. Das Ka, die Kunst gleichzeitigen Anspannens und Loslassens, der Weg auf der Schneide des Schwertes, die Kraft des Siegers.

Rah übte mit einem Eifer, der fast Besessenheit war, erlegte sich Strafen auf für jedes Abschweifen des Geistes aus der Ballung des Ka, übte Tag und Nacht die Kunst der Harlanas, und sein Lehrer, dem es gegeben war, die Gedanken der Menschen wie Bilder auf ihren Gesichtern zu lesen, war zufrieden mit ihm.

Vor den öffentlichen Bädern, wo aus einem riesigen, marmornen Brunnen sieben Quellen in ein großes, ovales Bassin sprudelten, traf Rah Freunde aus der Ghura, Söhne aus den besten Familien Kurtevas, die plaudernd beisammenstanden. Sie grüßten ihn herzlich, er trat in ihren Kreis und war sogleich in das Gepräch hineingezogen.

»Der Bayhi ist schwer erkrankt,« wußte einer zu berichten. »Man hält es natürlich geheim, um das Volk nicht zu beunruhigen. Es steht schlecht um den Tat-Tsok, der reich mit Töchtern gesegnet ist, aber nur mit einem rechtmäßigen Erben.«

»Was fehlt ihm denn?«

»Das ist es ja gerade! Niemand weiß es wirklich. Die Ärzte reden Unsinn, um den eigenen Kopf zu retten. Heimlich munkelt man, es sei diese Seuche, die vor vielen Jahren im Westen gewütet hat. Ihr wißt ja, daß mein Bruder oft Geschäfte im Palast zu besorgen hat. Er berichtete, daß man Boten aus Melat, die angeblich die Zeichen dieser Krankheit trugen, erschlagen und des Nachts von Sklaven, die dann auch beseitigt wurden, aus der Stadt hat schaffen lassen. Und diese Boten sollen kurz zuvor mit dem Bayhi gesprochen haben.«

»Aber die Seuche ist seit vielen Jahren vorbei.«

»Nun, sicher ist es nicht. Man sagt, sie keime im Verborgenen weiter. Jedenfalls ist der Bayhi todkrank. Man glaubt, er werde das Sonnensternfest nicht überleben.«

»Vielleicht will man ihn aus dem Weg räumen.«

»Wer sollte das wollen? Da er keine Brüder hat, ist er der einzige rechtmäßige Bayhi. Stirbt er, so erlischt das Geschlecht der Te. Wer sollte ihnen nachfolgen? Es gibt keine Gesetze für diesen Fall, der in der Geschichte noch nie eingetreten ist. Die Tat-Tsok hatten immer genug legitime Söhne. Oder glaubst du, die sechs Prinzessinnen wollen ihren Bruder vom Thron drängen? Nein, es ist wirklich eine Krankheit.«

»Jetzt wird man bedauern, daß man die Tam-Be'el vertrieben hat. Man kann über sie denken was man will, aber es gab keine besseren Heiler in der Stadt. Ich war als Kind selber dabei, wie einer ihrer Xem meinen Vater gesund machte, den alle Ärzte schon aufgegeben hatten.«

»Ja, auch mein Vater verdankt ihnen sein Leben. Sie vermochten Schwertwunden zu schließen, ohne daß eine Narbe zurückblieb.«
»Aber daß sie den alten Algor umgebracht haben, war dumm. Diese verweichlichten Tat-Greise wären mit der Zeit von alleine ausgestorben.«
»Oh, glaubt das nicht! Die haben ein zähes Leben!«
»Ich denke mir ohnehin, daß die ganze Geschichte nur ein Vorwand war, eine geschickt eingefädelte Intrige, um die Tam-Be'el aus dem Weg zu räumen. Listige Ränkeschmiede waren die Tat-Los immer schon, trotz der Verfettung ihrer Leiber und ihres Geistes. Algor mußte bei dieser Lügenposse eben das Opferlamm spielen, was ihm bestimmt nicht schwergefallen ist, denn dumm wie ein Schaf soll er ja gewesen sein.«
So ging das Gespräch der Jünglinge heftig durcheinander, begleitet von Scherzworten, Gelächter und lebhaften Gesten. Niemand anders in der Hauptstadt des Reiches hätte gewagt, so frevelhaft und spöttisch über die Ermordung des höchsten Priesters des Tat, Algor, durch einen von den Tam-Be'el gedungenen Mörder, und über die Ausrottung und Verfolgung der Anhänger der Flamme zu sprechen, wie diese Ghurads aus der Schule des So, die sich in ihrem jugendlichen Ungestüm wenig um die Verbote des Tat-Tsok scherten. Viele von ihnen waren noch nicht geboren gewesen, als das schreckliche Morden begonnen hatte, und doch kam ihr Gespräch immer wieder auf die lange vergangenen Geschehnisse zurück, denn in den Häusern ihrer Väter standen die vertriebenen und ermordeten Tam-Be'el und der Kult der Flamme, der Feuerseite des Tat-Be'el, der nun bei strengsten Strafen verboten war, in guter Erinnerung. Gewöhnlich hatten die Gurenas wenig übrig für Religion. Ihr Gott war der Heldenmut und ihr Gebet der Kampf mit dem Schwert. Sie verachteten die aufwendigen Riten und Zeremonien der Tat-Los, so wie sie jede Verweichlichung und Prunksucht verachteten. Die Männer des Be'el hingegen, die das reine Feuer als das höchste und über alles erhabene Wesen des doppelgesichtigen Tat-Be'el verehrten, die sich kasteiten und harte Disziplin übten, waren den Gurenas näher gestanden und von ihnen geachtet worden. Manch einer der hohen Krieger, der die Macht der Flamme gespürt, hatte sich zu ihrem Glauben bekannt, wenn er die Erkenntnis gewonnen, daß der Geist der Gurenas im Herrn des Feuers wohnte. So war die Verfolgung und Ermordung der Tam-Be'el nach Algors Tod auf heftigen Widerstand bei den Gurenas gestoßen. Nur der unbeugsame Wille des Tat-Tsok hatte sie zurückgehalten, offen Partei zu ergreifen für die Verfolgten. Ihre Ge-

ringschätzung für die Priester des Tat, die nach dem Sieg über die Flamme unersättlich wurden in ihrer Gier nach Macht und Reichtümern, aber war zum Haß gewachsen. Wenn die alten Gurenas ihren Unmut schweigend im Herzen bargen, so lag er ihren Söhnen offen auf der Zunge, und sie genossen es, solch gefährliche Meinungen lautstark auf den Plätzen Kurtevas zu erörtern. Harte Strafen drohten jedem, der den Einen Tat lästerte und so mancher Frevler war für immer in den Kerkern verschwunden oder in den Minen von Mombut elend zugrundegegangen, doch unter den Ghurads war es zu einer Mutprobe geworden, die Verachtung für die Tat-Los unverhohlen zur Schau zu stellen.

»Seine Söhne haben allerdings wenig Lust, es ihrem Vater gleichzutun.«
»Welche Söhne denn?«
»Die Söhne des Opferlammes Algor! Das ist das Allerneueste: sie nehmen Unterricht in der Ghura des Lak. Heimlich. Schon seit Jahren. Erst jetzt ist man dahintergekommen. Niemand soll es wissen, denn schließlich schickt es sich nicht für Priesterkinder, das Schwert in die Hand zu nehmen. Außerdem sind sie mittlerweile selbst zu Tat-Los geweiht. Da schickt es sich noch weniger.«
»Ich hätte nicht gedacht, daß es um den alten Lak so schlecht bestellt ist, daß er Priesterbälger aufnehmen muß.«
»Vermutlich will er reich werden. Ihr könnt euch vorstellen, daß man es sich einiges kosten läßt, diese Kerle mit der Klinge fuchteln zu lassen, ohne daß jemand in der Stadt davon erfährt.«
»Ich möchte ihnen einmal zusehen. Heißt es nicht, daß sie so fette Bäuche haben wie ihre Alten.«
»Je fetter der Bauch, desto besser ist dem Tat gedient.«
»Stellt euch das vor. Morgens dieser weibische Singsang in den Tempeln, die goldenen Gewänder, die geölten Haarschöpfe, Myrre und Zuckerbrot, und danach in die Ghura.«
»Vielleicht hat der alte Lak eine besondere Technik für sie entwickelt.«
»Ich würde alles darum geben, sie einmal kämpfen zu sehen.«
»Noch lieber würde ich selber gegen sie antreten.«
»Würdest du dir wirklich die Finger an ihnen schmutzig machen? Mein Schwert wäre mir zu schade für sie.«
»Sie sollen recht gut sein, sagt man.«
»Pah, die Äpfel fallen nicht weit vom Stamm! Schau dir nur die alten Tat-Los an.«

»Ich habe einen gesehen, der war zu fett, um das Tat-Auge über den Kopf zu heben. Er konnte die Arme über dem Kopf nicht mehr zusammenbringen. Deshalb mußte er das Tat-Auge schräg vor sich hin nach oben halten. Weil es so schwer war, konnte er es nur ganz kurz hochheben. Dabei pfiff und schnaubte er vor Anstrengung. Er sah aus wie ein kranker Wasserbüffel im Feiertagsgewand. Der Kopf rot wie eine Lempfrucht und die Arme zitternd wie bei einem alten Weib, das Gliederreißen hat. Das war natürlich der Andacht äußerst förderlich. Alle im Tempel mußten sich beherrschen, um nicht lauthals loszulachen. Dabei ging es um die Totengebete für irgendeinen Aibo. Stellt euch so einen Kerl mit dem Schwert vor.«

Gedis, ein wegen seiner Späße und seines beißenden Spotts bei den Ghurads beliebter Freund, machte den fetten Tat-Lo so treffend nach, daß alle laut herausprusteten. Die Menschen auf dem Platz schüttelten die Köpfe über die verdorbene Jugend, die am hellen Tage auf dem Platz der Quelle, auf dem von den hohen Tnachas Schweigen verordnet war, damit die Musik des Wassers sich entfalten könne, herumlungerte und den Tat beleidigte. Einzig die Tatsache, daß sie Schwerter am Gürtel trugen, die sie noch dazu vortrefflich zu gebrauchen wußten, hielt so manchen davon ab, seiner Empörung handgreiflich Ausdruck zu verleihen.

»Es nützt nicht einmal etwas, wenn man sie anzeigt, denn ihre Familien sind zu mächtig,« hörte man murren. »Der allgewaltige Tat strafe sie für diese Lästerung.«

An diesem Morgen jedoch gab es Widerspruch gegen die Verhöhnung der Priester des Tat. Ein junger Mann mit rundem, dicklichem Gesicht stand schweigend in der Nähe der ausgelassenen Schar und lauschte aufmerksam. Als Gedis den Tat-Lo nachäffte, und dann, angefeuert vom Gelächter seiner Freunde, auszumalen begann, wie es diese Fettkugel wohl mit seiner Mätresse trieb, die bekanntlich fetter sei als er selbst, was die Jünglinge zu noch wilderem Gelächter anstachelte, gab sich der junge Mann einen Ruck und trat entschlossen an den Kreis der lachenden, sich auf die Schenkel klatschenden Ghurads heran.

»Es ist genug. Ich kann diesen Frevel nicht länger dulden!« sagte er leise, gepreßt, mit vor Erregung zitternder Stimme. Die anderen waren so in ihrer Heiterkeit verloren, daß sie ihn nicht bemerkten. Rah aber, der auch in solchen Augenblicken der Ausgelassenheit bemüht war, die Kunst des Ka zu üben, spürte die Welle des Hasses, die von dem fremden Jüngling ausging, noch bevor dieser in die Runde der Ghurads trat. Gedis, der völlig in seinen Possen aufging, wäre dem blitzschnell gezückten Messer des Fremden nicht entgangen, und die anderen, die den Eindringling nicht bemerkten, hätten ihn nicht zu schützen vermocht. Rahs Rechte aber packte die Hand des Angreifers, als er gerade das Messer hob und gleichzeitig traf ihn die Linke mit voller Kraft zwischen die Augen, daß der fremde junge Mann wie vom Blitz gerührt nach hinten taumelte und auf den Rücken fiel. Jetzt erst begriffen die anderen, was vorgefallen war. Sie fuhren herum und stürzten ihm nach. Der Fremde aber raffte sich behende auf, stieß einen Fluch aus und rannte davon. Einige der Ghurads folgten ihm, aber sie vermochten ihn auf dem belebten Platz nicht mehr zu erreichen. Achselzuckend kamen sie zurück. Gedis, vor Schreck bleich wie eine Totenmaske, brachte sie mit einem verkrampften Scherz wieder zum Lachen. In Rah aber pulsierte der Haß, der aus dem Fremden hervorgebrochen war, in heftigen Wellen und spülte die Gereiztheit und Unruhe, die er an diesem Morgen beim Verlassen des Hauses gespürt, von neuem in sein Bewußtsein.

Sie verließ ihn den ganzen Tag nicht mehr. Bei den Übungen in der Ghura saß sie ihm lähmend im Körper, beim gemeinsamen Mahl mit seinen Kameraden machte sie ihn wortkarg und bei den Kampfübungen, die wie gewöhnlich den Nachmittag lang andauerten, unterliefen ihm Fehler, die das schweigende Erstaunen des Harlana auf sich zogen. Rah schämte sich vor den Blicken des alten Meisters, versuchte mit aller Willensanstrengung, sein Bestes zu geben, aber seine Bewegungen wirkten hölzern und verkrampft. Tarke-Um, ein neu aufgenommener Schüler, der aus Mombut in die Hauptstadt gekommen war, ein ungestümer Kämpfer, der selbst den leichtesten Probegang mit fanatischer Wildheit bestritt, und der Abscheu empfand vor den Söhnen der privilegierten Gurenafamilien Kurtevas, hätte Rah, der als bester Ghurad der Schule galt, beinahe besiegt. Nur mit äußerster Mühe, mit der ganzen Kraft seines Willens hatte Rah die Macht des Hasses zu brechen vermocht, die aus den Augen von Tarke sprühte und die ihn getroffen hatte wie die Gewalt eines sengenden Feuers. Rah hatte den Kampf für sich entschieden, doch er war ärgerlich und unzufrieden und hatte selbst die anerkennenden Worte seiner besten Freunde, der Zwillinge Az, schroff zurückgewiesen. Gefühle der Unrast krampften sich in pulsierenden Stößen in seiner Brust zusammen, als der unterlegene Tarke sich widerwillig vor ihm verneigte, um dem Brauch der Ghura Genüge zu tun, und Rah den rasenden Haß dieses Kämpfers spürte, der zitternd vor Wut und Scham vor ihm stand. Wirre Ahnungen aus den Tiefen lange vergessener Zeiten schossen Rah

durch den Kopf, als er für einen kurzen Moment Tarkes Blick begegnete.
Als die Ghurads am späten Nachmittag die Übungen beendeten, ließ der Harlana Rah-Seph zu sich rufen. Rah trat mit gesenktem Kopf in den hohen, holzgetäfelten Raum, in dem der Meister seine Gäste zu empfangen pflegte. Der schweigsame alte Mann stand regungslos, das Gesicht zur Wand gekehrt. Die Verstimmung über den mißglückten Kampf gegen den Neuling aus Mombut trieb Rah das Blut ins Gesicht. Er schämte sich vor sich selbst und mehr noch vor dem Harlana. Der alte Mann wandte sich zur Seite, nahm den großen Kriegsfächer von einem Tischchen, das Zeichen der schlachterprobten Kämpfer, und faltete ihn behutsam zusammen. Jede seiner Bewegungen hatte etwas schlichtes, gelassenes, würdevolles. Er sah seinen Ghurad dabei nicht an. Rah stand mit gesenktem Kopf und erwartete den Tadel. Seine innere Spannung drohte ihn zu zerreißen. Obwohl der alte So nie ein lautes Wort sprach und keine seiner Gesten und Bewegungen je das fein gezirkelte Maß des Unauffälligen verließen, fürchteten die Ghurads seinen Unmut. Ein Blick seiner Augen genügte, einen Müßigen mit neuem Eifer zu beflügeln, eine knappe Gebärde, einen, der die Gesetze des Schwertes gebrochen hatte, zu bestrafen.
Tiefe Stille hing im Raum. Die Ghura lag inmitten eines weiten Gartens. Das lebhafte Getriebe der Stadt blieb ungehört draußen vor seinen Mauern. Die Stille weitete sich. Rah hörte einen Vogel über das Haus fliegen. In der Ferne murmelte ein Brunnen. Das Ka sammelte sich in ihm, das Bewußtsein des Augenblicks. Stärker als je zuvor fühlte er es jetzt, in der Gegenwart seines Lehrers. Der alte Mann ging ganz in seinen knappen Bewegungen auf. Er schien Rah noch immer nicht zu bemerken. Ein Windstoß fuhr in das welke Laub im Garten. Das Lied des Brunnens erstarb für einen Moment. Der Streifen Sonnenlicht, der durch die geöffneten Fenster schräg in den Raum fiel, ließ Stücke einer Intarsienarbeit an der Wand golden aufleuchten. Staub tanzte im grellen Licht. Rahs Anspannung wuchs ins Unerträgliche. Mit einer blitzartigen Bewegung wirbelte der Harlana herum und schlug Rah den zusammengefalteten Fächer auf den Kopf. Ein klappendes Geräusch brach sich an den Wänden, und doch hatte der Fächer kaum Rahs Haare berührt. Der junge Gurena spürte die feine, fast zärtliche Berührung wie ein Echo auf seinem Scheitel. Ein Beben, ausströmend von diesem Punkt auf dem Kopf, rieselte durch seinen Körper. Als Rah erstaunt den Blick hob, sah er das versteinerte Gesicht des Harlana unmittelbar vor sich. Der alte Mann blickte dem Ghurad kurz

in die Augen, dann ließ er ihn stehen. Er öffnete eine Seitentüre und ging davon. Sein weißer, zu einem Knoten gebundener Haarschopf verschwand in der Dämmerung des anderen Raumes. Rah stand wie gelähmt und starrte den leeren Türrahmen an. In den weiten Räumen seines Schädels rührte sich kein Gedanke. Aber das Ka war stark wie nie zuvor. Es dehnte sich aus und schien plötzlich die ganze Ghura zu erfüllen. Für einen Augenblick glaubte Rah zu verstehen, was Ka-Lak, die unbesiegbare Erleuchtung der Gurenas, bedeutete. Dann schloß sich lautlos, von unsichtbarer Hand geführt, die Türe, durch die der Harlana verschwunden war.

Die Stunde der Dämmerung verbrachte Rah alleine in den Gärten der Ghura. Er saß in einer Laube im abgelegensten Teil und spielte die Ne-Flöte, um seine durcheinanderwirbelnden Gedanken und Gefühle zu besänftigen. Tausendmal hatte er jede Bewegung des Harlana aus der Erinnerung geholt und vor sein inneres Auge gestellt. Tausendmal hatte er den fast berührungslosen Schlag auf seinem Scheitel gespürt, der das Ka geweckt, aber noch immer wußte er nicht, was der alte Mann ihm damit hatte sagen wollen. An diesem gewöhnlichen Tag, nach jämmerlich durchstandenen Kämpfen. Oft dauerte es lange, bis man den Sinn einer Handlung des Alten begriff, heute aber wollte keine Deutung passen. Es war keine Bestrafung gewesen, aber auch kein Lob, kein Hinweis auf einen Fehler bei einer Schlagtechnik und auch kein Tadel wegen einer versäumten Bewegung. Abschied, hörte Rah eine innere Stimme rufen, Abschied!

Abschied? Er würde morgen wieder seine täglichen Übungen ausführen, würde durch die Stadt schlendern, um die Kraft des Ka zu sammeln und dann in der Ghura unter den Augen des Harlana üben, Kämpfe mit dem Holzschwert bestreiten und in der Bibliothek die Rollen und Bücher studieren. Und er würde sich mit ganzer Kraft bemühen, die Blamage des heutigen Tages gutzumachen. Er würde wieder auf Tarke-Um treffen, dessen Haß er noch in sich spürte wie eisiges Brennen.

Abschied? Vielleicht, wenn es an einem Tag um das Neujahrsfest gewesen wäre, an dem die älteren Ghurads vom Harlana verabschiedet wurden, feierlich, vor den Augen ihrer Kameraden und den Gurenas des Tat-Tsok. Es war undenkbar, daß ein Schüler vorzeitig von der Ghura abging, ohne die vorgeschriebenen Riten und Segnungen, ohne die über Tage andauernden Feierlichkeiten, die von den Kriegerfamilien als Hauptfest des Jahres begangen wurden. Ohne die Audienz beim Tat-Tsok, der die jungen Gurenas in seine Dienste übernahm und jedem ein kostbares Schwert zum Geschenk machte. Abschied? Undenkbar. Rah blies die Ne-Flöte, aber auch die Musik wollte an diesem Tag nicht geraten. Steif reihten sich die Töne aneinander, und der Fluß der Melodie, der bei den Meistern der Ne wie ein nie endenwollender, kristallklarer Strom aus der Flöte quoll, geriet immer wieder ins Stottern und Stocken. Leicht wie eine Feder und geschmeidig wie Wasser sei die Seele des Ne-Spielers, damit der Klang sie zu tragen vermag, hieß es in den alten Schriften über die Ne. Aber Rahs Herz war nicht leicht. Das Echo der Erfahrung mit dem Ka klang in ihm nach und erfüllte ihn mit seltsamer Wehmut. Er legte die Flöte weg und hing seinen Gedanken nach, die träge erschienen und doch gleichzeitig fiebrig in alle Richtungen auseinanderstoben.

Rah war froh, als Gedis ihn in der Laube fand.

»Warum versteckst du dich?« fragte Gedis gutgelaunt. »Jeder hat einmal einen schlechten Tag. Und der Bursche aus Mombut hat eine Technik, die uns fremd ist. Das kann einen anfangs verwirren. Ein unangenehmer Kerl übrigens, redet kein Wort mit uns, bildet sich wahrscheinlich etwas darauf ein, daß er aus dem stinkenden Mombut stammt und sein Vater der Besitzer irgendeiner Sklavenmine ist. Es peinigt ihn sehr, daß er den Kampf gegen einen von uns verloren hat. Er hält die Ghurads von Kurteva wohl für reiche, verweichlichte Muttersöhnchen. Nun, du hast ihn eines Besseren belehrt. Wenn du wieder auf ihn triffst, wird es ihm noch schlechter ergehen.«

Rah lächelte müde. »In einem wirklichen Kampf gibt es kein zweites Mal.«

»Aber du hast ihn doch besiegt! Willst du dich grämen, daß dein Sieg nicht sehr glänzend aussah?«

Rah gab seinem Freund einen scherzhaften Stoß vor die Brust. Kein anderer hätte so zu ihm sprechen dürfen, ohne eine Herausforderung zu riskieren. Der kleingewachsene, aber kräftige und gewandte Gedis jedoch genoß Narrenfreiheit in der Ghura. Sein stets heiteres Wesen, sein überschäumender Witz und seine Schlagfertigkeit in jeder Situation hatten ihm die Gunst der Ghurads eingebracht. Er nahm sich niemandem gegenüber ein Blatt vor den Mund, hatte Respekt ausschließlich vor dem Harlana, und doch waren seine Sticheleien und Witze niemals eitel oder verletzend. Könnten deine Hände so gut fechten wie deine Zunge, so gäbe es nichts mehr zu lernen für dich in meiner Ghura, hatte der Meister zu ihm gesagt, als er neu in der Schule war, und seine Antwort: Gut daß dem nicht so ist. Mein Vater würde mich davonjagen, denn er hat das Schulgeld für ein ganzes Jahr bezahlt,

mit dreister Ehrlichkeit hingesagt, gewannen ihm ein Lächeln des alten Mannes und die Zuneigung der Ghurads.
»Ich muß mich noch bedanken bei dir,« sagte er. Seine Stimme war warm und angenehm.
»Eigentlich haben wir uns alle schrecklich blamiert am Platz des Brunnens. Du warst der einzige, der die Gefahr bemerkt hat. Man sollte wirklich nicht im Übermaß lachen. Es schadet dem Ka.«
Rah nickte. »Es ist gut. Laß uns nicht mehr davon sprechen.«
»Oh, ich glaube, man wird noch oft davon sprechen. Weißt du denn, wen du da niedergeschlagen hast? Ein prächtiger Hieb war das übrigens. Hat man es dir gesagt?«
Rah schüttelte den Kopf.
Gedis grinste breit. »Du wirst es nicht für möglich halten, aber es war einer der Söhne des Algor, von denen wir gerade sprachen. Kein Wunder, daß er so wütend war. Wir haben uns nicht sehr ehrerbietig über seinen Vater und die Tat-Los verbreitet. Er muß sich sehr stark fühlen, wenn er alleine auf eine ganze Gruppe von Ghurads losgeht. Der Unterricht beim alten Lak ist ihm wohl zu Kopf gestiegen.«
Gedis' Rede floß leicht und plätschernd. Er hatte die Angewohnheit, auch über ernste Dinge in einem unverbindlichen Plauderton zu sprechen. Rah hörte zu und lächelte. Sein immerzu heiterer Freund war die rechte Ablenkung für ihn.
»Ich kann mir nicht vorstellen, daß er die Kränkung ohne weiteres hinnehmen wird. Er ist übrigens der jüngere der beiden Brüder, und wie man sagt, der schwächere und vor allem der feigere. Er neigt eher zum Fettansetzen, zur traditionellen Karriere eines Tat-Lo also. Es heißt, daß sein Bruder ihn gezwungen hat, die Ghura zu besuchen. Weiß der Himmel, was plötzlich in diese Priester gefahren ist, daß sie Lust aufs Kämpfen verspüren. Vielleicht hat das Schicksal ihres Vaters sie abgeschreckt, der seinen Mördern kampflos in die Hände gefallen sein soll. Beim Liebesspiel mit einer Hofdame, wie man sagt. Aber wie dem auch sei, die Geschichte ist bestimmt noch nicht ausgestanden.«
»Sollen sie mich ruhig anzeigen beim Tat-Tsok. Ich habe mich nur verteidigt.«
»Ich glaube nicht, daß sie dich anzeigen werden. Man sollte von diesen Weichlingen zwar erwarten, daß sie sich hinter dem Rücken der Tnachas verstecken, aber ich glaube, sie werden versuchen, ihre Ehre mit deinem Blut reinzuwaschen. Mir ist zu Ohren gekommen, daß Tez, der große Bruder unseres jähzornigen Knaben, einen Schüler der Sat-Schule getötet hat, weil er abfällig über die Tat-Los gesprochen hat. Das

Leben in Kurteva wird immer gefährlicher. Jetzt ist man nicht einmal mehr vor den Tat-Los sicher. Jeder fuchtelt mit Schwertern herum. Es soll nicht der schlechteste Kämpfer gewesen sein, den Tez vor den Augen der Tempelwache in Stücke gehauen hat.«
»Hat man ihn nicht zur Rechenschaft gezogen? Es ist verboten, sich auf Leben und Tod zu schlagen.«
»Wenn es um die Ehre des Tat geht, gelten solche Verbote nicht. Umgekehrt allerdings wird es schwieriger sein, einen guten Grund zu finden, einen Tat-Lo einen Kopf kürzer zu machen. In den Augen der Tnachas meine ich. Die Söhne des Algor jedenfalls können um ihre Ehre kämpfen wie sie wollen, schließlich gilt ihr Vater als Heiliger. Außerdem haben sie den Vorteil, unter dem Schutz des richtigen Gottes zu stehen. Du solltest dich vorsehen. Eigentlich müßten sie mir nachstellen, aber ich kann mir denken, daß dein Fausthieb in eines ihrer fetten Gesichter ihrer Ehre mehr geschadet hat als meine Spötteleien.«
»Mein Vater meint,« sagte Rah gedankenverloren, »daß die Tat-Los die Gurenas hassen. Die Krieger standen dem Be'el näher oder waren ganz ohne Religion, und jetzt, nachdem der Be'el verstoßen ist, verbreiten die Priester, die alten Gurenageschlechter seien Feinde des wahren Glaubens und man könne ihnen nicht mehr trauen. Der Tat-Tsok schenkt dem keine Beachtung, denn was wäre das Reich ohne die Gurenas, die alten, verdienten Familien, die Ghuras. Deshalb beginnen die Tat-Los jetzt, ihre Söhne im Kampf ausbilden zu lassen. Sie wollen eine neue Kaste von Gurenas schaffen. Diese Gurenas werden dem Tat-Tsok näher sein, denn er war es, der den Be'el verstoßen hat.«
»Mag sein,« lachte Gedis. »Aber es werden noch viele Jahre vergehen, bis die Tat-Los das fertiggebracht haben. Zuerst müssen sie ein Mittel gegen ihre Verfettung finden, denn du wirst nirgendwo soviel Ausschweifung, Laster und Gefräßigkeit erleben als in den Häusern des Tat. Sie hängen zu sehr am Leben, als daß sie den Weg des Schwertes, auf dem Leben und Tod gleichviel gelten, gehen könnten.«
»Aber die jungen sind anders.«
»Vielleicht. Doch es sind nicht viele, die die Bequemlichkeiten ihres Genußlebens mit den harten Brettern einer Ghura vertauscht haben.«
»Die Wege des Tat währen lange, heißt es. Lange hat es gedauert, bis der Be'el gefallen ist. Nun setzt man Vertrauen in die neuen Generationen, um das Werk des Tat endgültig zu erfüllen. Mein Vater hat ein feines Gespür für diese Dinge. Ich habe Wehmut aus seinen Worten herausgehört. Wehmut um den Niedergang und das Ende der alten Gurenafamilien.«

»Nun, es liegt an uns, dies nicht zuzulassen. Ich muß dir sagen, daß ich mehr als zuversichtlich bin. Die Söhne des Algor machen mir im Augenblick mehr Kummer. Daß ein Gurena einen von ihnen mitten auf dem Platz vor den Bädern in den Staub geschlagen hat, wird sie außerordentlich kränken. Jedermann hat es gesehen. Mittlerweile weiß es bestimmt schon die ganze Stadt. Wenn sie ihre Ehre wiederherstellen wollen, müssen sie sich an dir rächen.«
»Lernen sie denn nicht in ihrer Schule, daß der Gurena nur kämpft, um sich zu verteidigen?«
»Man wird sie mit philosophischem Feingefühl kaum zur Vernunft bringen. Außerdem wollen wir uns nichts vormachen. Die Kriege im Westen und in den Kolonien wären wohl schwerlich zustande gekommen, hätten die Gurenas nur gekämpft, um sich zu verteidigen. Aber lassen wir das. Es wird besser sein, du gehst in den nächsten Tagen nicht unbeaufsichtigt in der Stadt umher.«
»Glaubst du, ich fürchte mich vor ihnen?« Rah fuhr hoch.
»Oh nein,« beschwichtigte Gedis. »Es ist eher so, daß man sie vor dir beschützen muß. Das heißt, man muß verhindern, daß sie dich angreifen und sich damit selbst Schaden zufügen. Das Blut dieser Tat-Los an deinem Schwert hätte böse Folgen für dich. Es wäre ein großer Triumph für die Priester, den einzigen Sohn der Seph im Kerker des Palastes zu wissen. Es wäre Wasser auf ihre Mühlen der Intrige. Der Tat-Tsok liebte Algor und er liebt auch die Söhne seines alten Erziehers. Er würde nicht zögern, dich zu bestrafen, obwohl ihm auch die Seph nahestehen. Er ist wunderlich geworden in seinen alten Tagen, hört mehr denn je auf seine priesterlichen Ratgeber. Aber die beiden kampfeswütigen Priester werden dich kaum angreifen, wenn du unter Freunden bist. Sie wollen es vermutlich in aller Heimlichkeit erledigen. Außerdem sind sie feige. Wenigstens sagt man das.«
»Wer einen Ghurad der Sat-Schule besiegt, kann schwerlich feige sein.«
Gedis blickte Rah erstaunt an. »Vielleicht hast du recht. Tez, so heißt es, soll wirklich ein guter Kämpfer sein. Ein Grund mehr, sich in acht zu nehmen. Nun aber laß uns zu Meh gehen, dort treffen wir Freunde. Sonst heißt es noch, du versteckst dich.«
Unbefangen plaudernd verließen die beiden Ghurads den Garten der Schule. Am samtschwarzen Nachthimmel glänzten die Sterne.
Die Delay des Meh war ein von den jungen Männern Kurtevas hoch geschätzter Ort im äußeren Ring der Stadt, wo man in fröhlicher Runde speisen, Wein und Lemp trinken, Quan spielen, plaudern, dichten, mu-

sizieren konnte, ohne die strengen, zeremoniellen Regeln, die sonst bei Empfängen und in einer Char oder einem Theater üblich waren, beachten zu müssen. Garten der Dichter und Taugenichtse hieß die Delay des Meh beim Volk, den Söhnen der höhergestellten Familien Kurtevas aber war sie ein beliebter Treffpunkt. Auch die Ghurads des So pflegten ihre freien Abende bei Meh zu verbringen. Rah hoffte, im Kreis seiner Freunde die bohrende Unruhe zu vergessen, die nicht weichen wollte aus seinem Herzen.

Der kürzeste Weg von der Ghura zur Delay des Meh führte durch das Hafenviertel des mittleren Kanals, in dem die Lagerhallen der Kaufleute standen. Tagsüber herrschte reges Leben in diesen Straßen und Gassen. Scharen von Arbeitern und Sklaven verrichteten emsig wie Ameisen ihr Tagwerk dort, entluden Schiffe und Wagen, schleppten Ballen und Fässer zu den Magazinen, schafften Ware in die Bäuche der Lastkähne und rüsteten Karawanen für lange Reisen in die entfernten Provinzen Atlans. Schreiber mit langen Papierrollen wühlten sich durch das Gedränge, um jeden eintreffenden Ballen, jedes Faß, jeden Sack zu zählen und genau zu verzeichnen. Händler und Kaufleute prüften die Waren, feilschten, zeterten, wurden sich einig, beluden Pferdewagen und Büffelkarren. Garküchen, Obsthändler und Wasserverkäufer sorgten für das leibliche Wohl der zahllosen Menschen, die hier von Sonnenaufgang bis Sonnenuntergang geschäftig ihren Verpflichtungen nachgingen. Bei Einbruch der Dämmerung leerten sich die Straßen. Die Warenhäuser und Speicher wurden verschlossen, in den Garküchen verlöschte die Glut unter den Pfannen, die Sklaven wurden in die Unterkünfte geführt und die freien Arbeiter empfingen ihren Lohn von den Verwaltern und Schreibern. Die Bootsleute und Karawanenführer vertäuten die Schiffe, versorgten ihre Tiere und machten sich schleunigst auf, die lange entbehrten Vergnügungen in den Delays und Schenken der großen Stadt zu genießen. Leer und verlassen blieben die Straßen und Häuser im einbrechenden Dunkel zurück. Nachts gehörte das Viertel der Magazine den Falschspielern, den Schacherern und Hehlern, die sich an geheimen Plätzen trafen, um ihre zweifelhaften Geschäfte abzuwickeln. Die Straßen lagen in tiefer Finsternis, denn wegen eines verheerenden Brandes, der vor vielen Jahren die Lager und Waren vieler Kaufleute vernichtet hatte, war es bei strenger Strafe verboten, Öllampen und Fackeln unbeaufsichtigt brennen zu lassen. Den ehrlichen Bürgern Kurtevas galt es als gefährlich und vor allem als unfein, nachts in diese Gegend zu kommen; sie machten lieber Umwege, als nach Einbruch der Dunkelheit einen Fuß in das Viertel der Magazine zu setzen. Verlassen lagen die Straßen, wenn von den Tempeln die Tuben erklangen, um die Nacht anzukünden. Den Ghurads aber war es zur Gewohnheit geworden, stets den kürzesten Weg von einem Punkt der Stadt zum anderen zu wählen, ungeachtet der Gefahren, die auf diesem Weg drohen mochten. Der geringste Umweg wäre von den anderen als Feigheit empfunden worden. So war es selbstverständlich für Rah und Gedis, auch an diesem Abend durch das Gebiet der Lagerhallen zur Delay des Meh zu spazieren. Gedis trug eine Öllampe bei sich. Zuckende, fliehende Schatten huschten über die Wände. Die beiden Ghurads beachteten sie nicht. Munter plaudernd strebten sie ihrem Ziel zu.

»Ich denke, in ein paar Wochen wird ihr Zorn abgekühlt sein. Ich habe bereits mit den Zwillingen Az gesprochen. Wir werden ganz unauffällig dafür sorgen, daß du nicht alleine in den Straßen bist. Aber wahrscheinlich werden sie ohnehin das Sonnensternfest verstreichen lassen, um dich in Sicherheit zu wiegen. Jetzt sind zu viele Wachen in der Stadt.«

Rah schüttelte den Kopf. »Nein, Gedis. Es ist nicht die Art eines Gurena, sich hinter den Schultern seiner Freunde zu verstecken.«

»Sei nicht dickköpfig. Du weißt doch, nicht blinde Tapferkeit zeichnet einen Gurena aus, sondern wacher Verstand. Außerdem habe ich diese Schwierigkeiten verursacht und werde mich nicht vor ihren Folgen drücken.«

Sie bogen um die Ecke eines mehrstöckigen Warenspeichers, der einem angesehenen Kaufmann gehörte, der seine Schiffe bis weit über die östlichen Meere sandte, um die seltenen Blüten und Früchte zu beschaffen, aus denen er Gewürze und Duftessenzen gewann. Ein fremdartiger Wohlgeruch hing in der lauen Nachtluft, süß und würzig zugleich. Die beiden Jünglinge blieben stehen, um den Fäden dieses Duftes nachzuschnuppern.

»Ein Duft wie ein Gedicht von Noram-Kan. Klar und rätselhaft zur gleichen Zeit,« sagte Gedis.

Rah nickte. In ihm erzeugte der fremde Wohlgeruch die weiche Wehmut des Abschieds. Er stand lange, mit geschlossenen Augen, und sog ihn tief in sich ein. Bittersüße Beklemmung wollte sich um Rahs Herz legen.

Im gleichen Augenblick huschten zwei Gestalten aus einer dunklen Nische des Gebäudes. Rah fuhr herum und sah die Klinge eines Schwertes im Sternenlicht blitzen.

Gedis zuckte zusammen und fluchte leise. »Es sieht so aus, als seien die

Priester ungeduldiger als ich dachte,« flüsterte er und unterdrückte augenblicklich seine Erschrockenheit. Obwohl ihm das Herz bis zum Halse schlug, hatte seine Stimme nichts von ihrer gewohnten Unbeschwertheit verloren. »Ich hätte nicht geglaubt, daß es ihre Ehre so eilig hat,« sagte er und lachte. Langsam beugte er sich nieder und stellte die Öllampe auf den Boden, den Blick keinen Moment von den beiden Gegnern abgewendet, die den Ghurads den Weg versperrten. Rah war zu einer jähen inneren Gespanntheit erwacht. Er spürte den entschlossenen Haß der beiden anderen und er spürte die abwägende Unschlüssigkeit seines Freundes. Schließlich gab Gedis sich einen Stoß, riß sein Schwert aus der Scheide und machte einen gewaltigen Satz auf die beiden Gestalten im Dunklen zu. Rah wollte ihn zurückhalten, doch es war zu spät.

»Zeigt, was ihr beim alten Lak gelernt habt, Priesterchen,« lachte Gedis grimmig, tänzelte einige Augenblicke vor den beiden zurückweichenden Gestalten herum, bevor er sie, gewandt wie eine Wildkatze, mit einem gepreßten Schrei angriff.

Der Kampf dauerte nur wenige Augenblicke. Der größere der beiden parierte Gedis' Hieb, wich einem zweiten mit zuckender Flinkheit aus und führte selbst einen geschickten, blitzschnellen Schlag, der Gedis quer über die Brust traf. Röchelnd sackte der Ghurad zusammen. Sein Schwert fiel klirrend auf die mit Marmorplatten gepflasterte Straße. Sein Gegner wich einen Schritt vor dem Fallenden zurück und hielt die Schwertspitze auf ihn gerichtet. Aber Gedis war tot. Das Blut, das stoßweise aus der klaffenden Wunde quoll, tränkte sein Gewand und breitete sich über den Steinen aus.

Rah, der regungslos verharrte, spürte, wie sich der Blick des Gegners in ihn bohrte. Im flackernden Licht der Öllampe am Boden vermochte er die Züge seines Feindes nicht zu erkennen, aber er spürte die Gewalt des Hasses und des Triumphes, die aus diesem Gesicht strahlte. Ohne Eile zog Rah sein Schwert und ging in Kampfstellung. Das plötzliche Bewußtsein, daß ihm nun sein erster wirklicher Kampf bevorstand, schoß wie flüssiger Stahl in alle Fasern seines Körpers und zerbarst im Kopf in tausende gleichzeitige Gedanken: Schneidender, ohnmächtiger Schmerz über den Tod seines Freundes. Zorn auf den Mörder. Die verunglückte Schwertübung des Nachmittags. Der sengende Haß dieses Tarke-Um, der seltsame Ahnungen beschworen. Das eigentümliche Verhalten des Harlana. Der berührungslose Schlag auf den Scheitel. Die Unruhe, die ihn den Tag lang begleitet hatte. Sorge um den Vater, um den Fortbestand des Geschlechtes der Seph. Der bohrende

Blick und der triumphierende Zorn des anderen. Die meisterhafte Kampftechnik dieses Tat-Lo, den Gedis schmählich unterschätzt hatte. Das dicke, mehlige Gesicht des Jungen, den er am Morgen zu Boden geschlagen hatte. Gedanken über Tat, über den Niedergang der alten Gurenafamilien und den Aufstieg neuer Krieger. Männer wie dieser dort drüben werden es sein. Die Ghura. Die Freunde in der Delay des Meh. In einer von heftiger Erregung aufgerührten Woge wälzte sich alles gleichzeitig durch seinen Kopf. Den Bruchteil eines Augenblicks nur währte es, und doch glaubte Rah, jeden einzelnen Gedanken bis zur Neige auszukosten.

Dann aber spürte er das Ka wachsen, und diese gesammelte Kraft des Augenblicks drängte alles andere aus seinem Verstand fort. Dem jungen Gurena schien es, als dehne sie sich in pulsierenden Wellen nach allen Seiten eines riesigen, leeren Raumes aus, der so kalt und weit war, daß Rah, der in seiner Mitte zurückblieb, fröstelte. Er spürte die laue Nacht, den süßen Gewürzduft in der Luft, der sich mit dem Geruch des Hafens mischte. Er spürte das Licht der Sterne über sich, hörte das ferne Grölen betrunkener Seeleute, sah die bleich schimmernden Marmorplatten zu seinen Füßen, über die das Blut seines Freundes in breiten, schwarzen Bahnen floß. Die Ziegelwand des Lagerhauses erfühlte er, von der die Wärme des Tages ausstrahlte und über die unruhige Schatten huschten. Die feine Brise, die vom Kanal heraufwehte nahm er wahr und den erregten, stoßweisen Atem der beiden Männer, die lauernd, mit vorgestreckten Schwertern auf ihn zuschlichen. Alles spürte er gleichzeitig in sich. Er war weit geworden, um das Jetzt in sich zu umfassen. Er spürte es ganz, aber es berührte ihn nicht inmitten der eisigen Leere, in der er stand.

In diesem Augenblick verstand Rah zum ersten Mal das Wesen des Ka, und zugleich verstand er, daß die Begegnung mit seinem Lehrer an diesem Nachmittag wirklich ein Abschied gewesen war, ein Abschied von dem Harlana, von der Ghura, von seinen Freunden, von seinem Leben. Er spürte noch einmal den berührungslosen Schlag mit dem Fächer auf dem Scheitel und begriff, daß es die Befreiung des Ka gewesen war, der letzte Dienst des Lehrers an seinem herangereiften Schüler. Ein wirklicher Abschied. Ohne Pomp. Ohne Feste und Zeremonien. Ein Lächeln huschte über Rahs Lippen. Wie einfach alles war. Er blickte auf seine Gegner und wußte plötzlich, daß sie keine Möglichkeit hatten, diesen Kampf zu gewinnen. Eine Siegesgewißheit, die nicht den geringsten Zweifel zuließ, erfüllte ihn. Die beiden Tat-Los waren schon tot, noch bevor sein Schwert sie erreichte. Etwas wie Verwunderung rührte Rah an, daß sie sich noch bewegten, sich kurz anblickten, bevor sie auseinanderstrebten, um ihn von zwei Seiten anzugreifen. Rah lächelte noch immer. Die Leere des Ka, in der alles Bewußtsein des Augenblicks und der Ewigkeit enthalten schien, erfüllte ihn nun mit solcher Macht, daß er die Grenzen seines Körpers nicht mehr spürte. Innen und außen verschwammen zu einem.

»Es ist der, der mich geschlagen hat,« quäkte der kleinere Mann. Sein Bruder stieß einen zustimmenden Grunzton aus. Die beiden waren zum Bersten gespannt. Schweiß floß über ihre Gesichter, die Augen waren zu schmalen Schlitzen zusammengekniffen, die Lippen mit Gewalt aufeinandergepreßt. Erregung und Haß strömten vibrierend von ihnen aus.

Rah aber fühlte sich leicht, wie ein Punkt schwebender, ruhender Kraft in einem grenzenlosen, leeren Raum. Rah bemerkte die tadellose Kampfhaltung der beiden Männer. Sie waren lange und gut ausgebildete Gurenas, bessere Gegner, als er je in irgendeinem Übungskampf getroffen hatte. Der arme Gedis. Wie hatte er sie nur so leichtfertig unterschätzen können.

Trotzdem lächelte Rah, und sein Lächeln war getragen von einer Schwerelosigkeit des Herzens, die von unendlicher Ausdehnung schien.

Mit einem erlösenden Schrei sprangen die beiden zugleich auf Rah los. Ihre Schwerter fuhren mit der Wucht und Schnelligkeit eines Blitzes auf ihn herab. Noch im Sprung zur Seite traf Rah mit einem mächtigen Hieb den Schädel des großen Bruders und seine nächste Bewegung, die wie ein leichtes Zurückzucken der Hand schien, durchtrennte den Hals des kleinen. Beide verharrten einen Augenblick regungslos, in ihrer Bewegung eingefroren, als sei die Zeit stehengeblieben, dann entglitten ihnen die Schwerter. Die Körper schlugen auf das Pflaster. Rah stand fest im Boden verwurzelt, das Schwert vor sich hingestreckt, mit der Spitze auf die beiden Körper weisend, aus denen Ströme schwarzen Blutes sprudelten. Er war sich des Augenblicks des Kampfes nicht bewußt, nur einer zeitlosen Leichtigkeit, die seine Bewegungen geführt hatte, ohne Eile, ohne Anspannung, müheloser als in jeder Übung in der Ghura. Und doch spürte er, wie sein Atem ging, keuchend, in kurzen Stößen. Wie rasend hämmerte das Herz. Ein Zittern durchlief die Muskeln.

Aus der Dunkelheit drangen Stimmen. »Er hat sie umgebracht! Rasch! Herbei! Lauft! Holt Hilfe! Einen Arzt! Die Tempelwachen!«

Mit einem Schrei fuhr Rah herum. Schemenhafte Gestalten am ande-

ren Ende der Straße flohen in panischer Angst, als sie das Schwert des jungen Gurena auf sich gerichtet sahen. »Mord! Mord!« brüllten sie. »Unsere Herren sind ermordet! Hilfe! Hilfe!«
Lichter flackerten auf und flogen im Dunkel hin und her. Der Duft fremder Gewürze tränkte die Nachtluft.

## Kapitel 6
## DIE GROSSE WANDERUNG

Aelan hockte im hohen Riedgras am Nordufer des Sees, keuchend, mühsam um Luft ringend. Seine Knie schlotterten. Das wild hämmernde Herz wollte die Brust zersprengen. Den ganzen Weg von der Char hierher war er gerannt, in panischer Furcht, die Schritte und den Atem der Verfolger dicht hinter sich glaubend. Nun war er am Ende seiner Kräfte. Er war ausgebrannt, konnte nicht mehr weiter. Willenlos ließ er sich auf den weichen, feuchten Boden fallen. Es hatte keinen Sinn mehr, weiterzurennen. Bleierne Schwere legte sich auf die Brust. Der blinde, jede Gefahr mißachtende Mut, der plötzlich über ihn gekommen war, als die Eindringlinge den Sohn des Kaufmanns zu Boden geschlagen hatten, war längst schreiender Angst gewichen, Entsetzen über sein unüberlegtes Eingreifen in den Kampf in der Char des Vaters. Sie werden dich umbringen. Sie werden nach dir suchen, bis sie ihre Freunde, die du erschlagen hast, gerächt haben. Sie werden dich grausam und unerbittlich töten, schrie es in ihm. Die gleiche unkontrollierbare Macht, die zuvor den todbringenden Stock in seinen Händen geführt hatte, trieb ihm jetzt stechende Angst in den Bauch. Eisiger Wind wehte von den Gletschern herab und wischte mit unsichtbarer Hand über den See. Wellen plätscherten ans Ufer. Das Schilfrohr rauschte verschlafen. Aelan wagte nicht, die Augen zu schließen, obwohl die Lider schwer wurden. Er starrte auf das kurze Wegstück, das er im Sternenlicht zu erkennen vermochte und lauschte weit in die Nacht hinaus. Alles war ruhig. Keine Schritte. Keine Stimmen. Nur das Pfeifen des Windes, der in abrupten Böen von den Bergen herabstieß, und das vielstimmige Rauschen der Gewässer, die von den Gebirgen in den See stürzten. Die Gletscher hoben sich bleich vom Nachthimmel ab. Sterne blitzten zwischen den Wolken auf. Unter ihnen verbarg tiefe, samtene Dunkelheit alle Formen. In den Höfen im Tal und an den Hängen waren die Lichter erloschen. Aelans Atem ging ruhiger. Langsam wich die Angst vor einer unmittelbaren Gefahr. Sie konnten nicht wissen, wo er hingelaufen war. Sie waren Fremde. Sie waren erschöpft von der Wanderung durch das Brüllende Schwarz und erschrocken von dem raschen Kampf. Sie kannten das Tal nicht, würden nicht wagen, in der Dunkelheit nach ihm zu suchen. Wahrscheinlich hatten sie die Verfolgung aufgegeben. Hier im Schilf würden sie ihn niemals finden. Trotzdem starrte Aelan unverwandt auf das kleine Stück Weg, das er von seinem Versteck aus sehen konnte. Ein schneidendes, ziehendes Gefühl saß ihm würgend in Magen und Kehle. Gleichzeitig überkam ihn große Müdigkeit. Schlafen. Wegsinken. Diesen Alptraum einfach vergessen. Er könnte die Nacht gefahrlos hier im Schilf verbringen. Aber Morgen, gleich im ersten Tageslicht, würden sie nach ihm suchen. Er durfte nicht hierbleiben. Er durfte nicht einschlafen. Er mußte weiter in die Berge hinauf.

Wohin? Zu den Höfen, die im hinteren Teil des Tales lagen, am Fuß der Felswände oder an den Zugängen zu den drei Schluchten? Nein. Sie würden alle Häuser von Han absuchen, und die alten Handan würden keinen Finger rühren, ihm zu helfen. Nur ihr Schweigen würden sie den Schwertern der Fremden entgegenhalten, ihr mißlauniges, abweisendes Schweigen, denn die Sache ging sie nichts an, in ihren Augen war sie ausschließlich die Angelegenheit von Aelan und den Fremden. Die Handan mischten sich niemals in Belange anderer, außer wenn man sie darum bat und wenn es sich um eine rechtschaffene Angelegenheit handelte, um Hilfe bei der Ernte oder bei der Suche nach einem verlaufenen Stück Vieh. Streitigkeiten mieden sie. Jemand, der im Inneren Tal die Waffe gegen einen anderen erhob, aus welchem Grund auch immer, wurde geächtet und ausgestoßen. Aelan fühlte sich verlassen. Das Gefühl kehrte wieder, das er wie ein kurzes Aufblitzen gespürt hatte, bevor er auf die Eindringlinge losgesprungen war, dieses Gefühl, ein Fremder zu sein unter den Menschen, die er kannte, ein Fremder in dem Tal, in dem er aufgewachsen war und das er noch nie verlassen hatte, ein Fremder, hinausgestoßen in die kalte, unbarmherzige Einsamkeit einer gleichgültigen Welt. Aelan kannte dieses Gefühl gut. Er hatte oft im wohligen Schmerz des Selbstmitleids gebadet, wenn er sich mißverstanden glaubte von den Freunden und ungeliebt von seinem Vater. Er liebte es, sich in sich selbst zurückzuziehen wie eine Schnecke in ihr Haus, um diese Wehmut der Fremdheit bis zur bitteren Neige auszukosten. In diesen Zeiten verachtete er die anderen Handan, fühlte sich besser als sie, hervorgehoben vor ihnen durch das bittersüße, trotzige Ziehen in seinem Herzen, das er für eine edle, ihn alleine auszeichnende Empfindung hielt. Hinter diesem Selbstmitleid

aber, hinter dem gekränkten Stolz und dem Jammern um das Unverstandensein, gab es ein Gefühl verwunderter Befremdung vor der Welt, das ihm echter schien als die übrigen Regungen, von denen er in Momenten der Klarheit wußte, daß sie kaum mehr waren als Eitelkeit. Zum erstenmal hatte er es gespürt, als seine Mutter verunglückt war, die sanfte, gute Frau, an die er sich kaum zu erinnern vermochte. Fünf Jahre war er alt gewesen, als der Huf eines bockenden Sok sie zu Tode getroffen. Nur das letzte Bild von ihr trug er in seiner Erinnerung, das von Blut überströmte, von einer häßlichen Wunde entstellte, wie im Staunen verzerrte Gesicht auf der rasch gezimmerten Bahre, auf der man die Schwerverletzte forttrug. Das Zerspringen einer schützenden Glocke war dieses Gefühl gewesen, das Hereinströmen einer kalten, unbarmherzigen Kraft, die ihn entwurzeln wollte, herausreißen aus der Sicherheit und Wärme seines gewohnten Lebens. Die alles Vertraute plötzlich in scharfes Licht der Befremdung tauchte und ihn hilflos danebenstehen ließ, ausgestoßen, fremd, ohne Verbindung zu all dem, was ihm zuvor nahe gewesen. Aber unter dem Schmerz, den es brachte, regte sich ein Gefühl der Neugierde, wie es weitergehen würde, eine über den Geschehnissen stehende, teilnahmslose Gespanntheit und Verwunderung, die seine inneren Sinne schärfte und weit über ihre gewöhnliche Sphäre hinaus dehnte.
Nun faßte diese Kraft wieder nach ihm, schloß sich wie ein Ring aus Eis um sein Herz. Alle Hoffnung, aller Mut, brachen in ihm zusammen, wurden fortgerissen wie von einer gewaltigen Lawine. Aelan raffte sich auf und kroch tiefer in das Riedgras. Er stolperte, klammerte sich an den Schilfstengeln fest, aber sie brachen. Hilflos fiel der junge Handan auf den Bauch. Er schmeckte und roch die feuchte, weiche Erde an seinem Gesicht. Seine Hände waren von den scharfen Blättern blutig geschnitten. Aelan stöhnte und spürte, wie ihm Tränen über die Wangen liefen. Er hatte keine Kraft mehr, sich zu erheben, krallte sich in die Erde und rollte sich zusammen. Er fror erbärmlich. Es wäre am besten gewesen, dachte er, sie hätten mich gleich erschlagen. Ein rasches Ende wäre besser gewesen. Diese Flucht hatte keinen Sinn. Alle Anstrengung war vergebens. Ich sollte zurückgehen, mich ihnen stellen, mich in ihre Schwerter werfen. Dann wäre in einem raschen Blitz alles vorüber, alle Angst, aller Schmerz, alle Verzweiflung.
Aelan wußte nicht, wie lange er so lag, in wirren Gedanken verloren, apathisch, unfähig, sich zu bewegen, von einer bleiernen Müdigkeit überwältigt, die ihn in die Tiefen der Erde hinabziehen wollte. Irgendwann aber rührte sich etwas Trotziges in ihm, etwas, das noch nicht

sterben wollte. Sie werden vor dem Haus auf dich warten, sagte es, sie werden dort lauern, bis du zurückkommst. Du mußt in die Berge gehen, dich verstecken, bis sie die Suche aufgegeben haben. Es wird nicht lange dauern. Sie haben Angst vor dem Tal. Das vielzüngige Schweigen wird sie vertreiben. Kein Fremder vermag ihm zu trotzen. Vielleicht kannst du sie beobachten von einem sicheren Ausguck hoch in den Felsen. Dort kannst du schlafen.
Aelan dachte an sein Bett. Alles hätte er darum gegeben, jetzt darin zu liegen und friedlich zu schlummern. Doch etwas in ihm, die Kraft der Überzeugung aus betäubender Hoffnungslosigkeit gewinnend, sagte, er würde es nie wiedersehen. Er war für immer fremd und ausgestoßen. Auch wenn die Eindringlinge fortgingen, ohne ihn zu fassen, was würden die Handan mit ihm tun? Er hatte ein Gesetz des Tales gebrochen. Er hatte den Ring des Schweigens zerschlagen und mit einer Waffe gekämpft. Mit einer Waffe! Nichts galt für schlimmer in Han, als die Waffe gegen einen anderen zu erheben. Und er hatte es nicht einmal getan, um sich selbst zu verteidigen. Er hatte fremde Menschen getötet, sich eingemischt in die Angelegenheiten anderer, ohne daß sie ihn darum gebeten. Er hatte sich eingelassen auf einen Streit, der ihn nichts anging. Er, ein Handan, ein Sohn des Tales, hatte mit seiner unüberlegten Tat das heilige Schweigen geschändet.
Aber der Jüngling aus Feen ... Hem-La. Der Sohn des Händlers. Dieser schöne Mann. Er konnte ihn nicht einfach seinem Schicksal überlassen. Die Fremden hätten den Wehrlosen kaltblütig erschlagen. Aelan liebte ihn, war eingenommen von seiner Schönheit, seiner Erscheinung, seinen lässig hingeworfenen Erzählungen von der Welt jenseits des Tales. Er hatte sich zu ihm hingezogen gefühlt, gleich als er mit seinem Vater in die Char eingetreten war, denn dieser junge Kaufmann, der kaum älter schien als Aelan, war Teil der fernen, verbotenen Welt, von der Aelan so gerne träumte. Hem lebte darin, er gehörte ihr an, und der junge Handan vergötterte ihn dafür.
Es kam nur selten vor, daß ein Handan das Innere Tal verließ. Aelan selbst hatte es niemals miterlebt. Berichte nur kannte er von Verwegenen, die hinausgewandert und niemals wiedergekommen waren. Man erzählte solche Geschichten den Kindern als Warnung vor den Gefahren der verderbten, bösen Welt jenseits der Pforten der Gläsernen Stadt. Ein Handan kümmerte sich nicht um die Dinge von Atlan. Auch die wenigen Berührungen, die trotzdem mit der Welt bestanden, durch den Kaufmann, der kam, wie es seit Generationen üblich war, änderten nichts daran. Die Handan wollten nichts wissen von den Ländern der

Ebenen, und die Nachrichten, die sie neugierig aufnahmen, dienten nur dazu, diese altüberlieferte Einstellung zu bekräftigen. Aelan aber war magisch angezogen von der fernen Welt. Er sehnte sich nach ihr und stieg manchmal, wenn das Selbstmitleid ihm besonders arg zusetzte, auf die Berge im Osten, von denen aus er das äußere Tal des Am überschauen konnte, oder er wanderte in beherzter Entschlossenheit, die zu eng gewordene Heimat für immer zu verlassen, zum Brüllenden Schwarz, wo ihn angesichts der ungestümen Gewalten, die dort tobten, der zornige Mut verließ. Ein einziges Mal war er darüber hinausgekommen, mit seinem Vater, um ein Metallgewinde für die Lemppresse vom Vihnner Schmied zu holen. Sie hatten bei No-Ge übernachtet und in seiner Char einige der Ams von Vihnn gesehen. Diese Wanderung ins äußere Tal war Aelan wie eine Reise ans andere Ende des Erdballs erschienen. Nie in seinem Leben war er glücklicher gewesen als in diesen Tagen der freudigen Erregung.

Seine liebste Geschichte war die des Harlar, den die Sehnsucht nach den alten Ländern aus der Gläsernen Stadt fortgetrieben, und der den vier Stämmen Atlans vier Geschenke von seiner Wanderschaft mitgebracht hatte. Aelan konnte den Vater Atlans verstehen, seine Sehnsucht nach dem weiten Land, nach den Ebenen und Meeren. Die Handan des Inneren Tales aber waren noch immer nicht sicher, ob es ein Segen oder ein Fluch gewesen war, daß Harlar die Stämme zur großen Wanderung bewegt hatte. Aelan hörte die Geschichte von Harlars Reise mit klopfendem Herzen, flog mit den Worten des Erzählers hinaus in die fremde Welt Atlans. Oft hatte er versucht, sich das Meer vorzustellen, das in manchen Erzählungen vorkam, war am Ufer des Sees gehockt und hatte seine Augen so zusammengekniffen, daß sich das smaragdgrüne Gewässer in die Unendlichkeit erstreckte. Einmal hatte Ros-La etwas vom Meer mitgebracht, eines der großen bauchigen Schneckenhäuser, auf denen die Menschen des Westens wie auf Hörnern bliesen. Aelan war damit fortgerannt zu einem ungestörten Ort, hatte es stundenlang ans Ohr gepreßt, um dem Rauschen des Ozeans zu lauschen, das darin eingeschlossen war, wie es einst die Menschen des Weststammes getan, als Harlar ihnen die Muschel zum Geschenk brachte. Das Meer. In manchen Nächten träumte Aelan davon, obwohl er es nie mit seinen Augen gesehen. In seinen Träumen war es ein blau und türkis schimmerndes, uferloses Gewässer in ruhiger, erhabener Bewegung, von innen heraus leuchtend, voll von farbschillernden Kreaturen. Gewaltige Wellen hatte er erblickt, wie aus farbigem Glas, die langsam auf ihn zurollten und über ihm zusammenschlugen, ohne

daß er Angst dabei empfand. Erregtes, bebendes Glück brachten sie, und eine unstillbare Sehnsucht, sie einmal im Leben mit eigenen Augen zu sehen.
Aelans Gedanken wanderten. Die schwere Müdigkeit hatte ihn in Halbschlaf gewiegt. Er hielt seine brennenden Augen mit unbeirrbarem Willen offen, starrte die sanft schaukelnden Gräser an, dazwischen aber leuchteten die Bilder seiner weit schweifenden Gedanken auf. Das Meer. Die Wälder und Ebenen Atlans. Harlars Wanderung aus der Gläsernen Stadt. Vielleicht konnte er in die Gläserne Stadt fliehen. Die sterbenden Handan stiegen zu ihr hinauf und fanden mühelos den Weg, der allen anderen Menschen verwehrt war, seit sich die Stadt vor den Blicken der Sterblichen verbarg. Der Bote des Todes führte sie auf ihrer großen Wanderung. Aber man mußte sterben, um zur Stadt zu gelangen. Dabei war sie so nahe. In manchen Vollmondnächten hatte Aelan geglaubt, sie im Schimmern der Gletscher zu erkennen. Er hatte nichts sehnlicher gewünscht, als einmal zu ihr hinaufzuwandern wie die Helden der alten Geschichten, die Namaii, die gewaltige Kräfte besaßen und in der Luft fliegen konnten wie Adler. Die Gläserne Stadt. Sie war den Handan des Tales so nahe und doch unerreichbar fern. Die Eindringlinge waren sogar aus den Ebenen heraufgekommen, um nach ihr zu suchen. Auch der Jüngling aus Feen hatte nach ihr gefragt. Doch niemand vermochte sie je zu finden, außer den Handan, denen der Bote des Todes den Weg wies. Die Fremden wußten nichts von den geheimen Mächten der Berge. Sie glaubten, sie könnten den Zugang zur Stadt erzwingen. Früher, so erzählten die alten Handan, hätten manchmal Wanderer aus den Ebenen versucht, zu den Gletschern hinaufzusteigen, aber kaum einer von ihnen war lebend zurückgekehrt. Wer die Wohnstatt der Namaii sucht, wird sie verlieren, hieß es in einem der Lieder, wer Verlangen nach ihr hat, wird an seiner Sehnsucht zugrunde gehen. Jeder Gedanke führt in die Irre. Nur die Wunschlosen finden die geheimen Pforten. Nur die Reinen überwinden die untrüglichen Spiegel der Stadt.
Aelan mußte an die brutale Gier der Fremdlinge denken, an die hemmungslose Gewalt ihrer Gedanken. Fein wie ein Spinngewebe war dagegen das vielzüngige Schweigen der alten Handan. Aelan hörte das Krachen des Schädels wieder, den er mit seinem Stock getroffen, das dumpfe, gräßliche Geräusch zerberstender Knochen. Eine Welle neuer Angst durchfuhr ihn bei dieser Erinnerung. Er zitterte. Seine Glieder schmerzten, als er sich bewegte, um die taube Müdigkeit abzuschütteln. Erst jetzt spürte er, wie durchgefroren er war. Er mußte weiter. Er

konnte nicht hier liegen bleiben. Der Wille, trotz allem am Leben zu bleiben, erhob ihn allmählich aus seiner apathischen Dumpfheit. Er war jung und voller Kraft. Keine noch so düsteren Gedanken, keine trotzige Sehnsucht nach dem Tod, vermochten den Strom des Lebens in ihm einzudämmen. Immer wieder brach er sich Bahn zwischen den kantigen Blöcken der Verzagtheit und Beklemmung. Weiter. Hier durfte er nicht länger verweilen. Sie würden ihn finden. Sie würden am Morgen zuerst das Seeufer absuchen und dann die Häuser der Handan. Vielleicht lieferten die Handan ihn an die Fremden aus, um Ruhe vor ihnen zu haben. Schließlich hatte er sie angegriffen, obwohl ihn ihr Streit mit Hem-La nichts anging. Er trug allein die Schuld an seiner mißlichen Lage. Aelan wußte nicht, wie sie jemanden bestrafen, der die ungeschriebenen Gesetze des Tales gebrochen hat. Vielleicht durch den Bann ewigen Schweigens, der unerträglicher war als die schlimmste Strafe und jeden in den Tod oder fort aus dem Tal trieb. Vielleicht aber würden sie alles vergessen, wenn die Fremden fortgezogen waren. Den jungen Handan verzieh man gewöhnlich alle Streiche. Vielleicht brauchte er sich nur ein paar Tage in den Bergen zu verstecken, bevor sein Leben weiterging wie bisher. Er würde wieder das Vieh seines Vaters versorgen, den Gemüsegarten und die Lempbäume. Er würde Butter machen und Käse, in der Stube die Krüge mit Lemp auftragen und das trockene, harte Brot, das die Alten genüßlich im Mund wälzten, bis ihnen der Speichel zwischen den Lippen heraustroff. Er würde im Spätsommer die Lempbäume abernten und die dunkelroten Früchte in den Trichter der Presse füllen, um den süßen, duftenden Saft aus ihnen zu gewinnen. Er würde an den langen Winterabenden Lesen und Schreiben üben, das ihm der Vater beigebracht hatte, wie es Brauch war in der Char von Han. Er würde Tierfiguren schnitzen aus dem weichen, roten Holz der Rakbäume, klobige Soks und geschmeidige Steinböcke. Er würde mit seinen Freunden die Wälder durchstreifen in den wenigen Stunden, in denen es keine dringenden Pflichten zu erledigen gab, Beeren sammeln und Pilze, Holz für den Winter und Kräuter zum Trocknen. Er würde eines Tages den Hof und die Char des Vaters übernehmen und weiterführen wie es Sitte war seit undenklichen Zeiten. Nichts veränderte sich je im Inneren Tal. Das Leben der Söhne glich dem Leben der Väter und Vorväter wie eine Lempfrucht der anderen. So war auch Aelans Leben vorgezeichnet. Keinen Augenblick hätte er daran zu zweifeln gewagt, daß es für ihn anders sein könnte. Auch in den schmerzlichsten Zeiten der Fremdheit und des Selbstmitleids hatte er niemals an der Tatsache gerüttelt, sein Leben im Tal zu verleben und zu beenden, allen verzweifelten Jünglingsgefühlen zum Trotz. Diese Gewißheit war so unumstößlich wie die ewigen Berge des Am, die sich schon zum Himmel gereckt, als die Gläserne Stadt noch nicht auf ihren Gipfeln strahlte, und die noch unverändert sein würden, wenn noch einmal soviele Generationen von Handan ihre einförmigen Leben im Inneren Tal gelebt hätten.

Nun, da er einsam im Riedgras des Seeufers hockte, verfolgt von Feinden, die ihm ans Leben wollten, ausgestoßen von den Handan, weil er die Gesetze des Tales verletzt hatte, wünschte Aelan nichts sehnlicher, als daß sein Leben weiterschreite in diesen vorbestimmten Bahnen, daß alles sich wieder füge wie bisher. Dieser Wunsch gab ihm Kraft. Ja, so mußte es sein. Alles würde sich wieder glätten. Er würde Verständnis finden bei den anderen. Er würde sich entschuldigen und die Strafe auf sich nehmen, die sie ihm auferlegten. Er würde sich bessern und lernen aus dieser bösen Erfahrung. Lernen für sein ganzes Leben. Und er würde fortan dankbar sein für das Dasein in Han, würde nie wieder mit eitlen Gedanken in unerreichbare Fernen schweifen.

Aelan erhob sich mühsam. Immer wieder schoß die Warnung, daß er hier nicht bleiben könne, durch seine schweifenden Gedanken, aber es kostete alle Kraft und Selbstüberwindung, die steifen Glieder in Bewegung zu setzen. Wohin sollte er gehen? Das Tal endete am Nordufer des Sees. Steile Wiesen stiegen dort zu den Felswänden der großen Berge hinauf. Nur die drei Nebentäler, die von den Quellflüssen des Am in den Fels gegraben waren, führten tiefer hinein in die Wildnis aus Stein und Eis. Aelan schlich geduckt aus seinem Versteck. Alles war ruhig. Weit am Südufer, wo der Am aus dem See ausfloß, um seinen Lauf durch das Brüllende Schwarz zu beginnen, konnte er den Widerschein eines Feuers erkennen. Sie haben ein Nachtlager aufgeschlagen, dachte er, und machte sich in die entgegengesetzte Richtung davon. Ohne zu überlegen, schlug er den Weg ins mittlere der Nebentäler ein, durch das der Nam floß, der breiteste und wildeste der drei Quellflüsse des Am. Vielleicht, weil der Weg am Lauf des Nam beschwerlicher und gefährlicher war als der durch die anderen Schluchten, und daher unzugänglicher für die Fremden. Vielleicht aber auch, weil er wußte, daß es weit oben einen Pfad gab, der zu einem Kar hinaufführte, von dem aus sich das Tal ganz überblicken ließ. Aelan, der jeden Steig des Inneren Tales kannte, fand seinen Weg auch in der tiefen Dunkelheit mühelos und war bald, im eintönigen Rhythmus seiner Schritte, wieder tief in Gedanken versunken. Als er an den letzten Höfen vorbeigekommen war, verengte sich die Schlucht und wuchs zu beiden Seiten des

Flusses steil in den Himmel. Karges Buschwerk wucherte zwischen den zerklüfteten Felsen. Der Weg verlor sich. Aelan wanderte am Rand des Flußbettes weiter, kletterte über Felsbrocken, die der Nam zu Tal gerissen hatte. Steil ging es nach oben, doch Aelan, der gewohnt war, rasch und ausdauernd zu steigen, ermüdete nicht. Die Gischt des ungezähmten Wassers traf ihn ins Gesicht, aber er spürte es kaum. Es tat gut, den Körper zu bewegen. Die niederdrückende Müdigkeit war von ihm abgefallen. Aelan fühlte den Fluß der Lebenskraft wieder in sich und ließ sich von ihm tragen. Jetzt empfand er fast eine rauhe Lust an diesem unverhofften Abenteuer. Die innere Stimme, die noch vor kurzem die Welt in hoffnungslosem Schmerz gemalt, sprach nun besänftigend, alles werde gut enden wie in den Geschichten der alten Handanhelden. Auch sie hatten große Abenteuer bestanden, hatten Dämonen bekämpft und die Stadt beschützt vor der Gier von Fremden. Aber auch sie waren zurückgekehrt zum gewohnten Werk der Bauern und hatten ihr Leben gelebt wie alle Handan. Auch ihre gefahrvollen Heldentaten hatten stets ein gutes Ende genommen. Mit federnden Bewegungen sprang, kletterte und stieg Aelan im fahlen Licht der Sterne voran. Plötzlich zuckte er zusammen und blieb unter einem großen Felsen wie angewurzelt stehen. Grob bohrte sich die Nadel der Angst in seinen Bauch. Er drückte sich an den feuchten Stein und hielt die Luft an. Das Rauschen des Nam schwoll in der Stille der Nacht zu einem mächtigen Tosen. Aelan spürte die Gegenwart eines Menschen. Als er angestrengt in die Finsternis hineinblickte, erkannte er auf einem runden Felsen den Umriß einer gebückten Gestalt. Das Herz schlug ihm bis zum Hals. Es konnte unmöglich sein, daß die Fremden hier auf ihn lauerten. Wie sollten sie es bewerkstelligt haben, hierher zu gelangen? Konnten sie fliegen? Besaßen sie magische Kräfte, und Augen, die des Nachts zu sehen vermochten? Die Gestalt auf dem Felsen rührte sich nicht, schien wie ein lebloser Schatten, aber Aelan spürte deutlich ihre Nähe. In den menschenleeren Gebirgen war ein anderes Lebewesen so klar wahrzunehmen wie ein Echo oder ein fernes Rufen. Den Handan schien diese Fähigkeit angeboren. Aelan erfühlte die Ausstrahlung stiller, friedlicher Gedanken. Seine Anspannung ließ nach. Es mußte ein Handan sein. Aber wer ging des Nachts in die Seitentäler? Vielleicht ein Hirte, der eine verlaufene Ziege zurückgeholt hatte und hier rastete. Oder gar ein Berggeist. Der Hüter der Felsen, oder ein Dämonenwächter der Stadt, schoß es ihm durch den Kopf. Für einen Moment kehrte die Angst zurück. Da spürte Aelan das vielzüngige Schweigen, das von der Gestalt ausströmte. Es formte sich zu einer Frage. Im glei-

chen Augenblick fiel ihm ein, daß der Fremde auf dem Felsen ihn längst bemerkt haben mußte, denn kein Gedanke schrie lauter als die Angst. Und wirklich, die dunkle Silhouette auf dem Felsen bewegte sich. Eine tiefe Stimme sagte in der langsamen, umständlichen Sprache des Inneren Tales: »Wer hat Angst vor mir?«
Aelan fiel ein Stein vom Herzen. Kein Fremder. Kein Dämon. Ein Mensch. Ein Handan.
»Ich bin Aelan-Y, der Sohn von Tan-Y,« rief er und ging auf die Gestalt zu. Ein uralter Handan hockte, in seinen Umhang aus Sokfell gewickelt, auf dem Stein und schaute dem jungen Mann zu, der flink wie eine Bergziege zu ihm heraufkletterte. Aus dem vom hohen Alter stark gedunkelten Gesicht leuchteten matt die Augen. Aelan erkannte den Alten. Es war So-Tar, der Großvater eines seiner Freunde, einer der ältesten Männer des Tals. Aelan neigte den Kopf zur Begrüßung.
»Gruß, So-Tar,« sagte er und versuchte seiner Stimme einen freudigen Klang zu geben. Noch wußte er nicht, ob es gut oder schlecht war, den alten Handan hier getroffen zu haben. Es war eine heikle Angelegenheit, mit den Alten, den Dunklen, umzugehen. Das vielzüngige Schweigen des Greises formte sich erneut zu einer Frage. Aelan wurde unruhig. Sollte er alles erzählen? Die Handan erspürten eine Ausrede augenblicklich. Es war unmöglich, ihnen etwas vorzumachen, zu versuchen, etwas hinter der Maske der Unaufrichtigkeit zu verbergen. Den Bewohnern des Inneren Tales war die Lüge unbekannt. In der Sprache der Handan gab es nicht einmal ein Wort dafür. Das Unwirkliche nannten sie die Unwahrheit.
»Ich bin auf der Flucht, So-Tar,« sprudelte Aelan hervor. »Fremde Männer kamen in die Char meines Vaters und haben den Sohn des Kaufmanns aus Feen angegriffen, der gerade mit seinem Vater bei uns weilt. Ich wollte ihm helfen und ... und habe einige ... ich habe einige von ihnen ... im Kampf erschlagen. Ich weiß nicht mehr, wie es zuging und wieviele ich mit dem Stock getroffen habe. Jetzt verfolgen sie mich. Sie wollen mich umbringen.«
Im Schweigen des Alten wuchs eine Wand der Abweisung hoch, die Aelan zurücktaumeln ließ, dann aber wurde es wieder sanft und gelassen.
»Kein Fremder kann den Weg finden in der Dunkelheit,« sagte So-Tar mit schwerer Stimme. Aelan wollte ihn fragen, was ihn um diese Stunde hierhier führte, aber es schickte sich nicht, den Dunklen solche Fragen zu stellen.
»Der Bote des Todes ist in mein Haus gekommen,« sagte der Alte, als

hätte Aelan laut gedacht.«Harlar, der Wanderer, ist in mir erwacht und weist mir den Weg in die alte Heimat.«
Aelan erschrak. Es galt als schlimmes Vergehen, einen alten Handan, der zum Sterben in die Berge ging, der zurückkehrte zur Gläsernen Stadt, auf der großen Wanderung zu stören.
»Ich... ich, ich glaube, ich muß jetzt weitergehen. Bitte vergib mir, daß ich deinen Weg störte,« stammelte Aelan. Das Unglück schien ihn zu verfolgen in dieser unseligen Nacht. Feine Heiterkeit mischte sich in das Schweigen des Alten.
»Wohin willst du gehen?« fragte er.
»Ich weiß nicht... Weiter den Nam hinauf, bis der Steig in die Felsen führt... vielleicht...« Aelan brach ab. Alles schien auf einmal wieder sinnlos. Er versuchte, die Bitterkeit in seinem Hals hinunterzuwürgen.
»Wovor fliehst du?« fragte der Handan.
»Die Fremden suchen nach mir. Sie wollen sich rächen. Sie wollen mich umbringen.«
»Ihre Angst ist größer als die deine. Sie füllt das ganze Tal. Sie werden morgen im ersten Tageslicht durch das Brüllende Schwarz fliehen, glücklich, die nackte Haut zu retten,« brummte So-Tar, »wie alle, die es wagten, den Bann des Schweigens zu brechen.«
Die Worte des Alten erfüllten Aelan mit neuer Hoffnung. »Glaubst du, ich kann zurückkehren in die Char des Vaters?«
»Ich weiß es nicht.«
»Glaubst du, die Handan werden mich ausstoßen, weil ich das Gesetz des Tales gebrochen habe?«
Der Greis überlegte eine Weile, dann kamen seine Worte langsam und knurrend zwischen den Lippen hervor: »Die Gesetze der Handan gelten nur für die Handan. Ihr Schweigen hütet sie.«
Aelan schaute den Alten verwirrt an. Man erzählte, in den Handan, die auf die große Wanderung gingen, leuchte das Licht der Wahrheit heller als in anderen Menschen. An der Grenze zwischen den Welten der Berge und der Gläsernen Stadt würden ihre Herzen gereinigt von der Schwere des Lebens, um an der Allwissenheit des Sonnensterns teilzuhaben.
»Spürt dein Herz nicht, daß du ein Fremder bist, Alean-Y?« fragte So-Tar. Seine Stimme war dunkel und rauh.
Aelan schoß das Blut ins Gesicht. Er fühlte sich von den matten Augen des Greises bis in die tiefsten Winkel seines Inneren durchbohrt.
»Manchmal... wenn ich... wenn ich betrübt bin... oder einsam...«
Aelan gerannen die Worte auf der Zunge. Seine Gedanken verkeilten

sich ineinander und begannen sich zu drehen. »Aber ich bin geboren hier ... mein Vater ...«

»Warum ist dein Herz das Herz eines Fremden, Aelan-Y?« Der Blick des Alten drang in ihn wie eine Lanze.

Aelan wußte keine Antwort. Er zitterte. Seine Knie gaben nach. Er mußte sich setzen. In seinem Kopf ging es wie Mühlsteine. Kopfschüttelnd starrte er zu Boden.

»Aber wer bin ich dann?« schrie er auf einmal in die Nacht hinaus. Risse sprangen auf in der gewohnten Vertrautheit mit sich und seinem Leben. Aelan wollte die eisige Kraft, die begierig in diese schmerzenden Wunden eindrang, abwehren, aber gnadenlos griff sie nach ihm und erfüllte ihn mit wimmelnder Angst. Gleichzeitig aber brachte sie die Erlösung einer lange ersehnten Gewißheit.

»Im Angesicht der alten Heimat vergeht alle Unwirklichkeit. Die Dunkelheit schmilzt wie Schnee im Frühling. Nichts kann das Licht für immer verbergen. Manchmal ist auch die Hoffnung nur ein Schleier, der uns von der Wahrheit trennt. Irgendwann aber muß jeder sie wissen, auch wenn er sich sträubt gegen sie.«

Aelan war niedergeschmettert. »Aber was bin ich dann?« flüsterte er heiser. Die Stimme versagte den Dienst. »Was bin ich?«

»Der die große Wanderung begonnen hat, soll nicht richten über die Dinge dieser Welt, denn sein Herz wohnt schon in einer anderen.«

So-Tar erhob sich. Langsam stieg er von dem Felsen herab, um seinen Weg in die Berge fortzusetzen. Aelan spürte den pochenden Schmerz in seinem Inneren in großen Wellen pulsieren. Kein klarer Gedanke war mehr in seinem Kopf. Alles in ihm schien dunkles, sich drehendes Chaos.

»Nimm mich mit in die Gläserne Stadt,« schrie er dem alten Handan nach und sprang auf.

Das tiefe Lachen des Greises verlor sich im Tosen des Wassers. »Trägst du das sanfte Licht des Todesboten in dir, das dich führt?«

»Es macht mir nichts aus zu sterben! Ich will nicht mehr weiterleben!« schrie Aelan. Wilde Entschlossenheit hatte ihn gepackt. Der Tod schien die einzige Lösung seiner Schmerzen und Ängste.

»Der Strom des Lebens fließt wilder in dir denn je zuvor, Aelan-Y,« sagte der Alte. »Ungezügelter wie die Wasser des Am fließt er. Er reißt dich zurück aus dem Tod in ein neues Leben. Nur wer leer ist vom Willen, vermag Eingang zu finden in die Stadt aus Kristall. Nur wer in ihren Spiegeln kein Bild mehr erweckt, kann ihre Tore passieren. Allein das

Licht des großen Wanderers, das der Tod im Herzen entfacht, beleuchtet den Weg in die alte Heimat.«

»Ich will mit dir gehen! Laß mich nicht alleine!« schrie Aelan. Der reißende Strom, der in ihm losgebrochen war, hatte alle Regeln des Anstands, allen Respekt vor dem Handan auf der großen Wanderung fortgeschwemmt. Aelan fühlte sich, als sei sein Kopf ein riesiger Raum, angefüllt von einem alles verschlingenden Sog. Hemmungslos brachen Angst und Verzweiflung aus ihm heraus. »Nimm mich mit, So-Tar,« schrie er und stürzte vor die Füße des alten Handan, der am Fuße des Felsens stehengeblieben war.

»Einsam ist die große Wanderung. Niemand vermag mich zu begleiten.« Eine gewaltige Wand des Schweigens wuchs zwischen Aelan und dem Alten. Aelans Gedanken glitten an ihr ab wie Ertrinkende vom Ufer, das sie nicht mehr zu fassen vermögen. Er weinte. Ohne Scham brachen die Tränen aus den Augen des jungen Mannes, der nicht mehr geweint, seit er Kind gewesen.

»Geh zum Schreiber,« knurrte der alte Handan, stieg über Aelan hinweg und ging davon, ohne sich noch einmal umzusehen. Aelan blieb wie tot auf einem flachen, nassen Felsen liegen.

Die Kälte trieb ihn hoch. Aelan hatte jede Empfindung für Zeit verloren. War er einige Augenblicke gelegen oder Stunden? Er fühlte sich ausgeleert. Der reißende Fluß in seinem Inneren hatte alles mit sich fortgewirbelt. Schwebende Ruhe war jetzt in ihm. Geh zum Schreiber, hatte der Alte gesagt. Aelan kannte den Schreiber. Er war ein alter Handan ohne Namen, den jeder im Tal den Schreiber nannte, ohne recht zu wissen warum, und der beim Wasserfall des Nam in einer Hütte wohnte. Manchmal sah man ihn im Dorf. Ein Dunkler war er, fast schwarz hatte das Alter sein Gesicht gegerbt, und doch ging er nicht gebückt unter der Last der Jahre. Sein Schritt war federnd wie der eines Mannes in den besten Tagen. Die Handan erzählten ihren Kindern, wenn sie neugierig fragten, daß dies ein Hüter der Stadt sei, der unmittelbar an ihren Toren wohne, um ihre Schätze vor Unwürdigen zu beschützen. Und wollten sie ihren Kindern Respekt einflößen, so erzählten sie, er sei das Wesen der Gebirge in Menschengestalt, ein Unsterblicher, aus dessen Herzen der Bann des Schweigens ströme, der die Stadt umgab. Aelan jedoch war er immer wie ein normaler Mensch erschienen. Wenn er ins Dorf kam, versäumte er nie, bei Tan-Y einzukehren, einen Lemp zu trinken, über die Ernte zu sprechen, über das Wetter oder über die Neuigkeiten aus der großen Welt, die durch Ros-La ins Tal gelangten. Aelan mochte ihn gern. Als er ein Kind war, hatte ihn der

Schreiber oft auf den Schoß gezogen, Späße mit ihm getrieben, ihn geneckt und liebkost, und später hatte er sich regelmäßig nach dem Wohlergehen des Jünglings erkundigt, nach seinen Fortschritten im Schreiben und Lesen, das Tan-Y ihm beibrachte. Niemand wußte, wovon der Schreiber lebte in seiner Hütte am Wasserfall des Nam oder was er in der unwirtlichen Einsamkeit tat, aber niemand fragte danach, denn keinem Handan wäre es eingefallen, sich um solche Dinge zu kümmern.

Obwohl Aelan nicht wußte, was er beim Schreiber sollte, obwohl es eine nicht gutzumachende Unhöflichkeit war, ihn in seiner selbstgewählten Einsamkeit zu stören, machte sich der junge Mann auf den Weg. Das Gefühl, wieder ein Ziel vor sich zu haben, flößte ihm neue Kräfte ein. Er hatte mehr unschickliche Dinge getan in dieser einen Nacht als in seinem ganzen bisherigen Leben, da kam es auf eine mehr oder weniger nicht an. Aelan lachte bitter. Wenn er an den Schreiber dachte, füllte sich sein Herz mit warmer Zuneigung. Nie hatte er darüber nachgedacht. Die freundliche Aufmerksamkeit des bedächtigen alten Handan hatte ihn sein ganzes Leben wie selbstverständlich begleitet, ohne daß es ihm aufgefallen war. Er hatte ihn nicht oft gesehen, denn der Schreiber kam selten ins Dorf herab, trotzdem fühlte er eine tiefe Vertrautheit mit diesem wundersamen Mann.

Das erste Grau des Tages dämmerte auf, als Aelan in die Nähe des Wasserfalls kam. Das Tal hatte sich stark verengt und war erfüllt vom Brüllen des Nam, der in freiem Fall über einen etwa hundert Schritte hohen schwarzen Felsen herabstürzte. Ausgewaschene Stufen im Fels führten neben dem Wasser fast senkrecht in die Höhe. Aelan blieb stehen und betrachtete die weiß zerstäubende Gischt im milchigen Morgenlicht. Plötzlich sah er ein Stück vor sich den alten So-Tar langsam auf den Wasserfall zugehen. Auf keinen Fall wollte er den alten Handan noch einmal stören. Aber So-Tar bemerkte den Jüngling nicht mehr, der erschrocken hinter einen Felsen sprang, krampfhaft bemüht, keinen Gedanken nach draußen zu lassen, der ihn hätte verraten können. Als Aelan nach einer Weile vorsichtig hinter dem Stein hervorlugte, war der Alte verschwunden. Aelan reckte den Kopf nach allen Seiten, aber der Greis im schwarzen Sok-Mantel war fort. Aelan blieb noch eine Weile in seinem Versteck hocken, hielt immer wieder angestrengt Ausschau nach dem Dunklen, dann aber, als alles ruhig blieb, schlich er sich davon und begann rasch und gewandt die Felsstufen neben dem Wasserfall emporzuklettern.

Die aus unbehauenen Steinen zusammengefügte Hütte des Schreibers schmiegte sich so unauffällig an einen mit Dorngestrüpp überwucherten Felsen, daß Aelan sie kaum auszumachen vermochte. Bleiches Dämmerlicht lag über dem Talkessel, durch den der Nam floß. Geröllfelder stiegen zwischen riesigen Felsblöcken zu den Steilwänden empor, und weiter oben stürzten die Wasser des Flusses über mehrere Stufen aus schwindelerregenden Höhen herab. Darüber erhoben sich majestätisch die Gletscher des Am im ersten Morgenschimmer. Tiefe Stille stand hinter dem Rauschen des Nam. Eine Gestalt im dunklen Alltagsgewand der Handan saß regungslos auf einem flachen Stein neben dem Eingang der Hütte. Aelan entdeckte sie erst, als er fast an sie herangekommen war. Der jähe Nadelstich der Angst, den ihm der Anblick des Mannes versetzte, ließ augenblicklich nach, als Aelan das gelassene, weite Schweigen spürte, das von diesem Handan ausging. Er erkannte es wieder, denn er hatte sich immer, wenn der Schreiber das Haus des Vaters besuchte, darin wohlgefühlt. Eine warme, gute Erinnerung an diese sorglosen Zeiten durchströmte ihn. Mit klopfendem Herzen ging er auf den regungslos Sitzenden zu.

»Gruß, Aelan,« sagte eine tiefe, brüchige Stimme. Es schien, als hätte der Schreiber in der schneidenden Kälte der Nacht nur auf den jungen Mann gewartet, der ihn zur Stunde vor Sonnenaufgang besuchte.

»Gruß, Me,« entgegnete Aelan und neigte den Kopf. Me bedeutete in der Sprache des Tales soviel wie ehrwürdiger Alter. Die jungen Handan benutzten dieses Wort, wenn sie einem Dunklen einen Höflichkeitsbesuch abstatteten.

Der Schreiber erhob sich. »Du bist müde, Aelan,« sagte er. »Komm herein. Ich werde dir einen Becher Lemp bringen.«

Sie gingen in die Hütte. Der Schein des kleinen Feuers unter dem Lempkessel in einer Ecke tauchte den Raum in rötlich schimmerndes Zwielicht. Aelan setzte sich auf eine Bank. Alles schien auf einmal wie im Traum. Müdigkeit rieselte in seinen Gliedern. Er fühlte sich wohl und unbehaglich zur gleichen Zeit. Das Rauschen des Nam zersplitterte in den weit ausgehöhlten Räumen seines Kopfes in tausende Echos. Der Schreiber hantierte über der Feuerstelle und reichte Aelan einen großen Becher Lemp. Die warme Flüssigkeit tat dem Jüngling gut. Er glaubte, jeden einzelnen Tropfen die Kehle hinab in den Magen rinnen zu spüren. Der Lemp schmeckte anders, als Aelan es gewohnt war, bitterer und schärfer, doch er schien eine wärmende Kraft durch den ganzen Körper zu senden. Der Schreiber sah Aelan beim Trinken zu und nahm den geleerten Becher aus seiner Hand.

»Danke,« brachte der Jüngling hervor.

Der Alte nickte nur. »Es wird dir guttun. Ich habe den Saft von Kräutern mit dem Lemp gekocht. Du hast eine lange Wanderung hinter dir und wirst müde sein.« Seine Stimme strahlte Wärme und Wohlwollen aus.
Aelan wußte nicht, was er antworten sollte. Es war gut, hier bei dem Alten zu sitzen. Trotzdem fühlte er sich befangen. Er schämte sich, die Reihe von Mißgeschicken aufzuzählen, die ihm in dieser Nacht widerfahren waren. Doch der Alte schien nicht zu erwarten, daß sein Gast ihm die Gründe seines Besuches nannte.
»Möchtest du noch einen Lemp?« fragte der Schreiber.
Aelan schüttelte den Kopf und murmelte ein Dankeschön. Der Alte stellte den leeren Becher weg. Seine Bewegungen, seine Stimme, seine Erscheinung, alles strahlte etwas Schlichtes, Gütiges aus, das Aelans aufgewühltes Inneres beruhigte. Den jungen Handan drängte es, diesem Mann, in dessen Nähe er sich wie selbstverständlich geborgen fühlte, sein Herz auszuschütten. Aber es war im Inneren Tal nicht Sitte, mit anderen unaufgefordert über seine Nöte zu sprechen.
»Morgen ist die Nacht des Sonnensterns,« sagte der alte Handan und setzte sich neben Aelan auf die Bank. Seine wachsamen, dunklen Augen ruhten auf den flackernden Flammen der Feuerstelle. »Alles wird klarer im Licht des Sonnensterns. Man kann die Dinge so sehen wie sie wirklich sind,« fuhr er fort, ohne Aelan anzublicken.
»Ich habe Fremde erschlagen, die im Haus meines Vaters den Sohn von Ros-La töten wollten.« Die Worte brachen aus Aelan heraus, ohne daß er es wollte. Er sprach mechanisch und ohne Erregung. »Ich bin geflohen vor ihnen. Sie wollen sich rächen und mich umbringen. Im Tal des Nam habe ich So-Tar getroffen, auf der großen Wanderung . . .«
Obwohl der Schreiber regungslos saß, ohne zu nicken, ohne sich Aelan zuzuwenden oder ihm zu antworten, war seine Anteilnahme deutlich zu spüren in dem Schweigen, das von ihm ausging. Aelan erzählte von dem Gespräch mit So-Tar, von seiner Verwirrung, seinen Fragen. Die Worte sprudelten wie von selbst über die Lippen, als spräche etwas Fremdes in ihm, das nicht seinem Willen gehorchte. Und er sprach, obwohl er sich schämte, von der eisigen Hand des Fremdseins, die manchmal nach seinem Herzen griff und die in dieser Nacht grausam und unerbittlich wie nie zuvor seine vertraute Welt in Trümmer geschlagen hatte. Eine aufwühlende und zugleich die innere Unruhe besänftigende Kraft schleuderte die Worte aus ihm heraus. Aelan beschönigte nichts, berichtete ruhig von den Ereignissen der vergangenen Nacht und schüttete dem Schreiber das tiefste Innere seines Herzens aus. All

die geheimen Gefühle und Gedanken, die er selbst dem besten Freund nicht anvertraut hätte, flossen wie selbstverständlich aus ihm heraus. Es war, als spreche er zu sich selbst, zu seinem Spiegelbild. Aelan fühlte, daß es gut war, dies alles dem Schreiber zu erzählen, der still neben ihm saß und die Worte des jungen Handan im Halbdunkel der Hütte verklingen ließ, ohne seine eigenen Gedanken und Urteile an sie zu knüpfen. Während Aelan sprach, traten vor dem schlitzartigen Fenster der Hütte die Formen der Felsen immer deutlicher aus der wachsenden Morgendämmerung hervor. Graues, von Nachtschatten durchwirktes Licht kroch über die Berge zu Tal. Schneidende Kälte wehte von den Gletschern herab und drang durch unzählige Ritzen und Fugen in die Behausung des Schreibers. Doch das Schweigen des alten Handan erschien Aelan wie eine warme, wohltuende Umhüllung. Alles, das ihn bewegt hatte in dieser langen Nacht und in seinen Stunden der Einsamkeit und Verzweiflung, schüttete er in die endlosen Räume dieses Schweigens. Auf einmal spürte er, daß sein Herz leicht geworden war wie eine Feder, die von einem sanften Wind durch unendliche Räume getragen wird. Er verstummte. Fast schämte er sich seiner ungebührlichen Geschwätzigkeit, die plötzlich über ihn gekommen war. Am Schweigen des Schreibers aber fühlte er, daß es gut war. Keiner der scharfkantigen Blöcke der Verzweiflung und des Schmerzes war mehr in ihm. Die Ereignisse der Nacht schienen wie böse, unwirkliche Träume, wie Bilder aus einem vergangenen Leben.
»Es wird alles wieder gut werden,« sagte er, während er diesem milden Gefühl inneren Friedens nachspürte.
»Ja,« entgegnete der Schreiber nach einer langen Pause. »Alles ist gut, wenn man sehen kann, wie es wirklich ist. Manchmal vermag uns nur ein Unglück die Augen zu öffnen. Das Licht der Wahrheit aber schmerzt, so daß wir wieder die Nacht herbeisehnen.«
»Was hat So-Tar mir sagen wollen?« fragte Aelan.
»Ein Handan auf der großen Wanderung erschaut die Wahrheit der Dinge mit seinem Herzen. Er weiß, daß sein Herz besser zu sehen vermag als seine Augen, die geblendet sind von der Welt der Erscheinungen. Dein Herz lügt niemals, Aelan, aber seine Stimme ist leiser als die der Gedanken und Wünsche.«
Er machte eine Pause und spürte, wie die verzweifelten Fragen wieder Gestalt annahmen in dem jungen Mann neben ihm.
»Du bist kein Handan, Aelan,« sagte er schließlich. »Du hast es immer gefühlt. Dein Herz hat dich nicht belogen.«
Aelans Inneres krampfte sich zusammen. Eine Welle des Schmerzes

wollte aufsteigen, aber die Nähe des Schreibers beruhigte sie, noch bevor sie sich ganz erheben konnte.
»Oft dauert es lange, bis wir lernen, die Wege der Wahrheit zu verstehen, die uns seltsam und verschlungen erscheinen, und die oft schmerzlich sind. Aber es ist gut, ihnen zu folgen. An diesem Punkt beginnt die große Wanderung,« sagte der Alte.
»Aber was bin ich?« Aelans Stimme war leise und tonlos. Er dachte daran, wie er dem alten Handan unten im Tal die gleiche Frage verzweifelt ins Gesicht geschrien hatte. Nun aber hatte er keine Kraft mehr. Seine rasende Erregung war ausgebrannt.
»Du kommst von den Küsten des westlichen Meeres, Aelan.«
»Aber mein Vater ...«
»Tan-Y nahm dich in sein Haus, weil seine Ehe kinderlos war. Er zog dich auf wie einen eigenen Sohn.«
»Aber warum ...«
»Du wirst alles wissen, wenn dich dein Weg dorthin bringt, wo du die Wahrheit in deinem Herzen findest. Du wirst viel lernen auf der großen Wanderung. Aber nie wird etwas anderes dein Lehrer sein als dein eigenes Herz.«
Aelan fühlte alles in sich in wacher Klarheit gespannt. Etwas, das tief in seinem Inneren verborgen schien, beobachtete die Dinge mit interessierter Aufmerksamkeit. Nun, da er alles aufgegeben hatte, vermochte es hervorzutreten. Unzählige Fragen drängten sich in Aelans Kopf, doch seine Zunge schien gelähmt.
»Du wirst hinausgehen in die Welten jenseits der Gebirge, in die Städte und Ebenen von Atlan. Vieles wird dir dort begegnen, das dich locken will, dich lehren, dich besitzen. Du wirst ratlos sein, wenn die Wege sich gabeln und die tausend Stimmen dich rufen. Aber dein Herz kennt den wahren Weg. Er mag bitter und unerträglich scheinen manchmal, aber nur er führt dich zum Ziel. Er gehört dir alleine. Er ist deine Bestimmung. Ihm zu folgen ist der Sinn der großen Wanderung.«
»Aber führt die große Wanderung nicht durch die Tore des Todes in die Gläserne Stadt?« fragte Aelan.
Der Schreiber lächelte. »Wenn die alten Handan zu ihrem letzten Weg in die Berge aufbrechen, führt sie der Bote des Todes und läßt sie Pfade finden, die seit undenklichen Zeiten nur mehr jenen bestimmt sind, die im Ring des Schweigens wohnen. Doch die große Wanderung führt über alle Grenzen des Todes hinaus. Auch die Stadt ist nicht ihr letztes Ziel. Der Weg der Handan ist nur ein kleines Stück der großen Wanderung durch unzählige Geburten und Tode.«

»Aber...« In Aelan drängten sich Fragen, doch tief in ihm, in den innersten Kammern seines Herzens, war etwas, das den Sinn der Worte des Schreibers verstand, das keine Fragen brauchte und keine Erklärungen. Immer schon hatte dieses Verstehen in ihm geschlummert, doch es bedurfte der langsam gesetzten Worte des Schreibers, es aus seinem Schlaf zu erwecken.

»Die große Wanderung führt dich wie im Traum durch all deine Leben, Aelan, durch Freude und Leid, durch Liebe und Tod. Sie verwickelt dich im Gespinst des Lahf, des ehernen, untrüglichen Gesetzes, das die Wege des Lebens leitet in den Welten der Vergänglichkeit. Sie führt dich, bis du beginnst, zu erwachen, deine Augen zu öffnen, um das Ziel dieser Reise durch die Länder der Schlafenden und Träumenden zu finden – die Erkenntnis des Sonnensterns in dir. Erst wenn du erwachst, vermagst du die Bestimmung der großen Wanderung zu begreifen. Das Erwachen aber ist oft schmerzhaft. Die Welt wird sich erheben, um dich zurückzuziehen in die sanfte Unbewußtheit des Schlafes.«

Sie saßen eine Weile schweigend nebeneinander. In Aelans Kopf wirbelte ein Chaos aus Fragen, Bildern, Gefühlen, hohler Müdigkeit und wirren, abgerissenen Gedankenfetzen um ein Zentrum unantastbarer Stille, in dem der teilnahmslose, aber unendlich aufmerksame Beobachter ruhte, dem die Worte des Schreibers schienen wie das lange erwartete Licht des Morgens nach einer endlosen Nacht.

»Aber ich habe fremde Menschen getötet,« flüsterte Aelan. »Ich habe eine Waffe erhoben gegen sie.«

»Das Schweigen, das die Stadt beschützt, hat dich zu ihrem Arm gemacht,« erwiderte der Schreiber. »In Haß und Habgier kamen die Fremden. Ihr eigener Haß hat sie vernichtet. Wie ein Spiegel ist der Ring des Schweigens.«

Aelan nickte. Er fühlte die bleierne Müdigkeit wieder, die an seinen Lidern zog und seinen Kopf auf die Brust herabsinken ließ.

»Geh jetzt schlafen, Aelan,« sagte der alte Handan schließlich. »Wir werden heute nacht zusammen im Licht des Sonnensterns, der am Himmel strahlt, auf einem verborgenen Weg ins äußere Tal wandern. Es wird ein Stück deiner großen Wanderung sein. Du wirst beginnen, zum klaren Licht der Bewußtheit zu erwachen, um deine Bestimmung zu erkennen.«

Der alte Handan erhob sich. Aelan folgte ihm wie ein Schlafwandler. Wie selbstverständlich entkleidete er sich und legte sich in das schmale Bett, das an der hinteren Wand des kargen, schmucklosen Raumes stand. Was der Schreiber hier wohl tat, wunderte sich Aelan, als sein

Kopf auf das steinharte Kissen sank. Im selben Augenblick, als der Schreiber die Decke aus Sokwolle über Aelan breitete, war der Jüngling eingeschlafen.
Die Spitzen der Gletscher flammten auf in den ersten Sonnenstrahlen.

*Kapitel 7*
DUNKELHEIT DER LIEBE

Tat-Non-Te, achter König des Oststammes aus dem Geschlecht der Te, jüngster Sohn des Tat-Los-Te, welcher die dunkle Kraft der Khaïla endgültig bezwungen, die Heere von Atlan in die Schlachten von Alani und Hak geführt hatte und dort im Kampf gefallen war, ließ Kurteva erbauen, zum ewigen Gedenken an die Siege und den Tod seines Vaters und seiner Brüder. Der Ruhm des neuen Herrschergeschlechts der Te sollte ewig dauern in den Marmormauern Kurtevas und einer Sonne gleich ausstrahlen in alle Länder und Provinzen Atlans. Tat-Non-Te verließ die düsteren Burgen von Teras, der alten Stadt der Ostkönige, in denen seine Ahnen seit undenkbaren Zeiten gewohnt und in der sie die Herrschaft errungen hatten über die Stämme des Ostens. Am Delta des Mot erbaute er Kurteva, die Stadt der Ringe, wie weise Männer aus dem Süden ihm vorhergesagt. In dieser Blüte aus Gold und Marmor sollte die Herrlichkeit des alten Reiches von Hak glanzvoll wiedererstehen, ja sie noch übertreffen.

Baumeister aus dem Süden, die den Siegern gefolgt waren, und deren Namen sich ableiteten von den großen Künstlern des alten Reiches, erstellten die Pläne. Heere von Arbeitern und Gefangenen aber führten sie aus an der geweihten Stelle, die Orakel und Dhans zum neuen Sitz der Macht von Atlan bestimmt hatten. Kurteva wuchs aus den Ebenen des Ostens, und Tat-Non-Te, der sich fortan Tat-Tsok nennen ließ, Auge des Tat-Be'el, fleischgewordene Flamme, wachte persönlich über den Bau, der die Herrlichkeit seines Geschlechts unsterblich machen sollte. Nie hatte Atlan einen Herrscher gesehen, der mächtiger war als er und dem sich die Aibos aller Himmelsrichtungen beugten. Und nie hatte ein Herrscher gelebt, der so unerbittlich jene bekämpfte, die sich dem Zeichen der Te, dem Thron des Tigers, nicht unterwerfen wollten. Kurteva aber sollte die unsagbare Macht der Te für alle Zeiten bewahren, dem Einen, Ewigen Tat-Be'el, ihrem doppelgesichtigen Gott, zu Ehren.

Drei konzentrische Ringgräben wurden um einen abgeflachten Felskegel ausgehoben, jeder gut hundert Schritte breit. Vier Kanäle gleicher Breite, in die vier Himmelsrichtungen weisend und den vier Stämmen Atlans geweiht, verbanden die Ringe; der nach Osten führende Kanal aber, der dem Oststamm zugehörige, der Kanal des Tat-Tsok, wurde zum Meer geführt, zum Zeichen, daß einzig der Gottkönig des Ostens, der Tat-Tsok, aus dem unerschöpflichen Ozean der Macht des Tat-Be'el zu schöpfen vermag. Das Wasser des Meeres floß in die Kanäle, die so tief gegraben waren, daß auch die großen Schiffe, die zu den Ländern der Nok segelten, auf ihnen zu fahren vermochten. Auf der felsigen Erhebung im Herz Kurtevas entstand der Palast des Tat-Tsok, und der heiligste Tempel des Tat-Be'el, in dessen gläserner Kuppel die ewige Flamme brannte, weithin leuchtend über Stadt, Land und Ozean. Fruchtbare Erde wurde auf den Palastberg gebracht, blühende Gärten entstanden zwischen den Säulenhallen und Gebäuden aus feinstem Marmor und purem Gold. Die Wände des runden, in drei Stufen hochragenden Tempels waren mit goldenen Schriftzeichen geschmückt, die den doppelgesichtigen Herrn über Himmel und Erde priesen. Die Fremden, die sich Kurteva näherten, erblickten ihr Funkeln und Glitzern schon von weitem, und es erschien ihnen wie der Schimmer einer höheren Welt.

Der erste, innerste Kreis, der heilige Berg, die verbotene Zone, gehörte dem Tat-Be'el, dem Gott, und dem Tat-Tsok, seinem fleischgewordenen Willen. Im zweiten Ring lebten die hohen Priester, die mächtigsten der königlichen Tnachas und Günstlinge und die edelsten der Gurenas in prachtvollen Palästen. Große säulenumstandene Plätze dienten als Orte der Versammlung, und ausgedehnte Gärten, die an Schönheit und Erlesenheit denen des Tat-Tsok nicht nachstanden, säumten das innere Ufer des zweiten Kanals. Ghuras wurden dort errichtet und Mehdras, Tempel, Brunnen und Bäder. Im dritten, äußersten Ring lebte das Volk, die Kaufleute, die Handwerker, die Künstler, die einfachen Gurenas und Soldaten, dort waren die Delays und Herbergen, die Chars und Theater, die Lager und Arsenale, die Marktplätze, die Muri-Arenen, die Quartiere der Stadtsklaven. Parallel zu den vier kreuzförmig angelegten Kanälen teilten breite Straßen den zweiten und dritten Ring in quadratische Blöcke und Plätze. Prachtalleen, mit Bildwerken und Säulen reich geschmückt, säumten die Kanäle an beiden Ufern, und sanft geschwungene Brücken aus Marmor spannten sich über die Wasserläufe. Die Straße des Tat-Tsok, die prächtigste von allen, mit kostbaren Marmorplatten gepflastert und von Säulenreihen flankiert, folgte dem Ostkanal an beiden Seiten zum Meer. Dort, an der Einfahrt zum Hafen, begrüßte ein mächtiges Standbild aus vergoldetem Erz, den siegreichen Tat-Tsok darstellend, mit zum Schlag erhobenem Schwert, hochragend, daß selbst die größten Schiffe zwischen seinen Beinen hindurchfahren konnten, die ankommenden Seeleute, die entweder in den großen Hafenbecken zu beiden Seiten des Kanals die Anker auswarfen oder zu den Kanälen und Häfen der Stadt weitersegelten. Den Handels- und Kriegsschiffen war erlaubt, den äußersten und mittleren Ringkanal zu befahren, der innerste jedoch war den Prunkbarken des Königs und der Alok vorbehalten. Eiserne Netze und Gitterwerke, die mit Winden herauf- und herabgelassen werden konnten, waren in den Kanälen angebracht, und den äußersten Ring umgab eine von blockigen Wehrtürmen gegliederte Doppelmauer, denn das Schicksal von Hak, der blühenden Stadt des Alten Reiches, deren Ruinen im Sand der südlichen Wüsten versanken, sollte Kurteva fernbleiben.

Kein Feind, und sei er mächtiger als alle Gurenas von Atlan zusammen, hieß es, sei imstande, die Stadt der Ringe einzunehmen. Acht Tore, reich mit Mosaiken aus Edelstein und Fayence geschmückt, führten in die Stadt, bewacht von Gurenas der königlichen Garde und behütet von Bannflüchen der Alok. Die Schönheit der anderen Städte Atlans verblaßte neben dem Prunk Kurtevas, der Stadt des Tat-Be'el, des mächtigen, zweigesichtigen Gottes, in dem sich alle Macht und Herrlichkeit der alten Götter Atlans vereinte. Der Eine, Allgewaltige war es auch, der Seuchen, Hungersnöte und Kriege fernhielt von seiner Stadt, und dessen Allmacht den Tat-Tsok durchdrang, um Leben und Reichtum in der Stadt der Ringe zu mehren. Sein heiliges Feuer brannte in der Glaskuppel des Tempels wie ein ewiges Licht im innersten Herzen einer Lotusblüte aus Stein. Und es brannte auch noch, als Tat-Nar-Te, der achtundvierzigste Tat-Tsok, den Be'el verstoßen hatte, das flammende Antlitz des doppelgesichtigen Gottes, und fortan der väterliche Tat und seine Priester alleine herrschten über die Stadt der Ringe. Ihm, dem Gütigen, Allweisen, Allmächtigen zu Ehren feierte Kurteva denn auch Feste von verschwenderischem Prunk. Königliche Zeremonienmeister bereiteten sie vor, monatelang, und manche gerieten zu solch vollendeter Pracht und Erhabenheit, daß die Sänger und Chari noch jahrelang den Abglanz ihres Ruhmes in die Provinzen Atlans trugen. Heere von Helfern standen den Meistern der Feste zu Gebot, und die überquellenden Schatztruhen der Paläste und Tempel wurden ausgeschüttet zu ihrer freien Verfügung. Gäste reisten aus den entferntesten Winkeln des Reiches herbei, um wenigstens einmal in ihrem Leben einen solchen Festtag in der Hauptstadt mitzuerleben. Als von allen das glänzendste aber galt das Fest des Sonnensterns, denn in dieser Nacht, so stand es in den heiligen Büchern der Alok geschrieben, blickte das Auge des allmächtigen Gottes vom Himmel gnädig auf seine Kinder herab.

Zwei Tage und Nächte währte das Fest des Sonnensterns. Der erste Tag war der Reinigung geweiht, denn ein gefälliger Anblick sollte sich dem Auge des Ewigen dartun, wenn es herabblickte vom Himmel. Häuser und Gärten wurden gepflegt, die Straßen von Unrat gesäubert, die Bildwerke in den Alleen mit Blumen und Lichtern geschmückt und wohlriechende Essenzen auf Straßen und Plätzen versprengt. Die Menschen aber legten die Kleider ab, die sie am Leibe trugen, wuschen sich mit geweihtem Wasser rein vor dem Einen Tat und zogen Festgewänder an, aus neu gewebtem Stoff, prunkvoll verziert und geschmückt, um zusammen mit den engsten Freunden ein Liebesmahl des Tat einzunehmen, das die Bande der Freundschaft mit neuer Kraft erfüllen sollte. In der Stunde der Abenddämmerung riefen die Tempeltuben zur Andacht, und die Hymnen des Einen Allmächtigen erklangen überall auf den Straßen und Plätzen. Nach Einbruch der Nacht verließ ein großes, mit kostbaren Opfergaben gefülltes Schiff den innersten Kanal, umrundete die beiden anderen Wasserstraßen und fuhr über den Kanal des Tat-Tsok hinaus auf die offene See. Das Volk stand jubelnd Spalier und viele zogen mit bis zur Einfahrt des Hafens, um dem Schiff des Tat, das den Allgewaltigen seiner Stadt und seinen Menschen gnädig stimmen sollte, Geleit zu geben. Es trug das böse Lahf mit sich, unzählige Papiere und Rollen, auf denen die schlechten Taten des vergangenen Jahres verzeichnet standen. Selbst die Ärmsten bezahlten gerne den Preis, den die Tat-Los forderten, um ihre mit kunstvollen Zeichen beschrifteten Blätter dem Schiff der Läuterung anzuvertrauen, denn jeder wollte sein Herz und Gewissen reinigen vor dem Auge des Allweisen und Allgütigen. Das Schiff segelte hinaus auf das Meer, wo einer der Priester aus dem Rat der Alok es in Brand setzte, um das dunkle Lahf zusammen mit den kostbaren Opfergaben dem Einen Ewigen zu übergeben. Gleichzeitig ließen die Menschen tausende kleiner Blumenboote mit brennenden Butterlampen auf den Kanälen schwimmen, um dem Tat zu danken für seine Gnade, und um sein reines Licht, das im Sonnenstern am Himmel erscheint, zu ehren. Viele wachten und fasteten in dieser Nacht der Lichter, und die Gebete und Hymnen verstummten nicht in der Stadt der Ringe.

Am anderen Morgen aber, wenn das dunkle Lahf von den Menschen abgewaschen, die Opfer dargebracht und die vorgeschriebenen Handlungen und Zeremonien vollzogen waren, begann das eigentliche Fest. Wein floß aus den öffentlichen Brunnen und unaufhörlich schleppten die Sklaven des Palastes Körbe mit Früchten und süßen Broten herbei. Prozessionen bewegten sich durch die Stadt, schillernden Drachenleibern gleich, während in den Arenen die besten Muri-Spieler Atlans dem staunenden Volk ihre Geschicklichkeit und Schnelligkeit zur Schau stellten. Die Theater spielten die neuen Werke der Dichter und Musiker – Tragödien und Lustspiele, aber auch die ehrwürdigen, heiligen Mysterienstücke, die noch aus der Zeit des alten Reiches stammten. In den Chars erzählten Chari aus allen Provinzen des Landes und auf den Straßen und Plätzen spielte Musik. Tänzer, Gaukler, Akrobaten, Zauberer und Puppenspieler unterhielten das Volk, und wer des Trubels müde war, ging in einen der Palastgärten, wo die edlen Familien freie Tafel abhielten für alle, um dem Tat die Einheit und Brüderlichkeit seines erwählten Volkes zu zeigen. Zur Stunde der Dämmerung riefen die Tempeltuben erneut zur Andacht und das wogende Getriebe der Menschenmassen erstarrte.

Tiefe Stille sank auf Kurteva herab, denn der Augenblick nahte, an dem der Sonnenstern sich am Horizont erhob. Ein Jubelschrei aus tausenden Kehlen antwortete dem Rufer, der von einem Turm des Palastes das heilige Gestirn als erster erblickte. Schalmeien, Flöten und Trommeln erhoben ihre Stimmen zu einer tosenden, zu rasender Ekstase aufbrandenden Musik. Die Menschen tanzten zu ihr, lachend, berauscht vom Wein und den Freuden und Vergnügungen des vergangenen Tages, dem Licht des Einen Sterns zu Ehren, das auf sie herabstrahlte. In allen Dialekten Atlans sangen und schrien die Menschen zu ihrem Tanz, der durch die hell erleuchteten Straßen und über die weiten Plätze tobte. Die unzähligen Fremden, die zum Fest nach Kurteva gekommen waren, vereint mit den Bürgern der Stadt, alt und jung, arm und reich, verschmolzen in einer wogenden, schwankenden, hin und her schiebenden Masse erregter, ausgelassener Menschen, torkelnd, springend, wankend, sich treiben lassend, trunken, fortgerissen von den mächtig aufkochenden Wirbeln und Wellen des Menschenmeeres, besessen, willenlos, sich selbst verlierend. Dann aber, wenn der Sonnenstern den Zenit erreicht hatte, dröhnten die tiefen Tuben von allen Tempeldächern mitten hinein in die schreiende, grelle Musik, die sich in einem nicht mehr zu steigernden Höhepunkt entlud, in tausende Töne zerbarst, abrupt zerbrach, mitten hinein in das atemlose Wogen der Menschen, den Sturm ihres Tanzes, der durch Kurteva fegte in hemmungsloser Raserei. Wie das Röhren schrecklicher Tiere brachen die Tuben in die losgelassene Unbändigkeit und ließen sie stillstehen für einen vor Erregung zitternden Augenblick.

Dann erloschen alle Lichter in der Stadt der Ringe, die Fackeln, die Ölbecken, die Butterlampen, die Kerzen, und die Menschen, erhitzt von der Gewalt des Tanzes, ergaben sich willig der Dunkelheit der Liebe. In einem blinden Fieber der Leidenschaft ergriffen sie einander, zogen sich zu Boden, wahllos, dem Zufall des Augenblicks vertrauend, ohne zu wissen, wer bei ihnen lag, wer über sie hinsank, keuchend, lachend, dampfend vor Schweiß. Jung und alt vereinigte sich, schön und häßlich, der Tnacha mit der Tocher des Handwerkers, die Frau des Kaufmanns mit dem Hafenarbeiter, der Fremde aus einer fernen Provinz Atlans mit der Schwester des Kriegers. Am Himmel stand der Sonnenstern, das Auge des Einen Tat, und blickte herab aus seinen ewigen Räumen auf die in Finsternis versunkene Stadt, in deren Gärten und Straßen sich die Menschen liebten. Die Schranken von Stand und Ansehen galten nichts in dieser einen Nacht, die einzig Kurteva auf diese Weise begehen durfte, die Ringstadt des Einen Allmächtigen. Die strengen Regeln von Sitte und Schicklichkeit, die sonst in ihren Mauern das Tun der Menschen lenkten, waren fortgewischt vom Rausch dieser Stunden, denn das dunkle Lahf war gebannt im Licht des heiligen Gestirns. Reine und geweihte Gefäße des Gottes waren die nackten, zuckenden Körper, die sich im Dunkel wälzten. Ihr Stöhnen galt als Gebet an den Tat und ihre Wollust als heiliges Opfer. Nur die Familie des Tat-Tsok und die hohen Tat-Los blieben dem Dunkel der Liebe fern, und nur an den Brücken des inneren Ringes und in der Kuppel des Tempels brannten Feuer, um das Auge des Tat auf seine höchsten Diener zu lenken. Die Kinder, die der Sonnenstern zeugte, waren dem Tat geweiht. Ein Erlaß des Tat-Tsok bestimmte, daß sie am achten Sonnensternfest nach ihrer Geburt in feierlicher Zeremonie den Tat-Los der Tempel übergeben werden mußten, um in deren Obhut zu Dienern des Allmächtigen heranzuwachsen.

Nichts vermochte das Fest des Sonnensterns in der Hauptstadt Atlans zu beeinträchtigen, nicht ein Krieg in den Provinzen, nicht der Tod eines Tat-Tsok, nicht Hunger, Not und Seuche in den Ländern des Reiches. Auch die tückische Krankheit des Bayhi, des einzigen Thronfolgers, die drückend auf der Stadt lastete, war vergessen in der Dunkelheit der Liebe. Nur die Kraft des liebenden Tat vermochte ihn zu heilen und das Geschlecht der Te zu retten, dachten die Menschen Kurtevas, als im Dröhnen der Tempeltuben die Lichter erloschen. Niemand beachtete die drei Männer, die wie Schatten durch die Straßen des zweiten Ringes eilten, den Liebenden auswichen, die sich stöhnend und keuchend am Boden wälzten, und flink über jene hinwegstiegen, die der Wein in Schlaf versenkt hatte. Schweigend, mit raschen Schritten, näherten sie sich dem inneren Ringkanal, der die Stadt vom Bezirk des Tat-Tsok und vom heiligsten Tempel trennte. Hier standen selbst in der Nacht des Sonnensterns die Wachen an den vier Doppelbrücken, um den Frieden der göttlichen Anhöhe zu wahren, unberührt von dem Fieber der Lust, das die Menschen in der Dunkelheit der Liebe ergriff. Grausame Strafen drohten ihnen, wenn es einem Unbefugten gelang, die verbotene Zone zu betreten, oder wenn der Rausch des Festes sie verlockte, ihren Platz zu verlassen. Die mächtigen Ölbecken, die im Dunkel der Sonnensternnacht die Brücken beleuchteten, um dem vom Himmel herabblickenden Gottesauge die Grenzen des heiligen Bezirkes anzuzeigen, hielten das Volk fern, das jedes Licht mied in dieser liebestrunkenen Nacht. Regungslos wie Statuen standen die Wachen an den Doppelbrücken, ausgewählte Gurenas, deren Blut und Leben dem Tat-Tsok gehörten. Der flackernde Feuerschein spiegelte sich im Gold ihrer Helme und Brustpanzer, jagte zuckende Schatten über die starren Gesichter, daß sie erschienen wie die Masken von Kambhuks.

Als die fremden Gestalten sich näherten, erwachte Leben in ihnen. Drohend senkten sie die Speere. Die Fremden aber kamen unbeirrt näher. Zwei von ihnen waren Gurenas in dunkler Festtracht, der dritte aber, ein kleingewachsener, alter Mann, der leicht zu hinken schien und doch mühelos den ausgreifenden Schritten der anderen folgte, trug das Gewand eines Kaufmanns. Ein flüchtiger Blick in sein Gesicht jedoch genügte, zu erkennen, daß es Verkleidung war. Schlohweißes Haar trat unter der Kapuze seines schwarzen Umhangs hervor und ein kurzer, weißer Bart umrahmte das bleiche, alterslose Gesicht mit unbewegten, wie aus Stein gemeißelten Zügen. Die Augen aber in diesem Gesicht, die Augen, die tief unter buschigen Brauen wie dunkle Glut funkelten, schienen Flammen zu sprühen. Kaum war sein Gesicht im Feuerschein der Brücken zu erkennen, hoben die Wachen ihre Speere wieder. Die Köpfe in den goldglitzernden Helmen neigten sich zum Zeichen der Ergebenheit. Als die kleine, weißhaarige Gestalt in der Tracht der Kaufleute näherkam, ließen sich die stolzen Gurenas auf die Knie nieder und legten die linke Hand an die Stirn zum ehrbietigen

Gruß. Mit knapper Geste bedeutete der Fremde ihnen Dank. Wie die Glut eines Feuers spürten sie den kurzen Blick seiner Augen auf ihren Gesichtern. Ohne die Schritte zu verlangsamen, überquerten die drei Männer die Brücke zum verbotenen Bereich.

Die Seuche, die tausenden und abertausenden im Süden und Westen Atlans den Tod gebracht hatte, war seit vielen Jahren schon abgeklungen, als Lor-Te, dem es bestimmt war, als Tat-Lor-Te, neunundvierzigster Tat-Tsok von Atlan, den Ruhm des Geschlechtes der Te fortzuführen, von einer Krankheit befallen wurde, die wie ein Echo jenes tückischen Fiebers schien. Die Heiler und Ärzte, die man aus allen Provinzen Atlans berief, waren machtlos gegen das Wuchern des Todes im Körper des Bayhi, mit dessen Leben die uralte Dynastie der Te zu verlöschen drohte. Gold und Reichtümer wurden nicht gespart, das Leben des Thronerben zu retten. Aus allen Gegenden Atlans und selbst aus den Kolonien über den Meeren wurden Tränke, Pulver und Salben herbeigeschafft, geheime Ingredienzen und Destillate. Selbst Jahchs berief man heimlich, die Magier und Zauberer der Wälder, die verflucht waren von den Tat-Los. Kostbare Opfer wurden dem Tat geweiht, und die Tat-Los beteten Tag und Nacht in den Tempeln für den Bayhi. Doch all ihre Mühe schien vergebens. Kunde drang in die Stadt, die Quelle des Lebens im Bayhi werde noch in der Nacht des Sonnensterns versiegen, und mit dem Verblassen des heiligen Gestirns am südlichen Horizont werde auch das Geschlecht der Te für immer erlöschen.

Tat-Nar-Te, sein Vater, der lebende Tat-Tsok, der den Menschen Atlans als fleischgewordene Gottheit galt, als Verkörperung des heiligen Lichtes und mächtigster Herr des Erdkreises, saß in der Nacht des Sonnensterns einsam in seinen verdunkelten Gemächern und fühlte, wie sein Herz sich versteinerte. Herr über Leben und Tod war er. Ein Neigen seines Hauptes, eine Geste, entschied über das Schicksal von Völkern, und sein Wort bestimmte und lenkte die Geschicke des mächtigen Reiches. Das Auge des Tat, das in dieser Nacht in Gestalt eines Sterns über den Himmel wanderte, war sein Auge, und das Volk, die Aibos, die Tnachas, die Gurenas, verehrten ihn und sanken auf die Knie, wenn er sich zeigte.

Nun aber saß er allein und hätte all seine Macht hingegeben für das Leben seines Sohnes. Jetzt, da die Opfer und Gebete sich als vergeblich erwiesen hatten, da er die Schritte des Todes schon zu vernehmen glaubte in den Hallen und Korridoren des Palastes, wußte er auf einmal, daß er Unrecht getan, als er im Rausch der Rache die Flamme des Be'el aus seinem Innersten gerissen und sie verstoßen hatte für immer. Vor vielen Jahren, als Gefolgsleute der Tam-Be'el seinen Erzieher und Vertrauten Algor ermordet, den weisen Alok, der ihm wie ein Vater gewesen, hatte er dem Drängen der anderen nachgegeben, die Vergeltung forderten für Algors Blut. Er hatte den Be'el geächtet, den Herrn des reinen Feuers, die läuternde Flamme, den alten Gott des Oststammes, der mit dem Tat des Südens verbunden war zur allmächtigen Einheit, den Einen, dem die Te ihre Macht verdankten. Er hatte sich vergangen an ihm, und nun kam der Zorn des rächenden Gottes über das Geschlecht der Te. Die Tam-Be'el hatte er verfolgen und töten lassen, und vor dem Volk verkündet, er habe die Flamme des Be'el ausgelöscht, da sie das Böse sei und das Zeichen der Verderbtheit. Nun, so hatten die Tat-Los damals in allen Tempeln Atlans verkündet, habe der Eine Allweise Tat wieder seinen ihm geziemenden Platz als höchster, einziger Gott eingenommen, wie es einst, vor Beginn der Neuen Zeitrechnung, im goldenen Zeitalter des Reiches von Hak, gewesen war.

Jetzt aber, da die Ärzte dem Tat-Tsok melden ließen, jedes Hoffen auf die Genesung seines Sohnes sei vergebens, sein Leben ruhe allein in der Hand des gütigen Tat, wußte Tat-Nar-Te, daß er dem Be'el Unrecht getan, im ohnmächtigen Schmerz um den geliebten Algor, im Haß auf die Mörder, und um dem Drängen der Tat-Los Genüge zu tun, die den Be'el und die strengen, asketischen Männer der Flamme haßten. An Algor dachte er, den weisen Alok, der ihn in die Wege des Tat eingeführt, und an Xerck, den Herrn der Flamme, den kleinen, stählernen Mann des Be'el, vor dem er sich schon als Knabe gefürchtet. Algor war ein guter Mann gewesen, gerecht, klug und den Freuden des Irdischen nicht feind. Er hatte verstanden, das Volk zu gewinnen, er wußte Feste zu feiern und war ein Förderer des Schönen und der Künste gewesen. Xerck aber, sein Widersacher im Rat der Alok, der alleine mit seinem Blick, aus dem das Feuer des Be'el zu sprühen schien, seine Gegner bezwang, und der die Tat-Los mit kalter Verachtung haßte, war unnahbar und verschlossen gewesen, ein Mann harter Selbstzucht, der das Wohlleben und die Annehmlichkeiten des Reichtums bei strengen Strafen all jenen verbot, die den Weg des Feuers beschritten.

Atlan war kein Friede mehr vergönnt, seit die Soldaten Jagd gemacht hatten auf jeden, der das dunkle Gewand des Be'el trug, oder dem Neider nachsagten, er sei ein heimlicher Verehrer der Flamme. Mit unerbittlichem Haß hatten die Tat-Los die Gunst der Stunde genutzt, um den Be'el und seine Männer auszurotten, als der Tat-Tsok den Bannfluch schleuderte. Lange hatten sie gelauert auf diese Stunde der Ver-

geltung. Die Kanäle von Kurteva waren rot gewesen vom Blut des Be'el, und er, Tat-Nar-Te, dem die Tat-Los schmeichelten als weisesten König aller Zeitalter, der das Böse von Atlan abgewendet hatte und dessen Namen das Volk im Blutrausch wie einen Triumphschrei durch die Straßen getragen, er, der achtundvierzigste Tat-Tsok aus dem Geschlecht der Te, hatte dieses Blut vergossen.
»Das Flammenblut des Einen Be'el wird euch verbrennen, ihr Unseligen! Bei seinem ewigen Feuer verfluche ich euch,« hatte Zont gerufen, als man ihn halbtot geschlagen vor den Tat-Tsok geschleppt, in dessen Thronhalle sich die Köpfe der erschlagenen Tam-Be'el türmten. Seine letzten Worte waren es gewesen, ein Fluch, mit solchem Haß aus dem Sterbenden hervorbrechend, daß es König und Hofstaat wie eisiger Stahl durchfahren hatte. Zont, einer der drei Männer des Be'el im Rat der Alok, der Traumdeuter des Tat-Tsok und Hüter des Feuerorakels, der von den drei Herren des Feuers als der sanfteste gegolten, der dem Tat am meisten geneigte, hatte sie verflucht und das Blut des Be'el auf sie herabbeschworen in jener grauenvollen Nacht der Rache. Die beiden anderen aber, Xerck und Yort, die mächtigsten Diener der Flamme, waren entkommen, und ihr Haß hatte seither nicht aufgehört, Atlan zu schaden. Unruhen herrschten überall, das Volk war unzufrieden, die Sklaven der Minen revoltierten, Räuberbanden hausten in den Wäldern, die Menschen des Westens hatten ihren Erlöser aus San noch nicht vergessen und warteten auf seine Wiederkehr, damit er die Tat-Tsok, die ihn ermordet, vernichte. Der Haß des Be'el nährte das Böse in Atlan, doch nun hatte der Fluch des Feuers das Kostbarste getroffen, das der Tat-Tsok besaß, den einzigen Sohn, den rechtmäßigen Erben des Throns, den Bayhi, den ihm die Königin neben sechs Töchtern geboren, und der die Hoffnung und das Morgenlicht Atlans war. Nun, da ihn der Fluch des Be'el geschlagen, da die Blüte der Te hinwelkte, erkannte Tat-Nar-Te, daß es unmöglich war, die Flamme vom Licht zu scheiden, und den doppelgesichtigen Tat-Be'el, den Hüter der Geschicke der Te, den Wahrer der Macht der Tat-Tsok, zu zerteilen und die Seite von ihm zu verdammen, die den Oststamm geleitet hatte seit seiner Wanderung aus der Gläsernen Stadt.
Jetzt, da der Fluch des rächenden Be'el den Tat-Tsok härter und grausamer traf als jede andere mögliche Strafe, wurden die über lange Jahre gewachsenen Zweifel fest im Herzen des letzten Te. Sie gerannen wie die Lava des Xav zu brüchigem Gestein, so daß der Tat-Tsok glaubte, das Gewicht seines eigenen Herzens werde ihn erdrücken. Müde war er, zermürbt von den langen Jahren der Herrschaft. Über vierzig Jahre

schon saß er auf dem Tigerthron der Te. Vierzigmal schon war der Sonnenstern über Kurteva hingewandert und das Volk hatte ihn begrüßt als das Himmelsauge des Tat-Nar-Te, des Tat-Tsok, des Einen Gottkönigs, des Tat in der Form menschlichen Fleisches. Vierzig endlose Jahre, die viel Unglück gebracht, und viel Blut. Sieben Tage hatte Kurteva gefeiert, um das vierzigste Jahr des Tat-Tsok zu ehren, und sein achtzigstes Geburtsjahr, und die Priester des Alok hatten ihm geweissagt, sein Licht werde noch viele Jahre in ungebrochener Weisheit über den Völkern Atlans strahlen. Er aber war müde, unendlich müde, und wenn die Zweifel heftig an ihm nagten, so wünschte er den Tod herbei, der das dunkle Lahf, das er auf sich geladen, tilgen würde. Dann stieg er hinab in das Gewölbe der Ahnen, tief im Fels unter dem Palast, wo die Leiber der alten Te, von kundigen Händen vor dem Verfall bewahrt, mit Gold überzogen, auf den Tag warteten, an dem der allgewaltige Tat sie wiedererwecken würde zu ewigem Leben. Er stand vor den mächtigen Thronen, auf denen sie saßen, sprach zu ihren starren, goldenen Gesichtern, in denen er wie in einem Spiegel die eigenen Züge wiedererkannte, und betete darum, bald neben ihnen sitzen zu dürfen auf dem leeren Thron, der schon errichtet war für ihn.

Tat-Nar-Te erhob sich schwerfällig. Er wollte zu seinem Sohn, um ihn noch einmal zu sehen, bevor die Hand des Todes ihn berührte, aber er schämte sich vor dem sterbenden Bayhi und warf sich unentschlossen auf sein Lager. Er schickte nach den Alok, befahl ihnen, aus den heiligen Schriften zu lesen, aber die trostvollen Worte über das Erwachen der Toten im Licht des Tat und ihre ewige Errettung vor der Finsternis des Bösen, prallten an seinem steinernen Herzen ab.

»Jenen, deren Herz verbunden ist mit den Dingen der Erde, wird die allgütige Hand eine neue Verkörperung weisen auf dem ewigen Rad des Lebens, die Reinen aber, gesäubert vom Lahf, wird er zu sich nehmen in das Licht seines innersten Herzens,« rezitierten die Tat-Los in leierndem Gesang.

»Es war ein Frevel, die Flammen im Herzen des Tat zu löschen,« murmelte der greise Tat-Tsok. Er erschrak vor dem Klang der eigenen Worte, die er nur hatte denken wollen. Der Singsang der Alok verstummte. Tiefe Betroffenheit schwang in der plötzlich aufblühenden Stille. Draußen zog der Sonnenstern auf seiner ewigen Bahn über den Himmel. Im zweiten und dritten Ring der Stadt waren alle Lichter erloschen und die Menschen taumelten im Rausch der Liebe durch das Dunkel.

»Es war ein Frevel, das Feuer zu verstoßen. Seht nur. Sein Blut ist über uns gekommen. Sein Fluch verbrennt uns!« schrie der Tat-Tsok. Der

ohnmächtige, lange gezähmte Schmerz hatte endlich die engen Kammern des Herzens gesprengt. Mit flackernden Augen starrte er die Tat-Los an, die entsetzt vor ihm zurückwichen und heilige Gesten schlugen. Nur Harlak, der Sprecher der Alok, blieb auf seinem Platz und begegnete ruhig dem Blick des Tat-Tsok. Er war ein älterer Mann, dem man ansah, daß er die Freuden des Leibes liebte, seine Augen aber verrieten zugleich die Weisheit, die ihm die langen Jahre des Dienstes am Einen Tat gebracht.
»Ich habe seit langem die Zweifel im Herzen meines Herrn erkannt,« sagte er mit fester Stimme. »Ich danke dem Allweisen Tat, daß er sie in dieser heiligsten Nacht ausfließen läßt aus den innersten Kammern der Seele wie Eiter aus einer Wunde.«
Die unruhig wandernden Augen des Tat-Tsok blieben einen Moment an dem Alok haften.
»Der Allweise Tat schickt uns harte Prüfungen, damit wir lernen, seinen heiligen, unerforschbaren Willen zu verstehen, ohne daß Zweifel unsere Herzen zernagt und wir abfallen vom Hohen Weg,« fuhr Harlak fort.
»Unglück und Tod hat der Fluch des Feuers über Atlan gebracht,« erwiderte der Tat-Tsok. Seine Stimme klang schwach und brüchig wie die eines Kranken. »Nun aber greift seine Rache nach dem Geschlecht der Te, um es für immer verlöschen zu lassen im Nichts, so wie einst sein letzter, unseliger Sproß versuchte, die Flamme des Be'el zu löschen.«
Die Tat-Los rissen entsetzt die Augen auf, denn es galt als schwerste Verfehlung, den verfluchten Namen des Feuers auszusprechen. Harlak aber tat, als habe er nicht gehört und redete weiter mit sanfter Stimme auf den Tat-Tsok ein, der wie träumend die Augen schloß und den Kopf senkte. Niemand vermochte zu sagen, ob er die Worte, die der fette, in kostbare Gewänder gekleidete Alok mit leiser, wohltönender Stimme sprach, überhaupt vernahm.
»Als die Frevler den heiligen Algor, den Stern des Tat, den weisesten von uns allen, dessen vergoldeter Leib Wunder tut im Tempel, ermordeten, um die Macht des Einen Tat zu zerbrechen und ihren niederen Götzen auf seinen Platz zu erheben, da vertriebst du die Männer des Feuers und befahlst, ihren bösen Kult zu vernichten. Lange mußten wir bitten und drängen, bis du dem Willen des Allweisen Tat die Hand liehest, denn oft schon hatte sein Auge nach dem Blut dieser Frevler verlangt, aber er mußte dir erst den Algor nehmen, den du liebtest wie deinen Vater, um dein stolzes Herz zu bewegen. Der allmächtige Tat dank-

te dir, indem er deinem Weib den Bayhi im Schoß wachsen ließ, um den du viele Jahre gebetet, nachdem sie nur Töchter geboren, statt rechtmäßiger Erben des Throns. Der Eine Tat schenkte dir einen Sohn, obwohl die ärgsten der Verräter dem Zugriff deiner rächenden Hand entgangen waren. Damals baten wir dich flehentlich im Namen des Allgewaltigen, auch das Feuer in der Kuppel des Tempels zu löschen und das heilige Auge des Tat, das in den geheimen Kammern des innersten Heiligtums ruht, an seine Stelle zu setzen, da das Flackern der Flamme an der heiligsten Stelle an den verstoßenen Götzen erinnert und den Tat beleidigt. Aber dein Stolz war stärker als der Wunsch des Einen. Du wolltest das Feuer nicht entbehren, das, wie du selbstherrlich verkünden ließest, die Macht der Te leuchten läßt über Meer und Land. Und du wolltest die Gurenas nicht beleidigen, die im geheimen noch immer dem Bösen frönen. Wir haben dich auf Knien angefleht, auch den letzten Widerschein der Flamme aus deinem Herzen zu tilgen, ihr Echo und die Erinnerung an ihren Namen, um das neue Zeitalter des Einen Tat rein zu beginnen, du aber, der du das fleischgewordene Wort des Tat heißt, hast uns widersprochen. Auch als der Tat dich warnte, als Unruhen begannen im Land, von den Mächten des Bösen heimlich geschürt, hast du unsere Bitten abgewiesen und so den Allweisen beleidigt. Zweifel wuchsen dir stattdessen im Herzen, Zweifel an deinem heiligen Streit gegen die Flamme, und mit jeder Regung des Zwiespalts faßte das Böse Fuß in dir. Der Eine Tat aber, der Allmächtige, der Herr des Himmels und der Erde, sah traurig herab auf seinen ersten Diener, auf jenen, durch den sein Licht Fleisch wird. Er ließ es geschehen, daß die Räuber stark wurden in den Wäldern, daß die Nok in den Kolonien die Schiffe Atlans plünderten, daß das Volk der Provinzen aufbegehrte gegen die Macht des Tat-Tsok. Er ließ es geschehen, um dich zu prüfen, damit dein Herz den rechten Weg wiederfinde, damit es sich erneut ganz ihm zuwende, damit du die Kraft des Bösen für immer überwinden könntest in dir. Stattdessen jedoch ließest du die Zweifel wuchern wie Gestrüpp, das den Blumen Licht und Nahrung nimmt. Heimlich bereutest du den heiligen Krieg gegen das Feuer. Hart sind die Strafen des Tat, aber sie dienen einzig dazu, unsere Herzen zu läutern. Als der Bayhi, der schimmernde Edelstein, in dem das Licht und die Zukunft der Te eingeschlossen ruht, erkrankte, wußten die Weisen des Tat, daß der Eine Gerechte dir nun die letzte Möglichkeit gewährt, dein Herz vom Bösen zu läutern und die Entschlossenheit des reinen Dienstes wiederzufinden. Die härteste Prüfung hat er dir auferlegt, indem er dir das kostbarste fortnimmt, das er dir einst zur Belohnung für deine Treue geschenkt, als du noch die Hand des Einen Willens warst, wie es dem Tat-Tsok geziemt.«

Der Tat-Tsok saß auf seinen Kissen, in sich zusammengefallen, den Kopf gesenkt, das aschgraue Gesicht in den Händen verborgen.

»Der Bayhi gehört dem Tod. Alle Kunst der Ärzte war vergeblich. Auch die Gebete der Alok verhallten ungehört. Tat hat sich abgewendet von Atlan, um uns für immer zu strafen,« sagte er, so leise, daß nur Harlak, der dicht an ihn herangerückt war, es vernehmen konnte.

»Draußen wandert das Auge des Tat über den Himmel. Leuchtender als in den vergangenen Jahren blickt es in dieser Nacht des Neumonds auf seine Kinder herab. Groß ist die Dunkelheit, die den Sonnenstern umhüllt, doch er strahlt heller als sonst. Nichts bleibt ihm verborgen. Allgütig ist der Eine Tat, willens, all denen zu vergeben, die sich reinen Herzens an ihn wenden. Das dunkle Lahf Kurtevas ist abgewaschen von den Menschen, und die Stadt ist in der Dunkelheit der Liebe versunken. Die Ekstase des Fleisches gehört dem Allweisen zum Opfer. Trunken vom Atem des Göttlichen sind die Herzen der Menschen, das deine aber wurde zu Stein. Das Feuer des Bösen hat den Lehm, aus dem der Allweise Tat seinen Willen zu formen pflegte in dir, zu harten Scherben gebrannt. Öffne ihm dein Herz wieder ganz, Tat-Nar-Te, öffne es ihm und bereue deine Zweifel an seiner Allmacht, dann wird er dich erhören und die Qual der Prüfungen von dir nehmen. Erinnere dich. Auch dein Vater wurde geschlagen von der Strafe des Einen Gerechten. Eine schreckliche Seuche wütete im Land, weil der All-Eine zornig war über die Frevler und Heuchler, die umherzogen und seinen heiligen Namen schändeten mit falschen Lehren. Der große Tat-Alat-Te zögerte nicht, den Verbrecher, den das verblendete Volk Erlöser nannte und Tat-Sanla, zu ergreifen, um ihn dem Tat zum Opfer zu bringen, denn der rechte Glaube wohnte in seinem Herzen. Ohne nagenden Zweifel war seine Entschlossenheit, dem Einen auch gegen den Willen des verblendeten Volkes zu dienen. Der Allweise belohnte ihn, indem er die schwere Prüfung von Atlan nahm und das Reich aufblühen ließ zu neuer Pracht. Es scheint, als wolle der Allweise, dessen Wege unergründlich sind, dich des Beispiels deines Vaters gemahnen, als er deinen Sohn mit einer Krankheit schlug, die jener Seuche ähnelt, die vor vielen Jahren das Reich verheerte. Erkenne es als sein letztes Zeichen, das er dir gewährt, um das Vertrauen des Allgewaltigen, der unser aller Vater ist, wiederzufinden. Denn wisse, der Einzige Tat liebt dich, wenn er dich straft.«

»Es ist zu spät. Es ist zu spät,« hauchte der Tat-Tsok.

»Der Eine Tat kennt keine Zeit. Sein Wille ist ohne Grenzen. Du giltst dem Volk als Herr über Leben und Tod, und so legte es der Allgewaltige in deine Hände, ob das Geschlecht der Te weiter über Atlan herrschen soll wie es war seit Anbeginn der neuen Zeit, oder ob es verlöschen wird wie die Kerze im Wind, weil es dem Willen des Einzigen nicht gehorchte. Heute nacht, da das Auge des Tat über den Himmel wandert, greift die kalte Hand des Todes nach dem Bayhi. Nicht mehr viel Zeit bleibt dir, auf den Weg der Reinen Sonnenblüte zurückzukehren.«

»Was befiehlt der Eine Tat, der Allweise und Allmächtige, daß sein demütiger Diener vollbringe in seinem Namen?« fragte der Tat-Tsok mit erstickter Stimme.

»Lösche die Flamme des Bösen in der gläsernen Kuppel des Tempels, damit die Erinnerung an das verderbte Feuer für immer aus deinem Herzen und dem Herzen des Volkes getilgt sei.«

Willenlos nickte der Tat-Tsok.

»Dann bestrafe die Gurenas, denn sie sind Gefäße des Bösen.«

»Auf den Gurenas ruht das Heil Atlans. Sie begründeten die Macht der Te und wahren sie,« entgegnete der Tat-Tsok.

»Allein der Tat hält die Macht der Te in Händen. In den Herzen der Gurenas aber wohnt noch immer der Abglanz der Flamme. Sie werden Atlan verderben, wenn du diese Abtrünnigen, diese Ketzer und Lästerer, die heimlich das Feuer anbeten, nicht ausrottest und tilgst aus deinem Auge. Die Zuneigung, die du für sie hegst, ist nur die Saat des Bösen, die in dir keimt. Merze sie aus mit den Wurzeln und vernichte sie unerbittlich. Sie höhnen den Namen des Tat auf den Straßen Kurtevas, und ihre Brut, die zahlreich heranwächst, begehrt auf gegen die Priester. Erst vor wenigen Tagen hat einer von ihnen, der Sohn aus dem Geschlecht der Seph, das du vor allen anderen liebst, die Söhne des Algor feige ermordet. Du hast keine Hand gerührt, diesen Blutfrevel zu sühnen. Ungehindert entkam der Mörder aus Kurteva, und seine Freunde preisen ihn in den Straßen als Helden. Rotte sie aus mit der Entschlossenheit des geläuterten Herzens, das nur dem Einen Willen dient, und setze die jungen Männer des Tat an ihre Stelle, die in diesen Zeiten der Not lernten, das Schwert im Namen des Allmächtigen zu führen, um seine Macht zu beschützen. Die Söhne des Algor, deines väterlichen Lehrers, hat der Eine geopfert, um dein verhärtetes Herz zu öffnen. Klage um sie und sühne ihren Tod, damit ihr Blut nicht über dich komme, weil du wankelmütig bist und abtrünnig vom wahren Glauben. Es soll nicht umsonst geflossen sein, sondern es erweiche dein versteinertes Herz und lasse es wieder zum Wachs des göttlichen Willens werden. Wie ei-

ne schwere Krankheit hausen die Gurenas im Körper von Atlan und zerfressen sein Mark. Durch die Härte seiner Prüfungen gibt der Eine Gerechte dir die Einsicht, wieder ganz an seiner Weisheit teilzuhaben, der Atem seiner Worte zu sein und die Hand seines Willens, so wie es dir bestimmt ist als seine Verkörperung auf Erden.«
»Aber der Bayhi ist ohne Rettung dem Tod verfallen.«
»Das Auge des Tat ist mächtiger als der Tod. Will er den Plan seiner Weisheit durch den Bayhi erfüllen, so wird er ihm den Hauch des Lebens wiederschenken. Will er deinen Zweifel aber strafen, indem er ihn zu sich nimmt in das strahlende Licht seiner Himmel, dann danke ihm auch dafür, denn es ist das Opfer für dein neues Erwachen, für deine wiedergefundene Erkenntnis, dem Einen erneut aus ganzem Herzen zu dienen. Er wird dir einen neuen Bayhi schenken, denn der Tat vermag Blüten sprießen zu lassen aus dem verdorrten Stock, und ein Wink seines göttlichen Willens genügt, Quellen hervorbrechen zu lassen aus dem Sand der Wüste. Allein dein Zweifel hindert das Wirken der göttlichen Gnade. Diene ihm, und er wird das Geschlecht der Te retten.«
Der Tat-Tsok riß das Gesicht aus seinen Händen. Sein Blick irrte durch die dunkle Halle.
»Ja,« flüsterte er in die Dämmerung, »ich habe mich vergangen gegen den Willen des Allweisen. Er hat mich zu Recht bestraft. Gewährt er mir seine Gnade wieder und erhört er meine Bitten, läßt er meinen Sohn am Leben oder schenkt er Atlan einen neuen rechtmäßigen Bayhi, so soll das verfluchte Feuer in der Kuppel des Tempels, das mein Herz verblendete, für immer verlöschen, und alle Gurenas, die den Willen ihres Herrschers verrieten, sollen dem Zorn des Tat gehören und vertilgt werden aus seinem Angesicht, ungeachtet des Namens ihres Geschlechtes und seiner Verdienste für die Tat-Tsok. In einem Jahr, in derselben Nacht, in der das Auge meines allweisen Beschützers über den Himmel wandert, soll es geschehen, ihm zu Gefallen, im Licht seines eigenen Blickes. Es soll der Anfang werden eines neuen goldenen Zeitalters des Tat, das alles, das die Legenden berichten, weit übertreffen wird. Mich aber strafe der heilige Zorn des Einen für die Jahre meines Zweifels, für die Verstocktheit meines Herzens gegen seine Weisheit und für das Unheil, das ich über mein Volk und mein Reich gebracht.«
»Der Eine allmächtige Tat, der Herrscher über Himmel und Erde, der Allweise, Allgewaltige, sei dir gnädig,« murmelten die Tat-Los, die sich in das Dunkel des Raumes zurückgezogen hatten.

Harlak aber verneigte sich und sagte: »Verschlungen sind die Wege des Tat. Viele Jahre ließ er verstreichen, um seinem Willen Gestalt zu geben und dir die wahre Einsicht zu schenken. Danke ihm für die Strafen, die er schickte, um dich zu erleuchten, und danke ihm für seine Geduld, die ohne Maß und Zeit ist, allein seinem göttlichen Willen begreiflich.«
Der Tat-Tsok neigte den Kopf bis fast auf die Knie, verharrte lange in dieser Stellung der Demut, dann sagte er: »Laßt mich allein jetzt. Ich will dem Einzigen Auge danken, daß es mich in meinen späten Jahren erleuchtet und auf den wahren Weg zurückgeführt hat.«
Schweigend verneigten sich die Alok und verließen den alten, gramgebeugten Mann. Sotis, der jüngste im Rat der Alok, berührte Harlak am Ärmel, als sie durch die Gänge des Palastes zum Tempel zurückgingen. Ihre Sandalen klapperten auf dem steinernen Boden. Die Mosaiken an den Wänden glühten im fahlen Licht des Sonnensterns, denn auch im Palast des Tat-Tsok hatte die Dunkelheit der Liebe alle Lampen gelöscht. Harlak verlangsamte seine Schritte und ließ die übrigen Tat-Los, die das heilige Buch und die geweihten Symbole trugen, vorangehen.
»Du bist der weiseste von uns allen, Harlak,« flüsterte Sotis, als die anderen außer Hörweite waren, »aber wir alle wissen, daß der Bayhi verloren ist. Es gibt keine Rettung mehr für ihn. Schon ist alles bereitet für die Totenfeiern.«
»Zweifelst auch du am allweisen Tat?« lächelte Harlak. In seiner Stimme schwang feine Ironie.
»Nichts läge mir ferner,« Sotis hob beschwörend die Hände. »Doch du weißt, der Tat-Tsok ist wankelmutig . . .«
»Und das Alter macht ihn immer mehr zu einem Kind, das nicht weiß, was es will und jedem schönen Wort die Ohren öffnet,« warf Harlak ein. »Schon damals kostete es all unsere Überredungskünste, ihn zur Verbannung der Flamme zu bewegen. Sein ganzer Schmerz um Algor wog nicht so schwer wie unsere geduldigen Worte, um seinem Herzen Entschlossenheit zu verleihen. Und seither zweifelt er an seiner Entscheidung. Ein halber Mensch. Ein Zauderer.«
Sotis nickte. »Er zweifelt am Tat, aber du hast ihm den Glauben wiedergegeben durch die Weisheit deiner Worte, und dadurch, daß du ihm ein Wunder versprochen hast. Wir alle aber wissen, daß der Glaube, der sich auf verheißene Wunder gründet, wie dünnes Eis ist, das sich über dem Wasser spannt. Es vermag einen Mann nicht zu tragen, der mit der Last des Zweifels auf ihm geht. Wird sein Vertrauen in den Tat nicht

vollends vom Unglauben zernagt werden, wenn das Wunder ausbleibt und der Bayhi stirbt? Du weißt, die Gurenas werden mächtig im Rat. Ihr Wort nährt die Zaghaftigkeit des Tat-Tsok. Die Gurenas wollen ihn bereden, die Flamme wieder zu achten und die Verbannung von ihr zu nehmen. Sie säen immer neuen Zwiespalt in sein Herz und gießen die Lügen des Feuers in sein Ohr. Er hat nicht gehandelt, als die Söhne des Algor erschlagen wurden. Er hat den Mörder nicht einmal verfolgen lassen, weil er die Seph liebt wie sein eigenes Blut. Er wird uns ganz entfallen, wenn die Zweifel in ihm den letzten Sieg erringen.«
»Hast du nicht gehört, was er gelobt hat? Die Flamme will er löschen für immer in der Kuppel des Tempels, und die Gurenas, die ihr huldigen, in unsere Hände liefern. Die Söhne des Algor werden blutig gerächt werden. Er wird das Auge des Tigers ausstechen, die verhaßten Seph verstoßen, wenn der Tat es ihm befiehlt.«
»Weil du ihm ein Wunder versprochen hast.«
»Nun, der Eine Tat ist allmächtig.«
»Aber er wird dem Tod nicht nehmen, was des Todes ist.«
»Mag der Tod den Bayhi holen. Er macht mir mehr Sorgen als der Vater, dessen Ohren allem Zwiespalt zum Trotz noch immer offen sind für unseren Rat. In seinem Sohn aber wohnt die Falschheit.«
»Er hat dem Tat makellos gedient.«
»Meine alten Augen, die das Licht dieser Welt immer trüber sehen, schauen klar in die Herzen der Menschen. Tat wohnt dem Bayhi auf den Lippen, nicht aber im Geiste. Fehlerlos beträgt er sich. Keiner der Novizen vermag die heiligen Schriften besser zu zitieren als er. Aber seine Seele ist dem Einen verschlossen. Er betrügt den Allweisen mit salbungsvollen Worten und hohlen Handlungen. Nie könnte er als Tat-Tsok das wahre Instrument des Tat sein. Der Eine Tat zeigt uns seine Weisheit, wenn er das Lebenslicht des Bayhi erlöschen läßt.«
»Doch der Tat-Tsok hofft auf ein Wunder, das die Krankheit seines Sohnes heilt.«
»Mag er hoffen. Stirbt der Bayhi, so wird der Alte die Strafe des Allgerechten für seinen Wankelmut spüren, wie ich es ihm sagte. Aber er soll einen neuen Bayhi bekommen, zur rechten Stunde der Sterne geboren. Der Wille des Tat wird sich erfüllen in ihm, und er wird dem Reich ein würdiger Tat-Tsok sein.«
Sotis sah Harlak verwundert an. »Die Königin ist alt. Ihr Leib hat aufgehört, die blutigen Tränen um verlorene Früchte zu weinen.«
»Tat ist allmächtig und kann Früchte hervorbringen aus verdorrten Stöcken,« entgegnete Harlak spöttisch. »Die Gemahlin des Tat-Tsok

ist uns treu ergeben und wird sich all unseren Plänen fügen. Es liegt an uns, als Instrumente seines Willens, dem Allweisen behilflich zu sein, ein Wunder für seinen wankelmütigen und ungläubigen Ersten Diener zu wirken. Es wird nicht schwierig sein, die Königin Mutter eines Bayhi werden zu lassen, in dem der Wille des Tat sich offenbart. Schwieriger wird es wohl sein, das Feuer der Liebe zu seiner Gemahlin im Tat-Tsok anzuschüren. Aber er wird seinen welken Leib zwingen müssen, damit das uralte, ruhmreiche Geschlecht der Te nicht aussstirbt.« Harlak warf die letzten Sätze höhnisch, voll Verachtung hin.

Sotis lachte. »Die Wege des Einen sind allweise.«

»Laß uns gehen, das leuchtende Auge zu schauen,« erwiderte Harlak mit übertriebener Würde. Sie traten auf einen großen Erkerbalkon. Die Stadt lag in tiefer Dunkelheit. Nur die Feuerbecken an den Doppelbrücken schwammen in der Finsternis und warfen flackernden Widerschein über die Plätze vor dem inneren Ringkanal. Auf dem dunklen Wasser funkelten noch vereinzelte Butterlämpchen wie zur Erde gefallene Kometen. Am Himmel aber stand hell strahlend der Sonnenstern. Harlak blickte hinauf und fühlte rauschhafte Freude über den Plan, den der Eine Tat ihm unvermittelt eingegeben.

Die Männer in den weißen Roben des Tat, die das Lager des Sterbenden umstanden und Gebete für seine fliehende Seele murmelten, sprangen auf, als der kleine alte Mann in der Tracht eines Kaufmanns das Gemach des Bayhi betrat. Geräuschlos schloß sich die Türe hinter ihm. Die beiden Gurenas, die ihn begleiteten, postierten sich mit gezückten Schwertern vor den vergoldeten Flügeln. Die Tat-Los aber fielen vor dem Fremden auf die Knie und senkten die Häupter zum Zeichen der Demut und Unterwerfung. Die dunkel glimmende Glut seiner Augen streifte sie flüchtig, dann trat er an das Lager des Bayhi.

»Er wird noch in dieser Nacht sterben,« flüsterte einer der Priester. »Die Ärzte sind fortgegangen, denn sie vermochten nicht mehr zu helfen. Die Wachen haben wir mit Tränken betäubt. Alles ist nach Euren Befehlen vorbereitet.«

Der Fremde nickte. Sein Blick bohrte sich in das regungslose Gesicht des Bayhi, aus dem schon alles Leben gewichen war. Aschfahl war das einstmals schöne, ebenmäßige Antlitz, von schwerem Leiden zerfurcht. Die Brust hob sich kaum mehr in seinem kurzen, stoßweisen Atmen.

»Gebt ihm den Trank der Einen Stunde, damit er wahrnimmt, was ihm geschieht,« befahl der Fremde. Dieser Trank, nach einem geheimen Rezept der Nokam gebraut, gab einem Sterbenden für die Dauer einer

Stunde das Bewußtsein wieder, zwang seine Seele für diese kurze Frist zurück in den Körper, damit sie noch einmal klar das Licht der Welt erblicke und Abschied nehme vom Leben. Verflog die Wirkung des Trankes, so trat der Tod unmittelbar ein, und nichts vermochte ihn mehr zu hindern. Den Ärzten Kurtevas waren die Ingredienzen dieses Gebräus unbekannt, und die wenigen Heiler, die um seine Rezeptur wußten, scheuten sich, ihn zu bereiten, denn er galt als verflucht durch die böse Magie der Khaïla.
Man brachte dem Fremden einen Pokal mit schwarzer, dicker Flüssigkeit. Einer der Tat-Los öffnete den Mund des sterbenden Jünglings. Der Fremde flößte ihm behutsam den Trank ein. Ein Zittern lief durch den leblosen Körper des Bayhi.
»Bringt die heilige Flamme,« befahl der Fremde. Zwei Priester trugen eine goldene Schale herein, in der bläuliches Feuer tanzte. Sie hielten das Gefäß über die Brust des jungen Mannes. Der Fremde trat näher und rieb mit seiner knochigen Hand die Stirn des Bayhi. Seine Augen waren starr auf das eingefallene, graue Gesicht geheftet. Als der Thronfolger des Tat-Tsok die Augen aufschlug, ließ der Alte von ihm ab. Der Jüngling schaute auf die Flamme, die über seiner Brust brannte, verwundert, wie einer, der aus langem Schlaf erwacht ist und nicht weiß, wo er sich befindet und was ihm geschieht.
»Kannst du sehen?« fragte die knarrende Stimme des Fremden. Der Bayhi nickte schwach.
»Das Leben ist dir wiedergeschenkt für eine Stunde. Die Seele, die schon fliehen wollte in die dunklen Reiche des Todes, ist zurückgezwungen in das sterbende Fleisch. Nutze diese Stunde zu deinem Heil, Lor-Te. Hörst du mich noch?«
Der Jüngling nickte wieder.
»Unsägliche Mühe kostete es, dich im Geiste der Wahrheit erziehen zu lassen. Chanju, dein Lehrer, mußte sich verbergen im Mantel der Lüge, mußte dem Tat und seinem Gewürm zu Gefallen sein, um bei dir weilen zu können, immer in Furcht um sein Leben, das dem Be'el gehört. Auch die anderen, die heute an deinem Bett wachen, mußten die weißen Gewänder des Abschaums anlegen, um im geheimen in dieser Höhle der Verderbtheit und des Lasters dem wahren Gott zu dienen. Und du willst sterben, du, auf den der Wille der Reinen Flamme baut, die Atlan wiedererstehen lassen soll im rechten Glauben! Du, das auserwählte Instrument des Einen, durch den sein flammendes Wollen Gestalt annehmen kann. War unser mühevolles Werk an dir umsonst, Bayhi?«

»Heilig ist der Be'el in meinem Herzen, die läuternde Flamme, das reine Feuer,« flüsterte der Bayhi und schaute starr in die Flamme auf seiner Brust.
»Ist es dein Dank für den Be'el, zu sterben, ohne deine Pflicht zu erfüllen?«
»Allmächtig ist der Tod.«
»Aber der Höchste Be'el ist mächtiger als der Tod, du einfältiger Tor. Sage mir, willst du leben im Namen des Be'el?«
»Ja, ich will leben im Namen des Be'el.« Der Jüngling bewegte die Lippen kaum, wenn er sprach. Seine Stimme klang wie aus einem tiefen Traum.
»Willst du dich einzig dem Be'el weihen? Willst du ihm dein Blut opfern, dein Herz, deine Augen, deine Seele, deinen Willen?«
»Ja, ich will es und habe es getan.«
»Willst du das Gefäß der Flamme werden? Willst du deine Hand zur Hand des Be'el machen, und deinen Willen zum Willen des Be'el?«
»Ja, ich will es.«
»Willst du alles opfern, was der Be'el von dir fordert, du Verlorener, den nur der Feueratem des Einen noch zu retten vermag? Willst du alles tun, was sein Wille dir abverlangt?«
»Ja.«
»So wisse, daß du jetzt stirbst und alles, das du besitzt auf dieser Welt, dem Tod verfällt, und du nichts mehr anderes hast als deinen Willen zu leben. Und daß alles, das dich von nun an durchströmt, dir vom Be'el geschenkt ist, damit dein Leib weiterlebe als sein Instrument. Du verdankst ihm dein Sein und wirst ihm alles dafür geben, was er fordert. Denn wisse, dein neues Leben ist nur geliehen von ihm. Deine neue Kraft ist die seine und gehört ihm auf ewig. Sein Feuer wird dich von den Toten erwecken und sein Blut wird dich durchströmen. Ihm gehörst du ganz. Schwörst du bei der heiligen Flamme auf deiner Brust, daß du nur ihm leben wirst, der dich wiedererweckt?«
»Ja, ich schwöre es beim Blut der Te.«
»So sage mir, wem gehört dein Leben?«
»Dem Be'el.«
»Wem gehört dein Blut?«
»Dem Be'el.«
»Wem gehört dein Herz?«
»Dem Be'el.«
»Wem gehört dein Wille?«
»Dem Be'el.«

»Wem gehört dein Leib?«
»Dem Be'el.«
»Wem gehört deine Seele?«
»Dem allmächtigen Be'el, dem heiligen Feuer, das mir neues Leben schenkt.«
Der Körper des Bayhi wand sich auf dem Bett. Sein ausdrucksloses Gesicht verzerrte sich vor Schmerzen.
»Das Feuer des Einen fährt in dich. Sage mir, wem gehörst du?«
»Immer und ewig einzig dem Be'el. Ich schwöre es bei meinem neuen Leben.«
»So erwache neu, Bayhi.«
Stöhnend wälzte sich der Sterbende auf seinem Lager. Der Fremde zog einen Dolch hervor, schob den Ärmel seines Mantels nach oben und schnitt sich in den Arm. Blut trat aus dem weißen Fleisch hervor.
»Das heilige Feuer lebt in meinem Blut, Lor-Te. Die Schatten des Todes hat es für immer daraus vertrieben, auf daß dieses Gefäß aus Fleisch ewig lebe im Dienst des Be'el. Trinke von diesem Nektar ewigen Lebens, damit er sich mit deinem Blut vermische und dir neue Kraft schenke.«
Er führte seinen Arm an die Lippen des Jünglings. Der Bayhi saugte sich an der Wunde fest.
»Trinke das Herzblut des Be'el, damit es dir Leben spende,« flüsterte der Alte. »Ich bin aus der Ferne herbeigekommen in diesen Pfuhl der Verderbtheit, um dir neues Leben zu schenken, damit du den Willen des Be'el zu erfüllen vermagst, damit du ihm ganz zu eigen bist, wie es dir bestimmt wurde vom allmächtigen Feuer. Fortan bist du sein Blut und er ist das deine.«
Tiefe Stille trat ein. Der Bayhi trank das Blut des Fremden. Dann ließ er ab und sank stöhnend in die Kissen zurück.
»Kennst du den, dessen Blut du getrunken hast?« fragte der Alte mit leiser, zischender Stimme.
»Ja. Du bist Xerck, der Herr des Feuers, das reinste Gefäß der Flamme. Ich spüre den göttlichen Atem des Feuers in deinem Blut, das jetzt auch in meinen Adern fließt. Das Feuerblut des Be'el, das mein verlorenes Leben zurückbringt.«
»So willst du selbst die Flamme werden?«
»Ja. Nach der Flamme sehne ich mich wie die Motte nach dem Licht. Oh, ich brenne, mein Herz brennt!«
Der Jüngling schrie auf und wälzte sich in zuckenden Bewegungen auf seinem Lager. Er schüttelte die Decke ab. Seine Verbände lösten sich.

Die stinkenden Beulen der Fäulnis, die ihm die Krankheit aus dem Leib getrieben, brachen auf. Der Höllenbrodem, der ihnen entströmte, scheuchte die gebannt zuschauenden Priester mit Rufen des Entsetzens vom Bett zurück. Nur Xerck verharrte unbeweglich. Der Jüngling stöhnte und jammerte vor Schmerzen.
»Brenne für den Be'el, damit er dich läutere,« zischte Xerck. »Seine Flammen vernichten dein altes Leben und schenken dir das neue. Sein Feuerblut zwingt deine fliehende Seele zurück in ihr Gefäß aus Fleisch, das nun der Tempel des Einen ist.«
Der Bayhi begann zu brüllen. Wie ein Tier schrie er, wand sich und zuckte in verzweifelten Krämpfen. Mit versteinerter Miene starrte Xerck ihn an. Seine Augen glühten. Ungerührt nahm er die linke Hand des Bayhi und hielt sie in die tanzenden Flammen des Feuers in der goldenen Schale.
»Sei die Hand des Be'el und der Vollstrecker seines Willens,« sagte er. Augenblicklich wurde der Bayhi ruhig. Mit weit aufgerissenen Augen starrte er auf seine Hand im Feuer, die nicht brannte und nicht schmerzte. Die bläuliche Flamme züngelte wild um sein weißes Fleisch. Xerck ließ die Hand des Bayhi los. Der Jüngling hielt sie weiter in die Flamme. Farbe kehrte in seine Wangen zurück.
»Empfange das Leben aus der Flamme,« sagte Xerck und gab den Priestern einen knappen Wink. Zwei von ihnen eilten fort. Der Bayhi starrte wie gebannt auf seine Hand im Feuer.
»Das Feuer ist Leben, Licht, läuternde Kraft. Es verletzt dich nicht, weil du ihm angehörst und sein eigen bist. Den ihren verleiht die Flamme höchste Macht, die anderen verbrennt sie zu toter Asche.« Xercks Stimme hob sich zu leisem Gesang. »Das Feuer des Be'el reinigt dein Herz von aller Befleckung. Brenne in ihm, werfe dein Leben hinein und siehe, wie es dir Leben schenkt.« Der alte Mann rezitierte die heiligen Texte der Tam-Be'el mit unbewegtem Gesicht. »Weiches Erz schmiedet es zu tödlichem Stahl und aus Erde brennt es den Ton. Heilig ist die Flamme und unbesiegbar, stärker als der Tod und mächtiger als das Leben.«
Die beiden Priester brachten einen Jüngling in der gelben Robe eines Tat-Novizen herbei. Willenlos folgte er den Männern, die ihn an der Hand führten. Seine Augen starrten ins Leere.
»Die Flamme hat dein Leben genommen und dir neues Leben geschenkt. Sie hat ihr Blut mit dem deinen getauscht und ihren Feueratem in deine Adern gegossen. Du hast vom Herzen des Be'el getrunken und Leben aus seiner ewigen Quelle empfangen. Doch fordert der

Einzige ein Opfer für dein Leben, das er dir schenkte. Gibt er Blut, so muß er Blut empfangen. Gibt er Leben, so muß er Leben empfangen. So fließe das Blut dieses Unwürdigen statt dem deinen. So wandere er auf dem Pfad des Todes an deiner statt.«

Die Priester führten den Jüngling ans Fußende des Bettes. Apathisch ließ er es geschehen. Xerck musterte ihn kurz.

»Er muß bei vollem Bewußtsein sterben, denn der Eine Be'el will kein Tier zum Opfer, sondern ein Wesen, in dem die Gabe der Erkenntnis wohnt,« knurrte er streng.

Der Bayhi starrte den Willenlosen an, einen jungen Mann von hohem, schlanken Wuchs, mit weichen, noch kindlichen Zügen. Ein Knabe, vom Sonnenstern gezeugt in der Dunkelheit der Liebe, dem Dienst am heiligen Tat geweiht, wie die Sitte es forderte, ein Novize, einer im zweiten Rang der Tat-Los.

»Nimm dir sein Leben für das deine,« rief Xerck. Er tauchte einen Finger in den Pokal mit dem Trank der Einen Stunde und führte ihn an die Lippen des Novizen. Augenblicklich lösten sich die Augen des Jünglings aus dem Bann. Seine Glieder warfen die lähmende Starrheit ab. Als er die feuersprühenden Augen des Fremden auf sich gerichtet sah, wollte sich sein Mund zu einem Schrei öffnen. Im selben Augenblick aber durchtrennte der geweihte Dolch des Xerck die Kehle des jungen Mannes. Ein Schwall hellen Blutes ergoß sich über das gelbe Novizengewand und das Lager des Bayhi. Die beiden Priester hielten den Körper aufrecht, der röchelnd in ihrem Griff zusammensackte.

»Nimm sein Blut für das des Bayhi, oh Be'el, Allmächtiger,« murmelte Xerck, »tausche die Kräfte ihrer Leben, damit dein geweihtes Instrument aus dem Tod zurückkehre.« Er nahm die Hand des Königssohnes aus dem Feuer. Sie war kalt wie die Hand eines Toten. Dann ergriff er die goldene Schale, kehrte sie blitzschnell um und drückte die Flamme auf das Herz des Bayhi.

»Dein Feuer, oh Einziger, erfülle sein Herz auf ewig und mache es zu deiner lebendigen Wohnung.«

Der Bayhi fuhr mit einem Schrei hoch, erstarrte mitten in der Bewegung und sank leblos, Augen und Mund weit aufgerissen, auf sein Lager zurück. Xerck nahm die Schale von seinem Herzen und reichte sie einem Priester. Die Flamme war erloschen. Schwarzer, übelriechender Rauch quoll aus dem goldenen Gefäß. Angewidert wandte sich der alte Mann ab.

»Der Morgen naht,« sagte er zu den Gurenas, die an der Türe Wache hielten. »Wir müssen eilen.«

Die Priester fielen auf die Knie, als Xerck mit seinen Begleitern aus dem Raum huschte, wie das Bild eines Traumes, ohne ein Wort des Abschieds, und ohne sich noch einmal umzusehen nach dem Sohn des Tat-Tsok, der in seinen Kissen lag wie tot.
Als sie den Palast verließen, dämmerte das erste Grau des Morgens auf. Die Liebenden in den Straßen Kurtevas ließen ab voneinander, ernüchtert von dem Rausch, den die Dunkelheit der Liebe gebracht. Der Sonnenstern war am südlichen Horizont hinter dem Vulkan Xav versunken. Eine kühle Brise wehte vom Meer herein. In den Gärten des Tempels schrie ein Pfau.

## Kapitel 8
## DER NAME DES SONNENSTERNS

Aelan schlug die Augen auf. Der Raum war in das gleiche milchige Dämmerlicht getaucht wie am frühen Morgen, als Aelan zu Bett gegangen war. Er wunderte sich, ob er nur wenige Augenblicke geschlafen hatte, aber er fühlte sich erfrischt und von neuer Kraft erfüllt. Es mußte wieder Abend sein. Aelan wiegte verschlafen den Kopf. Die Ereignisse der vergangenen Nacht waren nur mehr ferne Echos böser Erinnerungen, die lange zurücklagen. Für einen Augenblick wußte der junge Mann nicht, ob er sie nur geträumt hatte. Er setzte sich im Bett auf und sah sich in der Hütte um. Die Einrichtung ihres einzigen Raumes bestand neben dem Bett, auf dem Aelan saß, nur aus einem grob gezimmerten Tisch, einer Bank, einer mächtigen, geschnitzten Truhe, einer Feuerstelle mit kupfernem Kessel auf einem Dreifuß und einigem Küchenrat. Bevor der Jüngling darüber nachdenken konnte, wie der alte Handan in dieser Kargheit überhaupt zu leben vermochte, denn auch für die Verhältnisse des Inneren Tales war diese Hütte äußerst ärmlich, wie er den strengen Winter verbrachte zwischen diesen Wänden, durch deren Fugen und Ritzen die eisige Luft hereinwehte, was er tat und wovon er sich nährte, trat der Schreiber durch die niedrige Türe ein.
Im Dämmerlicht des Abends wirkte sein eckig geschnittenes Gesicht mit der großen, breiten Nase fast schwarz. Aelan fragte sich, wie alt er wohl sei. Wenn das Gesicht eines alten Handan einmal zu einem gewissen Maße gedunkelt war, konnte er hundert oder zweihundert Winter auf dem Rücken haben, ohne daß sich ein wesentlicher Unterschied feststellen ließ. Er ist über die Zeit hinausgewachsen, pflegten die Handan zu sagen, wenn sie das Alter eines anderen nicht mehr genau zu bestimmen vermochten. Er ist sicher weit über hundert Jahre alt, dachte Aelan, als er das Gesicht des Schreibers studierte. Zugleich aber beobachtete er ungläubig die leichten, federnden Bewegungen des Alten, welche an Kraft und Geschmeidigkeit denen eines Mannes in den besten Jahren um nichts nachstanden.

»Bist du ausgeruht?« fragte der Schreiber. Aelan nickte und lächelte den Alten verlegen an.
»Du hast den ganzen Tag geschlafen wie ein Stein. Jetzt knurrt dir bestimmt der Magen.« Das dunkle Gesicht strahlte wieder die warme Freundlichkeit aus, in der Aelan sich schon in der letzten Nacht geborgen gefühlt. Ganz selbstverständlich erschien es ihm, in der Hütte des Alten auf dem Bett zu sitzen und zuzusehen, wie er mit knappen Handgriffen Feuer machte und mit einem kleinen Kessel hantierte. Jede seiner Bewegungen war erfüllt von schlichter, innerer Ruhe, die Aelan gefangennahm. Es schien ihm, als sehe er zum ersten Mal in seinem Leben einen alten Handan Lemp wärmen, und er hätte am liebsten den ganzen Tag dabei zugeschaut. Während er gedankenverloren saß und den Schreiber beobachtete, schlichen sich vage Traumbilder in seine Erinnerung. Er spürte ihnen nach und ließ sich im Strom einer wohligen Müdigkeit treiben, die noch in seinen Gliedern steckte.

»Ich habe dir Kleidung bereitgelegt, die du auf der Reise tragen kannst,« sagte der alte Mann, ohne sich von dem Kessel abzuwenden, unter dem jetzt ein munteres Feuer brannte. Er goß Lemp aus einer irdenen Kanne hinein und rührte mit einem Holzlöffel um.

Aelan durchfuhr es wie ein Blitz. Als hätten die Worte des Alten einen Vorhang zur Seite gerissen, wurden die Ereignisse der vergangenen Nacht auf einmal vor seinen inneren Sinnen lebendig. Er war kein Handan! Er sollte das Tal verlassen und allein in die Fremde ziehen! Er hatte Menschen erschlagen! In seinem Kopf begann es sich zu drehen. Im Magen regte sich ein dumpfes Ziehen. Doch alles erschien jetzt ferner, so, als ginge es ihn nicht unmittelbar etwas an, als beobachte er von einem sicheren Platz aus Ereignisse, die wie von selbst abliefen. Mit verwunderter Neugierde betrachtete er sie, ohne daß sie ihn wirklich zu berühren vermochten. Der alte Handan nahm ein sorgsam gefaltetes Bündel Kleider aus der Truhe und reichte es Aelan. Erst jetzt fiel dem jungen Mann auf, daß er noch unbekleidet war. Aelan errötete. Offenbar waren ihm die einfachsten Regeln der Schicklichkeit abhanden gekommen. Er schämte sich nicht, weil er nackt war, denn diese Art der Schamhaftigkeit war den Menschen Atlans unbekannt, sondern weil er sich untätig im Bett räkelte, während sein Gastgeber Feuer machte und Lemp wärmte.

»Wenn du dich reinigen willst, wie es Sitte ist vor der Nacht des Sonnensterns,« sagte der Schreiber, »mußt du in den Nam gehen.«
Aelan sprang auf und rannte aus der Hütte. Die Schatten des Abends hatten sich über das Tal gelegt. Aelan spürte den Wind von den Glet-

schern als erfrischendes Prickeln auf dem nackten Körper. Laut prustend und heulend tauchte er in das eisige Wasser des Nam, das wie tausend Nadeln stach und ihm den letzten Schlaf aus den Augen trieb. Bibbernd vor Kälte rannte er in die Hütte zurück und rieb sich mit einem Tuch trocken, das der Schreiber zurechtgelegt hatte, bis sein Körper neu durchwärmt war. Er lachte, schüttelte sich und fühlte sich wohler als je zuvor in seinem Leben. Mit aller Macht meldete sich nun sein Hunger.
»Zieh dich an und setz dich zu Tisch, Aelan. Wir wollen bei Einbruch der Dunkelheit unsere Wanderung unter dem Sonnenstern beginnen,« sagte der Schreiber.
Aelan schlüpfte umständlich in die neuen, ungewohnten Kleider. Sie glichen denen, die der Kaufmann und sein Sohn trugen. Naturfarbene Unterkleider aus fein gekämmter Wolle waren es, eine Hose und Jacke aus rostrot gefärbtem, groben Leinen. Vorsichtig legte Aelan sie an, als fürchte er, er könne sie beschädigen. Er fühlte sich unsicher in ihnen, schaute skeptisch an sich herab, die ledernen Bänder der Jacke zweifelnd zwischen den Fingern drehend.
»Sie sind nicht besser und nicht schlechter als das, was du bisher am Leib getragen hast,« mischte sich der Schreiber ein. »Nur wirst du in diesen Kleidern weniger auffallen in der Welt außerhalb des Tales als in der Tracht der Handan. Deine Schuhe aber behalte. Du wirst in ganz Atlan keine bessere Schusterarbeit finden als die Stiefel aus Sokleder, wie sie hier in den Bergen gemacht werden.«
Noch immer ein wenig widerwillig schnürte Aelan die fremdartige Jacke zu. Der Schreiber lächelte. »Du wirst dich daran gewöhnen. Irgendwann wird dir die Handantracht fremd vorkommen. Aber laß uns jetzt essen.«
Der Alte hatte den Tisch spärlich gedeckt. Ein Holzteller mit kleinen, flachen Broten, wie sie Aelan noch nie gesehen, stand neben einem bauchigen Krug mit warmem Lemp. Der Schreiber füllte Aelans Becher. Es war wieder dieser herzhaft und bitter schmeckende, mit Kräutern gewürzte Lemp, der gleich bei den ersten Schlucken eine wohltuend wärmende Kraft in alle Glieder schickte. Aelan trank seinen Becher in einem Zug leer. Der alte Handan schenkte nach und schob dem Jungen den Holzteller mit den Broten hin. Aelan zögerte, eines zu nehmen.
»Ich kann dir zwar nicht die Leckerbissen bieten, wie man sie in der Vorratskammer von Tan-Y findet,« sagte der Schreiber. Aelan fühlte sich erröten, da er es sich zur Gewohnheit gemacht hatte, bei jeder sich

bietenden Gelegenheit Naschereien aus der Speisekammer der Char zu stibitzen. »Aber diese Brote hier kommen von der Insel San und werden dort auf eine Weise gebacken, die üblich war im alten Reich von Hak. Sie halten lange frisch. Schon wenige kleine Bissen machen dich satt. Die Leute von San geben sie ihren Seefahrern mit, die lange auf dem Meer sind, und sie halten all die Leiden und Krankheiten von ihnen fern, über welche die Matrosen von Kurteva und Feen so bitter klagen. Ich habe dir einige Brote in deinen Reisesack gelegt. Du könntest dich, wenn es darauf ankäme, einige Monate von ihnen nähren, ohne daß es dir an irgendetwas mangelte.«
Zaghaft biß Aelan in eines der Brote.
»Du mußt gründlich kauen, damit es seine Kraft entfalten kann,« sagte der Schreiber. Das Brot war so hart, daß Aelan nur mit Mühe kleine Stückchen davon abnagen konnte, aber es schmeckte süß wie reife, getrocknete Früchte. Je länger Aelan kaute, desto intensiver entfaltete sich dieses Aroma, das er noch nie zuvor geschmeckt, das ihm aber trotzdem nicht unvertraut schien. Er nahm noch einige Bissen und kaute sie lange, dann war er angenehm gesättigt wie nach einem reichlichen Mahl, ohne sich aber schwer und träge zu fühlen. Der Schreiber aß nichts, sondern nippte nur gelegentlich an seinem Lemp. Von Aelans Brot, das kaum größer war als sein Handteller, war noch mehr als die Hälfte übrig.
»Wenn man sparsam ist, kann man mit einem solchen Brot eine Woche lang auskommen, denn man wird bemerken, daß der Hunger lange nicht zurückkehrt, wenn man davon gegessen hat. Die Nahrung des Lebens ist in dicht gesammelter Form darin enthalten. Die Leute von San nennen es Ras. Man kann es nur auf der Insel bekommen. Es gilt als eine der seltenen Köstlichkeiten, die von den Karawanen aus dem Land um Melat nach Kurteva und Feen gebracht werden.«
Aelan nickte. Er wunderte sich, woher der Schreiber dieses Brot hatte, aber er wagte nicht, zu fragen.
»Ich hatte einen Traum in der vergangenen Nacht,« brachte Aelan stattdessen hervor, ohne zu wissen, warum er das sagte. »Oder besser, vergangenen Tag, denn ich habe wohl den ganzen Tag verschlafen,« verbesserte er sich und wurde unsicher. Der Schreiber nickte und sah den Jüngling aufmerksam an. Aelan schämte sich, denn schon wieder begann er unaufgefordert zu schwatzen.
»Willst du mir deinen Traum erzählen, oder ihn lieber für dich behalten?« fragte der alte Handan.

Aelan zuckte die Achseln. »Ich kann mich kaum an ihn erinnern. Mir sind vorhin nur ein paar Bilder in den Sinn gekommen.«
»Oft kehren sie beim Erzählen ganz zurück, und ihr Sinn ergibt sich beim Aussprechen.«
Aelan nickte und gab sich einen Ruck. »Ich habe den Sonnenstern gesehen im Traum,« begann er. »Viele Menschen waren um mich herum und feierten ein Fest.« Aelan hielt inne und schien in sich hineinzulauschen. Wie auf einem sanft hinziehenden Fluß trieben die Traumbilder aus der Tiefe der Erinnerung hervor. »Es gab Musik und Tanz, doch immer wieder schaute ich zum Himmel hinauf, um den Sonnenstern zu sehen. Er leuchtete heller, als ich ihn jemals gesehen. Ich konnte meinen Blick nicht mehr von ihm abwenden. Die Menschen um mich aber kümmerten sich kaum um ihn, sondern waren ganz mit ihrem Vergnügen beschäftigt. Es war ein ausgelassenes Fest, wie ich noch keines erlebt habe, aber es nahm mich nicht so gefangen wie das helle Licht des Sonnensterns. Ich schaute hinauf zu ihm und spürte dabei große Freude.
Auf einmal aber begann der Sonnenstern zu fallen. Im Herabstürzen zog er einen langen Schweif goldenen Lichts hinter sich nach, dann verglühte er wie eine riesige Sternschnuppe. Die Menschen, die es kaum bemerkten, lachten nur und riefen, es sei doch gleichgültig, denn die Lichter ihres Festes seien ohnehin heller und schöner. Sie drängten mich, mit ihnen zu feiern, wollten mich hineinziehen in den bunten Trubel ihres Tanzes. Mir aber tat es weh, den Sonnenstern fallen zu sehen. Ich begann im Traum zu weinen. Die Menschen bemerkten es und lachten mich aus. Als der Sonnenstern endgültig verlöschte und zu Boden fiel, da spotteten sie, schrien und jubelten. Sie brachten mir einen schwarzen, verkohlten Stein, warfen ihn vor meine Füße in den Schmutz und sagten, das also sei der Sonnenstern, ein gewöhnlicher Stein, ein Betrug, mit dem man die Leute für dumm gehalten habe. Ich aber war erfüllt von tiefer Trauer. Der Hohn der Menschen tat mir weh. Ich schaute verzweifelt zum leeren, dunklen Himmel hinauf, an dem nun kein einziger Stern mehr stand. Alles war schwarz und leer wie ein tiefer Abgrund. Ich bekam Angst.
Als die Menschen mich genug verlacht hatten, ließen sie mich alleine und gingen zurück zu ihrem Fest. Doch nun war es kein Fest mehr, sondern eine blutige Schlacht. Der wirbelnde Tanz war zum Wogen eines schrecklichen Kampfes geworden. Beide Seiten der Kämpfenden drängten mich, in ihre Reihen zu treten, versprachen mir Ruhm und Ehre und Macht. Doch ich blieb stehen, nahm den Stein in die Hände,

der vor mir im Schmutz lag, und betrachtete ihn. Er war kein gewöhnlicher Stein, wie die Menschen gesagt hatten, sondern schien aus schwarzem, glatten Glas gemacht. Obwohl ich ihn ganz leicht in meiner Hand halten konnte, schien er riesig und weit zu sein wie der nächtliche Himmel. Tief in ihm schimmerte ein mattes Licht. Es pulsierte, als sei es ein schlagendes Herz. Ich hielt den Stein in meinen Händen und spürte auf einmal, daß ich tiefes Mitgefühl mit ihm empfand und mein Herz vor Wehmut zerspringen wollte. Ich sagte etwas zu dem Stein. Es war sein Name, den ich rief. Es war im Traum ganz selbstverständlich, daß ich ihn wußte, obwohl ich ihn nie zuvor gehört. Auch jetzt kann ich mich nicht mehr an ihn erinnern.

Da begann auf einmal das Leuchten in dem Stein stärker zu werden und den ganzen schwarzen Raum in ihm zu erfüllen. Ich freute mich und nannte seinen Namen immer wieder. Mit jedem Mal wurde das Strahlen des Lichtes heller. Ich rief nach den anderen Menschen, um es ihnen zu zeigen, aber niemand wollte mich hören im Getümmel des Krieges. Der Stein leuchtete wie eine gleißende Sonne in meinen Händen. Plötzlich stieg er jäh in den Himmel, wie ein Vogel, der über einer Felswand von einem Windstoß erfaßt wird. Je höher er stieg, desto größer und strahlender wurde er. Die Menschen aber konnten ihn nicht sehen, so sehr ich mich auch bemühte, ihnen das strahlende Licht am Himmel zu zeigen, das vermocht hätte, sie von der Qual ihres Krieges, ihres Mordens und Sterbens zu erlösen. Ich stand auf der Erde und sah ihn hochsteigen. Er wurde größer und heller, und gleichzeitig war es, als hielte ich ihn noch immer in Händen und flöge mit ihm über die Erde. Tief unten schimmerten die brennenden Städte der Menschen wie Juwelen auf einem samtschwarzen Tuch. Die Welt unter mir versank in einem Feuersturm der Vernichtung, der Sonnenstern aber leuchtete heller als tausende Sonnen und trug mich fort in ein fernes Land. Alles war erfüllt von seinem strahlenden Licht.«

Aelan brach ab und errötete. Was erzählte er da für Dinge? Verlegen nahm er seinen Becher in beide Hände und trank. Der Schreiber sah ihn lange an und nickte. »In unseren Träumen spricht oft die Weisheit des Sonnensterns, der im Herzen jedes lebenden Wesens wohnt,« sagte er. »Es ist gut zu lernen, ihre Sprache zu verstehen.«

»Was bedeutet das alles denn?« fragte Aelan.

»Nur du kannst die Sprache des Sonnensterns verstehen lernen. Er spricht zu jedem Menschen auf andere Art.«

»Glaubst du, daß der Sonnenstern vom Himmel fallen kann?«

»Der Sonnenstern, den deine Augen zu sehen vermögen, ist nicht der

wahre Sonnenstern. Eines Tages muß auch er fallen, so wie die Körper der Menschen sterben müssen. Der Sonnenstern in deinem Herzen aber ist unsterblich. In der Nacht, wenn er als Gestirn über das Firmament wandert, erblicken die Menschen nur das Leuchten ihrer eigenen Herzen in der Dunkelheit. Aber die meisten haben vergessen, woran das Licht am Himmel sie erinnern will.«
»Wie können sie ihn denn finden im eigenen Herzen?«
»Indem sie lernen zu sehen und zu hören. Nicht mit ihren Augen, und nicht mit ihren Ohren, sondern mit ihren Herzen.«
Aelan starrte eine Weile nachdenklich vor sich hin. Die Bilder des Traumes, die während des Erzählens klar vor seine inneren Sinne getreten waren, wirbelten wirr durcheinander.
»Bist du bereit?« fragte der Schreiber und riß den jungen Mann aus seinen Gedanken. »Wir müssen aufbrechen, wenn wir bei Tagesanbruch im äußeren Tal sein wollen.«
Die Worte des Schreibers trafen Aelan wie ein Keulenschlag. Seine Brust wurde eng. Er wand sich auf seinem Stuhl. »Aber . . . aber . . . ist es denn wirklich notwendig, daß ich aus dem Tal fliehe . . . Die Fremden werden davonziehen, wenn sie mich nicht finden . . . Ich werde zurück in die Char . . .«
Der Schreiber sah den jungen Mann lange an. »Du fliehst nicht vor den Fremden, Aelan. Die große Wanderung, der Weg deiner Bestimmung, hat begonnen für dich.«
Aelan schlug die Augen nieder. Er vermochte nichts zu erwidern, denn in seinem Innersten wußte er, daß es ihm vorbestimmt war, das Tal von Han zu verlassen. Er hatte es immer gespürt. Seine Gedanken und Sehnsüchte, die ihn so oft in die Ebenen Atlans und an die Küsten des Meeres hinausgetragen, waren Echos dieses Wissens gewesen, das schon in ihm gewohnt, als er noch ein Kind gewesen. Er war kein Handan. Er war ein Fremder. Er durfte nicht bleiben im Inneren Tal. Er fühlte es in diesem Augenblick mit einer Bestimmtheit, die keinen Widerspruch zuließ. Obwohl sich Unruhe und Angst in ihm erheben wollten, wußte er, daß es gut so war. Dann aber gewann seine Unsicherheit die Oberhand.
»Aber die fremden Männer werden das Brüllende Schwarz bewachen, um uns aufzulauern,« sagte er.
»Wir gehen nicht durch die Schlucht des Am, Aelan. Es gibt andere Wege in das Innere Tal, auf denen die alten Völker wanderten. Aber nur wenige kennen sie noch.«
Noch vor Stunden war Aelan in der Char seines Vaters am Tisch der

jungen Handan gesessen, und die prahlerischen Reden des jungen Kaufmanns aus Feen hatten ihn so in Bann geschlagen, daß er nichts sehnlicher gewünscht, als mitziehen zu dürfen in die fremden Städte von Atlan. Jetzt aber, da sein Verlangen unvermittelt Wirklichkeit geworden, krampfte sich sein Herz zusammen. Wie träumend schnürte er seine Schuhe, nahm den Quersack aus Sokleder, den der Schreiber ihm gegeben und folgte dem alten Handan ins Freie.

All das mußte ein Traum sein, und der Traum vom Sonnenstern ein geträumter Traum. Der Gedanke, daß der alte Mann ihn in die Fremde außerhalb des Tales führen würde, schien ihm das unwahrscheinlichste der Welt. Vielleicht will er mir nur Angst machen, mich zappeln lassen zur Strafe für meine Vergehen gegen die Gesetze des Tales, dachte er. Vielleicht führt er mich zu einem geheimen Versteck, wo ich den Tag abwarten kann, um in die Char zurückzukehren. Etwas in ihm aber schüttelte beharrlich den Kopf. Der Schreiber gab Aelan einen mit Schafwolle gefütterten kurzen Reisemantel, der im gleichen Rot wie seine Jacke und Hose gefärbt war, half ihm hinein und stapfte wortlos davon. Aelan räkelte die Schultern in dem schweren, ungewohnten Mantel, dann eilte er dem Schreiber nach, der ohne sich umzusehen mit weit ausgreifenden Schritten über das weglose Gelände davonmarschierte.

Die Dunkelheit war fast ganz hereingebrochen. Hinter den Schneegipfeln des Am leuchtete der Himmel in tiefem Indigo. Die ersten Sterne funkelten über den Gletschern. Keine Wolke war zu sehen. Klar und samten wölbte sich die Nacht über den Bergen. Nie war die Nacht schöner als am Fest des Sonnensterns. Es schien Aelan, als entfalte sie sich wie eine Blume, die nur einmal im Jahr erblüht, um den Sonnenstern aus ihrem Innersten hervorzubringen. Als er dem rüstig ausschreitenden Schreiber folgte, schweigend, im eintönigen Rhythmus des Atmens und Gehens, ohne sich darum zu kümmern, wohin die Wanderung führte, dachte er an das schlichte Fest, mit dem die Handan diesen höchsten Feiertag begingen. An das mit Blumen geschmückte Lichtboot dachte er, auf dem der Ne-Spieler auf den See hinausruderte, an das tiefe Dröhnen der Sokhörner, die die Alten bliesen, wenn sie in langsamer Prozession das tropfenförmige Gewässer umrundeten, an den gläsernen Klang der Ne, die angespielt wurde, wenn die Hörner verstummten. Dieser einzelne Flötenton erfüllte das ganze Tal, hallte tausendfach von den Bergen des Am wider und erweckte in ihnen die weiße Musik der Gläsernen Stadt. Aelan dachte an die murmelnden Gesänge der Handan, die wie dunkles Grollen der Erde waren und nach einer langen Zeit der Stille dem Ton der Ne folgten. Und er dachte an die süßen Kuchen, die zum Sonnensternfest gebacken wurden, an die mit Beeren gefüllten Teigtaschen, die in Kräuter gewickelten Pasteten, die gerösteten Nüsse und Kastanien und die getrockneten Lempfrüchte, die süß und bitter zugleich schmeckten. An die festlich geschmückten Frauen dachte er, an die funkelnden Edelsteine an ihren Kleidern und in ihrem Haar, an die ernste Würde der alten Handanmänner beim gemeinsamen Gang um den See, der die große Wanderung aus der Gläsernen Stadt darstellen sollte und die ewige Reise der Seele vom Leben in den Tod und vom Tod wieder in das Leben. An die Geschichten erinnerte er sich, die jedes Jahr wieder in der Char seines Vaters von den alten, dunkelgesichtigen Männern erzählt wurden, die Geschichte von der Gläsernen Stadt, die Geschichte der großen Wanderung, die Geschichte vom Ring des Schweigens.

Jeder dieser Gedanken, die nun in Aelan aufstiegen, packte ihn mit brennendem Abschiedsschmerz. Ich bin kein Handan, pochte und hämmerte es mit dem Schlagen seines Herzens. Ich bin kein Handan. Ich werde ausgestoßen aus dem Inneren Tal. Ich bin allein, heimatlos, verloren. Es wollte sein Herz in Stücke reißen. Das also war die Strafe für das unsühnbare Verbrechen, das er begangen, schrie es plötzlich in ihm, für immer ausgestoßen zu sein aus dem Inneren Tal. Warum konnte nicht alles wieder gut werden? Er dachte an Tan-Y, der ihn aufgezogen und den er Vater genannt, und er beschwor das lange verblaßte Bild der gütigen, milden Frau herauf, die seine Mutter gewesen war – und doch nicht seine Mutter. Aelan achtete nicht auf den Weg. Er folgte willenlos dem Rücken des Schreibers, der vor ihm ging wie ein Schatten, eine Silhouette vor den bleichen Felsen und eine verschwimmende schwarze Form vor den dunklen Bergwiesen. Aelans Beine marschierten mechanisch, ohne einem Willen zu gehorchen. Wenn er über einen Stein stolperte und aufgeschreckt wurde aus seinen schmerzlichen Gedanken, schien es ihm, als geschehe das alles in einem tiefen Traum.

Stundenlang gingen sie ohne zu rasten. Irgendwann überquerten sie den Log, den südlichen Quellfluß des Am, stiegen auf engen Felssteigen durch seine Schlucht hinab, folgten einem anderen Bachbett wieder bergan, kletterten über steile Kare zwischen senkrecht aufragenden Felstürmen hinauf und gelangten schließlich auf den schmalen Geröllstreifen über den Felsmassiven, die das Innere Tal im Süden begrenzten. Hier konnten sie zum ersten Mal frei nach Norden blicken. Aelan sah, daß sich der Sonnenstern schon über die Gipfel erhoben

hatte. In dem tiefen Einschnitt zwischen zwei schneebedeckten Spitzen war er hervorgetreten und tauchte das ewige Eis in matt schimmerndes Licht. Die anderen Sterne verblaßten neben ihm. Tief unter sich sah Aelan einen Lichtpunkt im Meer des Dunkel treiben, das Boot, das auf den See hinausfuhr, um die Wanderung des Sonnensterns über den Himmel auf Erden widerzuspiegeln. Alle anderen Lichter in Han waren erloschen. Aelan hörte das Rufen der Sokhörner, das von ferne wie das Grollen eines Gewitters klang. Als der Sonnenstern höher am Himmel emporstieg, warf er sein bleiches Licht über das Tal und löste die Konturen der Wälder und Berge aus der tiefen Finsternis.
Sie gingen eine Weile weiter, dann hielt der Schreiber an und ließ sich auf einem Felsbrocken nieder. Aelan kauerte sich neben ihn auf den Boden.
»Wir wollen hier rasten, um den Sonnenstern zu betrachten,« sagte der alte Handan und überließ Aelan seinen schwermütigen Gedanken. Er stützte den Kopf auf die Hände und schaute schweigend zum Himmel. Aelan tat das gleiche. Der Sonnenstern stieg hoch über die Gletscher hinauf. Sein Strahlen nahm ständig zu. Das Licht des Einen Sterns hatte Aelans Herz immer leicht gemacht, freudig und heiter. Nun aber, da er hoch über dem Tal saß, das er vielleicht niemals wiedersehen würde, getrennt von den Menschen dort unten durch unüberwindliche Felswände, machte es ihn schwer und traurig. Er saß regungslos und starrte hinauf zu dem Stern, der langsam über die Berge emporstieg. Die Sokhörner riefen zur Wanderung um den See. Alles, alles hätte Aelan in diesem Augenblick gegeben, jetzt an der Seite seines Vaters in dem feierlichen Zug der Handan mitzugehen. Er spürte, wie er immer tiefer in Mutlosigkeit und Resignation versank. Die kalte, erbarmungslose Kraft, die er schon auf seiner Flucht gespürt, griff wieder nach seinem Herzen, um ihm nun, nach der Verzweiflung der letzten Nacht, den Todesstoß zu versetzen. Tränen flossen über Aelans Wangen. Regungslos saß er und ließ es geschehen. Alles schien ihm auf einmal gleichgültig und sinnlos. Schutzlos und nackt gab er sich seinem Schmerz hin und wünschte nichts sehnlicher, als daß es bald zu Ende sei mit diesem grausamen Leben.
Er schaute zum Schreiber hinüber. Vielleicht konnte der Alte ihm helfen. Aber unbewegt saß der Handan, in die Betrachtung des Sonnensterns versunken. Keinen Trost gab es für Aelan, keine Aufmunterung, keine Hoffnung, nur den Gedanken an den Tod oder eine dunkle Zukunft irgendwo in der Verbannung. Er schloß die Augen. Der Schmerz spannte Aelans Innerstes wie ein ledernes Band. Er spürte es wie eine

schmale Brücke über dem Abgrund des Todes, auf der er schwankend stand, von gewaltigen Kräften gedehnt und gezerrt. Jeden Augenblick konnte es reißen und ihn hinabstürzen lassen in die bodenlose Tiefe. Wie der Rachen eines schrecklichen Ungeheuers schien Aelan dieser Abgrund. Aelan spürte den Sog, der ihn hinabziehen wollte. Er fürchtete sich, wollte den Schreiber ansprechen, um sich Erleichterung zu verschaffen vor den Mächten, die ihn innerlich zu zerreißen drohten. Aber etwas lähmte ihn. Er war allein, eingeschlossen in den Kerker seiner tobenden Angst, hilflos einem unentrinnbaren Verderben ausgeliefert. Sein Herz raste und sprengte fast die Brust.
Das Grollen der Sokhörner im Tal schwoll zu einem mächtigen Brausen, bevor es jäh abbrach. Für einen langen Augenblick herrschte tiefe Stille, dann blühte der feine, gläserne Ton der Ne-Flöte auf. Er wuchs an, formte sich zu der uralten, heiligen Melodie, die den Sonnenstern auf seiner Bahn leitete. Er klang von den Bergen wider und übertönte das ewige Rauschen der Berggewässer. Es schien, als erweckte er eine tief im Innersten der Gebirge verborgene Musik und brächte sie zum Klingen. Die weiße Musik der Gläsernen Stadt erfüllte das Tal mit tausendfachem Summen, über dem frei und gläsern der Ton der Ne schwebte. Die Gesänge von Himmel und Erde verschmolzen zu einer einzigen, gewaltigen Musik. Aelans Herz wollte sich weiten, aber er spürte, wie sich das Band in ihm spannte, unerträglich, im ehernen Griff dieser eisigen, lähmenden Kraft. Etwas in ihm wollte der zermalmenden Gewalt entkommen, wollte sich mit dem Ton der Ne in die weite Nacht des Sonnensterns erheben, in die schwellende und pulsierende Musik der Gläsernen Stadt, aber es war gefesselt von diesem Band, das sich zitternd über dem Abgrund des Todes spannte, und das immer schmäler und enger wurde.
Aelan glaubte, das Gewicht der Gebirge laste auf ihm und presse ihn tief hinein in die Erde, und doch spürte er etwas, das sich mit schrecklicher Gewalt dagegen stemmte. Es war ihm, als werde er zerquetscht zwischen den beiden Kräften, die sich in furchtbarer Wut gegeneinander auflehnten. Sein Kopf wollte zerspringen. Sein Herz hämmerte wie rasend. Die Verzweiflung und Pein der vergangenen Nacht waren ein lauer Wind gewesen gegen das Tosen der Mächte, die jetzt mit der Gewalt eines Orkans losbrachen. Knirschend und kreischend verkeilten sie sich ineinander und wälzten sich über alles hinweg, das ihnen widerstehen wollte. Die Brücke über dem Nichts war zu einem Faden geworden, an dem alle Macht der Elemente zerrte. Aelan krampfte sich zusammen.

»Höre auf den wahren Ton des Ne,« vernahm er auf einmal die Stimme des Schreibers, aber er wußte nicht, ob sie von außen kam oder aus dem Dröhnen und Tosen in seinem Inneren. Er wollte etwas erwidern, aber erbarmungslos schoben sich die Gebirge hemmungsloser Gewalten über ihn hin. Winzig war er, hilflos dem ungezähmten Chaos ausgeliefert. Seine Stimme ging unter im Lärm der inneren Schlacht. Der Faden zitterte und seufzte in schrecklicher Qual. Drohend lauerte der bodenlose Abgrund. Er darf nicht reißen, hörte Aelan sich schreien, vergebens in dem Donnern und Dröhnen. Wie ein fernes Echo schienen die weiße Musik der Berge und das Schweben des Ne-Tones, und doch waren sie deutlich über allem Getöse zu vernehmen. Aelan spürte, daß es diese Musik war, die ihn auf geheimnisvolle Weise vor dem Sturz in die Tiefen des Todes bewahrte.
In diesem Augenblick brach das gläserne Singen plötzlich ab. Der Sonnenstern hatte den Zenit überschritten. Die Ne schwieg. Das Singen der Berge verklang wie ein plötzlich abflauender Wind. Etwas bäumte sich auf in Aelan, in mächtiger Verzweiflung, in Todesangst. Das Band in ihm riß. Mit einem Aufschrei erstarb das Tosen der inneren Gewalten. Aelan stürzte in endlose, leere Räume, in denen alles still war.
Er öffnete die Augen. Er war nicht tot. Er schwebte hoch über dem Tal. Unmittelbar unter ihm schwamm das Lichtboot der Handan in der uferlosen Finsternis, über ihm aber strahlte der Sonnenstern, heller als Aelan ihn jemals gesehen. Ein Funkeln und Glitzern ging von ihm aus wie von einem reinen Diamanten, den man gegen das Sonnenlicht hält. Aelan vermochte nicht zu erkennen, ob der Sonnenstern unmittelbar vor seinen Augen schwebte oder weit in der Tiefe des nächtlichen Raumes. Er schien fern und nah zur selben Zeit.
Bin ich doch tot? dachte Aelan. Da spürte er, wie etwas in ihm über diese Frage lachte, denn er fühlte sich lebendiger und freier als je zuvor. Alle Angst, alle Verzweiflung, aller Schmerz waren in heiterer Gelassenheit verloschen. Aelan spürte sich getragen von tiefem Frieden. Weit außerhalb seines Körpers schwebte er, ein Punkt irgendwo in der grenzenlosen Nacht. Etwas sagte ihm, daß er mühelos diesen unendlichen Raum umfassen könnte, gleichzeitig, überall. Er war ein winziger Teil und zugleich das Ganze. Aelan nahm es lächelnd zur Kenntnis, wie etwas Selbstverständliches, das irgendwie der Erinnerung entglitten war. Jetzt aber war es wieder in ihm verwurzelt, als sei es nie anders gewesen. Er betrachtete den Sonnenstern, der über ihm stand, nah und fern zugleich, vertiefte sich in sein Blitzen und Schimmern und hörte auf einmal die kristallene Musik, die aus dem Licht strömte. Ähnlich

dem Ton der Ne-Flöte war sie, doch von unendlich feinerem Klang. Je aufmerksamer Aelan ihr lauschte, desto lieblicher blühte sie auf. Wie das zarte Aneinanderklingen tausender gläserner Glöckchen schien sie, getragen von einem einzelnen kristallenen Flötenton. Verzaubert sank Aelan in den nicht endenwollenden, leuchtenden Fluß dieser Musik. Sein Herz dehnte sich und wurde weit wie die Nacht. Die unermeßlichen Räume in ihm waren angefüllt mit der Kristallmusik, die aus dem Licht des Sonnensterns strömte. Aelan spürte diesen Strom mit allen Fasern des Seins als warme, pulsierende Freude.

Dann bewegte sich der Sonnenstern. Weit draußen in den Räumen der Nacht beschrieb er einen sanften Bogen am Himmel und blieb über dem Sum, dem höchsten Gipfel der Am-Berge stehen. Dort öffnete er sich zu einem wirbelnden Kreis weißen Lichts, der mit rasender Geschwindigkeit auf Aelan zustürzte. In wenigen Augenblicken wuchs er zu einem blendenden Leuchten an, das den ganzen Himmel erfüllte. Um Aelan war nichts mehr als gleißendes, formloses Licht und die alles durchdringende weiße Musik. Er vermochte nicht zu unterscheiden, ob er das alles von außen wahrnahm oder ob es in ihm selbst stattfand, ob er sich auflöste in diesem Strom oder selbst seine Quelle war. Plötzlich aber bemerkte er schemenhafte Formen in dem Licht. Die Spitze des Sum sah er, schöner und majestätischer als jene, die er mit den äußeren Sinnen kannte. Sie war selbst ganz von Licht durchpulst, als sei sie aus Glas. Um sie herum erkannte Aelan Türme und Mauern, Säulenhallen und hohe zierliche Gebäude, wie aus Licht und Kristall geschaffen, spiegelnd und flirrend, durchflutet vom reinen Licht des Sonnensterns. Aelan erfaßte Sehnsucht nach dieser Stadt. Augenblicklich bewegte er sich auf sie zu. Immer deutlicher traten ihre Formen aus dem Licht hervor. Aelan erkannte Gestalten, die Plätze und Straßen bevölkerten. Wellen der Freude durchfluteten ihn bei diesem Anblick. Hoch über der Stadt schwebte er jetzt, über dem Lichtgipfel des Sum, um den herum sie gebaut war, und er sah, wie das Licht in unaufhörlichen Strömen aus der Spitze dieses Berges quoll. Als er seine Aufmerksamkeit darauf richtete, erkannte er, daß sich das weiße Licht an dem Glasgipfel in sieben Ströme brach – weiße, gelbe, orangefarbene, rote, blaue und grüne Strahlen traten aus ihm hervor, zwischen ihnen aber floß das schwarze Licht, das Nicht-Licht, wie ein schmaler Streifen leerer Nacht inmitten der blendenden Helligkeit.

Lange betrachtete er die Quelle des Lichts und die Gläserne Stadt zu ihren Füßen, dann formte sich plötzlich das dunkle Gesicht des Schreibers aus dem gleißenden Leuchten. Es kam auf Aelan zu und verwandelte sich allmählich in den Sonnenstern, der alle anderen Lichter noch überstrahlte, und aus dem Stern trat wieder das Gesicht eines Mannes hervor, ein bronzefarbenes, kantig geschnittenes, mit markigen, tief eingekerbten Zügen, milde lächelnd, die unergründlichen Augen auf Aelan gerichtet. Aelan hatte diesen Mann nie vorher gesehen, und doch fühlte er augenblicklich innige Vertrautheit mit ihm, als kenne er ihn seit undenklichen Zeiten. Als er seinem Blick begegnete, schien es ihm, als werde er hineingezogen in die unendliche Weite dieser Augen. Da formten die Lippen des Mannes ein Wort, eine Silbe, einen Namen. Aelan hörte ihn nicht mit seinen Ohren, aber er spürte, wie sein Inneres mit brausender Gewalt davon erfüllt wurde. Die weiße, leuchtende Musik des Ne brach in ihn hinein wie eine Springflut, unbezähmbar, ein Orkan, eine Urgewalt, zugleich aber sanft wie die Brise eines Sommerabends, wischte alle Bilder fort, alle Gedanken. Und doch war sie nur der Klang des unsagbaren Wortes, das in Aelan vibrierte. Auf einmal fiel Aelan ein, daß es der Name war, den er im Traum dem leuchtenden Stein in seiner Hand zugerufen hatte, der geheime Name des Sonnensterns, den er in den Tiefen seines Herzens immer gekannt, den er unzähligemale gewußt und wieder verloren hatte, und der ihm jetzt neu geschenkt war. Er war das Ne und das Ban zur gleichen Zeit, der Name des Hju, der Name der Einen Kraft, die nie versiegt. Aelan erkannte ihn wieder in diesem Augenblick, und im Aufblitzen einer plötzlichen Erkenntnis umfaßte er seinen ganzen unergründlichen Sinn.

Dann fiel Dunkelheit über ihn wie ein Schleier. Aelan öffnete die Augen. Er blickte in den vergehenden Sonnenstern am sternübersähten Himmel des Inneren Tales. Er schauderte. Seine Glieder waren steif geworden in der Kälte des späten Herbstes.

»Der Sonnenstern verläßt uns,« hörte er den Schreiber neben sich sagen. »Wir müssen weiter.«

Aelan erhob sich benommen und reckte die klammen Glieder. Der alte Handan sah ihn an und lächelte. »Du hast viel erfahren in dieser Nacht, Aelan. Nun lerne, es recht zu verstehen.«

Aelan war unfähig, ihm zu antworten. Er nickte und spürte, wie sein Schweigen dem Schreiber Antwort gab. Alles ist gut. Ich bin bereit zu gehen, sagte es, ich bin bereit, alles zu tun, um den Sonnenstern verstehen zu lernen, um meine Bestimmung zu erfüllen, was immer sie auch sein mag. Das vielzüngige Schweigen der Handan war in ihm erwacht. Aelan wußte, daß die schreckliche Schlacht in seinem Inneren, die vorhin wie ein Todeskampf getobt, nur ein Krieg mit sich selbst gewesen

war, ein Loslösen von den Formen und Fesseln seines bisherigen Lebens, um für das Licht des Sonnensterns Raum zu machen in seinem Herzen. Das Band war gerissen, doch nicht Tod war daraus erwachsen, sondern weite, grenzenlose Freiheit.
Der Alte nickte bedächtig, dann erhob er sich und marschierte in die Nacht, ohne ein weiteres Wort zu verlieren. Das Lichtboot auf dem See von Han war erloschen. Der Sonnenstern sank hinter die südlichen Berge, die sich zur Rechten Aelans in den Himmel reckten. Wortlos folgte er dem alten Handan auf engen Pfaden hinab zu dem Wald, der sich wie eine düstere Decke über die Berge dehnte, die das Innere Tal im Osten begrenzten. In Aelan arbeitete es fieberhaft, das Erlebte einzuordnen und zu verstehen, doch alles Bemühen mündete in einer großen, dunklen Leere, die sich wohlig in Aelan auszubreiten begann. Alles war gut. Die heitere Ruhe des Schwebens, die weiße Musik des Sonnensterns, klangen wie Echos in ihm nach, der Name des Hju, das stille Wort, pochte mit dem Schlag seines Herzens. Lächelnd folgte er dem Schreiber, der gewandt zwischen Felsnadeln und Steinbrocken nach unten stieg. Neue Kraft durchfloß Aelan. Er spürte sie in jedem seiner Schritte.
Als sie den Wald erreicht hatten, ließ der Schreiber Aelan herankommen und neben sich gehen. Eine Weile wanderten sie schweigend Schulter an Schulter. Aelan schien es manchmal, als strahle ein sanftes Licht von dem alten Handan aus, um ihnen in der Finsternis zwischen den eng stehenden Bäumen den Weg zu weisen. Doch er hielt es für Einbildung seiner überreizten Sinne.
»Ich habe die Gläserne Stadt gesehen,« sagte Aelan auf einmal. Der Schreiber nickte und schwieg, aber in seinem Schweigen lag keine Abweisung.
»Kann man sie besuchen?« fragte Aelan. »Die Handan, die sich auf die große Wanderung begeben, finden sie von alleine.«
»Der einfachste Weg, zu ihr zu gelangen, ist das Fai, die Kunst des mühelosen Reisens,« entgegnete der Schreiber und schmunzelte. »Du kannst schneller als ein Gedanke in die Gläserne Stadt reisen, von jedem Ort Atlans aus. Aber diese Kunst ist verloren gegangen in unseren Tagen, wie so vieles aus der alten Zeit.«
»Ich meine, *wirklich* in die Gläserne Stadt wandern.«
»Wenn du einmal das Fai erlernt hast, wirst du verstehen, daß es die einzig wirkliche Art des Reisens ist. Aber du hast recht, es gibt noch einen anderen Weg in die Gläserne Stadt, für jene, die sich die Mühe machen wollen. Er ist die einzige Verbindung, die blieb, als die Stadt

nach dem Unheil von Hak vor den Augen der Menschen verborgen wurde.«

»Die Fremden im Haus meines Vaters ... im Haus von Tan-Y ... sie wollten die Gläserne Stadt finden, um ihre Schätze zu heben.«

»Sie sind nicht die ersten, die es versucht haben. Aber kein Fremder vermag diesen Weg zu finden. Der Ring des Schweigens hütet die Stadt.«

»So-Tar, der alte Handan aus dem Tal, den ich auf seiner großen Wanderung gestört habe, hat von Spiegeln an der Pforte der Stadt gesprochen, an denen niemand vorüberkommt.«

»Ja. Nur wer in diesen Spiegeln kein Bild mehr erweckt, wer leer geworden ist, gläsern wie das innerste Wesen der Stadt, den das Licht durchfließen kann, ohne daß es sich bricht in ihm in die sieben Ströme des Lebens, nur der kann das Tor der Stadt passieren.«

»Ich möchte einmal hinaufgehen.« Aelan dachte an die schimmernde Silhouette der Stadt im Licht. Es überkam ihn das große Verlangen, einmal zu ihr zu gelangen.

»Wenn du den Weg deiner Bestimmung findest, wird er dich irgendwann in die Gläserne Stadt führen.«

»Wo soll ich denn nach ihm suchen?«

»Was du nicht in dir trägst, findest du nirgendwo sonst.«

»Aber wie kann ich meinen Weg mit mir tragen?«

»Er ist immer unter deinen Füßen.«

Aelan mußte lachen. Die Alten sagten manchmal seltsame Dinge. Das tiefe Lachen des alten Handan mischte sich mit seinem.

Aelan wollte das Gespräch nicht abreißen lassen. »Ich habe sieben Farben in dem Licht gesehen, das aus dem Sum ausströmt.«

»Am Anfang war das Licht weiß, das aus dem Berg der Kraft floß. Ungebrochen, rein, unberührt von anderen Farben. Als die Menschen aber hinauszogen in die Ebenen Atlans, als sie begannen, zu lieben, zu arbeiten, zu studieren, zu singen, die Geheimnisse der Natur und ihrer Herzen zu erforschen, da brach sich auch das Licht der Einen Quelle in verschiedene Strahlen. Als die Menschen aber begannen, zu hassen und zu töten, trat das schwarze Licht hervor, das Unlicht, das Nicht-Licht, das alles um sich herum verschlingt wie ein Abgrund.«

»Ich habe es gesehen.«

»Der Lauf der Geschichte Atlans ist abzulesen aus diesen Strömen des Lichts. Sie spiegeln das Wesen der Menschen wider, ihre Liebe, ihren Haß, alles, was sie bewegt, was sie denken, was sie tun, den ganzen Kreis ihres Lahf. Seit den Jahren des goldenen Zeitalters von Hak sind

die Farben gedunkelt. Sie wurden schwerer und matter, das reine weiße Licht durchdringt sie in geringerem Maße. Und das Unlicht, das Nichts, das Aban, der Schatten des Ban, ist gewachsen in ihrer Mitte.«
»Läßt sich nichts dagegen tun?«
»Die Menschen sind frei, ihren Weg zu gehen. Sie können dem Ban folgen oder dem Aban. Man kann ihnen die Richtung weisen, doch es liegt an ihnen, sie einzuschlagen. Jeder muß auf der großen Wanderung seinen Weg alleine finden. Das Unlicht, das den Blick verdunkelt, wohnt in jedem menschlichen Herzen, so wie der Sonnenstern in ihm scheint. Oft verlieren sie ihren Weg und gehen in die Irre.«
»Kann man sie nicht führen?«
»Nur wenn sie es wollen. Und doch wird jeder einmal den Weg finden. Die Irrfahrten durch die zweigespaltene Kraft des Ehfem, durch Licht und Dunkel, durch Gut und Böse, sind Teil der großen Wanderung. Irgendwann aber wird jeder den Namen des Sonnensterns wiederfinden, der die unversiegbare Kraft des Hju erweckt.«
»Aber viele sterben, ohne ihn gefunden zu haben.«
»Der Tod ist nur ein anderer Teil des Weges. Die dunkle Seite des Lebens. Die Straße, die vom Leben in den Tod führt und wieder ins Leben und wieder in den Tod hat kein Ende. Unaufhörlich ist dieser Kreislauf, bis der Wanderer rein geworden ist und kein Bild mehr erweckt in den Spiegeln der Stadt. Unendlich verwoben miteinander sind die Wege der Menschen. Sie verstricken sich und lösen sich wieder, über alle Zeiten hinweg. Die Menschen von Mu, die den Sonnenstern in ihrer goldenen Zeit nicht fanden, die vom Hju gesegnet war, suchen weiter nach ihm in Atlan, und sie suchten ihn schon, bevor Mu aus den Tiefen des Ozeans tauchte. Es gibt keinen Anfang des Weges und kein Ende. Es gibt keine Schuld, die nicht wiedergutzumachen ist, keinen Irrweg durch das Dunkel, der nicht wieder ans Licht führt, keine Verflechtung des Lahf, die nicht zu entwirren ist. Aber immer sind die Menschen frei, ihren Weg zu gehen wie sie es wollen. Alle Richtungen stehen ihnen offen, alle Illusionen des Ehfem. Alles aber, das sie schaffen, ob Gut, ob Böse, wird ihnen wiederbegegnen auf ihrem Weg, alles, was sie tun, was sie denken, wird zurückkommen zu ihnen, wie die Brieftaube zu ihrem Herrn zurückkehrt, der sie aussendet.
Gut und Böse verschwimmen dabei zu einem Gleichen, denn beide erwecken Bilder in den Spiegeln der Stadt. Auch alle Dinge, die scheinbar verloren und vergessen sind, alle Weggabelungen, die in die Irre führten, alle versäumten Gelegenheiten, alle gescheiterten Prüfungen, alles wird den Menschen wieder und wieder begegnen, bis sie ihren Weg

gefunden haben zwischen den Schleiern des Ehfem, der zweigespaltenen Kraft. Keiner ist verloren auf seinem Weg, so sehr er auch abirren, so sehr das Gesetz des Lahf ihn in Bann schlagen mag. Die Eine Kraft umfängt alle Menschen mit der gleichen Liebe, so wie der Sonnenstern für alle leuchtet.
Es gibt keinen Zufall, Aelan. Die Männer, die ins Tal gedrungen sind, um nach der Stadt zu suchen, kamen zur rechten Zeit. Dein Weg wäre ein anderer gewesen, hättest du nicht den Sohn des Kaufmanns beschützt. Du glaubtest, du würdest das Tal von Han niemals verlassen, und doch war dir bestimmt, heute mit mir den Weg des alten Volkes zu gehen, der nur ein kleines Stück deiner großen Wanderung ist. Dein Herz aber hat es immer gewußt. Hadere niemals mit den Dingen, die dir auf dem Weg begegnen, denn sie sind nur Prüfungen, Gelegenheiten, den Namen des Sonnensterns in dir tiefer zu verstehen. Betrachte alles, was dir zustößt, auf diese Weise, dann wird dir das Licht der Einen Kraft aus allen Dingen entgegenstrahlen.«
»Aber gibt es niemand, der mich führen kann auf dem Weg?«
»Ich führe dich doch,« gab der Schreiber lächelnd zurück. »Wenn du bereit bist, wird immer jemand an deiner Seite sein, der dir die Richtung weist. Doch gehen mußt du den Weg alleine. Niemand wird es für dich tun oder dich drängen. Niemand kann dein Leben für dich leben.«
»Woher aber weiß ich, daß er mich richtig leitet?«
»Woher weißt du jetzt, daß ich dich richtig leite? Du hast den Namen des Sonnensterns empfangen. Er öffnet dein Herz für das Hju. Es wird das einzige sein, dem du vertrauen kannst. Die Herzen der Menschen wandeln sich. Sie fallen vom Guten in das Böse, von der Weisheit in die Lüge. Der Sonnenstern in dir aber ist unwandelbar. Doch manchmal mußt du tief schauen, um ihn in der Dunkelheit des Aban zu sehen.«
»Warum gehst du nicht zu den Menschen, die den Sonnenstern vergessen haben, und weist ihnen den Weg?«
»Meine Aufgabe ist jetzt eine andere, Aelan. Ich habe vor langer Zeit, als das Licht des Sum noch weiß und golden floß, den Menschen auf diese Weise gedient, und mein Amt war leicht in jener Zeit. Jetzt ist meine Pflicht, die Ströme des Lichts zu beobachten und aufzuzeichnen, um das Schicksal von Atlan aus ihnen zu lesen. Deshalb nennen mich die Handan den Schreiber.«
»Doch niemand ist mehr bei den Menschen?«
»Wer hat dir den Namen des Sonnensterns geschenkt? Wen hast du gesehen im Licht der Stadt?«
Der Jüngling schwieg. Das Gesicht des fremden Mannes trat aus seiner

Erinnerung hervor und rührte in Aelan einen Strom der Liebe und Vertrautheit auf.

»Es gibt immer einen On-Nam, der unter ihnen weilt, den Einen, der die Macht des Hju in Händen hält und allen dient, die den Weg zu ihm finden,« fuhr der Schreiber fort.

»Oh! Er wird im Palast des Tat-Tsok sein. Glaubst du, ich kann zu ihm gelangen?«

Der alte Handan lachte. »Bist du nicht schon zu ihm gelangt, Aelan? Die Zeiten, in denen der On-Nam auf einem Thron saß und alle ihn kannten und seine Weisheit ehrten, sind lange vergessen. Irgendwo in Atlan lebt er, mitten unter den Menschen, unerkannt von den meisten, die ihm begegnen.«

»Aber wie kann ich ihn finden?«

»Du hast ihn schon gefunden. In deinem Herzen ist er immer bei dir. Der Name des Sonnensterns ist die Tür, die zu ihm führt. Doch wenn es dir nützt auf deinem Weg, wirst du auch seiner äußeren Form begegnen, irgendwo, zur rechten Zeit.«

»Wo soll ich suchen nach ihm?«

»Die Menschen finden den On-Nam unerwartet, manchmal in der dunkelsten Stunde ihres Lebens. Oft fällt es ihnen schwer, ihn zu erkennen, wenn sie ihn finden, obwohl er immer schon in ihrem Herzen wohnte. Und sie verlassen ihn wieder, um weiter zu suchen, ohne zu wissen, daß sie das Ersehnte schon in Händen hatten. Wir alle haben ihn unzähligemal gefunden und wieder verloren auf unserem Kreis der Geburten und Tode.«

»Aber in welche Richtung soll ich mich wenden, wenn ich das Tal verlassen habe?«

Der Schreiber mußte lächeln über den unermüdlichen Frager an seiner Seite, der selbst im scharfen Tempo ihrer Wanderung genug Atem besaß, seine Fragen zu stellen. »Folge immer nur gerade deinem Weg,« sagte er.

Sie hatten den Wald hinter sich gelassen und waren beständig auf einem breiten, von dichtem Latschengestrüpp bewachsenen Bergrücken nach Osten gewandert. Nun wurde der Weg schmaler und fiel zu beiden Seiten steil ab. Der Grat verengte sich zu einem felsigen Sporn.

»Weißt du, wo wir sind?« fragte der Schreiber.

»Ja. Ich bin manchmal von Han aus hier heraufgestiegen. Wenn wir weitergehen, gelangen wir an das Ende des Berges, von dem aus man auf das äußere Tal hinabsehen kann. Aber von dort aus kommt man nicht weiter. Die Wand fällt senkrecht ab.«

Der Schreiber lächelte. »Merke dir den Weg gut, Aelan. Vielleicht mußt du ihn später einmal alleine finden.«
»Aber wir haben uns verlaufen. Von hier kommen wir niemals hinab ins äußere Tal.«
»Bequemer als auf jedem anderen Weg,« sagte der Schreiber. Der alte Mann zeigte nach den vielen Stunden anstrengenden Wanderns nicht die geringste Spur von Müdigkeit. Der Bergrücken verengte sich zu einem schmalen Grat. Büsche und verkrüppelte Bäume wuchsen zwischen den zerklüfteten Felsen, die tief nach unten ins Dunkel abfielen. Die beiden Wanderer gingen auf einem schmalen Pfad inmitten gestaltloser, leerer Nacht.
»Gleich kommen wir ans Ende des Weges,« rief Aelan dem Schreiber zu, der vor ihm ging. »Dort vorne hört der Berg auf.«
Der Weg wurde enger und führte auf eine dünne Felsspitze hinauf, die in das Meer der Dunkelheit hinauszuragen schien wie eine Brücke ins Endlose. Plötzlich, hinter einem Busch, der aus einem geborstenen Felsen über den Weg wucherte, tat der Schreiber einen jähen Schritt nach links. Aelan, der gerade über den Strauch hinwegkletterte, blieb das Herz stehen. Für einen Augenblick glaubte er, der Alte hätte einen tödlichen Fehltritt getan. Aber der Handan stürzte nicht, sondern stieg auf einer schmalen Felstreppe die fast senkrechte Wand hinab. Zögernd folgte ihm Aelan. Diese waghalsige Kletterei im tiefen Dunkel erschien ihm sinnlos. So würden sie niemals ins äußere Tal gelangen.
Auf einmal war der Schreiber verschwunden. Wieder stockte Aelan der Atem. So war es, wenn einen böse Bergdämonen in die Irre führten, dachte er. Sie lockten einen an eine gefährliche Stelle und verschwanden plötzlich. Da hörte er das Lachen des Schreibers. Es klang wie ein tiefes, hohles Echo. Bevor der neue Schreck Aelan ganz überwältigen konnte, tauchte der alte Handan wieder auf. Aelan sah nur die weißen Zähne in dem dunklen Gesicht.
»Komm,« sagte der Alte, »worauf wartest du noch?« Der Schreiber stand in einem schmalen Spalt, den Wind und Regen zwischen die Felswand und eine aus ihr hervorspringende Steinnadel gegraben hatten. Nur sein Kopf ragte aus dem Spalt heraus.
»Als dies noch einer der Wege zur Stadt war, mußte man natürlich nicht solche Klettereien vollführen. Man kam sogar mit Soks herauf. Aber die Berge haben sich verändert seither. Der Weg wurde verschüttet. Paß auf, daß du dir beim Hereinsteigen den Kopf nicht anschlägst. Es ist ein wenig eng.«
Damit verschwand er wieder. Aelan zögerte.

»Komm nur! Nichts wird dir zustoßen,« tönte die Stimme des Alten hohl und dunkel aus den Tiefen der Erde. Vorsichtig tastete sich Aelan in den schmalen Spalt hinein. Irgendwo unten im schwarzen Nichts fanden Aelans Füße Halt. Er war ein guter, unerschrockener Kletterer, wie alle jungen Handan des Tales, aber in diesem Augenblick fühlte er ein scharfes Ziehen im Magen.

»Du darfst nicht zuviele der Leckerbissen essen, die dich in den Städten Atlans erwarten, sonst kannst du diesen Weg nicht mehr gehen,« scherzte der Alte. »Zieh jetzt den Kopf ein und gib mir die Hand.« Aelan gehorchte. Der Schreiber zog ihn durch eine enge Kluft tiefer in die Erde hinein. Die Felsen standen so eng zusammen, daß Aelan sich seitwärts hindurchzwängen mußte. Der Weg führte steil nach unten. Die Füße vermochten kaum Tritt zu fassen auf dem feuchten, glatten Stein. Blind tastete Aelan sich voran. Der Schreiber hielt seine Hand und führte ihn, bis der Weg breiter wurde.

»Du kannst dich wieder aufrichten,« sagte der Alte. Seine Stimme hallte seltsam. Sie schienen in einem hohen Gewölbe zu stehen. Er ließ Aelans Hand los. Behutsam streckte der Jüngling seinen Kopf nach oben in das undurchdringliche Dunkel. Er stieß nirgendwo an.

»Keine Angst. Du würdest zweimal hineinpassen,« bemerkte der Schreiber trocken. »Keine Gefahr also für deinen Kopf. Nur später am Ausgang mußt du wieder vorsichtig sein.«

»Was ist das hier?« fragte Aelan.

»Ein Stück des alten Weges in die Stadt.«

Der Alte ging weiter. Jetzt sah Aelan, daß er sich zuvor doch nicht getäuscht hatte. Ein feines, silbriges Licht strahlte von dem Handan aus und trieb die Finsternis der Höhle ein wenig zurück.

»Das Licht... was ist das?« stammelte Aelan und zeigte mit dem Finger auf den Schreiber.

»Oh,« machte der Alte überrascht, »der Sonnenstern leuchtet in uns allen. Aber komm jetzt. Wir wollen bei Anbruch der Dämmerung im Tal sein.«

Aelan folgte dem matten Schimmern, das vom Schreiber ausstrahlte. Breite, aus dem Fels gehauene Stufen führten steil in die Tiefe. Sie waren glatt und makellos, wie mit einem Messer aus dem Stein geschnitten. Der Gang schien weit und hoch zu sein, denn Aelan vermochte in dem schwachen Glimmen weder Wände noch Decke zu erkennen. Er streckte seine Hände in die Dunkelheit, konnte aber nirgendwo den Fels berühren. Einmal nur, als der Schreiber zur Seite auswich, weil herabgebrochene Felsstücke auf den Stufen lagen, sah Aelan den Teil ei-

nes Bildes an der Seitenwand. Einen nackten Mann stellte es dar, der eine gleißende Sonne in den Händen trug und dem Himmel entgegenhielt. Die weit nach allen Seiten davonschießenden Strahlen waren aus Edelsteinen gemacht, die Sonne selbst aus unzähligen Diamanten, die glitzerten und funkelten, als der Schreiber vorüberging. Dann wich der Alte wieder nach rechts. Die Wände versanken im Dunkel. Die Treppe führte nun in engen Windungen steil nach unten.
»Was ist das an den Wänden?« fragte Aelan.
»Das alte Volk der Berge war sehr begabt in den Künsten. Es hat den Weg in die Stadt reich ausgeschmückt mit kostbaren Bildern und Mosaiken aus Edelsteinen. Es war ein Erlebnis von unsagbarer Schönheit, den Weg zur Stadt in diesen Tagen zu wandern. Manche Teile der alten Straße sind den Handan des Tales bekannt. Von dort holen sie die Steine, mit denen sie die Gewänder der Frauen schmücken und die sie dem Kaufmann geben für seine Waren. Große Schätze liegen in den Bergen des Inneren Tales, denn das alte Volk förderte jahrhundertelang Gold und Edelsteine aus den Tiefen der Erde, bearbeitete sie kunstvoll und schmückte damit die Straße des Sonnensterns. Die wenigen Stellen, die die Handan noch kennen und die ihnen unerschöpflich scheinen, sind nur geringe Bruchteile.«
»Die Fremden haben nach diesen Schätzen gesucht. Auch der Sohn des Kaufmanns hat gefragt, woher wir die Edelsteine haben.«
»Er hat euch unmittelbar gefragt?« Die Stimme des Alten klang auf einmal streng. »Hat sein Vater ihn so schlecht erzogen?«
»Nein,« versuchte Aelan abzuschwächen, »er hat es nicht böse gemeint. Aber dann hat ihn das Schweigen getroffen und im gleichen Augenblick kamen die Fremden herein, die ihn angegriffen haben. Er erzählte uns von der Stadt, aus der er kommt und von all den Dingen, die man dort bekommen kann für die Steine, die wir ihm geben.«
Aelans Stimme wurde schwärmerisch. Ein mißmutiges Brummen des Alten unterbrach ihn.
»Wer in Gier nach den Schätzen der Stadt greift, wird sie verlieren und Schaden leiden,« knurrte er und fiel in abweisendes Schweigen. »Seine Habsucht hat das heilige Schweigen verletzt und die Räuber ins Tal gelockt. Er ist des Ringes nicht würdig, den sein Vater trägt.«
Unaufhörlich stiegen sie die engen Windungen hinab. Aelan konnte keine Bilder mehr erkennen an den Wänden, obwohl er seine Augen anstrengte, das tiefe Dunkel zu durchdringen. Manchmal glaubte er, etwas funkeln zu sehen, aber es war nur das silbrige Schimmern des alten Handan, das ihn die endlose Treppe hinabführte. Aelan verlor je-

des Gefühl für Zeit. Er war nicht müde. Die Kraft, die er aus der Erfahrung des Sonnensterns gewonnen, schien unerschöpflich. Mechanisch trottete er hinter dem Alten her, den Namen der Einen Kraft in sich schwingen und rollen lassend. Irgendwann aber hielt der Schreiber an. »Du mußt dich wieder bücken,« sagte er. Der Gang wurde niedrig. Geduckt schlich der Schreiber voran. Der Weg führte um einige Felskanten herum. Die Wände schoben sich zusammen, der Boden war rauh und zerklüftet. Spalten und Löcher klafften auf und führten nach allen Richtungen in den Fels hinein, manche davon breiter und höher als der Weg, den der Schreiber nahm. Mühelos fand er sich in diesem Labyrinth zurecht.

Plötzlich sickerte milchiges Licht durch eine Öffnung herein. Der Schreiber kletterte hinaus. Dichtes Buschwerk überwucherte den Ausgang der Höhle. Aelan kämpfte sich durch die eng verflochtenen, taubedeckten Dornenranken nach draußen. Der Schreiber half ihm. Das Schimmern der ersten Morgendämmerung tauchte den steil abfallenden Bergwald in kaltes, graues Licht. Nebelfetzen hingen zwischen den Bäumen. Weit unten rauschte ein Bach. Sie waren unmittelbar unter einem riesigen Felsbrocken, aus dem eine große, vom Blitz gespaltene Tanne emporwuchs, ins beginnende Tageslicht hinaufgeklettert.

»Merke dir diese Stelle gut, Aelan,« sagte der Schreiber. »Vielleicht mußt du sie einmal alleine finden. Dieser Bach dort unten mündet nach einigen Wegstunden in den Am, und der Am fließt hinaus in die Ebenen von Atlan. Er wird dich führen. Hier scheiden sich unsere Wege. Gehe den deinen.«

Als Aelan, der gedankenverloren zu dem schäumenden Bach hinunterschaute, sich umblickte, war der Schreiber verschwunden. Die Zweige des Buschwerks über dem Eingang zur Höhle bewegten sich noch. Tau rieselte von ihnen herab. Im Wald erwachten die Vögel.

*Kapitel 9*
DIE BLÜTE AUS DEM FEUER

Hoch am azurblauen, wolkenlosen Himmel kreiste ein Habicht. Rah-Seph legte den Kopf in den Nacken und schaute hinauf zu dem Raubvogel, der sich schwerelos im Wind treiben ließ.
»Willst du mir etwa zeigen, daß du freier bist als ich?« rief der junge Gurena in den Himmel. »Hüte dich! Dein Leben hängt von meinem Pfeil ab!« drohte er übermütig. »Du kannst sicher sein, daß ich dich vom Himmel hole, wann immer es mir gefällt.«
Als hätte der Vogel Rahs Worte verstanden, strich er plötzlich ab und verlor sich in der Weite des klaren Herbsthimmels. Rah lachte und gab seinem Pferd die Fersen. Rauschende Lust an der neuen, unbegrenzten Freiheit pulsierte in jeder Faser seines Körpers. Er ließ sein Pferd eine kurze Strecke galoppieren, schloß die Augen, um das Gefühl des Windes in seinem Gesicht ganz auszukosten. Dann zügelte er das edle Tier, das beste und schnellste aus den Ställen der Seph, tätschelte ihm den Hals und ließ es ohne Führung weitergehen, wohin es wollte. Jetzt, drei Tagesritte entfernt von Kurteva, irgendwo in den weiten Ebenen des Flusses Mot, war er sicher. Wahrscheinlich waren sie ihm gar nicht gefolgt. Das Sonnensternfest hatte begonnen in der Stadt, und niemand konnte wissen, wohin er geritten war. Die Wachen an den Toren waren seinem Vater ergeben. Sie würden kein Wort darüber verlieren, daß Rah eilig die Stadt verlassen hatte. Man würde ihn vielleicht in Kurteva suchen, in den Häusern befreundeter Familien, oder an den Plätzen, wo ein junger Mann für einige Tage unterzutauchen vermochte, doch dann würden sie aufgeben. Die Tat-Los würden eine Weile wüten und toben und die Gurenas beim Tat-Tsok verleumden, aber der alte, müde Herrscher würde nur abwinken. Das beginnende Sonnensternfest würde ein übriges dazu tun, die toten Söhne des Algor in Vergessenheit geraten zu lassen. Schließlich kam es immer wieder zu Zweikämpfen mit tödlichem Ausgang. Kurteva vergaß rasch. Zuviel schon war in seinen Mauern geschehen. Und wenn sie ihn doch verfolgten, dann sollten sie

nur kommen. Es würde ihm ein Vergnügen sein, ihnen zu zeigen, wie scharf das Ahnenschwert der Seph schnitt, wie leicht es sich schwingen ließ und wie tödlich es zu treffen vermochte.
Rah legte seine Hand um den Griff des Schwertes an seinem Gürtel. Der Vater hatte es ihm anvertraut, noch in der gleichen Nacht, als Rah, erregt von dem Kampf mit den Söhnen des Algor, ins Haus gestürzt war. Es wird der Tag kommen, hatte der weißhaarige Mann gesagt, feierlich, das stolze Haupt erhoben, die blitzenden Augen streng auf den Sohn gerichtet, der Tag wird kommen, an dem du zurückkehren wirst in das Haus der Väter. Dein Sieg über die Krieger des Tat wird besungen werden als Verdienst eines Helden. Der Makel der Verleumdung wird von ihm gewaschen sein. Nur mühsam hatte der alte Mann seine Ergriffenheit hinter der steinernen Miene zu verbergen vermocht. Der Kriegsfächer der Seph hatte gezittert in seiner Hand. Du hast dem Namen der Väter Ehre gemacht, auch wenn du nun fliehen mußt, um dem Haß der Götzendiener zu entgehen. Nimm das Schwert der Seph, das Sakam-Seph in der Schlacht von Hak führte und schwinge es selbst, reinen Herzens, zum Ruhme des Hauses Seph und zum Wohle Atlans, doch wisse, daß du keinem Herrn verpflichtet bist, außer dem eigenen Herzen. Ich aber gelobe, nicht eher zu sterben, bis ich dich wiedersehen werde in der Halle der Seph, wenn die falsche Schmach von unserem Namen gewaschen ist.
Rah hatte den Kopf gebeugt vor dem Alten, ihm die Hand geküßt und die Stirn an sein Herz gelegt. Dann hatte er das Ahnenschwert der Seph empfangen, die unvergleichliche Klinge, in deren blanken Stahl die heiligen Zeichen der Seph graviert waren. In Atlan gab es keinen Schmied mehr, der ähnliches hätte schaffen können. Selbst die besten Klingen der Meister aus Ütock reichten nicht an ihre Vollkommenheit heran. Ein Schwertmacher, der noch vor den großen Kriegen aus Hak in die alte Königsstadt Teras gekommen war, hatte sie gefertigt, nach altüberlieferter Art, die heute verloren war wie so vieles aus den goldenen Tagen des Alten Reiches. Eine einfache, schwarze Scheide verwahrte die Klinge. In sie eingelegt war als einziger Schmuck das Zeichen der Seph, das Auge des Tigers. Auch der Griff des Schwertes war schlicht und ohne Verzierung. Schwarzes, jahrelang behandeltes Sokleder war um den sanft gebogenen Schaft geflochten, im Knauf aber war das Auge des Tigers in Perlmutt eingelassen. Jedes schlechte Schwert, das die Werkstätten von Kurteva an die Fremden verkauften, die ein Andenken vom Sonnensternfest in ihre Heimat mitbringen wollten, übertraf es an äußerem Glanz, aber ein Harlana, ein Meister

des Schwertes, hätte selbst die kostbarsten Prunkwaffen des Tat-Tsok gegeben für dieses eine, unvergleichliche, das nun am Gürtel des jungen Gurena hing. Immer wieder tasteten Rahs Finger über das Leder des Griffes, spielten um den Knauf und berührten die schwarze Scheide, die aus dem eisenharten Holz des Gnabaumes geschnitzt war, der in den Dschungeln um Sari wuchs. Die Freude über dieses Geschenk hatte allen Abschiedsschmerz in Rah verdrängt, und kaum waren die Doppelmauern Kurtevas hinter ihm gelegen, hatte ihn ein Rausch der Freiheit erfaßt, jubelnde Lust an der unbegrenzten, blendenden Freiheit, die alle Träume wahr werden ließ und sich nicht darum kümmerte, was in der Vergangenheit oder in der Zukunft lag.

Rah-Seph ritt ziellos hinaus in die Ebenen Atlans, voll erregter Erwartung, was ihm auf seinem Weg begegnen würde. Wie eine abgestreifte Haut lag Kurteva hinter ihm, das strenge väterliche Haus, die Ghura, die Freunde in der Delay des Meh, die harte Disziplin des Lernens und Übens, die ausgelassenen Feste. Nichts davon vermißte er angesichts des weiten, ungetrübten Himmels, der sich über den Wäldern und Feldern spannte, die ihm mit all ihren Geheimnissen und Abenteuern nun ganz allein gehörten. Was war das straff geregelte Leben Kurtevas dagegen, der steinerne Prunk, die Menschenmassen, der immerzu gleiche Lauf der Tage und Nächte? Heute feierte man den Höhepunkt des Sonnensternfestes, die Dunkelheit der Liebe, aber auch um dieses höchste Fest, das sich die Freunde schon lange vorher mit leuchtenden Augen ausmalten und zu dem Fremde aus ganz Atlan in die Stadt strömten, war es ihm nicht leid. Früher hatte er es kaum erwarten können, sich im Tanz der Massen treiben zu lassen, beim Anblasen der Tempeltuben über die verdunkelten Straßen und Plätze zu rennen, sich in die Wogen der Ekstase zu stürzen, eine Frau zu ergreifen, um mit ihr dem Sonnenstern das Opfer der Liebe zu bringen. In den letzten beiden Jahren jedoch war er wenig glücklich gewesen. Die fette Gattin eines geringen Tat-Lo hatte den schönen Ghurad aus der Masse gefischt und ihn nicht losgelassen, bis der Morgen aufdämmerte, und im letzten Jahr war er an eine Straßendirne geraten, vor deren Küssen er sich ekelte. Rah war froh, dieses Sonnensternfest fern von Kurteva zu verbringen, irgendwo allein auf dem Feld mit seiner Ne-Flöte, wie es die Talmas, die wandernden Krieger, in alten Zeiten getan. Nichts, nichts band ihn an die Stadt, aus der er kam, obwohl er sein ganzes Leben dort zugebracht. Unbeschwert ritt er weiter und ließ sich die warme Herbstsonne ins Gesicht scheinen. Er übte das Ka wieder, versuchte, alle Horizonte und Grenzen von Himmel und Erde zu umfassen und an den

Punkt über der Nasenwurzel zu bannen. Rah hatte gelobt, die Disziplin der Gurenas nicht zu vernachlässigen auf seiner Reise, sein Herz rein zu halten für die Abenteuer, die seinen Weg kreuzen würden. Nun war er ein freier Krieger, ein Talma, niemandem Gehorsam schuldig als sich selbst, keiner Himmelsrichtung verpflichtet und keinem Ziel.
Alle großen Gurenas der Vergangenheit waren wenigstens für eine Zeit ihres Lebens Talmas gewesen, Freie, die durch Atlan wanderten, um für das Gute zu kämpfen, ohne nach Belohnung zu trachten oder nach Ruhm, wie der Weg des Kriegers es vorschrieb, der Eine Weg, der die Schwerthand vervollkommnen sollte und die Erleuchtung des Ka. Heute zogen nur mehr wenige aus, das Leben der Wanderung zu führen, denn auch die Gurenas hatten Gefallen gefunden am bequemen Dasein in den Städten und am Dienst für einen Herrn, der Sicherheit und Auskommen für sie und ihre Familien bot. Doch die Legenden Kurtevas berichteten viel von den Talmas, von Drachen und Ungeheuern in den Wäldern, die sie besiegten, von Jahchs, deren magischen Bann sie brachen durch die Kraft ihrer Herzen, von grausamen Aibos, deren unterdrückte Städte sie befreiten, von Kambhuks und Dämonen, die zur Stunde der Abenddämmerung auf sie lauerten, um sie zum Zweikampf zu fordern.
Rah war alt genug zu wissen, daß die Zeiten solch romantischer Abenteuer längst vergangen waren, aber er wußte auch, daß es noch heute die Bestimmung eines Talma war, auf dem schmalen Pfad zwischen Tod und Leben zu wandern, Kämpfe für die Sache des Guten auszufechten, in denen es nur den Sieg gab oder den Tod, denn dies war das Wesen des Weges, den jeder Krieger ging. Die langen Jahre seiner Ausbildung in der Ghura hatten ihn auf nichts anderes vorbereitet, als durch die Kraft des Ka gelassen dem Tod ins Auge zu blicken und sein Leben einzig auf die Schneide seines Schwertes zu setzen. Es war Rah gleichgültig, welches Abenteuer ihn zuerst erwartete, er hoffte nur, es möge rasch geschehen, denn es drängte ihn, die Klinge der Ahnen aus der Scheide zu reißen und zu schwingen wie einen tödlich zuckenden Blitz. Obwohl ein Gurena nicht tötete aus Lust, nicht grundlos Streit suchte, und es als höchste Tugend des Ka galt, im Nicht-Kampf siegreich zu sein, im Kampf ohne Waffe und ohne Bewegung, im Kampf der Herzen, hoffte Rah doch auf eine Gelegenheit, dem Schwert der Ahnen Blut schmecken zu lassen zur Ehre der Seph. Er mußte an den Kampf gegen die Söhne des Algor denken, an diesen Augenblick höchster Anspannung und gleichzeitiger Gelassenheit, als das Ka in ihm weit geworden war und ihn mit unbesiegbarer Kraft durchdrungen hat-

te. Er wollte ihn wieder erleben und auskosten wie einen süßen Rausch.
Gegen Mittag näherte er sich den dunklen Umrissen der Mothügel, einer Kette bewaldeter, sanft geschwungener Erhebungen, die sich von Norden nach Süden hinzog und die Ebenen von Kurteva und Teras gegen die Wälder des zentralen Atlan abgrenzte. Gleichzeitig stieß Rah auf die Straße, auf der die Handelskarawanen von Kurteva nach Westen zogen und auf der vor undenklichen Zeiten einer seiner Vorväter, das gleiche Schwert der Seph am Gürtel, die Heere des Tat-Tsok gegen die aufständischen Aibos der Wälder und die Provinzen des Westens geführt hatte. Rah beschloß, ihr zu folgen, um die Nacht des Sonnensterns auf den Hügeln zu verbringen. Dort, irgendwo auf einer der waldigen Kuppeln ließ sich das heilige Gestirn gut beobachten. Vielleicht würde ihm in dieser Nacht des Neumonds klar werden, wohin er sich wenden sollte, um seine Zeit als Talma zu verbringen. Wie lange sie dauern würde, darüber machte er sich keine Gedanken. Er wäre ein schlechter Gurena gewesen, hätte er Pläne geschmiedet für sein Leben oder selbst für den nächsten Tag. Das Ka würde ihn führen, und wer vermochte zu sagen, wann der Pfad zwischen Leben und Tod an sein Ende gelangte. Schon der nächste Kampf konnte sein letzter sein, aber auch für diesen Gedanken hatte Rah nur ein Lächeln. Der Tod war ein vertrauter Wegbegleiter des Gurena und der letzte Lohn allen Schlachtenruhms. Nichts bedeutete er einem Talma. Nur Verachtung hatte ein Gurena auf dem hohen Weg des Schwertes für den Tod. Das Sterben im Kampf galt ihm erstrebenswerter als ein Leben in Schmach und Unfreiheit. Munter trabte Rahs Pferd den Hügeln zu.
Kurz vor Einbruch der Dämmerung erreichte Rah die Mothügel. Dunkel dehnte sich die undurchdringliche Walddecke über die Ketten sanft gerundeter Kuppen, die sich in fein abgestuften Blautönen wie Theaterkulissen hintereinanderreihten. Die Straße führte nun am Fluß Mot entlang, der den Zug dieser Anhöhen in einem fruchtbaren Tal durchquerte. Er kam weit von den westlichen Gebirgen, durchfloß träge die Wälder des zentralen Landes und ergoß sich, nachdem er die Mothügel hinter sich gelassen, in die Ebenen Kurtevas. Südlich der Stadt, in der Bucht des Xav, des heiligen Vulkans, fächerte sich sein vielfingriges Delta auf und schenkte die Wasser, die dem alten Volk des Ostens als heilig gegolten, als den Quellen des Einen Allmächtigen entsprungen, dem Meer. Inmitten des Waldes aber, unweit der Hügelketten des Mot verband ein Kanal, den der elfte Tat-Tsok hatte bauen lassen, den Mot mit dem Ysap, der sich in großen Bogen und Schleifen,

von den nordwestlichen Gebirgen kommend, durch die Wälder wand. Mombut, die Stadt der Minen am Fuße der Gebirgsmassive, denen er entsprang, und Ütock, die Stadt der Schmiede im Wald, waren durch diesen Kanal mit den Häfen Kurtevas verbunden. Lastkähne trugen Erze und Waffen rasch und sicher zur Hauptstadt des Reiches. Die Wege, die an diesen Flüssen entlangführten, galten als ungefährlich, denn Soldaten des Tat-Tsok begleiteten die Schiffe, die durch die Wälder fuhren, und auch die Karawanen, die den Wasserläufen folgten, reisten mit bewaffnetem Geleit. Die Räuberbanden, die sich in den Wäldern sammelten, wagten sich selten bis an den Fluß Mot, denn ihre Lager befanden sich weit im Norden.

Die Yach, das alte Volk der Wälder, klein und dunkelhäutig, bewohnten die südlichen Gebiete, wo der lichte Wald des Nordens in dichten Dschungel überging. Diese scheuen Menschen, die keinem der Stämme Atlans angehörten, verteidigten die südlichen Wälder gegen alle Eindringlinge. Jeder, der es wagte, nach den Ruinen von Sari zu suchen, dem Heiligtum der Yach tief in den Dschungeln, in das noch nie ein Fremder seinen Fuß gesetzt und von dessen Goldschätzen die Legenden berichteten, fiel ihren vergifteten Pfeilen und Speeren zum Opfer. Die Karawanen und Schiffe aber, die das Land der Yach durchquerten, wurden in Frieden gelassen, denn der elfte Tat-Tsok, so war es in den Annalen des Palastes verzeichnet, hatte einen Pakt geschlossen mit dem kleinen Volk und mit viel Gold ihre Freundschaft erkauft. Kaum einer der Karawanenleute und Krieger aber, die in den Wäldern reisten, hatte die Yach je zu Gesicht bekommen. Scheu und zurückgezogen lebten sie in den unzugänglichen Teilen ihres Reiches, fern der Handelswege und fern der Dörfer und Palisadenfestungen, die dort entstanden waren.

Rah war neugierig auf die Wälder. Neben den Gebirgen des Nordens und der verbotenen Wüste des Südens, jenseits der kahlen Berge von Alani, dort, wo einst Hak geblüht, die Blume aus Marmor und Gold, die Stadt des sechszackigen Sterns, die der Zorn der Götter vernichtet hatte, galten nur die Wälder im Inneren Atlans als geheimnisvolles, unerforschtes Gebiet. Viele Legenden und Märchen handelten dort und viele der sagenhaften Abenteuer der Talmas der alten Tage hatten sich dort zugetragen. Seris hauste in diesen Landen, der launische Affengott der Yach, der als Kind des Be'el galt in den vergessenen Mythen Atlans, als Be'el noch der Gott ewigen Feuers gewesen, aus dem Vulkan Xav geboren, gefürchtet und verehrt von den Stämmen des Ostens, lange bevor er zum flammenden Herz des Tat-Be'el, dem doppelgesichtigen

Gott der Tat-Tsok wurde. Rah wußte wenig über die alten Götter, die vor dem Tat herrschten, und im Grunde waren sie ihm gleichgültig. Nicht auf sie hoffte er in den Wäldern zu stoßen, sondern auf Abenteuer für sein Schwert. Rah ließ sein Pferd traben, denn er wollte noch vor Einbruch der Dunkelheit einen Platz finden, an dem er die Nacht des Sonnensterns durchwachen konnte. Die Landschaft änderte sich rasch. Weiße Felstürme wuchsen aus den steil ansteigenden Wäldern auf, die das Tal des Mot zu beiden Seiten begrenzten. Rah sah zu den Kuppen empor. Eine davon überragte alle anderen. Dort oben wollte Rah die Nacht verbringen, einsam, die Ne blasend, dem Sonnenstern nahe, wie es sich geziemte für einen wandernden Talma. Als er an ein Gewässer kam, das in den Mot mündete, beschloß er, dem Bachlauf bergan zu folgen. Er hielt sein Pferd an, um es vor dem Aufstieg rasten zu lassen. Im gleichen Augenblick vernahm er von ferne merkwürdigen Lärm. Er schien von hinter der Biegung zu kommen, die Fluß und Weg beschrieben, um den großen Hügel zu umgehen.
Sofort spannten sich Rahs Muskeln. Mit tausendfach geübter Sicherheit sammelte er das Ka an seiner Stirn und dehnte die Sinne ins Unendliche. Er hörte das erregte Trappeln und Wiehern von Pferden, Kampfgeschrei und das Klirren von Waffen. Und er spürte den Tod, den treuen Begleiter eines jeden Gurena. Rah flüsterte seinem Pferd den Schlachtruf der Seph ins Ohr, um den Geist des Krieges in ihm zu erwecken. Gleichzeitig glitt das Schwert der Ahnen aus der Scheide. Der blanke Stahl blitzte auf in den letzten Sonnenstrahlen, als Rah seinem Pferd die Zügel schießen ließ. Wie ein Wirbelsturm jagte das edle Tier um die Wegbiegung. Die plötzliche erregte Angespanntheit seines Herrn hatte sich augenblicklich auf es übertragen.
Mit einem Blick überschaute Rah die Lage. Eine Räuberbande hatte eine kleine, von einer Handvoll Soldaten begleitete Karawane aus dem Hinterhalt überfallen. Die Krieger, die nicht im Pfeilhagel gefallen waren, bildeten zusammen mit den Kaufleuten und ihren Gehilfen einen Halbkreis um einige Lasttiere, die sich am Flußufer zusammendrängten. Eine große Schar von Angreifern drang ungeordnet, heulend und schreiend auf den verlorenen Haufen ein. Die Gewißheit eines leichten Sieges trieb sie voran. Einige der Wegelagerer waren schon damit beschäftigt, versprengte Pferde und Lasttiere einzufangen und ihr kostbares Gepäck mit gierigen Händen zu betasten.
Rah schoß wie ein Blitz mitten in den dichtesten Haufen der Angreifer. Sein Pferd, mit unendlicher Geduld auf die Anforderungen der Schlacht vorbereitet, stürmte ohne zu scheuen voran. Wenn das Ka

stark ist an deiner Stirn, kann kein Heer dich besiegen. Ruhig zog dieser Ausspruch des alten Harlana durch Rahs Kopf, als die Klinge der Seph die Reihen der Räuber lichtete. Noch bevor sie recht begriffen, daß sich offenbar ein zorniger Gott des Krieges, ein entfesselter Rachedämon, aus dem Nichts verkörpert hatte und unter sie gefahren war, lagen schon viele in ihrem Blut. Schreiend wandten sich die anderen zur Flucht. Das Schwert des jungen Talma zuckte nach allen Seiten und mähte die Männer wie reifes Korn. Die wenigen, denen die Flucht glückte, berichteten später ihrem Anführer im Hauptlager der nördlichen Wälder, ein sechsarmiger Dämon sei vom Himmel herabgestiegen, von gewaltiger Magie gerufen, und seine sechs Schwerter hätten gewütet wie ein Sturm aus todbringendem Metall. Rah, im Auge dieses Taifuns, war erfüllt von Ruhe. Das ist kein Heer, dachte er inmitten des stillen, weiten Raumes des Ka, unberührt von dem wilden Chaos um sich, sondern nur ein Haufen dummer Feiglinge. Das ist kein Kampf, würdig eines Gurena, sondern das Abschlachten von Tieren. Angewidert ließ Rah sein Schwert sinken. Die Räuber flohen, verfolgt von den Bewaffneten der Karawane, die neuen Mut geschöpft hatten. Gnadenlos metzelten sie die Verwundeten nieder, die sich verzweifelt, jammernd und um Hilfe schreiend, zu retten suchten. Die Gehilfen der Kaufleute versuchten indes, ihre Tiere einzufangen und zu beruhigen. Rah stieg vom Pferd und führte es zum Fluß, ohne dem Tumult um sich herum die geringste Aufmerksamkeit zu schenken. Er tätschelte zärtlich den Hals des vor Erregung bebenden Tieres und ließ es trinken. Dann kniete er nieder und wusch die Klinge seines Schwertes in dem träge dahinziehenden Wasser, trocknete sie sorgfältig mit einem weißen Leinentuch, prüfte sie und steckte sie in die Scheide. Er wirkte wie einer, der in tiefem Frieden gemächlich Rast macht und seine Waffe pflegt. Rah setzte sich ins Gras, schaute seinem Pferd zu, das zu weiden begann und starrte dann gedankenverloren in das braune, träge Gewässer, über dem Schwärme von Mücken tanzten. Er spürte keinen Triumph in sich, keine Freude über den Sieg, nur schroffe Bitterkeit, die sich mit Ekel mischte. Das Schreien und Rufen hinter ihm verebbte. Rah hörte, wie die Männer der Karawane sich sammelten und mit leisen, erregten Stimmen den Kampf besprachen. Rah spürte ihre neugierigen Blicke im Rücken. Aber all das ging ihn nichts an. Er wandte sich nicht um zu ihnen. Er war enttäuscht. Wie ein abgrundtiefes Loch tat sich die Ernüchterung über diesen Kampf in ihm auf. Es war kein Kampf gewesen, nur ein Töten hilfloser Kreaturen. Gewiß, sie hatten selber getötet, hatten andere überfallen, um sie zu berauben, waren dafür bestraft worden, aber sie waren dem Schwert der Seph nicht würdig. Sie waren keine Gurenas wie die Söhne des Algor, sondern hergelaufene Wilde, denen man Waffen in die Hände gegeben hatte. Ihr Blut war eine Beleidigung für die Klinge der Ahnen. Jeder Übungsgang in der Ghura war ehrenvoller als dieser Kampf auf Leben und Tod. Gewiß, seine Freunde würden ihn beneiden, wüßten sie davon. Sie würden ihn fragen, wieviele Feinde er getötet hatte, wie die Söldner der Kaufleute, die in den Delays von Kurteva einander zu überbieten suchten mit den prahlerischen Aufzählungen ihrer Siege. Sie brüsteten sich mit ihren Kämpfen gegen Räuber und bauschten die Stärke ihrer Feinde wortreich auf. Rah aber war angeekelt von diesem ungleichen Streit. Als er spürte, wie sich einer der Karawanenmänner zögernd näherte, fuhr er zornig herum und blitzte den Mann unwillig an, der erschrocken einen Schritt zurückwich, um sich dann tief vor dem jungen Talma zu verbeugen. Rah wollte mit diesen Krämern nichts zu tun haben. Sie gingen ihn nichts an und sollten ihn in Ruhe lassen.

»Herr,« begann der Händler mit unterwürfigem Klang in der Stimme, der Rah noch mißmutiger stimmte. »Darf ich Euch, dem wir alle unser Leben verdanken, zu meinem Herrn führen, der sich selbst bei Euch bedanken will.«

»Kann er nicht selbst kommen?« herrschte Rah ihn an. Seine Enttäuschung über den Kampf wandelte sich in Ärger. Der kleine, dicke Mann mit den Hamsterbacken und unstet umherwandernden Äuglein im fetten, glänzenden Gesicht, zuckte zusammen. Diese Kriecher, dachte Rah und wandte sich wieder dem Fluß zu.

»Verzeiht,« beharrte der Händler mit unsicherer Stimme. »Aber unser Herr wurde im Kampf verletzt und liegt drüben bei den anderen, die ihn pflegen und seine Wunden verbinden. Natürlich wäre er selbst zu Euch gekommen, hätten seine Verletzungen ihn nicht gehindert. Trotz seiner großen Schmerzen war das erste, das er mir auftrug, zu Euch zu gehen, damit er Euch Dank sagen kann.«

»Ich will keinen Dank,« erwiderte Rah schroff, ohne sich umzuwenden.

»Auch befahl er mir, Euch einzuladen, Euch zu erfrischen. Euch dürstet gewiß nach dieser Schlacht. Seid unser Gast und verfügt über unsere bescheidenen Mittel.«

Der Gedanke an einen Schluck Wein oder Lemp erweichte Rah. Er erhob sich wortlos. Jede seiner Bewegungen zeigte deutlich seinen Widerwillen, aber er folgte dem dienernden und buckelnden Mann, der vor ihm hertanzte wie ein Faun. Der von den Kaufleuten zu erwartende

Schwall an übertriebenen Dankesworten stimmte Rah schon im Vorhinein mürrisch. Die Gurenas sahen gewöhnlich verächtlich auf die Kaufleute herab, die ihr Leben dem Ansammeln und Verkaufen von Waren, dem Scheffeln von Reichtümern widmeten. Die Tatsache, daß viele der nicht begüterten Gurenas im Dienst reicher Kaufleute standen, schon seit Generationen abhängig waren von den großen Handelshäusern, änderte wenig an dieser Einstellung. Rah-Seph, der Talma, der freie Krieger, der auf den Spuren der sagenhaften Helden vergangener Zeiten wanderte, glaubte nun erst recht, diese geschwätzigen, dickwanstigen Weichlinge, die nur ihren Gewinn im Kopf hatten, verachten zu können. Er wollte ihren Dank nicht. Er hatte ihnen geholfen, und dafür sollten sie ihn in Ruhe lassen. Wahrscheinlich würden sie, die glaubten, die ganze Welt sei für Gold feil, ihm eine Belohnung anbieten, und ihn so zutiefst beleidigen. Er hätte gleich weiterreiten sollen. Rah biß sich vor Ärger auf die Lippen.
Die Männer hockten im Kreis um einige Verwundete. Sie machten Rah sofort Platz, als er in ihre Nähe kam. Ihre aufgeregten Gespräche verstummten. Sie verbeugten sich lange und tief. Rah streifte sie mit geringschätzigem Blick. Der kleine, fette Kerl, der ihn geführt hatte, kauerte vor einem stattlichen Mann nieder, der mit gesenktem Kopf im Gras hockte und sich den Arm verbinden ließ. Er hätte durchaus selber kommen können, schoß es Rah durch den Kopf. Als der Mann Rah bemerkte, zog er unwillig seinen halb verbundenen Arm zurück. Auch die Person, die ihn pflegte, drehte sich um und sah den Krieger an. Es war eine junge Frau, die Männerkleidung trug und sofort die Augen niederschlug, als sie Rahs erstaunten Blick bemerkte. Eine Frau bei einer Handelskarawane war ungewöhnlich. Rahs Verstimmung wandelte sich augenblicklich in Verwunderung und Neugierde. Auch der Mann, der von ihr verbunden wurde, machte einen guten Eindruck auf Rah. Er hatte nichts von der hündischen Unterwürfigkeit der anderen. Er war groß und kräftig, und das ebenmäßige, bärtige Gesicht verriet die edle Herkunft des vielleicht fünfzigjährigen Mannes. Er blickte Rah offen in die Augen und lächelte.
»Vielen Dank, fremder Gurena,« sagte er. »Wir wären verloren gewesen ohne Euch.«
Die junge Frau wandte Rah den Rücken zu und fuhr fort, den Mann zu versorgen. Er zuckte vor Schmerzen zusammen, als sie ein mit Kräuteressenzen getränktes Tuch auf seine Wunde legte.
»Verzeiht, daß ich mich nicht erheben kann, um selbst zu Euch zu kommen. Ein Pfeil hat mich ins Bein getroffen.« Er deutete auf eine

Stelle am Oberschenkel.« »Verzeiht auch, daß wir Euch Unannehmlichkeiten bereitet haben. Mein Name ist Serla-Mas. Ich führe diese Karawane im Auftrag von Ros-La, dem Oberhaupt des Hauses La. Wir kommen ursprünglich aus Feen, hatten Geschäfte in Kurteva und wollen nun nach Melat,« fuhr er fort. Seine Stimme war angenehm und freundlich. Rah, der vorgehabt hatte, sich kühl von den Kaufleuten zu verabschieden und seines Weges zu ziehen, gefiel dieser Mann. Er schien Bildung zu besitzen und gute Manieren. Die Gurenas neigten noch immer dazu, die Kaufleute für ungehobelte Emporkömmlinge zu halten, ohne Kultur und Feinsinnigkeit, die ihre geistlose Rohheit hinter Prunk und Reichtümern zu verbergen trachteten.

»Warum seid Ihr nicht in Kurteva geblieben zum Fest des Sonnensterns? Die Leute kommen aus ganz Atlan deswegen, und Ihr verlaßt die Stadt wenige Tage vorher?« Rah fiel unversehens in den höflichen Tonfall, den er in Kurteva bei Gesprächen mit Gleichrangigen pflegte. Während er sprach, schielte er neugierig nach der jungen Frau, die geschickt ihre Arbeit verrichtete.

»Es gibt wichtigeres zu tun, als in einer entrückten Menschenmenge auf die Tempeltuben zu warten,« entgegnete Serla-Mas lächelnd. »Obwohl ich mir noch vor wenigen Minuten sagte, daß es wohl besser für uns gewesen wäre, in Kurteva zu bleiben, wie der größte Teil unserer Eskorte.«

»Warum seid Ihr ohne sie aufgebrochen?«

»Kann man Söldnern vertrauen? Als sie hörten, daß wir noch vor dem Sonnensternfest weiterziehen wollen, sind sie in Kurteva verschwunden.«

»Und Ihr seid trotzdem gereist?«

»Die Straße nach Melat galt als sicher. Noch vor wenigen Jahren sind wir ganz ohne Soldaten gereist. Aber wir hatten Glück. Darf ich erfahren, wen Tat uns zu Hilfe schickte?«

»Mein Name ist Rah-Seph. Ich bin ein Talma.«

»Ich danke Euch nochmals, Rah-Seph,« sagte Serla-Mas und deutete eine Verbeugung an. »Auch im Namen der anderen.« Mit seiner gesunden Hand wies er auf die Männer, die sich nun vollzählig um ihren Führer und den fremden Gast versammelt hatten. Als Rahs Blick sie streifte, bekundeten sie murmelnd, mit übertriebenen Verbeugungen ihren Dank. Nur die Soldaten, die im Hintergrund standen, drückten ihre Anerkennung für den tapferen Talma durch ein knappes Senken des Hauptes an.

»Ihr seid ein guter Kämpfer, Rah-Seph. Ich verstehe zwar nicht viel von

dieser Kunst, aber ich habe kaum je ein schnelleres Schwert gesehen. Ich bin ein Fremder in Kurteva, aber von den Seph hörte ich schon.« Rah wollte nicht weiter über seine Herkunft oder gar den Grund seines Aufbruchs aus Kurteva sprechen und brummte etwas Unverständliches. Serla nickte und wechselte das Thema.
»Wollt Ihr einen Becher Wein? Verzeiht, daß ich Euch nicht schon eher fragte. Mir scheint, der Kampf ließ mich die einfachsten Gebote der Höflichkeit vergessen.«
Er winkte mit der Hand. Einer der Bediensteten eilte fort. Als er mit zwei gefüllten Kelchen wiederkam, hatte die junge Frau Serla-Mas' Arm verbunden. Er bewegte ihn prüfend. Als er Rahs verwunderte Blicke bemerkte, die auf der Frau ruhten, mußte er lächeln.
»Das ist Sae, meine Schwester. Es ist nicht üblich, daß Frauen mit den Karawanen reisen, aber offenbar ist meine Schwester keine gewöhnliche Frau. Sie hat Sen-Ju, der diese Karawane plante und bis Kurteva begleitete, so lange gedrängt, bis er ihr gegen meinen Willen gestattete, mitzukommen. Dafür muß sie jetzt Männerkleider tragen und sich mit Räubern herumschlagen.«
Der vorwurfsvolle Blick der jungen Frau traf ihn. Sie war schön, vielleicht halb so alt wie ihr Bruder. Ihre schmalen, grünen Katzenaugen verrieten das heftige Temperament, das sich hinter den verschlossenen Zügen ihres hellen, fast durchscheinend wirkenden Gesichtes verbarg. Sie begrüßte Rah, der sich vor ihr verbeugte, mit kühlem Kopfnicken und entfernte sich wortlos.
Serla-Mas sah ihr nach. »Sie setzt alles durch, was sie will und sie hat sich in den Kopf gesetzt, die Länder von Atlan kennenzulernen. Den Mas fließt das Blut von Reisenden in den Adern, müßt Ihr wissen.«
Rah leerte seinen Kelch. Aus den Augenwinkeln betrachtete er die zierliche Gestalt der Frau, die zum Fluß hinunterging. Ihr rascher Blick hatte bohrende Unruhe in dem Gurena aufgewühlt.
»Allerdings konnte ich sie überzeugen, daß die Nacht, in der in Kurteva die Tempeltuben geblasen werden, nicht gerade das passende für eine junge Frau aus Feen ist,« fügte Serla schmunzelnd hinzu. Rah nickte abwesend.
»Wir müssen aufbrechen. Wir wollen die Nacht bei den Ruinen des alten Heiligtums in der Nähe verbringen, die uns und den Tieren ein wenig Schutz bieten. Ich glaube zwar nicht, daß die Räuber, oder das, was Ihr von ihnen übriggelassen habt, zurückkommen werden, aber die Karawanen benutzen den verlassenen Tempel gerne als Nachtlager,« sagte Serla-Mas und scheuchte die Bediensteten an die Arbeit. Der Kreis

aus Menschen löste sich auf. Die Händler überprüften die Warenballen auf den Lasttieren, während die Soldaten den Verwundeten auf die Pferde halfen und die Toten auf Ersatztiere luden. Die Leichen der Räuber ließen sie achtlos liegen. Rah beobachtete ihre Arbeit mit Abscheu.
»Ja,« sagte Serla, den zwei Soldaten stützten und zu seinem Pferd führten, »das ist das letzte Ergebnis eines jeden Kampfes. Wir werden unsere Toten beim Tempel bestatten. Die anderen sollen den Tieren des Waldes gehören.«
Rah schaute den Mann an, der auf einem Bein zwischen den beiden Soldaten auf sein Perd zuhüpfte.
»Ihr seid ein guter Kämpfer, Rah-Seph, aber Ihr habt noch nicht viele Tote gesehen.«
Rah wußte nicht, was er erwidern sollte. Serla nickte ihm lächelnd zu. Er verbarg seine Schmerzen in Arm und Bein mit eisernem Willen.
»Wollt Ihr mit uns kommen?«
Als Rah den Kopf schüttelte, fügte Serla hinzu: »Ich weiß, daß Talmas es ihrer Ehre schuldig sind, die Einsamkeit zu lieben und die Entbehrung, aber vielleicht wollt Ihr Euch wenigstens in der Nacht des Sonnensterns eine warme Mahlzeit und ein bequemes Lager gönnen.«
Rah sah, wie die junge Frau auf ihr Pferd stieg. Mit einem mechanischen Kopfnicken nahm er die Einladung ihres Bruders an. Kurze Zeit später brachen sie auf.
Die Dunkelheit war bereits hereingebrochen, als sie bei den Ruinen des Tempels ankamen. Rah hatte schon von ihm reden hören. Er war einst dem Be'el geweiht gewesen, nicht dem Tat-Be'el, sondern dem Be'el allein. Die Tat-Los hatten ihn schleifen lassen, als der Tat-Tsok die Männer des Feuers in die Verbannung gestoßen. Von dem einst mächtigen Gebäude standen nur noch die Reste der Grundmauern. Brandgeschwärzte Stücke von Säulen und Mauerwerk lagen überall verstreut, von Büschen und Kräutern überwuchert. Die Höhle, die einst von der innersten Kammer des Heiligtums weit in den weißen Fels geführt hatte, an den das Haus des Be'el sich lehnte, war mit Schutt und Trümmern verschlossen. Als Rah mit einer Fackel im Gelände des Tempels umherkletterte, während die Kaufleute das Nachtlager richteten und die Soldaten die Gefallenen begruben, glaubte er den Haß und die Gewalt zu spüren, die einst hier getobt. Ein beklemmendes Gefühl kroch seinen Rücken hinauf. Rah hielt Ausschau nach der Schwester des Karawanenführers, die er in diese Richtung hatte fortgehen sehen, doch er konnte sie nirgendwo entdecken.
Serla-Mas erwartete den Gurena an einem kleinen, geschmackvoll ge-

deckten Tisch, den die Gehilfen vorbereitet hatten. Die anderen Karawanenleute lagerten abseits und hatten ein Feuer entzündet. Öllampen und Fackeln erleuchteten das Lager der Kaufleute und die Tafel von Serla-Mas. Rah war enttäuscht, Sae nicht bei ihrem Bruder zu finden, doch es wäre unhöflich gewesen, nach ihr zu fragen. Eine Mahlzeit aus kaltem Fleisch, gebratenen Tauben, Früchten und Wein war aufgetragen. Der Gurena, der sich in den Tagen seit seiner Flucht aus Kurteva nur von seinem Notproviant, einigen Ras-Broten, ernährt hatte, was ihm als die unangenehmste Seite seiner neu gewonnenen Freiheit erschien, warf einen raschen Blick auf die Leckerbissen, die ihm mitten in der Wildnis angeboten wurden. Diese Kaufleute ließen es sich gutgehen auf ihren Karawanenfahrten, dachte er. Seine Miene aber drückte Geringschätzung aus. Erst als Serla ihn mehrmals höflich aufforderte, griff Rah zögernd, fast widerwillig zu. Der Gedanke, mit einem Kaufmann die Tafel zu teilen, machte ihn unbehaglich. Sein Stolz verbot es ihm, sich die Köstlichkeiten munden zu lassen, nach denen es seinen Gaumen gelüstete. Serla hingegen bediente sich ungezwungen, als bemerke er Rahs Zurückhaltung nicht.

»Es wäre uns eine große Ehre, wenn ein Stück unseres Weges auch der Eure wäre,« sagte er. »Verfügt frei über unsere leider nur bescheidenen Mittel. Wir schulden Euch großen Dank.«

Rah schüttelte den Kopf.

»Wir ziehen weiter nach Melat am westlichen Meer. Wart ihr schon einmal in Melat?« fragte Serla-Mas.

»Nein,« entgegnete Rah.

»Eine interessante Stadt. Völlig anders als Kurteva. Ihr solltet sie besuchen, wenn Euch Euer Weg in diese Richtung führt.«

Rah zuckte die Achseln. »Wer will es wissen?«

»Der Einfluß von San ist immer noch stark, obwohl die Insel streng abgetrennt ist vom Festland. Aber Ihr wißt ja, Kurteva und der Tat-Tsok sind weit, und der Westen liebt beide nicht sonderlich.«

»Der Westen ist eine Provinz wie jede andere.«

»Auf den Karten der Tnachas. In Wirklichkeit war der Westen immer anders. Glaubt mir. Ich habe oft Karawanen dorthin geführt. Atlan ist groß. Obwohl die Hand eines einzigen Herrschers das Reich regiert, sind die meisten Provinzen doch eigenständig. Sie zahlen ihre Steuern und wollen weiter nichts mit Kurteva zu tun haben.«

»Was der Tat-Tsok nicht erreicht, das erreichen seine Priester.«

Serla lachte. »Verzeiht. Ich lache nicht über Euch. Aber Ihr seid offenbar noch nicht weit herumgekommen. Die Tat-Los sind mächtig in

Kurteva. Man sagt, daß sie den Tat-Tsok beherrschen, der alt und gefügig geworden ist. Sie lassen in seinem Namen prächtige Tempel bauen in allen Gegenden Atlans, aber das Volk kümmert sich kaum um sie. Schon hier, wenige Tagesreisen von Kurteva, herrscht Seris, ein primitiver Affengötze, und das kleine Volk der Yach würde jeden in Stücke reißen, der gegen ihn frevelte. In den Dörfern am Mot und Ysap gehen die Leute in die Tempel des Tat, aber beten zum Be'el, und in den Steppen von Alani, so sagt man, gibt es viele, die der Khaïla opfern. Ihr dürft nicht glauben, daß die alten Götter ausgerottet sind, nur weil man ihre Priester umgebracht hat und weil der Tat-Tsok befohlen hat, daß es den Be'el nicht mehr geben darf.« Serla lachte bitter. »Man kann einen Gott nicht stürzen und verstoßen, nur weil Priester Intrigen spinnen gegeneinander und die Gunst eines Herrschers sich der Seite zuneigt, die es geschickter tut. Ich bin kein Anhänger des Be'el, mißversteht mich bitte nicht, aber ich weiß, daß seine Flamme nicht ausgelöscht ist in Atlan. Viele, die einst mächtig waren in seinem Glauben, verbergen sich in den Städten und Dörfern, verbunden miteinander durch geheime Bande ihrer Magie. Sie warten auf die Stunde der Rückkehr. Das Volk liebt den Tat nicht, denn es sieht die Steuereintreiber in seinem Namen kommen und es sieht den Reichtum und die Prunksucht seiner Priester. Die Flamme des Be'el wird wieder mächtig. In Kurteva aber wiegt man sich in dem Glauben, sie sei für immer vernichtet.«
»Auch in Kurteva gibt es genug, die sich nach dem Be'el sehnen. Man munkelt sogar, im Palast des Tat-Tsok gebe es noch Tam-Be'el, verborgen in den weißen Gewändern des Tat.«
Serla-Mas nickte. »Dabei ist wahrscheinlich der Be'el verantwortlich für die Unruhen im Land. Seine Priester, die dem Morden entkamen, wiegeln heimlich das Volk auf, schüren die Unzufriedenheit bei den Arbeitern und Sklaven, richten die Hoffnung der Unglücklichen auf die Rückkehr der Flamme. Sie wollen, daß das Land verfault in seinem Kern, damit es reif werde für die Wiederkehr ihres Gottes. Wurde der Be'el nicht verstoßen von den Männern des Tat, weil er drohte, zu mächtig zu werden? Allen geht es einzig um die Macht, den Tat-Los und auch den Tam-Be'el. Der Tat der Priester und der Be'el sind aus einem Holz geschnitzt, sagt der Tat-Sanla. Fast glaube ich, er hat recht.«
»Wer ist der Tat-Sanla?«
»Ihr kennt diesen Namen nicht?«
»Doch. Nannte man so nicht den Mann, der sich Gesandter des Tat hieß, und der von San auf das Festland kam, vor vielen Jahren? Der Tat-

Tsok ließ ihn gefangennehmen und lieferte ihn den Tat-Los aus. Ist es nicht so? Sie haben ihn dem Tat-Be'el geopfert.«

»Ja. Er kam in der Zeit der großen Seuche und war das Licht der Menschen im Westen. Tausende sind ihm gefolgt und haben an ihn geglaubt. Sein Name wurde niemals vergessen im Westen. Ihr habt von den Aufständen gehört, die nach seiner Ermordung dort ausbrachen. Mit roher Gewalt mußte der Tat-Tsok sie niederschlagen. Glaubt mir, seit dieser Zeit ist der alte Haß der Menschen des Westens gegen den Tat-Be'el und seine Priester neu entflammt. Die Kluft zwischen Melat und Kurteva ist unüberbrückbar geworden. Das Volk dort betet auch zum Tat, aber es ist nicht der Tat der Tempel und der Zeremonien, sondern der Tat, wie ihn der Sanla lehrte, der große Ozean, der goldene Fisch der Seele. Der Sanla hat prophezeit, daß er wiederkommen werde in Zeiten der Dunkelheit, um das Gute zum Sieg zu führen. Die Menschen des Westens haben ihre Hoffnungen darangesetzt und nun, so sagt man, ist er wiedergekommen.«

»Er ist wiedergekommen?«

»Ja. Ein Mann zieht durch das Land, und die Menschen, die ihm folgen, verkünden, er sei die Wiederverkörperung des Sanla. Ganz Alte, die den ersten Tat-Sanla noch kannten, die ihn selbst sprechen hörten, haben ihn wiedererkannt. Man begrüßt ihn in den Ebenen um Melat als den Retter, den Erlöser vom Joch des Tat-Tsok.«

»Woher kommt er?«

»Man sagt, auch er komme von der Insel San. Habt Ihr nie gehört, daß vor vielen Jahren das Feuerorakel des Tat-Be'el sprach? Ich glaube, es war sein letzter Spruch, bevor der Be'el verstoßen wurde. Nachdem die Priester den Sanla ermordet hatten, sprach es und sagte, einer, der gekommen sei, den Tat-Be'el zu verderben, sei auf der Insel San geboren. Ich hörte in Melat, daß der Rat der Alok daraufhin einige ausgewählte Gurenas nach San schickte. Man sagt, sie seien vorgedrungen zu dem Ort, den das Orakel nannte und hätten dort alle Neugeborenen erschlagen. Keiner von ihnen kehrte zurück, denn die Menschen von San rissen sie in Stücke, aber Kunde kam von der Insel, daß sie viel Blut vergossen hätten in dieser einen Nacht. Nichts haben die Männer des Tat-Be'el mehr gefürchtet, als eine Wiederkehr des Sanla. Aber er ist trotzdem gekommen. Der Sanla sagt heute, nach dem Tod seiner ersten Verkörperung habe sich der Tat-Be'el in seine zwei Aspekte der Lüge gespalten, die so verschieden scheinen, aber beide von der gleichen Verderbtheit durchdrungen sind.«

»Man wird Jagd auf ihn machen, wenn man von ihm erfährt in Kurteva.«

»Oh ja. Aber die Menschen, die ihm folgen, sagen, die Zeiten hätten sich gewandelt. Damals sei er gekommen in Sanftmut und Güte und habe sich geopfert für den Namen des Einen Wahren Tat, habe geschwiegen im Palast des Tat-Tsok, als man ihn zu Tode quälte, diesmal aber sei die Zeit gekommen, zu sprechen. Die Sprache Atlans aber sei das Schwert.«

»Seltsame Worte für einen Erlöser,« schmunzelte Rah, »So pflegen die Gurenas zu reden.«

»Er spricht nicht nur darüber. Die Tat-Los haben Jagd auf ihn gemacht, haben Soldaten angefordert aus Kurteva. Der Tat-Sanla hat sich in den Gebirgen hinter Melat verborgen, und doch scheint er überall im Westen zu sein. Aus dem Unsichtbaren taucht er auf, spricht zu den Menschen, und bevor die Soldaten kommen, ist er wieder verschwunden. Noch versteckt er sich, sagen seine Anhänger, aber die Zeit wird kommen, wo er sie anführen wird gegen die Verderbtheit des Tat-Tsok. Glaubt mir, die Tat-Los im Westen haben es nicht leicht in diesen Tagen. Man beginnt schon, Tempel an entlegenen Orten zu überfallen, obwohl der Sanla sagt, die Zeit der Befreiung sei noch nicht gekommen. Noch predigt er Sanftmut, doch alle wissen, daß er zum heiligen Krieg rufen wird, wenn die Stunde gekommen ist.«

»Glaubt Ihr denn an ihn?«

»Ich glaube an nichts, das ich nicht mit eigenen Augen gesehen habe. Als ich das letzte Mal im Westen war, hörte ich nur sprechen von ihm, im geheimen, hinter vorgehaltener Hand. Heute soll es anders sein. Der Führer unserer letzten Karawane nach Melat hat ihn gesehen und mir von ihm berichtet. Diesmal werde auch ich ihm begegnen.«

»Ich kann mir denken, daß er ein Aufrührer ist, der den Namen des toten Tat-Sanla benutzt, um das Volk zu gewinnen.«

»Das dachte ich anfangs auch, aber man sagt, er wirke Wunder wie der erste Sanla, er heile Kranke, und ein Blick seines Auges könne Tote erwecken. Und vergeßt nicht, daß selbst das Feuerorakel des Be'el seine Wiederverkörperung prophezeit hat.«

»Ich denke, ich halte es wie Ihr. Ich glaube es erst, wenn ich es sehe.«

Serla-Mas schmunzelte. »Wenn Ihr mit in den Westen kommt, könnt Ihr Euch überzeugen. Ich habe fest vor, den Sanla zu sehen. Er sagt, ein neues goldenes Zeitalter werde anbrechen, wenn der Tat-Tsok und der falsche Tat der Tempel gefallen ist.«

»Nachdem der Be'el bereits vertrieben ist, hat er es nur noch mit dem Tat zu tun. Und wenn alle Tat-Los so verfettet und verdorben sind wie die in Kurteva, wird es ihm nicht allzu schwer fallen,« scherzte Rah.

»Oh, mein junger Freund, ich sagte Euch schon, daß der Be'el alles andere als tot ist. Wißt Ihr, was die Tam-Be'el dem Volk erzählen? Der Be'el habe sich losgemacht vom Tat, mit dem er durch einen Fluch verbunden war für unzählige Jahre und sei in die reinigende Verbannung gegangen, um dort wieder zu seiner wahren, alten Macht heranzuwachsen.«

»Mir scheint, alle Götter und Erlöser Atlans warten im Augenblick auf ihre Stunde. Ich hoffe, sie kommen einander nicht in die Quere.«

»Ihr seht es auf die heitere Art, Rah-Seph. Vielleicht ist dies die beste. Aber man sollte diese Dinge nicht unterschätzen. Ihr kennt nur die prunkvollen Zeremonien der Tat-Los, die nichts weiter sind als bunte Spektakel mit viel Räucherwerk und Lärm. Ich weiß, daß man in Kurteva gewohnt ist, die Verehrung des Tat nur als Anlaß für prachtvolle Feste zu nehmen. Aber glaubt mir, ich habe die wahre Macht der alten Götter kennengelernt. Ich habe viel gesehen auf meinen Reisen. Ich kann Euch sagen, daß der Be'el wirklich wächst und mächtig wird. Atlan wird erzittern vor seiner Macht, wenn die Tam-Be'el losschlagen. Sie verfügen über die gewaltige Magie der Nokam, die noch aus der Zeit der Khaïla stammt, über Kräfte, die den Tat-Los längst verloren sind.«

»Ihre Kräfte haben ihnen nicht geholfen, als die Tat-Los sie verfolgt und ermordet haben.«

»Es waren die Schmerzen der Trennung von der Lüge, sagen sie, die Reinigung des Feuers von allen Schlacken. Jetzt erst reife die wahre Kraft in ihnen. Die Gewalt ihres Hasses ist groß. Auch der Sanla sieht im Be'el die größere Gefahr für Atlan als im Tat, in dessen Namen er verfolgt wird. Er, der das wahre Licht des Tat trägt, warnt vor der Macht des Dunklen, die sich im Be'el verkörpert hat. Die Tam-Be'el sind mächtig. Gewaltiger Haß brennt in ihnen.«

»Ich habe noch nie einen Tam-Be'el gesehen.«

»Ihr befindet Euch in einem Heiligtum des Be'el. Dieser Tempel war der Flamme geweiht. Die Tat-Los haben ihn zerstört. Aber seine Kraft wurde nicht gebrochen, sagt man. Hier soll der heiligste Sitz seiner Macht gewesen sein, schon bevor er sich mit dem Tat verband. Jahrelang kamen die Tam-Be'el von Motok heimlich her, um zu beten, nun aber halten sie wieder offen ihre Zeremonien ab. Niemand wagt es, sie daran zu hindern, hier, gerade ein paar Tagesreisen von Kurteva entfernt.«

»Ihr meint, man huldigt der Flamme wieder in aller Öffentlichkeit?«

Serla-Mas lachte. »Nun. Man lädt nicht gerade jedermann dazu ein, aber alle, die es wissen sollen, erfahren es. Ihr könnt Euch selbst davon überzeugen. Einige meiner Leute scheinen dem Be'el nicht gerade feindlich gesinnt. Sie konnten es kaum erwarten, heute nacht hierher zu kommen.«

»Warum?«

»Sie sagen, daß in der Nacht des Sonnensterns hohe Tam-Be'el zum großen Bild kämen, um der Flamme zu huldigen. Ihr müßt wissen, daß auf der Kuppe des Berges ein großes steinernes Bild des Be'el steht. Ich weiß nicht, ob die Tat-Los es vergessen haben, als sie den Tempel vernichteten, oder ob es ihnen nicht gelungen ist, es zu zerstören. Es soll noch aus der Zeit stammen, als der Be'el der einzige Gott des Oststammes war, aus dem Xav geboren. Die Legende sagt, es sei aus einem Stein gemeißelt, den der heilige Vulkan vor undenklichen Zeiten aus dem Leib der Erde herausgeschleudert und bis hierher geworfen habe.«

»Wollt Ihr hingehen?« Rahs Augen leuchteten. Er hatte so vieles über den Be'el gehört, Geheimnisvolles, Gutes, Böses. Immer wieder waren in Kurteva neue Gerüchte und Geschichten über den verstoßenen Gott aufgeflogen. Einem verbotenen Feuerritual des Be'el in der Nacht des Sonnensterns beizuwohnen, schien ihm ein Abenteuer ganz nach seinem Geschmack.

»Ich glaube nicht, daß ich mit meinem verletzten Bein hinaufkäme. Außerdem habe ich genug Be'el-Riten gesehen. Ich sagte Euch bereits, daß ich kein Freund dieses Gottes bin, auch wenn es scheint, als würde er bald wieder Atlan beherrschen.«

Rah nickte abwesend. »Ihr solltet Eure Wunde pflegen, und Euch zur Ruhe begeben, Serla-Mas. Ich werde Euch nicht länger zur Last fallen.« Der Karawanenführer lächelte milde. »Ich verstehe Eure Neugier, Rah-Seph. Aber ich würde Euch nicht raten, auf den Berg zu steigen. Die Tam-Be'el sind empfindlich. Sie lieben keine Gäste, die nicht der Flamme ergeben sind. Schon mancher ist nicht wiedergekehrt von einem Feuerfest des Be'el.«

»Auch mein Schwert ist im Feuer geschmiedet.«

»Die Magie des Be'el ist mächtiger als geschliffener Stahl.«

»Man hat mich schon einmal vor der Macht eines Gottes gewarnt, doch mein Schwert hat gezeigt, daß es mit seinen Dienern fertig zu werden vermag. Sagt der Tat-Sanla nicht, alle Götter seien aus der gleichen Lüge gemacht?«

Serla wiegte den Kopf. »Ich will Euch nicht zurückhalten. Doch ich rate Euch: Setzt Euch lieber mit mir an den Fluß, um den Sonnenstern zu betrachten. Er gilt allen als heilig, dem Tat, dem Be'el und allen anderen

Göttern, die ich kenne. Selbst der Seris ist dem alten Volk der Yach gnädig gestimmt in dieser Nacht. Man sagt, die kleinen Leute würden das gleiche tun, was man in Kurteva nach dem Anblasen der Tempeltuben tut.«

Rah lachte. »Ich bin sicher, daß ich den Sonnenstern auch beim Bild des Be'el sehen werde. Habt Ihr nicht selbst gesagt, daß man sich von allem mit eigenen Augen überzeugen sollte?«

»Wenn Ihr unbedingt wollt, dann geht nur. Ihr könnt den Weg nicht verfehlen.« Serla wies auf einen Saumpfad, der vom Tempel in den Wald führte. »Auch viele meiner Leute sind bereits aufgebrochen. Es scheint, die Menschen folgen immer dem Gott, der gerade am mächtigsten ist, ohne auf die Stimme ihres Herzens zu hören.«

Rah war wie von einem Fieber ergriffen. Er wollte dieser verbotenen, geheimen Zeremonie beiwohnen. Dabei war es ihm nicht wichtig, welchem Gott sie geweiht war. Seinen nach Bildern und Eindrücken hungrigen Sinnen kam jedes Abenteuer recht, das seinen Weg kreuzte. Er verneigte sich höflich vor Serla-Mas, nahm eine Fackel und eilte den schmalen Bergpfad hinauf.

Schon bald traf er auf den alten heiligen Weg, der einst vom Tempel zum Bild des Be'el geführt hatte. Die steinernen Stufen waren von Moos und Dickicht überwuchert. Trümmer von Säulen lagen im Dornengestrüpp zwischen den Bäumen. Rah eilte etwa eine Stunde auf dem schmalen Steig voran, der sich zwischen dem Unterholz und den Resten des alten Weges hindurchwand. Plötzlich hörte er aus der Ferne den Klang einer tiefen, schnarrenden Musik. Er hielt an und lauschte. Sein Blick wanderte nach oben. Ein mächtiger Feuerschein weckte tausende Schatten in den Baumwipfeln. Vorsichtig ging der junge Gurena weiter. Als er den höchsten Punkt des Weges erreicht hatte, stand er am Rande einer riesigen Kratermulde. Sie war in einem gleichmäßigen Oval geformt und fiel zur Mitte hin von allen Seiten sanft und glatt ab. Wie eine dunkle Wand säumte der Wald diesen gewaltigen, mit hohem Gras und Gebüsch überwachsenen Kessel. In seiner Mitte befand sich ein kolossaler Steinkopf, vielleicht zehn Mann hoch, so daß er von der tiefsten Stelle der Senke, in der er stand, bis an die Höhe der Bäume an ihrem Rand heranreichte. Das fratzenhafte Antlitz des Standbildes starrte Rah an. Der alte Tempelweg führte direkt auf das Bildwerk zu. In seinem weit aufgerissenen Rachen und in den tiefen Höhlen von Nase und Augen tobte ein mächtiges Feuer, das blutigen Widerschein und wild zuckende Schatten an die Seiten der Kratermulde warf. Rah

erschrak, löschte seine Fackel und zog sich in den Schatten des Waldes zurück.
Im Halbdunkel des Kraters sah er hunderte von Menschen vor dem feuerlodernden Rachen sitzen. Ihre Oberkörper wiegten langsam zu den schnarrenden Klängen der Xelm, der Schalmeien der Tam-Be'el. Rah kannte diese Instrumente mit dem breit geschwungenen Schalltrichter. Einige seiner Freunde hatten solche in Kurteva verbotenen Schalmeien besessen. Aber Rah hatte noch nie ein Xelm-Orchester gehört. Die Musik, die aus dem Inneren des Steinkopfes zu kommen schien, war schreiend und dissonant, doch sie zog Rah augenblicklich in ihren Bann. Der Gurena spürte, wie sie nach ihm faßte und seine Lebenskraft an einem Punkt dicht unter dem Nabel zu einem schmerzenden Knoten zusammenkrampfte. Rah wollte weiter in den Wald zurückweichen, aber als er sich bewegte, fühlte er, daß seine Füße gegen seinen Willen in die andere Richtung gingen. Langsam stieg er über die Stufen den Abhang hinab, auf die feuerspeiende Fratze des Be'el zu. Er nahm sich zusammen, wollte das Ka an seiner Stirn sammeln, um diesem Sog, der ihn gepackt, zu widerstehen, aber er vermochte es nicht. Die Kraft der Gurenas schien zersplittert und von einer stärkeren Macht ergriffen. Rah stieg zu den Menschen hinab, die vor dem Bild des Be'el saßen und setzte sich zwischen sie, ohne es wirklich zu wollen. Keiner bemerkte sein Kommen. Mit weit aufgerissenen, glasigen Augen starrten sie in den Feuerschein der Statue und wiegten die Körper zur endlosen Melodie der Xelm. Mit all seiner Willenskraft zwang Rah sich, nicht der Trance zu verfallen, die ihn überwältigen wollte. Er erhob sich, um fortzugehen. Alles ist doch nur ein lächerlicher Spuk, dachte er. Er machte einige unbeholfene Schritte und bemerkte, daß es ihn näher an den steinernen Kopf heranzog. Er schob sich wankend zwischen den entrückten Menschen hindurch, die keine Notiz von ihm nahmen. Die schnarrende Musik der Xelm schwoll zu schaurigem Lärm. Hitzewellen schlugen Rah aus dem weit aufgerissenen Maul des Feuergottes entgegen. Die entsetzliche Musik schien mitten aus den Flammen zu kommen.
Die Jahre in der Ghura hatten Rahs Willenskraft zu eiserner Disziplin erzogen. Noch einmal gelang es ihm, sich zu bezwingen und sich zu setzen. Mit beiden Händen krallte er sich in die Erde. Er befand sich jetzt mitten in der sich wiegenden Menschenmenge. Als er sich niederließ, spürte er, wie eine starke Kraft seinen Körper dazu bewegen wollte, im Rhythmus der Xelm mitzuschwingen. Vor seinen Augen schwammen Lichter und Schatten. Er schloß die Lider. Er glaubte zu schweben und

in den Rachen des Be'el hineingezogen, von dem tobenden Feuer gepackt zu werden. Alles in ihm lehnte sich dagegen auf, aber die Kraft, die ihn erfaßt hatte, drückte ihn unbarmherzig in die Flammen. Er riß die Augen wieder auf und starrte in den Rachen des Be'el. Angst flog in seinem Herzen auf. Etwas Fremdes war auf einmal in seinen Gedanken und dachte für ihn. Ewiger Friede ist im Feuer, sagte es, Glück, Erfüllung, Erleuchtung, Freiheit. Rahs Willenskraft wurde schwächer. Die Flamme ist der Sonnenstern auf Erden, das reine Feuer, das die Herzen läutert und beglückt, der Eine Be'el, der Ewige, der Höchste, der Allweise und Allgute.

Mit letzter Kraft zwang Rah sich, den Blick vom Feuer abzuwenden. Er riß seinen Kopf hoch und blickte in den sternübersähten Himmel. Die Stimme in ihm ließ nach, aber Rah fühlte ihre gnadenlose Kraft noch in sich. Der Sonnenstern hatte sich über den Rand des Kraters erhoben. Sein Licht überstrahlte das der anderen Sterne. Rah starrte ihn an wie ein Schwimmer, dem auf dem offenen Meer die Arme erlahmen, das unendlich ferne Ufer anstarrt, das jenseits der Reichweite seiner Kräfte liegt. Die Musik der Xelm zog und zerrte an ihm. Rah fühlte sich auseinandergerissen. Er versuchte verzweifelt, sich aufzurichten, aber es gelang ihm nicht. Jede seiner Bemühungen kehrte sich gegen ihn, raubte ihm Kraft, drückte ihn zu Boden. Ein Regen von Funken, der aus dem Feuerrachen des Be'el heraustob und den Nachthimmel für einen Augenblick mit unzähligen rot leuchtenden Kometen bedeckte, riß Rahs Augen vom Sonnenstern fort. Die Stimme in ihm sprach wieder und formte sich zu klaren Gedanken, die nicht die seinen waren. Rah tastete nach seinem Schwert. Er spürte den kalten Knauf zwischen seinen Fingern, erfühlte das Auge des Tigers aus Perlmut, dann erlahmten die Hände. Es schien, als sei die Luft dickflüssig geworden, eine breiige Masse, die jede geringste Bewegung zu einer unendlichen Anstrengung werden ließ, und die sich in dichten, glühenden Schüben aus dem Rachen des steinernen Be'el hervorwälzte. Die Menschen um Rah wurden von dieser schweren Feuerluft bewegt, der junge Gurena aber, der sich gegen sie wehrte, glaubte, er werde erstickt von ihr. Auch die Zeit dehnte sich zu zäher Masse. Laß los. Gib dich dem Be'el, tönte die Stimme in ihm. Rah schloß die Augen. Sofort glaubte er sich wieder in das verheerende Feuer gestoßen. Es verbrannte ihn nicht und doch schien es alles in ihm zu zerstören. Gib dich dem Be'el, hallte es aus den Flammen. Rah bäumte sich auf und öffnete die Augen. Aber es gab keinen Unterschied mehr zwischen Innen und Außen – über alles raste dieser unbändige Feuersturm hin. Die Musik der Xelm schwoll zu einem furchtbaren Crescendo, dann brach sie jäh ab. Rah stürzte hilflos in den Abgrund der Stille. Eine kahlköpfige, schwarz gewandete Gestalt schien aus dem Feuermeer heraus vor die Menschenmenge hinzutreten, die beim Abbrechen der Musik in ihrer taumelnden Bewegung erstarrt war. Die Gestalt warf einen zuckenden Schatten über die Menschen.

»In dieser Nacht seht ihr das Feuer des Be'el am Himmel leuchten und auf der Erde,« sagte sie. Rah glaubte die fremde Stimme in seinem Inneren wiederzuerkennen. »Nutzt diese heilige Nacht des Einen Be'el, in der Himmel und Erde sich vereinen, um euch der Flamme zu opfern. Schenkt eure Herzen dem Be'el. Er gibt denen ewiges Glück und ewige Macht, die sich ihm ergeben, die anderen aber verbrennt er für immer. Die dem Be'el gehören, sind die Flammen, die anderen sind die Asche. Die sich dem Be'el geben, gehören dem Leben, die anderen gehören dem Tod.«

Regungslos lauschte die Menge. Die singende Stimme des Mannes erfüllte den weiten Kraterkessel. Rah spürte, wie die Erstarrung, welche die anderen Menschen befallen hatte, langsam auf sein Herz zukroch. Er lehnte sich mit den zersplitterten Resten seines eigenen Willens dagegen auf.

»Der Be'el ist die Kraft, der Tat die Schwäche. Der Be'el ist das Licht, der Tat das Dunkel. Der Be'el ist das Wissen, der Tat das Nichts. Der Be'el ist die Freiheit, der Tat die Gefangenschaft.«

Die Stimme des Tam-Be'el fiel in eintönigen Sprechgesang. Ein seliger Ausdruck machte sich auf den Gesichtern der Menschen breit. Leise Worte der Zustimmung lösten sich von ihren mechanisch bewegten Lippen. Endlos floß der Strom des Gesanges. Rah spürte mit Entsetzen, daß die fremde Macht, die seine Gedanken lenkte, jedes dieser Worte als unumstößliche Wahrheit in sein Herz pflanzte, das immer mehr von eisiger Starre befallen wurde. Die zähflüssige, heiße Luft, die er atmete, drang in sein Inneres und verbrannte es. Trotzdem fror er. Rah wollte schreien, aber er konnte nicht. Sein Körper gehorchte ihm nicht mehr. Unentwegt floß der leiernde Gesang des Tam-Be'el. Die Menschen starrten verzückt in die Flammen. Ihre Rufe der Zustimmung, die nach jedem Satz des Priesters aus hunderten von Kehlen drangen, wurden lauter. Rah fühlte sich tiefer und tiefer in der grenzenlosen Macht des Be'el versinken. Seine letzten eigenen Kräfte zerrieben sich und versiegten.

»Wem gehört euer Leben?« fragte die Stimme innen und außen.

»Dem Be'el!« tönte es hundertfach zurück. Dumpf stießen die Menschen den Namen der Flamme hervor.
»Wem gehört euer Blut?«
»Dem Be'el!«
So ging es endlos. Immer wieder begann die Stimme von neuem und wiederholte die Fragen. Die Antwort der Menge schwoll zu mächtigem Brausen.
»Wem gehört euer Herz?«
»Dem Be'el!«
Auch Rahs Mund öffnete sich, um in das monotone Rufen einzustimmen. Doch kein Laut kam über seine Lippen.
»Wem gehört euer Wille?«
»Dem Be'el!« brüllten die Menschen. »Dem Be'el!« schrie auch die fremde Stimme in Rahs Innerem, aber mit der letzten Verzweiflung eines Ertrinkenden verhinderte der junge Talma, daß sein Mund den Namen dieses grausamen Gottes aussprach.
»Wem gehört eure Seele?«
»Dem Be'el!«
Stechende, brennende Schmerzen durchfuhren Rah. Tausende glühende Nadeln bohrten sich in ihn. Das Feuer vernichtete ihn. Ohne Ende ging das Fragen und Antworten weiter. Die Verzückung der Menge steigerte sich. Ihr Schreien hallte von den Anhöhen der Kratersenke wider.
»Wem gehört euer Leib?«
»Dem Be'el!«
Einige Menschen erhoben sich und bewegten sich steif auf das Feuermaul der Statue zu.
»Die dem Be'el nicht ganz gehören, sollen seinem Feuer verfallen,« rief der Priester. Die Menge antwortete mit einem jubelnden Aufschrei.
»Der Be'el ist zornig, weil Feinde unter euch sind, die ihn belügen und sich der Flamme verweigern.«
Ein gurgelnder Laut der Entrüstung brach aus den Kehlen der Menschen.
»Sie lästern dem Einen Allmächtigen Be'el!«
Rah fühlte sich von der fremden Kraft emporgerissen.
»Doch das heilige Feuer wird sie vernichten.«
Rah wankte nach vorne, auf das rasende Feuermeer zu. Er fühlte ein mächtiges Drängen in sich, den anderen zu folgen und sich in den Rachen der Flamme zu stürzen, um der entsetzlichen Qual in seinem In-

neren ein Ende zu bereiten. Die fremde Kraft war stärker als die Todesangst, die sich jetzt, einer Flutwelle gleich, in ihm erhob.
»Es duldet nicht die Lästerer und Lügner unter euch!«
Einer, der vor Rah aufgestanden war, ging an dem Tam-Be'el vorbei und sprang in den Schlund des Be'el. Eine gewaltige Stichflamme zuckte aus dem steinernen Maul in den Nachthimmel. Rah hatte die vorderste Reihe der Menschen erreicht, als ein zweiter Mann, einem Traumwandler gleich, mit starrem Blick und knappen, mechanischen Bewegungen, die steinerne Lippe des Be'el erklomm und sich in das Wüten des Feuers fallen ließ. Wieder schossen die Flammen hoch in den Himmel. Ein Jubelschrei aus hunderten Mündern begleitete sie. Rahs Augen folgten den sprühenden Funken und erblickten zwischen ihnen den Sonnenstern, der hoch am Himmel stand. Verzweifelt klammerten sie sich an das funkelnde Licht des Sterns.
Rah spürte, wie er kraftlos nach hinten sank und wenige Schritte vor dem Priester ins Gras fiel. Der kahlköpfige Mann beachtete ihn nicht. Rahs Blick hing am Sonnenstern. Ein dritter Mensch opferte sich dem Feuer. Der frohlockende Aufschrei der Masse drang wie durch dichten Nebel an Rahs Ohren. Die Wellen der Kraft, die aus dem Maul des Be'el hervorbrachen, wälzten sich mit vernichtender Macht über den Gurena hin.
Plötzlich hörte der Gesang des Tam-Be'el auf. Jede Bewegung erstarb. Für einen endlosen Augenblick herrschte tiefe Stille. Dann setzten die Xelm wieder ein. Sie begannen mit einem dunklen, getragenen Ton, der allmählich anschwoll. Rah lag auf dem Rücken, die Hände in die Erde gekrallt. Sein Blick klammerte sich an den Sonnenstern. Die Musik des Be'el floß über ihn hin, ohne ihn zu berühren. Die fremde Kraft wich aus ihm. Er spürte, wie die zähe Feuerluft, die er atmete, wieder nachgiebig und weich wurde. Seine Augen folgten dem Sonnenstern, der sich langsam den Bäumen am südlichen Rand des Kraters näherte. Rah hob den Kopf, um sein Licht länger im Auge zu behalten. Er spürte, daß der Körper wieder dem Willen gehorchte. Das Feuer im Kopf des Be'el begann zu erlöschen, aber die Menschen saßen noch immer regungslos. Schweigend starrten sie in die rasch sinkenden Flammen. Der Sonnenstern verschwand hinter der Wand des Waldes. Rah setzte sich auf. Das Feuer fiel in sich zusammen. Zugleich schien seine Macht über die Menschen nachzulassen. Am Grunde des steinernen Rachens glimmte und flackerte ein Meer dunkler Glut. Die Nacht drängte heran und wischte den Feuerschein von den Gesichtern der Menschen. Wie Bilder aus einem bösen Traum erschien es Rah. Die Musik der

Xelm wurde leise und schmeichelnd. Ihre Melodie rührte Rahs Herz. Er hörte, wie die Menschen hinter ihm vor Ergriffenheit seufzten. Der furchtbare Kampf in seinem Inneren war vergessen. Rah empfand es als Wohltat, sich nun, da alles vorüber war, den lieblichen Klängen der Schalmeien hinzugeben. Er wußte nicht, was ihm geschehen war, schien außerstande, einen klaren Gedanken zu fassen. Er fühlte sich leer und ausgebrannt, aber er war glücklich, daß er den tödlichen Kampf gegen das Feuer bestanden hatte und empfand die süße Musik der Xelm als Belohnung für seine Stärke.
Tief im Rachen des steinernen Bildes wurde die Silhouette einer zierlichen Gestalt sichtbar. Rah starrte sie an. Als sie näherkam, erkannte er eine nackte, junge Frau, die mit kleinen Schritten über die rot schwelende Glut ging. Ihr Blick war starr nach vorne gerichtet. Ihr gertenschlanker Körper schien wie eine weiße Blüte, die über dem Meer des Feuers schwebte. Ihre Füße wateten in der Glut. Flammen züngelten hoch bei jedem ihrer Schritte. Ein feines Lächeln spielte um ihre Lippen. Unendlich lange dauerte es, bis sie den Rand des steinernen Beckens erreichte. Rah konnte den Blick nicht von ihr wenden. Sein Herz hämmerte wild. Als sie den riesigen Feuerrachen durchquert hatte, schwiegen die Xelm. Stille legte sich wie samtene Hände über den Krater. Die junge Frau stieg aus dem Schlund des Be'el heraus. Langsam schritt sie auf die wartenden Menschen zu. »Die Blume des Be'el. Die reine Nat-Blüte. Der Kelch der Flamme,« riefen Stimmen aus dem Dunkel. Rah hörte sie kaum. Seine Sinne waren gefangen von der makellos schönen Frau, die aus dem Feuer stieg. Jede ihrer Bewegungen war von fließender Anmut. Rah erhob sich. Er wußte auf einmal, daß sie zu ihm kam. Jede Faser seines Körpers spürte es, schien zu brennen, zu zerfließen vor Verlangen. Die Menschen krochen an ihn heran und zogen ihm die Kleider vom Leib. Willenlos ließ er es geschehen. In seinem Kopf wirbelte rasende Leidenschaft. Die Menschen lösten seinen Gürtel. Das Schwert der Seph fiel klirrend zu Boden. Es war dem Talma gleichgültig. Unzählige Hände strichen über seinen nackten Körper. Teilnahmslos spürte er es. Er starrte die Frau an. Sie kam näher. Alles um ihn versank. Er spürte nichts mehr, außer diesem Wesen, das aus dem Feuer gekommen war. Das weiße Gesicht der Frau war nun nahe vor dem seinen. Ihr Atem berührte seinen Hals. Ihre Hände tasteten nach seinen Schultern, seinem Körper, weich und zärtlich. In den Augen der Frau aber schien die Glut des Be'el zu glimmen.
Jetzt erst erkannte Rah sie. Es war Sae-Mas. Er erkannte sie wieder in diesem Augenblick als die Schwester des Karawanenführers, der er

heute abend am Fluß begegnet war. Doch gleichzeitig schien es ihm, als seien ihm diese Augen, dieses Lächeln immer schon tief vertraut gewesen. Auf einmal glaubte er zu wissen, daß sein Leben nur die Bestimmung gehabt hatte, ihn in dieser Nacht zu diesem Ort zu führen. Rah verlor sich in diesem Gefühl. Als seine Hände über ihren glatten Körper hingingen, über ihre Hüften, ihre Brüste, ihr Haar, schien es ihm, als habe er dieses Fleisch aus warmem Marmor schon tausendmal berührt, als sei dieser zur Ewigkeit geronnene Augenblick mit der vertrauten, fremden Frau nur ein letztes Bild aus einer endlosen Reihe von Erinnerungen an sie. Ein Strom leuchtend klarer Bilder zerbrach die Wälle des Vergessens in ihm. Jetzt begriff Rah, daß er seit undenklichen Zeiten, in vielen seiner Leben, innig verbunden war mit dieser Frau.
Sae zog Rah ins Gras. Er war nicht unerfahren in der Liebe. Ihm, dem jungen, schönen Gurena aus edlem Hause, waren die Herzen der Frauen Kurtevas zugeflogen. Er hatte gewußt, ihre Gunst zu nutzen, nie zuvor jedoch hatte er solche Leidenschaft gespürt wie jetzt. Die Flut der Bilder riß ihn fort. Er vermochte keine Einzelheiten mehr zu unterscheiden, aber die Einsicht, daß nun alle Geheimnisse seines Lebens wie von einem strahlenden Licht durchleuchtet klar vor ihm standen, daß es keine Fragen und Zweifel mehr gab in ihm und daß der schreckliche Kampf mit dem Be'el nur ein Kampf mit sich selbst gewesen war, erfüllte ihn mit überwältigender Gewißheit. Selbstvergessen sank er in die Arme der Frau.
Sae aber zögerte. »Wem gehört dein Herz?« flüsterte sie, als er sie ergreifen wollte. Ihre Augen durchdrangen ihn mit kalter Glut.
»Dem Be'el,« hauchte er, besessen von seiner Leidenschaft. »Einzig und ewig dem Einen Be'el.«
Die Bilder in seinem Inneren verglühten in einem tobenden Feuersturm. Dann riß ihn die Gewalt seiner Erregung fort. Als er die Frau nahm, brachen die Xelm in grelles, jubelndes Getöse aus. Die Menschen schrien auf. Aber Rah hörte es nicht. Er war verloren und aufgelöst im schwellenden Feuer seines Körpers und seines Herzens. Als er zuckend, jäh sich bäumend den Gipfel seiner Lust erreichte und sich fallen ließ in das Nichts der Ekstase, legte sich die kühle Hand der Frau über seine Augen und löschte jede Empfindung in ihm aus.

Als Rah erwachte, lag das graue Licht der Morgendämmerung über dem Bild des Be'el. Nebel bedeckte den Boden der Senke. Aus dem steinernen Rachen quoll schwarzer Rauch. Sein beißender Geruch verursachte Rah Übelkeit. Die Kratermulde war leer. Bleierne Schwere

lähmte Rahs Glieder. Mühsam erhob er sich. Er war nackt und fror erbärmlich. Die wirren Bilder in seinem Kopf wollten sich nicht ordnen. Seine Kleider lagen im taunassen Gras verstreut. Sein Schwert aber fehlte. Er suchte es, beschrieb einen großen Bogen um die Stelle, wo er gelegen war, doch vergebens. Das Schwert der Seph, die Klinge der Ahnen, war gestohlen. Rahs Kopf wollte zerspringen. Jede Faser seines Körpers schien ausgebrannt. Die geringste Bewegung verursachte ihm Schmerzen und Übelkeit. Rah mußte sich übergeben. Trotzdem suchte er verzweifelt weiter nach seinem Schwert. Doch es war verschwunden.
Nichts vermochte Rah tiefer zu demütigen als der Verlust seines Schwertes. Er war dadurch ausgestoßen aus dem Geschlecht der Seph, und sein Name gereichte der alten, ruhmreichen Familie fortan zu tiefer Schande. Rah war kein Seph mehr, kein Talma, kein Gurena. Er hatte das Schwert der Ahnen, das ehrenreiche, unvergleichliche Schwert verloren. Nie würde er den Vater wiedersehen, nie mehr die Schwester, nie mehr die weißen Mauern Kurtevas. Er war verloren und verflucht auf ewig. Stundenlang suchte er vergeblich nach dem Schwert der Seph, dann schleppte er sich zum Rand des Kraters empor und stieg den Weg zum Tempel hinab. Aber seine Beine versagten ihm den Dienst. Alle Kraft schien aus ihnen gesogen. Rah wurde schwindlig. Er mußte sich setzen. Ein Sog drehte sich hinter seiner Stirn. Rah versuchte, das Ka zu sammeln, aber es schien in alle Richtungen versprengt. Hilflos war er, ohne Waffe, kein Gurena mehr, kein Talma. Jeder hergelaufene Wegelagerer könnte ihn nun erschlagen. Seine Kräfte waren für immer verloren. Er zitterte. Sein Herz schien mit Eis angefüllt. Langsam, immer wieder lange Pausen einlegend, um seine letzten Energien zu sammeln, ging er zum Tempel zurück. Die Sonne erhob sich und schickte ihr Licht durch das dichte Laubdach des Waldes. In der Stille des Morgens sangen die Vögel. Tiefer Friede lag über den Hügeln des Mot. Nach endloser, mühevoller Wanderung kam Rah bei den Ruinen des Heiligtums an. Die Karawane war weitergezogen. Das Sonnenlicht flirrte auf dem grünen Wasser des Flusses. Rahs Pferd graste friedlich zwischen umgestürzten Säulen. Es warf die Mähne und wieherte, als es seinen Herrn erkannte. Rah setzte sich auf ein Mauerstück und starrte vor sich hin. Kein Leben schien mehr in ihm, nur dunkle, bodenlose Leere. Er war zerbrochen, auseinandergerissen, in alle Winde verstreut. Rah sank nach hinten, ließ sich in das hohe Gras fallen und blieb liegen wie tot.
Als die Sonne längst den Zenit überschritten hatte, erhob er sich

mühsam und sattelte sein Pferd. Er stieg auf und schlug den Weg nach Westen ein. Wie ein Verwundeter hing er im Sattel. Aus dem trägen Wasser des Mot schnappte ein schillernder schwarzer Fisch platschend nach einer Mücke.

*Kapitel 10*
AM VERFALLENEN HAUS

Aus dem Am rauchte Nebel auf. No-Ge zog witternd die kühle Morgenluft in die Nase.
»Es riecht nach Schnee,« meinte er. »Bei uns in den Bergen bringt der Sonnenstern den Winter.«
»Und der Winter bringt den Tod.« Ros-La betrachtete gedankenverloren die Konturen der Am-Gipfel, die sich im Dunst abzeichneten.
»Ihr seid schwermütig,« sagte der fette Wirt, der mit seinem Feener Gast vor der Char stand. »Aber macht Euch nichts daraus. Man ist vor jeder Reise schwermütig.«
Ros-La zuckte die Achseln. »Glaubst du, ich sehe die Berge nochmals wieder, No-Ge?«
»Was meint Ihr? Wollt Ihr schon im nächsten Jahr Euren Herrn Sohn alleine nach Han schicken? Ich glaube nicht, daß dies klug wäre. Ihr habt mir selbst gesagt, daß er noch lange nicht reif dafür ist. Gestern wart Ihr noch sehr zornig über ihn und sagtet, er hätte um ein Haar Eure Verbindung mit dem Tal zunichte gemacht. Wollt Ihr ihm wirklich schon die Geschäfte mit den Handan anvertrauen? Es wäre nicht sehr klug, wenn Ihr mich fragt. Stattdessen solltet Ihr ihn ein wenig strenger erziehen. Es scheint ihm schon wieder besser zu gehen. Seine geschwollenen Lippen erlauben ihm kaum zu sprechen, und doch hat er sich über das Frühstück beschwert und über das Bett.«
Ros-La winkte milde ab. »Nein, das meine ich nicht. Aber ich fühle mich alt, No-Ge. Ich weiß nicht, wie oft ich diese beschwerliche Reise noch wagen kann in unserer gefährlichen Zeit. Irgendwann, lieber No-Ge, werden wir alle alt und müssen sterben.«
»Ach Herr, was redet Ihr? Ihr seid in den besten Jahren. Euer Vater wanderte noch nach Han, als er schon betagter schien als die ältesten Handan. So hat es mir wenigstens mein Vater erzählt.«
»Aber eines Tages kam er nicht mehr.«
»In jedem Abschied steckt ein wenig vom Sterben, hat Lok-Ma einmal

zu mir gesagt. Ich glaube, daß der Abschied heute Euch traurig macht. Ihr solltet lieber an Feen denken, an Euer Haus und an Eure Leute. Sie warten bestimmt schon sehnsüchtig auf Euch.«
»Vielleicht hast du recht, No-Ge.«
»Gewiß habe ich recht. Im nächsten Jahr kommt Ihr wieder. Vielleicht ist dann der junge Herr ein wenig umgänglicher geworden. Die Dinge, die ihm in Han zugestoßen sind, haben sicherlich ihre Wirkung nicht verfehlt. Ich habe es gleich gesagt, daß es nicht gut ausgehen wird mit ihm.«
»Wer will es wissen, No-Ge? Es liegt allein in der Hand des Einen Tat, der all unsere Schritte lenkt.«
»Gewiß, gewiß,« eiferte sich der Wirt, der die nachgiebige Stimmung des alten Kaufmanns ausnutzen wollte, um erneut die Geschichte von der Rückkehr der Ponas anzubringen, die er allen in Vihnn und auch Ros-La und seinem Sohn zum wiederholten Male mit stets neuen Ausschmückungen erzählt hatte. »Gewiß, der Tat beschützt uns alle, und seine Gnade wird auch Euch beschirmen, so wie sie uns vor diesen Räubern gerettet hat, dieser Teufelsbrut, diesen entsetzlichen, gefährlichen Kerlen, die ich gestern vertrieben habe. Ihr wißt, ich hatte große Sorge um Euch, als die Burschen ins Brüllende Schwarz weitergezogen sind, nachdem sie mitten in die Erzählung des Mehdrana geplatzt waren. Sie wollten eigentlich meine Char ausrauben, aber ich und Lok-Ma haben sie verscheucht wie die Hühner. Ihr hättet sehen sollen, wie sie gelaufen sind. Aber sie hatten offenbar noch nicht genug und wollten weiter nach Han. Schätze suchen oder so etwas wollten sie. Ihr wißt ja, was das bedeutet. Es ist noch keinem gut bekommen, unerlaubt ins Tal zu gehen. Lok-Ma hat sie gewarnt, aber sie wollten nicht hören. Sie haben zwei Männer bei den Pferden zurückgelassen, gleich hinter der Brücke. Ein Junge aus dem Dorf hat das gesehen. Ich wollte schon eine Waffe nehmen und ihnen nacheilen, um Euch zu warnen und zu Hilfe zu kommen, aber Lok-Ma meinte, der Ring des Schweigens schütze das Tal besser als alle Waffen. Ich ließ mich also überreden, hierzubleiben, obwohl ich wirklich in großer Sorge um Euch war, verehrter Ros-La.« Der alte Kaufmann hatte nicht die Kraft, den übersprudelnden No-Ge zu bremsen, der seine Schilderung mit ausladenden Gesten untermalte.
»Also habe ich gewartet. Als sie zurückkamen, wußte ich, daß das vielzüngige Schweigen sie geschlagen hat. Ein verlorener, verstörter Haufen schlich da aus dem Brüllenden Schwarz, abgerissen, ängstlich wie Kinder. Nicht einmal die Hälfte seiner Leute hat dieser großspurige

Aufschneider zurückgebracht, die anderen mußten ihre Dreistigkeit mit dem Leben bezahlen. Aber sie sind selbst schuld. Ich habe kein Mitleid mit ihnen. Ihr habt mir selbst erzählt, wie es dieser Bande von räudigen Hunden in der Char von Tan-Y ergangen ist. Es geschieht ihnen recht. Sie haben jetzt ein für allemal genug. Hoffentlich erzählen sie ihren Spießgesellen in den Wäldern, daß mit uns in den Bergen nicht zu spaßen ist.«

»Ihr Anführer machte nicht gerade den Eindruck, als würde er so ohne weiteres aufgeben.«

»Soll er nur kommen. Soll er seine schmutzigen Kerle nur zusammentrommeln in den Wäldern. Er darf nicht meinen, daß wir Angst vor ihm und seinem Gezücht haben.« No-Ges Fettmassen wackelten bedenklich. Auf seinem Gesicht schwoll Zornesröte.

Ros-La wiegte bedächtig den Kopf. »Unterschätze sie nicht. Dieser Hor-Yu ist besessen. Er will die Stadt finden, und er ist auf der richtigen Spur. Die meisten, die in den Gebirgen nach Schätzen suchen, kommen nicht einmal bis Vihnn. Hätte Tan-Ys Sohn uns nicht geholfen, stünde ich jetzt nicht neben dir.«

»Diese feige Bande! Aber seid beruhigt. Ihr braucht keine Angst mehr vor ihnen zu haben, Herr. Ich habe es ihnen ein für allemal gegeben. Glaubt mir, sie haben für immer genug von den Bergen. Sie würden sich nicht einmal mehr zurückwagen, wenn in Han alle Schätze von Atlan begraben lägen. Und sie werden auch Euch in Frieden lassen. Wenn Ihr sie aber doch trefft, dann sagt ihnen, daß No-Ges Schlachtmesser auf ihre ungewaschenen Hälse wartet.«

»Laß gut sein, No-Ge,« lächelte der Kaufmann.

»Ihr glaubt mir nicht? Ihr hättet sie sehen sollen, wie sie gelaufen sind, diese elenden Hunde, als ich mein Messer hervorgezogen habe. Sie haben Blut geschwitzt bei meinem Anblick. Sie dachten wohl, ich sei leicht zu übertölpeln, weil Lok-Ma abgereist ist. Aber da hatten sie sich gründlich getäuscht. Dieser Hor-Yu, ihr Anführer, kam großtuerisch in die Char, wollte Essen haben und Wein. Er glaubte wohl, ich hätte Respekt vor seiner Räuberfratze. Ihr hättet sein Gesicht sehen sollen, als ich mein Messer gepackt und ihn angeschrien habe: Wenn du dich nicht augenblicklich trollst, du armseliger, kümmerlicher Strolch, werde ich dich in Scheiben schneiden, damit deine schäbigen Gesellen etwas zum Braten haben. Ihr hättet sehen sollen, verehrter Ros-La, wie er sich verdrückt hat, knurrend wie ein geprügelter Hund. Er hat nicht einmal gewagt, sich umzuschauen.«

»Er hat eben Vernunft angenommen, als er bemerkte, daß du alle Männer von Vihnn in deiner Char versammelt und jedem ein Messer oder einen Knüppel in die Hand gedrückt hast.«

»Oh, die!« No-Ge winkte geringschätzig ab. »Die hatten selber Angst wie die Kaninchen. Als der Bursche ins Haus kam, haben sie sich unter den Tischen verkrochen wie Kinder bei einem Gewitter.«

»So haben wir unser Leben also allein dir zu verdanken, No-Ge,« sagte der Kaufmann mit gespielter Ernsthaftigkeit.

No-Ge mimte den Bescheidenen und wehrte mit umständlichen Gebärden ab. »Oh, es ist doch selbstverständlich, daß ich meine Gäste beschütze, wenn ihnen Gefahr droht. Ihr müßt kein großes Aufhebens davon machen. Es ist schon gut und nicht der Rede wert. Jedenfalls werdet Ihr mit den Kerlen keine Schwierigkeiten mehr haben.«

»Ich hoffe es, No-Ge, ich hoffe es wirklich. Aber ich habe ein schlechtes Gefühl. Sie wissen, daß es nur einen Weg zurück in die Ebenen gibt. Ich fürchte, sie werden versuchen, uns irgendwo aufzulauern. Es bleibt uns nichts anderes übrig, als dem Tat zu vertrauen, daß er uns sicher nach Hause geleitet.«

»Er wird es tun, Herr, ganz bestimmt. Der Sonnenstern strahlte heller in der vergangenen Nacht als in den Jahren zuvor. Der Tat ist uns gnädig gestimmt. Er wird Euch beschützen auf Eurer Fahrt. Hätte ich nicht soviel zu tun mit den Vorbereitungen auf den Winter, so würde ich Euch in die Ebenen begleiten, um Euch mit eigener Hand vor dem Gelichter zu behüten, aber Ihr wißt, wenn man nur einen Tag fortgeht aus dem Haus, hat man wochenlang zu tun, um den Schaden wieder gutzumachen, den das Gesinde angerichtet hat. Ich möchte wissen, wie Ihr es einrichtet, daß Ihr so lange Reisen unternehmen könnt.«

»Ja,« entgegnete Ros-La, den Blick noch immer in den dunstigen Fernen des Gebirges verloren, »der Sonnenstern hat meine Sorgen gelindert in dieser Nacht. Es war gut, in eurer Mitte zu weilen und ihn über die Berge wandern zu sehen. Nirgendwo sonst in Atlan strahlt er so hell, und nirgendwo ist sein Fest so schön. Die mühevolle Last des Lebens fällt von den Schultern, und der Gedanke, daß am Ende all unserer Wege der Tod wartet, wird leichter.«

»Jetzt sprecht Ihr schon wieder vom Tod. Dabei solltet Ihr Euch lieber am Leben freuen, solange der Tat es Euch gewährt. Noch dazu, wo Ihr gerade aus großer Gefahr errettet wurdet.«

»Vielleicht hast du recht. Vielleicht stehen wir im nächsten Jahr wieder Seite an Seite und sehen den Einen Stern über den Bergen aufgehen, und all diese dunklen Ahnungen von heute sind vergessen.«

»Ganz gewiß wird es so sein. Meine Char würde verarmen, kämt Ihr

nicht mehr zu mir herauf und, verzeiht mir, ich sähe dem Herbst mit Bangen entgegen, würde ich Euren Herrn Sohn alleine erwarten. Das Schweigen des Tales hat ihn zwar berührt, aber es wird wohl noch einige Jahre dauern, bis es ihn ganz abgeschliffen hat. Er hat gestern, noch bevor er zu Bett ging, zu Tode erschöpft, krank und niedergeschlagen wie er war, zu mir gesagt, ich solle besser ...«
»Laß gut sein,« unterbrach ihn der Kaufmann. »Es hat ihn nicht nur das Schweigen der Handan berührt, sondern auch die Schwertknäufe und Fäuste der Fremden. Du mußt ihm seine Gereiztheit nachsehen. Er hat die Nacht des Sonnensterns verschlafen und seine zerschundenen Lippen gestatten ihm nur das Nötigste zu sprechen.«
»Aber er hat ...«
»Auch Hem wird eines Tages vernünftig werden. Ich sollte ihn rufen. Wir müssen aufbrechen, wenn wir die Furthöfe vor Einbruch der Dunkelheit erreichen wollen.«
»Er ist schon aufgestanden und sitzt beim Frühstück. Es scheint ihm viel besser zu gehen, denn er begann augenblicklich, über das Essen zu nörgeln. Ihr solltet ihn wirklich mit strengerer Hand erziehen, wie ich es mit meinen Söhnen getan habe, die nach Mombut gegangen sind. Sie würden niemals wagen ...«
Ros-La resignierte. Er ließ den Wortschwall des Wirtes über sich ergehen und verlor sich dabei im Anblick der Berge. Bittere Wehmut schnürte sein Herz zusammen.
Kurz darauf waren die Kaufleute zum Aufbruch bereit. Hem-La saß gebeugt im Sattel und führte die beiden Packpferde am Zügel. Sein schmales, bleiches Gesicht war von verkrusteten Wunden an Stirn und Lippen und blau geschwollenen Augen entstellt. Finster betrachtete er seinen Vater, der sich herzlich vom Wirt verabschiedete.
»Ich freue mich, Euch im nächsten Jahr wiederzusehen, verehrter Ros-La. Und auch Euch, Hem-La, wenn Ihr bis dahin ein wenig umgänglicher geworden seid,« rief No-Ge ihnen nach.
Ein obszönes Schimpfwort kam als gebrochenes Flüstern über Hems wundgeschlagene Lippen. Es schmerzte ihn, zu sprechen. Seine Hand zuckte an den brennenden Mund.
»Laß ihn, Hem!« zischte Ros-La. »Du hast ihn genug beleidigt. Ich schäme mich für dich. Außerdem muß No-Ge seine Geschwätzigkeit, die er offenbar von seinem Vater geerbt hat, an seinen Gästen auslassen. Bei seinen Vihnner Schweigern hat er wenig Gelegenheit dazu. Aber das ist kein Grund, ihn so zu behandeln. Haben dich die Ereignisse in Han noch immer nicht zur Vernunft gebracht?«

»Ich möchte Euch bitten, Vater, die mißliche Lage, in der ich mich gegenwärtig befinde, nicht auszunutzen, um mir Moralpredigten zu halten,« brachte Hem mühsam hervor und verzerrte das Gesicht dabei. Seine Worte waren schwer zu verstehen, aber Ros-La spürte den tiefen Groll, der in ihnen klang. Hem war bis zur Unversöhnlichkeit verbittert. Er schob die Schuld an seinem Zustand dem Vater zu, der ihn auf die Reise in dieses verwunschene Tal mitgeschleppt hatte. Niemals würde er die Demütigung vergessen, als er vor diesen stur schweigenden Handan am Boden ihrer Char gelegen war, vor diesen abgestumpften, dunkelgesichtigen Holzklötzen, hilflos, von einer Meute hergelaufener Wegelagerer überwältigt und blutig geschlagen. Nie würde er ihre abweisenden Blicke vergessen, die ihm höhnend sagten, daß ihm nur recht geschehen war. Ihr Schweigen hatte ihn begleitet bis zu dem großen Wasserfall, kalt, mißlaunig und verachtend, hatte ihm nachgeschrien, er solle sich aus dem Staub machen und niemals wiederkommen. Nie wieder konnte er sich sehen lassen in diesem elenden Tal. Aber was machte das schon? Er würde einen anderen Weg finden, an ihre Edelsteine zu gelangen. Mehr wollte er ohnehin nicht von diesen schwachköpfigen Tölpeln.

»Gut, mein Sohn, ich werde dich in Ruhe lassen, bis es dir besser geht, aber ich werde nicht vergessen, wie du dich in Han benommen hast. Es ist noch nicht das letzte Wort darüber gesprochen,« sagte Ros-La streng.

Hem schnaubte wütend, trieb sein Pferd mit einem groben Hieb an und ließ es ein Stück voraustraben. Ros-La schüttelte den Kopf. Die Schwermut seines Herzens milderte die Entrüstung über den uneinsichtigen Sohn. Schweigend ritten sie, schweigend nahmen sie ihr Mittagsmahl ein und schweigend ritten sie weiter. Hem war nicht willens, den Groll gegen den Vater aufzugeben, und Ros-La wollte dem trotzigen, jungen Mann auf keinen Fall sein flegelhaftes Benehmen, das die Handan des Tales beleidigt hatte, durchgehen lassen. Er würde Sen-Ju darüber berichten. Der Alte, der offenbar der einzige war, auf den Hem hörte, würde den verstockten Jungen zur Vernunft bringen. Denn auch Sen-Ju mahnte immer wieder zur Vorsicht und zur strikten Geheimhaltung aller Kenntnisse über das Innere Tal des Am.

Die Sonne schnitt breite Lichtstreifen in den rauchigen Dunst, der zwischen den Bäumen hing. Gleißendes Licht tanzte auf dem Am, der, gespeist von unzähligen Bergwassern, zu einem mächtigen Fluß angeschwollen war. Ros-Las Augen suchten unablässig die Wälder und Hänge zu beiden Seiten des Tales ab. Hinter jedem Baum, hinter jedem

Felsen konnten die Räuber lauern. Das Gefühl der Unruhe wollte den alten Kaufmann nicht loslassen. Es wühlte und bohrte in ihm und machte den langen, beschwerlichen Ritt durch das weglose Gelände zur Qual. Aber weit und breit war kein Mensch zu sehen. Ros-Las ängstliche Aufmerksamkeit ließ allmählich nach. No-Ge hatte bestimmt recht, dachte er. Die Kerle waren Hals über Kopf geflüchtet. Sie waren geschwächt, die Angst saß ihnen in den Knochen. Sie hatten viele Leute verloren und besaßen kaum mehr Vorräte. Sie konnten nicht für eine unbestimmte Zeit am Weg lauern. Eigentlich waren es feige Burschen, die jetzt wohl den Göttern dankten, das nackte Leben gerettet zu haben. Das Innere Tal hatte sie zerbrochen. Sie würden alles tun, die Berge so schnell als möglich hinter sich zu lassen. Aber vielleicht hatte Hem tatsächlich recht, wenn er vorschlug, künftig eine Eskorte mit auf die Reise zu nehmen. Man könnte sie bei den Furthöfen zurücklassen. Das Gesindel in den Wäldern nahm zu, die Straßen wurden mit jedem Tag unsicherer. Welch eine Plage, in dieser Zeit leben zu müssen. Ros-La hörte auf, hinter jedem Felsen nach einem Feind zu spähen. Er wurde müde. Die Sonnensternnacht, in der er kaum geschlafen, steckte ihm in den Gliedern. Da mit Hem nichts anzufangen war, hing der alte Kaufmann seinen träge hinziehenden Gedanken nach. Schon bald fielen ihm im gleichförmigen Schaukeln seines Pferdes die Augen zu.

Die Schatten des späten Nachmittags legten sich über das Tal des Am. Ein Windstoß fuhr in die Büsche am Flußufer. Ros-La schreckte aus seinem Dahindämmern auf. Als er bemerkte, daß sie den Furthöfen schon nahe waren, wo eine warme Mahlzeit und ein Nachtlager auf sie wartete, fielen die letzten Reste der Besorgtheit, die sich in den Strom seiner Gedanken gedrängt, von ihm ab. Er blickte seinen Sohn an, der vor ihm ritt, den schlanken, jungen Mann, aufrecht im Sattel sitzend, den Kopf stolz erhoben. Ros-La lächelte. Er spürte, daß sein Groll gegen Hem verflogen war. Im Grunde seines Herzens war er gut, dachte er, und sein heißes Blut würde sich kühlen mit den Jahren.

Im gleichen Moment löste sich aus dem Schatten eines Felsens eine Gestalt, zögernd, verharrte kurz, und kam dann auf die beiden Reiter zugelaufen. Hem stieß einen Warnruf aus und zog das Schwert. Ros-La stockte das Herz. Angst schoß heiß durch alle Glieder. Alles verloren, schrie es in ihm. Die Gestalt kam winkend näher. Sie trug ein rostrotes Leinengewand und einen kurzen Reisemantel. Erst als Hem sein Schwert sinken ließ, erkannte Ros-La den Sohn des Wirtes von Han. »Aelan,« rief er überrascht. Der eiserne Ring der Angst um sein Herz

löste sich. Aelan kam näher und verneigte sich artig vor dem Kaufmann und seinem Sohn. Hem begrüßte ihn mit knappem Kopfnicken und ließ sein Schwert in die Scheide gleiten.
»Bist du es wirklich?« fragte Ros-La. »Aelan. Du hast mir einen gehörigen Schrecken eingejagt. Ich dachte schon, es sind die Räuber, die uns auflauern. Aber was tust du hier? Hast du das Tal verlassen?«
Aelan nickte und lächelte verlegen. Was sollte er dem Kaufmann erzählen? Sollte er sich ihm anvertrauen, sollte er vom Schreiber berichten, und davon, daß er nicht Tan-Ys Sohn war? Etwas in ihm schüttelte den Kopf. Aelan schwieg betreten. Ros-La stieg vom Pferd und legte dem Jüngling die Hände auf die Schultern. Sein wettergegerbtes Gesicht legte sich in unzählige Falten, als er lächelte.
»Wie bist du hergekommen? Bist du etwa in dieser unseligen Nacht vor den Räubern aus dem Tal geflohen? Es wäre nicht notwendig gewesen. Die Eindringlinge haben sich gleich am anderen Morgen davongemacht und die Leute von Vihnn haben sie weitergetrieben. Diese feigen Kerle sind bestimmt schon über alle Berge.«
Aelan wagte nicht, den Kaufmann zu unterbrechen. Er schüttelte den Kopf. Ros-La, der über das ganze Gesicht strahlte, bemerkte es nicht.
»Wir befürchteten, sie würden uns im Brüllenden Schwarz überfallen, doch als wir von No-Ge erfuhren, daß sie wie die Hasen vor den Vihnnern geflüchtet sind, wußten wir, daß uns nichts mehr geschehen kann. Nicht einmal die Hälfte der Burschen ist lebend aus Han zurückgekommen, erzählte No-Ge. Sie sind froh, ihr nacktes Leben gerettet zu haben. Aber es freut mich, dich zu sehen, Aelan. Wir verdanken dir unser Leben. Du hast meinen Sohn und mich gerettet. Ich weiß nicht, wie wir dir danken sollen. Ich hatte schon abgeschlossen, als die Kerle Hem niedergeschlagen hatten.«
Aelan wollte abwehren, aber Ros-La ließ ihn nicht zu Wort kommen.
»Aelan, sag mir, wie kann ich mich erkenntlich zeigen? Was kann ich dir geben? Ich weiß, daß man nicht bezahlen kann, was du für uns getan hast und ich will dich nicht beleidigen, aber sage mir, was kann ich dir im nächsten Jahr aus Feen mitbringen? Willst du einen schönen Dolch? Oder goldenes Schreibzeug? Du schreibst gerne, hat mir dein Vater einmal gesagt. Habe keine Scheu, Aelan. Sage es mir. Es wird mir eine große Freude sein, dir etwas zu schenken.«
Aelan errötete. Er spähte aus den Augenwinkeln nach Hem, der finster auf seinem Pferd saß und versuchte, sein entstelltes Gesicht vor dem Handan zu verbergen. Hem wollte nicht, daß dieser Wirtssohn, dem er das Leben verdankte, ihn so sah, zerschlagen, verwundet, ganz und gar

nicht der überlegene, gelassene Lebemann aus Feen, der diesen dummen Gaffern im Tal Geschichten aus der großen Welt erzählt hatte. Der Vater sollte ihm Lohn geben für seine Gefälligkeit und ihn dann zurückschicken in das Tal, wohin er gehörte.
»Nein... ich... es ist nicht...« stotterte Aelan und senkte den Blick, als er Hems kalte Abweisung spürte. Ros-La blitzte seinen Sohn zornig an.
»Man hat ihm sein Großmaul zerschlagen, Aelan,« sagte er bissig. »Er kann kaum sprechen und wird sich wohl erst im nächsten Jahr bei dir bedanken können.«
Hem wollte platzen vor Scham und Wut. Ohnmächtiger Haß kochte in ihm auf, aber er zwang sich zu mühsam gespielter Gelassenheit.
»Soll ich dir eines unserer Pferde geben, damit du morgen zurückreiten kannst?« fragte Ros-La den jungen Handan, der noch immer mit gesenktem Blick, von Schamröte übergossen, vor ihm stand. Die Wellen ungehaltenen Zorns, die von Hem ausstrahlten, verwirrten Aelan. Der Name des Sonnensterns hatte sein Herz geöffnet für die Gedanken und Gefühle der Menschen hinter den Masken ihrer Gesichter, aber diese neu erweckte Gabe machte ihn befangen und unsicher. Zaghaft schüttelte er den Kopf.
»Ich gehe nicht zurück ins Tal,« sagte er leise. »Ich bin auf dem Weg zu den Ebenen.«
Ros-La schaute ihn erstaunt an. »Warum das? Die Räuber können dir nichts mehr tun. Sie sind fort. Sie werden niemals wiederkommen. Du brauchst keine Angst vor ihnen zu haben. Es ist umgekehrt, Aelan, sie haben Angst vor dir. Du hast drei von ihnen erschlagen. Dein Vater wird auf dich warten. Er wird sich Sorgen machen um dich.«
Aelan senkte wieder den Kopf. Er wollte nicht über die Ereignisse der Sonnensternnacht sprechen. Ros-La spürte den inneren Zwiespalt des Jungen und nahm ihn sachte am Arm. Zärtliche Liebe zu dem schüchternen jungen Mann überkam ihn.
»Ich will nicht in dich dringen, Aelan,« sagte er. »Aber kannst du mir sagen, wohin du dich wenden willst?«
Aelan schüttelte den Kopf. »Ich weiß es nicht.«
»Du weißt es nicht?« Ros-La lachte gutmütig. »Atlan ist groß, beim Tat. Man kann sein Leben lang wandern, ohne an ein Ziel zu gelangen. Du bist nie aus Han herausgekommen, Aelan. Ich weiß nicht, was dich jetzt dazu treibt, aber bist du wirklich sicher, daß du die Berge verlassen willst?«
Aelan nickte.

»Nun denn,« sagte Ros-La bestimmt. »Du bist alt genug, dich frei zu entscheiden. Vielleicht ist es gut für einen jungen Handan, einmal die Welt zu sehen, vielleicht soll der gesunde Geist der Handan in das verderbte Atlan hinausgehen. Ich habe dich aufwachsen sehen, Aelan. Jedes Jahr kam ich in die Char deines Vaters und immer hatte ich Freude an deinem bescheidenen Wesen. Du bist mir ans Herz gewachsen. Vielleicht hat deshalb das Schicksal, das aus den allwissenden Träumen des Tat fließt, in diesem Augenblick unsere Wege gekreuzt. Komme mit uns nach Feen in mein Haus. Ich werde dich ausbilden lassen in den Geschäften und Arbeiten eines Kaufmannes. Du kannst jederzeit, wann immer du willst, in deine Heimat zurückkehren, wenn du genug hast von der Unruhe der Stadt. Es ist dort nicht alles so glänzend, wie euch mein Sohn, der gerne prahlt, erzählt hat. Aber vielleicht ist es gut, wenn du es mit eigenen Augen siehst. Vielleicht weißt du das Tal von Han danach umso mehr zu schätzen.« Er schaute den Handan wohlwollend an. Seine Augen strahlten offene Herzlichkeit aus. »Komm mit uns, Aelan. Du wirst mir ein zweiter Sohn sein.«
Aelan schwieg. Er wußte nichts zu erwidern. All das verwirrte ihn. Seine Augen streiften Hem. Eisige Verachtung strömte von dem jungen Kaufmann aus.
»Gut Aelan,« begann Ros-La erneut. »Ich will dich nicht drängen. Wir werden die Nacht in den Furthöfen verbringen, die nur noch eine Wegstunde entfernt liegen. Der Schlaf macht so manche schwere Entscheidung leicht. Morgen, in aller Frühe, bevor wir aufbrechen, sagst du mir, wie du dich entschieden hast. Du kannst mit uns kommen oder du kannst zurückkehren in deine Heimat. Du bist mir sehr willkommen, Aelan, glaube mir. Du kannst im Hause der La bleiben so lange du möchtest. Es sei dein zweites Vaterhaus. Denke nicht, daß ich dich nur einlade, weil ich mich dir verpflichtet fühle. Oh nein, ich täte es mit der gleichen Bereitwilligkeit, auch wenn es niemals Räuber im Inneren Tal gegeben hätte.«
»Die Räuber,« rief Aelan und wich einen Schritt zurück. Fast hätte er vergessen, warum er hinter den Felsen auf den Kaufmann gewartet hatte. »Die Räuber sitzen in den Furthöfen. Sie warten auf Euch. Ich habe gesehen, wie sie die Leute dort überwältigt haben und bin zurückgelaufen, um Euch zu warnen.«
Ros-La schaute ihn überrascht an. Dann hob er die Hände und lächelte müde. »Es scheint, ich werde alt.« Der Kaufmann schüttelte den Kopf über sich selbst. »Wir wären blind in die Falle getappt. Natürlich, gegen ein ganzes Dorf, das der gute No-Ge in seiner Char zusammengerufen

hat, konnten diese feigen Kerle nichts ausrichten, aber die zwei Bauern der Furthöfe machten ihnen keine Mühe. Was sage ich, es ist nur einer, denn Ut-Mor, der zur Erzählung des Mehdrana nach Vihnn wanderte, ist noch bei No-Ge. Sie hatten es also nur mit dem alten Nok und seinem Gesinde zu tun. Wo sonst fänden die Burschen einen besseren Platz, um auf uns zu lauern? Wo sonst sollten wir die Nacht verbringen als dort, in der einzigen Ansiedlung weit und breit? Und ich Narr glaubte No-Ge, diesem Aufschneider, und dachte, sie wären weit fort. Das Alter mag meine Leichtgläubigkeit entschuldigen. Wir Alten lassen uns gerne von schönen Hoffnungen verführen, aber meinem klugen und scharfsinnigen Sohn sind offenbar die Hiebe der Fremden nicht gut bekommen.« Ros-La lachte bitter. »Er wäre mit seinem alten Vater wie ein unschuldiges Lamm ins Schlachtmesser dieser Räuber gelaufen.«
»Es sind nicht mehr viele,« stieß Hem gepreßt zwischen den wunden Lippen hervor. »Sie sind müde und haben Angst. Ich war jeden Augenblick auf einen Überfall vorbereitet, während Ihr vor Euch hingedöst habt. Diesmal hätten sie mich nicht so leicht überrumpelt.«
»Ich sehe, es geht dir wieder besser, mein Sohn. Deine Großmäuligkeit ist dir wiedergeschenkt, obwohl deine Zunge noch lahmt. Doch wenn Tat dir schon die Sprache wieder geschenkt hat, solltest du dich bei Aelan-Y bedanken, anstatt übermütige und törichte Reden zu führen. Er hat uns ein zweites Mal vor Unheil bewahrt. Wir wären eingetreten in die Furthöfe, hätten uns gefreut auf eine Mahlzeit und ein Nachtlager, stattdessen hätte man uns aus dem Hinterhalt ermordet. Mein tapferer, heißblütiger Sohn, den seine Großspurigkeit schon einmal an den Rand des Todes gebracht hat, oh ich wünschte, deine Klugheit wäre so wendig wie deine Zunge. Statt den Helden zu spielen, würdest du nämlich überlegen, was wir jetzt tun sollen.«
Hem schnaubte empört. Der Vater demütigte ihn vor diesem Bauernlümmel. Nur mit äußerster Mühe vermochte er sich in der Gewalt zu halten. Am liebsten wäre er dem Alten an den Hals gefahren. Oh, es würde sich vieles ändern müssen, wenn sie nach Feen zurückkehrten. Er würde seine Rechte fordern, die ihm zustanden als Erben des Hauses La. Er würde sich diese ständigen Zurechtweisungen und Bevormundungen nicht mehr gefallen lassen. Oder er würde das Haus verlassen, nach Kurteva gehen, dort ein eigenes Handelshaus gründen. Sen-Ju war ihm gewogen, er würde ihm helfen, er würde seine Verbindungen für ihn spielen lassen. Sollte der Alte doch versauern bei seinen Gebirgstölpeln. Sollte er diesen Lümmel doch aufnehmen in sein Haus und zu seinem zweiten Sohn machen. Hem musterte Aelan gering-

schätzig. Einmal in Feen, würde dieser naive Bauernbursche bald Geschmack finden am Leben der Stadt, wie all die anderen, auf die der Alte mit seinen angestaubten Ansichten herabzusehen pflegte. Wie ein Fisch hatte dieser Am alles geschluckt, was man ihm von den Wundern von Feen erzählte, wie ein dummer, offenmauliger Fisch, der es nicht erwarten kann, daß man ihm einen Brocken Zuckerbrot in den Rachen stopft. Soll ihn der Alte nur mitnehmen nach Feen. Es würde ein besonderes Vergnügen sein, diesen lächerlichen, tumben Tropf in die süßen Laster Feens einzuweihen, ihn den Freunden vorzuführen wie einen Tanzbären. Dabei ergab sich gewiß die Gelegenheit, ihm das Geheimnis der Edelsteine von Han zu entlocken. Der Alte sollte ihn nur mitnehmen. Solch eine Möglichkeit bot sich nicht alle Tage. Ein lebender Handan im eigenen Haus. Hem lächelte grimmig. Sein geschwollenes Gesicht verzog sich zu einer abstoßenden Grimasse.

»Fragt doch unseren Lebensretter,« sagte er mit falscher Freundlichkeit.

Ros-La winkte unwirsch ab und dachte eine Weile nach. »Wohin sind die Räuber gegangen?« fragte er Aelan.

»Sie überquerten die Brücke beim verfallenen Haus und gingen hinüber zu den Höfen,« antwortete der Junge.

»Haben sie dich bemerkt?«

»Nein. Ich bin nicht am Fluß, sondern in den Wäldern an den Hängen gegangen und habe sie aus dem Verborgenen beobachtet.«

Ros-La lachte anerkennend. »Du bist nicht so leichtsinnig wie wir. Aber kennst du den Weg über die Höfe hinaus?«

Aelan schüttelte den Kopf.

»Es ist besser, beim verfallenen Haus über die Brücke zu den Höfen hinüberzugehen, weil auf unserer Seite des Flusses die Felsen sehr nahe ans Ufer treten, aber dann, unmittelbar hinter dem zweiten Haus, gelangt man über eine andere Brücke wieder auf diese Seite des Am zurück. Ein Stück flußaufwärts verengt sich das Tal zu einer steilen Felsenschlucht, die man nur auf der rechten Seite des Flusses durchqueren kann. Wenn die Fremden weitergezogen sind und dort auf uns warten, gibt es keinen Weg an ihnen vorbei. Wenn sie uns aber in den Furthöfen auflauern wollen, könnten wir uns nachts auf unserer Seite des Am an den Höfen vorüberschleichen.«

»Habe ich auch eine Stimme in eurem Kriegsrat?« warf Hem mürrisch ein. »Wie wäre es, wenn *wir* ihnen eine Überraschung bereiten würden? Wir könnten sie übertölpeln und diese Angelegenheit endgültig aus der Welt schaffen. Ich bin erst zufrieden, wenn diese Hunde tot sind. Kein einziger soll in die Wälder zurückkehren, um den Legenden von den Schätzen der Stadt neue Nahrung zu geben. Nun sind wir zu dritt. Unser junger Freund hat ohnehin schon drei der Kerle erschlagen – vielen Dank übrigens – und ich habe sogar vier von ihnen erwischt. Wäre ich nicht ausgeglitten, hätten auch die anderen ins Gras gebissen. Wir könnten ...«

Ros-La schnitt ihm das Wort ab. »Sei still, Hem! Ich will keinen Kampf mehr. Wäre Aelan uns nicht zu Hilfe gekommen, stünden wir jetzt nicht hier. Beim Tat, ich bin ein Kaufmann, kein Gurena. Ich will mein Schicksal nicht herausfordern. Es würde mir niemals einfallen, diese Räuber mutwillig anzugreifen. Es wäre töricht.«

»Stattdessen sollen wir uns wie Feiglinge bei Nacht davonschleichen,« entgegnete Hem bitter.

»Wir haben keinen Grund, diese Männer anzugreifen. Ich will sicher und ohne weiteres Blutvergießen nach Feen zurückkehren, nicht Streit mit Räubern anzetteln. Was meinst du, Aelan?«

Der junge Mann nickte zustimmend.

»Aelan hat gekämpft, als wir in Not waren. Aber auch er will den Kampf nicht herbeiführen. Außerdem wäre es vermessen. Die Kerle sind gut bewaffnet und wissen mit ihren Schwertern umzugehen. Zudem werden sie Wachen aufstellen. Sie sind nicht so unvorsichtig wie wir. Nein, Hem, es ist nicht die Art der Kaufleute, mit dem Tod zu spielen. Ich weiß, daß dein ungestümes Wesen oft die Vernunft nicht zu Wort kommen läßt, aber ich will lieber als kluger Feigling heil nach Feen kommen, als den Helden spielen und die eigene Dummheit mit dem Leben bezahlen. Mit dieser Einstellung habe ich schon manche Karawane auf gefährlichen Wegen sicher ans Ziel gebracht. Sie hat mich in Ehren alt werden lassen, während mancher, der unbedingt tapfer sein wollte, für seine Vermessenheit ins Gras gebissen hat.«

»Aber ...«

»Keine Widerrede mehr! Wir werden hier rasten, bis die Nacht hereingebrochen ist und uns dann auf dieser Seite des Am durch das Tal der Furthöfe schleichen. Hinter dem verfallenen Haus sind die Abhänge zwar steil, aber ich denke, daß unsere Pferde es schaffen können.«

»Ja,« warf Aelan ein. »Ich habe gesehen, daß am Rand des Waldes ein Ziegenpfad quer über den Berg führt.«

»Wenn Tat uns gnädig ist, gelingt es uns. Und wenn wir dann noch in der gleichen Nacht die Talenge hinter den Furthöfen passieren, gewinnen wir genügend Vorsprung, um sicher in die Ebenen zu gelangen. Wir haben Fackeln im Gepäck. Sie werden uns nützlich sein in der

Schlucht. Du siehst, Hem, warum man diese Reise mit der gleichen Sorgfalt planen muß wie eine große Karawane ans andere Ende von Atlan. Man darf die Vorbereitung niemand anderem überlassen. Man muß die Reise schon einmal selbst gemacht haben. Unsere Pferde, die du klobige Schindmähren geschimpft hast, als wir aufbrachen, stammen aus einer Rasse, die hier in den Bergen gezüchtet wird. Jetzt sind sie uns wertvoller als jeder noch so edelblütige Renner, denn sie werden uns sicher über die Hänge und durch die Talenge bringen.«
Beleidigt wandte Hem sich ab, um den Belehrungen seines Vaters zu entgehen.
»Du wirst es schon noch einsehen,« fügte Ros-La hinzu. »Aber jetzt wollen wir Rast machen und versuchen, ein wenig zu ruhen. Wir werden erst in der darauffolgenden Nacht wieder zum Schlafen kommen.«
Hem brummte etwas Unverständliches und führte die Pferde zu den Felsen hinauf, bei denen Aelan gewartet hatte. Während sie ein notdürftiges Lager bereiteten, nahm der Kaufmann den jungen Handan beiseite.
»Willst du mit uns kommen, Aelan? Wenn du mit uns an den Räubern vorbeischleichst, bleibt dir keine andere Wahl, als nach Feen zu gehen. Von dort aus kannst du immer noch, wenn du unbedingt willst, alleine in die Fremde ziehen. Doch lieber wäre es mir, du bliebest bei mir. Mein Haus ist das deine, Aelan. Mir bist du ein lieber Sohn. Du würdest mir eine große Freude bereiten. Und wenn du wirklich Atlan und seine Städte besuchen willst, so kannst du mit meinen Karawanen ziehen. Hast du es dir überlegt?«
Aelan nickte knapp und rannte fort, mit glühendem Kopf, um Hem zu helfen, die Tiere hinter den Felsen anzubinden. Ros-La blickte ihm kopfschüttelnd nach.
Als die Nacht hereingebrochen war, sattelten sie die Pferde. Ros-La lud alles Gepäck auf eines der Tiere, um das andere Packpferd für Aelan frei zu machen. Hem beobachtete es mißtrauisch. Die Lederbeutel mit den kostbaren Steinen befanden sich in einer Holzkassette, die Ros-La in einem Leinensack mit Kleidung verstaute und am Packsattel befestigte. Am liebsten hätte Hem die Kassette mit eigenen Händen nach Feen getragen. Aber er begnügte sich damit, die Zügel des Packpferdes zu nehmen.
»Das andere Pferd ist für dich,« sagte Ros-La. Aelan zögerte.
»Oh,« lachte der Kaufmann, »du bist noch nie auf einem Pferd geritten? Es ist nicht viel anders als auf einem Sok. Du wirst dich daran gewöhnen.«

»Ich glaube, es ist besser, ich gehe voraus, um zu sehen, ob sie Wachen aufgestellt haben,« sagte Aelan, der sein Pferd argwöhnisch aus den Augenwinkeln musterte. »Vielleicht kann ich später auf ihm reiten.«
»Es wird dir nichts tun,« scherzte der Kaufmann. »Aber du hast recht. Es ist besser, wenn du vorangehst. Wir werden dir in sicherem Abstand folgen. Du bist gewandt in den Bergen. Keiner von ihnen könnte dich erwischen, wenn sie dich entdeckten. Aber trotzdem, sei auf der Hut. Wage nicht zuviel. Wenn dir unser Plan zu gefährlich erscheint, so gehen wir nach Vihnn zurück und bleiben noch eine Weile bei No-Ge. Für immer werden die Kerle nicht auf uns warten. Vielleicht sollten wir das ohnehin tun, ohne uns jetzt unnötig in Gefahr zu bringen . . .«
»Ich spüre nicht die geringste Lust, in dieser trostlosen Einöde zu überwintern,« sagte Hem grimmig. »Wollt Ihr warten, bis die Räuber Verstärkung holen, um das ganze Tal nach uns zu durchkämmen? Außer unseren Köpfen wollen sie unsere Edelsteine. Vergeßt das nicht. Ihr Anführer wird sich von einigen für ihn unglücklichen Zufällen nicht davon abhalten lassen, weiter nach seiner Gläsernen Stadt zu suchen.«
»Niemand von ihnen kann in die Gläserne Stadt gelangen,« rief Aelan voreilig. Er bereute es schon, noch während er es aussprach. Mit boshaftem Lächeln wandte sich Hem an ihn.
»Sieh da. Was weißt du denn von der Gläsernen Stadt, mein Freund? Als ich euch vor kurzem fragte, seid ihr sehr rasch von mir abgerückt und habt euer berühmtes Schweigen aufgesetzt. Aber da du jetzt mit uns in die Stadt kommst, wirst du sicherlich nicht mehr so störrisch sein wollen wie deine Freunde im Tal. Das schickt sich nämlich nicht bei uns. Außerdem machen mich solche Geheimnistuereien nur noch neugieriger. Wir haben in Feen bestimmt genug Gelegenheit, uns ausführlich über diese Stadt in euren Bergen zu unterhalten. Obwohl ich nicht so sehr an die Stadt glaube, glaube ich umso mehr an ihre Schätze, die ihr, wie mir scheint, im Überfluß besitzt.«
Hem klopfte auf den fest verschnürten Kleidersack, in der sich die Kassette mit den Edelsteinen befand. Aelan blickte zu Boden. Hems Blick und die Wellen der Gier, die von ihm ausgingen, schmerzten und verwirrten den jungen Mann. Er mußte an den Schreiber denken. Wer in Habgier nach den Schätzen der Stadt greift, wird sie verlieren, hatte er gesagt. Das Bild der Lichtstadt blitzte in Aelan auf und mit ihm der geheime Name der Einen Kraft, den er in der Sonnensternnacht empfangen. Wie sein Atem und sein Herzschlag hatte ihn das unsagbare Wort begleitet, still in ihm schwingend im Rhythmus der Schritte. Hinter all

der Erregtheit, der Verlegenheit und Verwirrung schien es wie eine Quelle unversiegbarer Kraft.
»Sei still, Hem,« fuhr der Vater dazwischen. »Es ist jetzt nicht die Zeit, deine Neugierde zu befriedigen. Wir müssen aufbrechen. Und ich werde es auch in Feen nicht zulassen, daß du Aelan quälst.«
»Aber ich quäle ihn doch nicht. Selbstverständlich werde ich unseren Ehrengast aus Han nicht unnötig überanstrengen. Es hat keine Eile. Er wird mir gerne mehr über sein Tal erzählen, so wie ich ihm über Feen erzählt habe, nicht wahr, Aelan?«
Aelan machte eine unbeholfene Geste, dann schlich er in die Dunkelheit davon.
»Der Junge hat uns das Leben gerettet. Er steht unter meinem persönlichen Schutz. Er wird mir sein wie ein zweiter Sohn, und das ist nicht nur eine leere Redensart. Ich werde nicht zulassen, daß du ihn peinigst, Hem,« zischte der alte Kaufmann.
Hem neigte den Kopf und grinste böse. »Oh. Es wird mir eine Ehre sein, einen echten Handan zum kleinen Bruder zu haben.«
Nach einer endlos scheinenden Weile eisigen Schweigens folgten die beiden Feener Kaufleute dem Jüngling aus dem Inneren Tal.

Hor-Yu war wütend. Obwohl er es ausdrücklich verboten hatte, waren seine Männer heimlich an das Weinfaß im Keller des Bauern gegangen. Sie hatten ihre Krüge gefüllt, als Hor-Yu zum Wachposten im verfallenen Haus an der Brücke hinausgegangen war. Nach seiner Rückkehr waren sie betrunken gewesen. Er hatte sie angebrüllt und geohrfeigt, diese Memmen, diesen verlorenen, abgerissenen Haufen, der ihm noch geblieben war, hatte auf ihre träge sich duckenden Körper eingeprügelt, aber was nützte es. Sie saßen stumpf um den Tisch in der Stube des Bauern, gerötete Köpfe mit blöden, glasigen Augen, empfindungslos für die Wut ihres Anführers, der ihnen in diesen letzten Tagen die schrecklichste Zeit ihres Lebens beschert hatte. In all seinem Zorn verstand Hor-Yu sie. Nach den tödlichen Überraschungen, die ihnen in den Bergen begegnet waren, hatten sie sich müde und hungrig auf die Furthöfe gestürzt, und hier, endlich, vermochte ihre grobe Gewalt etwas auszurichten. Der alte Bauer und sein Gesinde kuschten vor ihnen und ließen den ungebetenen Gästen an nichts fehlen. Das war eine kleine Entschädigung für die entbehrungsreichen Wochen, die hinter den Ponas lagen. Selbst die Nacht des Sonnensterns, die man in Phonalam gewöhnlich mit einem ausschweifenden Gelage feierte, hatten sie frierend und hungernd irgendwo zwischen Felsen hinbringen müssen.

Sollten sie jetzt nur ein wenig über die Stränge schlagen. Sie hatten es redlich verdient. Aber Hor-Yu wußte, daß er die Zügel nicht zu locker lassen durfte. Die Ponas sollten nie vergessen, daß er ihr Herr war und daß sie ihre Aufgabe noch nicht erfüllt hatten. Die Edelsteine, die er in der Char des Inneren Tales auf dem Tisch des jungen Städters gesehen hatte, traten vor sein inneres Auge. Die Suche nach der Stadt der Legenden war verlustreich gewesen. Von den dreißig Männern, mit denen er aufgebrochen war, lebten noch acht. Ein hoher Preis. Aber sie hatten den Zugang zum Tal der Stadt gefunden. Hor-Yu war sicher, daß die Edelsteine aus den Schätzen der Stadt stammten, und daß diese dunkelgesichtigen Bauern die geheimen Wege dorthin kannten. Mehr als je zuvor war der Herr der Ponas davon überzeugt, daß es diese Stadt in den Gebirgen des Am wirklich gab. Er mußte die Steine aus ihrem Schatz haben, koste es was es wolle, denn sie waren der einzige Beweis für den Erfolg seiner Unternehmung. Soviel vergossenes Blut nur für unsichere Berichte über ein verwunschenes Tal ließ ihn nicht als großen Sieger in die Wälder zurückkehren. Aber die Steine könnte er vorzeigen. Sie rechtfertigten den Tod von zweiundzwanzig Ponas. Sie würden seinen Erzählungen das Gewicht der Wahrheit verleihen. Gleich auf den ersten Blick hatte er den Wert dieser Juwelen erkannt. Sie waren kostbarer als alles, was die Ponas je den Karawanen und reichen Reisenden abgenommen hatten. Hor-Yu leckte sich über die Lippen. Auch wenn er den Rest der Männer verlor und alleine zurückkehrte nach Phonalam, diese Steine mußte er haben. Sie waren jedes Opfer wert. Sie würden die anderen überzeugen, daß es notwendig war, mit einer größeren Schar gut ausgerüsteter Ponas in die Berge zurückzukommen. Sie würden der Begeisterung seiner Krieger Flügel verleihen. Obwohl Hor-Yu zornig auf die betrunkenen Männer war, fühlte er sich zufrieden. Trotz allem Unbill war sein Unterfangen zu guter letzt doch noch erfolgreich gewesen. Seine innere Stimme hatte wieder einmal recht behalten. Eines Tages würde er diese Stadt finden und erobern, wie die Stimme es ihm prophezeit. Vielleicht schon im nächsten Herbst, wenn die Zwistigkeiten in den Wäldern beendet sein würden und die Herrschaft über das zentrale Atlan allein in seinen Händen lag, die Obergewalt über die verstreuten Banden der Wälder und über das Volk der Yach im Süden. Das Glück war ihm günstig gestimmt, allen scheinbaren Rückschlägen zum Trotz. Wahrscheinlich war in der Zwischenzeit auch der Trupp, den er in den Süden geschickt hatte, um die Yach zu belauern, ins Lager zurückgekommen. Alles würde sich in den nächsten Wochen und Monaten vollends zum Guten wenden.

Hor-Yu lächelte in sich hinein. Er hatte gut und ausgiebig gegessen, und mit sattem Magen ließ es sich angenehm träumen von einer glanzvollen Zukunft. Wahrscheinlich waren diese Fremden noch im Inneren Tal oder bei dem fetten Wirt von Vihnn. Sollten sie nur. Hier ließ sich bequem auf sie warten. Irgendwann mußten sie hier vorbeikommen. Es gab keinen anderen Weg aus diesem Tal. Je länger sie zögerten, desto ahnungsloser würden sie in die Falle gehen. Wahrscheinlich dachten sie, Hor-Yu sei längst abgezogen mit seinen Leuten, davongelaufen vor diesen Bauern. Sollten sie nur. Auf Hor-Yus Gesicht breitete sich ein zufriedenes Grinsen aus. Sie pflegten hier zu übernachten, hatte einer der Knechte verraten. Ob das morgen sein würde oder in zehn Tagen – Hor-Yu brauchte nur auf seine Edelsteine zu warten, und zudem würde er Rache nehmen an diesem überheblichen Großmaul aus der Stadt. Haß drängte sich in Hor-Yus Gedanken. Er hatte einen Wachposten am verfallenen Haus an der Brücke aufgestellt. Von dort aus ließ sich das Tal gut überblicken. Man würde rechtzeitig bereit sein, wenn dieser Stadtjüngling mit seinen Edelsteinen ankam. Unter der Folter würde er verraten, wo er sie gefunden hatte. Es würde ein Genuß sein, diesem Aufschneider die Haut in kleinen Streifen vom Leib zu ziehen. Hor-Yu malte sich die Martern aus, die er dem Kaufmann zufügen würde. Das Grinsen des Pona wurde breiter. Sollte dieser Kerl nur kommen, morgen, übermorgen oder irgendwann einmal. Er würde seinen hochmütigen Kopf mitsamt den Edelsteinen selbst in dieses Haus liefern. Aber heute nacht gewiß nicht mehr. Es war zu gefährlich, nachts in den Bergen zu reisen. Sollten die Männer also trinken. Hor-Yu verspürte selbst Lust auf einen Becher Wein. Er nahm den Krug vom Tisch seiner Leute und kostete. Der Wein schmeckte sauer.

»Pfui,« machte Hor-Yu und schleuderte den halbvollen Krug an die Wand. »Wie besoffen seid ihr denn, daß euch dieses eklige Zeug schmeckt?«

Die Ponas grölten zustimmend und ließen rauhes Gelächter hören. Ja, ihr Anführer war in Ordnung. Er war streng, aber er war ein ganzer Mann, ein Teufelskerl, dem man blind vertrauen konnte.

»Ich gehe noch einmal hinaus zum alten Haus. Der Fraß dieser Bauern liegt mir im Magen. Morgen kochen wir selbst,« sagte Hor-Yu und erhob sich.

»Ihr müßt trinken. Das hilft dem Magen,« lallte einer der Kerle, von der guten Laune Hor-Yus ermuntert. Die anderen grunzten belustigt.

»Ihr elenden Säufer,« herrschte Hor-Yu sie an. »Ich sollte euch in den Fluß hetzen, damit ihr nüchtern werdet. Ab morgen früh gilt: Wer sich

nochmals besäuft, wird ausgepeitscht. Und du da,« Hor-Yu zeigte auf den Mann, der gesprochen hatte, »du löst bei Sonnenaufgang den Posten am alten Haus ab. Wenn du bis dann nicht gerade auf den Beinen stehen kannst, schneide ich dir deine Säuferzunge heraus.«
Hor-Yu nahm Schwert und Bogen, hängte sich einen Köcher mit Pfeilen über die Schulter und verließ die Stube.
»Gebt mir noch einen Becher,« grölte der Pona, als er Hor-Yu außer Hörweite glaubte. »Damit ich morgen besser Wache schieben kann.«
»Du gehst jetzt besser schlafen. Der Alte versteht keinen Spaß,« sagte ein anderer und schlug ihm derb auf die Schultern.
»Ach was! Dieser Stutzer mit seinen Edelsteinen hat die Hosen voll. Bis der zu uns kommt, um sich erschlagen zu lassen, haben wir die anderen Fässer im Keller längst ausgesoffen.«
»Wer sich besäuft, wird ausgepeitscht. Habt ihr das nicht gehört?« schrie ein anderer.
»Das gilt erst ab morgen früh. Wir haben noch die ganze Nacht Zeit,« brüllte der erste und drosch seinen leeren Krug auf den Tisch. »Wir haben viel nachzuholen.« Die anderen lachten und pfiffen und füllten die Becher neu.
Indes überquerte Hor-Yu die Brücke. Das Rauschen des Am erfüllte die Nacht. Scharf hoben sich die Umrisse der Berge vom Sternenhimmel ab. Das verfallene Haus tauchte aus dem Dunkel auf. Hor-Yu rief leise nach dem Wachposten. Alles blieb still. Hor-Yu ging ungeduldig um das zerbrochene Gemäuer herum. Der Posten saß auf einer notdürftig gezimmerten Bank an die Reste der Hauswand gelehnt, eingehüllt in eine Decke. Er war eingenickt. Neben ihm stand ein leerer Weinkrug. Hor-Yu gab dem Mann einen wuchtigen Fußtritt. Mit einem Aufschrei rollte der Kerl zu Boden.
»Du nichtsnutziger Hund,« schrie Hor-Yu zornig und gab dem Posten noch einen Tritt. »Bin ich von lauter Säufern und Versagern umgeben? Ich werde dich lebendig rösten lassen.« Hor-Yu packte einen Stock und schlug auf den Mann ein, der sich jammernd auf dem Boden wand und seinen Kopf vor den Hieben zu schützen suchte.
Im gleichen Augenblick wieherte ein Pferd. Der plötzliche Lärm in der Dunkelheit hatte es erschreckt. Yor-Yu hielt inne und lauschte. Geräusche kamen vom Hang, der neben dem Gemäuer zu den Felsen hinaufführte. Hor-Yu rannte um das Haus. Weit oben auf der steil ansteigenden Wiese erspähte er drei Gestalten, die sich hastig auf ihre Pferde schwangen. Zwei saßen schon im Sattel, die dritte bemühte sich unbeholfen, auf den Rücken ihres scheuenden Tieres zu klettern.

Hor-Yu stieß einen Schrei aus, in dem sich Wut und Überraschung mischten und stürmte den Hang hinauf. Während er im Laufen seinen Bogen von den Schultern riß und einen Pfeil aus dem Köcher zog, schrie er nach dem Wachposten, der sich fluchend aufgerappelt hatte: »Los! Lauf zum Haus! Die anderen sollen den Weg an der zweiten Brücke abschneiden!«
Der erste Reiter entfernte sich mit einem Packpferd am Zügel. Hor-Yu hielt an, spannte seinen Bogen und schoß. Das Packpferd brach zusammen. »Die Kassette,« hörte Hor-Yu eine gepreßte Stimme rufen. Das Großmaul aus der Stadt, fuhr es ihm durch den Kopf, während er weiter schräg den Hang hinaufeilte. Hinter sich hörte er, wie der Wachposten schreiend zu den Furthöfen rannte. Die gelben Lichter, die aus ihren Fenstern fielen, schwammen irgendwo weit in der Nacht. Aber die Kerle waren besoffen, dachte Hor-Yu, als er keuchend stehenblieb und einen zweiten Pfeil aus dem Köcher holte. Dem ungeschickten Reiter war es indes gelungen, sich auf sein Pferd zu schwingen. Er verkrallte sich in die Mähne des bockenden Tieres und folgte dem anderen, der ungeduldig auf ihn gewartet hatte.
»Laß die Kassette und rette dich!« schrie Ros-La, als er bei seinem Sohn angelangt war. Hem versuchte, das verwundete Packpferd, das erbärmlich wiehernd den Hang hinabrutschte, mit brutalen Peitschenhieben auf die Beine zu zwingen. Aelan schoß an ihnen vorüber, unfähig, sein in Panik geratenes Tier unter Kontrolle zu halten.
»Komm rasch,« drängte der alte Kaufmann. Hem ließ fluchend von dem Pferd ab, das die Last, die es trug, unter sich begraben hatte. Gewandt sprang er auf sein Reittier.
»Die Steine sind verloren,« rief er, als er an seinem Vater vorbeiritt. Ros-La folgte ihm.
Mit scharfem Sirren schnellte Hor-Yus Pfeil von der Sehne. Ros-La taumelte im Sattel und sank nach vorne. Seine Hände krallten sich um die Zügel. Brennender Schmerz fuhr aus seiner linken Schulter in den ganzen Körper. Der alte Kaufmann röchelte. Die Bilder vor seinen Augen verschwammen. Das gräßliche Fluchen Hor-Yus verlor sich irgendwo hinter ihm in der Dunkelheit. Ein dritter Pfeil bohrte sich mit hohlem, trockenen Ton in einen Baumstamm. Mit verzweifelter Kraft hielt sich Ros-La im Sattel und folgte der Gestalt, die ihm voranritt, und deren Umrisse in der Finsternis zerflossen. Alles war umsonst, ging es ihm schwer und bitter durch den Kopf. Dann legte sich dunkler Nebel über seine Sinne. Die Sterne am Himmel drehten sich in einem gewaltigen Wirbel.

# ZWEITES BUCH

## Kapitel 1
## DIE MASKE DER FLAMME

Die Nachmittagssonne tauchte das Kontor der La in goldfarbenen Glanz. Staub tanzte in der Luft. Das Kratzen der Schreibfedern war der einzige Laut, der die Stille in dem engen, muffigen Raum störte. Sen-Ju betrat die Stube der Verwalter ungern. Er verabscheute die stickige, trockene Luft, den Geruch nach Tinte und vergilbtem Papier, die gebückten, verdorrten Gestalten, die dort tagein, tagaus ihre Arbeit verrichteten. Er hatte mit den täglichen Geschäften des Hauses La wenig zu schaffen, mischte sich kaum in die Angelegenheiten der Schreiber und Buchhalter und betrat selten ihre Räume. Und doch war der schweigsame Alte gefürchtet bei allen, die dem Hause La dienten.
Ros-La hatte ihn vor vielen Jahren, als der Zorn des Tat-Tsok den Be'el verfolgte, in sein Haus genommen, aus Mitleid mit dem zierlichen, weißhaarigen Mann, der um Schutz vor den Soldaten der Tempel gebeten. Aus Erbarmen hatte er ihn aufgenommen, und aus Unmut über die Tat-Los, die hemmungslos die Gunst der Stunde nutzten, um unliebsame Personen aus dem Weg zu schaffen, sich am Besitz Unschuldiger zu bereichern und im Namen des Einen Tat ihre Gier nach Macht zu befriedigen. Ros-La war ein williger Glaubender an den Einen Vater Atlans. Die Tat-Los von Feen schätzten ihn wegen seiner großzügigen Gaben an die Tempel und wegen der umsichtigen Ratschläge, die er den Verwaltern der Schätze des Tat bei ihren mannigfaltigen Geschäften mit den Kaufleuten und Tnachas zu erteilen pflegte. Er betete zum allgewaltigen Tat und nahm Teil an den heiligen Zeremonien, denn im Glauben an den Einen Allweisen sah er die Ordnung und Sicherheit von Atlan verwurzelt, die sein Geschlecht wohlhabend und einflußreich gemacht hatte. Er dankte dem allmächtigen Schöpfer und Erhalter für die Gnade, die das Haus der La reicher gesegnet hatte als die Häuser anderer Familien, und jeder Zweifel an dem von Tat gewollten, althergebrachten Gefüge der Dinge schien ihm lästerlicher Frevel. Auch ihm waren die dunklen Männer des Be'el unheimlich gewesen,

die harten, verschlossenen Tam-Be'el, die der Flamme huldigten, dem Feueratem des Tat-Be'el, und die den Kult des gütigen Vaters verachteten. Doch als die gnadenlose Jagd auf sie begonnen, als auch in Feen ein aufgewiegelter Mob jeden erschlagen hatte, der das dunkle Gewand des Be'el trug, oder der angeklagt war, ein heimlicher Anbeter des Feuers zu sein, war Zorn in dem Feener Kaufmann aufgestiegen, der die Mäßigkeit liebte und die Gerechtigkeit. Denn auch unter den Tam-Be'el gab es Weise und Unbescholtene, und warum, so hatte Ros-La gedacht, sollte ihr Blut fließen für einen Mord, den ihre verblendeten Glaubensbrüder im fernen Kurteva am Erzieher und Vertrauten des Tat-Tsok begangen hatten. Ros-La glaubte unbeirrbar an die verzeihende Güte des Einen Tat. Er hatte das sinnlose Morden angeklagt in den Tempeln und im Palast des On-Tnacha. Nur seine Stellung als oberster Handelsherr von Feen, als Sprecher des Rates der Kaufleute, und seine Verbindungen zu einigen der mächtigsten Tat-Los, hatten ihn davor bewahrt, der Ketzerei bezichtigt zu werden und das Schicksal der Tam-Be'el zu teilen.

Ohne Zögern aber hatte er Sen-Ju aufgenommen, der eines Abends in sein Haus gekommen war, auf der Flucht vor den Tempelwachen des Tat. Monate waren seit den blutigen Verfolgungen vergangen gewesen. Nur selten war noch ein Versprengter aufgespürt und vor die Tat-Los geschleppt worden. Aus Kurteva komme er, hatte der Fremde erzählt. Zu Unrecht habe man ihn angeklagt, einer des Be'el zu sein. Ja, er habe einst der Flamme gedient, als sie noch eins war mit dem Tat, wie alle anderen gläubigen Menschen Atlans auch, dann aber, als der Tat-Tsok das Feuer verstieß, habe er ihr abgeschworen. Trotzdem sei er vertrieben worden, denn den Tat-Los gelüste es nach seinem Besitz. Irgendwo in den Wäldern des Nordens, wo er Zuflucht gefunden, habe er von Karawanenleuten den Namen des mutigen Feener Kaufmanns gehört, der als einziger seine Stimme erhoben hätte gegen das sinnlose Morden. Sein Geschick sei nun dem Mitgefühl dieses edlen weisen Mannes in die Hände gelegt. Ros-La hatte den Fremden in sein Haus genommen, denn er hatte zu spüren geglaubt, daß aus Mund und Augen des Alten die Wahrheit sprach. Auch die Hoffnung, durch seine Güte die Ungerechtigkeit zu mildern, die so vielen widerfahren war, hatte ihn zu seinem Entschluß bewogen.

Als bedächtiger, umsichtiger Mann hatte sich der Fremde erwiesen, klug und vorausehend in seinen Ratschlägen. Bald zeigte sich, daß die heimlichen Verbindungen, die er nach Kurteva pflegte, auch den Geschäften des Hauses La nutzten. Ros-La schätzte Sen-Ju sehr, der unauf-

fällig im Hause lebte, karg, zurückgezogen, verschlossen, doch stets zur Stelle, wenn sein Rat erbeten wurde. Die Schreiber und Karawanenführer des Hauses La aber begegneten ihm mit Mißtrauen, obwohl er kaum je ihre Nähe suchte oder sich in ihre Belange mischte. Ein feiner Instinkt gebot ihnen diese Zurückhaltung, die manchmal gar Züge der Feindseligkeit annahm. Viel flüsterten sie vom Unheil, das der finstere Mann noch herabbeschwören würde auf das Haus der La. Immer neue Geschichten gingen um über seine Vergangenheit und seine heimlichen Machenschaften. Doch als selbst ein Priester des Tat, den man herbeigeholt, nichts Falsches an dem Fremden hatte finden können, und der Tat-Tsok in Kurteva verkünden ließ, die Flamme sei für immer getilgt aus dem Herzen Atlans und kein Mord solle mehr geschehen im Namen des gütigen Tat, da gewöhnten auch sie sich an den kleinen weißhaarigen Mann, der wie ein Schatten im Haus des Ros-La lebte und dessen kundiger Rat Ansehen und Wohlstand der Familie La zu mehren wußte. Sie gingen ihm aus dem Weg, nannten ihn unter sich die Spinne, äfften ihn nach und spotteten heimlich über ihn, doch nur, um den kalten Hauch der Angst voreinander zu verbergen, der nach ihren Herzen griff, wenn sie dem schweigsamen Alten begegneten.
Ros-La aber, dessen unerschütterliches Vertrauen Sen-Ju genoß, bat den Alten, der die Bildung und das Wissen eines Mehdrana besaß, die Erziehung seines Sohnes Hem zu übernehmen, seines einzigen Erben, der aus der kurzen, unglücklichen Ehe des alten Kaufmanns hervorgegangen war. Sen-Ju widmete sich mit hingebungsvollem Eifer dieser Aufgabe. Als der Kaufmannssohn zu einem hitzigen, jähzornigen Jüngling heranwuchs, der nichts und niemandem Respekt erwies, sich mit einer Rotte verdorbener Freunde in das ausschweifende Leben des Feener Vergnügungsviertels Dweny stürzte, hurte, praßte, soff und verschwendete, daß sein Vater vor Kummer und Unverständnis über die schrecklichen Zeiten jeden Tag in den Tempeln des Tat für das Heil seines mißratenen Sprosses betete, blieb Sen-Ju der einzige, auf dessen Rat der aufbrausende Jüngling hörte.
Das Kratzen der Federn erstarb in der Schreibstube, als Sen-Ju eintrat, lautlos, schleichend, mit leicht hinkendem Gang. Die geschäftig über ihre Bücher und Rollen gebeugten Männer spürten sofort, daß die Spinne hereingekommen war. Manche glaubten in seiner Anwesenheit einen eisigen Hauch zu verspüren, andere wiederum sprachen von einem metallenen Ring, der sich um das Herz schnürte, allen aber flößte die Gegenwart des ungeliebten Alten Scheu ein, Unsicherheit und Angst. Obwohl es in den letzten Wochen öfter vorgekommen war, daß

Sen-Ju hereintrat, um ein bestimmtes Buch oder Dokument zu holen, schreckten die Schreiber und ihre Gehilfen jedesmal wieder zusammen, wenn sie den Alten in ihrem Rücken spürten. Meist schickte er einen Boten, das gewünschte Schriftstück zu besorgen, manchmal jedoch kam er selbst, unvermittelt, zu ungewöhnlicher Stunde. Wenn er die Schreiber beim Schwatzen überraschte oder sein blitzendes Auge etwas entdeckte, das gegen die Regeln des Hauses La verstieß, begann er nicht zu zetern und zu schelten wie der oberste Verwalter oder der Herr der Bücher, sondern strafte die Schuldigen schweigend, mit kaltem Blick, der sie bis ins Mark durchfuhr wie eisiger Stahl. Ärger als der härteste Tadel war dieser Blick. Jeder im Haus fürchtete ihn, denn er riß gnadenlos die Masken von den Gesichtern der Menschen, machte sie hilflos, gläsern, nackt. Auch der Harmlose und Unschuldige fühlte sich entlarvt und bloßgestellt, wenn ihn Sen-Jus Blick durchbohrte. Dabei war der alte Mann niemals zornig oder unhöflich. Seine Stimme war leise und seine Worte bedächtig gewählt. Keiner hatte Sen-Ju jemals schreien hören. Aber auch niemand hatte je ein Lachen auf seinem Gesicht erblickt.

»Ich benötige das Buch des Hauses Sal,« sagte er jetzt und strich mit der schmalen, knochigen Hand langsam über seinen kurzen, weißen Bart. Sofort sprang einer der Gehilfen auf, das Gewünschte herbeizuschaffen. Im Kontor des Ros-La wurde für jeden Geschäftsfreund ein Buch geführt, in dem alle Lieferungen, Forderungen und Verbindlichkeiten verzeichnet standen. Sen-Ju nahm einen dickleibigen Folianten in Empfang, der das Wappen der Sal verschlungen mit dem der La in seinen hölzernen Einband geschnitzt trug. Die Beziehungen zum Hause Sal, einer der alten Kaufmannsfamilien Feens, waren vielfältig und freundschaftlich, und bestanden seit vielen Generationen.

Sen-Ju nickte knapp und verließ die Stube der Schreiber, in der die Federn wieder eifrig zu kratzen begannen.

Die Dämmerung war hereingebrochen, als der Diener, der gerade die Lichter in Sen-Jus Arbeitsraum entzündet hatte, erneut in die Türe trat und wartete, bis der alte Mann ihn zum Sprechen aufforderte. Sen-Ju tat es wortlos, indem er vom Buch der Sal aufblickte.

»Ein junger Herr aus Kurteva wünscht, empfangen zu werden,« meldete der Lakai.

Sen-Ju nickte. Kurz darauf führte der Diener den Besucher herein. Mit einer Verbeugung entfernte sich der Lakai und ließ den Jüngling vor Sen-Ju stehen, der tief im Studium seines Buches versunken schien.

Plötzlich zuckte sein Kopf hoch wie der einer Schlange. Sein Blick traf den jungen Mann.
»Ich grüße Euch, Rah-Seph,« sagte Sen-Ju mit leiser, eindringlicher Stimme.
Der Jüngling lächelte unsicher. »Woher kennt Ihr meinen Namen?«
»Serla-Mas hat mir von Euch berichtet, als er mit seiner Karawane aus dem Westen zurückkehrte. Das Haus La schuldet Euch Dank, Sohn des Hareth-Seph.«
Sen-Ju schlug den Folianten zu, daß der Staub zwischen den Seiten hervorschoß und erhob sich. Die strengen Züge des kleinen alten Mannes blieben starr wie eine Maske, als er auf den Gurena zuging.
»Seid willkommen im Haus der La. Es beglückt mich, daß Euch Euer Weg nach Feen führte. Serla-Mas hat sehr bedauert, daß Ihr nicht mit ihm gezogen seid. Doch wir hofften, daß Ihr eines Tages kommen würdet, den Lohn für Euren Dienst zu empfangen.«
»Ich bin nicht um eines Lohnes willen hier,« erwiderte Rah mit abwehrender Geste. »Es ist die Pflicht des Talma, zu helfen, wenn ...«
»Die Gerechtigkeit des Einen Allweisen vergißt nie,« schnitt Sen-Ju ihn ab. »Sie fordert Ausgleich für alle Dinge, die geschehen sind, gleich ob gut oder böse. So lautet das Gesetz des Lahf.«
Rah fühlte sich unbehaglich. Die Gegenwart des seltsamen Alten beschwor Erinnerungen an etwas Übles, Böses, die irgendwo tief in ihm schlummerten.
»Seid willkommen im Hause der La, doch wißt, daß Ihr in einer Zeit der Not kommt. Verzeiht auch, daß ich, Sen-Ju, der nur Knecht ist in diesem Haus, Euch empfange, um Euch Dank zu sagen für den Dienst, den Ihr den La erwiesen. Ros-La, unser Herr, starb an einer Wunde, die Räuber ihm schlugen, als er im vergangenen Jahr die nördlichen Gebirge bereiste. Hem-La, sein Erbe, der neue Herr des Hauses, befindet sich auf einer Reise nach Kurteva. Noch weiß er nicht vom Tod seines Vaters. Ihr findet sein Haus in Trauer.«
Rah senkte den Kopf zum Zeichen des Mitgefühls und sagte die höflichen Worte des Trostes, wie sie bei den hohen Familien Kurtevas gebräuchlich waren. Sen-Ju hörte die artigen Wendungen mit unbewegter Miene.
»Verweilt im Hause der La, solange Ihr wünscht und fühlt Euch als sein Herr. Im Namen des Hem-La, seines neuen Oberhauptes, bitte ich Euch, von Eurem Gastrecht Gebrauch zu machen. Es soll Euch an nichts fehlen.«
Rah wehrte ab. »Die tiefe Trauer des Hauses um seinen Herrn soll nicht

gestört werden durch die Anwesenheit eines Fremden. Auch wollte ich nicht lange verweilen in Feen. Mein Weg führte mich zufällig hierher. Ich wollte mich nach dem Befinden von Serla-Mas erkundigen, mit dem ich ein Stück des Weges nach Westen gereist bin. Es freut mich zu hören, daß er wohlbehalten nach Hause zurückgekehrt ist.«

»Er brachte seine Karawane heil nach Feen auf den unsicheren Straßen unserer Tage. Der kranke Ros-La vernahm aus seinem Mund die Kunde von Eurem Edelmut. Er bedauerte sehr, daß Ihr ihm nicht die Ehre Eures Besuches habt angedeihen lassen. Nun aber ist Serla-Mas mit Hem-La nach Kurteva gereist.«

Rah war es peinlich, daß der Alte immer wieder auf den Zwischenfall in den Mothügeln zurückkam. Was hatte er schon getan? Ein paar Räuber erschlagen, Unwürdige vor seinem Schwert. Rah fühlte Scham und Betretenheit, als er an die Klinge der Seph dachte, die er in jener unseligen Nacht vor dem Bild des Be'el verloren.

»Darf ich Euch bitten, ihn herzlich zu grüßen von mir und ihm zu bestellen, auch ich sei am Leben und gesund,« sagte Rah knapp und wollte sich verabschieden. Er wagte nicht, nach Serla-Mas' Schwester zu fragen, nach Sae, die in jener Sonnensternnacht aus dem Feuerschlund des Be'el zu ihm gekommen war. Wie böse Träume stiegen plötzlich die Erinnerungen an diese Geschehnisse in Rah auf. Das dünne Eis des Vergessens, das sich über sie gebreitet, brach in Sen-Jus Gegenwart. Der geschlagene, schwertlose Talma hatte die Karawane der La eingeholt damals, aber Sae war verschwunden gewesen, zurückgereist nach Kurteva, hieß es, weil sich durch den Überfall die Gefahren der Reise als zu bedrohlich für eine Frau erwiesen hatten. Dann war Rah in die Wälder und Ebenen der westlichen Provinzen geflohen, getrieben von der Verzweiflung über den Verlust seines Schwertes, zerknirscht, ratlos, ausgestoßen aus den Reihen der Gurenas, erfüllt von Verwirrung und Kummer. Er war den Spuren des Tat-Sanla gefolgt, von dem Serla-Mas erzählt hatte und von dem er sich Rat erhoffte, doch er war ihm nicht begegnet in den Provinzen des Westens. Dann aber hatte ihn der ständig wiederkehrende Gedanke an die Blüte des Feuers nach Norden geführt, eine quälende Begierde, die wie Gift sein Herz zerfraß.

Rah war einen Moment unschlüssig. Er wußte nicht, wie er sich von dem alten Mann verabschieden sollte, ohne ihn zu kränken. Die Augen Sen-Jus durchdrangen ihn bis ins Innerste. Etwas in dem Gurena begann leise zu wanken.

»Wollt Ihr dem Hause La nicht die Ehre erweisen, einige Tage unter seinem Dach zu verweilen?« fragte Sen-Ju. Seine Stimme glich dem Knar-

ren eines verdorrten Baumes. »Hem-La wird bald zurückerwartet. Er würde mich schelten, hätte ich Euch ziehen lassen, ohne Dank, ohne Lohn für Eure Verdienste.«
»Ich will keinen Lohn,« stieß Rah schroff hervor. Unsicherheit wuchs in ihm. »Ich wollte nicht lange säumen in Feen.« Zwar schien es verlockend, in dem Haus zu bleiben, in dem er vielleicht Sae wiedersehen würde, aber etwas in seinem Inneren drängte ihn, unverzüglich abzureisen. Eine tödliche Bedrohung ging von diesem Alten aus, etwas, das sich unbarmherzig festhakte und den eigenen Willen lähmte. Schwarze, alte Spinne, dachte Rah. Seine Hand zuckte nach vorne, als Sen-Ju näher an ihn herantrat. Der junge Gurena schämte sich dieser unkontrollierten Bewegung und errötete. Verwirrung ergriff ihn, als er den Blick des kleinen alten Mannes auf sich spürte, schärfer und durchdringender als zuvor.
»Wohin wollt Ihr denn?« fragte die ruhige, leise Stimme, in der, fast unmerklich, schneidende Schärfe mitschwang.
Rah zuckte die Achseln und versuchte, unbefangen zu lächeln. Sein Kopf schien ausgeleert wie ein hohler, weiter Raum. Er wußte nichts zu erwidern. »Ein Talma weiß nicht, wo er sein Haupt zur Ruhe bettet am Abend,« stammelte er schließlich, mühsam nach innerem Halt tastend. Rah fühlte sich hilflos einer fremden Macht ausgeliefert, wie damals in der Nacht vor dem lodernden Rachen des Be'el. Etwas versuchte, Besitz von ihm zu ergreifen, eine schleichende, kalte Kraft, die sich in seiner Brust zusammenballte.
»Es wäre eine große Ehre für das Haus La, könnte es den Sohn aus dem Geschlecht der Seph, der ersten Gurenafamilie Kurtevas, der ihm schon einmal die Gnade seiner Hilfe zuteil werden ließ, zum Führer der Truppen gewinnen, die seine Karawanen in Zukunft begleiten werden,« sagte der Alte, süß und schneidend zur gleichen Zeit.
»Es ist nicht meine Absicht, in die Dienste eines Kaufmannshauses zu treten,« antwortete der junge Mann. Mit aller Willenskraft zwang er sich, ruhig zu bleiben. Aber seine Stimme klang wankelmütig. »Vielleicht reite ich in die Gebirge des Am. Man spricht viel von geheimnisvollen Dingen, die sich dort zutragen.«
»Wenn Hem-La aus Kurteva zurückkehrt, ist ihm keine lange Rast in Feen vergönnt. Noch vor dem Fest des Sonnensterns wird er zu den Gebirgen des Am aufbrechen, der alten Tradition seiner Väter folgend, die seit undenklichen Zeiten das Privileg besitzen, mit den Menschen der Inneren Berge Handel zu treiben.«

Sen-Ju stand jetzt unmittelbar vor ihm. Rah spürte den Atem des Alten in seinem Gesicht.

»Nur Männer, die unser ganzes Vertrauen genießen, vermögen ihn auf dieser Reise zu begleiten, um ihn vor den Räubern zu schützen, die mächtig werden in den Wäldern, die Festungen bauen und sich Ponas nennen. Seine Väter und Vorväter pflegten alleine zu fahren, nun aber zwingen uns die Gefahren der Straßen, eine Eskorte zu seinem Schutz auszurüsten. Im letzten Jahr ging der Gewinn dieser mühevollen Fahrt verloren. Hem-La entrann knapp dem Tod, sein Vater aber empfing die Wunde, die ihn welken ließ und sterben. Warum sollte Euer Schwertarm, der dem Hause La schon einmal aus großer Not geholfen hat, nicht erneut in seinen Diensten fechten? Zumal Euer Weg offenbar der gleiche ist wie der meines Herrn.«

Rah stotterte eine verworrene Ablehnung. In den Augen des Alten glomm dunkle Glut auf.

»Es soll kein Hindernis sein, daß die Schwerthand des Seph leer ist, und die ruhmreiche Klinge seiner Ahnen verloren,« sagte er. Seine Stimme hob sich unmerklich.

Ein Strahl aus glühendem Eis fuhr Rah durch alle Glieder. Der Raum begann sich um ihn zu drehen.

»Kein anderer ist würdig, das Vertrauen des Hauses La zu besitzen, als einer, der sich dem Be'el gegeben hat.«

Rah taumelte zurück und stützte sich an der holzgetäfelten Wand des Raumes ab. Seine Finger tasteten nervös über ein geschnitztes Relief.

»Die Gerechtigkeit des Einen Allweisen vergißt nie,« fuhr Sen-Ju fort. »Sie gibt und nimmt, damit die Schalen seiner Waage wieder schweben. Das Gesetz des Lahf ist nicht zu betrügen. Das Haus der La schuldet dir Dank für deine Hilfe, du aber schuldest dem Be'el dein Leben, denn er hat dich erwählt in der Nacht der himmlischen Flamme.«

»Nein,« wollte Rah schreien. Doch über seine Lippen drang nur ein heiseres Flüstern. Die Erinnerung an die Nacht vor dem Bild des Be'el schlug über ihm zusammen. All die Hilflosigkeit, die Verzweiflung, die Scham, brach in einer mächtigen Welle auf ihn herab.

»Dein Fleisch hat sich verbunden mit der Feuerblume des Einen. Du hast ihm dafür das geschenkt, das dir am heiligsten war. Dein Herz hat sich ihm aufgetan, als die Klinge der Seph auf den geweihten Boden des Be'el fiel, ihm, dem Einen, Allgewaltigen zum Opfer.«

Vergeblich wehrte sich Rah gegen den lähmenden Strom der Worte, die seinen Kopf zum Bersten anfüllten, obwohl er kaum ihren Sinn verstand.

»Große Zeiten werden anbrechen in Atlan, wenn die Flamme wieder leuchtet. Deine Hand aber, die den Kriegern des Tat, den Söhnen des Algor, dieses Erzverräters und Götzendieners, das Lebenslicht löschte, wird im Namen des Be'el die schnelle, blutrünstige Klinge führen, die du ihm geopfert hast. Sie wird der Wille und die Rache des Be'el sein.«
Rah starrte den Alten fassungslos an. Die Worte stürzten mit erdrückender Kraft auf ihn herab.
»Noch verstehst du die Wege des Einen nicht. Noch wehrt sich dein kleines Selbst gegen den Willen der Flamme, weil es ihre ewige Gerechtigkeit, die dem Wohle Atlans dient, nicht erkennen will. Doch der Name der Seph, der untrennbar verschlungen ist mit dem Geschick des Reiches und der Tat-Tsok, wird heller strahlen denn je zuvor im Licht des reinen Feuers. Du wirst eine der erhabensten Blüten sein am Stamme der Seph durch die Gnade des Be'el, der dich erwählte.«
Sen-Ju wandte sich von dem Gurena ab und ging zu einer schweren, metallbeschlagenen Truhe, die unter dem Fenster stand. Die unsichtbare Faust ließ Rah fallen. Der junge Mann atmete schwer. Sen-Ju hob den Deckel der Truhe und entnahm ihr einen langen, in schwarze Tüher geschlagenen Gegenstand. Behutsam wickelte er ihn aus.
»Das Haus der La ist sich der großen Ehre bewußt, den Sohn des Hareth-Seph, dem es zu Dank verpflichtet ist, Gastfreundschaft erweisen zu dürfen. Freude erfüllt jeden Getreuen der La, daß Rah-Seph seine Klinge, die dem Be'el geweiht ist, in den Dienst des Hem-La stellt,« sagte Sen-Ju und reichte Rah das Ahnenschwert der Seph in seiner schlichten, schwarzen Scheide. Matt schimmerte das Auge des Tigers aus Perlmutt am schmucklosen Knauf.
Rah war außer sich. Etwas schnürte ihm den Atem ab. Er griff nach dem Schwert. Seine Hände zitterten, als sie den Knauf betasteten. Ungläubig stierte er den weißhaarigen Alten an, der das andere Ende des Schwertes noch fest in Händen hielt.
»Willst du das Gelübde erneuern, auf das du dieses Schwert gesetzt hast in der Nacht des feurigen Be'el? Willst du es gehorsam für den führen, der es dir jetzt zurückgibt?«
Rahs Augen versanken in denen des Alten. Alles war wie in einem Traum, unwirklich, fremd, wie Trugbilder, auf einem aufgewühlten Meer wirrer Gefühle tanzend. Es schien Rah, als wiederhole sich in diesem Moment ein lange vergangenes Ereignis, als sei dies nur die Erinnerung an ein vergessenes Leben. Schattenhafte Ahnungen stiegen in ihm auf, doch sie wurden fortgewischt von der unbarmherzigen Macht Sen-Jus. Der Gurena nickte mechanisch.

»Sprich es aus,« knarrte die Stimme des Alten.
»Ja,« brachte Rah hervor. Seine eigene Stimme schien ihm wie die eines Fremden. »Ja, ich will.« Etwas in ihm zwang ihn, diese Worte auszusprechen, obwohl sein Wille sich sträubte.
Der kleine alte Mann ließ das Schwert los. Er ging zu seinem Tisch zurück und läutete nach einem Bediensteten. Rah nahm es kaum wahr. Er starrte das Schwert in seiner Hand an, die Klinge der Väter, das stählerne Schicksal der Seph. Der Lakai trat herein und verbeugte sich.
»Der junge Herr ist Befehlshaber der Soldaten des Hauses La. Geleite ihn in seine Räume. Er ist weit gereist und bedarf der Ruhe. Er ist Ehrengast der La. Es darf ihm an nichts fehlen. Ich werde mich persönlich um sein Wohlergehen kümmern,« befahl Sen-Ju.
Der Diener verneigte sich auffordernd vor Rah. Der Gurena blickte ihn starr an, dann straffte er sich und folgte ihm, das wiedergewonnene Schwert der Seph mit beiden Händen umklammernd. Beim Hinausgehen spürte er den Blick des Alten wie glühende Nadeln im Nacken.

Am gleichen Abend langte Hem-La auf erschöpftem, schweißtriefenden Pferd vor dem Haus seines Vaters an, lachend und rufend, die verdutzten Diener scheuchend, sie sollten endlich das Tor öffnen. Schaum troff seinem Pferd in großen Flocken aus dem Maul. Hem stieß ihm gnadenlos die Sporen in die blutig gerissenen Weichen, als das mächtige Tor sich auftat. Er preschte in den Hof, wo das Gesinde mit Fackeln und Lichtern zusammenlief, peitschte sein Reittier mitten zwischen die wieder auseinanderstiebenden, fluchenden und schreienden Menschen, riß es am Zügel, daß es sich aufbäumte und sprang lachend aus dem Sattel. Der junge Herr war wieder da. Ein Knecht nahm die Zügel des zuschanden gerittenen Pferdes, das zitternd stehenblieb, dampfend in der kühlen Nachtluft, mit blutunterlaufenen Augen voll Angst in die hin und her eilenden Lichter starrend. Leise scheltend führte er es fort, denn Hem-La hatte schon so manches edle Tier aus den Stallungen seines Vaters so übel zugerichtet, daß man es töten mußte.
»Was steht ihr wie aus Holz geschnitzt?« fuhr Hem die Diener an, die ihn scheu betrachteten. Er fuchtelte mit seiner Peitsche. »Kennt ihr mich nicht mehr oder glaubt ihr, ich sei ein Kambhuk?« Er versetzte einer jungen Sklavin, die den Willkommenstrunk aus dem Hause brachte, einen klatschenden Hieb auf die Schenkel und lachte, als sie mit spitzem Aufschrei zurücksprang. Hem leerte den Becher, den man ihm reichte und warf das kostbare Gefäß achtlos zu Boden. Der junge Kauf-

mann war bester Laune. Er hatte es nicht mehr ausgehalten bei der langsam vorankommenden Karawane, war ihr kurz vor Feen vorausgeeilt, als Serla-Mas befahl, ein letztes Nachtlager zu richten.
»Die anderen kommen erst morgen,« verkündete er lärmend. »Aber rasch jetzt. Meldet Sen-Ju, daß ich angekommen bin und sagt es auch meinem Vater. Und du...« Hem trat grinsend an die junge Sklavin heran, die ihr schmerzendes Bein rieb. Er packte ihre Hand. »Du wartest in meinen Gemächern auf mich. Eine solche Karawanenfahrt ist lange und einsam,« zischte er ihr ins Ohr. Betretenes Schweigen breitete sich aus. Die Bediensteten senkten die Köpfe. Die Knechte und Sklaven, die nur die Neugier herausgetrieben hatte, drückten sich verstohlen in die dunklen Nischen und Winkel des Hofes.
»Was ist los mit euch?« fragte Hem und schaute von einem zum anderen. Seine Peitsche wippte ungeduldig. »Seid ihr taub?«
Plötzlich war Sen-Ju unter ihnen. Der kleine, zierliche Mann wand sich unbemerkt zwischen den Dienern und Sklaven hindurch. Sein weißes Haar schimmerte in der Nacht. Die ihn sahen, wichen erschrocken zur Seite.
»Willkommen, Hem,« sagte er, als er auf den jungen Mann zukam. Hems Gesicht heiterte sich auf.
»Sen-Ju,« rief er und eilte seinem Lehrer und Vertrauten entgegen. Über das steinerne Gesicht des Alten schien ein Lächeln zu huschen, knapp, kaum merklich.
»Was ist mit denen los?« fragte Hem, als er die linke Hand an die Stirn führte zum Zeichen ehrbietigen Grußes. »Sie können sich wohl vor Freude nicht fassen, daß ich wieder zu Hause bin.«
»Komm,« antwortete Sen-Ju und führte Hem fort, den Arm auf den Schultern des jungen Mannes.
»Wo ist mein Vater?« fragte Hem. »Ich möchte zu ihm. Er wird stolz auf mich sein. Ihr könnt Euch nicht vorstellen, wie gut die Geschäfte in Kurteva gediehen sind. Er braucht nicht mehr zu glauben, ich sei kein würdiger Erbe. Ach, es gibt viel zu berichten. Ich hoffe, ich konnte alles im Kopf behalten. Das Buch mit den Aufzeichnungen ist noch bei der Karawane.«
Sie waren durch das mächtige, von filigranen Schnitzereien umrankte Portal getreten. Diener huschten im Halbdunkel umher, um die Lichter in der Empfangshalle zu entzünden.
»Warum ist alles dunkel?« fragte Hem. »Läßt Vater nun schon an den Lichtern sparen?« Sen-Ju blieb stehen und wandte sich dem jungen Mann zu.

»Dein Vater ist tot,« sagte er, hart, trocken, mit knorriger Stimme, in der kein Hauch von Mitleid zu spüren war. Hem blieb stehen und starrte den Alten an, der streng seinem Blick begegnete.

»Tot?« fragte er tonlos, »tot?« Einen Augenblick drehte sich ein Sog der Fassungslosigkeit und Verwirrung in dem jungen Mann. Er glaubte, der Boden unter ihm beginne zu schwanken, dann beugte er sich nieder, der hochgewachsene, stolze Jüngling, um seinen Kopf an die Schulter des kleinen alten Mannes zu legen, und begann hemmungslos zu schluchzen.

Sen-Ju stand unbeweglich. Hem mußte es scheinen, als lehne er gegen eine kalte Wand, doch in seinem Schmerz empfand er es nicht. Nur die Hand des Alten bewegte sich, die weiße, knochige Hand. Sie strich leise über den Rücken des Jünglings. Sen-Jus Augen waren starr ins Leere gerichtet. Der Diener, der in diesem Augenblick scheu vorüberschlich, berichtete später den anderen, im Blick der Spinne habe ein dunkles Feuer des Triumphes gelodert. Nach einer Weile richtete Sen-Ju den Willenlosen auf und führte ihn aus der Halle fort, die jetzt im Glanz unzähliger Lichter erstrahlte.

Als sich Hem auf die Polster in Sen-Jus privaten Räumen niederließ, begann der betäubende Schmerz, der wie ein Keulenschlag auf ihn niedergefahren war, nachzulassen. Der alte Mann stand am Fenster und blickte schweigend in die Nacht. Ein Diener brachte Wein und Gebäck. Hem streckte den Rücken und rieb sich die Augen. Sein Körper war steif von dem langen, anstrengenden Ritt. Bleierne Müdigkeit saß in allen Gliedern. Jetzt spürte Hem sie wie eine zerdrückende Macht, die alles Leben aus ihm saugte. Ströme wirrer Gedanken und Bilder wälzten sich kreuz und quer in seinem Kopf. Er wunderte sich, daß er keine Trauer empfand, nur diese bodenlose, zermürbende Müdigkeit. Er nahm einen Schluck Wein. Das mit Gewürzen vermengte Getränk belebte ihn.

»Wann ist es geschehen?« fragte er mit heiserer Stimme, ohne zu wissen, ob Sen-Ju noch bei ihm war. Alles schien gleichgültig, sinnlos.

Ohne den Blick vom Fenster zu wenden, antwortete der Alte: »Er starb zwei Wochen nach deiner Abreise. Seine Wunde brach wieder auf und das Fieber lockte andere Krankheiten. Die Ärzte vermochten ihn nicht zu retten. Sie haben ihr bestes getan.« Seine Stimme klang kalt wie Metall.

»Konntet *Ihr* ihm nicht helfen?« Hems Frage war wie ein Vorwurf. »Als ich abreiste, glaubte ich sicher, er würde wieder genesen. Er fühlte sich

besser, arbeitete in seinen Gärten, kümmerte sich um Geschäfte.« In den Augen des Alten blitzte es auf.
»Sei nicht töricht, Hem-La.« Der junge Mann zuckte zusammen. Nur selten pflegte ihn sein Lehrer so anzureden, mit vollem Namen, in diesem eisigen, ernsten Ton. »Dein Vater brachte den Tod aus den Gebirgen des Am mit in dieses Haus. Jeder, der ihn nach seiner Rückkehr sah, wußte, daß ihm nur noch eine kurze Frist gewährt war. Sein Leben war das Flackern einer verlöschenden Kerze.«
Hem senkte den Kopf. Aus dem Chaos in seinem Inneren tauchten klare Gedanken auf. Es wurde ihm bewußt, daß er nun Herr des Hauses La war, Herr und Besitzer des größten Handelsunternehmens in Feen. Viele der Momente fielen ihm plötzlich ein, in denen er mit dem Vater gehadert und sich gewünscht hatte, doch endlich an die Stelle dieses rückständigen, alle neuen Ideen und Pläne behindernden Mannes treten zu können. Jetzt, mit einem Male, unerwartet und schmerzlich, war der Augenblick gekommen.
»Wir konnten nicht auf deine Rückkehr warten,« fuhr Sen-Ju fort. »Wir ließen seinen Körper den Flammen und ordneten all die vorgeschriebenen Gebete und Zeremonien an. Alle Ehren, die dem toten Ros-La geziemen, wurden ihm erwiesen. Er ruht in den Armen seines Tat, der ihm eine günstige Wiedergeburt gewähren wird, wenn er der himmlischen Freuden überdrüssig wird, denn die Priester haben am Tod deines Vaters ein Vermögen verdient.«
»Hört auf zu spotten,« gab Hem unwillig zurück. Sein Körper wand sich auf dem Polsterlager. »Wenigstens in dieser Stunde.«
Sen-Ju riß seine Aufmerksamkeit vom Fenster los und kam auf Hem zu. »Sei kein Narr, Hem-La. Ich achte den Schmerz um deinen Vater, aber hast du nicht selbst immer wieder gehofft, er möge dir Platz machen?«
Hem errötete. Er wußte, daß Sen-Ju ihn bis in die dunkelsten Tiefen des Herzens zu durchschauen vermochte.
»Ich habe dich nicht erzogen, Hem-La, damit du ein Leben lang im Schatten deines schwächlichen Vaters stehst. Und ich bin nicht in dieses Haus gekommen, um der Knecht eines Erben zu sein, den nur das Wohlleben und die Gier nach Reichtümern interessieren.«
Sen-Ju faßte Hem scharf ins Auge.
»Du bist nun Herr in diesem Haus, Hem-La. Sein Reichtum und Einfluß, seine Verbindungen und Privilegien sind nun die deinen. Es wird sich erweisen, ob du der Mühe wert bist, die ich auf deine Erziehung wandte. Der Eine Allweise hat die Stunde recht gewählt, Ros-La in die

Hand des Todes zu geben, diesen zagenden, marklosen Mann. Oder zweifelst du daran?«

Hem reckte den Kopf empor. Seine Muskeln strafften sich. Was redete der Alte da? War er verrückt geworden? Das Gesicht Sen-Jus wirkte wie aus weißem Stein gemeißelt. Seine glühenden Augen durchbohrten Hem, dem die Antwort im Halse steckenblieb.

»Auch der Tod dient einzig den Plänen des Großen Willens. Er hat die Stunde bestimmt, in der das reine Feuer zurückkehren wird in die Tempel Atlans und in das Herz des Volkes. Alle Zeichen künden an, daß diese Stunde nahe bevorsteht. Wer der Flamme dient in dieser schweren und gefährlichen Zeit der Verbannung, wird unermeßlichen Lohn ernten. Und du, Hem-La, vermagst ihr besser zu dienen als dein einfältiger Erzeuger.«

Sen-Ju sprach höhnisch, ohne ein Zeichen der Regung auf den tief eingekerbten Zügen.

Hem wußte, daß der alte Mann einst ein Tam-Be'el gewesen war, einer von denen, die der Verfolgung entkommen waren, weil sie der Flamme abgeschworen hatten, weil sie untergetaucht waren in der Wildnis Atlans oder ein mitfühlender Freund sie vor den Häschern verbarg. Er wußte, daß sein Vater den Alten aufgenommen hatte, um ihn vor dem ungerechten Zorn der Tat-Los zu schützen, aus Mitleid, oder aus diesem fanatischen Gerechtigkeitssinn, der über die Jahre zur Starrheit geronnen war. In seiner Gutgläubigkeit hatte der alte Kaufmann Sen-Ju für einen harmlosen Unschuldigen gehalten, der durch Intrige und Hinterlist dem Haß der machtlüsternen Tat-Los Kurtevas verfallen war. Hem aber wußte, daß in dem asketischen Alten unauslöschlich die Flamme des Be'el loderte.

In geduldiger Arbeit war es Sen-Ju gelungen, seinem Zögling, dessen einziger Gott Reichtum und Sinnesbefriedigung schien, die Saat des Feuers einzupflanzen, Verachtung gegen den hohlen Prunk der Tat-Religion und ihre verweichlichten, gierigen Priester, und Respekt vor der allmächtigen Kraft des flammenden Be'el. Hem spürte das dunkle Geheimnis um seinen Lehrer, er wußte um die ängstliche Scheu des Gesindes, der Schreiber und Verwalter vor dem strengen alten Mann, den sie die Spinne nannten. Er selbst aber schätzte und achtete ihn wie keinen anderen Menschen, nicht zuletzt, weil Sen-Ju über geheime Verbindungen in Kurteva verfügte, von denen viel zu erhoffen war für die Zukunft des Hauses La. Jetzt aber, in diesem Moment, da Sen-Jus Blick durch ihn hindurchging wie die Klinge eines Schwertes, da die kalte, knarrende Stimme vom unveränderlichen Willen des Be'el sprach und

von der lange vorbereiteten Rückkehr des Feuers, jetzt, da der Schmerz über den Verlust des Vaters allmählich in dem Hochgefühl verströmte, endlich alleiniger Herr des Hauses La zu sein, sah Hem zum ersten Mal bewußt die unermeßlichen Quellen schrecklicher Macht, die hinter den versteinerten Zügen des Alten verborgen lagen. Sie erfüllten den jungen Kaufmann einen ewigen Augenblick lang mit panischer Angst.
»Wer seid Ihr wirklich, Sen-Ju?« fragte er, leise, gebannt in die glühenden Augen des Alten starrend, ungläubig noch, wankend, bereit, alles für Einbildung seiner überreizten Nerven zu halten, in Wirklichkeit aber schon hilflos davongerissen vom Strom der gewaltigen Kraft, die aus Sen-Ju hervorbrach.
»Bist du willens, dich in den Dienst der Flamme zu stellen,« sagte der Alte mit gleichgültiger Stimme, ohne auf Hems Frage zu achten, »so wird sie dich mit einer Macht belohnen, von der du nicht einmal zu träumen wagst, Sohn des Kaufmanns Ros-La. Die Stunde ist nahe, in der die Maske der Flamme fallen wird. Der Lohn für ihre Getreuen wird unermeßlich sein, die Strafe für ihre Verräter ebenso. Alles ist vorbereitet. In langen, schweigsamen Jahren hat sie die Figuren ihres Spiels an die richtigen Plätze gerückt, unmerklich, still, in allweiser Geduld. Auch ich bin nur eine dieser Figuren, die ihr demütig dienen, und auch du, Hem-La. Doch wehe dem, der versucht, sich ihrer führenden Hand zu widersetzen.«
Hem nickte abwesend. »Was wird geschehen?« fragte er wie in einem Traum.
»Hast du mir Nachricht gebracht aus Kurteva?« entgegnete Sen-Ju, als habe er Hems Frage nicht gehört.
Wieder nickte der junge Mann. »Ja. Die Wege, die Ihr mir gewiesen habt und die Menschen, denen ich Euer Siegel vorwies, haben mich bis in den Palast des Tat-Tsok geführt. Die Geschäfte erledigten sich wie von selbst zu unserem größten Vorteil. Ich vermochte weit mehr zu erreichen, als ich zu hoffen wagte. Alles ging mühelos vonstatten. Türen, die den Boten meines Vaters jahrelang verschlossen waren, öffneten sich. Ein leichtes war es auf einmal, den Nutzen des Hauses La zu fördern. Überall aber nannte man Euren Namen mit tiefem Respekt.«
Sen-Ju nickte kurz. »Die dem Einen Be'el willig dienen, finden reiche Belohnung.«
»Kein einziges Mal aber vernahm ich den Namen der Flamme in Kurteva,« sagte Hem. »Bei schwerer Strafe ist es verboten, ihn zu nennen. Alle Anzeichen sprechen dafür, daß der Tat-Tsok nochmals die Hand erheben will gegen die Tam-Be'el, die im Verborgenen leben. Er hat die

Söhne berühmter Gurenageschlechter in den Kerker werfen lassen, weil sie dem Tat lästerten. Man munkelt in der Stadt, er wolle die Flamme in der Kuppel des Großen Tempels löschen, als Opfer für den Tat, weil der Bayhi wieder gesund wurde in der letzten Nacht des Sonnensterns. Er hört auf das Wort der Tat-Los mehr denn je zuvor.«
In Sen-Jus Augen blitzte es auf. »Die dunkelste Stunde der Nacht ist gerade vor dem ersten Licht der Dämmerung.«
»Einer aus dem Palast des Tat-Tsok – man hat seinen Namen nicht genannt – ließ mir diese Botschaft für Euch übergeben. Ich habe sie die ganze Reise lang bei mir getragen.« Hem nahm eine kleine, versiegelte Schriftrolle aus der Reisetasche an seinem Gürtel und reichte sie Sen-Ju. Der alte Mann nahm sie und ging zum Fenster, während er das Siegel erbrach und die Nachricht überflog. Kurze Zeit lag tiefe Stille im Raum, dann sagte Sen-Ju: »Ich werde nach Kurteva reisen. Die Zeit ist gekommen.«
Er hielt das Papier in die Flamme einer Öllampe und beobachtete starr, wie es im Feuer zu schwarzen Fetzen zerschmolz. »Noch vor der Nacht des Sonnensterns werden sich die Geschicke Atlans entscheiden.«
Hem sah den Alten erstaunt an.
»Darf ich Euch begleiten?« fragte er. »Ich wäre gerne zum Sonnensternfest in Kurteva geblieben. Jetzt schon bereitet man die Feiern vor. Die Lieder über die Dunkelheit der Liebe sind in aller Munde. Man sagt, es werde das prächtigste Fest seit Menschengedenken werden, denn der Tat-Tsok wolle dem Stern danken für die Heilung des Bayhi.«
Sen-Ju schüttelte den Kopf. »Nicht in diesem Jahr, mein Sohn. Wir müssen an diesem Fest des Sonnensterns an zwei verschiedenen Orten der Einen Macht dienen. Alles ist vorbereitet für deine Fahrt in das Tal des Am. Deine Reise wird ebenso schwer sein wie meine nach Kurteva. Dein Vater wurde nicht müde, zu erzählen, wie unbeliebt du dich gemacht hast bei den Handan der Gebirge.«
Hem winkte geringschätzig ab. »Ich werde sie zu gewinnen wissen. Die jungen Burschen dort sind so anhänglich, daß sie einem bis nach Feen nachlaufen.« Hem lachte. »Wie geht es Aelan?«
»Der Tod deines Vaters, Hem-La, hat ihn schwerer getroffen als dich,« antwortete Sen-Ju. Hem wollte heftig erwidern, aber der Blick des Alten zwang ihn zum Schweigen und ließ ihn erröten wie ein Kind, das bei einer Lüge ertappt wird. »Du hast versucht, einen Städter, einen Gecken aus ihm zu machen, einen Lüstling und Windbeutel, damit er in den Kreis deiner verdorbenen Freunde paßt. Er ist dir gefolgt wie ein anhänglicher Straßenköter, dem man aus goldenen Näpfen zu fressen

gibt. Du hast geglaubt, er sei ein williges und einfältiges Objekt deiner Belustigung und Prahlsucht, er aber hat die Zeit in Feen klug zu nutzen gewußt, um sich das Herz deines Vaters zu erschleichen. Er hat nicht nur Rosen geschnitten in den Gärten der La, sondern auch die Saat der Zwietracht und Intrige gesäht. Ros-La liebte ihn wie einen leiblichen Sohn, denn in seiner Arglosigkeit glaubte er, in diesem dummen Bauernjungen die Eigenschaften und Wesenszüge zu finden, die er an dir so bitterlich vermißte. Hast du über deinen Ausschweifungen und Vergnügungen nicht bemerkt, daß Ros-Las Vertrauen auf ihn überging, daß der Herr des größten Kaufmannshauses von Feen einem Burschen blind vertraute, der kaum lesen und schreiben konnte, als er aus seinem Tal hierher kam, daß er ihn um Rat fragte und Geheimnisse mit ihm besprach, die nicht einmal die Ohren des Ersten Verwalters erreichten?«

Hem blickte Sen-Ju erstaunt an. Der Alte fuhr fort, ohne den jungen Mann aus den Augen zu lassen. »Er hat oft genug von seiner Wertschätzung für Aelan gesprochen, von der sanften, verständigen Art des Handan, seiner natürlichen Klugheit, seiner Dankbarkeit und Bescheidenheit. All die Merkmale, die er bei seinem eigen Fleisch und Blut entbehrte, schmeichelten seinem schlichten Gemüt, wenn Aelan um ihn war. Einmal, in tiefer Verbitterung über das verletzende Verhalten seines trotzigen und widerspenstigen Hem, sprach er sogar davon, diesen Handan als sein Kind anzuerkennen und ihm an deiner statt Besitz und Geschäft zu vermachen. Wer weiß, Hem-La, wovor die Hand des allgewaltigen Einen dich bewahrte, als sie den Tod ins Haus der La wies.«

»Ich werde diesen Erbschleicher, diesen gerissenen Heuchler, aus dem Haus peitschen lassen,« platzte Hem heraus, von Eifersucht und Zorn übermannt. »Ich habe sein Schafsgesicht ohnehin satt.«

»Du magst nun vielleicht Herr in diesem Haus sein,« entgegnete Sen-Ju mit sanftem Gift in der Stimme, »aber diesen Fremden, der sich darin eingenistet hat wie eine Schlange, vermagst du nicht zu vertreiben.«

»Was soll das heißen?« rief Hem barsch. »Ich möchte den sehen, der es mir verbieten könnte.«

»Dein Jähzorn, Hem-La, war in den Augen deines Vaters dein größter Makel. Er hat weise Vorsorge getroffen, daß der Liebling aus dem Inneren Tal auch nach dem Tod seines väterlichen Gönners davor gefeit sei. Er hat dem Aelan-Y eine große Summe aus deinem Erbe anweisen lassen, ferner Anteile an den Geschäften des Hauses, Anrechte an diesem Haus und an anderen Besitztümern der Familie La. Es wird dir schwerfallen, Geschäfte mit größerem Risiko abzuwickeln, ohne vorher den

Handan zu fragen. Noch auf dem Totenbett hat Ros-La deinen hochfliegenden Plänen, die er für Vermessenheit hielt, entgegengewirkt. Er hat es geschickt angefaßt und über seinen Tod hinaus sichergestellt.«
Hem wurde blaß und blickte seinen Lehrer ungläubig an. Ungerührt fuhr Sen-Ju fort: »Er hat alles verbriefen lassen bei den Tnachas des Tat-Tsok und bei den Verwaltern der Tempelbücher, gleich nachdem deine Karawane aufgebrochen war. Auch ich vermochte den trotzigen Alten, den die Krankheit immer verstockter und mißmutiger machte, nicht davon abzuhalten. Der einzige, den er noch zu sich ließ und dem er vertraute, war der Handan, und der hat sich rührend um den alten Mann bemüht. Er hat sich aufgeopfert für seinen Vater, wie er Ros-La zu nennen pflegte. Ein leuchtendes Beispiel der Selbstlosigkeit war Aelan. Nur die Tat-Los, die wie fette Geier um das Haus flatterten, als der Todesengel darin weilte, wurden außer dem Handan empfangen. Es ist auch ihnen gelungen, sich ansehnliche Brocken deines Erbes zu erbeuten. Ein Blick in die Bücher wird dir zeigen, daß sich das Haus La lange nicht von diesen Verlusten erholen wird.«
Hem schüttelte ungläubig den Kopf. Er dachte an seinen Vater, an die immer heftiger und erbitterter werdenden Streitereien mit dem kränkelnden, alten Mann, nachdem sie aus den Gebirgen des Am zurückgekommen waren, an die trotzige Ablehnung aller Pläne, die sein Sohn ihm unterbreitete, sein eigener, erwachsener Sohn, den er behandelte wie ein unreifes Kind. Er dachte an den letzten, fast gewalttätigen Streit, in dem Hem den Vater gezwungen hatte, ihn mit der Herbstkarawane nach Kurteva ziehen zu lassen, um einige wichtige Geschäfte zu fördern. Im Bösen waren sie voneinander geschieden, der hochfahrende, stolze Sohn und der verbitterte, im Herzen wunde Vater. Aber diesem Eindringling, diesem falschen, doppelzüngigen Kerl aus dem Inneren Tal, den man auf der Landstraße aufgelesen und aus Mitleid ins Haus genommen hatte, ihm war es gelungen, sich einzuschmeicheln, hinterlistig, kalt, berechnend, stets hinter der Maske des Unscheinbaren, Naiven, Gutmütigen. Dieser Schleicher und Duckmäuser, der ihn um sein Recht an diesem Haus bringen wollte, diese Schlange, die den gutgläubigen Alten auf seine Seite gezogen hatte, in weniger als einem Jahr. Wahrscheinlich war es das Beste, daß der Vater, der offenbar nicht mehr wußte, was er tat, von seinen Leiden erlöst wurde. Lieber ein leichter Tod als ein schweres Leben, pflegten die Bauern um Feen zu sagen, wenn sich ein Schwerkranker auf das Sterben vorbereitete. Aber auch Hem hatte sich von der einfältigen Maske täuschen lassen, hatte den Handan unterschätzt. Zorn kochte in ihm auf.

»Was ratet Ihr mir zu tun?« fragte Hem kalt, mühsam die Erregung vor seinem Lehrer unterdrückend.
»Auch Aelan-Y ist nur eine unwissende Figur im großen Spiel der Allweisen Flamme. Nicht umsonst hat sie ihn in dieses Haus geführt. Er kann uns sehr dienlich sein. Nutze klug seine Anwesenheit, bevor du ihn von deinem Hab und Gut vertreibst. Lasse ihn deine Feindschaft nicht spüren. Nie wieder werden wir solch günstige Gelegenheit haben, aus unmittelbarer Quelle über die Geheimnisse des Inneren Tales zu hören. Die Glocke des Schweigens macht die Handan stumm in ihren Bergen. Kaum jemals geschieht es, daß einer von ihnen in die Ebenen herauskommt.«
»Er ist verstockt. Und wenn er redet, dann faselt er ungereimtes Zeug, Ammenmärchen und Legenden, die sich die Bauern erzählen.«
»Du mußt lernen, sie richtig zu hören, um ihren wahren Sinn zu verstehen. Du hast versäumt in diesem letzten Jahr, ihn eingehend auszuhorchen. Du hast dir nicht die Mühe gemacht, ihm wirklich zuzuhören. Stattdessen hast du ihn die lasterhaften Geheimnisse der Delays von Dweny gelehrt.«
»Wollt Ihr mir Vorwürfe machen wie mein Vater?«
»Nein, Hem. Kein einziges Mal habe ich mich in dein Leben gemischt, aber du fragtest mich, was ich dir rate. Ich sehe großen Nutzen in der Anwesenheit des Handan. Versäume nicht diese Gelegenheit, die sich dir nur einmal bietet. Auch er vermag der Sache des Einen zu dienen, unwissentlich, geführt von dir und mir, denn er weiß mehr über das Innere Tal, als diese anderen stumpfsinnigen Bauern, von denen du erzählt hast.«
»Warum glaubt Ihr das?«
»Ich sehe es in ihm.« Sen-Jus Stimme wurde hart.
»Warum seid Ihr nie mit ins Innere Tal gereist? Ihr hättet mühelos alles aus diesen plumpen Kerlen herausgebracht. Vor Euch hätten sie sich hart getan mit ihrem vielzüngigen Schweigen.«
Sen-Ju schüttelte den Kopf. »Ich besitze den Ring nicht, der das Tal öffnet. Das Privileg, das dem Hause La gewährt ist, liegt nun in deinen Händen.«
»Auch die Räuber besaßen keinen Ring,« entgegnete Hem spöttisch. »Ich lasse mich von diesen Märchen nicht mehr beeindrucken. Dieses Gerede über das Innere Tal hat seine Glaubwürdigkeit verloren, seit ich Han mit eigenen Augen gesehen habe. Ein paar dunkelgesichtige Bauerntölpel, die auf recht wirkungsvolle Art schweigen können. Aber vor Räubern sind sie ebensowenig sicher wie alle anderen Menschen in

Atlan. Mit der Ausnahme, daß die Geschichten über die Schätze dieser Gläsernen Stadt künftig eine Menge mehr Gesindel in das Tal locken werden. Glaubt mir, diese Handan sind gewöhnliche, dumme Bauern. Mich interessieren ausschließlich ihre Edelsteine. Die habe ich mit eigenen Augen gesehen. Ihr solltet Euch selbst einmal davon überzeugen, und mit mir nach Han reisen.«
»Du Narr,« unterbrach Sen-Ju ihn schroff. »Hineingekommen in das Innere Tal sind viele, aber die meisten haben es mit dem Leben bezahlt. Du weißt nicht, wie kostbar dieser Ring ist, den dein Vater dir vererbt hat. Manche, die mehr um die Geheimnisse des Tales wissen, würden alle Reichtümer der Welt dafür geben, doch er ist nicht verkäuflich. Für jene, die ihn nicht rechtmäßig besitzen, ist das Innere Tal für immer verschlossen. Nur der Tod wartet dort auf sie.«
»Nicht alle Räuber sind umgekommen. Die anderen haben die Steine geraubt – und meinen Vater ermordet.«
»Weil du die Gesetze des Tales gebrochen hast!« Sen-Ju wurde zornig. Eine vibrierende Kraft erfüllte den Raum. »Du blinder, einfältiger Tor. Einzig des Privilegs des Ringes wegen hat dich der Wille der Flamme erwählt, denn nur der, der ihn rechtmäßig besitzt, vermag dem Be'el zu dienen. Und du Unwürdiger weißt nicht einmal um seine wahre Bedeutung.« Unwirsch wandte sich Sen-Ju ab und schwieg.
»Was ratet Ihr mir?« fragte Hem nach einer Weile vorsichtig.
»Da du meine Worte für Legenden und Ammenmärchen hältst, du Unverständiger, rate ich dir, den Rest deines Lebens in den Freudenhäusern Feens zu verbringen, um das kümmerliche Stück Erbe, das dir geblieben ist, zu verprassen.«
»Verzeiht, Sen-Ju,« sagte Hem kleinlaut und senkte den Kopf.
»Du willst die Aufgabe nicht verstehen, mit der die allweise Güte des Einen Be'el dich betraute. Du hast nichts anderes im Sinn als das Funkeln der Edelsteine, die du dummen Bauern abhandelst. Aber dies ist nur ein schwacher Abglanz der wahren Schätze des Inneren Tales, die der Be'el dir bietet für den Dienst, den nur du allein tun kannst.«
»Verzeiht mir, Sen-Ju. Was soll geschehen?«
»Nutze die Gelegenheit, die der Be'el dir schenkt durch Aelans Anwesenheit in diesem Haus. Horche ihn aus, denn noch immer besitzt du sein Vertrauen. Lasse ihn niemals spüren, daß du sein Feind bist. Sei klug und besonnen. Behandle ihn freundlich. Frage ihn verfänglich, im rechten Augenblick, und berichte mir Wort für Wort alles, was er sagt. Ich vermag seine Worte besser zu deuten als du. Laß ihn die Legenden erzählen, die er als Kind hörte, widersprech ihm nie, verspotte ihn

nicht. Es ist der Flamme sehr daran gelegen, alles über das Tal zu erfahren. Frage ihn vor allem nach anderen Wegen ins Tal. Frage ihn nach der Straße der Könige von Hak, die einst zur Gläsernen Stadt führte. Jetzt, in der Trauer um Ros-La, den er so liebte, wird er aufgeschlossener sein, wenn er deine Zuneigung spürt. Sei klug, Hem. Bezähme deinen Haß.«
Hem überlegte eine Weile. »Es wird mir schwerfallen, freundlich zu sein zu dem, der mein Erbe zernagt und sich festsetzt in meinem Haus wie ein Blutegel.«
»Benutze ihn, solange er dazu taugt, dann töte ihn.«
»Ihn töten?« Hem sprang auf und wanderte unruhig im Zimmer auf und ab.
»Er wird dich zu den Gebirgen begleiten in diesem Jahr. Alles ist vorbereitet. Ich habe Gurenas angeworben, die mit dir ziehen werden. Der Eine Be'el hat zur rechten Zeit Rah-Seph, der die Karawane von Serla-Mas vor den Räubern bewahrte, in unser Haus geschickt. Er wird die Soldaten führen. Stelle dich gut mit ihm. Er stammt aus einem mächtigen Geschlecht Kurtevas und hat sich verdient gemacht um die Sache des Be'el. Er hat Tat-Los getötet und dafür die Verbannung auf sich genommen. Die Flamme hat ihn bestimmt, der Schwertarm ihres Willens zu sein in dieser Zeit des Wandels. Erfüllt er seine Aufgabe gut, so wird er mächtig werden in Atlan. Deshalb versichere dich seiner Freundschaft. Die Reise wird dir Gelegenheit geben, einen neuen Freund zu gewinnen und dich des Handan zu entledigen.«
Hem nickte. »Aber muß ich ihn töten? Ich könnte ...«
Sen-Jus Gesicht verfinsterte sich. »Schweig, Narr. Die Flamme verlangt sein Blut, denn sein Herz ist den Wegen des Be'el verschlossen. Er hat deinen Vater bestärkt in seinem albernen Glauben an den Tat, diesen schwächlichen Götzen, und er wird nicht ruhen, bis er dich ganz vertrieben hat aus deinem Haus. Das Gesinde liebt ihn und sieht in ihm den neuen Herrn. Es gab Stimmen in diesem Haus, die munkelten, Aelan sei der eigentliche Erbe, da Ros-La ihn mehr liebte als dich, Hem. Egas-Lom, der Leiblakai deines Vaters, wagte sogar zu behaupten, Ros-La habe auf dem Totenbett Aelan zu seinem Nachfolger bestimmt.«
Hems Gesicht wurde starr. »Ich werde diesem Hund die Haut abziehen lassen.«
»Ich habe ihn auspeitschen lassen vor allen anderen, zur Abschreckung und Warnung, und in Schande verstoßen aus dem Hause La, dem er Zeit seines Lebens diente. Dies hat das Gerede verstummen lassen, doch im Verborgenen schwelt es weiter. Ich weiß nicht, wie

Aelan dazu steht, ob er den Haß gegen dich und mich weiterhin schürt, um sich Verbündete zu schaffen in diesem Haus. Du hast die Verlegenheit der Diener bemerkt, als du heute überraschend ankamst. Natürlich wäre es ein leichtes, Aelan auszuschalten, doch sein Name steht in den Büchern der Tnachas und Tempel verzeichnet. Die Tnachas werden darüber wachen, daß sein Recht an deinem Erbe nicht angetastet wird. Nur sein Tod irgendwo in den unzugänglichen Gebirgen kann dich von ihm befreien.«

Hem nickte und lächelte boshaft. »Die Euren Haß auf sich ziehen, sind ohne Rettung verloren.«

»Die sich der Flamme widersetzen, Hem-La, sind ohne Rettung verloren,« verbesserte ihn der Alte, »Doch die ihr dienen, teilen sich die höchste Macht.«

»So ist auch das nur ein Geschäft, bei dem man auf die richtige Seite setzen muß, um zu gewinnen,« sagte Hem leichtfertig. Ein blitzender Blick des Alten durchfuhr ihn bis ins Innerste.

»Spotte der Flamme nicht,« zischte Sen-Ju. »Ihre Gunst ist rasch verspielt. Auch dich vermag niemand vor ihrem Zorn zu schützen. Erfüllst du die Aufgabe nicht, die sie dir gab und für die sie dich reich belohnt, so nimmt sie dein Blut. Du kennst die Macht des Einen Be'el nicht, und doch bist du ihr ausgeliefert mit deinem Leben und deinem Blut.«

Hem nickte eifrig und machte eine fahrige Geste der Beschwichtigung. Kalter Schweiß schoß ihm aus den Poren.

»Aber vielleicht ist es die einzige Art für dich zu lernen. Betrachte es als Geschäft. Nimm, was du bekommst und bezahle dafür. Doch wisse, das Auge des Be'el ist von tödlicher Gerechtigkeit. Willst du es betrügen, so ist dein Leben verwirkt und der Haß der Flamme wird dich verfolgen bis über die Grenzen des Todes hinweg.« Sen-Jus Stimme war tonlos und hart.

Hem nickte nervös. Er fühlte sich unbehaglich. Sen-Ju fuhr fort: »Nimm es als Anzahlung, daß der Eine Be'el das Haus Sal in deine Hände spielte. Dein Vater hat es geschont in seiner Schwächlichkeit, hat ihm stets neuen Kredit und Aufschub gewährt, denn er wollte nicht wahrhaben, daß ein solch ehrwürdiges Handelshaus wie das seines Freundes Torak-Sal unrettbar dem Ruin verfallen ist.«

Hem hielt in seiner unruhigen Wanderung durch den Raum inne und hörte aufmerksam zu.

»Dabei waren die Sal die schärfsten Konkurrenten der La, doch die beiden alten Schwärmer träumten den guten alten Zeiten nach. Die Hand der Flamme hat die Waage zugunsten der La geneigt. Nun ist die letzte

Möglichkeit der Rettung, an die der alte Sal sich klammerte wie ein Ertrinkender an den rettenden Balken, dahin und vertan. Ich habe das Buch Sal aus den Kontoren kommen lassen und aufmerksam studiert. Das Haus Sal ist ganz in deiner Hand, Hem-La. Nimm es als einen Beweis der Gunst des Großen Be'el, als ein Zeichen seiner Gewogenheit. Aber spiele nie mit ihr und versäume nicht, ohne zu murren zu geben, was der Eine fordert. Das Blut des Aelan-Y wird ihm ein willkommenes Dankesopfer sein. Der Ring aber, den du für den Be'el trägst, ist der Unterpfand deines Lebens und deines Glücks. Vergesse das nie, Hem-La.«
»Ich werde seinem Willen gehorchen,« entgegnete Hem und neigte den Kopf. Sen-Ju sah ihn lange an, prüfend, ihn abschätzend und ausforschend. Bis hinab in die tiefsten Winkel des Herzens ging der glühende Blick des kleinen alten Mannes, dann nickte er, leise nur und gnädig, und verließ ohne ein weiteres Wort den Raum.
Hem kehrte in seine Gemächer zurück, schickte die junge Sklavin fort, die dort auf ihn wartete und ging noch lange auf und ab, unruhig, getrieben von einem inneren Pochen und Bohren. Er versuchte vergebens, die Eindrücke und Bilder dieses langen Tages zu ordnen. Fast wurde ihm schwindlig im Strömen und Kreisen der Gedanken. Der Morgen dämmerte grau herauf, als er sich schließlich zum Schlafen bereitmachte.
Schwer sank er auf sein Lager. Sofort dehnte sich sein Geist in weite, von leuchtenden Bildern erfüllte Räume. Verwundert verharrte er, schon halb im Traum, und betrachtete sie. Inmitten eines mächtigen Feuerscheins sah er glitzernd und funkelnd ein riesenhaftes Antlitz, in dessen weit aufgerissenem Rachen schreckliche Feuerstürme tobten. Dies, so wußte Hem-La in diesem Augenblick, war die Quelle, aus der die Macht strömte. Lange blickte Hem die Fratze an. Ihr Anblick bannte und verzauberte ihn. Dann fiel dieses Gesicht fort wie eine Larve und Hem beschaute die Macht selbst. Sie aber hatte keine Form mehr und keinen Namen. Hem spürte nur, wie sie nach ihm griff, und dieses Gefühl, von einer kalten, tödlichen Kraft gepackt zu sein, ihr ganz zu gehören, war das einzige, an das er sich nach dem Erwachen zu erinnern vermochte. Jetzt aber, in den leuchtenden Räumen des Traumes, war es lebendige, entsetzliche Wirklichkeit.
Draußen, vor dem Fenster von Hems Schlafgemach, das auf die ausgedehnten Gärten des Hauses La wies, hing groß und blutig der Vollmond im bleichen Licht des dämmernden Tages. In der Ferne krähte ein Hahn.

## Kapitel 2
## EINE ZEIT ENDET

Milchiges Morgenlicht sickerte durch die seidenverhangenen Fenster, als Mahla-Sal aus unruhigen Träumen aufschreckte. Bilder flogen in ihr auf wie ein Schwarm Vögel. Mahla vermochte keines von ihnen zu erhaschen. Mit klopfendem Herzen schaute sie zur hohen, mit kostbaren Intarsien geschmückten Decke und lauschte weit in die Stille der Frühe hinein. Mahla war hellwach. Sie spürte, daß der Schlaf nicht mehr zurückkehren würde an diesem Morgen. Trotzdem blieb sie regungslos liegen und beobachtete, wie das Licht des Tages allmählich wuchs. Waren nicht die Brüder in ihrem Traum gewesen, und der Vater? Es bedeutete nichts Gutes, wenn man so unvermittelt aus dem Schlaf hochfuhr und die Traumbilder jäh entflohen. Es war, als ginge ein Stück Leben für immer verloren. Mahla strengte sich an, die Eindrücke der Nacht zurückzuholen, doch vergebens. Stattdessen drängten die Sorgen in ihr Bewußtsein, mit denen sie eingeschlafen war. Mahla dachte an ihren Vater, den ernsten, alten Mann, der vor einigen Tagen, nachdem fremde Boten bei ihm gewesen waren, mit grauem Gesicht aus seinem Kontor gekommen war, zermürbt und geschlagen, eingefallen und scheinbar um Jahre gealtert, doch er hatte der besorgten Tochter nicht von seinem Kummer erzählen wollen, hatte abgewunken, war gequält heiter gewesen. Mahla wußte, daß es nicht gut stand um die Geschäfte des Hauses Sal, daß die Karawane, die ihre drei Brüder nach Ütock führten, alle Hoffnungen des alten Handelshauses trug, doch Mahla wußte nicht um Näheres. Es war nicht Sitte, die Töchter in die Geschäfte einzuweihen, doch sie hatte viel aus dem Zetern und Klagen der Mutter herausgehört, der verwöhnten, Luxus und Prunk liebenden Frau, die einem alten Feener Aibogeschlecht entstammte und Torak-Sal zum Gemahl genommen hatte, als das Haus Sal auf dem Höhepunkt seines Erfolges und Reichtums gestanden war. Und Mahla hatte Gerüchte aufgeschnappt, Gerede, das beim Gesinde umging und bei Boten, die Nachrichten von den Karawanen brachten.

Die junge Frau lag in ihrem mit Kristallen aus den Gebirgen geschmückten Bett und starrte schweigend zur Decke. Der Lauf der Sonne durch die zwölf Zeichen des Lahf war dort in kostbaren farbigen Hölzern dargestellt, von einem berühmten Feener Meister gestaltet. In wirbelnden Bewegungen schienen die uralten Symbole und Bilder ineinanderzufließen, in erhabenem Rhythmus um die flammende Sonne in ihrer Mitte tanzend. Die Fülle des Lebens strömte sanft in den Tod, der sie in reineren Farben neu hervorbrachte. Im Zentrum der Sonne wachte das Auge des Tat über den ewigen Kreislauf des Lahf, der Sonnenstern, unberührbar und allweise, der Ruhepunkt im ewigen Spiel von Leben und Tod. Oft schon hatte Mahla in diesen schlichten Bildern Trost gefunden, wenn ihr Herz schwer gewesen war. Immer waren ihre Sorgen und Ängste auf einmal unbedeutend erschienen vor dem Rad des Lebens, das sich unablässig drehte und die Schicksale aller Menschen trug. An diesem Morgen aber glaubte die schöne junge Frau etwas Grausames, Unerbittliches in dem vertrauten Bild zu erblicken, etwas, das ihr das unabwendbare Ende aller Jugend, aller Schönheit, allen Wohllebens gnadenlos vor Augen führte. Das aus dem weißen Holz des Tnajbaumes gearbeitete Zeichen des Todes schien alle anderen Bilder zu überstrahlen.
Mahla riß den Blick los davon und erhob sich. Der schwankende Erfolg des Handelshauses hatte an ihrem Leben nichts verändert. Überfluß und Luxus umgaben sie, eine Schar von Dienerinnen und Sklavinnen sorgte für ihr Wohlergehen und las ihr jeden Wunsch von den Lippen. So stand es der einzigen Tochter eines reichen Kaufmanns zu und niemand hätte daran gedacht, ihre Privilegien einzuschränken, nur weil die Geschäfte vorübergehend nicht mehr glänzend gingen und an vielen anderen Dingen im Hause gespart werden mußte. Zeghla-Sal, die stolze Herrin der Sal, achtete streng darauf, daß es ihr und ihrer Tochter nicht am geringsten mangelte. Sie trug sich mit eigenen Plänen, den schwindenden Wohlstand zu erhalten, glaubte fest daran, daß ihre weibliche List den geschäftlichen Bemühungen des Gatten, der sich als Schwächling erwiesen hatte, als Weichling, dem sie immer weniger Respekt entgegenbrachte, je größer seine Mißerfolge wurden, weit überlegen war. Durch die Verheiratung ihrer Tochter mit dem Sohn eines gesunden, reichen Hauses glaubte sie das matte Geschlecht der Sal, die Zukunft ihrer Kinder retten zu können. Die Heiratsvermittler und Kuppler gingen ein und aus im Hause Sal, doch nur wenige ihrer Vorschläge fanden Gnade vor den Augen der Herrin. Mahla dachte an die ermüdenden Streitereien mit der Mutter, die ihre Tochter undankbar

und eigensinnig schalt, weil ihr die reichen Jünglinge nicht gefallen wollten, die Zeghla-Sal auserwählt.

Es waren keine guten Gedanken, die sich an diesem Morgen in Mahlas Bewußtsein schlichen, aber die Tochter der Sal, die nackt vor dem großen Spiegel saß und abwesend durch ihr langes, schwarzes Haar strich, vermochte nicht, sie von sich abzuschütteln. Sie wollte gerade nach ihrer Zofe läuten, als Ly hereinkam.

»Du bist schon wach?« fragte das kleine, zartgliedrige Geschöpf, das ein oder zwei Jahre älter sein mochte als Mahla, und küßte zärtlich Mahlas Hals und Wangen. Ly war Mahlas Erste Dienerin, ein Waisenkind, das Torak-Sal in sein Haus genommen, als Spielgefährtin für seine Tochter. Die beiden Mädchen waren miteinander aufgewachsen, unzertrennlich und mit jedem Tag einander inniger zugetan. Torak-Sal ließ Ly die gleiche Erziehung und Ausbildung zukommen wie seiner Tochter und wollte dem Mädchen, das gleich Mahla zu einer schönen jungen Frau heranreifte, durch eine günstige Heirat den Weg in eine sichere Zukunft bereiten. Böse Zungen behaupteten, Ly sei die Frucht einer heimlichen Beziehung des tugendhaften Torak-Sal zur Blume einer Delay, aber niemand hatte je Beweise dafür erbracht. Allein Ly wollte Mahla nicht verlassen, als die Brautwerber sich einstellten. Also wurde die Freundin und Vertraute der jungen Herrin Sal ihre Erste Dienerin und erfüllte die Aufgabe, dem zahlreichen Gesinde vorzustehen und die täglichen Dinge und Angelegenheiten ihrer Herrin zu ordnen, mit liebender Gewissenhaftigkeit. Nichts schien ihr wichtiger als Mahlas Wohlergehen und doch glich die Beziehung zu ihrer Herrin in nichts der einer Dienerin, sondern war die zärtliche Besorgtheit einer Schwester um das jüngere Geschwister. Auch Mahla liebte Ly von ganzem Herzen und genoß ihre herzliche Fürsorge, die ihr fast schon Gewohnheit geworden.

»Du bist traurig?« fragte Ly und streichelte Mahlas Haar.

»Ach, nur ein seltsamer Traum, an den ich mich nicht erinnern kann, und die alten Sorgen um den Vater,« entgegnete Mahla.

»Er hat gestern bis spät in die Nacht mit deiner Mutter gesprochen.«

»Was hat er gesagt?«

»Ich weiß es nicht. Aber es wird nicht lange dauern, bis sie zu dir kommt, um dir zu berichten.«

Mahla seufzte. Die vertraulichen Gespräche mit der Mutter endeten in letzter Zeit immer öfter damit, daß die stolze Frau ihren Gatten verhöhnte. Die bittern Worte über den Vater schmerzten Mahla, forder-

ten sie heraus, der Mutter zu widersprechen, ihren Zorn zu reizen, sie noch mehr zu verärgern.
»Ich habe ein Bad bereiten lassen. Das wird deine Grillen verscheuchen.«
»Manchmal frage ich mich, ob du Gedanken lesen kannst.«
»Die deinen schon, denn sie sind auch die meinen,« gab Ly leichtfertig zurück und küßte Mahla.
»Ich will, daß es immer so bleibt,« sagte Mahla ernst. »Ach, meine liebe Ly, manchmal habe ich Angst, daß wir uns einmal trennen müssen. Meine Mutter drängt immer heftiger auf eine Heirat. Als sei dies der einzige Weg, unser Haus zu retten. Aber ich will nicht die Frau eines dieser hohlköpfigen, reichen Kaufmannssöhnchen werden.«
»Ich werde dich nicht verlassen, auch wenn dein zukünftiger Gemahl ein Ungeheuer mit zwei hohlen Köpfen ist,« scherzte Ly.
»Wie kannst du nur so unbekümmert reden?«
»Weil ich weiß, daß letztendlich alles gut sein wird. Schon nach dem Bad sieht die Welt anders aus.«
Mahla umarmte Ly und drückte sie an sich. Brennende Bitterkeit stieg in ihr auf. »Ich nehme dich beim Wort, Ly. Hörst du, du darfst mich niemals alleine lassen. Ich weiß nicht, was ich ohne dich tun würde.«
»Wenn dein Zukünftiger drei Köpfe hat, muß ich es mir allerdings überlegen...« lachte Ly.
Als Mahla in dem dampfenden, mit wohlriechenden Essenzen bereiteten Bad lag, den Blick über die Fayencen an den Wänden schweifen ließ, die einen sommerlichen Garten mit seinen Blüten und Früchten darstellten und sich Lys kundigen Händen und Lippen überließ, die ihrem Körper die süßesten Gefühle schenkten, fielen die dunklen Gedanken wie lästige Hüllen von ihr ab. Nur ein Schleier von Wehmut blieb in ihr wie sanfte Glut. Das scharfe Licht des Herbsttages, das durch die Fenster hereinfiel, ließ den Marmor des Bades glitzern wie Schnee. Die Blüten, die auf dem Waser schwammen, zerfielen, als Mahla nach ihnen griff. Draußen im Garten streifte ein sanfter Wind das Laub von den Bäumen.
»Schau Ly, wie alle Dinge vergehen müssen,« flüsterte Mahla und legte ein Rosenblatt auf Lys Schulter.
Statt einer Antwort begann Ly ein altes Lied zu summen, das man in den Wäldern des Nordens sang, wenn die Blätter zu fallen begannen, und das davon erzählte, daß sich im Tod des Winters schon das neue Leben verbirgt. Lys feine, schmale Hände spielten dabei auf Mahlas Körper wie auf einem Instrument. Die junge Frau schloß die Augen,

um sich den warmen Wellen hinzugeben, die sie durchströmten. Helle, bunte Bilder tanzten vor ihren Augen.
Eine Sklavin trippelte herein und unterbrach das Spiel der beiden Freundinnen.
»Die ehrwürdige Herrin möchte Euch einladen, mit ihr das Morgenmahl in ihren Gemächern einzunehmen, verehrte Mahla-Sal,« meldete sie.
»Siehst du?« sagte Ly und lehnte sich zurück. »Ich habe es dir prophezeit. Sie kann nichts für sich behalten.«
Mahla nickte und ließ ihrer Mutter bestellen, sie werde sich unverzüglich ankleiden und zu ihr kommen.

Zeghla-Sal stand am Fenster und spielte ungeduldig mit der Gerte, die sie am Handgelenk trug. Als Mahla hereintrat und die Türe hinter ihr geschlossen wurde, lockerten sich die strengen Züge des weißgepuderten Gesichts. Mahla küßte ihrer Mutter die Stirn und verneigte sich. Ein flüchtiges Lächeln huschte über das Gesicht der Frau. Zeghla-Sal war in der Blüte ihrer Jahre eine der schönsten Frauen Feens gewesen, und das Alter hatte nicht vermocht, ihre Schönheit ganz zu verwischen. In den energischen Zügen und der schlanken, hochgewachsenen Gestalt lebte ein Abglanz der Jugend fort, doch die verflogenen Jahre hatten die stolze Frau hart gemacht und bitter. Mit unnachgiebiger Hand gebot sie im Haus. Das Gesinde fürchtete sie und der Feener Gesellschaft galt sie als hochmütig und kalt. Nicht wenige schoben den Niedergang des Hauses Sal ihrer Verschwendungssucht und Überheblichkeit zu und bedauerten den armen Torak, der ihr blind ergeben war. Man flüsterte hinter vorgehaltener Hand, daß sie ihn manchmal mit der Gerte schlug, die sie ständig bei sich trug, um Sklaven und Dienerinnen wegen jeder Geringfügigkeit unnachgiebig zu bestrafen. Mahla aber spürte die Weichheit der Liebe hinter der unnahbaren Maske ihrer Mutter. Auch wenn es oft Auseinandersetzungen und Streitereien zwischen ihnen gab, wußte Mahla gut mit der herrischen Frau umzugehen, kannte ihre Schwächen und Launen genau und vermochte die Gespräche oft in Gefilde zu lenken, in denen Zeghlas Härte schmolz und die heitere, lebenslustige Frau von einst hervortrat, plaudernd, schwärmend, Bilder aus vergangenen Zeiten wiederfindend und auskostend. In solchen Stunden liebte Mahla ihre Mutter innig, vermochte, sich ihr öffnen, vorbehaltlos, wissend, daß ihr ihre Zuneigung, ihr Vertrauen, ihre Liebe ganz selbstverständlich sicher waren. Heute aber, da Zeghla-Sal den Begrüßungskuß der Tochter ungeduldig über sich ergehen ließ, von innerer Unruhe getrieben durch den Raum fegte und einer säumigen Dienerin, die Speisen auftragen sollte, einen Hieb mit der Gerte versetzte, wußte Mahla, daß eines der anstrengenden, bissigen Gespräche bevorstand, die unvermeidbar in Mißtönen und Vorwürfen zu enden pflegten. Sie setzte sich still an den gedeckten Tisch, mit dem Vorsatz, die gallige Laune der Mutter so gut wie möglich zu ertragen und sich wenigstens die köstlichen Speisen schmecken zu lassen, die kunstvoll zwischen Blumen angerichtet waren. Mahla dachte an Lys zärtliche Hände, als Zeghla sich zu ihr setzte, mit zornfunkelnden Augen, die im Inneren kochende Wut mühsam unterdrückend. Bevor sie zu sprechen begann, schickte sie die Diener fort.

»Beginne ruhig mit dem Essen, meine Tochter. Mir ist jeder Appetit vergangen. Ich habe wieder einmal kein Auge zugetan heute nacht.« Ihre Stimme klang scharf und vorwurfsvoll.

»Seid Ihr krank, Mutter?« fragte Mahla und versuchte, einen Tonfall tiefer Besorgnis zu treffen.

»Krank?« schnappte Zeghla zurück und tat die Frage mit knapper Geste ab. Um ihre Lippen spielte ein verächtliches Lächeln. »In diesem Haus hätte man unentwegt Grund, krank zu sein. Ich habe mit deinem Vater gesprochen, Mahla, letzte nacht. Was sage ich, gesprochen! Gedrängt habe ich ihn, stundenlang, bis er sich endlich herbeiließ, mich in seine Geheimnisse einzuweihen, die er gewöhnlich so sorgsam vor mir versteckt.«

Mahla senkte den Kopf. Sie nahm sich vor, das Zetern über den Vater geduldig und ohne Widerspruch hinzunehmen, um einen Streit zu vermeiden. Zeghla-Sal schnaubte ärgerlich. Mahla spürte, wie eisern sich die Mutter beherrschte, um nicht jetzt schon über ihren Gatten zu geifern.

»Dieser Schwachkopf!« stieß sie hervor. »Er hat geglaubt, ich würde nichts bemerken, wenn er mir nur meine Dienerinnen läßt. Und er hat mich angefleht, dir nichts davon zu erzählen, da er dich offenbar für noch einfältiger hält als mich. Du sollst von diesen Dingen nicht belastet sein in deiner kindlichen Unschuld, meinte er. Beim Auge des Tat. Du bist kein Kind mehr. In welcher Welt lebt denn dein Vater?« Zeghlas Miene wurde finster. Die strengen, abweisenden Züge ihres Gesichtes versteinerten.

»Es hat einige Mühe gekostet, bis er mich in die tatsächliche Lage des Hauses Sal einweihte. Ich verstehe zu wenig von seinen Geschäften, um dir genau erklären zu können, warum alle Hoffnung des alten

Kaufmannshauses der Sal, das einmal das mächtigste gewesen sein soll in Feen ...« – Zeghla brachte es höhnend hervor, verletzend, so daß Mahla sie bittend anschaute, – »auf dieser einen Karawane ruhte, die deine Brüder nach Ütock führten. Aber es scheint so zu sein, meine Tochter. Ich weiß nicht, ob das Unvermögen deines Vaters diese mißliche Lage verursacht hat oder ob es wirklich die einzige und letzte Möglichkeit war, sein marodes Haus vor dem Ruin zu retten. Ich weiß es nicht und will es auch nicht wissen. Jedenfalls haben Räuber die Karawane überfallen, nicht weit vor Ütock. Es heißt, man hätte schon den Rauch aus den Schloten der Schmieden gesehen. Diese Verbrecher haben nichts übriggelassen von der Pracht und Herrlichkeit des Hauses Sal, kein Goldstück, keinen Ballen Seide, kein Säckchen Gewürz.« Zeghla lachte spöttisch.

»Was ist meinen Brüdern geschehen?« fragte Mahla erschrocken. Das weiße Zeichen des Todes, das an diesem Morgen so deutlich aus dem Bild an ihrer Zimmerdecke hervorgeleuchtet, schoß ihr durch den Kopf.

»Deine Brüder!« Zeghla schrieb eine verächtliche Geste in die Luft. »Won und Lop waren schon nach Ütock vorausgeritten, wahrscheinlich weil sie es nicht erwarten konnten, sich nach langer Fahrt in einer Delay zu vergnügen, und Rake, dieses Kind, das eigentlich noch unter den Rock der Amme gehört, hat sich vermutlich ins Unterholz verkrochen, als die Räuber kamen. Sie geraten ihrem Vater nach, deine drei Brüder. Nein, geschehen ist ihnen nichts. Ihre Glieder sind heil und ihre Haut unversehrt, aber alle Güter der Karawane sind dahin.«

»Ich glaube nicht, daß er sich verkrochen hat,« begehrte Mahla auf, an ihren kleinen Bruder denkend, den zarten, feinsinnigen Rake, der sich so sehr auf die Fahrt nach Ütock gefreut hatte, erregt von dem bevorstehenden Abenteuer, stolz auf das neue Schwert, das ihm am Gürtel hing, ehrgeizig wie ein Gurena, der die Gunst eines Herrn zu gewinnen sucht.

»Es ist jetzt gleichgültig!« herrschte Zeghla sie an. »Deine Brüder sitzen in Ütock und drängen die Tnachas und die Tat-Los, Jagd auf die Räuber zu machen. Diese Narren. Diese Träumer. Man wird sich hüten, wegen ein paar heruntergekommener Kaufleute Gurenas in die Wälder zu schicken. Die Tat-Los sind immer bereit zu helfen, wenn man ihnen genügend Gold in den Rachen wirft, wie dein Vater es in all den Jahren tat, aber glaube nicht, daß sie auch nur einen Finger rühren, wenn man ihre Hilfe braucht und nicht mehr dafür zu bezahlen vermag. Aber was hätten sie tun können? Die Wälder um Ütock sind groß

und die Räuber werden immer mächtiger. Es ist vorbei mit dem Glanz des Hauses Sal, meine Tochter, endgültig vorbei. Ich habe deinen Vater, deine Brüder und auch dich oft genug gewarnt. Ich habe das Unheil vorausgefühlt, habe es am Himmel aufziehen sehen wie ein Gewitter, als alle noch im trügerischen Sonnenschein herumtändelten, als dein Vater sich auf seine mächtigen Freunde im Rat der Kaufleute berief und auf die Tradition seines Hauses, als deine Brüder dem Saft ihrer Jugend vertrauten und ihrer Unbeschwertheit, und dabei nichts anderes im Sinn hatten, als das Gold ihres Vaters in den Delays von Feen zu verprassen. Auch du hast dich lieber von deinem Turteltäubchen liebkosen lassen als auf mich zu hören, und an eine Heirat zu denken zum Wohle deiner Familie.«
Mahla errötete und öffnete den Mund, um ihrer Mutter zu entgegnen. Zeghla aber schlug mit der Gerte auf den Tisch, daß ein Glas umstürzte und fuhr mit gehobener Stimme fort:»Jetzt ist es zu spät, verpaßten Gelegenheiten nachzuweinen und sich um Dinge zu streiten, an denen man nichts mehr zu ändern vermag. Oh, ich bereue es, daß ich in dieses Haus gekommen bin. Welche Erniedrigungen mußte ich schon hinnehmen, welche Schmach. Und die schlimmsten Demütigungen werden mir von den eigenen Kindern zugefügt, von ihrer Unvernunft, ihrer Verstocktheit, ihrer Dummheit. Aber auch ich habe nicht auf meine Mutter hören wollen, als sie mich vor den Kaufleuten warnte, den Krämerseelen, den Narren, die in all ihrem Reichtum und Wohlstand, den ihnen die neuen unseligen Zeiten bescherten, plumpe, gemeine Tölpel geblieben sind, verstockte Toren, die in Samt und Seide auf ihren Goldsäcken sitzen und sich wichtig nehmen, weil die Tat-Los sie ihres Geldes wegen umschwärmen. Das einzige, was einen Kaufmann von einem Bauern unterscheidet, pflegte meine Mutter zu sagen, ist, daß das Stroh in seinem Kopf vergoldet ist. Weißt du, meine Tochter, die du in Unwissenheit um die wahren Zusammenhänge in der Welt aufgewachsen bist, weil es so Sitte ist bei den Händlern, die all meine Warnungen und Belehrungen in den Wind schlug und sich lieber mit ihrer Sklavin vergnügte als sich um die Wünsche ihres Vaters und ihrer Mutter zu kümmern ...«
»Ly ist keine Sklavin, sie ist ...«
»Es ist gleichgültig, was sie ist! Jedenfalls ist sie nicht klüger als ihre Herrin. Wahrscheinlich hat sie dir allerlei dumme Gedanken über die Ehe in die Ohren geblasen und dir mit ihrem Liebesgesäusel den Kopf verdreht, so daß du dich deinen Eltern widersetzt. Ich sollte dieses Luder, das sich in unserem Haus festgesetzt hat wie eine Klette im Pelz

und meine eigene Tochter gegen mich aufhetzt, auspeitschen und davonjagen lassen.«

Empört sprang Mahla auf, das Gesicht feuerrot.

»Setz dich wieder, du Torin,« fuhr die Mutter sie an. »Ich nehme dir dein Spielzeug nicht fort. Es geht jetzt um wichtigere Dinge. Weißt du denn, daß unsere Existenz von der Gnade dieses Ros-La abhängt, dieses Emporkömmlings, dessen Vorfahren es unser Haus überhaupt ermöglicht hat, aus dem Stand der gemeinen Straßenhändler zu dem der ehrbaren Kaufleute aufzusteigen und den dein Vater seinen Freund nannte, seinen Vertrauten in dunklen Stunden? Weißt du, daß wir diesem Hause La zutiefst verschuldet sind, so tief, daß es uns mit einem Handstreich für immer auslöschen könnte? Und weißt du, daß die Karawane deiner Brüder die einzige und letzte Möglichkeit war, diese Last zu tilgen oder wenigstens die drängensten Gläubiger zu befriedigen?«

Zeghla war erregt. Ihre Hand zitterte, als sie den Becher zum Mund führte und einen tiefen Zug nahm.

»Ros-La war ein ähnlicher Narr wie dein Vater, ein Träumer und Schwarmgeist. Unentwegt steckten die beiden zusammen, um den guten alten Zeiten nachzuweinen, in denen die Geschäfte noch ehrlich waren und die Kaufleute einander respektierten und sich halfen, statt sich zu bekämpfen. Diese Einfaltspinsel, die versäumt haben, der Welle des Schicksals voranzueilen, die ihre Zeit an sich vorübergehen ließen und glaubten, sie könnten sie wieder einholen, indem sie Geschenke und Opfer in die Tempel tragen und zum Tat beten. Ros-La mochte dafür seine Gründe haben, denn sein Haus wurde mächtiger, während das unsere verfiel. Ros-La wurde der Erste Kaufmann von Feen, der erste im Rat der Kaufleute und zudem der reichste von allen. Trotzdem vertraute dein Vater leichtgläubig, naiv wie ein Kind, auf die alten, längst vergangenen Sitten und Gebräuche und lieferte uns an diese La aus. Ros-La hat versprochen. Ros-La hält zu mir. Ros-La wird nicht zulassen. Ros-La ist uns verbunden. Ros-La ist ein weiser Mann. Keiner ehrt das alte Haus der Sal so wie Ros-La. Ros-La hilft uns selbstlos über die schweren Zeiten hinweg, wie die Liebe des Tat es gebietet. Ros-La. Ros-La. Jetzt ist er tot, dieser gütige und uneigennützige Ros-La, der Wohltäter und Menschenfreund, der sein Haus derweilen mächtig machte und stark, und der einen Erben hinterließ, dessen hemmungsloser Gier wir nun schutzlos ausgeliefert sind. Und dein Vater? Er glaubt noch immer an die alten Zeiten, die mit seinem Freund zu Rauch und Asche geworden sind, hält sich daran fest und glaubt, Hem-La werde den überkommenen Grundsätzen seines Vaters treu bleiben.

Ach, dieser weltfremde Schwärmer, den das Alter zum Kind gemacht hat. Kein einziges Mal wollte er auf meine Warnungen hören. Auch gestern hat er sie nur belächelt wie das Gerede eines unverständigen Weibes. Er glaubt, daß dieser verdorbene, gewalttätige Sproß des Hauses La, dessen Ruchlosigkeit und Vergnügungssucht Stadtgespräch ist, und dem sein Vater nur lästiges Hindernis seiner Pläne war, Milde walten lassen wird mit seinem einstigen schärfsten Konkurrenten. Ros-La hat zwar den gleichen Unsinn geredet wie dein Vater, aber er hat sein Haus mächtig gemacht, während dein Vater das unsere zu Grunde richtete. Die Mächtigen haben das Recht, töricht zu sein, ihnen ist es lustige Tändelei, allen anderen aber bringt es Unglück. Hem-La wird keinen Augenblick zögern, dem Hause Sal den Todesstoß zu versetzen, wenn er hört, daß die Karawane nach Ütock verloren ging. Es wird ihm eine Freude sein, dieses Haus auszulöschen, das eigentlich ein Konkurrent des seinen ist. Hat er nicht schon des öfteren Streit begonnen mit deinen Brüdern? Hat er sich nicht sogar schon geschlagen mit Lop in irgendeiner Delay in Dweny? Was gilt jetzt das Geschwätz zweier alter Männer, was gelten die Versprechungen und Beteuerungen, die Abmachungen? Was gelten Vertrauen und Freundschaft? Nichts! Wie das fallende Laub der Gärten sind sie. Alles andere aber ist unauslöschlich in den Büchern verzeichnet. Zahlen, mit Tinte niedergeschrieben und wieder und wieder kopiert von den Schreibern, damit sie nicht verloren gehen oder aus dem Gedächtnis schwinden. Allein diese Zahlen gelten jetzt. Niemand gibt auch nur ein halbes Goldstück für die schönen Worte eines toten Narren. Aber dein Vater will es nicht begreifen. Wann wird man es Hem-La zutragen, daß die Karawane des Hauses Sal verloren ist, ausgeraubt, daß alle Hoffnungen der Sal für immer zerschlagen sind? Hem-La soll in diesen Tagen aus Kurteva zurückkehren. Man wird es ihm mit hämischer Freude verkünden. Er wird es sich nicht nehmen lassen, die Herrschaft über den Besitz der La mit dem Triumph über ein mächtiges Feener Haus zu beginnen. Wir sind ihm ausgeliefert. Oh Mahla ...«

Zeghla-Sal fiel aus ihrer Rage in weiche, hoffnungslose Verzweiflung, ausgebrannt vom Ärger, plötzlich resignierend, wie ein Geschöpf, das nach hartem Kampf begreift, daß sein tödliches Schicksal unabwendbar ist.

»Habe ich dir nicht geraten, die gute Verbindung zum Hause La zu nutzen, um Hem-La zu heiraten? Selbst dein Vater, der nie an solch praktische Dinge dachte und meinen Plänen und Gedanken niemals sein Ohr lieh, hat mit seinem Busenfreund darüber gesprochen. Wie ich

hörte, wäre es den beiden törichten Alten recht gewesen, ihre Verbundenheit durch die Ehe ihrer Kinder zu besiegeln. Ich habe versucht, dich zu bereden, habe dich gebeten, dich angefleht, dir gedroht, aber deine hartnäckige Verstocktheit, die du von deinem Vater geerbt hast, blieb Sieger. Oder hat dich deine Ly aufgehetzt gegen meine Pläne, die nichts anderes zum Ziel haben als dein Wohl, meine Tochter. Du wärst jetzt die mächtigste und reichste Frau Feens, Mahla-Sal, und wenn dieser Hem nur halb soviel Machthunger und Verschlagenheit besitzt wie ich glaube, schon bald eine der mächtigsten Frauen Atlans.«
»Habt Ihr ihn nicht selbst verdorben und ruchlos geheißen, Mutter?«
Allein der Gedanke, die Gattin von Hem-La zu werden, den Mahla von den Gesellschaften der wohlhabenden Feener Häuser kannte, erfüllte sie mit Abscheu und Zorn.
»Gewiß habe ich das. Doch scheinen dies Tugenden zu sein, die in unserer barbarischen Zeit zu einem Mann gehören, der erfolgreich sein will. Die Tage der Harmlosigkeit und Naivität, denen dein Vater nachhängt, sind vorüber. Hem-La hätte dich auf Händen getragen und zur mächtigsten Frau gemacht an seiner Seite, zum Stolz deiner Mutter und zum Wohle deines Vaters. Allein, ich sehe noch eine Möglichkeit, eine letzte, allerletzte, so wie diese unselige Karawane deiner Brüder in den Augen deines Vaters eine letzte Möglichkeit war. Es liegt an dir, meine Tochter, sie zu nutzen oder uns alle ins Verderben zu stürzen. Dein Vater und deine Brüder vermögen nichts mehr. Hem-La ist jetzt Herr des Hauses La. Die Sitte gebietet, daß er sich eine Frau nimmt, eine Frau aus bestem Haus, wie es seiner Stellung geziemt. Noch hat der Name Sal den Klang von Glanz und Macht, auch wenn er hohl geworden ist. Keine zweite Kaufmannstochter gibt es in Feen, in deren Adern das Blut von Aibos fließt.«
Zeghla faßte ihre Tochter scharf ins Auge. Mahla begann den Kopf zu schütteln, noch während ihre Mutter sprach. Tränen stiegen ihr in die Augen.
»Ich habe dich erzogen, wie es einer Tochter gebührt, in der das Blut der ältesten Feener Aibos sich mit dem einer einstmals mächtigen Kaufmannsfamilie mischte. Ich bin nicht müde geworden, dir deinen Weg zu zeigen, welcher der einer zukünftigen Herrin ist. Als ich die Unfähigkeit deines Vaters erkannte, haben sich meine betrogenen Hoffnungen und Wünsche in dir vereinigt. Du sollst den Rang erreichen, der mir einst lockend vorgegaukelt wurde, als ich in das Haus Sal heiratete. Du sollst besitzen, was mir versagt geblieben. In dir werde ich es letztendlich doch erreichen, in meinem Kind, das mein Fleisch und

Blut ist und das ich all die Jahre mit dem Herzblut meiner verzweifelten Hoffnung nährte.«
»Niemals!« stieß Mahla hervor, totenbleich, die Hände um ihren Kristallbecher geklammert. »Niemals werde ich diesen Unmenschen lieben können.«
»Deine kindlichen Vorstellungen von der Liebe haben gerade soviel Gültigkeit in unserer Zeit wie das weltfremde Gerede deines Vaters,« zischte Zeghla boshaft.
»Jeden anderen, aber nicht ihn. Ihr macht mir Angst, Mutter.«
Zeghlas eisiger Blick bohrte sich in ihre Tochter. »Wenn du schon nicht genug Dankbarkeit und Liebe für deine Mutter aufbringst, die ihr Leben an dich verschwendet hat, so denke wenigstens an deinen Vater, der ohne deine Hilfe rettungslos verloren ist, ein Schwächling, hilflos dem Schicksal ausgeliefert, das er selbst verschuldete. Und denke an deine Brüder. Man wird sie als Schuldsklaven in die Minen von Mombut werfen. Aber tue was du willst. Mir ist es nicht leid um dieses jämmerliche Geschlecht. Aber, du Torin, vergiß nicht, an dich selbst zu denken. Oder ist es dir gleichgültig, als Dirne in den Delays von Dweny die Schulden deines Vaters zu tilgen?«
Fassungslos starrte Mahla sie an, sah, wie sich die stolzen Züge der schönen alten Dame zu einem Ausdruck tiefer Geringschätzung und Abscheu verzogen, beobachtete die schmalen, weißen Hände, die zitternd mit der Gerte spielten und spürte die Verachtung und den eisigen Zorn, die von ihrer Mutter herüberwehten. Mahla brach in Tränen aus, schlug die Hände vor dem Gesicht zusammen und ließ sich auf den Tisch niedersinken.
»Geh zu deinem Kätzchen,« drang die beherrschte, kalte Stimme der Mutter an ihre Ohren und rührte grausam in dem alles erstickenden Schmerz. »Geh und weine dich aus, doch wenn du zur Vernunft gekommen bist, besuche mich wieder, damit ich dich in die Einzelheiten einweihe. Glaube nicht, daß ich untätig auf das Verhängnis gewartet habe, das sich über uns allen zusammenbraute. Eine wenigstens muß klug sein in diesem Haus voll Narren. Deine Hochzeit mit Hem-La wird alles zum Guten wenden.«
Mahla erhob sich mechanisch. Zuerst glaubte sie, ihre Beine würden den Dienst versagen, dann aber spürte sie, wie tief die Muster der Erziehung ihr eingeprägt waren. Sie verneigte sich höflich vor der Mutter, die sie herablassend betrachtete, wie eine Fremde, kalt, ohne einen Funken Mitleid in den Augen, brachte eine Grußformel hervor und entfernte sich, gehorsam und schweigend, wie es sich für eine wohler-

zogene Kaufmannstochter gehörte.

Das gemeinsame Mahl der Sal verlief still. Geduckt schlichen die Diener umher, behutsam, um beim Auftragen der Speisen keine unnötigen Geräusche zu verursachen. Selbst Zeghla, die gerade bei Tisch jede Kleinigkeit zu bemäkeln pflegte, schwieg an diesem Tag. Mit unbewegter Miene starrte sie in den mit hellen Hölzern getäfelten Raum, der so oft Ort fröhlicher Festgelage gewesen war. Ihr Blick prallte ab von den geschnitzten und bemalten Balken und Säulen, auf denen die Freuden geselligen Tafelns und Zechens dargestellt waren, und er wurde hart und abweisend, wenn Torak-Sal die Augen seiner Frau suchte, so unzugänglich, daß der hagere, weißhaarige Mann die Lider senkte und ein leises Zucken über sein Gesicht huschte. Die drei leeren Plätze zu seiner Rechten, die seinen Söhnen gehörten, waren dann wie ein Vorwurf, eine stumme Anklage, die ihm wie Gift im Herzen brannte. Die Ersten Schreiber und Verwalter, denen das Privileg gewährt war, an der Tafel der Sal zu speisen, saßen tief über ihre Teller gebeugt, bemüht, keinem Blick zu begegnen und keine Aufmerksamkeit auf sich zu ziehen. Die schwere Last des Schweigens drückte sie nieder und jeder sann auf einen Vorwand, sich frühzeitig zurückzuziehen. Nur in den Augen seiner Tochter fand Torak-Sal Erwiderung. Fragend schaute sie ihren Vater an. Mitleid und Verwunderung mischten sich in ihrem Blick, aber auch Mahla wagte nicht, die bedrohliche Stille zu zerbrechen. Das klappernde Geräusch der silbernen Eßbestecke schien unnatürlich laut in diesem Schweigen, und der Wind, der im Garten durch das dürre Laub fuhr, wirkte wie Sturm. Torak-Sal schloß einen Augenblick die Augen und lauschte diesen mächtig gewordenen Klängen nach. Es war ihm, als gingen sie durch ihn hindurch wie durch ein Nichts. Endlos und ohne Hoffnung erschien ihm die Leere in seinem Inneren. Er spürte, daß ihn alle Gefühle verlassen hatten. Nur eine große Müdigkeit war noch in ihm, eine Sehnsucht, ganz in dieser Leere zu versinken. Plötzlich flog die Türe auf. Ein Diener stürzte herein, blieb einen Moment atemlos stehen, von einem strengen, fragenden Blick der Herrin Sal gebannt, verbeugte sich hastig und rannte zu Torak-Sal, um ihm eine Botschaft ins Ohr zu flüstern. Kaum hatte er sich zu dem alten Mann niedergebeugt, als drei Fremde in den Raum traten. Bewaffnete drängten in den Vorräumen die Diener des Hauses Sal zurück, die ihren Herrschaften zu Hilfe kommen wollten. Torak-Sal richtete seinen matten, kraftlosen Blick auf die Männer, die bei der Türe stehenblieben und sich knapp verneigten. Das aufgeregte Rufen von draußen ver-

stummte. Einer der Bewaffneten, ein riesenhafter, bärtiger Gurena, kam herein und stellte sich neben die anderen.
»Verzeiht, Torak-Sal, daß wir Eure Tafel stören, aber unser Anliegen duldet keinen Aufschub,« sagte ein kleiner, schmächtiger Mann, dessen ledriger, vogelartiger Kopf listig aus der nachtblauen Robe eines Tnacha hervorspähte. Er warf dem hünenhaften Gurena einen vorwurfsvollen Blick zu. Neben ihm erkannte Torak-Sal einen Bevollmächtigten der Tempelverwaltung und einen Gesandten vom Rat der Feener Kaufleute. Der Blick des alten Kaufmanns ging abwesend über die Eindringlinge hin. Er schien nicht erstaunt über ihr plötzliches Erscheinen. Er nickte gedankenverloren zu den Worten des Tnacha und nahm dessen Entschuldigung mit gleichgültiger Geste entgegen. Einen Augenblick überlegte er, ob er die Fremden nicht besser in sein Kontor bitten sollte, um mit ihnen zu verhandeln, aber es erschien ihm sinnlos. Er fand nicht mehr die Kraft, das Wort an die drei Männer zu richten. Zeghla-Sal aber, die sich aufgebracht in ihrem Sessel wand, schickte den Fremden und ihrem Gatten vorwurfsvolle Blicke voll Haß und Entrüstung. Die Sitte verbot, daß sie vor ihrem Mann das Wort ergriff.
Der Tnacha räusperte sich. »Hem-La, der neue Herr des Hauses La, hat Klage erhoben wider euch, Torak-Sal. Er hat den Ämtern des Tat-Tsok, den Tempelverwaltern des heiligen Tat und dem Rat der Kaufleute Dokumente eurer Schuld gegen sein Haus vorweisen lassen, die als echt und gültig anerkannt wurden.«
Ein Gehilfe sprang hinzu und reichte dem Tnacha eine versiegelte Schriftrolle. Er prüfte sie kurz und gab sie zurück. Der Gehilfe legte sie vor Torak-Sal auf den Tisch. Die Hände des alten Kaufmanns zitterten, als er das Band erbrach und das Schriftstück entrollte. Hastig flogen seine Augen über die eng gesetzten Buchstaben und Ziffern, säuberlich aneinandergereiht von sorgsamen Schreiberhänden und bekräftigt von drei hohen Siegeln.
»Erkennt Ihr die Forderungen des Hem-La als wahr und gültig an?« fragte der Tnacha, als Torak-Sal das Dokument sinken ließ. Die dunklen Augen in seinem knochigen Vogelkopf irrten ziellos im Raum umher. Der alte Kaufmann nickte. Die Fremden blickten sich an. Nur der Gurena stand unbewegt.
»Erkennt Ihr auch an, daß alle Fristen verstrichen sind?«
Wieder nickte der Alte. Sein Blick streifte Zeghla, die vor Wut und Empörung am Bersten war.
»Hem-La hat das strengste Verfahren gegen Euch gefordert. Der Rat vermochte es ihm angesichts der Dokumente, die er vorlegte, nicht zu

verweigern, obwohl es seit vielen Jahren in Feen nicht mehr geschehen ist unter den ehrbaren Kaufleuten,« sagte der Tnacha. Seine Stimme klang milder.

»Der Rat der Kaufleute hat versucht, Hem-La umzustimmen, ihn zu mäßigeren Schritten zu bewegen, allein der junge Herr war unerbittlich,« mischte sich der Gesandte des Rates ein, ein vornehmer Mann, der schon oft zu Gast gewesen war an der Tafel der Sal. Torak-Sal blickte ihn ausdruckslos an, als kenne er ihn nicht. »Wir haben versucht, ihm die Güte und Großmut seines verstorbenen Vaters, der Euer Freund und Vertrauter war, vor Augen zu führen. Allein es war vergebens. Der Herr des Hauses La beharrte ...« Der Gesandte machte eine bedauernde Geste. Es war ihm peinlich, zu denen gehören zu müssen, die das Unglück in Torak-Sals Haus trugen.

»Der Rat der Kaufleute hat sich jedoch bei aller Achtung vor seinem einst hochgeehrten Mitglied und Sprecher Torak-Sal, und allen Gepflogenheiten der Schonung und Nachsicht innerhalb der Gilde der großen Handelshäuser zum Trotz, nicht dazu entschließen können, für das Haus Sal zu bürgen und die Forderungen des Hauses La vorübergehend zu befriedigen,« wandte der Bevollmächtigte der Tempelverwaltung, ein dicker, in reiche Gewänder gekleideter Tat-Lo, mit hoher, beißender Stimme ein. Unschwer ließ sich offener Hohn aus seinen Worten heraushören, denn die Priester des Tat neideten den Kaufleuten den wachsenden Reichtum und Einfluß und freuten sich an jedem Schaden, den ein Mitglied dieses Standes erlitt. »Denn dem Rat war wohlbekannt,« fuhr er mit spöttischem Lächeln fort, »daß Eure Karawane nach Ütock die Beute von Räubern geworden ist. Die Herren mußten die Rechenbretter nicht bemühen, um die Aussichtslosigkeit Eurer Lage zu durchschauen.«

Der Gesandte des Rates bohrte den Blick in den Boden. Er schämte sich vor dem alten Kaufmann, dessen Haus einst das reichste und mächtigste Feens gewesen war, bevor das Glück andere begünstigt und eine neue, rücksichtslose Zeit die nachsichtigen und edlen Handelsgebräuche verdrängt hatte. Torak-Sal schaute den Mann des Tempels an, ohne eine Regung auf dem grau gewordenen Gesicht. Der Tat-Lo erschrak vor diesem Blick. Sein spitzes Lächeln verschwand. »Möge der allbarmherzige Tat Euch gnädig sein, Torak-Sal,« flüsterte er. Zeghla-Sal starrte ihn voll Haß an. Dem Tnacha fiel es schwer, weiterzusprechen. Auch er spürte Mitleid mit dem verdienten Mann, den das Unglück heimgesucht hatte und den die gnadenlose Härte dieses Hem-La mit einem Handstreich vollends ins Verderben stürzte.

»Auch ich habe den Herrn des Hauses La gebeten, Milde walten zu lassen, doch seine Ohren blieben meinem Rat verschlossen. Er pochte auf die Buchstaben des Gesetzes. Auch Sen-Ju, sein engster Berater, blieb meinen Bitten taub,« brachte er zu seiner Rechtfertigung hervor, mit einem vorsichtigen Seitenblick auf den bewegungslos wartenden Gurena.

»Dieser unselige Anbeter der verderbten Flamme, den der Tat zerschmettern soll, ist schuld an diesem Unglück,« brach Zeghla-Sal heraus, unfähig, länger zu schweigen. Die Männer durchfuhr es wie ein Blitz. »Immer schon wußte ich, daß er ein Verfluchter ist, ein Böser, der sich in das Haus La eingeschlichen hat, aber meine Worte und Anklagen waren vergebens. Nun erntet sein zäher Haß den Lohn, und ihr, Erbarmungswürdige, ihr macht euch zu den Gehilfen dieses Schamlosen, der uns vernichten will, um die Maske seiner Lüge zu wahren. Sage ihnen, Torak-Sal, was Ros-La dir vor seinem Tod anvertraute ...«

»Schweig Weib!« Die tiefe Stimme des Gurena schnitt der außer sich geratenen Zeghla-Sal das Wort ab. Seine Hand zuckte nach dem Schwert. Zeghla begegnete seinem Blick, doch die Augen des hünenhaften Mannes zwangen sie nieder.

»Da Ihr das Dokument also anerkennt,« eiferte sich hastig der Tnacha, »muß ich Euch fragen, ob ihr die geforderte Schuld bis zur Stunde der Mitternacht begleichen könnt.«

Eisiges Schweigen hing im Raum. Die Verwalter des Hauses Sal waren vor Furcht fast unter den Tisch gerutscht. Sie hingen auf ihren Stühlen und starrten krampfhaft auf die halb gefüllten Teller. Jeder von ihnen wußte, was eine solche Anklage bedeutete. Zeghla-Sal saß stolz aufgerichtet, schwer atmend, geringschätzige Blicke über die Fremden und ihren Mann streifen lassend. Hemmungsloser Haß und Verachtung rasten in ihr. Mahla blickte erschrocken um sich. Sie verstand kaum, worum es ging, aber der Zorn ihrer Mutter und der Anblick des Vaters, der vor ihren Augen in sich zusammenzufallen schien, erfüllten sie mit Angst. Wäre doch Ly hier, die kluge verständige Ly, sie könnte bestimmt vermitteln und die Dinge zum Guten wenden.

»Nun, Torak-Sal?« fragte der Tnacha mit sanftem Nachdruck, »könnt Ihr mir antworten?«

Der alte Kaufmann schüttelte den Kopf.

Der Tnacha räusperte sich, strich sein Gewand glatt und blickte hilfesuchend auf seine Begleiter. Nie war ihm eine Aufgabe peinlicher gewesen. Im Stillen verfluchte er diesen verdorbenen Hem-La und seinen unerbittlichen Ratgeber Sen-Ju. Allein, das Gesetz war auf ihrer Seite, und mochte das Gesetz auch starr und erbarmungslos erscheinen, so war es doch gerecht und aus göttlicher Quelle geschöpft. Mochten die Tat-Los sich um Torak-Sal bemühen. Er hatte viel getan für ihre Tempel. Der Tnacha straffte sich, erinnerte sich an die erste Regel, die in den Schulen des Rechts gelehrt wurde, und die besagte, daß keine Gefühlsregung sich einschleichen dürfe in die Vollstreckung des Gesetzes der Tat-Tsok, das göttliche Recht des Tat. Mit tonloser Stimme fuhr er fort: »Ist es gewiß, daß Ihr die Summe nicht aufbringen könnt, Torak-Sal, die Ihr, wie die Ämter und Instanzen bekräftigt haben, dem Hause La schuldet, so muß ich Euch die ganze Härte des unbeugsamen Gesetzes verkünden, im Namen des Einen Tat-Tsok.«

Er zögerte wieder. Sein Blick streifte Zeghla-Sal, prüfend, wie die hochmütige Frau das Urteil aufnehmen würde.

»Das Gesetz bestimmt, daß zur Stunde der Mitternacht all Euer liegender und beweglicher Besitz dem Hause La verfallen soll, bis Ihr Eure Schuld gelöst habt. Euch sei eine letzte Frist von zehn Tagen gewährt, die Forderungen der La zu erfüllen. Tut Ihr es nicht, so verfällt Euer Besitz dem Hause La unwiderruflich und wird in den Büchern als solcher verzeichnet. Es wurde geprüft und befunden, daß der Euch verbliebene Besitz Eure Schuld nicht aufwiegt, zumal auch andere Häuser Forderungen gegen Euch erheben. Das Haus La will die Summen bereitstellen, um ihre Forderungen zu befriedigen, wenn ihm das alleinige Recht an Eurem Haus und Besitz zufällt. Der Rat der Kaufleute hat dem... zugestimmt.«

Der Tnacha redete mit leiernder Stimme weiter, nannte die Namen der Gläubiger, die ihre Rechte an das Haus La abgetreten hatten, verwies auf die entsprechenden Zahlen im Dokument, das vor Torak-Sal lag und deutete in vielen umständlichen Worten die Buchstaben des Gesetzes aus, die demjenigen, dem ihre Macht gehörte, noch eine besondere Maßnahme gewährten, eine, die als Abschreckung und Drohung in den Rollen des Rechts geschrieben stand und die lange nicht mehr von einem Kaufmann gegen ein anderes Mitglied seines Standes ergriffen worden war. Das Gesetz nämlich sah vor, daß die Kinder des Schuldners dem Gläubiger als Schuldsklaven zum Unterpfand gehören sollten, bliebe eine wesentliche Forderung unerfüllt. Leise kamen die grausamen Worte über die Lippen des Tnacha, stockend, immer wieder unterbrochen von blumigen Wendungen, die ihnen den Schrecken nehmen sollten, sich aber ausmachten wie beißender Hohn. Sein Vogelkopf nickte und schluckte dabei. Die dürren, langgliedrigen Hände beschrieben fahrige Gesten. Erstarrt saß Torak-Sal,

gebrochen, zusammengesunken zu einem grauen, elenden Bündel und starrte auf die drei leeren Stühle seiner Söhne.
»Der Rat hat alles versucht, diese Maßnahme abzuwenden,« sagte der Gesandte des Rates, beschwörend die Hände hebend. »Doch der Herr des Hauses La blieb ohne Einsehen. Er nimmt das längst vergessene Gesetz für sich in Anspruch. Niemand vermag ihn daran zu hindern.«
»Ich weiß nicht,« fuhr der Tnacha fort, »was seinen Zorn gegen Euch aufgebracht hat, Torak-Sal, da sein Vater, der ehrwürdige Ros-La Euer bester Freund war und das Haus der Sal und das der La eng verbunden schienen, doch will er das Urteil augenblicklich vollstreckt sehen. Da Eure Söhne nicht in Feen weilen, zwingt mich das Gesetz, Eure Tochter dem Hause La als Pfand zu überbringen ...«
»Nein!« schrie Zeghla-Sal und fuhr von ihrem Platz hoch. »Niemals!« Ihre kreischende Stimme überschlug sich. Der Tnacha erbleichte und wich zurück. Zeghla-Sal riß ihre Tochter vom Stuhl hoch. Mahla wußte nicht, wie ihr geschah. Alles schien unwirklich, wie ein böser Traum, den sie nicht abzuschütteln vermochte.
»Ihr müßt mich ermorden, wenn ihr sie mir fortnehmen wollt. Ihr könnt meinen Gemahl übertölpeln, diesen schwächlichen Greis, aber nicht mich,« schrie die Herrin des Hauses Sal und umklammerte ihre Tochter mit beiden Armen.
»Ich bitte ... mäßigt Euch ...« stammelte verlegen der Tnacha und versuchte vergebens, Bestimmtheit in seine Stimme zu legen. »Vermehrt nicht das Unheil auf dem Haupt Eures Gemahls. Das Haus La hat Krieger mit uns gesandt, um jeden Widerstand gegen die Vollstreckung des Urteils zu brechen. Es tut mir leid ...« Der Tnacha verlor die Fassung. Er ruderte mit den Händen und rang nach Luft.
»Eure Krieger sind mir gleichgültig,« zischte die Frau, gefährlich wie eine Schlange. Sie griff nach einem Messer auf dem Tisch. »Sie werden mich in Stücke reißen müssen, um zu meiner Tochter zu gelangen. Lieber töte ich sie, bevor ich sie euren befleckten Händen überlasse.«
Der Tnacha sah sich hilfesuchend um. Die anderen wichen seinen Augen aus. Der Gesandte des Rates stand an die Wand gelehnt, bleich, den Blick zu Boden gerichtet. Der Mann des Tempels beobachtete die Szene mit lustvoller Erwartung. Nur der Gurena schien von den Ereignissen unberührt.
»Laßt Eure Verbindungen spielen, edle Frau,« wollte der Tnacha beschwichtigen. »Denn können die Forderungen befriedigt werden, so muß das Haus La Eure Tochter herausgeben, auch nach der gesetzten Frist von zehn Tagen. Hier zeigt sich das Gesetz nachsichtig.«

Die stolze alte Dame schüttelte nur den Kopf. Angespannt wie eine zum Sprung bereite Wildkatze lauerte sie auf den Gurena, der sich aus seiner Regungslosigkeit löste und langsam auf die Tafel der Sal zuging. Mahla drängte sich in die Arme ihrer Mutter. Panische Angst hatte sie ergriffen. Als der Gurena blitzschnell vorsprang und die junge Frau packte, begann sie zu schreien. Bevor Zeghla mit dem Messer zustoßen konnte, schlug es ihr der Krieger aus der Hand, riß sie mit grobem Griff von der Tochter los und stieß sie mit einem Grunzen von sich. Die Herrin des Hauses Sal taumelte nach hinten und stürzte zu Boden. Vor ihren eigenen Dienern lag sie im Staub, vor den Fremden, den Verwaltern des Hauses und ihrem Gatten, geschlagen und erniedrigt von einem gewöhnlichen Soldaten. Ein Zittern lief durch ihren Körper. Die Hand eines fremden Mannes hatte sie berührt wie eine Straßendirne. »Seid verflucht, auf ewig verflucht, ihr Handlanger des Bösen,« schrie sie und streckte die gespreizten Finger nach den Männern aus. Die Lakaien, die ihr zu Hilfe eilen wollten, erstarrten in der Bewegung. Dann sank Zeghla-Sal leblos in sich zusammen.
Ungerührt schleppte der Gurena die schreiende Mahla fort. Die junge Frau wehrte sich verzweifelt, biß und kratzte den riesenhaften Mann, schlug auf ihn ein, trat ihn und riß ihn an den Haaren, doch der eiserne Griff des Kriegers lockerte sich nicht. Der Gesandte des Rates und der Tat-Los drückten sich eilig hinter dem Gurena aus der Tür. Der Tnacha suchte nach beschwichtigenden Worten. Mehrmals setzte er zum Sprechen an und verschluckte die Worte wieder, dann verneigte er sich stumm und eilte den anderen nach. Tiefe Stille breitete sich aus, als die Fremden fort waren.
»Verflucht auch du, elender Wurm. Schande über dich, niederträchtiger Schwächling, der du mein Leben zerstört hast und das meiner Kinder.« Heiser und leise war die Stimme von Zeghla-Sal, wie schleichendes Gift. Sie hatte sich aufgesetzt und wies mit dem Finger auf ihren Gatten. Ihr Haar hing in wirren Strähnen über das bleiche, von unbändigem Haß entstellte Gesicht. »Verflucht, auf ewig verflucht,« flüsterte sie. Dann raffte sie sich auf und eilte davon. Den Diener, der ihr behilflich sein wollte, stieß sie mit solcher Gewalt von sich, daß der verdutzte Mann gegen den Tisch krachte. Gläser stürzten um und zerbrachen. Roter Wein tropfte aus einer Karaffe zu Boden wie Blut. Torak-Sal saß noch immer unbewegt, als sei alles an ihm vorübergegangen, ein Kambhuk, ein lebender Toter, mit starr ins Leere gerichteten Augen.
Stille legte sich über das Haus. Einer der Verwalter rührte sich als erster,

versuchte, seinen Herrn anzusprechen, leise, begütigend, wollte von Möglichkeiten wissen, das Unheil doch noch abzuwenden, von Möglichkeiten, Gold zu beschaffen, um Mahla auszulösen, aber seine Worte prallten an Torak-Sal ab wie von einer Wand. Der Mann bemühte sich, ereiferte sich, schließlich berührte er seinen Herrn am Arm, schüttelte ihn zärtlich. Aber der alte Kaufmann erwiderte nichts. Die Welt um ihn schien versunken. Die anderen Verwalter, ängstlich sich umschauend, zogen ihren Kollegen fort, der auf den Alten einredete. Er hob bedauernd die Schultern, strich nervös den Bart und folgte den anderen. Die Diener räumten den Tisch ab und verschwanden. Torak-Sal bemerkte sie nicht. Starr wie eine Statue saß er an seiner Tafel, die so viele fröhliche Feste gesehen, und ließ die Abenddämmerung auf sich herabsinken. Die Bediensteten wagten nicht, Lichter anzuzünden. Sie standen aufgeregt debattierend in den Gängen beisammen. Tuscheln und Rufen flog auf und ab durch das große Haus der Sal. Zürnend hatte die Herrin einen Wagen anspannen lassen und war ausgefahren. Auch Ly, die Erste Dienerin der jungen Herrin, war augenblicklich in die Stadt gelaufen, als sie von dem Unglück erfahren hatte. Nun gehörte das Haus den Dienern und Verwaltern. Die Schreiber kamen aus den Kontoren, die Knechte von den Ställen, die Mägde aus der Küche, die Sklaven aus dem Lager. In den Gängen, auf dem Hof, in ihren Quartieren standen sie und redeten, ratlos, immer wieder den Dienern lauschend, die im Saal dabeigewesen waren. Einige munkelten schon, der alte Herr sei vor Schreck gestorben und sitze tot an seiner Tafel, als Torak-Sal mit wankenden Schritten in die Halle trat. Die Diener erschraken wie vor einem Gespenst. Manche machten heimlich das Zeichen, das Unheil abwenden soll. Torak-Sal aber bemerkte sie nicht. Mit leerer Stimme befahl er irgendeinem, man möge ihm ein Bad bereiten.

Diad, der alte Kammerdiener des Herrn, entkleidete ihn. Torak-Sal stieg in das dampfende Wasser. Mit einer Handbewegung entließ er seinen Lakaien, der unschlüssig dabeistand, etwas sagen wollte, tiefe Sorge hegte um seinen Herrn. Aber der alte Kaufmann tätschelte dem treuen Diad die Hand und schickte ihn fort. Als alles still war, lauschte Torak-Sal lange auf den Wind, der im trockenen Laub des Gartens raschelte. Das Geräusch des Herbstes schien dem alten Kaufmann eine frohe Erinnerung zu bringen, denn ein feines Lächeln spielte um seine Lippen. Erstaunen und gleichzeitig Heiterkeit legten sich in die feinen, edlen Züge des Alten. Bedächtig griff Torak-Sal nach dem kleinen Messer, das er mit ins Bad gebracht. Wie ein Kind, das eine gestohlene

Süßigkeit aus der Küche schmuggelt, hatte er es vor Diad verborgen. Gedankenverloren prüfte er die Klinge, in die das Zeichen des Hauses Sal graviert war, der verschlungene Schriftzug des ehrwürdigen Namens, der einst auf allen Straßen Atlans die Banner und Satteldecken großer Karawanen geschmückt hatte.

Mühelos schnitt der blitzende Stahl in das weiße, mürbe Fleisch des Alten, öffnete die blauen, stark hervortretenden Adern seiner Handgelenke. Etwas wie Verwunderung huschte über Torak-Sals Gesicht, als er das Blut in heftigen Strömen hervorquellen sah. Der alte Mann wunderte sich, daß sein Herz noch schlug nach all dem Schmerz, den ihm dieser Tag zugefügt. Er lehnte sich zurück an die marmorne Wand des Bades und beobachtete, wie sich sein Blut in das Wasser ergoß, pulsierende, rote Ströme, die nicht enden wollten. Dann schloß er die Augen. Er glaubte zu schweben und spürte, wie seine Gedanken in weite, immer klarer werdende Räume sanken.

Die Ereignisse der letzten Stunden waren auf einmal fortgewischt von einem Gefühl leisen, heiteren Glücks. Leuchtende Bilder traten körperhaft aus der endlosen Nacht in seinem Inneren hervor, längst verlorene und vergessene Bilder. Zeghla sah er, in der Blüte ihrer Jahre, als er sie zum Weib gewonnen, die schöne, begehrenswerte Frau, um die ihn alle Männer Feens beneidet hatten. Seine Söhne, seine Tochter traten vor ihn hin, mit lachenden Gesichtern. Ros-La sah er, den Freund, und er hörte ihn sagen, daß die alten Zeiten nun endgültig zu Ende seien, wenn auch die letzten Männer von Ehre fortgingen. »Eine Zeit endet mit dir,« sagte Ros-La und lächelte. Torak-Sal nickte. Er spürte feine Heiterkeit in sich. Es schien ihm gut, jetzt fortzugehen. Ros-La wartete auf ihn. Ros-La würde ihn verstehen, würde ihm helfen, wie er es so oft schon getan. Alles würde gut sein in der Welt, in die Ros-La ihm vorangegangen war.

Dann stiegen Bilder aus seiner Jugend und seiner Kindheit hell aus der Vergessenheit herauf. Der alte Kaufmann beschaute sie mit der gleichen bangen Glücklichkeit. So wie das Blut unaufhörlich aus seinen Adern in das dampfende Wasser floß, so zog auch der Strom der Bilder an ihm vorbei und verklang im Nichts. Torak-Sal spürte, wie es leer wurde in ihm. Seine sanfte Freude aber schien in dieser Leere aufzublühen wie eine gläserne Blume.

Draußen war der Wind still geworden. Ein sternklarer Himmel wölbte sich über Feen.

*Kapitel 3*
EIN TAUSCHHANDEL

Über den Gärten der La hing tiefe Stille. Der Wind nahm die Blätter von den Bäumen, drehte und wirbelte sie in der Luft, trieb sie über die verlassenen Wege, häufte sie in den Winkeln der Pavillons und schaukelte sie auf den schwarzen Wassern der Teiche und Bachläufe. Aelan mußte an Ros-La denken, den sanftmütigen alten Mann, der wie ein Vater gewesen war in dem kurzen Jahr, das ihm nach der Rückkehr aus den Bergen geblieben war. Er hatte diese Gärten geliebt, hatte den Jüngling aus Han oft durch sie geführt, ihm die Bäume und Blumen gezeigt, die er von überall hatte kommen lassen, seltene Pflanzen aus den Dschungeln und Sümpfen des Südens, Blumen und Sträucher aus den Gebirgen und blühende Büsche aus den Landen der Nok über dem östlichen Meer. Kenner reisten von weither, um die Gärten des Ros-La zu bewundern; selbst ein Gartenmeister des Tat-Tsok war aus Kurteva gekommen, sie in Augenschein zu nehmen. Aelan teilte die Liebe Ros-Las zu seinen Gewächsen. Anders als Hem, der darüber spottete und dem die Gärten nicht mehr bedeuteten als eine schrullige Art seines Vaters, Reichtum und Luxus des Hauses La zur Schau zu stellen, verbrachte er viele Stunden mit dem alten Kaufmann beim Beschneiden von Bäumen, beim Jäten von Unkraut, beim Harken und Graben, beim Planen und Vorbereiten neuer Pflanzungen und Glashäuser, beim Beaufsichtigen der Gärtner und Arbeiter und beim Bewundern der reichen Fülle von Blüten und Früchten, die zu allen Jahreszeiten hier gediehen. Im ruhelosen Betrieb des großen Handelshauses waren die Gärten der La Oasen der Stille und Beschaulichkeit, die Aelan an die Abgeschiedenheit des Inneren Tales erinnerten. Nach dem Tod des Kaufmanns schien es selbstverständlich, daß der junge Mann aus den Bergen die Aufsicht über die Gärten weiterführte. Die Gärtner und ihre Gehilfen, die Hems Jähzorn und die eisige Beherrschtheit Sen-Jus fürchteten, wandten sich an Aelan um Rat und Anweisung, und seine freundliche Bescheidenheit, die schon das Vertrauen des alten

Herrn gewonnen hatte, erschloß ihm auch die Zuneigung des Gesindes.
An diesem Tag aber hatte Aelan kein Auge für die herbe Schönheit der späten Jahreszeit. Er war tief in Gedanken versunken. Der Herbst hatte eine bittere Stimmung in sein Herz gelegt. Aelan dachte an die Berge, an das Tal von Han, an die Vorbereitungen zum bevorstehenden Fest des Sonnensterns, an Tan-Y und den Schreiber. Ros-Las Tod hatte die Sehnsucht nach der alten Heimat plötzlich wieder aufbrechen lassen. Aelan mußte an seine ersten Tage in Feen denken, als er mit offenstehendem Mund und leuchtenden Augen das pulsierende Leben der großen Stadt in sich aufgesogen hatte. Damals war es ihm vorgekommen, als habe Hem mit seinen prahlerischen Erzählungen in der Char von Han noch weit untertrieben. Ein Ort tausendfacher Wunder schien Feen, die Menschen, das Treiben in den Straßen und auf den Marktplätzen, die kunstvoll geschmückten, hohen Häuser, die Tempel und Schreine, die Plätze und Alleen, die unzähligen Dinge, die Aufmerksamkeit heischten, das eine lockender als das andere. Lange war Han vergessen gewesen im Wirbel der neuen Eindrücke und Bilder, der Name des Sonnensterns verblaßt neben der schillernden Fülle von Festen und Lustbarkeiten. Hem hatte Aelan eingeweiht in die Zerstreuungen, die diese Stadt ihren reichen Bürgern bot. Er hatte den scheuen Jüngling aus den Bergen seinen Kumpanen vorgeführt wie ein seltenes Tier, hatte ihn Freund genannt und gleichzeitig vor allen zum Narren gemacht, voll teuflischer Lust über Aelans blinde Gutgläubigkeit. Und er hatte ihn in die Freuden des Wohllebens eingeführt, hatte Nächte mit ihm verbracht in den Schenken, Spielhallen und Delays, in den Theatern und Chars, den Arenen, in denen man Muri spielte, das blitzschnelle Spiel mit einem kleinen, harten Ball, das für Ungeschickte tödlich sein konnte, und bei dem sich hohe Summen gewinnen ließen, wettete man auf die richtigen Spieler. Frauen hatte Hem ihm zugeführt, die ihn mit den Verfeinerungen der Lust vertraut machten. Die hochmütigen, reichen Freunde Hems hatten derbe Späße getrieben mit der befangenen Verliebtheit dieses tumben Toren zu irgendeiner Dirne aus den Delays von Dweny, die für ein paar Goldstücke dem jungen Handan den Kopf verdrehte. Der Strudel von Feen hatte Aelan erfaßt. Hilflos drehte er sich darin, einzig auf Hem vertrauend, auf den launischen, spöttischen Freund, der nur spielte mit dem unschuldigen Jungen aus den Bergen und dem es Freude bereitete, ihn im Sumpf von Feen zu verderben.
Dann aber war dieser Reiz abgestumpft und Hem vergaß Aelan, über-

ließ ihn dem Vater, der um das Vertrauen des jungen Mannes warb, weil er all das in ihm zu sehen glaubte, was er im eigenen Sohn schmerzlich vermißte. Ros-La führte Aelan in die Geschäfte des Hauses La ein, unterrichtete ihn, und es zeigte sich, daß der Handan rasche Auffassungsgabe besaß und einen beweglichen Verstand. Mit liebevoller Geduld lehrte der alte Kaufmann den Jüngling aus den Bergen, auf seinem Krankenlager sitzend, oder, wenn er sich besser fühlte, in den Gärten, die er über alles liebte. Aelan kam es gelegen, daß Hem ihn kaum mehr beachtete. Der Geschmack der Feener Vergnügungen war schal geworden und ihr anfangs so glitzerndes Licht trübe.

Eine seltsame Wehmut ergriff Aelan, als er an seine Zeit in Feen dachte. All seine Träume, die er einst im Tal von der großen Welt geträumt, hatten sich erfüllt, aber ihre Erfüllung war Enttäuschung gewesen, Trugschluß, Leere, und hatte wieder das Gefühl der Fremdheit zurückgelassen, das eisige Wehen um sein Herz, das er so gut kannte. Ros-Las Tod hatte ihn tief getroffen. Die Zuneigung des Kaufmanns war das einzige gewesen, das ihn an Feen band. Der Tod dieses Mannes hatte den Namen des Sonnensterns wieder heraufbeschworen in Aelan. Plötzlich vermochte er sich klar zu erinnern an die Nacht mit dem Schreiber hoch über dem Inneren Tal, als er die Gläserne Stadt gesehen und den geheimen Namen der Einen Kraft empfangen hatte.

Das Licht des Ban und die weiße Musik des Ne – wie fern schien das jetzt. Die große Wanderung hatte begonnen in dieser Nacht, doch Aelan schien es, als hätte sie ihn weit fortgeführt von seinem Ziel. Er hatte den On-Nam gesehen im Licht des Sonnensterns. Aus seinem Mund hatte er das unsagbare Wort empfangen, den stillen Namen, der den Sonnenstern im Herzen befreit. Er hatte sich aufgemacht, den On-Nam zu suchen, der irgendwo in den Städten und Ebenen Atlans lebte, um die Menschen, die zu ihm kamen, zu leiten. In seinen Träumen hatte er ihn wiedergesehen, war mit ihm an den Stränden unbekannter Meere gewandert, hatte seinen Worten gelauscht, die von den Geheimnissen des Hju sprachen. Auch dem Schreiber war er begegnet in seinen Träumen, in einer sternförmigen Stadt aus Gold und Marmor. Der alte Handan war König gewesen dort, und er, Aelan, einer seiner engsten Schüler. Der Name des Sonnensterns hatte den Schleier des Vergessens fortgezogen von Aelans Erinnerung. Bilder traten vor das Auge seines Herzens, die er nie gesehen, doch die vertraut schienen wie die Berge und Felsen seiner alten Heimat – Gesichter, Landschaften, Städte. Aelan bewegte sich in ihnen ganz selbstverständlich, und oft war der On-Nam bei ihm oder der Schreiber, um ihn zu führen und zu lehren.

Manchmal schien es Aelan, als spiele sich das wirkliche Leben in der Welt der Träume ab, als sei das Leben des Tages nur schale Illusion. Im Traum war er dem Sonnenstern nahe, dem Hju, dem On Nam, und schien die tiefsten Geheimnisse des Lebens mühelos zu durchdringen. Sein Leben im Haus der La aber schien ohne Sinn und wühlte mit jedem Tag größere Unzufriedenheit in ihm auf.
Aelan blieb bei dem Teich stehen, auf dem in lauen Sommernächten die Nat aufgingen, die geheimnisvollen Blüten aus den Alas-Sümpfen, die einen betörenden Duft verströmten, der Sehnsucht weckte in den Menschen, Verlangen und leidenschaftliche Liebe, doch die zu Staub zerfielen, wenn eine Hand sie berührte. Jetzt trieben ihre purpurnen Blätter wie tot auf dem glatten, schwarzen Wasser. Die silbernen Fische unter der Oberfläche blinkten auf wie Lichter. Hier in Feen, in den Delays und Schenken, in den Kontoren und Gärten der La hatte die große Wanderung ein Ende gefunden. Viel wird dich locken, dich besitzen wollen, hörte er den Schreiber sagen. Nur dein Herz kennt den richtigen Weg. Aelan schüttelte müde den Kopf. Sein Herz war unruhig, wollte fort aus dieser Stadt, aus diesem Haus, wollte weiter nach dem On-Nam suchen, nach all den Dingen, die vage in seinen Ohren klangen, wenn er aus seinen nächtlichen Träumen erwachte, doch es schien unmöglich. Er hatte Verpflichtungen hier. Er hatte Ros-La versprochen, für die Gärten zu sorgen. Der alte Kaufmann hatte ihm Anrechte an Haus und Geschäft vermacht, um dem Ungestüm und der Verschwendungssucht des eigenen Sohnes Einhalt zu gebieten. Unzählige Einzelheiten fesselten Aelan an das Haus der La. Aber er war unglücklich. Der Name des Sonnensterns wühlte Unruhe in seinem Herzen auf, Unzufriedenheit, Bitterkeit. Manchmal begehrte Aelan innerlich auf, entwarf Pläne für eine abenteuerliche Flucht, dann wieder gab er sich matter Niedergeschlagenheit hin, der sanften Melancholie des Selbstmitleids.
Als er am Teich der Nat stand, trat ihm die Hoffnungslosigkeit seiner Lage wieder einmal schmerzlich vor Augen. All sein Grübeln hatte nicht gefruchtet. Seine Gedanken hatten sich in endlosen Kreisen gedreht und waren stets an den Ausgangspunkt zurückgekehrt. Nichts blieb Aelan mehr, als seine Verzweiflung und Ratlosigkeit dem Hju anzuvertrauen, sich der Einen Kraft hinzugeben, auf die feine innere Stimme zu hören, die ihn seit langem drängte, sein Herz wieder der Einen Kraft zu öffnen. Als er die Augen schloß, glaubte er die Gegenwart des On-Nam zu spüren, so nahe, daß er erschrak.
Die ersten Schatten des Abends gingen über den Himmel. Aelan wan-

delte ziellos durch die Gärten, doch sein Herz schien leichter. Im Hain der Tnajbäume, deren zierliche, kahle Zweige wie feine Risse im Himmel schienen, kam ihm Sen-Ju entgegen. Aelan zuckte zusammen. Die Spinne kam gewöhnlich nie in die Gärten. Sie waren ein Ort, wo man sich nicht vor den lauernden Augen des Alten fürchten mußte. Aelan überlegte, wie er ihm ausweichen könnte. Irgendetwas jedoch hielt ihn zurück, durch einen der Heckenwege zu entschlüpfen. Als Sen-Ju herankam, schleppenden Schrittes, erinnerte sich Aelan an Ros-Las Warnung vor diesem unheimlichen Mann. Ich habe ihm vertraut und in mein Haus genommen, hatte der Kaufmann kurz vor seinem Tod gesagt, ich habe die Erziehung meines Sohnes in seine Hände gelegt, doch er hat mein eigen Fleisch und Blut meinem Herzen fremd gemacht. Wie war ich blind. Jetzt aber, da mein Herz klarer sieht im Angesicht des Todes, ist es zu spät. Hüte dich, Aelan, mein zweiter Sohn, den der Tat mir schickte, um meinen alten Tagen den Glanz späten Sonnenlichts zu bringen, hüte dich vor dem Schein schöner Worte.
Sen-Ju nickte knapp zur Begrüßung. »Du ergehst dich in den Gärten, Aelan-Y?« sagte er und versuchte, seiner knarrenden Stimme einen freundlichen Ton zu geben.
Aelan nickte und senkte die Augen.
»Nun, auch ich wollte nach einem Tag in den Kontoren die Luft des Abends genießen. Wollen wir ein wenig zusammen gehen?«
»Gerne, Sen-Ju,« drückte Aelan heraus. Die schmalen Lippen des Alten formten sich zu einem Lächeln.
»Man sagt, dein Wissen über die Gärten reiche an das unseres verstorbenen Herrn heran.«
»Oh nein, der verehrte Ros-La hat mich vieles gelehrt, das ich nicht wußte, doch war sein Wissen noch um vieles größer, als daß ich es hätte ganz umfassen können.«
»Nun, das Reich der Natur ist dir vertrauter als ihm. Er war ein Kind der Stadt, du aber bist in den Bergen aufgewachsen.«
Aelan errötete. »Es gibt dort keine solch schönen Gärten.«
»Und doch reiste unser Herr in jedem Jahr in euer Tal und wurde nicht müde, seine Schönheit zu preisen. Ich habe ihn oft beneidet, daß es mir nicht vergönnt ist, den smaragdfarbenen See von Han mit eigenen Augen zu sehen.«
Aelan senkte den Kopf und erwiderte nichts.
»Sein Tod hat das Haus La in arge Bedrängnis gestürzt. Hem-La, der junge Herr, war nur ein einziges Mal mit seinem Vater in den Bergen. Er kennt kaum den Weg in das Innere Tal. Noch weniger ist er mit den

Bräuchen der Handan vertraut. Du weißt selbst, wie es ihm in der Char deines Vaters ergangen ist.«

Sen-Ju sprach langsam. Aelan schien, als wolle er jedem einzelnen Wort besondere Bedeutung verleihen. Aelan mochte nicht, wenn der Alte über die Ereignisse im Inneren Tal sprach. Etwas in ihm wollte nicht zulassen, daß Sen-Ju seine Gedanken auf das Tal richtete, ein feines Gefühl, das Bedrohung anzeigte, Gefahr. Sen-Ju beobachtete Aelan scharf aus den Augenwinkeln, aber seine Miene verriet keine Regung.

»In diesem Jahr liegt es allein an ihm, den Handel des Hauses La mit den Leuten der Berge abzuwickeln, obwohl er nichts über sie weiß. Unser Herr hat dir sein Vertrauen geschenkt und einen Teil seines Vermögens in deine Hände gelegt. Das Schicksal des Hauses La ist nun auch dein Schicksal. Du bist ein Handan, Aelan. Das Innere Tal ist deine Heimat. Du kennst seine Geheimnisse und die Gebräuche seiner Bewohner. Es ist deine Aufgabe, Hem zu helfen.«

»Wie kann ich das tun? Ich weiß zu wenig von den Gepflogenheiten des Kaufmannsgeschäftes.«

»Berichte uns über das Innere Tal. Hem hat dich vieles gefragt, aber du bist ihm ausgewichen. Er ist dein Bruder, Aelan. Unser Herr hat dich angenommen als seinen eigenen Sohn. Zeige dich seines Vertrauens würdig.«

Aelan stotterte. »Aber ich weiß nicht mehr als Ihr über das Tal.«

Sen-Ju lachte spöttisch. »Ich war noch nie in den Gebirgen, du aber hast viele Jahre dort gelebt. Was sollte ich über das Tal wissen? Mir liegt nichts daran, doch es ist Hems Pflicht, den Handel weiterzuführen, den sein Haus seit vielen Generationen mit den Menschen der Inneren Berge betreibt.«

»Der Handel dort ist geregelt durch uralte Gesetze. Hem hat es gesehen, als er im Inneren Tal war.«

»Doch haben sich die Zeiten geändert. Hem-La denkt daran, den Handel auszuweiten. Die Edelsteine der Handan haben sein Herz gewonnen...«

»Ich weiß nicht, woher...«

»Ich habe dich nicht gefragt, woher die Handan sie haben, Aelan. Ich will dir deine Heimlichkeiten nicht entreißen, auch wenn ich nicht verstehen kann, warum du vor deinem Bruder Geheimnisse hast.«

»Aber...« Aelan wurde unsicher, wand sich, stocherte mit den Füßen im losen Kies des Weges.

Mit leiser, schmeichelnder Stimme sprach Sen-Ju weiter: »Unser Herr

hat dir sein Vertrauen geschenkt, sein Haus geöffnet, seinen Reichtum vermacht. Du aber verschließt dein Herz vor denen, die dich lieben und dich aufgenommen haben in ihre Familie.«
»Aber ich ...« Aelan wäre am liebsten fortgelaufen. Doch eine strenge Kraft hielt ihn eng an der Seite des kleinen Mannes.
»Du würdest dem Haus, dem du nun angehörst, einen großen Dienst erweisen. Du bist nicht mehr der Sohn des Wirtes von Han, sondern der Miterbe des größten Kaufmannshauses von Feen. Du mußt dich entscheiden, in wessen Diensten du stehst. Die Kaufleute von Kurteva werden bald die Hände ausstrecken nach den Schätzen der Berge. Es liegt an dir, den Vorsprung, den das Haus La über viele Generationen erwarb, zu erhalten oder seinen Feinden und Neidern Auftrieb zu geben. Ros-La hat dir vertraut, Aelan, und er hat dich geliebt. Also zeige dich seines Vertrauens und seiner Liebe würdig. Und haben nicht die Handan den La das Privileg des Ringes verliehen, der den Bann des Schweigens öffnet? Dieses Haus ist das einzige in Atlan, das noch heute einen solchen Ring besitzt.«
Die unsichtbare Kraft, die Aelan gepackt hatte, nahm mit jedem Wort Sen-Jus an Stärke zu. Sie griff in ihn hinein und schien mit kalten Händen in seinem Kopf zu wühlen.
»Es heißt, daß es noch einen anderen Zugang zum Inneren Tal gibt als durch das Brüllende Schwarz. Das Wissen um ihn ist verloren seit langen Zeiten. Du kennst ihn, Aelan, nicht wahr? Es ist ein geheimer Weg in die Gläserne Stadt. Du könntest dem toten Ros-La einen großen Dienst erweisen, würdest du Hem-La auf diesem Weg ins Tal führen.«
»Aber es ist unmöglich, dort mit ...«
Aelan biß sich auf die Lippen. Sen-Ju nickte.
»Was möglich und unmöglich ist, das überlasse unserer Entscheidung. Beschreibe mir diesen Weg, Aelan.«
Die Bilder der nächtlichen Wanderung mit dem Schreiber schossen Aelan durch den Kopf. Er sah den Eingang zur langen Treppe wieder, das schimmernde Bild aus Edelsteinen an der Wand des endlosen Gewölbes. Und er spürte, wie die eisige Kraft Sen-Jus, die ihn jetzt ganz durchdrang, nach diesen Bildern griff und sie nach draußen zerren wollte. Sen-Ju lauerte auf sie wie ein zum Sprung bereites Raubtier. Aelan sträubte sich mit allen Kräften.
»Du mußt es mir nicht anvertrauen, Aelan,« sagte der Alte mit sanfter Stimme. »Du wirst Hem-La in die Gebirge begleiten, ihm zur Seite stehen beim Handel mit deinen einstigen Brüdern, und du wirst ihn durch den anderen Zugang ins Tal führen. Doch sage mir nur eines, denn ich

muß die Karawane rüsten: Ist dieser Zugang geeignet für Pferde oder Soks? Vielleicht sogar für Wagen?«

Aelan versuchte, die lähmende Kraft abzuschütteln, doch vergebens. Je stärker er sich gegen sie stemmte, desto mehr nahm sie Besitz von ihm.

»Nun, Aelan, ich höre ...«

In Aelan formte sich das Bild vom Eingang des geheimen Weges. Er sah den Felsen, an dem der Schreiber ihn verlassen hatte, den zerborstenen Baum, der wie ein Erkennungszeichen über dem überwucherten Zugang aufragte, und er spürte, wie die fremde Kraft in ihm das Bild erbarmungslos nach draußen schob. Schon formten sich die Worte auf seinen Lippen, das Geheimnis zu verraten. In seiner Verzweiflung dachte er an den Schreiber, rief nach ihm in Gedanken, klammerte sich an sein Bild, wie er es im Licht des Sonnensterns und in seinen Träumen gesehen, aber es verschwamm vor dem inneren Auge. Stattdessen blitzte der Name des Sonnensterns auf, das Wort der Einen Kraft, machtvoll, wie es ihm in der Nacht über dem Tal zuteil geworden war. Der letzte Rest eigenen Willens, der ihm geblieben war, klammerte sich daran in blinder Verzweiflung. Er ließ die geheime Silbe in sich rollen und klingen. Der lähmende Griff der eisigen Macht ließ nach.

»Ich kann nicht mit Hem in die Berge reisen. Ich werde Feen verlassen,« hörte Aelan sich mit ruhiger Stimme sagen.

Sen-Ju blieb stehen wie vom Blitz gerührt. Ein Zucken ging über sein versteinertes Antlitz. Gewaltiger Zorn stieg in ihm auf, aber mit eiserner Beherrschung drückte er ihn nieder. Seine Stimme war sanft wie zuvor: »Wie soll ich das verstehen, Aelan? Du bist an das Haus La gebunden.«

Aelan spürte, wie die dunkle Kraft mit wütender Ungeduld erneut nach ihm griff. Er schloß die Augen und ließ den Namen des Sonnensterns in sich schwingen, wieder und wieder. Gleichzeitig hörte er sich sprechen. Seine Stimme klang fest und gelassen.

»Der edle Ros-La hat mir gesagt, als er mich in sein Haus einlud, ich könnte es zu jeder Zeit wieder verlassen. Ich sei frei und ungebunden. Mein Entschluß steht fest. Ich werde Feen noch vor dem Sonnensternfest verlassen.« Als Aelan dies sagte, spürte er eine Welle der Erleichterung in sich. Endlich war der Bann gebrochen. Ja, er würde Feen verlassen und die große Wanderung fortsetzen, die Suche nach dem On-Nam. Die Zeit der Unentschlossenheit, des Zauderns, war endlich vorbei. Ein Licht innerer Klarheit hatte alle Schatten des Zweifels vertrieben.

Sen-Ju zuckte gleichgültig die Schultern. In ihm aber raste unbändiger Haß. Er spürte die Macht in Aelan, vor der die Kraft des Be'el erlahmte. In diesem jungen Toren aus den Bergen reifte ein gewaltiger Feind des Feuers heran. Er mußte sterben, er mußte vernichtet werden, bevor er zu einer wirklichen Gefahr für die Flamme wurde. Und doch mußte er vorher sein Wissen über das Tal preisgeben, den geheimen, alten Weg, auf dem auch jene zur Gläsernen Stadt gelangen konnten, die den Ring des Eintritts nicht besaßen. Aelan war eine wichtige Figur in den Plänen des Be'el. Nicht ohne Grund hatte der allweise Herr ihn in das Haus der La geführt. Er mußte seine Aufgabe erfüllen, bevor sein Blut der Flamme zum Opfer floß.
»Dein Entschluß scheint mir unüberlegt, Aelan-Y,« sagte Sen-Ju mit wohlwollender Stimme. »Zu stark sind deine Verflechtungen mit dem Hause La in der Zwischenzeit geworden. Niemand konnte dies voraussehen, auch Ros-La nicht. Laß dir von einem alten Mann einen guten Rat geben. Überstürze nichts. Dein ganzes Leben hängt von diesem Entschluß ab, Aelan. Wohin willst du gehen? Das Haus La bietet dir Sicherheit.«
Sen-Jus Freundlichkeit überwältigte Aelan. Die rohe, reißende Kraft, die zuvor von dem alten Mann ausgeströmt war, schien auf einmal wie Einbildung. Sen-Jus Stimme war warm und vertrauenserweckend.
»Ich weiß, wie einem jungen Mann zumute ist, der in der Abgeschiedenheit aufgewachsen ist, denn auch ich stamme aus einem kleinen Dorf in einer der fernen Provinzen. Als ich das erste Mal eine Stadt sah, war ich etwa so alt wie du. Ich kenne das Gefühl der Verlassenheit, das sich inmitten all dieser fremden Menschen einstellt. Ich kenne die Sehnsucht nach der Freiheit des Herzens. Du willst die Welt kennenlernen. Du bist nicht dafür geschaffen, in düsteren Kontoren zu vertrocknen. Ich verstehe dich gut, Aelan. Und ich weiß auch, wie du diese Sehnsucht befriedigen kannst, ohne vor deinen Verpflichtungen zu fliehen. Führe die Karawane der La in die Gebirge. Die Reise wird dir guttun. Dann im Frühling reise mit einer Karawane nach Kurteva, in die Hauptstadt. Du glaubst, die Städte Atlans zu kennen, weil du Feen kennst? Warte, bis du Kurteva gesehen hast. Feen ist ein Dorf, verglichen mit der Stadt der Tat-Tsok.«
Sen-Ju legte Aelan die Hand auf die Schulter. »Vielleicht findest du das, wonach du suchst, gerade in Kurteva.«
Ein heißer Strahl durchschoß Aelan. Er dachte an den On-Nam. Sen-Ju begegnete seinem erstaunten Blick mit einem verständnisvollen Nicken, als wüßte er um die geheimen Gedanken des jungen Mannes.

Trotzdem spürte Aelan Wellen brennenden Hasses hinter den schmeichelnden Worten des Alten.
»Ich weiß, daß man mich nicht liebt in diesem Haus. Es ist schwer, ein Fremder, ein Ausgestoßener zu sein, nur weil man anders ist als diese immerzu fröhlichen Menschen, deren Herzen Genugtuung finden in jedem seichten Vergnügen. Du kannst das verstehen, Aelan. Ich sehe es in deinen Augen. Du kannst mir vertrauen. Prüfe dein Herz noch einmal. Entscheide mit Bedacht. Überstürze nichts. Um mehr bitte ich dich nicht. So hätte auch Ros-La zu dir gesprochen, würde er heute an deiner Seite durch seine Gärten gehen. Was wird aus ihnen werden, wenn du fort bist? Die Gärten der La, deren Ruhm bis nach Kurteva drang, sie werden verdorren und verwildern ohne deine Pflege. Ros-La würde das Herz brechen. Der Tod des alten Herrn hat dich verstört, Aelan. Du glaubst, niemanden mehr zu haben, der dich leitet und deinen Gedanken und Wünschen Form gibt. Doch wisse, daß du mich immer um Rat fragen kannst, wenn dich eine Sorge bedrückt oder die Arbeit in den Kontoren nicht vorangehen will. Auch wenn es dir nicht so scheinen mag und du geneigt bist, jenen zu vertrauen, die mich die Spinne nennen, so bin ich dir doch gewogen, Aelan. Ich habe Ros-La versprochen, mich deiner anzunehmen nach seinem Tod.«
Sie waren bei der Treppe angelangt, die vom Garten ins Haus führte. Sen-Ju nickte Aelan wohlwollend zu und ließ ihn stehen. Der junge Mann war nie zuvor so verwirrt gewesen. Sein Entschluß, der mit leuchtender Klarheit in ihm aufgestanden war, versank in einer Flut von Bedenken und Zweifeln.

Kurz darauf ließ Hem-La ihn zu sich bitten. Der junge Herr des Hauses La empfing Aelan in seinen privaten Gemächern, kam lachend auf ihn zu, drückte ihm den Arm, schlug ihm auf die Schulter. Lange schon war er nicht so liebenswürdig gewesen.
»Wir müssen uns wieder mehr Zeit nehmen füreinander, Aelan,« rief er vergnügt. »Die Veränderungen, die nötig wurden in diesem Haus, seit ich es führen muß, nehmen mich ganz in Anspruch. Ich war seit meiner Abreise nach Kurteva in keiner Char mehr. Selbst dort in der Hauptstadt blieb keine Zeit für das Vergnügen. Wir müssen wieder einmal Dweny durchstreifen bei Nacht, sonst setzen wir Moos an in den Kontoren.«
Hem strahlte und zwinkerte Aelan zu. »Aber setze dich doch.«
Aelan ließ sich zögernd auf einem der runden, mit kostbar bestickter Seide überzogenen Diwans nieder. Hem hatte sie in den Palästen Kur-

tevas gesehen und sofort nach seiner Rückkehr Befehl gegeben, seine Räume nach diesem neuen Geschmack einzurichten. Ein Diener brachte Erfrischungen.

»Es wird sich nicht nur die Art, sich zu setzen, ändern in diesem Haus, Aelan. Die Zeiten sind fortgeschritten, mein Vater aber versuchte, die alten Tage zu bewahren. Es tut not, daß wir darüber sprechen, denn wie Sen-Ju mir sagte, und wie es auch in den Büchern verzeichnet steht, hat dir mein Vater nicht unbedeutende Anteile des Hauses La vermacht. Es freut mich, denn ich bin sicher, du kannst eine große Hilfe sein, das Gedeihen der Geschäfte der La, die nun auch die deinen sind, zu fördern. Mein Vater hat dein Geschick sofort erkannt und dir vertraut. Nun müssen wir zusammen sein Werk fortsetzen, obwohl sich noch vieles verändern muß, damit ein Haus wie das unsere in diesen Zeiten, die hart und unerbittlich geworden sind, zu bestehen vermag.«

Aelan senkte den Kopf. Er spürte Hems scharfen Blick auf sich und wußte, daß die Freundlichkeit des jungen Kaufmanns geheuchelt war. Mühsam unterdrückte Feindseligkeit vibrierte hinter den papierenen Floskeln Hems.

»Ich habe bereits mit Sen-Ju gesprochen. Wir sind uns einig, daß du die Geschäfte mit dem Tal von Han übernehmen sollst, denn niemand wäre dafür besser geeignet. Sen-Ju rüstet die Karawane. In diesem Jahr werden wir beide gemeinsam reisen. Später wird die Reise in deine alte Heimat allein in deinen Händen liegen. Ich selbst werde mich den Geschäften mit Kurteva widmen, die so schmählich vernachlässigt wurden von meinem Vater. Sen-Jus Verbindungen sind glänzend. Warum sollen wir uns abplagen mit Karawanen in den Süden und den Westen, die noch dazu behindert werden von Neidern unter den Tat-Los und Tnachas von Kurteva, wenn wir ein vielfaches gewinnen können im Revier des Tigers selbst. Wir müssen Wagemut beweisen, doch den besitzen wir beide, nicht wahr. Wir werden ein Kontor einrichten in Kurteva, das ich führen werde, während du von Feen aus die Geschäfte mit dem Norden tätigen kannst. Das Haus La bietet leicht Platz für zwei Herren.«

Hems honigsüße Lügen wurden Aelan unerträglich. Der Haß, der sie trug, trieb sich mit roher Gewalt in Aelans Inneres.

»Ich werde Feen verlassen,« sagte er schroff.

Hem lächelte. Sen-Ju hatte ihm von seinem Gespräch mit dem Handan berichtet. Mit gespieltem Erstaunen richtete sich der junge Kaufmann auf.

»Was sagst du? Du willst Feen verlassen?«

Aelan nickte. »Ich habe mich entschlossen, fortzugehen. Es hat mich sehr geehrt, daß unser Herr mir Teil seiner Güter hinterlassen hat, doch ich bin kein Kaufmann. Ich vermag sein Vertrauen nicht zu erfüllen.«
Hem neigte den Kopf und sah Aelan neugierig an. Du hast dich in sein Herz geschlichen, dachte er, um mich um mein rechtmäßiges Erbe zu betrügen. Und nun hast du Angst, du Bauernlümmel, daß ich mir zurückhole, was mir gehört.
»Ich möchte den Teil, der mir zufiel, in deine Hände legen, Hem.« Damit du später einmal zurückkommen kannst, um ihn mit Gewinn wieder an dich zu reißen. Du hast meinen Vater beschwatzt, daß er es so verzeichnet in den Büchern der Ämter und Tempel, daß niemand dir fortzunehmen vermag, was du gestohlen hast. In Hem kochte blinde Wut auf. Seine Mundwinkel zuckten. Sen-Ju hatte recht. Nur Aelans Blut vermochte die Zahlen in den Büchern der Tnachas auszulöschen.
»Wohin willst du gehen, Aelan?« fragte Hem mit sanfter Stimme.
»Ich weiß es nicht. Es treibt mich fort aus der Stadt. Ich will meine Wanderung fortsetzen, die ich beim letzten Sonnensternfest begonnen habe.«
»Mein Vater wäre nicht glücklich über deine Entscheidung. Er hat dir vertraut. Willst du sein Vertrauen auf diese Weise erwidern?«
Aelan errötete und schüttelte den Kopf. »Es ist besser für uns alle, wenn ich das Haus La verlasse.«
»Nun, wie du meinst, Aelan. Doch die Reise in die Berge, die in wenigen Tagen beginnen soll, mußt du mit mir zusammen unternehmen. Du mußt uns führen. Wir werden mit Gurenas reisen in diesem Jahr. Wir brauchen einen erfahrenen Führer, der die Berge kennt und der vermitteln kann, wenn die Handan mir nicht vertrauen wollen. Ihr Abschied im letzten Jahr war alles andere als herzlich. Sie hätten mich am liebsten aufgefressen. Mein Vater meinte, es würde lange dauern, bis ich wieder ins Innere Tal reisen könne. Was werden sie tun, wenn ich in diesem Jahr alleine komme?«
Aelan zuckte die Achseln. Er wurde unsicher. Es war undankbar Ros-La gegenüber, einfach fortzulaufen. Er hatte ihm versprochen, dem Hause La ein guter Sohn und Erbe zu sein. Sein Entschluß kam wieder ins Wanken. Doch eine Stimme in ihm schrie, er solle dieses Haus noch in dieser Nacht verlassen.
»Es kann dir nicht gleichgültig sein, Aelan. Wenn du es nicht für mich tun willst, so tue es aus Dankbarkeit für meinen Vater.«
Trotzig schüttelte Aelan den Kopf. Hem stand auf und wanderte im Zimmer umher. Er witterte Verrat. Was hatte dieser Bergtölpel vor?

Spürte er die Gefahr, die ihm drohte? Hatte irgendein Lauscher aus dem Gesinde ihn gewarnt? Die Bediensteten waren ihm zugetan. Überall zog er heimlich seine Fäden zusammen.
»Ich verspreche dir, Aelan, daß ich nicht versuchen werde, in dich zu dringen, dir Geheimnisse über das Tal zu entlocken, über die Stadt und ihre Schätze. Ist es das, was dich quält? Ich gebe dir mein Wort. Es war unüberlegt von mir, es zu versuchen. Du weißt nichts, hast du gesagt. Ich glaube dir. Was sollst du auch wissen? Du bist in der Char deines Vaters gesessen und hast den Alten zugehört, wenn sie ihre Märchen erzählten. Das Geheimnis der Edelsteine wird von den Alten gehütet, nicht wahr? Gut, ich werde warten, bis du alt geworden bist, Aelan, aber dann mußt du mir die Legenden des Tales erzählen. Wirklich, ich brenne darauf, sie von dir zu hören.« Hem versuchte, fröhlich zu lachen, schlug Aelan auf die Schulter, aber sein Lachen, seine Bewegungen wirkten gekünstelt. »Überlege es dir noch einmal. Das Schicksal des Hauses La hängt allein von dir ab. Ohne dich wäre es sinnlos, zu den Bergen aufzubrechen. Du kannst nicht wollen, daß eine Verbindung zerbricht, die seit vielen Generationen von unserem Hause gepflegt wurde, und die meinem Vater so sehr am Herzen lag, daß er jedes Jahr sein Leben wagte, nur weil du aus einer Laune heraus fortlaufen willst. Ist dir Unrecht widerfahren in diesem Haus? Hat dich jemand beleidigt? Sage es mir, Aelan. Was liegt dir auf dem Herzen?«
Aelan schüttelte den Kopf. »Nichts, aber ...«
Hem wurde heftiger. »Gehe mit mir in die Berge, nur dieses eine Mal. Festige die Verbindung des Hauses mit den Handan wieder, dann setze deine Wanderung fort. Laß uns im Guten scheiden, Aelan. Ich verstehe deine Gefühle. Ich habe immer gewußt, daß ein Kind der Berge nicht in muffige Kaufmannskontore gehört, aber verstehe auch mich, Aelan. Wir sind Freunde geworden in Feen. Du kannst mich nicht im Stich lassen. Und willst du nicht deinen Vater wiedersehen? Willst du nicht deinen alten Freunden von Feen erzählen?«
Hem-La spielte auf allen Registern der Lüge. Vorwurfsvoll, beschwörend, bittend klang seine Stimme, hinter ihren Worten aber spürte Aelan ständig wachsenden Haß. Trotzdem sprach Hem die Wahrheit. Es war nicht recht, das Haus La im Stich zu lassen, Ros-La würde es nicht verstehen. Seine Liebe war ehrlich gewesen, ohne Falschheit und Berechnung. Doch die Stimme, die aus dem Namen des Sonnensterns drang, warnte Aelan immer eindringlicher.
»Wenn wir aus den Gebirgen zurückkehren, werde ich dir deinen Teil des Erbes auszahlen. Dann kannst du Atlan bereisen nach deinem Wil-

len, als reicher Mann, unabhängig, frei. Solltest du eines Tages aber zurückkehren wollen nach Feen, so bist du willkommen. Oder ist es dir lieber, zu fliehen wie ein Dieb bei Nacht? Willst du, daß man von dir sagt, du hättest dem Hause La Unglück gebracht?« fuhr Hem fort.
Aelan schüttelte den Kopf. Der junge Kaufmann faßte ihn scharf ins Auge.
»Es soll unserem Hause nicht so ergehen wie dem Hause Sal, das einst mächtig war in Feen. Habe ich dir erzählt, daß unsere Forderungen heute morgen eingetrieben wurden?«
Wieder schüttelte Aelan den Kopf. Er vermochte keinen klaren Gedanken zu fassen. Daß Hem nun ohne weiteres das Thema wechselte, verwirrte ihn. Hem gab einem Diener einen Wink.
»Es ist nicht viel übriggeblieben vom einstigen Glanz und Reichtum des Hauses Sal,« höhnte der junge Kaufmann. »Ein paar Gebäude und Gärten, ein paar Sklaven, ein paar Tiere und eine widerspenstige Jungfrau.«
Ein hünenhafter Gurena führte Mahla-Sal herein. Sie trug ein schmuckloses, blaues Faltengewand, das am Hals von einer kupfernen Spange zusammengehalten wurde, ein Kleid, wie es die Hausdienerinnen trugen, die Mägde und höheren Sklavinnen. Ihr langes, schwarzes Haar fiel offen über Schultern und Rücken. Sie starrte stumm zu Boden. Hem musterte sie herausfordernd von oben bis unten.
»Eine verwöhnte Prinzessin, die zur Sklavin wurde, weil ihr Vater vergessen hat, daß die Zeiten sich ändern, Aelan. Er wollte den gleichen überkommenen Sitten und Gebräuchen treu bleiben, an die auch mein Vater sein Herz gehängt hat. Es hat sich bitter gerächt für den alten Sal. Verstehst du, warum Veränderungen nötig sind im Hause La? Uns soll es einmal nicht so ergehen wie denen, die einst die größten Kaufleute des Nordens hießen und lebten wie die Aibos,« höhnte er. »Auch in ihr fließt das Blut der Aibos. So angesehen waren die Sal, daß sie Aibotöchter zu Gattinnen nahmen.«
Aelan blickte sich um. Als er die junge Frau sah, die schamübergossen, den Blick starr zu Boden gerichtet, neben dem Gurena stand, verängstigt von dem Kaufmann, der mit spöttischer Stimme weiterplauderte über das Unglück des Hauses Sal, spürte er etwas brechen in sich. Sanft, fast ohne Regung, ohne Erschrecken, ohne jähes Auffahren öffnete sich ein verborgenes Siegel seines Herzens und ließ Bilder hervortreten, die lange verschlossen gewesen – Gesichter, Gefühle, innere Gebärden, der Erinnerung unbekannt, doch ein jedes innig vertraut. In seinen Träumen waren sie angeklungen, wie von ferne, nun aber stan-

den sie leuchtend vor ihm. Er hörte Hems zynische Reden nicht, spürte nicht mehr den versteckten, berechnenden Haß, der hinter jedem Wort lauerte. Ein beklemmendes Gefühl der Vertrautheit zu dieser fremden Frau hatte Aelan ergriffen, raubte ihm den Atem, ließ die Welt um ihn in grauen Nebel fallen. Es war nicht wie bei dem Mädchen, das Hem und seine Kumpane ihm zugeschoben, um sich über seine schüchterne Verliebtheit lustig zu machen, dieser Dirne, die er brennend begehrt und geliebt, um ihrer Schönheit willen, ihrer lockenden Augen, ihrer süßen Schmeicheleien, und deren Spott ihn in zermalmende Verzweiflung gestürzt hatte am Ende des verletzenden, erniedrigenden Streiches. Es war nicht das verzehrende Feuer der Leidenschaft, in dem Lust und Schmerz mit einer einzigen, alles mit sich fortreißenden Kraft brennen. Es war eine nie gekannte Vertrautheit, eine Verbundenheit, die über die Zeit hinausreichte, über die Erinnerung, das Wiedererkennen von etwas lange Vermißtem in neuer, fremder Gestalt, ein Augenblick klaren Schauens über die Grenzen des Vergessens, voll von zärtlichem Hingezogensein zu diesem Geschöpf, von heftiger, banger Freude über ein lange ersehntes Wiederfinden.
»Gefällt dir Mahla?« hörte er Hems Stimme sagen, spottend, lauernd. Aelan errötete. Hem forschte ihn grinsend mit Blicken aus. »Du verliebst dich rasch, mein Freund. Dein Herz sitzt dir locker in der Brust,« lachte er.
Nun schwollen Bitterkeit und Zorn in Aelan. Er vermochte nicht, sie zu zügeln. Sie brachen zusammen mit diesen lange verlorenen Bildern hervor und erfüllten sein Inneres mit jäher Gewalt.
»Aber du hast Geschmack, Aelan. In weniger als einem Jahr hast du dir einen sicheren Blick für die Weiber angeeignet. Aber mache dir keine Hoffnungen. Diese spröde Schönheit, die wir im Hause Sal erhandelt haben, gehört zu meinem Teil des Erbes.« Jetzt sprühte der Haß offen aus Hems Augen. »Aber selbstverständlich hast du das Recht, die Ware zu prüfen, ob sie taugt für den Herrn des Hauses La.«
Mit einem Griff fetzte er Mahla das Gewand vom Leib. Sie schrie auf und biß Hem blitzschnell in die Hand.
»Du Katze,« stieß er hervor, die Züge von Wut und Schmerz verzerrt. Er stieß Mahla von sich, daß sie nach hinten taumelte, setzte ihr nach und wollte sie schlagen. Im gleichen Augenblick fuhr Aelan auf ihn los, mit einem Schrei, der den jungen Kaufmann in seiner Bewegung lähmte. Die Wucht von Aelans Angriff brachte Hem zu Fall. Aelan warf sich auf ihn, wie von Sinnen vor Zorn, holte aus, ihn mit bloßen Fäusten zu erschlagen, doch der eiserne Griff des Gurena, der Mahla hereinge-

führt hatte, riß ihn zurück. Aelan wehrte sich, trat und schlug um sich, doch der riesenhafte Krieger hielt ihn gepackt wie ein ungezogenes, zappelndes Kind.
Hem erhob sich schwer atmend. In seinem Kopf arbeitete es fieberhaft, wie er Aelan am tiefsten verletzten könnte. Er trat nahe an ihn heran, voll von kochendem Haß, der in mächtigen Wellen von ihm ausströmte und faßte den Handan ins Auge. Auf seinem Gesicht machte sich ein böses Grinsen breit. »Wirklich bewundernswert,« sagte er mit honigsüßer Stimme. »Keine halbe Minute verliebt und schon eifersüchtig wie ein Seemann aus Ayach. Dabei hat er vor einem guten Jahr noch nicht einmal gewußt, daß es andere Frauen gibt als seine Mutter.«
Aelan hielt still im harten Griff des Gurena. Sein Atem ging stoßweise. Seine Augen suchten nach Mahla, die an die Wand gelehnt stand, weinend, das entzweigerissene Gewand in den Händen.
»Aber sei auf der Hut. Diese da ist eine Wildkatze. Sie würde dich in Stücke reißen, Aelan. Es ist besser für dich, wenn du sie mir überläßt. Ich weiß, wie man mit ihresgleichen umgeht. Ich liebe es, solche Wildpferde zuzureiten. Es wird mir ein ganz besonderes Vergnügen sein in diesem Fall.« Hem ging langsam auf Mahla zu. »Sie ist noch unberührt, Aelan. Dafür lege ich meine Hand ins Feuer. Solche Prinzessinnen werden von ihren Vätern behütet wie der eigene Augapfel. Unberührt, aber trotzdem heißblütig und wild wie eine Stute aus den Steppen von Alani.«
Er packte Mahlas Arm, der sich ihm abwehrend entgegenstreckte, bog ihn zur Seite. Stöhnend beugte sich die junge Frau nach vorne. Hem griff nach ihren Brüsten. Mahla öffnete den Mund zu einem Schrei, dann aber bezwang sie sich. Sie wand sich in Hems grobem Griff, biß sich auf die Lippen und wurde starr.
»Siehst du Aelan, sie ist schon zutraulicher. Sie hat ihren Herrn erkannt. Noch ist sie steif und kalt wie ein Marmorbild, aber ich kann das Feuer spüren, das in ihr lodert.« Hems Stimme war leise und giftig. Seine freie Hand betastete die kleinen, spitzen Brüste der jungen Frau. Lächelnd sah er Aelan an, der hilflos im Eisengriff des Gurena hing und jeden Widerstand aufgegeben hatte. Nur sein Kopf zuckte keuchend hin und her.
»Sie wird sanft sein wie ein Lamm, Aelan. Ich kenne das. Sie wird schnurren wie ein Kätzchen und nicht genug bekommen von mir, wenn ich ihren Panzer aus Eis erst aufgetaut habe heute nacht. Sie ist bestimmt gut für eine außergewöhnliche Nacht, Aelan. Ich kann das auf den ersten Blick beurteilen. So etwas bekommt man nicht jeden

Tag. Die Tochter einer Aibo und eines Kaufmanns, der einst der schärfste Konkurrent der La war. Sie ist kalt wie Eis und doch lüstern wie eine Hure. Doch ich setze meinen Kopf darauf, daß noch kein Mann sie berührt hat.«

Hems Hand wühlte in Mahlas Haar. »Man findet solche Leckerbissen selten heutzutage. Weißt du, daß mein Vater sich mit dem Gedanken getragen hat, mich zu verheiraten mit der Tochter des Hauses Sal? Wir waren so gut wie versprochen. Ihr Vater und ihre Mutter waren einverstanden, nur sie selbst zögerte noch. Es hätte nicht viel gefehlt, und diese Sklavin wäre meine Frau geworden, die Herrin des Hauses La. Ganz Feen hätte mich beneidet darum. Aber man muß heiraten in unserer Zeit, um solche verborgenen Schätze zu gewinnen. Es geschieht nicht oft, daß sie einem auf bequemerem Weg in die Hände fallen. Nun, es wird so sein wie mit den Edelsteinen des Inneren Tales. Man muß sie sich schwer verdienen, obwohl es sie im Überfluß gibt. Eine ungerechte Welt, nicht wahr. Aber diese eitle, verwöhnte Prinzessin kann ich haben, wie es mir gefällt. Welch ein Schicksal, trivial wie in einer rührenden Ballade, die in drittklassigen Chars vorgetragen wird: Gestern noch hat sie stolz meine Hand und mein Haus ausgeschlagen, heute ist sie meine Sklavin. Vielleicht verkaufe ich sie an eine Delay, wenn ich ihrer überdrüssig bin. Auch meine Freunde würden es zu schätzen wissen, die Tochter der Sal für ein paar Goldstücke zu ihrer Verfügung zu haben. Sie ist ein Vermögen wert. Vielleicht sogar soviel, wie mir die Reise ins Innere Tal bringen würde.«

Hem grinste breit und ließ Mahla los. »Aber ich bin bereit, auf einen Tauschhandel einzugehen. Der Gedanke, der einzigen Tochter des Hauses Sal die Unschuld zu rauben, ist gewiß verlockend. Ich weiß nicht, wo in Feen sich mir heute nacht ein vergleichbares Vergnügen böte, doch ich muß an das Wohl des Hauses La denken. Da du, lieber Bruder, dein Herz an diese kalte Schönheit verloren hast, bin ich bereit, sie dir abzutreten, wenn du die Karawane in das Innere Tal führst. Sie gehört dir, wenn du dem Hause La diesen wichtigen Dienst erweist. Du siehst, wieviel mir deine Begleitung wert ist.«

Aelan starrte zu Boden.

»Natürlich gehe ich davon aus, daß du deinen Bruder, der deinetwegen auf die Tochter des Hauses Sal verzichtet, ein wenig tiefer in die geheimen Angelegenheiten des Tales einführst, so wie ich dich in die Geheimnisse von Feen eingeführt habe.«

Matt schüttelte Aelan den Kopf. Er blickte zu Mahla, die an der Wand lehnte, die Augen geschlossen, zusammengekrampft in panischer

Angst. Sie hatte aufgehört zu weinen. Fassungsloses Entsetzen hatte sie ergriffen. Hem folgte Aelans Blick. Er neigte den Kopf zur Seite, überlegte, dann nickte er bedächtig.
»Nun gut. Wie du willst. Handle mit Sen-Ju die Bedingungen deines Abschieds aus. Wir werden morgen früh noch einmal über alles sprechen. Aber jetzt lasse mich allein. Du verstehst. Mahla und ich wollen in den nächsten Stunden nicht gestört werden. Ich hoffe nur, daß sie das Gold wert ist, das wir an das Haus ihres Vaters verloren haben.«
Hem deutete eine spöttische Verbeugung an. Er nahm die Peitsche, die auf einem Tisch lag, bog sie genußvoll in den Händen und gab dem Gurena einen Wink. Aelan begann hilflos zu zappeln, als der Hüne ihn zur Türe schleppte. Tränen der Verzweiflung und des ohnmächtigen Zorns flossen über Aelans Wangen. Hem genoß den Anblick, den Handan so gedemütigt zu sehen.
»Ich habe meine eigene Methode, beißende Pferdchen zu zähmen,« sagte Hem und ließ die Gerte durch die Luft pfeifen. »Du wirst sehen, morgen findest du ein zärtliches Lamm wieder. Vielleicht überlasse ich sie dir dann trotzdem. Als Mitgift für deine Reise. Meist reicht der Reiz solch unschuldiger Kinder nur eine Nacht lang. Aber du bist ja gewohnt, die Krumen zu essen, die von meinem Tisch fallen, du törichter Am.«
»Ich führe die Karawane ins Tal,« stieß Aelan hervor und schloß die Augen.
Hem schmunzelte und nickte dem Gurena zu. Er ließ Aelan zu Boden fallen. »Ich wußte, daß wir uns einigen würden, Aelan. Aber deine Hartnäckigkeit ist bewundernswert. Du solltest doch Kaufmann werden. Du hast Talent zum Feilschen,« spottete Hem.
Aelan hörte ihn nicht mehr. In ihm drehte es sich. Scham, Bitterkeit und ohnmächtige Wut schlugen in gewaltigen Wogen über ihm zusammen und rissen die leuchtenden Bilder mit sich fort, die der Anblick der jungen Frau aus dunkler Vergessenheit befreit hatte.

Mahla hatte Angst. Sie krümmte sich in dem Sessel zusammen, auf den der Gurena sie niedergelassen. Sie zitterte. Der junge Mann, der sie von Hem-La befreit hatte und jetzt unruhig im Zimmer auf und ab ging, schweigend, nachdenklich, hin und wieder den Kopf hebend, sie anstarrend mit ratlosen Augen, schien ihr freundlicher, sanfter, aber er hatte sie erhandelt wie ein Stück Vieh, für irgendeinen Gefallen, den er Hem-La erweisen würde. Man hatte sie gedemütigt, angepriesen wie eine feile Hure. Tränen flossen über ihre Wangen. Sie ließ es geschehen.

Alles was sie fühlte, war taube Leere, verzweifelte Gleichgültigkeit ihrem ungewissen Schicksal gegenüber. Sie dachte an Ly, an ihre Mutter, an die schrecklichen Stunden in diesem fremden Haus, seit die Soldaten sie fortgeschleppt. Der Vater würde niemals zulassen, daß seine Tochter zur Sklavin herabsank. Er würde einen Weg finden, er würde seine Verbindungen einsetzen. Auch Mutter würde für sie kämpfen. Ly, die liebe, weise, zärtliche Ly, würde um Möglichkeiten der Befreiung wissen. Und doch, alles war sinnlos, vergebens. Die Gesetze der Kaufleute waren unbeugsam streng, und Hem-La, dieser gefühllose Rohling, kannte kein Erbarmen.
Die Gedanken in Mahlas Kopf gingen wild durcheinander. Sie blickte Aelan an, hob kurz die Augen, begegnete seinem Blick. Sie hatte von ihrem Vater gehört, daß Ros-La einen Am, einen jungen Mann aus den Gebirgen in sein Haus aufgenommen hatte. Das mußte er sein. Es hieß, die Menschen der Berge seien abgestumpft und roh. In Feen machte man oft Witze über sie, erzählte lustige Geschichten über ihre unbeholfene Art. Mit welch unbändiger Wildheit er Hem angefallen hatte, wie ein Raubtier, als sei er nicht Herr seiner selbst. Als Aelan auf sie zukam, ermuntert von ihrem Blick, fuhr sie zusammen. Sie sollen wild und gefühllos sein, wie Tiere, herzlos, grausam, hatte Ly einmal gesagt. Mahla zitterte. Aelans Schweigen brachte sie fast um den Verstand. Sie war ihm hilflos ausgeliefert. Er konnte mit ihr tun was er wollte. Hem-La war kalt und hochmütig, aber er war der Sohn eines Feener Kaufmanns. Sie hatte ihn kennengelernt auf den Empfängen und Bällen der reichen Feener Gesellschaft. Zwar hatte sie ihn verachtet, da er für ausschweifend und lasterhaft galt, und doch, er war ein Kind der gleichen Stadt und der gleichen Schicht. Er hatte diesen Am nur reizen wollen mit seiner Grobheit, hatte ihn nur dazu bewegen wollen, ihm diesen Gefallen zu tun, für den er ihm gerne die Beute aus dem Hause Sal überließ, klug berechnend, wie es die Kaufleute eben tun. Nun aber war sie diesem Fremden überlassen, diesem Am, diesem Bergwesen, das die Sprache verloren hatte, sie anstarrte mit großen, hungrigen Augen. Sie war seine Sklavin. Mochte es dem Vater und Ly auch gelingen, sie zu befreien, morgen vielleicht, oder in einigen Tagen, sie würde schon diese Nacht nicht überleben. Panische Angst überfiel Mahla. Sie wimmerte wie ein verletztes Tier. Aelan kam auf sie zu, die Hände ausgestreckt, berührte sie an der Schulter. Mahla zuckte zusammen, schrie auf, als hätte eine glühende Nadel sie gestochen. Aelan fuhr zurück. Sein Herz schlug bis zum Hals. Er spürte die gewaltigen Wellen der Angst, die von der jungen Frau ausgingen, aber er wußte sie nicht zu besänftigen. Sei-

ne Kehle war zugeschnürt, sein Atem ging kurz. Hilflos wanderte er im Raum auf und ab, vergebens im Chaos seiner Gedanken nach einem Halt suchend. Was sollte er ihr sagen? Wie sollte er sie ansprechen, ohne sie zu beunruhigen? Vergebens. Die Bilder der Vertrautheit und Liebe zu dieser Frau, die Angst vor ihm hatte wie vor einem wilden Tier, überwältigten ihn, raubten ihm fast die Sinne.

»Möchtest du ... Soll ich dir Wasser bringen lassen, oder Lemp?« stotterte er schließlich, abgehackt, mit brüchiger Stimme.

Mahla rührte sich nicht. Diese Stimme erschreckte sie. Die Angst in ihr wuchs und lähmte sie. Es war eine nie gekannte Angst, die aus ihrem tiefsten Inneren hervorbrach, eine jähe Gewalt, die jeden klaren Gedanken in ihr auslöschte und sich wie ein Riegel vor eine verborgene Tür des Herzens legte, die der Anblick dieses Handan aufstoßen wollte. Einen Augenblick spürte Mahla hinter dem Toben ihrer Angst den rasch verfliegenden Hauch einer Ahnung, daß eine unbekannte Macht sie mit diesem fremden Mann verband, doch eine Bewegung Aelans schleuderte sie zurück in das enge, dunkle Gefängnis ihrer Panik. Schon im nächsten Augenblick konnte der Handan über sie herfallen. Gierig und gemein wie ein Tier, so wie er über Hem-La hergefallen war. Sie würde die Gewalt seiner Umarmung nicht überleben. Sie würde sterben, noch in dieser Nacht. Niemand vermochte sie zu retten. Sie war verloren. Mahla steigerte sich in düstere Schreckensvorstellungen hinein. Aber sie würde sterben ohne einen Laut der Klage, ohne ein Flehen um ihr Leben, ohne ein Wort. Niemand sollte sagen, die Tochter des Hauses Sal habe ihre Würde verloren im Tod. Und es war besser, zu sterben, als in Sklaverei endlose Schmach zu ertragen. Mahlas Augen irrten im Zimmer umher. Vielleicht lag irgendwo eine Waffe. Vielleicht gelang es ihr, sich einen Dolch ins Herz zu stoßen, bevor dieser Mann sie berührte, der sie anstarrte mit seinen schrecklichen Augen. Aelan hielt dem Druck der inneren Bilder nicht mehr stand. Sie überfluteten ihn, wild, hemmungslos, von einer gewaltigen Kraft getragen. Er rief den Namen des Sonnensterns, doch die zarte Welle des Hju versank in diesem aufgewühlten Meer wirrer Gefühle. Aelan wollte die junge Frau in die Arme schließen wie einen lange entbehrten Freund, wie eine Mutter, eine Schwester, die nach unendlich langen Zeiten zu ihm zurückgekehrt war, aber zugleich spürte er ihre unbeherrschte Angst, die sie von ihm trennte.

»Hab keine Angst vor mir,« stammelte er. Es klang plump. Er schämte sich, machte eine fahrige Geste, wandte sich ab. Haß gegen Hem fuhr in ihm hoch. Er hätte ihn umgebracht, wäre ihm der Gurena nicht zu

Hilfe geeilt. Nun aber hatte Hem ihn in der Hand. Er hatte sich verkauft, mußte mit ihm in die Berge reisen, nach Han, ins Innere Tal. Aelan war verzweifelt. Er dachte an die Handan. Wie würden sie ihn empfangen? Nie war einer zurückgekehrt, der das Innere Tal verlassen hatte. Aelan spürte das vielzüngige Schweigen. Es war voll von Ablehnung und Mißtrauen. Es würde ihn demütigen, ihn vernichten, vor den Augen Hems, vor diesen kalten, grausamen Augen. Aber er konnte nicht zurück. Er hatte sein Wort gegeben, und Hem hatte das seine gehalten. Er hatte diese Frau nicht angerührt, hatte sie sofort in Aelans Räume bringen lassen. Sie gehörte ihm jetzt, war seine Sklavin. Mahla-Sal, die Tochter des besten Freundes von Ros-La, aus dem alten Feener Kaufmannshaus, das Hem kaltblütig ruiniert hatte. Sie war der Preis für sein Herz. Es gab kein Entrinnen mehr. Sein klarer Entschluß, der plötzlich in ihm aufgewachsen, als er sein Vertrauen in den Sonnenstern gelegt, war verloren. Er mußte die Karawane in die Berge führen. Aber er würde nichts von dem verraten, was er über das Tal wußte. Er würde lieber sterben, als Hem oder Sen-Ju auch nur das Geringste über das Geheimnis des verborgenen Weges zu offenbaren. Er würde schweigen wie ein alter Handan. Dann aber dachte Aelan an den Schreiber. Die Vorstellung, ihn wiederzutreffen in den Bergen, gab seinen Gedanken eine neue Wendung. Vielleicht war alles so vorbereitet von der Einen Kraft, vielleicht war es ihm bestimmt, zurückzugehen in die Berge, um den Schreiber wiederzusehen. Eine plötzliche Sehnsucht nach dem alten Handan packte ihn. Er glaubte ihn hinter sich zu spüren auf einmal, fuhr herum.
Mahla erschrak, dann aber richtete sie sich hoch auf und blickte Aelan stolz in die Augen. Nun, er sollte kommen. Sie war bereit zu sterben, hatte sich aufgegeben, hatte abgeschlossen mit ihrem Leben.
Aelan schüttelte den Kopf. »Du sollst keine Angst vor mir haben.« Seine Stimme klang sicherer. »Ich werde dir nichts tun. Du kannst gehen, wenn du möchtest.«
Er blickte sie lange an. Wieder stiegen Bilder in ihm hoch, verwirrend, doch voll von zärtlicher Zuneigung zu der jungen Frau. Er versuchte, ruhig zu bleiben. »Gehe zurück zu deiner Familie, von der Hem-La dich fortgerissen hat.«
Mahla starrte ihn ungläubig an. Ihre Angst verwandelte sich augenblicklich in Erstaunen. Ihr Blick riß Aelan fast das Herz entzwei. Wieder machte er einen Schritt auf sie zu. Sie hob die Hände vor das Gesicht. Die eben beruhigten Wellen der Angst brandeten wieder auf.
»Nein, nein, dir geschieht nichts,« wehrte Aelan ab. »Gehe zurück in

dein Haus. Du bist frei. Hem-La hat dich als Preis bezahlt für meine Seele, aber du bist frei,« entfuhr es ihm.
Mahla erhob sich.
Erkennst du mich denn nicht wieder, schrie es in Aelan.
Mahla ging zur Türe, den verwunderten Blick nicht von dem jungen Mann wendend, der sich abrupt umdrehte und nach einem Bediensteten läutete.
»Geleite die Herrin zum Haus der Sal zurück,« befahl er, als der Lakai eintrat. Die Spannung in seinem Inneren war unerträglich geworden. Tränen schossen in seine Augen.
Mahla zögerte einen Augenblick, wollte ein paar Worte des Dankes murmeln, wollte sich entschuldigen für ihr ungehöriges Benehmen. Sie hatte dem Handan unrecht getan. Die Angst hatte ihre Sinne umnebelt. Doch ihre Stimme versagte. Für einen langen Augenblick sank Mahlas Blick in Aelans Augen. Noch einmal regte sich das Echo einer verschütteten Erinnerung in ihr. Doch sofort versank es wieder im Chaos ihrer Verwirrung. Sie errötete, setzte noch einmal zum Sprechen an, dann deutete sie eine verlegene Verbeugung an, eine Geste des Grußes und huschte rasch vor dem Diener aus dem Zimmer.
Aelan sank in sich zusammen. Er starrte die Türe an, die sich geräuschlos hinter Mahla schloß. Stille schlug über ihm zusammen. Er hörte Schritte, die sich rasch entfernten, das Brüllen eines Büffels aus den fernen Ställen und das Rauschen des Windes im welken Laub der Gärten. Hinter all den Geräuschen aber schwebte fein wie ein Echo das gläserne Klingen des Ne.

*Kapitel 4*
EINE GESELLIGE RUNDE

Der Regen trommelte heftig auf das hölzerne Dach des Wagens. Hem-La schob das Fenster zurück und beugte sich hinaus. »Bist du eingeschlafen?« rief er dem Kutscher zu. »Wir wollen nicht die ganze Nacht in diesem Verschlag verbringen. Treibe die Pferde an!«
Die Antwort des Bediensteten ging im Rauschen der Regenschauer unter. Leise fluchend zog Hem seinen Kopf zurück.
»Es ist jedes Jahr das gleiche in Feen. Wenn die Herbstregen beginnen, ist es unmöglich, durch die Stadt zu fahren. Es regnet nie lange, aber es genügt, um die Straßen aufzuweichen und die Leute verrückt zu machen. Aber der On-Tnacha scheut sich, auch die Nebenstraßen pflastern zu lassen, weil er sonst weniger Einnahmen nach Kurteva abführen könnte. Und das würde ihn unbeliebt machen beim Tat-Tsok. Aber solche Probleme habt ihr in Kurteva nicht.«
Rah-Seph, an den die Rede gerichtet war, nickte abwesend und spielte mit den Bändern seines Festgürtels. Es war nicht möglich gewesen, die Einladung des Herrn des Hauses La abzulehnen. Hem hatte ihm Festgewänder bringen lassen, die jenen, die er in Kurteva besessen, um nichts nachstanden. Selbst der silberne Zierdolch, den die hohen Gurenas zu besonderen Anlässen trugen, hatte nicht gefehlt. Es galt als außergewöhnliche Ehrenbezeugung, einem Krieger einen solchen Dolch zu schenken. Außerdem war es Brauch, vor dem Aufbruch einer Karawane zu feiern. Die Kaufleute Kurtevas hielten es ebenso. Auch bei ihnen war es Sitte, daß der Herr des Handelshauses den Anführer der Gurenas und Soldaten zu einem festlichen Mahl in eine Delay einlud. Manche dieser Abschiedsfeste konnten sich über Tage hinziehen, und es war üblich geworden, die Karawane erst zwei Tage nach dem Gelage aufbrechen zu lassen. Betrunkene Pferde laufen in die falsche Richtung, hieß ein Scherzwort der Kaufleute Kurtevas.
Die Karawane würde unter schlechten Vorzeichen reisen, hätte Rah Hem-Las Einladung ausgeschlagen. Nun saß er im Wagen des reichen

jungen Herrn, dieses Großmauls und Wichtigtuers, dem sein Erbe zu Kopf gestiegen war, und versuchte, seinen Unmut und seine Bitterkeit zu vertreiben. Rah hatte in Kurteva mit Verachtung auf die Gurenas herabgeblickt, die im Dienst von Kaufleuten standen, die Karawanen beschützten und sich bei ihren Herren anbiederten, indem sie mit ihnen die Tafel teilten und sich in den Delays aushalten ließen. Jetzt war er selber einer von ihnen, ein gefallener Talma, der sich verkauft hatte an diesen Tam-Be'el im Hause der La, für den Preis seines verlorenen Schwertes. Er hatte sich übertölpeln lassen von dem Alten, war auf sein geheimnisvolles Gerede hereingefallen, auf seine stechenden Augen. Er war verwirrt gewesen in diesem Augenblick, ermüdet vom langen Ritt, und der Anblick der verlorenen Klinge der Seph hatte ihm die letzte Beherrschung geraubt. Wahrscheinlich hatte einer der Karawanentreiber das Schwert gestohlen, damals vor dem Bild des Be'el, und es nach Feen gebracht. Rah machte sich Vorwürfe wegen seiner Unbeholfenheit. Aber er würde sein Wort halten, sein Versprechen einlösen. Das Wort eines Seph war unwiderruflich. Doch er würde sich nicht herabbegeben auf die zweifelhafte Ebene dieser Krämer, er würde Talma bleiben in seinem Herzen. Wenn diese leidige Aufgabe erfüllt war, wenn die Karawane aus den Bergen nach Feen zurückkehrte, würde er wieder hinausziehen in die Wälder, frei wie ein Vogel, keinem Herrn verpflichtet. Angewidert blickte er auf sein kostbares Festgewand. Es schien ihm wie das äußere Zeichen seiner Erniedrigung. Er fühlte sich darin wie ein Heuchler, wie einer, der seine Ehre für eine Handvoll Goldstücke verkauft hat. Der feine Seidenstoff schien auf seiner Haut zu brennen.

»Ich hoffe, der Regen hört auf, bevor wir aufbrechen. Die Gebirge des Am sind auch ohne Regen ungemütlich genug,« fuhr Hem ungerührt fort. Er hatte den Ratschlag Sen-Jus nicht vergessen und wollte diesen verschlossenen, wortkargen Gurena, der einer der ersten Familien Kurtevas angehörte, für sich gewinnen. Hem hatte bei seinem Aufenthalt in Kurteva von den Seph reden hören. Rah hatte die Söhne des Algor im Kampf getötet. Er galt als Held bei denen, die heimlich dem Be'el dienten, obwohl er geflohen war aus seiner Heimatstadt. Eine Verbindung zu den Seph würde dem Hause La von größtem Nutzen sein, wenn der Be'el zurückkehrte in den Großen Tempel. Hem studierte aufmerksam die edlen, anmutigen Züge des Gurena, über die in raschem Wechsel Lichter und Schatten huschten, während sich die Kutsche ihren Weg durch die Straßen Feens bahnte. Wenn Sen-Ju recht hatte, spielte dieser stolze, herablassende Jüngling eine wichtige Rolle in den Plänen der Flamme. Es schadete auf keinen Fall, ihm seine Überheblichkeit nachzusehen und Freundschaft mit ihm zu schließen. Die Gurenas glaubten, sie könnten auf die Kaufleute herabblicken, zugleich aber schlichen sie durch die Hintertüre und bettelten um Almosen und eine Beschäftigung für ihre Schwerter. Einst waren sie die Angesehensten Atlans gewesen, in den Zeiten der Kriege und Eroberungszüge, doch von vergangenem Ruhm ließ sich nicht lange zehren, vom Gold der Kaufleute jedoch ... Hem lächelte. Sollte dieser stolze Seph nur eingebildet sein und dünkelhaft. Er stand im Dienste des Hauses La und wurde bezahlt aus den Schatullen des Hauses La. Hem aber war der Herr des Hauses La. Auch die La würden eine bedeutende Rolle spielen in der kommenden Zeit des Be'el. Dann würde sich erweisen, wer höher stand in der Gunst des flammenden Gottes.

»Regnet es oft in den Bergen um diese Jahreszeit?« fragte er Aelan, der neben ihm saß. Seine Stimme war wohlwollend. Er hatte den Handan mit keinem Wort auf den Streit der vergangenen Nacht angesprochen. Er behandelte Aelan, als sei zwischen ihnen nie etwas vorgefallen. In ihm aber brannte unversöhnlicher Haß. Dieser Handan hatte der Tochter der Sal die Freiheit geschenkt. Dieser elende Narr. Er würde büßen für seine Dreistigkeit und seinen Hochmut. Er wollte wohl als gütiger und großmütiger Herr gelten und sich Sympathien erschleichen bei den Kaufleuten Feens, die Hems unerbittliches Vorgehen gegen die Sal tadelten. Es war eine durch nichts gutzumachende Brüskierung und Beleidigung, eine solch unersetzliche Sklavin, die dem Hause La Unsummen gekostet hatte, einfach in Freiheit zu setzen. Dieser heimtückische Erbschleicher wollte die La lächerlich machen, wollte ganz Feen zeigen, daß Hem-La dem Hause Sal Unrecht getan. In Hem wallte eine Woge von Zorn auf. Doch er bezwang sich und lächelte Aelan an.

»In den Gebirgen bringt der Sonnenstern den Winter, heißt es,« antwortete Aelan, der als Führer der Karawane beim Fest des Abschieds nicht fehlen durfte. Auch ihm hatte Hem neue Festkleider schicken lassen, aus feinster, weißer Seide, bestickt mit blauen und goldenen Schriftzeichen, die kunstvoll verschlungen das launische Glück der Feste und Bälle beschwören und bewahren sollten. Aelan hatte nie kostbarere Kleider besessen, und doch fühlte er sich unwohl in ihnen, denn der Haß, den er hinter Hems Freundlichkeit spürte, klebte an diesem Geschenk. Alles hätte er darum gegeben, die einfachen Reisekleider anzulegen, die der Schreiber ihm gegeben, und die Aelan noch immer bewahrte, sie anzulegen und hinauszuziehen in die Weiten Atlans, um die große Wanderung fortzusetzen.

»Wir reisen eher in diesem Jahr. Wenn wir gut vorankommen, sind wir zum Fest des Sonnensterns in Feen zurück. Stellt Euch vor, wir würden in den Winter der Berge geraten. Wart Ihr schon in den Bergen, Rah-Seph?« Hem versuchte, ein Gespräch in Gang zu bringen.
»Nein,« antwortete der Gurena, ohne den Kaufmann anzusehen.
»Ihr werdet Augen machen. Ich habe es selbst nicht geglaubt, bevor ich im letzten Jahr dort war. Nun, ich will Euch die Überraschung nicht verderben. Aber vielleicht bereitet Euch Aelan, der immerhin fünfundzwanzig Jahre seines Lebens dort verbracht hat, ein wenig darauf vor. Doch ich glaube, auch Ihr werdet froh sein, wieder in die Stadt zurückzukehren, obwohl sich Feen mit Kurteva natürlich nicht vergleichen läßt, vor allem nicht, was das Fest des Sonnensterns anbelangt. Oh, wie gerne wäre ich in Kurteva geblieben, um die Dunkelheit der Liebe mitzuerleben. Aber wer weiß, vielleicht ergibt es sich schon im nächsten Jahr...«
»Wir werden sehen,« sagte Rah und blickte durch die schmalen Fenster nach draußen. Die Kutsche bewegte sich durch das Viertel der Handwerker. Die kümmerlich beleuchteten Straßen waren ausgestorben. Die Regenschauer, die durch die Nacht wehten, schienen die niedrigen Holzhäuser und Werkstätten noch tiefer in den schlammigen Boden zu drücken. Angewidert wandte Rah den Blick ab und ließ sich in die bequemen Polster des Wagens sinken.
»Es ist gewiß kein schöner Anblick dort draußen,« sagte Hem entschuldigend. »Nichts, was Ihr in Kurteva finden würdet, aber bedenkt, Feen ist viel älter. Es war nicht die Hand eines Tat-Tsok, die es aus weißem Marmor hat entstehen lassen. Nun ja.« Hem zuckte die Achseln. »Dafür besitzt Feen ein Delay-Viertel, das selbst die Kaufleute aus Kurteva rühmen, wenn sie bei uns weilen. Wartet nur ab. Ihr werdet entzückt sein. Die Dürftigkeit der Handwerkerhäuser da draußen wird den Reiz von Dweny nur steigern. Fragt Aelan. Als er aus den Bergen zu uns kam, blieb ihm der Mund offen stehen, als wir zum ersten Mal nach Dweny gingen. Es hat in Atlan wohl keinen Dichter gegeben, der dem leuchtenden Meer von Feen nicht wenigstens ein Lied gewidmet hat, der einzigartigen Stadt der glitzernden Lichter. Es ist schade, daß es heute abend regnet. Ihr solltet Dweny in einer sternklaren Nacht sehen, oder bei Vollmond – Trunkener Mond. Verdoppelt am Himmel. Ach, die Augen irren. Die Bucht von Dweny. Schimmernder Edelstein. Auge einer schönen Frau.« Hem lachte vergnügt. »Ihr seht, meine Laune hebt sich, je näher wir Dweny kommen. Würde es nicht regnen, könnten wir spazierengehen, bevor wir uns in der Delay niederlassen.

Es gibt kaum etwas Beglückenderes, als durch die Lichter Dwenys zu lustwandeln, in sanfter Trunkenheit, eine Blume der Delays im Arm, Freunde um sich und den wirbelnden Rausch der Jugend in den Adern. Das hat einer der großen Dichter Kurtevas geschrieben, wie Ihr sicherlich wißt. Ich habe seinen Namen vergessen. Nun, er soll uns gleichgültig sein. Er ist lange tot, und einen Toten vermag selbst das Licht von Dweny nicht mehr zum Leben zu erwecken. Ihr aber werdet es gleich mit eigenen Augen sehen. Was sage ich, mit den Augen – mit allen Sinnen, mit dem ganzen Wesen werdet Ihr Dweny auskosten. Die Frauen des Nordens, lieber Rah-Seph, sie sind kühl, und doch lodert in jeder ein Vulkan.« Hem warf Aelan einen schelmischen Blick zu, verbiß sich jedoch die Bemerkung, die ihm auf der Zunge lag. »Ich habe alles vorbereiten lassen in der Delay des Pno-Kam. Gute Freunde warten dort auf uns. Mit ihnen läßt sich prächtig feiern. Es wird kein aufwendiges Fest, nur eine kleine, gesellige Runde zu unserem Abschied.«
Rah nickte knapp. Je mehr der Kaufmann sprach, desto unangenehmer empfand der Gurena seine Gegenwart. Alles hätte Rah darum gegeben, jetzt alleine durch die Nacht zu reiten, irgendwo in der endlosen Einsamkeit der Wälder.
»Aelan kennt die Delay des Kam. Es gibt keine bessere in Atlan, seit die von Tchat abgebrannt ist, dieser Tempel höchster Wonnen, wie es keinen mehr gab seither. Es heißt, die Tat-Los hätten den Brand gelegt, weil man sich in Feen erzählte, dort würden die himmlischen Freuden bereits den Irdischen zuteil. Bis aus Kurteva reisten Edelleute herbei, um sich bei Tchat zu vergnügen. Doch die Delay des Kam steht diesem legendären Ort des Entzückens kaum nach.«
Hem plauderte unbeschwert weiter, bis der Wagen das Lichtertor von Dweny passierte, einen großen, sanft geschwungenen Bogen, in dessen Nischen unzählige bunte Duftlampen brannten, deren Wohlgerüche selbst in einer Regennacht wie dieser Scharen von Vergnügungssüchtigen und Schaulustigen anlockten. Ein Gewimmel von Wagen und Menschen unter Schirmen herrschte auf der breiten, von zahllosen Fackeln und Öllampen hell erleuchteten Hauptstraße, an der die besseren Chars und Delays lagen. Ein Gesumm von Stimmen, von Rufen und Lachen wehte, gemischt mit Bruchstücken von Gesang und Musik durch den Regen.
»Hört und riecht Ihr es?« lachte Hem-La. »Selbst ein Blinder wüßte augenblicklich, daß er in Dweny angelangt ist.«
In der Delay des Kam warteten bereits Hems Freunde, sieben junge Männer, die Söhne reicher Kaufleute und hoher Tnachas, alle in kost-

baren Festkleidern, die Haare mit duftenden Ölen kunstvoll zurechtgemacht, die Gesichter weiß gepudert, Mund und Augen mit roter Farbe bemalt, wie es bei den Höflingen des Tat-Tsok in Kurteva seit kurzem Mode war. Sie saßen in der geräumigen Vorhalle beim Wein, um auf ihren Gastgeber, der sie zu seinem ersten Abschiedsfest als Herr des Hauses La geladen hatte, zu warten. Laffen, dachte Rah-Seph, als Hem ihm die Freunde vorstellte. Sein Gesicht verfinsterte sich. Die jungen Männer begrüßten ihn herzlich, mit geschliffenen Wendungen, ein jeder bemüht, dem Gurena aus Kurteva zu gefallen, von dem Hem ihnen schon berichtet.

»Oh, welche Ehre! Unser Freund Aelan-Y weilt wieder einmal in unserer Mitte,« spottete einer und verbeugte sich übertrieben vor Aelan. Die anderen lachten. Sie waren bester Laune, hatten den frühen Abend in einer anderen Delay verbracht, als wegen des Regens das Murispiel in der Arena von Dweny ausgefallen war. Jetzt umringten sie scherzend und lachend Hem und seine Begleiter.

»Wir werden dir einen schönen Abschied bereiten, Hem-La, denn in den Gebirgen gibt es keine Delays, wie ich hörte,« rief einer.

»Dafür um so berühmtere Chars, nicht wahr?«

»Kann nicht Aelan alleine aufbrechen? Er ist die Einsamkeit gewöhnt.«

»Ich würde nicht für alles Gold Atlans in die Berge reisen. Noch dazu, wo es immer mehr Strauchdiebe und Wegelagerer in den Wäldern gibt.«

»Rah-Seph wird dafür sorgen, daß uns alle Räuber und Ponas Atlans, oder wie sich dieses Gesindel auch nennen mag, nichts anhaben können,« entgegnete Hem.

»Der Arme. Wenn er wüßte, wie trist und langweilig die Berge sind, würde er deine Karawane nicht begleiten.«

»An seiner Stelle würde ich mich auf den Weg nach Kurteva machen. In den Delays dort probt man schon für die Dunkelheit der Liebe.«

Hem stimmte in das schallende Gelächter der anderen ein. Rahs finstere Miene aber wollte sich nicht aufheitern. Saran-Kas, der Sohn eines Feener Tnacha, ein großer, schlanker Jüngling, in dessen Gesicht das ausschweifende Leben der Delays tiefe Spuren hinterlassen hatte, berührte den Gurena am Arm.

»Macht Euch nichts daraus, Rah-Seph. Die Kaufleute Feens haben einen verschrobenen Humor,« sagte er und schaute den Krieger aufmunternd an.

»Mir scheint, das ist etwas, das alle Kaufleute Atlans gemeinsam haben,« antwortete Rah abfällig und zog seinen Arm zurück. Das Lachen der anderen brach ab. Es war eine böse Demütigung, daß ein Fremder den Stand seines Gastgebers beleidigte. Selbst ein Gurena aus einem der edelsten Häuser Kurtevas durfte sich das nicht erlauben.

»Sollen wir die ganze Nacht in der Vorhalle stehenbleiben?« bog Hem ab. Seine Stimme klang gut gelaunt wie zuvor. Er hatte Rah-Seph als Edelmann aus Kurteva vorgestellt, als Sohn der besten Familie der Hauptstadt. Er durfte auf keinen Fall zulassen, daß die anderen Streit mit ihm anfingen, obwohl die hochmütige Art des Kriegers auch in ihm Zorn aufwallen ließ.

Im gleichen Augenblick eilte der alte Kam, der Herr der Delay, in die Vorhalle und begrüßte händereibend und buckelnd die jungen Männer, die zu seinen besten Gästen zählten. Sklavinnen brachten Pokale mit dem Begrüßungstrunk.

»Ich hoffe, du hast etwas zu bieten heute abend, Kam,« rief ihm Saran-Kas zu. »Wir haben einen verwöhnten Gast aus Kurteva.«

Pno-Kam verbeugte sich vor Rah, hob die Hände und sagte: »Ihr werdet nicht enttäuscht sein, Herr. Meine Delay sei Euer Haus. Ich bin sicher, Ihr werdet eine angenehme Erinnerung daran mit in die Stadt der Tat-Tsok nehmen. Aber tretet doch ein, bitte, das Mahl ist aufgetragen, die Sängerinnen und Tänzerinnen sind bereit.«

Mit übertriebenem Gehabe ließ er die jungen Männer nähertreten. »Oh, Herr Aelan-Y, es freut mich, daß auch Ihr mich wieder einmal beehrt,« rief er, als er den Handan zwischen den Jünglingen entdeckte. Aelan verneigte sich artig und folgte den anderen. Hem hatte an den Tagen zuvor lange mit Kam beraten, was seinen Gästen an diesem Fest geboten werden sollte. Als er den weitläufigen Raum betrat, den Kam geschmackvoll in den Farben des Abschieds hatte ausschmücken lassen, und sein Blick über die festlich gerichtete Tafel schweifte, wußte er, daß die Köche und Zeremonienmeister der Delay wieder einmal ihr bestes gegeben hatten. Trotzdem ließ er den Alten, der gespannt an seiner Seite wartete, eine Weile im Ungewissen, bevor er mit knappem Nicken andeutete, daß alles zu seiner Zufriedenheit ausgefallen war.

»Also laßt uns Abschied nehmen für einige Wochen von den Freuden des Lebens,« rief Hem und lachte.

Lärmend stürzten die Jünglinge an ihre Plätze und besprachen kennerhaft die aufgetragenen Vorspeisen und die Dekoration der Tafel und des Raumes. Für die verwöhnten jungen Männer war ein solches Fest fast etwas alltägliches, und doch schien es Hem gelungen, sie wieder einmal angenehm zu überraschen. Mit kühlem Lächeln nahm er ihren Beifall entgegen.

»Du solltest selbst eine Delay eröffnen, Hem-La,« rief einer. »Die Tage des alten Tchat würden glanzvoll wiedererstehen.«
»Bringt dir denn die Reise in die Berge so viel, wie du für deinen Abschied ausgibst?«
»Nachdem die La das Haus Sal übernommen haben, gibt es wieder Feste, die diesen Namen verdienen.«
»Nun, es sind Feste, die dem reichsten Kaufmannshaus Feens würdig sind.«
»Ja, wer weiß, vielleicht bewirtet uns schon der neue Herr des Kaufmannsrates. Man munkelt so einiges in den Kontoren.«
Hem winkte ab und forderte seine Freunde auf, zuzugreifen. »Denken wir nicht daran, was morgen sein könnte. Genießen wir den Abend des Abschieds.«
»Ja, leben wir das Leben heute nacht. Es muß dir reichen für die nächsten Wochen in den Bergen,« rief Saran-Kas in das ausgelassene Durcheinander der Stimmen.
»Dafür hat er das sublime Vergnügen, wieder in die Char dieses No-Kre einzukehren – oder wie dieses rotköpfige Monstrum auch heißen mag, von dem er uns erzählt hat.«
»Irgendwann begleiten wir dich, Hem. Dann stellen wir dein Tal auf den Kopf.«
»Das Brüllende Schwarz würde euch fressen!«
»Und wenn schon! Dann bliebe uns das vielzüngige Schweigen der Ams erspart.«
Der erste Gang wurde aufgetragen, begrüßt von Händeklatschen und heiteren Rufen. Als die Sklavinnen, ausgesucht schöne Frauen aus den westlichen Provinzen, deren bronzefarbene Haut in angenehmem Kontrast zu ihren lichtblauen Gewändern stand, die Schüsseln und Platten auf die Tafel stellten, begann die Musik. Knaben spielten Lauten und Flöten, alte Weisen des Nordens und Lieder aus Kurteva, die sich bei der Feener Jugend großer Beliebtheit erfreuten.
Rah war erstaunt. Solchen Aufwand leisteten sich die Gurenafamilien nur zu besonderen Anlässen, bei einer Hochzeit etwa, oder wenn der älteste Sohn die Ghura verließ und in die Dienste des Tat-Tsok trat. Er sah sich in dem reich geschmückten Raum um. Diese Kaufmannssöhnchen lebten ausschweifend wie die Aibos. Rah kostete von dem Wein, den ihm eine Sklavin im goldenen Becher reichte. Er konnte sich nicht entsinnen, je einen besseren getrunken zu haben. Kein Wunder, daß die Gurenas gerne in die Dienste von Kaufleuten traten. Und doch fühlte Rah sich unwohl. All ihr Gold vermochte die Hohlheit dieser

Gecken nicht auszufüllen. Rah ließ die Augen in der Runde schweifen. Nur dieser Jüngling aus den Gebirgen schien anders zu sein. Er saß schweigend an der Tafel und nahm sein Mahl ein wie einer, der gezwungen ist, unter Fremden zu speisen. Rah beobachtete ihn eine Weile, während er den Gesprächen der jungen Männer lauschte, die sich um kommende und vergangene Vergnügungen drehten, um Geschäfte und den Tagesklatsch Feens. Sie versuchten, den Gast aus Kurteva in ihre Unterhaltung zu verwickeln, aber Rah blieb wortkarg, beantwortete ihre Fragen knapp und ausweichend, so daß die anderen begannen, sich zuzublinzeln und einander anzustoßen. Saran-Kas versuchte Rah zu reizen, redete abfällig über die Delays Kurtevas, über die banalen und langweiligen Lustbarkeiten am Hofe des Tat-Tsok, die Hohlköpfigkeit der Höflinge. Mit der gewitzten Kunst einer Feener Lästerzunge bearbeitete er zum Vergnügen der anderen den jungen Gurena, aber Rah ging nicht auf ihn ein. Schließlich gab Saran es auf, achselzuckend, mit einer bissigen Bemerkung über den fehlenden Witz der Gurenas und gab dem Gespräch eine neue Wendung. Die anderen folgten ihm. Rah mußte an die Delay des Meh denken, an die Abende, die er dort mit den jungen Ghurads zugebracht, mit Gedis, der im Kampf gegen die Söhne des Algor gefallen war, mit den Zwillingen Az, seinen besten Freunden, im heiteren Gespräch, beim Spielen der Ne, beim Quan-Spiel, das ihm zum ersten Mal einen Hauch des Ka gebracht. Wehmütig klangen die Echos von Erinnerungen an Kurteva in ihm nach. Aber sie schienen harmlos und ohne Bedeutung, verglichen mit den raffinierten Sinnesfreuden dieser Kaufleute. Sie sprachen über Frauen, malten einander aus, welche Kurtisanen Hem wohl eingeladen habe für sie, schilderten ausführlich die Freuden vergangener Nächte und die Vorzüge einiger bekannter Feener Schönheiten, trieben anzügliche Späße mit den jungen Sklavinnen und den musizierenden Knaben. Rah war angeekelt von all dem. Tiefe Unzufriedenheit machte sich breit in ihm. Der junge Handan, der ihm gegenübersaß und der die Karawane in die Berge führen sollte, schien ähnlich zu empfinden. Rah schaute zu Aelan hinüber. Der Handan saß schweigend über seinem Teller. Die anderen kümmerten sich kaum um ihn, warfen ihm ab und zu Brocken ihres Gespräches hin, neckten ihn wegen seiner unbeholfenen Antworten und schienen ihn dann für lange Zeit völlig zu übersehen. Aelan ließ es mit sich geschehen, lächelnd und achselzuckend. »Was macht deine unsterbliche Liebe, Aelan?« fragte Saran-Kas. Die anderen lachten. Aelan brachte ein unsicheres Grinsen zustande, errötete und nahm einen tiefen Zug aus seinem Becher.

»Ist das etwa das berühmte vielzüngige Schweigen?« rief ein anderer. Doch sogleich wurde die Aufmerksamkeit der Lacher von neuen Köstlichkeiten in Anspruch genommen, die auf reich mit Blüten und Früchten verzierten Kristallplatten von nackten, weißgepuderten Knaben hereingetragen wurden.
»Man weiß nicht, was köstlicher ist – die Speisen oder die sie bringen,« rief Saran-Kas. Die anderen klatschten Beifall.
»Oh, man wird es ausprobieren müssen. Ich für meinen Teil aber möchte zuerst essen.«
Der alte Kam freute sich an der Zufriedenheit seiner Gäste, rieb sich die Hände und betätigte eine Vorrichtung, die getrocknete, mit Duftessenzen besprenkelte Blütenblätter auf die jungen Herren herabregnen ließ, während die Knaben die Platten auf die Tische stellten. Die Jünglinge bejubelten den gelungenen Einfall.
Rah beachtete das alles nicht. Er schaute zu Aelan hinüber und spürte plötzlich tiefe Verbundenheit mit dem schüchternen, jungen Mann. Als Aelans Blick dem seinen begegnete, nickte der Gurena freundlich. Zum ersten Mal an diesem Abend huschte ein Lächeln über seine Lippen.
Als der dritte Hauptgang aufgetragen wurde, trat eine Sängerin in die Nische der Musikanten. Auf ein Zeichen von Pno-Kam, der eifrig um das Wohl seiner Gäste bemüht war, die Sklavinnen dirigierte, in die Küche wieselte, um nach den nächsten Gängen zu sehen und die Tänzerinnen antrieb, sich bereit zu machen, begann die junge Frau zu singen. Sie besaß eine dunkle, glockenreine Stimme, die Rah aufhorchen ließ. Er legte sein Eßbesteck zur Seite, ließ den mit Früchten aus den Dschungeln des Südens köstlich zubereiteten Fisch stehen, um der Frau, die vom ersten Augenblick ganz ihrem Gesang hingegeben schien, zuzuhören. Sie sang ein Lied aus den Tagen von Hak, als die sternförmige Stadt im Süden blühte und Atlan ein Land des Friedens und ewigen Glücks war. Rah kannte dieses Lied, aber nie hatte es ihn so tief berührt wie in diesem Augenblick. Etwas schwang in dieser Stimme, das ihn an den Klang der Ne-Flöte erinnerte, den nicht enden wollenden Strom der weißen Musik, dem er sich lange schon nicht mehr geöffnet. Der Gesang der jungen Frau brachte etwas zum Klingen in dem jungen Gurena, das ihm seit der unseligen Nacht vor dem Bild des Be'el fremd geworden war. Plötzlich spürte er, daß der Schleier, der in jener Nacht auf ihn herabgefallen, dichter geworden war in dem einen Jahr, daß er sein Herz entfernt hatte von den Sehnsüchten und Träumen des jungen Talma, ihm das Licht nahm und die Luft zum Atmen.

Hart und knöchern war er geworden in diesen Monaten des ziellosen Streifens durch die westlichen Provinzen. Er hatte die Ne kaum mehr berührt seither und das Ka, die unbesiegbare Kraft der Gurenas, nur mehr flüchtig und unvollkommen in sich gesammelt.
Das Ka war verloren. Rah spürte es deutlich in diesem Augenblick, da die Stimme der Frau ihn bezauberte. All die Entschuldigungen, die er sich ausgedacht, waren nichts als Lügen, um den Verlust des Ka vor sich selbst zu vertuschen. Er war vom Weg des Talma abgekommen, gestrauchelt, gefallen. Nun, da die Stimme der jungen Frau ein Echo der Ne in sein Herz trug, erschien es Rah, als sei er gestorben vor dem Bild des flammenden Be'el, in der Umarmung der Feuerblüte, und seither als Kambhuk, als lebender Toter, von einem dunklen Dämon besessen, durch Atlan gezogen, blind und taub für die Welt, das erkaltete Herz in einem Körper aus Moder und Asche begraben. Und er wußte auf einmal, daß der alte Tam-Be'el im Hause der La, Sen-Ju, diese schwarze, unheimliche Spinne, die Verkörperung der Macht war, die von ihm Besitz ergriffen. Daß es nicht Müdigkeit oder Überraschung gewesen waren, die ihn hatten zustimmen lassen, in den Dienst des Hauses La zu treten, in den Dienst der Flamme, sondern die sengende Macht in den Augen des Alten. Es war die gleiche Kraft, die aus dem Feuerschlund des Be'el geflossen war und aus der kalten Umarmung der schönen Sae. Für einen Augenblick brach der Bann im Herzen des Gurena. Der Nebel vor seiner Erinnerung löste sich auf. Schrecklich klangen ihm die Worte und Prophezeiungen des Alten im Ohr. Gleichzeitig aber schwang in ihm eine Saite, angeschlagen von der Stimme der Sängerin, über ein endloses Meer der Zeit hinweg. Sie brachte Echos der Jugend, Klänge von Erinnerungen und Gefühlen, von Gedanken und Stimmungen, die einst in ihm gewohnt, fremdgewordene Bilder, die nun mit inniger Vertrautheit zu ihm kamen und ihn anrührten, daß ihm Tränen in die Augen stiegen. Rah schob seinen Teller weg und erhob sich. Aelan, der das Aufwallen der Gefühle in dem Gurena spürte wie einen Strom pulsierender Energie, schaute ihn mit fragenden Augen an. Rah glaubte für einen Moment, den Blick des Handan tief in sich zu spüren, warm, voll Verständnis und Anteilnahme, wie den Blick eines Bruders. Dann faßte Hem ihn am Arm und riß ihn aus seinen Gedanken zurück.
»Was ist dir, Rah-Seph?« fragte er. »Ist etwas nicht zu deiner Zufriedenheit?« Der Atem des jungen Kaufmanns roch nach Wein. Seine Wangen waren gerötet. Rah bog den Kopf zur Seite. Auch dieser Kaufmann

war ganz von der dunklen Macht des Alten verdorben. Rah spürte es deutlich in diesem Augenblick der Klarheit.
»Ich danke Euch, Hem-La, für die Einladung,« sagte Rah schroff und wandte sich zum Gehen.
»Ihr wollt gehen?« Hem schien bestürzt.
Rah nickte. Durch das Murmeln und Lachen der anderen drang die Stimme der Sängerin und riß Rahs Herz in Stücke. Er schwankte wie ein Betrunkener.
»Ist Euch die Delay von Kam nicht gut genug? Seid Ihr feineres gewöhnt aus Kurteva?« Hem war tief verletzt und bitter. Dieser hergelaufene Krieger demütigte ihn vor seinen Freunden in der besten Delay Feens, bei einem Abschiedsmahl, das dem Hause La ein Vermögen kostete.
Rah schüttelte den Kopf, schaute dem Kaufmann in die Augen und wischte Hems Hand von seinem Arm. Er glaubte ein Echo des Ka in dieser raschen Bewegung zu spüren, eine klare Bestimmtheit, die er lange nicht mehr gefühlt. Die Gespräche der anderen waren verstummt. Sie sahen Rah neugierig und herausfordernd an. Was erlaubte sich dieser ungehobelte Kerl? Rah streifte sie mit einem angewiderten Blick. Er ekelte sich vor diesem verderbten Pack, das ihn mit vom Wein glänzenden Augen anstarrte.
»Hat es dem jungen Herrn nicht gefallen in Dweny?« ließ sich Saran-Kas vernehmen, Spott in der Stimme. »Oder sagt ihm das Mahl nicht zu, das man ihm zu seinem Abschied von Feen serviert? Ist er besseres gewohnt aus den Delays von Kurteva? Oder gefällt ihm unsere Gesellschaft nicht?«
»Oder hat er Heimweh nach Kurteva?«
»Nach der Dunkelheit der Liebe?«
»Wo es doch bei Licht viel schöner ist.«
»Bleibt noch, Rah, das beste steht uns noch bevor!«
»In Feen essen wir vorher, aber was danach kommt, ist köstlicher als jede Leckerei.«
Die anderen machten sich einen Witz aus dieser peinlichen Situation. Hem aber starrte schweigend auf seine Hand, die der Gurana wie ein Stück Schmutz fortgewischt. Unversöhnliche Wut kochte in ihm auf. Rah machte eine flüchtige Verbeugung zu den jungen Männern am Tisch, blieb noch einmal an den Augen des Handan hängen, spürte ihre Wärme wohltuend in sich, dann drehte er sich um und ging davon. Der alte Kam, den er an der Türe fast umrannte, vermochte ihn nicht aufzuhalten. Er lief ihm nach bis an das Tor des Hauses, erregt auf ihn

einredend, aber Rah hörte ihn nicht. Bis zur Straße verfolgte ihn der Klang der samtenen Frauenstimme, in der die Erinnerung an das Ka schwang, das Ka, das er mit seinem Schwert verloren hatte. Unerbittlich fraß sich diese Einsicht in sein Herz. Als der junge Gurena in den Regen hinauslief, schossen ihm Tränen in die Augen.
Mit versteinerter Miene setzte sich Hem wieder zu Tisch. Saran-Kas nahm einen Becher und reichte ihn dem Freund. »Laß diesen aufgeblasenen Tropf doch laufen, Hem-La. Die Gurenas sind Schenken gewöhnt, in denen sie sich betrinken können wie die Bauern. Hast du geglaubt, die Gurenas in Kurteva wären anders? Jeder geringe Arbeiter aus deinen Lagern könnte dieses vorzügliche Mahl besser schätzen als der Sohn aus der besten Familie Kurtevas. Du hättest ihn mit deinen Karawanentreibern Abschied feiern lassen sollen.«
»Ja. Die Zeit Kurtevas ist vorbei. Die Gurenas haben die Kunst des Kopfabhauens und Bauchaufschlitzens zur Vollendung gebracht, aber zu leben haben sie nie gelernt. Glaubt mir, in Feen findet man in jedem Handwerkerhaus mehr Feinsinn und Kultiviertheit als in den Palästen der sogenannten Ersten Familien Kurtevas.«
»Das glaube ich auch. Sogar Aelan, der sein ganzes Leben im letzten Tal Atlans verbracht hat, weiß ein solches Festmahl mehr zu schätzen als dieser eingebildete Lackaffe, dem seine sogenannte feine Abstammung zu Kopf gestiegen ist.«
»Ach, ich glaube, er hatte einfach Angst, sich zu blamieren. Was will man von einem groben Schwerthauer anderes erwarten?«
»Pno-Kam, hast du gehört? Dieser berühmte Gurena hatte Angst vor den Genüssen, die du uns aufträgst.«
»Der alte Kam hat den mutigen Seph in die Flucht geschlagen!«
»Er tut gut daran, bald in die Berge zu ziehen. Ganz Feen wird ihn verspotten, diesen ungehobelten Klotz.«
Hem stimmte in das Lachen der anderen ein. Irgendwann würde er es diesem anmaßenden Gurena heimzahlen. Die Zeit würde kommen, jetzt aber sollte es Rah nicht gelingen, das Abschiedsfest der La zu verderben.
»Es wird Zeit, daß wir diesem hochnäsigen, hohlen Kurteva ein wenig Feener Witz und Spritzigkeit bringen. Sonst trocknet es aus und zerbröckelt wie eine Mumie. Ich werde ein Kontor dort eröffnen und diesen sogenannten Kaufleuten, die nur mehr von der Gunst der Tat-Los zehren, zeigen, was ein Feener Kaufmann vermag,« prahlte Hem und leerte seinen Becher in einem Zug.
Die anderen schrien Beifall und klatschten in die Hände.

»Aber zuerst werden wir Aelans Tal um einige seiner Schätze erleichtern,« rief Hem und riß einer Sklavin einen frisch gefüllten Pokal aus der Hand.
Die anderen lachten und tranken ihm zu.
»Nein, Hem. Zuerst werden wir diese Nacht auskosten bis zur Neige. Diesem Bauchaufschlitzer wird es noch leid tun, daß er davongelaufen ist, wenn er hört, wie die Feener Kaufleute feiern können.«
»Ach, vergeßt diesen Tölpel. Vielleicht ist er vor den Frauen hier geflohen.«
»Ja, so wird es sein. Es heißt, die Braut der Gurenas sei ihr Schwert.«
»Wir werden ihm seine kalte Braut nicht streitig machen. Wir sollten uns stattdessen einigen, wer später die Sängerin haben darf.«
»Hem darf bestimmen. Er muß die harte Askese auf sich nehmen in den kommenden Wochen.«
Alles jubelte und trank. Die Musik wurde lauter. Xelmspieler waren dazugekommen und bliesen wilde Tanzweisen auf ihren tief schnarrenden Instrumenten. Tänzerinnen liefen herein und wirbelten um die jungen Männer herum, die nach ihnen griffen, sie mit Wein besprizten, ihnen Leckerbissen in den Mund schoben. Weitere Gänge des Mahles wurden gebracht. Der alte Kam hatte die Abfolge der Speisen raffiniert gesteigert. Gebratenes folgte dem Fisch, dazwischen wurden kalte, scharfe und saure Gemüse aufgetragen, die den Appetit für weitere Gänge anregen sollten. Doch bald schon ließen die jungen Männer die Platten und Teller an sich vorübergehen, nahmen sich nur noch ab und zu eine besondere Köstlichkeit mit den Fingern, sanken in ihre Sessel zurück und sprachen dem Wein zu. Das immer bewegter werdende Gespräch verstummte keinen Augenblick. Witze und Scherzworte flogen durch den Raum, obszöne Gedichte und heitere Schimpftiraden auf die hochnäsige Gesellschaft Kurtevas. Einige hatten sich Tänzerinnen eingefangen und zu sich auf den Schoß gezogen, betasteten sie gierig, während sie tranken und von den süßen Leckerbissen naschten, die Kam nun anbieten ließ. Hem, noch immer zornig auf den Gurena, war stiller als gewöhnlich und betrank sich.
»Ich werde es ihnen beweisen,« sagte er und hob die Hand. »Ich werde nach Kurteva gehen und ihnen zeigen, daß man mit einem La nicht so umspringen kann. Wartet nur ab. Meine Verbindungen sind besser als ihr alle glaubt. Ihr werdet noch Augen machen.«
»Vielleicht wirst du Tat-Tsok,« rief Saran-Kas. »Dann kannst du deinen Freund köpfen lassen.«
Die anderen schrien vor Lachen.

»Jawohl! Feener Blut gehört auf den Thron der Tat-Tsok. Das Geschlecht der Te ist verdorrt.«
»Feen gehört die Zukunft Atlans.«
»Darauf wollen wir trinken.«
»Darauf, und auf die Feener Frauen.«
»Diese hier sind aber aus Kurteva!«
»Wir werden sehen, wozu sie taugen.«
Zwei der jungen Männer zogen sich mit ihren Tänzerinnen zurück. Kam geleitete sie in die dafür vorbereiteten Räume. Die anderen johlten.
»Wollt ihr euch nicht gedulden, bis Hem uns die Überraschungen des Abends vorführt?«
»Die vorher schon naschen, werden nicht mehr hungrig sein, wenn die Mahlzeit aufgetragen wird.«
»Ach was, jedes gute Mahl hat Vorspeisen.«
»Später werdet ihr lange Gesichter machen.«
»Laßt sie doch!« rief Hem. »Genießt den Augenblick! Wer weiß, ob es ein Später geben wird? Das Leben ist kurz, meine Freunde. Der Pfeil eines Räubers, und schon ist es zu Ende. Launenhaft ist das Schicksal.«
Hem hatte die Sängerin zu sich gewunken. In der Delay von Pno-Kam war es keinem der zahlreichen Diener, Sklaven und Musiker gestattet, sich einem Gast zu verweigern. »Aber ich will, daß heute nacht jeder glücklich ist. Diese Stunden gehören der Lust und der Liebe.«
»Es lebe unser weiser Gastgeber.«
»Seine Weisheit wird immer offene Ohren finden.«
»Vielleicht sollten auch wir den Augenblick genießen. Wer weiß, ob er überhaupt eine süße Überraschung für uns vorbereitet hat.«
»Hem wird uns nicht mit Tänzerinnen abspeisen.«
»Die Sängerin jedenfalls hat er sich selbst zugeteilt.«
Hems Hände glitten über den schlanken Körper der jungen Frau. »Dieser Jüngling,« sagte er leise zu ihr und deutete auf Aelan. »Er hat Liebeskummer. Ich will, daß du ihn glücklich machst in dieser Nacht. In deinen Armen wird er seine Trübsal vergessen. Er soll eine angenehme Erinnerung aus Feen mit in die Berge nehmen.«
Aelan saß verloren inmitten der ausgelassenen jungen Männer, aß und trank still und beobachtete aufmerksam das turbulente Geschehen um sich. Die Sängerin löste sich aus Hems Griff und setzte sich zu Aelan. Die anderen begannen, darüber zu scherzen.
»Seht nur, die Weisheit macht Hem-La selbstlos.«
»Jetzt bekommt Aelan das schönste Stück des Abends.«

»Wer will es wissen. Man soll sein Urteil nicht sprechen, solange das Fest noch dauert.«
»Aelan soll uns zeigen, wie man im Am-Tal mit Sängerinnen umgeht.«
»Los, Aelan! Sie ist ganz verrückt nach dir.«
»Hört auf zu spotten,« befahl Hem mit gespielter Strenge. »Ihr wißt nicht, was den armen Jungen bedrückt. Er hat sich verliebt in die Tochter des alten Sal, unsterblich verliebt, doch dann hat er sie fortgeschickt – und sie ist nicht wiedergekommen.«
»Ja, die Feener Frauen sind untreu.«
»Der Ärmste. Er wird vor ihrer Hitzigkeit erschrocken sein.«
»Du hättest sie ihm zureiten sollen, Hem.«
Dröhnendes Gelächter folgte. Aelans Inneres krampfte sich zusammen. Er schob die Sängerin fort, die seine Schultern und sein Gesicht streichelte.
»Siehst du, er ist Mahla treu. Er will die schöne Sängerin nicht.«
»Ich nehme sie ihm gerne ab.«
»Vielleicht hat er Angst vor Frauen.«
»Oh nein! Kannst du dich nicht an seine große Liebe erinnern, die Blüte der Delay von Doen, die er mit geradezu verbitterter Leidenschaft liebte?«
»Aber Mahla hat ihn das Fürchten gelehrt. Sie hat sogar Hem gebissen. Nicht wahr? Zeige uns deine Wunde, Hem. Die schöne Mahla hat Zähne wie eine Tigerin.«
»Das macht das Aiboblut in ihren Adern. Ihre Mutter *ist* eine Tigerin.«
Aelan erhob sich.
»Bleib sitzen, Aelan,« zischte Hem bösartig. »Willst du mich beleidigen und fortlaufen wie dieser ungehobelte Gurena?«
Aelan ließ sich willenlos in seinen Sessel zurückfallen. Er hatte zuviel getrunken. Für einen Augenblick drehte sich der Raum um ihn. Die Luft schien flüssig. Die Stimmen und Geräusche kamen wie aus weiter Ferne. Er mußte an den Gurena aus Kurteva denken, dessen Gesicht ihm sogleich vertraut erschienen war, obwohl er es nie zuvor gesehen. Auch bei Mahla hatte er augenblicklich diese innige Vertrautheit gespürt. Es war wie das Wiedererkennen eines lange vergessenen Bildes, das aus einer verschlossenen Kammer des Herzens hervortrat. Ein Stich durchfuhr Aelan, als er an Mahla dachte.
Hem zog die Sängerin wieder zu sich und begann sie wild zu küssen. Seine Wut verwandelte sich in heftige Begierde. Sollten Aelan und Rah zum Teufel gehen. Es würde ihnen nicht gelingen, ihm den Abend zu verderben.

»Wenn er schon keine Frauen mag, dann soll er uns eine Geschichte aus dem Tal erzählen,« stichelte Saran-Kas.
»Oh ja,« rief Hem, und ließ für einen Augenblick von der jungen Frau in seinen Armen ab. »Es gibt dort angeblich wunderschöne Legenden, aber leider will Aelan sie nicht preisgeben.«
»Warum nicht? Wir sind doch seine Freunde.«
»Komm, Aelan, warum zierst du dich?«
»Erzähle uns eine deiner Legenden.«
»Du bist doch in einer Char aufgewachsen.«
»Vielleicht die von der Gläsernen Stadt. Die Legende von der Gläsernen Stadt und ihren Schätzen. Das ist etwas, das uns alle brennend interessiert,« stichelte Hem. Wilder Haß auf den Handan war in ihm aufgebrochen.
»Ja, Aelan. Hörst du nicht?«
»Wenn wir schon nicht mitreisen können in die Gebirge, dann mußt du uns wenigstens davon erzählen.«
Auch die Frauen drängten den jungen Handan, der sich in seinem Sessel wand, schamrot, nervös lachend und mit seinem Eßbesteck spielend.
»Ich sagte euch doch, er will nichts erzählen,« lachte Hem und weidete sich an der Verlegenheit des Handan. »Ich habe ihn ein ganzes Jahr lang darum angefleht, aber er hat sich geweigert, stur wie ein Sok.«
»Aber nicht doch,« warf Saran-Kas ein. »Du tust ihm unrecht. Du hast ihm nur nicht richtig zugehört. Seid einen Augenblick still. Hört ihr es denn nicht? Er erzählt uns die Legende vom Vielzüngigen Schweigen.«
Der Raum bebte vom wiehernden Gelächter der Männer und dem zwitschernden Kichern der Frauen. Hem war mit der Sängerin zu Boden gerutscht und kümmerte sich nicht mehr um die anderen. Mit wütenden Bewegungen riß er ihre Kleider in Fetzen. Sie lachte dabei und wand sich vor ihm auf den kostbaren Teppichen. Der alte Kam half Hem auf und führte ihn mit der jungen Frau in einen prunkvollen Nebenraum, der dem Gastgeber dieser geselligen Runde vorbehalten war. Als Hem hinausging, nahm er den jüngsten der musizierenden Knaben am Arm, entwand ihm die Laute und zog ihn mit in das Gemach, in das ihn der Herr der Delay unter tausend Verbeugungen führte.
»Bleibe noch bei uns Hem!«
Hem-La winkte unwirsch ab.
»Aber vergiß unsere Überraschung nicht. Die Tänzerinnen gefallen uns nicht.«

»Wartet, bis ich zurückkomme,« grölte Hem an der Türschwelle. »Ich habe etwas besonderes für euch vorbereiten lassen.«
»Oh, du spannst uns auf die Folter.« »Laß uns nicht zu lange warten!«
»Wir hoffen, daß die Frauen und Knaben so erlesen sein werden wie das Mahl.«
»Du solltest öfter in die Gebirge reisen, Hem, und Abschied nehmen von uns.«
Hem verschwand in der Türe. Pno-Kam schloß sie sachte hinter ihm.
»Jetzt hast du uns Hem verscheucht,« warfen die anderen Aelan vor.
»Du hast ihn so gekränkt, daß er uns den schönsten Knaben fortgenommen hat. Ein Jammer.«
»Wenn du schon keine Legende erzählen willst, dann erzähle uns wenigstens die Geschichte von Mahla.«
»Hem sagt, sie sei eine Tigerin.«
»Ein Biest, das kratzt und beißt wie ein wildes Tier.«
»So sind die Feener Frauen.«
»Sag uns, Aelan, was hat sie mit dir angestellt?«
»Du hast sie fortgeschickt, nicht wahr?«
»Hast du sie nicht gehabt vorher?«
»Nicht doch. Sie hätte ihn zerrissen.«
»Er hat es versucht und hat Angst bekommen vor ihr.«
Wild ging das Rufen und Lachen der Männer und Frauen durcheinander. Alle drängten sich um Aelan, der in seinem Sessel zusammengesunken war.
»Dabei hat Hem uns erzählt, du seiest so mutig.«
»Drei Räuber soll er erschlagen haben im Haus seines Vaters. Mit einem Holzknüppel.«
»Aber vor Frauen hat er Angst.«
»Dabei ist Mahla sanft wie ein Täubchen.«
Zwei der Tänzerinnen umschmeichelten Aelan, strichen ihm durchs Haar, tätschelten seine Wangen, angefeuert von den anderen.
»Nein, ich sage euch, er war nur zu schüchtern.«
»Du meinst, er hat Mahla weggeschickt, weil er zu schüchtern war?«
»Aber ja. Ihr wißt doch, wie unsterblich sich unser Aelan zu verlieben pflegt.«
»Natürlich. Die bezaubernde Mahla hat sein Herz gebrochen. Er hat sie weggeschickt, um besser um sie trauern zu können.«
»Vielleicht ist das so Sitte im Gebirge.«
»Gibt es überhaupt Frauen in den Bergen?«
»Ich glaube, Aelan hat die ersten hier in Feen gesehen.«

»Schade um Mahla.«
»Es wäre eine gute Gelegenheit gewesen, eine unberührte Kaufmannstochter zu bekommen.«
»Das ist eine Seltenheit in Feen.«
»Sogar eine mit Aiboblut. Ihre Mutter soll einst die schönste Frau von Feen gewesen sein.«
»Ein Leckerbissen ohnegleichen.«
»Vielleicht kann er es nachholen.«
»Oh nein. Er hat ihr die Freiheit geschenkt.«
»Das ist gut für uns.«
»Was meinst du?«
»Nun, wohin soll sie sich wenden, da ihr Vater tot und ihre Brüder in Ütock verschwunden sind?« Saran-Kas lehnte sich im Sessel zurück und nippte genießerisch an seinem Wein. Ein boshaftes Lächeln spielte um seine Lippen. »Sie ist Freiwild. Wohin sonst soll sie sich wenden als an eine Delay? Das Haus Sal gibt es nicht mehr.«
»Kaufst du sie für uns?« rief einer Pno-Kam zu, der an der Türe auf Befehle der jungen Herren wartete.
»Das Haus Sal ist für jedes Goldstück dankbar.«
»Ja, Kam, lasse uns nicht im Stich. Das bist du deinem guten Ruf schuldig.«
»Kaufe sie für uns. Wir alle kennen sie von den Gesellschaften und haben immer bedauert, daß sie irgendeinen von uns heiraten wird, und die anderen leer ausgehen.»
«Es gab sogar schon Wetten, wer der Glückliche sein wird. Hem lag gut im Rennen. Sein Vater war der beste Freund der Sal. Mahla war ihm so gut wie versprochen.«
»So ändern sich die Zeiten. Jetzt kann jeder sie haben, wenn er nur den alten Kam bezahlen kann.«
»Du läßt uns doch nicht im Stich.«
Der Alte machte besänftigende Gesten.
»Wir machen sie zahm für dich, dann kannst du sie haben, Aelan,« sagte Saran. »Es ist selten, daß eine solche Gelegenheit ein zweites Mal kommt. Du solltest uns dankbar sein. Aber du weißt ja, wir sind deine Freunde. Warum sollten wir dich in deinem Liebeskummer im Stich lassen? Du sollst deine Mahla schon noch haben – aber nach uns.«
Saran wollte den Mund öffnen, um in das brüllende Gelächter der anderen einzustimmen, als ihn Aelans Faust ins Gesicht traf. Mit einem Aufschrei fiel er hintenüber mit seinem Sessel um. Aelan sprang ihm nach und hieb auf Saran ein, der leblos liegenblieb. Bevor die anderen

wußten, was ihnen geschah, hatte sich der jähzornige Handan auf sie gestürzt. Unbändige, blinde Wut raste in ihm. Tränen schossen aus seinen Augen, als er auf die Jünglinge losprügelte. All der Spott, all die Demütigungen, die sie ihm in diesem vergangenen Jahr angetan, brachen plötzlich in wildem Zorn in ihm auf. Kreischend flohen die Frauen vor dem zu Boden stürzenden Menschenknäuel. Einer der Jünglinge krachte in den Tisch, riß ihn im Hinfallen um. Das kostbare Kristall und Porzellan zerschellte am Boden. Das Jammern und Zetern des alten Kam, der vergeblich versuchte, die Streithähne zu trennen, ging im tosenden Lärm unter. Aber der ungleiche Kampf währte nicht lange. Keuchend und fluchend hielten die Jünglinge den sich windenden, spuckenden und beißenden Aelan fest. Seine Festkleider waren zerfetzt. Ein Blutfaden lief ihm aus dem Mund über Kinn und Hals.

»Dieser Bergbastard!« fluchte einer, dessen Hände von Glassplittern zerschnitten waren.

»Er hat Saran umgebracht!« schrie ein anderer. Aber der Sohn des Tnacha rührte sich stöhnend unter seinem Sessel. Die anderen halfen ihm auf. Sarans vor Wut zuckende Lippen waren von Aelans mächtigem Hieb gespalten. Sein feines weißes Seidengewand war blutüberströmt. Der festlich geschmückte Raum war in einen Trümmerhaufen verwandelt, als sei ein Wirbelsturm über ihn hingefegt. Wehklagend stieg der alte Kam zwischen den Scherben der Tafel umher und rettete Gläser und Teller, die heil geblieben waren. Die Tänzerinnen halfen ihm dabei, aus den Augenwinkeln nach den Jünglingen spähend, die Aelan ohrfeigten, bis er Ruhe gab. Schwer keuchend hing er in ihrem Griff.

»Dieser dreckige Am!«

»Alles wegen dieser Hure, die ihm den Kopf verdreht hat.«

»Wir werden an ihn denken, wenn wir sie demnächst beim alten Kam besuchen.«

»Ihr besucht hier niemanden mehr,« keifte der Alte. Die Jünglinge lachten. Das war ein Fest ganz nach ihrem Geschmack.

»Was wollen wir mit ihm machen?«

»Ich hole Hem.«

»Nein, störe ihn nicht. Wir werfen ihn einfach auf die Straße.«

»Ja, dieses Stück Dreck aus den Bergen gehört in die Gosse.«

»Hält sich für zu gut, uns eine Geschichte zu erzählen und fängt noch Streit mit uns an.«

»Vielleicht ist das in der Char seines Alten so üblich. So werden sich die Ams vergnügen in ihren einsamen Stunden.«

»Hem hätte ihn in seinem Tal lassen sollen.«

»Die Sängerin muß es in sich haben, daß Hem sich nicht stören läßt von diesem Höllenlärm.«
Lachend packten die Jünglinge den zappelnden Aelan und trugen ihn zur Türe.
»Hem wird nicht begeistert sein, wenn wir ihm seinen Karawanenführer vor die Türe setzen.«
»Aber er wollte uns doch vorhin schon verlassen.«
»Ja, wir sagen ihm, sein kleiner Bruder sei vorausgeeilt, um ihm daheim das Bett zu wärmen.«
»Er hat Sehnsucht nach seiner Mahla bekommen und ist sie suchen gegangen.«
»Vielleicht hat eine andere Delay sie schon gekauft. Du mußt dich beeilen, Pno, wenn dein Haus das erste von Dweny bleiben soll. Kaufmannstöchter sind rar.«
Der Wirt der Delay stellte sich den Jünglingen händeringend in den Weg.
»Keine Angst. Wir werfen ihn nicht vor den Hauptausgang. Dein Ruf ist uns heilig. Dafür mußt du uns versprechen, diese Jungfrau aus dem Haus Sal für uns einzukaufen,« schrien sie und schoben Pno-Kam zur Seite.
Eine Seitentüre führte auf eine dunkle, ungepflasterte Gasse. Der strömende Regen hatte den Boden in Morast verwandelt. Schlammige Rinnsale flossen in den Spuren, die Pferdewagen hinterlassen hatten. Küchenabfälle schwammen in großen Pfützen.
»Genau der richtige Platz, um sich abzukühlen.«
»Hier kannst du deinen Liebeskummer vergessen.«
»Er ist es aus den Bergen gewohnt, im Dreck zu sitzen.«
»Fühl dich ganz zu Hause, Aelan.«
»Wir lassen dich wissen, wie es mit Mahla war.«
Einer gab Aelan einen groben Stoß in den Rücken, während ihm ein zweiter das Bein stellte. Aelan stolperte zwei Stufen hinab und klatschte kopfüber in den Schlamm der Straße. Als er sich aufraffen wollte, sprang Saran auf ihn zu und gab ihm mit einer wüsten Verwünschung einen Tritt in den Rücken. Stöhnend sank Aelan zurück in den aufgeweichten Schmutz der Straße und blieb regungslos liegen. Saran drückte Aelans Gesicht mit dem Fuß in den Schlamm.
»Ersticke, du Bastard,« keuchte er, bevor er von dem Handan abließ.
Aelan hörte das Lachen der Jünglinge wie durch dichten Nebel. Krachend fiel die Tür ins Schloß. Der Streifen gelben Lichts, der die Straße trübe erleuchtet hatte, verschwand. Aelan lag unbeweglich und spürte,

wie der eiskalte Regen ihn durchnäßte. Die Wogen des Zorns hatten jede Lebenskraft in ihm ausgebrannt. Er blieb liegen, stöhnend vor Schmerz, schloß die Augen und wünschte nichts anderes mehr als zu sterben.

Stimmen kamen von irgendwoher, Gelächter. Wagenräder knirschten auf den Steinplatten der Hauptstraße. Fackeln und Lampions torkelten vorüber, weit entfernt. Die Nacht war noch lange nicht zu Ende in Dweny, der Stadt der glitzernden Lichter.

*Kapitel 5*
DIE BEGEGNUNG

»Du wirst dich erkälten.« Die freundliche Stimme kam wie aus einem weiten, mit Watte gefüllten Raum. Aelan überhörte sie, schob sie fort aus seinem Bewußtsein, das sich wieder einmal damit abgefunden hatte, zu sterben, zu fliehen vor diesem unerträglichen Leben, das nur Leid zufügte, Demütigung, sinnlosen Schmerz. Das ihn ausschloß von den Freuden, die allen anderen Menschen so selbstverständlich zuteil wurden, und ihn, den Bauerntölpel ohne Eltern, ohne Heimat, in dieser gnadenlosen Welt umherirren ließ und zum Gespött der Leute machte. Und nun wollten sie ihn nicht einmal in Ruhe sterben lassen. Sie waren zurückgekommen, um sich an seiner Verzweiflung zu weiden. Aelan stellte sich tot. Erst als eine Hand ihn sanft an der Schulter berührte, regte er sich. Trotz eines stechenden Schmerzes im Rücken fuhr er wütend herum und schrie: »Laßt mich zufrieden!«
Ein gutmütiges Lachen kam zur Antwort. »Es gefällt dir wohl im Schlamm.« Die Stimme gehörte keinem der jungen Kaufleute.
Aelan setzte sich auf und blitzte den Fremden an, der es wagte, sich über sein Sterben lustig zu machen. Er traf auf ein Paar dunkle Augen, die seinem zornigen Blick mit heiterer Gelassenheit begegneten. Aelans Ärger verflog, als er in das Gesicht des Mannes blickte, ein alterloses, kantiges Gesicht mit tief eingekerbten Zügen. Aelan würgte die grobe Antwort hinunter, die ihm auf der Zunge lag. Gebannt starrte er in diese Augen, deren warmes Leuchten seinen Schmerz, seine Verzweiflung, seinen Zorn fortwischte wie ein Nichts. In der taumelnden Verwirrung, die ihn erfaßte, zuckten die Erfahrungen jener Sonnensternnacht mit dem Schreiber auf, die Eindrücke zahlloser Träume, die er seither empfangen, ein jäh zerstäubender Schwall von Bildern und Empfindungen, alle zugleich, wild durcheinander, und doch getragen von behutsamer Stille. Der Name des Sonnensterns brandete als gewaltige Welle durch sein Herz, wie etwas Vergessenes, Fortgedrängtes, das sich plötzlich mit ungestümer Kraft seinen Weg ins Bewußtsein bahnt.

Aelan glaubte, diese Augen wiederzuerkennen, dieses Gesicht, diese Züge. Heftig brach die Erinnerung in ihm auf, das Bild, das sich wie kein anderes in sein Herz geprägt, der On-Nam, der ihm den geheimen Namen des Sonnensterns zugeflüstert hatte, wortlos, unhörbar, aus dem Licht und dem Klang des Hju geformt.
Einen kurzen Moment nur schaute Aelan in diese Augen. Einen Moment lang, der wie eine Ewigkeit schien, wischte die Erinnerung an seinem inneren Auge vorbei, dann ergriff er die Hand, die der Fremde ihm hinstreckte und ließ sich hochziehen. Triefend vor Nässe und Schmutz stand er neben dem großen, kräftigen Mann, der einen dunklen Mantel um sich geschlungen hielt, nach Worten ringend, verstohlen über seine zerfetzten, vom Schlamm durchweichten Kleider tastend, zutiefst beschämt und verlegen. Der Fremde schien keine Notiz davon zu nehmen.
»Mein Wagen wartet dort vorne. Ich glaube, ein Bad wird dir guttun, und ein wenig Schlaf.« Seine tiefe, rauhe Stimme klang herzlich und unbeschwert.
Aelan folgte ihm wie ein Schlafwandler. Er wußte nicht, wie ihm geschah. Der Fremde ließ ihn in einen zweirädrigen Wagen steigen, setzte sich neben ihn, lächelte dem jungen Mann zu und gab das Zeichen zur Abfahrt. Eine Weile herrschte Stille. Der Regen hatte aufgehört. Tropfen fielen von Bäumen und Torbogen auf das Dach des Wagens. Die frühe Morgendämmerung tauchte den engen Verschlag in trübes Zwielicht. Aelan wagte nicht, den schweigenden Mann neben sich anzublicken. Das Knarren und Schaukeln des Wagens versetzte ihn in einen angenehm schweren, empfindungslosen Zustand. Er schloß die Augen und spürte, wie seine Gedanken weit in die Räume des Traumes hinausgriffen, gelassen und leicht. All seine Verzweiflung war von ihm abgefallen.
Der Wagen hielt mit einem Ruck. Aelan schreckte auf. Der Fremde führte den jungen Mann in ein unscheinbares Haus in der Nähe der Feener Mehdra. Der Diener, der sie empfing, beäugte mißtrauisch den durchnäßten, schmutzstarrenden Jüngling, den sein Herr mitbrachte, aber er gehorchte ohne Zögern, als er mit wenigen leisen Worten angewiesen wurde, dem Fremden ein Bad zu bereiten und ihm neue Kleider zurechtzulegen. In dem dampfenden, wohlriechenden Wasser kehrten Aelans Lebensgeister zurück. Neue Kraft durchfloß ihn, als er aus dem Bad stieg und die Kleider anzog, die für ihn bereitlagen. Die üble Nacht in der Delay des Kam war vergessen. Der Diener trat herein und verbeugte sich. »Unser Herr läßt Euch fragen, ob Ihr mit ihm das Morgen-

mahl einnehmen oder Euch gleich in die Governgasträume zur Ruhe begeben wollt.«

Schüchtern bat der junge Mann, ihn zum Herrn des Hauses zu führen. Der Fremde erwartete ihn an einem schlicht gedeckten Tisch, auf dem Früchte und Gebäck angerichtet waren. Er lächelte Aelan zu und lud ihn mit einer Handbewegung ein, sich zu ihm zu setzen.

»Ich muß mich bedanken für Eure Güte und Freundlichkeit,« begann Aelan. »Und ich muß mich entschuldigen.«

»Wofür denn? Jedem kann es passieren, daß er im Schlamm steckenbleibt.« Heiterkeit leuchtete aus den Augen des Mannes.

Aelan lachte verlegen.

»Es freut mich, daß deine gute Laune wiedergekehrt ist. Mein Name ist Lok-Ma.«

»Oh,« machte Aelan. Erst jetzt fiel ihm ein, daß er sich seinem Wohltäter noch nicht vorgestellt hatte. Er wollte sich entschuldigen, aber Lok-Ma winkte ab.

Aelan hatte Lok-Mas Namen nennen hören. Er war ein Mehdrana, der an der Feener Mehdra lehrte, ein Tso, ein Wissender der Zeit. Ros-La hatte von ihm gesprochen. »Ich heiße Aelan-Y und komme aus dem Hause La,« sagte Aelan mit einer Verbeugung.

Lok-Ma nickte und forderte Aelan mit einer einladenden Geste auf, zuzugreifen. Sie aßen schweigend. In Aelan wühlte seltsame Unruhe. Immer wieder suchte sein Blick das Gesicht des Mannes, der sich ungezwungen bediente, Früchte schälte und schnitt, dampfenden Lemp in seinen und Aelans Becher füllte. Irgendwie schien ihm dieses Gesicht vertraut. Es glich dem, das er aus seinen Träumen kannte, den Zügen des On-Nam, der ihn führte und mit ihm reiste in den endlosen Gefielden der anderen Welten, und doch, dieser freundliche Mann, der ihn in Dweny aus der Gosse aufgelesen, konnte nicht der On-Nam sein. Aelan hatte es geglaubt im ersten Moment der Verwirrung und Überraschung, doch seine Augen mußten ihn getäuscht haben. Trotzdem wollte seine Erregung nicht weichen. Etwas in ihm beharrte darauf, daß der wohlwollende Mehdrana der Mann sei, dessen strahlendes Antlitz er im Licht des Sonnensterns gesehen. Jetzt fiel Aelan ein, daß einer von Hems Freunden einmal über Lok-Ma gesprochen hatte – er hatte den Mehdrana einen weltfremden Märchenerzähler genannt, der sich lieber in den Delays von Dweny herumtrieb, um Betrunkene mit seinen Fabeln zu beschwatzen, als seinen Mehdraji etwas beizubringen, das sie im praktischen Leben gebrauchen konnten. Ein wunderlicher Kerl, der mit allen möglichen zweifelhaften Leuten umging, hin und wieder für längere Zeit aus Feen verschwand, ohne daß jemand wußte, wohin er ging, der die Gesellschaften in den feinen Häusern mied, zu denen die Mehdranas geladen waren, und wenn er einmal kam, den anderen Gästen durch seine wirren Bemerkungen und Fragen den Abend verdarb. Nein, dieser Mann konnte nicht der On-Nam sein.

»Ich möchte Euch nochmals Dank sagen,« begann Aelan, der das Schweigen nicht länger aushielt.

»Laß gut sein, Aelan,« erwiderte Lok-Ma freundlich.

»Es ist nämlich so,« fuhr der junge Mann fort, »daß wir bei Pno-Kam das Abschiedsfest gefeiert haben für die Karawane, die übermorgen aufbrechen wird, und die ich führen soll, obwohl ich es nicht gerne tue.« Er zögerte, aber ein Nicken Lok-Mas gab ihm zu verstehen, er solle nur weitersprechen. »Wir gerieten in Streit. Die anderen haben mich auf die Straße geworfen.«

»Die Umgangsformen der Kaufleute haben nachgelassen. Früher ging man zu Pno-Kam, um gut zu speisen. Heute prügelt man sich in seiner Delay wie in einer gewöhnlichen Schenke.« Lok-Ma lachte vergnügt. »Wahrscheinlich wegen einer Frau. Habe ich recht?«

Aelan wurde rot. »Nun ja ... aber ...«

»Die Zeiten wandeln sich, aber eines bleibt immer gleich – die Männer prügeln sich um die Frauen. Ich habe das auch einmal getan, als ich jung war. Aber wenn ich mich recht erinnere, hat mein Jähzorn stets mir selbst geschadet – der Ehre der Frauen jedenfalls hat er nie genutzt.«

Aelan nickte und zuckte die Achseln.

»In meiner Jugend,« fuhr Lok-Ma fort, »war ich einmal unsterblich in ein Mädchen verliebt, aber ich habe niemals gewagt, es ihm zu gestehen. Dafür habe ich jeden, der nur den Namen meiner Angebeteten in den Mund nahm, verprügelt. Ich war wütend über meine eigene Feigheit und habe diese Wut an anderen ausgelassen. Letztendlich erging es mir ähnlich wie dir – nur daß sie mich in eine Jauchegrube geworfen haben, in der ich fast ertrunken wäre. Das Mädchen hat übrigens aus Mitleid den geheiratet, den ich zuletzt verprügelt hatte.«

Lok-Mas Lachen füllte den Raum. Aelan lachte mit. Wirklich, ein lustiger Mann, dieser Lok-Ma, dachte er.

»Wenn solche Begebenheiten viele Jahre zurückliegen, kann man über sie lachen, aber ich weiß sehr wohl, wie sie sich anfühlen, wenn man mitten darinnen steckt.«

Aelan spürte, wie sich seine Befangenheit legte. Er genoß es, mit dem Mehdrana am Tisch zu sitzen und zu plaudern. »Es war nicht nur we-

gen einer Frau. Man hat mich beleidigt, weil ich aus den Bergen komme. Seit ich in Feen bin, hänselt und neckt man mich deswegen. In diesem einen Moment platzte das Faß voll Zorn,« sagte er.
»Wir scheinen einiges gemeinsam zu haben, Aelan. Auch ich komme aus den Bergen. Man hat es auch mich schmerzlich spüren lassen.«
»Woher kommt Ihr?« fragte Aelan neugierig.
»Ich bin in den Bergen hinter Melat geboren und kam in die Stadt, als ich ein kleiner Junge war.«
»Ich komme aus Han,« sagte Aelan, der immer mehr Zutrauen faßte zu dem wohlmeinenden Mann.
Lok-Ma sah ihn aufmerksam an. »Es ist selten, daß ein Handan das Innere Tal verläßt.«
»Ihr kennt die Handan?«
»Es zieht mich immer wieder in die Gebirge, Aelan. Die Berge des Am liegen nicht allzuweit von Feen entfernt.«
»Wart Ihr schon in Han?«
Lok-Ma nickte.
»Das muß lange her sein, denn ich habe Euch nie gesehen. Ich bin der ... Sohn von Tan-Y, dem die Char von Han gehört.«
»Ich bin nie bei ihm eingekehrt, Aelan.«
Ein seltsames Gefühl rührte Aelan auf. Er schaute Lok-Ma an. Der Name des Sonnensterns hallte mächtig in ihm wider. Aelan glaubte, das feine, gläserne Klingen des Ne im Raum zu hören.
»Und doch – als ich Euch heute das erste Mal sah, glaubte ich, Euch schon einmal begegnet zu sein.« sagte er zögernd. Aelan schämte sich. Lok-Ma würde ihn bestimmt auslachen. Mehdranas waren für gewöhnlich nüchterne Leute, die nicht viel von Phantasiebildern und Träumen hielten.
Lok-Ma nickte. »Die allerersten Gefühle trügen nie, Aelan. Man kann sich wiedererkennen, auch wenn man sich nie begegnet ist in diesem Leben.«
Das Bild des On-Nam, der ihm den geheimen Namen des Hju gegeben, flackerte wieder in Aelan auf. Es trug die Züge Lok-Mas. Unverwechselbar erkannte Aelan sie auf dem Gesicht des Mehdrana, der ihn anblickte wie damals das leuchtende Antlitz im Licht des Sonnensterns. Doch Aelan schüttelte den Kopf. Es konnte nicht sein. Zwar ähnelte Lok-Ma diesem Bild, aber das war Zufall. Es war unmöglich, daß der Mehdrana etwas mit dem On-Nam gemein hatte.
Aber Lok-Mas Augen durchdrangen Aelan, schoben die Mauern seiner Zweifel zur Seite und öffneten Räume im Herzen, die seit der Son-

nensternnacht mit dem Schreiber verschlossen gewesen waren. Wie Brunnen, die unendlich tief in Zeit und Ewigkeit hinabreichen, waren diese Augen. Für einen plötzlich aufblitzenden Moment fand Aelan in ihnen die Gewißheit, daß er sie immer schon gekannt, daß sie ihm vertraut waren seit Anbeginn der Zeit. Wie ein heißer, bitterer Schmerz, der zugleich von unsagbarer Freude erfüllt ist, traf Aelan die unerschütterliche Erkenntnis, daß er den On-Nam gefunden, unerwartet, in einer Stunde tiefster Verzweiflung, in der er alles aufgegeben, in der er den Tod herbeigesehnt hatte. Die Macht dieses Wiedererkennens riß die letzten Reste seiner Ungewißheit fort und wühlte ein Meer wilder, hoch aufbrandender Gefühle auf. Über allem aber stand still und gelassen unendliches, atemberaubendes Glück.
»Ich bin fortgegangen aus dem Inneren Tal, um den On-Nam zu suchen,« flüsterte Aelan, »und ich habe ihn gefunden im Schmutz der Gosse von Dweny.«
»Du hast ihn gefunden in der weißen Musik des Ne, Aelan. Er hat dich nie verlassen seither. Und auch da hast du dich nur einmal mehr an ihn erinnert,« sagte Lok-Ma.
Aelan wurde ruhig. Das aufgepeitschte Meer der Bilder und Gefühle glättete sich. Heitere Gelassenheit stieg daraus hervor wie sanfter Nebel. Der Raum schien auf einmal von klingendem Licht erfüllt. Aelan glaubte den Duft von Rosenblüten wahrzunehmen. Einen Augenblick lang spürte er ihm nach, dann fühlte er ihn im Nichts verwehen.
Schweigend saßen sie einander gegenüber. Aelan versank in den Augen des On-Nam. Es schien ihm, als liege in ihnen alles verborgen, wonach er sich je gesehnt. Über alle Grenzen der Zeit hinweg reichte dieser Blick. Aelan wußte plötzlich, daß er unzählige Leben auf diesen Moment gewartet hatte. Es schien ihm, als stehe die Zeit still für Ewigkeiten, doch es waren nur wenige Augenblicke, bis Lok-Ma zu sprechen begann, als sei nichts geschehen:
»Du wirst müde sein, Aelan. Ich habe dir ein Zimmer bereiten lassen. Ich selbst muß zur Mehdra. Die Mehdraji erwarten mich.«
»Darf ich bei Euch bleiben,« bat Aelan. »Ich bin nicht müde.« Er sprach wie im Traum. Alles um ihn schien fremd und unwirklich.
»Wenn du möchtest, gerne. Aber erwartet man dich nicht im Haus der La?«
»Ich möchte nie wieder dorthin zurückkehren.«
»Wir haben wirklich viel gemeinsam, Aelan. Auch ich wollte einmal vor einer Verpflichtung fliehen, die man mir aufgezwungen hatte. Aber so wie ich nur wütend war auf mich selbst, als ich die Burschen

angriff, die meine große Liebe beleidigten, so floh ich nur vor mir selbst, als ich dieser Verpflichtung ausweichen wollte.«

Aelan senkte den Kopf. »Darf ich trotzdem mit Euch in die Mehdra gehen?«

Lok-Ma nickte. »Wir müssen eilen. Es ist spät geworden.«

Die Mehdra von Feen lag auf einer Anhöhe im Westen der Bucht von Dweny, ein achteckiger Bau mit hoch aufragender Kuppel, die aus acht Halbkuppeln hervorwuchs, mit blauen und grünen Fayencen verkleidet und mit den aus Edelsteinen gestalteten Zeichen der acht Wissenschaften geschmückt. Das Gebäude, das trotz seiner Wuchtigkeit und Größe anmutig und zierlich wirkte, lag inmitten eines Gartens, der sich den sanften Hang hinab bis zum Strand des Meeres hinzog. Ihm gegenüber, getrennt durch einen weitläufigen, mit Bäumen und Brunnen geschmückten Platz, stand die Bibliothek aus einem wie Bernstein schimmernden Marmor, ein Bauwerk, das der Mehdra an Wohlklang und gewagter Harmonie seiner Proportionen kaum nachstand. Manche Mehdranas hielten sie wegen der in ihr bewahrten Fülle von Schrifttafeln und Papieren aus dem alten Reich für die bedeutendste Atlans, bedeutender sogar als die Bibliothek des Großen Tempels von Kurteva. An klaren Tagen konnte man von den Gärten der Mehdra den Dnab sehen, die riesige, grün überwucherte Bergspitze, die am Ende der Landzunge, welche die Feener Bucht vom östlichen Meer trennte, wie ein gestreckter Finger aus den weich geschwungenen Hügeln in den Himmel wuchs. Die Legende kündete, daß der Anblick des Dnab, der sich an einem Herbstmorgen aus den Nebeln erhob, die vom offenen Meer über die Hügel zur Bucht von Dweny zogen, Hem-Kar, den ersten Aibo des Nordens, bewogen haben soll, an dieser Stelle Feen zu gründen, die Perle des Nordens. Da er die Wissenschaften und Künste liebte, ließ er auf dem Hügel, von dem aus er zum ersten Mal den Dnab gesehen, die Mehdra errichten, wie es dem Tat, der Quelle allen Wissens und aller Weisheit, gelobt war.

Durch einen Fensterkranz am Ansatz der Kuppel drang Licht in den zentralen Raum der Mehdra, brachte die Mosaiken des Bodens und die Einlegearbeiten aus Jaspis, Achat und Türkis an den Wänden zum leuchten. Um den marmornen Brunnen in der Mitte des Raumes drängten sich plaudernd und scherzend die Mehdraji. Ihr Stimmengesumm erfüllte die hohe Halle und übertönte das Murmeln des Wassers. Sie beachteten die erhabene Schönheit ihrer Mehdra nicht mehr, denn sie war ihnen alltägliche Gewohnheit geworden. Sie kümmerten sich

auch nicht um den jungen Mann, der sich zwischen ihnen hindurchwand und den Blick nach allen Seiten schweifen ließ, um mit staunenden Augen die Bildwerke und Ornamente an den Wänden und die großzügigen Ausmaße des Raumes in sich aufzunehmen.
Aelan hatte geglaubt, der Große Tempel des Tat in Feen sei das schönste Gebäude, das er je gesehen, doch diese Mehdra übertraf ihn noch. Er vermochte die Augen nicht loszureißen von den Wänden, dem Brunnen, der lichterfüllten Kuppel. In seinem Innersten aber regte sich die Ahnung, daß er einen Ort wie diesen schon einmal gesehen, daß sein erregtes Bestaunen dieser Schönheiten nichts anderes war als das Tasten in einer unbewußten Erinnerung. Eine Lawine von Gedanken und Fragen brach auf ihn herab. Es schien wie ein Traum, daß er den On-Nam gefunden, daß er in seinem Haus gewesen, an seinem Tisch gesessen war. Er hatte ihn in einem Augenblick tiefster Erniedrigung gefunden, besudelt von Schlamm, zum Sterben bereit. Er hatte ihn angeschrien im Ärger und hatte sich in seinem Haus benommen wie ein verwirrtes Kind. Aelan fühlte Scham und Betretenheit. Er hatte dieses Geschenk des Sonnensterns nicht genügend gewürdigt. Er hatte sich ungehörig benommen. Er hatte die Möglichkeit, die ihm gewährt war, leichtfertig mit sinnlosem Plaudern vertan. Er hatte keine ernsthafte Frage gestellt, hatte dem On-Nam nicht die Ehrerbietung entgegengebracht, die einem solch hohen Wesen gebührte, hatte kein Wort verloren über den Sonnenstern und die große Wanderung. Er hatte sich als Unwürdiger erwiesen. Und doch, Aelan sah die Augen des On-Nam noch vor sich, fühlte sein Schweigen und wußte, daß alles gut war.
Das Stimmengewirr verebbte. Die Aufmerksamkeit der Mehdraji richtete sich auf den Mehdrana, der seinen Platz auf einer Empore an der Stirnseite des Raumes eingenommen hatte.
»Es tut not,« begann Lok-Ma, als Stille eingekehrt war in der Mehdra und nur mehr das leise Singen des Brunnens ihre Kuppel erfüllte, »in einer Zeit ratlosen Suchens nach den Wahrheiten des Tat, einen Blick auf die Entwicklung der Religionen Atlans zu werfen, um aus dem unaufhaltsamen Lauf der Zeit zu lernen für die Entfaltung des eigenen Herzens. Es ist die Aufgabe des Tso, die Zeit zu durchdringen, um den Kern der Wahrheit aus dem Dickicht von Geschichte und Legende zu schälen, denn viele sich widerstrebende Mächte wollen das Vergangene in ihre Dienste zwingen, um ihr Tun zu rechtfertigen und ihren Plänen den Schein der Wahrhaftigkeit zu verleihen. Sie verbiegen und verfälschen die Zeit, um sie ihrem Willen gefügig zu machen. Nur die Bewußtheit über ihren wahren Lauf vermag uns die reinen Lehren wieder

zu schenken, die sie in sich birgt. Denn die Zeit ist nichts anderes als ein ständiges Belehren und Formen des menschlichen Herzens, damit es die Vollkommenheit der Einen Kraft neu in sich sammle und sich erhebe aus dem Meer des vergänglichen Lebens, aus dem unaufhörlichen Kreislauf des Ehfem.

Alle Samen, die in der heutigen Zeit aufblühen, wurden ausgestreut im alten Reich von Hak, das vielen bloß mehr Legende scheint. Doch es ist nötig, so tief zurückzureichen in die Geschichte, um die Urgründe der Fragen, die uns heute beschäftigen, in unverfälschter Klarheit sehen zu lernen. Denn nur wer zu den Wurzeln der Ursachen vordringt, vermag ihre Wirkungen zu begreifen.

Elf Könige folgten dem Harlar, dem Vater Atlans, auf den Thron von Hak, jeder ein On-Nam, dem Weg des Sonnensterns und den Namaii in der Gläsernen Stadt verpflichtet. Der zwölfte aber, Sahin, nahm ein Weib aus dem Alten Volk, um die Gemeinschaft der Menschen von Hak vor dem Zerbrechen zu bewahren. Denn viele waren zurückgekehrt zum Kult der mütterlichen Erde, brachten ihr Opfer dar und feierten die Fhalach, die Feste der Fruchtbarkeit, zu ihren Ehren. Das Hju, so glaubten sie, sei die Urkraft der Natur, und der Tat der Vater, dessen Same die Welt und ihre Geschöpfe gezeugt habe im Schoß der Mutter. Khaïla, die Gattin des Sahin, stammte aus einem alten Geschlecht des Südvolkes und war erzogen im Dienst an der Großen Mutter. Sie bewegte Sahin, der Mutter westlich von Hak einen Tempel zu bauen, denn viele des alten Volkes mieden die sternförmige Stadt und mißtrauten jenen, deren Vorväter in der Gläsernen Stadt gewesen waren. Sahin, bemüht, die Einheit von Hak zu erhalten und das Vertrauen des alten Volkes zu gewinnen, baute gegen den Rat der Namaii den Tempel der Mutter, in dem man eine leere, dreieckige Lagerstatt, das Trem, den Thron der Mutter, anbetete. Khaïla gebar Sahin einen Sohn und eine Tochter. Da sie ihre Kinder als König und Königin über das Reich von Hak herrschen sehen wollte, drängte sie ihren Gatten, von der altüberlieferten Weise abzuweichen, die Harlar begründet hatte, und die besagte, daß König von Hak nur der sein solle, der den Sonnenstern in sich erleuchtet und die Würde des On-Nam vom Rat der neun Namaii in der Gläsernen Stadt erhalten habe.

Als Sahin ihrem Drängen nachgab und dem Volk verkünden ließ, sein Geschlecht führe sich in direkter Linie auf Harlar zurück, den Vater Atlans, und nur ein Sproß aus diesem Stamm sei würdig, die Krone von Hak zu tragen, erlosch die Weisheit der Einen Kraft in ihm, und die Namaii entzogen ihm die Macht des On-Nam. So trennte sich das König-

tum von Hak von der Linie der Namaii und das Goldene Zeitalter Atlans fand ein Ende. Elod, der Sahin nachfolgte als On-Nam, warnte das Volk vor dem Kult der Mutter, denn er wußte um die dunkle Kraft, die aus dem Trem, dem Symbol der Mutter, erwachsen würde, aber nur wenige wollten auf ihn hören. Die ursprüngliche Lehre des Sonnensterns war den Menschen fremd geworden. Das Volk hatte längst begonnen, den namenlosen, unfaßbaren Tat als schaffenden Vater, als Gott des Elrach, anzubeten, und seine zahlreichen Aspekte mit Namen zu benennen und als Götter zu verbildlichen. Sie schufen dem Tat Götzenbilder und Tempel, denn sein Abbild in den Illusionen des Ehefem war ihnen leichter faßbar als die formlose, ewige Kraft des Hju. Der fruchtbare Schoß der Urmutter aber galt vielen als Heiligstes, denn aus ihm waren sie ins Leben gekommen, und in sein dunkles Geheimnis führte der Tod sie zurück im ewigen Kreislauf von Werden, Vergehen und wieder Erblühen.
Sahin, der bis zu seinem Tod verzweifelt strebte, das Licht der Einen Kraft wiederzufinden, starb, von Selbstvorwürfen zerfleischt, und Khaïla, seine Gattin, wurde die erste Königin von Hak, da ihr Sohn, der Prinz und Thronfolger, noch ein Knabe war. Sie berief Priesterinnen der Großen Mutter, nannte sie Waiyas und verkündete die neue Lehre, der das Volk von Hak sich fortan zu beugen hatte: Die Mutter, der Leib der Schöpfung, der das Universum hervorgebracht habe und alle Kreaturen in ihm, sei die höchste, ewige Gottheit, Tat aber, der Vater, der an ihrer Seite weile, ihr Untertan, da auch er ein Kind ihres Schoßes sei. Die Mutter sei die dreieinige Kraft der Fruchtbarkeit, die alles Leben gibt, erhält und nimmt, der Tat aber das Viele, die ungezählten Dinge und Elemente, die er väterlich beherrscht und ordnet als weiser Diener der Mutter.
Als Elod, der On-Nam, vor die Königin hintrat, um sie an die reine Lehre des Sonnensterns zu mahnen, an die Worte Harlars und der Namaii, als er das tat, was Sahin, der gefallene On-Nam, in seiner Verblendung versäumte, wurde er vom aufgewiegelten Volk in Stücke gerissen. Daraufhin erhoben sich einige, die noch dem Weg der Einen Kraft folgten, in Verzweiflung gegen die Khaïla, aber sie wurden die Opfer ihrer eigenen Unbesonnenheit. Ihr Blut färbte die Ströme der heiligen Quelle von Hak, den Brunnen des Hju, aus dem das Wasser des Lebens floß. Bei den Kämpfen verlor auch der Prinz und Thronfolger das Leben. Das Volk schrie, die Anhänger Elods hätten ihn ermordet, in Wirklichkeit jedoch trug der vergiftete Dolch, der ihm ins Herz fuhr, das Trem, das silberne Dreieck, das Zeichen der Mutter und ihrer Waiyas. Nun kann-

te der Zorn des Mobs keine Grenzen mehr. Viele, die den Lehren von der Einen Kraft und den späteren Lehren vom Tat als einzigen, väterlichen Gott wohlgesinnt waren, mußten ihr Leben lassen. Viele Bürger von Hak flohen über die Berge nach Norden und Westen. Da versiegte die Quelle im Haus der Kraft und das Orakel des Sonnensterns sprach ein letztes Mal, bevor es für immer verstummte. Es verkündete, daß die Eine Kraft des Hju sich abgewendet habe von Hak, daß Verderben erwachsen werde aus dem Kult der Mutter, doch die verblendeten Menschen höhnten nur, und glaubten, das Vertrocknen der Quelle sei ein Zeichen für die Schwäche der alten Lehren, die Harlar ihnen einst ins Herz gelegt.

Die Macht des On-Nam aber ging über auf Ul, einen Mann aus dem Volk von San. Dort, an den Küsten des westlichen Ozeans begann ein neues Reich der Weisheit zu erblühen. Khaïla aber verkündete ihrem Volk, der Wille der Mutter habe sich offenbart, als sie den Thronfolger habe sterben lassen im Kampf gegen die Frevler. Ihr unumstößliches Wollen sei es, daß fortan Königinnen regierten in Hak, Töchter der Mutter, durch das Blut ihres Leibes, das sie ihr zum Neumond opferten, auf ewig mit der allweisen Schöpferin verbunden. Khaïla schloß die Grenzen nach Norden, denn noch war die Große Mutter nicht stark genug, ihre Hand nach dem übrigen Atlan auszustrecken. Der Süden jedoch war fest vereint unter ihrem Willen. Khaïla starb hochbetagt, und ihre Tochter, Saray, festigte die Macht der Waiyas. Sie ließ ein Heer heranbilden zum Schutz des Reiches und gestattete dem Volk, Bilder des Tat anzubeten, des Vatergottes, um jene zu besänftigen, in deren Herzen die Erinnerung an die alte Zeit von Hak wohnte. Da der Dienst an der Mutter den Frauen vorbehalten war, duldete es die Königin, daß Priester in den Tempeln des Tat wirkten, um dem Volk die Allmacht der Mutter und die Güte des Vaters zu lehren. Zu dieser Zeit begann das Orakel der Mutter zu sprechen. Es forderte Blutopfer für die Eine Schöpferin, damit sie mächtig werde in ganz Atlan. Und es forderte, daß eine Pyramide errichtet werde anstelle des Hügels von Hak, ein mächtiges Haus des Trem, um der Mutter einen Sitz der Macht zu bereiten. So begann Blut zu fließen in den Tempeln der Mutter zu den Festen des Fhalach, erst das Blut von Opfertieren, dann aber menschliches Blut, denn, so sangen die Waiyas, Blut weine der Schoß der Mutter und Blut müsse die Mutter empfangen, denn im Blut fließe die schaffende Kraft des Lebens. Zugleich begann der Bau der großen Pyramide. Das Haus der Kraft aus schimmerndem Kristall, das die Quelle des Sonnensterns in den goldenen Tagen von Hak umgeben, wurde zerschla-

gen und niedergerissen unter dem Triumphgeheul der Massen, und der heilige Hügel abgetragen. An seiner Stelle entstand eine gewaltige steinerne Pyramide als höchster Tempel und Wohnsitz der Großen Mutter. Tief in die Erde reichten die weit verzweigten Gänge und Gewölbe, in denen fortan die Waiyas lebten, um ihrer Göttin und Königin in der Kammer unter dem Haus des Trem zu dienen.
Unter Königin Sahwa wurde das gewaltige Bauwerk vollendet. Zu dieser Zeit begann der Harl zu lehren im Land um Hak. Er wollte die Menschen an die vergangene Epoche des Reiches erinnern, an den Einen Tat und seine allmächtige Kraft. Er verdammte die Blutopfer und das Orakel der Mutter, diesen Mund der Lüge, wie er es nannte. Stattdessen lehrte er den Menschen, daß nur die Einheit der Mutter und des Tat in höchster Liebe den Menschen Vollkommenheit schenken werde. Nur die Liebe zwischen Mann und Frau bringe die Eine schaffende Kraft hervor, die das alte Reich von Hak regiert habe. Tat, der allgewaltige Vater, habe das All und die Erde geschaffen, aus der Liebe zu seiner Gemahlin aber entstanden die Natur und die Menschen. Wendeten sich die Menschen nicht dieser göttlichen Liebe zu, die keiner Tempel und Götzendiener bedürfe, erwarte sie Vernichtung. Brächten sie die liebende Kraft des Tat und der Mutter aber in ihren Herzen hervor, so würde das goldene Reich des Harlar wiedererstehen, mächtig und groß, wie es einst gewesen war in grauer Vorzeit.
Der Harl zog durch die Länder des Südens und sammelte Anhänger um sich, die Waiyas aber und die Priesterschaft des Tat, forderten sein Blut. Als der Harl zu lehren begann, er selbst stamme aus dem Geschlecht des Harlar und sei gekommen, um die männliche Königslinie von Hak zu erneuern, ließen ihn die Waiyas ergreifen und vor das Orakel der Mutter schleppen. Jeder Tropfen des verderbten Blutes in seinen Adern gehöre der Mutter und solle ihr zum Opfer fließen, forderte es, denn nur so ließe sich die Schmach abwaschen, die dieser Verblendete der allweisen Schöpferin angetan. Die Königin Sahwa aber, ergriffen von der Herzenskraft und Weisheit des Harl, wankte in ihrer Pflicht und ließ ihn am Leben. Sie verkündete, sie werde die Blutopfer abschaffen und die sanfte, liebende Mutter mit dem Tat verbinden. Da erhoben sich die Waiyas gegen Sahwa, nahmen sie gefangen und schlachteten die Ungehorsame am Altar der Mutter.
Die ihr nachfolgte, trug den Namen der ersten Königin, Khaïla. Viele glaubten, sie sei die Wiederverkörperung jener Ahnherrin des neuen Reiches. Als sie vor das Orakel hintrat, um die Würde der Königin zu empfangen, sprach der Mund der Höchsten Gottheit, die Mutter selbst

werde in Khaïlas fleischlichen Körper eintreten, um unter ihren Kindern zu weilen, wenn das Blut des Harl ihr zum Opfer flösse. Da gab Khaïla Befehl, den Harl an den Beinen aufzuhängen und ihn sieben Tage am Platz vor der Pyramide dem Volk zu zeigen. Am Abend des siebten Tages dann, zu Beginn des Fhalach, des höchsten Festes der Mutter, trat sie hinaus in das Glühen der sinkenden Sonne und durchtrennte Harl, dem Licht von Hak, dem Sohn des Tat, mit einem Schwert die Kehle. Die Waiyas fingen sein Blut in goldenen Schalen und Khaïla goß es über das Trem, den leeren Thron der Mutter, der in der heiligsten Kammer tief unter der Pyramide stand. Da nahm die schreckliche Göttin selbst Besitz vom Körper Khaïlas. Ihr Wesen stieg aus den Tiefen der Erde herauf und trat ein in den Leib der Königin. Auf dem dreieckigen Thron lag Khaïla fortan, ein wabernder, aufgedunsener Leib, unsterblich, ganz von der dunklen Macht der Mutter durchdrungen. Nur die höchsten der Waiyas durften um sie sein, jene, die eingeweiht waren in die Mysterien des Trem. Jedes Wort, das über die Lippen Khaïlas kam, galt als unumstößliches, göttliches Gesetz, als lebendes Wort der Mutter. Ihr Name war fortan der Name der Mutter, und sie nährte sich vom Blut der Opfer, das unaufhörlich aus den Schlachträumen über ihrer Kammer durch eine vergitterte Öffnung tropfte. Die Waiyas hetzten das Volk auf, nicht nachzulassen mit den Opfern, um die Mutter nicht zu erzürnen. Nur wenn die Quelle des Blutes unaufhörlich sprudle aus lebendigem Leben, sei die Gnade der Khaïla dem Volk gewiß, lehrten sie, denn Blut, die Kraft des Lebens selbst, fließe nun aus der Quelle von Hak; niemals dürfe sie versiegen. Die Macht des Blutes bannte Dämonen und böse Wesenheiten am Haus des Trem. Diese Geister und Kambhuks töteten jeden Unwürdigen, der sich in die Nähe der verfluchten Stätte verirrte, und sie stachelten den Blutdurst der Mutter zur Raserei.

Der Harl aber hatte sechs Getreue hinterlassen, seine engsten Schüler und Anhänger. Sie verbreiteten seine Lehre weiterhin unter dem Volk, das in Angst vor der Khaïla lebte und heimlich das Ende ihrer Herrschaft erflehte. Sie lehrten, der Harl werde wiederkommen, um die Königslinie des Harlar für immer einzusetzen. Viele Menschen begannen, den Harl anzubeten, denn der Glaube an seine Worte schien wie ein Schimmer der Hoffnung in der düsteren Zeit, die über Hak hereingebrochen war. Die Khaïla aber forderte das Blut der Frevler und verkündete, Atlan werde sich erst ihrem Willen beugen, wenn sich keine Stimme der Lüge mehr gegen sie auflehne.

Lagha, der Lieblingsjünger des Harl, der die reine Lehre des Erlösers von Hak verkündete, wurde ergriffen und von den Waiyas der Mutter geopfert. Doch seine Pergamente, auf denen er die Worte des Meisters aufgezeichnet hatte, wurden im geheimen verbreitet. Abschriften von ihnen finden sich in der Bibilothek von Feen.

Sarn, ein Zauberer, den Angst ergriff vor Verfolgung und Tod, schwor der Lehre des Harl ab und bekannte, es sei eine Irrlehre gewesen, ein Verrat am weisen Vater Tat. Er rief das Volk zur Unterwerfung unter die Gnade der Khaïla auf. Die Mutter, die erkannte, daß sie sein Herz ganz besaß, machte ihn zum Oberhaupt der Tat-Priester. Später gingen Gerüchte, Sarn habe den Harl verraten an die Wachen der Tempel, um das eigene Leben zu retten.

Egol, der den Harl vergebens gedrängt hatte, das Volk zu den Waffen zu rufen wider die Khaïla, zog sich mit seinen Getreuen, die er Harlanas nannte, Krieger des Harl, in die Abgeschiedenheit der Gebirge zurück, die das Reich von Hak vom übrigen Atlan trennten. Dort übten sie sich im Kampf mit dem Schwert, um bereit zu sein für die Wiederkunft ihres Meisters. Der Harl werde wiederkommen im Licht des Tat, lehrte Egol, um das Böse für immer vom Angesicht der Erde zu tilgen. Egol nahm das Schwert mit in die Berge, an dem das Blut des Harl klebte und weihte es dem Kampf gegen das Böse. Die Harlanas bewahrten es als Zeichen höchster Meisterwürde, die weitergegeben wurde von einem Meister zum nächsten. Sie entdeckten durch die Übung mit dem Schwert das Ka, die Kraft unbesiegbarer Erleuchtung, den Weg auf der Schneide des Schwertes, nach dem noch heute die Gurenas Atlans streben, obwohl das wahre Ka der Harlanas in Vergessenheit geriet.

Kasum, der vierte Jünger des Harl, lehrte, Wohltätigkeit und Milde sei die höchste Gewalt der Liebe, aber auch er wurde von Neidern verraten und der Mutter geopfert. Seine Lehre jedoch hatte viele Menschen von Hak berührt und lebte in mannigfaltiger Form weiter.

Maisha lehrte, die Vollendung werde nur dem einzelnen zuteil, der sich zurückziehe von der Welt, um in Einsamkeit und Askese dem Einen Tat zu dienen. In seinen Lehren lag viel vom alten Wissen des Sonnensterns, doch es war überwuchert vom Klang kunstvoll verschlungener Worte, so daß nur die Gebildeten sie verstanden und auf vielfältige Weise deuteten. Maisha floh vor den Waiyas über die nördlichen Gebirge und lebte als Einsiedler in den Wäldern, lehrte einem kleinen Kreis von Jüngern, die später das Wort des Harl über Atlan verbreiteten. Es hieß, er sei selbst ein Erlöser und Heiliger geworden, ein Dhan, der Wunder wirkte und die Menschen mit dem Licht seiner Weisheit erfüllte. Maisha gilt als der Urvater der Dhans, die bis heute die Wälder und Ebenen Atlans durchstreifen auf der Suche nach der Wahrheit des Sonnensterns.

Norg aber, der sechste Getreue des Harl, besaß die Kraft der Magie. Bevor er sich zum Erlöser von Hak bekannte, hatte er den Nokam gedient, einer geheimen Bruderschaft des alten Volkes, den Beherrschern der Elemente, die ihre Macht im Dienst der Khaïla beim Bau der Pyramide wirken ließen. Er vermochte die Dämonen am Haus des Trem zu bannen und das Licht der Sonne in zerstörendes Feuer zu verwandeln, und bald schon war er der mächtigste der Nokam. In unersättlichem Ehrgeiz aber strebte Norg nach einer Kraft, die stärker war als die weiße und schwarze Magie der Nokam. Die alten Legenden Haks sprachen von dieser Einen Kraft, der Quelle aller Kräfte, und Norg glaubte sie zu erkennen im Harl, wurde gebannt von der Weisheit des Sohnes des Tat. Er schied von den Nokam und beschritt fortan den Weg des Elrach, der hellen, schaffenden Kraft, die den Harl beseelte. Als die Krieger des Trem den Harl ergriffen, wollte Norg ihn retten durch die Kraft seiner Magie, die er in langen Jahren harten Strebens erworben. Er flehte den Harl an, diese Macht gegen die Khaïla zu kehren, um das Reich der Liebe wieder zu errichten im Land von Hak, doch Harl erwiderte ihm, nie könne Liebe blühen aus dem Haß, und nie Frieden aus dem Krieg. Als Norg den Harl sterben sah vor dem Haus des Trem, einsam, verlassen von den seinen, verfluchte er das Elrach, stieß verbittert die Lehren von Liebe und Frieden von sich und gelobte, fortan nur dem Willen der Macht zu gehorchen, die in seinem eigenen Herzen wohnte.

Die Priester des Tat und die Waiyas der Khaïla aber wußten um die Kräfte Norgs und umwarben ihn heimlich, um ihn für ihre Dienste zu gewinnen. Norg legte das weiße Gewand eines Tat-Priesters an, gelobte dem väterlichen Gott die Treue, doch zugleich beteuerte er den Waiyas, sein Herz und seine Stärke einzig dem Dienst an der Khaïla zu weihen. Norg streckte die Hände aus nach dem übrigen Atlan, erforschte es mit den Augen der Magie, und als er sah, daß das Volk des Ostens den Herrn des Vulkans Xav anbetete, den flammenden Be'el, wurde ihm in einem Augenblick klaren inneren Schauens das Wissen zuteil, daß dieser Be'el einst über Atlan herrschen werde. Er spürte die schlafende Kraft dieses Gottes und gab der namenlosen, dunklen Macht, der er ewigen Gehorsam geschworen, den Namen Be'el.«

Gemurmel erhob sich in der Halle der Mehdra. Lok-Ma unterbrach seine Rede für einen Augenblick, nahm einen Schluck Wasser und wartete, bis wieder Stille eingekehrt war.

»Norg sammelte heimlich die besten der Nokam um sich, hieß sie die

Gewänder des Tat anlegen und lehrte sie die Künste, die aus der dunklen Seite des Ehfem stammen. Er glaubte, in dieser Macht des Schattens die Eine Kraft gefunden, die mächtigste der Kräfte, doch sein Blick war gefangen in den Illusionen des Ehfem. Denn die Eine Kraft des Hju, die aus dem Sonnenstern strömt, ist weder dunkel noch hell, weder gut noch böse. Doch sie, die aus der namenlosen Quelle allen Seins fließt, teilt sich am Rand des Unendlichen in das Ehfem, die zweigespaltene Macht, in Gut und Böse, Licht und Dunkel, Elrach und Elroi. Den Menschen ist gegeben, die Eine Kraft zum Guten oder zum Bösen zu formen. Das Hju ist formlos und alleins, ein Ton ohne Echo, ein Licht ohne Schatten. Tritt die Eine Kraft aber in die Welt des Endlichen, so ist ihr Klang nur ein Echo des wirklichen Klanges und ihr Licht nur ein Abglanz des wirklichen Lichtes. Das Ehfem ist ihre Spiegelung in den Himmeln der vergänglichen Welt und das menschliche Denken und Tun verleiht ihr Form und Gestalt. Von ihren zwei Strömen gereicht der eine dem Menschen zum Wohl, der andere aber zum Übel. Das Elrach ist der weiße Strom der Güte, das Elroi der schwarze Strom der Macht. Das Elrach ist das Schaffende, das Elroi das Zerstörende. Keiner dieser Ströme aber ist die wahre, ursprüngliche Kraft, die unberührbare, ewige, aus der sie hervorgehen. Sie werden sich bekämpfen, solange die Welt besteht, aber keiner wird für lange siegen, denn aus beiden Strömen ist die Welt geformt und aus ihrem Widerstreit formen sich die unzähligen Erscheinungen des Lebens. Jedes Lebewesen der vergänglichen Welten ist aus den Elementen beider Ströme geschaffen, damit es auf dem Rad der Geburten und Tode, der Schule des Lebens, die Gesetze des ewigen Seins verstehen lernt und zurückfindet zur Einen ewigen Kraft des Hju, die es emporhebt über das Schlachtfeld des Ehfem in das klare Licht des Sonnensterns.
Norg öffnete sein Herz dem Elroi, der dunklen Seite der Kraft, und das Elroi machte ihn stark. Er aber lieh seine Stärke der Khaïla, wissend, daß die große Mutter ein Instrument war, das ihm und den seinen nutzen würde auf dem Weg zur höchsten Macht.
Er stachelte die Khaïla auf, die Herrschaft über ganz Atlan zu begehren. Sie sandte Späher aus nach Norden, die Gläserne Stadt zu suchen, von der die Legenden des Alten Reiches sprachen, aber die Namaii, die wußten, daß die Zeiten des Friedens vorüber waren in Atlan, hüllten die Stadt in Wolken und schlossen einen Ring des Schweigens um die Gletscher des Am. Die Kundschafter aber brachten Nachricht von San, dem Land an den westlichen Küsten, von seiner Macht und Schönheit, die im Licht des Tat erblühte. Die Khaïla ergriff heftiger Neid. Sie hetz-

te das Volk auf gegen die Menschen von San, versprach Wohlstand und Ruhm, wenn man diesen Feind unterwerfe und rüstete ein großes Heer. Die Truppen der Mutter zogen über die Berge in die Länder Atlans und trafen auf der Ebene von Melat auf die Krieger des Westens. Furchtbar war die Schlacht, denn die Nokam, die Herren des Elroi, kämpften mit der Macht dunkler Magie und hetzten die Dämonen der Pyramide gegen die Feinde. Zu dieser Zeit war San noch mit dem Festland verbunden. Das Heer des Westens zog sich auf die Landbrücke zurück, die nach Sanris hinüberführte. Tapfer wehrten sich die Menschen von San, und das Wissen um die Eine Kraft, das sie bewahrt hatten, machte sie den Kriegern der Khaïla überlegen. Sie verfügten über Schiffe, die unter Wasser zu fahren vermochten, über Flugmaschinen und viele der Dinge, die schon im alten Reich von Hak den Menschen gedient. Trotzdem wurden sie vom übermächtigen Heer der Khaïla in die Enge gedrängt. Schon schien ihr Schicksal besiegelt, in einer letzten, entscheidenden Schlacht vernichtet zu werden, als ihnen unvermittelt ein starkes Heer aus dem Osten zu Hilfe kam.

Won-Te, der erste König aus dem Geschlecht der Te, hatte eben die Macht über den Stamm des Ostens an sich gerissen, als die Kunde vom Krieg der Khaïla gegen die friedlichen Menschen von San nach Teras gelangte. Won-Te, der wußte, daß die Khaïla einst auch nach den Ländern um Teras greifen würde, sandte eine Streitmacht zu Hilfe. Eingeschlossen zwischen zwei Heeren auf der Landbrücke von Sanris wurden die Krieger des Südens geschlagen. Da beschlossen die Sieger, die sich in einem rauschenden Freudenfest verbündeten, die Macht der Khaïla endgültig zu brechen und nahmen die Verfolgung der Fliehenden auf. Die Flotte von San stach in See und trug Krieger nach Süden, während das Heer des Ostens über den Paß von Alani marschierte. Von zwei Seiten näherten sich die Heere Atlans Hak, die Mutter aber, außer sich vor Zorn und Haß, und verleitet von Norg, begann die dunkle Kraft der Erde in ihrer Pyramide zu sammeln. Unaufhörlich floß das Blut der Opfer in den Kultkammern der Waiyas. Es schien, als würde das Haus des Trem erzittern unter den Wellen der Kraft, die sich in ihm stauten. Als die Heere Atlans vor Hak standen, entlud die Khaïla die vernichtende Energie. Ein fürchterlicher Schlag durchzuckte die Länder des Südens. Hak, die Stadt des Sonnensterns, die Blume aus Stein und Gold, fiel in Trümmer und große Teile des Landes versanken unter gewaltigen Erdstößen im Meer. Die südlichen Berge, zu dieser Zeit von Wäldern überwuchert, verbrannten zu roten Felsen und hießen fortan die Kahlen Berge, die fruchtbaren Ebenen des Südens aber verwandelten sich in Wüste und Steppe. Die Landbrücke von Sanris versank im Meer, die Sümpfe von Alas entstanden und viele der Minen um Mombut wurden verschüttet, was die Aibos des Nordstammes bewegte, nach Norden und Osten zu ziehen, wo sie Feen und Ütock gründeten. Die Gläserne Stadt verbarg sich fortan ganz vor den Blicken der Menschen. Die Wege, die zu ihr führten und die einst allen offenstanden, verfielen und gerieten in Vergessenheit.

Die Khaïla stieß ihren Körper ab und verließ die Kammer der Großen Pyramide, doch sie verkündete, sie werde wiederkehren, einst, wenn die Zeit ihrer Rache gekommen sei. Unzählige starben im Toben der dunklen Gewalten. Die Städte des Südens versanken, und von den Heeren aus San und Teras, die vor Hak lagerten, kamen nur wenige Menschen mit dem Leben davon. In den unterirdischen Räumen und Gängen der Pyramide aber überlebten viele Waiyas den Orkan der Vernichtung, und mit ihnen die Nokam, die Gefolgsleute des Norg. Norg jedoch, der Herr der dunklen Kraft, war verschwunden. Die Legende berichtet, er habe seinen fleischlichen Leib aufgegeben, um eins zu werden mit der Macht des Elroi, die einst Atlan beherrschen werde. Doch auch er werde wiederkommen, raunten die Nokam, um die Macht zu ernten, die er selbst in seiner Vision vom Be'el erschaut.

Viele der überlebenden Menschen des Südens gingen mit den Siegern nach Sanris, Teras und in die anderen Städte Atlans. Mit ihnen verbreitete sich viel von der Weisheit, der Wissenschaft und den Künsten des alten Reiches. Die anderen bauten ihre Dörfer wieder auf und bestellten mühsam den unfruchtbar gewordenen Boden. Oder sie zogen an die Küsten, um sich von den Früchten des Ozeans zu nähren, wie die Menschen von San es ihnen lehrten. Die Führer der siegreichen Stämme verboten den Kult und die Anbetung der Khaïla und setzten die Priester des Tat als Hüter der neuen Gebote ein.

Die verschiedenen Lehren des Tat und des Harl verschmolzen zu einer Religion des Elrach, die den Tat als obersten Vatergott verehrte und den Harl als seinen Sohn, der eines Tages wiederkehren würde, um das goldene Reich neu zu begründen. Die Lehren des Kasum von Mildtätigkeit und Liebe flossen in sie ein, und Bruchstücke der verschlungenen Philosophie des Maisha, doch sie war weit entfernt von der reinen Lehre des Hju. Die Harlanas, die das Schwert des Harl hüteten und sich bewährt hatten im Krieg gegen die Mutter, bauten Burgen in den Kahlen Bergen und kultivierten den Weg des Schwertes, um bereit zu sein für die Wiederkunft des Harl. Einige von ihnen gingen nach Teras, gründeten Ghuras, um die Krieger des Ostens in der Kunst der Er-

leuchtung durch den Weg auf der Schneide der Klinge zu unterweisen.
Die Vernichtung des Südens aber bewirkte, daß die Völker Atlans sich bewegten und das Reich in viele Provinzen und Länder zerfiel, die von Aibos beherrscht wurden. Nur die Könige des Ostens schufen ein großes Reich, das die Ebenen und Küsten von Teras bis Alani umfaßte. Lange Zeit gab es in Atlan kleine und große Kriege zwischen den Aibos und den Königen, den verschiedenen Stämmen und den alten Völkern der Wälder und Ebenen. Obwohl die Khaïla gebannt schien, herrschte ihr dunkler Schatten des Hasses und der Zwietracht noch immer über die Menschen Atlans. Die Könige und Aibos zerfleischten sich gegenseitig im Kampf um die Macht, nur auf San und in den nördlichen Provinzen herrschte Friede. Der Nordstamm bewahrte in dieser wechselhaften Zeit viel von der Kultur Atlans. Nicht umsonst ruhen auch heute noch unvergleichliche Schätze vergessener Weisheit in der Bibliothek von Feen.
Im Süden jedoch begann sich heimlich die Khaïla wieder zu erheben. In den Gewölben und Gängen unter dem Haus des Trem sprach nach langer Zeit wieder das Orakal der Mutter und forderte Opferblut. Die Khaïla werde wiederkommen, verhieß es, um Rache zu nehmen an den Stämmen Atlans. Über den Trümmern von Hak, die als verflucht galten und für immer vom Bösen geschändet, sammelten sich erneut die Wesen der Zwischenwelten, angelockt vom frischen Blut der Opfer. Die Nokam aber stellten erneut ihre dunkle Macht in den Dienst der Khaïla, und gleichzeitig dienten sie unauffällig als Priester des Tat in den Tempeln. Sie wiegelten das Volk gegen die Herren aus dem Osten auf, die Wachen und Späher zurückgelassen hatten, zugleich aber knüpften sie Verbindungen nach Teras, wo man den Be'el verehrte, den feurigen Gott des Ostvolkes. Sie benutzten den Namen und die Gestalt dieses Gottes und erfüllten sie mit der dunklen Kraft des Elroi, wie Norg es ihnen gelehrt. Ihre Kundschafter und Verbindungsleute waren in jedem Dorf zu finden, in den Tempeln des Tat, im unterirdischen Labyrinth der Khaïla, in den steinernen Heiligtümern des Be'el im Osten und in den Lehmhütten von Alani an den Nordhängen der Kahlen Berge, wo sich viele der einstigen Bewohner Haks niedergelassen hatten. Unablässig trieben sie das Werk des Bösen voran, bis der Mund der Mutter verkündete, die Zeit der Rache sei gekommen.
Gewaltige Energie strömte aus dem Haus des Trem und legte sich wie eine Glocke über die Wüsten und Steppen des Südens. Im Inneren der Pyramide brachte die Magie der Khaïla und der Nokam entsetzliche

Wesen hervor, Kambhuks, nicht Mensch, nicht Tier, blutrünstig, von furchtbarer Kraft beseelt. Die Nokam machten das Volk dem Willen der Khaïla gefügig, sähten Zwietracht unter der Priesterschaft des Tat, die dem Elrach diente, der weißen Seite des Ehfem, dem Guten und Rechtschaffenen, zettelten Aufstände an gegen die Krieger des Ostens, die im Süden geblieben waren und unterbrachen die Verbindungen nach Teras. Alles aber, was sie taten, geschah im Verborgenen, unter dem Siegel des Schweigens, allein dem Ziel dienend, das Norg verheißen hatte in jener Nacht klaren Schauens in die Zukunft Atlans.
Als die Vorbereitungen für einen Krieg getroffen waren, setzte die Khaïla ein Heer in Marsch auf die Kahlen Berge, noch bevor Los-Te, König in Teras, der siebente Herrscher aus dem Geschlecht der Te, von den neuen Gefahren für sein Reich erfuhr. Aber die Harlanas kamen aus ihren Burgen und warfen sich den Scharen der Khaïla am Paß von Alani entgegen. Erbittert war der Kampf der Meister des Schwertes gegen die Übermacht aus dem Süden. Es gelang ihnen, das Heer der Khaïla aufzuhalten, bis Los-Te mit seinen Truppen die Ebene von Alani erreichte. Doch nur wenige der Harlanas entkamen dem Blutbad in den Kahlen Bergen. Ihre Burgen wurden geschleift und das Schwert des Harl, das Zeichen der Meister, das sie so lange bewahrt, ging verloren. Aber es geht die Sage, daß in einer unzugänglichen Burg, die nicht aufgefunden wurde von den Kriegern des Trem, die letzten Harlanas bis heute das Geheimnis des Ka hüten und die Wiederkunft des Harl erwarten.
Lange währte der Krieg zwischen der Khaïla und dem König von Teras, doch als verbündete Aibos in den Kampf eingriffen, und auch San ein Heer entsandte, wurde die Mutter niedergezwungen. Ihre Truppen zogen sich nach Hak zurück. Dem weisen Los-Te gelang es, viele der Aibos unter seinem Banner zu vereinen. Es steht in den Chroniken verzeichnet, daß er, der ruhmreichste und edelste der Ostkönige, an der Spitze einer Streitmacht, wie sie Atlan nie zuvor gesehen, nach Süden zog, um dem Kult der Mutter für alle Zeiten ein Ende zu setzen. Er besiegte die Krieger des Trem noch einmal in einer grausamen Entscheidungsschlacht bei den Trümmern von Hak. Er ließ die Spitze der Pyramide abtragen und die unterirdischen Hallen und Gänge mit Feuer und Wasser vernichten. Dann aber traf ihn ein vergifteter Pfeil der Waiyas.
Non-Te, sein jüngster Sohn, der sich später Tat-Non-Te nannte, und die Dynastie der Tat-Tsok begründete, trat sein Erbe als König von Teras an, denn all seine Brüder waren in der Schlacht um Hak gefallen. Er be-

fahl, die Waiyas gnadenlos zu jagen und keine von ihnen am Leben zu lassen, und er ordnete an, die Menschen des Südens zu zwingen, ihre Heimat zu verlassen und über die Kahlen Berge nach Norden zu ziehen. Auf ewig verflucht sollte das Land von Hak sein, kein menschlicher Fuß sollte es jemals mehr durchwandern. Die Dörfer wurden zerstört, die Felder verbrannt und alle, die sich sträubten, das Land ihrer Väter zu verlassen, das einmal das goldene Land von Atlan gewesen, unerbittlich hingemetzelt. Die Priester des Tat leiteten diese Maßnahmen im Namen des Königs, verrieten jene, die der Mutter geneigt waren und verfolgten sie mit grausamer Härte. Sie schworen dem König des Ostens Treue, denn er hatte den Tat vom Joch der Khaïla befreit, und sie wollten mächtig werden unter seinem Schutz. Los-Te aber war dem Be'el zugeneigt, dem Flammengott aus dem Vulkan Xav, in dem sich der Mut und die Stärke des Ostvolkes verkörperte. Zugleich jedoch war er eingenommen von der lichten Weisheit des Tat, die Hak hatte erblühen lassen.

Da traten die Nokam aus den Reihen der Tat-Priester hervor, machten sich den Zwiespalt des ersten Tat-Tsok zunutze und verkündeten die Lehre vom Tat-Be'el, dem vereinten, doppelgesichtigen Gott, der nur vollkommen sei in seinen zwei Aspekten. Sie erklärten, jener, der den Tat befreit habe in den Ländern des Südens und ihn vereinige mit dem Be'el, er sei der Göttliche, der Erlöser, von dem die Prophezeiungen gesprochen, der wiedergekehrte Harl, der Eine König, der Tat-Tsok, der dem Frevel der Mutter ein Ende gesetzt hatte, um das Goldene Reich von Hak neu entstehen zu lassen an den Küsten des östlichen Meeres. Ihm sei es gegeben, Atlan zu vereinen unter dem allgewaltigen Tat-Be'el und ein Zeitalter ewigen Glücks und Friedens zu schaffen. Non-Te, ehrgeizig bestrebt, den Ruhm seines Vaters zu übertreffen, war überwältigt von den Dingen, die er im Süden sah und hörte. Er fühlte sich geschmeichelt von den listigen Worten der Nokam und schenkte ihnen Glauben, da sie seine eigenen heimlichen und halb geformten Gedanken klar aussprachen. Als die Männer, die der weißen Seite des Tat dienten, erkannten, daß die Nokam das Herz des Königs gewonnen hatten, ließen sie zu, daß sich der Be'el mit ihrem Gott verband. Insgeheim haßten sie die Nokam, denen das Gewand des Tat nur Verkleidung war, doch sie beugten sich dem Entschluß des Tat-Tsok, in der Hoffnung, teilzuhaben an der neuen, kommenden Macht der Dynastie der Te. So brachte Non-Te den Tat-Be'el aus dem Süden nach Teras und zwang ihn seinem Volke auf, denn er glaubte, in ihm werde sich die Weisheit von Hak mit der stürmischen Kraft des Ostvolkes vereinen.

Er bestimmte, daß Won-Te, der erste König aus dem Geschlecht der Te, der die Khaïla bei Sanris besiegt und dem Oststamm Bedeutung gegeben hatte in Atlan, fortan als erster Tat-Tsok gelte, als Begründer der Dynastie der Te. Er selbst, Non-Te, sei folglich der achte Tat-Tsok. Der Tag aber, an dem Won-Te die Herrschaft übernommen habe in Teras, solle als Beginn eines neuen Zeitalters gelten. Die Jahre dieser neuen Epoche, die mit dem Geschlecht der Te in Atlan erblühte, solle von diesem Tag an gezählt und so in den Büchern und Chroniken verzeichnet werden. Unauslöschlich wollte Non-Te den Ruhm seines Geschlechtes in das Wachs des Schicksals prägen. Die herkömmliche Zeitrechnung stieß er um, und die alte Stadt der Ostkönige, Teras, schien seiner neuen Macht zu eng. Wieder sprachen die Nokam seine geheimen Wünsche aus, als sie ihm rieten, er solle hingehen und dem Tat-Be'el eine Stadt erbauen am Delta des Mot, um der Welt den Glanz seiner Macht zu offenbaren.
Also ließ er Kurteva erbauen zur Ehre des Tat-Be'el, des neuen, mächtigen Gottes, der fortan als Gottheit der Te über das vereinte Atlan herrschen sollte. Non-Te lauschte gerne den durchtriebenen Schmeicheleien der Nokam, die ihn gottgleich nannten, fleischgewordene Flamme und Auge des Einen Allmächtigen. Die Nokam, die nun die Khaïla ihre Erzfeindin hießen, wußten, daß sich die Prophezeiung des Norg zu erfüllen begann. Zusammen mit den Priestern des Tat, die sich Tat-Los nannten, zogen sie nach Norden, in die Stadt des Tat-Tsok. Ihre Lippen priesen den Tat, in ihren Herzen aber loderte unauslöschlich die Flamme des Be'el. Sie stiegen hoch in der Gunst der Tat-Tsok, denn sie liehen ihnen die Stärke ihrer Magie in den Kämpfen gegen Aibos, die sich der Macht Kurtevas widersetzten. Sie begannen, sich abzusondern von den Priestern des Tat, nannten sich Tam-Be'el, wie es die Flammenanbeter des Oststammes getan, und trugen bei ihren geheimen Ritualen vor dem lodernden Feuer die dunklen Roben der Flamme, doch noch immer schienen sie im Namen des doppelgesichtigen Gottes mit den Tat-Los brüderlich verbunden.
Viele, viele Jahre lang herrschte der Tat-Be'el über Atlan, denn die Kräfte von Elrach und Elroi, von Gut und Böse, von Tat-Los und Tam-Be'el hielten sich die Waage. Kurteva vermochte aufzublühen in dieser Epoche des Gleichgewichts. Doch der Haß zwischen den beiden Polen des Ehfem schwelte im Verborgenen. Jede Seite versuchte, die alleinige Macht zu gewinnen, webte Intrigen beim Tat-Tsok und suchte das Volk für sich einzunehmen. Die Tam-Be'el aber, die Erben der Nokam, bewahrten das zähe Feuer ihres Hasses, während die Tat-Los allmäh-

lich der Prunksucht und dem Wohlleben der neuen, goldenen Zeit verfielen. Schwächlich wurde der Tat von Kurteva im Gepränge der Tempel und Feste, während die Männer des Be'el unbeirrbar nach der Erfüllung der Macht strebten, die Norg ihnen prophezeit. Zwar gelang es den Priestern des Tat in unserer Zeit, den Tat-Tsok zu bewegen, die Tam-Be'el und ihren Gott zu verstoßen, doch dies war kaum mehr als das letzte Zucken ihrer sterbenden Macht. In der Verbannung wächst der Be'el zu der Gewalt heran, die Norg erschaute, und die Atlan in den Abgrund der Vernichtung stürzen wird.«
Lok-Ma hielt inne und griff nach dem Wasserglas.
»Er lästert den Tat! Er soll verderben!« schrie einer der Mehdraji, mitten hinein in die tiefe Stille. Es war, als würde sich eine unter der Kuppel vibrierende Spannung entladen wie ein Gewitter, das drückend am Himmel steht. Augenblicklich erhob sich Geschrei von allen Seiten.
»Ein Spitzel der Tat-Los hat sich eingeschlichen.«
»Soll er nur hören, welch hohle Fratze sein Tat ist!«
»Es lebe der Be'el, die ewige Flamme.«
»Der Tat wird euch vernichten, ihr Frevler!«
»Die Flamme wird siegen, wie es prophezeit ist.«
»Hört nur auf den Tso. Die Stunde des Be'el ist nahe. Er wird alleine herrschen über Atlan.«
Lok-Ma hob die Arme, um den Tumult zu beruhigen, doch vergebens. Einige Anhänger des Tat versuchten ihn zu ergreifen, aber andere Mehdraji stürzten sich auf sie und rissen sie zu Boden. Sofort begann ein wildes Handgemenge. Schreiend flüchteten die Frauen aus dem Menschenknäuel, das sich vor dem Pult Lok-Mas bildete. Aelan wurde wie von einem Sog darauf zugewirbelt, denn die anderen jungen Männer wollten ihren Freunden zu Hilfe eilen, drängten heran, packten sich gegenseitig, schimpfend, fluchend, schlugen aufeinander ein, zerrten sich zu Boden. Aelan wollte zu Lok-Ma, um ihm beizustehen, doch als er seinen Blick aus der hin und her wogenden Menschenmenge hob, war der Mehdrana verschwunden.
In diesem Augenblick entdeckte Aelan Mahla im dichtesten Gewühl. Zusammen mit einer Begleiterin versuchte sie, sich aus dem Gedränge zu befreien. Aelan durchfuhr es heiß. Er wollte sich zu ihr durchkämpfen, doch er wurde immer wieder erfaßt vom Taumeln der Menge, mitgerissen, nach vorne geschoben, gestoßen und getreten. Er spürte es kaum. Der Gedanke an Mahla hatte alle anderen Empfindungen in ihm verdrängt. Aelan stolperte über ein Knäuel von Kämpfenden, das sich am Boden wälzte, raffte sich augenblicklich wieder auf, stieß ei-

nen jungen Mann grob zur Seite, der ihn angreifen wollte und drängte weiter voran. Schließlich gelang es ihm, sich an einer Seite des Brunnens festzuhalten. Aelan stieg auf den marmornen Brunnenrand, reckte den Kopf, suchte verzweifelt die Menge nach der jungen Frau ab. Plötzlich entdeckte er sie auf der anderen Seite des Brunnens. »Mahla!« schrie er in das Getöse, das in der Kuppel der Mehdra widerhallte. Mahlas Kopf fuhr herum. Ihre Augen suchten nach dem Rufer. »Mahla!« schrie Aelan wieder, lief am Rand des Brunnens entlang, um auf die andere Seite zu gelangen, winkend, rufend. Sie sah ihn, ihr Gesicht hellte sich auf in einem Moment des Wiedererkennens. Sie rief ihrer Begleiterin etwas zu, schaute Aelan an und zeigte auf ihn. Da bekam Aelan einen Stoß in den Rücken. Er verlor den Halt. Kopfüber stürzte er in den Brunnen. Prustend raffte er sich auf. Ein lebloser Körper wurde von zwei Mehdraji mit einem Fluch in den Brunnen geworfen und riß Aelan erneut um. Aelan half dem halbtot Geschlagenen an den Rand und stieg aus dem Wasser.
Mahla war verschwunden. Aelan schrie nach ihr, ließ seine Blicke verzweifelt über die Menge irren, die nun jäh auseinanderstob, denn die Wachen der Mehdra stürzten herein und prügelten mit hölzernen Schwertern blindlings auf die ineinander verkeilten, sich am Boden wälzenden Streithähne ein. Eine Welle von Menschen schob sich kreischend auf die acht Tore der Mehdra zu. Aelan wurde mitgerissen. Der große Kuppelraum war noch immer erfüllt von Schreien und Fluchen und vom Geräusch der niederkrachenden Schwerter, als sich Aelan in einem der Gänge nach draußen wiederfand. Er rannte ins Freie, in der Hoffnung, Mahla dort wiederzufinden, suchte in den Gärten nach ihr, aber vergebens. Die frische Herbstluft schnitt durch seine durchnäßten Kleider. Er schauderte. Die anderen hasteten durch das Tor des Gartens. Auf dem großen Platz vor der Mehdra lief das Volk zusammen und mischte sich in den Streit der Mehdraji. Einen Augenblick verharrte Aelan, glaubte in einer vorübereilenden Frau Mahla zu erkennen, aber es war eine Fremde, die ihm einen Fluch gegen den Tat ins Gesicht schrie. Wachen verfolgten und ergriffen sie. Aelan rannte zum Meer hinab, um dem Tumult zu entfliehen.
Das Sonnenlicht flirrte silbern auf der Bucht von Feen. In der Ferne hob sich wie ein mahnender Finger der Dnab aus dem Dunst der Hügel.

## Kapitel 6
## VERRÄTER

Tief in den Wäldern des Nordens, auf dem schmalen, spitz auslaufenden Hügel der Zwei Flüsse, an dessen Ende der Tñas in den Am mündete, lag einst, als der doppelgesichtige Tat-Be'el noch in Eintracht die Geschicke Atlans lenkte, Phonalam, eine Wegstation der Karawanen, die von Feen nach Ütock und weiter nach Melat zogen. Als der Tat-Tsok die Flamme verstoßen hatte und Gelichter sich sammelte in den Wäldern, mieden die Kaufleute die alte Straße, denn schon bald gelangte keine ihrer Karawanen mehr unbeschadet ans Ziel. Die Weg verfiel, der seit der Blütezeit von San das Meer des Westens mit dem des Nordens verbunden hatte, und die Siedlungen, die an ihm entstanden waren, wurden von ihren Bewohnern verlassen. Die Wälder des Nordens gehörten fortan den Räubern und den Preghs, den Rechtlosen, Verstoßenen, Geächteten. Das Gesetz des Tat-Tsok galt nichts dort, und der Arm seiner Macht versagte vor dem undurchdringlichen Dickicht des grünen Ozeans. Die rivalisierenden Banden fochten harte Kämpfe um die Vorherrschaft über dieses weite Gebiet aus, jene aber, die sich Ponas nannten, und die Hor-Yu führte, der letzte Sproß des Aibogeschlechtes von Ütock, der mit den seinen aus den Minen von Mombat ausgebrochen war, erwiesen sich bald als die mächtigsten.
Hor-Yu ließ die verfallenen Häuser von Phonalam wieder instandsetzen und die Siedlung auf dem Hügel der Zwei Flüsse mit Palisaden und Gräben befestigen. Von Phonalam griff er nach der Macht über die nördlichen Wälder. Seine Ponas strömten aus vom Hügel der Zwei Flüsse, um die anderen Banden zu unterwerfen. Bis zu den Dschungeln und Sümpfen von Alas stießen sie vor, um das Volk der Yach zu belauern und nach den sagenhaften Schätzen von Sari zu suchen. Hor-Yu aber war dies nicht genug. Er träumte von der Herrschaft über Atlan. Die Stimme in seinem Inneren, die ihn leitete auf dem Weg der Macht, verhieß ihm, nur jener, der in der Gläsernen Stadt hoch auf den Gletschern des Am regiere, werde Atlan beherrschen.

»Sie werden noch vor dem Sonnensternfest im Inneren Tal sein,« sagte Hor-Yu. Seine obersten Führer, die das Privileg genossen, an seiner Tafel zu speisen, nickten zustimmend.
»Sie kennen den Weg genau diesmal,« fuhr der Herr der Ponas fort. »Die tödliche Irrfahrt durch die Seitentäler und Schluchten bleibt ihnen erspart. Selbst wenn die Erinnerung jener versagt, die im letzten Jahr die Reise mit mir machten, so haben sie die Pläne, die ich zeichnen ließ. Sie können das Innere Tal nicht verfehlen.«
»Und sie werden diesmal vor seinen Überraschungen gefeit sein,« warf einer der Männer ein, ein großer, grobschlächtiger Bursche, dessen breites, bärtiges Gesicht von einer Narbe an der rechten Wange entstellt war.
»Ja, Lop-Nam, die Männer, die im Tal waren, brennen darauf, sich an diesen Bauern zu rächen. Sie werden sich nicht wieder übertölpeln lassen. Wir waren am Ende unserer Kräfte, als wir im Tal der Stadt ankamen. Die Schrecken dieser Schlucht, die Brüllendes Schwarz genannt wird, waren den Ponas in die Glieder gefahren. Sie waren nahe daran, zu meutern. Diesmal aber sind sie vorbereitet. Ein zweites Mal wirkt dieser Schrecken nicht. Außerdem haben sie genug Vorräte, um in den Bergen zu überwintern. Und sie haben gute Pferde und gute Waffen.«
»Die hoffentlich fruchten gegen den Bannfluch der Berge.« In Lop-Nams Stimme schwang leiser Zweifel.
Hor-Yu lachte geringschätzig. »Ich habe diesen Fluch kennengelernt. Ein paar tumbe Bauern mit dunklen Fratzen, die schweigend wie Steine um ihren Tisch hocken. Ein plumper Zauber. Die Männer haben sich verwirren lassen wie Kinder von einem falschen Jahch. Sie hatten zuviele der Ammenmärchen gehört, die man sich über die Gebirge des Am erzählt, so daß sie hinter jedem Felsen einen Kambhuk sahen. Ich mußte sie zum Weitergehen zwingen wie störrische Soks. Ich mußte Setit erschlagen, der sie aufwiegeln wollte. Ihnen schlotterten schon die Knie, bevor sie im Tal angekommen waren. Aber die Männer fürchteten sich nur vor ihrer eigenen Verzagtheit, und die Unfälle, die ihren Kameraden in der ungewohnten Umgebung das Leben kosteten, taten ein übriges, diese Angst zu schüren.«
»Du meinst, all die Berichte und Geschichten über den bösen Zauber der Berge, über den Ring des Schweigens, sind Lüge?«
»Ich meine es nicht nur, ich weiß es. Leeres Gewäsch sind sie! Aberglaube, Schwindel und Flausen! Ich werde dich einmal in die Berge schicken, Lop-Nam, dann wirst du sehen, daß ich die Wahrheit spreche. Aber uns soll es recht sein, wenn diese Ammenmärchen die Neu-

gierigen von den Bergen fernhalten. Wir wissen es besser. Die Gebirge sind auf alle Fälle ungefährlicher als die Wälder des Südens.«

Lop-Nam senkte den Kopf. Er hatte die Ponas in den Süden geführt im letzten Jahr, als Hor-Yu auf die Suche nach dem Inneren Tal ging, und er hatte vergeblich versucht, die Yach zu belauern. Nur ihre Pfeile hatte er gesehen, die aus dem Hinterhalt des Dschungels seine Männer erlegten wie Wild, und ihre tödlichen Fallgruben, angefüllt mit vergifteten Spitzen. Angst hatte die Ponas ergriffen vor dem unsichtbaren Feind im Dickicht, und Lop-Nam hatte beim Rückzug durch das Tal des Mot den Überfall auf die Karawane befohlen, um mit dieser leichten, unerwarteten Beute Hor-Yu über das Mißlingen des Unternehmens hinwegzutrösten.

»In den Gebirgen trifft man bestenfalls freche Schönlinge aus der Stadt, die ihre Dreistigkeit mit einer Kassette voll Edelsteinen bezahlen, aber nicht auf Kriegerdämonen, die sich aus dem Nichts verkörpern, um eine Übermacht von Ponas in die Flucht zu schlagen,« stichelte Hor-Yu.

»Auch wir waren überrascht von dem unerwarteten Angriff. Die Soldaten der Kaufleute waren schon besiegt, als der fremde Gurena plötzlich auf uns losfuhr,« versuchte sich Lop-Nam zu verteidigen.

»Auch ich brachte nur wenige Männer aus den Bergen zurück, dafür aber sichere Kunde über die Stadt und eine Kassette mit Edelsteinen aus ihren Schätzen. Du aber kamst mit vagen Berichten über die Yach und mit leeren Händen. Ich habe es nicht vergessen, Lop-Nam. Ich hoffe, du findest bald Gelegenheit, die Schande zu tilgen, die du auf dich geladen, sonst wird ein anderer deinen Platz an meiner Tafel einnehmen.«

Einer der Männer lenkte von dem unbequemen Thema ab. »Wir wollen darauf trinken, daß die Ponas die Legenden über die Gebirge Lügen strafen. Künftig werden die Gebirge Angst vor den Ponas haben. Ist Hor-Yu erst einmal Herr der Gläsernen Stadt, so werden ihm die Yach die Schätze von Sari freiwillig zu Füßen legen.«

Hor-Yu lachte und hob seinen Becher. »Gut gesagt, Tori. So wird es sein, sobald die Ponas das Innere Tal erreichen.«

Sie tranken die goldenen Gefäße in einem Zug leer.

»Ich habe ihnen eingeschärft, keine Gnade walten zu lassen. Diesmal kommen die Ponas nicht als Bittsteller, die höflich nach dem Weg in die Stadt fragen, sondern als Rächer. Grausam und unerbittlich werden sie diesen Ams ihre Verstocktheit und Tücke heimzahlen.«

Hor-Yus Augen leuchteten. Obwohl er den Führern seinen Plan schon mehrmals in allen Einzelheiten dargelegt hatte, bereitete es ihm immer wieder Genuß, darüber zu sprechen.

»Fünfzig bestens gerüstete Ponas! Sie werden in dieses Tal einfallen wie eine Strafe des Tat, wie eine Heimsuchung, ein Sturm aus geschliffenem Stahl. Sie werden ihre Kameraden rächen, die dort erschlagen wurden. Sie werden zusammen mit einigen Säcken Edelsteinen diesen feigen, hinterlistigen Burschen, der uns im Rücken angriff, mit nach Phonalam bringen. Alean-Y. Ich habe seinen Namen nicht vergessen. Der Sohn des Wirtes dieser dreckigen Char. Er wird seinen Übermut bereuen. Er wird uns berichten über die Stadt, über die geheimen Wege des Tales, über die Schätze, die dort auf uns warten. Wir werden sehen, wie lange ein Am zu schweigen vermag, wenn man ihm die Haut in Streifen vom Leibe zieht, während er auf kleinem Feuer röstet.« Hor-Yu lachte grimmig.

»Glaubst du, er weiß genug über das Tal?«

»Er war der einzige, der dem Jüngling aus Feen zu Hilfe kam. Den anderen war dieser Stutzer gleichgültig. Sie haben keinen Finger gerührt, als die Ponas ihm ans Leder gingen, aber dieser junge Am wollte ihn und seine Edelsteine beschützen. Die Stimme sagt, daß er mehr über die Geheimnisse des Tales weiß als viele der Alten.«

»Da du von dem Kerl aus Feen sprichst,« warf Lop-Nam ein, »fällt mir ein, daß ein Fremder ins Lager gelangte, der behauptet, er komme aus Feen und wolle Pona werden. Ein älterer Mann, der nicht geeignet ist, die Waffe zu führen. Wachen haben ihn im Wald aufgegriffen. Er kannte deinen Namen, Hor-Yu, und wollte zu dir.«

»Ja, auch ich habe ihn gesprochen. Er sagte, er habe einem großen Kaufmannshaus gedient,« sagte Tori.

»Welchem Haus?« Hor-Yus Stimme wurde scharf.

»Dem Hause La.«

»Ihr Narren!« fuhr Hor-Yu auf. »Wißt ihr denn nicht, daß der Jüngling aus Feen einer aus dem Haus La war? Wo ist dieser Mann? Bringt ihn augenblicklich her!«

Tori stürzte aus dem Zimmer. Kurze Zeit später führte er einen Mann im Gewand eines Dieners herein. Tori stieß ihn grob an und wies auf Hor-Yu. Der Fremde verbeugte sich tief.

»Wie ist dein Name, Mann?« herrschte Hor-Yu ihn an. »Was suchst du in Phonalam?«

»Mein Name ist Egas-Lom. Ich möchte Euch etwas bringen, das Ihr ohne Zweifel wiedererkennen werdet, Hor-Yu.«

Egas-Lom griff in die Tasche seines Gewandes, holte eine metallene Pfeilspitze hervor und reichte sie dem Herrn der Ponas.

»Eine alte Pfeilspitze, die mein Zeichen trägt,« sagte Hor-Yu und ließ das verrostete Metall auf den Tisch klirren. »Woher hast du sie?«

»Aus dem Rücken meines Herrn. Sie hat ihm das Leben gekostet.«

Ein Lächeln spielte um Hor-Yus Lippen. »Wer war dein Herr, Egas-Lom?«

»Der Name meines Herrn war Ros-La. Er war der Kaufmann, dem Ihr im Tal des Am begegnet seid und dem Ihr in jener unseligen Nacht bei den Furthöfen einen Pfeil mit auf die Reise gabt, an dem er nach langem Siechen starb.«

»So hat mein Schuß in die Dunkelheit dieses Großmaul getroffen. Du bringst gute Nachricht zusammen mit meiner Pfeilspitze, Egas-Lom. Ich werde sie in Ehren halten, denn sie hat einen besonders verhaßten Feind getötet.«

»Den Ihr Großmaul nennt, kehrte unversehrt nach Feen zurück, den todgeweihten Vater an der Seite. Euer Schuß machte ihn zum neuen Herrn des Hauses La.«

»Gleichwohl. Auch der Alte hatte den Tod verdient. Und du kommst nun, um Lohn zu fordern für die Pfeilspitze, die du mir bringst aus dem Rücken deines toten Herrn?«

»Nein, ich komme, um meinen toten Herrn zu rächen.«

Hor-Yu lachte. »Du bist ebenso mutig wie keck, Bursche. Du dringst in die Burg der Ponas vor, um deinen Herrn zu rächen? Nun, so räche ihn. Versuche doch, mich zu töten.«

Hor-Yus Männer zogen die Schwerter.

»Nein, Hor-Yu!« rief Egas-Lom hastig. »Nicht Euch trachte ich nach dem Leben, sondern dem wirklichen Mörder meines Herrn. Seht her, man hat mich in Schande fortgejagt aus dem Haus der La, dem ich so viele Jahre treu diente.«

Egas-Lom schob sein Gewand über die Schulter, daß sein nacktes Fleisch sichtbar wurde. Entzündete, aufgeschwollene Striemen entstellten seinen Rücken.

Hor-Yu grinste anerkennend. »Der dir diese Liebesgaben verabreicht hat, verstand gut mit der Peitsche umzugehen.«

Egas-Lom verhüllte seine Wunden wieder und fuhr unbeirrt fort: »Im Hause der La herrscht heimlich Sen-Ju, ein Tam-Be'el, den mein mildtätiger, gütiger Herr vor vielen Jahren aufnahm, ohne ihn zu durchschauen, und der Hem-La, den einzigen Sohn meines Herrn, erzog.

Hem-Las Herz ist so böse und verderbt wie das seines Lehrers. Er ist ausschweifend, grausam und gierig.«
»Ein echter Kaufmann eben,« scherzte Hor-Yu und lehnte sich in seinem Stuhl zurück. Die Männer lachten.
»Hättet Ihr Ros-La gekannt, seinen Vater, so könntet Ihr nicht glauben, daß Hem-La sein Sohn ist. Euer Pfeil im Rücken des Ros-La war für Hem-La und Sen-Ju von größerem Wert als alle Edelsteine des Inneren Tales, denn schon lange drängte Hem nach der Macht über den Besitz der La, angestachelt von seinem schändlichen Lehrer.«
»Dann bin ich also betrogen worden, als ich meinen Pfeil gegen die Kassette mit den Steinen tauschte,« sagte Hor-Yu belustigt und drehte die metallene Spitze in seinen Fingern. »Ach, die Kaufleute sind überall gleich. Noch im Tod betrügen sie ihre Mörder.«
Wieherndes Gelächter erfüllte die große Halle des Herrenhauses von Phonalam. Egas-Lom starrte finster zu Boden.
»Erzähle nur weiter, mein Freund,« ermunterte ihn Hor-Yu. »Du amüsierst mich. Hier, trinke auf das Wohl deines Herrn.« Er schob ihm einen Becher Wein zu.
Egas-Lom nippte an dem Pokal und sprach mit leiser Stimme weiter.
»Ros-La, mein guter Herr, hat die Ränkespiele von Sen-Ju erst auf dem Totenbett durchschaut. Er starb in Bitterkeit, denn er wußte, daß sein Tod nur Freude auslösen würde bei seinem Sohn. Aber der Tod kam nicht schnell genug. Viele Monde siechte Ros-La dahin, und sein Herz neigte sich dem Handan zu, der mit ihm nach Feen gekommen war aus den Gebirgen . . .«
»Ein Handan ist mit ihm gekommen?«
»Ja, Aelan-Y, der Sohn des Wirtes von Han, floh aus dem Tal, nachdem er Ponas erschlagen hatte. Ros-La nahm ihn auf in sein Haus. Er liebte ihn, als wäre er sein eigen Fleisch und Blut.«
»Was sagst du da?« Hor-Yus Augen funkelten zornig. Die Männer senkten betreten die Köpfe.
»Ros-La schloß Aelan-Y ins Herz wie einen eigenen Sohn. Hätte Sen-Ju meinem Herrn nicht heimlich Gift gegeben, wer weiß, vielleicht wäre der Handan heute Oberhaupt der La. Vielleicht aber wäre Ros-La wieder genesen. Es ging ihm besser in den Wochen vor seinem Tod. Sicherlich hat Hem den bösen Alten angestiftet, den Vater zu ermorden. Ich fand eine Phiole mit schwarzer Flüssigkeit am Bett meines toten Herrn, doch als ich einen Heiler holen wollte, sie zu untersuchen, ließ Sen-Ju mich auspeitschen und aus dem Haus jagen. Das Böse herrscht nun ganz über die La. Die Gier Hems kennt keine Schranken mehr. Ich hör-

te, daß er das Haus des Torak-Sal, des besten Freundes seines Vaters, rücksichtslos...«
»Hör auf mit deinen rührseligen Geschichten. Wo ist dieser Handan jetzt?« unterbrach ihn Hor-Yu.
»Er weilt im Hause La in Feen.«
Hor-Yu stieß einen gräßlichen Fluch aus.
»Es ändert nicht viel,« versuchte Lop-Nam ihn zu beruhigen. »Man kann den Handan leichter aus Feen herbeischaffen als aus seinem Tal, in dem er jedes Versteck kennt. Die Ponas, die nach Han gezogen sind, werden einen anderen dieser Burschen mitbringen... und eine Menge Reichtümer. Ihre Mühe wird auf keinen Fall vergebens sein.«
Hor-Yu knurrte mißmutig. »Und wie willst du deinen toten Herrn rächen?« fragte er Egas-Lom.
»Ich bin zu dem gekommen, der den Tod in den Leib meines Herrn sandte, um ihn zu bitten, meiner Rache behilflich zu sein.«
»Oh, welch eine glänzende Idee.« Hor-Yu fand seine gute Laune wieder. »Ich glaube, dieser Sen-Ju hat recht getan, einen Narren wie dich aus dem Haus peitschen zu lassen. Ich sollte das gleiche tun, denn ich liebe es nicht, wenn man versucht, mich für dumm zu verkaufen.«
»Hört mich an, Herr,« flehte Egas-Lom. »Ich habe meinen Herrn geliebt wie meinen Augenstern. Ich bin aufgewachsen im Hause der La. Ros-La hat mir Brot gegeben und ich habe ihm mein Leben lang gedient. Er war ein guter Herr, mildtätig und weise, der mich immer gut behandelt hat. Er hat seine Sorgen mit mir besprochen, die Sorgen über seinen verderbten Sohn, der nur auf den Tod des Vaters wartete, die Sorgen um den Fortbestand des Hauses La. Oh, ich war mehr als nur sein Leibdiener. Ich war sein Vertrauter und Freund. Ich habe die Pfeilspitze bewahrt, die man aus seinem Rücken schnitt, aber ich konnte den, der sie von der Bogensehne schnellen ließ, nicht so hassen wie jene, die Ros-Las Tod herbeisehnten, um ihre Gier nach Macht zu befriedigen, und die dem Todgeweihten schließlich Gift gaben, da er zu langsam starb. Den neuen Herren des Hauses La habe ich Rache geschworen, die mich verstoßen haben in Schande und die das Werk des Ros-La in den Schmutz treten.«
»Wie sollen die Ponas deiner Rache dienen? Glaubst du, mich interessieren die Intrigen von Kaufleuten?«
»Nein, Herr, aber ich weiß, daß auch Euch nach Wissen über die Schätze des Inneren Tales gelüstet...«
»Was weißt du über das Innere Tal?«
»Ich weiß nur das, was mein Herr mir berichtete. Das Haus der La be-

sitzt seit undenklichen Zeiten das Privileg, Handel mit dem Tal des Am zu treiben. Das Zeichen dieser Befugnis ist ein Ring, den der Herr der La bei sich trägt, wenn er ins Tal reist, ein unscheinbarer goldener Ring, der den Bann des Schweigens um das Brüllende Schwarz öffnet. Mein Herr erzählte mir erst kurz vor seinem Tod davon, da er nicht wollte, daß dieser Ring auf seinen Sohn übergehe, den verdorbenen, unge...«

»Wo ist dieser Ring?«

»Hem-La besitzt ihn. Er erbte ihn mit den Reichtümern der La. Er wird ihn tragen, wenn er ins Innere Tal reist.«

»Er reist wieder in das Tal?«

»Seit die La vor undenklichen Zeiten den Ring des Eintritts von den Handan erhielten, reist das Oberhaupt der La einmal im Jahr in das Tal, um Waren gegen Edelsteine zu tauschen. Niemand soll von diesem Geschäft erfahren. Deshalb reist der Herr alleine, ohne Knechte und Sklaven, ohne Gurenas und Soldaten.«

»Er reist in jedem Jahr?«

»Ja, Herr. Im letzten Jahr nahm Ros-La seinen Erben zum ersten Mal mit auf die Reise, um ihn bei den Handan einzuführen. Hem aber spottete nur über den Vater und...«

»Wird Hem-La auch in diesem Jahr in die Berge reisen?«

»Oh ja. Er wird sich in seiner maßlosen Gier das Geschäft mit den Handan, das äußerst vorteilhaft ist für das Haus La, nicht entgehen lassen. Er schäumte vor Zorn, als die Kassette mit den Steinen verlorenging im letzten Jahr.«

»Wann wird er reisen?«

»Ros-La pflegte zum Sonnensternfest in die Berge zu reisen. Sein Sohn wird es ebenso halten, denn die Tage der fallenden Blätter sind die geeignete Zeit für eine solch gefahrvolle Fahrt. Er wird Feen in diesen Tagen verlassen.«

»Und er reist allein?«

»Ros-La reiste allen Gefahren zum Trotz stets alleine. Keiner wußte um seinen Weg und niemand erfuhr von seiner Abreise. Ros-La war eifrig bemüht, seine Reise in das Tal geheimzuhalten.«

»Wird der Handan bei ihm sein?«

»Ich weiß es nicht. Vielleicht wird er ihn führen, da Hem-La die Reise zum ersten Mal alleine unternimmt.«

Hor-Yu sprang auf. »Wir werden der Arm deiner Rache sein, Egas-Lom. Ich habe eine Rechnung zu begleichen mit diesem Hem-La. Ich werde sie mir bezahlen lassen mit seinem Leben und mit dem Ring, der das Tal öffnet.«

»Ihr seid seiner würdiger als dieser Unselige, in dessen Herz das Böse wohnt.«

Hor-Yu schmunzelte. »Und du? Wohin willst du dich wenden, Egas-Lom? Du hast dir eine Belohnung verdient. Die Ponas sind nicht undankbar, wenn man ihnen einen Dienst erweist.«

»Ich möchte Pona werden und mit Euch ziehen, wenn Ihr Hem-La überfallt. Er reist auf dem alten Weg im Norden des Waldes. Ich möchte mit eigenen Augen sehen, wie den verderbten Sohn des Ros-La die gerechte Strafe ereilt.«

»Du hast den Ponas einen Dienst erwiesen. Bist du auch bereit, dich der Probe zu unterziehen, die jeder ablegen muß, der Pona werden will?«

Egas-Lom nickte. »Ich möchte meine Hand in Euren Dienst stellen. Ich bin nicht mehr jung, bin unerfahren im Führen von Waffen, doch kann ich Euch auf andere Weise dienen.«

»Wir werden sehen. Ich selbst werde dich prüfen, Egas-Lom. Geh, und stelle dich mit dem Rücken an die Wand.«

Egas-Lom erhob sich und gehorchte. Hor-Yu nahm einen Bogen und Pfeile. Seine Männer traten zur Seite.

»Du hast meine Pfeilspitze zurückgebracht. Meine Pfeile sollen nun deinen Mut erproben. Wenn du nur einmal zuckst, werden wir dich aus Phonalam fortjagen. Blindes Vertrauen in Hor-Yu muß im Herzen eines jeden Pona wohnen. Hast du mich verstanden?«

Egas-Lom nickte hastig. Er schloß die Augen und verkrallte sich in das grobe Holz der Wand, an die er sich lehnte.

»Öffne die Augen,« sagte Hor-Yu, als er den Bogen spannte. Um seine zusammengekniffenen Lippen spielte ein böses Lächeln.

Zögernd gehorchte der Mann. Der erste Pfeil bohrte sich mit trockenem Ton eine Fingerbreite neben Egas-Loms Hals in die Wand. Der Mann atmete schwer.

Hor-Yu nahm den zweiten Pfeil. »Gut, Egas-Lom. Hat einer von euch ein Zucken bemerkt?«

Die Männer schüttelten die Köpfe. Mit boshaftem Vergnügen beobachteten sie das makabre Spiel. Hor-Yu nickte und jagte den Pfeil in das Holz, in gleicher Höhe wie den ersten, nur auf der anderen Seite von Egas-Lom, wieder eine Fingerbreite neben seinem Hals. Schweißperlen traten dem Mann auf die Stirn.

»Nun?« fragte Hor-Yu die Männer.

»Er schlottert vor Angst,« sagte Lop-Nam.

»Wir wollen es ihm ausnahmsweise nachsehen,« entgegnete Hor-Yu lächelnd. Er spannte seinen Bogen zum drittenmal. »Hast du Vertrauen in die Schießkunst der Ponas?«

Egas-Lom nickte zögernd.

»Kein Wunder. Wir haben sie an deinem Herrn bewiesen. Hor-Yus Pfeile vermögen tödlich zu treffen.«

Der Pfeil schnellte von der Sehne und fuhr durch die Kehle von Egas-Lom in das Holz der Wand. Mit weit aufgerissenen Augen starrte der Diener des Ros-La den Herrn der Ponas an, dann sackte er röchelnd zusammen. Die Männer sprangen von ihren Sitzen auf. Ein vierter, blitzschnell abgeschossener Pfeil traf Egas-Lom ins Herz.

Seelenruhig legte Hor-Yu den Bogen weg. »Ein Verräter bleibt ein Verräter,« sagte er verächtlich. »So wie er heute das Haus seines Herrn verriet, dem er ein Leben lang diente, so würde er morgen die Ponas verraten. Schafft mir diesen Hund aus den Augen.«

Lop-Nam rief nach Männern, um Egas-Lom fortzuschleppen. Als sie die Leiche packten und umdrehten, erkannte Lop-Nam das Zeichen der La am Gewand des Toten.

»Es ist das Zeichen, das die Karawane trug, die wir bei den Mothügeln angegriffen haben,« rief er.

»Umso besser, Lop-Nam. Das gibt dir die Möglichkeit, die Schande, die du über die Ponas gebracht hast, gutzumachen. Du wirst noch in dieser Stunde mit einem Trupp Männern losreiten und dich am Weg im Norden auf die Lauer legen. Kehre nicht nach Phonalam zurück, ohne mir Hem-La und seinen Ring zu bringen. Wenn uns das Glück günstig gesonnen ist, führt es auch den Handan in die Falle. Gebe es das Schicksal, daß er mit seinem Freund in die Berge reist. Aber bringe mir die beiden lebend. Und wisse, daß es in unseren Wäldern keine schwertschwingenden Dämonen gibt, die Kaufleute beschützen. Wenn du auch diesmal versagst, Lop-Nam, ist mein Langmut erschöpft.«

»Ich werde dich nicht enttäuschen,« sagte Lop-Nam, verneigte sich und eilte aus dem Raum. Mit knapper Geste entließ Hor-Yu die anderen.

Der Weg, der von Feen zu den Gebirgen des Nordens führte, verdiente seinen Namen kaum. Nachdem der von Büschen überwucherte und vom Sand der Strände verwehte Pfad die weit geschwungene Bucht von Feen hinter sich gelassen hatte und eindrang in die unendlich weiten, stillen Wälder, wurde er zu einer Trittspur, die sich bald schon im Dickicht verlor. Ein Fremder hätte sich hoffnungslos in dem Meer der Bäume verirrt, Hem-La aber, der die kleine Schar Gurenas anführte, hatte sich auf der Reise des letzten Jahres Wegmarkierungen eingeprägt und auf einer Karte vermerkt, bizarr geformte Bäume, Bachläufe, Hügel und Senken. Er führte ein Gerät bei sich, das die La seit undenklichen Zeiten besaßen, und von dem es hieß, es stamme aus dem alten Reich von San. Die zitternde Nadel aus Metall im Inneren des kleinen, hölzernen Gehäuses wies beständig nach Norden, in welche Richtung man es auch hielt, und leitete Hem untrüglich auf der Reise zu den Bergen.

Zu Beginn des Weges ließ sich Unterkunft finden in den Behausungen von Fischern, einmal gar in einer Char, in Raap, dem Dorf am Ende der Bucht, wo Kreidefelsen aus den weiten Stränden aufwuchsen und der Weg vom Meer fort in den Wald führte. Dort aber mußte der Wanderer unter dem Laubdach der Bäume nächtigen, wenn er nicht so glücklich war, die Höhle eines Dhan zu finden, der vor dem Treiben der Welt in die Einsamkeit geflohen war. Ros-La war ein gerne gesehener Gast gewesen in mancher Einsiedelei des großen Waldes, wenn er um die Zeit des Sonnensternfestes seine Reise in die Gebirge unternahm. Hem aber mied solche Orte der Gastfreundschaft, denn er scheute sich, um die Feuer dieser einfachen Menschen zu sitzen und ihren Fragen nach dem Tod seines Vaters zu antworten, und er wollte nicht, daß sie ihn an der Spitze einer Schar von Bewaffneten sahen, den verhaßten Handan, den zweiten Herrn des Hauses La, an seiner Seite. So ließ Hem die Nachtlager auf Lichtungen bereiten, saß mit seinen Leuten um das winzige Feuer, teilte die Wache mit ihnen und verfluchte im Stillen diese beschwerliche Reise ins Ungewisse. In einem oder zwei Tagen würden sie die Wälder verlassen und dem Tal des Am bergan folgen. Sie waren gut vorangekommen, rascher als im letzten Jahr, als Hem mit seinem Vater unterwegs gewesen. Mit einer Schar Gurenas ließ sich angenehmer reisen als mit einem alten Mann, der jeden Augenblick Rast machen mußte und halbe Tage vertat im Gespräch mit irgendwelchen verrückten Dhans und Bauern.

Als die letzten Sonnenstrahlen in den Baumkronen verloschen, ließ Hem am Fuße eines Hügels, aus dem eine Quelle entsprang, das Lager aufschlagen. Die Männer stiegen von ihren Pferden und begannen mit den Vorbereitungen für die Nacht. Hem ließ sich auf einer Decke am Feuer nieder, das einer der Gurenas anfachte und starrte ins Leere. Er war todmüde. Selbst die bescheidenen Bequemlichkeiten, die auf einer gewöhnlichen Karawanenfahrt selbstverständlich waren, vermißte er jetzt schmerzlich: ein Zelt, ein Feldbett, ein anständiges Mahl, die Aussicht, bald wieder auf eines der Gasthäuser zu treffen, die es an den großen Karawanenstraßen zur Genüge gab. Die Reise zu den Ams war in

der Tat kein Vergnügen. Sen-Ju hatte streng darauf geachtet, den Troß, der im Morgengrauen eines kalten, regnerischen Tages aus Feen ausgezogen war, so klein wie möglich zu halten. Die Packpferde trugen nur die Waren für die Gebirge und das Allernötigste für die Reisenden. Hem seufzte. Wie die Dinge standen, würde er diese Reise jedes Jahr von neuem antreten müssen. Sen-Ju würde niemals zulassen, einen Karawanenführer zu schicken, und wahrscheinlich hatte er recht. Die Ams, diese starrsinnigen, holzgeschnitzten Böcke, würden ihre Edelsteine keinem anderen in die Hände legen als dem Herrn der La, der den Ring trug, wie es immer gewesen war und wie es diese uneinsichtigen, zurückgebliebenen Tölpel in alle Ewigkeit bewahren wollten. Gedankenverloren drehte Hem den Ring in seiner Hand, den er an einer Kette um den Hals trug, den schlichten, goldenen Reif, von dem Sen-Ju gesagt hatte, so mancher würde alle Schätze der Welt dafür hingeben, ihn rechtens zu besitzen. Wahrscheinlich stammte auch er aus den Schätzen der Stadt. Hem mußte an die Handan denken, von denen ein Vorvater der La den Ring empfangen. Dieser Gedanke bereitete ihm Unbehagen. Wie würden sie ihn aufnehmen? Er hatte sie zutiefst verärgert im letzten Jahr, die Gesetze ihres verwunschenen Tales gebrochen, es sich für immer verdorben mit diesen dunkelgesichtigen Sturköpfen. Vielleicht würden sie sich weigern, mit ihm Handel zu treiben. Hatte der Vater nicht davon gesprochen, daß sie das Privileg des Ringes immer wieder erneuerten? Was, wenn sie es diesmal verweigerten? Aelan mußte ihm helfen. Ihm würde es gelingen, sie zu beschwichtigen. Er war einer der ihren. Er würde ihr Schweigen und ihren Trotz brechen. Er würde ihnen rührselige Geschichten über Ros-Las Tod erzählen. Dann würden sie den Erben der La anerkennen und ihre Beutel mit den Edelsteinen bei ihm abliefern, wie es immer gewesen war. Sen-Ju hatte recht. Der Handan, der das Erbe der La gestohlen hatte, war noch von großem Nutzen. Er hatte noch eine Aufgabe zu erfüllen, bevor er seine verdiente Strafe empfing.
Wieder und wieder malte Hem sich aus, wie er Aelan beseitigen würde. Er würde es tun, wenn sie aus Han zurückwanderten durch das Brüllende Schwarz. An dem engen, glitschigen Steilstück hinter dem großen Wasserfall würde er ihn in die Tiefe stoßen. Er würde ihn bitten, vor ihm zu gehen und ihm dann einen Stoß in den Rücken geben. Ein Unfall, ein bedauernswerter Unfall, der keine Spuren hinterläßt. Der gerechte Lohn für einen Verräter wie Aelan. Nur schade, daß es heimlich geschehen mußte. Man sollte ihn vor allen anderen töten, um zu zeigen, wie es denen erging, die sich im Mantel der Lüge einnisteten im

Haus der La, um seinen Erben zu bestehlen, um sich listig wie eine Schlange ins Herz des alten Herrn zu schleichen, heimtückisch den Bescheidenen und Unbedarften spielend. Dieser Handan war ein guter Schauspieler. Alle waren auf ihn hereingefallen. Hem verzog das Gesicht in Abscheu. Auch er hatte Aelan für einen harmlosen, einfältigen Bauernlümmel gehalten, mit dem sich gut irgendwelche derben Späße anstellen ließen zur Belustigung der Feener Freunde. Nur Sen-Ju hatte ihn durchschaut. Er hatte recht – allein Aelans Tod machte den Sohn des Ros-La zum wirklichen Herren des Hauses. Blieb Aelan am Leben, würde er seine Ränke weiterspinnen, und alle, alle würden ihn unterstützen. Er war beliebt beim Gesinde und den Karawanenführern. Selbst die Gurenas, die mit in die Berge ritten, schienen ihm mehr zugetan als ihrem eigentlichen Herrn und Führer.
Hem hüllte sich fröstelnd in seine Decke. Feuchte Kälte kroch aus der Erde. Oh, sie würden bestürzt sein, wenn er zu den anderen zurück nach Vihnn kam, ihnen vorjammerte, der arme Aelan, sein Freund aus dem Inneren Tal, sei ausgeglitten und in die Schlucht gestürzt. Er würde um ihn trauern wie um einen Bruder. Alle würden ihm glauben. Keiner außer Sen-Ju wußte von seinem Haß. Selbst Rah-Seph würde keinen Verdacht schöpfen, dieser eingebildete, herablassende Gurena, der sich offenbar zu vornehm war, um mit Kaufleuten zu verkehren. Kein Wort hatte dieser Laffe aus Kurteva mit seinem Herrn gewechselt, seit er beim Fest des Abschieds aus der Delay des Kam davongelaufen war. Dieser Sohn aus bestem Haus, der keine Manieren besaß. Schweigend war er mit den Gurenas geritten, schweigend am Feuer gesessen des Abends, oft für Stunden fortgegangen in die Wälder, um seine Flöte zu spielen. Er würde noch die Räuber anlocken mit seinem Blasen. Nur mit Aelan hatte er gesprochen, mit diesem elenden Schmeichler, dem es wohl darum zu tun war, sich auch die Gunst des Gurena zu erkriechen. Es würde ihm nichts nützen. Auch ein Rah-Seph vermochte ihn nicht vor dem Schicksal zu bewahren, das Sen-Ju, das der Be'el selbst, ihm bestimmt.
Hem sah hinüber zu Aelan, der zusammen mit einem Gurena die Mahlzeit zubereitete. Aelan, der Sohn eines Wirtes, hatte gekocht auf dieser Reise. Der zweite Herr des Hauses La verrichtete die Arbeit eines Lakaien. Er hantierte mit Töpfen und Geschirr, putzte Gemüse und füllte gemeinen Soldaten die Teller. Angewidert wandte Hem sich ab. Aber die anderen liebten ihn dafür. Sie mochten sein immerzu freundliches Schafsgesicht. Man durfte ihr Mißtrauen nicht wecken. Vorsicht war geboten. Niemand durfte den tödlichen Haß erahnen, den der

Handan auf sich gezogen. Hem erhob sich, trat auf Aelan zu, der mit dem Gurena plauderte, während er die Suppe über dem Feuer umrührte, und mischte sich mit ein paar unverbindlichen Scherzworten in das Gespräch. Die Schatten der Nacht fielen rasch auf den Wald herab.

Die Männer begaben sich unverzüglich zur Ruhe, als sie ihr karges Mahl eingenommen hatten. Die flüsternd geführten Gespräche verstummten. Das Feuer brannte nieder. Dunkel schwelte die Glut unter der Asche, wie die flackernden Augen eines Raubtieres. Das Licht der Sterne sickerte bleich durch das Laubdach. Ein Nachtvogel huschte lautlos durch die Baumkronen. Rah hatte die erste Wache übernommen. Er saß regungslos am Feuerplatz, die Hand am Griff seines Schwertes. Eine dunkle Gestalt schlich auf ihn zu. Rahs Kopf fuhr herum. »Wer ist da?« rief er.

»Darf ich mich zu dir setzen?« flüsterte Aelan.

»Du solltest schlafen. Die Nacht ist kurz, unsere Reise aber lang.«

»Ich kann nicht schlafen. Ich spüre etwas Unheimliches. Ich weiß nicht, was es ist, aber es sitzt mir im Bauch wie Ameisen.«

»Hast du schlecht geträumt?«

»Nein. Es ist auch nicht dieser ungewohnte Wald. In den vergangenen Nächten habe ich geschlafen wie ein Bär in seiner Höhle. Heute aber spüre ich Gefahr hinter jedem Baum.«

Rah hob den Kopf und drehte ihn witternd nach allen Seiten. Er sog die kalte Nachtluft ein, versuchte, seine Sinne auszudehnen, wie er es in der Ghura des So gelernt, doch es wurde ihm nur einmal mehr schmerzlich bewußt, daß er das Ka verloren hatte vor dem Bild des Be'el in jener unseligen Nacht des Sonnensterns, zusammen mit seinem Schwert. Die Klinge der Seph hatte er wiedererlangt, das Ka aber, die höchste Kunst der Gurenas, schien für immer zerschlagen.

»Ich spüre nichts,« flüsterte er zerknirscht.

»Was ist dir?« fragte Aelan, der die Betrübtheit des Kriegers bemerkte. Rah winkte matt ab. Eine Weile herrschte Stille. Doch als der Gurena Aelans schweigende Anteilnahme spürte, begann er zu sprechen wie einer, der lange auf die Gelegenheit gewartet hat, einem eng Vertrauten sein Herz auszuschütten. »Ich habe mein Leben in den Dienst des Schwertes gestellt, wie es einem Sohn der Seph zukommt. Ich habe gelernt, den Weg auf der Schneide der Klinge zu wandern. Seine höchste Kunst aber, die ich einmal beherrschte, habe ich verloren.« Rah erschrak, als er bemerkte, wie selbstverständlich er das streng gehütete Geheimnis seines Herzens, diese Blöße, die er sich selbst kaum einzugestehen wagte, dem jungen Mann aus den Bergen offenbarte. Aber es

war gut, mit ihm darüber zu sprechen. Es war, als löse sich eine Beklemmung in der Brust. Rah hatte sich seit dem Augenblick in der Delay von Dweny, als er das tiefe Verständnis in Aelans Blick gespürt, innig verbunden gefühlt mit dem Handan, wie ein Verstoßener, der einen seines Stammes, einen verlorenen Bruder, in der Fremde erkennt und wiederfindet. Auch Aelan fühlte das unsichtbare Band, das ihn zu dem fremden Gurena hinzog, aber er wußte die Ahnungen nicht zu deuten, die sich wie ferne Echos aus einer lange vergangenen Zeit in ihm regten. Aelan verharrte schweigend und wartete, bis Rah weitersprach. Wortloses Einverständnis wuchs zwischen den beiden jungen Männern auf. Rah schien es für einen Augenblick, als sei Aelan ihm vertraut wie einer seiner besten Freunde aus Kurteva.
»Ich habe das Ka verloren, Aelan, den innersten Kern im Wesen eines Gurena, die Kraft, die sein Herz unbesiegbar macht.« Atemlos stieß Rah die geflüsterten Worte hervor, wie etwas Schreckliches, das er von sich fortzuwälzen suchte. »Ich habe es verloren durch die Macht des Be'el. Und ich habe mich selbst verloren. Die dunkle Kraft der Flamme hält mich in ihrer Gewalt. Sie demütigt mich, um mich ganz zu zerbrechen. Tiefer kann ein Talma nicht sinken, als im Dienst eines Kaufmanns zu enden, als Söldner, der die Reichtümer eines hoffärtigen Gecken beschützen muß.« Rahs Stimme füllte sich mit Verbitterung. Aelan blickte zu Boden. Er wußte nichts zu erwidern. Der Name des Sonnensterns klang in ihm, schien sich in heftig pulsierenden Wellen in die Stille der Nacht auszubreiten. »Es gibt eine Kraft, die mächtiger ist als die des Be'el,« hörte er sich sagen.
Rah starrte Aelan an. Das Glimmen des Feuers spiegelte sich in seinen Augen. Aelan bemerkte, wie schön der Gurena war. Seine weichen, ebenmäßigen Züge schienen fast weiblich. Aelan mußte an Mahla denken. Auch mit ihr schien ihn eine Gewalt zu verbinden, die aus Zeiten herüberreichte, an die es keine Erinnerung mehr gab, über die Grenzen von Leben und Tod hinweg.
»Was meinst du?« fragte Rah mit rauher Stimme.
Aelan wiegte den Kopf. Etwas drängte ihn, von der Kraft des Hju zu sprechen, vom Namen des Sonnensterns und vom On-Nam, dem er begegnet war vor wenigen Tagen, und dessen innere Gegenwart ihn nicht mehr verlassen hatte seither, aber er fand keine Worte, die es hätten ausdrücken können, und er schämte sich, fürchtete, der Gurena könne ihn belächeln. »Ich habe Lok-Ma zugehört vor unserer Abreise,« sagte er stattdessen, »einem Mehdrana, einem Tso, der von den längst vergangenen Tagen Atlans berichtete. Er hat über die Macht des Tat ge-

sprochen, wie sie früher war in den Zeiten von Hak. Er hat erzählt, daß die böse Magie der Nokam den Be'el zum Gott der dunklen Kraft erhob.«
Rah nickte resigniert. »Es wird viel gesprochen an den Mehdras. Ich kenne die Geschichten über das goldene Zeitalter von Hak und über die Magie der Khaïla. Aber ich habe die Macht des Be'el am eigenen Leib verspürt.«
»Glaubst du, seine Macht ist nicht zu brechen?«
»Ich weiß es nicht. Den Gurenas gilt das Ka als höchste Kraft, die ein Mensch erlangen kann. Sie macht ihn unbesiegbar und erleuchtet sein Herz. Aber der Be'el hat das Ka zerschlagen wie ein übermächtiger Feind. Nein, er ist nicht stärker als das Ka. Nur ich war zu schwach für diesen Kampf. Noch war das Ka nicht fest verwurzelt in meinem Herzen. Ein Harlana hätte ihn bezwungen.«
»Lok-Ma sprach davon, daß in den Kahlen Bergen des Südens noch Harlanas leben, die das Schwert des Harl bewahren seit den Tagen von Hak.«
»Was hat er über sie gesagt?« Rah hob die Stimme und blickte Aelan aufmerksam an.
»Nicht mehr als das. Er sagte nur, daß es in den Kahlen Bergen noch heute einen verborgenen Ort geben soll, wo sie leben, um die Wiederkehr des Harl zu erwarten.«
»Ja, man erzählt sich solche Legenden auch in den Ghuras von Kurteva. Vielleicht werde ich ihnen nachspüren, wenn dieser Frondienst für das Haus der La beendet ist. Verzeih mir, Aelan, ich will das Haus, dem du angehörst, nicht beleidigen.«
»Ich gehöre ihm nicht an. Auch ich werde Feen verlassen, wenn wir aus den Gebirgen zurückkehren.«
»Wohin willst du gehen?«
»Ich weiß es nicht. Vielleicht nach Kurteva.«
»Kurteva,« wiederholte Rah und lauschte dem Klang dieses Namens nach. »Ich bin für immer ausgestoßen aus Kurteva. Du aber, Aelan, wenn du nach Kurteva kommst, so besuche das Haus der Seph und genieße seine Gastfreundschaft. Berichte, daß du mich hast fallen sehen in einer Schlacht. Die Nachricht, der letzte der Seph habe den Tod gefunden im Kampf mit dem Schwert, wird den Vater mit Trauer erfüllen, aber auch mit Stolz. Doch keine größere Schande könnte ihn treffen, als die Botschaft, die Klinge der Seph diene dem Gold der Kaufleute. Ich werde die Stadt meiner Ahnen nicht wiedersehen.«
Aelan legte Rah eine Hand auf den Arm, zögernd. Der Gurena ließ es

geschehen. »Vielleicht führt dich dein Weg zu den Harlanas der Kahlen Berge.«
»Vielleicht, Aelan. Wieviel ist eine Hoffnung wert, die sich auf Legenden gründet?«
»Mehr als gar keine Hoffnung.«
Rah lachte. Sein Herz schien auf einmal leicht wie lange nicht mehr. Er empfand tiefe Zuneigung für diesen schlichten, bescheidenen Jüngling aus den Bergen.
»Rah, ich spüre Gefahr im Wald,« begann Aelan nach einer Weile des Schweigens. Seine Stimme klang besorgt. Die bohrende Angst in seinem Bauch regte sich wieder. Tausend Stimmen schienen in ihm durcheinander zu schreien.
»Wecke die Gurenas, Aelan. Aber vermeide jedes Geräusch. Ich schleiche mich fort, um die Umgebung zu erkunden.«
»Aber wenn es nur Einbildung ist.«
»Auch das Ka ist oft nur ein vages Gefühl und leicht zu überhören. Man muß seiner inneren Stimme blind vertrauen.«
Aelan nickte und schlich in die Dunkelheit davon.

»Sie glauben sich sicher,« meldete der Späher der Ponas. »Sie haben nur eine Wache aufgestellt, und die ist eingenickt. Ihr Feuer ist niedergebrannt. Sie schlafen tief.«
Lop-Nam nickte zufrieden. »Gut. Wir werden sie in der Stunde vor der Morgendämmerung angreifen. Macht euch bereit.«
Lop-Nam war überrascht gewesen, als er bemerkt hatte, daß Gurenas den Kaufmann aus Feen begleiteten. Doch er wollte nicht wieder mit leeren Händen nach Phonalam zurückkehren. Hor-Yu würde ihn in Schimpf und Schande davonjagen. Unschlüssig war er den Spuren der kleinen Schar gefolgt, hatte Späher ausgeschickt, sie zu beobachten, und beschlossen, sie nachts in ihrem Lager anzugreifen. Einige Nächte hatte er verstreichen lassen, denn sie hatten Wachen aufgestellt und die Plätze, an denen sie lagerten, waren ungünstig gewesen für einen Angriff. Nun aber waren sie ihm ausgeliefert. Es war ein leichtes, von dem Hügel, zu dessen Füßen sie schliefen, auf sie herabzustoßen.
»Es wird schwer sein, ihren Herrn in der Dunkelheit zu erkennen,« sagte einer der Ponas. »Hor-Yu will ihn lebend.«
»Seine Eitelkeit verrät ihn,« sagte der Späher. »Er ist der einzige, der unter einer farbig gewebten Decke schläft. Die Soldaten haben braune und graue Decken, seine aber leuchtet noch in der tiefsten Finsternis. Ich habe es gestern bemerkt, als ihr Feuer heller brannte als heute.«

»Gut,« entgegnete Lop-Nam genüßlich. »Seine Eitelkeit werde ihm zum Verhängnis. Greift ihn lebend, alle anderen erschlagt im Schlaf. Keiner darf entkommen.«

Lautlos machten sich die Ponas davon. Sie hatten gelernt, den dichten Wald zu durchstreifen, ohne Geräusche zu verursachen. An der Spitze des Hügels sammelten sie sich.

»Ihre Wache ist verschwunden,« flüsterte der Späher.

»Sie wird eingeschlafen sein,« entgegnete Lop-Nam. Erregung klang in seiner mühsam gedämpften Stimme. »Ich werde selbst nach dem Kaufmann suchen und ihn mit einem Schlag betäuben. Ihr kümmert euch um die anderen,« flüsterte er. »Seid rasch. Gebt ihnen keine Gelegenheit, aufzuwachen.«

Lop-Nam lauschte lange in die Stille der Nacht hinein. Eine leise Brise rauschte in den Bäumen. Ein toter Ast knarrte. Nichts bewegte sich im Lager der Kaufleute. Wie dunkle Bündel lagen die Schlafenden unter ihren Decken um die letzte Glut des Feuers. Heute kommt ihnen kein Dämon zu Hilfe wie bei den Hügeln des Mot, dachte der Führer der Ponas und lächelte. Das Gefühl, durch diesen leichten Sieg die Gunst Hor-Yus zurückzugewinnen, erfüllte ihn mit unumstößlicher Sicherheit. Mit herrischer Geste gab er das Zeichen zum Angriff.

Schweigend schlichen die Ponas den Hügel hinab. Ihr Kriegsgeschrei erhob sich erst, als ihre Schwerter schon auf die Schlafenden herabfuhren. Einige entzündeten Fackeln. Gespenstische Schatten jagten über die Lichtung.

»Eine Falle!« schrie plötzlich einer der Ponas. Auch die anderen schrien auf. Ihre Schwerter hatten nur Kleiderbündel und Proviantsäcke unter den Decken durchbohrt. Das Lager der Kaufleute war verlassen.

»Löscht die Fackeln,« rief ein anderer. Im gleichen Augenblick spaltete ihm ein gewaltiger Hieb den Schädel. Rah stürmte mit gezücktem Schwert mitten unter die Ponas, gefolgt von den Gurenas der La, die von allen Seiten aus dem Unterholz stürzten. Die Ponas waren zu überrascht, um sich zu wehren. Einige versuchten sich zu retten, doch der Hügel, der ihren Angriff begünstigt hatte, erschwerte nun ihre Flucht. Im Handumdrehen waren die Ponas niedergemacht. Nur zwei von ihnen blieben am Leben. Die Gurenas fesselten sie, während Rah mit einigen Männern im Wald ausschwärmte, um nach Fliehenden zu suchen. Nach kurzer Zeit kehrten sie zurück.

»Keiner ist entkommen,« meldete ein Gurena. Hem-La, der am wieder angefachten Feuer auf und ab ging, nickte zufrieden.

»Wir haben unser Leben Eurem wachen Gespür zu verdanken, Rah-Seph,« sagte er. »Das Haus La schuldet Euch erneut tiefen Dank.«
»Nicht bei mir bedankt Euch, Hem-La, sondern bei Aelan. Er hat die Gefahr gewittert, die auf uns lauerte,« entgegnete Rah schroff und wandte sich ab. Er war aufgebracht. Er hatte gekämpft, ohne das Ka zu spüren, ohne das rauschhafte Sichweiten der Sinne in die Ewigkeit des Augenblicks. Er hatte gekämpft mit Geschick und Kraft, wie ein gewöhnlicher Soldat, der das Waffenhandwerk erlernt hat, ohne um das Geheimnis des wahren Gurena zu wissen. Mißmutig stapfte Rah davon. Hem sah ihm kopfschüttelnd nach, dann wandte er sich an Aelan.
»Ich wußte nicht, daß die Kraft der Krieger in dir wohnt, Aelan,« sagte er mit geheuchelter Freundlichkeit.
»Es ist nichts...« stammelte Aelan. »Es war nur ein unbestimmtes Gefühl, fast ein Traum.«
»Der uns das Leben gerettet hat.« Hem schlug Aelan gönnerisch auf die Schulter. Dem jungen Mann aus den Bergen war die Berührung unangenehm. Er spürte ihre Verlogenheit und wandte sich ab.
»Es ist besser, wir verlassen diesen Ort noch vor Tagesanbruch. Wahrscheinlich gibt es noch mehr Räuber hier,« sagte er.
Hem nickte. Aelan entfernte sich, um nach den Pferden zu sehen.
»Herr, einer der Kerle, die wir gefangen haben, war der Anführer der Räuber, die uns im letzten Jahr in den Mothügeln überfallen haben. Ich war bei der Karawane dabei und habe das Narbengesicht dieses Kerls nicht vergessen,« rief einer der Gurenas. Die anderen wandten sich den beiden Gefangenen zu.
»Er hatte mich zu Boden geschlagen und wollte mich töten, als der edle Rah-Seph uns zu Hilfe kam,« berichtete der Mann weiter.
»Sieh an,« grinste Hem und stieß den gefesselten Pona mit der Fußspitze an. »Welch eine Überraschung. Es freut mich, deine Bekanntschaft zu machen. Du scheinst es auf das Haus La abgesehen zu haben. Sage mir deinen Namen, bevor ich dir deine Belohnung auszahle.«
Hem-La zog sein Schwert.
»Tötet mich nicht, Herr! Ich kann Euch von Nutzen sein,« stieß der Mann hastig hervor.
»Oh ja?« Hem setzte dem Gefesselten die Schwertspitze an den Hals. »Deinen Namen!«
»Lop-Nam, Herr.«
Die Gurenas hatten sich im Kreis um die beiden Gefangenen aufgestellt, Fackeln in den Händen. Der Widerschein der Flammen huschte über ihre Gesichter. Hem-La wandte sich mit spöttischer Stimme an sie.

»Dieser feige Hund, der das Haus der La zweimal überfallen hat, will uns nun von Nutzen sein. Was haltet ihr davon? Sollen wir ihn in unsere Dienste nehmen?«

Die Männer lachten rauh. Hems Schwert ritzte Lop-Nam in den Hals. Ein feiner Blutfaden floß über die zuckende Haut des Pona.

»Wenn ich die Zeit hätte, würde ich dich langsam sterben lassen, du Schlange.«

»Hem-La, ich weiß, wer Euren Vater getötet hat!« preßte Lop-Nam hervor.

»Woher kennst du meinen Namen?« fuhr Hem ihn an.

»Hor-Yu hat ihn genannt. Er war es, der Euch in den Bergen überfallen und Eure Edelsteine geraubt hat. Sein Pfeil hat Euren Vater tödlich verwundet.«

»Du bist einer seiner Männer?«

»Ja, Herr. Hor-Yu hat uns geschickt, Euch zu überfallen. Er ist Herr von Phonalam. Er ist mächtig in den Wäldern.«

Hem-La nahm sein Schwert vom Hals des Mannes. Lop-Nam atmete auf.

»Ich will Euch dienen, Hem-La. Ich kann Euch alles über Hor-Yu berichten. Ich werde ...«

»Woher wußte er, daß wir durch die Wälder ziehen?«

»Ein Diener Eures Vaters, Egas-Lom, so glaube ich, hieß er, kam nach Phonalam, um das Haus der La zu verraten. Ich kann Euch alles über Phonalam berichten, ich ...«

»Wo ist Egas-Lom jetzt?«

»Hor-Yu hat ihn getötet.«

»Was will Hor-Yu von uns?«

»Er hat Krieger in die Berge geschickt. Er will die Gläserne Stadt finden, die in den Gebirgen des Am liegen soll. Er will einen Gefangenen machen in diesem Tal, das er das Innere Tal nannte, um mehr über die geheimen Wege zur Stadt zu erfahren. Die Ponas sollen einen Handan mit in die Wälder bringen. Wir sollten Euch überfallen, damit die Ponas in den Bergen ungestört sind.«

Hem-La schmunzelte. »Wieviele Krieger hat Hor-Yu in die Berge gesandt?«

»Ungefähr fünfzig. Jene, die schon im letzten Jahr mit ihm im Inneren Tal waren, führen sie an.«

»Sie sind gut ausgerüstet?«

»Ja, Herr. Sie haben Vorräte und Waffen bei sich. Hor-Yu meinte, sie könnten in den Bergen überwintern.«

»Wo liegt das Hauptlager der Ponas?«
»Auf dem Hügel der zwei Flüsse, Herr, an der Karawanenstraße nach Ütock. Hor-Yu hat die alte Siedlung wieder errichtet und mit Palisaden und Gräben befestigt.«
»Ich weiß nicht, ob ich dir glauben kann, Lop-Nam,« zischte Hem. Seine Stimme war von schleichender Bosheit.
»Ich tue alles für Euch, Herr, wenn Ihr mich am Leben laßt.«
Hem überlegte einen Augenblick. Er weidete sich an der Angst des Mannes, der sich gefesselt zu seinen Füßen wand. »Töte deinen Kameraden, um uns zu zeigen, zu wem du gehörst.« Hem wies auf den anderen Pona, der gefesselt am Feuer lag. Eilfertig nickte Lop-Nam.
»Ja, Herr. Ich will kein Pona mehr sein. Auch ich stamme aus Feen und mußte meine Heimat verlassen, weil man mich verleumdete bei den Tat-Los. Damals ging ich . . .«
Hem-La wandte sich von ihm ab und gab seinen Männern zu verstehen, sie sollten Lop-Nam losbinden. Lust an dem grausamen Schauspiel, das nun folgen würde, funkelte den Gurenas in den Augen. Einer von ihnen gab Lop-Nam ein Messer. Lop-Nam nahm es zögernd und trat zu seinem Kameraden. Der Pona, der das Gespräch mit angehört hatte, begann zu schreien und zerrte verzweifelt an den Stricken, mit denen er gebunden war. Lop-Nam war einen Augenblick unschlüssig. Sein Atem ging schwer. Auf seiner Stirne stand Schweiß. Der Pona zu seinen Füßen flehte um sein Leben.
»Nun, Lop-Nam?« stichelte Hem mit breitem Grinsen. Er ergötzte sich an der Qual der beiden Ponas. Die Gurenas traten näher heran.
Lop-Nam gab sich einen Ruck und stieß seinem Kameraden das Messer ins Herz. Die Spannung der Gurenas löste sich in einem rauhen Lachen.
»Was geht hier vor?« Aelan hatte den Lärm gehört und war zurückgekommen. Er drängte durch den Kreis der Männer nach vorne.
»Ah, Aelan! Wo warst du? Du hast ein vortreffliches Schauspiel versäumt,« gab Hem zur Antwort. »Aber es ist noch nicht zu Ende. Dieser Mann will dem Hause La dienen. Er hat seinen Herrn verraten und seinen Kameraden ermordet, um uns seine Ergebenheit zu beweisen. Nicht wahr, Lop-Nam?«
Der Pona nickte beflissen. »Ich werde alles für Euch tun, Herr. Glaubt mir. Ihr könnt mir vertrauen.« Seine Augen flackerten irre.
Hem nickte ihm lächelnd zu. »Du sollst sehen, Aelan, wie das Haus La mit Verrätern umgeht.«
Hems Schwert zuckte aus der Scheide und fuhr Lop-Nam ins Herz. Ei-

nen Augenblick blieb der große, massige Mann stehen, starrte den jungen Kaufmann fassungslos an, dann sackte er lautlos zusammen. Hem wandte sich um, als sei nichts geschehen und rief: »Macht euch bereit. Wir brechen auf.«
Die Gruppe der Gurenas löste sich auf. Erregt die Geschehnisse besprechend, begannen sie, die Pferde zu beladen. Aelan aber stand regungslos und starrte die toten Ponas an. Es war ihm, als sei Hems Schwert in sein eigenes Herz gefahren.
Der erste Schimmer der Dämmerung kroch über die Lichtung. Von irgendwo zwischen den Bäumen klang der gläserne Ton von Rahs Flöte.

## Kapitel 7
### DIE NACHT DES RATES

Tat-Nar-Te, achtundvierzigster Tat-Tsok aus dem Geschlecht der Te, fleischgewordener Wille des Einen Tat, Hand des Allgewaltigen, Stimme des unerschütterlichen Wortes, Auge der Wahrheit, betrat den Saal der Weisheit im goldenen Ornat, das die Tat-Tsok nur in der Nacht des Rates trugen, in der die Entscheidungen der Gottkönige von Atlan über weltliche und geistliche Belange an die Alok und die höchsten Tnachas des Reiches ergingen. Einst war die Nacht des Rates Anlaß gewesen für die Besten aus dem Reich, die Tnachas und Mehdranas, die Tat-Los und die Tam-Be'el, die Feldherren und die weisesten der Dhans aus der Verborgenheit der Wälder, nach Kurteva zu reisen, um über die Geschicke Atlans zu befinden und dem Tat-Tsok beizustehen in seinem schweren Amt. Jedem freien Menschen war es in dieser Nacht gewährt, hinzutreten vor den Tigerthron, um seine Klagen und Bitten vorzubringen, so wie es in den goldenen Tagen von Hak gewesen. Kuriere trugen die Erlasse des Rates, die unanfechtbar waren, zu Wort und Buchstabe geformter Wille des Einen Allmächtigen, in alle Winkel des Reiches. In der neuen Zeit jedoch war die Nacht des Rates nur mehr prunkvolle Zeremonie für den Hof von Kurteva, in welcher der Tat-Tsok die Worte aussprach, die ihm seine Priester und Tnachas in den Mund legten, und die als Gerüchte längst in den Städten umliefen, bevor die Herolde des Palastes sie verkündeten.

Der greise Herrscher stützte sich auf zwei Gurenas, als er den Saal der Weisheit betrat. Die Last des aus massivem Gold gewirkten Gewandes, das die Te schon getragen, als sie noch Könige von Teras gewesen, drückte ihn nieder, so daß es schien, als krieche ein Buckliger mühsam durch das goldene Portal der Halle. Den Kopf niedergebeugt zur Erde schleppte der Tat-Tsok sein Prunkgewand zum Thron, und jeder der im Saal Versammelten ahnte, daß er es in dieser Nacht wohl zum letzten Male trug. Der schwere, keuchende Atem des alten Mannes war das einzige Geräusch, das in dem unermeßlichen Raum verklang. Das

Licht von tausenden Fackeln und Öllampen vermochte die Halle der Weisheit nur mit trübem Zwielicht zu erfüllen, so gewaltig und hoch spannten sich ihre Kuppeln und Gewölbe. Dunkel glänzten die Reliefs und Mosaiken, deren Bilder und Schriftzeichen das Geschlecht der Te verherrlichten, das mächtigste und ruhmreichste aller Geschlechter, die Atlan je gesehen.
Die Alok, die sieben höchsten Tat-Los, saßen zur Rechten des Thrones, zur linken hatten die On-Tnachas der Provinzen auf silbernen Sesseln Platz genommen. Vor den Stufen des Tigerthrones saßen der Bayhi, seine Mutter und seine sechs Schwestern, angetan mit Festgewändern aus Gold und Brokat. Reglos verharrten sie, wie aus Stein gehauen. Der Sitz des Tat-Tsok aber ragte so hoch in das Halbdunkel des Raumes, daß das Funkeln seiner reichen Verzierungen wie das Schimmern von Sternen schien, die unerreichbar über den Häuptern der Sterblichen erstrahlten. Lange, lange währte es, bis der Tat-Tsok die Stufen zu seinem hohen Thron erklommen. Das Schweigen der Menschen wölbte sich wie ein gewaltiger, vibrierender Schild über ihren ehrfürchtig gebeugten Häuptern.
Lange saß der Greis stumm über dem Meer des Schweigens im Saal der Weisheit. Sein Blick verlor sich in der ewig währenden Dämmerung. Schließlich aber, als sein keuchender Atem ruhiger wurde, begann Tat-Nar-Te mit leiser, brüchiger Stimme, die selbst jene, die unmittelbar zu seinen Füßen saßen, kaum vernahmen, den ewigen, unwandelbaren und allweisen Beschluß des Einen Tat, des Herrschers über Himmel und Erde, des Walters der Geschicke aller Lebenden und Toten, zu verkünden.
Als er die althergebrachten Gebete und Lobpreisungen, die das Gesetz des Tat vorschrieb, gemurmelt hatte, begann er: »Zu ewigem Dank ist der Tat-Tsok dem Tat verpflichtet, der ihm, seinem irdischen Sohn, unermeßliche Gnade erwies in der letzten Nacht des Sonnensterns. Der Bayhi, dem Tod schon verfallen, der letzte der Te, der blühende Sproß des glorreichen Stammes, wurde gerettet von der Hand des Allgewaltigen, dessen unergründlicher Wille Wort und Fleisch wird in den Tat-Tsok von Atlan. Er hat seine Hand schirmend über das Geschlecht der Te gelegt, das er liebt wie kein anderes, damit es weiterhin die Geschicke des Reiches verwalte an seiner statt, als sein Fleisch und sein Blut auf der sterblichen Erde.«
Der Tat-Tsok sprach langsam, mit kaum bewegten Lippen, die Augen starr in das Halbdunkel über den Köpfen der Menschen gerichtet.
»Der Bayhi sitzt wieder zu Füßen des Thrones, den er bald besteigen

wird, denn der Tat-Tsok spürt, daß der Eine Tat ihn zu den Vätern ruft, damit er in ihrer Mitte sein wahres Licht erschaue. Die Hand des Allmächtigen hat den Bayhi geheilt und ihm neues Leben geschenkt, damit er und seine Söhne, die der Eine ihm reich gewähren soll, die Linie der Te fortführen mögen bis ans Ende aller Tage. Das Auge des Einzigen hat sich der Te erbarmt, obwohl sie nachlässig waren in ihrem Dienst.

Sie haben den Allweisen erzürnt mit ihrem Zaudern und er hat Unheil herabgesandt über die Provinzen ihres Reiches. Aber das Leid hat den Sohn des Tat erleuchtet. Es hat neue Kraft in seine müde Hand gelegt. Und seht, als sein Herz sich wandelte, als es sich in der Nacht des Sonnensterns dem Einen Willen auftat, da wandelte sich der Schmerz in Freude, und der Tod in Leben. In jener Nacht genas der Bayhi von unheilbarer Krankheit. Sein neues Leben kündet von der Gnade des Tat. Der Tat-Tsok aber hat gelobt in dieser Nacht, sein Werk, das der Tat ihm auftrug als sein Fleisch und sein Blut, als sein Körper und sein Geist, ganz zu vollenden, wie sein unergründlicher Wille es vorhersah. Er hat gelobt, die Schwäche zu überwinden, die das Böse wie schleichendes Gift in sein Herz gestreut. Als der Tat-Tsok vor langer Zeit das Feuer verstieß, die falsche, verderbte Flamme, die Atlans Mark zerfraß seit undenklichen Zeiten, als er sie tilgte aus dem Angesicht des Reinen, und den Ewigen Tat wieder erhob zum Einzigen Licht Atlans, wie es gewesen war seit Anbeginn der Tage, da ließ er zu, daß Erinnerungen an die Flamme sich bewahrten in Kurteva, der heiligen Stadt, daß sie fortlebten in den Häusern von Verrätern und selbst im Großen Tempel des Einen. Das Feuer in der Kuppel des Tempel versäumte er zu löschen. Die Flamme, das Zeichen des Bösen, leuchtete weiter über Kurteva, doch der Eine Tat hat Atlan gestraft für diesen Frevel. Lange währte es, bis die Schleier von den Augen des Tat-Tsok fielen und er den unbeugsamen Willen des Allgewaltigen erkannte.

Der Sohn des Tat dankt seinem himmlischen Gebieter, daß er das Dunkel der Verblendung von ihm nahm in den letzten Tagen seines Menschseins auf Erden. Nun aber, da sein Licht dem Geschlecht der Te heller erstrahlt als je zuvor, werde sein Wille erfüllt zu seinem Ruhm und zu seiner Ehre. So also befiehlt der Tat-Tsok, der Eine Sohn des Tat, und so soll es geschehen: Wenn in der Nacht des Sonnensterns von den Dächern der Tempel die Dunkelheit der Liebe verkündet wird, wenn in Kurteva die Lichter erlöschen, um das Auge des Einen zu ehren, das über den Himmel wandert, da verlösche auch die Flamme in der Kuppel des Tempels. Sie verlösche auf ewig und mit ihr vergehe das letzte

Zeichen des Bösen samt all jenen, die ihm noch anhängen. Der Widerschein des Feuers werde getilgt aus den Herzen der Menschen Atlans, jene aber, die ihm heimlich noch huldigen, wird der Arm der Tat-Tsok vernichten. Das Licht des Tat verbrenne alle, die ihn leugnen. Keine Gnade gewährt der Tat-Tsok mehr jenen, die das Wort des Einen Allweisen heuchlerisch auf den Lippen tragen, doch deren Herzen verderbt sind vom Übel der Flamme. Die huldvoll schützende Hand des Tat-Tsok, die jene barg, die er liebte, wird ihnen entzogen werden, wenn sie nicht reine Kinder des Einen Tat sind. Der Tat-Tsok wird nicht zögern, sich selbst das Liebste aus dem Herzen zu reißen, wenn es den Makel der Flamme trägt. Selbst das Auge des Tigers soll erblinden, öffnet es sich nicht in Demut dem wahren Glanz des Einen.«

Die Stimme des Tat-Tsok begann vor Erregung zu zittern. Die Tat-Los und die Tnachas lauschten mit unbewegten Mienen. Nur über das Gesicht des Bayhi huschte ein schmerzliches Zucken. Wenn eine Pause eintrat in der Rede des Tat-Tsok, versank die Halle der Weisheit in Stille. Lange sprach der Greis über das Verhängnis der Flamme und die neue Einsicht im Herzen des Tat-Tsok. Er verkündete, daß fortan wieder Gold fließen solle aus den Schatullen des Palastes für jeden, der einen verborgenen Tam-Be'el verrate oder töte, denn auch die letzten Spuren des Feuers müßten getilgt werden, damit es für immer vergehe vom Angesicht der Erde. Auch die Gurenas seien nicht gefeit gegen den Zorn des Tat, warnte er, auch jene nicht, die sich große Verdienste erworben hätten für das Geschlecht der Te, jene alten, ruhmreichen Familien, deren Geschick eng mit dem der Tat-Tsok verwoben sei. Er werde auch ihnen keine Gnade gewähren, wenn ihr Herz dem wahren Herrn über Himmel und Erde verstockt sei. Denn alles, dessen Innerstes nicht rein und lauter sei vor dem Tat, dessen Herz sei auch nicht rein vor dem Tat-Tsok, seinem einzigen Sohn auf Erden, und es verdiene unerbittliche Strafe.

Dann, unvermittelt, ließ der Tat-Tsok die ausgestreckte Hand sinken und erhob sich. Seine Gurenas eilten herbei, ihn zu stützen und führten ihn die Stufen des Tigerthrones herab. Wieder herrschte lange Zeit Stille in der Halle, denn niemandem war es gestattet, zu sprechen und sich zu bewegen, wenn der Tat-Tsok seinen Sitz hoch über den Häuptern der Menschen verließ. Erst als sich die Flügel der schweren goldenen Tür hinter ihm geschlossen hatten, erhob sich erregtes Murmeln und Raunen in der Halle der Weisheit.

»Es darf nicht geschehen!« Der Bayhi hieb mit der Faust gegen die

Wand, bevor er die unruhige Wanderung durch sein Gemach fortsetzte. Sein häßliches, von schwerer Krankheit entstelltes Gesicht verzerrte sich zu einer Fratze.

»Noch ist es nicht geschehen,« antwortete Chanju, sein Lehrer, einer der sieben Alok. Die Stimme des breitschultrigen alten Mannes klang gleichgültig.

Der Bayhi sah ihn fragend an. »Mein Vater hat gesprochen in der Halle der Weisheit, vor den Alok, den Tnachas und den Edlen von Kurteva, mit der unwiderruflichen Stimme der Macht, die den Tat-Tsok in der Nacht des Rates gewährt ist. Die Stadt weiß ohnehin schon seit langem, was die Herolde morgen verkünden werden.«

Chanju zuckte die Schultern.

»Der heilige Be'el hat mir neues Leben geschenkt, er aber, der sich Tat-Tsok nennt, deutet es im Starrsinn seines Alters als ein Zeichen seines Tat, dieses Götzen,« fuhr der Bayhi fort. »Das lebendige Blut des Feuers hat mich aus den Klauen des Todes befreit, doch mein Vater will die heilige Flamme löschen, die den Ruhm der Te verkündet, seit Kurteva aufwuchs aus den Sümpfen des Mot. Hat er vergessen, daß der Be'el der Gott der Te war, lange bevor der verderbte Glaube an Tat aus dem Süden über die Kahlen Berge gelangte?«

»Es ist weniger der Starrsinn des Greises als die Giftzungen der Priester, die sich um ihn drängen.«

»Oh ja. Sie umschwärmen ihn wie Motten die Flamme und saugen ihre Macht aus seinem Wankelmut.«

»Doch sie umschwärmen ein verlöschendes Licht. Die Last des Alters liegt schwer auf ihm.«

»Aber sie haben ihn bewogen, noch vor seinem Tod das zu bewirken, das er so lange scheute. Ist die heilige Flamme im Tempel einmal gelöscht, die Seele des flammenden Be'el, die auch in den Zeiten der Verbannung hell leuchtete über Atlan, so wird selbst der Tod meines Vaters sie nicht wieder entzünden. Das heilige Feuer, das niemals erlosch, seit Kurteva entstand ...«

»... und das schon brannte, als Kurteva noch Sumpf war und Wüste. Der Xav, der heilige Berg des Be'el, hat es entzündet, als Atlan jung war, kaum dem Meere entstiegen,« fiel Chanju ihm ins Wort. »Aber noch brennt sie, und sie wird auch fortan brennen, denn so ist es Atlan bestimmt von der allweisen Hand des Einen, der vor allen Menschen und Dingen war.«

»Das Fest des Sonnensterns ist nahe. In der Dunkelheit der Liebe soll das heilige Feuer erlöschen.«

»War nicht auch dir der Tod schon nahe, Bayhi? Warst nicht auch du schon unrettbar verloren, du, auf dem das Auge des Be'el gnädig ruht? Dein Leben war näher am Verlöschen als es die Flamme des Tempels ist, und doch hat der Eine Allmächtige dich zurückgerufen, um zu erfüllen, was er verheißen. Sieh es als Sinnbild dessen, was heute geschieht. In der Nacht des Sonnensterns, so sagten die Ärzte und Heiler vor einem Jahr, wird der Atem des Lebens zum letzten Mal die Brust des Bayhi heben, aber der Be'el war mächtiger als der Tod. In der Nacht des Sonnensterns, so verkündete heute der Tat-Tsok, von seinen Priestern verblendet, wird die Flamme des Be'el für immer erlöschen, doch der Be'el ist mächtiger als der Tat-Tsok.«

»Aber was sollen wir tun? Der Wille des Tat-Tsok ist unumstößlich. Ich muß mich ihm beugen vor den Tnachas und Tat-Los. Vergiß nicht, daß auch du in ihren Augen einer der hohen Hüter des Tat bist, der in den Tempeln den verfluchten Namen als heilig preist, um dein wahres Gesicht zu verbergen.«

»Es geschieht zum Wohle des Be'el. Wir alle sind Werkzeuge in seiner Hand. Unsere Herzen und unsere Lippen werden einzig von seinem Willen bewegt. Seine Wege sind oft verschlungen. Befrage die Flamme, Bayhi. Nur sie kann dir beistehen in dieser Stunde. Sie wird dir raten, denn es ist vorherbestimmt, daß sich durch deine Hand ihr Wille erfüllt.«

»Tue es für mich, Chanju. Deiner Weisheit beuge ich mich. Ich bin nur ein Unwürdiger vor dem Be'el.«

»Nein, Bayhi! In dieser Nacht kannst nur du es tun. Es ist an der Zeit, daß du die Aufgabe annimmst, die der Be'el dir auferlegte. Als Tat-Tsok wirst du sein erster Diener und die Hand seines Willens sein. Nimm dieses Amt demütig an, Bayhi. Zeige dich der heiligen Lehren würdig, die du aus meinem Mund vernommen.«

Der Bayhi senkte das Haupt zum Zeichen der Zustimmung. Sein dünnes, bleiches Gesicht spiegelte äußerste Erregung und Anspannung. Nie zuvor hatte er das Ritual der Flamme alleine ausgeführt. Es war den beiden inneren Kreisen der Tam-Be'el vorbehalten, den höchsten Priestern und den Xem, den Eingeweihten in die letzten Mysterien des Feuers. Doch Chanju, der Hohepriester des Be'el in den Gewändern eines Tat-Lo, hatte den Thronfolger des Tat-Tsok gut vorbereitet auf die Geheimnisse des flammenden Herrn. Ihm war es gelungen, der Verfolgung der Flamme in der Verkleidung des Tat-Priesters zu entgehen, er hatte das Vertrauen des Tat-Tsok gewonnen, war aufgestiegen in den Rat der Alok und zum Lehrer des Bayhi berufen worden. Und er hatte

ihn erzogen im Geiste des Be'el, als Werkzeug der neuen Macht des Feuers.
Der Bayhi holte die geweihte Schale und den Dolch aus einem Versteck und breitete das reich mit den heiligen Zeichen der Flamme bestickte, schwarze Tuch auf dem Boden des Gemaches aus. Chanju zog sich in eine Nische des Raumes zurück und verharrte schweigend. Seine dunklen, brennenden Augen verfolgten jede der bedächtigen Bewegungen des Bayhi mit konzentrierter Aufmerksamkeit. Nun würde sich erweisen, ob Lor-Te, der künftige Tat-Tsok, der Flamme würdig war, die ihn aus dem Reich des Todes befreit, ob sie ihn annahm als ihren Diener, oder ihn zu Asche brannte, wie schon manchen, der die Macht des Be'el aus eitlem Übermut beschworen.
Der Bayhi kniete vor der Schale, nahm den Dolch und ritzte sich in den Arm. Während er einige Tropfen seines Blutes in das goldene Gefäß fallen ließ, murmelte er die geheimen Formeln und Beschwörungen, die das heilige Feuer um Hilfe anflehten.
»Mein Blut gehört dem Be'el zum Opfer, so wie ihm mein Herz gehört und mein Wille. Mein Blut bezeuge die Ergebenheit seines Knechtes. In diesen Tropfen ist mein Leben eingeschlossen, die Kraft meines Willens und meiner Seele. Sie gehört alleine Ihm, dem Allweisen und Allgütigen Be'el, der in mir wohnt auf ewig.«
Wie von selbst flossen die Worte über seine Lippen. Schon bald spürte der Bayhi, daß eine fremde Kraft seine Zunge lenkte und Worte in ihm formte, die er nie zuvor gehört oder gedacht. In der Schale vor ihm begann es zu glühen. Flammen züngelten hoch und hetzten zuckende Schatten durch den Raum. Der Bayhi wußte, daß die Xem das Ritual des Feuers benutzten, um Verbindung zu halten über große Entfernungen hinweg, daß sie die Flamme befragten wie ein Orakel oder sich in einsamer Meditation in sie vertieften, um den unergründlichen Willen des Einen Be'el zu erforschen. Er kannte die Sprüche und Gebete dieser heiligen Handlungen, die Worte aber, die nun aus ihm herausbrachen, getrieben von einer unbekannten Kraft, waren ihm fremd. Er stieß sie hervor und erschrak, als er sie mit seinen Ohren hörte. Zum ersten Mal hatte der junge Tat-Tsok die Gewalt der Flamme selber herbeigerufen und sie erfüllte ihn mit jäher, lähmender Wucht. Aus der goldenen Schale wuchs nun eine schlanke Feuersäule, die bis an die Decke des Gemaches reichte.
Der Bayhi verstummte. Regungslos kniete er vor dem Feuer und starrte es an. Die Gestalt eines menschlichen Körpers formte sich aus den Flammen, die sie wie wild züngelnde Schleier umhüllten. Die Hände,

die feingliedrigen, knochigen weißen Hände waren das erste, das der Bayhi erkannte. Es waren die Hände, die in jener Nacht des Todes seine Stirn gerieben, die ihn zurückgeholt hatten aus dem Reich der Schatten, dem er schon angehörte. Ein Mann in dem dunklen Gewand eines Kaufmanns stand in dem Feuer, regungslos. Die glühenden Augen in seinem versteinerten, von einem weißen Bart umrahmten Gesicht starrten den Bayhi streng an. Lor-Te zitterte vor Angst, doch er konnte den Blick nicht von der Erscheinung wenden, die immer mehr Gestalt annahm in der flammenden Säule.

»Du hast mich gerufen, Bayhi,« sagte der Mann. Seine Stimme war sanft, und doch schoß ein eisiger Strahl den Rücken des Bayhi hinab, als sie erklang.

»Xerck ... Herr ...« stotterte er. Der höchste Gebieter des Feuers war zu ihm gekommen. Für einen Augenblick schien alles um den Bayhi zusammenzubrechen. Die fremde Kraft wollte ihn fortnehmen aus dem Körper. Wie ein wütender Wind zerrte sie an seinem Inneren und ballte sich schmerzhaft am Nabel zusammen. Es war ihm, als werde er an den Rand eines Abgrunds gestoßen, in dem ein aufgewühltes Flammenmeer toste, begierig, ihn zu verschlingen. Der Bayhi wußte, daß die Kraft ihn in Stücke reißen würde, zeigte er jetzt, daß er ihr nicht gewachsen, daß er zu schwach war für sie, die er selbst gerufen. Niemand vermochte ihm zu helfen in diesem Augenblick. Der allgewaltige Be'el selbst erprobte die Stärke seines Dieners, durch den sein Wille Gestalt annehmen sollte in Atlan. Xerck starrte den Bayhi mitleidlos an. Wer sich zu schwach erwies, die Macht der Flamme zu ertragen, sollte verbrennen in ihr.

Mit letzter Kraft stieß der Bayhi hervor: »Der Tat-Tsok hat verkündet, die heilige Flamme im Tempel zu löschen, das Herz des Be'el. Was sollen wir tun, oh Xerck, Herr des Feuers, der du mich gerettet hast vor dem Tod, damit ich dem Einen Be'el diene.«

Der Bayhi faßte sich. Die Kraft der Flamme vibrierte in ihm, daß seine Glieder schlotterten, doch er spürte jetzt, da er dem Sturm des Feuers widerstand, daß sein Geist klar wurde und sich öffnete für den Willen des Einen. Er hatte die Probe bestanden. Ein Gefühl des Triumphes durchfuhr ihn.

»Chanju hat dich wohl gelehrt, Lor-Te,« sagte Xerck, dessen Feuerleib nun so wirklich schien wie ein Körper aus Fleisch und Blut. »Der Eine Herr wird es ihm zu danken wissen, daß er seine Pflicht so treu erfüllte, daß er dich im Namen der Wahrheit erzog, obwohl er sich verbergen mußte im Mantel der Lüge und der Tod ihn umlauerte in dieser Höhle des Bösen.«

Der Bayhi senkte das Haupt. »Ja, Herr. Er hat mich auf den Weg des Einen geführt und dafür sein Leben gewagt. Doch soll all diese Mühe vergebens sein, da sich die Gunst meines Vaters der Falschheit zuneigt, getrieben von den Priestern des verderbten Götzen, die sein Herz wie Schlangen umringen, es verblenden und ihrem Willen gefügig machen? Ich werde ihm nachfolgen auf den Thron des Tat-Tsok, aber wenn ich es tue, wird es zu spät sein, denn er bestimmte heute die Geschicke Atlans voraus, die ich nicht mehr zu ändern vermag.«

»Die Wege des Einen Be'el sind verschlungen. Auch wenn die Dinge sich zum Schein gegen ihn stellen, dienen sie nur seiner Sache. Für uns aber sind sie Prüfungen, die unser Vertrauen auf die Waage legen.«

»Was sollen wir tun, oh Xerck? Ich habe das Feuer gerufen, um es um Rat zu fragen in dieser Stunde, da der Tat-Tsok das Verderben des Be'el beschlossen und verkündet hat in der Nacht des Rates.«

»Er hat es verkündet, doch ist es noch nicht geschehen.«

»Es soll vollzogen werden in der Dunkelheit der Liebe. In weniger als einem Mond schon . . .«

»So trage Sorge, Bayhi, daß es nicht vollzogen wird. Das Auge des Einen ruht auf dir, dich zu prüfen.«

»Was soll ich tun?«

»Der flammende Herr hat dir den Atem des Lebens wiedergeschenkt, um das Geschlecht der Te zu retten. Er hat sein Feuerblut mit dem deinen gemischt. Aus seinem Leben ist dein neues hervorgegangen, das ganz ihm gehört. Nun fordert er von dir das Leben des Tat-Tsok als Preis für das deine.«

Der Bayhi starrte den Herrn des Feuers ungläubig an. Seine Hände zitterten, als er sie beschwörend erhob. »Er fordert das Leben meines Vaters?«

»Du hast gelobt in der Stunde deines Todes, daß du ihm alles geben wirst, was er fordert von dir, denn nicht mehr dein Leben ist es, dessen Licht in dir leuchtet, sondern das seine. Nun aber will er, daß du deinen Schwur einlöst.«

»Ich soll meinen Vater töten?« Die Stimme des Bayhi war schwach, kaum ein Hauch noch.

»Der Eine Be'el fordert sein Blut, das gegen den Willen der Flamme aufbegehrt. Noch in dieser Nacht soll es fließen. Du bist die Hand, durch die sich der Wille des Einen erfüllen soll.«

»Ich kann es nicht . . .«

Die Stimme des Xerck wurde scharf und durchdringend. »Du hast dein Herz in die Hände dessen gelegt, der dich rettete vor dem Tod, und nun,

da er die Lösung deines Schwures fordert, willst du ihn betrügen, ihn, der dich erwählte als sein Instrument?«
»Ich vermag meine Hand nicht mit dem Blut der Väter zu besudeln. Der Fluch der Te aus den Gewölben des Todes würde mich zerschmettern. Mag ein anderer es tun.«
»Was ist der Fluch der Te gegen die Macht der Flamme?« donnerte Xerck höhnisch. »Dienst du deinen Ahnen, die den Be'el verrieten, oder dienst du der Einen flammenden Macht? Deinen Händen hat die Flamme die Tat anvertraut, die Atlan zurückführen wird in das Licht der Wahrheit. Nur dafür gab sie dir dein Leben wieder, das schon verwirkt war.«
»Ich kann es nicht!« Der Bayhi sank nach vorne und neigte die Stirn zum Boden. »Der Eine Be'el mag alles von mir fordern, nur nicht dies, mein eigen Fleisch und Blut zu ermorden, mich am Geschlecht der Väter zu vergehen.«
»Willst du ihn verraten, der in deinem Herzen lodert?«
»Nein, oh Xerck, ich bin sein Knecht, sein Sklave. Ich gehöre ihm ganz und habe es gelobt in dieser Nacht meines Todes und meiner neuen Geburt im Feuer. Ich lebe nur durch ihn und werde sein Wille sein auf dem Tigerthron der Tat Tsok.«
»So vollbringe, was er fordert von dir! Du bist sein Werkzeug. Er will nicht deine Worte, sondern deine Taten.«
»Alles will ich tun, nur das eine nicht. Bitte ...«
»Nur dieses eine fordert er! Verrätst du ihn in dieser Stunde, so verfalle dein Leben, das er dir geliehen. Schmählich gehe das Geschlecht der Te zugrunde, dieses zage, weichliche Geschlecht, das nicht würdig ist, die Flamme des Einen über Atlan zu entzünden in der Stunde ihrer Wiederkehr aus der Verbannung. Es versinke auf ewig in Vergessenheit. Nur dein Name, Lor-Te, lebe weiter in der Erinnerung Atlans als einer, der feige den Be'el betrogen hat, der das Licht der Flamme beschmutzt hat zum Dank für die Errettung vor dem Tod. Die Rache des Feuers aber wird dich verfolgen bis in alle Ewigkeit.«
Der Bayhi sank in sich zusammen. Er spürte, wie die Kräfte des Lebens ihn verließen, wie alle Energie aus ihm fortzuströmen schien und ein Ring aus tödlichem Eis sich um sein Herz zusammenzog. Aus der Blüte seines neuen Lebens stürzte er jäh in die Finsternis des Todes. Panische Angst ergriff ihn, doch die Kräfte des Aufbäumens gegen sein unabwendbares Schicksal beschleunigten nur seinen Verfall. Mitleidlos betrachtete Xerck den Sterbenden, mit der selben kalten Gleichgültigkeit, mit der er ihn in der Nacht des Sonnensterns geheilt.

Mit letzter Kraft hob Lor-Te das Haupt und blickte in die glühenden Augen des kleinen Mannes in der Feuersäule. Die unbewegten Züge verschwammen für einen Augenblick. Nun glaubte der Bayhi, das Antlitz des Be'el selbst im Feuer zu erblicken. Es war schrecklicher als alles, das er jemals gesehen. Der Thronfolger des Tat-Tsok wußte in diesem Moment, daß es ihn verfolgen würde über die Grenzen des Todes hinweg, um ihn grausam zu strafen für seinen Verrat. Eine Angst packte ihn, die furchtbarer war als die Angst vor dem Tod, dem er ein zweites Mal verfallen schien. Sie durchfuhr ihn mit solcher Macht, daß sein Körper sich aufbäumte und in bizarrer Verrenkung erstarrte.
»Ich werde den Willen des Einen erfüllen,« hauchte der Bayhi mit dem letzten Rest eigener Kraft. Ächzend fiel er nach vorne und blieb liegen wie tot. Doch noch im Hinsinken spürte er, wie Leben in ihn zurückströmte. Gierig wie ein Ertrinkender die rettende Luft sog er es ein. Dann wischte eine schwarze Hand über seine Sinne.
Die Gestalt des Xerck verschwand. Das Feuer in der heiligen Schale sank in sich zusammen und erlosch. Tiefes Dunkel legte sich über das Gemach des Bayhi.

Der Tat-Tsok saß reglos wie eine Statue, das Gesicht versteinert. Es schien, als prallten die eifrigen Worte des Priesters an der starren, unnahbaren Würde des Greises ab. Das Herz von Tat-Nar-Te war aufgewühlt von den Reden des Harlak, des Sprechers der Alok, der ihn in seine Gemächer begleitet hatte.
»Ich habe erfüllt, was ich gelobte,« sagte der Tat-Tsok mit fester Stimme. »Was willst du noch?«
»Ich will nichts, Herr. Doch was du gelobt hast in der Nacht des Sonnensterns, als der Eine Tat dir deinen Sohn wiederschenkte zum Dank für den Wandel deines Herzens – du hast es dem Rat und dem Volk verkündet, aber noch ist es nicht geschehen.«
»Es wird geschehen, wie es verkündet wurde. Das Feuer des Bösen wird verlöschen in der Dunkelheit der Liebe. So hat der Tat-Tsok gesprochen, und das Wort des Tat-Tsok ist ehernes Gesetz.«
»Ja, es wird verlöschen. Atlan wird befreit sein von seinem verderbten Schein. Das Auge des Tat wird sich dem Land wieder zuwenden, wenn die Flamme erloschen ist, die seinen heiligsten Tempel beschmutzt. Und doch ist dies nur ein Zeichen, ein Sinnbild. Andere Taten werden folgen müssen.«
»Ich bin alt, Harlak. Es ist nicht die Art des Greises, Taten zu vollbringen wie ein Jüngling. Der Eine Tat hat mich erleuchtet in den hohen

Jahren meines Alters. Er hat mich sehend gemacht für sein Licht, hat mir die Kraft gegeben, noch einmal seinen Willen zu erfüllen, den Kreis zu vollenden, den ich zu ziehen begann vor vielen Jahren, als ich das Böse verstieß und trotzdem zu milde war vor seinem rächenden Auge. Aber ich vermag in Frieden zu den Vätern zu gehen. Ich brauche mich nicht zu schämen vor ihnen, denn ich habe mein Werk beschlossen, wie es einem Tat-Tsok aus dem Geschlecht der Te geziemt. Ich spüre, daß in dem Glanz, den der Allmächtige Tat mir spendete in meinen späten Jahren, das klare Licht des Todes schimmert, das mir die letzte Erleuchtung schenken wird. Er sei mir willkommen. Möge der Bayhi, den der Eine gesunden ließ zum Ruhme der Te, die Taten vollbringen, die der Allmächtige vom Tat-Tsok fordert. Er dürstet nach Ruhm. Er wird freudig das Schwert gegen die Feinde des Tat ergreifen. Er wird mir ein würdiger Nachfolger auf dem Tigerthron sein. Mich aber laßt. Ich habe meine Pflicht getan.«

»Niemand vermag zu wissen, wieviele Jahre der Weisheit der Eine Tat dir noch gewährt. Mögen es viele sein, denn die Erleuchtung, die er deinem Alter brachte, soll scheinen über Atlan wie eine Sonne, um die Dunkelheit des Bösen für alle Zeiten zu vertreiben. Die vor dir gingen, herrschten viele Jahre mehr als du heute zählst.«

»Nein Harlak. Ich spüre den Tod und fürchte ihn nicht. Mein Herz ist ruhig geworden. Kein Zweifel zerwühlt es mehr. Es ist rein geworden im Tat. Laß mich mein Leben in Frieden beschließen. Ich habe erfüllt, was ich versprochen. Mich verlangt, im Gewölbe des Todes neben meinen Vätern zu sitzen, auf dem Thron, der schon bereitsteht für mich.«

»Und doch mußt du dem Bayhi das Reich in Sicherheit überlassen. Er ist jung und unerfahren. Noch viele Jahre trennen ihn von dem Licht der Weisheit, das dir zuteil wurde. Du mußt die Taten festigen, die du heute verkündet, bevor der Bayhi den Thron des Tigers besteigt.«

»Mag er vollbringen, was ich für ihn bewirkt.«

»Verzeihe mir, wenn ich offen zu dir spreche, aber der Bayhi ist dieser großen Aufgabe noch nicht gewachsen. Du mußt ihm den Weg bereiten, du mußt die Linien seines Handelns vorzeichnen.«

»Was fürchtest du, Harlak? Sind die Alok so zaghaft, daß sie am Mantelsaum des Tat-Tsok hängen wie Kinder am Rockzipfel der Mutter? Glauben sie, daß der Bayhi ihren Willen nicht mehr so gehorsam erfüllen mag wie der Greis, der ihn gezeugt?« Der Tat-Tsok lachte bitter.

»Es war nicht der Wille der Alok, den du erfülltest, es war der Wille des Einen, der in dir wuchs in Jahren des Schmerzes und der Prüfung. Hast du das vergessen?« sagte Harlak streng. Als höchster Priester des Tat

und geistiger Berater des Herrschers war es ihm gestattet, den Tat-Tsok auf diese Weise zu ermahnen.
Der Tat-Tsok lächelte milde. »Ich habe es nicht vergessen, Harlak. Doch errege dich nicht. Mein Ohr war in diesem einen Jahr deinem Rat offener denn je zuvor, da der Tat den Bayhi auferstehen ließ vom Totenbett, wie du es mir prophezeit hast. Mein Dank ist groß für diese Gnade. Er hat mich für den Willen des Tat gefügig gemacht, den der Mund der Alok ausspricht. Der Tat hat seinen Sohn aus Fleisch, sein Auge auf Erden erleuchtet, damit er dem Rat der Alok folgt. Ich habe es getan, Harlak. Ich habe mein Gelübde erfüllt. Was willst du noch?«
»Wenn die Flamme im Tempel erlischt in der Dunkelheit der Liebe, wird sie umso heller aufflackern in jenen, die sich heimlich dem Bösen weihten. Sie werden versuchen, das Schicksal des Feuers mit Gewalt zu wenden. Willst du deinem Sohn einen brennenden Thron übergeben, nur weil du wieder einmal zagst, eine Aufgabe, die der Tat dir übertrug, zur Gänze auszuführen?«
Der Tat-Tsok schaute den Sprecher der Alok mit müden Augen an. Er fand keine Kraft mehr, den kühnen Worten zu erwidern.
»Ich vermag nicht, das Schicksal des Bayhi vorherzubestimmen.«
»Doch du vermagst, unnötige Gefahr abzuwenden vom Tigerthron der Te.«
»Was befürchtest du? Hast du Angst vor dem Tag, an dem die Flamme für immer verlöschen wird? Angst vor dem Tag, den du selbst herbeigesehnt wie das Licht einer neuen Zeit?«
»Nein. Es wird ein Freudentag sein für den Einen Tat und all die, in deren Herzen sein Licht strahlt. Jene aber, die dem Bösen folgen, werden aufbegehren. Die Gurenas, oh Herr, die Gurenas sind der Flamme verfallen. Du selbst hast heute verkündet, daß du keinen schonen willst, der das Böse in sich trägt, daß du gewillt bist, selbst das Auge des Tigers auszureißen, wenn der Widerschein des Dunklen in ihm flackert.«
»So habe ich es verkündet und so soll es geschehen.«
»So bezeige es, Herr. Nimm ihnen den Mut, gegen das Wort des Tat-Tsok das Schwert zu erheben, indem du die ärgsten von ihnen vertilgst von der Erde. Zeige ihnen deinen unerbittlichen Willen, das Licht des Tat zu wahren für ewig. Dann erst vermagst du den Tigerthron der Te dem Bayhi zu übergeben. Dann erst hast du die Pflicht vor den Vätern erfüllt. Dann erst kannst du hinabsteigen in das Gewölbe der Ahnen.«
»Was soll ich tun?« Der Tat-Tsok fühlte sich unendlich müde. Bleierne Schwere zog an seinen Lidern. Er hatte keine Kraft mehr, dem drängenden Priester zu widerstehen.

»Die Tat-Los haben den Frevel nicht vergessen, den der Erbe der Seph ihnen vor dem letzten Sonnensternfest angetan. Er hat die Söhne deines Lehrers Algor ermordet und floh aus Kurteva, ohne daß du ihn verfolgen ließest. Seither gilt er den Gurenas als Held. Sein feiger Mord, der ungesühnt blieb, stachelt sie auf gegen den Willen des Einen. Sie werden aufbegehren, wenn du sie nicht rechtzeitig in ihre Schranken weist,« sprach Harlak weiter.
»Was soll ich tun?«
»Zeige, daß du willens bist, auch das Auge des Tigers zu löschen, das deinem Herzen lieb und teuer ist. Räche den Mord an Algors Söhnen am Hause der Seph.«
»Die Seph sind den Te seit den Tagen von Teras verbunden,« sagte der Tat-Tsok bedächtig, als blicke er hinab in die Tiefen der Zeit. »Sie haben die Macht der Tat-Tsok begründet und sind ihre Bewahrer. Die Seph sind die ersten im Dienste des Tat-Tsok, das tapferste und ruhmreichste Gurenageschlecht, das Atlan je sah. Wie soll ich mich an denen rächen, deren Blut seit undenklichen Zeiten mit meinem verbunden ist? Wie soll ich sie schlagen, ohne mich selbst zu verletzen?«
»Nur so vermagst du zu erfüllen, was du heute verkündet. Die dir am nächsten stehen, vernichte, weil die Saat des Bösen in ihnen keimt. Keine Gnade erweise denen, die du liebst, willst du dein Herz rein halten vor dem Tat. Du selbst hast der falschen Milde abgeschworen, weil sie dich schwach macht vor dem Tat. Zeige es nun der Welt. Niemand wird es wagen, die Hand gegen dich zu erheben, wenn du die Seph vernichtest. An ihnen erweise sich die rächende Hand des Einen Tat in ganzer Entschlossenheit.«
»Doch Rah-Seph, der die Söhne des Algor tötete, ist aus Kurteva entkommen. Der Bann des Tat-Tsok wurde geschleudert gegen ihn. Nie hörten wir wieder von ihm. Er wird die Stadt seiner Väter nie wieder betreten. Er wird elend in der Verbannung zugrundegehen. Diese Schande ist den Seph Strafe genug.«
»Noch wohnt sein Vater im Palast der Seph und harrt der Rückkehr seines Sohnes. Er stachelt die Gurenas zum Ungehorsam wider den Tat. Ihm, dem Herrn des ältesten Kriegergeschlechts, das den Tat-Tsok so nahe steht, vertrauen sie. Auf sein Wort hin werden sie sich gegen den Willen des Tat erheben. Komme ihm zuvor. Lasse ihn töten als Sühne für den Mord an den Söhnen des Algor. Die Schwester des Rah-Seph aber vermähle mit einem Aibo der Provinzen. Löschst du den Namen der Seph für immer aus, so werden sich die Gurenas wieder vor dem Thron des Tigers beugen. Erst dann kann der Bayhi ihn besteigen. Erst

dann kannst du dein Leben in Frieden beschließen. Der Tat fordert es von dir. Zeige Atlan, daß die Erleuchtung, die dein Herz gefunden, nicht aus hohlen Worten besteht.«

Der Tat-Tsok machte eine abwehrende Geste. Hinter der würdevollen, undurchdringlichen Maske tobte ein schwerer Kampf. Harlak schwieg und senkte demütig das Haupt. Aus den Augenwinkeln aber schielte er nach dem Greis, der mühsam um Fassung rang.

»Es sei,« stieß Tat-Nar-Te nach einer Weile hervor, gepreßt, schnaubend. »Laßt Hareth-Seph in den Palast bringen, versiegelt sein Haus wie das eines Verräters und bringt seine Tochter in die Gemächer der heiratsfähigen Frauen.«

»Lasse das Blut der Seph dem Tat zum Opfer fließen, oh Herr, damit sich der Zorn des Einen über den Mord an seinen Dienern besänftige. Liefere Hareth-Seph den Alok aus.«

»Es sei! In der Nacht des Sonnensterns werde ich ihn den Alok übergeben, die ihn richten mögen, wie es ihnen gefällt. Nun aber laß mich. Es ist genug!«

»Das Licht deiner Weisheit, Herr, scheint heller denn je auf Atlan. Goldene Zeiten werden anbrechen in der Sonne deines Herzens. Möge sie noch viele Jahre herabstrahlen auf Atlan, bevor sie aufsteigt in das Reich der Unsterblichen. Unvergessen wird dein Name bleiben, der Größte der Te, den das Licht des Einen erleuchtete wie keinen vor ihm.«

Der Tat-Tsok machte eine unwirsche Geste, die Harlaks Schmeicheleien verstummen ließ. Mit tiefen Verbeugungen entfernte sich der Sprecher der Alok aus den Gemächern des Tat-Tsok. Gleichzeitig meldete ein Diener, der Bayhi wünsche seinen Vater zu sprechen.

»In der Nacht des Rates erinnert sich Atlan an seinen Tat-Tsok,« spottete Tat-Nar-Te, als sein Sohn eintrat. »Selbst der Bayhi findet wieder einmal den Weg in die Gemächer des Vaters.«

Der Bayhi verbeugte sich tief vor dem Tat-Tsok, der unbeweglich saß und den Sohn mit einem knappen Nicken des Kopfes begrüßte. »Ist es nicht Sitte, daß der, der einst den Tigerthron besteigen wird, den Herrn der Te aufsucht in der Nacht des Rates, um ihm seine Ergebenheit zu bezeugen?« sagte der Bayhi.

Der Tat-Tsok nickte. »Ja, mein Sohn, so ist es Sitte bei den Te. Ich schätze es sehr, daß du die Bräuche der Väter in Ehren hältst. Denn wisse, daß es das Althergebrachte ist, das den Thron der Te und die Ordnung im Reich festigt. Weiche niemals davon ab, denn es ist, als würdest du die Wurzel eines Baumes zerstören, die tief hinabragt ins Erdreich und den Stamm unbeugsam macht für Unwetter und Sturm.«

»Ja, Vater,« antwortete der Bayhi. »Ich weiß um die Stärke der Te, die gewachsen ist in unzähligen Jahren wie ein Tnajbaum. Mein Leben diene einzig dem Zweck, ihre Macht zu festigen und das Werk der Ahnväter fortzuführen, damit es auf ewig blühe. Doch hörte ich mit Betroffenheit die Worte des Tat-Tsok in der Halle der Weisheit ...«

Der greise Herrscher blitzte seinen Sohn an. »Was redest du?«

»Verzeiht Vater, wenn meine Rede Euer Mißfallen erregt, doch frage ich Euch jetzt als den, der das Licht der Te trägt, welches die Väter ihm durch die Nebel der Zeit weitergereicht. Brannte das Zeichen der Macht der Te nicht in der Kuppel des Tempels, seit Kurteva aus den Sümpfen des Mot erwuchs? Wenn Ihr es löscht, wie Ihr verkündet habt im Rat, löscht Ihr dann nicht auch das Licht der Te? Habt Ihr nicht selbst eben den Wert des Althergebrachten gepriesen?«

»Schweig!« rief der Tat-Tsok, bebend vor Erregung. Die Gesichtszüge des Greises zuckten. »Wagst du es, die Worte des Einen in Zweifel zu ziehen, die er verkündete in der heiligen Stunde des Rates?«

Der Bayhi verneigte sich tief. In seinem Kopf flogen die Gedanken wild durcheinander. Er spürte die maßlose Erregung des Vaters, wußte, daß seine Worte ihn an der schwächsten Stelle tafen, an den unentwegt nagenden Zweifeln, die das schmeichelnde Gerede der Tat-Los nur notdürftig zu besänftigen vermochten. Chanju hatte recht. Der Tat-Tsok war zur Handpuppe der Priester geworden. Er sprach aus, was sie ihm einbliesen. Er lieh den Mantel seiner Macht ihrem Willen. Vielleicht war er zugänglich für die Worte seines einzigen Sohnes. Vielleicht war es zu vermeiden, ihn zu töten. Schauder durchfuhren den Bayhi bei diesem Gedanken. Er umfaßte die Phiole in seiner Tasche, die das Gift enthielt, das Chanju ihm gegeben, das schwarze, rasch wirkende Gift, das nur die Xem zu brauen verstanden durch die Magie des Be'el.

»Hört mich an, Vater ...« rief der Bayhi beschwörend, doch der Tat-Tsok warf stolz den Kopf zur Seite.

»Habe ich eine Schlange aufgezogen als meinen Sohn? Hat der Allweise Tat das Leben eines Verräters gerettet, eines Abtrünnigen, der sich dem Willen des Einen widersetzen will? Oder bist du nur zu jung, um das Böse zu erkennen, das die Flamme nährt, für die du bitten willst.«

Der Tat-Tsok wurde zornig.

»Sie war das Zeichen unseres Geschlechtes seit den Tagen, als die Te die Macht über Teras errangen und ihr Stern aufging über Atlan. Mit ihr werden die Te verlöschen ...«

Der Tat-Tsok atmete schnaubend. Die Hand, die er nach dem Sohn ausstreckte, zitterte. »Schweig, Unwürdiger! Einzig der Tat, der Eine Allgewaltige, lenkte das Geschick der Te und machte sie mächtig in Atlan. Der flammende Gott, dem sie einst anhingen, er wurde das Gefäß des Bösen und Verderbten. Lange hat es gedauert, bis das Licht des Tat mein Auge klärte für die Weisheit des Einen. Zu milde war ich. Deshalb vermochte sich das Böse in die Herzen der Menschen zu fressen, wie es sich auch in deines fraß. Die Schleier der Unwissenheit breitet es über seine Opfer, damit sie nicht spüren, wie ihre Herzen morsch werden. Auch über mich hat das Dunkel seine Netze geworfen, doch ich vermochte sie abzuschütteln. Mein Herz sieht klar jetzt. Das hohe Alter brachte mir Erleuchtung und Einsicht in das wahre Wesen der Dinge. Es hat erkannt, daß es dem Bösen keine Gnade gewähren darf und selbst das vertilgen muß, das ihm lieb geworden ist in der Gewohnheit vieler Jahre. Die Flamme in der Kuppel des Tempels wandelte sich zum Sinnbild des Unglücks für die Te. Ich muß sie löschen, um schreckliches Verhängnis abzuwenden von Atlan.«

Der Bayhi verharrte mit gesenktem Haupt. Jedes Wort seines Vaters schnitt ihm tief ins Herz. Er muß sterben, hörte er in sich sagen. Noch in dieser Nacht muß er sterben. Alles krampfte sich zusammen in Los-Te. Verzweifelt suchte er nach einer Möglichkeit, den Vater zu schonen, doch jedes Wort des Greises ließ seine Hoffnung rascher zerschmelzen.

»Ich sehe den eigenen Sohn verwickelt im Schleier der Lüge. Ich danke dem Einen Tat, daß er mir die Kraft gab, seinem Willen Gestalt zu geben, bevor er mich für immer in das Reich seines Lichts führt. Ich danke ihm, daß er mich leitet, um den Thron des Tigers reinzuwaschen von der Illusion des Bösen, bevor mein Bayhi ihn besteigt. Vertraue auf die Worte deines Vaters, auch wenn du sie nicht verstehen willst in diesem Augenblick. Du wirst ihm einst dankbar sein, daß er deinen Fuß auf den rechten Weg setzte.«

»Aber die Flamme ...«

»Schweig still. Kein unnötiges Wort verdunkle mehr das Licht meines Herzens. Wenn dein Haar weiß geworden ist wie das meine, dann denke zurück an diese Stunde und schäme dich der Unvernunft deiner Jugend. Jetzt aber gehorche dem Willen des Tat-Tsok.«

Mit brennenden Augen starrte der Greis seinen Sohn an. Der Bayhi beugte die Knie vor dem Vater, nahm den goldenen Mantelsaum des Alten und führte ihn an die Stirn, zum Zeichen der bedingungslosen Unterwerfung.

»Verzeiht dem Unerfahrenen, dessen Zweifel verblassen im Licht Eurer Weisheit. Ich will der Diener Eures Willens sein, ein Diener der Väter, deren Namen ich fortsetzen werde ... einst ... Doch möge der Allgewaltige die Sonne Eures Herzens noch lange strahlen lassen über dem Reich, bevor ich Unwürdiger Euch nachfolge.«
»Es wird nicht mehr lange währen,« sagte der Tat-Tsok mit versöhnlicher Stimme. »Ich spüre den Tod durch die Hallen des Palastes schreiten. Seit langem schon. Noch weicht er meinem Blick aus, doch höre ich seine Schritte. Sie suchen meine Gemächer und kommen näher mit jedem Tag. Die Hand des Allweisen aber lenkt selbst die Schritte des Todes. Sie werden ihren Weg erst zu mir finden, wenn meine Schuld beglichen ist und meine Aufgabe erfüllt. Ich bin müde, Bayhi. Der Abend meines Lebens ist lange schon in kalter Nacht verloschen. Der Tod ist kein Schrecken mehr für mich. Ich bin bereit zu gehen, doch ich vertraue den sorgenden Händen des Tat. Er wird die rechte Stunde bestimmen.«
»Möge sie in ferner Zukunft liegen.«
»Sie wird schlagen, wenn die Liebe des Einen sie bestimmt. Denn er liebt das Geschlecht der Te und ist besorgt um sein Wohlergehen. Diene ihm aufrichtig und er wird es dir tausendfach lohnen. Dessen sei gewiß. Nun aber verlasse mich. Ich bedarf der Ruhe.«
Der Tat-Tsok wollte nach einem Diener rufen. »Gewährt mir die Gunst, Euch heute den Schlaftrunk reichen zu dürfen, zum Zeichen, daß Euer Sohn Euch liebt und willens ist, Euch zu dienen,« sagte der Bayhi hastig.
Der Greis nickte müde. Es machte ihm mühe, die Lider offenzuhalten. Der Bayhi begann mit Flaschen und Phiolen zu hantieren und mischte den Schlaftrunk in einem goldenen Kelch. Als er die Phiole aus seiner Tasche gezogen und ihren schwarzen Inhalt in den Becher entleert hatte, fiel das Glas aus seiner Hand und zerbrach am Boden.
»Wie dieses Glas zerbrechen die Illusionen des Lebens,« murmelte der Tat-Tsok. »Nur die Wahrheit des Einen Tat hat ewigen Bestand.«
Der Bayhi reichte dem Vater den goldenen Kelch. Seine Hände zitterten dabei. Der Tat-Tsok berührte sie für einen Augenblick, erspürte die Angst und Unsicherheit, die aus ihnen strahlten und zögerte. »Widersetze dich seiner Wahrheit niemals, dann wirst du keine Angst kennen. Sein Wille sei deine Stärke. Vergesse nie, daß er seine Gnade schon einmal über dich ergoß, als er dich vom Tode errettete. Ihm gehört dein Leben,« sagte er, bevor er den Kelch mit langsamen, zögernden Schlucken leerte.

Das Gift wirkte augenblicklich. Kaum hatte der Tat-Tsok den Becher von den Lippen genommen, quollen ihm die Augen aus den Höhlen. Ein Ausdruck des Entsetzens fuhr in seine Züge. Er wollte schreien, doch die Stimme versagte. Schaum trat vor den Mund. Der schwere Kelch entglitt den starr werdenden Händen, die zuckende Bewegungen vollführten, und schlug klirrend zu Boden. Heftig nach Luft ringend taumelte der Tat-Tsok auf seinen Sohn zu, streckte die Arme nach ihm aus und stürzte zu Boden. Entsetzt wich der Bayhi zurück, den Blick verstört auf den sterbenden Vater gerichtet. Ein Beben lief durch den Körper des Greises. Er krümmte sich und wurde still.
Der Bayhi stand wie vom Schlag gerührt und starrte den Toten an. Dann faßte er sich und rannte zur Türe. Seine aufgeregte Stimme trieb die Diener und Wachen in den Gängen an: »Rasch. Den Leibarzt.«
Ramude, einer der hohen Tat-Los der Alok, ein bedächtiger, weißhaariger Mann, war mit der Aufgabe betraut, für das Wohlergehen des Tat-Tsok zu sorgen. Er wußte um viele geheime Tränke und Rezepte, die den Heilern Kurtevas unbekannt waren, und in der Bibliothek seines Palastes fanden sich Schriftrollen und Folianten, die noch aus Hak stammten, der Stadt des Goldenen Zeitalters von Atlan. Als er in das Gemach des Tat-Tsok trat, scheuchte der Bayhi die hinter ihm hereindrängenden Diener fort. Ramude stellte den Korb mit seinen Phiolen ab und kniete neben dem Tat-Tsok nieder. Mit festem Griff befühlte er die Hand des Greises.
»Er ist tot,« sagte er, erschrocken, unfähig, seine Erregung zu verbergen. »Der Tat-Tsok ist tot.« Seine Stimme brach.
Der Bayhi stand schweigend im Halbdunkel des Raumes und beobachtete den Heiler, der fassungslos neben der Leiche des Tat-Tsok kniete.
»Was ist geschehen?« fragte Ramude. Der Bayhi schwieg. Der Alok bemerkte den goldenen Kelch am Boden. Als er die Reste des Trankes in ihm sah, weiteten sich seine Augen.
»Gift!« flüsterte er. »Das Gift der Nokam. Beim Einen Tat...«
Im gleichen Augenblick fuhr ihm der Dolch des Bayhi ins Herz.
»Helft! Wachen! Mord! Mord!« schrie der Bayhi und stieß den verröchelnden Arzt mit einem Fußtritt von sich. Die Türen flogen auf. An der Spitze der Wachen stürzte Chanju herein.
»Er hat meinen Vater vergiftet!« Die Soldaten zerrten Ramude hoch. Sein weißes Gewand war blutdurchtränkt.
»Ich rief ihn zu meinem Vater, den der Schlaf floh nach der Aufregung des Rates und bat ihn, dem Tat-Tsok einen Trank zu mischen, der sanften Schlummer schenkt,« berichtete der Bayhi.

Durch die Gänge des Palastes hallten Schritte und Stimmen. Gurenas mit gezogenen Schwertern stürzten herein und stellten sich schützend um den jungen Tat-Tsok. »Ich zog mich zurück, doch als ich meinen Vater stöhnen hörte, lief ich wieder in sein Gemach. Der Verräter hat Gift in den Schlaftrunk gemengt. Mein Vater lag am Boden, der Becher mit dem Gift neben ihm. Der Mörder wollte fliehen vor mir, aber ich stieß ihm den Dolch ins Herz. Chanju! Diese Bestie hat den Tat-Tsok getötet.«

»Hat er gesprochen, bevor er starb?« fragte Chanju.

»Er hat Namen geröchelt, kaum verständliche, fremde Namen.«

»Habt Ihr sie verstanden?«

»Ja, doch weiß ich nicht, wen er meinte. Sol-Man rief er, und Lak-Wa.«

»Seid Ihr Euch dessen sicher, Bayhi?«

»Ja, es waren seine letzten Worte.«

»Es sind die Namen der beiden Männer, die im Dienste des Tat Sotis heißen und Harlak, hohe Alok, deren weltliche Namen unbekannt sind und vergessen. Nur die Alok kennen sie. Es kann nicht sein ...«

»Werft sie in Ketten!« schrie der Bayhi. »Sie haben meinen Vater ermorden lassen. Diese elenden Verräter. In den Kerker mit ihnen, auf der Stelle.«

Die Gurenas eilten aus dem Zimmer.

»Mein Vater sprach über sie heute nacht. Er mißtraute ihnen. Er fürchtete ihre List und ihre Machtgier seit langem. Ihre Magie hat ihn berückt. Als er versuchte, sich ihr zu entziehen, ließen sie ihn ermorden.« Der Bayhi schrie und geiferte. So echt schien der Schmerz über den Tod seines Vaters und die Wut auf die vermeintlichen Mörder, daß selbst die Tat-Los, die herbeigeeilt waren, an den Verrat ihrer höchsten Priester glaubten und einstimmten in das Wutgeheul und die Rufe nach blutiger Rache.

»Sorge dafür, daß keiner der Schuldigen dem Strafgericht entgeht, Chanju,« befahl der Bayhi seinem Lehrer. Der alte Mann verneigte sich tief und entfernte sich. Überall im Palast warteten seine Vertrauten auf das Zeichen, loszuschlagen gegen die Getreuen des Tat. Die Gurenas und Soldaten folgten ihm. Mit einer ungeduldigen Handbewegung schickte der Bayhi auch die anderen fort, die ins Zimmer gekommen waren.

Sie hatten den toten Herrscher auf sein Lager gebettet und die Leiche des Arztes fortgeschleppt. Die Türen schlossen sich. Tiefe Stille senkte sich über das Gemach des Tat-Tsok. Unruhig wanderte der Bayhi auf und ab. Die fremde Kraft, die seine Hände und seine Stimme in dieser

Stunde beherrscht, verließ ihn, leerte ihn aus, trieb Angst und Unsicherheit in seine Bewegungen. Er blieb vor der Bettstatt stehen, auf welcher der tote Tat-Tsok lag. Das namenlose Entsetzen, das er in den letzten Augenblicken seines Lebens gefühlt, war seinem grauen Gesicht noch aufgeprägt. Wie die Fratze eines gräßlichen Dämonen schien das Antlitz des alten Mannes im Dämmerlicht der Lampen. Plötzliches Grausen sprang den Bayhi an, eine Beklemmung, die mit einem gewaltigen Stoß auf sein Herz drückte und es zu zermalmen drohte. Es war ihm, als weile der tote Vater noch im Raum und strecke seine greise, dürre Hand nach ihm aus. Der Bayhi wich einige Schritte zurück. Die Hand des Alten aber folgte ihm und wollte ihn ergreifen. In panischer Angst wandte sich der Bayhi um und stürzte aus den Gemächern. Doch auch in den weitläufigen Gängen des Palastes glaubte er, den Atem eines Rächers aus dem Reich der Toten im Rücken zu spüren. Gesichter traten vor ihm aus dem Dunkel, die Ahnen der Te, die aufgestanden waren aus ihrer Gruft tief in den Felsen unter dem Palast, um den Frevler zu fassen, der sich vergangen hatte am Blut ihres ruhmreichen Geschlechts. Mit letzter Kraft erreichte der Bayhi seine Gemächer, verriegelte die Türen und warf sich auf sein Lager, zitternd und winselnd, das Gesicht in den Händen vergraben.
Gleichzeitig begannen die tiefen Tuben vom Dach des Tempels zu röhren wie schreckliche Tiere, um Kurteva den Tod des Tat-Tsok zu verkünden. In der dunkelsten Stunde der Nacht fuhren die Menschen der Stadt aus dem Schlaf, die Liebenden, eng umschlungen, die Einsamen, die Kranken, die Gurenas, die Kaufleute und Handwerker, die Tnachas und Tat-Los in ihren Palästen und die Sklaven in den Quartieren des äußeren Ringes. Sie schraken aus ihren Träumen auf und lauschten mit klopfenden Herzen weit hinaus in die sternlose Nacht, die sich über Kurteva wölbte.

## Kapitel 8
## IM RING DES SCHWEIGENS

Über den Gletschern des Am zerfloß das indigofarbene Licht des Abends im Schwarz der Nacht. Der Mond stand als schmale, elfenbeinweiße Sichel knapp über den östlichen Bergen, am Saum der unendlichen, sternübersäten Himmelsräume, die nirgendwo weiter und erhabener schienen als in den Gebirgen des Nordens. Die mächtigen Spitzen aus Fels und Eis, die nie ein menschlicher Fuß betreten, reckten sich weit dem Himmel entgegen, doch auch sie vermochten ihn nicht zu erreichen. Die Menschen aber, die zu ihnen aufblickten, spürten, wie klein und unbedeutend sie waren zwischen den ewigen, unantastbaren Gewalten von Himmel und Erde.
Aelan fühlte sich unwohl, seit die Karawane der La die Wälder hinter sich gelassen hatte und dem Tal des Am bergan folgte. Der Anblick der Gebirge, aus denen er stammte, und die doch nicht seine Heimat waren, machte ihn schwermütig. Er verlor sich in einem Strom quälender Gedanken. Wie sollte er den Handan gegenübertreten? Wie würden sie ihm begegnen, wenn er mit Hem-La nach Han kam? Wie würde ihn Tan-Y aufnehmen, sein Vater, der doch nicht sein Vater war? Wie seine Freunde, und wie die Alten, die Dunklen, aus denen das vielzüngige Schweigen sprach? Wie sollte er sich verhalten? Er war ein Fremder geworden in diesem einen Jahr in Feen, trug die Kleider eines Kaufmanns, hatte den schwerzüngigen Dialekt des Inneren Tales abgelegt, gebrauchte die leichten Worte und Redewendungen der Feener, als wäre es nie anders gewesen. Jetzt, da er die Gebirge wiedersah, die unvergänglichen Gipfel und Täler, spürte er zum ersten Mal, wie sehr er sich verändert hatte. Diese Berge, die sich niemals zu wandeln schienen, denen ein Menschenleben ein rasch verfliegender Augenblick war, und an denen die wechselvollen Wogen des Lebens verebbten, ohne Spuren zu hinterlassen, sie hielten Aelan einen Spiegel vor Augen, in dem er sich sah, wie er einst gewesen, bevor er den schützenden Bann der Gebirge verlassen, und was aus ihm geworden war in den Ebenen Atlans.

Dieses kurze Jahr in Feen, das Aelan schien wie eine ganze Lebensspanne, das einen anderen Menschen aus ihm gemacht hatte, ohne daß es ihm bewußt geworden, es galt nichts hier in der Welt des Unveränderlichen. Aelan spürte den Bann, der über den Bergen lag und vor dem sich die Menschen der Ebenen fürchteten. Er spürte ihn wie das Schlagen seines eigenen Herzens, doch er wußte, daß er nur das Echo des ewigen Schweigens war, das als unüberwindbarer Ring um das Innere Tal von Han stand. Als er tagein, tagaus in ihm gelebt, war ihm diese allgegenwärtige Macht nie zu Bewußtsein gekommen, jetzt aber, da er von außen in sie eintrat, traf sie ihn mit einer Gewalt, die sein Herz stocken ließ. Die anderen schienen sie nicht wahrzunehmen. Sie ritten schweigend das Tal des Am hinauf und ihre Gespräche drehten sich um nichts anderes als um die Ponas, die sie überraschen und besiegen wollten, und um die Char von Vihnn, in der sie sich von den Strapazen der Reise ausruhen würden, während ihr Herr ins Innere Tal weiterzog. Die Späher, die sie vorausgeschickt hatten, um nach den Ponas zu sehen, waren bei Einbruch der Dunkelheit zurückgekommen. Der Weg bis Vihnn sei frei, hatten sie berichtet. Wahrscheinlich waren die Ponas bereits ins Innere Tal weitergezogen.

»Oh, sie werden Augen machen, wenn sie aus dem Brüllenden Schwarz zurückkommen,« sagte Hem-La zu Aelan und lächelte. Er hatte sich seit dem Kampf im Wald an Aelan herangemacht, hatte ihm geschmeichelt, Dinge mit ihm beraten oder ungezwungen geplaudert, um die Langeweile des Rittes zu vertreiben. Aelan jedoch war mißtrauisch geblieben. Hems Freundlichkeit war nicht echt. Eine pulsierende, mühsam unterdrückte Kraft des Hasses schien hinter seinen Worten zu lauern. Aelan spürte sie wie eine Klammer um sein Herz, doch er versuchte, es den Kaufmann nicht merken zu lassen. Vielleicht war es nur Einbildung, vielleicht hatte der Bann der Berge Hem berührt und verwandelt. Aelan versuchte krampfhaft, Hems Höflichkeiten freundlich zu erwidern.

»Wenn sie überhaupt zurückkommen,« antwortete er jetzt.

Hem lachte. »Du hast großes Vertrauen in das vielzüngige Schweigen. Aber diesmal wird es uns nicht mehr so leicht fallen, sie zu besiegen. Es sollen fünfzig gut bewaffnete Krieger sein, die besten Leute des Hor-Yu. Wir müssen auf der Hut sein. Wir werden sie am Ausgang der Schlucht überraschen und dem Brüllenden Schwarz helfen, sein Geheimnis zu wahren. Es soll keiner lebend in die Ebenen zurückkehren. Vielleicht verliert dieser Hor-Yu dann endlich die Lust auf Abenteuer in den Bergen.«

Aelan zuckte die Schultern.
»Wir könnten sie natürlich auch im Tal selbst überraschen. Wer weiß, was sie deinen Leuten antun wollen. Meinst du nicht, wir sollten den Handan zu Hilfe kommen? Es wäre nur recht und billig, seinen alten Handelspartnern beizustehen. Ich würde ihnen gerne den Gefallen erweisen. Allerdings möchte ich nicht mit den Gurenas durch die Schlucht ins Tal ziehen. Diese Feener Krieger scheinen mir nicht sehr trittsicher in den Bergen. Ich kann mich nur zu gut an die Mühen erinnern, die mir der Weg durch das Brüllende Schwarz im letzten Jahr bereitete. Sie würden sich die Hälse brechen. Aber sagtest du nicht einmal, daß noch ein anderer Weg ins Tal führt, einer, auf dem selbst Pferde gehen können?«
Aelan errötete. Hem hatte lange nicht versucht, ihn über die Geheimnisse des Tales auszufragen. Nun aber spürte er die lauernde Neugierde wieder, die sich hinter den beiläufig hingesagten Worten verbarg.
»Du darfst die Gurenas nicht mit ins Tal nehmen,« sagte Aelan. »Niemand außer dir hat das Recht, das Brüllende Schwarz zu durchwandern. Alle anderen würde der Bann des Schweigens treffen.«
Hem grinste. »Du sprichst wie mein Vater, Aelan. Er hat mir die gleichen Geschichten erzählt, bis ein Haufen Räuber in der Char von Han erschien. Und in diesem Jahr, Aelan, werden es noch mehr sein, die das Haus deines Vaters heimsuchen. Der Bann des Schweigens hat die Ponas wenig beeindruckt. Warum sollte er meinen Gurenas etwas anhaben?«
»Du allein besitzt den Ring, der das Schweigen öffnet, Hem,« entgegnete Aelan. »Du kannst seine Kraft niemand anderem übertragen. Er öffnet nur dir den Weg in das Tal.«
Hem wiegte den Kopf. »Wir werden sehen, Aelan.«
Freudige Rufe der Männer unterbrachen ihr Gespräch. Irgendwo im Meer der Dunkelheit, das über dem Tal des Am zusammengeschlagen war, schwammen einige trübe, gelbe Lichter.
»Dort ist Vihnn! Wir haben es geschafft!« rief Aelan. Auch er wurde ergriffen von einer Welle der Freude. »Die Männer haben sich seit Tagen darauf gefreut, als sei es ihre Heimat. Dabei wissen wir nicht, was uns dort erwartet.«
»Es scheint, als hätten die Ponas Vihnn in Ruhe gelassen. Aber der alte No-Ge wird bestimmt eine ähnlich lange Geschichte zu erzählen haben wie die Bauern der Furthöfe gestern abend. Die haben die Ponas für Geister gehalten und sich in ihren Häusern verkrochen,« sagte Hem und trieb sein Pferd an. Auch er sehnte sich nach einem trockenen Lager und einer warmen Mahlzeit.

In No-Ges Char war eine Handvoll Bauern aus Vihnn versammelt. Sie starrten einander schweigend an, als Hem-La hereinpolterte.
»Keine Angst, No-Ge, ich bin kein Pona,« rief er, als der fette Wirt beim Knarren der Türe ein langes Schlachtmesser ergriff.
»Herr Hem-La!« pfiff No-Ge aufgeregt und ließ das Messer fallen. »Wo ist Euer Vater? Ich muß ihn warnen. Es droht schreckliche Gefahr. Diese Räuberhunde! Sie sind wiedergekommen!« No-Ge sprudelte wirre Brocken und Flüche heraus und hielt erst inne, als die Gurenas, einer nach dem anderen, durch die enge, niedrige Türe hereintraten.
Mit offenen Mündern starrten die Vihnner die bärtigen, durch die Strapazen der Reise heruntergekommenen Krieger an. Aelan hatte Scheu, die Char zu betreten. Er machte sich draußen mit Rah und zwei anderen Gurenas mit den Pferden zu schaffen.
»Du siehst, No-Ge,« sagte Hem und fiel beim Anblick der staunenden Bauern in prahlerischen Ton, »in diesem Jahr komme ich nicht unvorbereitet. Wo sind diese Kerle? Wir werden ihnen eine Lektion erteilen, die ihnen ein für allemal die Lust an den Gebirgen verderben soll.«
»Sie lagern am Eingang der Schlucht und werden wohl morgen früh ins Innere Tal aufbrechen. Das Brüllende Schwarz möge sie allesamt verschlingen. Doch sie haben nicht gewagt, meine Char zu betreten. Ihr großmäuliger Führer zittert noch immer vor meinem Messer, mit dem ich ihn im letzten Jahr davongejagt habe wie einen räudigen Hund. Aber sagt, Herr Hem-La, wo ist Euer Vater, der gute Ros-La, mein Freund? Oft dachte ich an ihn in diesem vergangenen Jahr.«
Hem machte eine unwirsche Bewegung und zögerte einen Augenblick. Er wollte nicht vor diesen Bauern vom Tod seines Vaters sprechen, dachte daran, No-Ge zu belügen, ihm zu berichten, der Vater sei krank in Feen geblieben und bestelle Grüße, dann aber stieß er mit spröder, knarrender Stimme hervor: »Mein Vater ist tot. Ein Pfeil dieser Hunde hat ihn aus dem Hinterhalt getroffen, im letzten Jahr, bei den Furthöfen. Er gelangte noch bis Feen, siechte lange dahin, dann starb er an seiner Wunde.«
No-Ge gaffte Hem fassungslos an, doch das finstere, abweisende Gesicht des jungen Kaufmanns verbot weitere Fragen. No-Ge schluckte, rieb die Hände nervös aneinander, verbeugte sich mechanisch, murmelte etwas Unverständliches dabei und zog sich in die Küche zurück.
»Meine Char sei Euer Haus,« preßte er mit brechender Stimme hervor, den Gruß der Wirte der nördlichen Gebirge. Als er sich zum Gehen wandte, strömten Tränen über sein feistes, rundes Gesicht. Die Bauern bohrten die Blicke in die Tische, als die Gurenas auf den freien Bänken

und Stühlen Platz nahmen. Tiefes Schweigen sank auf die Char von Vihnn herab. Nur das Rauschen der Berggewässer drang aus der Dunkelheit herein. Mägde brachten Lemp, heißen Getreidebrei, Brot und Sokkäse. Als die Gurenas zu essen begannen und sich ein zögerndes, leises Gespräch entwickelte, traten Aelan und Rah in die Stube und setzten sich still zu den anderen. Aelan beugte sich tief über seinen Teller, als wolle er sein Gesicht verbergen vor den Vihnner Bauern und dem Wirt, der bleich, mit geröteten Augen wieder hereinkam.

»Die Wege des Einen Tat sind verschlungen,« sagte No-Ge flüsternd zu Hem. Er hatte sich gefaßt und wollte dem Sohn des Ros-La Trost zusprechen. »Euer Vater war mein Freund. Als wir vom Tode sprachen vor seinem Abschied im letzten Jahr, da scherzte ich und sagte, er werde noch viele Jahre in die Gebirge kommen, doch in seinem weisen Herzen regte sich schon eine dunkle Ahnung. Wer vermag die Wege des Einen Tat zu deuten? Er gibt das Leben und er nimmt es wieder, denn nur er weiß um den rechten Weg durch die unzähligen Verkörperungen. Seinem Ratschluß müssen wir Menschen uns beugen, in dem Glauben, daß er uns nur Gutes will, und daß auch der Tod ... Oh, ich fühle mit Euch, Hem-La, und ich teile Euren Kummer ...«

»Laß gut sein, No-Ge,« schnitt Hem ihn ab. »Worte bringen ihn nicht zurück in die Welt der Lebenden, jene aber, die ihn feige ermordet haben, sind auch in diesem Jahr in die Gebirge vorgedrungen. Ich bin nicht nur gekommen, um Handel zu treiben, sondern um den Tod meines Vaters zu rächen. Ich werde nicht dulden, daß diese Unseligen den Frieden der Gebirge zerstören, den mein Vater so liebte. Hast du die Ponas gesehen?« Hems Stimme klang hart.

No-Ge zuckte die Schultern und blickte zu Boden. »Ich habe sie nicht selber gesehen. Sie zogen an Vihnn vorbei. Einige Hirten haben mir berichtet. Es sind fünfzig Mann mit Packpferden. Sie sind zum Brüllenden Schwarz geritten und haben am Eingang der Schlucht ihr Lager aufgeschlagen.«

Hem nickte. »Wann sind sie dorthin gelangt?«

»Oh, schon vor drei Tagen, doch sie zögern, das Brüllende Schwarz zu betreten. Ich denke, sie sammeln ihre Kräfte und bereiten sich vor auf das Innere Tal.«

»Vielleicht sind sie längst aufgebrochen?«

»Nein, noch heute abend brannten ihre Feuer.«

»Wissen die Handan um die Gefahr, die ihnen droht?«

No-Ge zuckte die Achseln. »Der Ring des Schweigens wird sie schützen. Niemand vermag ihn zu durchbrechen.«

Angewidert wandte Hem sich ab.
»Habt Ihr gehört, Rah-Seph,« sagte er zu Rah, der am anderen Ende des Tisches saß und mit unbewegter Miene seinen Getreidebrei löffelte. Er sah Hem an, ohne seine Mahlzeit zu unterbrechen.
»Wir werden uns den Weg in das Tal freikämpfen müssen. Aber wir haben Glück. Sie lagern noch am Eingang der Schlucht. Wir werden vor dem Morgengrauen aufbrechen und sie überfallen.«
Die Gurenas, die sich einige Tage der Ruhe erhofft hatten, blickten Hem mißmutig an.
»Ich weiß, ihr seid müde von der langen Reise,« erklärte Hem. »Doch wie wollt ihr ruhen, während diese Hunde die Gegend unsicher machen? Wenn sie besiegt sind, könnt ihr euch frohen Herzens den Vergnügungen von Vihnn ergeben.« Hem lachte spöttisch.
Die Gurenas nickten. Die Anspannung der letzten Tage, als sie immerzu auf der Hut vor den Ponas gewesen waren, rührte sich wieder in ihnen, und mit ihr das Verlangen, diesem unsichtbaren Feind endlich entgegenzutreten und ihn zu schlagen. Der leichte Sieg über die Angreifer in den Wäldern erfüllte sie mit einem Gefühl der Überlegenheit, obwohl die Ponas, die am Eingang der Schlucht lagerten, in der Überzahl waren.
»Gibt es jemand, der uns zu ihrem Lager führen kann, ohne daß sie uns bemerken?« fragte Hem den Wirt, der in Gedanken versunken neben ihm saß.
No-Ge nickte. »Solna kann Euch führen. Ihr könnt ihm vertrauen. Er kennt jeden Steig im Tal des Am.«
Der Junge, der im letzten Jahr Lok-Ma gebeten hatte, in der Char des No-Ge zu erzählen, erhob sich von einer der Bänke, kam auf Hem-La zu und verbeugte sich. Ein rascher Seitenblick streifte Aelan. Ein Lächeln spielte um seine Lippen.
»Halte dich in der Stunde vor dem Morgengrauen bereit,« sagte Hem. »Es soll dein Schaden nicht sein, wenn du uns gut führst.«
Solna nickte beflissen und ging an seinen Platz zurück.
»Nun, No-Ge,« rief Hem, »hast du Raum für uns alle? Meine Gurenas werden dir Gesellschaft leisten, während ich ins Tal wandere. Hast du übrigens gesehen, wen ich aus Feen mitbrachte? Du kennst Aelan-Y doch, den Sohn deines Kollegen aus Han. Er ist ein reicher Kaufmann geworden in diesem einen Jahr in Feen.«
Hem wies auf Aelan, der sich noch tiefer über seinen Teller beugte und errötete.
»Aelan-Y,« rief der Wirt. »Niemand wußte, was dir geschehen ist. Du mußt uns erzählen.«

Aelan hätte sich am liebsten verkrochen, als er die Blicke und das neugierige Schweigen der Vihnner Bauern auf sich spürte. Doch er wußte, ihre fordernde Aufmerksamkeit war nur ein schwaches Echo dessen, was ihn im Inneren Tal erwartete.

Hem ließ ihn eine Weile in seiner Verlegenheit zappeln, bevor er sagte: »Er wird euch später erzählen. Jetzt bedürfen wir der Ruhe. Die Ponas warten auf uns.«

No-Ge sprang auf und verscheuchte seinen Kummer über den Tod Ros-Las, indem er den Mägden eifrig Befehle für die Unterbringung der Gäste erteilte.

Hem, Aelan und Rah wurden kleine Kammern unter dem Dach zugewiesen, während die Gurenas mit dem Gesinde des Hauses in den zwei Räumen, die sich an die Gaststube anschlossen, nächtigen sollten. Alle waren müde und begaben sich unverzüglich zur Ruhe.

Aelan aber hielt es nicht in der Enge seines Zimmers. Eine unbestimmte Unruhe trieb ihn von dem harten Strohlager hoch, auf das er sich geworfen. Es fiel ihm schwer zu atmen. Für einen Augenblick glaubte er zu ersticken, spürte sein Herz heftig schlagen, hörte das Rauschen des Blutes in seinem Kopf. Ein seltsames Zittern hatte seine Glieder erfaßt. Er versuchte es mit der Kraft seines Willens zu unterdrücken, da er es für Aufregung und Angst vor dem bevorstehenden Kampf mit den Ponas hielt, doch es gelang ihm nicht. Er wartete, bis Stille eingekehrt war im Haus, lauschte weit in die Nacht hinaus, in das eintönige Rauschen des Am, hörte irgendwo Mäuse rascheln, vernahm das Klopfen von Holzwürmern in den Balken, den Schrei eines Nachtvogels, das Wimmern eines Windstoßes unter dem Dach, das Knacken und Knarren der alten Char, den gleichmäßigen, keuchenden Atem von No-Ge im Zimmer unter ihm.

Behutsam erhob er sich, um kein Geräusch zu verursachen, schlich auf Zehenspitzen die Treppe hinab, schob den Türriegel zurück und trat ins Freie. Gierig sog er die kalte, reine Gebirgsluft ein, während er mit langsamen, wiegenden Schritten einige Runden vor dem Haus drehte. Für einen Augenblick fühlte er sich befreit. Die Kälte der Nacht war wohltuend. Die Eisgipfel des Am schimmerten bleich im Licht der Sterne und des Mondes. Aelans Unruhe aber schien auch sie zu erfassen. Die unendlichen Weiten der sternklaren Nacht schienen von diesem Zittern erfüllt, das Aelan befallen. Es schien, als erbebten Himmel und Erde unter raschen, rhythmischen Stößen, und doch war an der Oberfläche des Sichtbaren alles still und unberührt.

Aelan setzte sich auf die Bank vor dem Haus. Er spürte dieses Vibrieren jetzt in allen Gliedern, glaubte, daß es ihn fortreißen würde, und doch verharrte sein Körper unbeweglich und ruhig. Aelan schloß die Augen, ließ sich fallen in das innere Pulsieren. Nun, da er ihm keinen Widerstand mehr entgegenwarf, da er es nicht mehr niederzwingen wollte, sich ihm ergab und auslieferte, spürte er, daß es nichts anderes war als der Name des Sonnensterns, die weiße Musik des Hju, die sich in seinem Herzen erhob und hinausgriff in die Weiten der Nacht. In gewaltigen Wellen ergoß sie sich, dehnte sich nach allen Seiten. Aelan spürte die Nähe des Schreibers. Er fühlte, daß auf diesen Bergen die Gläserne Stadt lag, die er einst, in der Nacht des Sonnensterns gesehen, und er spürte, stark wie nie zuvor, den Ring des Schweigens, der das Innere Tal und die Stadt von der übrigen Welt trennte.

Gedanken formten sich in Aelans Kopf. Es war Unrecht, die Ponas anzugreifen und den heiligen Frieden der Stadt zu stören. Sie konnten den Handan nichts zuleide tun. Der Ring würde das Tal schützen, so wie er es immer geschützt, seit sich die Stadt den Blicken der Menschen entzogen hatte. Niemand vermochte den Handan zu helfen, niemand kannte die Gesetze des Tales. Was galt schon die Macht von Schwertern und Gurenas gegen die stille Kraft des Sonnensterns, gegen den Willen der Namaii in der Gläsernen Stadt?

Aelan mußte lächeln. Er fühlte sich leicht auf einmal, frei und unbeschwert, als ihm klar wurde, daß die Handan keine Hilfe von Feener Kaufleuten benötigten, um das Böse fernzuhalten vom Inneren Tal, daß es im Gegenteil eine dumme Unhöflichkeit war, sich in ihre Angelegenheiten zu mischen. Ich werde mit Hem reden, dachte er. Wir werden in Vihnn warten, bis die Ponas zurückkommen, falls sie überhaupt zurückkommen. Dann kann Hem unbeschadet ins Tal gehen.

Aelan wußte, daß Hem Wert darauf legte, gemeinsam nach Han zu wandern. Dieser Gedanke machte ihn erneut unruhig. Er hatte Scheu, den Handan zu begegnen, doch gleichzeitig zog ihn eine starke Kraft zu dem Ort, an dem der Schreiber lebte, hoch über dem Tal, am Tor zur Stadt. Vielleicht würde er ihn wiedersehen. Vielleicht wußte der alte Handan Rat. Vielleicht vermochte er ein weiteres Stück des Weges auf der großen Wanderung zu weisen. Mit einem Mal schlug die Ungewißheit der Zukunft wie eine Welle über Aelan zusammen und nährte seine Unruhe. Was sollte er tun, wenn er nach Feen zurückkehrte? Wie sollte er sich lösen aus dem Netz der Versprechen und Verpflichtungen? Wie sollte er Hems Haß begegnen, der auf der Reise zu rasender Gewalt gewachsen war? Tödliche Bedrohung lauerte darin. Die weiße Musik des Sonnensterns, die Aelan für einige Augenblicke Frieden ge-

schenkt, wandelte sich wieder in heftiges Zittern und Pulsieren, ergriff seine Glieder und zerstreute seine Gedanken in alle Richtungen.
Aelan sprang auf, stapfte einige Male vor dem Haus auf und ab, in der Hoffnung, schläfrig zu werden, doch mit jedem Schritt wuchs die innere Anspannung und Wachheit. Er versuchte, in einem ruhigen Rhythmus zu atmen, begann, seine Schritte zu zählen und seine Gedanken zu ordnen, indem er sich die Worte zurechtlegte, mit denen er am Morgen Hem von der Sinnlosigkeit eines Angriffs auf die Ponas überzeugen wollte. Doch nichts wollte gelingen. Die Sätze, die er sich vorsagte, klangen verworren und töricht. Sie würden ihn blamieren vor Hem und den Gurenas. Dazwischen schweiften seine Gedanken ab, traten über die Ufer, verloren sich in einem Strom zerrissener Bilder und Erinnerungen. Aelan begann, den Namen des Sonnensterns still in sich zu singen, wie es ihm seit der Nacht mit dem Schreiber Gewohnheit geworden. Der sanft schwingende Klang beruhigte die Wellen seines Verstandes ein wenig. Das Pochen und Pulsieren ließ nach. Aelan schlich ins Haus zurück. Dort lag er auf seinem Strohlager, fühlte die schwere Müdigkeit des Körpers, glaubte durch sein Bett hindurchzusinken, doch seine schweifenden Gedanken hielten den Schlaf fern.
Auch Hem, Rah und die Gurenas fanden kaum Ruhe in dieser Nacht. Sie dachten an den bevorstehenden Kampf, an die abweisende Fremdartigkeit der Gebirge, die seltsamen Bauern, die sie in der Stube des fetten Wirtes gesehen und an die vielen Geschichten und Legenden über die Gebirge des Nordens, die sie gehört. Rah saß in seiner Kammer und versuchte, das Ka zu sammeln, in der Hoffnung, es würde ihm hier, in den Bergen, die unberührt schienen vom Fluch der Flamme, endlich wieder gelingen. Er saß regungslos, bewegte den Atem in seinem Körper auf die uralte, geheime Weise der Harlanas und sammelte seine Kräfte am Punkt über der Nasenwurzel, doch das rauschhafte Gefühl äußerster Wachheit, in dem sich alle Sinne plötzlich weiteten und nach allen Seiten ausdehnten, blieb aus. Stattdessen mußte Rah an Aelan denken. Er spürte die Unruhe des Handan, spürte eine Gefahr, die dem jungen Mann drohte, zu dem er sich auf seltsame Weise hingezogen fühlte, empfand für einen Augenblick zärtliche Zuneigung zu ihm. Er lauschte in die Stille des Hauses hinein, glaubte Aelans Schritte zu hören, überlegte, ob er zu ihm gehen sollte, um den Rest dieser schlaflosen Nacht mit einem Gespräch zu vertreiben. Dann aber wischte er ärgerlich diese Gedanken fort und versuchte erneut, das Ka zu sammeln, obwohl er wußte, daß die hohe Kunst der Gurenas nicht zu zwingen war mit der Kraft des Willens.

Hem, der als Herr des Hauses La die größte Kammer in No-Ges Char erhalten hatte, jene, die Ros-La in früheren Jahren bewohnt, saß angekleidet an einem kleinen, dreieckigen Tisch und nippte an einem Glas mit Feener Wein, den er in seinem Privatgepäck mitgebracht. Es war ihm gelungen, die Gedanken an den toten Vater fortzudrängen, die Erinnerungen an die Reise des letzten Jahres, doch der Gedanke an Aelans Tod schob sich fortwährend zwischen die Angriffspläne, die Hem für den Morgen erwog. Es gelang ihm nicht, sich freizumachen davon. Ärgerlich schlug er nach einem Falter, der das trübe Licht der Butterlampe umtanzte. Der Handan mußte sterben. Es war notwendig, diesen Verräter und Erbschleicher zu töten. Es diente dem Wohle des Hauses La. Es war geradezu eine Pflicht, es zu tun. Auch die Flamme verlangte das Blut des Handan als Dankopfer für die zahllosen Wohltaten, die sie dem Hause La erwicsen. Ja, der Be'el forderte dieses Opfer. In seinem Namen sollte das Blut des Aelan-Y vergossen werden. Hem sah Sen-Jus Gesicht vor sich, das steinerne, unbewegliche Gesicht des alten Tam-Be'el, die starren, brennenden Augen. Einen Augenblick spürte er Sen-Jus Gegenwart im Raum, fühlte die Macht der drohend erhobenen Hand, die ihn an sein Versprechen dem Be'el gegenüber mahnte. Ein kalter Hauch der Angst wehte ihn an. Hem schauderte. Wieder und wieder stellte er sich den Augenblick vor, in dem er Aelan in das Brüllende Schwarz hinabstoßen würde. Er fühlte die Bewegung in seinem Arm, hörte Aelans Schrei im Tosen des Am verhallen und spürte das Aufwallen jähen Triumphes im Herzen. Unzählige unumstößliche Gründe für die Notwendigkeit von Aelans Tod sagte Hem sich vor, doch blieb hinter dem allmählich sich steigernden Haß, der in ihm aufwuchs, ein nagender Zweifel. Unwillig löschte er das Licht und warf sich angekleidet auf sein Bett.

Obwohl sich die Menschen in der Char des No-Ge unruhig auf ihren Lagern wälzten, aufgewühlt und erregt, um im fiebrigen Halbschlaf den Morgen zu erwarten, verzögerte sich der Aufbruch der Schar bis zum ersten Licht der Dämmerung. Solna, der die Feener führen sollte, war als erster zur Stelle, schlich in die Gaststube und hockte sich, da noch alles zu schlafen schien, stumm in eine Ecke und wartete. Hem mußte die Gurenas mit groben Flüchen antreiben, ihre Pferde zu satteln und den Aufbruch vorzubereiten. Die Bewegungen der Männer schienen gelähmt an diesem frühen Morgen, waren mühsamer und langsamer, und die zappelige Geschäftigkeit von No-Ge schien die Dinge nur zu verzögern. Hem stapfte mißmutig in der Char herum und trieb die Gurenas zur Eile.

»Wir sind bereits viel zu spät,« schimpfte er. »Ich fürchte, sie werden vor uns aufbrechen.«

»Vielleicht warten sie noch einen Tag,« versuchte No-Ge zu beschwichtigen. Aber Hem knurrte ärgerlich und schob den fetten Wirt, der ihm heißen Lemp reichen wollte, unwirsch zur Seite.

Aelan wollte mit Hem sprechen, wollte ihm sagen, daß der Kampf mit den Ponas eine Schändung des heiligen Friedens der Berge sei, doch er fand nicht die rechten Worte. Als er die kalten, ärgerlichen Augen des Kaufmanns über sich hinhuschen sah, verlor er den Mut und gab sein Vorhaben auf, obwohl ihn eine innere Kraft heftig drängte, den Aufbruch der Gurenas zu verhindern. Noch einmal raffte er sich auf, wollte an Hem herantreten, doch im gleichen Augenblick meldete einer der Gurenas, daß die Männer bereit seien.

»Viel zu spät,« zischte Hem und eilte wütend aus dem Haus, ohne Aelan zu beachten.

Hems Befürchtung erwies sich als berechtigt. Im nebligen Morgenlicht schlichen die Gurenas an das Lager der Ponas heran, doch sie entdeckten nur zwei Wachen, die bei den Pferden zurückgeblieben waren. Sie saßen um die Reste ihres Feuers und unterhielten sich über den Aufbruch ihrer Kameraden.

»Kein angenehmes Gefühl, allein zurückzubleiben,« sagte der eine.

»Ich bin nicht unglücklich, daß das Los auf mich gefallen ist. Diese Schlucht ist mir unheimlich. Wer weiß, welche Jahchs und Kambhuks dort ihr Unwesen treiben. Die anderen haben schreckliche Geschichten darüber erzählt.«

»Ach, diese ganzen Berge sind verhext. Ich wäre lieber mit den anderen gegangen, als hier alleine mit dir zu sitzen und zu warten.«

»Wer weiß, ob die Kameraden überhaupt zurückkommen?«

Das Rascheln von Laub und das helle Sirren von Bogensehnen ließ sie aufhorchen, doch im selben Augenblick erreichten zwei Pfeile ihr Ziel. Mit gurgelnden Lauten sackten die Ponas am Feuer zusammen. Kurz darauf drängten sich die Gurenas des Hauses La eifrig flüsternd um die Reste der Glut, um in der eisigen Kälte des Herbstmorgens einen wärmenden Hauch zu erhaschen.

»Sie sind wahrscheinlich beim ersten Morgenlicht aufgebrochen,« sagte Hem.

»Sollen wir sie verfolgen und ihnen in dieser Schlucht in den Rücken fallen?« fragte Hems Leibgurena, der riesenhafte, bärtige Mann, der Mahla ins Haus der La geschleppt hatte.

»In der Schlucht gibt es nur einen Platz, an dem wir sie zum Kampf stel-

len können, doch ich bezweifle, daß wir unbemerkt an sie herankommen. Sie sind in der Überzahl,« antwortete Hem.
»Wenn man sie auf einem anderen Weg abschneiden könnte ...«
»Ja,« sagte Hem-La, »es soll noch einen anderen Weg in das Innere Tal geben, einen, der leichter zu begehen ist, doch mein Bruder, der ihn kennt, will ihn mir nicht verraten.«
Er warf Aelan einen vorwurfsvollen Blick zu. Aelan errötete und senkte die Augen. Die Gurenas schauten ihn fragend an.
»Ich weiß nicht, was dich zu glauben veranlaßt, ich wüßte einen anderen Weg ins Tal,« erwiderte Aelan schließlich, doch seine Stimme klang unsicher, denn er war wenig bewandert in der Kunst der Lüge.
»Die Handan, wenn sie nach Vihnn gehen, wandern durch das Brüllende Schwarz. Keiner kennt mehr die Wege, von denen die Legenden erzählen. Wenn es sic wirklich gegeben hat, so sind sie lange verfallen und unpassierbar.«
Hems Augen bohrten sich in Aelan. Jetzt, da der Handan ihn vor allen anderen frech belog, wuchs sein Haß ins Unermeßliche. Die letzten Reste seines Zweifels an der Notwendigkeit von Aelans Tod wichen der festen Entschlossenheit, noch an diesem Tag den Plan auszuführen.
Aelan fühlte sich unwohl. Es war das erste Mal, daß er gelogen hatte. Obwohl alles in ihm schrie, es sei nur rechtens, den Weg der Namaii vor Hems Gier zu bewahren, spürte er plötzlich tiefe Mutlosigkeit und Traurigkeit. Am liebsten wäre er davongerannt, zurück in die Ebenen, um alleine, frei von allen Bindungen, die große Wanderung fortzusetzen.
»Warum warten wir nicht, bis die Ponas aus dem Tal zurückkehren?« stotterte er schließlich. Er wollte Hem von seinen Einsichten der letzten Nacht berichten. »Die Berge sind von der Macht des Schweigens beschützt. Es ist Unrecht, sich in die Belange der Handan zu mischen und die Ponas anzugreifen. Sie werden am Ring des Schweigens scheitern. Laß uns zurückgehen nach Vihnn und warten, ob sie aus dem Tal wiederkehren.«
Den Gurenas, die einem Kampf mit den Räubern entgegenfieberten und nichts sehnlicher wünschten, als nach dieser langen Zeit der Ungewißheit den Feind endlich vor die Schwerter zu bekommen, erschienen Aelans Worte unverständlich. Obwohl sie den stillen jungen Mann gerne hatten, begannen sie zu murren, als er stockend weitersprach. Hem machte sich Aelans Verwirrung zunutze und warf spöttisch ein:

»Du bist mir ein seltsamer Handan. Willst deine Leute im Tal den Räubern preisgeben. Diesmal sind es fünfzig, die dort einbrechen. Sie werden sich vom Schweigen der alten Bauern nicht mehr einschüchtern lassen. Ja, irgendwann werden sie zurückkommen aus dem Tal – beladen mit Edelsteinen und beschmiert mit dem Blut deiner Handanbrüder.«

Aelan schüttelte den Kopf, wollte etwas erwidern, aber in seiner Verlegenheit fand er keine Worte.

»Du willst mir den anderen Weg ins Tal nicht zeigen, willst mich davon abhalten, den Handan zu Hilfe zu kommen – ich verstehe dich nicht, Aelan-Y. Ich als Erbe eines Handelshauses, das seit vielen Generationen mit den Handan verkehrt, fühle mich verpflichtet, ihnen beizustehen in Gefahr, so gut ich es vermag. Ich werde verhindern, daß ein Haufen hergelaufener Räuber unsere uralte Beziehung zunichte macht. Du aber wehrst dich dagegen und willst deinen Vater und deine Freunde ihrem Schicksal überlassen.«

Hem machte eine Pause und ließ seinen Blick über die Gurenas schweifen, die Aelan grimmig anstarrten. Er wollte seinen Triumph über den Handan auskosten.

»Mit Reden werden wir die Handan nicht beschützen,« sagte Rah barsch, der sich von der Gruppe entfernt hatte und jetzt wieder an sie herantrat. Auch er war erfaßt von dem fiebernden Verlangen, dem Feind zu begegnen.

Hem blickte ihn herausfordernd an, dann nickte er. »Rah-Seph hat recht. Wir folgen den Ponas und überfallen sie an der Stelle, an der die Schlucht sich verbreitert und ein großer Wasserfall von den Bergen herabstürzt. Ich werde euch führen, denn ich bin diesen Weg im letzten Jahr gegangen. Doch seid auf der Hut. Achtet auf jeden eurer Schritte. Der Weg ist gefährlich.«

Die Männer machten sich bereit. Aelan wollte noch einmal sprechen, doch Hem brachte ihn mit einer verächtlichen Geste zum Schweigen.

»Wenn du nicht gehen willst, Aelan-Y, wenn du dich fürchtest vor den Ponas oder vor irgendwelchen Flüchen der Berge, dann bleibe hier und halte Wache, oder gehe zurück und verkrieche dich bei No-Ge,« zischte er Aelan im Vorübergehen ins Ohr.

Aelan nahm die Zügel des Sok, auf den die Waren für das Innere Tal geschnürt waren und trottete beschämt hinter den Gurenas her, zerrissen von Zweifeln und einem pochenden Gefühl, das ihn Lügner und Verräter hieß. Hinter seinen aufgewühlten Gedanken und Empfindungen aber spürte er einen feinen Instinkt, der ihn drängte, nicht mit den an-

deren ins Brüllende Schwarz einzudringen. Doch Aelan ging mechanisch weiter, ohne darauf zu achten.
Mit jedem Schritt fühlte Aelan die Gewalt des Schweigens deutlicher, das über dem Tal der Handan lag. Zugleich erspürte er die Macht des Ringes, den Hem unbeachtet an einer Kette um den Hals trug. Eine Kraft schien von dem unscheinbaren, goldenen Reif auszustrahlen, die den Weg durch die schützenden Mächte des Inneren Tales öffnete. Die Kraft des Ringes war wie eine Fackel, die das Dunkel der Nacht zurückdrängte und im Meer der Finsternis denen, die dem Licht folgten, den Weg wies. Aelan glaubte die vor dem Ring zurückweichende Mauer vibrierender Energie mit all seinen Sinnen zu spüren. Sie öffnete sich vor Hem, floß um ihn und die Gurenas herum und schlug hinter ihnen wieder zusammen, wie Wasser, das von einem Boot geteilt wird. Aelan dachte an die Ponas, die vor ihnen in das Brüllende Schwarz eingedrungen waren. Sie waren dieser Kraft schutzlos ausgeliefert, waren verloren, auch wenn es ihnen gelang, nach Han vorzustoßen. Es war nicht von Bedeutung, wie gut sie bewaffnet waren oder wieviele Vorräte sie mitführten. Die Gewalt des Schweigens, mit der sie sich eingelassen, wissentlich oder unwissentlich, würde sie zermalmen.
Doch keiner der anderen schien dies wahrzunehmen. Hem ging dem Zug der Krieger voran, sprach mit seinem Leibgurena und blickte sich immer wieder um, ob alle ihm folgten. In seinem Gesicht malte sich erregte Entschlossenheit. Hem fieberte dem Kampf mit den Ponas entgegen, denn vielleicht ergab sich im Getümmel der Schlacht eine Gelegenheit, Aelan zu töten. Seine Anspannung übertrug sich auf die anderen. Sie unterhielten sich flüsternd und ließen besorgte Blicke über die wie Wände aufwachsenden Felsen der Schlucht schweifen. Nur Rah, der schweigend hinter Hem herging, erahnte die furchtbare Gewalt, die ihn umgab. Das Ka regte sich träge in ihm und warnte ihn wie vor einer Übermacht von Feinden, die im Verborgenen lauerte.
Als der Weg steil und beschwerlich wurde und das Tosen des Am die Schlucht erfüllte, verstummten die Gespräche der Gurenas. Drückende Beklommenheit schnürte ihre Herzen ein. Wie ein fernes Echo rührte sie die Macht des Schweigens an, doch keiner vermochte die verborgenen Regungen zu deuten. Der gefährliche Weg über die Felsen lenkte ihre Gedanken ab. Stundenlang gingen sie durch die unheimliche Schlucht. Mit äußerster Bedachtsamkeit mußten sie jeden ihrer Schritte setzen, wollten sie nicht ausgleiten und in die Tiefe hinabstürzen. Hem führte die Gurenas bis zu der Steigung des Weges, von derem höchsten Punkt man den Talkessel des Brüllenden Schwarz über-

blicken konnte. Allen erschien es wie eine hohe Gnade des Tat, daß keiner der Männer einen tödlichen Fehltritt getan. Die Gurenas stießen Rufe des Erstaunens aus, als sie den großen Wasserfall erblickten. Für einen Augenblick war auch Hem überwältigt von den Naturgewalten, die er im letzten Jahr an der Seite seines Vaters zum ersten Mal gesehen. Seine Erinnerung hatte das Brüllende Schwarz kaum bewahrt. Es schien wie Einbildung seiner damals von der Reise überreizten Sinne, wie ein unwirkliches Bild aus einem Traum. Als er jetzt aber den riesigen Fall wiedersah, dessen Wassermassen wie vom Himmel herab mit Urgewalt in den zu weißer Gischt aufgerührten Am stürzten, erschrak er und wich einen Schritt zurück. Hem spürte die Kraft dieses Ortes wie einen eisigen Hauch. Die Erzählungen seines Vaters über die Hüter des Tales, über den Ring des Schweigens und die Gläserne Stadt kamen ihm jäh zu Bewußtsein. Nichts hatte sich verändert an diesem Ort. Noch immer stürzten die Wasser herab, zu Schaum verwandelt, noch immer reckte sich ihnen die schwarze Felsnadel entgegen wie ein mahnender Finger, der allen Gewalten der Erde trotzt, und noch immer bebte der kreisförmige Talkessel vom Donnern des großen Falls. Alles schien, als sei keine Sekunde vergangen seit dem Augenblick, an dem Hem das Brüllende Schwarz zum ersten Mal erblickt. Für einen Moment kamen ihm Zweifel an seinem Plan, die Ponas zu verfolgen und zum Kampf zu stellen, die Gurenas ins Innere Tal zu führen und seinen Widersacher Aelan zu töten. In einem einzigen, winzigen Augenblick drängten sich diese Regungen in Hem zusammen, dann erblickte er im Talkessel das Lager der Ponas.
Sie hockten um die Felsen, bei denen auch Hem und sein Vater im letzten Jahr gerastet hatten, und die ein wenig vor dem eisigen Sprühregen schützten, der vom Wasserfall herüberwehte. Rah trat zu Hem heran und begann mit dem jungen Kaufmann den Angriffsplan zu besprechen.
Kurze Zeit später bewegten sich die Gurenas talwärts. Rah ging mit dem beladenen Sok vorneweg. Die anderen hatten ihre blanken Schwerter in die Mäntel gerollt, sich das Bündel über die Schultern gelegt und gingen gebückt wie unter einer Last, so daß sie von ferne wie Träger einer Karawane aussahen. Kaum hatten sie den Weg betreten, der in steilen Serpentinen zum Boden des Talkessels hinabführte, als die Ponas auf sie aufmerksam wurden. Sie erhoben sich, sprachen aufgeregt miteinander und deuteten mit den Fingern auf die Männer, die in gemächlichem Schritt, einer dicht hinter dem anderen, den Weg herabtrotteten. Die Ponas, die beim Durchqueren der Schlucht einige

Männer verloren hatten und entnervt waren von der drohenden Kraft der Berge, die sie wie eine unsichtbare, feindliche Hand umgab, wußten nicht, wie sie den Fremden begegnen sollten. In den Wäldern hätten sie keinen Augenblick gezögert, eine zufällig ihren Weg kreuzende Karawane zu überfallen, hätten sich die Lippen geleckt nach der leichten Beute, hier aber, in dieser unheimlichen Schlucht, im Tosen und Brüllen des Wasserfalls, der wie der Zorn der Götter vom Himmel herabstürzte, waren sie unsicher. Vielleicht waren es einige dieser verhexten Handan, vielleicht Berggeister, Kambhuks der Gebirge, von einem grausamen Jahch gelenkt. Die Ponas blickten einander ratlos an. Einige zogen die Schwerter, aber ihr Anführer befahl mit unwirscher Geste, die Waffen wegzustecken. Er war einer von denen, die im vergangenen Jahr mit Hor-Yu im Inneren Tal gewesen waren. Obwohl er nach Rache dürstend aus Phonalam aufgebrochen war, hatte sich sein Mut abgekühlt, je tiefer die Ponas in die Berge vorgedrungen waren. Jetzt, im Brüllenden Schwarz, kurz vor dem Ziel, zweifelte er, ob es klug war, die Handan des Tales zu überfallen und den Sohn des Wirtes zu verschleppen, zusammen mit soviel Edelsteinen, wie man zu tragen vermochte, wie Hor-Yu es den jubelnden und kampflüsternen Männern befohlen. Er hatte Rast machen lassen im Talkessel des großen Wasserfalls, um den Männern Ruhe zu gönnen, bevor sie weiter in das Tal vordrangen. Aber er bemerkte, daß auch aus ihnen die Kampflust gewichen war, daß jeder nur hoffte, er möge lebend in die Wälder zurückkehren. Der Ring des Schweigens hatte die Ponas mutlos gemacht und Zweifel am Sinn ihres Unternehmens in sie gesät. Wie Blei hatte sich die Macht der Gebirge auf ihre Schultern und Herzen gelegt. Nur mit äußerster Mühe waren sie zum Brüllenden Schwarz vorgestoßen, wo sie nun seit Stunden saßen, unfähig, ihren Weg fortzusetzen.
Aufgeregt flüsternd beobachteten sie die Männer, die gemächlich in das Tal herabstiegen.
»Es ist eine Falle! Es sind Gurenas!« schrie auf einmal einer der Ponas. Das Schwert eines Gurena war aus seinem zusammengerollten Mantel hevorgerutscht. Die breite Klinge blitzte verräterisch im fahlen Licht. Unverzüglich ließen die Gurenas ihre Mäntel fallen und stürmten mit gezückten Schwertern auf die Ponas zu, die sich zu den Felsen zurückzogen und ausschwärmten.
Hätte der Pona Rahs List nicht durchschaut, wäre der Sieg über die Verdutzten leicht gewesen. Nun aber hatten es die Gurenas des Hauses La mit einer Überzahl gut bewaffneter Ponas zu tun, denen Zeit genug blieb, sich zu sammeln und in Kampfstellung zu gehen.

Rah fuhr mit seinem Schwert mitten unter sie. Die Unzufriedenheit über den Dienst für den verhaßten Kaufmann, die widersprüchlichen Gefühle auf dieser Reise und die Verzweiflung über die verlorene Kraft des Ka, die sich auch jetzt, zu Beginn der Schlacht, nicht einstellen wollte, wandelten sich in todesmutigen Zorn. Er kämpfte nicht mit der heiteren Gelassenheit des Ka, dem rauschhaften, federleichten Herzen, das ruhig im Auge des Taifuns verharrt, unberührt von den tobenden Gewalten der Schlacht, sondern mit brennender Wut und der geschliffenen Schwerttechnik, die ihm in der besten Ghura Kurtevas in Fleisch und Blut übergegangen war. Doch die Ponas wehrten sich verbissen. Sie hatten die Gefahr für ihr Leben gespürt, seit sie den Am bergan gefolgt waren, die unsichtbare, schreckliche Bedrohung der Berge, die kein Schwert zu besiegen vermochte, daß nun der offene Kampf mit den Fremden wie eine Erlösung von dem unerträglichen Druck schien.

Hem, der sich nicht am Kampf beteiligte, sah einige seiner Gurenas fallen. Doch ihre Todesschreie und der Lärm des Kampfes gingen im Brüllen des Wasserfalls unter. Die Schwerter schlugen gegeneinander und die Münder der Kämpfenden öffneten sich zum Schrei, doch kein anderer Laut als das Tosen des Wassers drang an Hems Ohren. Eine eisige, grauenhafte Hand schien nach ihm zu greifen, wie in einem bösen Traum. Um ihr zu entgehen, riß er sein Schwert aus der Scheide und stürzte sich in den Kampf. Die Gurenas wurden durch das Eingreifen ihres Herrn angefeuert und verdoppelten ihre Kräfte. Die Ponas wichen zurück. Rah war von ihnen umringt, doch sein Schwert blitzte und zuckte nach allen Seiten. Aelan, der den Sok am Zügel hielt, beobachtete mit stockendem Herzen jede Bewegung des Kriegers. Er spürte seine Wut, seine Entschlossenheit. Aelan ängstigte sich um ihn, da er zugleich, stärker als zuvor, den Ring des Schweigens fühlte, dessen Macht wie eine Gewitterwolke über dem Kampfplatz anzuwachsen schien und den Talkessel mit zitternder Gewalt erfüllte. Der Sok scheute und riß sich los. Aelan folgte ihm. Hem, der einen Pona erschlagen hatte und mit seinem Leibgurena, der nicht von der Seite seines Herrn wich, zwei Fliehenden nachsetzen wollte, bemerkte Aelan. Er hielt inne und wies mit seinem Schwert auf den Handan. »Töte ihn! Er ist ein Verräter!« zischte er dem Gurena zu. »Er hat uns an die Ponas verraten. Sieh nur, sie greifen ihn nicht an, obwohl er in ihre Nähe gelaufen ist.«

Der Gurena, gewohnt, jeden Befehl seines Herrn auszuführen, ohne nach Gründen zu fragen, zögerte einen Augenblick.

»Töte ihn, töte ihn,« schrie Hem. Seine Augen funkelten vor Zorn. »Er ist ein Verräter. Er hat das Haus La verraten und will mich um das Erbe meines Vaters betrügen.« Der Haß brach mit solcher Gewalt aus Hem heraus, daß sich sein Gesicht verzerrte und Tränen in seine Augen stiegen. Dann stürzte er mit gezücktem Schwert den fliehenden Ponas nach. Der Gurena erschrak, nickte und eilte davon.
Es war Rahs Verdienst, daß die Ponas trotz ihrer Übermacht den Kampf verloren und sich zur Flucht wendeten. Wäre der Krieger aus Kurteva nicht wie ein leibhaftiger Dämon unter sie gefahren, hätte seine rasende Wut nicht ihre Reihen zerschmettert und ihren verzweifelten Mut gebrochen, so wären die Gurenas des Hauses La, die jetzt, vom Rausch des Sieges befeuert, die zersprengten, aus der Fassung geratenen Ponas verfolgten und niedermetzelten, kaum lebend aus dem Brüllenden Schwarz zurückgekehrt. Rah ließ das Schwert sinken und sah sich nach allen Seiten um. Die meisten Ponas waren erschlagen, die anderen versuchten vergebens zu fliehen. Im Winkel seines Auges sah Rah, wie Aelan dem scheuenden, wild ausschlagenden Sok zum Fluß folgte, und er sah den Leibgurena Hems, der seinen Bogen spannte.
In diesem Augenblick kehrte für einen winzigen Moment das Ka zurück, dehnte Rahs Sinne jäh nach allen Richtungen und schien die Zeit erstarren zu lassen. Rah witterte die tödliche Gefahr für den Handan, spürte den Todeswunsch, der gegen ihn geschleudert war, noch bevor der Pfeil ihn erreichte. Ein plötzlich aufwallendes Gefühl tiefer Liebe zu Aelan durchschoß ihn. All die Momente, in denen er dem Handan begegnet war, die Worte, die er mit ihm gewechselt, die Blicke, die plötzlichen, unerwarteten Empfindungen der Vertrautheit schmolzen in diesem Augenblick zu einem innigen Gefühl brüderlicher Liebe. Zugleich packte ihn Angst um Aelan, eine verzweifelte Angst, die aus verborgenen, unermeßlichen Tiefen des Herzens hervorzubrechen schien. Sie löste ihn aus der Lähmung des Erschreckens, die ihn für einen Augenblick ergriffen. Er rannte auf den Gurena zu, doch es schien ihm, als sei die Zeit zu einem trägen, zähflüssigen Strom geronnen. Jeder Schritt, jede Bewegung, das Heben der Schwerthand, das Öffnen des Mundes zum Schrei, das Anspannen der Muskeln im Körper schien Ewigkeiten zu währen. Das Brüllen des Wasserfalls öffnete sich wie ein gewaltiger Raum, umhüllte Rah wie ein unsichtbarer Mantel und erfüllte den endlosen Abgrund, der sich plötzlich in ihm auftat, mit schrecklichem Tosen. Rah sah den Pfeil von der Sehne schnellen, sah ihn fliegen, unendlich lange, sah, wie er sich in Aelans Rücken bohrte, wie der Handan in der Bewegung erstarrte, den Kopf in den

Nacken warf und die Zügel des Sok, die er gerade ergriffen, fallen ließ. Rah sah, wie Aelan taumelte, sich im Fallen umwendete, sah das erstaunte Gesicht, in dem sich kein Schmerz malte, nur tiefe Verwunderung, sah die weit aufgerissenen Augen, die fliegenden Haare, die rudernden Arme, sah, wie Aelan zu Boden stürzte. Endlos währte dies. Rah nahm es in kristallener Klarheit wahr, während sein schweißtriefender Körper sich weiter in zur Ewigkeit gedehnten Bewegungen auf den Mörder Aelans zubewegte, jeder Muskel gespannt, das Schwert zum Schlag erhoben. Rah fühlte, wie ihm Tränen in die Augen schossen und sich wie Schleier über seinen Blick legten. Er ist tot, tot, schrie es in ihm, tot. Das erschrockene Gesicht des hünenhaften Gurena erschien vor ihm. Rah fühlte das Schwert in seiner Hand herabsausen, langsam, wie das Fallen eines Blattes im Wind. Er sah, wie es den Schädel des Mannes spaltete. Bis zum Hals drang der gewaltige Hieb, doch Rah spürte keinen Triumph. Er wandte sich von dem niedersinkenden Körper ab, sah Aelan regungslos im Gras liegen, den Pfeil im Rücken, wußte, daß keine Rache den Handan ins Leben zurückbringen würde. Er wollte zu Aelan eilen, aber seine Beine versagten den Dienst. Er stolperte über einen Gefallenen und stürzte. Er fiel hart auf den linken Arm, der vom Schwerthieb eines Pona verwundet war. Brennender Schmerz raubte Rah für einen Augenblick die Besinnung. Als er sich mühsam erhob, glaubte Rah, aus einem Traum zu erwachen. Der Schmerz in seinem Arm tobte wie Feuer. Etwas Bitteres krampfte sich um sein Herz zusammen. Er hörte das Siegesgeschrei der Gurenas durch das Brüllen des Wasserfalls, schwache Echos gegen die furchtbare Gewalt des Wassers. Er hörte die scharfe Stimme von Hem-La, die Befehl gab, die wenigen noch lebenden Ponas zu töten.
»Keiner soll das Brüllende Schwarz lebend verlassen,« kreischte der Kaufmann. Der jubelnde Triumph in seiner Stimme füllte Rah mit Abscheu. Die Gurenas umringten den Sohn der Seph und brachten Dank und Ergebenheit für ihren Führer zum Ausdruck, indem sie ihre Schwerter gegeneinanderschlugen. Helles, metallenes Klingen tönte durch das Tosen des Wassers wie fernes Hämmern. Hem trat heran und wollte Rah danken, doch der Gurena wandte sich ab. Der pochende Schmerz im Arm trieb schwarze Schleier vor seine Augen. Aelan ist tot, der Handan ist tot, wiederholte eine matte Stimme in ihm. Es schien Rah, als sei nun alles verloren, was in seinem Leben je einen Wert besessen. Er ließ sich auf einem Stein nieder und vergrub sein Gesicht in den Händen. Die Stimmen der anderen, das Klirren ihrer Waffen und

das unaufhörliche Tosen des Wassers zerflossen in einem gewaltigen Wirbel, der Rahs Kopf sprengen wollte.
Plötzlich spürte Rah die Gegenwart einer gewaltigen Kraft. Das halb erwachte Ka in ihm nahm sie wahr wie einen Lichtstrahl, der das Dunkel durchschneidet. Rah riß die Augen auf. Beim großen Wasserfall, mitten im Wehen der Gischtschleier, stand eine Gestalt in dem groben, dunklen Gewand, wie es die Bauern der Gebirge trugen. Die steinerne Nadel, die sich den fallenden Wassern entgegenreckte, wuchs unmittelbar hinter dem Mann auf, dessen unbewegtes, eckiges Gesicht fast schwarz war. Rah starrte ihn an wie eine Erscheinung. Die Kraft, die der Gurena von dem Fremden ausströmen spürte, schien aus Schweigen zu bestehen. Das Ka erspürte ein vibrierendes Schweigen und in ihm ein Bollwerk der Ablehnung. Das Schweigen des Alten schien tief verbunden mit der geheimnisvollen Kraft, die um die Berge des Am stand. Rah schien es für einen Augenblick, als fließe die Quelle dieser Macht in dem regungslosen Alten am Wasserfall. Auch die Gurenas hatten den Fremden bemerkt und hielten inne, die Verwundeten zu versorgen und die Gefallenen zum Lagerplatz der Ponas zu tragen.
Einer der Handan hat den Kampf beobachtet, schoß es Hem durch den Kopf. Auch er spürte bedrohlich das vielzüngige Schweigen, gesteigert zu hundertfacher Macht. Er kannte es nur zu gut aus der Char von Aelans Vater. Er spürte die kalte Abweisung darin, wie damals, als die Handan damit auf seine prahlerischen Reden geantwortet hatten. Wie ein kalter, lähmender Bann griff es nach ihm. Die unbarmherzige Kraft zog Hem an den Alten heran, der bewegungslos am Fuß des Wasserfalls wartete. Hem wurde unruhig. Seine Gedanken verwirrten sich wie die eines Prüflings, der unvorbereitet vor gestrenge Mehdranas treten muß, die über seinen Charakter und seine erworbene Weisheit zu befinden haben.
Hem bewegte sich auf den Handan zu. Mit einer Geste gebot er den Gurenas, zurückzubleiben. Die Krieger des Hauses La blieben wie angewurzelt stehen und starrten ihrem Herrn nach, der mit unsicheren Schritten, die Arme hängen lassend, auf den Fremden zuging.
Das Tosen des großen Falls erfüllte das Brüllende Schwarz. Niemand hörte, was der Schreiber zum Herrn des Hauses La sprach.
Hem wollte zu einer Verteidigungsrede ansetzen, wollte sich anpreisen als Retter der Handan, der die Ponas vernichtet hatte, die gekommen seien, das Innere Tal zu überfallen, wollte berichten vom Tod seines Vaters und von den unruhigen Zeiten in Atlan, die es einem Kaufmann unmöglich machten, ohne Eskorte zu reisen, doch der dunkelgesichti-

ge Alte ließ den jungen Mann aus Feen nicht zu Wort kommen. Hem schluckte, verbeugte sich, wollte ansetzen zur Rede, den Wellen des vielzüngigen Schweigens zum Trotz, als die brüchige, tiefe Stimme des Schreibers sagte:
»Ich bin gekommen, dir die Bezahlung für die Waren zu geben, die du den Handan bringen willst.« Er zog zwei prall gefüllte Lederbeutel aus den Falten seines Gewandes und reichte sie Hem. Die Augen des Kaufmanns leuchteten auf. Er sah mit einem Blick, daß sie mehr Edelsteine enthielten, als sein Vater im letzten Jahr für seine Waren empfangen hatte.
Hem ergriff die Beutel und wollte sich bedanken, doch die Stimme des Schreibers schnitt ihm das Wort ab.
»Ich führe den Sok mit den Waren selbst nach Han. Du aber kehre zurück mit deinen Männern. Lasse die Toten hier. Die Handan werden sie in Ehre bestatten. Und kehre niemals wieder in das Tal des Am, Sohn des Ros-La.«
»Aber ... es ist das Privileg der La ... seit undenklichen Zeiten ...« Hem stotterte. Er vermochte seine wie aus einem Fiebertraum aufkochenden Gedanken nicht zu ordnen.
»Das Privileg der La ist mit dieser Stunde erloschen. Der Ring der Handan, der den Bann des Schweigens aufschließt, wird dich und die deinen ein letztes Mal aus dem Brüllenden Schwarz geleiten, bevor die Kraft, die ihm innewohnt, versiegt. Wenn der Tag sich neigt, ist er nur mehr ein gewöhnlicher, goldener Reif. Nun gehe, Hem-La.«
Eisiges Grauen erhob sich in Hem. Die Gischt des Wasserfalls hatte seine Kleider durchweicht und schien sich wie ein kaltes Band um sein Herz zusammenzuschnüren. Sen-Jus Gesicht tauchte zwischen den verwirrten Bildern und Gedanken in seinem Inneren auf. Hem wußte, daß sein Leben verwirkt war, wenn er seine Pflicht, die der Be'el ihm auferlegt, nicht erfüllte. Nur als Träger des Rings war er für die Flamme von Wert. Der Ring, der das Schweigen der Berge öffnete, war der Schlüssel, der ihn in die innersten Kammern der Macht zu führen vermochte. Doch verlor er ihn, würde ihn die unerbittliche Rache der Flamme vernichten. Aber Hems Entsetzen und Bestürzung fanden keinen Weg nach draußen. Er wollte etwas stammeln, wollte den alten Handan bitten, ihm den Gang der Dinge erklären, wollte ihm schmeicheln, um Anerkennung für seine Hilfe heischen, doch schon bevor die Worte über die Lippen traten, glitten sie an der Wand des Schweigens ab, die vor dem Schreiber stand. Unerreichbar war der Alte hinter ihr. Als er die Hand hob, den Feener Kaufmann stumm grüßte und

sich abwandte von ihm, schob dieser undurchdringliche Ring Hem fort, zurück zu seinen Männern.

Mit abgerissenen Worten befahl ihnen der Herr der La den unverzüglichen Aufbruch, schrie sie ärgerlich an, als sie zögerten, trieb sie zur Eile. Auch sie spürten die abweisende Kraft wachsen, die von dem Alten am Wasserfall ausströmte. Unbeweglich stand er und verfolgte den Aufbruch der Gurenas.

Rah wollte nach Aelans Leiche sehen, doch auch ihn schob die unbarmherzige Kraft fort. Jeder Schritt zum Inneren Tal hin war unmöglich geworden. Die Gewalt des Schweigens bog jede Bewegung in die andere Richtung. Sie drängte die Männer auf den Ausgang des Talkessels zu. Keiner von ihnen wagte sich umzusehen, um den Fluch des Alten nicht auf sich zu ziehen. Wenn sie später von diesen Ereignissen sprachen, erzählten sie, sie seien geflohen vor den Dämonen des Brüllenden Schwarz, deren überweltliche Macht die Gebirge vor allen Eindringlingen schütze.

Rah stieg als letzter die steilen Serpentinen hinauf, bedrückt vom Schmerz um den Tod dieses Handan, den er kaum gekannt, doch der seinem Herzen nahe gekommen war wie kein anderer. Als er auf der Anhöhe anlangte und der Weg hineinführte in die Dunkelheit der Schlucht, ließ Rah die anderen vorangehen und zwang sich mit der ganzen Kraft seines Willens, umzublicken. Der alte Handan stand noch an seinem Platz, ohne Bewegung, wie aus Stein gehauen. Die tosenden Wassermassen stürzten hinter ihm die Felsen herab, ließen weiße Nebel aus Gischt über ihm zusammenschlagen, doch er schien unberührt von ihnen wie die steinerne Nadel inmitten der losgebrochenen Gewalten. Hoch über dem Talkessel, ein dunkler Punkt nur am tiefblauen Himmel, kreiste ohne Flügelschlag ein Adler.

## Kapitel 9
## DAS ORAKEL DER FLAMME

Mahla schmiegte den Kopf an die Schulter ihrer Freundin und Ersten Dienerin Ly. »Ich bin beunruhigt,« sagte sie. »Mutter sollte längst zurück sein.«

»Sie wird bald kommen,« flüsterte Ly und strich zart über das lange, dunkle Haar ihrer Herrin. Ihre Stimme klang ruhig und heiter, obwohl auch in ihr böse Ahnungen schwelten. Zeghla-Sal war schon am Morgen ausgegangen, um das Handelshaus der Nash aufzusuchen, das den Sal einst verbunden gewesen.

»Ich fühle mich nicht wohl in Kurteva. Es ist etwas Unheimliches in dieser Stadt,« sagte Mahla. »Es macht mir Angst.«

»Es ist nur jetzt, in dieser Zeit der Unruhen. Aber wir sind sicher im Haus des Tas-Lay. Hier kann uns nichts geschehen,« beruhigte sie Ly.

»Ach Ly, was heißt das schon: sicher. Ich habe mich nirgendwo so sicher gefühlt wie in unserem Haus in Feen. Aber an einem Tag, in einer Stunde, war all diese Sicherheit dahin – die Brüder einem ungewissen Schicksal in Ütock überlassen, ich als Sklavin verschleppt, unser ganzer Besitz verloren, und mein armer Vater ...« Mahla stiegen die Tränen in die Augen, als sie an die Tage vor ihrer Flucht nach Kurteva dachte.

»Es wird alles gut werden, meine Liebe,« sagte Ly und küßte Mahla auf die Augen. »Der Handan hat dich aus der Gefangenschaft der La freigelassen. Man kann dich nicht ein zweites Mal ergreifen. Und was deine Brüder anbelangt, so haben sie sicherlich einen guten Unterschlupf in Ütock gefunden, so wie wir hier in Kurteva. Die Sal haben viele Freunde unter den Kaufleuten Ütocks, die sie niemals im Stich lassen werden.«

»Ach, der Handan. Aelan-Y. Ich habe ihm Unrecht getan in meiner Verzweiflung. Er war der einzige im Haus der La, der es gut mit mir meinte. Ich aber hatte Angst vor ihm und habe mich schrecklich benommen. Er hat sich an Hem verkauft, um mich zu retten, obwohl er

mich nie zuvor gesehen hat. Und doch, als ich ihn in der Mehdra wiedersah, war es mir, als sei er mir seit langem vertraut. Ist das nicht seltsam, Ly?«
»Du siehst, in Augenblicken der Verzweiflung wird uns unerwartete Hilfe zuteil.«
»Ja, eine wunderbare Fügung hat mich gerettet. Ich hatte schon alles aufgegeben, hatte abgeschlossen mit meinem Leben. Ich bin Aelan-Y tief verschuldet. Aber wie soll es jetzt weitergehen? Wir können nicht für immer in Kurteva in diesem Haus bleiben.«
»Ich bin sicher, daß die Verbindungen deiner Mutter alles zum Guten wenden werden. Vergiß nicht, daß das Haus Sal, dein Vater und auch deine Mutter, die Gunst mächtiger Häuser genießen. Deine Mutter konnte viel bewirken für die Geschäfte der Sal in Kurteva. Man wird sie auch jetzt nicht im Stich lassen. Die Familien der alten Aibos halten zusammen. Sie lassen keinen der ihren fallen, schon gar nicht, wenn ihm solches Unrecht geschehen ist. Bald werden auch deine Brüder nach Kurteva kommen. Sie werden das Haus Sal neu begründen. Wer weiß, vielleicht leben wir bald wieder in unserem Haus in Feen und alles wird wie ein böser Traum erscheinen.«
»Ach Ly, du vermagst auch in der tiefsten Dunkelheit noch Licht zu sehen,« sagte Mahla und lächelte. »Wenn ich dich nicht hätte, wäre ich verloren. Aber hast du gehört, was man heute bei Tisch berichtete? Der Bayhi, der den Thron des Tat-Tsok besteigt, wird den Be'el aus der Verbannung zurückrufen und ihn wieder einsetzen in seine früheren Rechte. Und mehr noch, er wird den Tat bestrafen für seine Vermessenheit, die Flamme von sich zu stoßen. Der Be'el soll der höchste Gott Atlans werden, wie er es einst in den Tagen der Könige von Teras war.«
Ly lächelte. »Glaubst du wirklich, daß Menschen vermögen, die Götter zu bestrafen und ihnen Rechte zu geben und zu nehmen? Die Götter, von denen sie sprechen, sind lange schon zu hohlen Figuren geworden. Die Priester des Tat haben sich verschworen gegen den Be'el, um die alleinige Macht über Atlan zu gewinnen, und nun schlagen die Männer des Be'el zurück. Es ist ein Spiel, bei dem es um nichts als die Macht geht.«
»Ja, und es scheint, als hätten sie ihre Rache lange vorbereitet. Der Bayhi ist einer von ihnen. Viele der großen Gurenafamilien hielten dem Be'el die Treue in der Zeit der Verbannung. Oh Ly, ich weiß nicht, was werden soll. Vielleicht trifft auch uns die Rache der Flamme. Mein Vater hat an den Tat geglaubt und meine Mutter sagt, das Unglück, das unser Haus getroffen hat, wurde herbeigerufen von Sen-Ju, der

auch ein Mann des Be'el sein soll. Er hat Hem-La gegen uns aufgehetzt.«
»Wer will es wissen? Selbst wenn es so wäre – die Leute des Be'el haben im Augenblick andere Sorgen als sich um das Haus der Sal zu kümmern, das in ihren Augen gar nicht mehr existiert. Die Verwirrung dieser Zeit kann uns nur nützen, uns und deinen Brüdern in Ütock.«
»Man hat erzählt, daß Gurenas Tempel des Tat gestürmt und Priester ermordet haben. Alle Hohepriester des Großen Tempels liegen im Kerker. Die Männer, die im geheimen dem Be'el gedient haben, nehmen jetzt grausame Rache an ihren Unterdrückern. Die beiden höchsten Priester des Be'el, die man längst tot glaubte, sollen nach Kurteva zurückgekehrt sein, heimlich, um den neuen Tat-Tsok zu krönen.«
»Wir werden sehen. Du solltest dir nicht so viele Gedanken um diese Dinge machen. Die Herrscher in Kurteva haben uns bisher wenig gekümmert. Auch unter dem Be'el und unter einem neuen Tat-Tsok wird sich am Leben der Menschen von Atlan wenig ändern. Die Menschen beten letztendlich doch nur zu dem Gott, der in ihrem Herzen wohnt und der ihnen ein friedliches Leben und einen leichten Tod schenkt. So ist es immer gewesen und so wird es immer sein. Aber laß uns jetzt nach unten gehen. Es ist unhöflich, wenn Gäste sich in ihren Zimmern verkriechen. Außerdem bist du schon sehr beliebt in diesem Haus. Tas-Lay hat dich ins Herz geschlossen und die beiden Gurenas, die gestern zu Gast waren, die Zwillingsbrüder Az, waren sichtlich angetan von dir. Die schöne Sonne aus Feen leuchtet jetzt in Kurteva, hat der eine beim Hinausgehen gesagt, eifersüchtig beäugt von seinem Bruder. Ich glaube, die Reise von Feen hat dich noch schöner gemacht. Wer weiß, vielleicht wirst du bald die Herrin eines der großen Häuser Kurtevas.«
»Hör auf mit deinen Schmeicheleien,« schalt Mahla sie im Scherz und lachte.
»Die Az sind ein altes und reiches Gurenageschlecht. Die beiden Brüder sind nicht zu verachten. Sie sind ebenso schön wie klug. Ich wüßte nicht, welchen ich bevorzugen würde ...«
»Jetzt redest du schon wie meine Mutter, wenn es darum geht, mir einen Bräutigam schmackhaft zu machen. Du kannst beide Brüder haben, meine liebe Ly, wenn sie dir so gut gefallen. Nun aber laß uns nach unten gehen.«
Als die beiden jungen Frauen in die Halle des Hauses eintraten, das Tas-Lay, einem Verwandten von Mahlas Mutter gehörte, schlugen ihnen erregte Stimmen entgegen. Der Hausherr saß mit zwei jungen Gurenas am Tisch, Ko und Lo, den Zwillingen aus dem Haus der Az. Das

heftige Gespräch wurde durch Mahlas und Lys Kommen unterbrochen. Tas-Lay bat Mahla mit höflicher Verbeugung an den Tisch. Die Zwillinge, die sich im Gespräch ereifert hatten, begrüßten sie ehrerbietig und warfen ihr glühende Blicke zu. Ly zog sich in den Hintergrund zurück. Das Gespräch der Männer flammte wieder auf.

»Es wird ein neues goldenes Zeitalter anbrechen in Atlan,« sagte einer der Gurenas, Ko-Az, der Erstgeborene, der, wie Lästerzungen behaupteten, auch im täglichen Leben seinem Bruder Lo immer einen Augenblick voraus war. »Nach den langen, dunklen Jahren unter einem Tat-Tsok, der von den Priestern des Tat geführt wurde wie eine Handpuppe, wird endlich ein starker Wille herrschen und das Übel ausmerzen, das diese korrupten Priester verschuldet haben.«

»Glaubt ihr wirklich, daß es das Volk hinnehmen wird, daß der Name ihres Gottes, an den es seit undenklichen Zeiten glaubte, plötzlich vergessen sein soll und sie stattdessen einen anbeten sollen, der jahrzehntelang als Inbegriff des Bösen galt?« warf Tas-Lay lächelnd ein, ein grauhaariger, großer Mann, der einer einflußreichen Aibofamilie entstammte, die einst über große Provinzen des Ostens geherrscht.

»Ihr wißt, wir Gurenas kümmern uns wenig um die Götter und ihre Priester. Ich weiß die Feinheiten der Religion nicht gelehrt zu deuten, aber war es nicht so, daß der einzige Gott der Tat-Tsok der Be'el war, das reine Feuer, das schon brannte, bevor Kurteva erbaut wurde? Und ist es nicht so, daß die Tat-Tsok, überwältigt von der Macht des alten Reiches von Hak, dem Tat, dem versinkenden Gott dieses Landes im Süden, der längst entmachtet war von der Khaïla, noch einmal zu Ruhm und Ehre verhalfen, indem sie ihn mit dem Be'el vereinigten? Was ist das für ein Gott, der sich von einem Weib niederzwingen läßt? Die Khaïla wurde vernichtet, dieser schwächliche Tat aber kroch aus den Trümmern von Hak hervor. Da sein Name Inbegriff der Hoffnung der unterdrückten Menschen von Hak gewesen war, nahm der Tat-Tsok ihn gnädig auf und gab dem schaffenden Aspekt des Be'el den Namen Tat. Tat war nie ein eigener Gott, und wenn es ihn je gab, so ging er unter mit dem Reich von Hak. Seine Priesterschaft aber wurde groß und mächtig. Ihr Machthunger ist der Grund für den Niedergang Atlans.«

Der Hausherr lächelte mild. »Erzählt man solche Geschichten neuerdings in den Tempeln? Vor einer Woche wäre man dafür noch hingerichtet worden.«

Der andere Gurena, wie sein Bruder befeuert von der Begeisterung für das neu anbrechende Zeitalter, das mit der Krönung des Bayhi beginnen sollte, mischte sich ins Gespräch: »Das erzählt man nicht erst jetzt

in den Tempeln, sondern das war immer schon die Wahrheit. Sie trat offen ans Licht, als es den Priestern des Tat gelang, das Herz des Tat-Tsok zu vergiften und den Be'el in die Verbannung zu stoßen.«
»Aber die Verbannung hat den Be'el stark gemacht. Sie hat ihn für immer getrennt von diesem falschen Tat. Sie hat gezeigt, wer dem wahren Gott folgt und wer einem hohlen Namen der Macht anhängt. Warum, glaubt Ihr, hetzten die Priester den Tat-Tsok gegen die Gurenas auf? Weil sie wußten, daß die Flamme nicht erloschen war in den Meistern des Schwertes. Es wurde jetzt bekannt, daß sie den Tat-Tsok noch in der Nacht des Rates bewegt haben, Hareth-Seph zum Tode zu verurteilen für die Heldentat seines Sohnes. Sie wollten das Haus der Seph vernichten. Rah werden große Ehren zuteil werden, wenn er aus der Verbannung nach Kurteva zurückkehrt, denn er hat sein Schwert schon damals offen gegen den Tat erhoben und die Verbannung auf sich genommen für die Flamme.«
»Ich spüre den Überschwang eures jugendlichen Mutes, meine Freunde. Aber glaubt mir, als vor vielen Jahren der Be'el verstoßen wurde, saßen andere an diesem Tisch und haben ähnlich gesprochen wie ihr. Doch aus dem goldenen Zeitalter, das sie verheißen haben, ist eine Epoche des Niedergangs geworden, der Korruption und des Zerfalls. Doch es würde mich außerordentlich freuen, wenn die neue Zeit Rah-Seph zurück nach Kurteva brächte, wenn er wieder mit euch käme, um an meiner Tafel zu speisen,« sagte Nas-Lay mit ruhiger Stimme. Die Erregung der beiden jungen Männer amüsierte ihn. »Aber sollen wir nicht von angenehmeren Dingen sprechen, da die junge Herrin aus Feen uns die Ehre gibt?«
Die Zwillinge nickten und entschuldigten sich für ihre Unhöflichkeit.
»Oh nein,« sagte Mahla und errötete. »Bitte fahrt fort in Eurem Gespräch. Ich bin begierig, mehr über die Dinge zu erfahren, die in Kurteva vor sich gehen. Ich muß gestehen, ich bin noch etwas verwirrt von alledem.«
Die Gurenas neigten ihre Häupter vor der schönen, jungen Frau. Sie hatten sie gestern im Haus ihres Gastgebers zum ersten Mal gesehen und waren heute wegen ihr wiedergekommen, obwohl sie durch diesen Besuch wichtige Pflichten vernachlässigten. Sie waren enttäuscht gewesen, Mahla nicht in der Halle vorzufinden und hatten mit dem Hausherrn ein hitziges Streitgespräch begonnen. Nun aber warfen sie der schönen Kaufmannstochter verliebte Blicke zu und versuchten, ihre Aufmerksamkeit zu gewinnen. Das vorher so heiß diskutierte Thema schien sie nicht mehr zu interessieren.

»Auch meine liebe Mahla ist ein Opfer dieser Zerrüttung Atlans,« fuhr Tas-Lay fort. »Die Karawane, die von ihren Brüdern nach Ütock geführt wurde, verfiel den Räubern, und ein ehemals befreundetes Handelshaus in Feen hat dieses Unglück ausgenutzt, um das Haus der Sal, das zu den berühmtesten Kaufmannshäusern Atlans zählte, mit einem Handstreich auszulöschen. Die Gesetze der Tnachas sind unerbittlich. Sie schrecken nicht davor zurück, das Leben einer jungen Frau zu ruinieren, die an all dem Ungeschick keinen Anteil hat. Verzeih mir, Mahla, wenn ich so offen darüber spreche, aber auch ich glaube, daß dir und deiner Familie bitteres Unrecht widerfahren ist, obwohl die Buchstaben des Gesetzes anders lauten.«
Mahla senkte verschämt den Kopf. Ko-Az sprang auf und rief: »Ihr seht, wohin die raffgierigen Tat-Los Atlan gebracht haben. Ihre Tempel können das Gold kaum noch fassen, das sie dem Volk abpreßten, während ihre Gesetze und Machenschaften das Mark des Reiches aussaugen. Ich verspreche Euch, meine Dame, daß ich Euren Fall selbst vor den Rat bringen werde. Vieles muß gutgemacht werden. Glaubt mir, die Zeit, die jetzt anbricht, wird auch Euch zum Wohl gereichen.«
»Ich danke Euch ergebenst,« erwiderte Mahla leise.
»Der Rat wird andere Probleme haben,« warf der Hausherr schmunzelnd ein.
»Aber er wird sich für Gerechtigkeit einsetzen, und nicht, wie bisher, für die Gewinne der Tempel,« rief der andere Gurena. »Auch ich werde mich Eurer Sache annehmen, schöne Dame.«
»Kaum bist du einige Tag bei uns in Kurteva, meine liebe Mahla, schon kämpfen zwei Ritter für dich,« scherzte Tas-Lay. »Die Gurenas von Kurteva sind bekannt dafür, daß sie leicht Feuer fangen. Aber ich hoffe, daß ihre Begeisterung und Leidenschaft nicht ihren klaren Verstand trübt. Was habt ihr denn vor mit den Tempeln und Priestern des Tat? Glaubt ihr, es genügt, eine Schale mit der Flamme an die Stelle des Tat-Auges zu stellen und den Priestern schwarze, statt weiße Gewänder anzuziehen?«
»Oh nein! Macht Euch keine Sorgen um unseren klaren Verstand, Tas-Lay. Die Weisheit der Flamme wird ihn leiten. Es heißt, daß noch in dieser Nacht das große Orakel sprechen wird, zum ersten Mal, seit der Be'el in die Verbannung ging.«
»Der Be'el will keine sinnlose Rache nehmen am Tat. Er wird jene richten, die sich mit Schuld beladen haben, die Unschuldigen aber wird er schonen. Es wird wieder Gerechtigkeit herrschen in Atlan.«
»In Kurteva stürmt der Pöbel bereits die Tempel und bringt die Priester

um. Die Klugen haben sofort mit ihrem Hab und Gut die Stadt verlassen, als die Unruhen begannen. Ich habe für einen Augenblick überlegt, ob ich es nicht besser auch tun soll. Zwar habe ich mich stets aus dem Zwist der Götter herausgehalten, aber wer weiß, ob nicht ein Neider heimlich gegen mich hetzt, weil auch hohe Tat-Los die Gastfreundschaft meines Hauses genossen. Das Volk ist immer bereit zu morden und zu plündern, gleich aus welchem Anlaß. Mit seinem Unterscheidungsvermögen zwischen Schuldigen und Unschuldigen ist es nicht zum Besten bestellt. Es folgt blind dem, der im Augenblick der Stärkere ist. Mir scheint, als stehe den Tat-Los das gleiche Schicksal bevor, das sie damals den Leuten des Be'el bereitet haben. Es sieht so aus, als schwinge das Pendel nur in die andere Richtung. Glaubt ihr nicht, daß der Weg in der Mitte der bessere wäre für das Wohl Atlans?«
»Es mag sein, daß im ersten Eifer Dinge geschehen, die nicht gerecht erscheinen,« erwiderte Ko-Az. »Lange angestauter Haß ist blind, wenn er plötzlich aufbricht. Doch die Flamme denkt nicht an Rache. Sie will nicht Böses mit Bösem vergelten. Wer den Tat anbeten will, mag es auch künftig tun. Seine Tempel werden nicht geschlossen. Nur die Priester werden bestraft, die in seinem Namen Unrecht taten. Die Flamme ist gerecht. Sie will nur das Wohl Atlans. Das ist der Grund, warum die Gurenas geschlossen hinter ihr stehen.«
»Möge der Eine Allweise, welchen Namen man ihm auch immer anhängt, es so geben, wir ihr mir sagt,« spöttelte Tas-Lay, »denn Atlan hat wirklich eine gerechte Hand nötig. Aber ich bitte euch, laßt euch nicht blenden von Versprechungen, behaltet die Schärfe eures Verstandes, die die Gurenas immer ausgezeichnet hat. Die Streitigkeiten der Götter und ihrer Priester sollten die Gurenas wenig scheren.«
»Habt keine Sorge. Die Gurenas kämpfen für das Wohl Atlans, nicht für irgendeinen Gott. Und doch glaube ich, daß Atlan unter dem Zeichen der Flamme endlich ...«
In diesem Augenblick flog die Türe auf. Einer der Diener, die Mahlas Mutter begleitet hatten, stürzte herein. Mahla fuhr herum. Als sie das blutige Gesicht des Mannes sah, schrie sie auf.
»Wir sind überfallen worden auf dem Rückweg, nicht weit vom Haus,« stammelte der Diener.
»Wo ist meine Mutter?« schrie Mahla.
Der Diener warf ihr einen raschen Blick zu, dann senkte er den Kopf. Ly eilte herbei und nahm Mahla in die Arme.
»Sie ist tot,« flüsterte der Diener Tas-Lay und den Gurenas zu. »Es waren Plünderer, die in der Sänfte der Dame reiche Beute vermuteten.«

Die Zwillinge Az zogen die Schwerter und rannten zur Türe. »Führe uns hin,« riefen sie dem Diener zu und zogen ihn fort. »Die Tat-Los wollen Unruhe stiften in der Stadt. Sie versuchen die Bevölkerung aufzuwiegeln gegen die neuen Herren. Wir werden es ihnen heimzahlen.« Der Raum begann sich um Mahla zu drehen. Die erregten Stimmen der jungen Männer fuhren wie Blitze in das sanfte, rasch dunkler werdende Chaos um sie. Sie spürte, wie ihre Beine nachgaben und sank in Lys Armen zusammen.

Während ein aufgewiegelter Mob in den Straßen Kurtevas tobte, Gurenas und Tempelwachen Jagd auf fliehende Tat-Priester machten und Herolde die ersten Erlasse des Bayhi, der noch vor dem Sonnensternfest seinem Vater auf den Tigerthron der Tat-Tsok folgen sollte, in die Städte Atlans trugen, war im Ring des Palastes und des Großen Tempels Ruhe eingekehrt. Die mächtigen Tat-Los und all jene, die den neuen Herren Atlans gefährlich werden könnten, waren tot oder lagen streng bewacht in den Felsenkerkern des Palastes. Starke Truppen versperrten die vier Brücken zum heiligen Bezirk.
In einer geheimen Kammer des Tempels saßen sich zwei Männer gegenüber, ein zierlicher, alter mit weißem Haar und kurzem, weißen Bart, und ein hochgewachsener, breitschultriger, dessen Kopf und Gesicht kahlgeschoren waren. Xerck und Yort, die Herren des Feuers, zurückgekehrt aus der Verbannung, waren auf geheimen Wegen in Kurteva eingetroffen, zur rechten Stunde, wie es lange vorbereitet war. Doch keine Freude über den Triumph des Be'el malte sich auf ihren wie aus Stein gemeißelten Gesichtern. Keine Regung bewegte ihre Mienen und mit keinem Wort gedachten sie der Jahre, die vergangen waren, seit sie sich zum letzten Mal gesehen, in jener blutigen Nacht, als der Tat-Tsok die Hand gegen den Be'el erhoben hatte, um die Flamme und ihre Diener auszurotten.
»Es war Sitte in den alten Tagen, daß drei von uns den Xem bilden, den innersten Kern der Flamme. Seit Zont erschlagen wurde in der Nacht des Verrats, hat niemand mehr das Orakel gerufen,« sagte Xerck mit knarrender Stimme und erhob sich. Mit leicht hinkenden Schritten wanderte er in dem engen Raum umher.
»Es ist beschlossen, daß es heute Nacht sprechen soll,« entgegnete Yort.
»Der Allgewaltige hat Chanju zum dritten Xem berufen. Er war unser treuester Diener in der Zeit der Verbannung. Er war im Gewand der Tat-Los einer der Alok und vermochte viel Unheil abzuwenden von

uns. Er war es, der den Bayhi mit dem Geist der Flamme erfüllte. Er hat alles vorbereitet für die Nacht der Rache. Weise und wohl durchdacht war sein Plan. Sein Herz gehört ganz dem Einen Be'el. Kein Funke des Zweifels wohnt in ihm und seine Kraft ist gewachsen in den Jahren der Gefahr.«

Yort nickte zum Zeichen seiner Zustimmung.

Der zierliche, alte Mann rief einer Wache vor dem Gemach einen Befehl zu. Dann starrten die Herren des Feuers schweigend vor sich hin und warteten. Es waren keine Worte nötig zwischen ihnen, die verschworen waren im Wesen des Be'el und die in der Zeit ihrer Verbannung über die geheimen Wege der Flamme Verbindung gehalten, um geduldig die Figuren des Spiels zu bewegen, das den Be'el zur alleinigen Macht über Atlan führen sollte. Kurze Zeit später trat Chanju ein und verbeugte sich tief vor den Höchsten des Be'el.

»Knie nieder, Chanju,« befahl Xerck mit scharfer Stimme. Der Tam-Be'el gehorchte. Xerck legte ihm die weiße, knochige Hand auf das Haupt. »Chanju nenne ich dich ein letztes Mal. Der falsche Name, den du als Maske trugst im Rat der Verräter, verbrenne auf ewig. Fortan heiße Zont und sei der Hüter des Flammenorakels, wie unser Bruder, der in der Nacht des Verrates erschlagen wurde. Nehme seinen Platz ein im innersten Kern der Flamme und wisse, daß die tiefsten Geheimnisse des Xem die deinen sind.«

Yort trat hinzu und legte auch seine Hand auf den Scheitel des Mannes. Wie ein Blitzstrahl durchfuhr es Chanju. Für einen Augenblick schien ihm, als tobe ein Sturm aus Licht und Feuer durch den dunklen Raum. Dann lösten sich die zwei Hände von seinem Haupt. Wankend erhob sich der Tam-Be'el.

»Berichte uns, Zont,« sagte Yort zu ihm, als sei nichts geschehen.

Zont sammelte sich und begann. »Es ist alles verlaufen, wie ich es plante. Noch in der Nacht des Rates, in welcher der Tat-Tsok vom Leben schied, wurden alle Tat-Los von Einfluß gefangengenommen. Sie sind angeklagt der Verschwörung gegen den Tat-Tsok und des Mordes an ihm. Wir werden sie dem Einen Be'el opfern. Die Tempelwachen waren lange schon der Flamme geneigt. Sie warteten nur auf den Befehl zum Losschlagen. Gleichzeitig ergriffen ergebene Gurenas die Hohepriester der wichtigen Tempel und die Tnachas, die uns gefährlich werden könnten. Der Klang der Tuben, der den Tod des Tat-Tsok in Kurteva verkündete, war das vereinbarte Zeichen. Am Morgen zeigte sich der Bayhi dem Volk und noch am gleichen Tag widerrief er die Erlasse seines Vaters, die dieser in der Nacht des Rates verkündet hatte. Das

Volk nahm es mit Freuden auf, denn es liebt das Zeichen des Feuers in der Kuppel des Tempels und will nicht, daß es ausgelöscht werde. Der Bayhi wiegelte das Volk gegen die Tat-Los auf. Er sagte, sie hätten seinem Vater erst falschen Rat gegeben und ihn dann ermordet, weil er sich ihren weiteren Forderungen nicht beugen wollte. Die Tat-Los, die sich sicher glaubten, waren zu überrascht, um an ernsthafte Gegenwehr zu denken. Was sich jetzt in den Straßen von Kurteva abspielt, ist nur ein harmloses Geplänkel des Volkes und einiger Priester, die sich berufen fühlen, ihren schwächlichen Götzen zu retten. Es wird sich wiederholen in den anderen Städten, doch es kann der Einen Flamme nicht gefährlich werden.«
»Wo ist der Bayhi?«
»Er ist in seinen Gemächern, gut bewacht von Gurenas, die ich selbst ausgewählt habe. Doch es würde niemandem gelingen, den inneren Ring von Kurteva zu betreten. Die Wachen an den Brücken wurden verstärkt. Der Bayhi wird bei uns sein, wenn das Große Orakel spricht.«
Die beiden Herren des Feuers nickten wohlgefällig.
»Das Fest des Sonnensterns steht bevor,« fuhr Zont fort. »Das Volk wird sich beruhigen, wenn die Feiern beginnen, wie es Brauch ist. Doch ein weiterer Festtag soll hinzugefügt werden – die Krönung des neuen Tat-Tsok. Das Volk liebt den Bayhi, seit ihm die wunderbare Heilung zuteil wurde im letzten Jahr. Er gilt den Menschen als Liebling des Himmels.«
Wieder nickten die beiden anderen.
»Währenddessen soll sich der neue Rat der Alok bilden. Auch die verstoßenen Tnachas müssen ersetzt werden. Es wird nicht schwierig sein, die Männer aufzufinden, die der Flamme treu waren. Ich habe eine Aufzeichnung der Namen jener, die dem Be'el ergeben sind, und geeignet, ihm in hohen Ämtern zu dienen. Ferner besitze ich eine Liste jener, die dem Be'el zwar nicht gefährlich sind, doch deren Herzen wanken. Sie werden sich neu bewähren müssen, wollen sie sich unseres Vertrauens würdig erweisen.«
»Deine Pläne haben unsere Zustimmung,« erwiderte Xerck trocken. »Auch ich verzeichnete die Namen jener, die der Flamme treu waren in der schweren Zeit der Verbannung. Niemand, der dem Feuer zugeneigt war in diesen schweren Jahren, soll um seinen Lohn betrogen werden. Und niemand, der dem Feuer Schaden zufügte, soll seiner Strafe entgehen. Der Eine ist allgerecht. Der Lohn, den er gewährt, ist süß, doch die Strafen, die er auferlegt, sind grausam. Ich habe Rah, den ein-

zigen Sproß der Seph, dem Be'el zugeführt, einen jungen Gurena, dem an Tapferkeit keiner gleichkommt. Er hat die Söhne des Algor erschlagen und wurde verbannt aus Kurteva. Für die Gurenas ist er ein Sinnbild der Befreiung vom Joch des Tat. Ihm werden sie folgen. Er soll der Führer des Heeres sein, das die Macht der Flamme über Atlan verbreiten wird.«

»Wo ist er jetzt?« fragte Yort.

»Er befindet sich auf dem Weg zu den Gebirgen des Am, zusammen mit jenem, der den Ring des Eintritts besitzt. Hem-La ist nun, nachdem der Be'el seinem Vater zur rechten Zeit das Leben löschte, der Erbe des Hauses La und der Erbe des Ringes, des einzigen, der noch existiert im Reich von Atlan. Hem-La ist ein Narr. Er weiß wenig von der Macht des Feuers. Sein Gott ist das Gold und das Vergnügen der Sinne, aber er ist mir ergeben wie einem Vater. Er wird uns den Bann der Namaii öffnen, wenn es den Be'el gelüstet, das heilige Feuer in die Gläserne Stadt zu tragen. Und Hem-La vermag den Handel Atlans zu unserem Nutzen zu verwalten.«

»Ist der Träger des Ringes sicher in Feen?« fragte Yort.

»Ich werde ihn nach Kurteva rufen. Das Haus und der Besitz der Nash, die begünstigt wurden von den Tat-Los und sich einst an der Not des Be'el bereicherten, soll ihm verfallen. In der Stadt der Flamme wird der Ring Hem-Las sicher sein.«

Yort und Zont nickten zustimmend.

»Die Veränderungen müssen allmählich geschehen,« sagte Yort. »Es ist nicht gut, das Volk aufzuwiegeln gegen den Tat. Viele Feinde würden aufstehen und sich gegen den Be'el wenden.«

»Es ist alles bedacht. Der Kult des Tat bleibt unangetastet,« lächelte Zont. »Der neue Tat-Tsok wird den Namen des schwächlichen Gottes weiterhin führen und seine schützende Hand über die Tempel halten. Das Volk wird den Be'el lieben für seine Milde, die selbst das Unrecht vergibt, das die Männer des Tat ihm angetan. Doch wird der Tat der Tempel nur mehr ein untergeordneter Aspekt des Einen allmächtigen Be'el sein, der Name für die väterliche Schöpferkraft der Flamme. Immer weniger werden ihm huldigen, denn das Feuer der wahren, einzigen Kraft wird in den Haupttempeln des Be'el lodern. Es werden strenge Bestimmungen und Steuern eingesetzt für die wenigen Unverbesserlichen, die es noch wagen, sich Tat-Los zu nennen oder in den Tempeln des Tat zu beten. Die Schätze der Tempel werden eingezogen als Abgeltung des Unrechts, das die Tat-Los dem Be'el angetan, und alle Haupttempel Atlans werden fortan der Flamme gehören. Als die Tat-

Los ihre Hand gegen den Be'el erhoben, vergaßen sie die Anziehung, die das Verbotene ausübt, die Legenden, die sich bilden und die Sehnsucht der Jugend nach einer reinen Kraft, die stärker ist als die verweichlichten Riten fetter Priester. Wir werden dem Tat keine Gelegenheit geben, zur Legende zu werden. Seine Priester werden mit den Jahren aussterben und die Menschen werden sich von seinem kraftlosen Bild abwenden. Es wird eine Jugend heranwachsen, die den Namen des Tat mit Verachtung ausspricht. Der Eine Be'el ist geduldig. Nun, da die Stunde seiner Wiederkehr gekommen ist, wird er nicht durch törichtes Überstürzen seiner Sache schaden.«
»Werden die Tat-Los Hohepriester haben?«
»Nein. Nur einer des Be'el kann den Rang eines Hohepriesters erreichen. Der Tat ist nur ein untergeordneter Aspekt des Be'el. Folglich sind auch seine Priester von niederem Rang. Für jene, die nach Macht und Einfluß streben, wird der Weg des Tat von geringem Interesse sein.«
»Du hast weise vorgesorgt, Zont,« sagte Yort. »Wir billigen deine Pläne. Doch laßt auch mich berichten. Im Süden, jenseits der Kahlen Berge, in den Ruinen von Hak, rührt sich die Khaïla wieder, die Große Mutter, die einst den Tat verschlang und die Macht über Atlan an sich reißen wollte. Zweimal wurde sie vernichtend geschlagen. Die Tat-Tsok haben ihre Spuren ausgelöscht und ihre Priesterschaft getötet. Doch in den Gewölben tief unter den Ruinen von Hak haben viele Waiyas das Blutbad überlebt. Als die Khaïla nach ihrer Unterwerfung ihre fleischliche Verkörperung verließ, prophezeite sie ihr Wiederkommen, und die Waiyas gelobten, geduldig die rechte Zeit zu erwarten. Als Kurteva erblühte und die Macht der Tat-Tsok sich ausdehnte über ganz Atlan, überlebte der Kult der Khaïla im verfluchten Land des Südens. Er breitete sich bei den wenigen aus, die heimlich im Süden geblieben oder auf verborgenen Pfaden zurückgekehrt waren. Auch nördlich der Kahlen Berge, in den Steppen von Alani, erinnerten sich viele an die Mutter und huldigten ihr im Geheimen, denn sie haßten die Priester, die das Volk des Südens aus der alten Heimat vertrieben hatten. Geschickt nutzten die Waiyas die Wirren der Zeit. Als ich über die Kahlen Berge floh, erstaunte mich die neue Macht der Khaïla. Die Waiyas nahmen mich auf, da sie die Macht der Flamme fürchteten und die Kraft der Nokam in mir erkannten. Meine Gedanken der Rache am Tat vereinigten sich mit den ihren, die sie über viele Generationen weitergereicht. Die Hohepriesterinnen waren gut unterrichtet über die Geschehnisse in Atlan. Es erwies sich, daß ihr Einfluß weit über die Kahlen Berge hin-

ausreichte, und daß die Waiyas verkünden ließen, die vor so langer Zeit prophezeite Wiederverkörperung der Großen Mutter stünde nahe bevor. Eine Macht wächst im Süden, die Atlan gefährlich werden kann, doch es gelang mir, sie dem Feuer günstig zu stimmen.«
»Willst du der Khaïla den Weg in den Norden öffnen, damit sie den Be'el und die seinen bekämpfen kann wie einst?« fragte Xerck. »Der Tat-Tsok, der die Khaïla endgültig niederwarf, trug das Zeichen der Flamme auf seinen Bannern.«
Yort schüttelte den Kopf. »Einst im alten Reich von Hak war die Khaïla die mütterliche Gemahlin des Tat. Himmel und Erde waren eins, dann aber ließ sich der schwächliche Tat von seinem Weibe unterjochen und mit Füßen treten. Doch Norg, der mächtigste der Nokam, der die Vision von der höchsten Macht erschaut, unterwarf sie im Namen des Be'el. Nur die Flamme ist fähig, sie zu beherrschen und ihre Kraft zu lenken. Der Kult der Khaïla ist stark im Süden. Die Waiyas haben viel von dem geheimen Wissen von Hak bewahrt, das uns verloren ist. Dieses Wissen verleiht ihnen eine Stärke, die wir nicht im Zaum zu halten vermögen durch Verbote und Krieg, doch die dem Allgewaltigen von großem Nutzen sein kann.«
»Warum haben sie nicht Gebrauch gemacht von dieser Macht?« warf Zont ein.
»Die höchsten Waiyas, die an Stelle der Khaïla regierten, zögerten, die Tat-Tsok anzugreifen. Zu hell leuchtete der Glanz von Kurteva und zu tief schwelte die Angst vor einer erneuten Unterwerfung in ihren Herzen. Auch schien die Zeit noch nicht gekommen für eine neue Verkörperung der Mutter. Als aber der Stern des Tat sich neigte und Unruhen begannen in Atlan, da wußten die Waiyas, daß ihre Zeit nahe war. Während ich bei ihnen weilte, gelangte eine junge Waiya in den Besitz der Macht der obersten Priesterin, eine Frau, die mehr Kraft und Wissen besitzt als all ihre Vorgängerinnen, und die den Waiyas zu verkünden begann, sie selbst sei auserkoren, bald der Khaïla Wohnung zu geben in ihrem Körper. Sie begann, die Waiyas auszusenden in die Länder des Südens, um die Lehre der Khaïla zu verbreiten und die zerbrochenen Zeichen des Trem wieder aufzurichten. Sie befahl, die Blutopfer erneut zu beginnen in der Kammer der Khaïla, um die Mutter zu locken, und sie ging daran, die Spitze der großen Pyramide, die der Tat-Tsok hat abtragen lassen, wieder herzustellen. Ihre Magie ist von ungewöhnlicher Stärke, doch die des Be'el ist mächtiger. Es gelang mir, sie an mich zu binden und die Kräfte der Mutter mit denen der Flamme zu vereinen. Ungeheuere Dinge geschehen in den Gewölben unter der

großen Pyramide, Dinge, die Norg einst erschaute, und die den Be'el zu einer Macht tragen werden, die unauslöschlich und unvergänglich sein wird.«

»Braucht der Be'el dazu die Khaïla?« fragte Xerck mit mißtrauischer Stimme.

»Nein, er braucht sie nicht, doch wird seine Macht noch gewaltiger sein, wenn er auch die Aspekte der Khaïla in sich versammelt, die Kraft der mütterlichen Erde. Auch die Nokam haben dies erkannt, die Väter unserer Magie, die den Be'el erblickten als Herrscher der Welt. Sie haben prophezeit, daß einst der Be'el die Khaïla binden wird, um aus der Vereinigung von Erde und Feuer die höchste Macht zu schöpfen. Es wäre nicht klug, die Khaïla im Süden wachsen zu lassen, ohne sie zu beherrschen. Eines Tages würde es wieder zum Krieg kommen und ich sage euch, die Magie der Khaïla ist mächtig.«

»Die Magie des Be'el ist mächtiger! Schon in den Zeiten von Hak hat sich die Khaïla den Nokam gebeugt. Sie waren die Herren der Macht des alten Reiches,« rief Xerck.

»Ja, der Be'el ist mächtiger, aber er würde geschwächt im Kampf gegen die Mutter. Seine Kraft würde sich aufreiben, und dies könnte dem Tat nutzen. Die Waiyas warten auf die Verkörperung der Khaïla. Niemand weiß, wann genau sie stattfinden wird, doch die Zeit ist nahe. Die oberste Waiya trifft sorgfältige Vorbereitungen.«

»Welche Vorbereitungen?«

»Sie will eine neue Kriegerrasse schaffen, Wesen, in denen der Geist eines Menschen sich mit der Kraft und Schnelligkeit eines Tieres paart. Die Bemühungen der Waiyas sind weit gediehen. Die Blutopfer ziehen wieder Dämonen und böse Kambhuks an. Die Magie der Khaïla zwingt sie in die Dienste der Waiyas. Im Haus des Trem regen sich Kräfte, die jahrhundertelang geschlafen haben. Es ist klug, diese Kräfte und dieses Wissen dem Be'el zu sichern.«

»Will sich die Khaïla dem Be'el unterordnen?«

»Sie hat Ehrfurcht vor der Macht der Flamme. Im Be'el erfüllt sich das Erbe der Nokam, die einst die Mutter beherrschten, und nun, da das Feuer wieder leuchtet über Atlan, wird ihr Respekt wachsen. Die Khaïla ist willens, sich dem Be'el zu vermählen und vereint mit ihm über Atlan zu herrschen. Wir werden ein Haus des Trem bei Kurteva errichten. Die Khaïla wird es bewohnen, um die Kraft des Trem, die Urkraft von Himmel und Erde, für den Be'el darin zu hüten. Ist diese Kraft der Flamme gewiß, so wird das Feuer die Macht des alten Reiches weit übertref-

fen und ewig über Atlan strahlen. Selbst der Ring des Schweigens vermag dem Be'el dann nicht mehr zu widerstehen.«
Einen Augenblick lag tiefe Stille in dem Gemach. Mit steinernen Gesichtern starrten Xerck und Zont ihren Bruder im Be'el an. Was er sagte, klang wie eine Lästerung der Flamme, und doch schien es der Weg zu sein, die goldene Macht von Hak, die Vereinigung von Feuer und Erde zu einer einzigen, unermeßlichen Kraft, die unangreifbar sein würde und ewig, wiedererstehen zu lassen in Atlan.
»Es war klug von dir, dich der Gunst der Khaïla zu versichern,« begann Xerck. »Doch es liegt nicht an uns, diese Entscheidung zu fällen. Das Orakel der Flamme wird heute nacht sprechen. Es wird uns den rechten Weg weisen. Zont wird es rufen, wie es seine Pflicht ist als Mitglied des Xem.«
Zont neigte zustimmend das Haupt und sagte: »Verzeiht, doch es gibt noch etwas zu berichten. Noch eine Gefahr droht dem Be'el in dieser schweren Zeit. In den Provinzen des Westens geht wieder einer um, der sich Tat-Sanla nennt und dem Volk lehrt, er sei die Wiederverkörperung des Mannes, der zur Zeit der großen Seuche in unserem Tempel geopfert wurde, und dem damals Tausende anhingen. Viele, die vom Tat verblendet sind, werden ihm jetzt zulaufen und seine Macht stärken. Immer neue Kunde von ihm dringt aus dem Westen nach Kurteva. Die Menschen verehren ihn als Erlöser, doch es heißt, er sei nicht so harmlos wie sein Vorgänger. Seine Anhänger sagen, er sei mit dem Schwert in Händen wiedergekommen, um den Tat-Sanla, der ihm voranging, zu rächen. Aufrührer haben begonnen, in seinem Namen die Ämter der Tnachas und die Tempel des Tat zu plündern. Sie rauben Kornspeicher aus und überfallen Steuereintreiber, um ihre Beute an das Volk zu verteilen. Sie tauchen aus dem Nichts auf und verschwinden im Nichts. Und der Pöbel, der immerzu dumme und verführbare Mob, glaubt in ihnen die Befreiung vom Joch Kurtevas zu erkennen und hofft auf den Untergang der Tat-Tsok. Der erste Sanla hat mit Worten gekämpft und wurde ermordet, so geht ein Sprichwort im Westen, sein Blut aber hat die Worte in Schwerter verwandelt, die im heiligen Krieg gegen Kurteva fechten werden.
Der Einfluß von San ist noch immer stark im Westen. Ich vermute, daß der Rat von Sanris die Aufrührer unterstützt. Die Gesetze des Tat-Tsok gelten nicht mehr. Nur in den großen Orten, in Melat und einigen anderen Plätzen, an denen sich Gurenas und Soldaten aus Kurteva befinden, sind die Tempel und Ämter noch sicher. Ich befürchte, daß die Rebellen Zulauf bekommen werden aus den Reihen des Tat, zumal der

Sanla verkündet, er alleine verkörpere die reine Lehre des Tat. Auch in den anderen Städten Atlans, vor allem in Ütock und Mombut, aber auch in Kurteva, soll es einflußreiche Menschen geben, die dem Sanla zugeneigt sind. Selbst unter den hohen Tat-Los des Tempels gab es einige, die glaubten, der Sanla werde die Lehre vom Tat reformieren und mit neuer Wahrheit erfüllen. Der Tat-Sanla ist gefährlich.«
»Der Westen kam niemals zur Ruhe. Aufsässig war Melat und San, seit Kurteva entstand und die Macht der Tat-Tsok Atlan eroberte. Ich glaube nicht, daß der Sanla die Aufstände leitet, doch man schreibt seinen Namen wie ein Zeichen auf die Banner der Aufrührer. Er ist harmlos, aber wir werden ihn vernichten, wenn die Zeit gekommen ist, wie wir einen anderen seines Namens schon einmal vernichteten,« sagte Xerck. »Die Hand des Be'el wird ihn zerquetschen. Sein Blut wird zu Ehren der Flamme fließen. Noch gibt es Wichtigeres zu tun. Aber wißt, daß der Allgewaltige diesmal nicht Halt machen wird vor San. Atlan wird ein vereintes Reich sein im Zeichen der Flamme, und die goldenen Tage von einst werden strahlender und herrlicher wiedererstehen.«
»Ja, doch erinnere dich daran, was das Orakel in seinem letzten Spruch verkündete. Es warnte vor einem, der in San geboren wird, um den Be'el zu verderben,« sagte Yort.
»Ich habe es nicht vergessen. Wer er auch sei – er wird dem Zorn des Be'el nicht entrinnen,« entgegnete Xerck.
Die beiden anderen nickten und erhoben sich. Es war an der Zeit, die Vorbereitungen für das Orakel der Flamme zu treffen.

Die Kuppelhalle des Großen Tempels war erfüllt vom Klang unzähliger Xelm, der Schalmeien des Be'el, deren harter, schnarrender Ton viele Jahre nicht erklungen war an diesem Ort. Trommeln und Gongs mischten sich in den Strom ihrer endlosen Melodie und schufen eine Musik, die den Menschen Furcht vor den Mächten, denen diese Klänge geweiht waren, ins Herz pflanzte. Tiefe Finsternis herrschte in dem gewaltigen Raum, in dem die Getreuen des Be'el, jene, die in der Zeit der Not der Flamme die Treue gehalten, versammelt waren. Priester, Gurenas, Tnachas und Kaufleute waren es, von Zont erwählt und geladen, diese Stunde des Triumphes im größten Heiligtum des Reiches zu begehen. Sie waren gekommen, den Sieg des Be'el über den Tat zu feiern und das Orakel der Flamme sprechen zu hören, die Stimme des Einzigen Be'el, von der sie Rat erhofften und Erleuchtung in dieser Zeit des Wandels.
Keine Fackel, keine Lampe brannte im Tempel. In schwarzer Nacht

standen die Menschen und warteten regungslos, eine schweigende Masse von Körpern, eins mit der Dunkelheit, umtost von den Klängen einer Musik, die wie ein Sturm aus anderen Welten herüberbrauste. Abrupt brach das tausendstimmige Spiel der Xelm ab. Gespenstische Stille sank auf die Menschen herab wie ein schweres, dunkles Tuch. Es schien, als fürchteten sie sich vor dieser Stille noch mehr als vor dem Tosen der Musik. Lange warteten sie stumm, bevor sich die Tür des Allerheiligsten öffnete und ein Mann hervortrat, der in seinen Händen eine Schale mit blauem Feuer trug. Wie ein winziger Lichtpunkt trieb die Flamme im Meer der Dunkelheit und warf ihren Schein auf das reglose Gesicht ihres Trägers. Wie eine Erscheinung stand das beleuchtete Antlitz von Xerck in der Dunkelheit, körperlos schwebend im Kreis der Flamme. Dann hob sich die Flammenschale und das Gesicht verlöschte in der Dunkelheit. Die Menschen fielen auf die Knie. Die Priester in den vorderen Reihen begannen mit erregten Stimmen zu rufen: »Die Meister der Flamme sind zurückgekehrt, Xerck, der Herr des Feuers, der Walter der Macht des Einen Be'el, und Yort, der Herr der Flammendämonen. Sie bringen das reine, heilige Feuer des Be'el zurück in seinen Tempel, das Feuer des Xav, das niemals erloschen ist, seit die Erde besteht.«
Ein Raunen aus hunderten Kehlen ging durch die Dunkelheit. Im gleichen Augenblick erhob sich aus der Schale eine gewaltige Flammensäule und ergriff Besitz von dem Raum. Wie ein Blitz erleuchtete sie die Gesichter der Menschen. Als das blendende Licht dieser Flamme erlosch, sank der Raum nicht zurück ins Dunkel, sondern wurde erhellt vom Schein unzähliger Lichter, die sich wie von selbst entzündet hatten. Kerzen, Fackeln und Öllampen strahlten, die großen Feuerbecken in den Seitenräumen loderten und selbst aus den Schalen, die die Führer der Tempelwachen auf ihren Helmen trugen, schlugen die Flammen hoch in den Raum. Die Menschen schrien auf im Angesicht dieses Wunders und ihr Schrei hallte lange nach von den Wänden und Kuppeln des heiligen Ortes. Als er verklungen war, erhob sich aus der herabsinkenden Stille die Stimme des Xerck, leise und knarrend, doch jedem in der riesigen Halle so deutlich vernehmbar, als stünde der Herr des Feuers unmittelbar vor ihm.
»Die reine Flamme ist zurückgekehrt in ihren Tempel. Keine Macht von Himmel und Erde vermag sie jemals wieder daraus zu verbannen. Nun wird die Macht des Be'el, die sich reinigte in der Verbannung, ewig währen. Ihr seid jene, die dem Be'el gedient haben in der Zeit der Prüfung. Der Lohn für eure Treue wird reich sein. Euer Blut, euer Herz,

euer Leib und eure Seele gehören dem Einen Be'el. Ihr habt ihm das Innerste eurer Herzen geweiht und er wird euch belohnen dafür. Er ist zurückgekommen und wir, die wir seine demütigen Instrumente sind, werden seinen Willen ausführen. Nicht nur Xerck und Yort sind aus der Verbannung zurückgekehrt, auch Zont, der Herr des Orakels, ist wieder berufen. Der Xem, der innerste Kern der Flamme, ist bei euch. Zont wird das Orakel rufen, den Einen Be'el selbst. Der Allgewaltige wird zu seinen Berufenen sprechen.«

Zustimmendes Gemurmel erhob sich.

»Doch laßt seinen heiligen Namen erklingen in diesen Räumen, die ihn so lange nicht vernommen. Ruft ihn, den ihr anbetet und der euch liebt in seiner unermeßlichen Macht,« forderte Xerck.

»Be'el!« klang es aus unzähligen Mündern. »Be'el! Be'el! Be'el!« Wie das Grollen eines Gewitters füllte es die Halle und brachte die Wände zum Zittern. »Be'el! Be'el! Be'el!« Die Herzen der Menschen vereinigten sich in diesem Schrei, wurden ergriffen von der Kraft, die dem Namen der Flamme innewohnte.

Zont trat nach vorne und ließ seinen Blick lange auf der verzückten Menge ruhen. »Be'el! Be'el!« klangen die Schreie. Das leidenschaftliche Rufen des Namens, den auszusprechen so lange bei strenger Strafe verboten gewesen, versetzte die Menschen in Raserei.

Zont war in Gedanken versunken. Er schloß die Augen und sammelte seine Kräfte in sich. Unzähligemal hatte er das Kleine Orakel des Be'el beschworen, jenes, in dem einer der Herren des Feuers sich in der flammenden Säule zeigt, um Rat und Anweisung zu geben, und er war dabeigewesen, als sein Vorgänger das Große Orakel im Tempel gerufen, vor vielen Jahren, doch nun, da diese hohe Verantwortung auf ihm lastete, spürte er ein eisiges Gefühl der Angst. Wenn der Eine Be'el ihn nicht annahm als Herrn des Orakels, würde das Feuer ihn gnadenlos vernichten. Zont erforschte die Tiefen seines Herzens. Makellos war der Schein der Flamme in ihm. Überall tönte der Name des Allgewaltigen, den die Menschen im Tempel noch immer schrien. »Be'el! Be'el!« hallte es in dumpf rollenden Wellen. Zont spürte, wie sich sein Herz dem wogenden Meer des dunklen Tones um ihn herum öffnete. Die Wellen ergriffen ihn und brachten ihn zum Beben, bis sein Wille, seine eigenen Gedanken, sich auflösten im heiligen Namen des Feuers. Die Macht der Flamme ergriff ihn gnadenlos. Er ließ es geschehen. Er war nicht mehr Zont, nicht mehr der Hohepriester des Xem, der sein Leben dem Be'el geweiht, der ihn anbetete mit inbrünstiger Hingabe. Er war verwandelt in ein gesichtsloses Instrument des flammenden

Willens, der sich durch ihn ergoß und seine Worte und Taten lenkte.
Die fremde Kraft riß seine Arme in die Höhe. Auf dieses Zeichen hin verstummte das Schreien der Menschen. Zont begann leise zu singen, die uralten Formeln der Beschwörung, die nirgendwo geschrieben standen und die kein Hohepriester kannte, sondern die in dieser Stunde dem Herrn des Orakels von der Macht des Feuers eingegeben wurden, die in seinem Mund aufblühten, ohne daß er wußte, was er sagte und tat, und die er vergessen hatte, wenn sein Ich zurückkehrte in den Körper. Die Worte strömten in eintönigem Gesang und packten die Herzen der Menschen, die durch das Rufen des heiligen Namens aufgewühlt waren.
Auch der Bayhi, der in der Nische des Tat-Tsok hoch über den Köpfen der gewöhnlichen Sterblichen dem Ritual beiwohnte, wurde von dem Gesang, der das Feuer pries und die reine Stimme der Flamme, in Bann geschlagen. Plötzlich verstummte Zont und ließ die erhobenen Arme sinken. Mit glasigen Augen starrte er ins Leere.
»Wer soll der Mund der Flamme sein?« fragte ihn Xerck. »Wer soll den Willen des Feuers verkünden?«
»Harlak, der Verräter, der Mörder des Tat-Tsok, der dem Be'el soviel Schaden brachte. Sein Leben soll der Stimme der Flamme gehören,« sagte Zont. Beifälliges Raunen ging durch den Raum.
Wachen mit schwarzen, metallenen Masken führten den alten Tat-Los herbei und setzten ihn auf einen Thron vor dem Allerheiligsten. Mit Augen, aus denen alles Leben gewichen war, blickte der alte Mann auf die wartenden Menschen. Er blieb regungslos sitzen, als Zont die Schale des heiligen Feuers ergriff und zu ihm trat. Zont umrundete den Thron mit gemessenen Schritten, murmelte Gebete und Formeln, dann hob er die Feuerschale hoch und goß sie über Harlak aus.
Ein spitzer, markerschütternder Schrei kam von den Lippen des höchsten Tat-Los, als sein Gewand plötzlich in Flammen stand, doch sein Körper, gezwungen von einem mächtigen Bann, bewegte sich nicht. Wütend ergriff ihn das Feuer.
Zont schlug die geheimen Zeichen des Be'el über seinem Haupt. Unmerklich ließ sich zwischen den gellenden Todesschreien des Tat-Los eine tiefe, unheimliche Stimme vernehmen. Als die Schreie verebbten, drang aus dem Mund des Harlak, der mit weit aufgerissenen Augen inmitten der Flammen saß, die ihn in einen weiten Ring von Licht hüllten, seinen Körper aber nicht verbrannten, deutlich diese schreckliche, dunkle Stimme, die keinem Sterblichen gehören konnte. Sie griff den

zurückweichenden Menschen mit unbarmherziger Grausamkeit in die Tiefen ihrer Herzen, riß sie auf und sähte gewaltige Angst in sie. Unermeßliche Furcht ergriff auf einmal die Menge. Die Menschen wichen weiter zurück. Einige stürzten ohnmächtig nieder, die anderen drängten über sie hinweg an die Mauern der Halle und schrien auf, als sich die Stimme erneut vernehmen ließ. Nur Zont und die Hohepriester verharrten regungslos auf ihren Plätzen. Auch den Bayhi, der diesem Schauspiel zum ersten Mal beiwohnte, ergriff namenloses Entsetzen. Er mußte alle Kraft seines Willens aufbieten, um nicht aufzuspringen und zu fliehen. Die fürchterliche Stimme formte nun deutlich vernehmbare Worte.
»Wo ist das Auge des Tat?« fragte sie.
Xerck trug das uralte Heiligtum des Tat, ein aus Edelsteinen und Gold gefügtes riesiges Auge, vor die Flammen des Orakels. Er hob es hoch, hielt es einen Augenblick über seinem Kopf, bevor er es zu Boden schmetterte, wo es in tausende Stücke zerbarst. Das erhabenste Zeichen des Tat, das aus dem Großen Tempel von Hak stammte und von den siegreichen Tat-Tsok nach Kurteva gebracht worden war, das Eine Auge, das Symbol der Allmacht des Tat, gehütet von Generationen von Alok, der Spiegel des Sonnensterns, dessen Widerschein nur an höchsten Festtagen aus der Tür des Allerheiligsten über die am Boden liegende Priesterschaft glitt, zerbrach wie gewöhnliches Glas. Xerck schritt achtlos über die weit verstreuten Splitter hinweg.
Ein furchtbares Lachen drang aus dem Mund des Orakels, dann sprach die Stimme wieder:

»Die Kraft des Tat ist vernichtet.
Doch es regen sich Mächte in seinem Namen.
Vertilgt sie von der Erde!

Der in San Geborene lebt
und wächst heimlich der Flamme zum Feind.
Sein Blut muß fließen!

Die Mutter wird aus den Tiefen der Erde steigen,
um sich der Flamme zu beugen.
Ein Haus des Trem soll ihr Brautgemach sein!

Die Gläserne Stadt nur, auf den Gletschern des Am
widersteht noch der Macht der Flamme.
Zerschmettert ihren Ring des Schweigens!

Ist dies geschehen,
wird der Name der Flamme
ewig währen in Atlan.»

Dann verzerrte sich die Stimme zu gräßlichen Lauten. Der Körper von Harlak im Feuer begann wieder zu schreien. Jetzt griffen die Flammen in einem wütenden Sturm nach ihm und brannten ihn zu Asche. Der Gestank nach versengtem Fleisch breitete sich aus, während die Flammen rasch über ihrem grausamen Werk zusammenfielen. Im gleichen Moment erloschen die Fackeln und Ölbecken im Tempel. Dunkelheit brach wie eine Urgewalt auf die Menschen herab, die vor Angst stöhnten und schrien und in Panik zu den Toren drängten. Nur der feine Glanz der Flamme, die nun für immer im Allerheiligsten des Tempels leuchten würde, stand in der Dunkelheit, still wie ein Stern.

## Kapitel 10
### IN DER GLÄSERNEN STADT

Der enge, niedrige Raum war mit orangefarbenem Leuchten angefüllt, das manchmal wie dunkles Glühen, dann wieder wie grelles, blendendes Flimmern erschien. Wie dichte Nebelschwaden floß das Licht um das Strohlager, auf dem der Sterbende lag. Er schlug die Augen auf und starrte lange in die strahlende Flut, die um ihn herum wirbelte. Es herrschte tiefe Stille. Nur aus einer endlosen Ferne drang immerwährendes Rauschen, wie das Echo einer tausendmal gebrochenen Musik. Alles war von unwirklichem Glanz ergriffen, die Wände, die Decke, die Dinge im Raum. Das Licht durchdrang sie, ließ sie durchsichtig erscheinen und fremd. Doch die verwunderten Blicke des Kranken glitten ab von ihnen. Es schmerzte ihn zu schauen und Bilder einer Welt in sich einzulassen, die schon abgelegt schien für immer. Sie war zu schwer für ihn geworden. Ihre Bilder sanken durch ihn hindurch, ohne Halt zu finden. Beständiges Fallen hatte ihn mit sich genommen, schweres, langsames Fallen, das kein Ende nahm. Die Räume des Fiebers schienen ohne Maß. Er fiel ohne Unterlaß durch sie, wurde im Fallen schwerer und schwerer, doch er bemerkte mit Genugtuung, daß das Licht ihn auch in diesem grenzenlosen Abgrund nicht verließ. Es umhüllte ihn wie eine sanfte Hand und barg ihn vor dem Fieberdrachen, dessen Atem brennendes Eis in die hohlen Glieder füllte, und aus dem wirre, erschreckende Traumbilder aufstiegen. Er betrachtete sie ohne Angst, denn auch sie sanken hinab in die ewige Leere, in das Nichts, in den Tod, der geduldig auf ihn wartete, irgendwo in den Räumen des Lichts. Ein feines Singen war in diesem Licht, ein Singen, das manchmal zu einer gewaltigen Musik anschwoll, zu einem tausendstimmigen Orchester, wie er es nie zuvor vernommen. Dann wieder klang es wie der zarte, zerbrechliche Ton einer Flöte, die in weiter Entfernung, irgendwo in den Nebeln des Lichts gespielt wird. Er lauschte tief in diese Klänge hinein und spürte, daß auch sie ohne Anfang und ohne Ende waren. Er glitt auf ihnen dahin wie ein Boot auf spiegelglat-

ter See und manchmal schien es, als würden sie seinem Fallen Einhalt gebieten. Dann kehrte er für Augenblicke zurück in die Welt der Dinge und öffnete die Augen, um eines ihrer wundersamen Bilder in sich einzulassen.
Eine hohe, dunkle Gestalt bewegte sich draußen im Licht, ein Schatten nur, der manchmal an den Augen vorüberhuschte, der sich über das Bett beugte, die ausgetrockneten Lippen befeuchtete, kühlende Verbände auf die in dumpfem Schmerz pochende Wunde legte, in der das Fiebertier wohnte und seinen Feueratem ausspie. Ein vertrauter Schatten, der schweigend seine Arbeit verrichtete und dessen stille Gegenwart wohltuend war in den Augenblicken, in denen der Sterbende die Welt draußen vor den Augen erspürte und für Momente das Fallen stillzustehen schien in ihm. Dann lächelte er und sank wieder zurück in die glühenden Lichträume, die sich in ihm auftaten, und die dem Fieber gehörten und dem Tod.
Es traten Bilder aus seiner Erinnerung hervor, leuchtende Bilder, wie Perlen an einem endlosen Faden aufgereiht. Er beschaute sie mit einem Lächeln, denn es kam ein feines Gefühl des Glücks mit ihnen, das ihn ablenkte von seinen Schmerzen und dem kochenden Atem des Fiebers. Er sah Bilder aus seiner Kindheit, seine Mutter, die lange schon tot war, doch zugleich wurde ihm schmerzlich bewußt, daß diese sanfte, gute Frau, die er Mutter genannt und geliebt hatte wie nichts anderes auf der Welt, nicht seine Mutter war. Du kommst von den Küsten des westlichen Meeres, hörte er die Stimme des Schreibers sagen. Deutlich sah er das dunkle Gesicht des Alten vor sich. Er spürte noch einmal den stechenden Schmerz, den ihm die lange schon erahnte Gewißheit bereitet hatte, ein Fremder zu sein in der vertrauten Heimat des Inneren Tales, ein Ausgestoßener. Dann aber sah er die schimmernden, sich zu berghohen Kämmen auftürmenden Wellen des Meeres, von denen er früher so oft geträumt, und er hörte ihr Donnern, das die Strände erbeben ließ. Es klang, als hielte er sich die große Muschel ans Ohr, die ihm einst der Kaufmann mitgebracht, und die er gehütet hatte wie einen Schatz, dem ein nie zu ergründendes Geheimnis innewohnt. Wie ein starker Wind klang dieses Rauschen, der plötzlich zu unbändigem Sturm anschwillt. Der Kranke lauschte mit banger Erregung im Herzen, doch ohne Angst, und er spürte, wie ihn die Kraft dieses Sturms mit sich nahm, an endlosen Bilderketten vorbei, über die Klippen unzähliger Geburten und Tode hinweg, bis sich eines der Bilder von den anderen löste und seinen ganzen Gesichtskreis einnahm. Erst betrachtete er es mit Verwunderung, dann aber, als er spürte, wie vertraut es

ihm war, wie innig es ihm angehörte, wurde er hineingezogen in es und wußte, daß es Teil von ihm selbst war, Teil eines Lebens, das er vor undenklichen Zeiten gelebt, und das nun so wirklich war wie sein jetziges. So selbstverständlich war es ihm jetzt, daß er sich wunderte, wie er es je hatte vergessen können.
In einer hohen, weißen Säulenhalle stand er, ein gekrümmtes Schwert in der Faust, und der, der sein Bruder gewesen in dieser Zeit, war dicht neben ihm. Sie kämpften mit Todesmut gegen eine Übermacht dunkelgekleideter Krieger, deren Stirnen das silberne Dreieck, das Zeichen des Trem trugen. Er spürte, wie ohnmächtige Verzweiflung in ihm wuchs, als er erkannte, daß dieser Kampf sinnlos war. Immer mehr Bewaffnete drangen in das Heiligtum ein. Die kleine Schar der Verteidiger schmolz rasch zusammen. Im gleichen Augenblick wurde sein Bruder getroffen und sank mit einem Schrei zu Boden. Die feindlichen Krieger stürzten sich mit Triumphgeheul auf den Wehrlosen. Seine brechenden Augen klammerten sich an den Bruder, der ihm nicht zu helfen vermochte, der schrie und wie ein Besessener die Feinde zurückdrängen wollte, doch vergebens.
Unbändiger Schmerz erhob sich in ihm, als die Feinde den Körper des Gefallenen zerfleischten. Sein Bruder, den er geliebt wie sein Augenlicht, der ihm Vertrauter gewesen und Freund, Gefährte auf dem heiligen Weg, dem sie folgten, wurde in Stücke gehauen von diesen verblendeten Frevlern, die aufgehetzt waren, sich am Erhabensten zu vergehen, das in der Welt bestand, am Haus der Kraft, am Tempel der heiligen Quelle. Es war ihm, als würde dieser jähe Schmerz sein Inneres auseinanderreißen, dann aber packte ihn unsägliche Wut. Brüllend vor Zorn hieb er auf die Feinde ein, hörte das Zerbersten ihrer Schädel, spürte, wie sein Schwert mit hellem Singen durch die Luft sauste und in ihre Körper fuhr, hörte das Röcheln der Fallenden, die Rufe der Nachdrängenden. Erschrocken wichen die Feinde zurück vor dem Rasenden, der sich selbst vergessen hatte. In all dem Lärm und Tumult aber vernahm er das Flüstern einer Stimme, tief im eigenen Inneren, die ihm sagte, daß es sinnlos sei, sich gegen den unabwendbaren Lauf der Zeit zu stellen und das zu verteidigen, das keiner Verteidigung bedarf, weil es mächtiger ist als Tod und Zeit, doch er mißachtete diese Stimme, der er einst sein Leben geweiht, die Stimme von Elod, die Stimme des On-Nam, der ihn tief in die Geheimnisse der Einen Kraft eingeführt. Doch nun schien alles verloren. Elod war ermordet und die heiligen Stätten des Hju verwüstet. Tränen schossen ihm in die Augen, als er die Verwirrung unter den Kriegern ausnutzte, um zu fliehen. Er rannte aus der

Halle hinaus und fand sich wieder auf einer riesigen Freitreppe. Blitzschnell schweiften seine Augen über das Bild hin, das ihnen innig vertraut war, das Bild der sternförmigen Stadt aus weißem Marmor und Gold mit ihren blühenden Gärten, den Tempeln mit goldenen Kuppeln, den weitläufigen, prächtigen Alleen, durch die das heilige Wasser der Einen Quelle floß. Er sah Rauch aufsteigen zwischen den Häusern, sah, daß der Tempel weit draußen, an den Grenzen der Stadt, der ihm und seinem Bruder für viele Jahre Heimat gewesen war, in Flammen stand und eine neue Welle von Kriegern des Trem den Hügel heraufstürmte.
Er floh die Treppe hinab, den Gärten zu. Wenn es ihm gelang, die dichten Palmenhaine zu erreichen, konnte er seine Verfolger abschütteln. Da sah er, daß am Fuß der Treppe zwei Krieger eine junge Frau ergriffen hatten und sie zu Boden warfen. Sie schrie und schlug um sich, doch die Männer packten sie lachend und wollten ihr Gewalt antun. Ohne zu zögern kam er ihr zu Hilfe. Mit einem Schrei fuhr er zwischen die Krieger und tötete die Überraschten mit wütenden Hieben. Er griff die Hand der Frau und half ihr auf. Sie klammerte sich fest an ihn, schluchzend wie ein Kind und wandte ihm ihr Gesicht zu. Überrascht rief er ihren Namen. Sie war die Tochter eines Hauses, in dem er oft zu Gast gewesen, um sich an den Darbietungen von Musikern und Dichtern zu erfreuen, und er hatte sich unsterblich verliebt in dieses zarte Geschöpf, das ihm der Inbegriff aller Schönheit und Reinheit schien, und das er zu kennen glaubte aus vielen gemeinsamen Leben. Doch nie hatte er mehr als höfliche Worte der Begrüßung und des Abschieds mit ihr gesprochen, ihre scheuen Blicke aber hatten ihm bedeutet, daß sie seine Liebe erwiderte. Jetzt hielt er sie in den Armen, wie er es so oft erträumt, stützte sie, wollte mit ihr zu den rettenden Hainen fliehen. Er fühlte ihre Berührung, den Duft ihres Haares, die Wärme ihres Atems. Sie drängte sich an ihn, und ein Strom des Glücks mischte sich in seine Angst und Erregung. In einer dunklen Stunde des Schmerzes hatte er die Geliebte gefunden wie etwas lange Vermißtes. Doch nach wenigen Schritten spürte er, wie der zierliche Körper in seinem Arm kraftlos zusammensackte. Ein Pfeil steckte im Rücken der jungen Frau. Krieger kamen mit Siegesgeheul auf den Lippen näher. »Lauf! Rette dich, Geliebter,« flüsterte die junge Frau, als er sich zu ihr niederbeugte. Sie starb, noch bevor die Krieger herangekommen waren. Mit einem Schrei, der seine Seele in Stücke reißen wollte vor Qual und Verzweiflung, warf er sich auf die Angreifer. Blind vor Tränen schlug er auf sie los, hörte sie schreien und niederfallen, sah durch einen dichten, dunk-

len Schleier, wie andere nachdrängten, um ihre Kameraden zu rächen. Ihre Schwerter und Speere trafen ihn, doch er fühlte den Schmerz nicht. Es war ein bittersüßer Rausch, zu kämpfen und zu sterben. Eine Klinge fuhr in seine Schulter. Er taumelte zurück. Seine Waffe entglitt ihm. Unzählige Schwerter sausten zugleich auf ihn nieder wie ein Regen aus blitzendem Stahl. Er ließ es zu. Es war gut, jetzt zu sterben, da der Bruder tot war und die geliebte Frau. Dann wurde es dunkel um ihn. Das Klirren der Waffen und das Schreien der Menschen erloschen in sanftem Nichts.

Andere Bilder traten hervor aus dem Dunkel der Vergessenheit, doch dieses eine hatte ihn so aufgewühlt, daß er sie nicht mehr beachtete. Die Bitterkeit, die mit dieser Erinnerung gekommen war, erfüllte ihn mit neuer Kraft. Sie gab ihm für einen Moment die Gewißheit, daß er nicht sterben würde. Er war dem Bruder wiederbegegnet, der geliebten Frau, jetzt, in diesem Leben. Wie Fremde waren sie ihm begegnet, doch sein Herz hatte sie erkannt. Er durfte nicht sterben. Er mußte sie wiederfinden, Rah und Mahla, er mußte sie finden, um die Fäden des Lahf, die ihn über viele Leben hinweg mit ihnen verknüpften, wieder aufzunehmen, um die Erfüllung der Liebe zu finden, die er für sie im Herzen trug. Lange hatte er sich dem teilnahmslosen Fallen in die glühenden Räume des Fiebers hingegeben, jetzt verlangte ihn zum ersten Mal nach Klarheit. Er wollte wieder sehen, und er wollte, daß das Fallen aufhörte, das an ihm zerrte und zog wie bleierne Gewichte. Zögernd begann er, ihm zu widerstreben, doch bald schon ermüdete ihn dieser Kampf. Verzweifelt rang er, so wie er mit den feindlichen Kriegern gerungen, dann gab er auf. Auf einmal wußte er, daß jeder Kampf gegen die mächtige Kraft des Fiebers vergeblich war, daß er dem Tod unrettbar gehörte. Es war das erste Mal, daß er Angst bekam vor dem Sterben, verzweifelt wie ein Ertrinkender, der im tobenden Meer hilflos nach einem unerreichbaren Balken greift. Er vernahm Laute um sich, vertraute Stimmen, die ihn riefen. Mühsam öffneten sich seine Lippen in dem Versuch, ihnen zu antworten, denn sie schienen wie eine Rettung vor dem Sturz in die Finsternis des Todes.

»Aelan,« hörte er sagen. Die tiefe, ruhige Stimme, die seinen Namen aussprach, erfüllte ihn mit Freude. Es war ihm, als hätte er nie einen sanfteren Wohllaut gehört als diese Stimme, die ihn rief. Er bewegte sich auf seinem Lager, doch wilder Schmerz durchfuhr ihn wie glühender Stahl. Aelan glaubte, ihn nicht ertragen zu können, doch im nächsten Moment verlöschte er im Nichts. Auf einmal stand alles still. Es gab keinen Schmerz mehr und kein Fallen. Die trägen, dunklen

Schleier vor den Augen waren zur Seite gerissen und der Blick schien jetzt klarer als je zuvor. Er vermochte nun gleichzeitig nach allen Seiten zu schauen, als seien Wände und Dinge keine Begrenzungen mehr für seine neuen Augen. Der Atem des Fieberdrachen war versiegt, die bleierne Schwere aufgehoben. Alles war kühl und von schwebender Leichtigkeit.

Aelan blickte sich verwundert um. Er sah herab auf das Bett, auf dem er gelegen war. Sein Körper lag noch dort, regungslos, schwer atmend, im Fieber glühend. Aelan sah die schwindende Kraft des Lebens um ihn, ein schwaches Verglimmen der letzten Bande, die ihn noch vom Tode trennten. Das leise, weiße Schimmern war durchlöchert von schwarzen und braunen Flecken, die sich von der Stelle in seinem Rücken ausdehnten, wo der Pfeil ihn getroffen. Dort saß der Tod in seinem Körper und verströmte eisiges Gift in alle Adern, alle Glieder. Aelan sah seinen sterbenden Körper ohne eine Regung der Trauer oder des Schreckens. Feine, heitere Gewißheit durchströmte ihn, daß all das, was ihm geschah, gut war. Dann sah er die Gestalt wieder, die sich um den kranken Körper bemüht hatte. Jetzt erkannte er sie – es war der Schreiber. Eine Welle der Liebe und Freude brach aus Aelan hervor. Der Schreiber blickte ihn an. Sein eckiges, fast schwarzes Gesicht lächelte.

»Wir werden in die Gläserne Stadt gehen, Aelan,« sagte er und wandte sich Aelans Körper zu.

»Es ist gut zu sterben,« erwiderte Aelan, »und wie die alten Handan zur Stadt zu gehen. Vorhin hatte ich schreckliche Angst vor dem Tod, doch jetzt ist alles gut und leicht.«

»Du wirst nicht sterben,« sagte der Schreiber.

Etwas wie Enttäuschung machte sich in Aelan breit. Er wollte nicht zurück in diese zerstörte Hülle, die einmal sein Körper gewesen war, in diesen keuchend nach Luft ringenden, fiebergeschüttelten, schmerzenden Kerker aus Fleisch. Er wollte die schwebende Leichtigkeit nie wieder missen, die ihn jetzt umgab, den neuen, diamantklaren Blick, der alles zugleich zu sehen und zu durchdringen vermochte.

»Ich will nicht zurück,« sagte Aelan.

»Deine Aufgabe ist noch nicht vollendet in dieser Welt,« entgegnete der Schreiber.

Aelan sah, wie das orangefarbene Licht wieder zu strömen begann. Es floß in dichten Wellen durch die Löcher in dem schwachen Lichtmantel, der seinen Körper umgab. Unbewegt stand der Schreiber dabei und beobachtete das Fließen des Lichts. Das weiße Schimmern nahm an

Stärke zu. Die häßlichen, dunklen Flecken begannen zu schwinden. Einige der kleineren verschwanden ganz und wurden von dem Licht versiegelt, wie Wunden, die sich schließen und über die neue Haut wächst. Gebannt verfolgte Aelan das Wirken des heilenden Lichts, dann begann sich sein Blick zu trüben und fiel in tiefe, samtige Dunkelheit.
Alle Zeit schien in diesem Dunkel verloren. Aelan wußte nicht, ob es ihn einen Augenblick oder eine Ewigkeit lang umgab. Dann aber sah er einen weißen Lichtpunkt, wie einen einsamen Stern am nachtschwarzen Himmel. Er bewegte sich, wuchs rasch an, raste in atemberaubender Geschwindigkeit auf ihn zu, bis Aelan ganz von ihm ergriffen war. Aelan schloß die Augen und fühlte sich von einem gewaltigen Sog fortgerissen, doch nur für einen kurzen Moment, dann war alles still.
Er öffnete die Augen. Er stand in einem kreisförmigen, hohen Raum, dessen Kuppel von schlanken, schmucklosen Säulen getragen wurde. So hoch war die Kuppel, daß ihre Spitze in dem weichen, weißen Licht verschwamm, das, von einer unsichtbaren Quelle ausstrahlend, den Saal erfüllte. Verwundert blickte Aelan sich um, daß er zuerst den Mann, der sich ihm genähert hatte, nicht bemerkte.
»Ich grüße dich Aelan,« sagte eine warme, rauhe Stimme. Als Aelan herumfuhr, blickte er in das lächelnde Gesicht des Mehdrana aus Feen, das Gesicht des On-Nam, das ihm vertraut war aus unzähligen Träumen.
»Lok-Ma!« rief er. Der Mehdrana nickte ihm freundlich zu.
»Komm, Aelan, wir werden erwartet,« sagte er und legte seine Hand auf Aelans Schulter.
Aelan blieben vor Freude und Überraschung die Worte im Hals stecken. Lok-Ma führte ihn fort.
Sie gingen nebeneinander her, verließen die Säulenhalle und traten in einen geräumigen Korridor, dessen Wände und Säulen mit prachtvollen, farbigen Reliefs geschmückt waren.
»Wo sind wir?« fragte Aelan.
»Wir sind in der Gläsernen Stadt,« entgegnete Lok-Ma.
»Aber . . . aber diese Stadt ist nicht aus Glas. Die Wände und der Boden sind aus Stein.« Aelan berührte eine Säule aus weißem Marmor, die so riesig war, daß es wohl fünf Männer brauchte, sie zu umspannen.
»Die Dinge sind nie so wie sie scheinen,« schmunzelte Lok-Ma.
»Für die Augen jener, die aus dem Tal zur Stadt heraufblicken, ist sie nicht mehr als ein gläsernes Schimmern – wenn sie Glück haben und wenn sie genau hinsehen – in Wirklichkeit aber ist die

Stadt so fest und solide wie jede andere auch in der Welt draußen.«
»Aber wie ...«
»Du weißt, Aelan, daß die Wirklichkeit nicht aufhört, wo die Augen aufhören zu sehen, daß die anderen Welten, die lichteren und feineren, wirklicher sind als die der stofflichen Dinge. Aber wie du siehst, ist auch hier der Marmor ziemlich hart. Man kann sich an ihm äußerst schmerzhaft den Kopf anstoßen, wenn man Wirklichkeit unbedingt mit einem solchen Gradmesser beurteilen will.«
»Dann bin ich doch tot!« sagte Aelan. Das Bild seines sterbenden, zerstörten Körpers kam ihm in den Sinn. »Ich wollte nicht mehr zurück in dieses Gefängnis aus Fleisch und Knochen.«
Lok-Ma schmunzelte. »Man muß nicht tot sein, um die Gläserne Stadt zu besuchen. Hast du sie nicht schon einmal gesehen, in der letzten Nacht des Sonnensterns?«
»Ja,« antwortete Aelan kleinlaut, »und ich habe mir nichts sehnlicher gewünscht, als sie einmal zu besuchen.«
Die schimmernde Pracht der Räume, durch die er mit seinem Lehrer schritt, nahm ihm den Atem. Er blickte sich um und hörte kaum auf die Stimme von Lok-Ma. Der Mehdrana schwieg einen Augenblick und gewann damit sofort wieder die Aufmerksamkeit des jungen Mannes an seiner Seite.
»Das Fai, die Kunst des Mühelosen Reisens, stellt sich manchmal unerwartet ein, durch einen großen Schreck, eine Krankheit oder durch den Tod. Du aber wirst lernen müssen, sie willentlich zu beherrschen. Es ist zu unbequem, sich jedesmal, wenn man die Gläserne Stadt besuchen will, einen Pfeil in den Rücken schießen zu lassen.«
»Aber wie soll ich das Fai erlernen?« fragte Aelan.
»Oh, hast du nicht längst begonnen, es zu erlernen?« entgegnete Lok-Ma. »Du machst gute Fortschritte, aber sie sind dir kaum bewußt, weil sie dir selbstverständlich scheinen. Das ist gut so. Nur was einem so natürlich ist wie Atmen und Essen und Trinken, hat man wirklich gelernt. Doch du mußt lernen, zu unterscheiden.«
»Die Kunst des Mühelosen Reisens ist vergessen in Atlan,« sagte Aelan. »Selbst in der Bibliothek von Feen ist nichts darüber zu finden, außer ein paar nebelhaften Legenden.«
Der Mehdrana lächelte. »Das Fai findet man nicht in Büchern. Außerdem sehen es die Herren der Tempel nicht gerne, wenn sich neugierige Mehdraji mit Dingen beschäftigen, von denen in den offiziellen Lehren des Tat und des Be'el nicht mehr die Rede ist. Die Tafeln und

Schriftrollen, in denen die Kunst des Fai beschrieben ist, sind in der alten Sprache abgefaßt, liegen in geheimen Kabinetten verborgen und sind nur den Mehdranas zugänglich, und den Mehdraji, die eine besondere Erlaubnis besitzen. Die aber sind schon zu verrannt in ihre Wissenschaften, als daß ihnen das Fai gefährlich werden könnte. Sie untersuchen die Schriften nach Alter und Stil, auf ihren Wert für die Wissenschaft. Sie können sich äußerst gelehrt darüber verbreiten, doch in Wirklichkeit wissen sie nichts darüber. So ist es immer. Geheimnisse liegen auf der Straße, aber nur die finden sie, die sie in ihrem Inneren schon gefunden haben.«
»Aber wie soll ich über das Fai lernen?« fragte Aelan.
»Indem du es praktizierst! Wie hast du Atmen gelernt? Und wie Essen und Trinken?«
»Aber ich soll unterscheiden zwischen den verschiedenen Arten des Fai,« beharrte der junge Mann.
»Das wird sich von selbst einstellen. Das Fai hat für jeden, der es übt, andere Aspekte. Die meisten glauben, es sei alleine die Kunst, von einem Ort zum anderen zu reisen, hier in dieser Welt oder in den anderen, feineren Welten. Doch dies ist nur eine von vielen Möglichkeiten, und nicht einmal die bedeutendste. Durch das Fai kannst du den On-Nam finden und lernen von ihm. Durch das Fai bist du fähig, das Licht des Sonnensterns in dir zu sehen, für das deine Augen blind sind, und seine Musik zu hören, die deine Ohren nur als schwaches Echo zu vernehmen vermögen in den Tönen der Welt. Das Fai ist das Tor, durch das du in die Zeit gehen kannst, um das zu lernen aus deinen vergangenen Leben, was dir nützlich ist für das jetzige. Und das Fai läßt deinem Herzen in jedem Augenblick des Lebens wissen, was dir nützlich ist auf der großen Wanderung zur Erkenntnis des Sonnensterns, denn durch das Fai bist du verbunden mit der Quelle allen Wissens. Du wirst es nie gleichzeitig haben, aber das Fai wird dir das geben, was du in diesem Augenblick nötig hast. So einfach ist das, was die Dhans in den Wäldern geheimnisvoll das unbegrenzte Wissen des Tat nennen und was sie anstreben in ihren langwierigen Übungen. Du wirst all diese Formen des Fai und noch mehr lernen müssen, um dich zu vervollkommnen, Aelan, wie ein Spieler der Ne, der die Musik seines Herzens fließen lassen will durch sein Instrument. Er wird lernen, gewöhnliche Tänze und Lieder zu spielen, um seinen Atem und seine Finger zu schulen, damit sie das Wesentliche vollbringen können, das Erleuchtung bringt.«
»Was ist das Wesentliche?«

Der On-Nam schmunzelte über die brennende Ungeduld Aelans, die in seiner Frage pulsierte.
»Die Dinge zu sehen, wie sie wirklich sind,« antwortete er nach einer Weile.
Aelan überlegte einen Moment. »Wie kann ich sie so sehen?«
»Betrachte sie durch das Auge des Sonnensterns. Dann wird dein Blick die Dinge durchdringen und du wirst sehen, daß ihr sichtbarer Schein nur eine Hülle ist um ihr eigentliches Wesen. Die Hülle wandelt sich und vergeht eines Tages, aber das Wesentliche ist unsterblich und unwandelbar. Die sichtbaren Dinge sind nur Scheinbarkeiten, die das Eigentliche verschleiern. Das Licht des Sonnensterns, das in dir leuchtet, ist in allem Leben. Du wirst lernen, daß es aus einer einzigen Quelle stammt, durch die du tief im Herzen mit allem Leben verbunden bist. Das Wesentliche ist, das Licht des Sonnensterns in allen Dingen zu sehen und es in ihnen zu lieben, wie du es in dir selbst liebst. Der Sonnenstern in dir und in allen Dingen ist Eins. Er hat keinen Anfang und kein Ende, er kennt keine Vergangenheit und keine Zukunft, sondern lebt immer in der Ewigkeit des Jetzt. Er wohnt in den höchsten Welten des Hju, und er lebt, weil das Hju, die Eine Kraft, ihn liebt. Wenn du lernst, den Sonnenstern in dir und in allen Dingen zu lieben, wirst du eins mit der Liebe der Einen Kraft, die alles Leben erhält, die die Planeten bewegt und den Sternen Licht schenkt, die das Korn wachsen läßt und den Vögeln Kraft gibt zu fliegen. Es ist das Ziel aller Aspekte des Fai, eins zu werden mit dieser Kraft.«
»Wenn sie schon in allen Dingen ist, warum muß man erst lernen, sie aufzufinden?« fragte Aelan.
Lok-Ma schaute ihn belustigt an. »Weißt du, daß ich die ganz gleiche Frage, mit den gleichen Worten und den gleichen Gedanken im Kopf, meinem Lehrer gestellt habe, als er mich zum ersten Mal in die Gläserne Stadt führte?«
»Was hat er geantwortet?«
»Er fragte mich: Was ist eine Frage? Jede Frage ist gleichzeitig die Antwort, sagte ich ihm stolz, denn ich hatte ihm zuvor von meiner großen Erkenntnis berichtet, daß es auf jede Frage eine Antwort geben müsse, weil es sonst auch die Frage nicht gäbe. Gut, meinte er, wenn in jeder Frage die Antwort schon enthalten ist, warum stellst du mir dann noch Fragen?«
Aelan lachte. »Weil die Frage der Weg zur Antwort ist. Wenn wir sie nicht stellen, gibt es keine Antwort für uns.«
»Das Licht des Sonnensterns ist in dir und in jedem lebenden Ding,

doch nur durch deine bewußte Erkenntnis wird es wirklich für dich. Nur wenn du es suchst, wirst du es finden,« sagte Lok-Ma.
In diesem Augenblick durchschoß Aelan die vollständige Einsicht in die tiefen Geheimnisse des Sonnensterns wie ein Blitz. Für einen winzigen Moment gab ein grelles Licht all den Dingen, über die Aelan je nachgegrübelt hatte, an denen sein Fragen und Zweifeln immer wieder gescheitert war, deutliche Gestalt. Wie bei einem Gewitter ein Blitz die Formen und Linien einer Landschaft für einen kurzen Augenblick aus dem Dunkel der Nacht löst, in dem sie immer schon existierten und in dem sie auch weiterhin existieren würden, und sie für den einen Moment den Augen sichtbar macht, so standen all diese Dinge jetzt klar vor Aelan. Er sah nicht einzelne Teile von ihnen, wie ein Wanderer in der Nacht, der sich von Baum zu Baum tastet und so erkennt, daß er in einen Wald geraten ist, sondern er sah alles zugleich in voller Klarheit, und er sah, wie die Dinge zusammenhingen, so, als betrachte er ein Labyrinth mit dem Blick eines Vogels, der darüber hinfliegt. Es war alles so einfach, daß Aelan sich wunderte, warum er es nicht früher schon begriffen hatte. Es war in der Tat von solch simpler Natürlichkeit, daß eine Welle heiteren Glücks in Aelan aufstieg, ein Lachen über seine eigene Beschränktheit und über die umständlichen Bemühungen der Menschen, auf den Grund der Wahrheit ihres Lebens zu gelangen. Für die Dauer dieses Blitzes war Aelan nicht der Betrachter der Wahrheit, sondern die Wahrheit selbst. Er war eingedrungen in sie, war eins mit ihr geworden, doch gleichzeitig wußte er, daß er sie nie würde in Worte kleiden können, daß keine Erinnerung ausreichend war, sie zu fassen, daß die einzige Art, sie ganz zu erkennen, darin bestand, sich in ihr zu verströmen, bis es keine Trennung mehr von ihr gab. Doch bevor diese Erkenntnis ganz in ihm gereift war, bevor sich sein Blick an die neue Sicht zu gewöhnen vermochte, bevor er eines dieser Dinge, die vor ihm ausgebreitet lagen, näher in Augenschein nehmen konnte, war der Blitz erloschen.
»Der Spiegel, in dem das Licht des Sonnensterns sich bricht, ist in uns allen, doch der Spiegel ist trübe geworden in unseren vielen Leben. Tücher wurden über ihn gehängt von unseren Gedanken und Begierden. Wir müssen ihn befreien und polieren. Nichts anderes ist nötig, um zum Wesentlichen zu gelangen,« sagte Lok-Ma.
Aelan nickte und schwieg. Das Bild, das er eben gesehen, hallte wie ein Echo in ihm nach, mächtige Wellen und Schwingungen, die sich brachen und überschnitten, doch so sehr er sich auch bemühte, es wieder zu formen in sich, es wollte ihm nicht gelingen. Seine Gedanken scho-

ben nur unzusammenhängende Teile umher, Stücke, die nicht zueinander passen wollten. Je mehr er darüber nachdachte, desto verworrener wurden die Linien des Bildes, das sich ihm vorhin in verblüffender Einfachheit offenbart hatte.
Lok-Ma brachte Aelan vor eine Tür, die so hoch war, daß Aelan schwindelte, als er zu ihrer Spitze emporblickte. Zwei Torwächter stießen die riesigen Flügel auf und verneigten sich tief. Aelan und sein Lehrer traten in einen Raum, der so gewaltig war, daß Aelans Blick bei dem Versuch, ihn zu ermessen und einzuschätzen, kläglich versagte. Menschen in seltsamer Kleidung und vielen Hautfarben drängten sich in diesem Raum und sprachen erregt durcheinander. Gewaltiges Stimmengesumm und das Rauschen von Wasser erfüllte die Kuppel. Aelan mußte an die Mehdra von Feen denken, die er für das erhabenste und schönste Gebäude hielt, das er je gesehen. Dieser Raum erinnerte ihn daran, doch war er um ein vielfaches größer und ehrfurchtgebietender. Lok-Ma führte seinen Schüler zielstrebig zwischen den in kleinen Gruppen zusammenstehenden Menschen hindurch, grüßte diejenigen, die sich ehrbietig vor ihm neigten und wechselte mit anderen, die an ihn herandrängten, einige Worte. Aelan schwieg. Seine Sinne waren erdrückt von den Dingen, die auf sie einstürzten. Mit offenem Mund nach allen Seiten blickend stolperte er hinter Lok-Ma her. Sie kamen an einem Brunnen vorbei, einem Brunnen aus weißem Marmor, der trotz seiner gigantischen Ausmaße zierlich wirkte. Weiße Natblüten schwammen in dem Brunnenbecken, in das aus großen, marmornen Schalen kristallklares Wasser hinabstürzte. Das Wasser schien von innen her erleuchtet, so daß es wie flüssiges Licht aussah. Aelan blieb einen Augenblick stehen und starrte den Brunnen an. All die Dinge, die er sah, schienen zugleich fremd und innig vertraut, als würde er nach langer Zeit durch Räume geführt, die früher seine gewohnte Heimat gewesen waren.
»Es ist wie in der Mehdra von Feen,« brachte er schließlich hervor, doch er schämte sich gleich wieder dieser unbeholfenen Worte.
»Ja,« sagte Lok-Ma, »vieles in Atlan ist den Bauten der Gläsernen Stadt nachempfunden. Die Menschen versuchten, einen Widerschein ihrer alten Heimat in ihre Städte zu bringen.«
Aelan wollte noch eine Frage stellen, da wurde Lok-Ma von einem dunkelhäutigen Mann begrüßt und in ein Gespräch verwickelt.
Es dauerte lange, bis Lok-Ma und Aelan sich zwischen den Menschen im Saal hindurchgewunden und zu einer Pforte gelangt waren, vor der

wieder zwei Wachen standen. Als sie Lok-Ma erkannten, verneigten sie sich und öffneten die Tür.
Der Raum, in den Aelan eintrat, war von sanftem, goldenen Licht durchflutet. Die Wände verschwammen in den leuchtenden Nebeln, daß Aelan ihre Ausdehnung nicht zu erkennen vermochte. Als sich seine Augen an das Licht gewöhnt hatten, sah er einen großen, rechteckigen Tisch, an dem acht Männer saßen, vier zu jeder Seite. Für Lok-Ma und Aelan standen an den beiden Kopfenden Sessel bereit. Die Männer neigten die Köpfe zum ehrbietigen Gruß, als sie Lok-Ma bemerkten. Der Mehdrana gab Aelan zu verstehen, er solle sich auf einem der Stühle niederlassen, während er an der langen Tafel entlangging, um den am anderen Ende einzunehmen. Befangenheit ergriff Aelan. Unbehaglich rutschte er auf seinem Sitz hin und her. Er wagte nicht, den Blick zu heben, dachte krampfhaft nach, wie er unbemerkt hinausschlüpfen könne, um sich zwischen den Menschen in der großen Halle zu verbergen. Jetzt erst bemerkte er, daß das gewaltige Stimmengesumm erloschen war, nachdem die Wachen die Tür geschlossen hatten.
»Du brauchst dich nicht zu fürchten, Aelan,« sagte eine vertraute Stimme.
Zögernd hob Aelan den Kopf. Das dunkle Gesicht des Schreibers nickte ihm aufmunternd zu. Der alte Handan saß zur Rechten von Lok-Ma. Jetzt blickte sich Aelan in der Runde um. Auch die anderen Männer sahen ihn verständnisvoll an und grüßten ihn mit einem Nicken. Dann wandten sie sich Lok-Ma zu, der nach einigen Augenblicken der Stille zu sprechen begann.
»Die Zeit, die lange prophezeit war, ist gekommen. Die Worte des Sonnensterns, die das Orakel der Quelle vor ungezählten Jahren gesprochen, erfüllen sich. Der Be'el hat die Macht ergriffen über Atlan. Der Bayhi hat seinen Vater, den Tat-Tsok, ermordet und die Flamme nach Kurteva zurückgerufen. Xerck und Yort haben Einzug gehalten im Großen Tempel und das Orakel sprechen lassen. Es fordert die Macht über die Gläserne Stadt und den Tod des Einen, der berufen ist, die Geschicke Atlans zu vollenden. Yort hat sich in der Zeit seiner Verbannung mit der Khaïla verbunden. Der Be'el will seine Kräfte mit ihr vereinen und ein Haus des Trem bauen im Norden von Kurteva, um die Mächte der Zerstörung, die lange schliefen unter den Ruinen von Hak, wieder zum Leben zu erwecken. Die dunklen Mächte des Elroi vereinigen sich zum letzten gewaltigen Schlag, der Atlan zertrümmern wird. Zugleich aber ist der Tat-Sanla im Westen wiedergekommen und sam-

melt Anhänger. Diesmal wird San ihm beistehen im Kampf gegen den Be'el, denn auch der Rat von Sanris weiß, daß ein letzter, entscheidender Krieg bevorsteht. Die Zeiten erfüllen sich. Wieder wird das Licht gegen das Dunkel aufstehen, das Gute gegen das Böse, das Elrach gegen das Elroi, im ewigen Kampf des Ehfem, diesmal jedoch wird dieser Zwist Atlan zerstören.«
»Es ist wahr, was du berichtest,« sagte der Schreiber. »Die Menschen, die sich in der großen Halle versammelt haben, sind besorgt über das Wachsen des Aban, des Nichtlichts, im Strom der Farben des Sum. Als das Orakel des Be'el wieder sprach, brach das Unlicht in nie gekannter Wucht hervor. Für einen Augenblick trübte es das Licht der Stadt, in der noch nie Nacht war.«
Die anderen Männer mischten sich in das Gespräch. Bedächtig, mit wohl gesetzten Worten besprachen sie Dinge, die Aelan nur halb verstand. Ungläubig wanderte sein Blick von einem zum anderen. Er wußte nicht, warum er dieser Zusammenkunft beiwohnen durfte. Seine Gedanken wanderten ab. Die Stimmen der Männer waren nur mehr ein dunkles Murmeln in seinen Ohren. Doch plötzlich wurde er gewahr, daß sie über ihn sprachen.
Er fuhr zusammen und wäre am liebsten im Boden versunken.
»Er hatte den Traum des fallenden Sterns,« sagte der Schreiber. Die anderen blickten Aelan prüfend an. Der junge Mann errötete. Bange Erregtheit ergriff ihn.
»Willst du dem Sonnenstern dienen in dieser schweren Zeit?« fragte einer der Männer. Auch sein Gesicht schien Aelan vertraut, obwohl er es in diesem Leben noch nie gesehen. Seine Stimme war klar und bestimmt, doch ohne Härte. Sie drängte Aelan nicht zu einer Antwort, ließ seinem Willen Raum, um frei und ehrlich zu erwidern. Aelan wußte, daß er verneinen könnte, ohne daß ihm einer der Männer darum gram wäre. Sie blickten ihn an, als wäre ihnen seine Antwort vollkommen gleichgültig.
Doch die Antwort kam ganz selbstverständlich aus Aelans Herzen.
»Ja,« sagte er, »ich möchte dem Sonnenstern dienen.« Er sagte es nicht aus Ehrfurcht und Angst vor diesen Männern, oder weil er glaubte, es würde von ihm erwartet, sondern weil es wie von selbst aus ihm hervorbrach als das einzige, das in diesem Augenblick möglich war. Es schien, als habe etwas in ihm lange auf diese Frage gewartet, als habe er sich nach ihr gesehnt wie nach der Erlösung aus einem Fluch. Zugleich war ihm bewußt, daß erst jetzt die rechte Zeit dafür war, denn noch vor einem Jahr hätte er vielleicht mit einem Kopfschütteln geantwortet oder

mit einem Achselzucken. Nun aber sprach er mit solch klarer und festgefügter Bestimmtheit, daß er über seine Antwort erschrak. Und doch, hätte ihm ein Fremder in den Straßen Feens diese Frage gestellt, so wäre die Antwort dieselbe gewesen, und könnte er mit einem Nein sein Leben retten, nichts anderes als ein Ja wäre über seine Lippen gekommen. Die Männer nahmen Aelans Antwort ungerührt auf und nickten zustimmend.

»Dann geh, und trinke vom Wasser des Lebens, das aus der reinen Quelle fließt,« sagte der Mann, der ihn gefragt hatte und erhob sich. Die Versammlung war beendet. Schweigend gingen die Männer auseinander. Lok-Ma schob Aelan durch eine andere Tür hinaus.

Aelan war zu verdutzt, um sich noch einmal umzusehen. Erst als er mit Lok-Ma einen langen, menschenleeren Korridor entlangging, brach ein Wirbelsturm von Fragen in ihm los.

»Was war das? Wer waren diese Männer? Warum durfte ich bei dieser Versammlung dabeisein?«

Lok-Ma schwieg und beschleunigte seine Schritte.

Aelan, in dessen Kopf es sich zu drehen schien, beeilte sich, mit Lok-Ma Schritt zu halten und bedrängte den On-Nam mit einer Flut von Fragen.

»Gut, Aelan,« sagte der Mehdrana schließlich. »Es ist nicht üblich und nicht vonnöten, die Ratschlüsse der Namaii zu bereden, denn sie äußern nur den Willen des Einen Hju, der zu denen, die den Namen des Sonnensterns kennen, ohne Worte spricht. Aber als mich mein Lehrer zum ersten Mal vor den Rat der Namaii brachte, war mir ähnlich zumute wie dir.«

»Die Namaii,« wiederholte Aelan. Ungläubig horchte er dem Klang dieses Wortes nach. Erst jetzt dämmerte ihm, was ihm geschehen war. Er war mit dem On-Nam, dem Einen Lehrer, bei den Namaii gewesen, den Hütern des Sonnensterns, den Herren der Gläsernen Stadt, die einst aus Mu gekommen waren, um das Licht der Einen Kraft nach Atlan zu bringen. Wie ein Schleier fiel es ihm von den Augen. Er war glücklich und beschämt zugleich. Hatte er sich richtig benommen? Hatte er einen guten Eindruck gemacht? Seine Aufmerksamkeit war abgeschweift inmitten ihres Gesprächs. Er hatte die kostbaren Worte der Namaii nicht verstanden und behalten. Er hatte zu träumen begonnen stattdessen. Er hatte versagt. Er hatte die Gelegenheit seines Lebens versäumt.

»Ich war unaufmerksam. Ich habe mich dieser hohen Ehre nicht würdig erwiesen,« gestand er zerknirscht seinem Lehrer.

»Oh nein,« lachte Lok-Ma. »Nicht alles, was heute gesagt wurde, war für deine Ohren bestimmt. Die Eine Kraft sorgt dafür, daß ihre Geheimnisse bewahrt werden. Ich habe sehr lange gebraucht, bis ich in einem Gespräch mit den Namaii alles gehört und behalten habe, was sie sagten. Was du nicht in dir trägst, wirst du auch im Äußeren nicht vernehmen. So bewahren sich die Geheimnisse des Sonnensterns auf selbstverständliche Weise.«
»Doch wie soll ich dem Sonnenstern dienen?«
»Du wirst ihm dienen auf die Art, die dir bestimmt ist, doch es wird nicht immer einfach sein, es zu tun. Lerne das Fai und lerne das Wesentliche der Dinge zu sehen. Dann wirst du das richtige tun, um deine Aufgabe zu erfüllen.«
Aelan nickte. Die Worte verschmolzen in seinem Kopf mit seinen eigenen, aufgewühlten Gedanken. Er zwang sich mit aller Willenskraft, Lok-Ma zu verstehen.
»Du mußt stark werden, Aelan, um dem Sonnenstern zu dienen, doch deine Stärke wird nie die Stärke der Gurenas sein oder die der Mehdranas, sondern die Stärke des Herzens. Die dunkle Kraft, die Besitz ergriffen hat von Atlan, wird dich auslöschen wollen, weil du ihr Erzfeind bist. Sie wird immer an deiner verwundbarsten Stelle angreifen, um deine Aufgabe zu vereiteln. Eine Kette ist nur so stark wie ihr schwächstes Glied. Es ist Teil deiner Aufgabe, stark zu werden im Herzen, damit du dem Sonnenstern dienen kannst in dieser Zeit des Krieges zwischen den beiden Seiten des Ehfem.«
»Wie kann ich stark werden?« fragte Aelan.
»Eine Kraft wohnt dir inne, Aelan, der du dir noch nicht bewußt bist. Hast du nicht schon einmal der Macht des alten Mannes widerstanden, der das Geheimnis des Tales aus dir pressen wollte?«
»Oh, das war nur Sen-Ju, die unheimliche Spinne im Hause der La, die jedermann dort fürchtet, obwohl sie nie jemandem etwas zuleide tat. Ein seltsamer Alter.«
Lok-Ma schmunzelte. »Diese alte, unheimliche Spinne ist der höchste Herr des Großen Tempels in Kurteva. Der sich Sen-Ju nannte in der Zeit, als der Be'el verbannt war und er sich verkriechen mußte in der Verkleidung eines Kaufmanns, ist Xerck, der mächtigste der Herren des Feuers. Du bist dem Gesicht des Be'el begegnet in den Gärten der La, doch der Name des Sonnensterns hat dich bewahrt vor seiner Macht.«
»Es war mir nicht bewußt,« sagte Aelan leise, während die Erinnerung an diese qualvollen Augenblicke in Feen vor seinem inneren Auge vorüberzog.

»Die Kraft des Sonnensterns liegt begründet in der Lauterkeit deines Herzens. Wie das Fai muß sie ganz selbstverständlich sein in dir. Du kannst sie nicht zwingen mit deinem Willen und du wirst sie nie sicher besitzen, auch wenn du die höchsten Stufen der Erkenntnis erreichst. Selbst der On-Nam kann fallen, wenn er schwach wird und das Ehfem Macht erlangt über ihn. Die Verführungen des Ehfem sind listig. Haß und Zerstörung sind nur eine Seite der zweigespaltenen Kraft. Viele ihrer Illusionen aber, die uns straucheln lassen, sind süß und schmeichelnd. Nur ein Herz, das seine Stärke aus der Reinheit der Erkenntnis gewinnt, aus dem Licht des Hju, vermag die Fallen und Angriffe des Ehfem zu durchschauen und abzuwenden. Oft aber scheiterten wir auf unserem Weg. Wir alle haben das schmerzlich erfahren müssen in lange vergangenen Leben. Doch wir erhielten wieder und wieder Gelegenheit, den Namen des Sonnensterns neu zu finden in uns. Höre immer auf ihn und bewahre seine Kraft in dir.«
»Ja,« sagte Aelan abwesend, denn wieder stiegen innig vertraute Bilder aus der Tiefe der Vergessenheit herauf, begleitet von bitteren Gefühlen des Verlustes. Auf einmal wußte er, daß er die Frage der Namaii schon unzähligemal mit Ja beantwortet hatte, doch daß er immer wieder versagt hatte vor ihr, daß er zu schwach gewesen und vom Wege abgewichen war, und daß die Hüter des Sonnensterns ihm heute nur eine weitere Möglichkeit gewährt hatten, es erneut zu versuchen.
»Wie kann ich sicher sein, daß ich den Weg nicht verliere. Er ist schmal,« sagte Aelan.
»Der Weg führt immer auf der Schneide des Schwertes entlang. Nur die Eine Kraft wird dich führen auf ihm.«
»Doch wie kann ich ihre Stimme verstehen?«
»Die Eine Kraft des Hju spricht zu dir durch alle Dinge und Menschen, die dir in deinem Leben begegnen. Alles, was dich umgibt, was dir zustößt, ist nur eine Spiegelung deines eigenen Herzens. Wenn du das Licht in dir findest, wirst du es in allen Dingen sehen. Wenn du stärker wirst, werden auch deine Feinde stärker werden. Du kannst die Stärke deines eigenen Herzens an der Stärke deiner Feinde ermessen. Doch alles, was dich angreift, was dich niederdrückt und schmäht, ist nur ein Werkzeug für dich, den Teil in dir zu stärken, der zuläßt, was dir widerfährt, eine Hilfe, die Stelle zu reinigen, die noch ein Flecken ist auf dem Spiegel des Sonnensterns und die dich deinen Weg aus den Augen verlieren läßt. Das Leben ist ein Traum, in dem du dir in allen Menschen und Dingen und Ereignissen immer wieder selbst begegnest.«
Lok-Ma hielt an und zog Aelan in eine Erkernische, durch deren klei-

ne, runde Fenster sie nach draußen blicken konnten. Aelan sah den Berg des Lichts wieder, den er in der letzten Nacht des Sonnensterns zum ersten Mal erblickt. Wie damals quollen dichte Ströme von Energie, leuchtend in sieben Farben, aus ihm hervor. Doch Aelan bemerkte, daß das Aban, das Nichtlicht, das schwarze Licht, stärker geworden war. Es riß eine häßliche Kluft zwischen die anderen Farben, drängte sie zur Seite, raubte ihren Glanz. Aelan spürte den mächtigen Sog der schwarzen Leere. Er spürte ihn in dem erhabenen Berg des Lichts und gleichzeitig in seinem eigenen Inneren. Mit einem Mal erkannte er, daß die verschiedenen Ströme der Einen Kraft auch in ihm flossen, daß der Berg der Gläsernen Stadt nur ein Spiegel war, der alle Menschen Atlans abbildete.

»Die Eine Kraft des Hju fließt immer als reines Licht,« sagte Lok-Ma, der Aelans Gedanken zu erraten schien, »doch es bricht sich in den Herzen der Menschen wie Sonnenlicht in einem Prisma. Aus den Farben entstehen die vergänglichen Welten von Raum und Zeit. So will es das Gesetz des Hju und es wird nie anders sein. In den Welten des Vergänglichen werden sich die beiden Pole des Ehfem fortwährend bekämpfen: die Dunkelheit gegen das Licht, das Gute gegen das Böse. Manchmal neigen sich die Herzen der Menschen dem Elrach zu, der hellen Seite, dem Schaffenden, und diese Zeiten sind glückliche für die Welt, dann aber, so wie die Nacht dem Tage folgt, gewinnt das Elroi die Oberhand, die dunkle Seite, das Zerstörende, und es bringt der Welt Krieg und Vernichtung. Niemals kann das eine ohne das andere bestehen in den Welten des Ehfem. Meist vermischen sie sich, wie in der Dämmerung der Tag sich mit der Nacht vermischt. Selbst in den glücklichsten Zeiten keimt der Same des Bösen und noch in der tiefsten Dunkelheit glimmen Lichter. Die Menschen verirren sich zwischen den beiden Seiten des Ehfem, gehören der einen an und dann der anderen, mischen das Dunkle und das Licht in ihren Herzen und sind gebunden von den strengen Gesetzen des Lahf. Wenige nur finden den Weg des Sonnensterns, der auf der scharfen Scheidelinie des Ehfem entlangführt, auf der Schneide des Messers zwischen Licht und Dunkelheit, dem Hju, aus dem das zweigeteilte Ehfem geboren ist.

Es ist nicht der Weg des Sonnensterns, das Böse zu bekämpfen, doch es ist auch nicht sein Weg, es tatenlos zuzulassen. Es ist nicht der Weg des Sonnensterns, das Gute von sich zu weisen, doch es ist auch nicht sein Weg, ihm zum ewigen Sieg zu verhelfen, denn nie würde das Hju die Gesetze des Ehfem verändern, die festgeschrieben wurden von Seinem eigenen Willen. Der Weg des Hju aber führt in die Welten jenseits des

Ehfem, in denen es nur Eine Kraft gibt, kein Dunkel und kein Licht, kein Gut und kein Böse, nur die Eine Kraft allein, die Leere, in der alle Dinge enthalten sind, die große Form ohne Form. Der Weg des Hju ist von allen der Schwerste, denn er läßt das Gesetz des Lahf hinter sich. Wer ihn geht, muß sich vorsehen, denn es werden sich beide Seiten des Ehfem gegen ihn wenden. Sie werden sich in seinen Weg werfen, um ihn abzubringen von seinem Ziel. Denke daran, Aelan, wenn du von der Gläsernen Stadt in die Ebenen von Atlan hinabwanderst. Das Elrach wird dich umschmeicheln, um deine Gunst zu erlangen, und das Elroi wird versuchen, dich zu verblenden. Gelänge es einer Seite, dich zu gewinnen, so wäre es das Ende des reinen Weges.«

Aelan nickte. Lok-Ma führte ihn weiter.

»Manchmal ist es schwer, das Elrach vom Elroi zu unterscheiden,« sagte Aelan. »Oft findet sich das Böse im Gewand der Freundlichkeit.«

»Ja, doch im Licht des Sonnensterns gibt es keine Lüge mehr. Alles muß sein wahres Gesicht zeigen. Aber vergiß nie, Aelan, auch der Haß deines ärgsten Feindes ist nur ein Schleier, der den Sonnenstern in ihm verdunkelt. Er ist dein Bruder, der sich verirrt hat in der Nacht des Elroi. Aber auch der, der das Böse bekämpft und sich berufen fühlt, es herauszureißen aus den Herzen der Menschen, um ein Reich der Gerechtigkeit aufzurichten, ist gefangen im Netz des Lahf. Beide vermögen das enge Tor des Hju nicht zu durchschreiten. Beide erzeugen Bilder in den Spiegeln der Gläsernen Stadt.«

»So ist es das beste, den Dingen ihren Lauf zu lassen ...«

»Nein, Aelan, der Weg des Sonnensterns ist die Tat. Das zu tun, was dein Herz dir befiehlt, ohne dich an dein Tun zu ketten. Das zu tun, was allem Leben die Möglichkeit gibt, das Licht des Sonnensterns zu erkennen, ohne dabei deinen eigenen Nutzen zu verfolgen. Alles, was im Leben geschieht, ist nur eine Vorbereitung auf das eine große Ziel der Erkenntnis. Der Weg des Sonnensterns ist eng. Du darfst nicht zuviel tun und nicht zuwenig, nur das, was notwendig ist in jedem Augenblick. Manchmal mag es unsinnig erscheinen, was die Stimme des Sonnensterns in dir verlangt. Dein Verstand wird sich auflehnen gegen sie, wird tausend Dinge ins Feld führen, die vernünftiger scheinen und notwendiger, aber der Sonnenstern wirkt über die Grenzen des Verstandes hinweg, der nur dem kleinen Wohl des Augenblicks nachstellt. Der Sonnenstern wirkt für das Ganze, für die Eine Erkenntnis, deren Weg oft gewunden und lange scheint. Schaue immer auf das Ganze, Aelan, nicht auf die Teile.«

Lok-Ma blieb vor einer großen Türe stehen. »Mich rufen andere Pflichten, Aelan. Leb wohl.«
»Wann werden wir uns wiedersehen?« rief Aelan, als Lok-Ma die Türe öffnete und sich zum Gehen wandte.
»Der On-Nam wohnt in deinem Herzen, Aelan. Er ist immer bei dir. Er ist die Form des Sonnensterns, doch binde dich nie an seine äußere Gestalt. Vertraue nur der formlosen Wahrheit der Einen Kraft, die in dir wohnt.«
Lok-Ma verschwand durch die Türe. Aelan stand noch einen Augenblick unschlüssig, dann erwachte er in seinem Körper in der Hütte des Schreibers und schlug die Augen auf.

Das eisige Glühen der Krankheit war milder geworden und das Fallen durch die endlosen Räume des Todes zum Stillstand gekommen. Die Welt schien wirklicher jetzt, da der Schleier des Fiebers von ihr genommen war. Die Dinge in der Hütte des Schreibers standen wieder fest und solide an ihren Plätzen. Das Rauschen der Gebirgsgewässer, das von draußen hereindrang, schien nicht länger ein Abgrund, der alles in sich aufsog, das seinen lockenden Tönen lauschte. Auch die Schmerzen, die Aelans Wunde verursachte, schienen jetzt wirklicher und unmittelbarer. Aelan empfand sie nicht mehr als das dumpfe Pulsieren der Quelle des Todes, sondern als reinigendes, heilendes Brennen, das sich anschickte, die Krankheit aus dem Körper zu treiben. Aelan spürte neue Kraft. Er wollte sich aufrichten im Bett, doch ein jäher Schmerz raubte ihm fast die Besinnung.
»Nicht so ungeduldig, Aelan,« sagte der Schreiber, der einen neuen Verband mit dem Kräutergebräu tränkte, das über der Feuerstelle der Hütte kochte. »Es wird einige Zeit dauern, bis auch die Wunden deines Körpers sich schließen. Das Licht um dich ist wieder stark, doch Fleisch und Knochen brauchen gewöhnlich ein wenig länger.«
Aelan sank auf sein Lager zurück.
»In Feen erzählte man,« brachte er mühsam, mit leiser Stimme hervor, »daß der Bayhi in einer einzigen Nacht von seiner tödlichen Krankheit geheilt wurde.«
»Seine Krankheit war verursacht durch ein Gift der Nokam und wurde geheilt durch ein anderes. Der Bayhi ist ein Spielzeug in den Händen der dunklen Macht. Er hat die Heilung seines Leibes mit dem Tod seines Herzens bezahlt,« erwiderte der Schreiber. »Doch denke jetzt nicht an diese Dinge, sondern lasse den Namen des Sonnensterns in dir klingen. Nur er vermag dir zu helfen. Sei offen für seine Kraft. Du wirst viel

schlafen und dabei lernen, wie das Ban, das Licht der Einen Kraft, den Körper heilen kann. Dieses Wissen wird dir nützlich sein auf deinem Weg.«

Aelan nickte. »Was wird sein, wenn ich wieder gesund bin?«

»Du wirst hinausgehen in die Ebenen Atlans, um deine Aufgabe zu erfüllen.«

Aelan dachte an die Wälder, die er mit der Karawane durchreist, an die Hügel von Feen und an das nördliche Meer. »Wohin soll ich mich wenden?« fragte er.

»Es wird sich zeigen. Die Eine Kraft wird dich auf den Weg deiner Bestimmung führen. Vertraue ihr.«

Wieder nickte Aelan. Seine Lider wurden schwer. Die Stimme des Schreibers kam schon aus den Weiten des Schlafs. Aelan verstand nicht mehr, was sie sagte. Aber er spürte, daß alles gut war. Sein Körper versank wieder in den samtenen Welten des Traums.

In das Rauschen der Berggewässer mischte sich das Heulen des Windes in den Fugen der Hütte. Aelan hörte es nicht mehr.

# DRITTES BUCH

## Kapitel 1
## ALTE FREUNDE

Als die müden, verwilderten Gurenas die Kuppe des Hügels erreichten, ging ein Wolkenbruch nieder. Finsternis fiel mit dem prasselnden Regen wie ein schweres, nasses Tuch vom Himmel herab. Die Männer hielten die Pferde unter einem riesigen Tnajbaum an, dessen dichte, weit ausladende Krone ein wenig vor dem Regen schützte. Fröstelnd hüllten sie sich in ihre durchnäßten Mäntel. Die Hoffnungslosigkeit, in die sie versunken waren, schien durch den Regen, der seit Tagen fiel und sich jetzt zu wilder Heftigkeit steigerte, ins Unerträgliche gewachsen. Im selben Augenblick bemerkte einer der Männer die Bucht von Feen, die als dünner, heller Streifen irgendwo in der Ferne leuchtete. Sein Freudenschrei riß die anderen aus ihrer Teilnahmslosigkeit. Als auch sie das Schimmern zwischen den Bäumen erblickten, brachen sie in Jubel aus. Über ihre bärtigen Gesichter flog eine Welle von Glück und Triumph. Die beklemmende Angst, die sie seit ihrem Rückzug aus dem Brüllenden Schwarz nicht mehr verlassen hatte, fiel von ihnen ab wie ein zerbrochener Panzer und ließ die Erinnerung an die unseligen Erlebnisse ihrer Reise im Nichts zerfließen.
Das Schweigen des alten Handan, der wie ein Bergdämon vor dem Wasserfall erschienen war, herausgewachsen aus der steinernen Nadel, und der sie fortgewiesen hatte aus dem Tal, war ihnen mit niederdrückender Gewalt auf ihrem Weg durch die Gebirge und Wälder gefolgt. Der Alte hatte Hem-La, ihrem Herrn, den Sok mit den Waren abgenommen, hatte ihn fortgeschickt wie einen ungehorsamen Knaben, der seine verdiente Strafe erhalten hat. Nicht einmal ihre Toten hatten sie bestatten dürfen. Die gefallenen Kameraden mußten zurückbleiben in dieser verwunschenen Schlucht, ohne die Totenehren zu empfangen, die Gurenas gebührten, die im Kampf für ihren Herrn das Leben gaben. Aelan-Y aber, der zweite Herr der La, den sie geliebt und geschätzt, war unter den Toten. Niemand hatte gesehen, wie er gefallen war. Den verstörten Männern war erst auf dem Rückweg durch die

Schlucht zu Bewußtsein gekommen, daß er nicht mehr bei ihnen war. Hem-La aber hatte trotzig geschwiegen und einen vorwitzigen Frager mit unerhörter Grobheit zum Verstummen gebracht.
Der Herr der La schien von einem Bannfluch getroffen, seit der wundersame Alte zu ihm gesprochen. Niemand hatte seine Worte vernommen; sie waren untergegangen im Tosen des Wassers, doch sie hatten schreckliche Spuren hinterlassen im Gesicht des jungen Kaufmanns. Nichts war geblieben von seinem Hochmut, seiner Zuversicht, seiner gebieterischen Ungeduld. Hem-La schien zermalmt von den Worten des Alten, sein Gesicht war weiß wie Mehl und seine blitzenden Augen gebrochen. Mit tonloser Stimme hatte er den unverzüglichen Aufbruch befohlen, bevor das unergründliche Schweigen der Berge über ihn gefallen war. Er schien zusammengesunken in sich selbst, seine Bewegungen, mit denen er die Männer zur Eile getrieben, waren fahrig gewesen, wie die mechanischen Gesten eines Kambhuk, eines lebenden Toten. Seine Verstörtheit hatte sich auf die anderen übertragen. Eine unbestimmte Furcht hatte sich in ihnen festgekrallt, daß es zuletzt schien, als würden die Sieger über die Übermacht der Ponas vom Kampfplatz fliehen wie ein Haufen Feiglinge.
Hem-La hatte sie nach Vihnn geführt, und sie hatten sich in No-Ges Char niedergelassen, verschlossen, wortkarg, als wolle jeder die Erlebnisse am Brüllenden Schwarz fortdrängen aus der Erinnerung. Jedes Gespräch war nach wenigen Sätzen zerbröckelt, jeder zaghafte Scherz, mit dem sich die Männer Mut machen wollten, jeder Trinkspruch auf den Triumph über die Ponas wie ein Rinnsal im Sand versickert, und ihre Niedergeschlagenheit war mit jedem Wort gewachsen. Der dicke Wirt war neugierig von einem zum anderen gewieselt, um zu erfahren, was in der Schlucht des Am geschehen war, warum sie nicht weitergezogen waren ins Innere Tal nach ihrem Sieg, doch die Männer hatten nur die Achseln gezuckt, sich mit gesenkten Häuptern über ihre Becher gebeugt und mit versteckten Gesten auf ihren Anführer gedeutet, der schließlich dem Wirt mit knappen, scharfen Worten von dem Kampf berichtet, der allen Ponas und der Hälfte seiner eigenen Leute das Leben gekostet hatte. Dann hatte sich das eisige Schweigen, das Hem und seine Männer umgab, auch des übersprudelnden No-Ge bemächtigt. Kein Wort war gefallen über Aelan-Ys Tod und kein Wort über den Handan am Wasserfall des Brüllenden Schwarz.
Stumm war ihre Reise verlaufen, schweigend waren sie geritten, wortlos hatten sie ihre Lagerplätze bereitet, als mißtrauten sie einander, und als sie die Gebirge verlassen und den schmalen Pfad in die Wälder ge-

funden hatten, war in der bedrückenden Stille die Angst vor einem erneuten Überfall der Ponas gewachsen. Jeder der Männer wußte, daß sie den Räubern diesmal nicht würden standhalten können. Obwohl sie die Übermacht der Ponas im Tal besiegt, obwohl ihre Schwerter keinen der Feinde am Leben gelassen hatten, waren sie als Geschlagene aus dem Brüllenden Schwarz zurückgekehrt, erschöpft, ausgebrannt, leichte Beute für jede hergelaufene Schar von Straßenräubern. Doch nichts war ihnen zugestoßen im Bezirk der Ponas. Die Kraft des Schweigens, die schwer auf ihnen lastete, schien sie abzuschirmen von der Welt. Stumpf waren sie hintereinander hergeritten, im dünnen Regen, der den Weg durch das Dickicht aufweichte, im eintönigen, grauen Licht endloser Tage, die wie immerwährende Dämmerung schienen.

Nun aber, da der Bann brach, der sie so lange umschlossen, da der Wald und die Gebirge hinter ihnen lagen und sie das Leuchten ihres heimatlichen Meeres erblickten, wollte es ihnen scheinen, als seien sie von einer Reise durch die eisige Finsternis des Todes zurückgekehrt ins Licht des Lebens. Sie jubelten, schlugen sich gegenseitig auf die Schultern, und selbst Hem-La, der seit dem Aufbruch im Tal kein Wort an seine Gurenas gerichtet hatte, reckte sich hoch im Sattel auf, wandte sich zu den Männern um und lachte.

»Wir haben es geschafft!« rief er in das Rauschen des Regens, der allmählich nachließ. »Ich verspreche euch, ihr sollt doppelten Lohn erhalten für eure Tapferkeit.«

Die Soldaten zogen die Schwerter und antworteten mit einem Jubelschrei. Alle Mühen, alle Angst, der Tod ihrer Kameraden und der Tod von Aelan-Y versanken hinter ihnen wie ein böser Traum.

Nur Rah-Seph hielt sich im Hintergrund. Sein düsteres Gesicht erheiterte sich nicht, als er das Meer von Feen schimmern sah. Er war stets ein Stück hinter den Männern hergeritten, hatte sich im Lager von ihnen ferngehalten und ihre Blicke, die manchmal, wenn seltsame Geräusche oder Schatten im Wald waren, scheu nach ihm gespäht, ohne Regung abprallen lassen von sich. Den Soldaten schien der junge Gurena aus Kurteva ein Held, der imstande war, sie gegen jeden Feind zum Siege zu führen, seit sie ihn hatten kämpfen sehen im Brüllenden Schwarz, und allein seine Gegenwart vermochte ihre Furcht beim Ritt durch die Wälder zu lindern.

Hem bemerkte die eisige Zurückhaltung des Gurena. Entschlossen lenkte er sein Pferd in Rahs Nähe. Rah war der einzige, der wußte, daß Aelan durch den Pfeil von Hems Leibgurena gefallen war. Es war unerläßlich, den Verdacht zu zerstreuen, den er hegte, und den Seph günstig zu stimmen, bevor sie Feen erreichten. Es durfte keine Gerüchte geben beim Gesinde und bei den Neidern der La in der Stadt. Der Soldat, der Aelan niedergestreckt hatte, war tot. Rah selbst hatte ihn erschlagen. Niemand würde je erfahren, wer den Befehl erteilt hatte, den Handan zu ermorden. Es war ein Unfall in der Hitze der Schlacht gewesen oder ein Racheakt dieses Gurena. Hatte Aelan ihn nicht zur Rede gestellt wegen seiner Grobheiten, die er der Tochter der Sal angetan? Hatte es nicht Streit gegeben zwischen dem Handan und dem stolzen Gurena? Rah mußte es glauben. Dann würde diese leidige Angelegenheit für immer besiegelt sein. Eine prunkvolle Trauerfeier noch für den so unglücklich zu Tode gekommenen Handan, reiche Opfergaben, Klagegeheul und Gesänge der Priester, dann würde auch das Gesinde ihn vergessen, und es würde nur mehr einen Herrn geben im Hause La.

Als Hem auf Rah zuritt, als er die feinen, fast weiblichen Züge, die schönen, mandelförmigen Augen in dem unnahbaren Gesicht des Gurena sah, spürte er, wie sehr er ihn haßte. Er hatte die Schmach nicht verwunden, die ihm der hochmütige Jüngling aus Kurteva beim Abschiedsfest in der Delay des Kam zugefügt, die schroffe Verschlossenheit, mit der er jede freundschaftliche Annäherung zurückgewiesen. Ihn, Hem-La, den Herrn eines der bedeutendsten Handelshäuser Atlans, der ihn mit Geschenken und Zeichen der Gunst überhäuft, hatte er behandelt wie einen lästigen, aufdringlichen Bittsteller, der um Freundschaft und gute Worte buhlt, dem Handan aber, dem hergelaufenen, ungehobelten Kerl aus den Gebirgen, hatte er sich zugewandt. Nun war der schafsgesichtige Am tot. Wenn sein Tod den Gurena schmerzte, so war das nur gut. Unversöhnlich brach Hems bitterer Groll gegen Rah-Seph auf. Noch war diese Beleidigung nicht abgewaschen. Rah sollte büßen für seinen Hochmut, wenn die Zeit reif war. Keiner sollte es je wagen dürfen, den Herrn der La zu beleidigen. Zugleich aber dachte Hem an Sen-Jus Worte, an den Rat des alten Lehrers, sich der Gunst des Seph zu versichern, da der Be'el auch ihm eine wichtige Rolle zuweisen würde im Reich seiner kommenden Macht. Die Seph waren eine der einflußreichsten Familien Kurtevas. Sie standen dem Tat-Tsok nahe. Und doch, Rah sollte die Rache der La fühlen. Irgendwann würde der rechte Augenblick kommen, ihn zu verderben.

»Ich danke euch allen,« rief Hem, als er an seinen Männern vorüberritt. Sein Gesicht strahlte. Nichts verriet den Haß, den er mühsam in sich unterdrückte. »Wir werden ein rauschendes Fest feiern in Dweny. Es soll euch für alle Entbehrungen dieser Reise entschädigen.«

Die Gurenas lachten.
»Und Euch, Rah-Seph, Euch gilt mein Dank ganz besonders,« sagte er laut, als er sein Pferd neben dem des Gurena anhielt.
Ohne den Kaufmann eines Blickes zu würdigen, trieb Rah sein Pferd an und ließ Hem stehen. Von seinem unbewegten Gesicht troff der Regen.
Ohnmächtiger Haß stieg in Hem auf, brennende Verbitterung, die ihm für einen Augenblick fast die Sinne raubte. Dann faßte er sich, gab seinem Pferd die Sporen und hielt es neben dem von Rah. Freundlich, um nicht das Gesicht zu verlieren vor seinen Männern, die ihre Blicke auf ihre beiden Führer gerichtet hielten, sprach er weiter, als hätte er die Geste des Gurena nicht bemerkt:
»Ihr habt die Gurenas gut geführt, Rah-Seph. Eure bloße Gegenwart hat sie beflügelt und ihnen Mut eingeflößt. Ich danke Sen-Ju, daß er einen solchen Meister des Krieges für das Haus der La zu gewinnen vermochte.«
Rah warf dem Kaufmann einen geringschätzigen Blick zu. Kalte Verachtung für diesen Heuchler und Mörder blitzte in seinen Augen. Es kostete ihn Mühe, seine Stimme zu beherrschen, als er Hem antwortete.
»Eine unglückliche Verwicklung hat mich gezwungen, diesen Dienst anzunehmen. Ich bin seiner ledig, wenn ich die Soldaten zu den Toren Feens geleitet habe.«
»Heißt das, daß Ihr uns verlassen wollt?«
Rah schwieg.
»Natürlich, Ihr seid frei zu gehen, aber ich habe niemals geglaubt, daß man Euch zu Eurem Dienst gezwungen hat. Ihr habt das Haus der La mit Eurem Leben verteidigt. Und Ihr sollt reichen Lohn dafür erhalten.«
»Glaube nicht, daß ich auch nur ein Bronzestück aus deinen Händen annehme. Es klebt Blut an deinem Reichtum, Hem-La,« preßte Rah hervor.
Hem schmunzelte, als er die Erregung des Gurena bemerkte. Versetze einen Feind in Aufregung und du hast ihn halb bezwungen, hatte Sen-Ju einmal bemerkt. Mit übertriebener Freundlichkeit, um den Haß des Gurena weiter anzustacheln, fuhr Hem fort: »Woher rührt Eure Verbitterung, Rah-Seph? Hat Euch Aelans Tod so betrübt? Ja, sein Tod ist schmerzlich. Wir alle werden uns dieses schweren Verlustes wohl erst in vollem Umfang bewußt werden, wenn wir nach Feen zurückgekehrt sind. Wir waren nicht immer einer Meinung, doch er ist

mir ans Herz gewachsen in dem einen Jahr, das er bei uns verbrachte.«
»So sehr ist er Euch ans Herz gewachsen, daß Euer Leibgurena Euch von ihm trennen mußte mit einem Pfeil aus dem Hinterhalt.«
»Oh, ist es das, was Euch gegen mich aufbringt?« Hem lachte gekünstelt. »Ich habe lange gerätselt, was wohl der Grund sei für Euer schroffes Benehmen und bin zu keinem Schluß gelangt, da ich Euch nichts getan habe und Euch immer geneigt war. Ich wollte Euch zum Freund gewinnen, Rah-Seph. Jetzt aber verstehe ich. Ihr glaubt, ich sei schuld an Aelans Tod.« Hem sprach hastig, mit unnatürlich gehobener Stimme. »Doch überlegt. Was für einen Grund hätte ich, ihm übel gesonnen zu sein? Wir haben ihn aufgenommen in unser Haus und mein Vater hat ihm einige unbedeutende Güter vermacht, die kaum ins Gewicht fallen. In aller Bescheidenheit, das Haus La ist ohne weiteres in der Lage, eine ganze Reihe von Söhnen auszustatten, ohne daß es Neid und Mißgunst geben muß zwischen ihnen. Aelan und ich waren Freunde. Ich habe ihn eingeführt in die Welt der Stadt. Er hat sein ganzes Leben in diesem Tal verbracht und wußte nichts von unseren Gepflogenheiten und Sitten. Ich habe ihn ins Herz geschlossen wie einen kleinen Bruder. Außerdem hat er mir das Leben gerettet. Sein Tod hat mich tief getroffen. Aber ich kann Euch sagen, warum mein Gurena ihn ermordete. Er hatte Streit mit Aelan wegen einer Frau, hat ihn vor meinen Augen angegriffen und wurde für diese Unbeherrschtheit vor allen Kameraden gerügt, mußte sich entschuldigen bei Aelan. Der Gurena fand im Getümmel der Schlacht eine gute Gelegenheit, seine gekränkte Ehre zu rächen. Hättet Ihr ihn nicht erschlagen, ich hätte ihn zu Tode foltern lassen für diesen feigen Mord. Er hatte Glück, daß Euer Schwert ihm einen schmerzlosen Tod bereitete.«
»Ihr sprecht sehr viel, Hem-La,« antwortete Rah kalt. Seine Verachtung für den Kaufmannssohn, der sich in Lügen wand, um sein Gewissen zu beruhigen, wuchs ins Unermeßliche.
»Ich hoffe, daß Ihr nicht länger auf Euren irrigen Meinungen beharrt, Rah-Seph. Reiten wir zurück nach Feen. Der Weg die Bucht entlang wird uns leicht fallen nach den Beschwerden in den Wäldern und Gebirgen. Feiern wir zusammen das Fest des Sonnensterns als Dank für unsere glückliche Heimkehr. Dann seid frei, zu bleiben oder zu gehen wie es Euch beliebt. Doch wißt, ich wünsche sehr, daß Ihr bei uns bleibt. Es werden neue Zeiten anbrechen in Atlan und es wäre schade, wenn zwei Männer, die im Grunde ihres Herzens für die gleiche Sache kämpfen, zu Feinden würden wegen eines Mißverständnisses,« sagte

Hem gönnerhaft. »Sen-Ju hat mir anvertraut, daß auch Ihr der Macht dient, die bald wieder Atlan beherrschen wird.«

»Ich werde nie der gleichen Sache dienen wie du, Hem-La. Und ich feiere das Fest des Sonnensterns lieber im Wald unter den Tieren als im Hause eines Lügners und Mörders,« zischte Rah, unfähig, sich länger in der Gewalt zu halten.

Hems Gesicht wurde weiß wie Kalk. Seine Hand fuhr zum Schwert, doch er besann sich eines Besseren. Seine Waffe war machtlos gegen die von Rah. Es wäre ein Genuß für diesen Gurena, ihn jetzt, vor den Augen der Männer, im Kampf zu töten.

»Dann geh in die Wälder, wo du hingehörst! Ich wünsche dir, daß dich die wilden Tiere und die Räuber zerreißen!« preßte er atemlos hervor. Sein wild aufkochender Haß schnürte ihm die Kehle zu.

»So gefällst du mir besser, Hem-La,« lachte Rah. »Dein Haß ist mir lieber als deine Heuchelei, denn er zeigt dein wahres Gesicht, und wenn du ein Mann wärst, dann hättest du das Schwert gezogen.«

Rah gab seinem Pferd die Fersen und sprengte davon.

Als Hem-Las Karawane das Haus der La erreichte, wurde sie von einer aufgeregten Dienerschaft empfangen.

»Große Dinge haben sich in Eurer Abwesenheit ereignet, Herr,« sagte der Erste Verwalter, der mit aufgeregten Gesten die Knechte und Mägde verscheuchte und seinen Herrn beiseite nahm.

»Wo ist Sen-Ju?« fragte Hem. »Was soll diese Aufregung bedeuten?«

»Oh, es ist soviel Unerwartetes geschehen, daß wir alle noch fassungslos sind,« antwortete der Verwalter, während er um seinen Herrn herum buckelte und schwänzelte.

»So rede doch endlich!« befahl der Kaufmann.

»Ich weiß nicht, wo ich beginnen soll und finde nicht die richtigen Worte, doch es warten Boten aus Kurteva auf Euch. Sie kamen gestern vom großen Herrn und können Euch besser berichten als ich. Auch ich weiß nur Bruchstücke, doch schon diese ...«

»Wer ist der 'große Herr'?« unterbrach ihn Hem, während sie zum Haus gingen. Die anderen Diener redeten aufgeregt auf die Gurenas ein, die von den Pferden stiegen und noch glaubten, diese Aufregung gelte allein ihrer glücklichen und siegreichen Rückkehr.

»Oh, Herr, ich vermag es kaum auszudrücken, doch der edle Sen-Ju, der solange still dem Haus der La diente, er ist nach Kurteva gereist, und er ist ...«

Sie betraten die Empfangshalle des Hauses. Der Verwalter verstummte, als er einen der Boten aus Kurteva erblickte. Es war ein großer, hagerer Mann im Gewand eines Hohepriesters des Be'el. Er kam auf Hem zu, der ihn verwundert musterte, verneigte sich und bedeutete dem Verwalter mit herrischer Geste, sich zurückzuziehen.

»Verzeiht, daß ich Euch anstelle Eures Freundes und Lehrers in Eurem Hause empfange,« sagte der Fremde. »Aber der, den ihr Sen-Ju nanntet, ist aufgehalten von wichtigen Pflichten in Kurteva. Er hat mich gesandt, Euch zu berichten. Doch Ihr seid müde von der Reise. Wollt Ihr Euch erfrischen, bevor wir sprechen?«

»Nein, nein, gehen wir in mein Kontor,« erwiderte Hem.

»Darf ich annehmen, daß Eure Reise in die Gebirge erfolgreich war?« fragte der Tam-Be'el.

Hem musterte ihn kurz. Der Mann nickte ihm mit wissendem Lächeln zu.

»Oh ja, sie war in jeder Beziehung erfolgreich,« antwortete Hem.

»In jeder?« lächelte der Priester.

Hem stutzte einen Moment, bevor er verstand.

»In jeder!« nickte er.

Der Tam-Be'el verneigte sich. »Der Herr der Flamme wird erfreut sein, vom Tod des Verräters zu hören.«

»Berichtet mir. Was ist geschehen, daß Ihr in aller Offenheit die Gewänder der Flamme tragt? Noch vor meiner Abreise hätte man Euch dafür in Stücke gerissen. Und wo ist Sen-Ju?« drängte Hem-La.

Der Tam-Be'el kostete die Neugierde des jungen Kaufmanns aus, bis sie sich in Hems Kontor niedergelassen hatten.

»Den ihr Sen-Ju nanntet, kam in Verkleidung in Euer Haus, als die Flamme verraten wurde von der Priesterschaft des Tat. Er ist der mächtigste Diener des Be'el, einer des Xem, des innersten Kerns der Flamme, der Meister des Feuers. Sein Name im Be'el ist Xerck, doch als Sen-Ju fand er Geborgenheit und Schutz im Hause der La in der schweren Zeit der Verbannung.«

Hem starrte den Tam-Be'el entgeistert an.

»Der Name Sen-Ju barg ihn vor seinen Verfolgern. Die Sicherheit des Hauses La gab ihm die Kraft, im Geheimen die Rückkehr der Flamme zu fördern. Vergeßt diesen Namen, als sei er nie gewesen. Die Masken der Flamme sind gefallen. Der Herr des Feuers ist zurückgekehrt nach Kurteva. Die Schale des falschen Namens, die ihn beschützte in Zeiten der Not, ist verbrannt im Feuer der Wahrheit. Der Be'el ist zurückgekehrt in die Tempel von Kurteva und seine Flamme wird wieder über Atlan leuchten. Sie wird den falschen Kult des Tat, der sie einst verraten, zu Asche brennen. Ihr sollt vergessen, was in der Vergangenheit war, Hem-La, doch seid sicher, daß Er nicht vergessen wird, was die La für ihn getan. Die Strafe für die Verräter wird fürchterlich sein, von unermeßlicher Gnade aber der Lohn für alle, die der Flamme die Treue hielten.«

Der Tam-Be'el lächelte und weidete sich an Hems Überraschung.

»Xerck hat mich gesandt, Euch zu berichten. Ich bin mit zwei Gurenas gereist, die der Flamme ergeben sind. Meine Aufgabe ist es, Euch und Rah-Seph, der Euch auf Eurer Reise in die Gebirge begleitete, nach Kurteva zu rufen. Eine neue Zeit ist angebrochen in Atlan, und Ihr, Hem-La, Ihr steht hoch im Licht der Gnade des Be'el. Xerck ist Euch wohl gesonnen. Er liebt Euch wie einen eigenen Sohn. Er befahl mir, Euch dies zu bestellen, bevor die Gurenas Euch aufsuchen, um die offiziellen Schreiben der Tnachas vom Hof des Tat-Tsok zu übergeben. Sein hohes Amt wird nicht immer gestatten, daß er Euch persönlich seine Gunst erweist, denn ihm, der den Willen des Einen Be'el ausführt, hat menschliche Bindung fremd zu sein, doch bat er mich, Euch zu behandeln wie seinen leiblichen Sohn. Ich soll Euch an das Gespräch erinnern, das er in der Nacht mit Euch führte, als Ihr aus Kurteva zurückkehrtet und er Euch den Tod Eures Vaters meldete.«

Hem nickte. »Ich danke Euch ... Verzeiht, wenn ich mich erst fassen muß.«

»Es ist gut. Werdet Ihr kommen nach Kurteva?«

»Ja. Doch es gibt Dinge, die geregelt werden müssen, bevor ich erneut abreisen kann. Ich war dem Hause lange fern. Ist es Zeit genug, wenn wir nach dem Fest des Sonnensterns aufbrechen?«

»Ganz wie es Euch beliebt. Es wird ein Haus bereitstehen für Euch in Kurteva, das dem Herrn der La würdig sein wird. Dies soll nur eine kleine Geste der Liebe von Eurem Vater im Be'el an Euch sein. Ihr könnt reisen, wann immer es Euch genehm ist.«

»Gut.« Ein rauschhaftes Gefühl des Triumphes begann sich in Hem auszubreiten. »Wir werden ein Festmahl halten, um diese glückliche Stunde würdig zu begehen. Und wir werden das Sonnensternfest feiern zu Ehren der Flamme, die aus der Verbannung zurückgekehrt ist. Seid mein Ehrengast und berichtet ausführlich, was in Kurteva geschehen ist, während ich in den Gebirgen weilte.«

»Gerne nehme ich Eure Einladung an. Doch nun muß ich Rah-Seph aufsuchen. Auch ihm ist die Flamme verpflichtet in ihrer allweisen Gerechtigkeit. Er hat sein Schwert für sie geführt im Kampf gegen die Lüge des Tat und die Verbannung auf sich genommen. Auch ihn erwarten

hohe Ehren. Ich wurde gesandt, Euch zu unterrichten, die beiden Gurenas aber sollen Rah bitten, nach Kurteva zu kommen.«
Hem schwieg einen Augenblick betreten. »Rah-Seph verließ uns an den Toren von Feen. Er ist ein stolzer Mann, der den Dienst für ein Kaufmannshaus als Zwang empfand und frei sein wollte, wieder ein Leben als wandernder Krieger zu führen, wie er es tat, bevor er nach Feen kam. Ich habe versucht, ihn zu überreden, das Sonnensternfest mit uns zu feiern, allein er zog es vor, in die Wälder zu reiten.«
»Das ist betrüblich. Es ist der Wille der Flamme, daß der Sohn der Seph den Ruhm seines Hauses mit dem Sieg des Feuers verbindet. Die beiden Krieger, die mich begleiten, sind Freunde von ihm aus der Ghura, in der er das Handwerk des Schwertes erlernte. Sie werden sogleich ausreiten, um ihn aufzufinden. Hat er ein Ziel seines Weges genannt?«
Hem schüttelte den Kopf. »Er nahm die alte Karawanenstraße nach Süden. Ich warnte ihn vor den Räubern, die auf diesem Weg lauern, doch er wollte nicht hören.«
»Gut. Ich werde die Gurenas noch in dieser Stunde auf seine Fährte setzen.«
Der Tam-Be'el neigte den Kopf und zog sich zurück. Hem schloß die Türe hinter ihm, schickte die Diener weg, die auf ihn warteten und ließ sich auf sein Polsterlager fallen, um den Sturm der Neuigkeiten zu ordnen.

Rah ließ sein Pferd durch die Einsamkeit des Waldes traben. Die Karawanenstraße nach Ütock war lange schon verlassen, seit die Ponas in den nördlichen Wäldern herrschten. Sie war zu einem schlechten Pfad verkommen, überwachsen von Gras und Büschen und oft versperrt von gefallenen Bäumen. Rah kümmerte sich nicht darum. Wie so oft im vergangenen Jahr, als er ziellos durch die Wälder gestreift war, ließ er sein Pferd gehen, wohin es wollte. Wie eine Erlösung schien es ihm, wieder alleine zu sein in der unendlichen Weite des Waldes. Es war, als sei er aus einem Alptraum erwacht. Rah versuchte, ihn so rasch wie möglich zu vergessen. Doch die Erinnerung an die Reise in die Gebirge zog wie ein Spuk durch seinen Kopf. Erst jetzt stiegen die wirren Bilder in ihm auf, jetzt, da die Glocke des Schweigens zerbrochen war und die Angst der Soldaten, der Haß Hem-Las und die Zerknirschung über den unwürdigen Frondienst für einen Kaufmann nicht mehr an ihm hingen wie Gewichte aus Blei. Rah vermochte wieder frei zu atmen, schien einen Augenblick glücklich über die wiedererlangte Ungebundenheit, doch dann schnürten diese Bilder, die sich unauslöschlich in seine Erinnerung gebrannt, von Neuem sein Herz zusammen.

Er dachte an Aelan, spürte, daß der Schmerz um den Verlust dieses Menschen, den er kaum gekannt, doch der seinem Herzen nahe schien wie ein Bruder, von unermeßlicher Tiefe war. Er sah das Gesicht des Handan vor sich, seine dunklen Augen, und es schien in diesem Moment, als wären sie ihm seit Anbeginn der Zeit vertraut, als hätte er sie schon tausendmal verloren und tausendmal wiedergefunden im endlosen Strom des Lebens. Wie eine Klinge schnitt dieser Schmerz durch sein Inneres. Es war, als spalte er einen Vorhang in zwei Teile, der sich über einen unendlichen, schwarzen Abgrund spannte. Eine sternlose Nacht wölbte sich dort, durchzuckt von Blitzen, die Bilder aus der Dunkelheit lösten, Bruchstücke eines gewaltigen Mosaiks, dessen Gesamtheit Rah nicht zu überschauen vermochte. Zusammenhanglose Bildfetzen flogen an seinem inneren Auge vorbei. Er sah Krieger mit silbernen Dreiecken auf der Stirn mit vor Haß funkelnden Augen auf sich losstürmen. Er sah, im Niederfallen, wirbelnd um seinen Kopf, den wie Schnee schimmernden Marmor eines Tempels, die gnadenlos stechende Sonne. Er sah Schwerter auf sich herabzucken, blitzend im grellen Licht, und zwischen ihnen, in einem innig vertrauten und geliebten Gesicht, das sich spannte zu einem ohnmächtigen Schrei des Entsetzens, sah er die Augen des Handan. Er klammerte sich an sie in bitterer Verzweiflung, sank in sie hinein in diesem stillstehenden Augenblick des Sterbens und verlor sie dann, als die Nacht des Todes über ihm zusammenschlug. Rah war gebannt von diesen Bildsplittern. Er strengte sich an, die innere Nacht weiter zu durchdringen, doch die Bilder flohen vor seiner drängenden Neugierde. Stattdessen stieg die Erinnerung an den Alten im Brüllenden Schwarz in ihm auf, die zu Stein erstarrte Erscheinung, die ihm Angst und Neugierde zur gleichen Zeit eingeflößt. Als er das Brüllende Schwarz zum ersten Mal erblickt hatte, den kreisförmigen Talkessel, den Wasserfall und die steinerne, schwarze Nadel inmitten der tosenden Gischt, hatte er für einen Augenblick geglaubt, diesen verborgenen Ort zu kennen. Rah verlor sich im Strom der Eindrücke. Der Wunsch regte sich in ihm, in die Gebirge zurückzureiten, um noch einmal in das Tal vorzudringen, nach dem Alten zu suchen und nach den letzten Spuren von Aelan. Vielleicht war er nicht tot. Vielleicht hatte ihn die Magie der Berge auferweckt von den Toten. Rah sah den Handan noch einmal fallen, sah den Pfeil in den Rücken dringen und sah das in Haß und Triumph verzerrte Gesicht des Gurena, das sich jäh zu namenlosem Entsetzen wandelte, als die Klinge der Seph auf ihn herabfuhr. Resignation breitete sich aus in Rah. Niemand vermochte einen solchen Schuß zu überleben.

Der Gurena aus Kurteva zog seine Ne-Flöte hervor und begann zu spielen. Trauer schwang in den sanften Tönen der Ne, die zitternd zwischen den Bäumen widerhallten. Es war Rah gleichgültig in diesem Augenblick, ob er mit ihnen die wilden Tiere anlockte oder die Räuber, die Hem-La zu seinem Verderben herbeigewünscht.
»Warum so traurig, junger Krieger?« sagte plötzlich eine krächzende Stimme.
Rah fuhr herum und ließ das Schwert der Seph aus der Scheide fahren. Blitzschnell war diese Bewegung, die Rah kampfbereit machte, und doch wurde ihm schmerzlich bewußt, daß das Ka ihn verlassen hatte, denn er hatte die Gegenwart eines Fremden an seinem Weg nicht rechtzeitig erspürt. Ein Pfeil aus dem Hinterhalt hätte ihn erlegt wie ein wehrloses Tier.
Aus dem dichten Unterholz neben dem Saumpfad ragte der runde, von struppigen, weißen Haaren umwucherte Kopf eines alten Mannes. Die Haut seines Gesichtes glich brüchigem Leder und verzog sich in unzählige Runzeln, als er in einem anerkennenden Lachen den zahnlosen Mund öffnete. Seine schwarzen Augen blitzten lebhaft.
»Ah, du bist schnell mit dem Schwert, junger Mann,« krähte er. »Doch wenn es dich nicht zu sehr danach gelüstet, mich zu erschlagen, so laß mich leben, denn ich bin kein Räuber und habe nicht vor, dir etwas zuleide zu tun. Aber wenn du unbedingt dein schnelles Schwert mit meinem Leib bekanntmachen willst, dann verspreche mir, an meinem Grab ebenso schön und traurig die Ne zu spielen, wie du es gerade getan hast. Es bringt selbst die Bären und Wölfe des Waldes zum Weinen.«
Rah lächelte und ließ das Schwert in die Scheide gleiten.
»Warum lauerst du mir am Weg auf, alter Mann?« fragte er mit gespielter Strenge. »Was tust du alleine in den Wäldern?«
»Ich wohne hier, aber was machst du so einsam in den Wäldern, junger Mann mit dem schnellen Schwert. Hast du keine Angst vor den Ponas?«
»Was sollten die Ponas von mir wollen? Ich habe kein Geld und keine Schätze bei mir und es folgt mir keine Karawane.«
»Sie könnten dir dein junges Leben rauben.«
Rah zuckte die Achseln. »Hast du denn keine Angst vor ihnen?«
»Warum denn? Ich bin alt. Mein Leben ist keinen Pfifferling wert. Warum sollten sie es mir also rauben?« lachte der Alte. Rah mußte mitlachen.
»Wer seid Ihr denn?« fragte er und fiel ganz selbstverständlich in die höfliche Form der Anrede.

»Ich habe meinen Namen längst vergessen. In den Wäldern braucht man nämlich keinen mehr, mußt du wissen, aber ich bin sicher, daß du noch einen hast. Willst du ihn mir sagen? Ich höre nicht oft Namen hier.«
»Ich heiße Rah-Seph!«
»Oh, oh, welche Ehre! Ein Sproß der berühmten Seph aus Kurteva!« Der Alte kam aus dem Busch hervorgekrochen und machte übertriebene Verbeugungen vor Rah.
»Woher kennt Ihr mich?«
»Ich kenne nicht dich, sondern die Seph. Wer kennt sie nicht in Kurteva, die ersten Gurenas des Tat-Tsok. Ich habe zwar meinen eigenen Namen vergessen, nicht aber den der Seph. Welche Ehre, oh, welche große Ehre.«
Die Worte des Alten schnürten Rahs Kehle zu. Sehnsucht nach Kurteva, nach seinem Vater, nach seiner Schwester, nach seinen Freunden quoll wie bitteres Gift in sein Herz. Lange hatte er nicht mehr daran gedacht, daß er auf ewig verbannt war aus der Stadt der Väter.
Er beschwichtigte den Alten mit fahrigen Handbewegungen.
»Und Ihr seid ein Dhan?« fragte Rah, um ihn abzulenken.
»Ein Dhan? Gut. Ganz wie du willst. Aber was ist ein Dhan? Die Bettler, die Gebete herunterleiern, um ein paar Kupfermünzen zu ergattern, nennen sich Dhans, und so tun es die Wanderprediger, die mit erhobenem Zeigefinger die kleinen Kinder erschrecken. Bin ich wirklich ein Dhan?«
»Nun gut, ich sehe, Ihr seid ein echter Dhan,« erwiderte Rah schmunzelnd.
»Ein echter?« Der Alte kam heran und streckte Rah den Arm entgegen. »Willst du hineinbeißen, um dich zu überzeugen, ob ich echt bin? Manchmal wüßte ich selbst gerne, ob ich echt bin oder ob ich mich nur träume.«
»Nein,« lachte Rah, »ich glaube es, auch ohne Euch zu beißen.«
»Gut. Es wäre mir eine große Ehre, dir ein Lager für die Nacht in meiner bescheidenen Behausung anbieten zu dürfen, Rah-Seph. Ich habe nicht alle Tage solch berühmte Gäste.«
Rah suchte nach einer Ausrede, um die Einladung des Alten höflich abzuschlagen, doch dann spürte er das Verlangen, wieder einmal mit einem Menschen zu sprechen, der nicht verdorben war von der Gier und dem Haß dieser Zeit.
»Es wird mir eine Ehre sein, die Nacht bei einem echten Dhan zu verbringen,« sagte er und neigte den Kopf.

»Nun, dann steige ab von deinem Pferd. Zu meinem Schloß kann man nicht reiten.«

Rah gehorchte. Der Alte führte ihn in das Dickicht des Waldes hinein. Die Abenddämmerung wischte zartes Rosa über die Stücke des Himmels, die sich über den hohen, leise schwankenden Wipfeln zeigten. Der Dhan hatte in der Krone eines gewaltigen Tnajbaumes eine Hütte aus Holz und Laub gebaut. Rah vermochte sie zwischen den Ästen und Zweigen kaum zu erkennen. Der Alte nahm einen langen Stock aus dem Dickicht und angelte ein Seil herunter, das am untersten Ast des Baumes befestigt war.

»Gehe nur schon hinauf. Ich komme gleich nach,« sagte der Dhan, ließ sich auf dem Boden nieder und schloß die Augen.

Rah nahm seinem Pferd den Sattel ab und ließ es an dem Bach trinken, der unweit des Baumes vorüberfloß. Dann kletterte er an dem Seil empor. Der Dhan saß noch immer am Boden und vollführte mit seinem Oberkörper langsame, kreisende Bewegungen.

Rah ließ sich auf der untersten Ebene des Baumhauses nieder und wartete. Kurz darauf erschien der zerzauste, ledrige Kopf des Alten im dichten Laub des Baumes. Gewandt kletterte er herauf, zog das Seil nach sich und befestigte es an einem Ast.

»Jetzt sind wir sicher,« kicherte er. »Selbst die Ponas haben mein Schloß noch nicht entdeckt.«

»Was habt Ihr dort unten gemacht?« fragte Rah.

»Ich hörte als Kind die Geschichte von einem Dhan, der auf einem Baum wohnte wie ich, und dem eines Tages, als ihn ein wildes Tier verfolgte, nicht mehr die Zeit blieb, sich sein Seil vom Ast zu holen. Also setzte er sich auf den Boden, schloß die Augen und gelangte ohne Seil zu seiner Hütte. So hatte er zufällig eine äußerst nützliche Fähigkeit in sich entdeckt und ging fortan nur mehr auf diese Weise in seinem Hause ein und aus. Als ich diese Geschichte hörte, wußte ich, daß ich das eines Tages auch tun würde,« erzählte der Dhan.

»Aber es scheint noch nicht recht zu gelingen,« schmunzelte Rah.

»Nun, junger Freund, ich übe es erst seit sechsundsechzig Jahren, oder auch schon seit siebenundsechzig. Mein Kalender, den ich in einen Stein ritzte, ging mir leider eines Winters verloren.«

»Vielleicht solltet ihr Euch von einem wilden Tier verfolgen lassen wie Euer Vorbild,« sagte Rah.

»Das ist schlecht möglich. Die Tiere des Waldes sind meine Brüder und Schwestern. Keines käme auf den Gedanken, mich zu verfolgen.«

»Dann müßt Ihr eben weiterüben,« lachte der Gurena.

»Dazu bin ich hier. Doch ich muß dir sagen, zu einem winzigen Teil ist mein Bemühen schon erfolgreich.«
»Wie das?«
»Es gelingt mir ohne weiteres, vom Waldboden zu meinem Haus heraufzufliegen, nur dieser faule, träge, nichtsnutzige Körper bleibt stur unten sitzen und will sich nicht von der Stelle rühren. Als sei er festgenagelt am Boden. Er weigert sich einfach, will mir nicht folgen, so sehr ich mich auch bemühe, ihn von der Stelle zu rücken.«
Rah lachte, doch etwas in ihm horchte auf.
»Aber ich will dich nicht mit meinen Problemen langweilen, Rah-Seph. Komm herein, wir wollen zu Abend essen. Ich freue mich, wieder einmal einen Gast zu haben, mit dem sich gut plaudern läßt. Verzeih übrigens, wenn ich dich nicht in der Form anspreche, wie es dir gebührt, aber ich habe mich daran gewöhnt, daß im Wald alle Lebewesen auf gleicher Stufe stehen. Hier gibt es nichts höheres und niederes.«
Rah nickte und folgte dem Alten in die enge, dunkle Hütte.
»Ich kann dir nichts kochen, denn ich habe kein Feuer mehr seit vielen Jahren.«
»Aber weißt du denn nicht, wie man Feuer schlägt?«
»Doch, aber ich brauche kein Feuer mehr. Wer sonst hat Feuer im Wald? Die Bären etwa oder die Vögel? Warum sollte also ich welches haben? Es ist eines von den Dingen, auf das die Menschen so stolz sind, aber die eigentlich keinen Wert besitzen.«
Rah schmunzelte. Er hatte auf seinen Streifzügen schon viele Dhans kennengelernt. Einige lebten in den Wäldern in tiefem Schweigen und sprachen selbst zu ihren Gästen, die sie widerwillig beherbergten, kein Wort, andere waren nicht mehr Herr ihrer Sinne, benahmen sich wie Narren und plapperten wirres Zeug, wieder andere vollführten die absonderlichsten Übungen und Kasteiungen, um die Erleuchtung zu erlangen, um derer willen sie sich in die Einsamkeit zurückgezogen, und einige hatten in der Abgeschiedenheit der Wälder eine schlichte Weisheit des Herzens gewonnen, deren stiller Glanz sich auf wundersame Weise ihren vereinzelten Gästen mitteilte und sie für eine Weile ablenkte von ihren Sorgen und dem ruhelosen Treiben der Welt.
Der Alte bereitete ein Mahl aus rohen Pilzen, Kräutern und Beeren, das Rah vorzüglich mundete.
»Was machst du im Winter ohne Feuer?« fragte der Gurena.
»Was machen die Tiere des Waldes im Winter ohne Feuer? Sie sitzen in ihren Höhlen und warten, bis er vorüber ist. Was kann schon ein Feuer ausrichten gegen den Winter, wenn unser Herz nicht warm ist?«

Rah nickte nachdenklich. »Da magst du recht haben.«
»Willst du mir ein paar Neuigkeiten berichten aus Kurteva?« fragte der Dhan. »Du wirst verstehen, daß ich nicht besonders gut unterrichtet bin. Seit keine Karawanen mehr auf der Straße reisen, erfahre ich immer weniger über die Dinge der großen Welt. Nicht daß ich an ihnen interessiert wäre, aber manchmal höre ich gerne eine gute Geschichte aus der Welt hinter dem Wald.«
»Ich kann dir wenig berichten,« erwiderte Rah. »Auch ich habe die Wälder durchstreift und Kurteva lange nicht gesehen.«
»Was hat ein Seph in den Wäldern verloren? Haben es sich die jungen Gurenas etwa wieder angewöhnt, nach Drachen, verwunschenen Jungfrauen, Dämonen, Jahchs oder ähnlichen Hirngespinsten zu suchen? Ich kann dir versichern, es gibt sie nicht mehr.«
Rah schüttelte den Kopf.
»Oder hast du Schwierigkeiten bekommen mit den Priestern?«
Rah blitzte ihn an. »Warum sagst du das?«
»Oh, es ist nicht schwer, den Haß der Priester gegen sich aufzubringen. Bilde dir nichts darauf ein. Würde mir mein Name wieder einfallen, könnte ich dir erzählen, was mich in die Wälder getrieben hat, aber leider ist meine Geschichte mit meinem Namen verlorengegangen.« Der Alte kicherte. »Kein schlechter Zustand übrigens. Ich jedenfalls vermisse weder meinen Namen noch meine Geschichte.«
»Wie lange bist du schon in den Wäldern?«
»Lange schon. Ich habe den Tat-Sanla noch gesehen, als ich ein Jüngling war, bevor ihn die Priester nach Kurteva schleppten, um sein Blut ihrem Götzen zu trinken zu geben. Siehst du, auch der Sanla hat nichts anderes getan, als zu verkünden, daß Liebe und Sanftmut die Gier und den Haß ersetzen sollten in den Herzen der Menschen, und schon hatte er die Priester gegen sich. Atlan treibt dem Untergang entgegen wie ein Stück Holz auf dem Fluß, wenn Heilige wie der Sanla im Namen falscher Götter ermordet werden.«
»Es heißt, er sei wiedergekommen,« sagte Rah.
»Er selbst hat geweissagt, daß er wiederkommen werde, um seine Mission zu erfüllen.«
»Man sagt, seine Sanftmut habe sich bewaffnet mit Schwert und Speer.«
»In diesen dunklen Zeiten muß das Gute kämpfen, um dem Bösen zu widerstehen. Der Sanla prophezeite seinen eigenen Tod damals, doch er sagte, daß aus seinem Blut Heere aufstehen würden, um das Dunkel über Atlan für immer zu vernichten.«

»Glaubst du daran?«

»Ich weiß es nicht, Rah-Seph.« Der Dhan zuckte die Achseln. »Aber ich hoffe es. Vielleicht aber ist das Böse schon zu mächtig geworden. Vieles ist geschehen, seit der Sanla sein Leben ließ, und vieles wird noch herabkommen auf Atlan.«

»Ich war in den Ebenen von Melat, um den wiedergekehrten Sanla zu suchen, aber ich habe nur Legenden über ihn gefunden. Und nun bin ich wieder auf dem Weg in den Westen, um nach ihm zu suchen.«

»Du findest nur das, was auch in deinem Herzen wohnt. Ist dein Herz licht, so wird es Licht finden.«

»Was aber, wenn ein Herz in die Finsternis dieser dunklen Zeit gefallen ist?« fragte Rah nachdenklich.

»Es gibt keine Nacht, die ewig dauert. Geh nur, und suche den Sanla. Er ist das Licht des Morgens.«

Rah blickte den alten Dhan lange an. Wehmut wuchs in seinem Herzen. Die Hoffnungslosigkeit seiner Suche nach dem Ka, nach der Befreiung aus dem Bann des Be'el schlug in diesem Augenblick über ihm zusammen. Es schien ihm, als sei der Tat-Sanla, der Gesandte des Tat, das Licht des Westens, von dem die Kunde ging, sein Wort vermöge Kranke zu heilen und Tote zu erwecken, seine letzte Hoffnung im endlosen Meer der Dunkelheit, in dem er zu versinken drohte.

Die Nacht war hereingebrochen über der Hütte des Dhan. Die Stimmen von Tieren drangen aus der tiefen Stille des Waldes.

»Ja, ich werde ihn suchen,« sagte Rah leise. Der Alte brummte seine Zustimmung.

»Gehen wir zur Ruhe,« sagte der Dhan nach einer langen Zeit des Schweigens. »Du kannst hier schlafen.«

»Und wo schläfst du? Ich bin nicht gekommen, dich von deinem gewohnten Platz zu vertreiben,« erwiderte Rah.

»Höre mit diesen unsinnigen Höflichkeiten auf. Du bist nicht in Kurteva,« brummte der Dhan. Dann war er in der tiefen Finsternis verschwunden.

Rah schlief fest und traumlos. Er erwachte erst, als die Sonne schon aufgegangen war. Das Knarren des Strickes weckte ihn, an dem der Dhan, beladen mit einem Korb voll Beeren zur Hütte heraufkletterte.

»Guten Morgen, Rah-Seph,« sagte er. »Hast du wohl geruht?«

Rah nickte und erhob sich.

»Zwei Männer suchen nach dir,« sagte der Dhan beiläufig, während er die Beeren von Blättern und Stielen säuberte.

»Wo sind sie? Wo hast du sie gesehen?« Rah fuhr auf. Für einen Augenblick witterte er Verrat.
»Nur keine Sorge,« beschwichtigte der Alte, ohne von seiner Arbeit aufzusehen. »Sie sind noch weit, aber sie reiten schneller als du gestern geritten bist.«
»Woher weißt du das?«
»Ach, es geschieht manchmal, daß ich ein wenig die Straße auf und ab wandere, bevor ich mich von meinem Lager erhebe. Aber mir schien, daß die beiden nichts Böses im Schilde führen. Sei also nicht beunruhigt, sondern frühstücke gut, bevor du weiterreitest. Ein gutes Frühstück hat schon so manches Problem gelöst. Ich könnte die beiden auch herbitten, damit du sie in meinem Palast empfangen kannst.«
Rah schüttelte den Kopf und aß die mit Honig gesüßten Beeren, die der Dhan ihm vorsetzte, hastig in sich hinein. Seine Augen spähten rastlos nach allen Seiten.
»Meine Schwestern, die Bienen, haben sich große Mühe gegeben, diesen Honig für dich zu bereiten, Rah-Seph, und du schlingst ihn in dich hinein, ohne ihn recht zu würdigen,« tadelte ihn der Alte.
Rah nickte abwesend. Unruhe hatte ihn ergriffen. Die wunderliche Art des Alten, die ihn gestern erheitert und den wirren Strom der Bilder in ihm besänftigt hatte, begann ihn zu reizen.
»Ich danke Euch für die Gastfreundschaft, alter Mann ohne Namen,« sagte er, bemüht, höflich zu sein.
»Ich habe dir gestern gesagt, daß deine Artigkeiten hier im Wald fehl am Platze sind, und ohne jeden Wert. Kein Eichhörnchen kann den Winter überdauern mit deinen Höflichkeiten. Wenn du gehen willst, so gehe, aber führe keine langen Reden,« erwiderte der Alte schroff.
»Wenn du Dankbarkeit im Herzen hast, brauchst du keine Worte mehr, um dich für etwas zu bedanken.«
Rah schämte sich. Er nahm sein Schwert und trat vorsichtig aus der Hütte. Der Alte hatte sich umgedreht und begonnen, sich mit den restlichen Beeren zu schaffen zu machen, als habe er seinen Gast längst vergessen. Rah kletterte zum Boden hinab und sattelte sein Pferd. Bevor er es ins Dickicht des Waldes führte, rief er zu der Hütte hinauf: »Ich werde den Tat-Sanla grüßen von dir.«
Ein Knurren aus der Krone des Tnajbaumes antwortete ihm.
Als Rah zur alten Karawanenstraße zurückgefunden hatte, ließ er sein Pferd eine Weile rascher gehen, doch dann, als der Weg einen der zahlreichen Bachläufe durchquerte, erschien es ihm sinnlos, vor den beiden Männern, von denen der Dhan gesprochen, zu fliehen. Ein plötzli-

cher Anflug von Neugierde, was diese Verfolger wohl von ihm wollten, ließ ihn sein Pferd anhalten und absteigen. Er suchte mit geübtem Blick den Platz, der sich am besten für eine Verteidigung eignete und ließ sich dort nieder, um die Verfolger zu erwarten. Wieder versuchte er, das Ka auszudehnen, aber es wollte ihm nicht gelingen. Sogar der alte Dhan hat die Fremden erspürt, tönte es vorwurfsvoll in ihm. Vielleicht wäre es gut, sich niederzulassen in diesen Wäldern, um in einsamer Versenkung nach dem Ka zu suchen. Einen Moment schien Rah dieser Gedanke verlockend. Er dachte an die beharrlichen Versuche des Alten, ohne Hilfe des Seiles auf seinen Baum zu gelangen und mußte lachen über diese unbeirrbare Ausdauer, etwas Unmögliches zu vollbringen. Aber hielten nicht auch viele Menschen das Ka nur für eine törichte Einbildung der Gurenas? Nachdenklich wiegte Rah den Kopf. Im selben Augenblick hörte er die Pferde der Verfolger. Er lehnte sich an den Baum, den er sich zu seiner Rückendeckung ausgesucht hatte und stellte sich schlafend.

Die beiden Reiter kamen zum Bach, sahen Rahs Pferd und entdeckten gleich darauf den schlafenden Gurena unter dem Baum.

Sie blickten sich an und stiegen von den Pferden. Es waren zwei Jünglinge, die einander glichen wie ein Ei dem anderen.

»Sollen wir uns einen Spaß erlauben und ihn erschrecken?« flüsterte der eine.

»Er würde uns erst erschlagen und dann wiedererkennen,« antwortete der andere.

In diesem Moment erhob sich Rah lautlos und zog das Schwert.

Die beiden Gurenas wandten sich ihm zu. »Rah!« riefen sie. »Erkennst du uns denn nicht mehr?«

»Doch,« sagte Rah streng, obwohl ihn unbändige Freude über das Wiedersehen mit seinen besten Freunden aus Kurteva erfaßte. »Ihr seid die Zwillinge aus dem Hause Az. Was wollt ihr von mir?«

Die beiden blickten sich ratlos an. Gerade wollte Ko, der Erstgeborene, etwas erwidern, als Rah mit gezücktem Schwert ein Stück auf sie zustürmte. Mit leichten, geübten Bewegungen sprangen die Brüder auseinander, zogen ihre Schwerter und begaben sich in Kampfstellung.

»Ja, ihr seid es wirklich,« rief Rah lachend, ließ sein Schwert in die Scheide sausen und breitete die Arme aus. »Immer noch schnell wie Pumas.«

Es dauerte einen Augenblick, bis die Zwillinge begriffen hatten. Die Bereitschaft zum Kampf hatte alle anderen Gedanken und Gefühle aus ihnen verdrängt. Dann ließen auch sie die Schwerter sinken und

fielen Rah um den Hals. Sie küßten ihn, schlugen ihm auf die Schultern und erstickten ihn fast in ihrer stürmischen Freude.
»Was sucht ihr in dieser Wildnis?« fragte Rah, als er sich aus der Umarmung der Freunde befreit hatte.
»Dich!« rief Ko. »Obwohl wir hofften, du seiest uns noch ein Stück weiter voraus. Es wäre uns nicht unlieb gewesen, vor dir auf Räuber zu stoßen ...«
»Oder auf einen Drachen,« unterbrach ihn sein Bruder. »Oder auf sonst irgendetwas. Es ist langweilig geworden, ewig nur mit Holzschwertern zu kämpfen und in Kurteva herumzusitzen.«
»Wie haben wir dich beneidet um deine Abenteuer, Rah. Du wirst in Kurteva schon in einem Atemzug genannt mit den alten Talmas. Erzähle uns! Wie ist es dir ergangen? Wir werden eine Ballade dichten und sie im Garten des Minh den anderen vorsingen,« lachte Ko.
»Es gibt nicht viel zu singen. Was die Drachen anbelangt, so gibt es keine mehr, und das Vergnügen, mit Räubern zu kämpfen, gleicht dem Vergnügen, Schafe zu schlachten. Mir ist mein Schwert zu schade dafür,« erwiderte Rah.
Die Zwillinge lachten. »Trotzdem. Einmal muß man es probiert haben. Die Wälder hier sollen voll von Räubern sein.«
»Man sagt so. Wenn ihr die Wälder durchstreifen wollt, dann kommt mit mir. Ich bin auf dem Weg nach Melat. Ich würde mich freuen über eure Gesellschaft,« sagte Rah.
»Willst du nicht wissen, warum wir dir gefolgt sind?« fragte Ko.
»Ihr habt euch aus Kurteva fortgeschlichen, um Streit mit Räubern zu suchen. Und ihr habt in Feen erfahren, daß ich auf dieser alten Straße reise.«
Ko schüttelte ernst den Kopf. »Nein, Rah. Wir wurden ausgesandt, dir eine Botschaft zu überbringen. Kurteva harrt deiner Rückkehr. Dein Name ist in aller Munde. Man wird dich überschütten mit Würden und Ehren. Große Dinge sind geschehen in Kurteva. Der Tat-Tsok wurde ermordet von den Priestern des Tat. Zum Glück entging der Bayhi den feigen Mördern, und er, der heimlich erzogen wurde im Geist des Be'el, hat die Flamme wieder eingesetzt in ihre Rechte. Die Herren des Feuers sind zurückgekehrt nach Kurteva und das große Orakel hat gesprochen im Tempel.«
»Herrliche Zeiten brechen an, Rah,« unterbrach ihn Lo. »Weißt du noch, wie wir an deinem letzten Tag in Kurteva am Platz der Bäder standen und Gedis sich lustig machte über die fetten Tat-Los? Er mußte seine Späße mit dem Leben bezahlen, du aber wurdest verbannt, weil du

dich wehrtest gegen die Mörder. Jetzt ist die Zeit gekommen, dieses verfettete Priestergezücht aus den Tempeln zu jagen. Es ist unsere Zeit, Rah, die Zeit, auf die wir lange gewartet haben.«

»Ich hege keine Gefühle der Rache gegen die Priester, die mir nach dem Leben trachten. Was geht es mich an, wer in den Tempeln herrscht? Glaubt mir, ich habe die Macht des Be'el gespürt auf meiner Reise. Er war nur in Kurteva tot und verbannt, im übrigen Atlan wob er gleich einer Spinne seine Netze, um zurückzukehren zur Macht. Wehe Atlan, wenn es ihm jetzt gelungen ist.«

Die Zwillinge blickten sich verdutzt an.

»Was in den Tempeln vor sich geht, ist auch uns gleichgültig,« sagte Ko. »Aber du weißt, daß unsere Väter großen Respekt hatten vor dem Be'el und daß sie die verweichlichten Männer des Tat verachteten. Die Gurenas in Kurteva haben die Flamme begrüßt wie einen Befreier. Sie haben die Unruhen niedergeschlagen, die in einigen Tempeln aufflakkerten. Sie haben ihre Schwerter dem Be'el geweiht. Dein Name aber, Rah-Seph, ist einer ihrer Schlachtrufe gewesen.«

Rah senkte den Kopf. Er vermochte nicht, seine wild durcheinanderfliegenden Gedanken zu ordnen.

»Die großen Zeiten der Vergangenheit werden wiedererstehen für die Gurenas. Es wird viele Möglichkeiten geben, sich zu bewähren und das Schwert zu führen für ein neues Atlan. Die Flamme wird das Reich läutern im Feuer der Gerechtigkeit. Vieles von dem, das wir erträumt haben in unseren Gesprächen, wird jetzt Wirklichkeit werden, vieles, was wir nur zu flüstern wagten hinter vorgehaltener Hand,« sagte Ko.

Rah schwieg. Sein Inneres war zerrissen. Die unseligen Erfahrungen mit dem Be'el kamen ihm in den Sinn, die kalten Augen von Sen-Ju, der ihn mit grausamer Macht gezwungen, dem Haus der La zu dienen, und der ebenfalls von einer neuen Zeit und einer Rückkehr der Flamme gesprochen hatte. Dann dachte er an Kurteva, nach dem er sich so oft gesehnt, an die weißen, schimmernden Häuser, die weitläufigen Gärten, die Kanäle, die Brunnen, die Tempel, das Meer. Er dachte an den Vater, der ihm verheißen hatte, er wolle warten in der Halle der Seph, bis sein Sohn wiederkehren werde in Ehre und Ruhm. Und er dachte an Sinis, seine Schwester, an seine Freunde, an die heiteren Stunden in den Chars und Delays. Nun war Wirklichkeit geworden, was er sich so oft ausgedacht. Er konnte zurückkehren aus der Verbannung in die Stadt der Väter. Doch wollte er nicht nach Melat, um den Tat-Sanla zu suchen? Der alte Dhan fiel ihm ein, das verlorene Ka, der Haß des Kaufmannssohnes, der auch verdorben war vom Be'el, der tote Aelan und der Handan am Brüllenden Schwarz. All diese Bilder und Gedanken verwickelten sich in ihm zu einem Knäuel widerstrebender Fäden.

»Was kümmern uns die Götter, Rah?« sagte Lo in scherzhaftem Ton. Er schien Rahs Verwirrung nicht zu bemerken. »Es warten auch schöne Frauen auf dich. Ich sage dir, Frauen gibt es neuerdings in Kurteva, wie du sie nie gesehen hast. Wir hatten das Glück, im Haus von Tas-Lay, der übrigens auch sehnlich auf deine Rückkehr an seine noch immer vorzügliche Tafel wartet, einer Blume aus dem Norden zu begegnen, einer Kaufmannstochter aus Feen, vor der alle Sterne Kurtevas verblassen. Du wirst der begehrteste Mann in ganz Kurteva sein, nachdem du in deiner Abwesenheit schon zur Legende wurdest.«

»Lebende Legenden sind meist eine Enttäuschung,« murmelte Rah, dem das, was die Brüder erzählten, kaum Sinn ergab.

»Höre mich an, Rah,« sagte Ko ernst. »Ich kann dir nachfühlen, daß dir das abenteuerliche Leben in den Wäldern besser gefällt als der öde Alltag in der Ghura. Auch ich würde nichts lieber tun, als dich zu begleiten. Wer weiß, vielleicht werden wir einmal zusammen hinausreiten. Jetzt aber kehre mit uns zurück. Niemand zwingt dich, in Kurteva zu bleiben, wenn es dir dort nicht behagt. Doch unterrichte dich selbst über die neue Zeit, die jetzt angebrochen ist. Und kümmere dich dabei nicht um die Götter.«

»Wir haben deinen Vater besucht, Rah, bevor wir Kurteva verließen. Die Priester hatten beim Tat-Tsok schon bewirkt, daß man ihn gefangennehme als Rache für deinen Sieg über die Söhne des Algor, um den unzufriedenen Gurenas eine Warnung zu erteilen.«

»Wie geht es ihm?« rief Rah. Ein Stich fuhr durch seine Brust.

»Er ist wohlauf und wartet stolz auf die Rückkehr seines Sohnes, den er noch einmal zu sehen wünscht mit seinen Augen, bevor er hinübergeht, wie er zu sagen pflegt. Er war erregt wie nie zuvor, als er hörte, daß wir hinausreiten würden, dich nach Kurteva zu bitten.«

»Und Sinis, deine Schwester, trauert um dich. Ihre Schönheit ist aufgeblüht wie eine Nat, doch sie meidet jede Gesellschaft ...«

Rah nickte hastig. »Gut,« sagte er schroff, um seine Rührung zu verbergen, »reiten wir.«

Sie saßen auf und ritten die alte Karawanenstraße zurück. Die Zwillinge plauderten in dem lockeren, scherzhaften Ton, der unter den jungen Gurenas aus gutem Haus üblich war und den Rah lange schmerzlich vermißt. Er wurde hineingezogen in den unaufhörlich fließenden Strom der Scherze und Geschichten, welche die Brüder anzubringen wußten. Soviel wichtiges und unwichtiges war in diesem einen Jahr in

Kurteva geschehen, daß es Stoff für eine noch längere Reise als die ihre abgegeben hätte.
Rah beruhigte sich. Die aufgewühlten Bilder und Gedanken glätteten sich. Bald fühlte er sich leicht und unbeschwert wie seit langem nicht mehr. Jetzt konnte er es kaum erwarten, die Ebene des Mot wiederzusehen, die Doppelmauern von Kurteva, die gläserne Kuppel des Tempels, in der das ewige Feuer des Be'el weit ins Land loderte.
Als sie an der Stelle vorbeikamen, an der Rah dem Dhan begegnet war, befielen ihn noch einmal Zweifel an seiner Entscheidung. Er glaubte, den weißen Haarschopf des Alten im Unterholz zu erkennen und hielt sein Pferd an.
»Was gibt es, Rah?« fragten die Freunde.
Rah blieb einen Augenblick stumm, dann lachte er. »Vielleicht ein Drache. Vielleicht auch Räuber. Aber ihr wollt ja unbedingt zurück nach Kurteva.«
Rah klatschte in die Hände und ließ sein Pferd weitergehen. Aus dem Gebüsch erhob sich mit ärgerlichem Gezwitscher ein Schwarm winziger, türkisfarbener Vögel.

*Kapitel 2*
DREI BRÜDER

Ütock, die Stadt der Erdenfeuer, lag inmitten des nördlichen Waldes, auf halbem Weg der Karawanenstraße, die Feen an der Bucht im Norden mit Melat am westlichen Meer verband. Nok-Arch, der Aibo der Schmiede, so erzählte die Legende, begründete sie einst an den Ufern des Flusses Ysap, nachdem er und die seinen aufgebrochen waren von den Bergen. Die Gewalt der Zerstörung, die dunkle Macht des Trem, die das Reich von Hak vor undenklichen Zeiten zerstört und den Süden Atlans für immer der Vernichtung anheimgegeben, hatte bis zu den Gebirgen und Hochebenen von Mombas gegriffen, in denen der Nordstamm lebte.
Unzählige der zähen, braunen Menschen, die im Inneren der Berge nach Erzen und Edelsteinen gruben, mußten ihr Leben lassen, als die Ausläufer der mächtigen Beben, die das Land von Hak zerstörten, den Norden erreichten und die unterirdischen Gänge und Stollen zum Einsturz brachten. Zum ersten Mal haderten die Menschen der Berge, die genügsam ihr Dasein gefristet hatten, ohne Gier nach Macht und Ruhm und ohne sich zu kümmern um den Streit der Mächtigen, mit dem Einen Tat, den sie in der Form des Rak verehrten, des Großen Diamanten aus der Erde Dunkel. Sie zogen klagend und betend zu ihrem heiligsten Tempel, der hoch in den Felsgebirgen über dem Talkessel von Mom lag, und betteten die Toten, die sie aus den verschütteten Minen ausgegraben hatten, vor sein Tor. Dann ließen sie sich nieder und warteten, bis der Tat sich ihnen offenbaren würde.
Die drei Aibos aber, die gemeinsam über die Stämme des Nordens herrschten, traten ins Allerheiligste des Tempels, um den Rak zu befragen, den Diamanten, den Harlar einst in die Gläserne Stadt gebracht, um das Volk des Nordens zum Aufbruch in die alte Heimat zu bewegen. Nur in Zeiten äußerster Not wagten die Aibos den Schrein des Leuchtenden Diamanten zu betreten, um den Tat selbst um Rat zu fragen, und jedesmal hatte ihnen ein göttliches Zeichen den Weg in die

Zukunft gewiesen. Viele Generationen lang aber hatte niemand mehr den heiligen Raum betreten, und als die Aibos das mit Mosaiken aus Edelsteinen geschmückte Portal öffneten, das ihre Vorväter vor langen Jahren verschlossen, trugen sie die Furcht im Herzen, der Rak könnte seine Wunderkraft verloren haben. Doch als sie dem göttlichen Stein das Schicksal des Nordstammes klagten und auf den Berg der Toten wiesen, der vor dem Heiligtum aufgeschichtet lag, kam aus der Kuppel des Schreines ein feines Licht herab, wie ein einzelner Sonnenstrahl. Es drang in den Großen Diamanten ein, erfüllte ihn mit einem Glühen und trat als drei Strahlen wieder aus ihm aus. Der erste Strahl wies zu Boden, der zweite nach Osten und der dritte nach Norden. Als die drei Aibos über dieses Zeichen des Tat berieten, erwies sich, daß der Eine Allweise ihren innersten Gedanken Ausdruck verliehen hatte, denn das karge, harte Leben in den über die Täler und Hänge verstreuten Hütten und Dörfern gefiel ihnen lange schon nicht mehr, und sie dachten daran, Städte zu bauen nach dem Vorbild von Hak, hatten dies aber verschwiegen, um den Zorn der Ahnen und der anderen Aibos nicht gegen sich aufzubringen.

Lak-Bek, der Aibo der Bergleute, las aus dem zu Boden fallenden Lichtstrahl die göttliche Billigung seines Planes, von den Bergen herabzusteigen, um im Talkessel von Mom die Stadt Mombut zu erbauen und neue, größere Minen ins Innere der Erde zu graben. Hem-Kar, der Aibo der Händler und Handwerker, sah in dem Strahl, der nach Norden wies, ein Zeichen des allmächtigen Tat, fortzuziehen von den Bergen, um weit im Norden, an den Küsten der großen Bucht, eine Stadt zu begründen, die Feen heißen sollte, wie er es in einem Traum geschaut. Nok-Arch schließlich, der Aibo der Schmiede, war oft schon in den Wäldern des Ostens gewandert und hatte dort, wo später Ütock erwuchs, Feuer hervorbrechen sehen aus der Erde wie aus einer Esse. Er nahm das Zeichen des Einen Tat, das ihn nach Osten wies, mit freudigem Herzen an. So also beschlossen sie, den Nordstamm zu trennen und mit ihren Sippen hinabzusteigen von den Bergen, um das Erbe Haks anzutreten.

Nun aber beanspruchte jeder der drei Aibos den Rak für sich. Jeder wollte ihm in seiner Stadt einen prächtigen Tempel bauen. Streit brach aus zwischen den Aibos, ein Streit, der lange im Stillen geschwelt, aufgestachelt von Spionen der Khaïla, die auch die Völker der Gebirge zu unterwerfen trachtete und Zerwürfnis sähte in den Dörfern des Nordens. Der Stammesälteste suchte den Zwist zu schlichten. Er schlug vor, den Rak in seinem Tempel in den Bergen zu belassen, wo er seit undenklichen Zeiten gelegen, doch der Unfriede in den Herzen der Aibos war so stark geworden, daß sie einander mißtrauten und argwöhnten, der Rak könnte gestohlen werden aus seinem heiligen Schrein. Da begannen die Menschen des Nordstammes über dem Berg ihrer Toten vor den Toren des Tempels erbittert gegeneinander zu kämpfen. Es zeigte sich, daß auch die drei Stämme des Nordens, die einmal in der Kraft des Einen Tat verbrüdert gewesen, sich entzweit hatten und daß sie den Streit ihrer Aibos benutzten, um ihre Fehden mit Blut zu färben. Da erschütterte ein letztes Beben die Gebirge und ließ die Mauern des Heiligtums einstürzen. Nur der Schrein des Rak blieb unversehrt, doch der Große Diamant des Harlar war zerbrochen in unzählige Teile. Da erkannten die Aibos ihre Verblendung, versöhnten sich, teilten die Stücke des Rak unter sich auf und zogen mit ihren Leuten aus den Bergen fort. Ihr Schicksal erfüllte sich, wie das Zeichen des Tat es ihnen bedeutet hatte. So berichteten die Legenden des Nordstammes, die aufgezeichnet waren in der Bibliothek von Feen, und die weiterlebten in den Chars und bei den fahrenden Erzählern.

Ütock entstand in den Wäldern. Wo einst ungezähmtes Feuer hervorgebrochen war aus der Erde, erklangen fortan die Schmiedehämmer. In den Schmelzöfen wurde das Erz geläutert, das auf dem Flusse Ysap auf Lastkähnen von Mombut kam, und auf den Ambossen wurden Klingen geschmiedet, die bald in ganz Atlan gerühmt wurden für ihre Schärfe, ihre Festigkeit und kunstvolle Arbeit. Früh schon neigten sich die Männer, die um die läuternde Macht des Feuers wußten, dem Be'el zu, dem Herrn der Flamme aus dem Xav, dem großen Vulkan an der östlichen Küste. Die Könige von Teras trieben regen Handel mit Ütock, tauschten Feldfrüchte und Tuch gegen stählerne Waffen und Geräte, die sie für ihre Kriege gegen die Khaïla und die aufständischen Aibos brauchten. Mit ihren Karawanen kam auch die Lehre des Be'el in die Wälder, und die Schmiede nahmen sie gerne an. Sie setzten die Flamme, die stärker war als Erz, neben die Stücke des Rak, die sie aus dem alten Heiligtum mit in ihre Stadt gebracht.

Einvernehmen herrschte zwischen den Aibos von Ütock und Mombut und den Königen von Teras. Ein Heer des Nordens kam Non-Te, dem König des Oststammes, im entscheidenden Kampf gegen die Khaïla zu Hilfe, und Arbeiter aus den Wäldern bauten mit an den Mauern und Palästen Kurtevas. Dann aber, als der Tat des Südens sich mit dem Be'el vereinte, als Kurteva mächtig wurde und die Ostkönige, die sich fortan Tat-Tsok nannten und vom Volk als fleischgewordene Götter verehrt wurden, die freien Aibos des Südens und Westens bekämpften, um ihre neue Macht auszudehnen, rissen die Bande der Freundschaft. Tat-Nok-Te, der neunte Tat-Tsok aus dem Geschlecht der Te, ließ sich in Kurteva zum Gottkönig krönen und Herolde in alle Provinzen Atlans senden, um die Aibos aufzufordern, ihn anzuerkennen als Herrn und Gott über ganz Atlan. Die meisten Aibos beugten sich der waffenstarrenden Macht Kurtevas, nur die Stämme am westlichen Meer und auf der Insel San lehnten sich auf. Die Aibos von Ütock und Mombut aber schickten dem Tat-Tsok die abgeschlagenen Köpfe der Gesandten zurück nach Kurteva, als Antwort auf seinen Frevel, sich über die alten Götter erheben zu wollen, und sie verfluchten ihren Bruder, den Aibo am nördlichen Meer, der seine Stadt Feen demütig der Macht des Tat-Tsok in die Hände gelegt.

Der furchtbare Zorn des Tat-Tsok traf zuerst Ütock. Eine Armee zog aus und drang, dem Lauf des Mot und des Ysap folgend, in die Wälder vor. Das Heer des letzten Aibo aus dem Geschlecht der Yu wurde aufgerieben und die Stadt der Schmiede, erbaut aus dem Holz des Waldes, von dem sie umgeben war, ging in Flammen auf. Berauscht von ihrem Sieg stürmten die Gurenas des Tat-Tsok die Stadt Mombut und brannten auch sie nieder. Tnachas aus Kurteva traten das Erbe der Aibos an, deren Familien ausgelöscht wurden bis ins dritte Glied, zur Strafe für ihre Auflehnung gegen den Tat-Tsok. Mombut und Ütock aber entstanden neu, um Erze und Waffen zu liefern für die Kriege Kurtevas gegen den Westen. Zum Zeichen des Triumphes über die Nordstämme ließ der elfte Tat-Tsok den Kanal bauen, der den Mot und den Ysap verband, und fortan trugen Lastkähne die begehrten Güter des Nordens auf dem Wasser bis nach Kurteva.

Größer und schöner waren die beiden Städte wiederentstanden im neuen Frieden, doch unauslöschlich brannte der Haß gegen die Tat-Tsok in den Menschen des Nordstammes, und sie griffen nach jeder Hand, die ihnen Befreiung versprach aus dieser Knechtschaft. Als der erste Tat-Sanla im Westen lehrte, fielen seine Worte auch in Ütock und Mombut auf fruchtbaren Boden, und als der Tat-Tsok ihn ermorden ließ von seinen Priestern, brachen Aufstände los in den Minen und Schmieden. Grausam wurden die Revolten niedergeschlagen, das Feuer des Hasses gegen die Tnachas und Gurenas des Tat-Tsok aber loderte heftiger denn je in den Herzen der Menschen. Kriegsgefangene, Verbrecher und Sklaven arbeiteten nun in den Bergwerken von Mombut, und mit ihnen all jene, die gewagt hatten, sich gegen Kurteva zu erheben. Die Minen der nördlichen Berge, in denen einst freie Menschen nach dem Licht des Tat gegraben, nach Kristallen und Edelsteinen, um

die Heiligtümer des Einen zu schmücken, verkamen zu Orten der Fronarbeit und Bestrafung, die gefürchtet waren in ganz Atlan, und an dem Erz, das sie förderten, klebte Blut. Immer wieder brachen Gefangene aus und stießen zu den Räuberbanden der nördlichen Wälder, um die Karawanen aus Feen und Kurteva zu überfallen, doch als ein Sproß der Yu, des letzten Aibogeschlechtes von Ütock, die Macht über die Wälder an sich riß, begannen die Preghs, die Gesetzlosen, davon zu träumen, eines Tages gar die Herrschaft des Tat-Tsok zu brechen.
Als die Flamme verstoßen wurde und der Be'el sich trennte vom Tat, brannten in den Wäldern um Ütock und Mombut heimlich die heiligen Feuer weiter, denn der verbotene Kult der Flamme wurde ein neues Licht der Hoffnung für die Stämme des Nordens. Starke Truppen waren entsandt vom Tat-Tsok, um den Frieden zu wahren in den Wäldern und Bergen, und um die Tempel des Tat zu schützen vor Anschlägen der Aufrührer. Das Volk stöhnte und murrte unter dem unerträglichen Zwang. Nun aber, da der Be'el zurückkehrte in den Großen Tempel von Kurteva und ein neuer Tat-Tsok im Namen der Flamme den Tigerthron bestieg, entluden sich in Ütock und Mombut die Kräfte, lange mühsam im Zaum gehalten, mit ungestümer Gewalt.

»Ihr solltet mit einigen meiner Leute hierbleiben und abwarten, bis die Unruhen abgeklungen sind,« sagte der Herr der Karawane, mit der Mahla und Ly von Kurteva bis fast vor die Tore von Ütock gezogen waren. »Ich kann nicht mehr garantieren für Eure Sicherheit.«
Mahla schüttelte entschlossen den Kopf. Das Unglück, das über das Haus der Sal hereingebrochen war, das sie aus einem sorglosen, behüteten Leben in eine grausame Wirklichkeit hinausgeschleudert, hatte den Mut der verzärtelten Kaufmannstochter nicht gebrochen, sondern stärker gemacht. Eine energische Kraft hatte sich in ihr geregt, als sie, der Sklaverei im Hause der La glücklich entronnen, mit ihrer Mutter nach Kurteva gereist war. »Es ist der unbeugsame Wille, der immer schon im Blut meiner Familie floß, und der sich nicht brechen ließ durch seine Vermengung mit dem schwachen, wandelbaren Geist der Händler,« hatte die Mutter gesagt, die Tochter aus einem Feener Aibogeschlecht. Doch Zeghla-Sal war tot, und mit ihrem Tod waren die Fäden der vielfältigen Verbindungen gerissen, die sie in Kurteva zu schaffen vermocht hatte. Wer sollte den Nöten einer verarmten Kaufmannstochter das Ohr leihen in dieser Zeit des Umbruchs, in der ein rächender Gott aufstand, um aus der Verbannung zurückzukehren, und niemand in Kurteva wußte, wie das eigene Schicksal sich gestalten würde.

Tas-Lay, in dessen Haus Mahla und ihre Mutter in Kurteva gelebt, war der jungen Frau wohlgesonnen und hatte sie gebeten, wie eine eigene Tochter bei ihm zu bleiben. Er hatte ihr die Heirat mit einem Sohn aus einem der großen Häuser Kurtevas in Aussicht gestellt, die sie aller Sorgen entheben würde. Doch Mahla hatte gedrängt, nach Ütock zu reisen, um ihre Brüder zu suchen. Schließlich hatte Tas-Lay ihrem Starrsinn nachgegeben und sie der Obhut eines Kaufmanns anvertraut, der in dieser schwierigen Zeit einen Transport von Waren nach Ütock und von dort weiter nach Melat wagen wollte.
Solan-Nash war es, das Oberhaupt des größten Handelshauses Kurtevas, welches alle Städte Atlans mit seinen Karawanen beschickte und das seltene Privileg besaß, Schiffe zu entsenden zu den Ländern der Nok. Reich und mächtig waren die Nash, weil sie enge Bande pflegten zu den höchsten Priestern des Tat und über Verbindungen verfügten, die ihnen selbst das Ohr des Tat-Tsok geneigt machten. Nun aber, da die Geschicke der Götter sich wandelten, sank der Stern der Nash. Solan ahnte, daß der Fluch des Be'el ihn treffen würde, sobald die Macht gesichert war in den Händen des neuen Tat-Tsok. Also hatte er seine Familie in der Obhut hoher Tnachas belassen, die ihm verpflichtet waren und war mit seinem ältesten Sohn aufgebrochen, eine eilig ausgerüstete Karawane nach Melat zu führen, um fern vom Großen Tempel des Be'el und den nach Rache dürstenden Gurenas seiner Heimatstadt den Gang der Dinge abzuwarten.
Solan-Nash war gerührt gewesen, als Tas-Lay ihm vom Untergang des Hauses Sal berichtet, und er hatte versprochen, Mahla und Ly sicher nach Ütock zu geleiten, ohne Gold für diesen Dienst zu fordern, denn in seinem Herzen hatte sich die Hoffnung geregt, eine solche gute Tat könne sein eigenes Haus vor einem ähnlichen Schicksal bewahren. Sofort nach dem Fest des Sonnensterns, an dem Kurteva zur Ruhe gekommen war und die Menschen abgelenkt waren vom Zwist der Götter, nach der Krönung des Tat-Tsok, der Wein und Lemp in Strömen hatte fließen lassen, um das Herz des Volkes zu gewinnen, waren sie aufgebrochen.
Ohne Schwierigkeiten war die Reise verlaufen. Niemand hatte sie verfolgt, kein Räuber sie angegriffen, doch nun, als Boten, die Solan zu seinen Magazinen in Ütock vorausgeschickt hatte, von den blutigen Unruhen in der Stadt berichteten, zögerte der Kaufmann.
»Wir sollten abwarten,« meinte er. »Ich möchte nicht leichtfertig den glücklichen Abschluß dieser Reise aufs Spiel setzen.«
»Wenn Ihr hier in den Wäldern bleibt, kann es Euch ergehen wie mei-

nen Brüdern, die von Räubern überfallen wurden, während sie Rast machten,« antwortete Mahla. »Auch sie waren nur noch wenige Stunden von Ütock entfernt.«
Der Kaufmann überlegte eine Weile.
»Die Kämpfe gelten den Priestern des Tat, die sich in ihren Tempeln verschanzt haben. Ihr seid ein Kaufmann, der mit alledem nichts zu tun hat,« drängte Mahla.
Solan-Nash sah sie mit bitterem Lächeln an. Mahla wußte nicht, daß auch er vor den Männern des Be'el auf der Flucht war.
»Ich kann nicht warten, ich muß zu meinen Brüdern,« beharrte die junge Frau.
»Wie wollt Ihr sie denn finden in diesen Tumulten?«
Mahla zuckte die Achseln. »Es muß mir gelingen.«
»Ich bin auch der Meinung, daß wir weiterziehen sollten,« sagte Solans Sohn. »In unseren Magazinen in Ütock sind wir sicher, hier im offenen Wald aber ... Die Räuber werden bestimmt die Unruhen in der Stadt ausnutzen wollen. Wenn wir sofort aufbrechen, gelangen wir im Schutz der Abenddämmerung in die Stadt.«
Widerstrebend gab der Kaufmann nach und befahl den Aufbruch.

Ütock war eine häßliche Stadt, geschwärzt vom Ruß ihrer Öfen und Essen und bevölkert von grobschlächtigen Menschen, die gewohnt waren, schwer zu arbeiten und die verächtlich herabsahen auf die verfeinerten Sitten und Umgangsformen, die in den anderen Städten Atlans gebräuchlich waren. In den Chars wurden zumeist die blutrünstigen Heldensagen und Geistergeschichten der Berge erzählt und der rauhe, schnarrende Ton der Xelm erklang zu freudigen und traurigen Anlässen, denn er vermochte am besten die derben Empfindungen dieser Menschen auszudrücken. Den Tnachas und Gurenas aus Kurteva, die dem Tat-Tsok in Ütock dienten, war diese Stadt verhaßt, und es wurden gewöhnlich jene dorthin gesandt, die nicht gerne gesehen waren am Hofe des Tat-Tsok oder die Bewährung erlangen mußten für einen Fehler, den sie begangen. Es galt als Schande und Bestrafung, nach Ütock versetzt zu werden, und als Gnade, die Erlaubnis zur Rückkehr nach Kurteva zu erhalten. Die Kaufleute aber sandten gerne Karawanen in die Stadt im großen Wald, denn mit dem Stahl aus Ütock ließen sich gute Gewinne erzielen, und die Lastkähne, die von Mombut kamen, brachten neben Erzen auch Edelsteine von solcher Güte auf die Märkte Ütocks, wie sie nirgendwo anders in Atlan zu bekommen waren.

»Ich werde Euch helfen, Eure Brüder zu finden,« sagte Solan-Nash, als die Karawane sicher in den Magazinen angekommen war. »Die Kaufleute hier wissen bestimmt von den Söhnen der Sal. Ich habe bereits einen Boten ausgesandt, um Erkundungen einzuziehen. Aber versprecht mir, nicht alleine auszugehen. Wir sind zwar glücklich angelangt, und es schien alles ruhig in der Stadt, aber noch darf sich eine Frau nicht schutzlos auf die Straßen wagen. Ihr könnt in meinem Haus bleiben, solange es Euch beliebt, und Ihr könnt Eure Brüder hier empfangen. Ich aber werde baldmöglichst nach Melat weiterziehen.«
»Ich danke Euch für Eure Güte,« erwiderte Mahla.
»Wer hätte je gedacht, daß ich selbst einmal in diese stinkende Stadt, zu diesen ungehobelten, groben Menschen reisen würde,« klagte der Kaufmann und rümpfte die Nase. »Habt Ihr sie gesehen, als wir durch die Straßen ritten? Wie die Tiere! Kein Anblick für die Augen einer schönen, jungen Frau. Wahrscheinlich wissen sie selbst nicht, warum sie sich zusammenrotten und mordend und plündernd durch die Stadt ziehen. Nirgendwo in Atlan dürfte es dem Be'el leichter fallen, die Macht zu ergreifen, denn in Ütock hat er sie nie wirklich verloren, aber der Zorn der Menschen gilt weniger dem Tat und seinen Priestern, als Kurteva und dem Tat-Tsok. Nun, wir Kaufleute wollen uns heraushalten aus dem Streit der Götter, aber wir müssen vorsichtig sein. Doch wollen wir hoffen, daß sich das launische Schicksal wendet und ein wenig Licht herabsendet auf die Kaufleute, die so schwer geprüft werden in dieser dunklen Zeit. Ach, Mahla-Sal, das Schicksal Eures Vaters und Eurer Mutter dauert mich sehr. Ich habe dem Tat gelobt auf dieser Reise nach Ütock, Euch und Euren Brüdern zu helfen, wenn der Allgewaltige mich und meine Familie und meinen bescheidenen Besitz verschont. Wenn Ihr wollt, könnt Ihr mit mir nach Melat weiterziehen, Ihr und Eure Brüder. Dort werden wir alle sicher sein vor dem Zugriff des Be'el. Das Volk des Westens hält fest am Glauben an den Einen Tat. Nun aber wollen wir uns zu Tisch setzen, um auf unsere glückliche Ankunft zu trinken.«
In diesem Augenblick trat ein Diener ein und meldete die Rückkehr des Boten, der Nachricht brachte vom Verbleib der Söhne der Sal. Gegen alle Gebote der Schicklichkeit sprang Mahla auf, um ihm entgegenzueilen. Kurz darauf kehrte sie zurück, aufgeregt, glücklich lachend.
»Ly und ich gehen augenblicklich,« rief sie. »Meine drei Brüder sind unversehrt!«
»Wollt Ihr nicht erst morgen gehen?« sagte Solan-Nash besorgt. »Jetzt

in der Dämmerung kommt das lichtscheue Gesindel hervor. Und Ihr seid müde von der Reise. Ich lasse Eure Brüder gleich morgen herbitten.«
Aber Mahla schüttelte den Kopf, ohne auf die Einwände des Kaufmanns zu achten. Rastlose Ungeduld hatte sie ergriffen.

Die drei Söhne des Torak-Sal wohnten im Hause eines Ütocker Kaufmanns, der lange schon Handel trieb mit den Sal und der die Karawane aus Feen in Empfang nehmen sollte. Er hoffte auf reiche Belohnung und eine noch günstigere Beziehung zu dem alten Feener Handelshaus, wenn er den vom Unglück geschlagenen jungen Männern Unterschlupf bot und sie bei ihren Verhandlungen mit den Ämtern der Tnachas und Tempel unterstützte. Er bemühte sich nach Kräften um sie, suchte sie zu beruhigen und aufzuheitern, führte sie ein in die besseren Kreise Ütocks, schuf ihnen Verbindungen und ließ sogar auf eigene Kosten Gurenas anwerben, um die Räuber, die über die Karawane der Sal hergefallen waren, in den Wäldern aufzuspüren.
Dann aber, als aus Feen Gerüchte nach Ütock drangen, der Verlust dieser Karawane habe das Haus der Sal ruiniert, wurden aus den drei Brüdern, die der Kaufmann behandelt hatte wie eigene Söhne, lästige, mittellose Flüchtlinge, die nur ein Wunder vor der Verschleppung in die Schuldsklaverei zu retten vermochte. Der Kaufmann raufte sich die Haare über die Ausgaben, in die er sich dieser Jünglinge wegen gestürzt und die nun für immer verloren schienen, denn die Räuber waren mit ihrer Beute entkommen, und das Haus der Sal würde ihm seine Kosten nie wieder erstatten können. Fortan waren die Brüder nur mehr geduldet auf seinem Anwesen. Er hieß sie umsiedeln aus ihren Räumen im Herrenhaus in ein schäbiges Quartier bei den Magazinen und gab ihnen zu verstehen, daß sie es nur seinem Großmut zu verdanken hatten, daß er sie nicht auf die Straße setzte. Die drei Brüder nahmen den Sinneswandel des Kaufmanns gelassen hin. Er schien ein geringes Übel, verglichen mit dem Unglück, das ihre Karawane in den Wäldern geschlagen. Das Leben in Ütock und der Wandel, der sich in Atlan vollzog, nahm sie gefangen und formte sie. Nie zuvor hatte sich die Verschiedenheit ihres Wesens deutlicher offenbart.
Won, der Älteste, gab den zähen Kampf um die verlorene Habe der Sal nicht auf. Wieder und wieder sprach er bei den Ämtern vor, versuchte Gurenas für seine Sache zu gewinnen und beschwor das Mitleid der Tat-Los. Er sandte Boten nach Feen, um Aufklärung über den Gang der Dinge dort zu erlangen, denn er wollte den Gerüchten über den Nie-

dergang des Hauses Sal keinen Glauben schenken, doch seine Bemühungen blieben vergebens. Wichtigere Dinge gingen vor in Atlan. Die Tnachas und Priester hatten in dieser Zeit des Umsturzes andere Sorgen, als eine verlorene Karawane wiederzufinden und Kunde über ein ruiniertes Kaufmannshaus irgendwo im Norden einzuziehen. Die Erlasse des neuen Tat-Tsok ließen Aufstände losbrechen in der Stadt. Die Männer des Be'el, die im Verborgenen auf die Stunde der Rache gewartet hatten, hetzten das Volk gegen die Tempel des Tat und verkündeten die lange verheißene Rückkehr der Flamme. Die Tat-Los, die um ihr Leben fürchteten, flohen in die Wälder oder suchten Verbündete zu gewinnen, um ihre Tempel zu verteidigen. Der Haß Ütocks auf Kurteva brach auf wie eine dürftig verkrustete Wunde und überzog die Stadt in den Wäldern mit einer Welle willkürlicher Gewalt.

Diesen Wirren jedoch verdankten die Söhne des Sal ihre Freiheit. Die Dokumente aus Feen, die ihre Verhaftung und Brandmarkung als Schuldsklaven des Hauses La veranlassen sollten, lagen in den Kontoren der Tnachas, doch niemand dachte daran, den Erlassen, die vom obersten Tnacha Feens und dem Rat der Feener Kaufleute besiegelt waren, Folge zu leisten. Denn wer wollte wissen, ob nicht die Sal, die jetzt ruiniert schienen, wieder nach oben getragen wurden von den Wellen des Wandels, die in einem Augenblick aus lange Verbannten Herren machten und aus ehemals Mächtigen Verfolgte. Wer wollte wissen, ob nicht die Hand des Gottes, der jetzt zur Macht gelangte, schützend über den Sal ruhte und bittere Rache üben würde an allen, die ihnen in Tagen der Not Unheil zugefügt. Jeder dachte nur an sein eigenes Wohlergehen in dieser ungewissen Zeit, und es schien das Sicherste, abzuwarten, bis der Lauf der Dinge sich wieder besänftigt und es sich herausgestellt hatte, wie Gunst und Ungunst verteilt waren unter den neuen Herren Atlans. Unbeirrbar aber forderte Won-Sal das Recht, das er auf seiner Seite glaubte, doch soviel Redegewandtheit er auch aufwandte, soviel Gesuche und Bittschriften er einreichte und so sehr er sich mühte, die Gewogenheit und den Einfluß mächtiger Herren zu gewinnen, seine Anstrengungen blieben fruchtlos.

Sein Bruder Lop erkannte dies klar. Er verhöhnte den ehrgeizigen Won, und je verbissener dieser die Sache der Sal voranzutreiben suchte, desto gleichgültiger wurde sie dem Bruder. Er sah die Familie und die Habe der Sal unrettbar verloren in den Wirbeln und Strudeln, in denen eine abgelebte Epoche unterging und eine neue hervortrat, eine hartherzige, rohe Zeit, die ohne Ordnung war und ohne Gesetze. Er ließ sich treiben im Tumult der aufeinanderprallenden Kräfte wie ein steuerloses Schiff, das in Stromschnellen geraten ist, allein auf sein eigenes, augenblickliches Wohl bedacht. Er geriet in üble Gesellschaft, zechte in den Schenken und Delays und kaute die Blätter des Sijibusches aus den südlichen Wäldern, deren bitterer Saft Zustände angenehmer Dumpfheit oder ausgelassenen Frohsinns hervorrief. Er zog mit Plünderern und Unruhestiftern durch Ütock, die alle darauf bedacht waren, Nutzen zu ziehen aus den Wirren der Zeit. Sie stürmten die Tempel des Tat, verjagten und töteten die Priester und trugen dabei den Namen der Flamme auf den Lippen, als gebe er ihrer innersten Überzeugung Gestalt. Doch eigentlich wußten sie nicht, was sie taten. Würde am nächsten Tag eine Macht sie aufstacheln, die stärker war als der Be'el, würden sie sich unverzüglich mit der gleichen Heftigkeit und der gleichen Gier nach Blut und Beute gegen ihn und die seinen wenden. Lop-Sal genoß sein neues, hemmungsloses Leben in vollen Zügen, und wenn seine Brüder ihm Vorwürfe machten, antwortete er ihnen mit den hohlen Phrasen und Schlagworten, die er von seinen Ütocker Kumpanen gelernt.

Rake hingegen, der jüngste Sohn aus dem Hause der Sal, ein zartfühlender, erregbarer, leicht verletzlicher Jüngling, den seine Mutter mehr geliebt hatte als ihre beiden anderen Söhne, weil sie in seinem Feinsinn eine eigene verschüttete Gabe wiederzuerkennen glaubte und behüten wollte vor dem energischen Starrsinn Wons und der zynischen Gleichgültigkeit Lops, Rake-Sal, den seine Brüder wie ein Kind behandelten, und den sie nur widerstrebend mitgenommen hatten auf seine erste Reise mit einer Karawane, dieser feingliedrige, schöne Jüngling, der mit aller Kraft jugendlicher Schwärmerei an das Gute in der Welt glaubte, hatte sich den Leuten des Tat-Sanla angeschlossen, die auch in Ütock regen Zulauf fanden, da sie die Befreiung vom Joch Kurtevas und seinen falschen Göttern verhießen. Mit glühendem Eifer versuchte Rake seine Brüder zu überzeugen, daß der Tat der Tempel und Priester und der Be'el, der im Begriff war, aus der Verbannung zurückzukehren, nichtswürdige Götzen seien, die sich nur um der blanken Macht willen gegenseitig bekämpften, und daß der Goldene Fisch der Seele, der Wahre Eine Tat, wie der Sanla ihn lehrte, die einzige Rettung Atlans vor dem Verderben sei, mächtig genug, ein neues Zeitalter von Freiheit, Liebe und Gerechtigkeit anbrechen zu lassen. Lop machte sich über seinen jüngeren Bruder lustig und versuchte ihn zum Trinken zu verführen, während Won beide mit Vorwürfen und Anklagen überhäufte, sie würden den Namen ihres Vaters in den Schmutz treten und das Erbe der Sal leichtfertig vertändeln.

Stets kam es zum Streit zwischen den Brüdern, in den seltenen Stunden, wenn sie in ihrem Raum bei den Magazinen aufeinandertrafen, und streitend fand sie auch Mahla an diesem Abend, als der Kaufmann, der ihnen Unterkunft gewährte, die junge Frau zu ihnen führte. Noch einmal schöpfte er Hoffnung, seine Bemühungen um die Sal würden belohnt werden, denn Mahla war mit einem vermögenden, einflußreichen Kaufmann aus Kurteva gekommen. Eine Eskorte von Dienern hatte sie in sein Haus geleitet und ihr selbstbewußtes, bestimmtes Auftreten ließ nicht darauf schließen, daß die Sal am Ende waren. Vielleicht gehörten tatsächlich wichtige Männer des Be'el zu ihren Gönnern und Freunden. Für einen Augenblick bereute der Kaufmann, die drei jungen Männer aus ihren bequemen Gemächern in die primitiven Räume neben dem Magazin gewiesen zu haben. Er entschuldigte sich immer wieder mit umständlichen Floskeln, während er Mahla und Ly zu ihnen führte.

»Ich hätte sie lieber ins Haus rufen lassen sollen. Aber es ist so, daß es ihnen hier bei den Magazinen leichter fällt, sich zu verbergen, falls sich gewisse Gerüchte bestätigen sollten. Wir wußten ja nicht, was geschehen würde, nachdem uns solch mißliche Botschaft aus Feen erreichte, die von einem Unglück berichtete, das meinen alten Freund, Euren werten Vater, getroffen haben soll.«

Mahla nickte unwillig und drängte mit Ly an ihrer Seite hinter dem kleinen, dicken Kaufmann die Treppe hinauf. Es war dunkel in dem engen, hölzernen Verschlag, in dem niedere Arbeiter und Leute von den Karawanen hausten. Der scharfe Geruch nach Gewürzen und verdorbenen Früchten durchwirkte die feuchte, dumpfe Luft. Die Öllampe des Kaufmanns ließ gespenstische Schatten tanzen.

»Es war selbstverständlich für mich, Eure Brüder bei mir aufzunehmen, als sie in Not geraten waren. Es ist ein Gebot des allweisen Tat, äh, ich meine des Be'el, Schutzbedürftigen Hilfe zuteil werden zu lassen. Ich habe sie behandelt, als wären sie meine eigenen Söhne. Sie waren so in Sorge um Euch und Euren Vater. Ich habe mit ihnen gefühlt und gelitten. Aber Ihr bringt ihnen sicherlich gute Nachrichten aus Feen. Enthaltet sie mir bitte nicht vor.«

Mahla antwortete nicht. Das falsche Gekrähe dieses Kaufmanns war ihr zuwider. Erregte Stimmen drangen aus der Tür, die der Mann jetzt öffnete. Trübes, gelbes Licht fiel heraus.

»Meine Söhne,« rief der Kaufmann überschwenglich und stieß die Türe ganz auf. »Ich bringe eure Schwester mit mir. Ich sagte euch doch immer, daß sich alles zum Guten wenden wird, wenn ihr nur den Göttern vertraut.«

Die erregt durcheinanderschreienden Stimmen in dem Raum verstummten jäh. Mahla und Ly drängten an dem Kaufmann vorbei. Die drei Brüder starrten die jungen Frauen, die in der Tür verharrten, entgeistert an. Rake, der jüngste, faßte sich als erster und flog Mahla um den Hals.

»Die gnädige Dame konnte nicht erwarten, zu euch zu gelangen,« dienerte der Kaufmann. »Ich mußte sie unverzüglich herführen, obwohl dieser Ort nicht für die Augen von feinen jungen Damen bestimmt ist. Aber sie bestand darauf. Ich bitte darum, daß ihr alle herüberkommt in mein bescheidenes Haus. Ich werde ein Freudenmahl bereiten lassen, um diese Stunde des Glücks zu feiern.«

Lop, der betrunken war, schnaubte den heuchlerischen Kaufmann mit heftigen, drohenden Gebärden an. Mit einer hastigen Verbeugung, unverbindliche Höflichkeiten murmelnd, zog sich der Mann zurück. Lop begrüßte seine Schwester mit polternder Vertraulichkeit.

Won war der einzige, der in diesem Augenblick ahnte, daß nur ein Unglück, das größer war als alles, das er sich in den Stunden der Hoffnungslosigkeit je ausgemalt, Mahla bewogen haben konnte, das Vaterhaus zu verlassen, um alleine die gefahrvolle Reise von Feen zu unternehmen. Befangen kam er näher und begrüßte die Schwester ehrerbietig und zurückhaltend wie eine Fremde. Als Mahla seine fragenden Augen sah, brach sie in Tränen aus. Immer wieder hatte sie sich zurechtgelegt, wie sie das Unheil, das über die Familie gekommen war, den Brüdern beibringen würde, ohne ihnen, die schon so lange im Ungewissen in der Fremde ausharrten, den letzten Mut zu nehmen, jetzt aber, da sie sie in diesem schäbigen, schmutzigen Verschlag gefunden, der im Haus der Sal selbst für Sklaven zu schlecht gewesen wäre, brach es mit tränenerstickter Stimme aus ihr heraus:

»Die La haben unser Haus vernichtet... Vater ist tot... und Mutter... sie wurde ermordet in Kurteva.«

All die Stärke, die in Mahla wach geworden war, seit das Unglück sie aus ihrem behüteten Leben herausgerissen, all die Bestimmtheit, mit der sie nach dem Tod der Mutter die Suche nach ihren Brüdern betrieben und all die Hoffnungen für die Zukunft, mit denen sie sich getröstet, zerbrachen in diesem Augenblick wie eine gläserne Wand, die zwischen ihr und ihrem Schmerz aufgewachsen war. Mahla schluchzte wie ein Kind und klammerte sich an ihren jüngsten Bruder, der sie in den Armen hielt. Alles schien ihr wieder dunkel und hoffnungslos wie damals, als man sie als Sklavin ins Haus der La geschleppt. Sie wußte, daß auch ihre Brüder verloren waren, daß es keinen Ausweg mehr gab aus dem Verderben, das die Sal befallen, und sie wünschte, sie wäre ums Leben gekommen auf der Reise nach Ütock.

Rake, dem der ungezügelte Schmerz seiner Schwester das Herz zerreißen wollte, bemühte sich um sie, küßte sie, streichelte ihr Haar und sprach besänftigend auf sie ein, während Ly, die leer geworden war auf dieser langen Reise von Feen nach Kurteva und von Kurteva nach Ütock, leer und unfähig, noch Schmerz zu empfinden und eine Träne zu weinen, den anderen Brüdern in harten, trockenen Worten den Hergang der Dinge schilderte, die das Haus der Sal mit einem Handstreich ausgelöscht.

Sie hatte kaum zu Ende gesprochen und begonnen, die Fragen Wons zu beantworten, der als erster die lähmende Fassungslosigkeit abschüttelte, als im Hof Geschrei und Lärm anhoben.

Lop stieß das kleine Fenster des Raumes auf und schaute hinaus. Draußen schrien Menschen durcheinander. Roter Lichtschimmer züngelte in die Nacht.

»Sie haben unseren gütigen Gastgeber überfallen,« rief Lop, als er den Kopf wieder hereinzog. Er lachte rauh. »Ich wußte doch, daß auch er noch an die Reihe kommen würde. Es geschieht ihm recht, diesem widerwärtigen, geizigen Waran. Kommt, wir helfen mit, ihn auszuplündern. Er soll am eigenen Leib erfahren, was es heißt, Hab und Gut zu verlieren und in Schweineställen zu hausen.«

Lop holte ein Messer hervor und öffnete mit einem Fußtritt die Türe. Won versuchte ihn zurückzuhalten. »Ach, laß mich!« schrie Lop ihn an. »Geh du morgen wieder zu deinen Ämtern und beschwere dich, daß man dir deinen Schweinestall unter dem Hintern angezündet hat.«

»Du bist betrunken!«

»Na und! Es ist zu Ende, Erstgeborener, zu Ende! Dieses ganze sinnlose Spiel ist aus. Jetzt hast du es mit eigenen Ohren gehört. Du hast es mir nie glauben wollen. Es ist vorbei. Hier siehst du den Rest des glorreichen Hauses Sal, des mächtigen Kaufmannsgeschlechts: ein Mädchen mit ihrer Gespielin, ein Kind, ein Betrunkener und ein Narr.« Lop lachte bitter. »Du brauchst nicht mehr den Tnachas und Priestern den Staub von den Füßen zu küssen. Ich werde für uns sorgen. Es sind dort unten sicher auch ein paar gute Freunde von mir am Werk. Kommt schon. Wir wissen am besten, was im Hause eines solch fetten Kaufmanns alles zu holen ist. Ich habe lange darauf gewartet, ihm seine Heuchelei heimzuzahlen.«

»Soll ich zum Dieb und zum Räuber werden?« schrie Won.
»Willst du lieber ehrenhaft verhungern? Oder willst du ein Schuldsklave von Hem-La werden?« höhnte Lop und stieß seinen Bruder beiseite. Brüllend polterte er die Stufen hinab.
»Kommt!« schrie er, bevor er in den Hof hinausrannte. »Oder wollt ihr in diesem Verschlag verbrennen?«
Won löste sich aus seiner Erstarrung und schob Mahla, Ly und seinen Bruder Rake aus der Türe, die enge Treppe hinunter.
Der Hof der Magazine war von flackerndem Feuerschein erhellt. Eines der Lager des Kaufmanns brannte. Zwischen den fliegenden Schatten und Lichtern bewegten sich schemenhafte Gestalten. Mahla schien es wie ein unwirkliches Traumbild. Sie ergab sich den Händen, die sie umschlungen hielten und sie voranschoben, hörte das Rufen der Menschen, den Lärm von Waffen, das Brüllen von Tieren wie durch einen dichten Schleier.
»Bringe sie zur Char von Thim und warte dort auf mich,« befahl Won seinem Bruder Rake, der Mahla noch immer im Arm hielt. »Ich suche Lop. Er ist nicht bei Sinnen und wird elend zugrundegehen bei diesem Räubergesindel.«
»Nein, Won,« schrie Mahla und streckte die Hände nach ihrem Bruder aus. Eine schreckliche Ahnung hatte sie befallen, als sie den Schein des Feuers gesehen. Wie drohende Bilder flogen Splitter von Gedanken und Erinnerungen an eine längst verlorene Vergangenheit in ihr auf, doch Won war schon in der Dunkelheit verschwunden.
Er lief auf das Haus des Kaufmanns zu, vor dem sich eine große Menschenmenge drängte und plötzlich, wie von einer gewaltigen Faust getroffen, jäh nach allen Seiten auseinanderstob und die Flucht ergriff. Der Kaufmann hatte geahnt, daß die Horden von Plünderern, die im Namen des Be'el die Tat-Tempel stürmten, nicht haltmachen würden vor seinen Magazinen und Kontoren und hatte Gurenas zu seinem Schutz angeworben. Die Gurenas, die dem Be'el geneigt waren, betrachteten die Unruhestifter, die sich im Namen der Flamme am Eigentum Unschuldiger vergriffen, als Feinde der neuen Ordnung Atlans und bekämpften sie unerbittlich. Als Won sich trennte von Mahla und Rake, geriet er mitten in den Strom der Menschen, die den Schwertern der Gurenas zu entkommen suchten. Die Krieger verfolgten sie und ließen blind ihre Klingen niedersausen. Als der Platz vor dem Haus geräumt war, kam der Kaufmann heraus, aufgeregt keifend und den nachdrängenden Dienern Befehle erteilend. Er gab den Leichen der Plünderer, die unter den Schwerthieben der Gurenas gefallen waren,

wütende Fußtritte und schrie jammernd und kreischend wie ein Klageweib Anweisungen, das Feuer bei den Magazinen zu löschen.
Indes versuchten die Fliehenden, in den dunklen, engen Gassen hinter den Lagern den Gurenas zu entkommen. Dort wurden Mahla, Ly und Rake von dem rücksichtslos drängenden und stoßenden Menschenstrom ergriffen und mitgerissen. Rake ließ seine Schwester los, um sie mit beiden Händen vor den Menschen zu schützen, die die Klingen der Gurenas im Rücken spürten. Er bekam einen Stoß, taumelte nach vorne, wurde von anderen gerempelt, stürzte zu Boden, versuchte sich wieder aufzuraffen, wurde erneut zu Boden gedrückt, rettete sich an eine Mauer und schrie aus Leibeskräften nach Mahla, als er das Schwert eines Gurena über sich sah. Blitzschnell wich er einem Hieb aus und hörte eine Frauenstimme schreien: »Nicht! Er gehört zu den Kaufleuten.«
Ly war dem Gurena in den Arm gefallen. Er stieß sie ärgerlich zur Seite und eilte zwei Kameraden zu Hilfe, die einige Plünderer abgedrängt hatten und sie niedermetzelten.
Die Gasse war plötzlich menschenleer. »Mahla!« rief Rake mit heiserer Stimme. Er sprang auf und eilte davon. Diener mit Fackeln kamen vom Haus des Kaufmanns, um nach den Verwundeten und Toten zu sehen. Das Rufen der Fliehenden und ihrer Verfolger hallte in den Straßen nach, doch bald kehrte Ruhe ein, als sei alles nur ein Spuk gewesen. Das Feuer am Magazin loderte hoch in den sternklaren Himmel, während sich Knechte des Hauses verzweifelt mühten, die anderen Gebäude zu retten. Blind vor Tränen der Wut und Verzweiflung suchte Rake die Straßen um das Haus des Kaufmanns ab. Doch Mahla blieb verschwunden.

»Was bist du denn für ein scheues Ding?« lachte der Anführer der kleinen Schar, die Mahla im Gedränge gepackt und mit sich fortgezogen hatte. Mahla versuchte heftig, sich aus seinem groben Griff zu befreien. »Oh, oh! Warum so zornig, schönes Mädchen? Wir tun dir nichts. Jedenfalls nichts Böses.«
Die anderen, vier junge Burschen, standen dabei und grinsten.
»Sie ist wirklich bildhübsch. Kommt aus reichem, feinen Hause. Vielleicht gehört sie zum Kaufmann,« sagte einer.
»Wir könnten Gold für ihre Rückgabe verlangen,« meinte ein anderer.
»Hörst du das, mein Kindchen? Sie wollen dich zurückgeben, diese hartherzigen Kerle,« flötete der Anführer spöttisch. »Dabei freue ich mich außerordentlich, daß du mit uns gekommen bist. Du bist mir lie-

ber als alle Beute aus diesem Kaufmannshaus. Wir wollen noch ein wenig Spaß miteinander haben, bevor du zurückgehst in das langweilige Haus dieses Krämers. Willst du nicht auch diese herrlichen Zeiten genießen, in denen alles erlaubt ist, bevor wir zugrundegehen müssen?«
»Ich gehöre nicht zum Haus des Kaufmanns,« stieß Mahla hervor.
»Umso besser. Dann brauchen wir dich nicht zurückzugeben.«
Mahla wand sich im ehernen Griff des Burschen, der, seiner Sprache und seinem Aussehen nach zu schließen, von feinerer Herkunft war als seine Gesellen.
»Warum laßt ihr mich nicht gehen?« rief Mahla verzweifelt. »Ich habe euch nichts getan und ich gehöre nicht zu dem Kaufmann, den ihr überfallen wolltet.«
»Wollten wir ihn überfallen? Ich kann mich nicht erinnern. Ich hörte nur, daß man einem elenden Halsabschneider, der jahrzehntelang im Namen seines Götzen die Leute ausgebeutet hat, den Rahm von der Milchschüssel schöpfen wollte und da bin ich mitgegangen, weil es Spaß macht, bei solchen Anlässen dabeizusein.« Der junge Mann grinste breit. Er drängte Mahla ein Stück weiter in den Garten hinein, an dessen Rand die Burschen Halt gemacht hatten. Grob drückte er sie gegen einen Baum. Die Büsche und Wiesen waren erfüllt vom Zirpen und Summen von Insekten. Vom nahen Fluß tönte das Konzert der Kröten und Frösche.
»Weißt du, mein Täubchen, Spaß zu haben ist das einzige, das noch lohnt in dieser Zeit. Es wird nicht mehr lange dauern, bis der Krieg dieser Götzen uns alle fortwischt von der Erde wie Ungeziefer. Was macht es da, einem fetten Kaufmann das Lager anzuzünden und ein schönes Mädchen aufzulesen von der Straße? Es bleibt uns nicht mehr viel Zeit. Wir müssen jeden Augenblick genießen, denn es ist nicht gewiß, ob wir morgen noch am Leben sind. Wir wollen eine schöne Nacht zusammen verbringen, meine Liebe, und dann auseinandergehen, jeder mit einer angenehmen Erinnerung.«
Seine Lippen näherten sich ihrem Gesicht, während er sprach. Sein Atem roch nach Wein. Mahla warf den Kopf zur Seite. »Laßt mich. Ich will nicht . . .«
Der Gedanke an Aelan schoß ihr durch den Kopf, das Bild des Handan, der sie aus der Sklaverei der La gerettet. Mahla klammerte sich daran, obwohl sie wußte, daß es sinnlos war, doch sie spürte in diesem Augenblick der Verzweiflung noch einmal ein Echo der geheimen Kraft, die sie mit Aelan verband. Tränen schossen ihr in die Augen, als sie im Stillen seinen Namen rief. Wirre Bilder drängten sich in ihrem Kopf zu-

sammen. Sie sah sich in der Hand von Kriegern mit silbernen Dreiecken auf den Stirnen, rohen Männern, die ihr Gewalt antun wollten, wie diese Fremden, die jetzt um sie standen. Erinnerung und Wirklichkeit glichen sich, schienen aus dem gleichen Stoff gemacht, obwohl unendliche Abgründe der Zeit zwischen ihnen lagen, zahllose Leben und Tode. Mahla sah Aelan herbeieilen, sah sein Schwert niedersausen, sah sich in seinen Armen, glücklich lachend, spürte die tiefe Liebe zu ihm, die in diesem Augenblick der Gefahr ihre Erfüllung fand, doch dann fühlte sie einen Pfeil in ihrem Rücken, einen brennenden Schmerz, der gnadenlos die Schleier des Todes auf ihr Glück herabriß, sah mit brechenden Augen ein letztes Mal das Gesicht des Geliebten, das sich über sie beugte, bevor sie in einem Meer dunkler Bitterkeit versank. Der Griff des jungen Mannes wurde fester. Doch Mahla spürte ihn kaum. Sie war fortgerissen von dem Strom der Bilder, der ungehemmt aus ihr hervorbrach und die Gefahr, in der sie sich befand, wie einen Traum erscheinen ließ. Ungläubig starrte sie in die vor Lüsternheit glänzenden Augen des Fremden.
»Es wird mir nichts ausmachen, dich mit Gewalt zu nehmen, schöne Dame,« zischte er. »Es wäre nur schade um dich. Sei nicht töricht. Was willst du dich zieren? Keiner gibt mehr etwas auf Sitte und Anstand. Es bleibt keine Zeit mehr für solchen Unsinn. Für welchen Bräutigam willst du dich aufsparen? Laß diese Dummheiten fahren und freue dich an der schönen Nacht mit mir und meinen Freunden.«
Mahlas Kopf flog heftig hin und her. Sie begann zu schreien, als der Mann sie küssen wollte. Die Bilder aus den Tiefen der Zeit verschmolzen mit den Ereignissen der Gegenwart. Angst griff nach ihr, jähe, siedende Angst, die ihr lähmend in alle Glieder fuhr. Sie war den Fremden hilflos ausgeliefert. Niemand würde ihr in dieser dunklen, fremden Stadt zu Hilfe kommen.
»Dort sind Leute!« warnte einer der Männer.
»Na und? Niemand wird Anstoß an einem Liebespaar nehmen,« höhnte der Anführer und packte Mahlas Kopf mit beiden Händen.
Mahla kratzte ihn, schlug auf ihn ein und schrie aus Leibeskräften.
»Du Wildkatze,« brüllte er. Er zog sie an sich und gab ihr eine Ohrfeige. »Aber es macht mir Vergnügen, wenn du dich wehrst. Du hast Temperament, schönes Kind.«
Er schleuderte Mahla zu Boden und warf sich lachend auf sie.
Im selben Augenblick traf ihn ein dicker, knotiger Wanderstock über den Rücken. Er sackte zusammen, raffte sich stöhnend auf, doch während er sein Messer zog, krachte der Stock auf seinen Kopf. Er taumelte

röchelnd einige Schritte zur Seite, erhielt einen dritten, mächtigen Hieb, stürzte und blieb leblos liegen. Seine Freunde wollten ihm zu Hilfe kommen, doch als der wirbelnde Stock auch den nächsten Angreifer zu Boden streckte, zögerten sie einen Augenblick, bevor sie die Flucht ergriffen. Es mochte ein Vergnügen sein, im Schutze einer Übermacht Tempel und Kaufleute zu überfallen, doch sich von einem Kerl erschlagen zu lassen, der wie ein rasender Dämon auf sie losfuhr, davon hielten sie wenig. Sie ließen ihre Freunde liegen und verschwanden im Dunkel des Gartens.
Aelan verfolgte sie eine kurze Strecke, dann ließ er den Stock sinken. Der Rausch der wütenden Kampfeslust verflog so schnell wie er aufgeflackert war, als er die hilflose Frau in den Händen dieser Burschen gesehen hatte. Er ging zu der Frau zurück, die sich erhoben hatte und ein Stück weiter in den Garten hineingelaufen war.
Er wollte ihr seine Hilfe anbieten, sie zurückbringen zu ihrem Haus, rief ihr beschwichtigende Worte zu, während er auf sie zuging.
In diesem Moment erkannte er Mahla. Ein brennender Blitz durchzuckte ihn und wollte ihn aus dem Körper fortreißen. Die Bilder, die er im Fiebertraum in der Hütte des Schreibers gesehen, jagten durch seinen Kopf, Krieger des Trem, die geliebte Frau, die er rettete und die im nächsten Moment in seinen Armen starb, das letzte verzweifelte Aufbäumen gegen eine Übermacht von Bewaffneten, um Vergessen zu finden im Tod. Aelan rief Mahlas Namen und ergriff ihre Hand. Etwas löste sich in ihm, eine Beklemmung, die sich um sein Herz gelegt, eine Angst, die lange unbemerkt in ihm gewohnt, die begraben gewesen war unter den Trümmern der Zeit. Sie brach jäh hervor und verschwand im Nichts. Wie ein Schleier fiel diese Angst von seinen Augen. Als er Mahla zum erstenmal gesehen im Haus der La, als er sich Hem ausgeliefert hatte, um sie vor der Rohheit des Kaufmanns zu bewahren, war er blind gewesen. Die dunklen Ahnungen hatten ihn verwirrt und zum Narren gemacht. Jetzt aber erkannte er Mahla wieder als die Frau, die er in unzähligen Leben geliebt, die er verloren und wiedergefunden hatte im endlosen Lauf der Zeit.
Auch Mahla erkannte ihn. Das Leid des vergangenen Jahres hatte sie verwandelt. Sie hatte alles verloren, was ihr lieb gewesen, doch jetzt wußte sie, daß sie es verloren hatte, um das teuerste wiederzufinden. Der Schmerz, der sie in bittere Verzweiflung getrieben, war notwendig gewesen, um die eine verborgene Kammer ihres Herzens aufzubrechen, in der die Erinnerung ihrer Liebe eingeschlossen lag seit undenklichen Zeiten, die Bilder, die mit rasender Gewalt hervorgeströmt wa-

ren aus ihr. In den Augen des Handan erblickte sie die Kraft, die sie zuvor nur wie einen Widerhall gespürt. Mahla erschrak davor wie vor einer furchtbaren Macht, die stark genug war, ihr Leben zu zerstören. Sie taumelte, wollte zurückweichen, aber Aelans Hände hielten sie fest, seine Augen, die wie Fenster schienen in lange vergangene Zeiten, sein Gesicht, das sich im Dunkel zu wandeln schien, das unzählige Formen annahm, alle innig vertraut in diesem Augenblick, alle Teil ihres eigenen Herzens, Bruchstücke eines großen Bildes, das noch nicht vollendet war, Fäden, verwoben im Tuch ihres Lebens, nicht zu lösen voneinander, ohne daß es zerriß. Es galt, sie zu Ende zu weben, damit ihre Ornamente sich schlossen zu einem Ganzen.

Mahla lachte, als sie das erkannte. Ihr Herz war leicht auf einmal. Unbedeutend schienen die Dinge, die geschehen waren in den unseligen Wochen vor diesem Augenblick. Sie warf ihre Haare zurück und lachte und weinte zur gleichen Zeit. Aelan ergriff ihre andere Hand und zog die junge Frau zu sich heran. Ihr schlanker Körper bog sich in seinen Armen wie in einem Tanz, der die Tänzer in einer Bewegung vereint, sie verschmelzen läßt zu einem neuen Wesen, zu einer einzigen Kraft, die keine Trennung kennt und keine Unterscheidung. Mahla spürte sich selbst nicht mehr und sie spürte Aelan nicht, der sie in den Armen hielt. Sie verströmte in dieser Kraft, in der sie gleichzeitig alles war und nichts. Sie kostete diesen Augenblick aus, fiel in ihn hinein wie in einen unendlichen Raum, wußte, daß die Liebe zu diesem Mann stärker war als der Tod, der sie einst von ihm getrennt. Ein Gefühl des Triumphes erhob sich in ihr. Nichts in dieser Welt vermochte sie mehr zu trennen von Aelan. Ihre Liebe war durch die Bitterkeit des Todes gegangen, durch das Dunkel des Vergessens, doch nun brach sie neu hervor, wie eine unversiegbare Quelle, die lange verschüttet schien. Aelan und Mahla sanken ins Gras, ohne es zu spüren. Sie umarmten sich, küßten sich, als sei die Welt stehengeblieben, allein für sie.

»Komm,« flüsterte Aelan nach einer Weile. Er bedeckte Mahlas Gesicht und Hals mit Küssen. Sie drängte ihren zitternden Körper an ihn.

»Das Lager der Schiffer, mit denen ich hergekommen bin, ist ganz in der Nähe. Sie haben ein Feuer ...«

»Laß uns hierbleiben,« antwortete Mahla und gab sich Aelans Zärtlichkeiten hin.

»Du wirst frieren.«

»Oh nein, mir ist nicht kalt.« Mahla mußte lachen, denn ihre Lippen zitterten, als sie es sagte.

Aelan zog den Mantel enger um sie und erhob sich.

Wenig später wärmten sie sich an der Glut eines niedergebrannten Feuers in der Nähe des Flußufers. Aelan schaffte Holz herbei und fachte das Feuer an. Funken stoben hoch in die Nacht. Mahla saß in Aelans Mantel gewickelt und starrte in die Flammen. Um das Feuer lagen schlafende Menschen in Decken und Mäntel gewickelt wie Bündel.
»Wer sind diese Leute?« flüsterte sie, als Aelan sich neben sie setzte und sie in den Arm nahm. Sie legte den Kopf an seine Schulter und schloß die Augen.
»Es sind Leute aus Mombut, die gestern mit ihren Lastbooten hier ankamen. Ich bin mit ihnen gefahren. Es sind gute, einfache Menschen aus den Bergen.«
Mahla nickte abwesend. Nie in ihrem Leben hatte sie sich sicherer gefühlt als hier in einer fremden Stadt, unter schlafenden, fremden Menschen, in den Armen eines Mannes, den sie nur einmal zuvor gesehen, und der dem Haus angehörte, das die Sal ins Verderben gestürzt. Aelan schien ihre Gedanken zu erraten.
»Ich habe das Haus der La für immer verlassen,« sagte er, »Hem hält mich für tot.«
»Was ist geschehen?« fragte Mahla. Aelan berichtete ihr von seinem Entschluß, Feen zu verlassen, von dem Tauschhandel, auf den er mit Hem-La eingegangen war, um der Freiheit der Frau willen, die er von dem Augenblick an liebte, an dem er sie zum ersten Mal gesehen. Von der Reise in die Gebirge des Am sprach er und von der Schlacht im Inneren Tal. Es war leicht, Mahla davon zu erzählen. Es schien Aelan, als denke er Gedanken für sich selbst, die von alleine zu Worten wurden, und als Mahla ihm ihre Geschichte erzählte, war es, als hätte er sie selbst miterlebt, so klar sprachen ihre wenigen, abgerissenen Sätze zu ihm.
Sie lagen eng aneinandergedrängt zwischen den Schlafenden, ließen das Feuer niederbrennen, und als sie ihre Geschichten erzählt hatten und schwiegen nebeneinander, glaubten sie sich noch inniger verbunden. Ein feines inneres Vibrieren schien die Grenzen ihrer Körper zu verwischen und hinauszugreifen in die Nacht. Sie begannen einander zu streicheln und zu küssen. Ihre zärtlichen Berührungen sprachen noch deutlicher als ihre Worte und ihr Schweigen zuvor. Der warme Strom ihrer Liebe ließ ihre Körper zu einem verschmelzen, riß sie fort in weite, grenzenlose Räume, in denen sich alle Gefühle und Bilder in kreisender Leere verloren. Kein Gedanke an Vergangenheit und Zukunft war mehr in ihnen, nur die Ewigkeit des Jetzt.
Dann lagen sie still, starrten lange in die dunkle, wabernde Glut und

spürten nichts mehr als die Einheit mit dem anderen. Irgendwann schliefen sie ein, eng umschlungen, den Atem einziehend am Körper des anderen.
Hinter den breiten, dunklen Wassern des Ysap schwammen die ewigen Feuer der Schmieden in der Dunkelheit. Das zarte Grau des Morgens schimmerte auf den Wellen.

## Kapitel 3
## HOHE WÜRDEN

Schmale, gelbe Banner flatterten hoch über den Bäumen und Büschen des Gartens. Die sichelförmigen Tücher, die das Auge des Tigers eingestickt trugen, verkündeten den Menschen auf den Straßen, daß ein Freudentag angebrochen war im Haus der Seph. Lo-Az, der jüngere der Zwillingsbrüder, war vorausgeritten, um die Rückkehr von Rah-Seph nach Kurteva anzukündigen. In weniger als einer Stunde war die Nachricht bekannt in den Häusern der Gurenas und im Palast des Tat-Tsok, und Kurteva schickte sich an, einen jungen Krieger zu empfangen, der in seiner Verbannung zum Helden geworden war.
Hareth-Seph aber, das Oberhaupt der Seph, ordnete an, daß die Banner der Freude in den Gärten aufgepflanzt würden, wie es Brauch war, wenn ein Krieger aus siegreicher Schlacht zurückkehrte. Boten kamen von den anderen Gurenafamilien, brachten Willkommensgeschenke, Einladungen und Glückwünsche, und Rahs Freunde aus der Ghura fanden sich ein, um an der Seite des Herrn der Seph die Rückkehr des Verbannten zu erwarten. Doch Hareth schickte sie fort, denn er wollte den Sohn alleine empfangen, so, wie er ihn alleine verabschiedet hatte in der Nacht, als Rahs Klinge das Blut der Söhne des Algor geschmeckt hatte. Er legte ein Festgewand an, nahm den Kriegsfächer, der sich als Zeichen der Macht von einem Oberhaupt der Seph zum nächsten vererbte und ließ sich nieder in der großen Halle, um seinen Sohn zu erwarten. Unbeweglich saß der Alte, wie aus Stein gemeißelt. Keine Regung in seinem Gesicht verriet die Bewegtheit, die sein Inneres aufwühlte wie ein Frühlingssturm.
Als Rah in die Halle der Väter eintrat, begrüßte ihn ein blitzender, triumphierender Blick des alten Seph, so, als sei eine gewaltige Schlacht gewonnen, doch kein Lächeln und kein Zeichen der Freude spielte um die Lippen des Greises. Nicht der liebende Vater empfing den Sohn, sondern der Herr den siegreichen Gurena. Rah kniete nieder vor ihm, wie die Sitte es gebot, als der Kriegsfächer der Seph auf sein

Haupt herabsank zum Zeichen des Segens. Lange hielt Hareth den großen Fächer auf dem Kopf seines Sohnes. Unbeweglich verharrte Rah und spürte, daß die Hand seines Vaters vor Erregung zitterte.
Widerstrebende Gefühle hatten sich in ihm gerührt, als er auf Kurteva zugeritten war und die Flamme in der Kuppel des Tempels erblickt hatte, die Mauern und Tore, die schimmernden Paläste. Wie oft hatte er sich nach diesem Anblick gesehnt, wie zerrissen war sein Herz gewesen, als er in dunklen Stunden glaubte, er würde die Stadt der Väter niemals wiedersehen. Und doch war ihm die Rückkehr schwergefallen. Der Gedanke, das freie Leben in den Wäldern aufzugeben für den Dienst an einem Tat-Tsok, der dem Be'el verfallen war, lastete schwer auf ihm. Als er aber durch den äußeren Ring Kurevas ritt, verfolgt von jubelnden Menschen, als er die Straßen wiedererkannte, die Häuser, die Chars und Delays, als er die Schiffe auf den Kanälen sah und die vergoldeten Standbilder in den Alleen, überwältigte ihn unbändige Freude. Und als er die Schwelle des väterlichen Hauses überschritt, als er die feierliche Stille spürte, die ihm einst tägliche Gewohnheit gewesen, als er das Gesinde sah, das ihn mit Freudentränen empfing, wußte er, daß es gut gewesen war, zu kommen.
Rah hob den Blick, als Hareth den Fächer der Seph von ihm nahm und die Begrüßungsformeln murmelte, die schon die Ahnen der Seph von ihren Vätern vernommen, als sie aus den Schlachten um Hak in die alte Königsstadt Teras zurückgekehrt waren. Dann erhob sich das Oberhaupt der Seph und ein Lachen löste seine ehernen Züge. Er nahm den Sohn mit beiden Händen an den Schultern und zog ihn an sich. Als Rah ihn umarmte und küßte, spürte er, daß der alte Mann weinte.
»Ich habe gewartet auf diese Stunde, Rah, wie ich dir prophezeit habe in der Nacht des Abschieds,« sagte er, nachdem er sich gefaßt hatte. »Und ich habe recht behalten. Dein Sieg über die Krieger des Tat hat dem Haus deiner Väter neue Ehre gebracht. Sie ist erwachsen aus der Schande der Verbannung, doch umso heller strahlt sie jetzt. Ich habe es gewußt und wäre nicht von diesem Wissen gewichen, auch wenn es mich das Leben gekostet hätte. Doch nun hat sich meine Ahnung erfüllt. Du bist zurückgekehrt und ich kann ruhig sterben.«
Seine Stimme zitterte. »Ich habe dich mit dem Ahnenschwert der Seph gegürtet in jener unseligen Nacht, und ich weiß, du hast es geführt zum Ruhme der Seph. Bis in den Palast des Tat-Tsok ist die Kunde deiner Taten gedrungen und das Volk zählt deinen Namen zu denen der großen Gurenas, deren Legenden erzählt werden in den Chars. Hohe Würden erwarten dich, mein Sohn. Du sollst sie empfangen als der Herr der Seph.«

Hareth reichte seinem Sohn den Kriegsfächer, doch hielt das andere Ende noch mit den Fingerspitzen fest. Dann verbeugte er sich tief und sagte: »Sieh her, Rah, Hareth-Seph neigt sein greises Haupt vor dem neuen Oberhaupt der Seph.«
Rah wußte nicht, was er erwidern sollte. Bitteres Brennen schnürte ihm die Kehle zu. Er nahm den Kriegsfächer aus den Händen des Vaters, verlegen wie einer, dem solche Ehre zu Unrecht zuteil wird. Er wollte hinausschreien, daß er das Ka verloren hatte, die unbesiegbare Erleuchtung der Krieger, daß er das Ahnenschwert der Seph hingeworfen hatte in den Schmutz und es sich wieder erkaufen mußte durch den niederen Dienst für ein Kaufmannshaus, daß die dunkle Kraft des Feuers ihn lähmte, die gleiche Kraft, die ihm jetzt zu Ehren verhalf, die er nicht begehrte. Er wollte hinausschreien, daß er nur gekommen war, den Vater zu sehen und die Schwester, daß er sich entschieden hatte, Kurteva für immer zu verlassen, um das Leben eines Talma zu führen in der Einsamkeit der Wälder, um dem verlorenen Ka nachzuspüren und die Weisheit des Herzens zu erlangen. Es kochte in seinem Inneren auf, doch die Stimme versagte ihren Dienst. Rah neigte sich tief und nahm den Fächer an, den kunstvoll gearbeiteten, schwarzen Fächer, den niemand berühren durfte außer dem Oberhaupt der Familie und der allen Ruhm verkörperte, den die Seph je angesammelt im Dienste des Tigerthrons. Als er ihn nahm, legte sich die Last der Würden und Verpflichtungen, die mit seinem Besitz verbunden waren, wie Blei auf seine Schultern. Die Väter schienen ihn anzublicken, als er den Fächer nahm, aus unnahbaren Fernen glaubte er die Augen der Ahnen auf sich gerichtet, unerbittlich und fordernd, und Rah schämte sich vor ihnen.
»Schwer ist dieser Fächer geworden in meiner Hand,« sagte Hareth. »Die ihn vor mir hielten, häuften Ruhm auf ihn, der nicht zu übertreffen war von mir. Nun aber geht er über in die Hände eines Seph, der schon in seiner Jugend den Vater überflügelt hat.«
Rah wollte den Kopf schütteln, wollte den Fächer, der ihn niederdrückte, zurückgeben, doch er neigte stumm das Haupt zum Zeichen seiner Unterwerfung unter den Willen des Vaters.
»Der Tat-Tsok hat nach dir gesandt, Rah, und auch die neuen Herrn der Tempel. Sie werden den Seph ihr Vertrauen schenken, die gelitten haben für den Thron des Tigers und den Gott des Feuers. Das Haus der Seph war schon dem Untergang geweiht, der Sohn verbannt, der Vater von den Priestern zum Tode verurteilt und die Tochter bestimmt, verkauft zu werden an einen Tnacha der Provinzen, als die Geschicke

Atlans sich wendeten, als die Schmach sich in Ruhm verwandelte, die Dunkelheit der Nacht in den strahlenden Morgen. Doch denke immer daran, Rah, daß du einzig dem Wohle Atlans verpflichtet bist und dem Weg des Kriegers. Mögen die Würden und Ehren, mit denen man dich jetzt überschüttet, noch so verführerisch sein, versäume nicht, dein Herz zu läutern und es zu befreien von Selbstgerechtigkeit und Vermessenheit. Die Seph haben dem Wohle Atlans gedient, als Kurteva noch nicht emporgewachsen war aus der Ebene des Mot, als das Geschlecht der Te noch als Könige herrschte in Teras. Die Gurenas haben die Te groß gemacht und den Tigerthron zum Sitz des mächtigsten Herrschers der Welt erhoben. Die Seph haben dem Geschlecht der Te die Treue gehalten, als der Be'el alleine der Gott des Oststammes war, sie haben gekämpft für die Tat-Tsok, als der Tat des Südens sich verband mit dem Be'el, sie haben zu den Te gehalten, als der Be'el verstoßen wurde und sie werden ihnen die Treue halten, wenn der Be'el wieder alleine herrscht über die Geschicke der Menschen.«

Bitterkeit wuchs in Rah. Er wollte etwas erwidern, doch eine Geste des Vaters hieß ihn schweigen. Noch immer hielt Hareth-Seph die Spitze des großen Fächers zwischen den Fingern.

»Noch habe ich den Fächer der Seph nicht losgelassen, Rah. Höre mich an. Es sind meine letzten Worte als Herr der Seph. Ich kann ruhig zu den Vätern gehen, wenn ich sicher bin, daß ihre schlichte Weisheit den Weg in dein Herz gefunden hat. Diene niemals einem Namen! Der Streit der Götter kümmert die Gurenas nicht. Das Ahnenschwert der Seph ist dem Blühen Atlans geweiht, dem Kampf des Guten gegen das Böse, des Lichtes gegen die Dunkelheit, der Gerechtigkeit gegen das Übel. Die Gurenas haben die Rückkehr der Flamme herbeigewünscht, weil sie die Rettung Atlans in ihr sehen und es war gut so. Doch der Weg des Kriegers ist keinem Gott verbunden. Vergiß es nie, Rah.«

Damit ließ Hareth den Fächer los und verneigte sich erneut.

»Trage den Fächer als Zeichen deiner neuen Würde, wenn du zum Palast des Tat-Tsok gehst, zeige Kurteva, daß ein neuer Herr das Geschick der Seph in seinen Händen trägt.«

Damit wandte sich der alte Mann um und verließ mit langsamen Schritten, hoch erhobenen Hauptes die Halle, ohne sich noch einmal umzublicken. Rah aber blieb keine Zeit, den Sturm seiner Gedanken und Gefühle zu ordnen. Kaum hatte der Vater den Raum verlassen, als Sinis herbeilief und ihrem Bruder stürmisch um den Hals fiel. Rahs Zwillingsschwester war schön wie eine Natblüte. Die Anmut von Rahs Zügen entfaltete sich auf ihrem Gesicht zu vollendeter Lieblichkeit.

Pechschwarzes, volles Haar rahmte ihr schmales, edel geschnittenes Gesicht und fiel in weichen Wellen bis auf die Hüften hinab. Ihre dunklen, mandelförmigen Augen waren mit Tränen gefüllt und ihre feinen Züge aufgelöst in unsäglicher Freude.
»Wie habe ich auf dich gewartet, mein Rah,« sagte sie. »Jeden Tag, jede Nacht habe ich an dich gedacht und gebetet, daß die Mächte des Himmels dich beschützen mögen auf deinem Weg.«
Rah nahm die schlanke, junge Frau in den Arm und küßte sie zärtlich. »Meine Sinis,« flüsterte er. Eine Welle der Rührung schwemmte den Block der Bitterkeit in seinem Inneren fort. »Meine liebe Sinis, nur wegen dir und dem Vater bin ich nach Kurteva zurückgekehrt.«
Doch dem Gurena blieb kaum Gelegenheit, seine Schwester zu begrüßen, denn hinter ihr drängten die Freunde aus der Ghura herein, die in den Nebenräumen gewartet hatten, und fielen rufend und lachend über Rah her, als wollten sie ihn erdrücken vor Freude.

Hem-La trat mit ehrfürchtiger Verbeugung vor Xerck, der mit hinkenden Schritten in seinem Gemach auf und ab wanderte. Erst schien er den jungen Mann zu übersehen, dann befahl er ihm mit einer beiläufigen Geste, ohne ihn anzusehen, sich zu setzen. Hem tat wie ihm geheißen. Unruhig verfolgte er die Bewegungen des Alten. Er fühlte sich unwohl in seiner Gegenwart, seit er die Macht des Mannes gespürt, der einmal Sen-Ju gewesen, nun aber für die Verkörperung der heiligen Flamme galt. Xerck hatte ihn empfangen wie einen eigenen Sohn, als er nach Kurteva gekommen war, hatte ihn überhäuft mit Bezeugungen der Gunst, hatte ihm den Besitz der Nash, der reichsten Kaufmannsfamilie Kurtevas, übereignet, die gefallen war mit dem Tat, weil sein Herr, verbündet mit den Tat-Los, gegen den Be'el gewirkt hatte in der Zeit der Verbannung. Hem war durch die Verbindung der Güter dieses Hauses mit denen der La über Nacht der mächtigste Kaufmann Atlans geworden, doch er wußte, warum er diese Gnade vom Be'el empfangen hatte. Er war der einzige, der den Ring besaß, der das Innere Tal öffnete, den Weg zur Gläsernen Stadt, doch Hem wußte auch, daß sein Leben verwirkt war, würde Xerck erfahren, was der unheimliche Handan im Brüllenden Schwarz gesprochen.
Hem hatte versucht, sein bohrendes Gewissen zu beruhigen. Er hatte seinem Lehrer die Edelsteine des Inneren Tales zu Füßen gelegt, die er von seiner Reise mitgebracht, hatte sich eine Geschichte zurechtgemacht, die nicht wirklich eine Lüge war und die seine Gurenas würden bestätigen können. Er hatte berichtet von der Schlacht mit den Ponas,

von Aelans Tod, von dem Handan, der plötzlich aufgetaucht war, um die Waren zu bezahlen, von der Rückkehr nach Feen, doch er hatte die Worte des Handan verschwiegen, den Fluch, der dem Ring die magische Kraft genommen. Der Meister der Flamme hatte nicht weiter gefragt, hatte Hems Erzählungen schweigend gehört, hatte zufrieden genickt und war übergegangen zu wichtigeren Geschäften.
In Hem aber blieb die drängende Angst vor der Entdeckung seiner Heimlichkeit, und jedesmal, wenn Xerck ihn rufen ließ, flammte dieses Grauen wieder in ihm auf. Er suchte es zu besänftigen mit den Vergnügungen, die sein Reichtum ihm verschaffte, mit dem Vertrauen in seine Schlauheit, die ihn auch in dieser heiklen Situation nicht verlassen würde. Er suchte zu vergessen, indem er sich einarbeitete in die Geschäfte des Kaufmannshauses, das nun sein eigen war, indem er Vertraute um sich scharte, und begann, Verbindungen zu knüpfen zu den Häusern der einflußreichen Priester und Gurenas, die ihm als Günstling des Xerck nun offenstanden. Die Welle eines niemals erträumten Erfolges trug ihn, doch jedesmal, wenn er Xerck gegenübertrat, packte ihn Entsetzen vor diesem unheimlichen Mann, dessen glühende Augen in sein Innerstes zu blicken schienen und die Mauern, die er um seine Angst errichtet, gnadenlos zusammenstürzen ließen.
»Rah-Seph ist angekommen in Kurteva,« begann Xerck und blieb in der Mitte des Raumes stehen. »Man hat mir berichtet, daß es Streit gegeben hat zwischen dir und ihm, daß er die Karawane der La im Zorn verließ.«
»Es war nicht meine Schuld, Herr. Er sah den Gurena, der Aelan-Y niederstreckte und tötete ihn. Er glaubt, ich hätte den Handan umbringen lassen, den er in sein Herz geschlossen hat,« erwiderte Hem.
»Doch auch du haßt ihn, Hem-La. Ich spüre deinen Haß, wenn ich nur seinen Namen nenne.«
Hem senkte den Kopf. »Er hat mich und das Haus der La beleidigt. Ich werde ihm niemals vergeben dafür.«
»Du Narr,« herrschte Xerck ihn an. »Als er zu den La nach Feen kam, befahl ich dir, seine Freundschaft zu suchen, da auch er eine wichtige Figur im Spiel der Flamme ist. Er ist zum Tat-Tsok geladen an diesem Abend und auch ich werde mit ihm sprechen. Ich will, daß noch heute euer Haß begraben werde, denn nichts soll jene entzweien, die dem Be'el dienen. Wie willst du ohne die Hilfe des Seph deine Geschäfte fördern und wie soll der Name der La groß werden in Kurteva, wenn die Gurenas ihn mit Verachtung aussprechen?«
»Was soll ich tun, Herr?« fragte Hem demütig.

»Bitte ihn um Verzeihung.«
Hem fuhr auf. »Niemals! Ich soll ihn um Verzeihung bitten? Wofür? Für den Schimpf, den er meinem Namen angetan?«
»Schweig, Tor! Ehre ist eine Sache der Gurenas und nicht der Kaufleute. Schließe Frieden mit dem Seph zum Wohle Atlans. Die Flamme muß eine einzige, starke Macht sein, unberührt vom zersetzenden Gift der Mißgunst.«
Hem wollte etwas erwidern, aber Xerck schnitt ihm das Wort ab.
»Glaube nicht, daß die Gnaden, die das Feuer über dir ausschüttet, selbstverständlich sind. Du mußt sie jeden Tag von neuem verdienen. Doch wisse, Hem-La, so schnell wie die Flamme dich zu erheben vermag in Ruhm und Reichtum, so rasch vermag sie dich zu vernichten, wenn sie ihre Huld von dir wendet. Versuchst du, sie zu hintergehen, glaubst du in deinem Hochmut, ihr gewachsen zu sein, so hüte dich wohl – ihre Strafe wird ebenso furchtbar sein wie ihre Gnade groß ist. Fürchte den Be'el und diene ihm durch deine Angst.«
Hem nickte hastig. Eine eisige Klammer faßte nach ihm und schnitt erbarmungslos in seine Brust. Mühsam rang er um Atem.
»Ich werde dich rufen lassen, wenn der Seph bei mir ist. Halte dich bereit,« sagte Xerck ungerührt, dann entließ er den mächtigsten Kaufmann Atlans mit einem knappen Winken, als scheuche er einen geringen Diener fort.

Rahs Freunde aus der Ghura warteten in der Halle, bis der Gurena sich erfrischt und Festgewänder angelegt hatte für seine Audienz beim Tat-Tsok. Sie ließen sich Wein und Erfrischungen reichen und wurden nicht müde, die Zwillinge Az über ihre Reise mit dem neuen Helden Kurtevas auszufragen oder übertriebene Geschichten über Rahs Leistungen in der Ghura und gemeinsame Erlebnisse mit ihm in den Gärten und Delays Kurtevas zu erzählen. Sie waren bester Stimmung, denn auch sie, die mutig für den Sieg der Flamme gekämpft, sollten bald vom Tat-Tsok geehrt und in seine Dienste übernommen werden. Ihre Zeit des Lernens in der Ghura war vorüber.
Als Rah mit ihnen das Haus der Seph verließ, gekleidet in ein schlichtes, schwarzes Seidengewand, das als einzigen Schmuck das Zeichen der Seph trug, das Auge des Tigers, umringten sie ihn plaudernd, lachend und scherzend. Doch bald spürten sie, daß es nicht der alte Rah war, der in ihrer Mitte zum innersten Ring Kurtevas schritt. Die Zeit der Verbannung hatte Rah verändert. Etwas Kühles, Unnahbares strahlte von ihm aus. Er erwiderte ihre Scherze kaum

und bald versiegte der Strom ihrer heiteren, unbeschwerten Plauderei.
Als sie eine der Brücken erreichten, die in den heiligen Bezirk des Tat-Tsok hinüberführten, blieben die Freunde zurück. Nur Ko-Az, der ältere der Zwillinge, ging noch einige Schritte mit dem Freund und flüsterte ihm zu: »Es gibt nur einen unter den Gurenas, vor dem du dich in acht nehmen mußt. Alle lieben dich von Herzen, nur Tarke-Um neidet dir deinen Ruhm.«
Rah zuckte die Schultern, doch dann blieb er stehen. Tarkes Gesicht tauchte jäh vor seinem inneren Auge auf, das runde, von brennendem Haß erfüllte Gesicht.
»Kannst du dich nicht entsinnen an den Burschen, der aus Mombut zu uns in die Ghura kam, diesen finsteren, unansprechbaren Kerl, der keinen Spaß verstand und der jeden leichten Übungsgang ausfocht, als wolle er seinem Gegner ans Leben?« fragte Ko, der glaubte, Rah vermöge sich nicht zu erinnern an den Ghurad aus Mombut.
»Du hast ihn besiegt an deinem letzten Tag in der Ghura, als er gerade angekommen war bei uns. Wie du dich erinnern wirst, hat es dich einige Mühe gekostet, denn er kämpfte mit einer anderen Technik als der bei uns gebräuchlichen und er kämpfte mit Hinterlist. Er hat geschworen, sich für die Schmach dieser Niederlage zu rächen. Du hättest sein Gesicht sehen sollen, als er am anderen Tag erfuhr, daß du die Söhne des Algor getötet hast und aus Kurteva fortgegangen bist. Du warst der einzige, der ihn besiegt hat in der Ghura. Keinem von uns ist es nach dir gelungen. Bald schon galt er als der beste Ghurad Kurtevas, dem man eine glanzvolle Zukunft prophezeite. Er hat sich hervorgetan in den Kämpfen gegen die Priester des Tat. Jedermann dachte, der Tat-Tsok würde ihn hoch auszeichnen für seine Dienste. Aber es scheint nun, als hättest du ihn ungewollt ein zweites Mal besiegt. Der Tat-Tsok gibt dir den Vorzug vor ihm, sehr zur Beruhigung der Gurenas in Kurteva, aber Tarkes Haß wird sich dadurch noch steigern. Als die Nachricht von deiner Rückkehr kam, hat er verkündet, daß nun endlich die Zeit der Vergeltung gekommen sei. Sei auf der Hut vor ihm.«
»Ich erinnere mich gut an ihn. Er war stark und hatte eine hervorragende Schwerttechnik, doch sein Ka war schwach, weil er mit der Kraft des Hasses kämpfte. Deshalb konnte ich ihn besiegen,« erwiderte Rah. Zugleich fühlte er einen Stich in seinem Herzen. Auch sein Ka war jetzt schwach. Es glich einer verlöschenden Flamme. Der unbändige Haß dieses fremden Kriegers würde es zerschmettern.
»Was ist dir, Rah?« fragte Ko-Az, der Rahs Schmerz spürte.

»Es ist nichts,« erwiderte Rah und faßte seinen Freund am Arm. »Ich danke dir für deinen Rat.«
Er wandte sich um und schritt stolz an den Wachen vorbei zur Brücke, die zum Bezirk des Tat-Tsok hinüberführte.

Tat-Lor-Te, der neunundvierzigste Tat-Tsok aus dem Geschlecht der Te, der den Tigerthron nach dem Tod seines Vaters bestiegen und den Be'el zurückgerufen hatte nach Kurteva, empfing Rah-Seph nicht, wie es üblich war, in einer formellen Audienz im Thronsaal, zwischen den Priestern und Höflingen, den Leibgurenas und Tnachas, sondern alleine in seinen privaten Gemächern.
Er war zurückgekehrt vom Tod durch die Magie des Be'el in jener Sonnensternnacht, doch die schwere Krankheit hatte ihn für immer gezeichnet und aus dem anmutigen Jüngling einen schwächlichen, leidenden Mann gemacht, an dem nichts die Jugend seiner Jahre verriet. Seine Haut war bleich und runzelig, sein schmales, eingefallenes Gesicht zerfurcht von den Spuren, die das schwere Siechtum hinterlassen. In seinen Augen schien noch ein Rest des Fiebers zu glänzen, das ihn fast getötet, und seine knochigen, dünnen Hände zitterten bei jeder ihrer steifen Bewegungen. Einem, der ihn zum ersten Mal sah, mochte er erscheinen wie ein Kambhuk, ein lebender Toter, der in das Gewand des Tat-Tsok gefahren war, um das mächtige Geschlecht der Te mit seiner Ungestalt zu verhöhnen. Die Diener und Höflinge aber fürchteten ihn nicht wegen seines Aussehens, sondern wegen seiner grausamen, unberechenbaren Launen, die zuweilen über ihn kamen und die er nur vor Xerck, dem Herrn der Xem, beherrschte. Allein seine Stimme war von reinem Wohllaut. Mit ihrem Klang, dessen Schönheit sich auf so seltsame Weise unterschied von den schmalen, verkniffenen Lippen, die ihn hervorbrachten, vermochte der junge Tat-Tsok das Vertrauen und die Liebe seiner Untergebenen zu gewinnen, doch auch sie schnappte über in schrilles, metallenes Kreischen, wenn der Tat-Tsok zornig war oder eine seiner bösen Launen ihn befiel.
Als Rah eintrat, von buckelnden Lakaien geführt, empfing ihn diese Stimme mit schmeichelnder Wärme. Der Tat-Tsok schien bester Stimmung. »Seid mir willkommen, Rah-Seph,« sagte er. »Ganz Kurteva spricht von Euch. Ich danke Euch, daß Ihr unverzüglich meiner Einladung gefolgt seid. Ich war begierig, Euch zu sehen.«
Rah hatte sich beim Eintreten in das Gemach des Tat-Tsok tief verneigt und hob jetzt erst, als der Te ihn aufforderte, langsam den Kopf. »Nur keine Zeremonien, Rah-Seph. Wir sind unter uns.«

Rah mußte seine Überraschung unterdrücken, als er in das häßliche Gesicht des Mannes blickte, dessen angenehme Stimme ihn mit ihren wenigen Worten bezaubert hatte. Der Tat-Tsok saß in einfacher, bequemer Kleidung auf einem reichen Polsterlager und hielt einen goldenen Becher in der Hand.

»Nehmt Platz, Rah-Seph, und bitte, verschont mich mit irgendwelchen Höflichkeiten. Ich muß genug davon ertragen bei den Audienzen und Zeremonien,« sagte der Tat-Tsok. Rah wunderte sich noch immer über den Klang dieser Stimme, noch mehr aber erstaunte ihn die Vertrautheit, mit welcher der Tat-Tsok, der Unerreichbare, die fleischgewordene Flamme, das Licht des Zweiten Weltalters, der Herrscher über die vier Stämme Atlans, der Sohn des Himmels, ihn, den Gurena empfing. Er erinnerte sich an die endlosen Stunden in der Halle der Weisheit, wenn der alte Tat-Tsok, regungslos auf seinem Thron hoch über den gebeugten Köpfen der Menschen, die Beschlüsse des Rates verkündet hatte, unnahbar wie ein Gott, ein fernes, goldenes Schimmern nur irgendwo in der Dämmerung. Nun aber saß ihm der Herr von Atlan gegenüber wie ein gewöhnlicher Mensch.

Tat-Lor-Te schien die Verwirrung des Gurena zu bemerken und lächelte. Sein Lächeln milderte die Häßlichkeit seines Gesichts ein wenig.

»Wollt Ihr einen Becher Wein, Rah-Seph?« fragte er und klopfte an seinen goldenen Kelch. Ein schwarzer Sklave trat hinter einem Vorhang hervor und brachte dem Gurena Wein.

»Wenn ich Gäste in meinen privaten Gemächern empfange, lasse ich mich stets von Noks bedienen. Sie verstehen unsere Sprache nicht, und das hat Vorteile,« plauderte der Tat-Tsok. »Man muß sich vorsehen in einem Palast, in dem es von Spionen und Verrätern wimmelt.«

Rah blickte den Tat-Tsok fragend an.

Tat-Lor-Te schmunzelte. »Nun, die den Be'el vertrieben haben aus Kurteva, haben sich zu sicher gefühlt in ihrer Macht. Das wurde ihnen zum Verhängnis. Ich werde diesen Fehler nicht wiederholen. Ihr versteht?«

Rah nickte.

»Es hat sich vieles geändert in Atlan und es wird sich noch vieles ändern,« fuhr der Tat-Tsok fort. »Ich kann mich glücklich schätzen, Männer wie Euch auf meiner Seite zu wissen.«

»Das Haus der Seph war immer den Tat-Tsok ergeben,« erwiderte Rah höflich.

»Ich weiß. Die Seph waren die treuesten von allen. Euer Vater wäre lieber gestorben, als seinen verbannten Sohn zu verleugnen und Ihr, Rah-

Seph, Ihr habt der Flamme wertvolle Dienste erwiesen in einer Zeit schwerer Not.«

Rah wollte etwas erwidern, doch der Tat-Tsok ließ ihn nicht zu Wort kommen.

»Nein, Rah-Seph, keine falsche Bescheidenheit. Mir ist genau berichtet worden aus berufenem Munde. Der Herr des Feuers selbst hat Euch erwählt und die allweise Hand der Flamme hat Euch auf Eurem Weg geleitet. Ihr seid würdig, nicht der Untertan des Tat-Tsok zu sein, der das Haupt senkt bei den Audienzen vor dem Tigerthron, sondern sein Vertrauter, der ihn aufsuchen mag, wann immer er wünscht.«

Wieder lächelte der Tat-Tsok, als er Rahs Befangenheit bemerkte.

»Nehmt dieses Privileg als kleines Zeichen meines Dankes, aber zögert nie, zu mir zu kommen, wenn Ihr einen Wunsch habt, Rah-Seph, wenn Ihr mir einen Mann empfehlen wollt für eine Auszeichnung ... oder für eine Bestrafung. Mein Ohr wird Eurem Rat immer geneigt sein.«

»Ich ...« wollte Rah beginnen.

»Keinen Dank! Ich bitte Euch! Ihr seid kein Höfling, dem man eine Gunstbezeugung vor die Füße wirft und der in den Staub sinkt, um sie aufzuheben. Seid auch in meiner Gegenwart der stolze Gurena, als den man Euch rühmt in Kurteva. Seid offen und ungezwungen wie ein Freund mir gegenüber. Es ist gut, wahre Freunde zu haben. Mein Vater hatte keine, und die er dafür hielt, haben ihn ermordet. Doch auch der Tat-Tsok braucht Menschen, denen er vertrauen kann.«

Tat-Lor-Te nippte an seinem Wein.

»Ihr müßt mir von Eurer Reise erzählen, Rah-Seph. Ich bin begierig, über die Dinge zu erfahren, die Ihr gesehen und erlebt habt. In den Chars erzählt man schon die Geschichten Eurer Siege über Drachen und Räuber. Ihr müßt mir berichten, was in den Wäldern Atlans vorgeht. Ich will alles über mein Reich erfahren. Irgendwann werde ich selbst hinausgehen in die Provinzen, wie meine Ahnen es taten. Der innere Ring von Kurteva kann ein goldenes Gefängnis sein für den Tat-Tsok. Ich habe Euch beneidet um Eure Freiheit, Rah-Seph. Ihr müßt mir berichten, morgen abend. Wir werden zusammen speisen im engsten Kreis. Ich möchte auch Euren Vater und Eure Schwester zu diesem Mahle einladen, mit dem es eine besondere Bewandtnis hat.«

Der Tat-Tsok zögerte einen Augenblick.

»Ich habe beschlossen, mich zu vermählen, wie es dem Tat-Tsok geziemt, damit das Geschlecht der Te nicht aussterbe und das neue goldene Zeitalter Atlans weiterblühen kann in den Händen meiner Erben,« sagte er in ironischem Tonfall.

»Ich gratuliere,« antwortete Rah, der seine Befangenheit ablegte und Zuneigung faßte zu diesem Tat-Tsok, dessen häßliches Antlitz in solch krassem Widerstreit zum Wohlklang seiner Stimme stand. Oft hatte er mit seinen Freunden die goldenen Zeiten Kurtevas beschworen, in denen der Tat-Tsok der Vater seines Volkes war, zugänglich für jeden und freundschaftlich verbunden mit seinen Gurenas und Tnachas, ohne die steifen, umständlichen Zeremonien zu pflegen, die sich später bei Hofe eingebürgert hatten. Nun schienen diese Zeiten wiedergekommen. Der Tat-Tsok war jung. Er würde die jungen Gurenas mit Leichtigkeit für sich gewinnen. Die Zwillinge Az hatten nicht übertrieben. Atlan stand am Rande einer neuen Epoche. Es lag an ihnen allen, sie zu dem werden zu lassen, was sie in ihren schwärmerischen Gesprächen erträumt. Rah-Seph lächelte den Tat-Tsok an. »Ja, ich gratuliere und wünsche Euch viele Söhne.«
»Lächelt nicht zu früh, Rah-Seph,« scherzte der Tat-Tsok, »Ihr tragt den Fächer der Seph. Ihr seid Oberhaupt Eurer Familie geworden. Das heißt, daß auch Ihr bald heiraten müßt, um Söhne zu zeugen. Nun, die schönsten und edelsten Frauen Kurtevas stehen zu Eurem Gebot. Ich werde gerne Gast sein bei Eurem Hochzeitsmahl, Ihr aber werdet einen Ehrenplatz einnehmen bei meinem. Denn ich gedenke Eure Schwester Sinis zur Gemahlin zu nehmen, damit das Haus der Seph sich noch enger verbinde mit den Te. Ich möchte es verkünden morgen abend im Kreis des Rates, und ich bitte Euch, mit Eurem Vater zu sprechen und mit Eurer Schwester.«
»Ihr macht mich verlegen,« antwortete Rah. »Es ist zuviel der Ehre.«
»Oh nein, Sinis soll eine wunderschöne Frau sein, wie ich hörte. Es ist mir ein Herzenswunsch, sie zur Gemahlin zu nehmen. Sie ist des Tigerthrones würdiger als irgendeine Tochter eines Aibo oder eines Tnacha. Der Tat-Tsok braucht den Schwertarm der Gurenas, damit das Licht der neuen Zeit, der Schein der allmächtigen Flamme, hell über Atlan erstrahlt. Also ist es nur angemessen, daß eine Tochter aus dem ersten Gurenageschlecht seinen Thron teilen wird. Nun aber zu Euch, Rah-Seph. Äußert einen Wunsch. Ich werde Euch nichts abschlagen.«
Rah nahm einen Zug aus seinem Becher. Eine Weile überlegte er, dann faßte er sich ein Herz und sagte: »Ihr habt mich gebeten, Euer Vertrauter zu sein. Ich halte es für die erste Pflicht eines Vertrauten, offen und ehrlich zu sprechen.«
»Ihr sollt nie anders zu mir reden, Rah-Seph.«
»Ich möchte dem Tat-Tsok nicht an seiner Tafel dienen oder als Leibgurena, der bei den Empfängen in prächtigen Gewändern neben ihm

steht und sein Schwert nur zur Zierde am Gürtel trägt. Die den Tat-Tsok nahestanden in der Vergangenheit, bekleideten solche Ämter bei Hofe. Auch mein Vater und viele meiner Vorfahren taten dies. Ich aber möchte dem Tat-Tsok dienen in den Provinzen und Wäldern und dort das Schwert für ihn führen, wie es einem Gurena geziemt.«
Der Tat-Tsok schmunzelte. »Diese Bitte ist eines Seph würdig. Es erfreut mein Herz, sie aus Eurem Mund zu hören, denn ich spüre den Geist der neuen Zeit in ihr. Die Tage, an denen fettgewordene Tnachas und Priester über die Geschicke Atlans bestimmten, sollen für immer vorüber sein.«
»Wißt Ihr, daß die jungen Gurenas in den Ghuras davon träumten, daß solche Zeiten wiederkommen möchten in Atlan? Sie werden Euch lieben,« sagte Rah, der seine letzte Scheu fallenließ.
»Noch gibt es schwere Probleme zu lösen, doch es ist gut zu wissen für einen Herrscher, daß seine Gurenas zu ihm halten. Ich bin in Einsamkeit aufgewachsen im Palast meines Vaters. Nur meine Lehrer und einige auserwählte Gesellschafter waren um mich, aber es scheint, daß mein Herz verbunden war mit euch in den Ghuras, daß die gleichen Ideale in ihm gewachsen sind. In den nächsten Tagen werde ich Eure Kameraden aus der Ghura in meine Dienste stellen. Es wird ein großes Fest geben in Kurteva. Aber danach werden sie sich bewähren müssen im Kampf.«
»Oh, sie brennen darauf. Sie haben die neue Zeit herbeigesehnt und werden ihr Blut und ihr Leben geben dafür.«
»Das ist gut. Aber sie brauchen einen Führer.«
Der Tat-Tsok hielt inne und musterte Rah.
»Ihr verfügt über unzählige verdiente Gurenas, die dafür in Frage kommen,« sagte Rah.
»Ich weiß. Aber ich halte es für besser, wenn einer sie führt, der den gleichen Drang spürt wie sie und den sie lieben, weil er einer der ihren ist. Die neuen Ideen, die in unseren Herzen gewachsen sind, sollen nichts von ihrer Frische einbüßen in den Händen von Männern, die ihren Ruhm in abgelebten Tagen ernteten.« Der Tat-Tsok richtete sich hoch auf seinem Lager auf. Seine Stimme wurde ernst. »Ich ernenne Euch zu einem Mitglied des hohen Kriegsrates, Rah-Seph, und verleihe Euch alle Vollmachten und Befugnisse dieses Amtes. Ich unterstelle Euch die Gurenas, die in diesen Tagen die Ghura verlassen, samt den Soldaten, die sie im Falle eines Krieges führen werden. Ihr sollt frei walten, Rah-Seph, doch sähe ich es gerne, Euch hin und wieder bei mir am Hofe zu haben.«

Rah-Seph, außer sich vor Überraschung und Freude, verneigte sich tief vor dem Tat-Tsok, der für einen Augenblick die unnahbare, würdevolle Miene der Audienzen und Ratsversammlungen gezeigt hatte.
»Ich werde auch diese freudige Nachricht morgen abend bei Tisch verkünden und sie dann verzeichnen und siegeln lassen von den hohen Tnachas. Und ich werde Eurem Wunsch entsprechen, den Ihr geäußert habt. Als Mitglied des Kriegsrates stünde Euch ein Platz neben dem Thron zu, doch Ihr wollt lieber hinausgehen in die Provinzen. So sei es. Ütock, die Stadt im Walde, ist nicht zur Ruhe gekommen, seit die Heuchler des Tat gestürzt wurden. Sie hetzen die Menschen gegen Kurteva auf. Es wird keine leichte Aufgabe sein, Recht und Ordnung wiederherzustellen in dieser Stadt, denn in Ütock haßt man den Tat-Tsok und beugt sich nur widerwillig seinen Erlassen. Den Tnachas gilt eine Versetzung nach Ütock als Strafe, Ihr aber könnt dort die Probe des Feuers bestehen, die das Gesetz von einem neuen Mitglied des Kriegsrates fordert. Ein kleines Heer ist gerüstet. Wollt Ihr diesen Auftrag annehmen, Rah-Seph, der Euch gleich wieder fortführt aus Kurteva, oder wollt Ihr Euch einige Zeit von Eurer Reise erholen im Haus Eures Vaters und im Kreis Eurer Freunde? Ich würde es Euch nicht verdenken.«
»Ich werde mit Freuden nach Ütock gehen, und sei es gleich morgen,« erwiderte Rah.
»Gut. Die Wahl der Gurenas, die Ihr mit Euch nehmen wollt, steht Euch frei. Ihr werdet in sieben Tagen aufbrechen, nach dem Fest, das die hohen Gurenas feiern werden, wenn Ihre Söhne die Ghura verlassen, um in die Dienste des Tat-Tsok zu treten. Doch nun geht. Der Herr des Feuers erwartet Euch.«
Rah erhob sich und verneigte sich tief vor dem Tat-Tsok, auf dessen bleichem Gesicht das Lächeln erstarrte.

Xerck, der Herr des Feuers, der Oberste der Xem, erwartete den jungen Gurena in einem kahlen, steinernen Gemach im großen Tempel. Der Raum war schwach erleuchtet vom Schimmern der ewigen Flamme, die am Allerheiligsten brannte und ihr dämmriges, flackerndes Licht in die drei Gelasse warf, die den Xem vorbehalten waren, den Meistern des Innersten Kerns der Flamme. Zwei Hohepriester führten Rah. Sie verneigten sich tief, als sie den Gurena am Eingang zurückließen.
»Tritt herein, Rah-Seph,« sagte eine Stimme aus dem Halbdunkel.
Eine eiskalte Klammer schloß sich um Rahs Herz, als er diese Stimme wiedererkannte und sich Xercks weißes, unbewegtes Gesicht aus den Schatten löste.

Rah senkte ehrfürchtig den Kopf, als der Herr des Feuers auf ihn zukam.
»Es freut mich, dich wiederzusehen, Rah-Seph.«
Xerck trat an den jungen Mann heran und legte ihm die Hände auf die Schultern. Rah wollte sie abschütteln und zurückweichen, doch er bezwang sich.
»Es freut mich umso mehr, da wir uns hier im heiligen Tempel wiedersehen, wie der Eine Be'el es bestimmte. Die Masken der Flamme sind gefallen. Die Zeit der Verbannung ist vorüber. Nun ist die Stunde der Gerechtigkeit gekommen. Sie ist furchtbar für jene, die den Be'el verrieten, doch voll Gnade für die, die ihm treu waren in der schweren Zeit, in der er sein wahres Antlitz verbergen mußte. Du hast den Tat-Tsok gesehen?«
»Ja,« antwortete Rah. »Er hat mir die Ehre gewährt, in seiner Gegenwart weilen zu dürfen.«
Xercks Augen schienen zu glühen.
»Es wird nicht die einzige Ehre gewesen sein, Rah-Seph, die er dir gewährte. Auch er ist dem Be'el ergeben. Aus seiner Hand fließt die Fülle der Gnade der Flamme, die sich ergießt über ihre Getreuen. Er wird sich verbinden mit dem Haus der Seph und du, Rah, wirst aufsteigen zu den höchsten Würden, die ein Gurena zu erlangen vermag.«
Rah senkte den Kopf. Er spürte die vibrierende Kraft, die von dem kleinen, alten Mann ausging, die jedes seiner Worte erfüllte und jede seiner knappen Bewegungen. Er spürte, wie ihn die Macht der Flamme erneut in Bann schlug. Auf einmal wußte er, daß er vor dem eigentlichen Herrn Atlans stand, daß auch der Tat-Tsok nur eine hohle Figur war, die von der Kraft bewegt wurde, die aus den Augen Xercks floß. Für einen Moment verwandelte sich die rauschhafte Freude, die ihn nach dem Verlassen der königlichen Gemächer überkommen, in entsetzliches Grauen. Rah vermochte nicht zu fassen, daß die Reden des Tat-Tsok, in denen die geheimen Wünsche der jungen Gurenas nach einem neuen, gerechten Atlan Ausdruck fanden, gelenkt sein sollten von dieser kalten, unbarmherzigen Macht des Be'el, von diesem Mann, den er als Verwalter eines Kaufmannshauses kennengelernt, und der nun vor ihm stand als Herr des Feuers. Rah vermochte seine Gedanken nicht zu entwirren. Er wollte nachsinnen darüber, wollte sich fallen lassen in die nach allen Seiten davonjagenden Wellen widersprüchlicher Bilder und Gefühle, doch Xerck hielt ihn mit unsichtbarem Griff bei sich.
»Was hast du dir erbeten vom Tat-Tsok?« fragte er.

Mit unsicherer Stimme antwortete Rah: »Ich habe darum gebeten, ihm dienen zu dürfen in den Ländern und Provinzen Atlans, statt als Höfling in Kurteva zu bleiben.«
Xerck nickte. »Ist die Schwärmerei des jungen Gurena für das freie, ungebundene Leben in den Wäldern nicht abgekühlt worden in diesem letzten Jahr?« fragte er höhnisch. Seine Worte trafen Rah wie ein Hagel von Pfeilen. »Aber es ist gut so. Du wirst dem Tat-Tsok wertvolle Dienste leisten in den Städten, die nicht zur Ruhe kommen wollen. Wohin wirst du gehen?«
»Nach Ütock.«
»Gut, Rah-Seph. Ütock ist eine Stadt, die der Flamme immer verbunden war, doch die Kurteva und den Tat-Tsok haßt. Es wird dort keine leichte Aufgabe auf dich warten. Ein blutrünstiges Schwert allein vermag sie nicht zu lösen.«
»Ich werde den weisen Rat befolgen, den Ihr mir geben werdet.«
»Ich habe dir keinen Rat zu geben, Rah-Seph, doch versäume nicht, vor das heilige Bild des Be'el zu treten, wenn du durch das Tal des Mot nach Ütock ziehst. Es ist der wahre Sitz der flammenden Macht. Es wird erneut dein Herz erleuchten, wie schon einmal, in der Nacht des Sonnensterns. Verweigere dich nicht seiner Kraft. Öffne dich ihr und sie wird dich mit Weisheit erfüllen.«
Rah antwortete nicht. Der Widerschein der ewigen Flamme zuckte über das Gesicht von Xerck.
»Ich weiß, daß du noch zweifelst an der Allmacht des Be'el, Rah-Seph. Es erfüllt mich mit Sorge. Die Flamme verleiht dir hohe Würden für deine bescheidenen Dienste an ihr, doch sie vermag sie auch wieder von dir zu nehmen, wenn du versagst und dich ihr verweigerst. Sie will nicht nur deine Worte, Rah-Seph, und den Arm, mit dem du dein Schwert führst. Sie will dein Herz. Denn nur, wenn ihre Kraft in deinen Adern fließt, vermagst du ihr wirklich zu dienen. Erweise dich ihrer Gnade würdig und sie wird dir beistehen bei den schweren Prüfungen, die deiner warten. Man wird dich beneiden, Rah-Seph, man wird versuchen, dich zu hintergehen und dir zu schaden. Nur die Macht der Flamme vermag dich zu beschützen.«
Unbewegt starrte Rah in die dunkel glühenden Augen des Alten. Ihre Kraft durchdrang ihn bis in die tiefsten Kammern seines Herzens. Sie griff nach seinen Gedanken und seinem Willen, wie in jener Sonnensternnacht vor dem steinernen Bild des Be'el. Eine Ahnung erhob sich in dem Gurena, daß er diese Augen kannte, daß sie ihm vertraut waren aus vergangenen Leben, daß sie ihn immer wieder niedergezwungen

hatten in den Dienst der dunklen Kraft, und daß es seine Aufgabe war, sich zu befreien aus ihrem Bann. Doch Rah spürte, daß er zu schwach war. Sein Ka war verloren, die Kraft der Krieger, und sein Wille schmolz im Feuer dieser Augen wie frisch gefallener Schnee in der Sonne.
»Wenn du nach Ütock reitest, Rah-Seph,« sprach Xerck weiter, »so mache Rast mit deinen Männern bei den Ruinen des Tempels in der Schlucht des Mot und steige hinauf zum heiligen Bild des Be'el, vor dem die Gnade der Flamme auf dich herabgekommen ist und dich berufen hat zu ihrem Diener. Es ist der heiligste Ort der Flamme, der schon bestand, lange bevor dieser Tempel erbaut wurde von den nach göttlicher Macht dürstenden Tat-Tsok, und bevor Hak sich erhob im Süden. Trete hin vor dieses Bild und öffne dein Herz, damit dich die Weisheit des Be'el erleuchte. Wirst du es tun?«
Rah spürte, wie er nickte, obwohl die letzten versprengten Reste seines Willens sich mit aller Macht dagegen sträubten.
»Denn nichts existiert, das mächtiger ist als die Kraft des Be'el,« sagte Xerck. Wieder nickte Rah. Die Gewißheit, daß der Herr des Feuers die Wahrheit sprach, erfüllte Rah auf einmal mit unumstößlicher Sicherheit.
»Seine Kraft vermag dein Herz mit Gewalt zu öffnen, um es mit Gnade zu erfüllen, doch die Flamme wünscht, daß du es ihr aus freiem Willen schenkst. Tue es vor dem heiligen Bild und du wirst die Erleuchtung des Be'el erlangen. Gegen sie sind die hohen Würden, die der Tat-Tsok dir gewährte, nichts als wertloser Tand, denn sie vermag dich unsterblich zu machen.«
Rah schwieg. Das bleiche Gesicht des Xerck, über das die Schimmer der ewigen Flamme huschten, schwebte wie eine Erscheinung in der Dämmerung.
»Nach zwei Dingen hast du gesucht mit deiner ganzen Kraft, seit du das Bild des Einen verlassen hast am Morgen nach der Nacht des Sonnensterns. Du hast dein Schwert dem Be'el geopfert und er hat es dir wiedergegeben durch meine Hand, als wir uns das erste Mal begegneten im Hause der La. Es wurde dir wiedergegeben, damit du es führst in seinem Namen. Nun, da er zurückgekehrt ist in seinen Tempel und wir uns das zweite Mal begegnen, gibt er dir das andere, das dich mit verzehrender Sehnsucht quält. Das Schwert gab er dir für deinen Körper, die Blüte der Flamme gibt er dir für dein Herz.«
Xerck trat zur Seite. In der Dunkelheit des Raumes erschien eine schlanke Gestalt. Als sie herangekommen war, erkannte Rah die Frau, die in jener Nacht aus dem Feuer zu ihm gekommen war, Sae, die

Schwester des Karawanenführers der La, die er rastlos gesucht in den Wäldern, um deretwillen er nach Feen geritten war und deren Bild unauslöschlich in sein Herz gebrannt schien. Sie trat auf ihn zu. Ein feines Lächeln spielte um ihre Lippen.
»Die Masken der Flamme sind gefallen,« sagte Xerck von irgendwo aus dem Dunkel. »Die du als Sae-Mas kennst, ist eine Tochter des Be'el, gezeugt vom Herrn des Feuers in der heiligsten Stunde vor dem Bild der Flamme. Sie wuchs heran im Schutze des Kaufmannshauses und galt jedem als die Schwester des törichten Karawanenführers. Doch in ihren Adern fließt das reine Blut der Flamme, edler als in allen Geschlechtern, aus denen je die Herrscher Atlans hervorgegangen sind. Ich gebe sie dir zur Frau, Rah-Seph, wenn das reine Licht der Flamme dich erleuchtet, für das Sae dein Herz öffnete.«
Um Rah drehte es sich. Jede Fähigkeit, einen klaren Gedanken zu fassen, schien zerschlagen. Er streckte seine Hände aus nach der schönen, jungen Frau, die ihn mit kalten Katzenaugen herausfordernd anblickte, doch sie wich vor ihm zurück. Auch diese Augen waren Rah vertraut, auch mit ihnen war er verkettet durch starke Bande, die zurückreichten in das Dunkel der Zeit. Brennendes Verlangen überkam ihn, erfüllte die dunkle Leere in ihm und drängte alle anderen Bilder und Gedanken aus ihm fort.
»Noch bist du ihrer nicht würdig, Rah-Seph,« sagte Xerck. »Erst wenn dich der Geist der Flamme ganz erfüllt, sollst du die reine Feuerblüte berühren. Sie sei dir versprochen in dieser Stunde, doch der Eine Be'el erlegt dir eine Frist von drei Jahren auf, bevor der Segen der Ehe gesprochen werde in diesem heiligen Tempel. Nutze diese Frist, Rah-Seph, und wisse, daß du den Be'el nicht zu täuschen vermagst, daß sein Blick dein Herz durchdringt, als wäre es aus Glas. Erst wenn kein Schatten des Zweifels mehr das Licht der Flamme in dir trübt, bist du der Blüte aus dem Feuer würdig.«
Die Gestalt der jungen Frau verschwand im Dunkel wie ein Trugbild der Sinne.
Rah wollte ihr folgen, überwältigt von unbezähmbarer Leidenschaft, doch Xerck vertrat ihm den Weg. »Zügle dein Verlangen, Sohn der Seph. Trage Saes Bild im Herzen als Leitstern deiner Liebe zum Einen Be'el. Die Qual deiner Sehnsucht nach Sae öffne der Flamme den Weg in dein Herz,« sagte er. »Doch bevor du Kurteva verläßt, fordert die Flamme einen weiteren Dienst von dir. Du hast ein stolzes Herz, Rah-Seph, unbeugsam und eigensinnig. Die Flamme fordert, daß es geschmeidig werde ihrem Willen.«

Ohne recht zu wissen, wovon der Xem sprach, nickte Rah, mechanisch, von einer fremden Kraft bewegt. Das Bild von Sae schien noch in der Dunkelheit zu schweben. Alles andere versank neben ihm.
»Du mußt ein ergebener Diener des Be'el werden, willst du die Blüte des Feuers gewinnen. Gib der Flamme ein Zeichen deiner Unterwerfung. Willst du das tun, Rah-Seph?«
»Ja,« entgegnete Rah.
»So vergib dem, den du haßt. Er ist dein Bruder im Be'el und doch hegst du Verachtung für ihn. Die Flamme wünscht keine Zwietracht zwischen ihren Dienern.«
Auf einen Wink von Xerck trat Hem-La aus einer Mauernische heraus und verbeugte sich vor dem Gurena. Rah starrte ihn mit ausdruckslosen Augen an.
»Auch sein Herz ist stolz,« fuhr Xerck fort, »doch er weihte es dem Be'el und bittet dich als Bruder in der Macht des Feuers um Verzeihung für alles, das deine Ehre beleidigte.«
»Laßt uns Freunde sein, Rah-Seph, wie ich es Euch schon einmal anbot,« sagte Hem mit vor ohnmächtigem Zorn zitternder Stimme. Er verbeugte sich wieder, um seine zuckenden, mühsam im Zaum gehaltenen Züge vor dem Gurena zu verbergen.
Rah stand eine Weile regungslos vor dem jungen Kaufmann, den er verachtete wie nichts anderes auf der Welt, der Aelan hatte ermorden lassen und dessen Falschheit und Gier ohne Grenzen schienen. Er hatte es oft bereut, daß er ihn nicht erschlagen hatte im Brüllenden Schwarz, nachdem Aelan gefallen war. Nun aber stand er vor ihm, glühend vor Haß, eine heuchlerische Schlange, die Eintritt begehrte in sein Herz. Rah wollte den Kopf schütteln, doch die unbarmherzige Kraft, die Besitz ergriffen hatte von ihm, zwang ihn, sein Haupt zu senken und zu flüstern: »Ich vergebe dir, Hem-La. Das Wohl der Flamme steht über meiner Ehre.«
Ein triumphierendes Lächeln huschte über das Gesicht von Xerck. Hem und Rah tauschten eine kurze, kalte Umarmung, dann eilte Hem davon.
»Du beginnst zu lernen, Rah-Seph. Der Segen des Be'el sei mit dir auf deinem Weg nach Ütock,« sagte Xerck und legte Rah die Hand auf die Stirn. Eine flammende Kraft schoß Rah wie ein Blitz durch alle Glieder. Er glaubte zu verbrennen, doch der feurige Strom verglühte augenblicklich, als Xerck seine Hand wieder erhob. Wortlos wandte sich der alte Mann um. Rah hörte, wie sich die schlurfenden Schritte in der Weite des dunklen Raumes verloren. Eine Weile blieb der junge Gurena

stehen, lauschte tief in die Finsternis hinein, doch er vermochte keinen Laut mehr zu vernehmen, außer dem Rauschen des Blutes in seinem Kopf. Das schimmernde Bild der Blüte aus dem Feuer war vor seinem inneren Auge verschwunden.

Als Rah aus der Dämmerung des Tempels in das milde Licht der Abendsonne hinaustrat und über die Brücke zurückging in den zweiten Ring Kurtevas, schienen ihm die Ereignisse der vergangenen Stunden wie ein Traum. Die letzten Sonnenstrahlen begannen die dunklen Ahnungen und Gedanken in ihm zu zerstreuen. Ko-Az kam ihm entgegen.
»Du siehst mitgenommen aus,« lachte der junge Gurena. »Die Audienzen in den Palästen und Tempeln sind offenbar anstrengender als die Kämpfe mit Räubern und Drachen.«
Als Rah in das offene, schöne Gesicht des Freundes blickte, fielen die letzten Reste der bösen Kraft, die in ihn eingedrungen war, von ihm ab.
»Es geschehen seltsame Dinge in diesem Tempel, die ich nicht zu verstehen vermag,« antwortete er. »Ich bin zerrissen von ihnen. Sie lassen mich Dinge tun und sagen, die nicht übereinstimmen mit der Sprache meines Herzens.«
Ko-Az ging schweigend neben Rah her. Sie durchschritten einen der Gärten, die den inneren Kanal säumten.
»Es wird immer Dinge geben, die wir nicht zu verstehen vermögen,« sagte Ko schließlich. »Aber es ist nicht unsere Aufgabe als Gurenas, über sie nachzugrübeln.«
Rah nickte. »Und doch fühle ich etwas Dunkles, Böses in ihnen. Wir weihen dieser Kraft unser Schwert, ohne sie zu verstehen.«
»Oh, ich weiß, was du meinst. Der Be'el ist ein furchtbarer Gott, finster und unheimlich. Auch mich schauderte es, als ich der ersten Zeremonie im großen Tempel beiwohnte. Aber es scheint, als würden die Menschen nur mehr vor einem solchen Gott Respekt haben. Es ist gut, wenn das Volk einen Gott anbetet, den es fürchtet. Das aber, was der Be'el bewirken wird in Atlan, ist notwendig und wird uns allen zum Wohl gereichen. Erinnerst du dich an unsere Gespräche in der Ghura über ein neues und gerechtes Atlan? Wir haben unbeirrbar davon geträumt, einige von uns sind dafür in den Kerker gegangen und du hast die Verbannung auf dich genommen. Unter der Herrschaft des neuen Tat-Tsok wird sich dieser Traum verwirklichen. Mag uns der Be'el auch schauerlich scheinen – wenn seine Kraft das Gute bewirkt, so soll es uns recht sein. Den Gurenas war es immer gleichgültig, welchen

Namen der Gott trug, mit dem die Tat-Tsok über das Volk herrschten.«
»Glaubst du, daß aus einer bösen Kraft das Gute erwachsen kann?« fragte Rah nachdenklich. »Es gibt noch ein anderes Atlan, von dem wir in Kurteva nichts wissen. Wir denken an den Tat-Tsok, an Macht und Gerechtigkeit, und ordnen auch den Göttern einen Platz in diesem von Menschen erfundenen Spiel zu, wie es uns beliebt. Ihre Kraft ist zu einem Schaudern verkommen, das wir fühlen, wenn wir den Tempel betreten. In den Wäldern und Gebirgen aber ist sie ungebrochen und wild. Es sind gewaltige Ströme, die dort aufeinanderprallen, Kräfte, die wir in den Städten nicht kennen.«
»Oh, Rah, du glaubst nicht, wie begierig wir sind, darüber zu hören. Es werden so viele Geschichten über deine Reise erzählt. Die anderen sind in die Delay des Minh gegangen, um auf dich zu warten. Du mußt uns genau berichten, wie es dir ergangen ist.«
Rah lächelte. Der Gedanke an den Garten des Minh, in dem er so viele heitere und sorglose Stunden im Kreise seiner Freunde verlebt hatte, brachte ein Echo der erregten Freude zurück, die er bei seiner Ankunft in Kurteva empfunden.
»Du kannst auf uns zählen, Rah. Ich weiß nicht, welche Würden der Tat-Tsok dir verleihen wird. Man munkelt viel darüber in Kurteva. Die Ghurads sollen bald in seinen Dienst übernommen werden. Wir werden die Gurenas sein, die künftig für das Wohl Atlans kämpfen. Und wir werden unsere Träume verwirklichen, die lange Jahre in unseren Herzen verborgen waren, gleich, welcher schaurige Gott in den Tempeln angebetet wird vom Volk.«
»Vielleicht hast du recht, Ko. Wir Gurenas sollen nicht grübeln. Was der Tat-Tsok mir sagte, läßt wirklich hoffen für die Zukunft Atlans. Er trat mir gegenüber wie ein Freund. Auch er ist jung, auch ihn erfüllen die Ideen und Sehnsüchte, die uns bewegen. Vielleicht stehen wir tatsächlich am Rande einer neuen, goldenen Zeit.«
»Ich bin sicher. Doch die Wurzeln dieser neuen, goldenen Zeit wachsen nicht in den Tempeln, sondern im Garten des Minh. Es wird ein heiteres Zeitalter sein, auch wenn der Gott, den das Volk anbetet, ein schauriger ist.«
Rah lachte. Seine Unbeschwertheit kehrte wieder und die Leichtigkeit des Herzens. Er freute sich auf die Delay des Minh, auf seine Freunde, auf die Feste, die man für ihn geben würde. Noch einmal konnte er sich ihnen hingeben, bevor seine neuen Pflichten und Würden ihn riefen. Doch auch auf sie freute er sich jetzt, denn durch sie vermochte Wirk-

lichkeit zu werden, was lange nur ein Traum gewesen war in den Herzen junger, schwärmerischer Ghurads.
»Ja, Ko, wir werden unsere Träume verwirklichen,« sagte er, »und noch weit mehr als sie.«
»Der Garten des Minh soll erzittern wie in alten Zeiten!«
»Und ich bezahle.«
»So wirst du selbst die für dich gewinnen, die dir neidig sind!«
Lachend und scherzend eilten die Freunde auf das vergoldete Tor des Gartens zu. In der tiefstehenden Sonne strahlte es wie ein Bogen aus Licht. Ein Windstoß wirbelte blaue und rote Blütenblätter vom Weg auf.

## Kapitel 4
## GNADE VOR RECHT

»Ich liebe dich,« flüsterte Aelan. »Ich habe dich geliebt, als ich dich das erste Mal sah in Feen, und ich habe dich schon davor geliebt, in meinen Träumen, die Erinnerungen waren an vergangene Leben. Ich liebe dich seit undenklichen Zeiten, Mahla.«
Wie ein Fluß, der über die Ufer getreten ist, strömten Aelans Worte. Er lag mit geschlossenen Augen, spürte den nackten, warmen Körper Mahlas an seinem, atmete den Duft ihrer Haut, ließ seine Hände über ihr Haar gleiten, über ihren Rücken, ihre Schultern, ihre Brüste. Ein allesumspannendes Gefühl des Glücks hatte die Gedanken an gestern und morgen fortgedrängt. Nur dieser eine, unendlich weite Augenblick der Erfüllung hatte Platz in ihm, ließ ihn seine beschwerliche Wanderung über die Gebirge nach Mombut vergessen, die Fahrt auf dem Lastkahn nach Ütock, seinen Plan, auf der alten Straße weiterzuziehen nach Melat und von dort nach Alani, um über die Kahlen Berge nach Hak zu gelangen, an den Ort der Reinen Quelle, irgendwo im verbotenen Land des Südens. Vergangenheit und Zukunft waren bedeutungslos geworden. Das Ne, die weiße Musik des Sonnensterns, klang in ihm. Er ließ sich in sie fallen. Sie schien sein Glück zu tragen, die Wellen warmer, leuchtender Freude, wie er sie nie zuvor in diesem Leben gespürt. »Ich liebe dich, Mahla,« flüsterte er immer wieder ins Ohr der jungen Frau. Sie küßte ihn lachend, schmiegte ihren Kopf an seine Schulter, tastete zärtlich über sein Gesicht. Auch Mahla war versunken in einem Strom rauschhaften Glücks.
»Halte mich fest, Aelan,« sagte sie.
Aelan drückte sie an sich. Für einen Augenblick kamen die Bilder wieder vom Tod der Geliebten, das Gefühl des in seinen Armen leblos zusammensinkenden Körpers, der rasende, wahnsinnige Schmerz um ihren Verlust. Aelan lachte. Jetzt lebte sie. Sie lebte, und sie liebte ihn wie damals. Er hatte sie wiedergefunden über den Abgründen der Zeit. Das Ne schwoll zu einem mächtigen Brausen in Aelan. Er hörte den

Namen des Sonnensterns in sich, den geheimen Klang des Hju, der in seinem Herzen Wurzeln geschlagen hatte wie ein Tnajbaum im feuchten Boden der Wälder. Unauslöschlich war er eingegraben, wie die Liebe zu dieser Frau. Plötzlich wußte Aelan, daß er auch den Namen des Sonnensterns schon unzähligemal besessen und wieder verloren hatte, bevor er ihn in der Nacht mit dem Schreiber erneut empfangen. Doch was bedeutete das alles? Er besaß ihn jetzt, seine Geliebte war jetzt bei ihm, und dieses Jetzt war ein Augenblick niemals endenden Glücks.

»Ich habe mich so dumm benommen, als ich dich das erste Mal sah,« flüsterte Mahla. »Ich schäme mich dafür.«

Aelan lachte. »Ich habe mich noch dümmer benommen. Ich hätte dich einfach in die Arme nehmen und küssen sollen.«

»Ich hätte dir die Augen ausgekratzt und mir ein Messer in den Leib gestoßen.«

»So also hast du mich verabscheut. Aber du hattest allen Grund dazu. Ich habe mich benommen wie ein Sok.«

»Ich hatte Angst vor dir, Aelan.«

»Nein, du hattest Angst vor dir selbst. Auch ich hatte Angst davor, zu begreifen, wer du bist und was du bedeutest für mich. Alles kam so überraschend. Es stand plötzlich wie eine Wand vor mir. Ist es nicht oft so, daß man Angst hat vor der Wahrheit seines eigenen Herzens? Man schiebt sie weg von sich und begehrt doch nichts anderes so sehr.«

»Aber alles ist gut geworden. Ja, alles ist gut geworden, trotz dem Leid und der Verzweiflung.«

Aelan nickte.

»Was werden wir tun?« fragte Mahla. »Sieh, die Menschen, die am Feuer geschlafen haben, sind fort.«

»Ja, sie stiegen in der Morgendämmerung auf ihre Boote, um nach Mombut zurückzurudern. Du hast geschlafen wie ein Kind und ihren Lärm nicht gehört.«

»Wolltest du nicht mit ihnen reisen?«

»Nein, sie haben mich nach Ütock gebracht. Ich aber wollte weiter nach Melat.«

»Nach Melat.« Mahla sagte den Namen der Stadt im Westen vor sich hin und spürte, daß er nichts bedeutete für sie. Mit einem Mal brach die Hoffnungslosigkeit, die gestern im Quartier ihrer Brüder über sie gekommen war, wieder in ihr auf. Es schien gleichgültig, wohin sie ging. Alles war verloren, alles hatte sie hingeben müssen, um den Geliebten zu finden. Sie drückte Aelan an sich. Unruhe erfaßte sie.

»Ich muß Ly wiederfinden, und meine Brüder,« sagte sie. »Wir verloren einander im Getümmel vor dem Haus des Kaufmanns.«
»Ich werde dir helfen,« erwiderte Aelan. Ihm schien sein Plan, nach Melat zu reisen, plötzlich weit entfernt. Alles war unwichtig, wenn er nur bei der Geliebten bleiben konnte.
»Ich weiß, wo wir sie suchen können. Won hat Rake gesagt, er solle uns in die Char des Thim in Sicherheit bringen, bevor er sich von uns trennte. Wahrscheinlich werden sie dort auf mich warten. Sie werden sich ängstigen um mich.«
Sorgen um Ly und die Brüder verdrängten die leichten, schwebenden Gefühle unbeschwerten Glücks, die Mahlas Herz in dieser Nacht von aller Beklemmung frei gemacht hatten. »Laß uns gleich aufbrechen, Aelan.«
»Ja, wir brechen auf,« sagte Aelan. »Aber wir werden uns nie wieder trennen.«
Noch einmal umarmten sie sich, drängten sich heftig aneinander, hielten sich fest, lachend, sich noch einmal verlierend in den Strömen ihres jungen Glücks.

Eine Stunde später, die Sonne hatte sich längst erhoben und stand als weißer Ball in dem grauen Dunst, der den Himmel über Ütock verschleierte, betraten Aelan und Mahla die Char des Thim.
Rake und Ly saßen in dem engen, holzgetäfelten Raum bei einem Krug warmen Lemp und sprachen mit dem Wirt, der mit knappen Verbeugungen kundtat, daß er die Anweisungen der jungen Herrschaften verstanden hatte.
»Es soll alles nach Euren Wünschen geschehen,« sagte er. »Ich werde sofort die Mägde anweisen, die Zimmer so herzurichten, daß Ihr keinen Grund zur Klage mehr haben werdet. Meine Char ist eine der besten in Ütock, müßt ihr wissen, selbst edle Kaufleute aus Kurteva pflegen bei mir zu nächtigen, wenn...«
In diesem Augenblick bemerkte Ly ihre Herrin.
»Mahla!« schrie sie, sprang auf, schob den verdutzten Wirt zur Seite und fiel Mahla um den Hals. »Oh, wie bin ich froh, daß du wohlauf bist,« rief sie.
Rake drängte sie zur Seite und umarmte seine Schwester. »Wir hatten solche Sorge um dich. Was ist geschehen? Wo bist du gewesen? Oh, Mahla, hat man dir etwas zuleide getan? Sag es mir!«
Mahla schüttelte lachend den Kopf.
Zugleich bemerkte Ly den jungen Mann, der am Eingang stehengeblie-

ben war und musterte ihn schweigend. Noch bevor Mahla Aelan an der Hand nahm, ihn dem Bruder und der Freundin vorstellte, wußte sie, was in dieser Nacht geschehen war. Das Feuer der Wiedersehensfreude in ihren Augen erlosch. Ihre mißtrauischen Blicke wanderten zwischen Aelan und Mahla hin und her.

»Es war wie ein Wunder,« sagte Mahla, »Aelan hat mir das Leben gerettet. Jeden hätte ich erwartet in diesem Augenblick, nur Aelan nicht, obwohl ich an ihn dachte, als mich die Fremden bedrängten. Vielleicht haben ihn meine verzweifelten Gedanken herbeigerufen.« Mahla war bester Laune. Der Glanz der Liebe strahlte aus ihren Augen. »Wo ist Won? Und wo ist Lop?« fragte sie, während sie Aelan an der Hand faßte und ihn neben sich an den Tisch zog.

Rake, der Aelan unbefangen und freundlich begrüßt hatte, ohne zu bemerken, was seiner Schwester geschehen war, zuckte die Achseln. »Wir wissen es nicht. Wir haben zuerst lange nach dir gesucht, Mahla. Ach, wir hatten solche Angst um dich. Wir haben bis zum Morgengrauen die Straßen durchkämmt. Dann gingen wir zurück zum Haus des Kaufmanns. Doch er wollte uns nicht empfangen. Seine Lakaien ließen uns nicht vor. Der Herr sei zu beschäftigt und wolle von niemandem gestört werden. Sie behandelten uns wie lästige Bittsteller. Von Lop und Won wußten sie nichts. Wahrscheinlich glaubt der Kaufmann, wir hätten ihm Unglück gebracht. Dabei ist seinem Besitz kaum etwas geschehen. Nur eines der Magazine ist abgebrannt, die anderen Häuser und Lager blieben verschont. Außerdem haben die Gurenas eine Menge der Plünderer erschlagen.«

»Hoffentlich ist Lop nichts geschehen,« sagte Mahla. »Er war außer sich, als er von uns fortlief. Er wollte sich den Plünderern anschließen!«

Ly, deren Blick vorwurfsvoll auf Aelan und Mahla ruhte, mischte sich in das Gespräch. »Er wollte nicht nur, er hat es auch getan. Rake hat mir alles über den Lebenswandel von Lop erzählt. Er hat den Sal keine Ehre gemacht.«

Mahla bemerkte in ihrer Aufregung die kühle Zurückhaltung der Freundin, den bitteren Spott in ihrer Stimme nicht. Ihre Augen flogen zu Rake. »Was ist geschehen? So erzählt mir doch. Ich ahnte gestern schon, daß etwas Böses vorgefallen ist. Lop ist nicht schlecht, er läßt sich nur leicht beeinflussen, er . . .«

Rake zuckte die Achseln. »Es ist gleichgültig jetzt, Mahla. Wir können nichts ändern. Wir müssen Lop und Won wiederfinden. Es wird das beste sein, wenn wir Ütock gemeinsam verlassen.«

»Wohin sollen wir gehen?«

»Nach Melat.« Rakes Augen begannen zu leuchten. »Ich dränge die Büder seit langem, nach Melat zu gehen. Jetzt aber sehe ich, daß es gut war, nicht sofort zu reisen, sonst hättest du uns nicht mehr gefunden.«
»Warum nach Melat?«
»Der Tat-Sanla ist wiedergekommen im Westen. Er verkörperte sich erneut auf der Insel San und nun, da das Böse zurückkehrt in die Tempel Atlans, erhebt er sich mit den seinen, um es für immer auszurotten, wie der Erste Sanla es vor seinem Tod prophezeite.«
Mahla sah ihren Bruder verständnislos an.
»Rake hat recht,« sagte Ly. »Wir haben lange gesprochen in dieser Nacht. Es scheint, als sei das Unglück, das uns alle getroffen hat, nur geschehen, um uns aufzuwecken aus unserem eintönigen Dahintreiben in Überfluß und Wohlleben.«
»Wie sprichst du denn, Ly?« fragte Mahla. Jetzt erst bemerkte sie die kalte Abweisung in Lys Augen. Sie griff nach Aelans Hand unter dem Tisch. Aelan hörte dem Gespräch schweigend zu.
»Ich spreche die Wahrheit, meine Liebe. Die Welt hat sich geändert. Wir haben uns geändert. Und offenbar haben sich auch alle Regeln der Schicklichkeit geändert, alle Gebote von Sitte und Recht, wie sie gebräuchlich waren unter den hohen Kaufleuten von Feen.« Ly blitzte Mahla und Aelan an. »Aber vielleicht ist es gut so. Die Verzweiflung, in die wir gestürzt wurden, hat alles Unnötige abgestreift von uns. Wir müssen die Dinge sehen, die wirklich wichtig sind in dieser Zeit.«
»Ja,« rief Rake, »so sehr mich die Schläge des Schicksals schmerzen, die unser Haus getroffen haben – ich danke dem Tat dafür, denn nur dadurch habe ich den Sanla gefunden.«
»Ist er denn in Ütock?« fragte Mahla.
»Nein. Aber viele der Menschen hier bekennen sich zu ihm. Erinnerst du dich nicht, Mahla? Du hast mir selbst einmal die Geschichte des Ersten Sanla erzählt.«
Mahla nickte. »Ja, ich erinnere mich. Der Mehdrana hatte sie uns auf eine Art gedeutet, wie sie nicht in den Büchern steht. Dort hieß es immer, er sei ein Frevler gewesen, ein Verräter und Volksaufwiegler. Der Mehdrana aber sprach anders von ihm. Seine Geschichte hat mich gerührt – aber Rake, der Sanla ist lange tot und seine Anhänger in alle Winde verstreut. Er ist nur mehr eine Legende.«
»Nein, Mahla, er lebt, er ist wiedergekommen, wie es prophezeit war! Die Menschen des Westens haben immer daran geglaubt und haben gewartet auf seine Wiederverkörperung. Und nun, in der dunkelsten Stunde Atlans, kam der Sanla wieder, um die Menschen zu erlösen.«

Mahla schüttelte den Kopf. »Es gab immer wieder Dhans, die sich als der wiedergekommene Sanla ausgegeben haben. Sie wurden alle in den Kerkern des Tat-Tsok zum Schweigen gebracht.«
»Der Sanla ist kein Dhan, er ist der wahre Tat-Sanla. Er ist im Stillen wiedergekommen. Und doch hat er die Herzen vieler Menschen bewegt. Ich erinnere mich, daß sogar die Karawanenführer in Feen von den Wundern sprachen, die sie ihn wirken sahen.«
»Viele der Dhans vermögen Wunder zu wirken.«
»Nicht Wunder, die nur durch die Kraft des Tat gewirkt werden. Der Sanla ist keiner der Marktschreier, die das Volk mit billigen Tricks und blumigen Worten gewinnen wollen. Er ist der wahre Sanla, den der Tat in die Welt gesandt hat, um sie vom Bösen zu befreien. Unzählige schon haben dies erkannt und sich um ihn gesammelt. Ich weiß es, Mahla. Ich habe selbst mit Alten gesprochen, die den Ersten Sanla noch gesehen, und die den neuen wiedererkannten, an seinen Gesten, am Licht seiner Augen. Sie haben ihn Prüfungen unterzogen, haben ihn Dinge gefragt, die nur der Erste Sanla wissen konnte, und er hat ihnen geantwortet. Ich habe seine Worte vernommen aus dem Mund jener, die ihn gesehen haben. Er sagt die Wahrheit, Mahla. Er ist die einzige Rettung Atlans.«
»Gut, gut,« beschwichtigte Mahla ihren Bruder, der sich erhitzt hatte. »Es mag sein, daß der Sanla zurückgekehrt ist, und daß er ...«
»Wir müssen ihn finden, Mahla,« unterbrach Rake sie. »Ly ist der gleichen Meinung. Wir waren so dumm, Mahla. Wir haben geglaubt, unser Leben in Gärten und Palästen, das Anhäufen von Reichtümern sei unsere Bestimmung. Was aber nützen diese vergänglichen Dinge, wenn die dunkle Kraft hereinbricht? Was haben sie dem Vater genützt, und was der Mutter? Ach Mahla, wir mußten schmerzliche Lektionen lernen, um einzusehen, daß wir Trugbildern nachgelaufen sind, schimmernden, süßen Illusionen. Aber der Sanla wird uns den verlorenen Frieden wiedergeben.«
»Und doch, Rake, wir wollen auf Won warten und seine Meinung hören. Er ist der neue Herr der Familie und von allen Brüdern der Vernünftigste,« entgegnete Mahla bestimmt.
Rake sah seine Schwester entrüstet an. »Won denkt an nichts anderes als an die verlorene Karawane. Aber nichts wird sie uns jemals wiederbringen. Ebensowenig wie Vater und Mutter wieder lebendig werden durch vernünftiges Gerede. Es geht um andere Dinge jetzt. Nicht um die eigensinnige Rettung von ein bißchen Eigentum oder Ehre, sondern um die Rettung von ganz Atlan. Wir müssen den Sanla finden im Westen und uns ihm anschließen.«

»Wie willst du ihn denn finden? Und wenn wir ihn finden, sollen wir das Leben von Rebellen führen?«

»Rebellen!« stieß Rake verächtlich hervor. »Der Sanla ist kein Rebell! Du hast es mir selbst gesagt damals, als du aus der Mehdra heimkamst. Du warst ergriffen von der Geschichte des Sanla, doch jetzt redest du wie diese falschen Tat-Los, die Gurenas aussenden, um ihn zu fassen und zu töten. Sie wollen ihn ermorden, wie sie auch den Ersten Sanla ermordet haben. Er war das Licht in der Abenddämmerung Atlans, und die Priester des falschen Tat haben es gewaltsam ausgelöscht. Doch was vermögen sie? Können sie die Sterne auslöschen oder den Mond? Der Sanla ist wiedergekommen, gerade jetzt, da die Nacht anbricht in Atlan. Er ist das Licht eines neuen Morgens. Der Erste Sanla kam in Frieden, um allein durch die Kraft seines Wortes die Welt zum Guten zu wenden, doch man erschlug ihn. Der zweite aber kam, um das Böse für immer zu vernichten. Die Rückkehr der Flamme und all das Unglück, das über die Menschen von Atlan hereinbricht, wird die vier Stämme aufrütteln, um die dunkle Macht für immer zu vertreiben. Der Sanla wird zum heiligen Krieg des Tat rufen.«

»Woher weißt du das alles?« fragte Mahla lächelnd und streichelte die Hand ihres kleinen Bruders. Sie verstand kaum den Sinn seiner Worte, denn sie war noch immer erfüllt vom Rausch ihrer Liebe. »Du bist aufgeregt, Rake, weil du dich zu rasch erhitzt für alles, was dein Herz begeistert.«

Rake zog unwirsch die Hand fort. Es empörte ihn, daß Mahla ihn vor den anderen wie ein Kind behandelte.

»Ich lernte Menschen kennen in Ütock, die dem Sanla treu sind. Gute Menschen, deren Herzen von Liebe erfüllt sind. Von wahrer Liebe, nicht von der stolzen Heuchelei der Tat-Los. Sie haben mir geholfen in der schweren Zeit, als wir die Karawane verloren hatten und alles sich zum Schlechten zu wenden schien. Sie waren echte Freunde, obwohl ich sie nie zuvor gesehen hatte. Uneigennützige, edle Menschen, wie man sie selten findet. Sie lehrten mich viel über die Geschichte Atlans, über die wahren Zusammenhänge der Dinge und über die Prophezeiung des Ersten Sanla, daß er wiederkommen werde als Richter über Gut und Böse, um ein Reich der Gerechtigkeit in Atlan zu errichten.«

»Gut und Böse werden sich immer bekämpfen, solange die Erde besteht,« sagte Aelan, leise, als spreche er zu sich selbst.

Rake und Ly blickten ihn verwundert an.

»Ja, sie werden sich bekämpfen, aber schließlich wird das Gute siegen. Der Sanla wird das Werk all derer vollenden, die vor ihm gekommen

sind, um den Menschen von Atlan das Wort des wirklichen Tat zu bringen,« sagte Rake. »Ihm wird es überlassen sein, das Böse für immer zu vernichten.«
»Glaubt Ihr, daß es möglich sein wird, das Böse aus den Herzen aller Menschen zu tilgen?« fragte Aelan.
»Wenn sie recht geleitet werden auf ihrem Weg, vermögen sie die dunkle Macht in sich zu überwinden. Sie wurden in die Irre geführt von falschen Priestern, die verderbten Göttern dienen, aber der Sanla wird ihnen den Weg der Wahrheit weisen.«
»Mit Schwertern und Armeen?«
»Es gibt in dieser Zeit kein anderes Mittel, dem Bösen zu begegnen. Man kann die Ketten der dunklen Macht nur mit einem Stahl zerschlagen, der härter ist als sie.«
Aelan zuckte die Achseln. Er wollte dem jungen Mann, der sich ereiferte, antworten, doch eine innere Stimme drängte ihn, zu schweigen. Rake redete weiter.
»Einige meiner Freunde wollen Ütock verlassen, um sich in Melat dem Sanla anzuschließen. Die Zeit sei reif, meinen sie, den Worten Taten folgen zu lassen. Ly und ich werden mit ihnen ziehen, und ich werde auch Lop und Won überzeugen. Es ist das beste für uns. Wir werden den Sanla finden. Seine Gefolgsleute sind überall im Westen. Wir werden leicht Unterschlupf finden. Die Leute des Sanla sind eine große Familie, über alle Grenzen von Stand und Ansehen hinweg. Sie helfen einander in der Not, freuen sich miteinander und tragen das gleiche Ideal in ihrem Herzen. Alle Menschen sind gleich vor dem Einen Wahren Tat, sagt der Sanla. Und es scheint wirklich so zu sein. Er nimmt Sklaven ebenso bei sich auf wie Gurenas und Tat-Los, die sich vor der Rache des Be'el zu ihm flüchten.«
Mahla blickte ihren Bruder an. Seine Wangen glühten. Sein Herz war im Sturm erobert von diesen neuen Ideen. Er griff nach ihrer Hand, als er das Lächeln auf ihrem Gesicht bemerkte.
»Lache mich nur aus, Mahla. Aber ich bin nicht mehr das Kind, das irgendwelchen Schwärmereien hinterherläuft. Seit du mir die Geschichte des Ersten Sanla erzähltest, trage ich den Wunsch in mir, dem Sohn des Tat zu begegnen. Es ist meine Bestimmung. Niemand wird mich davon abhalten.«
»Ich lache dich nicht aus, mein Rake, mein lieber Bruder,« sagte Mahla zärtlich. »Es ist nur, daß du so schön bist, wenn du dich ereiferst.«
Rake errötete. »Du hast mir nicht recht zugehört, Mahla,« rief er

gekränkt. »Aber du mußt mit nach Melat gehen. Ich werde es nicht zulassen, daß du alleine, oder mit Lop oder Won zurückbleibst.«
»Vielleicht gehen wir alle nach Melat. Solan-Nash, mit dem Ly und ich aus Kurteva nach Ütock kamen, hat uns angeboten, zusammen nach Melat zu reisen, im Schutz seiner Karawane. Er ist ein guter Mann, der uns viel Freundlichkeit erwies auf dieser Reise.«
»Ich hörte, daß Solan-Nash in dieser Nacht von Gurenas des Be'el ergriffen wurde,« erwiderte Rake. »Die Rache der Flamme verfolgte ihn von Kurteva und . . .«
Er konnte seinen Satz nicht vollenden. Die Tür der Char flog auf. Lop stürzte herein. Er war betrunken und blutete aus einer Wunde an der Stirn. Hinter ihm kamen einige Männer. Einer von ihnen wollte Lop stützen.
»Ach, laß mich doch,« stieß Lop hervor und machte ein finsteres Gesicht, das sich sofort aufhellte, als er Rake und Mahla erkannte. Mit ausgebreiteten Armen kam er auf sie zu und ließ sich an ihrem Tisch nieder. Ein scharfer Geruch nach Wein und Schweiß breitete sich aus.
»Ich wußte doch, daß ich euch hier finde,« grölte er.
»Wo ist Won?« fuhr Rake ihn an.
»Erst brauche ich Wein!« schrie Lop. »Los, alter Thim, bring uns alten Kämpfern für Freiheit und Gerechtigkeit einen Krug Wein. Wer weiß, vielleicht ist es das letzte Mal, daß wir dich darum bitten.«
Der Wirt, dem die jungen Burschen im Siegestaumel schon so manches Stück ihrer Beute aus den Tat-Tempeln überlassen hatten für Wein und Essen, füllte einen großen Krug.
»Wen habt ihr diesmal auf den Pfad der Gerechtigkeit zurückgeführt?« fragte er scherzend. »Gibt es überhaupt noch Tat-Tempel in der Stadt? Alle reden nur mehr von Gerechtigkeit. Diese Gerechtigkeit ist für meinen Geschmack etwas zu blutig.«
»Hast du wieder von deinem Sanla gefaselt?« sagte Lop zu Rake und schnitt dem Wirt mit einer ärgerlichen Geste das Wort ab. »Du solltest dich uns anschließen, lieber Bruder. Bei uns kannst du deinen Gerechtigkeitssinn jetzt schon ausleben und zwar ohne heiliges Getue.«
Der Wirt lachte und stellte den vollen Krug auf den Tisch, an dem sich Lops Freunde niedergelassen hatten.
»Wo ist Won?« fragte Mahla.
Lop, der aufgesprungen war, um sich von einem Kameraden den Becher füllen zu lassen, schien für einen Moment nüchtern zu werden.
»Won?« fragte er. Er starrte seine Schwester an, als sehe er sie zum ersten Mal. Dann wanderten seine Augen zu Aelan, glitten aber sofort

wieder ab an dem jungen Mann aus den Bergen. Lop zuckte die Schulter.

»Wo ist er?« beharrte Mahla. »Er hat dich gesucht gestern nacht, als das Feuer ausbrach in den Magazinen des Kaufmanns.«

»Won, dieser Narr, dieser elende Narr,« preßte Lop hervor. Tränen stiegen ihm in die Augen. »Was hat er mich zu suchen? Ich bin alt genug, alleine zurechtzukommen. Er hätte bei euch bleiben sollen.«

»Was ist mit ihm?« Rake fuhr auf, packte seinen Bruder und schüttelte ihn. Der gefüllte Becher entglitt seiner Hand und fiel klirrend zu Boden.

Der Wirt begann zu keifen.

»Sie haben ihn niedergeschlagen und fortgeschleppt.«

»Ist er tot?«

Lop zuckte die Achseln. »Ich glaube nicht. Aber sie werden ihn vor Gericht stellen. Sie halten ihn für einen Plünderer. Und Plünderer werden hingerichtet. Won ist tot! Ob er heute stirbt oder morgen, ist gleichgültig. Dieser elende Narr.«

»Wir werden ihm helfen!« rief Rake. »Wo haben sie ihn hingebracht?«

Lop grinste. »Wie willst du ihm denn helfen, kleiner Bruder? Vor ein paar Tagen wäre es noch einfach gewesen, ihm zu helfen, aber jetzt...«

»Was ist geschehen? So rede doch!«

»Oh, nichts besonderes. Es sind nur Gurenas aus Kurteva angekommen mit ihren Soldaten, und die bilden sich ein, für Ordnung sorgen zu müssen in dieser abscheulichen Stadt. Und nicht nur für Ordnung, auch für Gerechtigkeit.« Lop lachte. »Gerechtigkeit. Gerechtigkeit. Thim hat recht. Es redet wirklich jeder nur mehr von Gerechtigkeit. Es scheint eine ganze Menge verschiedener Gerechtigkeiten zu geben. Vor ein paar Tagen konnte man die Leute, die so dumm waren, sich beim Plündern erwischen zu lassen, noch freikaufen. Nicht wahr?« Lop grölte zu seinen Freunden hinüber. Sie lachten und nickten zustimmend.

»Man brauchte nur ein bißchen von der Beute abzugeben, ein goldenes Tat-Auge vielleicht oder ein mit Edelsteinen besetztes Räuchergefäß, und schon war alles wieder in Ordnung. Außerdem ist es doch eine gute Sache, die Tempel des falschen Götzen zu überfallen, der jahrelang die Menschen ausgesaugt hat, oder nicht? Aber diese Gurenas aus Kurteva denken anders darüber. Sie haben sich offenbar selber genug Gold geraubt. Haben ja auch viel größere Tempel in ihrer Stadt.«

Lop begann zu lallen und nahm einen tiefen Zug aus einem neuen Becher, den ein Freund ihm reichte.

»Aber geh ruhig zu ihnen, Bruder. Vielleicht kannst du sie mit deinem Gesäusel vom Sanla beeindrucken. Man sagt, daß dieser Kerl, der sie anführt, von nichts anderem redet als von Gerechtigkeit und Ordnung.«
»Ich werde zu ihm gehen. Wie heißt er?« fragte Rake. »Won ist unschuldig. Wir können es bezeugen. Auch der Kaufmann kann es bezeugen.«
Lop lachte bitter. »Der Kaufmann ist froh, daß er uns aus dem Haus hat. Ihm wäre es ein Genuß, uns alle drei tot zu sehen. Aber gehe nur zu den Gurenas. Rah-Seph heißt ihr Anführer, ein großer Held aus Kurteva, vor dem ganz Ütock zittert. Mit ihm kam eine Bande von jungen Schwärmern, die genau so verdreht sind wie du. Geh nur, vielleicht hören sie dich an und werfen dich zu Won in den Kerker.«
»Rah-Seph?« fragte Aelan.
Lop schaute Aelan unmutig an. »Wer bist du denn? Auch einer von diesen Sanla-Propheten?«
Mahla wollte antworten, als sich vor der Char Lärm erhob. Die Türe flog auf. Ein Mann, gefolgt von zwei Gurenas, polterte herein.
»Da sind sie!« schrie der Mann. »Da sitzen sie!«
Die Gurenas zogen die Schwerter. Sie stellten sich zu beiden Seiten der Türe auf und hielten die Klingen auf die Männer gerichtet, die von den Tischen aufgesprungen waren.
»Ja, sie sind es. Ich erkenne sie wieder. Sie waren auch gestern nacht dabei, als das Magazin des Kaufmanns in Brand gesteckt wurde,« schrie der Mann.
Lop drängte sich nach vorne. »Er lügt!« schrie er. »Er ist ein Heuchler und Lügner. Er gehört dem Tat an und will uns verleumden.«
Lop packte den Mann, doch einer der Gurenas stieß ihn zurück.
Lop taumelte rückwärts. In seinen Augen funkelte Haß.
»Ihr habt meinen Bruder ermordet, ihr Bestien. Ihr seid aus Kurteva gekommen, um das Blut von Unschuldigen zu vergießen,« schrie er.
Lop riß sein Messer aus dem Gürtel.
»Nein!« schrie Mahla und schlug sich die Hände vor das Gesicht.
»Kommt, wir werden ihnen zeigen, wie man in Ütock mit Heuchlern und ihrem gedungenen Mordgesindel umgeht,« rief er den Kameraden zu, machte einen Satz nach vorne und stieß dem verblüfften Mann das Messer in die Brust.
»Da hast du es, Lügner,« brüllte er den Mann an, der röchelnd vor ihm zusammensackte. »So enden alle, die den heiligen Be'el verleumden

und seine Getreuen anzeigen bei diesen Gurenas. Auch sie verdienen den Tod!«
Er gab dem Sterbenden einen Fußtritt und faßte die Gurenas ins Auge, die langsam auf ihn zukamen. Aelan sprang auf, um den Rasenden zurückzuhalten. Er bekam Lop am Arm zu fassen, doch der Betrunkene riß sich los und warf sich mit einem gräßlichen Schrei auf den ersten der Gurenas. Der wich elegant zur Seite. Mit einer leichten, mühelosen Bewegung der Hand ließ er sein Schwert nach oben zucken. Lop sprang ins Leere und blieb unvermittelt stehen. Mit vor Staunen geöffnetem Mund starrte er den Gurena an, der regungslos verharrte und das Schwert auf ihn gerichtet hielt. Das Messer entglitt seiner Hand. Lop faßte sich an den Hals und spürte, wie warmes Blut in pulsierenden Stößen nach draußen sprudelte. Er wollte sich umdrehen, wollte schreien, doch die Beine versagten ihm den Dienst. Aus seiner Kehle drang leises Gurgeln. Aelan wollte Lop auffangen, aber das Gewicht des Fallenden riß ihn zu Boden.
»Lop!« Mahla schrie auf. »Sie haben ihn umgebracht.« Sie wollte sich auf die Gurenas stürzen, aber Ly und Rake hielten sie fest. Mahla sank in ihren Armen zusammen.
»Gut so! Bringt sie alle um,« keifte der Wirt. »Sie sind alle Verbrecher, ausnahmslos. Nehmt sie mit, schafft sie aus meiner Char, diese Plünderer! Sie haben den Tod verdient!«
Sein Geschrei rüttelte Lops Kameraden aus ihrer Starrheit auf. Sie zogen die Messer und gingen auf die Gurenas los, mit wütendem Gebrüll, auf ihre gemeinsame Stärke vertrauend, die schon manche Tempelwache überwunden hatte. Einer sprang auf den Wirt zu und schnitt dem alten Mann, der immer noch zeterte und brüllte, die Kehle durch. »Du elender, gemeiner Verräter,« schrie er, bevor er seinen Kameraden zu Hilfe kam.
Die beiden jungen Gurenas jedoch waren keine Tempelwachen, die ihre Waffen zur Zierde trugen bei den Zeremonien und Prozessionen, sie waren Krieger, neu aufgenommen in die Dienste des Tat-Tsok, begierig, sich im Kampf zu erproben, nachdem sie in langen, mühevollen Jahren das Handwerk des Schwertes erlernt. Diese verwilderten Plünderer waren keine Gegner für sie. Drei, vier fielen unter den zuckenden Klingen, die anderen wichen zurück, warfen ihre Waffen fort und fielen winselnd auf die Knie, um Gnade zu erbitten.
Einige grobschlächtige Kerle mit Holzstöcken in den Fäusten stampften herein und packten auf ein Zeichen der Gurenas die Männer, ban-

den ihnen die Hände auf den Rücken und schleppten sie hinaus. Die beiden Gurenas sahen eine Weile mit kaltem, angewiderten Blick zu, dann verließen sie die Char.
Aelan wollte ihnen nacheilen, aber zwei der Knechte ergriffen ihn.
»Laßt mich durch. Ich will zu Rah-Seph,« sagte Aelan. »Eure Herren, die Gurenas werden mich zu ihm führen.«
Die Männer schienen ihn nicht zu hören. Sie hielten ihn ungerührt in ihrem groben Griff. Ein dritter kam hinzu, ihn zu fesseln.
»Laßt mich,« schrie Aelan und versuchte sich loszureißen.
Die Männer brüllten in der derben Mundart von Ütock auf ihn ein. Einer gab ihm einen Fausthieb ins Gesicht. Alean schmeckte Blut in seinem Mund. Er zerrte an seinen Fesseln, suchte seinen Körper dem Griff der Männer zu entwinden. Er bekam einen Hieb in den Magen, sah hinter den dunklen Schleiern, die sich über seine Augen legten, wie einer der Kerle auf Mahla zuging, die zu Boden gesunken war, als sie Lop hatte sterben sehen. Rake und Ly knieten bei ihr, sprachen auf sie ein. Der Mann packte Rake ohne Warnung, riß ihn hoch. Rake sprang ihn mit wütendem Kreischen an, geschmeidig wie eine Wildkatze. Der Mann wich erschrocken zurück. Aelan bot all seine Kräfte auf, schüttelte die beiden Männer ab, die ihn hielten, taumelte einige Schritte nach vorne, schrie etwas, dann streckte ihn ein Stockhieb auf den Kopf nieder.
Einer der Gurenas trat in die Tür. »Was säumt ihr so lange?«
»Sie haben uns angegriffen,« sagte einer der Knechte und wies auf Aelan, der vor ihm am Boden lag und auf Rake, der sprungbereit stand, um einen neuen Angreifer zu erwarten.
»Schlagt ihr euch jetzt schon mit Kindern? Laßt ihn,« zischte der Gurena.
Eine herrische Geste trieb die Männer zur Tür. Sie packten Aelan an den Armen und schleiften ihn hinter sich her wie einen Toten. Vor der Char des Thim war das Volk zusammengelaufen. Die Weiber stießen Verwünschungen aus gegen die Verbrecher, die da gefaßt worden waren, spuckten die elenden Gestalten an, die gefesselt, die Köpfe gesenkt, darauf warteten, fortgeführt zu werden. Die Männer suchten von den Knechten zu erfahren, was in der Char vorgegangen war und beäugten ehrfürchtig die beiden Gurenas, die mit unbewegten, stolzen Mienen den Abtransport der Gefangenen verfolgten.
Kurze Zeit später ergoß sich der Strom der Neugierigen in die Char des Thim, wo die Mägde schrilles Klagegeheul um den toten Wirt ange-

stimmt hatten und die junge Fremde aus Feen wie eine Rasende nach dem Geliebten schrie, mühsam festgehalten von ihrem Bruder und ihrer Ersten Dienerin.

Das Gefängnis, in das man Aelan brachte, war ein finsteres, unterirdisches Gewölbe unter dem Großen Tempel von Ütock, in dessen Versammlungshalle die Tnachas Recht zu sprechen pflegten. Aelan wußte nicht mehr, wie er hergekommen war. Bildfetzen von hoch aufgemauerten Wällen aus unbehauenen Steinen, von Gesichtern, die über ihn berieten, Empfindungen derber Stöße in den Körper, das Gewirr von Stimmen, die in der trägen Ütocker Mundart sprachen, war alles, an das er sich zu entsinnen vermochte, als er zu sich kam und die Umgebung wieder hervortrat aus dunklem Nebel. Es waren viele Menschen in dem Verlies. Sie hockten und lagen auf dem nackten Steinboden, lehnten an den Wänden und drängten sich unter der einzigen Öffnung, durch die Licht und Luft hereinströmen konnte, einem handbreiten Schlitz in der gewaltigen Steinmauer. Modrige, übelriechende Luft stand in dem Gewölbe. Aelan zitterte. Jetzt erst spürte er die feuchte Kälte. Er wollte sich erheben, doch in seinem Kopf pulsierte ein stechender Schmerz. Aelan hielt die Hand vor die Augen, ließ sich ächzend auf den Boden zurücksinken und rollte sich zusammen. Er spürte, wie jemand einen Mantel über ihn breitete. Aelan blickte verwundert auf.

»Ich grüße Euch, Aelan-Y,« sagte eine weiche, angenehme Stimme. »Es freut mich, daß es Euch bessergeht, aber Ihr solltet noch ein wenig liegenblieben. Man hat Euch übel mitgespielt. Trinkt. Das wird Euch guttun.«

Jetzt erkannte Aelan das Gesicht des Mannes in der Dunkelheit, das lächelnde, bärtige Gesicht von Serla-Mas, einem Karawanenführer aus dem Haus der La. Serla stützte Aelans Kopf mit einer Hand und führte mit der anderen einen Krug an Aelans ausgetrocknete Lippen. Das Wasser erfüllte den jungen Mann mit neuer Kraft. Mühsam setzte er sich auf.

»Serla-Mas,« brachte er mit leiser Stimme hervor und lächelte. »Was führt Euch hierher?«

Serla-Mas grinste breit. »Wahrscheinlich das gleiche wie Euch. Man hat mich aufgegriffen auf der Straße und hergebracht. Die Gurenas, die aus Kurteva gekommen sind, wollen in Ütock die Ordnung wiederherstellen, indem sie die ganze Bevölkerung in den Kerker werfen. Aber Aelan-Y, sagt mir lieber, wie Ihr hierher kommt. Als man Euch brachte, konnte ich es kaum glauben. Es hieß, Ihr wäret in den Gebirgen ums

Leben gekommen. Alle im Haus der La haben um Euch getrauert, oder besser, fast alle ...«
»Ich war dem Tod sehr nahe. Aber sagt mir, habt Ihr eine Karawane der La nach Ütock geführt?«
Serla-Mas schüttelte den Kopf. »Nein, ich habe das Haus der La verlassen, als die Masken der Flamme fielen, wie man heute sagt. Habt Ihr erfahren, was geschehen ist, nachdem Hem-La aus den Gebirgen zurückkehrte? Der Tat-Tsok wurde ermordet und der Bayhi hat den Be'el zurückgerufen in die Tempel Atlans. Xerck, der Herr des Feuers, der wiedergekommen ist nach Kurteva, ist niemand anderer als Sen-Ju, die Spinne, die unerkannt unter uns lebte für so viele Jahre.«
Aelan nickte. »Ich weiß es.«
»Er hat Hem-La in Kurteva zu den höchsten Ehren erhoben, und er hat mir meine Schwester genommen.« Serlas Stimme wurde traurig. »Ihr habt Sae kennengelernt. Sie war nicht meine Schwester. Sen-Ju brachte sie eines Tages in das Haus meines Vaters und verpflichtete ihn, sie zu erziehen wie sein eigenes Kind, ohne je ein Wort über ihre Herkunft zu verlieren. Ich aber habe sie geliebt wie mein Augenlicht und hätte mein Leben für sie hergegeben, für das sanfte Reh, aber Sen-Ju hat ihr Herz vergiftet. Er hat sie heimlich eingeführt in die Intrigen des Be'el und ihre Leichtgläubigkeit mißbraucht.«
»Wo ist sie jetzt?« fragte Aelan, der Mitgefühl empfand für den großen, stattlichen Mann, der ihm von den Leuten im Hause der La einer der liebsten gewesen, und von dem er sich oft über die abenteuerlichen Reisen der Karawanen hatte erzählen lassen.
»Sie ist in Kurteva, im großen Tempel des Feuers, dem Be'el geweiht und für immer in den Händen des Xerck. Ja, er war wirklich eine Spinne. Wir alle hüteten uns vor ihm, fürchteten ihn, doch niemand konnte ahnen, wer sich verbarg hinter seiner unnahbaren Maske und wie weit verflochten die Fäden waren, die er heimlich spann. Ich habe das Haus der La für immer verlassen, obwohl man auch mir eine hohe Stellung anbot. Es war verlockend, zum Ersten Verwalter der La aufzusteigen, die Geschäfte des Hauses in Feen selbstständig zu führen, da Hem-La nach Kurteva ging, um den Lohn dafür zu empfangen, daß auch er im geheimen ein Diener des Be'el war. Es war wirklich verlockend. Ich muß gestehen, ich habe einen Augenblick gezögert. Aber sagt mir, ist es recht, sein Herz zu verkaufen für Gold und Ansehen? Ich habe es abgeschlagen, und jetzt, da ich in diesem Loch sitze, zwischen Ratten und Ungeziefer, beginne ich zu zweifeln, ob es nicht besser gewesen wäre, die Hand zu ergreifen, die mir über Nacht zum Glück verholfen hätte.«

»Wäret Ihr wirklich glücklich gewesen?« fragte Aelan.
»Nein,« lachte Serla. »Das ist mein Trost. Ich weiß, ich wäre als Herr der Kontore der La, mit guten Gewändern im Schrank und Gold in der Truhe, nicht so glücklich wie hier in dieser Herberge, wo ich zwar kein Kissen unter dem Kopf und keine erlesenen Speisen auf dem Teller habe, dafür aber ein Herz, das rein geblieben ist.«
»Was wird mit uns geschehen?«
Serla zuckte die Achseln. »Ich kam erst heute nacht her. Ich wollte einen Kaufmann besuchen, den ich von früheren Karawanenfahrten nach Ütock kannte und geriet mitten in einen Strom von fliehenden Menschen. Sie waren ausgezogen, um den Kaufmann auszuplündern, wahrscheinlich weil in der ganzen Stadt kein ungeschändeter Tat-Tempel mehr zu finden war, aber da die Kaufleute für gewöhnlich klüger sind als die Priester, standen die Gurenas schon bereit. Unglücklicherweise haben sie in ihrem Eifer auch mich mit fortgeschleppt.«
»Ich hörte, daß Rah-Seph die Gurenas anführt, die aus Kurteva gekommen sind, um in Ütock für Ruhe zu sorgen.«
»Ist das so? Rah-Seph soll hoch gestiegen sein in der Gunst des Tat-Tsok und des Be'el. Die Spinne wird es ihm lohnen, daß er dem Haus der La diente.«
»Es kann unmöglich sein, daß er dem Be'el angehört!«
»Wer will es wissen? In dieser Zeit ist alles möglich. Die Masken fallen, Aelan-Y. Nur wenige bleiben der Stimme ihres Herzens treu.«
Aelan schüttelte den Kopf. »Ich werde Rah sprechen. Er wird uns aus diesem Kerker befreien.«
»Euer Wort in das Ohr irgendeines Gottes, Aelan-Y. Ich weiß nicht, was man mit uns vorhat. Die anderen, die schon länger hier sind, haben mir erzählt, man könne ohne weiteres freigekauft werden von einflußreichen Freunden. Die Tnachas seien unsicher und ließen lieber einen zuviel laufen, als den falschen zu verurteilen. Sie haben Angst vor der Rache der Flamme. Auch für uns Gefangene scheint der beste Weg in die Freiheit durch das Tor der Unterwerfung unter den Be'el zu führen. Wer sich zu ihm bekennt, ist so gut wie frei und seine Missetaten sind mit einem Mal gesühnt. Ihr werdet verstehen, daß wir uns inmitten von glühenden Anbetern des Be'el befinden, die nur darauf warten, ihre Ergebenheit zu beweisen.«
»Habt Ihr keine Angst, daß sie Eure Reden belauschen könnten?«
»Warum? Ich habe nichts zu verbergen. Ich habe mich einmal entschlossen, daß mein Herz unverkäuflich ist und werde es auch hier nicht zu Markte tragen. Sicherlich eine ungewöhnliche Einstellung für

einen Kaufmann, aber ich kann Euch sagen, ich fühle mich wohl dabei.«
»Auch wenn es Euch das Leben kostet?«
Serla-Mas lächelte. »Über den Preis läßt sich nicht feilschen. Wieviel ist ein lauteres Herz wert? Alle anderen könnt Ihr kaufen, für Ruhm, für Gold, für Macht, für eine Frau, für Freiheit von diesem Kerker, für eine Drohung, eine verhinderte Hinrichtung. Alle haben ihren Preis, nur das eine nicht, das sich selbst treu bleibt. Dafür behält es seinen Wert, wenn die anderen verfallen. Es ist stärker als sie und stärker als der Tod. Wißt Ihr, Aelan-Y, man kann mir nichts nehmen außer der Reinheit meines Herzens. Wenn ich sie gefunden habe in mir, habe ich nichts mehr zu verlieren.«
Aelan nickte. »Ja, Ihr habt recht, Serla-Mas. Ich empfinde ebenso. Ich habe das Haus der La aus den gleichen Gründen verlassen.«
»Ich habe immer gefühlt, daß Ihr unglücklich wart in Feen.«
Aelan zuckte die Achseln und starrte vor sich hin. Er dachte an Mahla. Etwas krampfte sich schmerzhaft in ihm zusammen, und doch wußte er, daß alles gut war. Für einen Moment spürte er Mahlas Nähe, als stünde sie neben ihm. Er wußte, daß sie in Sicherheit war, wußte, daß nichts mehr ihn zu trennen vermochte von ihr, daß ihre Liebe sie wieder zueinanderführen würde, ob in diesem Leben oder in einem nächsten. Aber bei diesem Gedanken bäumte sich alles in ihm auf. Er wollte sich nicht gedulden, wollte nicht noch einmal die Wellen der Zeit sich auftürmen lassen zwischen sich und ihr, um irgendwann einmal erneut zögernd zu erwachen, um sie wiederzufinden in einem fremden Körper, in einer fremden Welt. Er wollte sie nicht verlieren, ihre Augen, ihre Lippen, ihre Haare, ihre Hände, ihre Stimme, ihr glockenhelles Lachen, kaum daß er sie gefunden in einem rauschhaften Augenblick des Glücks. Die unseligen Bilder seines Traumes wollten wiederkehren, das furchtbare Gefühl des in seinen Armen hinsinkenden Körpers, aber er drängte sie fort, biß sich auf die Lippen, ballte die Faust, krallte sich in den Steinboden, bis es schmerzte und ihm leichter wurde ums Herz. Dann blickte er Serla-Mas an und nickte.
»Ihr habt recht, Serla-Mas. Die Dinge, die wesentlich sind, kann man nicht verlieren. Jedes Unglück zeigt sie uns nur noch deutlicher.«
Sie saßen eine Weile schweigend nebeneinander. Aelan spürte die wortlose Vertrautheit wieder, in die er mit Rah-Seph eingehüllt gewesen war, zum ersten Mal in der Delay beim Abschiedsfest von Hem und dann auf der Reise in die Gebirge. Ja, alles würde wieder gut werden. Es war eine Fügung der Einen Kraft, daß Rah mit seinen

Gurenas nach Ütock gekommen war. Der Name des Sonnensterns würde ihn bewahren vor allem Unglück. Er war auserwählt von den Namaii. Er war in der Gläsernen Stadt gewesen. Er hatte den On-Nam gefunden und die Geheimnisse des Hju vernommen aus dem Mund des Einen Lehrers in unzähligen Träumen. Was konnte ihm geschehen? Die Kraft des Hju war mit ihm, führte ihn auf dem Weg, schützte ihn, lenkte den Gang der Welt so, daß ihm nichts Böses widerfahren konnte. Selbst Xerck, der Herr der Flamme, hatte die Macht des Hju nicht zu überwinden vermocht, damals in den Gärten der La. Aelan ließ den Namen des Sonnensterns in sich widerhallen, spähte nach dem Licht des Ban in seinem inneren Auge und lauschte auf die Klänge des Ne in den unendlichen Räumen seines Herzens. Ja, alles würde gut werden. Die Dinge, die gewöhnlichen Menschen als Unglück und Mißgeschick galten, sie waren nicht wirklich von Übel, sondern dienten dazu, für die große Wanderung zu lernen. So hatte es der Schreiber gesagt und so hatte Aelan es immer wieder erfahren. Jedes Unglück in seinem Leben hatte ihn schließlich auf eine neue Stufe erhoben, hatte Fügungen zum Guten bewirkt, die das Maß seiner kühnsten Träume überschritten. Er war ein Wissender des geheimen Namens, ein Schützling der Einen Kraft. Mochten sie ihn einkerkern, um ihn zu prüfen, um sein Vertrauen in das Hju zu erschüttern. Es würde niemals gelingen. Serla-Mas, dieser einfache Karawanenführer hatte recht. Er wußte nichts von den Geheimnissen des Sonnensterns und doch hatte er tiefe Weisheit des Herzens gewonnen. Aelan lächelte. Nichts konnte geschehen. Alles war gut. Das Hju hatte Rah nach Ütock geführt. Rah-Seph, an den er oft hatte denken müssen auf seiner Reise von den Gebirgen, Rah, der wie ein Bruder schien, ein Herzensvertrauter. Aelan schien plötzlich alles klar. Wäre er mit Mahla unbehelligt nach Melat aufgebrochen, säße er jetzt nicht im Gefängnis, so hätte er Rah nicht wiedergesehen und könnte Serla-Mas nicht helfen. Rah würde auch Serla die Freiheit schenken. Alles war von der allweisen Hand der Einen Kraft zum Wohle aller gelenkt.
»Wohin wollt Ihr Euch wenden, wenn Ihr diese Gewölbe verlassen habt?« fragte Aelan gutgelaunt. Die Schmerzen in seinem Kopf waren fast verklungen.
Serla blickte ihn erstaunt an. »Zuerst muß ich dieses Gewölbe verlassen, dann werde ich mir über meinen weiteren Weg Gedanken machen.«
»Aber Ihr habt doch ein reines Herz und seid unschuldig?«

»Da habt Ihr recht. Wie konnte ich nur daran zweifeln, daß die Macht eines lauteren Herzens nicht nur Berge zu versetzen vermag, sondern auch den Gerechtigkeitssinn der neuen Herren Atlans,« entgegnete er lächelnd. »Es ist gut, daß Ihr Euren Sinn für Humor nicht verloren habt in diesem finsteren Rattenloch. All die Unschuldigen, die hier schon den Tod fanden, hatten wahrscheinlich nur nicht den rechten Glauben. Und doch ist das alles nicht zum Lachen. Seht nur, dort drüben liegt noch einer aus Feen, einer der Söhne der Sal, Won, der Älteste. Ihr erinnert Euch sicher an die Sal. Ros-La, unser guter Herr, war in tiefer Freundschaft verbunden mit dem alten Torak-Sal. Hem-La aber, sein eigener Sohn, hat im Namen des Be'el das Haus der Sal vernichtet, kaum daß der Vater tot war. Der arme Won mußte sich mit seinen Brüdern in Ütock verkriechen, um der Schuldsklaverei zu entgehen.«
»Wo ist er?« rief Aelan aufgeregt. »Auch er ist unschuldig. Wir müssen ihn retten.«
Serla-Mas lächelte. »In gewisser Weise ist er schon gerettet. Er ist tot, Aelan. Sie haben ihn halbtot geschlagen in den Kerker geworfen. Er starb in meinen Armen. Ein altes Feener Lied, das er aus seiner Kindheit kannte, hat seinen Tod versüßt. In seinem Fieberwahn glaubte er, im Haus des Vaters in Feen zu liegen, bei seinen Brüdern und seiner Schwester. Er starb glücklich. So konnte einer aus dem Haus der La ein wenig des Unrechts gutmachen, das Hem-La den Sal angetan.«
Aelan starrte zu Boden.
»Glaubt mir, Aelan-Y, ich mache mir keine Gedanken um meine Zukunft. Irgendwie werde ich dieses Gefängnis verlassen, auch wenn es durch das Tor des Todes ist. Ich sehe der Zukunft gelassen ins Auge. Was sie mir bringt, soll mir recht sein. Selbst der Tod ist mir willkommen. Vielleicht ist er die beste Art der Befreiung in dieser dunklen, bösen Zeit. Ich hoffe nur, daß der Tat auch mir einen Tod beschert, der mich in einem seligen Wahn hinüberführt, glücklich und leicht, wie den armen Won.«
Aelan schüttelte trotzig den Kopf. »Es ist noch nicht die Zeit zu sterben,« sagte er. »Sagt mir, wie kann ich einen der Gurenas aus Kurteva sprechen?«
»Es kommen manchmal welche mit neuen Gefangenen. Aber sie kümmern sich nicht darum, was man ihnen zuruft. Sie sind Unschuldsbeteuerungen gewöhnt und haben...«
Serla-Mas konnte den Satz nicht beenden. Die schwere Eisentür öffnete sich mit einem Ächzen. Ein Mann in der Robe eines Tnacha trat herein, flankiert von mehreren Gurenas mit gezogenen Schwertern.

Erregtes Gemurmel erhob sich unter den Gefangenen. Auf eine energische Geste des Tnacha hin kehrte Stille ein.

Der Tnacha begann zu sprechen. Seine Stimme hallte dumpf in dem Gewölbe wider. »Ihr alle seid der Plünderei, des Raubes, und die meisten von euch auch des Mordes angeklagt. Der Tnacha von Ütock hat euch geschont, weil er den Willen des Einen Be'el nicht erkannte. Der göttliche Wille jedoch ist von erleuchteter Klarheit. Lohn denen, die Lohn verdient haben und Strafe denen, die sich schuldig machten. Ihr habt euch alle schuldig gemacht.«

»Wir haben in Seinem Namen die Tempel des falschen Tat gestürmt und zu Seiner Ehre die Priester vertrieben,« rief einer der Gefangenen. Zustimmendes Raunen erhob sich.

»Und ihr habt Unschuldige erschlagen, ihr habt die Tempel geplündert, ihr habt Kaufleute überfallen, ihr habt euch vergriffen an fremdem Eigentum. Ihr habt den erhabenen Namen des Be'el mißbraucht, um euch zu erheben gegen das Gesetz des Tat-Tsok. Ihr habt den Willen der Flamme geschändet, indem ihr ihn euch dienlich machtet für niedere Gier und Blutrunst. Rah-Seph, Mitglied des Höchsten Kriegsrates des Tat-Tsok, hat das Amt des Hohen Tnacha von Ütock übernommen, bis die Fleischgewordene Flamme einen Würdigen bestimmt, der dieses Amt ohne Wankelmut, im Geist der klaren, erleuchteten Gerechtigkeit des Einen Be'el, zu bekleiden vermag. Hört also das Urteil, das der edle Rah-Seph euch verkünden läßt durch mich: Ihr habt euch Verbrechen schuldig gemacht, die nur mit dem Tod gesühnt werden können.«

Der junge Tnacha machte eine Pause und ließ seinen Blick über die Gefangenen schweifen, die regungslos verharrten, niedergedrückt von dem Augenblick tiefer Stille, der nun eintrat.

»Doch erweist euch die Flamme eine Gnade, die ihr nicht verdient habt. Das gütige und gerechte Auge des Be'el leuchtet in die Dunkelheit eurer Herzen. Der edle Rah-Seph hat angeordnet, daß Gnade vor Recht ergehe in diesen Stunden, in denen Atlan sich wandelt und das Licht der Flamme sich über einem neuen goldenen Zeitalter erhebt wie die Sonne am Morgen. Dankt dem Allweisen Be'el. Er hat euch das Leben geschenkt. Seiner Gnade verdankt ihr fortan den Atem, den ihr einsaugt und das lebendige Blut, das durch eure Adern fließt. Seiner Gnade verdankt ihr es, daß ihr eure Schuld reinwaschen könnt vor seinem Antlitz, daß ihr ihm dienen dürft bis an das Ende dieses Lebens, dessen Dauer seine Gnade euch bestimmen wird. Ihr werdet in Ketten geschlossen und als Sklaven nach Kurteva gebracht, um am Haus des

Trem zu bauen, obwohl ihr solcher Ehre nicht würdig seid. Dankt der heiligen Flamme ewig dafür.«
Der Tnacha wandte sich um und verschwand.
Erregtes Rufen erhob sich. Die Gefangenen drängten zur Türe, doch die Gurenas scheuchten sie mit ihren Schwertern zurück.
»Wir wollen Rah-Seph sprechen!« schrie Aelan, »Wir sind unschuldig!«
Die Gurenas, die dem Tnacha folgten, wandten nicht einmal die Köpfe. Krachend schlug das eiserne Tor ins Schloß.
»Seht Ihr,« sagte Serla-Mas mit bitterem Lächeln, »man soll nicht über die Zukunft nachsinnen. Wir werden diesen Kerker nicht als tote und nicht als lebende Freie verlassen, sondern als Sklaven.«
»Noch ist es nicht geschehen,« erwiderte Aelan. Er glaubte eine trotzige und unüberwindliche Kraft in sich zu spüren.

Noch zwei Tage und zwei Nächte verbrachten die Gefangenen in den kalten, feuchten Gewölben, bevor Knechte kamen und jeweils zwei von ihnen durch die eiserne Türe hinausführten. In einer düsteren Halle loderten Schmiedeessen. Das helle Klingen der Hämmer auf den Ambossen erfüllte den Raum mit ohrenbetäubendem Lärm. Den Gefangenen wurden metallene Ringe um die Knöchel gelegt und mit Ketten verbunden, die gerade so lange waren, daß die Männer unbehindert voranschreiten konnten. Um ihnen jedoch die Flucht zu erschweren, wurden jeweils zwei Gefangene aneinandergekettet; der eherne Ring um das rechte Bein des einen wurde durch eine Kette mit dem linken Ring des anderen zusammengeschmiedet. Serla-Mas gab ein Goldstück hin, das er in seinem Gewand verborgen hatte, um von den Knechten gemeinsam mit Aelan zu dem Schmied hingeschoben zu werden, der ihre Schicksale zusammenschweißen sollte zu einem. Am gleichen Abend marschierten die Gefangenen zum Fluß, bewacht von Knechten mit Holzstöcken. Sie kamen durch den Garten, in dem Aelan Mahla begegnet war, gelangten zur Anlegestelle der Lastkähne und warteten, bis die Männer vor ihnen, behindert durch die Ketten, die engen Holzstege zu den Booten überschritten hatten. Die Sonne war untergegangen. Schmutziges Nebellicht lag auf dem breiten Fluß. Am anderen Ufer leuchteten die Feuer der Schmieden. Langsam rückte die Reihe der Gefangenen vor.
»Wie nobel!« rief einer weiter vorne und unterbrach das drückende Schweigen. »Eine Lustfahrt auf dem Ysap und dem Mot nach Kurteva. Mein ganzes Leben lang habe ich mir das gewünscht.«

Aelan hob den Kopf, um zu sehen, wer den Mut besaß, das strikte Redeverbot zu verletzen.

Das rauhe Lachen einiger anderer zerbröckelte in der Stille.

Da sah Aelan, wie Rah-Seph an einem Zug von Gefangenen vorbeiritt, der eines der anderen Boote bestieg. Flüchtig huschte sein stolzer Blick über die abgerissenen Männer hin. Eine kleine Schar von Gurenas ritt hinter ihm.

»Rah!« schrie Aelan aus Leibeskräften. »Rah!«

»Sei still!« zischten andere, »Die Knechte erschlagen dich!«

»Rah! Rah!« brüllte Aelan außer sich. Er hatte gewußt, daß Rah ihm noch begegnen würde, trotz des resignierenden Achselzuckens von Serla, trotz der vergeblichen Versuche, einen der Knechte zu bewegen, einen Gurena herzurufen. Er hatte gewußt, daß die Eine Kraft ihn nicht im Stich lassen würde.

»Rah!« schrie er wieder. Die Wachen kamen mit erhobenen Stöcken gelaufen, stießen Verwünschungen aus, daß gerade jetzt, da der hohe Herr unter ihnen weilte, die Disziplin der Gefangenen nachließ.

Rah blickte sich um, ließ seine Augen über die Kolonne der Gefangenen schweifen, aus der er das Schreien vernommen hatte.

»Rah!« schrie Aelan noch einmal.

Der Knüppel eines Knechtes traf ihn auf die Schultern. Ein brennender Schmerz fuhr seinen Rücken hinab. Ein zweiter schlug auf ihn los und ein dritter. Es wurde dunkel vor seinen Augen. Er sah noch, wie Rah sich an seine Gurenas wandte, sah, wie sie die Achseln zuckten und Rahs Aufmerksamkeit auf die Boote lenkten. Rah sah sich noch einmal um, dann ritt er weiter.

Als Aelan zu Boden fiel, zwischen die Beine der anderen, in den Staub des Weges, spürte er abgrundtiefe Enttäuschung, eine dunkle Leere in seinem Herzen, wie er sie niemals zuvor empfunden. Wie höhnische Vorwürfe erhoben sich Zweifel an der Kraft des Sonnensterns, grell und schreiend, Zweifel an den Worten des Schreibers und Lok-Mas, an der Macht der Namaii in der Gläsernen Stadt. Trugbilder. Lügen. Verblendungen. Ein Nichts. Ein bitteres, hoffnungsloses Nichts.

Serla und andere Gefangene zerrten Aelan weiter, schleppten den halb Bewußtlosen auf das Boot, legten ihn nieder, sprachen gedämpft auf ihn ein, um die Aufmerksamkeit der Wachen nicht auf sich zu ziehen. Aelan hörte sie nicht. Alles war zerschlagen in ihm, zertrümmert, niedergerissen. Alles war leer und gleichgültig.

Das Boot legte ab. Der dunkle, rhythmische Gesang der Ruderer, die es in die Mitte des Flusses steuerten, verklang in der Nacht. Die Flamme des Ölfeuers am Bug loderte hoch in den sternlosen Himmel.

## Kapitel 5
## DER VON SAN

Hem-La nippte genießerisch an dem Goldpokal, der gefüllt war mit dem edelsten Wein der südlichen Provinzen und sah der Sklavin, mit der er sich gerade vergnügt hatte, beim Ankleiden zu. Es war eine junge Frau vom Stamme der Nok, der dunklen Menschen aus den Ländern über dem östlichen Meer, doch eine von solch vollendeter Schönheit, wie sie Hem noch nie gesehen. Eine Feener Delay hatte einmal eine Nok gekauft, zum Vergnügen und zur Abwechslung für die Söhne der reichen Familien, ein häßliches, fettes Wesen, mehr Tier als Mensch, mit dunklen, verängstigten Augen, einem breiten, knochigen Gesicht und wulstigen Lippen. Seither empfand Hem Abscheu vor den Nok, die als Sklaven nach Atlan kamen. Die Frau aber, die er unter dem Gesinde des Hauses Nash entdeckt, war schlank und grazil wie eine Gazelle, ihr ebenholzfarbener Körper biegsam und feingliedrig und ihr Gesicht von solch edlen, stolzen Zügen, daß Hem ohne zu zögern den Erzählungen der Diener glaubte, sie sei eine Prinzessin vom Hofe eines Königs der Nok, in einem kühnen Handstreich geraubt und nach Atlan verschleppt.
Hem leckte sich die Lippen. Es war eine Nacht ganz nach seinem Geschmack gewesen. Er hatte diese geheimnisvolle Frau gefügig machen müssen. Wie ein Puma hatte sie gekämpft, eine schwarze, glutäugige Wildkatze. Geschrien hatte sie in der raschen, schnatternden Sprache der Nok, die niemand auf Atlan verstand, und als er ihren Willen schließlich gebrochen, als sie sich ihm hingegeben, hatte sich erwiesen, daß sie noch unberührt war, eine betörende, schwarze Blüte aus dem fernen Land der Nok, deren Duft und Nektar noch niemand vor ihm genossen. Hem räkelte sich zufrieden auf seinem Polsterlager. Es gab Schätze im Haus des Solan-Nash, das nun das seine war, von denen man in Feen nicht einmal zu träumen wagte. Ein Diener kam lautlos herein und verbeugte sich.

»Die Sänfte des Tnacha ist angekommen. Der hohe Herr möchte eintreten,« meldete er.

Hem nickte, erhob sich und zog einen seidenen Hausmantel an. Er bedeutete der schwarzen Sklavin, sich zu beeilen, scheuchte sie mit heftigen Gesten aus dem Raum. Sie blitzte Hem haßerfüllt an und schlüpfte an dem Tnacha vorbei, der von Dienern hereingeführt wurde.

Der Tnacha, ein alter Mann in der Robe der Rechtsgelehrten, verbeugte sich vor dem jungen Kaufmann und warf der Sklavin einen eiligen Blick nach.

»Glaubt Ihr auch, daß sie eine Prinzessin von einem Königshof ist? Die Bedienten hier behaupten es.«

Der Tnacha zuckte die Achseln, während er seine Augen flink über das prächtige Gemach schweifen ließ.

»Die Gesichter der Nok sind uns unergründlich und ihre Sprache noch immer ein Rätsel. Doch habe ich noch nie das Gesicht einer Nok gesehen, das so voll Liebreiz war wie das ihre. Es würde mich nicht verwundern, flösse königliches Blut in ihren Adern,« sagte er mit gequetschter Stimme.

Hem lächelte vieldeutig und lud den Tnacha ein, ihm in ein angrenzendes Kabinett zu folgen, in dem auf einem reich mit Blumen geschmückten Tisch eine Fülle von Leckerbissen angerichtet war.

»Ich habe mir erlaubt, einige Erfrischungen vorbereiten zu lassen,« sagte er beiläufig.

Der Tnacha nickte. Lakaien liefen mit Karaffen herbei und füllten goldene Pokale.

»Aber sagt mir, haben die Nok denn Könige?« fragte Hem, nachdem er sich auf einem bequemen Lager neben der Tafel niedergelassen hatte.

»Nun, es sitzen fette Männer auf hölzernen Thronen, in die Felle von Löwen und Leoparden gekleidet. Sie herrschen über die Nok, der Macht des Tat-Tsok aber vermögen sie nicht zu trotzen,« antwortete der Tnacha. Er sah sich verstohlen im Raum um, während Hem an seinem Wein nippte. Dieser Kaufmann aus Feen hatte das vornehme Haus des Solan-Nash mit geschmacklosem Pomp und Prunk ausgestattet, der den Reichtum, der ihm mit einem Handstreich zugefallen war, in alle Welt hinausschreien sollte. Der alte Tnacha, der sein Leben lang dem Wohle Atlans gedient, den es kaum kümmerte, welcher Gott gerade die Gunst des Tat-Tsok genoß, schüttelte leise den Kopf. Seine Augen kamen einen Moment lang zur Ruhe. Er hatte Solan-Nash gewarnt, die Verbindungen zu den Tat-Los nicht zu eng zu knüpfen, doch

der Kaufmann, geblendet von den glänzenden Möglichkeiten und Privilegien, die ihm solche Verbindungen verschafften, hatte nicht auf ihn hören wollen. Nun residierte ein anderer in seinem Haus, verpraßte seinen Besitz und genoß seine Vorrechte, ein Emporkömmling aus der Nordprovinz, den glückliche Zufälle und die Gunst des zurückgekehrten Be'el in diesen hohen Stand erhoben hatten, während Solan-Nash, das Oberhaupt eines der bedeutendsten Kaufmannsgeschlechter Kurtevas, das Generationen lang den Reichtum dieses Hauses zusammengetragen, nur mehr ein mittelloser Flüchtling war, gejagt von den Kriegern der Flamme. Vielleicht hatten sie ihn längst gefaßt und zum Haus des Trem gebracht, inmitten all der namenlosen Sklaven, die der Be'el am Haus der Khaïla zusammentreiben ließ. Wäre er nicht mit einer Karawane geflohen, hätte man ihn erschlagen wie einen räudigen Hund. Seine Familie jedoch, die er in Kurteva zurückgelassen, war erbarmungslos in die Sklaverei verschleppt worden. Selbst Eingaben und Bitten hoher Tnachas hatten die Nash nicht zu retten vermocht. War das die Gerechtigkeit, die das Volk von Kurteva von dem neuen Zeitalter der Flamme erhoffte und für die die Gurenas jubelnd in den Kampf gezogen waren?
Der Tnacha musterte Hem-La, der ihm strahlend gegenübersaß und dem alten Mann Zeit ließ, die neue Pracht des Hauses Nash, die Unsummen verschlungen hatte, zu bewundern. Diese alteingesessenen Familien Kurtevas, die sich soviel einbildeten auf die Vorrangigkeit ihrer Stadt in Belangen des Geschmacks und der Verfeinerung, sollten sehen, daß auch die Kaufleute Feens zu leben verstanden.
»Dieser Teil des Hauses ist von Künstlern aus Kurteva gestaltet, doch ich werde mir auch Räume in der Feener Art einrichten lassen, mit Intarsienarbeiten, wie sie nur Meister von der Großen Bucht fertigbringen. Eine sentimentale Laune, vielleicht, aber ich hänge an der einfachen, warmen Gemütlichkeit, wie sie in meiner Vaterstadt Sitte ist,« sagte Hem nach einer Weile, um den Tnacha zu einem Wort des Lobes und der Bewunderung über das prächtige Haus zu veranlassen.
Der alte Herr aber nickte nur abwesend. Seine kleinen, listigen Augen blieben gelangweilt an Hem-La hängen. »Ihr habt mich rufen lassen, um Fragen des Rechts mit mir zu besprechen. Ich hoffe, ich vermag Euch zu dienen, Hem-La.«
»Ah ja,« sagte Hem und versuchte seine Verstimmung mit übertriebener Freundlichkeit zu überspielen. »Man sagte mir, Ihr seid am tiefsten in die Verflechtungen des Rechts eingedrungen, die uns Kaufleute binden.«

Hem wies auf den Tisch. »Aber wollt Ihr Euch nicht etwas erfrischen, bevor wir die geschäftlichen Dinge besprechen?«

»Ich danke Euch, Hem-La, doch ich habe bereits zu Morgen gespeist,« entgegnete der Tnacha, ohne die vor ihm aufgetürmten Köstlichkeiten eines Blickes zu würdigen. Hem spürte Verdrossenheit in sich aufsteigen. Diese dünkelhaften Laffen aus Kurteva würden ihn noch kennenlernen und ihren Hochmut bereuen. Sollten sie sich nur zieren, sollten sie ihr Mißtrauen und ihre Abscheu vor dem Kaufmann aus dem Norden auf den Gesichtern zur Schau stellen. Er, Hem-La aus Feen, war jetzt einer der mächtigsten Männer in dieser Stadt. Er würde sie alle übertreffen, denn die neue Zeit Atlans war seine Zeit und nicht die ihre.

»Gut also,« sagte Hem und lächelte dem Tnacha freundlich zu. »Ich habe die Bücher des Solan-Nash aufmerksam studiert und Erkundigungen eingezogen über seine geschäftlichen Unternehmungen. Es ergab sich zu meinem Erstaunen, daß das Haus Nash als einziges in Atlan das Privileg besitzt, Schiffe in das Land der Nok zu entsenden und Handel mit den dort erworbenen Waren und Sklaven zu treiben. Kein Wunder also, eine solch bezaubernde Prinzessin der Nok, wie sie selbst der Palast des Tat-Tsok nicht besitzt, in diesem Hause vorzufinden.«

»Ganz recht. Die Kolonien in den Landen der Nok sind Eigentum des Tat-Tsok. Seine Schiffe haben die fernen Küsten entdeckt und erkundet und seine Gurenas haben die Nok unterworfen. Alle Einkünfte aus diesen Landen sind folglich ebenso Eigentum des Tat-Tsok. Früher rüstete der Tat-Tsok die Schiffe selbst zur Fahrt zu den Nok, doch später wurde es Sitte, daß er das Privileg, über das östliche Meer zu fahren und Handel zu treiben mit den Nok, einem Kaufmannshaus Kurtevas übertrug, das ihm treu ergeben war und das fortan in seinem Namen zu handeln befugt war...«

»Und das die Hälfte der Gewinne an den Palast abtrat, die Verluste an Schiffen und Männern aber alleine trug,« unterbrach ihn Hem. »Ich weiß Bescheid über die Gepflogenheiten des Handels mit den Nok. Die Abrechnungen stehen säuberlich verzeichnet im Archiv der Nash, die dieses Privileg seit mehreren Generationen genießen. Mir ist auch das Gesetz bekannt, daß jede Fahrt über die östlichen Meere den Kontoren des Tat-Tsok gemeldet und zur Genehmigung vorgelegt werden muß. Eben das ist der Grund, warum ich Euch zu mir bat. Ich lasse Schiffe ausrüsten, die nach der Jahreszeit der Stürme in See stechen sollen. Ich bitte Euch, dies den Tnachas des Palastes und des Tempels mitzuteilen.

Ich habe mit den Vorbereitungen bereits begonnen, da noch nie die Genehmigung versagt wurde.«

Der Tnacha wiegte den Kopf und überlegte eine Weile. »Es ist wahr, noch nie wurde dem Kaufmann aus Kurteva, auf dem die Gnade des Tat-Tsok ruhte, die Genehmigung versagt, Schiffe zu rüsten für die Fahrt zu den Nok. Doch das Privileg des Tat-Tsok war dem Hause der Nash gewährt und nicht dem der La,« sagte er schließlich. »Außerdem wurde es besiegelt durch den Erlaß des verstorbenen Tat-Tsok. Das Gesetz besagt, daß der lebende Tat-Tsok es erneuern muß, damit es seine Gültigkeit behält.«

Hem blickte den alten Mann verständnislos an. »Wollt Ihr damit sagen, daß ich keine Schiffe zu den Nok entsenden kann?«

»Nun Hem-La,« entgegnete der Tnacha bedächtig. »Ich vermag Euch nur den Buchstaben des Gesetzes zu erläutern, wie er erdacht wurde im Hohen Rat vor langer Zeit. Die Wogen der Veränderung tosen über Kurteva und Atlan hin, die Gesetze des Tat-Tsok aber stehen wie Felsen in der Flut.«

»Gut, gut,« brummte Hem und nahm einen Schluck Wein. Seine Hand zitterte. Er hatte große Summen in die Erneuerung und Ausstattung der Schiffe fließen lassen, die zum Besitz der Nash zählten, denn allein der Handel mit den Nok hatte dieses Haus zu einem der reichsten und mächtigsten Atlans werden lassen. Es wurde beneidet darum von den anderen Kaufleuten, Intrigen wurden gesponnen und Bestechungsgelder bezahlt an die Tnachas, ihm dieses Vorrecht zu entreißen. Und nun, da aus dem mächtigen und einflußreichen Solan-Nash ein Geächteter geworden war, würden die anderen Kaufleute alles versuchen, sich den begehrten Freibrief zu sichern. Es gingen schon Gerüchte um, wer höher stand in der Gunst des Tat-Tsok. Aber Hem dachte nicht daran, das Privileg aus der Hand zu geben. Keine Unze der Macht, die der Be'el ihm in die Hände gelegt, würde er preisgeben. Die anderen Mitglieder im Rat der Kaufleute Kurtevas standen ihm mit kühler Zurückhaltung gegenüber, respektierten ihn nur wegen seiner vertraulichen Bande zum Herrn des Feuers. Sie hatten die Tnachas auf ihrer Seite und würden ihren Einfluß beim Tat-Tsok geltend machen, um den Eindringling aus Feen in die Schranken zu weisen. Diese selbstherrlichen, eingebildeten Pfauen. Sie würden ihn kennenlernen. Die Herren, deren Gunst auf ihm ruhte, waren mächtiger als die Tnachas und die Räte, die den Tat-Tsok umschwärmten wie Nachtfalter den Kerzenschein. Sie waren stärker als die engen Bande von Blut und Geschäft, welche die Kaufleute Kurtevas zu einem geschlossenen Zirkel ver-

einigten, in den kein Fremder Zutritt fand. Hem erhob sich und schritt erregt im Zimmer auf und ab.
»Was ist erforderlich, damit das Privileg, das den Nash gewährt war, auf den übergeht, der jetzt Herr dieses Hauses ist?« fragte er.
»Allein in den Händen des Tat-Tsok liegt es, diese hohe Gnade zu gewähren. Es gab Zeiten der Wirren und des Krieges, in denen er sie zurücknahm und bei sich behielt, damit kein Schiff Atlan verlasse, dann wieder übertrug er seine Gunst auf andere Häuser ...«
»Doch der hohe Rat unterbreitet ihm Vorschläge?«
Der Tnacha neigte den Kopf. »Die Vorschläge des hohen Rates sind nur kraftlose Worte im Ohr der Fleischgewordenen Flamme. Der Ratschluß aus ihrem Munde jedoch ist göttliches Gesetz.«
Hem winkte unwillig ab. »Wird der Rat befürworten, daß das Privileg des Tat-Tsok diesem Hause erhalten bleibt?«
»Wer will es wissen, Hem-La? Doch selbst wenn der Rat sich entschlösse, in dieser Zeit des Umbruchs mit der Tradition zu brechen, daß nur einem Kaufmann aus einer alten Familie Kurtevas das Privileg des Tat-Tsok zuteil werden möge, so könnte er doch nicht das Haus der La als Empfänger solch hoher Ehren empfehlen.«
»Warum nicht?«
»Ein weiteres Gesetz bestimmt, daß der Kaufmann, der Schiffe zum Land der Nok entsendet, Gurenas zu ihrem Schutz aufzubieten hat, denn die Nok sind dem Volke Atlans nicht immer freundlich gesonnen. Die Zahl und Ausrüstung der Gurenas ist genau vorgeschrieben in den Büchern, und die Tnachas des Tat-Tsok haben darüber zu wachen, daß die Regeln peinlichst eingehalten werden. Die einfachen Gurenas und Soldaten mögen aus den Provinzen Atlans stammen, der sie führt aber muß seine Ausbildung in einer Ghura Kurtevas genossen haben und er muß in die Dienste des Tat-Tsok aufgenommen sein. Das Haus der Nash erfüllte diese Anforderungen, doch sein letzter Herr entließ die Gurenas, die ihm treu geblieben waren, bevor er aus Kurteva floh.«
Der Tnacha sagte dies nicht ohne Genugtuung. In Hem brodelte Ärger, doch er zwang sich, freundlich zu bleiben.
»Nun ist es einem Gurena in den Diensten des Tat-Tsok allerdings nur in Friedenszeiten und mit ausdrücklicher Erlaubnis seines Herrn gestattet, einem Kaufmannshaus zu dienen,« führte der Tnacha weiter aus. »Viele der Gurenas jedoch wurden vom Tat-Tsok mit Aufträgen in den Provinzen bedacht. Auch Rah-Seph, der Eurem Hause einst für kurze Zeit diente, ist nicht länger verfügbar, denn Mitglieder des

Hohen Kriegsrates sind über alle Verpflichtungen privaten Personen gegenüber erhaben. Ich vermag nicht zu sagen...«
»Es genügt,« unterbrach ihn der Kaufmann. Hem versuchte, die flinken Augen des Tnacha, die ihre unruhige Wanderung durch den Raum wieder aufgenommen hatten, mit seinem Blick festzuhalten, doch es gelang ihm nicht. Als sie eilig über ihn hinflogen, glaubte Hem ein spöttisches Glänzen in ihnen zu erspähen. Wußte dieser schadenfrohe Alte etwa von der Begebenheit im Tempel, von dem erniedrigenden Kniefall vor Rah? War es etwa schon Stadtgespräch in Kurteva, daß sich der Kaufmann aus Feen vor dem eitlen Gurena verbeugt und ihn um Verzeihung gebeten hatte, wie es der Wunsch der Flamme gewesen war? Hem drängte die unerfreulichen Bilder in seinem Inneren fort. Er wollte diese Augenblicke für immer vergessen, doch nun schlug sie ihm dieser mißwillige Greis höhnend ins Gesicht.
»Ich bedanke mich, daß Ihr mich aufgesucht und mir Rat gegeben habt. Die Weisheit Eures Alters hat mich erleuchtet,« sagte Hem kalt und stapfte wütend aus dem Zimmer.
Ein feines Lächeln spielte um die Lippen des Tnacha. Er erhob sich, zupfte eine Weintraube von einem der Teller, schob sie genüßlich in den Mund und ließ sich von einem der Lakaien hinausgeleiten.

Kurze Zeit später empfing Hem-La in seinem Kontor einen jungen Gurena aus Mombut, einen gedrungenen, kräftigen Mann mit rundem Gesicht und langen, blauschwarzen Haaren, die er mit einem Streifen weißen Tuchs über dem Nacken zusammengebunden trug. Die Gurenas pflegten sich die Haare auf diese Weise zu binden, wenn sie in den Kampf zogen. Tarke-Um jedoch ward nie anders gesehen, seit er in der Ghura des So im Kampf gegen Rah-Seph unterlegen war. Manche wollten wissen, er habe das Gelübde getan, sein Haar erst wieder zu lösen, wenn er Rache genommen am Sohn der Seph, der ihn an jenem Tag vor den Augen der anderen Ghurads in den Staub geschleudert hatte. Als die Lakaien den grimmig dreinblickenden Gurena hereinführten, sprang Hem auf und eilte ihm entgegen.
»Ich freue mich sehr, daß Ihr meiner Einladung gefolgt seid, Tarke-Um,« sagte er und legte die Hand an die Stirn zum Zeichen des ehrbietigen Grußes.
Der Gurena nickte knapp. Tarke-Um galt als wortkarg und verschlossen. Die Söhne der eingesessenen Gurenafamilien mieden ihn, obwohl sie seinen Mut und seine Kraft, an der sie alle schon in Übungskämpfen gescheitert waren, respektierten.

»Man rühmt Eure Direktheit, Tarke-Um,« begann Hem und rieb die Hände aneinander. »Man sagt, auch Euch mißfalle der gekünstelte Ton, der in den feinen Häusern Kurtevas herrscht. Deshalb will ich offen und ohne Umschweife zu Euch sprechen. Ich vertraue darauf, daß niemand von unserem Gespräch erfährt.«
Tarke-Um stieß ein kurzes, bejahendes Grunzen aus.
»Auch ich bin ein Fremder in dieser Stadt und will mich nicht in ihre Sitten fügen, die mir verhaßt sind. Doch scheint es, daß auch in der Zeit, da die Sonne des gerechten Be'el über Atlan aufgeht, die Intrigen und Ränkespiele der alten Familien noch immer Wirkung zeigen bei den Tnachas und Höflingen des Tat-Tsok. Eine eingeschworene Brut von Günstlingen, bestochenen Ratsmitgliedern und über Generationen verflochtenen Familienbanden umlagert den neuen Tat-Tsok und droht den freien Atem des neuen Zeitalters, das der Be'el uns bringt, in Falschheit zu ersticken.«
»Warum sprecht Ihr darüber zu mir? Ihr kennt mich nicht,« fragte Tarke-Um.
»Ich kenne Euch als treuen Diener der Flamme, dessen Name lobend genannt wurde von den Xem, weil er sich hervorgetan hat im Kampf gegen die Tat-Los. Ihr gehört nicht zu jenen, die sich jetzt erst der Flamme unterwerfen, sondern Ihr habt dem Be'el schon in der schweren Zeit der Verbannung gedient, so wie ich es tat. Ich sehe in Euch den Schicksalsgenossen, der um den Lohn für seine Verdienste gebracht wird, einzig weil er nicht einer der feinen Familien Kurtevas entstammt.«
Tarke-Um sah Hem aufmerksam an, studierte das schmale, feine Gesicht des Kaufmanns, auf dem ein Leben in Luxus und Laster Spuren zu hinterlassen begann und die Frische der Jugend verdrängte. Er blickte auf die weißen, zierlichen Hände, deren Finger sich nervös ineinander verflochten, musterte die hochgewachsene Gestalt in den eleganten, seidenen Kleidern, den zierlichen Dolch in der edelsteinbesetzten Scheide und die nach der neuesten Mode gefärbten und gelegten Haare. Hätte einer dieser Gecken, die es zu hunderten gab in dieser Stadt der Verderbtheit, ihn auf solch vertrauliche Weise einen Schicksalsgenossen genannt, ihn, der zwar nur der Sohn eines verarmten Landherrn war, aber der in harten, entbehrungsreichen Jahren die Kunst des Schwertes in solcher Vollendung erlernt hatte, daß man ihn nach Kurteva sandte, in die beste Ghura des Reiches, um sich bilden zu lassen für die Dienste des Tat-Tsok, ihn, der den Prunk verachtete und sein Leben dem entsagungsvollen Weg des Kriegers widmete, er hätte

einem solchen Schwätzer ins Gesicht geschlagen. Dieser Kaufmann aber genoß die Gunst des Herrn des Feuers. Es konnte von Nutzen sein, seine Freundschaft zu gewinnen. Tarke-Um verzog keine Miene. Sein rundes, bronzefarbenes Gesicht blieb unbewegt.

»Wir sind verschieden voneinander, Tarke-Um,« fuhr Hem fort, als habe er die Gedanken des Gurena erspürt. »Ihr seid ein Gurena und ich bin ein Kaufmann. Doch verbindet uns etwas, das mächtiger ist als die Grenzen von Stand und Herkunft. Die flammende Kraft des Be'el wohnt in unseren Herzen und läßt uns wirken für das Wohl Atlans, jeden auf die ihm gemäße Weise. Wir sind Fremde in dieser Stadt. Wir sind dem Haß und der Kälte begegnet, die einem Fremden hier entgegenschlagen. Man behindert unser Werk, man erhebt unfähige Günstlinge in die hohen Positionen, die eigentlich jenen gebührten, die ihr Leben und ihr Blut eingesetzt haben für die heilige Sache des Be'el. Ich will offen sein, Tarke-Um: Ich weiß, daß Ihr vorgesehen wart für den Rang, den nun der Sohn aus dem Hause der Seph bekleidet. Ich weiß auch, daß die alten Familien Kurtevas den Rat und den Tat-Tsok mit List und Intrige dazu bewegten, Euch zu verwehren, was Euch gebührt, damit einer von ihrem Blut die Ehre ernten kann, die er nicht verdient. Was hat er getan im Kampf für den Be'el? Er ist feige geflohen aus Kurteva, nachdem er zwei Priester erschlagen hatte. Er versteckte sich in den Wäldern wie ein Pregh. Er hat kein einziges Mal die Klinge geführt gegen die Feinde des Be'el. Kurteva aber feiert ihn als Helden und in den Chars erzählt man sich Märchen über seine angeblichen Wundertaten. In das Haus meines Vaters, das Haus eines Kaufmanns, hat er sich verkrochen und sich verdingt wie ein gewöhnlicher Soldat, als er des Herumstreifens in den Wäldern überdrüssig war.«

Hem lachte geringschätzig. Der Atem des Gurena ging heftig. Der Kaufmann berührte Wunden in ihm, die nicht verheilt waren.

»Er ließ meine Karawane im Stich, die ihm anvertraut war und floh zurück in die Wälder. Jetzt aber sitzt er im hohen Kriegsrat und spielt den weisen Gerechten in Ütock. Man hat mir genau berichtet über ihn. Er verrät die Sache des Be'el.«

»Es ist nicht an mir, über die Ratschlüsse der Xem zu befinden und über die Taten von Mitgliedern des Kriegsrates,« knurrte Tarke-Um. »Rah-Seph ist ein guter Gurena . . .«

»Und entstammt der richtigen Familie,« unterbrach ihn Hem. »Glaubt Ihr, man hätte ihn aus den Wäldern zurückgerufen, wäre er ein Gurena aus einer der Provinzen oder aus einer weniger einflußreichen Familie? Die Seph dienen den Tat-Tsok seit vielen Generationen. Obwohl ihre

Familie lange keinen bedeutenden Gurena mehr hervorbrachte, wird sie bevorzugt vor den anderen. Glaubt mir, Tarke-Um, Eurer großen Verdienste um den Be'el wegen hättet Ihr Anspruch darauf, die Stelle des Seph einzunehmen.«
»Es hat keinen Sinn, verlorenen Positionen nachzuweinen. Der Weg des Schwertes führt an weltlichem Ruhm vorbei.«
»Ich bewundere Eure Bescheidenheit, Tarke-Um. Ich erkenne in ihr den wahren Krieger, dessen Herz nicht verdorben ist von der Gier nach Macht. Solche Männer braucht der Be'el in dieser Zeit. Die alten Tage der Intrigen und falschen Vorrechte sollten vorbei sein für immer. Die Flamme ist gerecht und fragt nicht nach Traditionen oder längst vergangenen Verdiensten, sondern nur nach dem Jetzt.«
»Warum habt Ihr mich zu Euch gebeten, Hem-La?« fragte Tarke-Um ungeduldig. »Doch nicht, um über die verdorbenen Sitten zu klagen.« Hem lächelte. »Nein, Tarke-Um. Ich habe Euch zu mir gebeten, weil ich glaube, daß ein Kaufmann, dessen Makel es ist, nicht in Kurteva geboren zu sein, einem Gurena zu helfen vermag, der das gleiche Schicksal teilt, und daß auch der Gurena dem Kaufmann nützlich sein kann. Die Kaufleute Kurtevas haben sich verschworen, mich zu vernichten. Sie bestachen Tnachas, um die Privilegien, die diesem Hause vom Tat-Tsok gewährt sind, außer Kraft zu setzen und an sich zu reißen, ebenso wie die Gurenas sich verschworen haben, den Krieger aus Mombut um den verdienten Platz im hohen Kriegsrat zu betrügen, damit einer der ihren ihn einnehmen kann.«
Wieder musterte Tarke-Um mißtrauisch den Kaufmann, der seinem Blick mit listigem Lächeln begegnete. Die Kunst der Kabale war dem einfachen Mann aus Mombut fremd. Sie mochte gedeihen in solch feinen, weißen Händen wie denen des Kaufmanns, seinen aber, die gewohnt waren, im offenen Kampf das Schwert zu führen, war sie unwürdig. Und doch, auch die Gurenas in Kurteva verstanden sich wohl auf sie. Oft war er, der Fremde, der Eindringling, zurückgesetzt worden, benachteiligt. Er war trotz allem emporgestiegen, doch andere, die wie er aus den Provinzen stammten, waren gescheitert, obwohl keiner von ihnen den eitlen Söhnchen aus den Gurenafamilien der Hauptstadt nachstand. Er hatte die Ungerechtigkeit kennengelernt in den Jahren in Kurteva.
Am heftigsten aber brannte die Wunde, die der Spruch des Rates ihm geschlagen, als nach dem Sieg des Be'el über den Tat die Verdienste der Gurenas gelobt worden waren vom Tat-Tsok, und man seinen Namen, Tarke-Um, den Namen des Kriegers aus Mombut, vor allen anderen

genannt, ihn gepriesen hatte als den Tapfersten und Stärksten, der sich nicht nur durch Mut und Unerschrockenheit, sondern auch durch Umsicht und kluge Strategie ausgezeichnet. Er hatte zwei Tempel alleine genommen und zwei andere überrannt, die wütend verteidigt wurden von den Tat-Los und ihren Soldaten, ohne einen der eigenen Männer zu verlieren. Voll des Lobes waren die Herren des Rates über den Krieger aus Mombut gewesen, dann aber, als die Belohnungen verlesen wurden, mit denen der Tat-Tsok seine treuen Gurenas überschüttete, war sein Name nicht mehr hervorgestanden aus der Masse der anderen. Rah-Seph, dem er einst in einem harten Übungskampf unterlegen und der in der gleichen Nacht aus Kurteva geflohen war, ohne ihm einen zweiten Kampf zu gewähren, wie der Brauch es forderte, der Sproß des ersten Gurenageschlechtes von Kurteva, der die Zeit des Wandels in den Wäldern verbracht hatte, ohne sich auszuzeichnen, wurde an seinerstatt in den hohen Kriegsrat berufen. Er aber, der sein Blut und sein Leben in die Hände des Be'el gelegt, wurde wie alle anderen jungen Gurenas in die unteren Dienste des Tat-Tsok übernommen, aus denen für jemand ohne Verbindungen zum Hofe nur ein langer, dorniger Weg zu den höheren Würden führte.
»Was wollt Ihr mir vorschlagen, Hem-La?« fragte er.
»Tretet in den Dienst meines Hauses, Tarke-Um, und Ihr werdet Gelegenheit haben, Euch zu bewähren für die Stellung, die Euch eigentlich gebührt. Das Auge des Be'el ruht mit Wohlgefallen auf der Familie der La, denn sie hat ihm unschätzbare Dienste erwiesen.«
»Ich soll die Dienste des Tat-Tsok verlassen, um in die eines Kaufmanns zu treten?«
»Es war immer schon üblich, daß Gurenas, die der Tat-Tsok übernommen hatte, in Friedenszeiten einem Kaufmannshaus dienten, denn dieser Dienst ließ ihre Schwerter nicht rosten und er verhinderte, daß sie fett und selbstzufrieden wurden durch das träge, höfische Leben. Ihr seid nicht der Mann, der seine Klinge nur ziehen will, um sie bei den heiligen Zeremonien dem Volk zu zeigen. Außerdem, Tarke-Um ...« Hem verschränkte geziert seine Finger. »Außerdem ist der Dienst für den Tat-Tsok eine schlecht bezahlte Ehre.«
Tarke-Um wollte auffahren, aber Hem beschwichtigte ihn. »Es liegt mir fern, Euch mit Gold locken zu wollen. Ich weiß, daß der Schwertarm eines wahren Gurena nicht feil ist für Geld und daß es ihn nicht dürstet nach Besitz. Und doch soll es ihm nicht fehlen an den nötigen Mitteln, sein Leben ohne materielle Sorgen zu bestreiten. Die Söhne aus den Gurenafamilien Kurtevas kennen diese Sorge nicht.

Ihre Väter sind reich. Viele Kriege haben sie geführt für die Tat-Tsok und unermeßliche Beute errungen. Ihr könnt nicht länger in der Ghura leben, Tarke-Um, wie es die Ghurads tun, die aus den Provinzen kommen, und Ihr werdet auch nicht für immer unbeweibt bleiben und auf die Bequemlichkeiten eines eigenen Hauses verzichten wollen.«

Hem bemühte sich, ein Lächeln zu unterdrücken. Es war ein offenes Geheimnis in Kurteva, daß Tarke-Um, der im Kampf ebenso mutig und hart, wie er in Gesellschaft unbeholfen und scheu war, mit zäher Entschlossenheit um die Tochter eines Gurena warb, die dieser ihm aber vorenthielt, da er ihr Glück am Arm dieses mittellosen Kriegers aus den Provinzen für nicht gesichert erachtete. Die unglückliche Liebe des plumpen Tarke zur stolzen, aber nicht mehr ganz jungen Selit, war Anlaß zu zahllosen schadenfrohen Scherzen in den feinen Häusern der Hauptstadt.

Tarke-Um senkte den Kopf.

»Was wären meine Pflichten dem Hause der La gegenüber?« fragte er schließlich.

»Ihr sollt die Soldaten und Gurenas der La anführen auf einer Reise in das Land der Nok über dem östlichen Meer, von der auch Ihr beladen mit Ruhm und reicher Beute zurückkehren werdet. Keiner der jungen Gurenas kann sich rühmen, die gefahrvolle Reise zu den Nok unternommen zu haben, doch all jene, die es früher taten, stiegen zu hohen Ehren am Hofe des Tat-Tsok. Und vergeßt nicht, ich werde mich bei den Herren der Flamme dafür verwenden, daß der Erste Gurena der La, der sich hervorgetan im Kampf gegen den Tat, nicht übersehen wird bei der Verteilung kommender Pflichten. Viele wichtige Aufgaben gilt es noch zu erledigen, bevor der Be'el die Macht errungen hat in ganz Atlan. Das Haus der La wird das seine dazu tun, indem es seinen Ersten Gurena mit Männern und Soldaten ausstattet, die er im Kampf gegen die Ungläubigen führen wird.«

Entschlossen erhob sich Tarke-Um. »Es sei,« sagte er und verbeugte sich knapp vor seinem neuen Herrn.

Hem lächelte. »Es wird Euer Schaden nicht sein, Tarke-Um. Ein Haus steht bereit für Euch, nahe dem meinen, mit Gesinde und allem Nötigen an Gold und Hausrat. Ich werde unverzüglich Anweisung geben, daß alles nach Eurem Wunsche bereitet wird. Verfügt frei wie ein Freund über meine bescheidenen Mittel.«

Ohne ein Wort des Dankes kehrte Tarke-Um Hem den Rücken und stapfte hinaus. Zwei Worte hatten aus dem mittellosen Fremdling aus den Provinzen einen wohlhabenden Gurena gemacht, doch Tarke-Um vermochte den bitteren Gedanken nicht niederzuringen in sich, der ihm vorwarf, er habe die reine Ehre des Kriegers verkauft für schnödes Gold.

Die Xem, der innerste Kern der Flamme, saßen regungslos auf den hohen Stühlen im Saal des heiligen Rates. Die Flamme, die unruhig in dem Ölbecken sprang, das zwischen ihnen stand, ließ ihre Gesichter im raschen Spiel von Licht und Schatten zerfließen und zauberte unheimliche Bewegung in die bleichen, versteinerten Züge der drei mächtigsten Männer des Be'el.

»Die Boten kehrten zurück,« sagte Yort. »Sie brachten die Kunde, daß die Khaïla sich bereitet, einen Körper anzunehmen, um sich mit dem Be'el zu vermählen, sobald das Haus des Trem erbaut ist bei Kurteva.« Die glühenden Augen von Xerck lösten sich von Yorts Gesicht und wandten sich Zont zu.

»Die Arbeiten gehen nur langsam voran. Wir haben zuwenig Gefangene. Auch ist es schwierig, die Steinquader über das Delta des Mot zu bewegen. Es wäre nötig, die...« sagte Zont.

Xerck schnitt ihm das Wort ab. »Das Haus des Trem in Hak wurde in kurzer Zeit erbaut und es hat die Jahrhunderte überdauert.«

»Es wurde erbaut mit der Magie der Nokam. Keine menschlichen Hände bewegten die Steine. Die Schwere der Erde war aufgehoben über dem heiligen Ort,« warf Yort ein.

»So ist die Kraft der Khaïla geschwächt?«

»Vieles von den alten Mächten hat sich bewahrt im Labyrinth der Mutter, doch mehr noch verlor sich im Dunkel der Zeit. Aber die Waiyas sagen, die alten Kräfte würden mit der Khaïla wiedergeboren werden, zum Wohle der Großen Mutter – und zum Wohle des Be'el.«

»Das Werk wird gelingen,« sagte Zont. »Das Haus des Trem wird kleiner werden als das im Süden, doch die Waiyas verrieten uns, daß nicht die Größe das Maß seiner Macht sei, sondern die geheime Harmonie des Trem, die nur den höchsten Waiyas bekannt ist.«

»Es werden neue Sklaven herbeigebracht. Die Gurenas sind eifrig, die Ordnung in Atlan wieder aufzurichten im Namen des Be'el,« sagte Yort. »Auch die schlimmsten Verbrecher werden nicht mehr hingerichtet, sondern nach Kurteva gebracht, um das Haus der Khaïla zu bauen.«

»So versuchen wir mit den Händen von Verbrechern das heilige Werk der Flamme zu vollbringen,« knurrte Xerck unwillig.

»Die der Flamme nicht aus eigenem Willen dienen wollen, müssen gezwungen werden.«

Xerck nickte nachdenklich. »Was berichten die Boten aus dem Westen?«

»Der sich die Wiederverkörperung des Tat-Sanla nennt, schart Anhänger um sich. Die Tat-Los, die aus den Tempeln vertrieben wurden, verkriechen sich bei ihm, die Unzufriedenen und die Verbannten, niemand aber weiß, wo er sich aufhält. Allein sein Name schlägt die Menschen in Bann. Selbst die ihn niemals sahen, bekennen sich zu ihm,« berichtete Zont.

»Schon einmal wiegelte ein Tat-Sanla das Volk auf, doch die Macht des Be'el zerschmetterte ihn. Sein Blut floß der Einen Flamme zum Opfer,« sagte Yort.

»Der Erste Sanla zog predigend durch das Land und seine Anhänger folgten ihm in großen Scharen. Es war leicht, ihn zu finden, auch für die Gurenas des Be'el. Die Macht dieses Sanla jedoch ist verstreut über den ganzen Westen, und wie es heißt, auch über San. Sie ist wie der Wind, der über das Land streicht und die Menschen berührt. Es gibt keine Zusammenballungen von Leuten. Der Sanla taucht unvermittelt irgendwo auf, verschwindet wieder, erscheint an einem anderen Ort, bleibt lange verborgen, dann plötzlich, wenn niemand es erwartet, kommt er wieder. Niemand weiß, wo er lebt, nur seine engsten Getreuen folgen ihm auf seinen geheimen Wegen, doch das Volk liebt und verehrt ihn. Er zehrt von den Legenden, die sich um den Ersten Sanla bildeten.«

»Der in San Geborene lebt,
und wächst heimlich der Flamme zum Feind.
Sein Blut muß fließen!«

Xerck wiederholte leise die Worte des Orakels. »Als die heilige Stimme vor vielen Jahren verstummte, bevor der Verrat der Tat-Los das Feuer in die Verbannung trieb, warnte sie uns schon einmal vor dem aus San.«

»Ich erinnere mich an diese Nacht,« sagte Zont. »Was geschah, als die Worte des Be'el gesprochen waren?«

»Wir sandten Gurenas auf die Insel. Heimlich bei Nacht setzten sie über auf das verbotene Land von San, um an dem Ort, den das Orakel uns nannte, die Neugeborenen zu töten,« sagte Yort. »Nur die Xem wußten davon. Die Tempelwachen, die auszogen, um den Willen des Einen zu erfüllen, waren ergebene Diener der Flamme. Doch keiner von ihnen kehrte wieder. Berichte aber von einem schrecklichen Blutbad, das maskierte Fremde angerichtet hatten, drangen von der Insel.«

»Sie haben versagt,« knurrte Xerck. »Der in San Geborene lebt. Der Spruch des Orakels ist ein Vorwurf, daß sie versagt haben.«
»Es ist der Sanla, der sich wider den Be'el erhebt im Westen,« rief Zont. »Doch auch sein Blut wird dem Allgewaltigen zum Opfer fließen.«
»Nun, da er hervortritt, werden wir ihn fassen. Ist das Auge des Be'el einmal auf ihn gerichtet, wird er der Rache des Einen nicht entgehen,« sagte Yort.
Xerck wiegte nachdenklich den Kopf. »Es ist nicht erwiesen, daß der Sanla es ist, dessen Blut der Be'el schmecken will. Zwar wird auch er seinen Übermut büßen, doch ist er wirklich der von San?«
»Was meint Ihr?« fragte Yort.
Xerck blickte den Frager schweigend an. In ihm stand das Bild des jungen Mannes aus den Bergen auf, der ins Haus der La gekommen war, den der alte Kaufmann geliebt hatte und dem die Gunst des Gesindes zugeflogen war. Der junge Handan, dessen Gesichtszüge verrieten, daß er kein Handan war, und dessen innere Kraft dem Griff der Flamme widerstanden hatte an jenem Tag im Garten der La, als er den Zugang in das Innere Tal verraten sollte. Aelan aber war tot, von einem Pfeil durchbohrt, wie Hem beteuerte. Rah-Seph haßte den Kaufmann für diesen Mord, denn auch er hatte Aelan fallen und sterben sehen, und ein Gurena vermag zu erkennen, ob ein Pfeil tödlich ist oder ob er nur verwundet. Xerck schüttelte Aelans Bild unwillig ab.
»Wer es auch sein mag,« flüsterte er. »Die Macht der Flamme wird ihn zermalmen und der Durst des Be'el nach seinem Blut wird gestillt werden.«
Yort und Zont nickten zustimmend. Schweigen sank herab über den inneren Kern der Flamme.

Als Hem vor den Herrn des Feuers trat, fand er den kleinen alten Mann nachdenklich und milde. Die Gelegenheit schien günstig, ihn für seine Anliegen einzunehmen.
»Hem-La, mein Sohn,« sagte Xerck. »Es betrübt mich, daß du nur den Weg zu mir findest, wenn du eine Bitte vorzubringen hast.«
»Ich wage nicht, Euch zu stören bei Euren wichtigen Ämtern,« erwiderte Hem.
In den Augen des Xerck blitzte es auf.
»Außerdem bin auch ich über alle Maßen in Anspruch genommen von den neuen Pflichten.«
Xerck nickte ungeduldig. Seine Laune schien sich rasch zu verschlechtern.

»Zumal die anderen Kaufleute Kurtevas dem Fremden aus Feen die neuen Würden neiden und die Tnachas aufbringen gegen ihn,« setzte Hem vorsichtig hinzu.
»Wenn du gekommen bist, um die Hilfe der Flamme gegen die Intrigen von Kaufleuten zu erbitten, so sei gewarnt, Hem-La. Sie hat dir hohe Gnaden gewährt, doch reize ihre Geduld nicht mit den kleinlichen Belangen der Tnachas.«
Hem machte eine nervöse, beschwichtigende Geste. Die Furcht vor Xerck wuchs wieder in ihm.
»Es ist keine Kleinigkeit, die ich Euch vortragen will, oh Xerck, sondern ein Belang, der auch dem Einen Be'el von Nutzen sein wird.«
Mit mißmutigem Murren forderte Xerck den jungen Kaufmann auf, weiterzusprechen.
»Ich ließ Schiffe rüsten für eine Expedition zu den Nok, damit die Kolonien Atlans von der Rückkehr der Flamme erfahren und das Feuer des Be'el auch ihre Herzen erleuchte...«
»Und der Reichtum der La sich vervielfache!« fuhr Xerck ihm ins Wort. »Hem-La, versuche nicht, mich mit gefälligen Reden zu täuschen. Ich vermag in die Tiefen deines Herzens zu schauen.«
Hem nickte hastig. »Ihr wißt, daß das Vorrecht, Handel zu treiben mit den Nok, dem Hause Nash gewährt war und daß es mit allem anderen jetzt den La zufiel. Nun aber versuchen die Kaufleute und Tnachas, die den La aus Feen neidig sind, durch Spitzfindigkeiten in den Gesetzen die Expedition zu verhindern.«
»Willst du ein großes Handelshaus führen in Kurteva, Hem-La, so mußt du lernen, mit den unzähligen Neidern fertig zu werden. Die Flamme hat dich belohnt für eine Tat, die du ihr noch schuldig bist, doch sie wird ihre heilige Hand nicht beschmutzen mit dem Unrat der Intrige. Vergiß nie, Hem-La, wofür sie dich auserwählt hat. Der Ring, den du trägst als einziger in Atlan, soll den Bann des Schweigens lösen und dem Be'el den Zugang öffnen zur Gläsernen Stadt, wenn die rechte Zeit gekommen ist. Allein dafür lebst du.«
Hem schluckte und nickte beflissen, obwohl ihm die Angst, sein Geheimnis könne entdeckt werden, fast den Atem nahm.
»Du wirst nicht ins Land der Nok reisen, Hem-La. Deine Anwesenheit in Atlan ist der Flamme zu wichtig, als daß sie dich den Gefahren einer solchen Fahrt aussetzen würde. Auch will ich nicht, daß die Kaufleute und Tnachas noch mehr murren über die Begünstigung der La. Du wirst Bescheidenheit lernen müssen, Hem-La, willst du die Anerkennung der hohen Familien Kurtevas gewinnen. Hast du mich verstanden?«

»Ja,« brachte Hem-La heiser hervor.
»Außerdem besitzt das Haus der La ein anderes Privileg, das weit wichtiger ist als jenes, die schwarzen Menschen aufzusuchen. Du wirst um das Fest des Sonnensterns wieder in die Gebirge reisen, Hem-La, um den Handel mit den Handan zu betreiben. Diesmal wirst du ganz vordringen ins Innere Tal, um dort das Auge und das Ohr der Flamme zu sein. Bringst du wertvolle Nachricht, so können deine Schiffe auslaufen zu den Nok, geführt von einem Mann deines Vertrauens.«
Hem wollte etwas erwidern, doch die Worte blieben in seiner Kehle stecken.
»Du sprichst ungern über die Gebirge, Hem-La,« sagte Xerck mit lauernder Stimme. »Du hast nur knapp und hastig über die Begebenheiten deiner letzten Reise berichtet. Ungewöhnlich für einen, der es liebt, sich seiner Erfolge zu rühmen. Etwas bedrückt dich, Hem. Du hast Angst.«
»Ich war überwältigt von den Dingen, die sich zugetragen haben in Atlan, während ich in den Bergen weilte, überwältigt auch von den hohen Ehren, die der heilige Be'el mir zuteil werden ließ, als ich zurückkehrte,« wich Hem aus.
»Nun aber hast du dich gewöhnt an deine neue Stellung. Erzähle mir noch einmal, was sich zutrug in den Bergen und berichte mir in allen Einzelheiten, wie Aelan, der Handan, zu Tode kam.«
»Es gibt nicht viel mehr zu berichten, als ich schon...«
»Der Flamme liegt daran, alle Einzelheiten zu hören.« Xercks Ton wurde streng und unerbittlich.
Mit stockender Stimme begann Hem über die Reise in die Gebirge zu sprechen, während Xerck aufmerksam lauschend im Zimmer auf und ab wanderte. Als er die Schlacht im Brüllenden Schwarz und Aelans Tod schilderte, unterbrach ihn der Herr des Feuers.
»Berichte mir jetzt ganz genau, Hem-La. Wie kam der Handan zu Tode?«
»Ein Pfeil meines Leibgurena traf ihn in den Rücken und streckte ihn nieder. Nie habe ich einen Schuß gesehen, der so gezielt und doch so wuchtig war. Er drang Aelan in den Rücken und hat ihn durchbohrt. Aelan war sofort tot.«
»Hat der Handan auf der Fahrt in die Berge mit dir gesprochen?«
»Wir sprachen kaum. Er war verschlossener denn je und hat sich Rah-Seph zugewandt. Ich sah die beiden manchmal vertraut miteinander plaudern.«

»Nun entsinne dich genau, Hem-La. Hat Aelan je über seine Herkunft zu dir gesprochen, in verschlüsselten Worten vielleicht?«
»Über seine Herkunft? Er ist doch der Sohn des Wirtes aus dem Inneren Tal. Er sagte nie etwas anderes, nur einmal machte er eine Bemerkung, doch diese ...«
»Welche?« fragte Xerck scharf.
»Er fühlte sich fremd und einsam in Feen, trotz der Vergnügungen, die ich ihm verschaffte, und da fragte ich ihn, ob es ihm denn in seinem langweiligen Tal besser gefallen würde. Er antwortete, daß er auch dort ein Fremder sei. Er war verbittert in diesem Augenblick und meinte bestimmt, die Handan würden ihn nicht mehr aufnehmen, wenn er zurückkehrte.«
Xercks Mundwinkel zuckten. »Hat er je über die Insel San zu dir gesprochen?«
»Über San? Nein, aber er liebte das Meer. Er sprach davon, daß er gerne einmal in den Westen reisen würde. Wie Ihr wißt, ging er oft hinaus zur großen Bucht, um das Meer zu betrachten. Doch ist es verwunderlich für einen Jungen aus den Gebirgen, der nie den Ozean sah? Aber warum fragt Ihr?«
Xerck machte eine unwillige Geste. »Wenn du wieder in die Berge reist, so ziehe Erkundungen über Aelans Herkunft ein. Frage den Wirt von Vihnn. Er ist gesprächiger als die anderen.«
Hem nickte. »Man wird mir nichts anderes sagen, als ich ohnehin schon weiß. Aelan-Y wurde geboren in den Bergen und dort starb er auch.«
»Bist du denn sicher, daß er starb?«
»So sicher wie ich hier stehe. Niemand vermag einen solchen Schuß zu überleben.«
»Hast du seine Leiche gesehen?«
»Nein. Der Kampf mit den Ponas war noch nicht zu Ende und Rah-Seph, der unglücklicherweise Zeuge war von Aelans Tod, erschlug meinen Gurena und wollte dann mich stellen. Ich mußte mich in das Getümmel des Kampfes stürzen, um seiner Wut zu entgehen. Auch der Seph hatte keinen Zweifel, daß Aelan tot war. Außerdem erschien zu dieser Zeit der alte Handan.«
Hem spürte einen Stich in seiner Brust.
»Erzähle mir von ihm,« bohrte Xerck unbarmherzig.
»Nun,« stotterte Hem. »Er ist einer dieser dunkelgesichtigen, tölpelhaften Kerle, wie es sie nur im Inneren Tal von Han gibt, und er gab mir

die Edelsteine, die ich später dem Be'el opferte zum Dank für seine Gnade, und die ...«
»Schweife nicht ab, Hem-La.«
Unruhe erfaßte den jungen Kaufmann. Er rutschte auf seinem Sitz hin und her wie ein Kind, das bei einer Untat ertappt wurde. Er schluckte und rang nach Worten. »Ja ... er ... er gab mir die Edelsteine und bat uns, die Toten ihm zu überlassen und augenblicklich aus diesem Talkessel, der den Ams offenbar als heilige Stätte gilt, fortzugehen. Er nahm den Sok mit den Waren, gab mir die Beutel mit den Steinen, dann wandte er sich um und ließ mich stehen.«
»Und der ungestüme, heißblütige Hem-La, der sich diesen Bauern der Gebirge so hoch überlegen fühlte, der gute Gurenas unter der Führung eines Rah-Seph bei sich hatte, ließ sich zurechtweisen von einem alten Handan? Er gehorchte brav wie ein Kind und mißachtete das Verlangen der Flamme nach mehr Kunde aus dem Inneren Tal?« sagte Xerck und bohrte seinen Blick in die Augen Hems.
»Wir alle waren erregt von der Schlacht,« sprudelte es hastig aus Hem heraus. »Die Männer waren verwirrt und fürchteten sich vor der Magie der Berge. Sie waren froh, umkehren zu dürfen. Ich wollte sie weitertreiben, doch auch mir schien es vernünftiger, zurückzugehen, denn ich wollte die Handan nicht verärgern, und zudem ...«
Xerck ließ ihn nicht ausreden. »Was hat der alte Handan zu dir gesagt? Wiederhole es mir Wort für Wort!«
»Oh, Ihr wißt, diese Handan sind bockig wie die Sok. Nichts können sie besser als schweigen.« Hem lachte gekünstelt. »Er nahm den Sok und gab mir die Steine. Es wurden kaum Worte gewechselt zwischen uns.«
»Was hat er dir gesagt?« Die Stimme des Xerck war kalt und schneidend. Hem glaubte, der glühende Blick des Alten würde ihn in Stücke reißen.
»Wenn du versuchst, mich zu belügen, Hem-La, wird die heilige Flamme dich zu Asche brennen. Schwöre mir bei deinem Blut und deinem Leben, daß du jetzt die Wahrheit sagst.«
Hem nickte und schnappte nach Luft. Eine unsichtbare Kraft schnürte ihm unbarmherzig die Kehle zu. Dann ließ sie ihn mit einem Ruck los. Der junge Kaufmann sank keuchend in seinen Sessel zurück.
»Er.. er sagte mir, ich solle mich nie wieder in das Tal der Handan wagen,« flüsterte er und errötete.
»Hat er den Ring zurückgefordert von dir?« Xerck sprach mit leiser, tonloser Stimme, doch Hem spürte die tödliche Bedrohung in ihr. Sie

ließ das Blut in seinen Adern gerinnen. Er drängte sich in seinem Sessel zusammen und schüttelte schwach den Kopf. Xercks Augen ließen ihn nicht los. Hem begann, sein Obergewand zu öffnen. Nervös nestelte er die seidenen Bänder auf und holte den Ring hervor, der an einer goldenen Kette um seinen Hals hing. Er öffnete den Verschluß der Kette und legte den Ring in die fordernd ausgestreckte, knochige Hand des Alten.

Eine Weile war alles still. Hem spürte die Last dieses Schweigens. Es erinnerte ihn an die alten Handan in der Char des Inneren Tales. Mit zusammengekniffenen Augen betrachtete Xerck den Ring.

»Es ist der Eine Ring,« sagte Xerck schließlich und gab den goldenen Reif an Hem zurück. »Es ist der Ring, der verschwunden schien seit den Zeiten von Hak, nach dem die früheren Tat-Tsok suchten, als das Wissen um die Gläserne Stadt noch nicht verloren war.«

»Ihr kennt den Ring?« fragte Hem, als die drohende Last des Schweigens von ihm genommen war.

Xerck nickte. »Ich erkenne das Siegel der Gläsernen Stadt, das in seine Innenseite graviert ist, und ich erkenne die heiligen Zeichen, die den Bann des Schweigens zu brechen vermögen. Es ist gut, Hem-La. Hüte ihn wohl, denn er ist dein Glück in den Händen der Flamme. Verlierst du ihn, so verlierst du auch dein Leben.«

»Wollt Ihr ihn nicht bewahren?« fragte Hem und reichte Xerck den Ring.

»Nur der, in dessen Hände er rechtmäßig gelegt wurde von den Hütern der Stadt, vermag ihn zu bewahren. Eine mächtige Magie wohnt ihm inne. Es ist klug, ihre Gesetze zu beachten. Hüte ihn im Namen der Flamme, Hem-La. Du weißt, wie hell ihre Gnade auf dich strahlt.«

Hem nickte. Sein Herz klopfte bis zum Hals. Er hatte nicht gelogen. Er hatte die Fragen von Xerck nicht falsch beantwortet, und doch hatte er verschwiegen, daß der alte Handan die Kraft des Ringes für nichtig erklärt. Aber vielleicht war das nur Täuschung gewesen, ein Vorwand, um die Bande der Handan mit dem Haus der La zu durchtrennen, eine Finte, um Hem abzuschrecken. Ja, es mußte so sein. Der Ring hatte sich nicht verändert. Konnten denn Worte die Magie dieser Siegel und Zeichen erlöschen lassen? Niemals. Was vermochte schon ein tumber Handan gegen die Kraft der Gläsernen Stadt, in der dieser Ring gefertigt worden war. Hem spürte, wie ihm leichter ums Herz wurde.

»Ich denke, es wäre unklug, die Handan aufzubringen gegen uns. Wir sollten ihren Wunsch respektieren und keine Karawanen mehr in die Berge schicken, obwohl mir die Edelsteine fehlen werden, mit denen sie mich zu bezahlen pflegten,« sagte Hem-La, wieder unbeschwert und bester Dinge. »Auch ist Aelan tot und der Wille der Flamme erfüllt.«

Xerck nickte. »Und doch liegt es dem Be'el daran, mehr Kunde zu erhalten von den Gebirgen. Du wirst wie in jedem Jahr eine Karawane rüsten und in die Berge ziehen, doch du wirst bei den Handan des äußeren Tales bleiben und sie befragen. Sie vertrauen dir noch und auch sie wissen viel über die Geheimnisse der Stadt. Du wirst Gurenas mitnehmen, doch ihr werdet nur zum Schein in das Brüllende Schwarz reisen. Stattdessen werdet ihr die Nebentäler erkunden, um den alten Weg zur Stadt aufzufinden, den Weg der Könige, auf dem in der Zeit des Reiches von Hak Pferde und Wagen zur Gläsernen Stadt gelangen konnten.«

»Eine Reise zu den Nok, auf die ihr mich nicht ziehen lassen wollt, der Gefahren wegen, die dem Träger des Ringes drohen, ist halb so gefährlich wie eine Reise in das Tal des Am. Schon im letzten Jahr entgingen wir nur mit Mühe den Ponas, die uns im Wald überfielen. Soll der Ring, der dem Be'el gehört, in ihre unwürdigen Hände fallen?«

Xerck überlegte eine Weile. »Was weißt du über die Ponas?« fragte er. Dienstfertig nickte Hem. »Wir nahmen einen ihrer Führer gefangen im letzten Jahr. Er verriet uns den Sitz der Ponas im nördlichen Wald. Sie haben Phonalam, die verlassene Stadt, neu besiedelt und mit Palisaden befestigt. Von dort aus unterwerfen sie die Banden der Wälder. Es heißt, daß sie selbst in das Gebiet der Yach vordringen wollen, um das kleine Volk zu versklaven. Ihr wißt, daß sie auch eine andere Karawane von mir angegriffen haben in der Schlucht des Mot. Wenn sich ihre Macht ausdehnt, werden sie bald alle Straßen, die durch das zentrale Atlan führen, beherrschen, und keine Karawane wird mehr unbeschadet an ihr Ziel gelangen.«

»Der Be'el wird den Unruhen in Atlan ein Ende bereiten. Niemand soll mehr leben außerhalb seiner Macht. Nur die Schwäche des Tat hat Atlan in die Verwirrung gestürzt. Wir werden die Ponas ausrotten.«

»Ja. Denkt nur, in den Wäldern hausen tausende von kräftigen Männern, Sklaven für das Haus des Trem.«

Xerck blickte Hem an und nickte. »Du bist klug, Hem-La. Die Ponas sollen ihren Frevel büßen, indem sie dem Werk des Be'el dienen. Rah-Seph wird bald zurückerwartet aus Ütock. Er soll die Gurenas in die Schlacht gegen die Ponas führen, sobald die Provinzen zur Ruhe gekommen sind.«

»Erlaubt mir Herr,« begann Hem-La und rieb sich die Hände. »Ich habe mich versöhnt mit dem Sproß der Seph, wie Ihr es gefordert habt von mir, doch diese Versöhnung bedeutet nicht, daß ich blind wurde für die Fehler des Rah-Seph.«
»Die Ohren des Be'el sind der Intrige verschlossen. Nimm dich in acht, Hem-La. Die Flamme liebt es nicht, wenn man die ihren verleumdet.«
»Ich will Rah-Seph nicht verleumden. Er ist ein großer Krieger, der Ütock Ruhe und Ordnung wiedergeschenkt hat. Doch hat er es im Sinne der Flamme getan? Kaufleute, die zurückkehrten aus Ütock, haben mir genau berichtet. Rah-Seph hat die Tempel des Tat wieder geöffnet, hat ihre Priester geschützt vor den Plünderern und wieder eingesetzt in ihre Ämter, denn, so verkündete er dem Volk, die Flamme werde ein Zeitalter der Gerechtigkeit anbrechen lassen in Atlan, und nicht eines der Vergeltung. Nur die sollten bestraft werden, die sich schuldig gemacht haben. Er verurteilte auch Männer des Be'el zur Sklaverei, die gefaßt wurden bei Kämpfen in den Tempeln des Tat. Ütock ist ruhig, ja, doch die Macht der Flamme ist nicht verankert im Herzen des Volkes. Die jungen Gurenas lieben ihren Anführer. Seine schwärmerischen, unwirklichen Ideale beginnen sich auch in ihnen einzunisten. Auch in Kurteva hat man begonnen, eine Öffnung der Tempel des Tat in Erwägung zu ziehen. Ihr wißt, die Gurenas sind gottlos. Sie dienen nur ihrer eigenen Sache und vermögen den Willen der Flamme nur teilweise zu erfüllen. Glaubt Ihr, daß ein Gurena mit solch seltsamen Ideen von Ehre und Gerechtigkeit der geeignete Mann für einen Vernichtungskampf gegen die Ponas wäre? Man munkelt sogar, daß er heimlich den Lehren des Tat-Sanla anhängt, dem Erzfeind der Flamme. Er empfing Anhänger des Sanla in seinem Haus in Ütock.«
»Ich werde Rah-Seph selbst befragen, wenn er zurückkehrt aus Ütock,« sagte Xerck. Hem spürte, daß seine Worte bei dem alten Xem Wirkung zeigten.
»Es gibt einen Gurena in Kurteva, den ebenso wie mich der Neid und die Mißgunst der feinen Familien dieser Stadt verfolgt, weil auch er aus den Provinzen stammt. Tarke-Um, ein Krieger, der sich mehr als alle anderen hervorgetan hat im Dienst für den Be'el, und der die Flamme nicht nur liebt, um seine eigenen Belange durch sie zu fördern, sondern dessen Herz verzehrt ist vom heiligen Feuer. Er wurde übergangen bei den Ehrungen, doch er trägt es mit Gleichmut, denn er will nur demütig der Flamme dienen. Ich habe mich seiner angenommen, Herr, weil ich mich ihm verwandt fühle als Fremder in Kurteva. Er ist in die Dienste der La getreten. Ich will Euch vorschlagen, daß er die Gurenas in den

Kampf gegen die Ponas führt. Er wird sich Eures Vertrauens würdig erweisen und er wird mit mir in die Gebirge ziehen, wenn ihr es fordert.«

Xerck blickte Hem lange an. »Die Flamme wird Tarke-Um prüfen. Es wird sich zeigen, ob er sich der hohen Gnade würdig erweist.«

»Er soll auch die Gurenas führen auf der Reise in das Land der Nok, wie das Gesetz der Tnachas es vorschreibt.«

»Erfülle erst deine Pflichten in Atlan, Hem-La, bevor deine Gedanken zu den fernen Küsten der Nok schweifen. Doch du hast recht, zu viel Gefahr droht dem Träger des Ringes auf einer Reise in die Gebirge. Du wirst Kurteva nicht mehr verlassen, bis die Zeit gekommen ist, deine Aufgabe für den Be'el zu erfüllen.« Hem verneigte sich, vollzog die Gesten der Unterwerfung und der Hochachtung vor dem schweigenden Xerck und zog sich zurück. Als er die Brücke zum zweiten Ring der Stadt überschritt, fühlte er sich befreit. Die schwelende Angst in seinem Herzen, die ihn seit seiner Rückkehr aus den Gebirgen geplagt, die selbst die Stunden unbeschwerten Vergnügens getrübt, schien mit einem Mal verschwunden.

Ein Blinder kam mit tastenden Schritten auf den Kaufmann zu. Hem warf im Vorübergehen ein Goldstück in die Schale, die ihm eine dürre, zitternde Hand entgegenstreckte. Hell klang die Münze in der blechernen Schüssel. Ein Sonnenstrahl verwandelte das blanke Metall für einen Augenblick in einen gleißenden Ring aus Licht.

*Kapitel 6*
DAS HAUS DES TREM

Das schrille Zirpen der Zikaden erfüllte die Nacht, eine schwüle, verhangene Nacht, in deren trockene, von Staub geschwängerte Luft ein leiser Wind den Atem des Meeres mischte. Wachfeuer schwammen als leuchtende, rote Sterne im Dunkel. Die Silhouette der Pyramide schimmerte bleich im Mondlicht.
Ein endloser, glühender Sommer verbrannte die Ebene von Kurteva. Selbst die Nächte, von den Menschen herbeigesehnt als Linderung der unerträglichen Glut, brachten kaum Kühlung. Die Arbeiter und Sklaven saßen vor ihren Strohhütten, die einen weiten Ring um den riesigen Bauplatz bildeten, um in der Brise, die vom Meer hereinwehte, Erfrischung zu finden. Doch auch der Wind des Meeres war heiß in dieser Nacht und machte das Atmen zur Qual. Jede Bewegung schien mühevoll. Der Schweiß strömte über die halbnackten Körper der Männer, auch wenn sie ruhig saßen. Dann erstarb der leise Windhauch vom Meer und die Luft gerann zu einer bleiernen, regungslosen Masse.
Es war keine gute Zeit für die Erbauer des Hauses des Trem, denn die Arbeiten gingen langsamer voran als geplant. Fast jeden Tag kamen Abgesandte aus Kurteva, um die säumigen Baumeister zur Eile zu mahnen. Den Xem im Großen Tempel lag daran, daß die Pyramide rasch vollendet werde, und die Ungeduld der Flamme war eine immerwährende Bedrohung für die Baumeister und Führer der Sklaven und Arbeiter. Schon mancher hatte es mit dem Leben bezahlt oder war selbst in die Sklaverei gefallen, weil er sein Soll nicht erfüllte, das die unerbittlichen Herren der Tempel diktierten. Aber die erstickende Hitze des Sommers ließ Sklaven und Arbeiter rasch ermatten, Wasser und Nahrung waren knapp geworden und ein Fieber, das aus den Sümpfen des Mot-Delta aufgestiegen war, raffte viele der geschwächten Männer dahin. Doch unentwegt trafen neue Sklaven am Haus des Trem ein, Menschen aus allen Teilen des Reiches, angeklagt,

sich gegen den Be'el und den Tat-Tsok aufgelehnt zu haben und alle zur gleichen Strafe verurteilt: Dienst für den Herrn des Feuers an der großen Pyramide, damit ihr Herz rein gewaschen werde von ihrer Schuld. Immer geringfügigere Vergehen genügten, um zum Haus des Trem geschickt zu werden, und zuletzt reichte die Anschuldigung eines Neiders, um ohne Anhörung verurteilt zu werden. Die Tnachas von Kurteva aber ordneten neue Steuern und Abgaben für das Volk an, um den Bau der Pyramide zu bezahlen, und schon bald begannen in Atlan auch jene zu murren, die das neue Zeitalter der Flamme als Befreiung vom Joch der Tat-Los herbeigesehnt. Niemand jedoch wagte laut die Stimme zu erheben, denn die Ohren des Be'el waren überall und die Strafe für jeden Frevel von erbarmungsloser Härte.

Die Jahre, in denen das Haus des Trem aufwuchs in der Ebene nördlich von Kurteva, waren schwer für die Städte und Provinzen Atlans. Vielen wollte es scheinen, als zehre dieser langsam sich in den Himmel reckende Berg aus Stein das Mark und das Blut des Reiches auf. Auch der Tat-Sanla verkündete dies, der in den Hügeln und Ebenen um Melat zum Volk sprach, und den die Rache des Be'el nicht zu erreichen vermochte, denn er schien aus dem Nichts zu erscheinen und im Nichts zu verschwinden. Es war kein Wunder, daß ihm in diesen Zeiten der Not die Menschen in so großen Scharen zuströmten wie einst seinem Vorgänger, dem Ersten Sanla. Auch die Sklaven an der Pyramide klammerten sich an die Hoffnung, daß der Sanla sie befreien und das Reich der Gerechtigkeit wieder aufrichten werde in Atlan. Obwohl es bei Todesstrafe verboten war, den Namen des Frevlers aus San zu nennen, bekannten sich viele zu ihm, und über ein verzweigtes Netz von Verbindungen wurde jede Nachricht, die neu eingetroffene Verurteilte berichteten, sogleich unter den Sklaven und Arbeitern verbreitet. Viele bezahlten ihren Wagemut mit dem Leben, doch jeder Tropfen Blut, der vergossen wurde, schien den Glauben an die Lehre des Sanla tiefer in den Herzen der Menschen zu verwurzeln, die das Haus der Khaïla erbauten und in dieser Nacht ermattet vor ihren Hütten saßen, weil die erstickende Luft in den Quartieren sie keine Ruhe finden ließ.

In einem dieser Verschläge aus Strohmatten, die Ställen ähnlicher waren als menschlichen Hütten, saß ein junger Mann bei einem Kranken und kühlte ihm die fiebernde Stirn mit feuchten Tüchern.

»Sei nicht betrübt, Aelan. Ich habe keine Angst vor dem Sterben,« sagte Serla-Mas mit matter Stimme. Er lächelte gequält.

Aelan schüttelte den Kopf. »Du mußt nicht sterben,« entgegnete er. Vergebens versuchte er, seiner Stimme einen festen Klang zu geben. Er hatte den feinsinnigen Mann, der einst Karawanenführer im Haus der La gewesen, liebgewonnen in den Jahren der Gefangenschaft. Ein herabstürzender Balken hatte ihn getroffen am späten Nachmittag, nur wenige Schritte von Aelan entfernt. Ein gnädiger Aufseher hatte gestattet, daß man Serla mit gebrochenen Gliedern in die Quartiere trug, anstatt ihn zu erschlagen, wie es Vorschrift war, wenn ein Sklave sich tödlich verletzte.
»Wie lange ist es her, seit sie uns mit Ketten aneinandergeschmiedet haben in Ütock?« fragte Serla.
»Fast drei Jahre,« entgegnete Aelan.
»Sie haben uns die Ketten wieder abgenommen, damit wir besser arbeiten können, und doch haben wir drei Jahre lang zusammen gelebt wie Gefesselte. Jetzt aber löst der Tod auch diese Bande. Vielleicht ist das Leben, in dem wir uns wiedersehen werden, ein besseres als dieses.«
»Serla...« Ein bitterer Brocken ballte sich in Aelans Hals zusammen. »Aber war es denn so schlecht?« Serla-Mas sprach weiter in die Dunkelheit hinein, als habe er Aelan nicht gehört. »Nein. Ich habe alle Provinzen Atlans bereist, habe viel gesehen. Die goldenen Küsten von Melat, die Schneegebirge des Nordens, die endlosen Wälder, die heißen Steppen von Alani. Ich habe San schimmern sehen im Gleißen des Meeres und ich habe den gesehen und gehört, der von San kam, um das Licht der Hoffnung in das bittere Dunkel unserer Zeit zu tragen. Das Leben hat mich satt gemacht. Es ist keine schlechte Zeit, zu gehen, Aelan. Du aber bist jung. Du wirst die Freiheit noch sehen in diesem Leben, ich jedoch kann nicht mehr säumen...«
»Ich bringe dich zu Gedah. Er kann dir helfen. Er hat schon schlimmere Wunden geheilt als die deinen,« sagte Aelan.
Serla-Mas schüttelte müde den Kopf. »Bemühe den alten Freund nicht. Aber grüße ihn von mir, morgen, wenn ich tot bin. Er soll mich einschließen in seine Gebete an den Tat. Glaube mir, es ist Zeit für mich zu gehen. Es ist gut. Ich gehe gerne. Der Tod ist nichts Schreckliches für mich. Hast du mir nicht selbst gesagt, daß der Tod nur ein Traum sei, die Brücke von einem Leben in ein anderes? Du bist jung, Aelan, und doch weißt du um die Weisheit des Todes. Denke jetzt daran und freue dich mit mir, daß ich noch in dieser Nacht in die Freiheit gehe. Ich sollte dich beklagen, denn du mußt morgen wieder Steine glätten für dieses verhaßte Gemäuer und...«

Serla hustete. Das Sprechen strengte ihn an.
»Hast du Schmerzen?« fragte Aelan.
Serla schüttelte den Kopf. »Nein. Ich bin leicht und fühle den Körper kaum mehr. Es ist gut, ganz ohne Schwere zu sein. Es ist ein leichter Tod, der zu mir kommt. Weißt du noch – als sich unsere Wege kreuzten in den Kerkern von Ütock, als ich den Sohn der Sal sterben sah in einem seligen Wahn, habe ich den Tat um einen solchen Tod gebeten, in den Armen eines Freundes, Frieden im Herzen. Der Allgütige hat meine Bitte erhört. Ich danke ihm dafür. Aber ich bin müde, Aelan. Ich will schlafen.«
»Ich trage dich zu Gedah,« sagte Aelan. »Seine Hütte ist nicht weit. Er wird dir helfen.«
Serla lächelte müde und wollte den Kopf schütteln, doch er sank in fiebrigen, ohnmachtsähnlichen Schlaf.
Kurzentschlossen hob Aelan den Schlafenden auf die Arme. Der junge Handan war stark geworden in den Jahren der Schwerarbeit am Haus des Trem. Er hob Serla ohne Mühe auf und trug ihn im Dunkel der engen Gassen zwischen den Hütten davon. Die Soldaten, die über die Sklaven zu wachen hatten, lagen faul an ihren Feuern und betranken sich. Es hatte lange schon kein Sklave mehr die Flucht versucht. Die Strafen waren grausam. Zuletzt hatte man zur Abschreckung zwölf Männer mit glühenden Eisenruten gepeitscht und sie an verschiedenen Plätzen des Lagers, an Bretter genagelt, zum Sterben in die sengende Sonne gehängt. Ihr entsetzlicher Tod, der Tage währte, ihr Jammern und Stöhnen, hatte gewirkt auf die anderen.
Aelan traf Gedah in seiner Hütte beim Gebet. Das Licht einer einzelnen Kerze verbreitete trübes Dämmerlicht in dem engen, niedrigen Raum, den der Alte alleine bewohnte. Insekten tanzten um die unruhig brennende Flamme. Gedah war einer der ältesten der Sklaven. Man erzählte sich, daß er früher selbst Baumeister gewesen war, der viele Tempel des Tat errichtet hatte, und daß sich die Linie seiner Familie bis zu jenen Männern zurückverfolgen ließ, die einst die große Pyramide von Hak gebaut. Der Zorn der Flamme hatte ihn und die seinen getroffen, weil er ein Günstling der Tat-Los war, seines großen Wissens wegen aber hatten die Priester der Flamme versucht, ihn für den Be'el zu gewinnen. Gedah aber ging lieber in die Sklaverei, als sich dem Feuer zu unterwerfen. Man hatte versucht, ihn zu zwingen, hatte ihn gefoltert und seine Familie vor seinen Augen hingeschlachtet. Er aber hatte geschwiegen, und manche sagten, sein Geist habe sich verwirrt in diesen schrecklichen Stunden in den Kerkern des Be'el. Vielen der

Sklaven aber galt er als weiser Mann, an den sie sich um Trost und Hilfe wandten, und den sie liebten wie einen Vater. Aelan kannte ihn kaum, doch er wußte, daß Serla oft zu ihm ging, um sich mit ihm zu besprechen. Gedah erhob sich langsam aus der Gebetsstellung, als Aelan hereintrat. Er winkte ab, als Aelan beginnen wollte, ihm zu erklären und wies den jungen Mann an, den leblosen Körper auf das Bett zu legen, das an einer Seite der Hütte stand. Serla erwachte, als der Alte zu ihm trat und seine Hand nahm.
»Ich werde sterben, Gedah,« sagte Serla. Der Alte nickte nachdenklich.
»Es ist neue Kunde gekommen vom Sanla,« sagte Gedah. »Die Menschen des Westens begehren auf gegen das Böse. Der Sanla ist stärker als je zuvor. Er wird Atlan die Freiheit bringen.«
»Ja,« antwortete Serla mit schwacher Stimme. »Es ist gut, daß ich bei dir sterbe, Gedah und noch einmal vom Erhabenen höre...« Dann schlief er wieder ein.
»Kannst du ihm helfen?« fragte Aelan, als sich der Alte von dem leblosen Körper auf dem Bett abwandte. Gedah sah den jungen Mann an und fuhr mit der Hand durch die zerzausten, weißen Haare.
»Er wird in Frieden und ohne Schmerzen sterben,« sagte er.
Aelan spürte, wie ihm Tränen in die Augen stiegen. Das Brennen in seinem Hals würgte ihn.
»Es wird eine Zeit kommen in Atlan, in der man die beneidet, die wie er mit gelassenem Herzen sterben konnten,« fuhr der Alte fort und begann, im Raum auf und ab zu gehen. Plötzlich blieb er stehen und sah Aelan lange an. »Du bist ein guter Mensch, junger Mann. Ich sehe es an deinen Augen.«
Aelan senkte den Kopf. Der Alte schwieg eine Weile und beugte sich über den schlafenden Serla.
»Er wird nicht mehr erwachen in diesem Leben,« sagte er schließlich. »Fahre wohl, Serla-Mas, Karawanenführer, Reisender, Bruder im Tat.« Gedah begann zu singen. »Geh im Namen des Sanla, des Weisen, des Erhabenen, der Atlan befreien wird. Geh und finde einen neuen Leib, kehre zurück in die Freiheit, die der Sanla bringen wird, bevor das Ende aller Tage kommt, geh fort aus der Sklaverei, Serla, und kehre wieder in die Freiheit. Wir beneiden dich.« Im nächsten Augenblick fiel er aus dem leisen Singsang in harten, knorrigen Tonfall. »Er wird das Haus des Bösen, an dem wir alle bauen, nicht mehr erblicken müssen. Der Tod ist das Tor in die Freiheit für ihn. Auch ich werde bald durch dieses Tor gehen. Du aber, junger Mann, wirst noch viel Schreckliches sehen

in deinem Leben und vielleicht wirst du uns Alte beneiden, die wir lange vor dir dahingegangen sind. Ach, es wird Furchtbares auf Atlan herabkommen, Feuer und Tod durch den Rachen des verfluchten Be'el, Vernichtung und Blut durch den Schoß der von Lüge zerfressenen Khaïla, diesem Auswurf des Bösen. Glücklich die Toten, die in den Armen des Tat ihrer Wiedergeburt harren, glücklich die Sterbenden, die dem Pesthauch des Übels entgehen. Das Böse wird wachsen und erstarken, bis der Erhabene es für immer von Atlan verbannt, wie es vorhergesagt wurde vom Ersten Sanla. Du bist jung, Freund, du wirst vielleicht das Glück haben, den Morgen der Liebe zu sehen nach der Nacht des Hasses.«

Die Augen des Alten glänzten. »Aber laß dich warnen, junger Freund des Serla-Mas!« Der Alte kam nahe an Aelan heran. Seine Stimme senkte sich zu einem Flüstern. Aelan schauderte, als er in die flackernden Augen des Alten blickte und seinen Atem im Gesicht spürte.

»Sie suchen nach jungen, kräftigen Männern und versprechen ihnen die Freiheit, wenn sie sich dem Trem weihen und im Inneren der Pyramide arbeiten. Diese Narren. Freudig geben sie sich hin, lassen sich das Zeichen des Trem auf die Stirne malen und wissen nicht, daß sie wie Vieh sind, das der Schlächter zeichnet.«

Aelan sah den Alten fragend an. Gedah strich dem jungen Mann zärtlich über das Haar und setzte seine Wanderung durch den Raum fort.

»Sie arbeiten in den Kammern in der Pyramide, bis ihre Kräfte sie verlassen, dann werden sie hingeschlachtet am Altar dieser Ausgeburt der Schändlichkeit. Die Opfer haben wieder begonnen, mein Freund! Das Haus des Trem wird mit Blut geweiht, noch bevor es fertig erbaut ist. Das Blut von ganz Atlan soll ihm fließen. Diese grauenvolle Kreatur des Bösen verlangt nach Rache für die Schmach, die man ihr vor unzähligen Jahren angetan, als sie niedergeworfen wurde von den Tat-Tsok. Sie fordert Blut, Blut, Blut. Sei klug, mein junger Freund, laß dich nicht betören von ihren Versprechungen. Nur Menschen, die sich freiwillig dem Trem ergeben, dürfen in den inneren Kammern der Pyramide arbeiten. Darum locken sie die Leichtgläubigen mit süßen Lügen. Aber keiner dieser Narren, die der Stimme des Bösen Glauben schenken, wird das Haus des Trem lebendig verlassen.«

»Ich habe nie davon gehört,« sagte Aelan.

»Es geschieht erst seit kurzem. Warne deine Freunde! Verbreite die Nachricht! Und doch, es wird genug Toren geben, die ihr Leben verkaufen für jede falsche Hoffnung. Es sind Waiyas angekommen aus dem Süden. Man hat es mir berichtet. Sie ziehen ein in das Haus des

Trem, noch bevor es vollendet ist. Sie sind ungeduldig. Sie dürsten nach Blut. Lange mußten sie es entbehren, mußten Tiere schlachten zum Fest des Fhalach, nun aber geifern sie vor Verlangen nach dem warmen Blut der Menschen Atlans, diese Bestien.«

Gedah ereiferte sich. Seine Augen glühten. »Es liegt an uns, ihr Werk zu verzögern. Wir können der Arm des Sanla sein, der einst diese Brut des Bösen für immer ausrotten wird.«

»Was können wir tun?« fragte Aelan, dem es unheimlich wurde im Halbdunkel der Hütte, allein mit seinem toten Freund und dem alten Mann, der unruhig auf und ab schritt und in die Dunkelheit hineinredete.

»Sie haben viele der Geheimnisse der Pyramide vergessen. Die Baumeister kommen zu mir, einem Sklaven, um sich Rat zu erbitten. Meine Ahnen haben das Haus des Trem in Hak errichtet und die verlorenen Geheimnisse des alten Reiches in Stein geformt, damit sie den späteren Generationen nicht vergessen seien. Niemand aber vermag die steinerne Sprache mehr zu entziffern. Nur Menschen können es, deren Herzen frei sind von der Gier nach Macht und unberührt von der Hand des Bösen, nicht diese Unwürdigen, die dem Dämon des Blutes ein Haus bauen. Manches wurde überliefert in den Familien der alten Baumeister, vom Vater auf den Sohn, Bruchstücke nur, und auch davon ging vieles verloren in den Wirren der Jahre. Das Wissen von Hak ist für immer dahin, doch es ist gut so, denn die Kräfte, die dem Guten dienten im alten Reich, sie können auch in den Dienst des Bösen gezwungen werden. Ihre Kraft der Vernichtung ist ebenso stark wie ihre Kraft, die das Gute hervorbringt. Doch wenn die Khaïla wiederkehrt, wie die Waiyas es verheißen, werden mit ihr Kräfte aus dem Dunkel des Vergessens emporsteigen, die lange geschlafen haben, furchtbare Kräfte, die Verderben bringen über die Völker Atlans, die Kräfte der Großen Mutter aus den Tiefen der Erde, die sich vereinen werden mit dem Feuersturm des Be'el.«

Aelan hörte dem Alten verwundert zu. Stockend, unterbrochen von langen Pausen kamen die Worte über seine Lippen. Gedah seufzte und stöhnte, als bereite es ihm Schmerzen, zu sprechen.

»Warum glaubst du, daß sie mich am Leben ließen? Warum glaubst du, daß sie mich, einen nutzlosen, alten Sklaven, allein in diesem Palast aus Stroh wohnen lassen, während die anderen elend am Fieber zugrundegehen, weil sie zusammengepfercht leben wie die Tiere, in Ställen, die überquellen von Ratten und Ungeziefer. Sie hoffen Geheimnisse bei mir zu finden, die sie verloren haben. Aber ich werde schweigen.« Er lachte bitter. »Ich habe geschwiegen, als sie begonnen haben, mir mit glühenden Klingen die Haut abzuziehen in kleinen Streifen, und ich habe geschwiegen, als sie vor meinen Augen meine Söhne und Töchter hinmordeten, und meine Frau, denn ich wußte, daß der Tod in diesem Pfuhl des Bösen eine Erlösung war für die, die ich liebte. Gebetet habe ich und geschrien, gelitten wie keiner vor mir, aber ich habe geschwiegen. Und nun glauben diese Narren, ich würde zu ihnen halten, weil sie mir besseres Essen schicken und leichte Arbeit zuweisen. Oh, dieses Gewürm des Bösen, diese vor Angst zitternden Handlanger der Niedertracht. Sie fürchten um ihr Leben, weil dieser Flammengötze nicht zufrieden ist mit ihrer Arbeit und sie suchen Hoffnung bei mir, einem schweigenden Alten. Die Zunge soll man mir mit Zangen herausreißen, wenn ich nur ein Wort rede. Dabei gebe ich ihnen Rat, sooft sie kommen, des Nachts, verstohlen wie Diebe, die sich vor dem Licht des Tages schämen. Unwillig zahle ich mein Wissen aus, aber ich rede und schweige zur gleichen Zeit. Verstehst du mich, junger Mann?«

Ohne Aelans Antwort abzuwarten, sprach Gedah weiter. »Die Lüge den Lügnern, das Böse den Bösen. Ich werde lange tot sein, wenn sie bemerken, daß ich sie belogen habe, daß ich, der ich im Süden war, jenseits der Kahlen Berge, um das Wunderwerk meiner Ahnen zu bestaunen, das so elend geschändet wurde vom faulenden Leib dieser blutrüstigen Hure, daß mein Kopf, in dem das Wissen der alten Zeit noch lebte, verworren war.« Er lachte wieder. »Sie taugen zum Bauen von Strohhütten, meine weisen Ratschläge, zu nichts anderem. Aber hüte dich vor den Verderbten, junger Freund. Mich vermögen sie nicht zu überlisten. Ich bin zu klug in meiner Verwirrung, ein kluger Narr, du aber bist jung. Sie werden versuchen, dich zu verblenden. Doch du bist stark. Ich sehe es. Deine Augen verraten es mir. Du trägst den Glanz des Sonnensterns in ihnen.«

Eine neue Idee schien den Alten ergriffen zu haben. Staunend, mit offenem Mund, kam er auf Aelan zu und faßte seine Hände. »Ich habe geredet zu dir wie noch mit keinem. Du könntest hingehen zu den Wachen und ihnen berichten. Sie würden dieses Zeichen deiner Ergebenheit mit der Freiheit belohnen, aber du bist keiner von ihnen. Dein Herz ist nicht feil. Ach, junger Mann, es ist Jahre her, seit ich den Glanz des Sonnensterns so hell in den Augen eines Menschen sah, viele Jahre, und jetzt sehe ich ihn wieder in den deinen.« Tränen flossen über die ausgemergelten Wangen des Alten. »Daß mir noch einmal vergönnt ist, ihn so strahlend zu erblicken. Als ich vor dem Ersten Sanla stand vor ungezählten Jahren, als blühender Jüngling, habe ich die Augen des Sonnensterns gesehen. Er blickte mich an mit diesen Augen und das Licht des Tat floß durch mich für einen endlosen Augenblick. Und jetzt...«

Aelan war verwirrt. Er zog seine Hände zurück, versuchte etwas zu stammeln, um den weinenden Alten zu beruhigen, der aber bog den Kopf fort und schob Aelan von sich.

»Geh jetzt, und verzeih einem alten Mann, dessen Geist sich verwirrte im Dunkel des Schmerzes, den er dulden mußte in seinem zu langen Leben. Aber hüte dich wohl. Denn wehe uns allen, wenn der Blutrausch der Khaïla über uns kommt. Wehe uns, wenn ihr Haus gebaut ist und wehe uns, wenn ihre dunkle Magie sich vereinigt mit dem Haß des Be'el. Atlan wird brennen in einem Sturm des Feuers und niemand wird der Vernichtung entgehen.«

Aelan warf einen verstohlenen Blick auf den toten Serla, bevor er sich zur Tür wandte.

»Bevor du gehst,« rief ihm der Alte nach, »verrate mir deinen Namen, damit ich an dich denken kann, wenn der Tod zu mir kommt, junger Mann, der du nicht weißt, daß der Sonnenstern in deinen Augen leuchtet, die Hoffnung Atlans in dieser Zeit der Finsternis.«

»Aelan-Y.«

»Aelan-Y,« wiederholte der Alte. »Geh, Aelan-Y und finde das Licht deiner Augen auch in dir. Der Tat sei an deiner Seite, Gesegneter. Ich danke ihm, daß er dich zu mir führte, daß ich noch einmal sein Licht erschauen durfte, bevor ich sterbe. Du weißt nicht, Aelan-Y, wie sehr du mich beglückt hast. Mögen sie kommen, die Krieger des Trem, um mich hinzuschlachten am Altar ihrer verderbten Göttin, mein Herz ist leicht. Ich werde Serla-Mas, der mein Freund war, ein Bruder im Tat, der den Sanla gesehen und gesprochen hat in den Ebenen des Westens, würdig bestatten, sobald sich die Sonne erhebt. Sei ohne Sorge. Geh jetzt, geh, und hüte dich wohl.«

Er wandte sich von Aelan ab und begann mit leiser, brechender Stimme die Totenlieder des Tat für Serla-Mas zu singen, die endlosen Litaneien, die einen Toten in eine günstige Wiedergeburt weisen sollten. Aelan stand einen Augenblick auf der Schwelle und starrte den Alten an. Gedah wandte sich um, verneigte sich in alle Himmelsrichtungen, wie es Brauch war, um die entflohene Seele des Toten zu ehren, aber er blickte durch Aelan hindurch, ohne ihn zu sehen.

Mit zerrissenen Gefühlen schlüpfte Aelan hinaus in die Nacht. Geduckt schlich er zwischen den Hütten zurück. Heiße, drückende

Stille lag über den Quartieren der Sklaven. Kein Windhauch bewegte die bleierne Luft.
Unweit seiner Hütte begegnete Aelan einigen jungen Sklaven, die über einem Feuer, das zu schwelender Glut niedergebrannt war, Fleischstücke brieten.
»Komm her, Freund. Sage uns, wie es deinem Gefährten geht, den heute ein Balken getroffen hat,« rief einer von ihnen, der Aelan kannte. Aelan blieb stehen. »Er ist tot.«
Der junge Sklave, der betrunken war, winkte ab. »Mach dir nichts daraus. Wir alle müssen einmal sterben. Er war nicht mehr jung, dein Freund. Für ihn war der Tod der einzige Weg in die Freiheit. Komm, nimm dir ein Stück Fleisch und speise mit uns zu Ehren deines Freundes. Das ist etwas anderes als dein Sklavenfraß. Auch Wein haben wir, stell dir nur vor, Wein! Sage mir, wann hast du das letzte Mal Wein getrunken und Fleisch gegessen? Dein Freund ist jetzt frei, aber auch wir werden bald die süße Luft der Freiheit wieder schmecken, nicht wahr?«
Seine Kameraden nickten. Aelan blickte sie fragend an. Im gleichen Moment bemerkte er in einem Aufflackern des Feuers das Zeichen des Trem auf den Stirnen der Sklaven.
»Was habt ihr da?« rief Aelan bestürzt und trat näher an die Männer heran.
»Kennst du das Trem nicht?« lallte ein anderer. »Er baut das Haus der Khaïla und kennt das Trem nicht.«
Die anderen lachten.
»Sie haben Freiwillige gesucht, die mutig genug sind, in die inneren Kammern der Pyramide zu steigen, um dort zu arbeiten, aber nur junge, kräftige Männer, die den Anstrengungen dort standhalten können,« sagte der erste. »Drei Monde lang werden wir das Licht der Sonne nicht mehr sehen, dann aber entläßt man uns in die Freiheit. Männer des Trem sind keine Preghs mehr. Sieh her, sie haben uns vom Band der Sklaven befreit.«
Er wies seinen rechten Arm vor und zeigte auf den breiten, hellen Streifen auf der gebräunten Haut. Jeder Sklave trug zum Zeichen seines Standes einen eisernen Reif um das rechte Handgelenk, mit dem er jederzeit in Ketten gelegt werden konnte, und an dem jeder einen flüchtigen Sklaven zu erkennen vermochte.
»Wir sind keine Preghs mehr! Wir sind wieder freie Bürger Atlans. Wenn wir unseren Dienst getan haben im Haus des Trem, kehren wir zurück in unsere Dörfer,« sagte der junge Mann und lachte Aelan an.

»Aber vorher streifen wir durch alle Delays in Kurteva!« rief ein anderer, »denn man wird uns auch mit Gold belohnen für unsere Arbeit. Die Khaïla liebt uns, seit wir das Trem auf der Stirn tragen.«
Die Männer stießen sich an und grinsten.
Aelan starrte sie entgeistert an.
»Sie nehmen dich sicher auch, Freund. Du bist jung und kräftig. Deinen Freund hätten sie nicht genommen. Aber solche wie dich suchen sie. Sie sind bei uns gewesen, als du deinen Kameraden versorgt hast. Geh, laufe ihnen nach und melde dich bei ihnen. Schon morgen sollen die Arbeiten beginnen. Wir könnten noch einen wie dich gebrauchen.«
»Sie haben uns Wein gegeben und Fleisch.«
»Nie wieder müssen wir diesen gräßlichen Sklavenbrei fressen.«
»Wir sind keine Preghs mehr.«
Sie riefen durcheinander und hoben ihre Becher.
»Kein Wein mehr,« rief einer.
»Morgen bekommen wir neuen.«
»Glaubst du, wir bekommen in der Pyramide auch Wein?«
»Aber ja! Wir müssen bei Kräften bleiben.«
»Geht nicht!« rief Aelan. »Ihr seid verloren!« Er rang um Worte. »Sie werden euch der Khaïla opfern, wenn ihr nicht mehr arbeiten könnt. Ihr werdet das Haus des Trem nicht mehr lebend verlassen.«
Die jungen Männer sahen ihn verständnislos an. »Was redest du da?« fragte der erste.
Aelan kniete neben ihm nieder und dämpfte die Stimme. »Sie haben euch belogen. Nur Männer, die sich freiwillig der Khaïla unterwerfen, dürfen das Innere der Pyramide betreten und dort arbeiten.«
»Ich bin kein Freund der Khaïla,« sagte der Sklave leise. »Glaube nicht, daß ich dieses verfluchte Dreieck gerne auf der Stirn trage. Aber wenn es der Weg in die Freiheit ist, so nehme ich es auf mich.«
»So versteht doch! Es ist das Zeichen eures Todes!« rief Aelan erregt.
Im selben Augenblick wurde er von hinten gepackt und emporgerissen. Als er sich umsah, blickte er in eiskalte Augen, zwischen denen in weißer, metallen schimmernder Farbe das Zeichen des Trem aufgemalt war. Eine Messerspitze ritzte in seinen Hals.
»Was redest du da, elender Sklave,« zischte der Krieger, der Aelan mit eisernem Griff umklammert hielt. Ein zweiter warf den Männern am Feuer einen gefüllten Weinschlauch hin. »Ihr seid freie Arbeiter und sollt euch nicht mehr mit Sklaven abgeben. Ihr seid Auserwählte der

erhabenen Mutter, vergeßt das nie. Ihr dürft euch glücklich schätzen, daß sie euch bestimmt hat, ihr Haus zu bauen.«
Die jungen Männer murmelten zustimmend und füllten gierig den Wein in ihre Becher. Schon im nächsten Augenblick hatten sie vergessen, daß Aelan jemals bei ihnen gewesen war.
Die Wachen schleppten Aelan fort. Willenlos ließ er es geschehen. Sie würden ihn beim geringsten Versuch, sich zu wehren, ohne Gnade töten.
»Welcher Gruppe bist zu zugeteilt?« fragte der eine.
»Den Steinmetzen, die die Blöcke glätten,« antwortete Aelan.
»Die leichte Arbeit ist dir zu Kopf gestiegen. Wer hat dich angestiftet, die Männer aufzuwiegeln, die sich ihre Freiheit verdienen im Dienst an der Khaïla?«
Aelan schwieg.
»Wir sollten ihn töten. Er hat die Ehrwürdige mit seinen Lügen beleidigt,« sagte der zweite Soldat.
»Nein, es sterben genug von diesen Elenden. Das heilige Haus muß erst erstanden sein, bevor ihr Blut fließen darf,« antwortete der, der Aelan festhielt. »Aber vielleicht schneiden wir seine Lästerzunge heraus, damit er dem Trem nicht mehr mit seinen stinkenden Worten freveln kann. Doch vorher soll er lernen zu arbeiten. Ab morgen wirst du die Ehre haben, die Steine auf das Haus des Trem zu tragen, die du bisher glattgeschliffen hast. Das wird deinen Mut kühlen.«
Aelan erschrak. Für die Arbeit, die riesigen Steinblöcke über die Rampen auf die Pyramide zu ziehen, wurden nur die niedrigsten der Sklaven eingesetzt, jene von geringerem Wert als Tiere – Mörder und Schwerverbrecher, die man aus den Minen von Mombut geholt, gefangene Räuber aus den Wäldern und jene, die der Haß des Be'el getroffen hatte und die er vernichten wollte. Aelan hatte diese Unglücklichen gesehen, wenn sie die fertig behauenen Blöcke holten. Sie wurden gepeitscht bei ihrer Arbeit, und wenn sie zu schwach waren, um an den Tauen zu ziehen, mußten sie den langsam voranrückenden Steinen die hölzernen Rollen unterschieben. Ihr Schicksal war, beim geringsten Fehltritt zermalmt zu werden, denn ihr Leben war nicht wert genug, daß man die Bewegung des Steines anhielt.
Aber mit diesem Todesschrecken, der Aelan durch alle Glieder fuhr und jede Hoffnung in ihm zerschellen ließ, erwachte etwas in seinem Inneren, das lange geschlafen. Als er sich willenlos von den Wachen des Trem zu den Quartieren der niedersten Sklaven schleppen ließ und sein Kopf sich drehte von den Ereignissen der letzten Stunden, fühlte er

den Namen des Sonnensterns in sich, die weiße Musik des Ne, wie er ihn nicht mehr gespürt, seit man ihn in Ütock auf das Boot geschleppt hatte, das ihn in die Sklaverei gebracht. Voll des Vertrauens in die Kraft des Sonnensterns war er gewesen, er, der die Gläserne Stadt gesehen und den Rat der Namaii, voll des Glaubens, daß kein übles Schicksal ihn mehr bezwingen könnte. Abgrundtief aber war die Enttäuschung über ihm zusammengeschlagen, als er unter den Schlägen der Wache niedergesunken war, als seine Augen, über die schwarze Schleier herabfielen, Rah, die Rettung, die er so sicher glaubte, davonreiten sahen. Zweifel hatten diese Enttäuschung noch bitterer gemacht, Zweifel am On-Nam, Zweifel an den Namaii, Zweifel an allem, für das er bisher gelebt. Er hatte Mahla verloren, kaum daß er sie gefunden, er war von seinem Weg abgekommen, nach der reinen Quelle zu suchen, wie die Namaii ihm geheißen. Stattdessen glättete er seit Jahren die Steine für den Tempel des Bösen. Es hatte Tage und Wochen der Verzweiflung gegeben, in denen er den Sonnenstern haßte für dieses Leid, das man ihm zufügte, für die schreiende Ungerechtigkeit, die ihm widerfuhr. Er hatte Nächte durchwacht, in denen er zu wissen glaubte, daß er den falschen Weg gegangen war, daß die Namaii und der Weg der Einen Kraft nur Einbildung waren, törichte Hirngespinste, daß die Rettung Atlans stattdessen im Tat-Sanla lag, von dem Serla sprach und viele der Sklaven. Es hatte Stunden gegeben, in denen er die Namaii angefleht, ihm zu helfen, ihn zu befreien aus dieser drückenden Not, aber sie hatten ihm nicht geantwortet. Die bittere Leere seines Herzens hatte er bis zur Neige ausgekostet in den Jahren der Sklaverei. Sie hatte ihn teilnahmslos gemacht und matt. Selten nur hatte er in seinen Träumen den On-Nam gesehen, verschwommen, in zerrissenen Bildern. Das Hju, der Name des Sonnensterns schien verblaßt in seinem Herzen. Von Sonnenaufgang bis Sonnenuntergang arbeitete er mit den Steinmetzen, und sein zerschlagener Körper suchte den Schlaf, sobald er die karge Abendmahlzeit bekommen hatte. Stumpf und öde war sein Leben am Haus des Trem, und wäre Serla-Mas nicht gewesen, dessen feine Heiterkeit unberührt schien vom Los der Sklaven, so hätte der junge Mann aus den Bergen sicher das Schicksal jener geteilt, die sich in ihrer Verzweiflung das Leben nahmen oder sinnlose Fluchtversuche wagten, die ihnen grausamen Tod brachten. Jetzt aber, in der groben Umklammerung der Wachen, spürte er den Namen des Sonnensterns klar in sich, als sei ein schwerer Vorhang plötzlich zur Seite gezogen. Die Musik des Ne wollte seinen Kopf sprengen. Wie Hohn schien es ihm zuerst, in dieser Stunde, da er in das tiefste Elend hinabgestoßen wurde, in den sicheren Tod, aber das Ne öffnete Räume in ihm, die lange verschlossen gewesen, und die leuchtenden Wellen der weißen Musik rissen seine Bitterkeit und Verzweiflung fort wie die Strömung eines Flusses ein morsches Stück Holz.

»Ein neuer Mann für dich,« riefen die Wachen, als sie an den Quartieren angekommen waren. Sie gaben Aelan einen Stoß, daß er vor die Füße eines grobschlächtigen Mannes hinstürzte, der vor der Türe wachte und den Ankömmling mit abschätzigen Blicken musterte. Seine Augen waren gerötet vom Genuß des Siji. Schweiß lief in Strömen über sein fettes, von Narben gezeichnetes Gesicht. Er schlug mit den geflochtenen Bändern seiner mehrschwänzigen Peitsche nach den Mücken, die ihn umschwärmten.

»Ein kräftiger Bursche,« sagte er anerkennend zu den Wachen. »Kann ihn gebrauchen. Heute sind wieder einige unter den Stein gekommen. Es ist die Hitze. Die Hitze macht sie alle verrückt. Manchmal meine ich, sie tun es mit Absicht, um mich zu ärgern.«

Die Wachen lachten. »Paß gut auf ihn auf. Er hat eine Lästerzunge.«

»Sie wird ihm bald aus dem Maul hängen wie einem Ochsen,« sagte der Mann. »Habt ihr Wein? Den Sklaven werft ihr ganze Schläuche mit Wein hin, nur weil sie sich das Zeichen des Trem auf die Stirn malen lassen, für einen armen Kerl wie mich aber habt ihr keinen einzigen Tropfen.«

»Willst du dich melden für den Dienst in den inneren Kammern?« Die Wachen begannen mit dem Mann zu scherzen, der sich nicht mehr um Aelan kümmerte. Aelan raffte sich auf und kauerte neben dem Eingang, wie es einem Sklaven zukam. Aus dem Inneren des Strohverschlages drangen die unruhigen Geräusche der Schlafenden. Diesen Sklaven war es nicht einmal gestattet, die schwülen Nächte des Sommers vor ihren Quartieren im Freien zu verbringen, dachte Aelan. Unaussprechliches Grauen sprang ihn an, als ihm bewußt wurde, daß er nun zu ihnen gehörte.

»Was sitzt du noch hier herum?« herrschte ihn plötzlich der Mann an. »Geh hinein und such dir ein Lager, bevor ich dir Beine mache.«

Aelan gehorchte. Als er den Vorhang an der Tür zur Seite schob, schlug ihm aus der Dunkelheit feuchtheißer Gestank entgegen und nahm ihm den Atem. Als er zögerte, traf ihn ein Peitschenhieb und trieb ihn voran.

»Schmeckt dir meine Peitsche?« grölte der Mann. »Sie wird deine tägliche Kost sein, wenn du nicht gehorchen willst.«

Aelan hörte die Soldaten lachen, dann schloß sich der schwere Vor-

hang hinter ihm. Übelriechende Finsternis hüllte ihn ein. Als er sich den engen Gang zwischen den Lagern hindurchzwängte, an Gliedmaßen der Schlafenden stieß, ihr Fluchen hörte und ihr Stöhnen, glaubte er, er würde jeden Augenblick ersticken, doch als er ein freies Lager fand, irgendwo in der Dunkelheit, und sich niederließ, spürte er nichts mehr als abgrundtiefe Müdigkeit. Wie ein Wirbel zogen ihn seine zerrissenen Gedanken hinab. Die Bilder und Worte der letzten Stunden schossen zugleich durch seinen Kopf und drohten ihn zu zersprengen, doch bevor er sie entwirren konnte, war er eingeschlafen.
Im gleichen Augenblick schien er wacher als je zuvor. Er ging am Rand eines Meeres, das hohe, grün leuchtende Wellen an weite, goldene Strände rollte. Der Wind zerzauste sein Haar. Seidenweich und kühl war die Luft, die er atmete. Weit reichte sein Blick über die Endlosigkeit des Meeres. Nicht der geringste Hauch von Dunst lag auf den schimmernden Wassern. Wie durch das Auge eines Adlers sah Aelan die schaumgekrönten Wellen. Es war ihm, als könne er das Sprühen einzelner Tropfen weit draußen am Horizont erkennen, so klar war sein Blick. Das Licht einer unsichtbaren Sonne ließ die Farben des Wassers und des Sandes schimmern und glühen, wie Aelan es nie zuvor gesehen. Aber es schien ihm selbstverständlich, an diesem Ort zu sein. Er atmete die erfrischende Luft tief in sich ein, spürte den samtenen Wind in seinen Haaren, an seinem Körper, roch den würzigen Duft der Kräuter und Blüten, die auf Hügeln hinter dem Strand wuchsen und hörte das Tosen der Wellen wie eine gewaltige Musik. Weit fort war das Elend der Sklaverei, die schwüle, drückende Nacht bei Kurteva, das im Mondlicht schimmernde Haus des Trem, der erstickende Gestank des Strohverschlages, wie ein böser Traum, aus dem er plötzlich erwacht war. Glücklich und frei fühlte er sich jetzt. Die weiße Musik des Ne in ihm schien das Rauschen des Meeres zu übertönen und der Name des Sonnensterns durchpulste ihn in gewaltigen Stößen wie das Schlagen eines mächtigen Herzens. Da spürte er, daß er nicht alleine war. Lok-Ma ging neben ihm, nickte ihm zu, begrüßte ihn mit einem Lächeln.
»Wo bin ich?« fragte Aelan.
»Du hast die Kunst des Fai, des Mühelosen Reisens, nicht verlernt, auch wenn du sie nicht gepflegt hast in den vergangenen Jahren,« entgegnete Lok-Ma.
Mit einem Mal schossen Aelan seine Zweifel an der Einen Kraft durch den Kopf, all die Vorwürfe, die er den Namaii und dem On-Nam gemacht. Wie ein Sturm wühlten sie sein Herz auf. Seine Verzweiflung

und seine Zerrissenheit brachen zugleich in ihm los, und es schien, als würden sie ihn verbrennen in einem einzigen Augenblick.
»Warum haben mich die Namaii verlassen?« schrie er in das Tosen des Meeres hinaus. Der Schmerz in seinem Inneren wandelte sich in verzweifelte Wut. »Warum haben sie mich in das tiefste Elend fallen lassen? Warum haben sie mich nicht gehört, als ich sie rief?«
Aelan spürte, wie Tränen über seine Wangen liefen, aber er schämte sich ihrer nicht. »Warum hat sich die Eine Kraft von mir abgewandt?«
Der Blick des On-Nam ruhte geduldig auf ihm. Lok-Ma ging schweigend neben Aelan her und ließ den jungen Mann gewähren. Als Aelan in die Augen des On-Nam blickte, die so tief und unergründlich schienen wie damals, als er sie in der Nacht in Dweny, in einer anderen Stunde tiefer Verzweiflung, zum ersten Mal in der äußeren Welt gesehen, wandelte sich sein jäher, schreiender Schmerz in ein leises, inwendiges Brennen, das von seinem Herzen auszustrahlen schien.
»Es ist Teil deiner Aufgabe, diesen Weg durch die dunkle Nacht des Herzens zu gehen, Aelan,« sagte Lok-Ma. In seiner Stimme aber lag nicht der warme Trost eines väterlichen Freundes, sondern die Schärfe eines unerbittlichen Lehrers. »Du mußt lernen, Aelan. Du mußt stark sein, um deine Bestimmung zu erfüllen.«
»Aber warum...«
»Der Weg zum Licht führt durch das tiefste Dunkel. Wie willst du die Ärmsten und Elendesten verstehen, wenn du nicht gelebt hast wie sie, wenn du ihr Leid nicht selbst gefühlt? Jeder Schritt auf deinem Weg ist Teil der Schulung, die die Namaii bestimmt haben für dich. Unbarmherzig wirst du geschliffen, wie der rohe Edelstein, bis du rein geworden bist und das Licht des Sonnensterns durch dich zu fließen vermag, ohne daß du einen Schatten wirfst in den Spiegeln der Gläsernen Stadt. Willst du aus der reinen Quelle trinken, vom Wasser des Lebens, so darf kein Makel mehr an dir sein.«
Aelan senkte den Kopf. Er wußte nichts zu erwidern auf die Worte des On-Nam. Etwas in ihm, tief unter dem hohlen Brennen seines Herzens, begann sich zu schämen für die törichten Vorwürfe und Anklagen, die er immer wieder gegen die Namaii geschleudert.
»Ich habe dem Sonnenstern vertraut,« sagte er trotzig, »aber er hat mich im Stich gelassen in Ütock.«
»Es war nicht Vertrauen in den Sonnenstern, sondern Hochmut und Vermessenheit, geboren aus deinem Stolz, daß die Namaii dich berufen haben. Wahres Vertrauen ist nicht Eitelkeit, sondern Hingabe an den Willen der Einen Kraft, daß sie dich führe, wie es zum Wohle des

Ganzen ist, und nicht zu deinem beschränkten Vorteil, wie du denkst, daß es sein sollte. Dein Vertrauen in den Sonnenstern wird beständig auf die Probe gestellt, und manche dieser Prüfungen sind hart,« sagte Lok-Ma. Mitleidlose Kälte schien von ihm auszustrahlen. »Wenn du die große Wanderung begonnen hast, wird dir keine Härte erspart, die dich auf deinem Weg lehren kann. Die Wege der Einen Kraft scheinen verschlungen manchmal und mit menschlichem Maß schwer zu ergründen, doch führen sie dich letztendlich in das Licht deiner Bestimmung. Viele aber haben die Prüfungen nicht bestanden und sind gescheitert auf diesem Weg.«

»So bin ich von der Gunst der Namaii gefallen?« fragte Aelan kleinlaut.

»Die Namaii vergeben keine Gunst und Ungunst. Es liegt an dir allein, deinen Weg zu gehen, der dir bestimmt ist, oder abzuschweifen von ihm. Alle Namaii sind diesen Weg selbst gegangen, und auch sie sind unzähligemal gefallen und zurückgeblieben. Jeder ging durch die dunkle Nacht von Schmerz und Verzweiflung, bevor er das Licht erlangte. Du kannst nicht die Gunst der Namaii gewinnen, wie du die Gunst eines Menschen gewinnst. Sie wissen, daß der Sonnenstern in dir ist, so wie in ihnen, und so wie in jedem lebenden Wesen. Sie helfen dir, ihn zu finden in deinem Herzen, doch den Weg dorthin mußt du selbst gehen. Niemand kann das Wasser des Lebens für dich trinken.«

»Aber ... wer die Prüfungen verfehlt ... wer fällt?«

»Alle Prüfungen wiederholen sich. Wieder und wieder bietet sich die Gelegenheit zu wachsen, den nächsten Schritt zu tun. Oft bist du gefallen in deinen vergangenen Leben, aber immer wieder begegnest du den Proben, die dein Vertrauen prüfen, solange, bis dein Herz stark genug ist, sie zu bestehen.«

»Drei Jahre quäle ich mich in der Sklaverei...« murmelte Aelan. Noch immer klang ein leiser Vorwurf in seiner Stimme.

»Das, was dir Bitterkeit zu bringen scheint, dient dazu, dich zu stärken. Manchmal sind es Tage des Leids, die du brauchst, um stark zu werden und Verständnis zu erlangen, manchmal aber Jahre, und manchmal Lebensspannen. Das Gesetz der Einen Kraft ist untrüglich und unerbittlich. Alles Böse, das dir widerfährt, ist von dir selbst verursacht, von deinem Unverständnis der großen Ordnung. Jeder deiner Gedanken, jede Tat wird auf dich zurückkommen, wie das Gesetz des Lahf es bestimmt über alle Zeiten und Lebensspannen hinweg. So dienst du auch am Haus des Trem nur Schulden ab, die du einst selbst geschaffen hast.«

»Und ich habe Mahla verloren...«

»Auch sie hat ihren Weg zu gehen und zu lernen. Sorge dich nicht um sie. Dein Weg wird immer wieder den ihren kreuzen, denn eure Herzen sind verschlungen seit undenklichen Zeiten.«

»Ja,« sagte Aelan gedankenverloren. »Ich habe sie gefunden, weil ich sie kenne aus vielen Leben, und ich liebe sie.«

»Wir alle waren verbunden in unzähligen Leben, im Guten und im Bösen, in Freude und Leid, und nun, da sich die Tage Atlans ihrem Ende zuneigen, werden sich auch unsere Kreise schließen, in die wir eingebunden sind. Nichts geht verloren in der Weisheit des Lahf.«

Aelan fühlte sich unwohl bei den Worten Lok-Mas. Er hätte stattdessen des Trostes bedurft und des Zuspruchs. Der On-Nam schien seine Gedanken zu erraten.

»Du bist kein Kind mehr, das man an der Hand führen muß. Die große Wanderung führt in die Freiheit. Freiheit aber ist einsam. Es bedarf großer Stärke, sie zu ertragen. Du mußt auf eigenen Füßen stehen. Niemand vermag dir Trost und Kraft zu geben als das Licht des Sonnensterns in dir.«

»Ach,« seufzte Aelan, »ich glaubte, der Sonnenstern sei verblaßt in mir in diesen schweren Jahren, ich glaubte, ich sei unwürdig in den Augen der Namaii. Und doch, der seltsame Alte, zu dem ich Serla brachte, Gedah, der den Sklaven wie ein Vater ist, er sprach so eigenartig über das Licht des Sonnensterns in meinen Augen ...«

»Der Sonnenstern ist gewachsen in dir. Er strahlt hell nach draußen, so daß ihn jene Menschen zu erkennen vermögen, die Augen haben zu sehen.«

»Aber wie kann das sein, wenn ich selbst ihn verblassen fühle,« unterbrach ihn Aelan.

»Wenn du die Augen schließt, siehst du die Fackel nicht, die du in deinen Händen trägst. Aber hüte dich, Aelan. Die Menschen, die angezogen werden von dem Licht, das aus dir strahlt, können dich eitel machen. Sie werden dich suchen und dich umschwärmen, um von deiner Kraft zu zehren. Sie werden dir schmeicheln, um deine Gunst zu gewinnen und sie werden sich willig neigen vor deiner Macht. Aber vergiß nie, daß es nicht deine Kraft ist, die sie anzieht, sondern die Macht des Sonnensterns, der dich als Gefäß benutzt. Die Eine Kraft des Hju gehört dir nicht. Sie ist dir nur geliehen, damit du sie in die Welt strömen läßt, so wie das Wasser nicht dem Flußbett gehört, durch das es fließt. Schenke sie aus ganzem Herzen allem Leben, aber verfüge nicht über sie und versuche nicht, sie für dich zu benutzen. Der Stolz auf das Licht des Sonnensterns in dir, die Selbstgerechtigkeit, die es dem eigenen Willen dienlich machen will, ist die ärgste Verblendung auf dem Weg. Du hast sie selbst gespürt in Ütock. Sie hat dich straucheln lassen auf deinem Weg. Du hast dich rasch wieder erhoben, andere aber fielen tief in diese Vermessenheit und der Sonnenstern erlosch in ihnen für viele Leben, obwohl sie sich groß und erhaben wähnten und die Menschen sie vergötterten. Glaube mir Aelan, ich spreche aus bitterster Erfahrung ...«

Aelan nickte. Seine Gedanken befreiten sich, dehnten sich in weite Räume. Eine wachsende Klarheit ließ das Brennen in seinem Inneren verlöschen. Die Musik des Hju war in ihm, stärker und von einer Fülle, die er nie zuvor vernommen.

»Und doch ist auch das, was dir Schmerzen und Bitterkeit macht, von Nutzen für dich. Du bist weit fortgeschritten auf deinem Weg. Die Namaii vertrauen dir, daß du deine Bestimmung erfüllst. Aber auch der Be'el streckt seine Hand aus nach dir. Er spürt deine Stärke wachsen und erinnert sich seines Orakels, das verkündete, daß einer von San kommen werde, ihn zu überwinden.«

»Der Tat-Sanla...« sagte Aelan. »Er hat viele Anhänger unter den Sklaven. Alle sagen, er werde Atlan befreien vom Bösen im Namen des Einen Tat.«

»Der Tat und der Be'el sind die beiden Seiten der gleichen Münze, die in immer neuer Form gegeneinander aufstehen, um sich zu bekämpfen. Doch es kann nie einen Sieger geben in diesem Streit der beiden Seiten des Ehfem. Elroi und Elrach bekämpfen sich wie Tag und Nacht, ewig, so lange die Welt besteht. Der Weg des Sonnensterns aber führt auf Messers Schneide zwischen Licht und Schatten in das Eine Licht, das keinen Schatten mehr wirft. Jene, die ihn gehen, sind die wahren Feinde des Be'el, denn sie entziehen sich still seiner Macht. Der Be'el wünscht deinen Tod, Aelan. Er ahnt, daß du nicht gefallen bist am Brüllenden Schwarz. Bald wird er es sicher wissen. Er sucht nach dir, doch die Namaii haben dich an den sichersten Ort gebracht, um dich vor seinem Zorn zu bewahren. Er sucht dich überall, nur nicht unter seinen Sklaven, denn in der Verblendung seiner Vermessenheit vermag er nicht zu erkennen, daß sein ärgster Feind ein niederer Sklave sein könnte, der Steine schleppt zum Haus des Trem.«

»Doch warum sucht er nach mir, der ich nur ein Unwissender bin auf dem Weg des Sonnensterns?«

»Die Zeit wird kommen, in der du die Aufgabe verstehen wirst, zu der du aufgebrochen bist. Vieles ist dir noch nicht bewußt, doch du wirst lernen. Aber dränge nicht nach dem Wissen, für das dein Herz noch zu schwach wäre. Wer die Blüte der Rose mit Gewalt öffnet, wird sie zerstören. Du mußt stark werden, Aelan. Die Wahrheit des Sonnensterns muß reifen in dir. Du mußt stark werden, denn die Flamme trachtet dir nach dem Leben. Es war nicht der Pfeil eines Pona, der dich am Brüllenden Schwarz niederstreckte, sondern der eines gedungenen Mörders. Du bist in Gefahr, Aelan, aber du bist stark genug, dieser Gefahr zu begegnen. Sie ist Teil deiner Prüfung. Doch sei dir bewußt, daß nicht nur der Haß des Be'el dich straucheln lassen kann auf deinem Weg. Auch die gute Seite des Ehfem wird um dich werben, der lichte Glanz des gütigen Tat. Auch sie kann deinem Weg in das Herz der Einen Kraft ein Ende bereiten.«

»Aber...« Aelan wollte etwas entgegnen, wollte fragen, aber die Worte blieben in der Kehle stecken. Zwischen seinen verwirrten Gedanken blitzten Lichter der Klarheit auf, Bildfetzen aus vergangenen Zeiten, in denen er um die Bestimmung wußte, in die er hineingeboren war und die sich ihm nur langsam erschloß. Aelan ahnte ihre Zusammenhänge, doch er vermochte sie nicht zu fassen.

»Es gibt noch so viel, das ich lernen muß,« sagte er.

Lok-Ma lächelte. »Was du im Herzen lernst, läßt sich nicht immer in Worte kleiden, und doch ist es wertvoller als die Weisheit der Bücher und der klaren Gedanken.«

»Aber wie kann ich lernen?«

»Es gibt viele Wege des Lernens. Einer davon ist, Steine zu schleppen für das Haus des Trem.«

Aelan mußte lachen. Plötzliche Heiterkeit überfiel ihn und ließ ihn in schallendes Gelächter ausbrechen. Das Elend der Sklaverei, die Verzweiflung, der Schmerz, alles schien auf einmal wie ein Spiel, das sich Kinder ausgedacht haben, um die Zeit zu vertreiben. Er lachte und spürte, wie leichte Heiterkeit die letzten Reste seiner Zweifel fortriß. Lok-Ma stimmte in dieses Lachen ein. Nun fühlte Aelan die warme Liebe des On-Nam wieder, die wie eine Welle sein Herz durchflutete. Da wußte er, daß nicht der On-Nam kalt und unnahbar gewesen war, sondern die Verhärtung seines eigenen Herzens die Liebe der Namaii ausgeschlossen hatte. Er lachte, ließ den Blick weit schweifen über das leuchtende Meer und fühlte sich frei wie die Möwen, die als weiße Punkte hoch am unendlich blauen Himmel kreisten.

Da durchfuhr ihn ein stechender Schmerz.

»Ihr faulen, stinkenden Büffel, werdet ihr wohl aufstehen,« kreischte eine Stimme.

Im trüben Licht der Morgendämmerung sah Aelan den Aufseher der Sklaven zwischen den Schlafenden hindurchwanken und sie mit Peitschenhieben und Fußtritten antreiben. Stöhnen, Murren und Schreien erhob sich. Dazwischen tönte das Kreischen der Stimme und das Klatschen der Peitsche. Die heiße, üble Luft in dem Strohverschlag wälzte sich wie eine träge Masse durch Aelans Lungen. Er sprang von seinem modrigen Strohlager auf und drängte mit den anderen ins Freie. Die Kühle des Morgens schien wie eine Erlösung. Der Himmel über dem Meer, das weit in der Ferne wie ein Stück Metall schimmerte, war mit zartem Rot überhaucht. Zwischen den Wolken blitzten die letzten Sterne.

Die Arbeit an den großen Steinen war mörderisch. Auf hölzernen Rollen wurden die schweren Quader bewegt, gezogen von Sklaven, deren Hüften mit Ledergurten an Tauen befestigt waren. Vom Platz der Steinmetzen unweit des Meeres, auf dem die rohen Steine von Schiffen angeliefert wurden, mußten sie über die glühende Ebene zum Haus des Trem geschafft werden, und dann mit Hilfe von Winden die steile Rampe hinauf. Unerbittlich schlugen die Aufseher mit ihren Peitschen auf die Sklaven ein, um sie zur Eile zu treiben, denn die Herren des Feuers hatten mit grausamen Strafen gedroht, sollten die Arbeiten am Haus der Khaïla nicht rascher voranschreiten. Als die Sonne über den Horizont stieg und ihr brennendes Licht über die Ebenen von Kurteva ausgoß, als die Körper der Sklaven vor Schweiß glänzten, als ihre Lungen sich mit dem glühenden Staub füllten, der in großen Wolken in der stillen Luft hing, ihr Keuchen in dem Knarren und Krachen des Steins auf seinen Rollen unterging und die Peitsche mehrmals auf Aelan niederzuckte, der ausgeglitten war und sich im Gedränge der Beine und Leiber nur schwer wieder erheben konnte, verloren sich die Bilder seines Traumes.
Endlos währte dieser Tag. Die Sonne kroch über den Himmel, als sei sie gelähmt von ihrer eigenen, erbarmungslosen Kraft. Noch stand sie hoch, als die Hörner der Aufseher die Arbeit anhielten. Hoher Besuch aus Kurteva wurde gemeldet. Einer der obersten Tnachas führte Hohepriester aus dem Tempel der Flamme zum Haus des Trem, um das Werk des Be'el in Augenschein nehmen und um dem Tat-Tsok und den Herren des Feuers zu berichten. Lange lagen die Sklaven auf den Knien, bevor eine Staubwolke das Nahen der Wagen und Reiter ankündigte.
Am Himmel flossen schon die Farben des Abends ineinander, als die

hohen Herren eintrafen. Gurenas ritten ihnen voraus. Stolz schweiften ihre Blicke über das Meer der gesenkten Köpfe, über die nackten, schweißglänzenden Sklavenrücken, die ihnen zur Ehre niedergebeugt verharrten. Allen voran ritt ein blühender, junger Mann im prächtigen Gewand eines Kriegsherrn. Er zügelte sein Pferd und ließ es im Schritt an den Reihen der Sklaven vorbeigehen. Das edle Tier schnaubte und tänzelte. Aelan hob den Kopf, um es zu betrachten, als er den Gurena erkannte, der es ritt.

Rah-Seph ritt an Aelan vorbei, wie damals in Ütock, als Aelan sicher gewesen war, daß Rah die Rettung bringen würde. Als Rah damals über ihn hinweggesehen hatte, ohne ihn zu erkennen, war eine Welt zusammengebrochen in Aelan, nun aber, da die stolzen Augen des Gurena über die Sklaven hinhuschten, die verstohlen den Blick zu ihm erhoben, spürte Aelan keinen Schmerz mehr und keine Verzweiflung. Nichts drängte ihn, Rah zu rufen, seine Aufmerksamkeit zu erregen. Keine Bitterkeit und Enttäuschung regte sich, als für einen kurzen Moment die Augen des Kriegers an seinen zu haften schienen, als ein Blitz der Hoffnung Aelan durchzuckte, Rah habe ihn vielleicht gesehen und erkannt, Rahs Augen aber weiterwanderten, ruhelos und gleichgültig, ohne daß sich eine Regung auf seinem Gesicht zeigte. Kein Haß hob sich in Aelan, als die Wagen der Tnachas und Priester vorüberrollten und die Fäuste mancher Sklaven sich ballten im Angesicht ihrer wirklichen Peiniger. Wie das Bild eines Traumes rollte der schimmernde Prunk von Kurteva vorüber und hüllte die Sklaven in eine Wolke von Sand und Staub. Dann, nach einer endlosen Zeit der Stille, klangen die Hörner der Aufseher wieder und die Peitschen zuckten herab auf die Rücken der Zögernden.

Jede Hoffnung war zerbrochen in Aelan, und doch glaubte er zu fühlen, daß alles gut war, daß die Kraft des Hju neu in ihm floß. Eine schwüle Nacht senkte sich über die Ebenen von Kurteva. Der müde Wind, der vom Meer wehte, trug den Gestank von faulendem Seegras mit sich.

## Kapitel 7
## DIE RUINEN VON SARI

Die Ebene von Melat, fruchtbar und dicht besiedelt, war auf drei Seiten von Bergzügen umschlossen. Im Norden erhoben sich die felsigen, schneebedeckten Gipfel der Hochebene von Mombas, im Osten trennten die mit dichtem Grün überwucherten Melat-Hügel das Tiefland des Westens von den Alas-Sümpfen und den undurchdringlichen Urwäldern der Yach, und im Süden ragten die Alas-Berge auf, hinter deren kahler Wildnis sich die Wüsten von Hak erstreckten, das einstmals blühende Land des alten Reiches. Drei große Flüsse entsprangen in diesen Gebirgen und vereinigten sich zum Lerk, dem »großen süßen Gewässer,« das sich vor der Insel Ler ins westliche Meer ergoß. Fischerdörfer säumten die Küsten und Strände des Westens und an klaren Tagen zeichnete sich die Silhouette der verbotenen Insel San am Horizont ab. Sie war einst durch eine Landbrücke mit dem Festland von Atlan verbunden gewesen, an die aber nur mehr ein weit ins Meer ragender Dorn, die Spitze von Sanra, erinnerte. In der Senke zwischen den Melat-Hügeln und dem Hochland von Mombas, am schmalen Ende einer tief zwischen die Steilküsten geschnittenen Bucht lag Melat, die weiße Stadt des Westens. Ihre würfelförmigen Häuser umschlossen in engen Reihen den Hafen der Bucht und zogen sich wie Stufen weit in das üppige Grün der Berge hinauf.
In früheren Zeiten war Melat reich gewesen, denn die Karawanen, die von Alani im Süden kamen, trafen sich mit denen aus Kurteva und denen, die aus Feen auf der alten Straße über Ütock durch die Wälder zogen. Sie kamen, um die begehrten Waren von der Insel San einzutauschen, Dinge, die man in Atlan nicht mehr herzustellen vermochte, seit das Reich von Hak in Trümmer gesunken war, Werkzeuge und Geräte, das unverderbliche Ras-Brot, das die Reisenden und Seefahrer begleitete und Sahch, ein besonderes Pergament, das sich teuer an die Bibliotheken von Kurteva und Feen verkaufen ließ. Doch seit die Ponas stark geworden und bis an die südliche Straße vorgedrungen

waren, wagten sich kaum mehr Karawanen durch die Wälder. Der einzige sichere Weg, der nun die Ebene von Melat mit den anderen Provinzen Atlans verband, führte über Alani, die Stadt tief im Süden zwischen den Alas Sümpfen und den Kahlen Bergen, so daß es sich nur noch für die Kaufleute von Kurteva lohnte, Verbindungen nach Melat zu unterhalten.

Die Menschen des Westens aber liebten Kurteva nicht, denn die Tat-Tsok hatten den Provinzen um Melat viel Leid zugefügt, seit die Tnachas des Tat-Tsok in Melat regierten. Den Gottkönigen von Kurteva aber war es nur gelungen, den Teil des Weststammes zu unterwerfen, der auf dem Festland lebte; die Insel San hielt allen Angriffen stand. So kam es, daß sie der Tat-Tsok zu verbotenem Land erklärte und nur wenigen Kaufleuten in Melat das Privileg verliehen war, Handel zu treiben mit den Menschen des Meeres, wie man die Bewohner von San nannte. Im geheimen aber hatte es stets regen Verkehr zwischen den beiden Teilen des Weststammes gegeben, doch als die Tat-Tsok dies nutzten, um Spione und Aufrührer nach San zu bringen, schloß der Rat von Sanris die Häfen, und nur die wenigen Kaufmannsschiffe, die das Siegel des Tat-Tsok und das Siegel des Rates vorweisen konnten, durften fortan die Meerstraße von San befahren. Es hieß jedoch, daß der Rat von Sanris Männer schickte, um die Brüder auf dem Festland gegen Kurteva aufzustacheln, und es hieß auch, daß der Erste und der Zweite Tat-Sanla von San herübergekommen waren, um die Menschen des Westens vom Joch der Tat-Tsok und ihrer Priester zu befreien. Obwohl die Tat-Tsok Tempel bauen ließen, in denen das Auge des Tat verehrt wurde und später die Flamme des Be'el, huldigten viele Menschen des Westens dem Tat als dem Großen Ozean, dem goldenen Fisch, wie es auf San Brauch war, und verfolgten mit Abscheu den Streit der Götter um die Macht über das Reich von Atlan.

Der Tat-Sanla aber war für sie das Licht der Hoffnung. Als die Priester des Tat-Be'el den Ersten Sanla am Altar ihres blutrünstigen Gottes hingeschlachtet, hatten sich die Dörfer und Städte der großen Ebene gegen Kurteva erhoben, so daß der Tat-Tsok ein Heer hatte entsenden müssen, um mit furchtbarer Grausamkeit den Aufstand niederzuschlagen. Der Glaube an den Sanla aber war stärker als die Gurenas aus Kurteva. Er schwelte wie Glut, die darauf wartete, daß der Sanla wiederkomme, wie es verheißen war, um sie zu loderndem Feuer anzufachen. In den Zeiten der Verwirrung jedoch, in denen die Prophezeiung sich erfüllte und der Zweite Sanla zu lehren begann, erreichte sein Wort nicht nur die Menschen des Westens, sondern fand offene Ohren in allen Provinzen Atlans. Selbst in Kurteva verknüpften manche ihre Sehnsucht nach Frieden und Gerechtigkeit mit dem Namen des Erhabenen. Die Tnachas und Priester aber wußten um die Gefährlichkeit des Weisen aus San, von dem man sagte, er werde nicht nur das Wort der Wahrheit bringen, sondern auch den heiligen Krieg gegen Kurteva, und sie versuchten alles, ihn zu fassen.

»Sie jagen ihn wie ein Stück Wild, diese Narren, aber sie haben ihn noch nicht einmal gesehen.« Die alte Frau lachte, daß der zahnlose Mund in ihrem ledrigen Faltengesicht wie der eines großen Fisches aussah. Sie drehte sich kopfschüttelnd zu den drei Fremden um, die sie führte und die Mühe hatten, ihr zu folgen. »Kommt, wir sind gleich da, aber wir dürfen nicht säumen.« Sie wartete, bis die drei herangekommen waren, dann eilte sie weiter, mit gebeugtem Rücken und kleinen, schlurfenden Schritten, ihren knotigen Stock als Stütze nutzend.

»Wenn er so rasch läuft wie du, Mütterchen, ist es kein Wunder, daß sie ihn nicht erwischen,« rief der Jüngling, der ihr als erster nachfolgte.

»Sei still, Rake,« flüsterte die junge Frau hinter ihm und stieß ihn liebevoll in die Seite. »Rede nicht so über den Sanla.«

»Ach, meine liebe Ly! Er soll ein heiterer Mann sein, der Spaß versteht, kein vertrockneter Tempelpriester, der mit heiliger Heuchelei das Volk beeindrucken will. Was meinst du, Mahla?«

»Ich weiß nicht, ich habe ihn noch nicht gesehen,« sagte Mahla, die als letzte der kleinen Gruppe den Saumpfad zwischen den Klippen hinabstieg.

Die alte Frau kicherte vergnügt. »Er muß nicht davonlaufen vor diesen Narren aus Kurteva, die glauben, ihre Pfeile und Schwerter könnten ihm etwas anhaben. Der goldene Fisch schlüpft durch jedes ihrer Netze, denn er kann fliegen, sich unsichtbar machen, sich in jede Gestalt verwandeln. Jedes Kind im Westen hat ihn schon gesehen und seine Worte gehört, nur die, die ihn so eifrig suchen, haben noch nicht einmal eine Fußspur im Sand von ihm gefunden. Er ist überall und doch nirgendwo.«

»Den Ersten Sanla aber haben sie gefangen und getötet,« sagte Mahla ernst.

Die Alte blieb stehen, ließ die junge Frau herankommen und blitzte sie mit ihren funkelnden, schwarzen Augen an. »Ja, sie haben ihn gefangen und ermordet, aber nur, weil er sich selbst zum Opfer gab, weil er sein Blut fließen ließ als eine Mahnung, als erstes Zeichen seiner Prophezeiung, die sich erfüllen wird am Ende der Tage, und um den

Menschen Atlans zu zeigen, daß er unsterblich ist. Denn sie haben ihn nicht getötet – nur seinen Leib haben sie geschlachtet im Tempel ihres Götzen, nur seine fleischliche Hülle. Er ist zurückgekehrt in die gütigen Hände des Tat und er ist wiedergekommen in einem neuen Körper, wie es vorhergesagt war, um den Willen des Einen zu erfüllen. Diesmal aber kommt er nicht als Mahner, sondern als Vollstrecker, er kommt nicht als Opfer, sondern als Rächer. Er ist wie der Taifun, der sich auf dem Meer erhebt und hinwegrasen wird über die Länder. Sein Blut, das die Unwürdigen vergossen haben, wird über sie kommen wie eine Springflut. Denn er ist der Sohn des Großen Ozeans, der Goldene Fisch, der uns gesandt wurde als Zeichen, daß der Tat unsere Gebete erhörte.« Die Alte rief diese Worte triumphierend in den Wind hinein, der vom Meer wehte und hob ihren Stock wie eine Waffe. Dann setzte sie mit sanfter Stimme hinzu: »Aber woher sollst du das wissen, mein Kind? Du kommst aus Feen, weit im Norden, wo die Priester herrschen und die Lüge des Tat-Tsok schon den Kindern eingeflößt wird. Im Herzen der Westmenschen aber wohnen die Worte des Tat-Sanla. Hast du das nicht gespürt in all den Monden, die du bei uns weiltest?«

Mahla nickte. »Ja, ich sehe, daß er in deinem Herzen wohnt. Mir scheint, daß all seine Anhänger von glühender Inbrunst beseelt sind.«

»Er ist das Feuer der Freiheit im Herzen aller, die zu lange schon Knechtschaft erduldet haben,« antwortete die Alte und setzte ihren Weg fort.

»Die Stimme des Erhabenen ist bis nach Feen gedrungen. Sieh, wir sind von so weit her gereist, um ihn zu hören,« rief Rake mit leuchtenden Augen. Die Worte der alten Frau hatten sein schwärmerisches Gemüt aufgewühlt. »Wir haben seine Weisheit vernommen und sind ihr gefolgt.«

»Gut,« sagte die Alte trocken, »aber wir müssen uns beeilen, denn er weilt nicht lange an einem Ort. Er kommt und geht wie der Wind, erscheint und verschwindet wieder, ohne daß einer ihn halten kann. Welch ein Glück, daß er diesmal in die Nähe unseres Dorfes kam. Jahre schon ist es her, seit ich ihn zuletzt sah.«

Der Pfad, der die steile Felsenküste hinabführte, traf, nachdem er sich um senkrecht emporragende Felsnadeln herumgewunden hatte, auf mit verkrüppelten Bäumen und Buschwerk bewachsene, enge Terrassen, die hoch über dem Meer lagen. Die Bucht von Melat schimmerte unter ihnen im Sonnenlicht, und die weißen Felsen des gegenüberliegenden Ufers stiegen glatt wie Wände aus dem Meer empor. Der

Duft von Kräutern und Blumen mischte sich mit dem salzigen Meereswind.

»Der Sanla sucht sich idyllische Plätze für seine Versammlungen,« sagte Mahla. Die Alte lachte. Sie hatte die Kaufmannstochter aus Feen liebgewonnen und sah ihr die Zweifel am Erhabenen gerne nach. Sie würde mit eigenen Augen sehen und mit eigenen Ohren hören. Viele schon hatten gezweifelt am Sanla, ihr Mißtrauen aber war geschmolzen im Licht seiner Liebe wie Schnee in der Sonne, wenn sie ihm gegenüberstanden.

»Glaube nicht, daß er solche Plätze aufsucht, um sich vor seinen Verfolgern zu verbergen,« sagte sie, ohne den Kopf zu wenden. Ihre Fistelstimme ging fast im Wind unter. »Er spricht zu den Menschen in den Städten und Dörfern, auf offenen Plätzen, dort, wo auch der Erste Sanla lehrte. Jetzt aber hat er in den Höhlen der Einsiedler beim alten Meeresheiligtum die Versenkung gesucht. Nur wenige werden heute den Weg zu ihm finden. Nur die Leute der Dörfer an der Steilküste wissen, daß er hier ist. Sie haben einen seiner Getreuen gesehen, der Nahrung holte und sind ihm gefolgt. Vielleicht könnt ihr sogar mit dem Erhabenen sprechen und sein Gewand berühren. Eure Hoffnungen werden sich erfüllen, wenn ihr das tut. Er heilt Kranke, macht Blinde sehend, weckt Tote auf. Überall im Westen haben Menschen die Kraft des Tat, die durch ihn fließt, am eigenen Leib erfahren. Aber ihr werdet selbst sehen ...«

Die Grasterrassen im Fels verbreiterten sich. Feigenbäume wuchsen auf ihnen und in den Stein gehauene Inschriften und Bilder zeigten, daß dies einst der Weg vieler Menschen gewesen war.

Der Pfad führte über eine gefährliche, enge Stelle, an der Felsen und Erde ins Meer hinabgerutscht waren, bevor er in eine flache Plattform mündete, die wie ein Oval über das Meer hinausragte. Von dem kleinen, runden Tempel in ihrer Mitte, in dem einst der Tat des Ozeans verehrt wurde, standen nur noch einige Säulen. Sein Dach war eingestürzt und die dem Meer zugewandten Säulen zerbrochen. Ihre Trümmer lagen im Gras verstreut.

»Auch dies war das böse Werk der Tat-Tsok,« sagte die Alte und schwang ihren Stock. »Sie ließen den heiligen Tempel zerstören.«

Zwischen den Steinbrocken saßen Menschen am Boden, vielleicht hundert an der Zahl. Ihre Gesichter waren einem Mann zugewandt, der auf einem Säulenstumpf saß und zu ihnen sprach.

»Ihr habt mit Langmut das Böse erduldet,« sagte eine leise, sanfte Stimme, die trotz des heftigen Windes von allen im weiten Bereich des

Tempels so deutlich vernommen werden konnte, daß jeder glaubte, er sitze unmittelbar zu Füßen des kleinen, feingliedrigen Mannes, dem sie gehörte. »Doch wißt, daß in den Zeiten, wenn das Übel unerträglich wird, der Allweise Tat einen Boten sendet, um die Waage der Welt wieder der Gerechtigkeit zuzuneigen. So wurde es prophezeit und so ist es geschehen.«
Die Menschen nickten. Es waren Fischer und Bauern mit ihren Frauen und Kindern, die sich um den Sanla versammelt hatten. Ihre harten, von Wind und Wetter gegerbten Gesichter standen in seltsamem Kontrast zu den weichen, anmutigen Zügen des Mannes, der zu ihnen sprach, doch sie hingen an seinen Lippen und sogen jedes seiner Worte wie kostbare Labsal in sich auf.
»Der vor mir ging, um den Weg zu bereiten, hat der Welt die Weisheit des Einen mit seinen Worten gebracht, nun aber ist die Zeit gekommen, daß den Worten Taten folgen. Denn es ist das Gesetz des Allgewaltigen, daß der langen Nacht der neue Morgen folgt.«
Ly und Rake hatten sich zwischen die anderen Menschen ins Gras gesetzt, Mahla aber stand hinter ihnen und betrachtete den Tat-Sanla, von dem Rake und später auch Ly so oft gesprochen. Es waren Anhänger des Sanla gewesen, Freunde von Rake, die sie nach dem Unglück in Ütock aufgenommen, die sie mit allem Nötigen versorgt und in den Westen gesandt hatten, wo sie sicher sein würden vor den Verfolgern. Mahla hatte in Ütock bleiben wollen, um Aelan zu suchen, aber es war unmöglich gewesen, inmitten der Wirren und Unruhen Nachricht über seinen Verbleib einzuholen. Die Gefängnisse waren überfüllt und jeder suchte in dieser friedlosen Zeit die eigene Haut zu retten. Nur von Wons Tod hatte sie erfahren, von ihrem Bruder, der in einem der Kerker elend zugrundegegangen war. Lähmende Verzweiflung hatte sie befallen und die Angst, Aelan könnte das gleiche Schicksal ereilt haben. Schließlich hatte Mahla eingewilligt, in den Westen zu ziehen, noch starr vor Schmerz über den Verlust des Geliebten und den Tod ihrer Brüder, gedrängt von Rake und Ly, die in dem Schrecken und Elend, das sie umgab, ihre Liebe zueinander gefunden hatten.
Während Mahla gedankenverloren auf den Tat-Sanla blickte, in Bann gezogen vom milden Ton seiner Stimme, ohne die Worte recht zu verstehen, die er sprach, zogen Bilder und Gedanken durch ihren Kopf, die lange geschlafen hatten. Aelans Gesicht trat plastisch vor ihr inneres Auge und riß Wunden auf, die nur schlecht geheilt waren. An den Vater mußte sie denken, an die Mutter, an die toten Brüder. Mit einem Mal überkam sie eine Hoffnungslosigkeit, wie sie sie nicht mehr

gespürt seit den Stunden als Sklavin im Haus der La und dem Augenblick, in dem sie zugleich den Geliebten und ihren Bruder Lop verloren hatte. Wann war das gewesen? Mahla vermochte sich nicht zu entsinnen. Die Vergangenheit schien wie ein grauer Schleier. Wochen war sie noch in Ütock geblieben und hatte Aelan gesucht. Endlos lange war die beschwerliche Reise durch die Wälder in den Westen gewesen, auf der verfallenen Karawanenstraße, immer in Angst vor Räubern. Und lange schon lebte sie in der westlichen Provinz, erst in Melat bei Kaufleuten, die Anhänger des Sanla waren und die das Schicksal des Hauses Sal rührte, und dann, als die Hand der Flamme auch nach Melat griff und Unruhen begannen in der Stadt, bei Fischern und Bauern an der Küste, wo die verwöhnte Kaufmannstochter lernte, wie eine Magd Brot zu backen, Netze zu flicken, Wäsche zu waschen und das Vieh zu versorgen. Wie lange schon? Mahla wußte es nicht. Sie hatte die Wochen und Monde nicht gezählt, doch sie hatte gespürt, daß allmählich eine Kraft in ihr wuchs, die ihre Wunden schloß und ihr den Willen zu Leben wiederschenkte. Nun aber schien es, als öffne die sanfte Stimme des Sanla jene Kammern in ihr, in denen sie ihren Schmerz verschlossen hielt. Tränen liefen über ihre Wangen, während sie den Blick starr auf den Sanla gerichtet hielt. Auch er schien sie zuweilen anzusehen. Seine Augen wanderten ruhelos über die Menschen, die ihm lauschten, und aus seinem Blick sprachen Liebe und Mitgefühl für jeden einzelnen. Auch Mahla spürte den Trost dieser Augen und plötzlich verstand sie, warum die Menschen des Westens ihre Hoffnung in die Hände dieses Mannes legten, warum er ihnen als Rettung schien vor dem Sturm des Bösen, der über Atlan hinwegfegte.
Als er geendet hatte, drängten die Menschen an ihn heran. Obgleich seine Begleiter, die bei ihm waren, unruhig wurden, wies er sie mit bedächtiger Geste an, die Menschen gewähren zu lassen, lächelte, als sie zu ihm kamen, um sein Gewand zu berühren, seine Hände zu küssen und ein Wort des Trostes von ihm zu bekommen. Jedem lieh er geduldig sein Ohr, den Frauen, die von den Sorgen des Hauses sprachen, den Bauern, die eine Mißernte beklagten und den Fischern, deren Boote im Sturm gesunken waren. Sie brachten Gebrechliche und Kranke zu ihm heran, und er legte die Hände auf ihr Haupt und segnete sie. Ruhig geschah dies. Alle bewegten sich behutsam und sprachen mit gedämpften Stimmen, als könne jedes laute Geräusch sie verraten. Mahla aber spürte, daß es der Frieden war, der von diesem Mann ausstrahlte und sich wie eine stille Hand auf die Menschen legte und sie verwandelte.

Auch Ly und Rake drängten nach vorne. Rake nahm seine Schwester an der Hand, um sie mitzuziehen. Erst sträubte sie sich, aber als sie das Leuchten in den Augen ihres Bruders sah, seine Miene, die verzaubert war von den Worten des Sanla, folgte sie ihm. Die Menschen, die beim Sanla gewesen waren, verliefen sich. Manche gingen den Weg zurück, den Mahla gekommen war, die meisten aber fanden andere Pfade zwischen den Felsen, um zu ihren Dörfern zu gelangen.

Als Rake seine Schwester in die Nähe des Sanla brachte, sah Mahla, wie Ly, die vorausgegangen war, weinend vor dem Sanla auf die Knie fiel und den Saum seines Gewandes küßte. Der Erhabene lächelte und hob sie mit anmutiger Geste auf, legte ihr die Hand auf die Stirn und segnete sie. Da begann Ly zu sprechen. Sie erzählte vom Schicksal der Sal im fernen Feen, wies mit dem Finger auf Rake und Mahla, die herangekommen waren und berichtete, in Tränen aufgelöst, von den Ereignissen in Ütock. Da hob der Sanla den Kopf und blickte Mahla an, die sich an ihren Bruder klammerte und vor Scham im Boden versinken wollte. Während Ly weitersprach und die Hand des Erhabenen auf ihrem Haupt ruhte, sah er Mahla an, mit starrem Blick und einem gefrorenen Lächeln. Mahla wand sich unter diesem Blick, obwohl sie wie gelähmt stand, denn sie spürte, daß nicht nur Mitgefühl und Trost aus ihm sprachen, sondern daß er sie ganz zu durchdringen und in die Tiefen ihres Herzens hinabzuleuchten schien.

Auch Rake richtete nun das Wort an den Sanla. Er sprach davon, daß er dem Tat danke für das Unglück, das sein Haus befallen habe, denn nur durch dieses Unglück habe er den Erhabenen finden können. Der Sanla sah ihn an und lächelte, dann wandte er seine Augen wieder Mahla zu und goß seine ganze Wärme und Liebe über die junge Frau aus.

Einer der Getreuen störte den Sanla in seiner Betrachtung. Er trat von hinten an den Erhabenen heran und berichtete mit halblauter Stimme: »Sie sagen, daß Soldaten des Be'el auf dem Weg hierher sind. Ein Abtrünniger aus einem der Dörfer hat uns verraten. Wir müssen aufbrechen.«

Der Sanla nahm bedächtig die Hand von Lys Kopf. Die junge Frau erhob sich. Der Sanla küßte ihre Stirn und nickte ihr zu.

Als Ly noch immer regungslos mit gesenktem Kopf verharrte, herrschte Mahla sie an, mit der Stimme einer Herrin, die einer Dienerin befiehlt, so, wie sie nie zuvor zu ihrer Freundin gesprochen: »Ly, suche das Mütterchen, daß es uns nach Hause führe.« Mahla erschrak über den Klang ihrer eigenen Stimme und wandte sich ab, als ein vorwurfs-

voller Blick Lys sie traf und die junge Frau mit vor Zorn geröteten Wangen davoneilte.
Der Sanla stieg auf den Säulenstumpf und segnete die Menschen, die noch um ihn waren. Seine sanfte Stimme füllte noch einmal den Wind, der über das Plateau pfiff. »Geht,« sagte er, »aber wißt, daß die Zeit nahe ist, in der das Böse fallen und gerechte Strafe über es kommen wird. Und wißt, daß der Tat in euren Herzen wohnt und kein Übel euch zu berühren vermag.«
Die Menschen neigten die Köpfe, um den Segen des Sanla zu empfangen, der die Arme ausbreitete und seinen Blick noch einmal über die Menschen schweifen ließ.
»Wir werden den Verrätern auflauern und sie ins Meer werfen,« rief einer aus der Menge. Zustimmendes Gemurmel erhob sich.
Ein schmerzlicher Zug regte sich auf dem Gesicht des Sanla. »Nein, nicht die Gewalt von Menschen, sondern die Gewalt des Tat wird das Böse besiegen. Macht euch nicht schuldig an ihrem Blut,« sagte er, der Rufer aber widersprach.
»Hast du nicht selbst gesagt, daß den Worten Taten folgen sollen?«
Der Sanla sah den Mann lange an, bevor er erwiderte: »Ja, doch nicht Taten des Unrechts. Man kann Mord nicht mit Mord vergelten und Unrecht nicht mit Unrecht. Auch die in Verblendung dem Bösen dienen, sind unsere Brüder. Geht in Frieden. Nichts sollen die Soldaten finden als den Wind über dem alten Tempel des Tat.«
Einer der Begleiter des Sanla begann mit erregter Stimme auf den Erhabenen einzureden, flüsternd, während die Menschen rasch zwischen den Felsen verschwanden.
»Ich habe das Mütterchen nicht mehr gefunden, Herrin,« sagte Ly, die außer Atem zurückkam. Sie legte auf das letzte Wort eine abfällige Betonung. Mahla blickte Ly erschrocken an. Abweisende Kälte funkelte in den Augen der Freundin.
Einer der Männer des Sanla kam auf sie zu und rief: »Geht jetzt, geht, sie werden bald hier sein. Beeilt euch.«
»Unsere Führerin ist verschwunden. Wir sind Fremde,« antwortete Ly. Der Mann zuckte die Achseln und blickte nervös auf den Sanla, der ruhig dastand und sich mit einigen seiner Männer besprach. Plötzlich wandte er sich um und sagte: »Kommt mit mir, meine Getreuen aus Feen.«
Rake und Ly faßten sich vor Freude an den Händen, Mahla aber zögerte und suchte nach einer höflichen Ausflucht. Die Getreuen des Sanla musterten die drei Fremden abschätzig.

»Seid ohne Sorge,« sagte der Sanla laut. »Ihre Herzen sind rein wie Nat-Blüten. Kommt jetzt, wir müssen aufbrechen. Wir werden zu den Höhlen der Einsiedler hinaufsteigen.«
Unweit des Tempels, in der dem Meer zugewandten Felswand, waren unzählige Höhlen in den weichen Stein gegraben. Sie hatten einst den Dhans des Westens als Zuflucht vor dem Treiben der Welt gedient. In ihnen hatten sie gelebt und sich in Versenkung geübt, nur den endlosen Ozean vor Augen und die sinkende Sonne, das Sinnbild der Seele, die ins Meer des Ewigen eingeht.
Der Sanla führte die kleine Gruppe mit gewandten Schritten über einen Felsgrat zu einer der Höhlen hinauf. Kaum waren sie in Sicherheit, als Soldaten den Bezirk des Heiligtums betraten. Sie schwärmten aus, als suchten sie nach Verstecken der Menschen, die zu finden man sie hergeschickt hatte, schlugen mißmutig mit ihren Speeren auf die Säulen und sammelten sich achselzuckend wieder. Ihr Weg war umsonst gewesen. Sie redeten auf ihren Anführer ein.
»Es war vergeudete Mühe.«
»Ich war schon viermal dabei, als uns einer meldete, er habe diesen verfluchten Frevler in der Falle, und jedesmal fanden wir nichts.«
»Man hält uns zum Narren. Wir sollten den Kerl töten, der uns hergelockt hat.«
Der Mann, der die Krieger geführt hatte, kauerte zusammengeduckt mit eingezogenem Kopf neben einer der Säulen und winselte vor Angst, als er den Zorn der Soldaten auf sich spürte. »Aber er war hier! Er hält sich versteckt, vielleicht oben in den Höhlen,« wimmerte er.
Die Soldaten sahen ihn verächtlich an. »Nun sollen wir uns wohl noch die Hälse brechen, um diese tausend Höhlen abzusuchen,« spottete einer.
»Führe uns zurück, du elender Wurm,« herrschte der Anführer der Krieger den Mann an, der sogleich dienstfertig aufsprang und voraneilte.
»Wollen wir nicht eine Weile rasten?« schlug einer der Soldaten vor. »Der Weg war anstrengend.«
»Wenn wir uns beeilen, sind wir vor Einbruch der Dunkelheit wieder im Lager,« sagte der Anführer. »Oder willst du den Weg über diese verfluchten Klippen im Dunkeln gehen?«
»Aber wenn wir im Lager sind, werden wir diesem Kerl Ohren und Nase abschneiden,« murrte ein anderer.
Widerwillig machte sich die kleine Gruppe auf den Rückweg.
Am Ende des Plateaus, auf dem die Ruinen des Tempels standen, ver-

engte sich der Weg. Wind und Wetter hatten den Fels ausgehöhlt, so daß nur ein schmaler Steig zwischen dem Abgrund zum Meer und der fast senkrecht aufragenden Felswand verlief. Als die Soldaten sich hintereinander vorsichtig über dieses Wegstück tasteten, erwachten die Felsen über ihnen plötzlich zum Leben. Ein Hagel von Steinen ging auf sie nieder. Vor und hinter ihnen sprangen Männer mit Knüppeln und Messern herab. Die Krieger waren zu überrascht, um sich zu wehren. Viele von ihnen wurden von der Steinlawine in die Tiefe gerissen, die anderen blitzschnell von den Angreifern erschlagen. Der Kampf dauerte nur Augenblicke, dann stießen die Männer die Leichen der Soldaten mit Fußtritten in die Tiefe.
»Kein einziger darf liegenbleiben,« zischte der Mann, der vorhin den Sanla unterbrochen hatte. »Nichts von ihnen darf man wiederfinden. Die sie suchen werden, sollen glauben, eine himmlische Macht habe diese Narren fortgewischt wie lästige Insekten.«
Nur der Mann, der den Sanla verraten hatte, war noch am Leben. Er kniete zitternd, mit gesenktem Haupt, am Rand des Abgrunds und erwartete sein Schicksal. Als er begann, um sein Leben zu flehen, trat einer der jungen Männer zu ihm hin und durchtrennte ihm mit raschem Schnitt die Kehle, ohne ein Wort an ihn zu richten. Er stieß ihn mit einem Tritt ins Meer hinab und spuckte ihm nach. Im nächsten Augenblick waren die Männer auf Seitenwegen zwischen den Klippen verschwunden.
Der Sanla aber in seiner Höhle, der das Geschehen beobachtet hatte, wandte sich ab. Seine Getreuen sahen, daß Tränen in seinen Augen schimmerten.
»Das Wort der Liebe darf keine Gewalt herausfordern,« sagte er. »Sie haben das Heiligtum des Tat geschändet mit dem Blut dieser Männer.«
»Doch was sollen sie tun?« fragte einer seiner Gefolgsleute, ein kräftiger Mann, der die anderen um Haupteslänge überragte. »Die Krieger Kurtevas haben ihnen und ihren Vätern unendlich viel Leid zugefügt. Sie dürsten nach der Erlösung und Freiheit, die ihnen prophezeit wurde.«
»Du warst ein Krieger, bevor du zu mir kamst, Leas, und du sprichst noch immer wie ein Mann des Schwertes,« antwortete der Sanla. In seiner Stimme lag Traurigkeit.
Mahla beobachtete ihn aus dem Dunkel der Höhle heraus. Seine Gesichtszüge, seine Gesten, der Klang seiner Stimme spiegelten einen heftigen Zwiespalt in seinem Inneren.

»Doch was sind die Taten, von denen du sprichst, Erhabener?« drängte Leas.
Der Sanla blickte ihn lange an und schwieg.
»Die dunkle Macht, die Kurteva nun ganz in ihren Bann geschlagen hat, greift hinaus nach den Provinzen Atlans,« fuhr Leas fort. »Wir werden kämpfen müssen, um das Reich der Gerechtigkeit wieder herzustellen. Hat nicht der Erste Sanla vom heiligen Krieg gegen die Macht des Übels gesprochen? Ist dies nicht die Hoffnung der Menschen im Westen? Warten sie nicht auf den Befreier, der ihre Leiden rächen wird? Ist es nicht so prophezeit worden?«
Der Sanla schwieg noch immer, doch Mahla spürte, wie betroffen ihn die Worte von Leas machten.
Rake, aufgewühlt von den Ereignissen der letzten Stunden, mischte sich ins Gespräch. Die anderen blickten ihn verwundert an. Nur der Sanla schenkte ihm seine ganze Aufmerksamkeit. »Erhabener, wenn ich sprechen darf, so laß dir berichten aus Ütock, wo viele Menschen sich zu dir bekennen. Sie alle warten, daß du sie in den Krieg führst, der das Böse für immer von Atlan verbannen soll. Sie sprechen von den Heerscharen des Tat, die aufstehen werden, um sich in deinem Namen gegen das Übel zu erheben.«
Der Sanla lächelte über den schwärmerischen jungen Mann, dessen anmutiges Knabengesicht vor Erregung gerötet war. »Wie ist dein Name, Kaufmannssohn aus Feen?« fragte er.
»Rake-Sal,« antwortete Rake. Er errötete noch mehr, da er die Erheiterung in den Augen des Sanla spürte.
»Du bist zu mir gekommen aus dem fernen Feen im Norden. Wohin willst du nun gehen?« fragte der Sanla.
Rake senkte den Kopf. »Ich möchte bei dir bleiben, Erhabener, um dir zu dienen mit meinem Leben.«
Wieder lächelte der Sanla. »Und die schönen Frauen, die deinem Schutz unterstehen?«
Rake wandte sich verstohlen zu Mahla und Ly um, dann zuckte er die Schultern.
»Wenn sie mit uns gehen wollen, so sind sie willkommen. Ich werde dich aufnehmen unter meine Getreuen, denn dein Herz ist rein, Rake, licht und unberührt vom Bösen. Aber es ist deine Aufgabe, deine Schwester und deine Geliebte zu schützen. Wenn sie nicht mit uns reisen wollen, trennen sich unsere Wege. Die Liebe zu ihnen sei dir heiliger als die Liebe zu mir,« sagte der Sanla und wandte seine Augen Mahla zu, die an die Felswand zurückwich, um der Macht dieses Blickes zu entgehen.

»Ich gehe für dich durch das Feuer, Erhabener,« sagte Ly, trat nach vorne und faßte Rake bei der Hand.
Im Blick des Sanla formte sich eine Frage. Mahla straffte sich, schüttelte ihre Befangenheit ab und sagte mit klarer, stolzer Stimme, nachdem sie Ly einen geringschätzigen Blick zugeworfen: »Ich gehöre nicht zu denen, die vor Euch im Staub knien und sich Erlösung erhoffen, wenn sie Euer Gewand küssen. Ich bin nur eine hilflose Frau, die das Leben hart geschlagen hat. Es ist mir gleichgültig geworden, wohin ich gehe, aber mein Rücken hat sich noch nie vor einem Menschen gebeugt, nur vor dem Einen Tat.«
Mißfälliges Murmeln erhob sich unter den Jüngern des Sanla. Rake und Ly blitzten Mahla zornig an. Der Sanla aber lächelte.
»Dein Herz besitzt ebensoviel Stärke wie Reinheit, Mahla-Sal. Ich danke dir für die Ehre, daß du mit mir gehen wirst,« sagte er ernst und bedächtig, ohne den geringsten Anflug von Ironie. Dann wandte er sich ab und trat tiefer in das Dunkel der Höhle hinein.
Als die Sonne im Meer versunken war, brachen sie auf. Leas führte die kleine Gruppe auf einem steilen Pfad die Klippen hinauf. Nach einigen Stunden gelangten sie auf die alte Straße, die zur Spitze von Sanra führte, jenem Rest der versunkenen Landbrücke, der vom Festland in den Ozean hinausragte. Zum Erstaunen Rakes aber wandten sie sich nach Osten.
»Wohin ziehen wir?« fragte er den Mann, der neben ihm ging. »Ich dachte, wir setzen nach San über?«
Der Mann blickte Rake an, dann antwortete er knapp: »Wir gehen nach Osten.«
»Nach Melat?« fragte Rake weiter.
»Nein,« sagte der Mann.
»Aber sagen nicht alle, der Sanla verberge sich auf San?«
Der Mann gab ihm keine Antwort mehr.
Gegen Mitternacht fand die Gruppe Unterschlupf bei einem Bauern. Der Mann und seine verhärmte, kleine Frau neigten sich tief vor dem Sanla, als er ihre Häupter zum Zeichen des Segens berührte. Der Besuch schien verabredet, denn das Paar sprach die Begleiter des Sanla mit Namen an und hatte ein Mahl für sie vorbereitet. Der Sanla nahm nichts zu sich, sondern saß mit geschlossenen Augen in einer dunklen Ecke des Raumes, während die anderen schweigend speisten. Mahla betrachtete ihn. Sie spürte, daß er nicht schlief, sondern schwere Gedanken hinter seiner Stirne wälzte. Ein Ausdruck von Traurigkeit lag auf seinem Gesicht. In Mahla regte sich Mitgefühl für diesen Mann,

an dem die Hoffnungen der Menschen hingen wie Gewichte. Sie schämte sich für ihre harten Worte in der Höhle.
Unvermittelt schien der Sanla zu erwachen, erhob sich und gesellte sich zu den anderen. »Wir gehen nicht nach San,« sagte er zu Rake und lächelte. Er hatte Gefallen gefunden an dem feinfühligen Jüngling, der ihn mit der ganzen Kraft seines Herzens liebte. »Nur die Soldaten glauben, daß wir uns auf der Insel San verbergen. Sie bewachen jedes Fischerboot am Strand, mit dem wir hinüberrudern könnten. Wir aber gehen nach Osten, dorthin, wo uns niemand vermutet.«
»Nach Melat?«
»Nein, nicht nach Melat. Wir wandern über die Ebene im Süden, bis wir zum Fluß Lan gelangen. Ihm folgen wir nach Osten in die Melat-Hügel.«
»So ist das Versteck in den Hügeln?« Rake rutschte ungeduldig auf der Bank hin und her. Er konnte sich vor Glück kaum fassen, daß ihn der Sanla selbst in sein Geheimnis einweihte.
»Nein, wir steigen das Tal des Lan empor und folgen dem Weg des alten Volkes in die Wälder, der einst von den östlichen Küsten nach San führte, in den goldenen Zeiten des Reiches.«
»Aber dort wohnen die Yach!« rief Rake. Der Sanla schmunzelte über die Erregbarkeit des jungen Mannes.
»Ja, das alte Volk wohnt dort, unberührt von den Wirren der Zeit, unberührt vom Streit der Götter und der Menschen. In den Wäldern um die schwarze Stadt Sari wohnen die Yach, in einem verbotenen Land. Ihre vergifteten Pfeile und Speere sind gefürchtet in Atlan. Selbst die Tat-Tsok wagten niemals, die Ruhe des alten Volkes zu stören.«
Rake sah den Sanla mit großen Augen an. »Aber wir . . .«
»Wir brauchen sie nicht zu fürchten. Sie sind dem Boten des Tat freundlich gesonnen.«
»Beten sie nicht einen schrecklichen Götzen an?« fragte Ly, die sich an den Sanla herandrängte und alles tat, um seine Aufmerksamkeit zu erregen.
»Seris ist kein schrecklicher Götze,« entgegnete der Sanla, ohne sie anzusehen. »Er herrschte in den Wäldern, bevor die Menschen aus Mu nach Atlan kamen, wie die Legende sagt, und die Gläserne Stadt erbauten auf den Gipfeln des Am. Es heißt, daß die Yach nie die Städte der Fremden besuchten. Sie zogen sich in das undurchdringliche Dickicht der Wälder zurück, wo sie ihren alten Bräuchen treu blieben, während das Rad des Schicksals sich zu drehen begann für die Menschen Atlans. Seris ist Tat in Gestalt eines Affen, so wie die Yach ihn zu

fassen vermögen. Wer darf sich anmaßen, herabzusehen auf sie, nur weil sie den Allgewaltigen auf ihre Weise verbildlichen? Atlan hat schrecklichere Götter gesehen als Seris. Ich zolle ihm Respekt, wie es ihm zukommt als Herrn des Waldes.«
»Aber warum sind sie euch ... uns ... freundlich gesonnen,« fragte Rake.
»Schon der Sanla, der vor mir kam, wanderte zu den Yach und gewann ihr Vertrauen. Auch das Volk tief in den Wäldern weiß um die dunkle Zeit, die in Atlan anbrechen wird. Ihre Prophezeiungen sprechen davon und sie haben in den Wäldern viele Zeichen gesehen, die bedeuten, daß diese Zeit nun gekommen ist. Ihre Prophezeiungen aber künden auch vom Boten des Einen, der Atlan das Licht des neuen Tages bringen wird. Sie erkannten dieses Licht im Sanla, der zu ihnen kam in Frieden und mit offenem Herzen. Ihre Legenden berichten von dem Einen, der sterben und wiederkommen würde, um die Geschicke Atlans zu erfüllen. Nun aber begebt euch zur Ruhe. Wir werden bei Morgengrauen aufbrechen.«
Die Männer erhoben sich und bereiteten ihre Lager aus Decken auf dem Boden der einzigen Stube des Bauern. Der Sanla aber trat zur Türe.
»Wollt Ihr nicht ruhen?« fragte Ly, die dem Sanla nachging.
Der Sanla wollte etwas erwidern, dann lächelte er und schüttelte den Kopf. Als er Mahla im Schatten eines Balkens stehen sah, wandte er sich ihr zu.
»Unsere Reise wird anstrengend sein,« sagte er zu Mahla.
Mahla errötete, als der Sanla zu ihr kam. Anders als noch vor einigen Stunden, als sie ihm trotzig entgegengetreten, klang ihre Stimme jetzt unsicher und schüchtern. Der Sanla spürte, daß sie um Worte rang und blieb bei ihr stehen.
»Ich erbitte Eure Verzeihung,« brachte sie schließlich hervor. »Meine Worte, die ich in der Höhle an Euch richtete, waren unbedacht und unziemlich.«
Der Sanla schmunzelte. »Oh nein, Mahla, sie waren eine erfrischende Brise für einen, der lange nur den Haß seiner Feinde und die bedingungslose Hingabe seiner Getreuen kannte.«
Mahla vermochte nichts zu erwidern, als sie dem Blick des Erhabenen begegnete, der sie einen Moment lang zu durchdringen schien. Bevor sie sich gefaßt hatte, wandte sich der Sanla ab und verließ die Hütte des Bauern.
Mahlas Blick fiel auf Ly, die alles mitgehört hatte. Das Feuer des Neides blitzte in den Augen der Freundin.

Die Wanderung durch die Ebene und über die Melat-Hügel ging rasch vonstatten. Die kleine Gruppe brach früh am Morgen auf, wanderte bis die Sonne hoch stand, rastete, und setzte die Reise fort, wenn die Sonne sank, um erst tief in der Nacht wieder Halt zu machen. Mahla wunderte sich, warum diese beschwerliche Reise sie kaum anstrengte. Mühelos hielt sie Schritt mit den Männern, und auch Ly, die auf der Reise von Ütock nach Melat oft geklagt hatte, war keine Müdigkeit anzumerken. Manchmal schien es, als ströme von dem kleinen, zierlichen Mann, der schweigend in ihrer Mitte ging, eine Kraft aus, die alle durchdrang. Nie schien er zu ermüden. Wenn sich die anderen in der Mittagsglut im Schatten eines Baumes niederließen, ging er lange noch rastlos umher, bis er sich zu ihnen setzte, und nachts, wenn sie in den Hütten von Bauern einkehrten oder auf freiem Feld ihr Lager aufschlugen, begab er sich nicht mit den anderen zur Ruhe, sondern wanderte alleine unter den Sternen.

Aufmerksam beobachtete Mahla den Sanla auf dieser Reise. Sie bemerkte, daß er kaum aß und trank, daß er nie ein Zeichen der Schwäche zeigte, nie eine Miene der Unlust und des Ärgers über ein Mißgeschick oder eine Verzögerung der Wanderung. Er sprach selten, doch wann immer er seine sanfte Stimme erklingen ließ, war sie voll von Liebe und Heiterkeit. Je länger Mahla in seiner Nähe lebte, desto mehr spürte sie, daß er kein gewöhnlicher Mensch war, keiner der wandernden Dhans, die sich durch salbungsvolle Worte und Versprechungen die Zuwendung des Volkes sicherten, sondern daß er allein durch die Kraft seines Herzens die Menschen in Bann schlug, die zu ihm drängten. Jeden Tag kamen sie, wenn der Sanla das Zeichen zur Rast gab, obwohl niemand sie rief oder ihnen die Ankunft des Erhabenen ankündigte. Manche wanderten von weit herbei, und wenn man sie fragte, woher sie gewußt hatten, daß der Sanla kommen würde, zuckten sie nur die Achseln. Manchmal war es eine Handvoll Menschen, die sich einfanden, manchmal aber strömten hunderte aus umliegenden Dörfern herbei. Der Sanla sprach zu ihnen in einfachen Worten, mit leiser Stimme, die doch jeder deutlich vernahm, und immer lauschten die Menschen ergriffen, als spreche dieser Mann die geheimen Sehnsüchte ihrer Herzen aus, als linderten seine Worte die Schmerzen, die sie zu ihm trugen. Mahla beobachtete ihn, wenn er sprach, wenn er den Menschen die Hand auflegte, wenn er sie segnete und geduldig ihre Sorgen anhörte. Oft geschah es, daß ein Kranker, den man herbeigetragen, sich von seinem Lager erhob, daß ein Lahmer wieder gehen konnte und ein Blinder sehend wurde. Der Sanla aber sagte dem Volk,

wenn sich ehrfürchtiges Murmeln erhob, daß nicht er es sei, der solche Wunder tue, sondern die Kraft des Tat, die durch ihn fließe. Mahla betrachtete ihn und in ihrem Herz wuchsen Respekt und Ehrerbietung für diesen ungewöhnlichen Menschen, nicht aber die glühende, schwärmerische Zuneigung, die aus Lys und Rakes Augen sprach, und die wie eine warme Welle von den Menschen auszuströmen schien, die zum Erhabenen drängten. Mahla spürte, daß der Sanla die überfließende Liebe der Menschen nur zaghaft entgegennahm, daß er es nicht wünschte, daß man sie seiner menschlichen Erscheinung zuwandte statt dem unfaßbaren Geist des Tat, der seinen Leib als Werkzeug benutzte, und Mahla spürte auch, wie diese Liebe an ihm zehrte, wie groß die Last war, die er auf sich lud, wenn er mit den Menschen umging. Niemand schien dies zu bemerken und der Sanla sprach niemals darüber. Er redete ernst zu den Menschen, aber in seiner Stimme lag solche Heiterkeit, daß ein Gefühl von Glück in das Herz eines jeden strömte, der ihr lauschte. Mahla hörte viele der Geschichten und Legenden über ihn, daß er die Sprache der Tiere verstehe und zu ihnen redete, daß er auf dem Wind fliegen könne und sich in einen goldenen Fisch verwandle, um zur Insel San hinüberzuschwimmen. Anfangs lächelte sie darüber, dann aber rührte sie die Ehrfurcht der Menschen, die von solchen Wundern berichteten, und die Kraft des Glaubens, von denen sie getragen waren.
Als sie im Tal des Lan die Melat-Hügel emporstiegen, versiegte der Strom der Menschen, der dem Sanla zufloß, denn nur wenige Hirten und Bauern lebten dort. Und als die kleine Schar den Weg hinab in die Wälder des Ostens antrat, über denen lichtdurchflutete Dunstschleier ausgebreitet lagen, warteten keine Menschen mehr auf den Erhabenen. Das Reich der Yach galt als verflucht, als Land böser Geister und unvorstellbarer Gefahren. Leas, der stets die Gruppe anführte, fand nun keine Saumpfade mehr, sondern folgte Bachläufen oder den Trittspuren von Tieren. Dieser Dschungel war anders als die Wälder um Feen, die Mahla kannte. Die riesigen Bäume, die in ihm aufragten, waren von dichtem Buschwerk und Ranken umwuchert. Kein Sonnenstrahl drang durch das verflochtene Laubwerk. Manchmal mußte Leas mit dem Schwert einen Weg durch das Gewirr herabhängender Luftwurzeln und mit großen, fleischigen Blättern bewachsener Äste bahnen. Ein Konzert von Stimmen tönte ununterbrochen in diesem Wald. Affen und Vögel kreischten und pfiffen, und in dem vermodernden Laub, das wie ein weicher Teppich unter den Schritten federte, regten sich Schlangen und anderes Getier. Schwüle Hitze hing unter

dem Dach des Laubes. Vom Boden stieg Dunst auf, der sich als nasser Schleier über Bäume und Blätter legte. Die Nacht kam rasch, fiel von den Bäumen herab wie ein schweres, schwarzes Tuch und ließ die Stimmen der Tiere im Dunkel zu bedrohlichem Tosen wachsen. Mahla wurde unheimlich, als sie das erste Mal ihr Nachtlager in diesem Wald aufschlugen, aber die gleichgültige Sicherheit, mit der der Sanla und seine Getreuen sich bewegten, besänftigte ihre Furcht.
Als sie eines Morgens erwachte, lag feuchtes, nebliges Licht über dem schillernden Grün der Blätter. Wieder hörte sie kreischende Stimmen, doch es waren nicht die von Tieren, sondern menschliche Laute, die aufgeregt klangen und voll von Freude. Mahla rieb sich die Augen und erblickte kleine Menschen, die sich lachend um den Sanla drängten, nackte, rotbraune Geschöpfe, die mit hellen Stimmchen auf ihn einredeten, ihn ungeniert am ganzen Körper streichelten und liebkosten, wie eine Schar von Kindern, die ihre Mutter begrüßen. Der Sanla ließ es lächelnd geschehen, er berührte ihre Köpfe und faßte nach den Händen, die sich ihm entgegenstreckten. Den Jüngern des Sanla aber, die in seiner Nähe warteten, näherten sich die kleinen Menschen des Waldes nicht. Sie drängten sich scheu an ihnen vorbei und Mahla spürte das Mißtrauen, das die Yach gegen die großen Menschen Atlans hegten. Der Sanla aber schien einer der ihren zu sein. Obwohl er ihre rasche, schnatternde Sprache nicht verstand und sie nicht die seine, redete er zu ihnen, und sie lauschten dem sanften Klang seiner Stimme wie einer wundervollen Musik.
Die Yach wichen nicht mehr von der Seite des Erhabenen. Nun führten sie die Gruppe an. Einige von ihnen schlichen voraus, den Weg zu erkunden und die Gefahren des Waldes aufzuspüren, die anderen drängten sich um den Sanla, der sie um einen Kopf überragte, obwohl er kleiner war als all seine Getreuen. Wenn sie gingen, schwiegen die Yach. Nur manchmal flog ein Ruf ihrer hellen Stimmen auf und mischte sich mit dem Kreischen der Tiere in den Bäumen.
Am Abend des gleichen Tages, nach einem beschwerlichen Marsch durch den Urwald, erreichten sie die Ruinen von Sari, der geheimnisvollen, schwarzen Stadt des Waldes, von deren versunkenen Goldschätzen die Legenden berichteten, die in den Chars von Atlan erzählt wurden. Geborstene Mauern tauchten zuerst zwischen den Bäumen und Blättern auf, von Moos und Schlingpflanzen überwuchert, daß das Schwarz ihrer Steine nur an wenigen Stellen hervorschimmerte, zerfallene Treppen und mannshohe, ausgehöhlte, kunstvoll durch-

brochene Kugeln aus Stein, die willkürlich verstreut lagen wie fortgeworfenes Spielzeug von Riesen. Bald lichtete sich der Wald und hinter einem fast unbeschädigten Mauerring ragten zerbrochene Reste von Türmen, schlank wie Säulen, bis fast zu den Wipfeln der höchsten Bäume empor. Zwischen ihnen, im Inneren des Mauerrings, der von schlitzähnlichen Öffnungen durchbrochen war, durch die gerade ein Mensch hindurchzuschlüpfen vermochte, standen in strenger Anordnung Halbkugeln aus Stein, deren Spitzen von steinernen Blütenkelchen geschmückt waren. In diesen Kuppeln schienen die Yach zu wohnen, denn kaum hatte der Sanla mit den seinen den inneren Bezirk der Stadt betreten, als unzählige der kleinen Leute zwischen den Trümmern hervorsprangen und den Sanla umringten. Ihre hellen Stimmen schwollen zu einem Orkan, der sich rasch in alle Richtungen verlief, als die Yach, die den Sanla im Wald empfangen, die Neugierigen auseinandertrieben. Der Sanla stand lächelnd inmitten der aufgeregten Menge, die sich an ihn drängte und folgte langsam seinen Jüngern, die ihm den Weg bahnten.

Ein zweiter Mauerring trennte den Bereich der steinernen Halbkugeln von einem weitläufigen, niedrigen Gebäude, das aus ineinandergeschachtelten Würfeln bestand. Eine gewaltige Kraft schien diese Würfel durcheinandergestoßen zu haben. Manche standen auf der Spitze, andere hingen schräg zwischen zwei weiteren, die sich in eine andere Richtung drehten, doch wer das seltsame Gebäude länger betrachtete, dem offenbarte sich eine rhythmische Harmonie in der Bewegung dieser Würfel. Die Kraft, die sie gedreht und gekippt, war keine zerstörerische gewesen, sondern der Ausdruck einer geheimen Ordnung, die zu schwarzem Stein geronnen war. Die meisten der Yach blieben an dem Spalt zurück, der durch die Mauer in den Bezirk der Würfel führte. Offenbar war es nur wenigen gestattet, diesen Bereich der Stadt zu betreten. Nur die Yach, die den Sanla zuerst begrüßt, waren noch um ihn. Schmale Treppen führten zwischen den Würfeln zu verschiedenen Ebenen des eigenartigen Gebäudes. Die Yach verloren sich, während sie die Treppen hinaufstiegen und in engen Durchgängen in das Innere des Gebäudes vordrangen. Die Würfel waren auf eine Weise gegeneinander versetzt, daß überallhin Licht dringen konnte und man auch im Inneren des Gebäudes glaubte, der freien Luft nahe zu sein. Immer mehr der Yach verschwanden in Seitengängen oder in den Würfeln, die an manchen Seiten ovale Öffnungen aufwiesen, bis zuletzt nur mehr zwei übrigblieben, die den Sanla und die seinen weiterführten.

Die Getreuen des Erhabenen schienen diesen seltsamen Ort gewöhnt. Sie folgten ihrem Meister schweigend, als gingen sie durch ein gewöhnliches Haus. Mahla, Ly und Rake aber sahen sich erstaunt um und versuchten, die Ordnung zu begreifen, nach der dieses seltsame Bauwerk errichtet worden war. Die Yach, denen der Zutritt zu diesem Bereich von Sari gestattet war, schienen mit ihren Familien in den geradestehenden Würfeln zu wohnen. Kindergeschrei tönte aus ihnen und neugierige Köpfe erschienen in den Öffnungen. Die gekippten und schrägen Würfel hingegen waren unbewohnt, trotzdem aber sorgfältig von Moos und Blättern gereinigt. Die Nischen und Spalten zwischen ihnen waren mit Blüten und kunstvoll geflochtenen Opfergaben geschmückt und in manchen lagen hohle, zierlich durchbrochene Kugeln aus Holz. Der Gang, dem die kleine Gruppe folgte, verbreiterte sich plötzlich und endete am Rand eines riesigen, kreisförmigen Innenhofes, der den Mittelpunkt des Gebäudes bildete. Hier wurden Mahla die gigantischen Ausmaße Saris erstmals klar bewußt. Von allen Ebenen des Würfelhauses führten Treppen in den Hof hinab. Auch die Art, in der diese Treppen zueinanderstanden, ineinander mündeten und auseinanderstrebten, folgte einem kühnen, beschwingten Rhythmus. Mahla hatte in den Büchern der Mehdra, in denen die bedeutendsten Gebäude Atlans, die des alten Reiches und die des neuen, in Rissen und Perspektiven gezeichnet waren, nie ein Bauwerk dieser Art gesehen. Es schien nicht von Wesen erbaut, in denen der Geist der Menschen Atlans lebte. In der Mitte des Innenhofes stand eine steinerne Kugel, die denen ähnelte, die vor dem äußersten Mauerring verstreut lagen und in kleiner Form die Nischen zwischen den Würfeln zierten, nur besaß sie die Größe eines Hauses und bestand aus glänzendem, schwarzen Stein, der von jeglichem Pflanzenbewuchs gereinigt war. Die Kugel war von Halbkugeln verschiedener Größe umringt, die wiederum denen glichen, in denen die einfachen Yach lebten, nur waren auch sie größer und mit fein gearbeiteten Reliefs umsäumt. Sie umstanden die große Kugel nicht in einem Kreis, sondern in Form eines sanft geschwungenen Blütenblattes.
Schweigend stiegen der Sanla und seine Leute die Treppen in den Hof hinab, der mit schwarzen Steinplatten bedeckt war. Jeder der Männer trat in eine der Halbkugeln ein, nur der Erhabene ging weiter zu der großen Kugel und betrat sie durch eine schmale Öffnung, die sich wie ein Spalt bis zu ihrer Hälfte emporzog. Leas trat an Mahla, Ly und Rake heran, die an der Treppe stehengeblieben waren und wies sie mit knappen Worten zu drei der Halbkugeln.

Mahla war zu verwirrt, um ihm eine Frage zu stellen. Als sie in ihren Raum eintrat, fand sie dort einen irdenen Krug mit Wasser, einen Korb mit Früchten und ein Lager aus bunten Decken, das auf einer breiten, steinernen Bank bereitet war. Durch Schlitze in der Kuppel drang das letzte Licht des Tages. Mahla war zu müde, um von den Früchten zu kosten. Sie legte sich hin und war im nächsten Augenblick eingeschlafen.

Sie erwachte ausgeruht und erfrischt, nahm von den Früchten und trat hinaus in das Licht der Sonne, die schon hoch am Himmel stand. Eine Flut von Fragen drängte sich in ihr. Sie wollte den Sanla aufsuchen, um mit ihm über diese Stadt zu sprechen, die wie einem Traum entsprungen schien. Tiefe Stille lag über dem großen, sonnendurchfluteten Innenhof. Nach der Wanderung durch den düsteren Wald genoß Mahla das heiße, gleißende Licht. Leas saß auf einer Stufe vor seiner Halbkugel und beobachtete die Gekkos, die über die warmen Steinplatten huschten. Mahla trat näher und begrüßte ihn.

»Der Erhabene hat sich zurückgezogen, um die Stille seines Herzens zu befragen,« sagte er, als spüre er, daß Mahla nach dem Sanla suchte.

»Wißt Ihr, was dies alles bedeutet?« fragte Mahla und wies auf die Halbkugeln und Würfel.

Der große, stämmige Mann zuckte die Schultern. »Nein. Als ich das erste Mal mit dem Erhabenen hierher kam, war ich erstaunt wie Ihr, aber der Erhabene hat kaum über das Geheimnis dieser Stadt gesprochen. Manche sagen, sie sei von Engeln erbaut, die von den Sternen herabkamen, lange bevor die Yach in den Wäldern wohnten und lange bevor die Legende der Gläsernen Stadt beginnt. Wer will es wissen? Den Yach bietet sie Schutz und Unterschlupf, doch manchmal glaube ich, sie fürchten sich vor diesen Mauern. Manche Bereiche der Stadt meiden sie ganz und andere betreten sie nur zu ihren Festen. Sari ist riesig. Was Ihr bisher gesehen habt, ist nur ein kleiner Teil. Viel ist zerstört und vom Urwald überwuchert. Das Haus der Würfel scheint den Yach heilig. Nur Auserwählte dürfen es betreten und in ihm wohnen, und dieser Hof hier ist nur ganz wenigen zugänglich. Die Kugel aber gehört nur dem Einen, Göttlichen.«

»In Feen erzählt man sich schaurige Legenden über die Yach.«

Leas schmunzelte. »Das ist gut so, sonst wären die Gurenas des Tat-Tsok längst über das kleine Volk hergefallen. Ihr wißt, daß man von unermeßlichen Schätzen spricht, die in Sari liegen sollen. Aber noch niemand hat diese Stadt betreten, außer denen, die mit dem Erhabenen kamen. Die Yach schützen die schwarze Stadt. Ihre Wachen sitzen weit

draußen im Wald in den Bäumen. Sie töten jeden mit ihren vergifteten Pfeilen, der die Grenze ihres Bezirks zu überschreiten wagt.«
»Dabei scheinen sie wie Kinder.«
»Sie sind wie Kinder! Der Wald ist ihnen heilig. Wißt Ihr, daß es ihnen verboten ist, Tiere zu töten oder zu fangen? Sie leben in einem Wald, der die Lust jedes Jägers wäre und leben nur von Früchten und Wurzeln.«
»Aber sie töten Menschen?« rief Mahla erstaunt.
Leas lachte. »Wißt Ihr, was diese Kugeln bedeuten?«
Mahla schüttelte den Kopf.
»Der Erhabene hat einmal davon gesprochen. Sie bedeuten die Einheit des Alls, in dem nichts vom anderen getrennt ist. In manchen der Kugeln findet ihr Bilder ihres Gottes Seris, der die Welt erschaffen hat. Er wohnt im Inneren der Kugel, und das bedeutet, daß der Schöpfer in seiner ganzen Schöpfung gegenwärtig ist. Alles in ihr ist heilig, die Pflanzen, die Tiere, die Steine, der Regen, die Sonne. Nichts darf verletzt und verändert werden, denn alles befindet sich in vollendetem Zusammenklang. Die Menschen von Atlan aber kommen von außerhalb der Kugel und bedrohen ihr Gleichgewicht. Deshalb dürfen sie getötet werden.«
»Eine seltsame Lehre,« sagte Mahla.
»Die Kraft des Erhabenen umgibt uns wie ein Schutzmantel. Sie lieben nur ihn. Uns dulden sie nur, weil wir an seiner Seite gekommen sind. Er darf in ihrem höchsten Heiligtum wohnen, denn selbst diese wundersamen Yach wissen, daß er es ist, der die Geschicke Atlans erfüllen wird. Sie sorgen für uns und wir dürfen uns frei unter ihnen bewegen, aber ...«
In diesem Augenblick trat der Sanla aus der Kugel. Er sah müde aus, als habe er nicht geruht in dieser Nacht und doch schien ihn unwirklicher Glanz zu umgeben. Leas erhob sich und begrüßte ihn. Der Sanla erwiderte seinen Gruß mit mattem Lächeln. Mahla spürte wieder seine innere Zerrissenheit. Er schien einen schweren Kampf auszufechten in sich, einen Kampf, der all seine Kräfte aufzehrte.
Seine Stimme aber hatte nichts von ihrer Wärme und Sanftheit verloren. »Rufe die anderen, Leas. Wir wollen Rat halten.«
Leas nickte und entfernte sich. Der Sanla ließ sich auf der Stufe nieder, auf der Leas gesessen war. Es schien, als zöge bleierne Schwere ihn zu Boden. Mahla erschrak. Der Erhabene bemerkte die Sorge in ihren Augen und lächelte.
»Es ist alles gut,« sagte er. »Aber es geschehen Dinge, die schwer auf

meinem Herzen lasten. Sage mir, Mahla, willst du mir einen großen Dienst erweisen? Willst du meine Sendbotin sein in einem schwierigen Auftrag?«

»Mir ... einer Zweiflerin, wollt Ihr vertrauen?«

Der Sanla lächelte. »Zweifel ist der beste Weg zum Verständnis, denn er hält das Bewußtsein klar vom Nebel leichtgläubiger Verblendung. Ich vertraue nicht dir, Mahla-Sal, sondern der Lauterkeit deines Herzens. Ich werde Boten entsenden in die Städte Atlans, um unsere Brüder und Schwestern aufzusuchen. In Melat, in Alani, in Ütock und Mombut, und selbst im Rachen des Bösen, in Kurteva, wohnen Menschen, die auf den Gesandten des Tat vertrauen, Menschen, die Einfluß besitzen und die wie eine Fackel sind, die das Licht in den Herzen ihrer Mitmenschen entfachen wird. Nur in Feen, hoch im Norden, in der alten Stadt, in der so viel vom Wissen des Reiches von Hak bewahrt wird, leuchtet noch keine Flamme der Gerechtigkeit im Dunkel. Der Tat hat dich zu mir gesandt, Mahla, zur rechten Zeit, dich und Rake, den ich liebgewonnen habe wie einen Bruder.«

Mahla senkte verschämt den Kopf.

»Ich habe mich gesträubt gegen den Gedanken, dich den Gefahren einer solchen Reise auszusetzen, aber der Wille des Tat hat dich erwählt und mir bleibt nichts, als mich ihm zu beugen und ihn zu erfüllen. Sei unbesorgt. Du wirst in der sicheren Obhut einer Karawane reisen, die ein Bruder in Melat rüsten wird. Leas wird mit dir gehen, der einst ein Gurena war und das Schwert zu führen weiß zum Schutze einer schönen Frau.« Über das Gesicht des Sanla flog ein Lächeln.

»Ich bin nicht um Sorge für mein Leben,« erwiderte Mahla. »Doch was soll ich für Euch bewirken in einer Stadt, in der ich nicht einmal mehr meinen wahren Namen nennen darf. Ich muß den Häusern fernbleiben, in denen ich früher verkehrte.«

»Es lebt ein Mann in Feen, von dessen Weisheit ich viel sprechen hörte, ein Tso, ein Wissender der Zeit ...«

»Meint Ihr Lok-Ma, den Mehdrana?« unterbrach ihn Mahla.

Der Sanla nickte.

»Ich kenne ihn. Ich hörte ihn sprechen und traf ihn einigemale bei Festen in den reichen Häusern Feens. Auch bei meinem Vater war er zu Gast ...« Mahlas Stimme stockte. Schemen der Vergangenheit flogen in ihr auf, doch gleichzeitig packte sie bange Erregung. Vielleicht würde sie Aelan wiederfinden auf dieser Reise, vielleicht war er nach Feen zurückgekehrt, vielleicht hatten die Dinge eine Wendung zum Guten genommen. Vielleicht... Hoffnung durchzuckte sie für einen

Augenblick mit wilder Kraft. Ja, die Macht des Sanla würde das Wunder vollbringen. Sie würde Aelan wiederfinden und ihn mit nach Sari bringen, und auch Lok-Ma, den weisen Mehdrana, vor dem sie tiefen Respekt empfand. Sie würden zusammen mit dem Sanla für die Sache des Allgerechten kämpfen. Die Verzweiflung und Schmerzen der vergangenen Monate erschienen Mahla plötzlich in einem milden Licht, als seien sie nötig gewesen, um sie zu stärken für die Aufgabe, die jetzt vor ihr lag.

»Ja, ich werde gehen, wohin Ihr mich auch sendet,« sagte sie leise und beugte demütig das Haupt. Zum ersten Mal, seit der Sanla sie gesehen, legte er ihr die Hand zum Segen auf. In seiner Berührung spürte Mahla die warme Zuneigung, die der Erhabene für sie empfand. Diesmal aber erschrak sie nicht, sondern genoß die Vertrautheit, die sie fühlte und öffnete sich der Kraft, die aus dieser Hand strömte. Der Sanla schien ihr in diesem Augenblick wie ein Freund, den sie seit undenklichen Zeiten kannte.

Als Mahla den Kopf wieder hob, spürte sie einen stechenden Blick im Rücken. Sie sah sich um und schaute in Lys Augen, in denen Eifersucht glühte wie ein sengendes Feuer. Rake stand neben ihr und lächelte. Er war glücklich, daß die mißtrauische Schwester endlich ihr Herz dem Erhabenen geöffnet hatte. Auch in den Blicken der anderen, die in geziemlichem Abstand stehengeblieben waren, lagen Zufriedenheit und Freude.

»Seit wir vom Heiligtum des Tat an der Bucht von Melat aufbrachen, habe ich jede Nacht den Einen um Erleuchtung angefleht, denn lange schon wohnt Zwiespalt in meinem Herzen,« begann der Sanla ohne Umschweife. Seine Stimme klang ernst. »Als die Soldaten getötet wurden von unseren Brüdern, dort am Meerestempel des Tat, empfand ich Trauer und Abscheu, und doch sagte der Wille des Allweisen in mir, daß es gut sei, daß die Stunde naht, die der Erste Sanla vorhersagte.« Der Sanla wandte sich an Leas, der aufmerksam lauschte. »Du hast mich nach den Taten gefragt, die den Worten folgen sollen, Leas. Ich habe geschwiegen, denn ich wußte die Antwort nicht. Ich habe die Frage gestellt in jeder Nacht seither. War die Antwort zuerst wie das verschwimmende Licht eines fernen Sterns, so wuchs sie in mir, strahlte in jeder Nacht heller, bis ihr Gleißen den ganzen Horizont meines inneren Blickes erfüllte, daß ich fast erblindete vor ihrer Gewalt. Ich sträubte mich gegen sie, lehnte mich auf. Sie drohte mich zu zerreißen, zu zermalmen, mich, meinen kleinen Willen, der gering und nichtswürdig ist gegen den Willen des Einen Vaters. Ich, der ich ein gehorsames Instrument sein soll für diesen erhabenen Willen, habe gekämpft gegen ihn, doch so wie sein Licht anwuchs zu einer blendenden Sonne, so erlahmte meine eigene, eitle Kraft.«

Mahlas Herz pochte heftig. Sie hatte diesen Kampf im Inneren des Sanla gespürt. Nun, da er darüber sprach und sich noch einmal Zerrissenheit in seine Züge prägte, litt sie diesen Kampf mit. Auch die anderen waren ergriffen. Stille lastete über dem runden Innenhof, wie eine Glocke, in der sich glühend heiße, regungslose Luft drängte.

»Ich habe vom Frieden gesprochen und von der Liebe, vom Unheil, das aus der Gewalt erwächst. Ich habe die gesegnet, die klaglos das Leid ertrugen, das ihnen zugefügt wird und habe die zur Ruhe gemahnt, die aufbegehren wollten gegen das Böse, denn dies war der Wille des Einen Tat, der alles Leben liebt. Nun aber ist die Stunde gekommen, die der verkündet hat, der vor mir ging, die Zeit des Gerichts, die Zeit der Gerechtigkeit. Ich war zu schwach für das brennende Licht dieser Stunde, nun jedoch hat es mein Herz erleuchtet. Lange ist das Böse gewachsen in Atlan. Lange haben wir es geduldig ertragen. Lange waren wir blind, nun werden wir sehen. Lange waren wir schwach, doch die Zeit ist angebrochen, in der wir stark sein werden. Lange sind wir im Staub gelegen, nun ist die Zeit, aufzustehen gegen die Macht des Dunklen, wie der Erste Sanla es vorhergesagt. Die Stunde ist da, die Stunde des heiligen Krieges, der das Böse für immer vernichten wird in Atlan, die Stunde des Morgenlichts, das der finsteren Nacht folgt. Das Licht ist aufgegangen in mir, in meinem Herzen, und es wird aufgehen in Atlan, damit der Wille des Einen erfüllt werde, wie es prophezeit ist. Ich glaubte, die Macht des Tat allein werde das Böse besiegen, nun aber weiß ich, daß diese Macht eines Instruments bedarf, durch das sie zu wirken vermag. Ihr seid dieses Instrument. Alle gerechten Menschen Atlans sind dieses Instrument. Die Macht des Tat wird losbrechen durch sie in der Gewalt des heiligen Krieges.«

Die Augen des Sanla leuchteten. Die vibrierende Kraft, die von ihm auszuströmen schien, übertrug sich auf seine Getreuen. Sie sprangen auf und drängten näher an ihn heran, während er weiterredete.

»Die Dinge kehren sich um in Atlan. Die Nacht wird zum Tage, der Schwache zum Starken. Die Liebe gürtet sich mit einem Schwert und Barmherzigkeit wird grausam sein. Der Tat ruft zum heiligen Krieg gegen die Ausgeburt des Bösen, gegen die Götzen, die seinen Namen schänden, gegen die falschen Priester, die seine Macht leugnen. Ein Heer des Lichts wird aufstehen im Westen und in den Städten Atlans. Es wird sich erheben gegen die Mächte der Finsternis und es wird das

goldene Reich der Liebe wieder errichten, das unterging mit der Stadt von Hak. Ich habe mich gesträubt, das Schwert zu nehmen, doch nun ist die Zeit gekommen, die Zeit der Läuterung, die Zeit des Blutes, die Zeit des Opfers. Die Zeit ist gekommen, den reinigenden Brand zu legen, der über Atlan hinwegfegen wird. Die Zeit ist gekommen, das sanfte Licht des Tat zu einem Feuersturm zu entfachen, ihr aber, die ihr mir gefolgt seid auf meinen Wegen durch die Verborgenheit, werdet die Fackeln dieses Brandes in die Städte Atlans tragen. Die Zeit ist da, aus den Verstecken herauszutreten vor die Augen des Bösen, um es für immer zu vertilgen vom Angesicht der Erde.«
Der Sanla hob die Arme. Nun vermochte jeder die Kraft zu spüren, die sich in ihm befreit hatte. Sie füllte den weiten Hof und dehnte sich aus über die Ruinen von Sari. Die Yach, die im heiligen Haus der Würfel wohnten, drängten an den Rand des Hofes und blieben auf den Treppen stehen, erschrocken von dieser Macht, und die kleinen Menschen in den äußeren Bezirken kamen aufgeregt rufend aus ihren steinernen Kuppeln hervor.
Die Sonne füllte den Himmel mit gleißender Helligkeit. Der Sanla blickte zu ihr empor und wurde durchdrungen vom Licht des Einen Tat. Keine Kraft der Welt war stark genug, sich der Macht dieses Lichts zu widersetzen, die nun aufstand, den Willen des Alleinen zu erfüllen. Die ersehnte Stunde der Gerechtigkeit, die Stunde des furchtbaren Kampfes zwischen Licht und Dunkelheit, die der Erste Sanla verkündet, war endlich angebrochen. So dröhnte das Wissen in ihm, das über ihn gekommen war in den Nächten, in denen er sich um die Erleuchtung gequält. Selbst der schwarze Stein, aus dem Sari erbaut war, schien sich zu erhellen in dem niederflutenden, weißen Licht.
Vor den Füßen des Sanla schlüpfte ein Gekko aus einer Spalte des Steins, hob den Kopf, als lausche er verwundert, stieß seine gespaltene Zunge wie einen Speer in die Luft, bevor er mit einer zuckenden Bewegung wieder in seinem Versteck verschwand.

*Kapitel 8*
EIN ABSCHIED

Der rundliche, in feinste Seide gekleidete Mann, der, begleitet von zwei Soldaten, am Haus des Trem vorbeiritt, schien den Anblick und den Geruch von Sklaven, die im prallen Sonnenlicht Steinblöcke auf steile Rampen zogen, nicht gewohnt. Angewidert blickte er auf die schwitzenden, braunen Körper, auf die gnadenlos die Peitsche des Aufsehers niederklatschte, wenn sie zu ermüden drohten. Der grobschlächtige Bursche trieb die Sklaven zu besonderer Eile, denn sie sollten ihm vor dem Gast aus Kurteva keine Schande machen. Mit unterwürfigem Grinsen schielte er zu dem Herrn empor, doch er fand auf dem glatten, feisten Gesicht nur den Ausdruck tiefster Abscheu. Der Herr ließ sein Pferd einige Schritte zurücktänzeln, zog ein parfümiertes, reich besticktes Tuch aus der Tasche seines Gewandes und tupfte Schweißperlen von der Stirn. Die Soldaten, die das Zeichen des Trem zwischen den Augenbrauen trugen, sahen sich an und lachten.
»Er soll endlich damit aufhören,« keifte der Herr und winkte aufgeregt mit dem Tuch in seiner Hand.
»Laß anhalten!«, befahl einer der Soldaten, während er aus dem Sattel sprang.
Der Aufseher schrie eine Weisung. Quietschend und knarrend kam der Steinblock auf seinen hölzernen Rollen zum Stillstand. Die Taue, an denen die Sklaven festgeschnallt waren, erschlafften. Eine Staubwolke verging langsam in der heißen, stehenden Luft. Nun war nur mehr das Keuchen der Männer zu hören. Der Gast aus Kurteva rümpfte die Nase und zog sein Pferd noch ein Stück weiter zurück.
Indessen verhandelten die Soldaten mit dem Aufseher. Sie sprachen ruhig auf ihn ein, während der Mann abwehrende Gesten mit seiner Peitsche machte und sich immer mehr erregte.
»Ich kann keine mehr entbehren,« rief er. »Es sind gestern zwei unter den Stein gekommen. Einer war gleich tot, dem anderen wurden die Beine zermalmt, daß wir ihn erschlagen mußten. Seht nur, wieviele der

Schlaufen leer sind. Es sollten Männer darin stehen, um zu ziehen, aber wir haben keine mehr, und die, die noch geblieben sind, müssen doppelte Arbeit tun, obwohl sie geschwächt sind von diesem entsetzlichen Sommer, der uns alle ausdörrt!«

Der Soldat zuckte die Achseln. »Ich verstehe dich ja. Aber was kann ich tun? Es ist so angeordnet.«

Der Aufseher senkte die Stimme. »Was bilden sich diese feinen Leute in Kurteva ein? Man schlägt den Baumeistern die Köpfe ab, weil sie nicht rasch genug bauen, und dann nimmt man uns die wenigen Sklaven fort, die wir noch haben. Es ist seit Wochen kein Nachschub gekommen. Und der Sommer verbrennt uns. Das Wasser ist faulig, die Nahrung verdorben. Viele Männer sterben am Fieber. Die anderen sind zu schwach zum arbeiten. Ich muß sie halbtot peitschen, bis sie einen einzigen Stein auf die Rampe bringen. Und ich soll noch mehr Sklaven entbehren? Aber die Herrschaften in ihren Palästen werden das nie verstehen.«

Der Herr aus Kurteva ließ ein ungeduldiges Murren hören. Er wollte möglichst rasch fort von diesem heißen, stinkenden Platz, der ihm unerträglich schien.

»Los jetzt,« befahl der Soldat und schob den zeternden Aufseher vor sich her.

»Welche denn?« knirschte er mißmutig.

»Habt Ihr einen besonderen Wunsch?« fragte der Soldat den Herrn.

Der dicke Mann trieb widerwillig sein Pferd näher heran und musterte die Sklaven. Dann traf er rasch seine Wahl. »Den, den, den und den dort hinten, und die beiden hier.« Er wies mit seinem kurzen, dicken Zeigefinger auf sechs der Männer und wachte darüber, daß der widerspenstige Aufseher, der Flüche vor sich hermurmelte, die richtigen Sklaven von den Ledergurten befreite. Der Soldat führte sie an dem Herrn vorbei, der jeden einzelnen eingehend betrachtete. Der zweite Soldat stieg von seinem Pferd und zog eine dünne Kette durch die Metallringe, die alle Sklaven am rechten Arm trugen. Mit schelmischem Lächeln reichte der Soldat dem Herrn das Ende der Kette, das dieser mit spitzen Fingern und gerümpfter Nase entgegennahm.

»Es ist gut. Du kannst weitermachen,« sagte der erste Soldat zum Aufseher. Der fluchte noch einmal, dann packte er seinen ganzen Zorn in die Peitschenhiebe, die er auf die verbliebenen Sklaven niedersausen ließ. Ächzend setzte sich der große Steinblock in Bewegung.

Ohne sich weiter darum zu kümmern, ritt der Herr aus Kurteva mit den Soldaten davon und zog die Sklaven an der Kette hinter sich her.

Obwohl die Sonne den Zenit noch nicht überschritten hatte und man den Gast einlud, im Haus eines Baumeisters eine Erfrischung zu nehmen, brach er mit seinen Sklaven unverzüglich auf. Dieser entsetzliche Ort erregte ihm Übelkeit. Er wollte so rasch wie möglich nach Kurteva zurück. Man behandelte ihn hier zwar wie einen Herrn, obwohl er nur der oberste Verwalter eines edlen Hauses war, aber trotz dieser Ehrerbietung, die er unter anderen Umständen bis zum letzten Augenblick ausgekostet hätte, hielt es ihn nicht an diesem Ort des Gestanks und des Elends. Er war marmorne Paläste gewöhnt, schattige Gärten mit Brunnen, an denen man in diesem unerträglichen Sommer Kühlung fand, die reiche, schillernde Fülle des Lebens im zweiten Ring von Kurteva. Allein ein Ritt in den äußeren Ring der Stadt, in dem das gemeine Volk lebte, war ihm ein Greuel, und nur die Wichtigkeit dieses Auftrags hatte ihn bewogen, zu der großen Baustelle zu reiten, von der ganz Kurteva sprach, die aber nur wenige gesehen hatten. Er war allein gekommen, wie es ihm aufgetragen war und es hatte Stunden gedauert, bis die Hauptleute der Wachen ihm die Sklaven ausliefern ließen. Stunden an diesem heruntergekommenen, üblen Platz vor dem Haus des Trem. Der Herr konnte sich kaum fassen vor Abscheu und trieb die Sklaven zu Eile.

Die fast nackten, kräftigen Männer, die dem Reiter im Laufschritt folgten, schienen trotz der glühenden Sonne nicht zu ermüden. Ihre braunen Körper glänzten im Mittagslicht und die Ketten klirrten im Rhythmus ihrer Schritte. Jetzt, da sie das schmutzige Sklavenlager verlassen hatten, fand der Herr aus Kurteva Gefallen an den sechs jungen Männern, die seinem Pferd folgten. Er wandte sich nach ihnen um, betrachtete ihre Gesichter, das Spiel ihrer Muskeln. Sie waren jung und stark. Solche Sklaven konnte man schon seit langem nicht mehr auf dem Markt bekommen. So manche edle Dame und so mancher edler Herr würde viel Gold für einen von ihnen geben. Er mußte lächeln bei diesem Gedanken. Er fand soviel Gefallen an ihnen, daß er sie sogar ansprach.

»Könnt ihr schneller laufen?« fragte er sie, als er ein gutes Stück in die Ebene von Kurteva hinausgeritten war, doch er erhielt keine Antwort. Schweigend, mit verschlossenen, düsteren Mienen trabten die Männer hinter dem Pferd her, zusammengehalten von der Kette, die durch ihre Armringe gezogen war. Einer der Soldaten, die den Herrn bis vor die Tore Kurtevas begleiten sollten, wollte seine Peitsche aus dem Gürtel ziehen, aber der Herr winkte nervös ab.

Kurz vor den Toren Kurtevas ließ der Herr an einem Kanal anhalten

und befahl den Sklaven: »Steigt hinein und reinigt euch. Ihr stinkt wie die Büffel. Sonst läßt man euch nicht durch das Tor.«
Die Sklaven gehorchten. Sie stiegen in das knietiefe Wasser und wuschen sich. Aber sie konnten das erfrischende Naß an ihren heißen Körpern nicht genießen. Mit gedämpften Stimmen sprachen sie zueinander.
»Warum hat man uns geholt?« fragte einer.
»Man wird uns im Tempel schlachten wie Vieh,« murmelte ein anderer. »Sie werden ein Fest feiern für ihren Götzen und Opfer brauchen.«
»Ja, das denke ich auch. Warum sonst sollten sie uns vom Stein befreien, wo es ohnehin zu wenige Sklaven gibt, dort an diesem verfluchten Platz,« warf ein anderer dazwischen.
»Was meinst du, Aelan?« fragten sie den jungen Mann, der als letzter an die Kette gefesselt war.
Aelan zuckte die Schulter. »Der Mann, der uns geholt hat, ist kein Priester,« sagte er. »Wir werden sehen.«
»Wie kannst du so ruhig sein?« zischte der erste. »Ich weiß es gewiß. Man wird uns die Kehle durchschneiden und unser Blut für diesen bösen Götzen fließen lassen. Wir sollten fliehen.«
»Wohin willst du fliehen?«
»Es ist gleichgültig, wo ich sterbe. Lieber irgendwo draußen unter der Freiheit des Himmels, als auf dem Opferstein des Tempels.«
»Die Soldaten würden uns umbringen. Wir können nicht kämpfen mit dieser Kette.«
»Wir wollen es versuchen. Was haben wir zu verlieren?«
»Nein,« sagte Aelan bestimmt. »Es wäre nicht gut, das zu tun. Vielleicht ist es kein übles Schicksal, das uns vom Stein befreit hat.«
Die anderen sahen ihn fragend an. In diesem Augenblick kamen die Soldaten hinzu und trieben die Sklaven weiter.
Als sie das Tor des äußeren Mauerrings von Kurteva durchschritten, glaubten sie, durch die Pforte des Todes zu gehen. Jede Hoffnung auf eine Gelegenheit zur Flucht zerrann in ihnen. Mit gesenkten Köpfen gingen sie hinter dem Pferd des Herrn her. Nur Aelan schaute sich aufmerksam um und sog die Bilder der Hauptstadt mit offenen Sinnen ein. Der Name des Sonnensterns pulsierte in ihm mit erregter Kraft. Sein Schicksal lag in den Händen des Hju. Er machte sich keine Gedanken darum.
Die Soldaten waren am Tor zurückgeblieben und kehrten zum Haus des Trem zurück. Der Herr aber führte die Sklaven, nach denen sich die

Menschen auf den Straßen umdrehten, zum Markt, der an diesem Tag im äußeren Ring stattfand. Die sechs Männer erregten rasch Aufsehen. Händler sprachen den Herrn an, wieviel er für diese prächtigen Burschen fordere, doch der Herr winkte ab und lenkte sein Pferd gemächlich durch das Gewühl des Marktes. Seit am Haus des Trem gebaut wurde, gab es kaum mehr arbeitsfähige Männer auf dem Markt der Sklaven. Tänzerinnen hingegen, Lustknaben, alte Tat-Priester, die in den Wissenschaften bewandert waren und sogar Frauen aus dem Land der Nok, schwarz wie Ebenholz, standen zur Genüge auf kleinen Bühnen, wurden von den Händlern angepriesen und von Kauflustigen befühlt und abgeschätzt.

Als Aelan die neugierigen Blicke der Menschen auf sich und den anderen spürte, fühlte er sich wie ein Stück Vieh, das an einer Kette zum Markt getrieben wird. Mit einem Mal kochte wilder Zorn über die Schmach und Erniedrigung in ihm auf, die er seit so langer Zeit erdulden mußte. Wie eine ungezähmte Kraft, die plötzlich losgelassen wird, fuhr diese Wut in jede Faser seines Körpers und schrie nach Rache. Vor seinen Augen verschwamm es. Der Lärm des Marktes drehte sich in rasenden Wirbeln um seinen Kopf. Bilder blitzten auf aus einer anderen Zeit, als man ihn auch auf diesen Markt getrieben und die gleiche, unbändige Gier nach Freiheit ihn überfallen hatte. Auch damals hatte eine innere Stimme ihm gesagt, daß Freiheit nicht in der äußeren Welt, sondern nur im eigenen Herzen zu finden sei, er aber hatte sie mißachtet, verblendet von der namenlosen Verzweiflung über die Ungerechtigkeit des Schicksals, die ihm das Los der Sklaverei beschert. Aelan spürte, wie diese beiden Augenblicke sich glichen, obwohl unzählige Jahre zwischen ihnen lagen. Er wußte, daß er jetzt an der gleichen Weggabelung stand wie einst in einem anderen Leben. Damals hatte er die Auflehnung gewählt, die unüberlegte Tat, die ihn in noch tieferes Elend gestürzt, er hatte die Lektion dieses Augenblicks nicht gelernt, und nun, da sich wieder Haß und Wut in ihm aufbäumten, seine Muskeln sich spannten und er am liebsten den eitlen, dicken Gecken vom Pferd gerissen und mit seiner Kette erdrosselt hätte, stand er vor derselben Prüfung. Einen Augenblick taumelte er am Rande eines Abgrunds, dann rief er den Namen des Sonnensterns und ließ sich in die weiße Musik des Ne fallen, die in ihm aufbrandete. Im gleichen Moment stürzte die aufgeblähte Wolke des Zornes in ihm zusammen wie ein Segel ohne Wind und ließ heitere Gelassenheit zurück, ein Gefühl leichten Schwebens, das ganz ohne Richtung war. Es war kein Glück und es war keine Traurigkeit, nicht die Ekstase einer

Befreiung und nicht die ausgebrannte Leere, die sich gewöhnlich einstellte, wenn sein Jähzorn sich auflöste. Es war keine Gleichgültigkeit, aber auch kein Wollen.
Verwundert nahm Aelan diesen seltsamen Zustand in sich wahr, der inmitten des Markttrubels über ihn gekommen war, angekettet an das Pferd eines fremden Herrn, einem ungewissen Schicksal ausgeliefert. Als er sich selbst in dieser Lage beobachtete, als stünde er außerhalb von sich selbst, schlug seine tiefe Verwunderung in Heiterkeit um. Aelan lachte. Was bedeutete das alles schon? Die Ketten, das Schicksal seines gefesselten Körpers, die Kränkungen, die ihm die Blicke und Worte der Menschen zufügten? Was war es anderes als ein Spiel, ein flimmerndes Bild unter unzähligen anderen, die um den Sonnenstern in seinem Inneren tanzten, um die Eine Kraft, die ihnen Leben gab, ohne ihnen anzugehören, um den einen strahlenden Stern, der unwandelbar inmitten der Flut bunter Bilder stand, wie die Felsennadel im Brüllenden Schwarz in der Gischt des Wasserfalls, unberührt, frei. Wie einen kalten Hauch spürte Aelan die grenzenlose Freiheit des Sonnensterns in sich, die Freiheit, die über Raum und Zeit hinauswuchs und in deren ewigem Licht das Geschick von ganz Atlan nicht mehr war als das Wachsen und Welken einer Blume am Wegrand. Diese Stadt aus Marmor mit ihren unzähligen Menschen, mit ihren Toren und Kanälen, mit ihrem pulsierenden Leben, sie war flüchtig wie ein verklingender Ton, wie eine Kerze, die in der Nacht aufflackert und verlischt. Aelan lachte, aber in seinem Lachen lag kein Triumph und keine Verachtung, sondern die Heiterkeit, die aus dem Wissen um die Unvergänglichkeit des Sonnensterns inmitten dieser Welt der unwirklichen Bilder strömte. Die Kette hatte sich um seinen Arm gewickelt und schnitt schmerzhaft ins Fleisch, Menschen drängten heran und befühlten mit gierigen Händen seine Haut, seine Muskeln, riefen obszöne Scherzworte und boten Geld für ihn wie für einen Büffel, seine nackten Füße traten in den Kot der Straße, in die fauligen Reste von Weggeworfenem, die Geräusche und Bilder der Stadt wirbelten um seinen Kopf wie im Fieber, Aelan aber fühlte sich frei, frei wie ein Adler, der über den Gletschern des Am schwebt, unantastbar, gelöst von Leben und Tod, von Gestern und Morgen. Ein Staubkorn war diese Welt, ein verwischendes, vergängliches Trugbild, die Freiheit des Sonnensterns in ihm aber war lebendige Wirklichkeit.
»Ah, seht nur, es gibt wieder junge Männer auf dem Sklavenmarkt,« riefen die Menschen, als der Herr mit den sechs Sklaven das Getümmel

des Marktes verlassen hatte und auf die Doppelbrücke zustrebte, die über den zweiten Kanal in den mittleren Ring Kurtevas führte.
»Ich habe dort keine gesehen,« antworteten andere.
»Ja, man muß schon der Verwalter eines sehr einflußreichen Hauses sein, um solche Prachtstücke zu bekommen.«
»Dieser Ti kann kaufen, was er will. Alle Türen stehen ihm offen.«
»Kein Wunder, bei einem solch ruhmbeladenen Herrn, der die Gunst des Be'el genießt.«
Ti ritt ungerührt weiter, ohne sich um die Rufer zu kümmern. Der Kanal glitzerte im Sonnenlicht. Ein flacher Lastkahn, gerudert von schweißüberströmten Männern, zog langsam dahin. Jenseits der Brükken blitzten in großzügigen, kunstvoll angelegten Gärten die weißen Marmorhäuser der edlen Familien. Hinter ihnen erhob sich der Hügel mit dem Palast des Tat-Tsok und dem Großen Tempel, in dessen gläserner Kuppel die heilige Flamme des Be'el loderte. Aelan betrachtete alles mit wachen Sinnen, doch es schien ihm wie Bilder aus einer anderen Welt, Bilder, die wie ein Traum an seinen Augen vorbeizogen. Durch ein marmornes Säulenportal ritt Ti mit den Sklaven in einen Garten, den Wasserläufe durchzogen, und durch ein zweites Tor in den weitläufigen Innenhof eines Hauses von vollendeten Proportionen, wie Aelan es noch nie gesehen. Die Häuser der reichen Kaufleute Feens waren groß und prächtig gewesen, reich geschmückt mit Schnitzereien und steinernen Reliefs, dieses aber war schlicht und ohne äußeren Schmuck, doch es strahlte allein durch seine Maße und die Führung seiner Linien Würde und Schönheit aus. Stufen führten zu einer hölzernen Galerie, die den Innenhof säumte. Vor einer geöffneten, breiten Tür saß regungslos wie eine Statue ein Mann in einem schlichten, schwarzen Seidenkleid. Er saß unter einem Baldachin, dessen Schatten sein Gesicht verdeckte und beobachtete ungerührt das Eintreffen der Sklaven. Ti sprang vom Pferd und verneigte sich. Sein Herr nahm den Gruß mit knappem Nicken entgegen. Dann faßte er jeden der Sklaven genau ins Auge. Ti führte einen nach dem anderen vor die Treppe und wartete auf ein Zeichen seines Herrn. Der Mann unter dem Baldachin ließ seinen Blick lange auf jedem Sklaven ruhen, dann befahl er mit kurzem Brummen, den nächsten vorzuführen. Niemand vermochte zu sagen, was dieses Brummen bedeutete, ein Todesurteil oder eine Begünstigung, eine Verneinung oder eine Bejahung. Als die Reihe an Aelan war, ging eine raschelnde Bewegung durch das Gewand des Herrn. Er nickte, erhob sich und verschwand im Haus. Ti klatschte in die Hände. Diener kamen herbei und führten die

Sklaven weg, Aelan aber wurde von Ti durch eine andere Türe ins Haus geführt. Mit einer knappen Verbeugung zog sich Ti zurück und ließ Aelan in einem kleinen, schmucklosen Raum ohne Fenster, der nur von einer ruhig brennenden Öllampe beleuchtet war. Unsichtbare Hände öffneten eine Türe, ein seidenes Gewand raschelte, dann trat der Herr ein. In seiner Erregung vergaß Aelan das strikte Sklavengebot, vor jedem Freien das Haupt zu senken. Er fuhr herum und blickte in das Gesicht von Rah-Seph.
Im nächsten Augenblick umarmte ihn der Gurena und küßte ihn stürmisch auf Wange und Stirn. Unaussprechliche Freude malte sich auf Rahs Gesicht. Er drückte Aelan an sich, klopfte auf seine Schulter, strich ihm durch die Haare, als könne er nicht glauben, den Freund lebend vor sich zu sehen. Aelan war zu verwirrt, um einen klaren Gedanken zu fassen. Rahs Gesicht schien wie das Bild eines Traums.
»Ich habe immer gewußt, daß du nicht tot bist, Aelan. Ich habe es gespürt, obwohl ich den Pfeil fliegen sah, der dich traf, obwohl ich dich fallen sah. Niemand überlebt einen solchen Schuß, aber ich wußte, daß er dich nicht getötet hat,« sagte Rah. Er wurde nicht müde, den Freund zu betrachten und zu berühren.
Aelan lächelte unsicher. Er stand halbnackt vor dem Gurena, ein Sklave vor einem hohen Herrn, ein schweißgebadeter, stinkender Steinschlepper vor einem Edelmann in reichen Seidengewändern. Rah schien es nicht zu bemerken. Er war aufgeregt, schritt im Raum auf und ab, ohne den Blick von Aelan zu wenden.
»Ich habe nach dir Ausschau gehalten, wenn ich in eine fremde Stadt kam, wenn ich meinen Blick über eine Menschenmenge schweifen ließ. Ich wollte es nicht glauben, daß du tot bist. Es war ... es war ganz einfach nicht möglich. Ich habe es gefühlt in mir. Und ich habe dich sofort gesehen beim Haus des Trem, als hätte ich gewußt, daß du genau an diesem Platz inmitten der unzähligen Sklaven stehst. Du warst der einzige, auf den mein Blick fiel. Meine Augen wurden angezogen von dir, wie von einer geheimen Kraft gelenkt. Aber was rede ich – du mußt dich erfrischen, du mußt ausruhen. Ach, ich war aufgeregt, als ich Ti ausschickte, dich zu holen. Es waren mir Zweifel gekommen an meinen eigenen Augen, ob ich nicht doch nur ein Trugbild gesehen hatte zwischen den Köpfen der Sklaven, die Spiegelung meines sehnlichsten Wunsches. Aber ich konnte nicht halten, ich konnte nicht zurückkommen zu diesem Platz, um mich zu überzeugen.«
»Aber wie hat der Herr ... Ti ... mich gefunden,« fragte Aelan, der allmählich begriff, was geschehen war.

»Einer der Soldaten wußte den Namen der Gruppe, in der du standest. Ich mußte vorsichtig sein, um kein Aufsehen zu erregen. Kurteva ist mißtrauisch. Übelwollende Augen und Ohren lauern überall. Ich habe dich meinem Ersten Verwalter, der mir treu ergeben ist, genau beschrieben und ihm aufgetragen, mehrere Sklaven mitzunehmen, falls er unsicher sei. Er hat dich gefunden, Aelan. Ich war lange nicht so glücklich wie heute.«
Rah strahlte, und doch sah Aelan, daß der Gurena härter geworden war, daß ein leiser Zug der Verbitterung um seine Mundwinkel lag und sich hinter seinem Lachen schwere Sorgen verbargen. Aelan blickte ihn an und spürte augenblicklich wieder die Vertrautheit mit Rah, die er bei ihrem ersten Treffen in der Delay in Feen gefühlt und die sich vertieft hatte auf ihrer gemeinsamen Reise in die Berge des Am.
»Aber du hast Sorgen?« fragte er.
»Wir haben uns so lange nicht gesehen und auch früher nur kurze Zeit gekannt, und doch durchschaust du mich wie ein Freund und Bruder, der mir von Kindheit vertraut ist.« Rah lächelte. »Es gibt viel zu besprechen, viel zu erzählen, mein Freund, aber ruhe dich erst aus. Sei der Herr meines Hauses, Aelan. Und verzeih die erniedrigende Art, dich herzubringen. Aber ich mußte vorsichtig sein. Ich erwirkte die Erlaubnis, einige junge Sklaven vom Haus des Trem zu holen, um sie Gurenas, die sich verdient gemacht haben, zu schenken. Ein großes Privileg in einer Zeit, in der alle Männer dort draußen arbeiten müssen und nicht genug neue Verbrecher und Frevler ausgehoben werden in den Provinzen, um dieses blutige Bauwerk zu errichten.« Rahs Stimme klang bitter für einen Augenblick. »Ti mußte euch durch den Sklavenmarkt führen, um den Anschein zu erwecken, er habe euch dort gekauft. Es leben viele Neider in den Häusern von Kurteva. Hinterlist und Mißgunst lauern vor den Toren meines Gartens. Aber sechs Sklaven haben das Haus der Seph betreten und sechs werden es wieder verlassen, um den Gurenas als Geschenk überbracht zu werden. Ein anderer wird deine Stelle einnehmen, Aelan. Auch du mußt vorsichtig sein. Hem-La und Xerck dürfen niemals erfahren, daß du am Leben bist. Mehrmals fragte mich der Herr der Flamme nach dir, ließ mich über deinen Tod berichten. Doch wir werden später sprechen. Ein Diener wird dir diesen Sklavenring vom Arm schlagen. Ich will kein Zeichen dieser Schande an dir sehen, in die man dich gestoßen hat.«
Aelan lächelte. »Ich habe viel gelernt in dieser Schande.«
Rah blickte ihn verwundert an, dann huschte er hinaus. Ein Diener mit metallenen Werkzeugen trat mit einer Verbeugung in den Raum.

Später saßen Rah und Aelan in einem prächtigen Raum beim Mahl. Die feinen Kleider an seiner gebadeten und gesalbten Haut erschienen Aelan seltsam fremd. Immer wieder befühlte er sie und mußte lächeln über diesen Traum, der ihn in einer Stunde von einem schmutzigen Sklaven zu einem feineren Herrn gemacht, als der es war, der ihn an der Kette hergeschleppt. Ein neues Leben war ihm geschenkt, als sei er am Haus des Trem gestorben und im Palast der Seph wiedergeboren worden. Vorsichtig genoß er von den Speisen, nippte am Wein, als müsse er sich erst hineintasten in eine unbekannte Wirklichkeit, als müsse er sich die Dinge neu aneignen, die er jäh verloren und jäh wiedergewonnen.

»Wie ist es dir ergangen, Aelan? Erzähle mir alles, jede Einzelheit. Ich bin begierig, alles zu erfahren.« Mit einer ungeduldigen Handbewegung scheuchte Rah den Diener weg, der Wein auftrug. »Laß uns allein! Niemand soll uns stören! Kein Diener und keine Wache.«

Der Lakai verneigte sich und huschte aus dem Raum.

»Es ist viel geschehen und doch, es gibt kaum Worte, um darüber zu sprechen,« sagte Aelan. »Der Handan, der zum Brüllenden Schwarz kam, hat mich gesund gepflegt. Das Haus der La hat das Privileg verloren, ins Innere Tal zu reisen. Der Ring, der den Bann des Schweigens bricht, hat seine Kraft verloren. Er war der letzte, der in Atlan existierte.«

»Hem hat deinen Tod befohlen,« unterbrach ihn Rah. »Es war sein Leibgurena, der den Pfeil abschoß.«

»Ich habe seinen Haß immer gefühlt, selbst in seinen süßesten Schmeicheleien. Und ich habe auch den Haß von dem gespürt, der sich Sen-Ju nannte im Haus der La und der nun der Herr der Flamme ist. Er hat Hem verdorben und aufgehetzt, mich zu töten.«

»Du weißt es?«

»Ja, ich habe seine Macht gefühlt in den Gärten der La, als er sich noch hinter falschem Namen verbarg. Auch er wünschte meinen Tod. Aber du, Rah, als du mit den hohen Herren aus Kurteva das Haus des Trem besuchtest, trugst du die Zeichen höchster Würden und rittest inmitten von Priestern der Flamme.«

Rah sprang von seinem Lager hoch, auf das er sich nach dem Mahl bequem niedergelassen hatte. »Ach, Aelan, du wühlst etwas in mir auf, das mir das Herz zerreißen will, etwas, das mich nachts nicht schlafen läßt.« Er ruderte mit den Armen, rang nach Worten. »Wir kehrten zurück aus den Gebirgen. Ich verließ diesen eitlen Kaufmann und ritt in die Wälder, um das Leben eines Talma zu führen, um das Ka zu suchen, das Kleinod im Herzen des Gurena, das ich verloren habe in einer einzigen unseligen Nacht im Bann des Be'el. Du bist der einzige, mit dem ich darüber gesprochen habe in diesen Nächten auf unserer Fahrt in die Berge. Es war gut so, denn es machte mich leicht, es dir anzuvertrauen, es klärte mein Herz. Du bist der einzige, der es weiß, denn ich verberge es mit Scham vor allen anderen. Nie in meinem Leben habe ich größeren Schmerz gefühlt, als in dem Augenblick, an dem ich dich fallen sah. Dein vermeintlicher Tod wandelte die kalte Verachtung, die ich Hem gegenüber empfand, ich glühenden Haß. Ich hätte ihn töten sollen wie seinen Gurena. Ich habe es oft bereut in den Jahren seither, daß ich es versäumte. Hem ist mächtig geworden, lebt in Kurteva, erfreut sich der Gunst der Flamme . . . wie auch ich. Der Herr des Feuers hat bestimmt, daß wir uns versöhnen, aber Hem haßt mich noch mit der ganzen Kraft seines Herzens, so wie ich ihn verachte. Er wird alles versuchen, um mich zu verderben. Er ist hoch gestiegen. Kurteva liegt ihm zu Füßen. Er schwimmt im Gold und genießt die höchsten Privilegien. Er wurde reich belohnt für seine Schandtat.«

»Es ist nicht mein Tod, für den er belohnt wurde,« sagte Aelan nachdenklich. »Der Herr der Flamme sieht in ihm nur den Träger des Rings, der das Innere Tal öffnet, den Weg zur Gläsernen Stadt. Wüßte er, daß die Kraft des Rings erloschen ist, so würde Hem-La tief fallen und könnte sich glücklich schätzen, aus seinem Reichtum das nackte Leben zu retten.«

Rah sah Aelan aufmerksam an. Er wußte von dem Ring. Aelan hatte ihm vom Inneren Tal erzählt und von den seltsamen Gebräuchen der Handan, doch er verstand die Zusammenhänge kaum, die zwischen dem Ring und den Herren der Flamme bestanden. Doch er war zu sehr vom Strom seiner Gefühle mitgerissen, um Aelan zu fragen.

»Auch mir wurde die Gunst der Flamme zuteil, Aelan. Ich bin Heerführer des Tat-Tsok, Mitglied des hohen Kriegsrates, einer der höchsten Gurenas in Atlan. Der Tat-Tsok hat meine Schwester Sinis zur Gemahlin genommen, damit sich das Blut der Seph mit dem königlichen Geschlecht der Te vermische. Auch ich werde in den Stand der Ehe treten, denn Xerck, der Herr der Flamme, versprach mir Sae, die als Blüte des Feuers zu mir kam in jener unseligen Nacht, in der ich das Ka verlor, und die eine rasende Leidenschaft in mir weckte, die nichts mehr zu stillen vermag. Nun soll sie Erfüllung finden. Die qualvolle Frist von drei Jahren, die Xerck mir auferlegte, ist um. Bald wird Kurteva ein prächtiges Hochzeitsfest erleben, das den Herrn des Hauses Seph mit der Blüte des Feuers vermählen wird.«

»Und doch ist dein Herz nicht glücklich,« sagte Aelan.
Rah starrte Aelan an, dann schüttelte er den Kopf. »Nein, es ist nicht glücklich. Kurteva beneidet mich. Den jungen Ghurads gelte ich als Vorbild und mein Name wird in einem Atemzug genannt mit den großen Harlanas. Auch mein Vater, der ein Mahner war, ein Mann, der den Überschwang haßte und die Dinge nüchtern im klaren Lichte sah, auch er schied mit Stolz auf seinen Sohn aus dieser Welt. Er dankte den Göttern und den Ahnen, daß er diesen Augenblick des Triumphes der Seph noch sehen durfte in seinem Leben. Ich aber, Aelan, ich empfinde diesen Triumph, der alles übersteigt, was ich in meinem Eifer jemals zu wünschen wagte, als Schande, denn mein Leben ist eine Lüge geworden.« Rah senkte den Kopf, biß auf die Lippen. Er war zum Bersten gespannt. Eine Kraft, die lange in ihm eingesperrt gewesen, drängte mit Gewalt nach draußen. »Verzeih meine Erregung, Aelan,« sagte er lächelnd. Er versuchte mit der ganzen Macht seines Willens, sich zu beherrschen. »Aber die Dinge, die angestaut sind in mir, die ich fortgedrängt habe hinter die Mauern von Lüge und Selbstbetrug, fordern ihr Recht.«

Aelan nickte. Er saß still auf seinem Lager und hörte dem Gurena zu, scheinbar unberührt vom inneren Kampf seines Freundes, und doch spürte er, wie der Name des Sonnensterns in ihm anschwoll und den Raum erfüllte.

Rah fühlte die Kraft, die von Aelan ausging. Der Handan hatte sich verändert. Es war etwas in ihm gewachsen, das nicht zu benennen war, das dem Ka der Gurenas glich, aber doch von anderer Art schien, ein mächtiges Licht, das unbarmherzig in die dunkelsten Tiefen des Herzens hinableuchtete, zugleich aber unendliche Sanftheit und Wärme ausstrahlte. Rah hatte es schon damals in Aelan erahnt. Nun aber war es stark geworden in dem jungen Mann. Es schien aus seinen Augen zu fließen, aus seinen Gesten, mit denen er bedeutete, daß er Rah verstand. Rah faßte Aelan scharf ins Auge, prüfte, ob dieses Gebaren nicht doch nur selbstgefälliges Gehabe war. Ihre Blicke fielen für unendliche Momente ineinander, verloren sich in der Tiefe des anderen, fanden die Vertrautheit und brüderliche Zuneigung, die sich in vielen gemeinsamen Leben gesammelt. Rah spürte die grenzenlose Demut und Liebe, aus der Aelans Stärke und Licht flossen. Rah lächelte. Das Wissen, mit einem Freund zu sprechen, einem Bruder, vor dem es in dieser Zeit des Mißtrauens und Neides keine Geheimnisse gab, dem er blind vertrauen, den er in die innersten Kammern seines Herzens einlassen konnte, machte ihn leicht und

glücklich, obwohl die Worte, die über seine Lippen kamen, wie Feuer brannten.
»Ich habe mich selbst belogen, Aelan. Ich habe das Ka verloren, das höchste Gut der Gurenas. Es wurde mir entrissen im Bannkreis des Be'el. Ich habe es hingegeben, zusammen mit meinem Schwert, für einen Augenblick der Leidenschaft. Ich habe es verkauft an die unbarmherzige Flamme. Ich habe mich in ihre Hand gegeben. Ja, sie hat mich reich belohnt mit Würden und Ehren, die keinem anderen Gurena Atlans je zuteil wurden, aber sie fordert unerbittlich ihren Preis. Sie hat mir das Ka genommen und nun will sie mein Herz. Sie will mich ganz. Ich habe nicht mehr die Kraft, ihr zu widerstehen. Schon spiele ich das Spiel ihrer Lüge mit. Ich suhle mich in dem Ruhm, den sie mir hingeworfen hat als Lohn für den Verrat an mir selbst. Ich mache gemeinsame Sache mit ihren Priestern und bin das leuchtende Vorbild, dem die Ghurads nacheifern, die sich dem Dienst am Feuer geweiht haben. Was zeige ich mit dem Finger auf Hem-La? Ich bin nicht besser als er. Nein, ich bin sogar tiefer gesunken, denn ich bin mir der Schande bewußt, in der ich lebe, ohne ihr ein Ende zu bereiten.«
Aelan schwieg. Er spürte die Macht des Hju im Raum vibrieren und fühlte, wie Rahs Verzweiflung, die wild hervorbrach, sich im Strömen der Einen Kraft auflöste und fortgetragen wurde.
»Und doch, anfangs schien alles gut,« fuhr Rah fort. »Eine neue Zeit schien anzubrechen für Atlan. Glaube mir, ich habe die Ungerechtigkeit der alten Tage, als die Priester des Tat herrschten, am eigenen Leib verspürt. Ich wurde verstoßen aus der Stadt meiner Väter, weil ich die Söhne des Algor tötete im offenen Kampf. Ich habe die fetten, verweichlichten Tat-Los gehaßt, wie alle Gurenas es taten, weil sie Gift ins Herz des alten Tat-Tsok gossen und ihn aufwiegelten gegen seine Krieger, die den Ruhm des Hauses Te begründet haben. Mein Vater wurde zum Tode verurteilt für das Verbrechen seines Sohnes. Nur der Tod des Tat-Tsok rettete das Haus der Seph vor dieser größten Schande. Die Zeit war reif für einen Sturm, diese welken Blätter vom Baum zu reißen. Wir sprachen oft davon in der Ghura, träumten von einer Zeit der Gerechtigkeit und Offenheit, von einem Tat-Tsok, für den zu kämpfen eine Ehre sei. Als ich zurückkehrte nach Kurteva, als ich den Jubel sah, der mir entgegenschlug, die Hoffnungen und Erwartungen der Menschen, als ich den jungen Tat-Tsok sprechen hörte, als er mein Vertrauen suchte und sich mir näherte wie ein Gleichgesinnter, ein Freund, da verblaßte die dunkle Gefahr des Be'el in meinem Herzen. Ich spürte sie ständig wie eine Drohung, aber sie schien mir nicht wich-

tig angesichts der großen Aufgabe, die vor mir lag. Die Träume, die wir als Ghurads geträumt, schienen erfüllt. Wir gingen hinaus, um das neue Zeitalter der Gerechtigkeit, das angebrochen schien in Atlan, mit unserem Schwert zu verteidigen und kümmerten uns nicht um die Fehden von Göttern. Wir kämpften nicht für den Be'el, sondern für das Wohl Atlans. Selbst der schmerzliche Verlust des Ka schien nicht mehr schwer zu wiegen in mir. Es gab Zeiten, da vergaß ich das Ka ganz und mit ihm meinen Schwur, es wiederzuerlangen um jeden Preis. Wunderte ich mich anfangs noch, warum ein Gurena ohne das Ka, ohne die innerste Kraft des Kriegers, zum höchsten Kriegsherrn Atlans aufsteigen konnte, so verloren sich auch diese Bedenken in den unzähligen Pflichten, die es zu erfüllen galt, den Aufträgen, den Ehrungen, den Festen, den ausgelassenen Abenden im Kreis der alten Freunde. Lange, lange währte dies, bis der fortgedrängte Zwiespalt wieder hervorbrach in meinem Herzen, wie der Bach im Frühling, der nach einem langen Winter sein Eis sprengt. Wie ein Baum war ich, der von innen heraus verrottet, dessen Stamm noch gesund scheint, während er inwendig schon hohl und faul ist.

Doch zu spät kamen diese Erkenntnisse, denn nun bin ich verwickelt in das unzerreißbare Netz der Lüge. Sie haben Xerck die Spinne genannt, als er noch als Sen Ju im Haus der La weilte. Er hat seine klebrigen Fäden um mich gesponnen, und nun, da ich die Falle bemerke, ist es zu spät. Ich bin ihm ausgeliefert wie ein gefangener Tiger, der in die Grube gestürzt ist. Der Be'el, dieser Götze des Bösen, hat die Maske der Gerechtigkeit mißbraucht. Er hat unsere Träume benutzt, um seiner Sache zu dienen, und nun, da er die Macht in Händen hält, nach der er strebte, bricht ein Zeitalter der Dunkelheit und Verzweiflung über Atlan herein, wie es keines zuvor gegeben hat. Selbst die Jahre der grausamsten Tat-Tsok werden den Menschen wie Zeiten des Paradieses scheinen. Mein Name aber, der Name der Seph, wird für immer mit dem Unrecht und Leid verbunden sein, das der Be'el über Atlan ausstreut.«

»Die Flamme hat nur solange Macht über dich, solange du in deinem Herzen gegen sie kämpfst. Sie schmiedet die Ketten deiner Gefangenschaft aus deinen Gedanken und Gefühlen des Hasses und der Verzweiflung,« sagte Aelan ruhig.

»Was soll ich tun, Aelan? Ich kann nicht mehr fliehen, wie ich schon einmal floh. Ich bin Herr dieses Hauses, das dem Tigerthron noch nie die Treue gebrochen hat. Ich versuche durch die Macht, die mir gegeben ist, soviel des Bösen von den Menschen abzuwenden, wie nur

möglich, doch mehr vermag ich nicht. Auch der Tat-Tsok, der wie das Licht eines neuen Tages schien, wie ein Freund und Vertrauter, auch er ist von der Flamme verdorben, ein schwächlicher, kranker Mann, der seinen Lüsten frönt und vor den Herren des Feuers auf den Knien rutscht. Sie sind es, die Atlan regieren. Sie diktieren die Erlasse, die der Tat-Tsok in der Nacht des Rates verkündet. War der alte Tat-Tsok das willfährige Instrument der Tat-Los, so war sein eigener Wille doch zäh und widersetzte sich lange ihrem Einfluß. Der Bayhi aber denkt keine eigenen Gedanken mehr. Das stolze Geschlecht der Te, das einst die böse Macht von Hak vertilgte, ist nun selbst zum Sklaven der Verderbtheit herabgesunken, und mit ihm das Haus der Seph, das ihren Ruhm begründen half. Es dauerte lange, bis diese bittere Gewißheit in mir reifte, zu lange. Aelan. Es ist zu spät, um das Geschick der Seph zu wenden. Ich wollte wieder fortgehen aus Kurteva, wollte in den Süden reiten, um die letzten der Harlanas zu suchen, irgendwo in den Kahlen Bergen. Bei ihnen könnte ich das Ka wiederfinden.«
»Dann laß uns zusammen gehen, Rah,« sagte Aelan. »Auch ich war auf dem Weg nach Süden, als man mich in Ütock gefangennahm und in die Sklaverei verschleppte – in deinem Namen übrigens.«
Rah fuhr herum. Aelan grinste breit. »Vieles geschieht in diesen Zeiten der Not, das die Herzen der Menschen stärkt. Auch das Böse und Dunkle hat seinen Platz in der großen Ordnung. Das Leid, das es bringt, dient nur dem Zweck, die Menschen ihrem inneren Licht näherzubringen. Gut und Böse sind kaum mehr als ein Traum, aus dem man eines Tages erwachen wird.«
»Es ist mir unmöglich, aus Kurteva fortzugehen und die Ehre der Seph in den Schmutz zu treten. Aber mein Herz reist mit dir, Aelan. Ich werde alles tun, damit du sicher deiner Wege gehen kannst. Ich werde dich mit Papieren ausstatten, die dich als Gesandten des Tat-Tsok ausweisen. Ich aber werde hierbleiben, im Rachen des Bösen, und auf die Zeit warten, in der ich helfen kann, es zu stürzen. Schon regt sich Widerstand bei manchen der Gurenas. Schon formt sich eine Verschwörung im Namen des Tat-Sanla, der im Westen wiedergekommen ist, um Atlan vom Übel der Flamme zu befreien. Man sagt, er werde zum heiligen Krieg gegen den Be'el rufen. Das ist meine einzige Hoffnung in dieser trostlosen Zeit, Aelan.«
»Und du wirst Sae heiraten.«
»Ja, ich werde sie heiraten, weil ich ...« Rah blieb stecken. Er spürte etwas zerbrechen in sich. Das gnadenlose Licht, das von Aelan auszuströmen schien, durchdrang die letzten Mauern des Selbstbetrugs, die

er in sich errichtet. Sae war es gewesen, die ihn für die Flamme gewonnen. Er hatte der Macht des Feuers widerstanden vor dem Bild des Be'el in jener schrecklichen Nacht des Sonnensterns, aber sie war aus dem Feuer zu ihm gekommen und hatte ihn durch seine eigene Leidenschaft geschlagen. Er hatte sie gesucht auf seiner Wanderschaft durch die Wälder und er hatte sich drei Jahre lang vor Sehnsucht nach ihr verzehrt, wie Xerck es befohlen. Er hatte sich dem Be'el versprochen und unterworfen, um sie zu gewinnen. Nun würde sie endlich seine Gemahlin werden. Nun, da sein Herz sich wieder zaghaft gegen den Be'el erhob, würde sie in das Haus der Seph einziehen. In einem Blitz sah Rah, wie er durch diese Heirat ganz dem Be'el verfiel, unrettbar, wie die Flamme sich einbrannte in sein Herz, um es ganz zu verdunkeln. Mit Saes makelloser Schönheit kam der Be'el selbst in das Haus der Seph, um das Blut des alten Geschlechts für immer zu verderben. Zugleich aber raste unbändige Begierde nach Sae in Rah. In jeder Frau, die er umarmte, sah er die Blüte des Feuers. Ihr Bild erfüllte seine Träume mit hemmungsloser Leidenschaft. Das Verlangen nach ihr hatte sich in den drei Jahren der Prüfung zu einem rasenden Feuer gesteigert. Jeder Tag, der die Hochzeit näherbrachte, schien langsamer zu vergehen.
Zwei Heere widerstrebender Gefühle prallten in Rah in einer furchtbaren Schlacht aufeinander, spalteten ihn, rissen ihn in Stücke. Er suchte Halt an Aelans Augen, aber er spürte, daß es ihr sanftes Licht war, das diesen inneren Kampf aufwühlte. Mit einem Mal wußte er, daß er den vergeblichen Kampf gegen die Wahrheit kämpfte, die durch Aelans Anwesenheit plötzlich in ihm aufgebrochen war, die Wahrheit, die er lange mit Lügen und Beschwichtigungen, mit Vorwänden und Selbsttäuschungen zugedeckt. Diese Erkenntnis raubte ihm fast das Bewußtsein. Er stammelte eine Entschuldigung und stürzte aus dem Zimmer.

Hem-La räkelte sich gelangweilt auf seinem Lager und beschäftigte sich mit seinem Lieblingsspielzeug, der schönen Sklavin aus dem Land der Nok. Der Tat-Tsok hatte noch immer nicht die Entscheidung gefällt, welches der Kaufmannshäuser künftig das Privileg erhalten sollte, Handelsschiffe ins Land der Nok zu entsenden. Nur Kriegsgaleeren waren ausgelaufen, um Sklaven für das Haus des Trem zu holen. Die Schiffe aber, die Hem hatte ausrüsten lassen, lagen im Hafen und warteten. Hem war schlechter Laune. Seine Augen waren gerötet vom Genuß des Siji, doch auch der berauschende Saft

brachte ihm heute kein Vergessen. Schwere Gedanken wälzten durch seinen Kopf, aber er vermochte sie nicht zur Ruhe zu zwingen. Wie Steine waren sie, wie Felsbrocken, die einen Abhang hinabrollen. Einen Augenblick glaubte er, er würde unter ihrer Last ersticken. Er griff nach der Nok-Sklavin, betastete ihren schlanken, nackten Körper, der schwarz wie Ebenholz war. Sie ließ es geschehen, aber in ihren Augen lagen Scheu und herablassender Stolz. Hem liebte diesen Ausdruck ihrer dunklen Augen. Er war geheimnisvoll und unergründlich wie der eines seltenen, kostbaren Tieres, das man besitzt, doch das einem immer fremd und fern bleibt und von dem man niemals weiß, ob es einen liebt oder haßt. Hem suchte das Rätsel ihrer Augen zu ergründen. Er redete mit ihr, obwohl sie die Sprache Atlans nicht verstand und brachte sie dazu, in der schnatternden Sprache der Nok zu plappern. So redeten sie miteinander, ohne sich zu verstehen. Hem verbrachte Stunden damit, sich an ihrem Gezwitscher zu erheitern. Dann nahm er sie und genoß es, daß sie sich noch immer sträubte, daß ihr Stolz ungebrochen war, daß ihr Körper zitterte, wenn seine Hand ihn berührte, daß sie sich ihm verweigerte, obwohl sie ihm zu Willen war, wann immer er sie rufen ließ. Ihre Ablehnung und ihr dunkel glühender Haß reizten und erregten ihn. Die Frauen der Delays hingegen, die ihm jeden Wunsch von den Lippen lasen, weil sie auf seine großzügigen Geschenke hofften, und die vornehmen Damen, die seinen Verführungskünsten erlagen, langweilten ihn, hinterließen den faden Geschmack des Überdrusses, wenn er sie gehabt hatte. Stets kehrte er zu seiner schwarzen Prinzessin zurück, zu ihren unergründlichen Tieraugen, in denen die Drohung eines entsetzlichen Fluches zu glimmen schien. Hem hatte versucht, ihren Hochmut zu brechen, hatte sie gepeitscht, hatte sie mit zärtlichster Liebe verwöhnt, der Ausdruck ihrer Augen aber war unerreichbar geblieben, fern und geheimnisvoll. Manchmal rührten diese Augen Angst in Hem auf, daß ihn der Wunsch überkam, die junge Frau zu töten, um ihren Blick im Sterben brechen zu sehen, dann wieder trieben sie seine Leidenschaft ins Unermeßliche. Heute aber fanden seine Hände kein Vergnügen an dem glatten, straffen Körper. Hem schob die Sklavin weg. Am liebsten hätte er sie bestraft dafür, daß auch sie ihn nicht abzulenken vermochte, aber er war zu müde, zu schwer. Als ein Lakai einen Gast anmeldete, schickte Hem die Sklavin mit unwilliger Geste fort.
Ein junger Mann im Gewand eines Dieners des Hauses Seph trat ein und verneigte sich tief vor Hem-La.

»Mit welchen Unwichtigkeiten willst du mir heute die Ohren füllen?« fragte Hem mißmutig.
»Ich kann nicht lange verweilen, aber es ist etwas wichtiges geschehen.«
Hem starrte den Diener gelangweilt an und nahm einen Schluck Wein.
»Ti hat sechs junge Männer mitgebracht, Sklaven vom Haus des Trem,« berichtete der Diener.
»Wofür bezahle ich dich, du Nichtsnutz? Dafür etwa, daß du mir den Klatsch von Kurteva ins Haus trägst? Jedermann weiß, daß Rah die Erlaubnis erhielt, Sklaven als Geschenk für verdiente Gurenas vom Haus des Trem zu holen. Willst du mich verhöhnen oder willst du dir nur deinen Verräterlohn verdienen?« fuhr Hem ihn an.
Der Diener wand sich und beschwichtigte den Kaufmann mit nervösen Gesten. »Nein, Herr, ich diene Euch, weil ich dadurch der heiligen Flamme dienen kann. Die Seph sind Verräter an der Flamme. Er, der durch die Gunst des Feuers in die höchsten Ehren aufgestiegen ist, zweifelt an der Macht des Be'el und beginnt, gegen den Allgewaltigen zu wirken.«
Hem verzog das Gesicht zu einer angewiderten Fratze. »Genug! Ich hätte fast den Unmut der Xem auf mich gezogen, weil ich deinen törichten Gerüchten Glauben schenkte. Versuche mich nicht noch einmal mit Lügengeschichten und Vermutungen über Aufstände und Verschwörungen zu betrügen.«
»Nein, Herr, bitte hört mich an,« flehte der Diener und blickte sich unruhig um, als sei auch dieses Haus von Verrätern und Spionen durchsetzt. »Sechs Sklaven brachte Ti ins Haus der Seph und sechs verließen es wieder, um zu den Gurenas gebracht zu werden. Einer aber blieb. Ein anderer verließ für ihn das Haus der Seph. Der Sklave, der blieb, wurde heimlich ins Haus geführt, gebadet und gekleidet wie ein Herr. Er wurde uns Dienern als Gast vorgestellt, obwohl niemand ihn kommen sah. Ich aber habe beobachtet, wie dieser seltsame Gast ins Haus kam. Ein anderer Lakai mußte ihm den Sklavenring abnehmen.«
»Wer ist es?« Hem fuhr von seinem Lager hoch. Ein entsetzlicher Verdacht blitzte in ihm auf. Dann ließ er sich lächelnd wieder in die Kissen fallen. Nein, das war nicht möglich. Er hatte Aelan selbst sterben sehen. Und doch, namenlose Angst zog sich um Hems Herz zusammen, wenn ihn irgendetwas an den Handan erinnerte. Es war die gleiche Angst, die ihn überkam, wenn er an den Ring dachte, an den Ring, dessen Besitz ihn in die höchsten Reichtümer Atlans erhoben hatte, doch der grausames Verhängnis auf ihn herabbeschwören würde, wüßten die

Herren des Feuers, daß seine geheime Kraft verloren war. Selbst das Siji vermochte nicht mehr, diese Angst zu dämpfen und auch die Reichtümer und Vergnügungen, die der Herr des Hauses La in Fülle genoß, konnten ihn nur für Augenblicke davon ablenken. Jetzt aber lächelte er. Sein Verdacht war töricht. Aber vielleicht wußte dieser Diener heute etwas, das Rah-Seph endlich zu Fall bringen konnte. Er war zuverlässig, treu ergeben, berichtete alles, was im Haus des Feindes vorging. Hem beschloß, ihn reich zu belohnen für seine Mühe.
»Nun?« sagte er mit freundlicher Stimme.
Der Diener lächelte erleichtert. »Ich war nur kurz im Raum, um Wein aufzutragen, dann schickte mich der Herr fort und verbot, daß irgendjemand eintrete. Ich konnte den Fremden nicht sehen, denn er hatte mir den Rücken zugewandt, aber als ich hinausging, sprach ihn der Herr mit Namen an.«
»Und?«
»Er heißt Aelan.«
Hem sprang mit der Behendigkeit einer Wildkatze von seinem Lager auf und fuhr dem verstörten Mann an die Gurgel. »Was sagst du da, du Lügner, du elender Betrüger?« schrie er. Hem ohrfeigte den Diener und stieß ihn wutschnaubend von sich. Der Mann krümmte sich am Boden. Hem stapfte im Zimmer auf und ab. Dann fuhr er herum und trat nahe an den Diener heran, der sich aufgerafft hatte und Hem mit blankem Entsetzen in den Augen anstarrte. »Hier hast du Gold, viel Gold, denn die Nachricht, die du mir bringst, ist wichtig,« zischte Hem und warf dem Mann einen Lederbeutel zu, der klirrend zu Boden fiel. Der Diener sprang ihm nach und schob ihn in sein Gewand. Seine Miene erhellte sich augenblicklich. Er setzte an, seine Geschichte noch einmal zu erzählen.
»Wiederhole nur den Namen, den du gehört hast? Bist du wirklich sicher, daß du ihn recht verstanden hast?« schnitt Hem ihn ab.
»Ja, Herr.« Der Diener nickte beflissen. »Aelan. Der Name klingt mir noch im Ohr. Ich habe mich nicht geirrt.«
»Gehe sofort zurück und berichte mir alles, was dieser fremde Gast tut, versuche, seine Gespräche mit deinem Herrn zu belauschen und berichte mir jedes Wort. Hast du verstanden?«
Der Diener bejahte eifrig.
»Du wirst soviel Gold erhalten, daß du dir ein Haus im zweiten Ring der Stadt erwerben kannst,« sagte Hem schmeichelnd, »wenn du mir weiter so treu berichtest.«

Die Augen des Dieners leuchteten. Er murmelte einen höflichen Gruß, als Hem ihn entließ. Der Herr des Hauses La setzte seine unruhige Wanderung durch den Raum fort. Die würgende Angst, die er in den Armen der schwarzen Sklavin für kurze Momente vergessen, schloß ihre Klammern wieder um sein Herz, nun jedoch mit solcher Gewalt, daß es Hem Mühe bereitete, zu atmen. In seinem Kopf aber arbeitete es fieberhaft.

Er nahm einen Schluck Wein, schloß die Augen und versuchte mit aller Willenskraft, sich zu beruhigen. Einen Augenblick später läutete er einem Bediensteten. »Bereite feierliche Gewänder und schicke einen Boten zu Xerck, dem Herrn des Feuers, mich anzumelden,« befahl er. In seiner Stimme klang mühsam unterdrückte Erregung. »Lasse dem Erhabenen bestellen, die Angelegenheit, in der ich ihn zu sprechen wünsche, sei von allerhöchster Wichtigkeit für den Nutzen des allgewaltigen Be'el. Sie duldet keinen Aufschub. Und lasse Tarke-Um bitten, er möge mich begleiten.«

Der Diener verneigte sich und huschte hinaus.

Die Nacht über Kurteva war schwül und sternlos, in den Gärten des Hauses Seph aber stieg erfrischende Kühle von den Brunnen und Wasserläufen auf. Schwerer Blütenduft floß im milden Atem der Nacht. Von den Straßen der Stadt wehten nur vereinzelte ferne Stimmen und Geräusche in die Stille des Gartens. Kurteva schlief, die Sorgen und Aufregungen des Tages waren vergessen für die Stunden des Traums, in Rah-Seph aber, der auf einer steinernen Bank bei einem Brunnen saß, war die schreckliche Schlacht nicht verstummt, die das Gespräch mit Aelan aufgerührt. Zweifel und Leidenschaft rasten in ihm mit schrecklicher Gewalt. Er hatte versucht, die Ne-Flöte zu blasen, um in ihren gläsernen Klängen Ruhe zu finden, aber sein Atem hatte nur zitternde, zerrissene Töne hervorgebracht. Das fein gearbeitete, kostbare Instrument, das ihn auf seinen Reisen durch Atlan begleitet hatte, lag neben ihm auf der Bank. Er nahm es, strich mit den Spitzen seiner Finger über das glatte, edle Holz. Rah dachte an die Stunden, in denen er in der Einsamkeit der Wälder die Ne gespielt, als er nach seinem Schwert gesucht, und er dachte an die Stunden, in denen er sie als vor Erwartung fiebernder Ghurad gespielt, dem die Verbannung aus der Heimatstadt wie eine Befreiung gewesen war, das Tor in ein schillerndes Reich von Abenteuern. Aber seine Gedanken wollten nicht verweilen bei diesen Erinnerungen. Sie kehrten gnadenlos ins Jetzt zurück, warfen sich in den wütenden Kampf in seinem

Herzen. Rah war verwirrt. Er spürte lähmende Unschlüssigkeit in sich, an der alle Entscheidungen, zu denen er sich für Augenblicke durchrang, sofort zerbrachen. Ein Gurena, der zaudert, hat den Kampf verloren, noch bevor er ihn begonnen; Zweifel ist Tod, hörte er den Harlana sprechen, bei dem er das Handwerk des Schwertes erlernt. Auch So war tot, der das Ka erweckt hatte in Rah. In seiner Ghura lehrte nun einer, dem das Ka als Gabe des Be'el galt, als Entfaltung der Flamme im Herzen des Kriegers. Doch alles Grübeln und Kämpfen schien sinnlos. Das Böse hatte sein Netz über ganz Atlan gesponnen. Es war nicht mehr möglich, vor ihm zu fliehen. Es lauerte überall. Unsägliche Traurigkeit überkam Rah. Er fühlte sich einsinken in eine Wolke von Resignation. Sein Atem ging ruhiger jetzt. Er griff nach der Ne, um diese weiche Schwermut in Töne zu fassen, als er eilige Schritte auf dem Sand des Weges hörte.

Aelans Gesicht tauchte aus der Dunkelheit auf. Rah sprang auf und ging dem Freund entgegen. »Kannst du nicht schlafen, Aelan? Quälen dich Träume vom Haus des Trem?« fragte er lächelnd. »Auch mich hat Unruhe ergriffen. Laß uns in den Gärten gehen und miteinander sprechen. Jede Stunde, die du noch bei mir bist, ist kostbar, mein Freund.«

»Es droht tödliche Gefahr, Rah!« flüsterte Aelan. »Ich fühle es. Man weiß, daß ich lebe. Man weiß, daß ich in Kurteva bin. Man wird es benutzen, um dich des Verrats zu bezichtigen. Wir müssen beide fliehen, noch in dieser Nacht.«

Rah blickte den Freund erstaunt an. In Aelans Augen lag keine Angst und keine Erregung. Aelan dachte an den On-Nam, der im Traum zu ihm gekommen war. Sein Gesicht war so deutlich gewesen, als sei es inmitten einer großen Dunkelheit in helles Licht getaucht. Er hatte die Warnung ausgesprochen, mit knappen, scharfen Worten, die Aelan noch jetzt in den Ohren klangen. Er war aufgeschreckt aus diesem Traum und die Stimme des On-Nam war wie ein Echo im Raum verhallt, als wäre Lok-Ma neben dem Bett gestanden, als er gesprochen. Mit ernster, mahnender Stimme hatte er die Worte hervorgebracht, doch ohne Unruhe und Aufgeregtheit. Aelan hatte gelernt, dieser Stimme zu vertrauen. Obwohl ihn bleierne Müdigkeit zurück in die Kissen gezogen, obwohl alles in ihm geschrien hatte, er solle die Träume doch Träume sein lassen und den Morgen abwarten, um alles in Ruhe mit Rah zu besprechen, war er aufgesprungen und in die Gärten gelaufen.

»Wie hast du mich gefunden?« fragte Rah.

»Ich weiß es nicht. Ich bin einfach gelaufen. Es schien klar in diesem Augenblick, daß du nur hier sein konntest.«
Rah nickte. »Deine innere Stimme hat uns schon einmal vor dem Tod bewahrt, als uns im Wald die Ponas auflauerten. Ach, es wird mir wieder schmerzlich bewußt, daß ich das Ka verloren habe.«
»Es gibt eine stärkere Kraft als das Ka,« entfuhr es Aelan.
Einen Augenblick fackelte wilder Zorn in Rahs Augen auf, dann erlosch dieses Feuer in einem See von Traurigkeit.
»Wer soll wissen, daß du in mein Haus gekommen bist?« fragte er. »Ti würde sein Leben hergeben für mich. Vielleicht ist es die Aufregung des vergangenen Tages, die dich mit solchen bangen Vorahnungen erfüllt. Du bist sicher hier, Aelan. Niemand wird es wagen, das Haus der Seph anzutasten.« Alles in Rah lehnte sich gegen den Gedanken auf, das Haus der Väter verlassen zu müssen. Diesmal würde es ein Abschied für immer sein. Sie würden den Besitz der Seph einziehen und den ruhmreichen Namen auslöschen, wie sie es mit anderen großen Familien Kurtevas getan, die den Tat-Los verbunden gewesen. Und auf Sinis, seine Schwester, die Gattin des Tat-Tsok, würde die Schande des Bruders niederkommen, der feige vor seinen Pflichten geflohen war, einige Tage vor der Hochzeit mit Sae. Seine Begierde nach der Blüte des Feuers wallte in ihm auf. Nein, er konnte nicht gehen. Zugleich aber drängte ihn eine mächtige Kraft, dem Freund zu folgen, als sei dies der einzige Ausweg aus seiner Verzweiflung.
»Wir müssen fliehen, Rah,« wiederholte Aelan. »Es bleibt uns keine Wahl.«
Rah zuckte hilflos die Achseln. Im gleichen Augenblick knarrte ein Ast im Gebüsch. Mit einem Satz sprang Rah in die Dunkelheit und zog einen seiner Diener hinter einem Busch hervor.
»Was tust du hier, Bursche?« fuhr er ihn an.
»Ich bemerkte, daß unser Gast in den Garten ging. Ich folgte ihm, um zu seiner Verfügung zu sein, falls er mich braucht,« stotterte der Diener. Rah schüttelte ihn und zog seinen Dolch. »Du lügst, Bursche! Du wolltest uns belauschen. Wem hinterbringst du die Geheimnisse dieses Hauses?«
Der Diener wehrte aufgeregt ab, als ein schwerer Lederbeutel aus seinem Gewand klirrend zu Boden fiel. Aelan hob ihn auf und hielt ihn ins Licht des Mondes, der hinter einer breiten Wolkenbank hervorgekommen war.
»Der Beutel trägt das Zeichen der La,« sagte Aelan mit tonloser Stimme.

»Gnade, Herr! Ich habe Euch nicht verraten!« begann der Diener zu winseln. »Ich wollte nur...« Mit raschem Schnitt durchtrennte Rah ihm die Kehle und stieß ihn angewidert von sich.

Rasende Wut fuhr in Rah hoch und ballte sich zu einer harten, entschlossenen Kraft, die wie ein Feuersturm seine Zweifel und seine Unschlüssigkeit verbrannte. »Wir reiten in einer Stunde,« stieß er hervor. »Ich muß Ti sprechen, um das ärgste Unheil abzuwenden von diesem Haus.«

Aelan nickte und senkte den Kopf. »Ich werde bereit sein,« sagte er leise.

Die Stunde des Morgengrauens war noch nicht angebrochen, als Rah und Aelan auf den besten Pferden der Seph zum nördlichen Tor von Kurteva gelangten. Als die Wachen den Kriegsherrn des Be'el erkannten, verbeugten sie sich tief und stießen die mächtigen Torflügel auf. Mit unbewegter Miene ritten Rah und sein Begleiter an den Soldaten vorbei auf die Straße, die zum Haus des Trem führte.

Erst als die Mauern Kurtevas außer Sichtweite waren, wandten sich die Freunde in weitem Bogen nach Süden. Über den von der Glut des Sommers verbrannten Ebenen dämmerte der Morgen. Die ersten Lerchen hoben sich jubilierend in die Luft.

## Kapitel 9
## DAS ENDE DER STIMME

Die jahrhundertealte Stille des Tempels lastete schwer wie Blei auf Hem-La. Das trübe Morgenlicht, das durch die Öffnungen in der Kuppel hereinsickerte, ertrank im unermeßlichen Meer der Dunkelheit. Wuchtige Säulen wuchsen an den Seiten empor, verloren sich im Zwielicht, aber auch sie schienen klein und zerbrechlich in der gewaltigen Ausdehnung des Raumes. Das ewige Feuer des Be'el loderte in der Schale vor dem Allerheiligsten. Es brannte niemals ruhig, sondern flackerte und züngelte wie in einem immerwährenden Wind. Hem betrachtete es, zwang seine Augen zur Ruhe auf diesem wild zuckenden Lichtpunkt irgendwo in der Dunkelheit. Den Be'el, der niemals ruht, nannten es die Priester, den Be'el, der ohne Unterlaß das Unreine im Herzen verbrennt. Es mahnte Hem eindringlich an die Allmacht der Flamme. Der Gedanke, daß es keinen Weg gab, ihrem Willen zu entrinnen, daß sie ihre Feinde selbst in die Welten jenseits des Todes verfolgte, wie die Priester bei den Ritualen drohten, flößte ihm Unbehagen ein.
Hem kümmerte sich wenig um die heiligen Schriften, um die Worte der Tam-Be'el, vor denen das Volk zitterte. Er scherte sich in seinem Leben der Ausschweifung und des Genusses nicht um ihre Mahnungen und Belehrungen, in der ehrfurchtgebietenden Stille des Tempels vor der heiligen Flamme aber wurde ihm die Macht des Be'el zur lebendigen Gewißheit. Sie hatte ihn emporgetragen, in ihrer Gunst sonnte er sich, in ihren Händen lag sein Schicksal. Noch war sie ihm gewogen, noch schützte sie ihn, noch schenkte sie ihm die Macht, vor der man in Kurteva Respekt hatte. Nun aber, als er allein in der Dunkelheit des Tempels wartete und das Licht in seiner Schale springen sah wie einen bösen Dämon, fühlte er wieder die eisige Hand der Angst an seinem Herzen.
Das Bild des alten Handan, dessen schweigende Kraft ihn gelähmt hatte am Brüllenden Schwarz, stieg mit leuchtender Klarheit in ihm

auf. Was hatte er nicht alles versucht, es zu vergessen, es zu verdrängen, doch je mehr Kraft er darauf wandte, es aus seinem Bewußtsein zu tilgen, desto klarer nahm es Gestalt an in ihm. Selbst in den Stunden, wenn das Siji seine Sinne dämpfte, trat es manchmal hervor, plötzlich und gnadenlos. Dann hörte Hem die Stimme des dunkelgesichtigen Alten, hörte die Worte, die dem Ring der La die magische Kraft absprachen. Hem brach kalter Schweiß aus, als das verhaßte Bild hier, in der Stille des Tempels, im Angesicht der Flamme des Be'el, aus der Dunkelheit heraufstieg. Die Angst, der Be'el könnte es aufspüren in seinem Inneren und den dünnen Mantel der Lüge durchschauen, raubte ihm fast den Verstand. Er krampfte seine Faust um den Ring, der an einer Kette um den Hals hing, ergriff ihn und spürte seine Form durch die Kühle des seidenen Gewandes. Vielleicht hatte der Handan nur gedroht, vielleicht hatte er die La schrecken wollen mit seinen kargen, abweisenden Worten, damit sie sich nicht mehr ins Innere Tal wagten. Vielleicht war es nur die nachtragende Sturheit dieser Ams, die ihm seine Prahlereien und den Streit mit den Ponas nicht verziehen hatten. Vielleicht war der Handan nur zufällig zum Brüllenden Schwarz gekommen. Und was galten schon die Worte eines alten Mannes, eines Bauern? Konnten sie einem Ring, dem die Magie der Gläsernen Stadt innewohnte und der den La seit Generationen gehörte, die Kraft nehmen? Der Ring hatte sich nicht anders angefühlt seither, er war der gleiche geblieben, nichts an ihm hatte sich verändert. Auch Xerck hatte ihn als den wahren Ring erkannt. Vielleicht war alles Einbildung, entsprungen der Anspannung nach dem Kampf im Brüllenden Schwarz.

Unzählige Male schon hatte Hem diese Gedanken gedacht, doch nie war es ihnen gelungen, seine Beklemmung zu lösen. In der Tiefe seines Herzens wußte der Sohn der La, daß der alte Handan die Wahrheit gesprochen, daß die Kraft des Ringes für immer verloren war. Dieses Wissen aber, das am Ende der verschlungenen Gedankengänge wartete, mit denen Hem sich zu beschwichtigen suchte, rührte Wellen der Angst in ihm auf. Manchmal stellte er sich mit selbstquälerischer Lust vor, was die Flamme ihm antun würde für seine Lüge. Er malte sich die schrecklichsten Foltern aus, doch er ahnte, daß seine Strafe schlimmer sein würde als alles, was er sich auszudenken vermochte. Aber vielleicht würde der Be'el den Ring nie von ihm fordern. Vielleicht würde die Hand des Allgewaltigen das Innere Tal erreichen, ohne des Ringes zu bedürfen. Der Be'el war mächtig, und wenn die Khaïla sich mit ihm vereinte, die Kraft der Mutter, wie die Tam-Be'el es dem Volk prophezeiten, gab es keine Macht mehr in Atlan, die ihm zu widerstehen vermochte. An dieses schmale Band der Hoffnung klammerte sich Hem, wenn seine Gedanken nach unzähligen sinnlosen Runden noch immer nicht zur Ruhe kommen wollten.

Er war ein guter Diener der Flamme. Er war aufmerksam gewesen, hatte Rah verdächtigt, hatte Xerck gewarnt vor den Eigenmächtigkeiten dieses Gurenas. Er hatte gut daran getan, einen Spion im Haus der Seph zu bezahlen. Die Flamme würde ihm seine Ergebenheit lohnen. Xerck würde ihm das Privileg gewähren, die Schiffe ins Land der Nok zu senden, sobald man Aelan und Rah herbeibrachte. Er, Hem, hatte sie aufgespürt. Er hatte den Verrat am heiligen Be'el entdeckt. Seiner Wachsamkeit war es zuzuschreiben, daß die Schlange, die sich in der Gunst des Be'el eingenistet, ihre gerechte Strafe finden würde. Rah hatte heimlich den Erzverräter Aelan aus der Sklaverei befreit und in seinem Haus verborgen. Xerck hatte diese Meldung mit kalter Wut aufgenommen. Er hatte die Beherrschung verloren für einen Augenblick, hatte die Seph verflucht. Rah würde bitter bezahlen, daß er die Gunst des Be'el mißbraucht.

Hems Stimmung besserte sich. Er begann zwischen zwei Säulen auf und ab zu gehen. Wie zäher Brei floß die Zeit. Xerck hatte ihm geheißen, hier im Tempel zu warten, vor dem Gemach der Xem, die sich zur Beratung zurückgezogen hatten. Er mußte warten, bis die Gurenas mit Aelan und Rah zurückkamen. Wo Tarke-Um nur blieb? Es war klug gewesen, Tarke an das Haus der La zu binden. Jetzt würde er Rahs Stellung einnehmen, denn er gehörte nicht zu diesem treulosen Gurenagezücht Kurtevas. Jetzt, nach Rahs Verrat, würde Xerck den Kriegern der Stadt mißtrauen. Sie liebten Rah und würden weiter zu ihm halten, auch wenn man ihn des Verrats am Be'el überführte. Die Gurenas waren selbstsüchtig. Sie kümmerten sich nicht um den Be'el, sondern dienten nur ihrem eigenen Nutzen. Manche, so hieß es, hingen sogar den Lehren des Tat-Sanla an. Tarke war der einzige gewesen, den Xerck aussenden konnte, um Rah zu überwältigen. Kein anderer Gurena Kurtevas würde sein Schwert gegen einen Seph erheben. Tarke war nicht klug, aber er war ein unerschrockener, wilder Krieger, der Stärkste von allen, die in den Dienst des Tat-Tsok getreten waren. Und er war ein ergebener Diener der Flamme, der Rah mit der ganzen Kraft seines Herzens haßte. Unermüdlich hatte Hem ihn Xerck empfohlen, doch der Herr des Feuers vertraute dem Haus der Seph. Nun würde Xerck auf ihn hören und ihn reich belohnen, um Tarke-Um aus dem Dienst des Hauses La auszulösen. Hem fühlte hämische Freude. Die Dinge standen gut, besser denn je zuvor. Rahs Treuebruch nützte ihm viel. Rah hätte ihn verraten können. Er war dabeigewesen am Brüllenden Schwarz. Vielleicht hatte er sogar die Worte des alten Handan gehört. Doch diese Gefahr war nun gebannt. Hem lächelte. Hoffentlich war Tarke vorsichtig gewesen. Rah war stark und unberechenbar. Er war der einzige, der Tarke im Schwertkampf zu besiegen vermochte. Aber man würde die Verräter im Schlaf überraschen. Tarke hatte mit dem Gold der La Soldaten um sich gesammelt, denen man vertrauen konnte, hatte Männer kommen lassen aus Mombut und Teras. Die Gurenas von Kurteva würden erst von diesem Handstreich erfahren, wenn Rah schon tot war. Sie würden spüren, daß die Zeit ihrer Macht vorüber war, daß neue Herren herrschten in Kurteva, Herren wie Tarke-Um und Hem-La. Hem malte sich den Genuß aus, den er beim Anblick der Leichen von Aelan und Rah empfinden würde. Er schwelgte in der Vorstellung, wie seine ärgsten Feinde, die ihn so oft erniedrigt und beleidigt hatten, unter den Schwertern der Gurenas starben. Tarke hatte sie wahrscheinlich im Haus der Seph erschlagen. Es war nicht möglich, einen Rah-Seph gefangenzunehmen; man mußte ihn töten. Man würde gleich ihre Köpfe in den Tempel bringen, die Köpfe, deren verräterische Lippen für immer geschlossen waren. Im selben Augenblick hörte Hem Geräusche in der Dunkelheit des Tempels. Es waren die schweren Schritte von Tarke und das Klirren seiner Rüstung. Der Gurena kam allein und ging wortlos an dem Kaufmann vorbei.

»Was ist geschehen?« rief Hem. Seine Stimme klang hohl in der Stille des Tempels. Er packte den Gurena am Arm.

Tarke knurrte nur und stapfte weiter. Hem spürte die Wut des Kriegers und folgte ihm wortlos.

Xerck empfing die beiden in der Beratungskammer des Xem. Yort und Zont saßen schweigend auf erhöhten Sesseln zu seinen Seiten. Tarke und Hem verneigten sich tief vor den Herren des Feuers, die mit kalten, fragenden Augen auf sie herabblickten.

»Nun?« In dem einen Wort, das Xerck hervorstieß, schien die ganze Macht des Be'el zu vibrieren.

»Sie sind entkommen,« berichtete Tarke-Um. In seiner Stimme lag noch etwas von der Schwere des Dialekts von Mombut, obwohl er schon viele Jahre in Kurteva lebte.

Eine Welle des Hasses brandete in Hem auf. Dieser rohe, unfähige Klotz, dachte er, als er die Worte des Gurenas hörte; er wäre besser in den Minen von Mombut geblieben.

»Als wir ins Haus drangen, waren sie schon entflohen. Jemand hat sie gewarnt,« fuhr Tarke fort.
»Woher willst du wissen, daß dieser Fremde überhaupt dort war? Vielleicht hat uns der Herr des Hauses La, der uns diese Kunde brachte, wieder einmal mit Gerüchten in die Irre geführt,« sagte Xerck abfällig und streifte Hem mit einem geringschätzigen Blick.
Hem durchfuhr es. Er wollte sich rechtfertigen, aber eine unwillige Geste Xercks schnitt ihm das Wort ab.
»Nein, erhabener Herr,« erklärte Tarke. »Wir fanden den, der die Kunde zu den La brachte, mit durchschnittener Kehle im Garten. Aber auch einige der anderen Diener haben den Fremden im Haus gesehen. Wir sandten Läufer zu den Torwachen und hörten, daß Rah-Seph mit einem Fremden zu Pferd die Stadt verlassen hat.«
Der Rat der Xem hörte den Bericht des Gurena mit unbewegten Mienen.
»Wer hat sie gewarnt?« fragte Xerck und faßte Hem ins Auge.
Der Kaufmann zuckte nervös die Achseln. »Niemand in meinem Haus hörte den Bericht des Boten und niemandem außer Euch vertraute ich die Meldung an.«
»Verfolgt sie und bringt sie her. Doch bringt sie lebend. Ich will den Handan lebend,« befahl Xerck.
Rasende Angst sprang Hem an. Aelan würde das Geheimnis des Rings verraten. Hem war sicher, daß der Handan es kannte. Irgendein Zauber der Berge hatte diesen verfluchten Aelan wieder zum Leben erweckt. Nun würde er alles tun, um Hem zu verderben. Der alte Handan hatte ihm berichtet, daß die Macht des Ringes verloren war. Jetzt erst wurde Hem bewußt, welch tödliche Gefahr Aelan für ihn bedeutete, wenn der Herr der Flamme ihn lebend in die Hände bekam.
»Aber, es wäre besser, sie zu überraschen...« stammelte er.
»Bringt sie mir lebend,« wiederholte Xerck. »Der Sproß des edlen Hauses der Seph wird den Tag verfluchen, der ihn geboren hat, denn er hat den Be'el schändlich betrogen, der ihn in höchste Würden hob. Und der Handan wird unter der Folter berichten, was die Flamme von ihm zu wissen begehrt.«
Tarke-Um nickte. »Sie sind durch das Nordtor geritten, doch ich weiß, daß sie sich nach Süden wenden werden,« sagte er.
Xerck sah ihn fragend an.
»Rah-Seph hat einmal im Kreis der Gurenas von einem Harlana gesprochen, der im Süden leben soll. Es ist eine alte Legende unter den Gurenas, daß noch Mönche des Harl in den Kahlen Bergen leben. Ich glaube, daß Rah sie suchen will.«

»Du bist wachsam, Tarke-Um,« sagte Xerck bedächtig, »und du dienst der Flamme gut. Rah hat den Allgewaltigen verraten, obwohl er Gunst und Ehren aus der Hand des Be'el erhielt, die alles Maß überstiegen. Die Flamme argwöhnte lange schon, daß der Glaube an die Macht des Be'el wankte in Rah-Seph, so wie sie wankt in vielen der hohen Gurenas. Das heilige Feuer vertraut den Gurenas von Kurteva nicht mehr, diesem Natterngezücht. Wenn du dich bewährst, Tarke-Um, sollst du die Stellung erhalten, die der Seph verlor.«

Der Gurena neigte sich tief und murmelte einige Worte des Dankes. »Ich werde sie Euch bringen, erhabener Herr, und wenn ich mein Leben lang ihren Spuren folgen muß.«

»Nein, Tarke-Um,« unterbrach ihn der Herr des Feuers. »Es ist besser, wenn andere die Verfolgung der Verräter aufnehmen. Für dich hat der Allgewaltige eine wichtigere Aufgabe. Du wirst ein Heer des Be'el in die Wälder führen, um die Ponas zu schlagen. Die Zeit ist gekommen, ihre Schlupfwinkel auszuräuchern. Das Haus des Trem braucht Sklaven. Der Verräter Rah hätte diese Aufgabe empfangen, nun empfange du sie und führe sie aus im Namen der Flamme. Wenn du siegreich nach Kurteva zurückkehrst, sei dir die hohe Gunst des Be'el gewiß.«

»Aber niemand außer Tarke vermag Rah zu besiegen,« warf Hem ein, mit nervöser, gehetzter Stimme.

Ein ungnädiger Blick traf ihn. »Es gibt Gewalten in der Macht des Be'el, gegen die kein Schwert fruchtet. Sie werden den Seph finden und vernichten. Und sie werden mir den Handan bringen.«

Zont erhob seine leise Stimme. »Was soll mit dem Haus der Seph geschehen? Es wäre weise, seinen Verrat erst anzuklagen, wenn Rah den Tod gefunden hat. Die anderen Gurenas könnten ihm zu Hilfe eilen. Ihre Unzufriedenheit wächst. Sie sollten nichts erfahren von der Treulosigkeit der Seph, denn dies könnte sie aufwiegeln gegen den Be'el.«

»So sei es. Die Gurenas sollen hören, daß Rah in geheimer Mission aufgebrochen ist. Verschließt das Haus der Seph und schafft die Diener fort, die zuviel wissen. Alles aber geschehe unauffällig.«

Tarke-Um nickte und entfernte sich auf einen Wink von Xerck. Auch Hem verneigte sich, doch Xercks Blick bannte ihn an seinen Platz. Die Angst erwachte wieder in Hem, als er verstohlen nach dem starren, weißen Gesicht seines ehemaligen Lehrers schielte.

Xerck ließ den Kaufmann eine Weile unbeachtet, bevor er mit leiser, zischender Stimme sagte: »Du hast die Flamme belogen, Hem- La!«

Hem schluckte. Sein Atem ging heftig. Todesangst wühlte mit glühenden Krallen in seinem Inneren.
»Du sagtest mir, Aelan-Y sei tot, aber er lebt.« Unbarmherzig schnitt die eisige Stimme des alten Xem durch den Raum.
»Ein Zauber! Magie! Niemand vermag einen solchen Schuß zu überleben. Ich sah ihn fallen. Der Pfeil drang in seinen Rücken, durchbohrte ihn. Kein menschliches Wesen vermag . . .« stammelte Hem.
»Ist dein Herz rein vor der Flamme, Hem-La?« unterbrach ihn Xerck. Sein glühender Blick brannte sich in Hems Gesicht. Er schien den Kaufmann zu durchdringen, griff mit gierigen Händen nach seinem Herzen und schien es umzuwenden.
»Ja, erhabener Herr, es dient nur der Flamme,« keuchte Hem. Die Macht, die ihn gepackt, schien ihn zu erdrücken.
»Du hast Angst, Hem-La. Du fürchtest den allmächtigen Be'el. Das ist gut, denn nichts vermag dich zu retten, wenn du seinen Zorn auf dich ziehst. Aber ich sehe, daß du die Wahrheit sagtest über Aelan. Du hast ihn tot gesehen.«
»Ja, Herr,« rief Hem erleichtert. »Ich sah ihn tot. Die Magie der Handan hat ihn wieder zum Leben erweckt. Vielleicht ist er ein Kambhuk, den ein Zauberer lenkt, ein lebender Toter . . .«
»Wir werden sehen.« Xerck wandte seine Augen von Hem ab. »Es ist der unerforschbare Wille der Flamme, daß er noch lebt. Er weiß viel über das Tal und die Gläserne Stadt. Die Flamme verlangt sein Blut, aber zuvor muß er reden. Der Be'el selbst wird ihn befragen über das Tal und den Ring des Schweigens.«
»Ja, erhabener Herr,« stieß Hem mit letzter Kraft hervor. Der Raum begann sich um ihn zu drehen. Seine Beine wollten einknicken.
»Aber du, Hem-La, hast der Flamme gut gedient. Dein Haß hat den Verrat des Seph ans Licht gebracht.« Die Stimme des Xerck klang gütiger. »Sie wird dich belohnen, Hem-La.«
Hem sah den Herrn des Feuers erstaunt an. »So dürfen meine Schiffe zu den Ländern der Nok auslaufen?«
»Nein, Hem-La, noch ist die Zeit dafür nicht gekommen. Aber du wirst in den Stand der Ehe treten. Du bist dem Siji verfallen, Hem-La, dem Trunk und der Prasserei. Das ziemt sich nicht für einen Mann der Flamme. Es beschmutzt dein Herz, das dem Be'el gehört.«
Hem senkte den Kopf. Nie zuvor hatte Xerck ihn wegen seines Lebenswandels getadelt.
»Das reine Feuer soll einziehen in das Haus dessen, der den Ring trägt,

welcher dem Be'el die Gläserne Stadt öffnen wird. Verwahrst du ihn gut, diesen Ring, Hem-La?«
Der Kaufmann nickte rasch und deutete auf seine Brust. »Nie lege ich ihn ab. Ich hüte ihn mit meinem Leben.«
Xerck nickte. »Sae, die Blüte des Feuers, war Rah, dem Hochverräter zugedacht. Sie hätte die Zweifel in seinem Herzen für immer zum Schweigen gebracht. Mit ihr verbunden wäre er der Flamme erster Diener geworden, das Schwert des Be'el, wie es ihm bestimmt war seit der Nacht des Sonnensterns am heiligsten Platz des Feuers. Aber er hat versagt. Er hat die Prüfung, die der Be'el ihm auferlegte, nicht bestanden. Der Zorn der Flamme wird ihn mit fürchterlicher Macht treffen. Dein Herz aber, Hem-La, droht zu ersticken im Wohlleben. Die Blüte des Feuers, die Tochter des Be'el, wird es läutern und dich zum reinen Dienst an der Flamme führen.«
Xerck hob den Arm. Aus einer Nische des dunklen Raumes trat eine junge Frau, Sae, in einem langen, schwarzen Kleid. Die funkelnden, grünen Augen in ihrem bleichen Gesicht bohrten sich in Hem, der vor diesem Blick zusammenzuckte. Zugleich aber rührten die eisigen Katzenaugen unbändige Leidenschaft in dem Kaufmann auf. Ein feines, hochmütiges Lächeln spielte um die Lippen der Frau, als sie erkannte, daß ihr Blick diesen Schwächling, den der Be'el ihr zuführte, bezwungen hatte. Hem zitterte, doch er wußte nicht, ob es Angst war vor dieser Frau, oder hemmungslose Begierde.
»Die Blüte des Feuers wird bürgen, daß der, der den Ring der Gläsernen Stadt trägt im Dienste der Flamme, und der dafür ihre Gunst genießt, nicht herabsinkt in den Schmutz der Gosse, daß sein Herz nicht wankt im Glauben an den Be'el. Nimm dies als weiteren Beweis der Geneigtheit, Hem-La, aber höre nicht auf, die Flamme zu fürchten. Diene ihr durch deinen Haß und deine Angst.«
Hem vermochte sich nicht länger aufrecht zu halten. Seine Beine gaben nach. Er sank auf die Knie und beugte sein Haupt hinab zum steinernen Boden. »Ich werde ihr dienen, erhabener Herr. Ich werde ihr dienen mit meinem ganzen Sein und ich danke ihr für ihre große Gunst.«
Saes Gesicht verzog sich in Verachtung für diese Schwäche, die Herren des Feuers aber nahmen sie ungerührt hin. Ihre kalkweißen Gesichter harrten starr und unbeweglich in der Dunkelheit.

Im Herrensaal von Phonalam saß Hor-Yu mit seinen Hauptleuten beim Festmahl. Einer seiner Unterführer war von einem erfolgreichen Raubzug über die Dörfer um Mombut zurückgekehrt, mit Vieh und Getreide und Erz für die Schmieden. Hor-Yu sonnte sich in seiner Siegerlaune.

»Sie werden regelmäßig Tribut zahlen. Wir werden sie nicht mehr überfallen, sondern sie tributpflichtig machen,« verkündete er. »Sie werden die Hälfte ihrer Ernten an Phonalam bezahlen, damit wir ihre Hütten verschonen. Und eines Tages wird uns auch Mombut Tribut entrichten, Gold und Edelsteine und Erz. Und aus Ütock werden Büffel, beladen mit Waffen, nach Phonalam ziehen, um den Zorn der Ponas zu besänftigen.«

Die Männer nickten. Sie waren schwer von dem Wein, den sie im Übermaß genossen. Die Reden ihres Führers schienen einleuchtend. Es war noch immer geschehen, was Hor-Yu vorausgesagt. Manche der Männer um den gewaltigen Tisch im Herrensaal waren schon lange bei ihm, waren mit Hor-Yu aus den Minen ausgebrochen und hatten sich im Kampf gegen die rivalisierenden Räuberbanden des Waldes bewährt. Hor-Yu hatte sie in viele Schlachten geführt. Der ganze nördliche Wald stand jetzt unter ihrer Herrschaft und die Dörfer an seinem Rand zitterten vor ihren Überfällen. Phonalam aber, wo sie residierten, die befestigte alte Karawanenniederlassung auf dem Hügel der Zwei Flüsse, war das Herz des Waldes geworden. Von hier ergingen die Befehle, hierher kamen die Unterführer, um Rechenschaft abzulegen und hier flossen die Schätze zusammen, die von den Ponas herbeigeschleppt wurden. Hier lebten die Frauen und Kinder der Ponas, Delays gab es und eine Char, in der Legenden erzählt wurden und die Balladen von den Heldentaten des Hor-Yu. Phonalam war eine Stadt geworden, in der das Leben blühte, und seit der Be'el mit eiserner Faust über Atlan herrschte, stießen fast jeden Tag neue Flüchtlinge aus den Städten zu den Ponas. Hor-Yu hatte das alles vorhergesagt und es war eingetroffen. Und deshalb würde auch das geschehen, was ihrem obersten Führer von der Stimme, die ihn leitete, für die Zukunft eingegeben wurde.

»Atlan zerfleischt sich selbst,« fuhr Hor-Yu lächelnd fort. »Unruhe herrscht in allen Städten. Die Flüchtigen strömen uns zu. Der Krieg der Götter macht die Ponas stark. Wir kümmern uns nicht um den Streit der Götzen um die Macht, denn uns ist die Herrschaft über Atlan zugedacht. Wir werden sie stürzen, denn wir brauchen sie nicht mehr. Ein neues Zeitalter wird anbrechen, wenn die Ponas herrschen, ein Zeitalter ohne Götter und ohne Tat-Tsok, ein Zeitalter der Freiheit. In der Gläsernen Stadt werden wir thronen und in den Palästen von Kurteva. Der Tat-Tsok wird auf der Erde kriechen vor uns wie ein Wurm, um uns den Staub von den Füßen zu küssen. Bald ist es soweit, dann werden wir aus den Wäldern herausströmen, um zu fordern, was uns verheißen ist.«

Hor-Yu hob seinen Trinkbecher. Die Männer taten ihm gröhlend nach. »Aber laßt sie nur kämpfen gegeneinander, den Tat und den Be'el. Laßt sie ihre Kräfte zerreiben im sinnlosen Streit. Jeder Tropfen Blut, der in den Städten fließt, fließt zu unserem Nutzen. Wir warten wie Panther auf den rechten Augenblick zum Sprung.«

»Aber, Herr, ist es nicht so, daß die Unruhen nachlassen? Die Gurenas von Kurteva haben in Ütock und Mombut für Ordnung gesorgt. Unzählige wurden in die Sklaverei geschleppt. Die Fliehenden haben das berichtet,« warf einer der Männer ein.

Hor-Yu blickte ihn mit starren Augen an, dann winkte er ab. »Zu tief sitzt dieser Haß. Was vermögen ein paar Gurenas aus Kurteva? Verweichlichte Gecken in Marmorpalästen.«

»Irgendwann werden sie uns suchen und angreifen,« beharrte der andere.

Hor-Yu lachte. »Uns angreifen? Sie wissen nicht einmal, wo Phonalam liegt! Sie haben Angst vor den Wäldern. Sie haben genug zu tun, um die Ruhe in ihren Städten herzustellen. Sie werden noch Jahre kämpfen müssen, bis ihr Götze die Macht ganz in Händen hält. Jahre, in denen wir stärker werden und wachsen. Die Ponas sind geduldig. Sie lauern im Wald auf ihre Zeit, sehen zu, wie das Blut Atlans fließt, wie die Gurenas sich aufreiben, um lächerliche Aufstände niederzuschlagen. Die Zeit ist auf unserer Seite. Doch wir dürfen diese Zeit nicht vergeuden. Wir dürfen nicht träge sein. Führen die Männer die Waffenübungen aus? Arbeiten sie an der Verstärkung der Palisaden? Werden die neuen Ponas im Handwerk des Krieges unterrichtet? Sind genug Nahrungsmittel in den Speichern? Arbeiten die Frauen auf den Feldern?«

Die Unterführer nickten beflissen. Hor-Yu lächelte. »Gut. Wir wachsen, wir mehren uns. Eine gewaltige Macht blüht in den Wäldern, die Macht, die Atlan beherrschen wird. Die Stimme hat es mir verkündet, und alles ist eingetroffen, was sie sagte.«

Aus dem Instinkt, der Hor-Yu geleitet hatte, als er mit einer Schar von Männern aus den Minen von Mombut ausgebrochen war, aus dem feinen Gespür, dem er in seinen Kämpfen um die Vorherrschaft im Wald gefolgt war, dem fiebrigen Trieb nach Größe und Macht, dem er später gehorchte, war im Laufe der Jahre eine Stimme geworden, die in seinem Inneren klar zu ihm sprach, die er des nachts im Rauschen der

Wipfel vernehmen konnte, in der Stille des Waldes. Er hatte stets gewußt, daß diese fremde Macht in ihm war, hatte zu ihr gebetet, sich ihr geöffnet, bis sie sich zu einer Stimme formte in ihm. Sie hatte ihm prophezeit, daß er einst Atlan beherrschen werde. Sie hatte ihn in die Berge getrieben, um die Gläserne Stadt zu suchen. Sie hatte ihn den anderen Führern des Waldes überlegen gemacht, die sich nun unter seiner Herrschaft beugten. Sie hatte ihn nach Phonalam gewiesen und befohlen, die verlassene Stätte zu befestigen zum Sitz der Macht der Ponas.

Die Ponas wußten von der Stimme ihres Führers. Sie sprachen ehrfürchtig von ihr und sahen in Hor-Yu einen von den Göttern Begünstigten. Hor-Yu aber wußte, daß es nicht die Stimme eines Gottes war, die in ihm sprach, nicht eine Stimme, wie sie manche Dhans vernahmen oder manche der Priester, die sich in den Tempeln kasteiten und die alten Riten der Erkenntnis vollzogen. Es war eine namenlose Macht, die ihn trieb, eine dunkle, fordernde Kraft, die ihn nicht ruhen ließ, die ihn verfolgte und unbarmherzig seinen Ehrgeiz anstachelte. Hor-Yu vertraute ihr blind, obwohl er sich manchmal vor ihrer Heftigkeit fürchtete, wenn sie ihn nachts aus dem Schlaf riß, um ihm zu befehlen. Aber sie hatte ihn gut geführt. Er hatte sich und seine Männer in ihre Hand gegeben. Die Ponas folgten ihm mit unbedingtem Gehorsam, und die seine geheimnisvolle Stimme nicht fürchteten, die fürchteten seine Grausamkeit, mit der er jeden Widerspruch zu bestrafen pflegte. Keiner der Unterführer wagte, zu Hor-Yu über die gescheiterten Unternehmungen der Ponas zu sprechen. Nur flüsternd verständigten sich die Männer darüber, daß von der wohlausgerüsteten Schar, die Hor-Yu ins Tal des Am geschickt, um den Handan eine Lektion zu erteilen, nur ein einziger Mann nach Phonalam zurückgekehrt war, einer, der unter den Toten in der schrecklichen Schlucht gelegen, und dem es gelungen war, sich unter unsäglichen Mühen zurück in die Wälder zu retten. Niemand hatte gehört, was er berichtete. Hor-Yu hatte alleine mit ihm gesprochen und den anderen verkündet, unvorhersehbares Unheil habe die Ponas getroffen, weil sie selbst unachtsam gewesen waren. Doch er hatte keine Männer mehr in die Berge geschickt seither. Niemand in Phonalam wagte in Hor-Yus Gegenwart den Namen des Mannes zu nennen, der eine Gruppe Ponas angeführt hatte, um den Kaufmann aus Feen zu überfallen. Man hatte die Leichen der Kameraden auf einem Feuerplatz im Wald gefunden, niedergemetzelt von Schwertern. Und niemand wagte Hor-Yu zu widersprechen, wenn er von den Schätzen von Sari sprach, von der Unterwerfung des alten

Volkes der Yach, obwohl keiner der Späher, die in die südlichen Dschungel ausgesandt wurden, zurückgekehrt war. Die Stimme in Hor-Yu aber sprach unbeirrt von der Herrschaft der Ponas über die Provinzen Atlans und fachte den Ehrgeiz des Mannes an, der als letzter des Aibogeschlechts von Ütock den Ruhm seiner Ahnen überstrahlen wollte wie der Sonnenstern die nächtlichen Gestirne. Ohne Unterlaß sprach Hor-Yu über die glänzende Zukunft der Ponas. Den Männern waren seine Worte so vertraut, daß sie wie selbstverständlich daran glaubten.
»Wir werden einziehen in den Palast des Tat-Tsok und seine Edelfrauen werden uns willkommen heißen als Erlöser aus freudloser Einsamkeit, denn noch immer ist es diesem schwachen Abglanz der Te, diesem fallenden Stern, diesem im Mark verfaulten Schwächling, nicht gelungen, einen Sohn zu zeugen. Der alte Tat-Tsok hatte sechs Töchter und nur einen Sohn, die Kraft des neuen aber ist gänzlich versiegt. Der Stamm der Te verdorrt. Wir werden diesen Kümmerling von seinem Thron stoßen und seine darbenden Weiber beglücken, die er um sich schart.«
Die Männer lachten schallend und gaben sich der Hochstimmung hin, in die der Wein und die Worte ihres Anführers sie versetzte.
Im selben Augenblick stürzte ein Bote herein, einer der Läufer, die ständig zwischen den Lagern der Ponas in den verschiedenen Teilen des Waldes unterwegs waren, um Hor-Yu über alles zu berichten, was in seinem Reich vor sich ging.
»Ein Heer ...« stieß der Mann hervor. »Eine Streitmacht nähert sich Phonalam. Sie folgen dem Fluß und schleppen Boote mit Kriegsgerät auf dem Wasser mit sich. Andere kommen auf der Karawanenstraße von Feen. Sie sind noch weit, aber sie haben schon zwei kleine Lager auf ihrem Weg aufgespürt und vernichtet. Wir sind eingeschlossen!«
Hor-Yu sprang auf. Seine Augen funkelten zornig. Einen Augenblick stand er unschlüssig, war überrascht von dieser Nachricht, erwog, wie es denn sein konnte, daß etwas geschah, das er noch vor wenigen Minuten als unmöglich erachtet, dann schrie er wie von Sinnen: »Laßt zum Sammeln blasen und sendet Boten aus. Alle Ponas der Wälder sollen sich in Phonalam einfinden.« Seine Stimme überschlug sich. »Wir werden dieses Heer vernichten. Wir werden es aufreiben! Kein Mann soll unseren Wald lebend verlassen. Der Am soll sich rot färben von ihrem Blut!« Hor-Yu schäumte vor Wut und trieb seine Männer kreischend zur Eile. Die Hauptleute sprangen auf und drängten durch die Türen hinaus.

Hor-Yu aber sank in seinen Sessel und schloß die Augen, um die Stimme zu befragen, was zu tun sei in dieser Stunde der Not.

Der Kampf um Phonalam war hart und blutig. Wenn später die Chari von einem glänzenden Sieg des Tarke-Um erzählten, den er durch die Macht des Be'el errungen, so verschwiegen sie, daß es ihm nur durch Verrat gelungen war, die Festung der Ponas auf dem Hügel der Zwei Flüsse zu nehmen. Tagelang rannten die Gurenas und Soldaten vergebens gegen die Gräben und Palisadenwände der alten Karawanensiedlung. Die Ponas wehrten sich tapfer. Eine starke, gut gerüstete Streitmacht war hinter den Bollwerken von Phonalam verschanzt, und aus dem Dickicht der Wälder griffen die Ponas anderer Lager das Heer des Be'el an. Unheimlich war den Soldaten aus Kurteva der undurchdringliche Wald um Phonalam. Unzählige Verstecke und Hinterhalte bot er den Feinden. Selbst Tarke-Um, der mit verbissener Wut die Gurenas in den Kampf führte, begann zu zweifeln, ob diese Burg zu nehmen sei. Er war kein listiger Stratege, sondern suchte den offenen Kampf, wollte Phonalam niederringen mit roher Kraft, doch die Reihen seiner Männer lichteten sich. Die Hoffnung auf leichten Sieg, mit der sie in die Wälder gezogen waren, ertrank im Blut. Die Gurenas aus den Provinzen um Kurteva, aus Feen und Teras, die Tarke-Um um sich gesammelt, waren in dem Glauben aufgebrochen, einen Haufen verwilderter Sklaven und Räuber anzutreffen, Preghs, Rechtlose, entflohene Sträflinge und versprengte Aufrührer aus den Städten. Die kleinen Lager, die sie überrannt hatten, waren ihnen fast kampflos in die Hände gefallen, am Hügel der Zwei Flüsse aber blutete das Heer des Tat-Tsok aus.
Eines Nachts jedoch griffen die Wachen einen Mann auf, der aus Phonalam kam und den Führer des feindlichen Heeres zu sprechen begehrte. In Ketten führten sie ihn zu Tarke-Um, weil sie eine List des Feindes befürchteten. Der Gefangene aber warf sich dem Gurena vor die Füße und flehte um sein Leben. Einer des Be'el sei er, der in den Zeiten, als die Flamme in der Verbannung war, Unterschlupf gefunden habe bei den Ponas, berichtete er. Nun aber, da die Flamme zurückgekehrt sei zur Macht, seien auch Männer des Tat zu den Ponas geflohen und es habe Streit gegeben. Ihn habe man des Aufruhrs beschuldigt und zu einer strengen Strafe verurteilt, doch es sei ihm gelungen, zu fliehen. Er wolle nichts anderes als dem Be'el dienen, um sein Leben und das Heil seiner Seele zu retten.
Die Gurenas, die ihm noch immer mißtrauten, wollten ihn töten, aber

Tarke-Um hielt sie zurück. Einen Tag lang berichtete der Mann alles, was er über Phonalam wußte. Er nannte die Zahl der dort versammelten Ponas, nannte die Verstecke anderer Gruppen im Wald und in der folgenden Nacht führte er die besten Gurenas zum Eingang eines geheimen, unterirdischen Ganges, der von einer Höhle im Hügel der Zwei Flüsse ins Innere der Palisaden von Phonalam führte. Ein enger Tunnel war es, durch den die Boten des Hor-Yu kamen und gingen und durch den Scharen von Ponas ausschwärmten, um das Heer des Be'el überraschend aus dem Hinterhalt anzugreifen. Niemand hätte vermocht, ohne einen kundigen Führer den Eingang dieser Höhle aufzufinden. Nun aber drangen die Krieger mit dem Verräter an ihrer Spitze ungehindert dort ein, denn zur gleichen Zeit begann Tarke-Um einen neuen Angriff auf die Palisaden von Phonalam. Sein ganzes Heer warf er in diese entscheidende Schlacht. Als die Ponas bemerkten, daß die Feinde mitten unter ihnen waren und zu den Toren vordrangen, um sie von innen zu öffnen, war es bereits zu spät. Wie schreckliche Dämonen des Krieges fielen die Gurenas den überraschten Ponas in den Rücken. Es gelang ihnen, zwei der großen, hölzernen Tore aufzustoßen, um die Hauptmacht ihres Heeres einzulassen.

Tarke Um war ausgezogen, um Sklaven für das Haus des Trem zu machen. Seine Gurenas und Soldaten waren angewiesen, die Feinde lebend zu fangen, damit sie dem Be'el von Nutzen sein konnten. Die Ponas aber zogen den Tod in der Schlacht dem langsamen Sterben in der Sklaverei vor. Sie ergaben sich nicht der Übermacht, die durch die Tore flutete, sondern wehrten sich mit der Kraft der Verzweiflung. Nur mit Mühe gelang es dem Heer des Tat-Tsok, die Ponas in dieser letzten Schlacht niederzuwerfen. Nicht viele Gefangene waren es, die im Lager der Gurenas zusammengetrieben und in Ketten geschmiedet wurden. Einer von ihnen war Hor-Yu, den ein Pfeilschuß verwundet hatte und den man zwischen den Toten gefunden, ohne ihn zu erkennen. Unzählige Soldaten und Gurenas aber waren mit den Ponas in der Palisadenstadt am Hügel der Zwei Flüsse gefallen. Als man Tarke-Um die Verluste meldete, ergriff den Krieger aus Mombut unbändige Wut. Viele seiner besten Männer waren unter den Erschlagenen, viele von denen, die er mit Gold aus den Schatullen seines Herrn Hem-La um sich geschart, um sie Xerck als Ersatz für die Gurenas von Kurteva zu empfehlen. In seinem Zorn befahl Tarke-Um, den Gefallenen eine Totenfeier der Rache zu bereiten.

Vor den Augen der gefangenen Ponas ließ er alle Frauen und Kinder, die man in Phonalam gefunden, und alle Männer, die nicht zur Sklaverei taugten, töten. Wie Schnitter, die über ein reifes Kornfeld gehen, schritten die Soldaten aus Kurteva durch die Reihen der Wehrlosen, die um ihr Leben bettelten und erschlugen sie mit Schwertern und Äxten. Niemand in Atlan hatte je solch unbarmherzige Grausamkeit gesehen. Sogar die Gurenas, die an Tarke-Ums Seite dem blutigen Schauspiel beiwohnten, wandten sich grausend ab. Der Kriegsherr des Be'el aber stand ungerührt, bis der letzte Todesschrei verklungen war. Einen Tag lang währte dieses Gemetzel. Das Wasser des Am färbte sich rot von dem Blut, das in Bächen vom Hügel der Zwei Flüsse herabströmte. Am Abend ließ Tarke-Um mitten in Phonalam auf den Leichen der Erschlagenen einen Scheiterhaufen für die Toten des Be'el errichten. Bis zum Morgen wütete ein Feuersturm, der die Stadt der Ponas zu Asche brannte. An Bäume gekettet mußten die gefangenen Ponas das Schicksal ihrer Stadt und ihrer Familien ansehen, bevor sie fortgeführt wurden zum Haus des Trem. Der Verräter aber, der Phonalam zu Fall gebracht, führte Tarke-Um zu Hor-Yu, dem Herrn der Ponas, der unerkannt zwischen den anderen stand. Als Hor-Yu den Gurena mit brennenden Augen ansah, mit Augen, in denen der Wahnsinn flackerte, als er sich geifernd in seinen Ketten wand, nach Tarke-Um spuckte und biß, schlug der Krieger aus Mombut den Wehrlosen nieder, weil er diesen Blick nicht zu ertragen vermochte.

Kurteva feierte den Sieg über die Ponas mit einem rauschenden Fest. Im ganzen Reich verkündeten die Herolde des Tat-Tsok den Triumph des Be'el über die Gesetzlosen, die sich zur Zeit der Herrschaft des Tat in den Wäldern eingenistet. Nun, so meldeten sie, könnten die Karawanenen und Reisenden wieder ungehindert durch die Wälder ziehen. Und sie verkündeten die Drohung, daß der Be'el jeden so grausam bestrafen würde, der es wagte, gegen die neue Ordnung Atlans zu verstoßen.
Das siegreiche Heer zog in Kurteva ein, umjubelt vom Volk, mit Gold und Ehren überschüttet. Die Sklaven wurden in Ketten durch die Straßen geführt, bevor man sie zum Haus des Trem brachte, und der Tat-Tsok ließ zum ersten Mal seit den Feierlichkeiten zu seiner Krönung die Prunkbarke der Te ausfahren, die fünfzig Männer ruderten und die einen Thron aus purem Gold unter einem Baldachin aus golddurchwirktem Brokat trug. Unter den Hochrufen des Volkes umrundete sie den innersten Ring Kurtevas. Der zum Sprung bereite Tiger, das Zeichen der Te, der den Bug der Barke schmückte, schien im Flimmern der Sonne auf seinem goldenen Körper zum Leben zu erwachen.

Der Mann jedoch, der auf dem Tigerthron saß, der neunundvierzigste Tat-Tsok, Tat-Lor-Te, die fleischgewordene Flamme, das Wort des Be'el, saß starr wie ein Kambhuk. Sein graues, eingefallenes Gesicht glich dem eines Toten, die Augen flackerten wie Lichter, die erlöschen wollen und der tosende Jubel des Volkes, das die Ufer des Kanals säumte, schien ihm Schmerzen zu bereiten, denn manchmal zuckte sein dürrer Leib in den Prunkgewändern, als habe ein Peitschenhieb ihn getroffen.

Die Xem aber, die drei Herren der Flamme, begingen den Sieg über die Ponas in ihrer schmucklosen, düsteren Halle im Tempel, in die kein Sonnenstrahl drang und kein Laut des ausgelassenen Festes, das nach der Fahrt des Tat-Tsok in den Straßen von Kurteva begann. Drei Tage und drei Nächte sollte es währen, um den Triumph des Be'el und das neue, goldene Zeitalter von Atlan zu feiern. In den Gesichtern der Xem aber war keine Freude zu lesen und kein Stolz über die heimgekehrten Sieger. Kalt und verschlossen waren die Mienen der drei mächtigsten Diener des Be'el, als Tarke-Um mit seinem Herrn, Hem-La, vor sie trat, um seinen Lohn zu empfangen.

»Du hast der Flamme gut gedient, Tarke-Um. Du hast deine Aufgabe erfüllt,« sagte Xerck. »Doch du hast mehr Soldaten verloren und weniger Sklaven nach Kurteva gebracht, als der Be'el erwartete.«

Tarke-Um senkte demütig den Kopf, als Xerck eine lange Pause eintreten ließ.

»Aber du hast dem Be'el den ersten großen Sieg errungen, seit er zurückkehrte aus der Verbannung,« fuhr der Herr des Feuers fort. »Die Flamme wird dich belohnen dafür.«

Wieder herrschte langes Schweigen im Saal des Xem. Die Augen der drei alten Männer bohrten sich in den Krieger aus Mombut, der vor ihnen stand und sie nicht anzusehen wagte. Er liebte und fürchtete den Be'el, denn er hatte ihm schon sein Herz und sein Schwert geweiht, als noch der Tat herrschte in Atlan.

»Deine Treue für den Be'el soll belohnt werden, Tarke-Um. Die Gurenas aus Kurteva lieben dich nicht, doch sie werden dich hassen, wenn du als neuer Kriegsherr des Tat-Tsok den inneren Ring verläßt,« sagte Xerck. »Seit die Tat-Tsok Kurteva erbauten, war es ungeschriebenes Gesetz, daß die hohen Gurenas im Dienst der Te dieser Stadt entstammten. Viele Meister des Schwertes kamen aus den Provinzen Atlans, doch keinem gelang es, die Gunst zu erringen, die der Tat-Tsok nur den Gurenas von Kurteva gewährte. Du bist der erste, Tarke-Um, denn der Be'el ist nicht den Gesetzen der Menschen unterworfen. Er wählt die, die seinem flammenden Herzen am treuesten dienen, ungeachtet ihrer Herkunft. Er traut den Gurenas von Kurteva nicht mehr, seit die Seph ihn verrieten. Du aber sollst fortan das Schwert des Be'el führen und seine Ehre verteidigen. Deine Pflicht ist es, die Getreuen des Be'el unter dem Banner der Flamme zu versammeln. Große Aufgaben warten auf sie, doch groß wird der Lohn für ihre Dienste sein. Du bist der Schwertarm des Be'el im neuen goldenen Zeitalter Atlans. Du bist berufen, neue Kriegergeschlechter zum Ruhm zu führen, die jene ablösen werden, deren Herzen abtrünnig wurden. Aber sieh dich vor, Tarke-Um. Man wird dich hassen und dich zu verderben suchen. Du lebst in der Stadt deiner Feinde.«

Tarke-Um neigte sich tief. Er wollte etwas erwidern, wollte danken für diese unerhörte Ehre, doch seine schwerfällige Zunge verweigerte ihren Dienst. Als ein Wink von Xerck ihn entließ, verharrte er noch lange in der Stellung der Unterwerfung, bevor seine Beine dem Willen gehorchten.

»Und du, Hem-La,« wandte sich Xerck an den Kaufmann, dem der Stolz auf seinen Gurena im Gesicht zu lesen war, »auch du sollst Lohn erhalten dafür, daß du diesen Krieger dem Be'el zugeführt und ihn geschützt hast vor der Mißgunst der Gurenas. Nicht lange mehr wird es dauern, bis der Be'el nach der Gläsernen Stadt greift, um die ganze Macht über Atlan zu erringen, eine Macht, von welcher der schwächliche Tat nicht einmal zu träumen vermochte, als er sich die Herrschaft über diesen Tempel erschlich. Dann soll dir als einzigem das Privileg gewährt sein, das du begehrst – dann sollen die Schiffe der La zum Land der Nok aufbrechen. Den Gewinn der ersten drei Fahrten dürfen sie den Speichern der La zuführen, ohne daß der Tempel oder der Tat-Tsok Anteile daran fordern. Das soll dich entschädigen dafür, daß Tarke-Um aus deinem Haus in den Dienst des Be'el übertritt.«

Hem verneigte sich. »Die Schiffe liegen bereit im Hafen‹, sagte er mit breitem Lächeln. »Sie können . . .« Als er Xercks Augen aufleuchten sah, verschluckte er die übrigen Worte.

»Reize nicht den Langmut des Be'el, Hem-La,« zischte Xerck. Seine Stimme klang drohend. »Er hat dich überschüttet mit Gnade, du aber willst es wagen, noch mehr zu fordern? Du wirst Kurteva nicht verlassen, bis du den Dienst erfüllt hast, für den der Allgewaltige dich ausgewählt, und für den er dich so reich belohnte, noch bevor er ihn von dir forderte. Überspanne den Bogen nicht, Hem-La, sondern bereite dich vor, die Heere des Be'el in die Gebirge des Am zu führen, damit dein Ring ihnen den Weg zur Gläsernen Stadt öffne.«

Hem schluckte und nickte hastig. »Ich danke dem allweisen Be'el für den Überfluß der Gnade, den er dem Haus der La zukommen ließ,« stammelte er mit tonloser Stimme.
»Nun aber wollen wir einen anderen befragen, der den Weg in das Innere Tal gefunden hat,« fuhr Xerck ungerührt fort. »Tarke-Um hat den Führer der Ponas lebend herbeigebracht. Du kennst ihn, Hem-La. Er hätte dich fast erschlagen im Inneren Tal. Aelan mußte dich aus seiner Hand retten. Wir werden ihn befragen, denn auch in ihm brennt eine unstillbare Sehnsucht nach der Gläsernen Stadt. Er hat sich gegen den Be'el gestellt und wird seine Strafe empfangen. Merke auf, Hem-La, was denen geschieht, die den Zorn der Flamme herausfordern.«
Auf einen Wink von Xerck schleppten Tempelwachen in schwarzen Rüstungen den nackten Hor-Yu herein. Sein kräftiger, brauner Körper, in Schweiß gebadet, glänzte im trüben Licht der Fackeln. Er wand sich heftig in seinen Ketten. Die Männer hatten Mühe, den Gefesselten zu bändigen und an einen eisernen Ring zu ketten, der in die Wand eingelassen war. Die Xem sahen ungerührt zu, wie die Soldaten seine Arme und Beine befestigten, in Hem aber loderte wilder Triumph auf, als er den verhaßten Pona, der ihn vor den Handan gedemütigt und der seinen Vater ermordet hatte, hilflos vor sich sah. Er trat näher an Hor-Yu heran, um ihm ins Gesicht zu blicken, doch als er die vom Wahnsinn berührten Augen des Pona sah, wich er erschrocken zurück. Hor-Yu aber hatte ihn erkannt, spuckte nach ihm und begann wie ein Tier zu brüllen.
Hem wich fast bis zu den Sesseln der Xem zurück, die ohne Bewegung verharrten. »Übergebt ihn mir,« flüsterte er. »Oh, erhabener Herr, bitte übergebt ihn mir. Er hat meinen Vater ermordet. Er hat die Karawanen der La überfallen. Ich möchte ihm einen langsamen Tod bereiten. Mit eigener Hand möchte ich ihn martern, um Rache zu nehmen für die Schande und das Unheil, das er über die La gebracht.«
Hem fürchtete sich vor diesem angeketteten Mann, der eher einem Tier glich als einem Menschen, zugleich aber hatte ihn hemmungslose Gier nach seinem Blut ergriffen, eine dunkle Kraft, die jäh in ihn gefahren war und ihn mitriß. Hem zitterte, war nicht mehr Herr seiner Glieder. Er wußte, daß dieser Haß, der ihn für einen Augenblick mit rasender Leidenschaft durchzuckte und ihn dann fallenließ, ein Teil der Macht des Feuers war. Als sie ihn losließ, so rasch, wie sie über ihn gekommen war, erschrak Hem-La. Eine Welle der Angst vor der unermeßlichen Grausamkeit des Be'el überschwemmte ihn.

»Er gehört dem Be'el,« knarrte die Stimme von Xerck. Hem-La fuhr in panischer Furcht herum. Einmal hatte er die Macht des Be'el erschaut, in der Nacht, als er von Kurteva nach Feen zurückgekehrt war und sein alter Lehrer ihm den Tod des Vaters gemeldet und von der Rückkehr der Flamme gesprochen hatte. In dieser Nacht hatte er sich dem Be'el ganz gegeben, hatte seine Träume und Hoffnungen in die Hände des Feuers gelegt, denn er wußte, daß nur die Flamme sie zu erfüllen vermochte. Damals hatte er die Macht des Be'el mit ehrfurchtsvollem Schaudern erspürt und ihr kaltes Feuer in sich gefühlt. Es hatte Besitz ergriffen von ihm, von seinen Gefühlen und Gedanken, und es war gut gewesen. Jetzt aber spürte er die gnadenlose Grausamkeit dieser Kraft, er spürte, daß er nur ein Spielball in ihrer erbarmungslosen Hand war, daß es keine Rettung gab vor ihr, daß sie ihn besaß wie einen Sklaven und daß der Reichtum und Glanz, den sie ihm geschenkt, nichtswürdiger Tand war gegen den Preis, den sie dafür forderte. Wie ein Blitz durchzuckte Hem-La diese Erkenntnis, in dem Augenblick, als die grausame Rachgier ihn verließ und eine Woge der Angst sich in ihm zu erheben begann.

»Darf ich mich zurückziehen, erhabener Herr?« flüsterte er. Alles Blut war aus seinem Gesicht gewichen. Mit einer Hand ruderte er nach einem Halt.

Xerck sah ihn verächtlich an. »Der allgewaltige Be'el wird die Rache an diesem Niederträchtigen vollziehen, nach der es dich gelüstet, Hem-La. Dir aber sei die Ehre gewährt, sie mit deinen Augen zu sehen. Gehe zur Seite, Hem-La, denn nun soll der Pona vor das Antlitz des Be'el treten.«

Hem nickte gehorsam, taumelte zurück und lehnte sich an eine Seitenwand. Die Stimme des Xerck aber erhob sich wie ein Donner, der sich tausendfach in dem Raum brach.

»Hor-Yu, du hast dich gegen die Gewalt des Be'el gestellt, du hast seine Diener ermordet und du hast nach der Macht gegriffen, die ihm gehört. Du hast die Gläserne Stadt gesucht, die dem Be'el zur Herrschaft erbaut ist. Nun, Hor-Yu, in deiner letzten Stunde entscheide dich, ob du dich dem Be'el unterwerfen willst.«

Ein Ächzen brach aus Hor-Yu hervor, der zusammengekrümmt in seinen Ketten hing. Geifer troff aus seinem Mund. Seine Augen starrten wie gebannt auf Xerck, der sich von seinem Sessel erhob.

»Du wirst sterben, Hor-Yu, doch es liegt in deiner Hand, ob dein Tod Wochen währen wird oder ob er dich durch einen gnädigen Schwertstreich erlöst. Und es liegt in deiner Hand, Hor-Yu, ob das Feuer des

Be'el dich auch nach dem Sterben deines Leibes versengen wird oder ob der Allgewaltige deinen Tod als Sühneopfer annimmt.«
Einen Augenblick herrschte tiefe Stille im Raum der Xem. Nur der keuchende Atem des Gefangenen war zu hören. Plötzlich brachen aus Hor-Yus weit geöffnetem Mund Laute, die keine menschliche Zunge hervorzubringen vermochte, tiefes Gurgeln zuerst, abgehacktes Krächzen und dann ein Schwall von Worten in einer kreischenden, unverständlichen Sprache. Hor-Yu zuckte in seinen Ketten. Es schien, als wehrte er sich gegen diese Kraft, die aus ihm herausbrach, die seinen Körper schüttelte und ihn zu zerreißen drohte. Mit starrer Miene beobachteten die drei Herren des Feuers das grausige Schauspiel. Hem-La aber war von eisiger Angst gelähmt.
»Im Namen des Be'el, des Herrn des Feuers, des Herrschers über die Welt der Dämonen und Geister, ich banne dich unter seine Macht,« rief Xerck und streckte die Hand aus.
Der Lärm, der aus Hor-Yus Kehle dröhnte, verstummte mit einem wilden Schrei. Einen Augenblick erfüllte den Herrn der Ponas klares Bewußtsein. Er blickte Xerck an, als sehe er ihn jetzt zum ersten Mal. Dann vernahm er ein Lachen in sich, ein gräßliches Lachen. Er wußte sofort, daß es der Stimme gehörte, die ihn viele Jahre geführt. Als Phonalam brannte und die Frauen und Kinder der Ponas hingeschlachtet wurden, hatte sich die Stimme noch einmal in ihm erhoben. Er aber hatte ihr geflucht, sie der Lüge bezichtigt und seinen verzweifelten Haß über sie ausgegossen. Doch sie war gewachsen an seiner Wut, hatte ganz Besitz genommen von seinem Körper und seinem Geist. Da hatte Hor-Yu erkannt, daß ein zweites Wesen in ihm wohnte, das sich in all den Jahren ausgebreitet hatte in ihm. Zögernd hatte es seine Stimme erhoben, um Hor-Yus Vertrauen zu erlangen und dann, als er sich ihrem Flüstern geöffnet, war es mächtig geworden. Immer mehr seiner inneren Räume hatte es ausgefüllt, doch als der Feuersturm von Phonalam über dem Wald leuchtete, hatte es ihn ganz ergriffen. Da hatte Hor-Yu begriffen, daß es böse war, daß es ihn verleitet hatte mit süßen Prophezeiungen und der Gier nach Macht, daß es ihn benutzt hatte als Spielzeug einer dunklen, entsetzlichen Kraft. Jetzt aber lachte und höhnte die Stimme in ihm. Sie war so stark geworden, daß Hor-Yu nicht mehr zu unterscheiden vermochte, ob er es war, der lachte, oder der Zweite in ihm, der Namenlose, der ihn beherrschte. Das Lachen raste in ihm, riß ihn mit, wischte den letzten Schimmmer seines eigenen Bewußtseins dahin und packte erneut seinen Körper. Hor-Yus Gesicht verzog sich zu einer grin-

senden Fratze, dann brach dieses furchtbare Hohngelächter aus ihm heraus. Es war nicht das Lachen eines Menschen, sondern klang wie das gellende Schreien unzähliger Stimmen, die grausame Lust empfinden.
»Er ist besessen,« rief Yort.
Xerck nahm eine der Fackeln aus ihrer Halterung und näherte sich dem Pona.
»Unterwerfe dich dem Be'el, dem Herrn der Dämonen,« rief er und drückte die brennende Fackel gegen Hor-Yus nackten Körper. Eine gewaltige Macht schien durch den Raum zu zucken und in Hor-Yu hineinzufahren. Die Farbe seiner Haut veränderte sich. Schwarze Flecken und Beulen erschienen auf ihr. Schaum trat vor seinen Mund.
Das Lachen verstummte. Hor-Yus Körper kam zur Ruhe.
»Berichte dem Be'el, du Bewohner eines fremden Körpers,« sagte Xerck. »Du hast diesen Wurm aus den Wäldern getrieben, um die Stadt aus Glas zu suchen. Was hast du durch seine Augen gesehen?«
Hor-Yu stieß einen langen, klagenden Seufzer aus, doch es war nicht seine Stimme, die jetzt zu sprechen begann. Wie die Stimme einer Frau klang sie, dann wieder wie die Stimme eines alten Mannes oder das krächzende Geschrei eines Kindes. Abgerissene Wortbrocken stieß sie hervor, mürrisch und widerwillig, doch das Feuer des Be'el, das Xerck nun vor die Augen Hor-Yus hielt, bannte sie und zwang sie zum Sprechen.
»Eine Mauer des Schweigens, unüberwindlich. Keine Macht der Welt ist stark genug, sie zu sprengen,« schrie sie in dröhnenden und kreischenden Lauten.
»Der Be'el besitzt den Ring, der das Schweigen öffnet. Der ihn trägt, ist ein ergebener Diener der Flamme,« sagte Xerck. »Berichte, was du sahst, als du den, in dem du Gast bist, dazu verführtest, einzudringen in den Bannkreis des Schweigens.«
»Den Berg des Lichts über der Gläsernen Stadt. Die wahre Macht über Atlan, nahe und doch unerreichbar.«
»Sie wird dem Be'el gehören!« rief Xerck.
»Der den Ring trägt für den Be'el,« kreischte die Stimme, »er hat ihn verloren!«
Hor-Yu bäumte sich wild auf. Seine Glieder und sein Kopf verdrehten und verrenkten sich zu einer bizarren Pose, bevor ein rasches, heftiges Zucken dem Herrn der Ponas krachend das Genick brach. Er sank in seinen Fesseln zusammen. Aus dem toten Körper begann widerlicher Gestank zu strömen.

Xerck wich einige Schritte zurück. »Schnell, schafft ihn fort und verbrennt ihn! Er ist unrein! Einer der Bösen hat in ihm gewohnt!« befahl er. Die Wachen, die Hor-Yu hereingebracht, lösten eilig die Ketten und schleppten die erstarrte, verkrümmte Leiche fort.

Hem-La, außer sich vor Schrecken und Angst, warf sich vor Xercks Füße. »Er hat gelogen! Ich habe den Ring nicht verloren. Hier ist er. Er gehört dem Be'el, für immer dem Be'el, so wie das Herz, das ihn trägt,« schrie er und umklammerte die Füße seines alten Lehrers, der ungerührt auf ihn herabblickte.

»Auch die Dämonen der dunklen Kraft dienen dem Be'el. Er zwingt sie in seine Macht, denn er ist ihr Meister,« sagte Xerck langsam. »Geh, und bewahre den Ring für die Flamme, denn er ist das Licht deines Lebens. Verlierst du ihn, so bist du nur mehr ein Wurm, den der Fuß des Be'el zertreten wird. Ich habe den Ring, den du trägst, als den wahren erkannt, doch hüte dich, Hem-La. Die Mächte des Dunklen, die von diesem Nichtswürdigen Besitz ergriffen, sagen manchmal die Zukunft voraus. Hüte den Ring, Hem-La, daß man ihn dir nicht raube. Noch besitzt du ihn, aber vielleicht ist Aelan-Y gesandt, ihn dir zu entreißen. Der Handan ist mächtiger als du denkst. Er ist aufgestanden von den Toten. Eine gefährliche Kraft führt ihn. Er ist ein Feind des Be'el, der vernichtet werden muß. Auch Rah-Seph ist ihm zugeneigt. Der Handan hat den Seph in seinen Bann gezogen und ihn zum Verrat an der heiligen Flamme getrieben. Vielleicht erwarten dich die Meuchelmörder schon heute nacht in deinem Haus. Der Be'el kann dir nicht helfen bei dieser Aufgabe, die nur dir bestimmt ist. Du mußt den Ring für ihn bewahren. Du stehst mit deinem Leben für ihn ein. Hüte ihn gut, Hem-La.«

Damit wandte sich Xerck um und verließ den Raum. Die anderen Xem erhoben sich schweigend und folgten ihm. Hem lag wie zerschmettert am Boden. Die eisige Kälte der Steinplatten kroch durch die Kleider und griff nach seinem Körper, der heiß war wie in einem Fieber. Im Raum hing der Gestank verbrannten Fleisches.

Kapitel 10
DER SPIEGEL IM SEE

Als Tat-Non-Te, der achte Tat-Tsok, der Erbauer von Kurteva, das Erbe seines Vaters Los-Te antrat, verfügte er, daß das Land von Hak verflucht und verboten sein solle, solange das Geschlecht der Te über Atlan herrsche. Als Los-Te, der die Khaïla zum zweitenmal niedergeworfen, befohlen hatte, die Spitze der großen Pyramide von Hak abzutragen und das unterirdische Labyrinth der Waiyas zu vernichten, wurde er von einem Pfeil mit dem Zeichen des Trem aus dem Hinterhalt niedergestreckt, denn im geheimen regte sich die Kraft der Großen Mutter noch immer. In seinem maßlosen Zorn über den Tod des Vaters ließ Tat-Non-Te alle Menschen des Südstammes, die nicht schon aus dem verwüsteten Land geflohen waren, aus ihrer Heimat vertreiben. Er ließ die Dörfer niederbrennen, die den Sturm der Vernichtung des ersten großen Krieges überstanden hatten und in denen sich die letzten, versprengten Bewohner des Südens sammelten, und er ließ ihre kargen Felder verwüsten. Wer sich dem Erlaß des Tat-Tsok zu widersetzen suchte, wurde von den Gurenas aus dem Norden unbarmherzig erschlagen. Kein menschlicher Fuß sollte jemals wieder das Land betreten, das die Khaïla mit ihrer bösen Magie geschändet.
Ein blühender Garten war es gewesen, einst, im goldenen Zeitalter Atlans, als die Nachfolger des Harlar herrschten. Die Khaïla aber hatte es in eine Wüste verwandelt, und Hak, die sternförmige Stadt, war im Sturm ihrer vernichtenden Kraft in Trümmer gesunken. Viele der Menschen, die das zerstörte Land verließen, siedelten sich am Nordrand der Kahlen Berge in der Stadt Alani an. Die Priester und Künstler, die Edlen und Vornehmen waren dem Ruf des Tat-Tsok nach Kurteva gefolgt, um die Blume aus Stein, die Tat-Non-Te zur ewigen Ehre seines Geschlechts erbauen ließ, mit Hilfe des Wissens zum Erblühen zu bringen, das von der hohen Kultur von Hak geblieben war. Die einfachen Menschen aber, die Bauern und Hirten, ließen sich in Alani nieder, denn ihr Herz war dem Land des Südens verbunden und sie glaubten,

daß sie einst zurückkehren würden, um das goldene Reich von Hak neu zu errichten.

Schon nach dem ersten großen Krieg, als die tödliche Macht der Khaïla sich über dem Haus des Trem entladen hatte und ein Sturm der Zerstörung über Atlan hingefegt war, hatten Flüchtlinge Alani gegründet. Nach dem zweiten Krieg nun, als die Gurenas des Tat-Tsok die letzten Menschen des Südens aus dem verbotenen Land über die Kahlen Berge trieben, wuchs Alani. Der Tat-Tsok ließ starke Truppen in Alani zurück, um den Paß zum Süden zu sperren, damit sich niemals wieder die Khaïla erhebe gegen die neuen Herrscher Atlans. So wuchs Alani von der unbedeutenden Siedlung aus der Zeit nach dem ersten Krieg zur größten Stadt des Südstammes.

Doch Alani war eine häßliche Stadt. Um die Festung aus dem gelben und roten Stein der Kahlen Berge, die der Tat-Tsok auf der Anhöhe, die den Zugang zum Paß überblickte, für seine Truppen hatte errichten lassen, drängten sich niedrige, würfelförmige Häuser aus Lehm. Der Wind, der ohne Unterlaß von den Kahlen Bergen herabwehte, wirbelte mächtige Staubwolken durch die Straßen und Gassen und ließ einen Schleier von schmutzigem Ocker auf den Häusern zurück. In den Wintertagen aber, wenn der Regen wie eine Urgewalt niederbrach, versank Alani im Schlamm und das trockene Land wurde überschwemmt von Sturzbächen, die von den Felsen herabschossen. Alani war eine vergessene Stadt. Nur die Karawanen, die auf dem Weg von Kurteva nach Melat in Alani rasteten, brachten Kunde von den Geschehnissen im Reich. Die Menschen des Südens hörten die Neuigkeiten gleichgültig, denn viele von ihnen glaubten an die Rückkehr der Khaïla und kümmerten sich nicht um den Kampf der Götter des Nordens und um die Verfügungen des Tat-Tsok in Kurteva. So gingen die Wirren der Jahre an Alani vorbei, doch es hieß, daß trotz der Sperren am Paß und trotz des tödlichen Verbotes, das alte Land des Südens zu betreten, geheime Verbindungen bestanden zwischen Alani und den Ruinen von Hak, in denen Waiyas den Sturm der Vernichtung überlebt hatten. Als der Tat-Tsok den Be'el verstieß, rettete sich Yort, einer der Herren des Feuers, über die Kahlen Berge, um die Waiyas für die Sache der Flamme zu gewinnen. Als der Be'el zurückkehrte in den Tempel von Kurteva und die Macht über Atlan an sich riß, lebte der Verkehr über den Paß von Alani wieder auf, doch nur die Gesandten des Tempels durften den alten Weg in den Süden reisen und nur den Waiyas, die der Be'el nach Kurteva lud, war es gestattet, die Sperren zu passieren. Das Gerücht ging um in Alani, die Khaïla werde bald wiederkommen, wie es prophezeit war, um sich mit dem Be'el zu vermählen zu Beginn eines neuen Zeitalters. Dies nährte die Hoffnungen von vielen Menschen in den Provinzen des Südens und machte sie dem Be'el, dem neuen Herrn Atlans, geneigt.

Alani war eingeschlossen von unwirtlicher Erde. Im Süden der Stadt wuchsen die Geröllhänge und Felswände der Kahlen Berge auf, im Westen und Norden erstreckten sich die Sümpfe von Alas, in denen das tödliche Fieber wohnte, das in manchen Sommern auch die Stadt ergriff. Die wenigen, die gewagt hatten, in das Gebiet der tückischen Sümpfe einzudringen und so glücklich waren, lebend zurückzukehren, berichteten von Geisterheeren, die dort wohnten, von tanzenden Irrlichtern und von regungslosen Gewässern, in deren Spiegeln die Fratzen von Untoten und Dämonen erschienen. Östlich von Alani breiteten sich weite Steppen aus, auf denen Hirten mit ihren Herden wanderten. Es waren die Nachkommen des alten Südvolkes, das die Ebenen jenseits der Kahlen Berge schon durchwandert hatte, als Hak noch nicht erstanden war aus Gold und Marmor. Nachdem der Tat-Tsok sie aus dem alten Land vertrieben, weideten sie ihre Tiere in der Steppe zwischen den Sümpfen von Alas, dem Vulkan Xav und dem Delta des Mot. Manchmal kamen sie nahe an Kurteva heran, sahen die Flamme in der gläsernen Kuppel des Tempels lodern, doch sie mieden die Stadt der Tat-Tsok und erzählten in ihren Zelten, daß das Böse hinter den weißen Mauern wohne. Die Pferde, die sie züchteten und ritten, galten als die besten und edelsten in Atlan und waren begehrt bei den Gurenas und Edelleuten des Nordens. Einmal im Jahr, zur Zeit des Sonnensternfestes, wuchs ein Ring aus runden Zelten um Alani, denn es war der Brauch des wandernden Volkes, das Fest zu Füßen der Kahlen Berge zu begehen. Die Blicke aus tausenden Augen begleiteten den Stern auf seiner Wanderung in den Süden und mit ihm ging die Hoffnung, ihm eines Tages in das alte Land nachzufolgen. Wenn der Sonnenstern hinter den zerklüfteten Felsen am südlichen Himmel verschwand, begann ein Fest, das drei Tage währte und bei dem das in gelbem Staub versunkene Alani zu buntem Leben erwachte. Wilde Reiterspiele tobten über den Platz am Fuß der Festung und beim Pferdemarkt drängten sich auch Käufer aus den reichen Häusern von Kurteva. Lärmende Musik von Trommeln, Fideln und Flöten hallte in den Straßen und die Nacht war erhellt von einem wogenden Meer von Lichtern. Unbeweglich und abweisend aber standen auch in diesen seltenen Tagen unbeschwerten Frohsinns die Kahlen Berge, eine unüberwindliche Wand aus zerfurchtem Stein. Öde und nackt ragten die

glatten Felsen in den Himmel, geschliffen vom immerwährenden, singenden und heulenden Wind, wie eine zu Stein geronnene Mahnung an die Macht der Vernichtung, die über das Land von Hak hereingebrochen war. Nur einige Dhans lebten dort oben in Höhlen, zurückgezogen von der Welt, doch es ging die Sage unter den Gurenas, daß irgendwo, hinter unzugänglichen Schluchten und Felswänden, die letzte Burg der Harlanas zu finden sei, der Männer des Schwertes, die sich einst im Kampf gegen die Khaïla hervorgetan, und die ausgelöscht worden waren vom unbändigen Zorn der Großen Mutter. Jünger des Egol waren sie, der sie nach dem Tod des Harl, des Erlösers von Hak, in die Berge gewiesen, damit sie sich auf den letzten Kampf vorbereiteten, in den der wiedergekehrte Harl sie führen würde.
»Wir wissen nicht viel über Egol,« sagte Rah. »Ich habe in der Bibliothek von Kurteva nach Schriften über ihn suchen lassen, doch mit geringem Erfolg.«
»Lok-Ma hat über ihn gesprochen,« erwiderte Aelan, »als er über die Religionen Atlans berichtete, die im Reich von Hak entstanden. Er sagte, daß Egol den Harl drängte, die alte Königslinie von Hak mit Waffengewalt wieder einzusetzen. Nachdem die Khaïla den Harl ermordet hatte, führte Egol seine Leute in die Berge.«
»Ja, und er nahm das Schwert mit sich, mit dem man den Harl erschlagen hatte. Die Harlanas der Kahlen Berge vollbrachten gewaltige Taten in den Kriegen gegen die Khaïla. Ohne sie wäre es den Tat-Tsok nie gelungen, das Trem zu zerbrechen. Über ihre Heldentaten berichten die alten Schriften, aber keine von ihnen sagt, wo die geheimen Burgen der Harlanas versteckt liegen.«
»Die Khaïla soll sie alle vernichtet haben.«
»So sagt man, doch eine wurde nicht gefunden von den Waiyas. Dort sollen noch immer Harlanas leben, die letzten, die den Weg des Schwertes in seiner Vollkommenheit gehen und das diamantklare Ka in sich tragen. Aber vielleicht ist auch das nur eine Legende, die in den Ghuras von Kurteva erzählt wird, denn die Kämpfe gegen die Khaïla liegen viele hundert Jahre zurück.«
»Haben nicht alle Gurenas das Ka?« fragte Aelan.
Rah lachte. »Oh nein! Nur wenige vermögen dem Weg des Schwertes so tief in das eigene Herz zu folgen, daß sie das Ka finden. Ein Harlana, ein wirklicher Meister des Schwertes, muß es in ihnen öffnen, wenn sie bereit dafür sind. Doch es gibt nur mehr wenige Harlanas in Atlan. Ich glaube, daß So, in dessen Ghura ich den Weg der Klinge erlernte, der einzige in Kurteva war, der den Namen Harlana verdiente. Er ver-

mochte das Ka zu öffnen. Mein Vater sagte, So habe viele Jahre in den Kahlen Bergen verbracht, in eben jener geheimen Burg. Er selbst aber sprach nie darüber. Wenn wir ihn nach den alten Legenden fragten, schwieg er. Aber auch So ist jetzt tot. In seiner Ghura tritt ein unwürdiger Nachfolger, den Xerck einsetzte, sein Andenken in den Schmutz. Das Ka hat nichts zu tun mit dem Feuer des Be'el, wie man es heute den jungen Ghurads lehrt. Das Ka ist frei und nicht an einen Gott gebunden. Deshalb kümmern sich die Gurenas nicht darum, wer im Tempel von Kurteva angebetet wird und welche Priesterschaft gerade mit der Macht spielt. Die Gurenas dienen einzig der gerechten Sache Atlans.«

»Und dem Tat-Tsok,« warf Aelan ein.

»Ja, denn früher standen die Tat-Tsok für Gerechtigkeit und Freiheit. Sie haben Atlan von der Magie der Khaïla befreit. Sie haben das zerrissene Reich nach den großen Kriegen vereinigt und die Gewaltherrschaft der Aibos beendet.«

»Heute aber ist der Tat-Tsok ein willenloses Werkzeug des Be'el.«

Über Rahs Gesicht huschte ein Schatten von Traurigkeit. Er schmunzelte bitter. »Auch die hehrsten Ideale scheinen wie Sand zu zerrinnen im Regen der Zeit. Lange schon ist der Stern der Te am Sinken. Die späten Tat-Tsok ließen sich verführen von ihrer Macht oder von den Schmeicheleien beflissener Priester. Und viele der Gurenas folgten ihren Herren in die Verblendung. Nur in wenigen Gurenahäusern lebt noch der klare Geist der Unterscheidung, der den wahren Krieger auszeichnet. Der reine Weg des Schwertes ist vergessen. Auch ich wurde verleitet und habe das Ka verloren. Nur einer, der würdig und rein ist, vermag das Ka in sich zu tragen. Weicht er nur um Haaresbreite vom wahren Weg des Schwertes ab, verläßt es ihn. Sein Verlust ist bitter, denn es ist nicht gewiß, ob er es je wieder zu erlangen vermag. Doch ich spüre die Klarheit zurückkehren in mir, seit wir Kurteva hinter uns ließen. Der Weg des Schwertes ist nicht mehr offensichtlich wie in alten Zeiten, als die Linie, die Gut und Böse schied, deutlich war. Er führt durch Verwirrung und Dunkelheit und manchmal scheint er sich ganz zu verlieren. Dem Beharrlichen aber offenbart er sich wieder nach langen Jahren der Irrfahrt, und seine Klinge, die ein Spiegel seiner Seele ist, wird wieder klar und rein. Ich habe geglaubt, das Heil Atlans könne Wirklichkeit werden unter der Herrschaft des Be'el. Ich habe mit meiner ganzen Kraft dafür gekämpft, in dem Glauben, ich hätte den verlorenen Weg zum Ka wiedergefunden, doch ich verirrte mich nur noch tiefer im Dickicht der Lüge. Jetzt sehe ich klar, daß nur der Sturz des Be'el das neue Zeitalter bringen wird, dem die Menschen Atlans so lange schon entgegenfiebern.«

»Glaubst du, daß ein Kampf, ein Krieg, der Sturz eines Gottes und die Wiederkehr eines anderen, dies vermag?« fragte Aelan.

Rah blickte den Freund nachdenklich an. Sie hatten auf ihrer Reise wenig gesprochen. Nach jenem Abend im Haus der Seph, an dem sie sich ihr Schicksal der vergangenen Jahre erzählt, war schweigendes Einverständnis zwischen ihnen gewachsen, eine Übereinstimmung, die kaum der Worte bedurfte. Rah erahnte die Kraft, die in Aelan gewachsen war, fühlte sich angezogen von ihr, denn sie rührte Gedanken und Empfindungen in ihm auf, die lang unter der Kruste von Lüge und Verblendung verborgen gewesen. Er fühlte sich frei und unbeschwert in der Gegenwart des Handan und seine Liebe zu dem schweigsamen Freund schien wie die Fortsetzung einer Verbundenheit, die aus längst vergangenen, für immer vergessenen Zeiten herüberreichte.

Aelan aber wußte, daß Rah ein Freund und Bruder aus vielen gemeinsamen Leben war, daß sie sich in dieser Existenz wieder begegnet waren, um weiter an den Knoten des Lahf zu wirken, oder aber, um sie zu lösen und das verschlungene Gewebe ihres gemeinsamen Schicksals zu vollenden. Er dachte an den Traum in der Hütte des Schreibers, als er Rah und Mahla in einem vergangenen Leben gesehen, Rah als den Bruder, der im Tempel von Hak fiel und Mahla als die Geliebte, die in seinen Armen starb, bevor er selbst verzweifelt den Tod suchte. Damals hatte er die heilige Stätte des Sonnensterns gegen die Krieger des Trem verteidigt, die nach der Macht über Hak griffen, doch es war töricht gewesen. Es war nicht vonnöten, den Sonnenstern mit Waffen zu verteidigen, denn keine irdische Macht vermochte ihn zu berühren. Er stand hoch über dem wogenden Kampf der beiden Seiten des Ehfem, des Lichtes und des Dunkel, des Guten und Bösen. Vieles hatte Aelan seither über den Weg des Sonnensterns gelernt. Bilder aus vergangenen Leben waren aufgestiegen in Träumen, Bilder von Liebe und Leid, von Freude und Verzweiflung, Bruchstücke seiner großen Wanderung durch unzählige Existenzen zur Erkenntnis des Sonnensterns. Sie fügten sich allmählich in ihm zu einem Ganzen. Aelan wußte, daß keines der Leben, kein noch so hartes Schicksal, das er erduldet, umsonst gewesen war. Jedes dieser Bilder war ein wichtiger Schritt auf seinem Weg. Vieles aber lag noch in dichtem Nebel. Er vermochte diesen Schleier auch in den Stunden der Stille nicht zu lüften, wenn er das Hju in sich wachsen ließ und der Name des Sonnensterns wie eine gewaltige Welle durch ihn brandete.

Lok-Ma pflegte nur zu lächeln, wenn Aelan ihn nach den Dingen jenseits dieses Schleiers fragte. Der On-Nam kam nach der langen Zeit der Dunkelheit in der Sklaverei nun fast jede Nacht in Aelans Traum und führte ihn tiefer in die unaussprechlichen Geheimnisse der Einen Kraft ein. Die Grenzen zwischen Traum und wachem Leben verschwammen für Aelan. Er wußte nicht, ob die Tage, an denen er an Rahs Seite durch die endlosen Steppen des Ostens ritt, wirklicher waren als die leuchtenden Nächte, in denen sein Körper ruhte und er dem On-Nam begegnete in den Welten des Inneren. Nur seine Liebe zu Mahla verwob die Welt des Tages mit den Träumen der Nacht. Die Sehnsucht nach der Geliebten verließ Aelan keinen Augenblick. Er sah deutlich ihr Bild vor sich, versuchte die Kraft des Mühelosen Reisens zu nutzen, um herauszufinden, wo sich Mahla befand und er befragte Lok-Ma nach ihr. Das Fai aber versagte und der On-Nam schwieg. Hinter dem aufgewühlten Meer seiner Gefühle ahnte Aelan, daß auch seine Liebe zu Mahla eine Prüfung auf dem Weg des Sonnensterns war. Manchmal versuchte er mit Willenskraft, den Schleier in sich zu lüften, doch er spürte, daß sich sein Blick verdunkelte, je heftiger er ihn zwingen wollte. Nur wenn sein Herz leicht und sein inneres Schauen mühelos war, öffnete sich das Licht des Hju. Manchmal gelang es Aelan für Tage, diesen Zustand gelöster Heiterkeit in sich zu bewahren, dann wieder nagte die Sorge an ihm, Mahla könnte etwas zugestoßen sein, oder der bittere Gedanke, er könnte die Geliebte nicht wiederfinden.

An die unmittelbare Zukunft aber verschwendete Aelan keine Aufmerksamkeit. Er wußte nicht, welchem Geschick er zusammen mit Rah entgegenritt. Er wußte nicht, ob ihre Wege sich trennen würden in Alani, denn Rah suchte nach den Harlanas der Kahlen Berge, Aelan aber wollte zu den Ruinen von Hak vordringen, um aus der Quelle des Sonnensterns zu trinken, wie die Namaii ihm geheißen. Aelan lebte völlig im gegenwärtigen Augenblick. Er hatte sich der Einen Kraft gegeben und wußte, daß sie ihn führen würde auf seiner großen Wanderung. Seine Hingabe war jetzt nicht mehr gelenkt von Stolz und eigenen, engstirnigen Wünschen wie damals in Ütock, als man ihn in die Sklaverei geschleppt und eine Wolke aus Zweifel und Enttäuschung das Licht des Hju in ihm verdunkelte für so lange Zeit. Nun verstand Aelan die Worte des Schreibers, die er in der Nacht über dem Tal von Han gesprochen, als die große Wanderung für Aelan begonnen hatte – Folge immer nur deinem Weg, er ist gerade unter deinen Füßen. Der Weg des Sonnensterns war überall. Manchmal begann Aelan sich zu fragen, warum er sich überhaupt den Gefahren aussetzen sollte, in das verbotene Land des Südens zu schleichen, um die alte Quelle von Hak zu finden, aus der das Wasser des Lebens floß. Aber es war gleichgültig, wohin sein Weg ihn führte. Er spürte den Namen des Sonnensterns in sich und wenn er die Augen schloß, sah er das Licht des Ban und hörte die Musik des Ne, süßer und gewaltiger als je zuvor. Manchmal hatte er versucht, mit Rah darüber zu sprechen, doch der Gurena sah in der Kraft des Sonnensterns nur einen Schimmer des Ka, das er verzweifelt zurückzugewinnen suchte.

Rah überlegte eine Weile, bevor er Aelans Frage beantwortete. »Nicht der Sturz eines Gottes und die Wiederkehr eines anderen wird Atlan den Frieden wiedergeben, auch nicht die Macht eines Tat-Tsok. Ich habe viel nachgedacht in den Stunden, wenn die Unzufriedenheit in mir bohrte. Im alten Reich von Hak hat sich das Gute zum Bösen gewandelt, doch das Gute kam wieder aus dem Norden und hat das Böse besiegt. Doch auch die Tat-Tsok, die das Gute brachten, wurden auf die Seite des Bösen gezogen. Immer aber war es die Gier nach Macht, die den Balken der Waage neigte. Die Gier eines Herrschers oder die Gier eines Gottes und seiner Priester. Wie schleichendes Gift ist dieses Böse, eine dunkle Kraft, die sich als Nebel über die Herzen legt, unmerklich erst, um sie von innen heraus zu zerfressen. Es bedarf eines Reinen, der die Kraft des Lichtes wieder weckt und Atlan in die Morgendämmerung eines neuen Tages führt. Es bedarf eines Reinen, der nicht die Macht sucht für sich. Dann wird eine Zeit anbrechen, in der das Gute nicht den Zwecken eines Herrschers oder eines Gottes dient, sondern frei im Herzen jedes Menschen wohnt. Hast du vom Tat-Sanla gehört?«

Aelan nickte. »Ja. Bei den Sklaven am Haus des Trem gab es viele, die ihre Hoffnungen an seinen Namen hefteten. Manche haben ihn selbst gesehen und wunderbare Dinge von ihm berichtet.«

»Auch in Kurteva gibt es Menschen, die seine Botschaft vernommen haben. Der Tat-Tsok und die Tam-Be'el fürchten ihn. Sie schicken Gurenas und Soldaten in den Westen, um ihn zum Schweigen zu bringen, so wie sie den Ersten Sanla ergreifen ließen, um ihn zu ermorden. Doch die Stimme der Wahrheit läßt sich nicht töten. Als ich das Ka verlor am Bild des Be'el, ging ich in den Westen, um den Sanla zu suchen, doch ich fand seine Spuren nicht, obwohl alle, die ich fragte, ihn zu kennen schienen. Jetzt aber weiß ich, daß all dies nötig war, um die Klarheit in meinem Herzen wiederzufinden. Ich werde die Harlanas der Kahlen Berge suchen, um das Ka wiederzuerlangen. Dann aber werde ich es in den Dienst der Sache stellen, für die alle Gurenas gekämpft haben, bevor auch ihre Herzen von der Dunkelheit der Macht erfüllt wurden. Der Sanla will nicht die Herrschaft eines Gottes, er strebt nicht nach dem Thron des Tat-Tsok, wie manche verbreiten, die ihn nicht verstehen. Er will das Böse stürzen und ein neues goldenes Zeitalter anbrechen lassen, eine Zeit ohne die Heuchelei der Priester und ohne die Machtgier der Herrschergeschlechter.«

»Kann es einen endgültigen Sieger geben im ewigen Kampf zwischen den beiden Seiten des Ehfem?« fragte Aelan.

»Was meinst du?«

»Licht und Dunkel, Gut und Böse, wechseln sich ab wie Tag und Nacht, wie Tod und Leben. Aus ihrem Kampf aber erwächst der ewige Kreislauf des Lebens. Um zu lernen, den Weg in die unsterbliche Tiefe des eigenen Herzens zu finden, bedarf es beider Seiten des Ehfem.«

»Soll man also dem Bösen freien Lauf lassen?«

Aelan zuckte die Achseln. »Niemand vermag das Rad anzuhalten, das ständig sich dreht. Das Schicksal der einzelnen Menschen auf ihm gleicht dem Schicksal der großen Reiche, die vor Atlan waren und nach Atlan sein werden. Unaufhörlich dreht es sich, damit die Menschen aus dem Krieg des Ehfem lernen. Zeiten gibt es, in denen das Licht des Tages nie zu erlöschen scheint, doch dann bricht die Dämmerung herein und die Nacht. Dann wiederum scheint es, daß die Mächte des Dunklen für ewig herrschen werden, aber auch ihre Herrschaft ist nicht von Dauer.«

»Aber was vermag ein Mensch, wenn er den Lauf dieses Rades nicht anhalten kann? Ist es nicht edler, zu kämpfen für den Sieg des Guten, auch wenn er nicht ewig währen wird, als tatenlos zu verharren?«

»Viele verharren tatenlos. Sie sind wie Schlafende auf einem Boot, das auf den Wellen treibt, ohne jemals Land zu erreichen. Viele drehen sich auf dem Rad von Leben und Tod, von Freude und Leid, von Licht und Dunkel, ohne es zu verstehen. Sie sind hilflos und blind im Krieg der zweigespaltenen Kraft. Die aber, die aufgewacht sind nach unzähligen Runden auf dem Rad, sie machen sich auf den Weg zur Nabe, zum Mittelpunkt, der unbeweglich still steht inmitten der ewigen Drehung. Sie suchen die Insel im eigenen Herzen, an der die Flut des Ehfem verebbt, den Ruhepunkt, der nicht berührt ist vom ewigen Wogen des Kampfes. Sie suchen die Eine Kraft, die über die Pole des Ehfem hinausführt.«

Rah sah Aelan lächelnd an. Gedanken und Fragen drängten sich in ihm, doch er fand keine Worte, sie auszusprechen. Er ließ sich wieder in das Einverständnis fallen, das im Schweigen zwischen ihm und dem

Freund herrschte. Vieles von dem, was Aelan sagte, schien ihm eigenartig und unverständlich, denn die Lehren der Gurenas, die Ideale des Schwertweges, wiesen in andere Richtungen. Und doch spürte Rah, daß Aelans Worte von tiefer Wahrhaftigkeit getragen waren. Sie stammten nicht aus Büchern, waren nicht den Priestern und Mehdranas nachgeplappert, sondern kamen unmittelbar aus der Wahrheit des Herzens. Auch Aelan schwieg. Manchmal drängte es ihn, mit dem Freund mehr über die Geheimnisse des Sonnensterns zu sprechen, auch ihn zu bewegen, das Hju in seinem Herzen zu finden, doch eine feine innere Stimme hieß ihn schweigen. Niemand vermag die Sehnsucht nach der großen Wanderung zu erwecken, hatte Lok-Ma einmal gesagt. Sie muß von selbst aufbrechen wie die Blüte, die von der Kraft des Frühlings berührt wird. Öffnet sie aber eine fremde Hand, so welkt sie. Der Weg des Hju wird sich zur rechten Zeit im Herzen entfalten. Aelan ließ den Blick über die Ebenen schweifen. Ein wolkenloser Himmel spannte sich weit und unbeweglich über das ausgedörrte Land. Die warme Luft schien stillzustehen. Alean schloß die Augen, um die singende Stille in sich aufzunehmen, als ihn plötzlich die Ahnung einer schrecklichen Bedrohung durchfuhr. Er zuckte im Sattel zusammen. Einen winzigen Augenblick lang sah er ein grausiges Bild vor sich. Er sah Rah in Flammen stehen, die helles Licht über die Ebene warfen und eine Schar gräßlicher Verfolger anlockten, Wesen, die eher Dämonen glichen als menschlichen Gestalten und die durchdrungen waren von einer unerbittlichen, bösen Kraft.

»Was ist dir?« fragte Rah, der die heftige Bewegung des Freundes bemerkte.

»Wir werden verfolgt,« sagte Aelan.

»Das denke ich mir,« lachte Rah. »Die Wut der Tam-Be'el über den raschen Abschied ihres Ersten Gurena wird fürchterlich sein. Aber wo sollen sie uns suchen? Atlan ist weit. Niemand weiß, wohin wir uns gewendet haben.«

»Die dunkle Magie des Be'el ist mächtig. Die Herren der Flamme vermögen viele Dinge, die gewöhnlichen Menschen verborgen sind.«

»Und doch, wer soll uns finden in diesen menschenleeren Steppen? Sie müßten ein riesiges Heer ausschwärmen lassen. Aber selbst wenn sie das tun – das Schwert der Seph wird uns schützen.«

»Keine gewöhnlichen Krieger sind uns auf der Fährte. Es sind keine menschlichen Wesen, sondern etwas, das ganz von der Macht des Bösen durchdrungen ist. Es sucht nach uns nicht nur in dieser Welt, sondern auch in den Welten des Inneren. Es streckt die Fühler seines

Bewußtseins nach uns aus. Es hat uns erreicht, jetzt, in diesem Augenblick. Ich habe seine entsetzliche Macht gespürt.«
Rah lächelte gequält. In solchen Momenten schwoll die schmerzliche Gewißheit, das Ka verloren zu haben, zu einem bitteren Brennen. Er hielt sein Pferd an und ließ den Blick nach allen Seiten über das Land schweifen. »Ich habe gelernt, deinen Warnungen zu vertrauen, Aelan,« sagte er. »Doch im Augenblick sind wir sicher. Wir werden Alani erreichen, bevor uns irgendjemand einzuholen vermag, auch wenn er das beste Pferd dieser Steppen ritte.«
Aelan nickte abwesend. Sein Herz pochte heftig, Unrast hatte ihn befallen. Die friedliche Gelassenheit seiner Gedanken war aufgewirbelt wie ein Gewässer, über das ein starker Wind geht. Niedergeschlagenheit wollte ihn ergreifen, das Gefühl, alles sei aussichtslos. Auf einmal schien ihm die Zukunft wie eine Bedrohung. Wohin sollte er sich wenden, wenn sie Alani erreicht hatten? Der Paß in den Süden war von den Truppen des Tat-Tsok besetzt und im Land von Hak, in dem er die Quelle suchen wollte, war die Khaïla wieder aufgestanden und bereitete sich vor für die Vermählung mit dem Be'el.
»Wie willst du die Burg der Harlanas finden?« fragte Aelan, als sie weiterritten.
Rah zuckte die Achseln. »Mein Haushofmeister Ti war einmal in Alani, um Pferde zu kaufen für die Seph. Ich habe ihn gefragt in der Stunde, bevor wir aus Kurteva flohen. Er wußte nicht viel zu berichten, war zu aufgeregt, um sich klar zu entsinnen. Aber er hatte in Alani von einem See gehört, der unmittelbar zu Füßen der Kahlen Berge liegen und ganz von Felswänden eingeschlossen sein soll. An seinem jenseitigen Ufer, das schon tief in den Felsen liegt, soll es eine steile Schlucht geben, durch die man in die Berge vordringen kann. Angeblich soll von dort ein geheimer Weg bis in die Ebenen des Südens führen, zu den Ruinen von Hak. Irgendwo an diesem Weg soll die Burg der Harlanas liegen. Aber wer will es wissen? Es soll Fischer geben an dem See, die den Zugang zu diesem Weg kennen und Schmuggler, die ihn nutzen, seit der Paß gesperrt ist. Wir müssen unserem Glück vertrauen. Wir wollen nach Alani reiten, um uns dort zu erkundigen.«
»Laß uns rasch reiten, Rah,« drängte Aelan, in dem das entsetzliche Bild nachklang, das plötzlich in ihm aufgestanden war. Rah nickte und ließ seinem Pferd die Zügel schießen.
Gewöhnlich hatten sie in der Abenddämmerung nach einem Platz für das Nachtlager Ausschau gehalten, an diesem Tag aber ritten sie, bis die Dunkelheit hereingebrochen war, getrieben von Aelans Unruhe.

Sie fanden ein Lager von Hirten, weit abseits der Karawanenstraße, die sie lange schon verlassen, drei Rundzelte um ein Feuer, das weithin leuchtete in der sternklaren Nacht der Steppe. Aelan wollte die Begegnung mit Menschen vermeiden, denn das Feuer könnte die Verfolger anlocken. Der rote Schein in der samtenen Dunkelheit erinnerte ihn an das warnende Bild, das er im Inneren empfangen. Rah aber wollte die Hirten nach dem See befragen.

Gastfreundlich wurden die Fremden aufgenommen, saßen mit den Menschen der Steppe um das Feuer, nahmen teil an ihrem kargen Mahl aus gedörrtem Fleisch und Stutenmilch und erzählten von ihrer Suche. Es erwies sich, daß einer der Hirten bei dem See am Fuß der Kahlen Berge gewesen war, den sie See des Spiegels nannten und den Weg dorthin beschreiben konnte. Bis tief in die Nacht saßen sie bei den Hirten und hörten die Legenden vom See des Spiegels. In der schweren Mundart des Südens sprach der älteste der Männer von einem Spiegel, mit dem man einst, im heiligen Tempel von Hak, das Licht des Sonnensterns eingefangen habe, und der nun in den unergründlichen Tiefen des Sees ruhe, verborgen vor der Gier der falschen Götter Atlans. In stillen Nächten, wenn das Wasser unberührt sei vom Wind, schimmere das Licht des Sonnensterns im See und man könne hinabblicken zu dem Spiegel auf dem Grund, um in ihm Vergangenheit und Zukunft zu erschauen. Einst würde er wieder emporsteigen aus dem See, wenn der Harl zurückkehrte, um das Volk des Südens zurück in die alte Heimat zu führen. Das Licht im Spiegel werde sie leiten auf dieser Wanderung. Rah und Aelan, die auf ihrem einsamen Ritt durch die Steppe lange keine Menschen mehr gesprochen, genossen die Gastfreundschaft der Hirten, und Rah spielte zum Dank auf der Ne. Verzaubert lauschten die Menschen der Steppe den gläsernen Klängen der Flöte, die sich in der endlosen Weite der Nacht verloren.

Als Rah und Aelan sich in einem der ledernen Zelte zum Schlafen legten, fühlten sie trotz der Unruhe ihrer Herzen ein wenig Geborgenheit. Früh am anderen Morgen, noch bevor die Sonne sich über der Steppe erhoben hatte, brachen Rah und Aelan auf, den See des Spiegels zu suchen. Sie fanden ihn auf dem Weg, den der Hirte ihnen gewiesen, am Abend des übernächsten Tages. Aus der Steppe wuchsen runde Hügel auf, hinter denen die abweisenden Felsen der Kahlen Berge standen. Von einer solchen, mit dürrem Gras bewachsenen Erhebung aus erblickten sie den schmalen, langgezogenen See, der sich zwischen senkrecht aufragenden Felswänden weit in die Berge hinein erstreckte. Er lag zwischen den zerklüfteten, gelben und roten Felsen wie ein leuchtender Smaragd. Aelan mußte an den See von Han denken, den Edelstein des Inneren Tales, in dem sich die Gletscher des Am spiegelten.

Als sie in der Abenddämmerung an dem schmalen Uferstreifen anlangten, waren die Wasser des Sees schwarz vom Schatten der Felswände, die ihn einfaßten. Regungslose Stille lag über dem See. Selbst der Wind, der sonst ohne Unterlaß von den Bergen wehte, hatte sich gelegt. Lange standen Rah und Aelan bewegungslos in dieser lautlosen Welt. Sie suchten in den kahlen Felswänden nach Zeichen von Leben, schienen niedergedrückt von der schweren Stille. Rah strengte die Augen an, um das jenseitige Ufer des Sees zwischen den eng zusammenstehenden Felsen zu erkennen, doch die glatte Fläche des Wassers verschmolz mit den Schatten der Dämmerung. Niemand schien in diesem stummen Reich zu leben. Zwischen den Büschen und Bäumen, die das Ufer säumten, fanden Rah und Aelan schließlich eine winzige Fischerhütte. Fast hätten die Freunde sie nicht bemerkt, denn sie war zwischen zwei großen Felsen hingeduckt, beschattet von den riesigen Blättern eines Gewürzbaumes, der einen milden, süßlichen Geruch verströmte. Die Hütte schien unbewohnt, doch Aelan spürte deutlich die Anwesenheit einer starken Kraft. Auch Rah erfühlte etwas in der Stille, doch er zwang die bange Erregtheit, die sich in ihm spannte, zur Ruhe. Die Dämmerung hatte sich herabgesenkt über die Kahlen Berge, als Rah und Aelan vorsichtig die Tür der Hütte öffneten.

»Ein seltsamer Platz,« flüsterte Rah. »Irgendetwas liegt in der Luft, aber ich weiß nicht, ob es bedrohlich ist oder nur unheimlich. Aber wer sollte schon leben an einem solchen Ort?«

Aelan zuckte die Achseln.

Knarrend öffnete sich die Tür. In der Hütte war es dunkel. »Ist da jemand?« rief Rah, als er eintrat. Tiefes Schweigen antwortete ihm. »Alles scheint verlassen.«

Ein kurzes, mißlauniges Brummen belehrte Rah eines anderen. Das Schwert der Seph flog aus der Scheide. Rahs innere Spannung krampfte sich zu einem Knoten. »Wir kommen in Frieden! Wir sind Wanderer, die einen Platz für die Nacht suchen,« rief er aufgeregt.

»Seltsame Wanderer,« sagte die Stimme aus der Dunkelheit, »die mit gezücktem Schwert in eine fremde Hütte eindringen.«

»Verzeih diesen Frevel,« antwortete Rah. »Wir wollten dich nicht erschrecken.«

Wieder brummte die Stimme mißlaunig. Aelan spürte, daß keine Gefahr von ihr drohte.

»Dürfen wir dich in deiner Einsamkeit stören?« fragte Rah unsicher und versuchte, die Finsternis in der Hütte mit seinen Augen zu durchdringen.
»Ihr habt es bereits getan,« knurrte die Stimme.
Ein Kienspan flammte auf und warf rötlichen Schein über das Gesicht eines alten Mannes, der mit gekreuzten Beinen auf einer breiten Bank an der Wand saß. Seine langen weißen Haare waren zu einem Knoten gebunden und sein hageres, wettergegerbtes Gesicht von einem zerzausten Bart umrahmt. Er erhob sich und entzündete eine Öllampe, die trübe Dämmerung in dem Raum verbreitete. Mit fahrigen Gesten wies der Alte seine Gäste an, auf der Bank Platz zu nehmen und schlurfte langsam davon, um nach Eßschalen zu suchen.
Rah blickte Aelan belustigt an, doch Aelans Blicke folgten gebannt dem Alten. Aelan fühlte eine eigenartige Kraft von dem Mann ausstrahlen, die gleiche Kraft, deren weite Stille er schon vor der Hütte gespürt.
»Bist du ein Fischer oder ein Dhan?« fragte Rah mit vergnügter Stimme. Der Alte erinnerte ihn an den Einsiedler, in dessen Baumhaus in den Wäldern von Feen er einmal die Nacht verbracht. Seine Spannung legte sich. Er fühlte nur mehr die wohlige Müdigkeit seiner Glieder nach dem langen, anstrengenden Ritt. »Verzeih uns noch einmal, daß wir dich erschreckt haben.«
Der Alte antwortete nicht. Er hantierte umständlich mit irdenen Schalen, die er mit kaltem Getreidebrei und einigen Stücken gesalzenem Fisch füllte und seinen Gästen reichte.
»Danke für deine Freundlichkeit,« sagte Rah. Auch Aelan murmelte einen Dank und senkte schüchtern den Kopf, als er die Schale aus der breiten, groben Hand des Alten nahm. Als er spürte, daß der Blick des Mannes auf ihm ruhte, hob er die Augen und sah den Alten an. Er blickte in klare, ruhige Augen, die in dem dunklen Gesicht zu leuchten schienen. Für einen Moment fielen ihre Blicke ineinander, dann verneigte sich der Alte und wandte sich um.
»Kennst du die Berge über dem See?« fragte Rah, während er sein karges Mahl aß.
»Ein wenig,« kam die knappe Antwort.
»Genug, um uns zu führen?«
»Wohin willst du?«
Die schroffe Art des Alten machte Rah mißlaunig. Geht man so mit Gästen um, dachte er. Das Benehmen dieses Alten reizte ihn und rührte Unmut in ihm auf. So konnte dieser Bursche zu seinesgleichen reden, zu Fischern und Bauern, aber nicht zu einem Gurena.

»Zur Burg der Harlanas,« platzte Rah unwillig heraus.
Aelan sah den Freund erschrocken an. Rah schien plötzlich verwandelt. Sein Gesicht verhärtete sich zu einer stolzen Maske. Angewidert schob er ein Stück Fisch in den Mund.
Der Alte nickte, als er seinen Gästen zwei Schalen mit Wasser brachte.
»Hast du davon gehört?« fragte Rah herrisch. Irgendetwas an dem Alten brachte ihn auf. Am liebsten hätte er ihm die Wasserschale aus der Hand geschlagen.
»Was willst du dort?« knarrte die Stimme des Alten.
Rah faßte den Greis scharf ins Auge. »Was geht dich das an? Stellst du deinen Gästen immer solche Fragen?« fuhr er ihn an.
»Du bist es, der Fragen stellt,« antwortete der Alte und zog sich in eine dunkle Ecke der Hütte zurück.
Mit verkrampftem Grinsen sah Rah zu Aelan hinüber, aber der Blick des Freundes war besorgt und unruhig.
»Nun, ich bin ein hoher Gurena aus Kurteva, der in der Ghura des So den Weg des Schwertes erlernte. Ich möchte den Fußstapfen meines Lehrers folgen, um bei den Harlanas der Kahlen Berge weiter zu lernen,« sagte Rah herablassend. Etwas trieb ihn, diesen Alten in die Schranken zu weisen.
»Welche Ehre, einen solch berühmten Gurena in meiner Hütte zu bewirten,« sagte der Alte spöttisch. »Habt ihr fertig gegessen?« Er schlurfte zu seinen Gästen heran, nahm ihnen die Eßschalen aus der Hand und trug sie fort. Wieder begegnete sein Blick dem von Aelan und wieder verneigte sich der Alte. Aelan war verwirrt. Der alte Mann schien wunderlich geworden in der Einsamkeit und doch strömte eine starke, klare Kraft von ihm aus.
»Kennst du also den Weg zu der Burg?« bohrte Rah. Seine Stimme wurde ungeduldig. Er sollte diesem ungehobelten Kerl das Schwert an die Kehle setzen, um ihm Manieren beizubringen.
»Und wenn, es wäre vergebens,« brummte der Alte aus seiner dunklen Ecke, in die er sich wieder verzogen hatte.
»Warum?« stieß Rah zornig hervor. Seine Hand zuckte nach dem Schwert. Nur mit Mühe beherrschte er die Wellen des Zorns, die ihn ergriffen. Sie schienen von überall auf ihn einzuströmen. Obwohl Rah sich klar bewußt war, daß sein Ärger sinnlos und unbegründet war, vermochte er sich nicht dagegen zu wehren. Allein der Anblick dieses Alten brachte ihn auf.
»Ein Gurena, der den Kampf gewinnen will, hat ihn verloren,« brummte der Alte.

»Was weißt du über die Gurenas?«
»Nichts.«
Rah lachte, um seine Wut zu unterdrücken. »Du bist mir ein seltsamer Bursche. Willst du uns führen oder nicht?«
Der Alte kam wieder herbei, mit langsamen, schlurfenden Schritten und nahm Rah die halb gefüllte Wasserschale aus der Hand. Er drehte sie um und goß das Wasser vor Rah auf den Boden. »Auch dieses Wasser wird eines Tages zum Meer zurückkehren,« sagte er.
Die Spannung in Rah wurde unerträglich. Er sprang von seinem Platz hoch, wollte den Alten packen, doch im gleichen Augenblick wieherten die Pferde vor der Hütte in Todesangst, bevor sie jäh verstummten. Die Tür wurde mit einem einzigen, krachenden Hieb eingeschlagen. Rah und Aelan fuhren herum. Die Unruhe, die sie tagelang begleitet, war in der Hütte des Alten wie von selbst verschwunden, nun aber brach sie als brennende Angst wieder in ihnen hervor.
»Der Verfolger,« rief Aelan, als er das Wesen sah, das mit schwerfälligen Schritten hereinstapfte. Es war von menschlicher Gestalt, doch um einen Kopf größer als der hoch aufgewachsene Rah. Seine Züge waren zu einer gräßlichen Fratze verzerrt und aus seinem keuchenden, mit bleckenden Zähnen bewehrten Tiermaul strömte übelriechender Atem.
»Ein Dämon,« schrie Rah. Seine Augen weiteten sich vor Schreck. Im nächsten Augenblick zuckte das Schwert der Seph aus der Scheide und fuhr in den breiten, schwerfälligen Leib des Wesens. Dieses aber schüttelte sich nur und stieß ein kurzes Brüllen aus. Mit einer ruckenden Bewegung stieß es Rah zur Seite und wollte sich auf ihn stürzen. Gewandt wie eine Wildkatze wich Rah aus, wollte von neuem angreifen, doch eine Kraft, die plötzlich den Raum durchpulste, hielt ihn zurück. Rah erkannte diese Kraft, die ihn in seiner Erregung und Kampfeswut lähmte und die tödliche Gewalt des Wesens von ihm ablenkte. Es war die Kraft des Ka, die Kraft der Gurenas, stärker und reiner, als Rah sie jemals gespürt, weit mächtiger als das Ka seines alten Lehrers So. Auch das Wesen wurde von ihr ergriffen. Es fuhr mit einem Brüllen herum und tappte nach vorne. Im Dunkel der Hütte blitzte die Klinge eines Schwertes. Der Alte führte es mit federnder Leichtigkeit. Sein Gesicht war in einem Ausdruck von ruhigem Ernst gefaßt. Es zeigte keine Angst und kein Entsetzen vor dem fürchterlichen Eindringling. Regungslos stand der Alte, das Schwert erhoben. Das Ka, das von ihm ausströmte, füllte pulsierend den Raum. Das Wesen zögerte einen Augenblick, ließ ein unwilliges Knurren hören, wandte sich un-

schlüssig nach der Seite, dann sprang es in einem mächtigen Satz auf den Alten zu. Noch im Sprung wurde es von einem Schwertstreich enthauptet, doch die dunkle Kraft, die in ihm wohnte, trieb seinen taumelnden Körper weiter, aus dem ein Schwall von schwarzem, stinkenden Blut hervorschoß. Der Kopf, der zu Boden rollte, schnappte ruckartig nach allen Seiten und verbiß sich in eine Strohmatte. Unfähig, sich zu bewegen, beobachtete Rah den Kampf. Der Alte wich dem Angreifer aus, schlug ihm mit raschen Hieben Arme und Beine ab. Doch in den abgeschlagenen Gliedmaßen der Kreatur schien eigenes Leben zu wohnen. Sie zuckten wie Schlangen am Boden und griffen mit ihren Krallen ins Nichts, als wollten sie den Kampf nicht aufgeben. Fassungslos vor Entsetzen drängte sich Rah an die Wand der Hütte. Aelan aber saß still auf seinem Platz. Obwohl ihn Wellen des Grauens schüttelten, spürte er, daß keine Gefahr bestand. Nach den Tagen der Unruhe vermochte er in diesem Moment des Schreckens den Namen des Sonnensterns wieder deutlich zu fühlen. Er empfand Erleichterung wie nach der drückenden Schwüle eines Sommertages, die sich in einem Gewitter löst.
»Geht hinaus,« rief der Alte, sprang über den zuckenden Torso des Wesens hinweg und schob Rah, der wie erstarrt schien, durch die Tür ins Freie. Ein samtener Nachthimmel spannte sich über dem See. Die Konturen der Felswände schimmerten im Sternenlicht. Tiefer Friede lag über dem Wasser. Für einen Augenblick schien alles in der Stille zu gerinnen. Da drangen aus der Hütte zischende Geräusche. Der Alte hatte die Öllampe mit ins Freie gebracht. Ihr zitterndes Licht ließ jähe Schatten tanzen, als seien überall zwischen den Felsen und Büschen Dämonen erwacht. Er setzte mit dem Licht einen Strohballen in Brand, der neben der Hütte lag und warf ihn durch die Türe hinein. Das trockene Holz ging sofort in Flammen auf. Kurze Zeit später loderte ein riesiges Feuer in der Nacht und vernichtete die unheimliche Kreatur für immer.
Rah aber kniete vor dem Alten, das Haupt zum Zeichen tiefster Demut zum Boden gesenkt. Nie in seinem Leben hatte er solch tiefe Scham gefühlt. Jedes seiner unbedachten, törichten Worte, das er an den Harlana gerichtet, brannte wie Feuer in seiner Kehle. Das Ka des Alten hatte seinen Stolz aufgereizt, hatte ihn wütend gemacht. Es hatte ihn geprüft und er hatte versagt.
»Verzeiht mir,« flüsterte Rah. Ein unwilliges Brummen des Alten brachte ihn zum Schweigen.

»Die Kambhuks der Khaïla sind wieder am Leben,« sagte der Harlana, während sein Blick über die Berge schweifte. Lange stand er so, in tiefer Ruhe, als sei nichts geschehen, und betrachtete die Sterne. Dann wandte er sich mit scharfer Stimme an Rah: »Was willst du in der Burg der Harlanas, Krieger aus Kurteva? Du hast das Ka verloren.«
Rah zuckte zusammen, als habe ihn ein Schwertstreich getroffen. »Nur wer das Ka in reinster Klarheit im Herzen trägt, vermag den Ort zu finden,« sagte der Alte hart und tonlos. Mit keinem Blick würdigte er den Gurena, der vor ihm kniete. »Dein Herz ist dem Bösen verfallen, Krieger aus Kurteva. Du hast den Kambhuk angelockt. Er vermag jeden Funken des Bösen im Herzen eines Feindes aufzuspüren und ihm zu folgen wie einer Fackel in der Nacht. Du aber loderst hell wie das Feuer, das diese Hütte verzehrt.«
Rah sackte zusammen. »Tötet mich, Meister,« bat er. »Ich bin nicht wert, das Schwert meiner Väter zu tragen.«
Der Harlana ließ ihn zurück, ohne ihn anzusehen und kam auf Aelan zu. Es drängte Aelan, den Freund zu trösten, aber eine innere Stimme gebot ihm, zu schweigen.
Der Alte verbeugte sich. Sein weißer Haarschopf schien in der Nacht zu leuchten. »Kann ich Euch zu Diensten sein?« Wieder begegnete sein Blick dem Aelans.
»Ich danke Euch. Ihr habt uns das Leben gerettet,« sagte Aelan.
Um die Lippen des Alten spielte ein feines Lächeln. »Ich habe nicht Euch gerettet, sondern Euren Freund. Der Kambhuk hätte nichts vermocht gegen Euch.«
Aelan sah den Alten verwundert an. »Er folgte uns seit Tagen,« entgegnete er schließlich.
Der Harlana nickte knapp.
»Gibt es einen Weg über die Berge in die Ebene von Hak?« fragte Aelan. Wieder nickte der Harlana. »Wenn Ihr gestattet, werde ich Euch führen.«
»Und Eure Hütte?« fragte Aelan.
»Ich brauche sie nicht mehr. Der Tag ist gekommen, auf den ich so lange gewartet.«
Aelan sah ihn fragend an, doch der Harlana schwieg.
Als sie in dem Fischerboot aufbrachen, das der Harlana aus den Büschen hervorzog, war die Hütte in einem Glutmeer zusammengesunken. Roter Widerschein schimmerte auf dem spiegelglatten Wasser des Sees. Geräuschlos schnitt das Boot durch die bewegungslose Fläche. Der Harlana hatte Rah mit stummer Geste an die Ruder gewie-

sen. Gehorsam wie ein niedriger Diener ruderte der Gurena Aelan und den Alten über den See.

Er war nicht fähig, einen klaren Gedanken zu fassen. Das gewaltige Ka des Alten hallte noch in ihm wider. Alles in seinem Herzen war aufgewühlt. In gleichförmigem Rhythmus tauchte er die Ruder in das stille Wasser und trieb das Boot mit kräftigen Stößen voran. In seinem Inneren aber war ein Sturm losgebrochen, wie er ihn nicht mehr verspürt, seit er in der unseligen Nacht vor dem Bild des Be'el das Ka fortgeworfen hatte. Für immer schien es nun verloren. Der Harlana hatte es gesagt: sein Herz war vom Bösen vergiftet. Er hatte das schreckliche Wesen angelockt. Er war verdammt und verflucht für alle Zeiten. Anfangs bäumte er sich verzweifelt gegen diese Gedanken auf, dann aber schienen sie ihm wie etwas, das er immer gewußt, seit er an jenem Morgen vor der Fratze des Be'el erwacht und das Schwert der Seph verloren gewesen war. Er dachte an Sae, die Blüte des Feuers, die seinen Willen gebrochen. Das Ka hatte ihn vor der tödlichen Kraft des Be'el bewahrt. Fast hatte die dunkle Gewalt es niedergerungen, doch das Ka war stärker gewesen. Seine jähe Leidenschaft zu dieser Frau aber, die aus dem Feuer gekommen war, hatte das siegreiche Ka zerstört. Nicht eine fremde Kraft, nicht der Be'el hatte ihn bezwungen, er selbst war es gewesen, er selbst war schwach geworden und hatte das Ka verraten. Er hatte sich geöffnet und den kalten Pesthauch des Bösen in sein Herz gelassen. Er war des Ka nicht würdig gewesen damals. So hatte es erweckt in ihm und es war aufgeblüht in jenem ersten Kampf in den nächtlichen Straßen Kurtevas wie eine Nat-Blüte, scheu und zerbrechlich, doch dann war es an der ungezügelten Leidenschaft seines eigenen Herzens verdorrt. Er hatte die Gabe des Ka erhalten, ohne sie verdient zu haben, ohne reif zu sein für sie. Was danach gefolgt war, die Erniedrigungen, als er sich für das Schwert der Seph an den Be'el verkauft, als er der Knecht dieses Kaufmanns gewesen war und als er sein Gelübde an das Böse erneuert hatte, um Sae für immer zu gewinnen – es schien wie eine notwendige Strafe für sein Vergehen am Ka der Gurenas. Aber hatte er nicht wieder Klarheit und Reinheit gespürt in sich, als sie über die Ebenen von Alani geritten waren? Schien ihm nicht eine Last vom Herzen genommen, als die Mauern Kurtevas hinter ihnen lagen? Rahs Gesicht verzerrte sich in Trauer. Es war nur Trug gewesen. Das Böse hatte sich festgefressen in ihm, hatte die Räume angefüllt, die einst dem Ka geweiht waren. Die Anwesenheit des Harlana hatte blinde Wut in ihm geweckt. Das klare Ka des Alten hatte wie ein Spiegel die Mächte des Bösen in ihm aufgerührt.

Rah blickte über die dunkle Weite des Sees, die glattem, schwarzen Glas glich. Die Sterne spiegelten sich darin und die Silhouetten der Berge. Wäre es nicht gut, sanft hinabzugleiten und zu ertrinken in diesem Dunkel? Wäre es nicht gut, alles zu vergessen? Der Wunsch zu sterben stieg aus dem Kummer seines Herzens auf, dahinter aber regte sich noch die schwindende Kraft, die ihn zwang, sein unwürdiges Leben weiterzuleben. Er legte all seine Stärke in die Ruder, doch er spürte, daß auch diese Kraft verebbte. Das Wasser des Sees schien zu gerinnen. Immer schwerer wurden die hölzernen Ruder. Rah vermochte sie kaum noch zu heben und zu senken. Nur mit äußerster Mühe gelang es ihm, sie durch das Wasser zu bewegen. Das Boot verlangsamte seine Fahrt, doch der Harlana sagte kein Wort. Schweigend saß er neben Aelan auf der Bank hinter Rah und betrachtete den Gurena.

Auch Aelan spürte den schweren inneren Kampf, den Rah ausfocht, doch er wußte, daß er dem Freund nicht zu helfen vermochte. Es war die gleiche Verzweiflung, die in Rah aufgebrochen war, als Aelan den Gurena wiedergesehen hatte im Haus der Seph. Rah kämpfte mit all seinem Willen gegen die dunkle Kraft, die sich in ihm festgekrallt, doch er würde erst siegen, wenn er sein Bemühen aufgab.

Rah spürte die Kraft der Flamme wie eine eisige Hand an seinem Herzen. So hatte er sie am Bild des Be'el gespürt und so hatte er Xerck empfunden, im Haus der La, als er ihm im Gewand eines Verwalters entgegengetreten war, lähmend und von kaltem Brennen. Rah versuchte verzweifelt, sich aus diesem Griff zu befreien, doch je mehr er sich anstrengte, desto mehr schien er sich dieser Kraft auszuliefern, sich in ihre Fäden zu verstricken. Je kräftiger er an den Rudern riß, desto schwerfälliger bewegten sie sich durch das Wasser. Alles um Rah schien zu zäher Masse zu erstarren. Er vermochte die Ruder nicht mehr zu bewegen. Sie steckten fest in dem Wasser, das hart wie gebrannte Erde schien. Das Boot glitt noch ein Stück dahin, dann blieb es stehen, erdrückt von der Finsternis und der Stille über dem See.

Rah beugte sich zur Seite. Sterben, Ertrinken, dröhnte es in ihm. Die Kraft, die ihn am Leben hielt, schien zu erlöschen wie ein flackerndes Licht im Wind. Rah neigte sich tiefer. Hineingleiten in die Stille dieses Sees und dort den Frieden finden. Er lächelte. Seine Faust krampfte sich um das Schwert der Seph an seinem Gürtel. Noch einmal fühlte er das Auge des Tigers am Knauf. Er klammerte sich fest an seinem Schwert, als sei es der letzte Halt, der ihn vom Tode trennte. Dann ließ er es los, und mit ihm ließ er alles fahren, was ihn bedrückte. Alles würde gut werden im Sterben. Sein Widerstand gegen die eisige Klammer um sein Herz ließ nach. Mochte sie ihn erwürgen. Es war gleichgültig. Es war besser, zu sterben, als in ihrem Bann zu leben. Jahrelang hatte er mit ihr gerungen, sich zerfleischt in Vorwürfen und Selbstanklagen, versucht, sie aus dem Herzen zu bannen, doch sie war nur gewachsen durch die Kraft seiner Aufmerksamkeit. Nun aber war alles gleichgültig. Es war ehrenvoller für einen Gurena, zu sterben, als in Schande zu leben. Er hatte dieses Gesetz vergessen, hatte sich an sein unwürdiges Leben geklammert wie ein Schwächling. War die Kunst des Gurena nicht die Kunst des Sterbens? Rah lächelte und ließ sich los. Leicht schien er jetzt, befreit. Tief beugte er sich zur Seite. Sein Kopf sank herab über den Rand des Bootes. Die Kälte des Sees schlug an seine Wangen. Im Licht der Sterne sah er sein Gesicht im Spiegel des Wassers, sein lächelndes Gesicht, das aufgehört hatte zu kämpfen. Kein Vorwurf war mehr in ihm, keine Anklage, keine Verzweiflung, nur mehr der Wunsch, sich fallenzulassen in die endlose Tiefe des Todes.

Das schwarze Wasser schien zu leuchten. Deutlich sah Rah nun sein Gesicht. Einige abgerissene Gedanken fragten, woher das Licht käme, aber es war gleichgültig. Wie in einem Spiegel im hellsten Sonnenlicht sah Rah sein Bild, aber plötzlich war es nicht mehr er selbst, den er sah, sondern ein anderer, und doch waren es die gleichen Augen, die ihn aus dem fremden Gesicht anblickten. Rah erschaute sich selbst in einem lange vergangenen Leben. Sae war neben ihm, die Blume aus dem Feuer, auch sie in einer anderen Gestalt, doch unverwechselbar Sae, nach der er sich in Leidenschaft verzehrte. Er fühlte seine glühende Begierde wieder. An ihr hing die dunkle Kraft, die sein Inneres erfüllte. Sie hatte das Ka zertrümmert. Sie hatte dem Be'el den Weg in sein Herz geöffnet. Sae trug das Zeichen des Trem auf der Stirn und lächelte. Eine hohe Waiya war sie, eine Priesterin des innersten Kreises, eine der Erhabenen, denen Zutritt gewährt war zu den geheimen Kammern der Mutter. Rah liebte sie. Die ganze Kraft dieser Liebe stieg aus dem Bild auf und versengte Rahs Herz. Rasch huschten die Bilder im Spiegel vorbei. Rah sah Harlanas um sich und spürte die Kraft des Ka in sich, wie einen Rausch, stärker als er sie jemals in seinem jetzigen Leben gespürt. Er sah sich in den Armen von Sae, die von den Geheimnissen des Trem sprach. Er liebte sie und verging in Leidenschaft zu ihr, sie aber forderte von ihm, er solle das Ka der Khaïla weihen. Er sah Waiyas in den Gewölben unter der Pyramide von Hak, sah, wie Sae ihn durch endlose, dunkle Gänge führte, sah ihr Gesicht im Schein einer taumelnden Fackel und sah, wie Waiyas ihn umstanden in einem Ring.

Er sah, wie ein Mann ihren Kreis durchschritt, ein kleiner, dunkler Mann mit brennenden Augen. Rah blickte tief in diese Augen und erkannte, daß es die gleichen waren, mit denen Xerck ihn in Bann geschlagen. Er hörte den Namen des Mannes murmeln, ehrfürchtig wie ein Gebet. Norg, Norg, flüsterten die Waiyas und verneigten sich vor ihm. Schweigend tauchte der Mann den Zeigefinger seiner rechten Hand in das noch schlagende Herz eines Knaben, dem ein rascher Schnitt mit einem Dolch die Brust geöffnet und malte das Zeichen des Trem auf die Stirn des jungen Kriegers. Rah sah es und sein Herz krampfte sich zusammen in Scham und Schmerz, aber er hörte sich selbst, wie er mit freudiger Stimme das Ka, die Kraft der Krieger, der Khaïla weihte, um ihrer Sache zu dienen für ewig. Er hörte das zustimmende Murmeln der Waiyas. Es schien wie tiefes Summen um ihn zu brausen. Er sah den Triumph in den brennenden Augen von Norg – von Xerck –, vor dem die Waiyas sich neigten.
Und er sah, wie er das Schwert führte im Namen des Trem, wie er Unschuldige hinschlachtete, wie er die Männer des Ka verriet, die einst seine Brüder gewesen, wie er das Heer der Khaïla in den Krieg führte. Rah spürte, wie die leidenschaftliche Liebe zu Sae noch einmal in einem unerträglichen Feuer in ihm aufloderte. Wie ein glühendes Schwert wühlte sie in seinem Herzen. Aus dem Bild im Spiegel heraus raste sie wie eine Sturmflut, die einen Damm gebrochen hat. Rah aber wehrte sich nicht mehr gegen sie, ließ sie gewähren. Die zuckende Energie verbrannte sein Herz, höhlte es aus, bis es gläsern schien und leer, doch Rah war nicht mehr berührt davon. Nun schien dieses Feuer nicht mehr in ihm zu sein, doch es wütete um ihn herum mit vernichtender Kraft. Rah sah es, als gehöre es ihm nicht mehr an. Es war aus ihm herausgeströmt und ließ ihn leicht zurück, bereit, in Frieden zu sterben. Er sah, wie es den Spiegel erfüllte, wie es die Bilder in ihm verbrannte, wie Saes Gesicht und das starre Antlitz von Norg sich auflösten, bis nur mehr gleißendes, weißes Licht zurückblieb.
Ein Windstoß strich über den See und kräuselte den Spiegel. Rah erschrak. Das Boot schwankte. Das Leuchten im Wasser war erloschen. Rah spürte die Kraft des Harlana in seinem Rücken, wandte sich um, als das Schwert des Alten auf ihn niederfuhr. Rah sah es aufblitzen in der Dunkelheit und ergab sich ihm willig. Sollte es ihn spalten, sollte es ihn in Stücke teilen. Der Tod war eine Gnade. Das Feuer des Bösen war erloschen in ihm. Er konnte sterben. Alles war gut. Er schloß die Augen und erwartete den Todesstreich, um den er den Harlana angefleht. Er fühlte die kalte Klinge an seiner Stirn, einen Augenblick nur, dann

zuckte sie zurück und fuhr wieder in die Scheide. In Rah aber schien die Mauer niederzubrechen, hinter der er so lange eingekerkert war. Gleißendes Licht blendete ihn. Er spürte, wie das Ka ihn ergriff und ihn zu zerreißen schien, ein Strom von unerhörter Gewalt. Das Ka, das ihm So in der Ghura von Kurteva erweckt, war ein milder Wind gegen diesen Sturm des Lichts, der Rah nun erfaßte. Er schien Rah die Sinne zu rauben, doch der Gurena öffnete sich ihm ganz. Er fühlte keine Freude und keine Ehrfurcht, nur eine von rasendem Licht erfüllte Leere. Kein Gefühl und kein Gedanke war in ihm in diesem Augenblick, nur der tosende Wirbelsturm des Ka. Im nächsten Moment war er verschwunden.
Rah riß die Augen auf und starrte in das tiefe Schwarz der Nacht über dem See. Er lag auf dem Rücken über der Ruderbank. Die Sterne über ihm standen regungslos. Die Stille der Nacht war nun auch in seinem Herzen. Rah richtete sich auf. Ohne sich nach dem Harlana umzusehen, begann er zu rudern. Der Alte saß neben Aelan im Boot, als sei nichts geschehen.
Eng traten die Felsen zusammen, die aus dem See in den Himmel stiegen. Das Geräusch der Ruder brach sich an ihnen und schien die ganze Weite der Nacht zu erfüllen. Rah schloß die Augen. Doch es gab keine Trennung mehr zwischen der Dunkelheit des Sees und der dunklen Weite seines Herzens. Alles schien zu schweben, alles war leicht und frei. Ein leuchtendes Sternbild stand hoch am schmalen Himmelsstreifen über den Felsen.

# VIERTES BUCH

## Kapitel 1
## WASSER DES LEBENS

Der Sturm heulte und stöhnte in den wild zerklüfteten Felsen. Wind und Wasser hatten die Gesteinsmassen der Kahlen Berge zu bizarren Formen gestaltet. Türme und Nadeln reckten sich in den Himmel, Höhlen und Nischen waren in die Felswände geschnitten und die Kämme und Grate glichen den gezackten Rücken von Drachen. Wie karge, majestätische Burgen schienen manche Felsstöcke aufzuwachsen, andere glichen urweltlichen Tieren und wieder andere schienen aus filigranen Träumen verrückt gewordener Baumeister geboren, waren von unzähligen Türmchen und Erkern wirr gegliedert, von Höhlen durchbrochen und von Öffnungen, hinter denen der tiefblaue Himmel leuchtete. Felsen erhoben sich, die wie erstarrte Meereswellen schienen, deren versteinerte Gewalt noch wie ein feines Beben zu spüren war, als könne sie jeden Augenblick zu neuem Leben erwachen. Andere Berge hingegen waren morsch wie tote Bäume, gespalten und zerbrochen, und ihre Spitzen zerbröckelten über endlosen Feldern von Geröll.

Nichts aber lebte in dieser Welt aus Stein. Wie eine Totenklage schien der immerwährende Wind, der über die Gipfel pfiff, durch die Klüfte und Spalten heulte und sich in jähen Böen den drei Wanderern entgegenwarf, die sich durch die steile Schlucht empormühten. Schweigend stapften sie hintereinander her, drei winzige Gestalten, verloren in diesem Irrgarten aus Stein. Obwohl sie nur leichte Reisebeutel und Wassersäcke trugen, gingen sie gebeugt wie unter einer schweren, unsichtbaren Last. Langsam nur kamen sie voran, mußten sich den Weg suchen über große Felsblöcke, die herabgestürzt waren und über lange Zungen von losem Geröll.

Selbst Aelan, der in den Bergen aufgewachsen war, spürte die bleierne Schwere, die sich beim Steigen in die Beine legte. Die entsetzliche Gewalt, die vor ungezählten Jahren über diese Berge hingegangen war, schien noch zu strahlen aus jedem Stein. Aelan fühlte, daß der Tod in diesen Felsen wohnte. Ein beklemmendes Gefühl lastete auf ihm, seit er den ersten Schritt in die Kahlen Berge getan. Fünf Tage gingen sie nun schon, doch der quälende Druck, der seine Schritte hemmte und das Atmen schwer machte, wollte sich nicht lockern. Die Erinnerung an den See des Spiegels, den leuchtenden Smaragd, den sie durchfahren hatten, eine Nacht und einen Tag lang, bis einer seiner schmalen Arme, zwischen senkrechte Felswände eingeschnitten, an einem steilen, trockenen Bachbett ein Ende gefunden, schien wie die Erinnerung an einen Traum blühenden Lebens inmitten eines Reiches von Tod und Zerstörung. Keine Farbe erfreute die Augen; alles war versunken in schmutzigem Ocker und stumpfem Rot, das nur in der Dämmerung für Augenblicke aufglühte. Selbst die wenigen Pflanzen, die in manchen Felsritzen gediehen, das karge Gras, das Reste von Erde gefunden, die verdorrten Kakteen, die verkrüppelten, blattlosen Bäume, hatten diese Tönung des Todes angenommen. Aelan blickte auf seine Kleider. Auch sie waren überzogen von einer Schicht ockerfarbenen Staubes, den der Wind mit sich trug, der Wind, der nie aufhörte zu heulen, doch dessen hohle, betäubende Musik eine Stille erahnen ließ, die hinter ihr lauerte und die von unaussprechlicher Schrecklichkeit war. Aelan versuchte, den Namen des Sonnensterns, die Musik des Hju, in diesem Wind zu erlauschen, doch es wollte ihm nicht gelingen. Das Hju klang in allen Geräuschen der Natur. Es war der Ton, der allen Tönen zugrundelag, die weiße Musik des Ne, aus der alle Klänge flossen, in diesem Wind aber, dessen Heulen leer war und tot, schien es zu welken. Eine Kraft lag in dem Wind, die allem Lebenden das Herzblut absaugte und es ausdorrte wie Pflanzen in der Wüste. Es war keine Feindseligkeit in ihr, keine Bedrohung, kein Haß, sondern die unermeßliche Gleichgültigkeit eines allgegenwärtigen Todes, in dem jeder Funke von Leben erlöschen muß wie eine Kerze im Meer einer stürmischen Nacht.

»Es ist eine schreckliche Macht über diese Berge hereingebrochen,« sagte Aelan abends zum Harlana, als sie in einer Nische zwischen Felsen, geschützt vor dem Wind, ihr Nachtlager aufschlugen. Sie saßen an die warmen Steine gelehnt und verzehrten ihr dürftiges Mahl, Ras-Brote, die von Rahs und Aelans Reiseverpflegung übrig geblieben waren, und Wasser aus den Ledersäcken, die sie am See des Spiegels gefüllt.

Der alte Mann nickte. Sie hatten kaum gesprochen auf ihrer Wanderung. Auch der Harlana und Rah fühlten die erbarmungslose Leere des Todes, die über diesen Bergen lag und zum Schweigen zwang.

»Einst blühten diese Täler. Bäche durchflossen sie und Wälder stiegen bis zu den Felsen empor. Die böse Magie der Khaïla aber, die sich über dem Haus des Trem entlud und das Land von Hak zerstörte, traf diese Berge und vernichtete alles Leben in ihnen für immer,« sagte der alte Mann. »Gegen den Norden Atlans war die Wut dieser Kraft gerichtet. Das Leben dieser Berge mußte vergehen, damit Atlan bewahrt wurde vor der Zerstörung.«

»Nun aber bauen sie das Haus des Trem bei Kurteva,« erwiderte Aelan.

Der Harlana wiegte den Kopf. »Diesmal wird Atlan der Vernichtung nicht entgehen, wenn die Kraft der Khaïla das Haus des Trem von neuem erfüllt. Unermeßlich ist ihr Haß und ihre Gier nach Rache für die erlittene Schmach. Doch viel des alten Wissens um die Kraft der Erde ging verloren. Selbst die höchsten Waiyas kennen die letzten Geheimnisse des Trem nicht mehr, seit die Mutter ihren fleischlichen Körper verließ.«

»Aber man spricht in Kurteva, daß die Khaïla sich wieder verkörpern wird, um sich mit dem Be'el zu vermählen,« entgegnete Rah.

»Atlan ist gewarnt durch die Kriege, die Hak verheerten vor so langer Zeit. Bitter rächte sich der Mißbrauch der Kraft, die dem Reich von Hak zum Nutzen gereicht, solange die Weisheit des Herzens über sie gebot. Doch die Menschen sind blind. Sie vermögen nicht zu lernen aus dem Gang der Zeit. Immer wieder wählen sie den Weg des Untergangs. Nichts kann sie davor bewahren.«

»Und wenn man das Haus des Trem zerstörte?« fragte Rah.

Der Harlana schüttelte den Kopf. »Die Tat-Tsok, die die Khaïla unterwarfen, haben vergeblich versucht, die Pyramide von Hak niederzureißen. Es gelang ihnen nur, ihre Spitze abzutragen, denn die Steinblöcke, die mit magischer Kraft gefügt sind, widerstehen menschlicher Gewalt. Nichts wissen die Tat-Tsok von der geheimen Magie der Khaïla. Selbst die Waiyas kennen die Kräfte kaum mehr, die das Haus des Trem bauten.«

»In Kurteva verbluten Heere von Sklaven am Bau der Pyramide,« sagte Aelan.

Der Harlana lächelte. »Das alte Wissen von Hak ist verloren. Mit roher Bemühung des Willens versuchen die Toren, ein Werk zu vollenden, das einst die dunkle Magie des Norg schuf, der das Wissen um die geheimen Kräfte der Natur in den Dienst der dunklen Seite zwang und es schändete mit seiner Gier nach Macht. Es ist gut, daß dieses Wissen verschüttet ist in der Zeit, doch Teile davon werden wiedererstehen mit der Khaïla. Dann vermag keine Macht der Erde Atlan vor dem Untergang zu bewahren.«

»Auch Norg ist wiedergekehrt,« flüsterte Rah. Das Bild, das er im Spiegel des Sees erblickt, trat vor sein inneres Auge. »Im Tempel des Be'el, als Xerck, als Herr des Feuers.« Rah fühlte die eisige Hand, die ihn einst in ihrer Macht gehalten, wie das Echo einer Erinnerung an seinem Herzen. Sie war weit fortgedrängt vom neu erstandenen Ka, doch der Gedanke daran erfüllte den Gurena mit Schaudern. Sie lauerte auf ihn. Jeder erneute Fehltritt vom Weg auf der Schneide des Schwertes würde ihn zurückstoßen in die furchtbare Dunkelheit ihrer Macht.

»Ja, Norg ist wiedergekehrt als Xerck,« bestätigte der Harlana, »denn in dieser Zeit, in der sich das Geschick Atlans erfüllt, vollendet sich auch das Schicksal der Menschen, die am Tuch des Lahf wirkten, zum Guten und zum Bösen. Alle heute Lebenden sind seit undenklichen Zeiten verschlungen miteinander. Untrüglich ist das Gesetz des Lahf. Es fordert, was wir ihm schulden und es gibt uns, was wir ihm gaben. Die Zeit des Gerichts aber, die heraufdämmert, in der alle sich wieder begegnen, die aneinandergebunden sind mit den Ketten des Lahf, über die Grenzen des Todes hinweg, sie ist eine Zeit, die alten Schulden für immer zu begleichen und das Rad des Lahf zu verlassen. Wer es in den Tagen nicht vermochte, in denen das Licht der Weisheit hell über Atlan leuchtete, muß es tun in den Tagen der Finsternis und der Vernichtung.«

Aelan blickte den Harlana an. Er sprach Worte aus, die auch Lok-Ma in Aelans Träumen gesagt, die tiefen Weisheiten des Sonnensterns. Wieder sank Aelans Blick in die Augen des alten Kriegers. Er wußte, daß auch ihre Begegnung kein Zufall war, daß sie zusammengetroffen waren auf der großen Wanderung, um das eherne Gesetz des Lahf zu erfüllen. Der Harlana aber schwieg. Die Nacht fiel auf die Kahlen Berge herab wie ein schweres, schwarzes Tuch. Sie schien auf den Spitzen der Berge zu lasten und sie niederzudrücken. Wie die Stimmen von Dämonen brüllte und ächzte der Wind in dieser Nacht. Sein klagendes Heulen verließ die drei Wanderer auch in den Tiefen des Schlafes nicht.

Am Abend des nächsten Tages erreichten sie die Burg der Harlanas. Rahs Herz krampfte sich zusammen, als er das Gemäuer auf einem Felsvorsprung erblickte. Es schmiegte sich an die senkrecht aufragende Felswand, war hineingeduckt in einen gewaltigen Abbruch, daß seine Mauern mit dem Berg verwachsen schienen. Hätte der Harlana nicht mit dem Finger nach der Burg gezeigt, Rah wäre an ihr vorübergegangen, ohne sie zu sehen. Das Herz des Gurena schlug vor Aufregung bis zum Hals, als sie den steilen, verfallenen Steig hinaufkletterten. Der Harlana ging voran, denn einem Unkundigen konnte dieser Weg das Leben kosten. Der Steig verlor sich in den Felsen, war verschüttet von Geröll, und die steilen, in den Stein gehauenen Stufen, die unzugänglichen Wegstücke überwinden halfen, waren zerbrochen. Jeder Fehltritt auf diesem Pfad bedeutete den sicheren Tod.

Die Spitzen der Berge erglühten in der Abenddämmerung, als die drei Wanderer die Burg der Harlanas erreichten. Aelan fühlte, daß niemand mehr in ihr lebte. Die Macht des Todes hing auch über diesem Gemäuer. Es war leer und tot wie alles in diesen Bergen. Rah aber fieberte dem Ziel seiner Reise entgegen. Zaghaft hatte er den Harlana über die Burg befragt auf der Wanderung, doch der alte Mann hatte geschwiegen. Rah wollte an dem verlassenen Ort bleiben, wollte von den Harlanas lernen, um die letzten Geheimnisse des Ka zu ergründen, bevor er hinausging, um an der Seite des Sanla das dunkle Geschick Atlans zu wenden. Er trug das Ka wieder in sich, mächtiger als jemals zuvor und er wußte, daß die verzweifelte Zeit der Prüfung vorüber war. Die Gedanken kreisten in seinem Kopf, als er hinter dem Harlana den gefährlichen Weg hinaufstieg. Er versuchte sich vorzustellen, wie die Harlanas lebten in solcher Abgeschiedenheit, dann aber drängte er alle Gedanken fort, um die Leere des Ka zu spüren, um sich vorzubereiten auf die Begegnung mit den letzten Meistern des Schwertes.

In dem Augenblick aber, als die Burg hinter einer scharfen Biegung des Weges auftauchte und ihre Wälle unvermittelt vor Rah aufragten, wußte auch er, daß sie verlassen war. Erst wollte er nicht glauben, daß es kein Leben mehr gab hinter diesen Mauern, schob die Ahnung fort, die eine Welle tiefer Enttäuschung über ihn ergoß, dann aber traf ihn die Wahrheit dieser Erkenntnis wie ein Schwertstreich. Einen Augenblick war er unachtsam. Ein loser Stein gab unter seinem Tritt nach. Rah verlor das Gleichgewicht. Der Harlana fuhr herum, packte ihn am Arm und hielt ihn fest. Kleine Felsen polterten in die Tiefe und weckten vielfältige Echos.

Die Augen des Harlana bohrten sich in die von Rah. »Leer und verlassen ist die letzte Burg der Harlanas,« sagte er. Sein Griff war wie eine metallene Klammer um Rahs Arm. »Die Zeit ist auch über sie hingegangen mit sanfter Macht. Kein anderer Feind hat ihre Mauern je überwunden, der Tod aber trat mühelos ein zu den Männern des Egol. Doch der Weg des Schwertes ist nicht ganz verschüttet unter dem Geröll endloser Jahre. Noch ist eine Aufgabe zu erfüllen.«

Der alte Meister ließ Rah los und ging die letzten Schritte auf das verfallene Tor der Burg zu. »Unberührt ist diese Stätte von den Schritten Unwürdiger,« rief er. »Kein Krieger des Trem hat je den Weg zu ihr gefunden. Zum letzten Mal nun leuchte das Eine Schwert in ihr, zu dessen Ehren sie erbaut wurde. Es zeige denen, die vergebens warteten, daß sich das Schicksal der Harlanas erfüllen wird, wie es verkündet wurde.«

Er zog sein Schwert aus der Scheide. Zum erstenmal sah es Rah im schwindenden Licht des Tages. In der trüben Dämmerung der Hütte, als der Harlana den Kambhuk getötet hatte, war es nur ein kurzes Blitzen in der Dunkelheit gewesen, nun aber brach sich das letzte Tageslicht auf seiner Klinge. Ein Schwert wie dieses hatte Rah nie zuvor erblickt. Selbst der Meisterschmied aus Teras, der das Schwert der Seph gemacht, einer von denen, die den Te aus Hak in den Norden gefolgt waren, hätte ein solches Werk nicht zu vollbringen vermocht. Gebannt starrte Rah auf die Waffe des alten Mannes, der sie ruhig in der ausgestreckten Hand hielt, bevor er sie wieder in die Scheide fahren ließ. Langsam durchschritt er das enge Portal, würdig wie ein König, der zum letzten Mal vor die seinen tritt. Rah und Aelan folgten ihm schweigend. Hinter der Mauer, angeschmiegt an den gewaltigen, überhängenden Felsen und nur einen langen, schmalen Innenhof offenlassend, lag ein mehrstöckiges Haus mit kleinen, schlitzartigen Fenstern. Ein Wehrgang führte an der Innenseite der Mauer entlang, die Haus und Innenhof umschloß. Mit einem Blick erkannte Rah, daß diese Burg uneinnehmbar war; einige wenige Gurenas vermochten sie gegen ein Heer zu verteidigen. Der Harlana setzte sich auf die Stufen, die zu der einzigen Türe am Haus führten.

»Kein lebendes Auge ist mehr in der Burg der Harlanas, um das Schwert zu sehen, das einst aus der goldenen Stadt Hak in die Berge kam, das geweihte Schwert, das Egol rettete, der Vater des Weges,« sagte er leise. Sein Flüstern klang von den toten Mauern der Burg zurück. Aelan und Rah horchten auf. Erst jetzt bemerkten sie, daß das Heulen des Windes nur mehr von ferne kam. Im Hof der Burg herrschte tiefe Stille. »Das Schwert, mit dem der Harl ermordet wurde, der Hak erlösen wollte vom Übel der Khaïla.«

Rah erschrak. Der Alte trug das legendäre Schwert des Harl, das heilige Schwert, von dem die Geschichten der Gurenas erzählten, die wie Märchen klangen, das Schwert, das unbesiegbar wurde durch das Blut des Harl, das an ihm klebte, das Schwert, das nur der Erste der Harlanas

führen durfte und von dem es hieß, es sei für immer verlorengegangen in der schrecklichen Schlacht der Harlanas gegen die Khaïla.
Der Harlana schien Rahs Gedanken zu erfühlen. »Nie war dieses Schwert verloren. Als die Harlanas fielen im Krieg gegen die Khaïla, als sie kämpften gegen eine Übermacht am Paß von Alani, um den Angriff auf Atlan zu vereiteln, damit die Heere des Tat-Tsok sich zu sammeln vermochten, leuchtete das Schwert des Harl. Als der Sturm der Vernichtung über die Kahlen Berge hinging und die Burgen der Harlanas zu Staub zerfielen, wurde das Eine Schwert gerettet.«
Der Harlana richtete sich hoch auf und blickte sich um. Er sah in Rahs erstaunte Augen und er traf den Blick von Aelan, der voll Mitgefühl war für den alten Meister des Schwertes. Ein Lächeln spielte um den Mund des Alten. »Lange wartete es in der Dunkelheit seiner Scheide, lange war es verborgen vor dem Licht. Generationen von Harlanas fanden Erleuchtung auf dem Weg des Schwertes, kamen zu der einen letzten Burg, die dem Zorn der Khaïla trotzte und gingen wieder hinaus in die Länder Atlans, um die Gurenas das Geheimnis des Ka zu lehren. Wenige nur waren es, doch auch diese wenigen schwanden dahin. Die Gurenas fanden den Weg des Schwertes im Kampf, nicht mehr in der Weisheit des Herzens. So verlor sich der Pfad des Ka, der Pfad auf Messers Schneide, in der Dunkelheit der Zeit. Nur der Erste der Harlanas durfte die geweihte Klinge berühren, doch eine Zeit kam, als der Erste auch der Letzte war. Er nahm das Schwert des Harl und verließ die Burg, um am See des Spiegels den Tag zu erwarten, an dem der Tod auch das letzte Blatt vom Baum des Ka nehmen würde. In den See sollte das Schwert hinabsinken für ewige Zeiten, damit keine unwürdige Hand es je berühre. Aber noch einmal leuchtete das Ka auf in einem jungen Gurena aus Kurteva, der den Weg zum See des Spiegels fand, doch war es versunken im Gestrüpp des Bösen. Aber das Eine Schwert hat die Fäden der Lüge durchtrennt, die sein Ka fesselten. Es wird leuchten, zum letztenmal in Atlan, wie ein sterbender Stern noch einmal seine Kraft sammelt und aufleuchtet, bevor er für immer verlöscht. Dann wird auch das Ka für immer verlöschen in der Dunkelheit des Vergessens.«
Rah starrte den Alten an, der mit geschlossenen Augen vor sich hin sprach, als schreite er durch unermeßliche Räume von Vergangenheit und Zukunft.
»Würdig wird das Ka vergehen im Untergang Atlans, hell wird es strahlen in der Nacht, die hereinbricht über die Geschlechter des weiten Landes. Stärke das Ka, Rah-Seph, der du der letzte sein wirst der Harla-

nas. Noch bist du schwach wie die Acolyten, die einst vor den Toren der Burg um Einlaß bettelten, um unterwiesen zu werden im Weg des Schwertes. Aber das Ka wird wachsen in dir und es wird dich die Weisheit lehren, daß der Weg des Schwertes nicht der Weg des Krieges ist, sondern der Weg der klaren Wahrheit. Noch brennt in dir der Ehrgeiz des Siegenwollens, doch das Ka wird dich lehren, daß es keinen Sieg gibt außer den Sieg über dich selbst, auch wenn du hunderte von Feinden in der Schlacht fällst. Führe das Schwert in deinem eigenen Herzen, Rah-Seph, führe es gegen die Feinde der Wahrheit in dir, dann wird es unwichtig sein, was das Schwert in deinen Händen vermag. Hat So dich dies nicht gelehrt? Er war der letzte, der diese Burg verließ, um den Gurenas von Kurteva das Geheimnis des Ka zu bringen, doch er ging zu früh. Das Ka, das er in sich trug, war wie der schwache Schimmer einer Kerze. Er lehrte dich den Weg des Siegens, der nur ein niederer Weg des Ka ist. Du aber, Rah-Seph, gehe den hohen Weg, den Weg der Erkenntnis.«

Die blitzenden Augen des Harlana wanderten zu Aelan. Als sie dem Blick des jungen Mannes begegneten, wurden sie weich und begannen zu glänzen.

»Mir jedoch ist gewährt, die Erfüllung meines tiefsten Wunsches zu erleben. Lange habe ich den Spiegel im See erforscht, lange bin ich in den Räumen der Zeit gewandert. Ich habe das Band meines Lahf verfolgt durch das Dunkel der Jahre. Ohne Ende war mein Weg durch die Zeit, gesäumt von Bildern, gewoben aus Freude und Leid, aus Tod und neuer Geburt. Das Reich von Hak sah ich erblühen im Zeichen des Sonnensterns, ich sah es welken, als die Khaïla sich heimlich erhob im Süden, und ich sah es vergehen, als die böse Magie des Trem sich entlud. Aber ich sah auch den Anfang von Hak, als die Weisheit des Sonnensterns hell am Himmel leuchtete und die sternförmige Stadt in seinem Glanz schimmerte. Das Wasser des Lebens floß im Haus der Quelle. Ich war erwählt, von ihm zu trinken, um die höchste Erkenntnis des Sonnensterns zu erlangen. Doch in einem Augenblick verblendeter Vermessenheit wies ich die Hand zurück, die es mir darbot und ich verriet jene, die dem reinen Weg folgten. Tief stürzte ich herab aus meiner Anmaßung in das Elend der Reue, doch die Eine Quelle war mir fortan verschlossen. Unzählige Gesichter sah ich dann, die verflochten waren im Netz meines Lahf, den Harl, den Egol, unzählige Meister der Harlanas, die das Schwert bewahrten, das ich jetzt trage. Und ich sah, daß ich warten mußte auf den einen, dessen Gesicht mir im Spiegel des Sees entgegenleuchtete wie der Schimmer einer letzten Hoffnung. Ich er-

kannte, daß der Tod den letzten der Harlanas mied, damit er in der dunklen Zeit des Untergangs den Sonnenstern wiederfinde und seine Schuld bezahle, damit die Waage des Lahf sich ausgleiche und schwerelos schwebe in seinem Herzen. Lange habe ich gewartet auf den Träger des Sonnensterns, den mir der Spiegel im See verhieß, nun aber ist er gekommen. Um ihn zu führen und zu schützen, wandert das Schwert des Harl noch einmal über die Kahlen Berge in den Süden.«
Die Nacht war herabgesunken über die Burg der Harlanas, als der alte Mann in Schweigen fiel. Still saßen die drei Wanderer auf der Treppe und hingen ihren Gedanken nach. Rah dachte an die Zeit, in der diese Gemäuer belebt waren von Gurenas, die den reinen Weg des Schwertes gingen. Sein Ka dehnte sich weit aus, weiter als je zuvor. Für einen Augenblick verstand er in der Tiefe seines Herzens die Worte, die der Harlana an ihn gerichtet. Die Weisheit des Ka tat sich in ihm auf, rasch wie ein Blitz, der die Nacht durchzuckt, doch Rah vermochte sie nicht zu fassen. Er dachte an So, seinen Lehrer, der das Ka zum erstenmal in ihm geöffnet, an Xerck, den Herrn des Feuers, der es ausgelöscht hatte wie das Licht einer Fackel, und an den Sanla, den Erlöser von San, an den so viele Menschen die Hoffnung knüpften, er könne Atlan vor dem Verderben retten und das Reich des Guten wieder errichten. Weit schweiften seine Gedanken, hinter ihnen aber schwebte das Echo des Ka. Er fühlte es noch, als sein müder Körper auf die Stufen niedergesunken und eingeschlafen war.
Auch Aelan schlief, erschöpft von der beschwerlichen Wanderung, an ein Mauerstück gelehnt. In seinen Träumen sah er die sternförmige Stadt Hak und den Hügel, auf dem das Haus der Quelle stand, die zu finden die Namaii ihn ausgesandt. Noch im Traum dachte er über die Worte des Harlana nach. Der alte Mann hatte die Weisheit des Sonnensterns im See des Spiegels gefunden, nach einer endlosen Wanderung auf dem Rad des Lahf, nachdem er sie verloren vor so langer Zeit. Aelan spürte, daß das Geschick des Harlana seinem eigenen glich, doch ein Schleier lag über seiner Erinnerung. Als er ihn heben wollte, verwirrten sich seine Gedanken wie die glatte Oberfläche eines Sees, in den ein Stein geworfen wird. Aus den Wellen aber, die ineinanderflossen, stieg das Bild von Mahla auf. Aelan sah sie mit fremden Menschen durch einen Wald reiten, in Männerkleidern, im Schutz einer Karawane, doch als er das Bild festhalten wollte, verschwamm es vor seinen Augen. Das Dunkel traumlosen Schlafs fiel über ihn wie ein Schleier.
Nur der Harlana fand keine Ruhe. Er starrte in die Nacht und nahm Abschied von der Burg der Harlanas, in der er ungezählte Jahre gelebt,

bevor er hinabgestiegen war zum See des Spiegels, um den zu erwarten, der den Sonnenstern trug und den er führen sollte auf der letzten Wanderung des Einen Schwertes. So schlossen sich die Kreise des Lahf, und es war gut so. Leicht war das Herz des alten Harlana, der ein Tso, ein Wissender der Zeit, geworden war in den Jahren am See des Spiegels. Er hatte den Sonnenstern wiedergefunden in den Augen des jungen Mannes, der auf dem Weg zur Quelle war, um seine Bestimmung zu erfüllen. Noch war er sich der Macht der Einen Kraft nicht ganz bewußt, noch war seine Stärke verwundbar, doch das Schwert des Harl würde seinen Weg beschützen, wie es vorhergesagt war. Der Hauch eines Lächelns spielte um die Lippen des Alten, als er seinen Blick weit über den sternübersähten Himmel der Kahlen Berge schweifen ließ.
Noch bevor die aufgehende Sonne die Felsen erglühen ließ, brachen die Wanderer auf. Keiner wandte sich um nach der Burg der Harlanas, als sie den gefährlichen Weg hinabstiegen. Selbst Rah verlor keinen Gedanken mehr an das tote Gemäuer, das nun für immer der sanften Hand der Zeit überlassen war. Nach einigen Stunden beschwerlicher Wanderung im stürmischen Wind gelangten sie an einen Felsvorsprung, von dem aus sie in das Reich des Südens, das verbotene Land von Hak, hinabblicken konnten, eine endlose Wüste, die in der Hitze weiß flimmerte.
Doch es dauerte noch Tage, bis sie das Gebiet der vom Wind glattgeschliffenen Felskegel durchwandert hatten, das sich im Süden der Kahlen Berge erstreckte, bevor sich die Ebene von Hak öffnete. Einst lag Hak, die goldene Stadt des Sonnensterns, in der Mitte der großen, fruchtbaren Ebenen des Südens, im Sturm der Zerstörung aber, den die Khaïla ausgesandt, um Atlan zu strafen, waren die östlichen Bereiche des Landes im Ozean versunken, und in einer langgezogenen Bucht drängte das Meer im Süden bis fast an die Ruinen der Stadt heran. Öde und grau war die Wüste um Hak, völlig ohne Leben, doch schon als Aelan sie von den Kahlen Bergen zum ersten Mal erblickte, spürte er das Grauen, das sich über ihr wölbte wie eine Glocke. Er schauderte und es kostete ihn Überwindung, den Weg von den Bergen herab zu beginnen. Wie eine sichere Heimstatt schienen ihm diese toten Gebirge im Angesicht des Landes von Hak. Einen Augenblick verharrte Aelan unruhig, zweifelnd, ob die Eine Quelle in dieser tödlichen Wüste zu finden sei, dann zwang er seine Beine zum Gehen.
Kurz bevor die Wanderer die Berge verließen und die flache Ebene sich vor ihnen auftat, fanden sie ein riesiges Trem in einen der Felsen gehauen.

»Hier beginnt das Land der Khaïla,« brummte der Harlana. »Es ist das Zeichen, das den Bannkreis ihrer Magie absteckt.« Aelan schauderte, als er das Trem im gleißenden Sonnenlicht vor sich sah, ein gewaltiges Dreieck mit nach unten gerichteter Spitze. Er hatte dieses Zeichen auf den Stirnen der Krieger an der Pyramide gesehen, und er hatte es erblickt in Träumen, die ihn weit zurück in die Zeit geführt. Immer war es ein Zeichen des Todes gewesen, des Schmerzes und der Verzweiflung.
»Das Symbol des Bösen,« sagte Rah.
»Nicht immer war die Khaïla böse,« entgegnete der Harlana. »Das alte Volk des Südens verehrte den fruchtbaren Schoß der Erde und den Leib der Frau, der Leben gebiert. Heilig war die ewige Mutter, die das Leben schenkt und erhält und zerstört in unaufhörlichem Kreislauf. Tief waren die Geheimnisse des Lebens, die sie dem offenbarte, der sich ihr hingab. Drei Seiten hat das Trem. Sie bezeichnen die drei Gesichter der Khaïla. Die Gebärende ist sie, die das Leben aus dem Tod entstehen läßt, die Nährende, die das Leben speist mit ihrer Milch, und die Zerstörende, die es wieder hinabwirft in den Tod, damit es sich verwandle in neues, junges Leben. Ihre drei Seiten aber umschließen eine leere Fläche, ein Tor, das Zutritt gewährt zu den tiefsten Mysterien des Seins. Weise war die alte Mutter der Erde. Wer die Geheimnisse des Trem ergründete, fand den Frieden des Herzens in ihm. Leicht wurde ihm Leben und Tod, denn er wurde ein Wissender des ewigen Rades. Dann aber, als der Sonnenstern nach Atlan kam und die goldene Stadt von Hak entstand, regte sich der Neid der Mutter. Sie verführte die Menschen des Südens, vom Sonnenstern abzufallen. In ihrer Gier nach Macht, aufgestachelt von den Nokam, den Herren der dunklen Kraft, wandelte sich das Trem zu einem Zeichen des Grauens, vor dem Atlan erzitterte und das die blühenden Länder von Hak vernichtete. Die Kraft des Lebens kehrte sich in die Kraft der Zerstörung und die Macht der Liebe in die Macht des Todes, als die Mutter der Kraft des Bösen verfiel. Aus dem Schoß der Urmutter aber ging Atlan hervor und die Kraft der Mutter wird es wieder hinabziehen in die Tiefen der Erde. Die Khaïla ist nur die Erfüllerin des Rades von Werden und Vergehen.«
Aelan nickte und schwieg, doch als sein Blick über die endlose Ebene wanderte, die im grellen Licht der Sonne flimmerte, fühlte er, daß die Khaïla noch lebte in diesem Land des Todes. Zum ersten Mal spürte er die entsetzliche Macht, über die sie gebot.
Gnadenlos brannte die Sonne auf die Wüsten des Südens herab, so daß die Wanderer es vorzogen, nur des nachts ihren Weg fortzusetzen und

die glühenden Tage im spärlichen Schatten von Felsbrocken zu verbringen. Tot war das Land, wenn die Sonne es versengte; in den Stunden der Dämmerung und der Finsternis aber krochen die lichtscheuen Geschöpfe der Zwischenwelten aus ihren Verstecken, die Dämonen und körperlosen Kambhuks, die das weite Land um Hak durchstreiften auf der Suche nach lebendem Blut. Grelle Fratzen schienen in der sternlosen Dunkelheit aufzuleuchten, winselnde und klagende Laute tönten durch die Nacht. Aelan wußte nicht, ob es Ausgeburten seiner Phantasie waren oder wirkliche Wesen, die das Blut der Wagemutigen forderten, die nach der verbotenen Stadt Hak suchten. Die Hirten in der Steppe von Alani hatten von Wanderern erzählt, die wahnsinnig geworden waren auf ihrem Weg durch die Ebenen südlich der Kahlen Berge, und von anderen, die man ohne einen Tropfen Blut in den Adern gleich hinter dem Paß gefunden. Rah und Aelan hatten über diese Schauergeschichten geschmunzelt, nun aber erwachten die Legenden der Hirten zu grausigem Leben. Lichter blinkten in der Nacht, als flammten Fackeln in einem Haus auf, Stimmen lockten die Wanderer, der Harlana aber, der Rah und Aelan voranging, ließ sich auf seinem Weg durch die tiefe Dunkelheit nicht beirren.

Rah spürte das mächtige Ka des alten Kriegers, vor dem sich das seine wie eine Kerze vor dem Licht der Sonne ausnahm. Aber er fühlte auch sein Ka wachsen mit jedem Tag, den er in der Gegenwart des Harlana verbrachte. Manchmal schien es Rah, als flösse die Kraft des Alten langsam auf ihn über. Seine Gedanken klärten sich durch den Geist des Ka, der sie berührte, und sein Herz füllte sich mit der schweigenden Weisheit des Schwertes.

Der Harlana jedoch schien sich nicht um Rah zu kümmern. Wenn er sprach, richtete er seine Worte an Aelan. Er behandelte den jungen Mann mit Respekt und Ehrerbietung. Rah aber, den Gurena, beachtete er kaum, und wenn er zu ihm sprach, dann in strengem, befehlenden Ton. Doch Rah fühlte sich nicht gekränkt von dieser Behandlung, er war nicht eifersüchtig auf Aelan, versuchte nicht, die Aufmerksamkeit des Alten auf sich zu ziehen. Der Stolz und der Ehrgeiz, die einst in Rah-Sephs Herz gewohnt, waren abgefallen von ihm auf dieser Wanderung durch die Kahlen Berge. Rah hatte gelernt, daß sich die Weisheit des Ka nur dem einfachen Herzen öffnet, das ohne Eitelkeit und Hoffart ist. Der Harlana hatte ihn eine harte Lektion gelehrt in der Hütte am See, als der Hochmut der Seph noch einmal in Rah aufgelodert war. Nun wußte er, warum das wirkliche Ka den Gurenas verschlossen blieb. Ihre Herzen waren stolz und vermessen, sie sahen herab auf die gewöhnlichen Menschen, auf die Kaufleute und Handwerker und selbst auf die Tnachas und die Priester der Tempel, fühlten sich hervorgehoben vor ihnen durch die Macht ihrer Schwerter. Auch er war so gewesen. Das Ka aber wuchs nur in der Leere des Herzens, in der Demut. Wie eine hinderliche Schale um das Herz war das Streben der Gurenas, Ruhm zu gewinnen und die Ehre großer Triumphe. Auch Rah hatte einst darin den Sinn seines Daseins gesehen, den Sinn des Ka, die Ahnen zu übertreffen im Ruhme der Schlacht. So war er ausgezogen aus Kurteva, um in den Wäldern das abenteuerliche Leben eines Talma zu führen und seiner Ehre Siege zu erringen, doch der Weg bitterer Verzweiflung, den er gegangen, bis sein Lahf ihn zum See des Spiegels führte, hatte sein Herz geläutert. Würde der Harlana ihm befehlen, das Schwert der Seph fortzuwerfen, um auch den letzten Rest seines Stolzes aus dem Herzen zu bannen, er würde es tun, ohne einen Gedanken zu verschwenden. Bis ans Ende der Welt würde er dem Harlana folgen, seinem leuchtenden, diamantklaren Ka. Rah dachte nicht darüber nach, wohin ihn sein Weg führte. Es war gut, mit Aelan und dem Meister diese Wüste zu durchqueren. Es schien Teil einer Aufgabe, die der Harlana auf sich genommen und die er mit tiefem Ernst erfüllte. Rah blickte auf das Schwert des Harl, das der alte Krieger an seinem Gürtel trug und mußte lächeln. Nicht in seinen kühnsten Träumen hätte er zu hoffen gewagt, daß er einst dem letzten Harlana folgen würde auf den Spuren des Egol. Mit eiserner Disziplin aber brachte Rah auch diese kleine Stimme des Stolzes in sich zum Schweigen, bis wieder eine Leere in seinem Herzen war, die der Leere der Wüste glich, die ihn umgab.

Auch Aelan erfühlte die Veränderungen in seinem Freund, aber er spürte auch, wie in dieser dunklen Nacht des Schreckens das Licht des Sonnensterns in ihm selbst wuchs. Die Magie der Khaïla nahm zu, je näher die Wanderer den Ruinen von Hak kamen. Die Wesen der Zwischenreiche drängten sich gierig im Umkreis der drei Männer, doch sie wagten sich nicht in ihre Nähe. Wer nicht das schützende Zeichen des Trem trug, war ihre leichte Beute – die eigene Angst brachte den wenigen Verwegenen den Tod, die über die Kahlen Berge kamen, um nach den legendären Schätzen von Hak zu suchen. Diese drei Wanderer aber waren eingeschlossen von einem schützenden Licht, einer sengenden, kalten Sonne. Die blutrünstigen Dämonen drängten sich geifernd am Saum dieses Bannkreises wie hinter einer unüberwindlichen Wand aus Glas. Wenn Aelan die Augen schloß, konnte er die Wellen des Lichts sehen, die von ihm ausstrahlten. In pulsierenden

Stößen flossen sie aus seinem Herzen und drängten den schweren Vorhang der Dunkelheit zurück. Unerschöpflich war die Macht des Hju in ihm, alles hätte er vermocht mit Hilfe der Einen Kraft, doch Aelan wußte, daß der Weg des Sonnensterns auf Messers Schneide entlangführte und jeder noch so geringe Mißbrauch der Kraft durch den Willen ihn straucheln ließe auf dem Pfad seiner Bestimmung.
Niemandem gehört die Macht des Sonnensterns, hatte Lok-Ma einmal gesagt auf einer ihrer Wanderungen in den Räumen des Traums, niemandem außer dem Sonnenstern selbst. Er allein weiß um das Wohl allen Lebens und nur seine Weisheit vermag das Licht des Ban und den Klang des Ne zu leiten. Nur Gefäße für die Kraft des Hju sind die Herzen der Menschen. Wollen sie das Hju mit ihrem Willen lenken, zerfällt es in ihren Händen wie die Blüte der Nat, öffnen sie ihre Herzen aber in Demut, so wächst das Hju in ihnen zu einer Macht, die alles zu überwinden vermag, was in den Welten von Himmel und Erde besteht.
Während Aelan schweigend durch die endlosen Nächte des Südens wanderte und die Kraft des Hju fließen spürte, die anzuschwellen schien, je näher sie der Stadt von Hak kamen und je dichter die Macht des Bösen wurde, kreisten seine Gedanken um die Gespräche, die er mit Lok-Ma geführt. In die tiefsten Geheimnisse des Sonnensterns hatte der On-Nam ihn eingeweiht, Aelan aber spürte, daß er nur die Dinge wirklich verstand, die er in seinem eigenen Herzen zum Leben erweckte. Alles lag in ihm, in den Tiefen des eigenen Herzens, nichts unter dem weiten Himmel gab es, das er nicht in sich selbst zu finden vermochte. All sein Lernen und Finden aber schien sich um einen einzigen Punkt zu drehen. Seine Gedanken konnten beginnen, wo immer sie wollten, immer wieder stießen sie auf diesen einen Kern, in dem die gesamte Weisheit der Einen Kraft enthalten schien. Aelan pflegte leichtfertig zu nicken, wenn Lok-Ma ihn darauf hinwies, so einfach war es zu verstehen, doch je tiefer Aelan in die Mysterien des Hju eindrang, desto mächtiger und unfaßbarer erschien ihm dieses letzte Geheimnis, das offenkundig alles Leben durchdrang, sich zugleich aber wie ein unlösbares Rätsel hinter allen Formen und Erscheinungen zu verbergen schien. Das Wesen des Hju ist die Liebe, hatte Lok-Ma gesagt, das Licht des Ban ist Liebe und auch die weiße Musik des Ne. Der die große Wanderung begonnen hat, sucht nichts anderes als diesen unerschöpflichen Strom der Liebe in seinem Herzen.
Oft hatte Aelan darüber nachgesonnen, doch die komplizierten Windungen seiner Gedanken hatten ihn dieser Liebe nicht nähergebracht. Einfach ist sie, hatte Lok-Ma gesagt, sie ist das Schimmern eines Sterns

in der Nacht, das Rauschen des Windes im Herbstlaub, das Lächeln eines Kindes, die weiche Sehnsucht eines Verliebten, die Kraft eines Tnajbaumes im Frühling, der weiße Atem des Sok im Winter. Die Liebe der Einen Kraft ist das Leben selbst. Alles lebt nur durch sie. Sie ist der Strom, der das Herz untrennbar mit allem Leben verknüpft.
Auf dem Weg durch die vom Haß verbrannte Ebene des Südens, durch das Getümmel der nach Blut lechzenden Kambhuks, die in ihren Schattenreichen lauerten, sann Aelan über diese Liebe nach. Seine Liebe zu Mahla, seine Liebe zu Rah, zu Lok-Ma und den anderen Menschen, die ihm nahegekommen waren, schien nur ein Teil der allumfassenden Liebe des Hju, zu der sein Herz heranreifte und die seine Gedanken nicht zu umfassen vermochten. Doch er spürte, daß diese Liebe wuchs, wenn er sich von allen Wünschen leerte, wenn die Eine Kraft zu fließen begann, ohne daß sein Wille sie zu lenken suchte. Er wußte, daß es das Ziel seiner großen Wanderung war, die Macht dieser Liebe ohne Worte und Gedanken ganz zu umfassen.
Aelan zählte die Tage nicht, die auf dem Weg durch die Wüste von Hak vergingen. Manchmal schien es ihm, als wanderten sie im Kreise, denn die Landschaft, durch die sie kamen, war von gleichförmiger Öde. Irgendwann aber, im Licht der Morgendämmerung, bevor sie sich einen Platz zur Rast suchten, wies der Harlana auf eine ebenmäßige Spitze, die sich am Horizont erhob.
»Das Haus des Trem,« sagte er. »In der kommenden Nacht werden wir unser Ziel erreichen.«
Keiner der drei Wanderer fand Ruhe an diesem Tag. Sie blickten auf die Pyramide, deren Silhouette in der flimmernden Hitze zu tanzen schien. Hak, die Stadt der Legenden, von der viele Menschen in Atlan glaubten, sie habe nie wirklich existiert, lag vor ihnen.
»Wir müssen uns östlich halten,« sagte der Harlana. »Auf dem alten Weg, der von Alani nach Hak führt, hat die Khaïla starke Wachen postiert, wir aber werden uns der Stadt von der Bucht im Südosten annähern. Dort gibt es einen verborgenen Eingang in das Labyrinth der Waiyas.«
»Wart Ihr schon in Hak?« fragte Aelan.
Der Alte schmunzelte. »Ich bin schon einmal den Spuren meiner Erinnerungen gefolgt. Doch was ich suchte, war mir nicht zu finden vergönnt.«
Aelan spürte eine tiefe Verbundenheit mit dem Harlana. Der alte Mann hatte die Weisheit des Sonnensterns auf dem Weg des Ka gefunden, und er zog nach Hak, um eine alte Schuld des Lahf zu begleichen,

die unendlich weit zurückreichte in die Zeit. Aelan fühlte die freudige Erregung des Alten, daß die lang erwartete Stunde endlich gekommen war. Auch in diesem Glück des alten Mannes sah Aelan die Liebe des Hju, die allesverzeihende Weisheit des Sonnensterns. Jeder war auf der großen Wanderung, jeder irrte unzähligemal ab vom rechten Weg, jeder strauchelte und fiel auf seiner langen Reise, doch die Liebe der Einen Kraft verließ niemanden, auch wenn sein Weg auf dem Rad der Geburten und Tode hart und unerbittlich schien. Die Liebe des Hju reichte weit hinaus über das enge Verständnis der Menschen, über ihre Träume von Glück und Zufriedenheit, über ihre Vorstellungen von Gut und Böse. Kalt und erbarmungslos schien sie in Zeiten der Verlassenheit, doch ihre Absicht war nicht Trost und Linderung, sondern die klare Erkenntnis des Sonnensterns, das reine Wissen um die Eine Kraft. Auch jeder Schmerz und jede Verzweiflung, durch die der Weg führte, war Zeichen dieser Liebe, die den Sonnenstern, den klaren Diamant des Hju im Herzen, von allen Schlacken befreite. Auf dem Weg der Einen Kraft gab es keine ewige Verdammnis, wie die Priester des Tat und des Be'el sie den Ungläubigen androhten. Auch die dunkelste Zeit der Verirrung hatte einmal ein Ende und selbst die scheinbar unlösbaren Knoten des Lahf waren nur vergängliche Illusionen im Licht dieser Liebe.

Aelan blickte zum Haus des Trem. Auch die Waiyas und die Diener des Be'el, die sich anschickten, die dunklen Kräfte des Elroi zu vereinen, waren getragen von dieser Liebe. Sie würden Atlan dem Untergang weihen und sie würden bitter bezahlen für ihre Untaten, aber auch sie waren nicht verloren, auch sie würden eines Tages den Weg der Einen Kraft wiederfinden, den die Gier nach Macht in ihnen verdunkelt hatte. Aelan dachte an Xerck, den Herrn des Feuers, dem er begegnet war im Hause der La, und der ihm nach dem Leben trachtete, weil er der Macht des Be'el widerstanden. Aelan spürte keinen Widerwillen mehr und keine Angst. Einen Augenblick lang blickte er hinter die Maske des Mannes, in dem die dunkle Kraft sich verkörperte, und er fand die Liebe des Hju, rein und ungebrochen wie ein unterirdischer Fluß, der in den Tiefen der Erde rauscht, verschüttet von unendlicher Finsternis, doch der irgendwann einmal ans Licht des Tages treten wird.

Der Sonnenstern in dir ist unwandelbar. Doch manchmal mußt du tief blicken, um ihn in der Dunkelheit des Aban zu sehen, hatte der Schreiber gesagt, als er Aelan auf dem alten Weg der Gläsernen Stadt ins Tal des Am hinabgeführt, vor vielen Jahren, am Beginn von Aelans großer Wanderung. Aelan hatte damals geglaubt, diese Worte zu verstehen, und doch waren es nur Worte gewesen, bis zu dem Augenblick, an dem er die Liebe des Hju zum ersten Mal in seinem Herzen gefühlt und ihr Spiegelbild in den Wesen und Dingen der Welt erblickt hatte. Aelan betrachtete das Haus des Trem im flirrenden Licht der Mittagssonne. Alle Angst war aus seinem Herzen gewichen. Die Last, die ihn auf der Wanderung durch die Wüste des Südens bedrückt, die Macht des Hasses, der von der Khaïla ausströmte und die Gewalt der blutgierigen Kambhuks, war von ihm abgefallen. Auch er hatte auf seiner großen Wanderung durch die Geburten und Tode schon den Weg der Macht und den Weg des Hasses gewählt, auch er hatte den Sonnenstern in sich verdunkelt und in den Gewölben des Elroi verschüttet, vor undenklichen Zeiten, als Atlan sich noch nicht erhoben hatte aus dem Meer, in Ländern und Kontinenten, deren Namen für immer versunken waren in der Zeit. Aber er hatte das Licht der Einen Kraft wiedergefunden nach langen Wegen durch die Dunkelheit, so wie auch sie es wiederfinden würden nach Äonen läuternden Schmerzes in künftigen Weltenaltern. Aelan spürte keine Angst mehr vor ihnen, keine Feindschaft, sondern einen Strom tiefen Mitgefühls.

Als sich die Abenddämmerung flammend rot über die Wüste ergoß, brachen die Wanderer zum letzten Wegstück ihrer Reise auf. Kein Wort sprachen sie in dieser Nacht, doch sie spürten, daß die Gewalt der dunklen Kraft ins Unermeßliche wuchs, je näher sie dem Haus des Trem kamen. Die Wesenheiten, die sie umschwärmten und nach ihrem Blut gierten, drängten sich jetzt wie ein Heer um die drei in der Finsternis verlorenen Wanderer, doch sie wurden gebannt von der Kraft, die diese furchtlosen Fremden schützend umhüllte und ihnen den Weg zur verbotenen Stadt der Khaïla bahnte. Im ersten Schimmer des Morgenlichts erreichten sie ihr Ziel.

Nichts war geblieben von der goldenen Stadt des Sonnensterns, nichts von den sechs Flüssen, die dem Haus der Kraft entsprungen, nichts von den Tempeln, den Toren, den Alleen, den Brunnen, den Bildwerken in den Straßen. Vereinzelt nur ragten Trümmer aus dem Sand der Wüste, Mauerreste, die Stümpfe gewaltiger Säulen, Stücke von bearbeitetem Stein. Manchmal ließ sich zwischen ihnen der Lauf einer Straße erahnen oder der Grundriß eines Gebäudes. Aus der Mitte des riesigen Trümmerfeldes aber ragte das Haus des Trem auf, die große Pyramide, als sei die Macht der Zeit wirkungslos an ihm zerschellt. Fugenlos waren die gewaltigen Steinblöcke aufeinandergetürmt und die wiedererrichtete Spitze glühte im Licht der Sonne wie rotes Gold. Vertraut wie eine lange vermißte Heimat war Aelan dieser Ort. Wenn er die Augen

schloß, sah er Bilder der lebenden Stadt vor sich. Er sah die Tempel an den Spitzen des sechszackigen Sterns, in dessen Form Hak erbaut war, er sah die von Blüten überquellenden Gärten der Häuser und Paläste und er sah das Haus der Kraft aus schimmerndem Kristall, in dem die Quelle des Sonnensterns floß und die sechs Flüsse von Hak speiste. Er sah das Licht schimmern auf Gebäuden aus Gold und Marmor und er sah die Standbilder in den Straßen und Alleen, so kunstvoll gearbeitet, daß es schien, als wohne Leben in ihnen.
Wie ein Traumwandler folgte er dem Harlana, der den verborgenen Eingang zum Labyrinth der Waiyas suchte. Er stieg hinter Rah hinab in den engen, dunklen Gang, der zwischen den Resten einer steinernen Umfriedung versteckt war. Heiße, stickige Luft schlug ihm entgegen. Aelan spürte es kaum, denn die Macht der Einen Kraft kam über ihn, als er das Labyrinth betrat. Als der Harlana an einer Abzweigung innehielt, um eine Fackel zu entzünden, drängte sich Aelan an ihm vorbei und ging ihm voran. Im matten Schein des Lichts eilte Aelan durch die sich nach allen Richtungen verzweigenden Gänge. Er schlüpfte durch enge, von herabgestürzten Steinen fast verschüttete Löcher, ging ohne zu zaudern endlose, in den Fels gehauene Wendeltreppen hinab und durchquerte riesige Gewölbe, deren Wände sich im Dunkel verloren. Als sei er aufgewachsen in diesem Irrgarten aus Gängen und Kammern fand Aelan seinen Weg, atemlos, vom Strom der Bilder durchflutet, den Erinnerungen an seine Lebenszeiten in der Stadt des Sonnensterns.
Rah und der Harlana folgten ihm ohne zu zögern. Der alte Mann lächelte, denn er spürte, daß die Eine Kraft nun ganz erwacht war in Aelan. Rah hingegen schien der Weg durch die Finsternis unerträglich. Sein Ka fühlte die Nähe von Feinden. Er witterte, daß unzählige Menschen in diesen unterirdischen Räumen hausten, und Wesen, die dem glichen, das in die Hütte des Harlana eingedrungen war. Rah schauderte, als er bemerkte, daß Aelan gerade auf sie zueilte. Mißtrauisch blickte er in jede Nische, jeden Gang, den sie passierten. Jeder Schatten, der sich im Schein der Fackel bewegte, spannte seine fieberne Gereiztheit mehr. Er hatte keine Angst, er würde Aelan und dem Harlana folgen, auch wenn sie ihn mitten in eine Schar Kambhuks führten, doch sein Ka vibrierte wie ein stummer Warnschrei.
Einmal verlor Rah die Beherrschung, riß mit einem Schlachtruf sein Schwert aus der Scheide. Aus den Nischen eines langgezogenen Gewölbes starrten ihn dunkle, regungslose Augen an. Die halb zerfallenen Mumien von Waiyas standen in langen Reihen an den Fels gelehnt, verdorrte, von schwarzer, ledriger Haut umspannte Körper,

die in der trockenen Luft des Labyrinths die Jahrhunderte überdauert hatten. Aelan berührte Rah am Arm. Der Gurena spürte, wie eine stille, beruhigende Kraft von seinem Freund ausströmte, die augenblicklich sein wild pochendes Herz besänftigte.

Lange liefen sie durch die Grabkammern der Waiyas, an tausenden von Körpern vorbei, die aus tiefen, leeren Augenhöhlen jede Bewegung der Eindringlinge zu verfolgen schienen. Schließlich gelangten sie in einen breiten Gang tief unter der Erde, dessen Wände mit Zeichen des Trem bemalt waren. Sie folgten ihm lange. Rah spürte, daß Menschen hier gegangen waren und er glaubte, aus der Tiefe der Dunkelheit die Echos von Schritten und Stimmen zu hören. Plötzlich hielt Aelan an, keuchend, denn sie waren im Laufschritt vorangeeilt. Bleierne Stille trat aus den Wänden hervor. Angestrengt lauschten die drei Männer in sie hinein. Das leise Geräusch von tropfendem Wasser wurde vernehmbar. Aelan tastete sich einige Schritte weiter. Ein schmaler Schacht führte steil nach unten in die Dunkelheit. Das Geräusch des Wassers drang aus der Tiefe herauf wie aus einer Zisterne. Aelan blickte den Harlana an. Die Liebe, die er für den weißhaarigen Alten empfand, wuchs für einen Augenblick zu einem Strom, der seine Brust sprengen wollte. Sie verständigten sich ohne Worte. Der Harlana gab Rah die Fackel und folgte Aelan auf engen, zerbrochenen Stufen in die Tiefe, während der Gurena von oben leuchtete. Rah wußte, daß der Weg zu dieser Quelle nicht der seine war. Aelan war aufgebrochen, sie zu suchen und auf wundersame Weise schien auch der Harlana in diese Suche verstrickt. Rah kauerte an der Öffnung des Ganges nieder und lauschte den Schritten der beiden Freunde, die sich in der Tiefe verloren. Mehr als zuvor spürte er die tödliche Gefahr, die im Labyrinth von Hak lauerte. Nah war sie, und es schien dem Gurena, als könnten in jedem Augenblick die Krieger des Trem aus der Dunkelheit vor ihm erscheinen.

Aelan hatte den Grund des Schachtes erreicht. Der trübe Schein von Rahs Fackel brach sich in einer kleinen, mit klarem Wasser gefüllten Felsenschale. Das Wasser tropfte langsam aus dem schwarzen Felsen darüber, sammelte sich in der Schale, trat über ihren Rand hinaus und versickerte im Boden. Vor Aelans innerem Auge aber stand leuchtend das Bild vom Haus der Kraft, dem riesigen Dom aus Kristall, der erfüllt war vom Rauschen mächtiger Wasserströme. Die Quelle von Hak, die Quelle des Sonnensterns, die sechs mächtige Flüsse gespeist zum Zeichen der Einen Kraft, sie war verkommen zu einem Rinnsal, doch das Wasser, das aus ihr floß, war das Wasser des Lebens, das Harlar

getrunken, als er auf seiner Wanderung den Hügel von Hak gefunden und die Stimme des Sonnensterns ihm geheißen hatte, die sternförmige Stadt zu erbauen.
Aelan spürte, wie der Harlana hinter ihm zurückblieb. Im gleichen Augenblick durchfuhr Aelan ein Bild. Er sah den weißhaarigen Alten in der Gestalt eines jungen Mannes. Er stand im Haus der Quelle von Hak, im heiligsten Tempel, gemeinsam mit anderen Jünglingen, bereit, das Wasser des Lebens aus der Hand des On-Nam zu empfangen, zum Zeichen, daß er aufgenommen war in den Kreis derer, die dem Weg des Sonnensterns folgten. Doch er zögerte, denn Zweifel nagten in ihm. Dann sah Aelan sich selbst. Er stand hinter dem Zaudernden, ungeduldig, begierig, vom Wasser des Lebens zu kosten. Als der Jüngling vor ihm regungslos verharrte, in Gedanken versunken, als er ungläubig das Wasser in den Händen des On-Nam anstarrte, drängte Aelan ihn fort, hieß ihn in seinem heiligen Eifer einen Unwürdigen, der das Geschenk des Sonnensterns nicht genügend ehrte und griff selbst gierig nach den Händen des On-Nam. Der Jüngling aber, wie aus einem Traum erwacht, sah Aelan lange an. In seinen Augen strahlte Verständnislosigkeit, die sich allmählich in Haß wandelte. In einem Aufblitzen flog das Bild an Aelan vorüber, doch es wühlte die Tiefe seines Herzens auf. Der Jüngling hatte den Sonnenstern später verraten. Viel Leid hatte er über jene gebracht, die dem Weg der Einen Kraft folgten, doch Aelan trug die Last des Lahf für diese unbedachte Tat, denn er hatte ihn fortgestoßen vom Wasser des Lebens.
Aelan beugte sich nieder. Die Namaii hatten ihn vor Jahren zur reinen Quelle des Sonnensterns gesandt, doch nun, da er sie nach unsäglichen Mühen gefunden, schien es ihm unmöglich, aus ihr zu trinken. Er füllte seine zitternden Hände mit Wasser, doch er vermochte nicht, sie an die Lippen zu führen. Die Kraft seiner Arme erlahmte, in seiner Kehle schwoll ein würgender Ball und die Gedanken in seinem Kopf verwirrten sich. Noch einmal sah er, wie er den Jüngling fortstieß von den Händen des On-Nam, wütend über sein Zaudern, das ihm wie Frevel schien, nun aber stand er selbst vor der Einen Quelle, erfüllt von dem Verlangen nach dem Wasser des Lebens in seinen Händen, doch unfähig, davon zu trinken.
Langsam wandte Aelan sich um. Er ging auf den Harlana zu und bot ihm das Wasser dar. Lange sah der alte Mann ihn an, bevor er sein weißes Haupt niederbeugte, um aus Aelans Händen zu trinken. Als das Wasser die Lippen des Harlana benetzte, fühlte Aelan, wie das Bild in seinem Inneren in tausend Scherben zerbrach und die lähmende Kraft

von ihm abfiel. Er sah, wie ein Lächeln über das Gesicht des Alten huschte, sah, wie seine Augen leuchteten in der Dunkelheit, dann ging er zurück zu der steinernen Schale, schöpfte erneut das kühle Wasser und trank es selbst.
Im gleichen Augenblick durchzuckte ein Blitz die enge Felsenkammer. Aelan schloß die Augen, doch das blendende weiße Licht war auch in seinem Inneren. Es durchflutete ihn in heftig pulsierenden Stößen. Als Aelan sich gefaßt, spürte er, daß es aus seinem eigenen Herzen strömte. Wild und ungebändigt war dieses Licht, wie ein von starkem Sturm bewegtes Meer, zugleich aber schien es erfüllt von einer Sanftheit, wie Aelan sie nie zuvor gespürt. Endlos reichte sein Blick in die Tiefen dieses Lichts. Die Felsenkammer, das Labyrinth der Waiyas, alles schien fortgerissen von dem Lichtsturm, der um ihn tobte, doch der ihm schien wie die milde Brise eines Sommerabends. Aelan hörte die Wogen des Ne, der weißen Musik, die mit dem Licht aus ihm herausflossen. Er selbst war die Quelle, aus der sich die endlosen Ströme des Ban und des Ne ergossen. Die Eine Kraft des Hju, das Wasser des Lebens, brach aus ihm hervor mit ungestümer Macht. Aelan schien sich aufzulösen im Wirbeln dieser Kräfte, schien eins zu werden mit dem Licht und dem Klang, und doch spürte er, daß nicht er die Quelle dieser Macht war, sondern nur die Öffnung, durch die sie in die Welt floß.
Die Quelle, aus der das klare Wasser entspringt, hat dieses Wasser nicht geschaffen, hörte er Lok-Mas Worte, die der On-Nam vor langer Zeit in einem Traum gesprochen, sie bringt es nur hervor aus dem unerschöpflichen Erdreich, sie ist der Mittler, durch den es aus der Dunkelheit ins Licht fließen kann. Ohne sie könnte das Wasser nicht zum Bach werden und zum Fluß, der dem Land Leben und Fruchtbarkeit schenkt, doch ohne das Wasser wäre die Quelle nichts. Sie will das Wasser nicht für sich behalten, sie will seinen Lauf nicht lenken, sie spendet es nur, und weil sie es spendet, besitzt sie es im Überfluß. Will sie es aber halten, so trocknet sie aus.
Jetzt, im Pulsieren der Kraft in seinem eigenen Herzen, verstand Aelan die Worte des On-Nam. Er verstand sie nicht mit seinen Gedanken oder seinen Gefühlen, sondern wurde in seinem Innersten ergriffen von ihrer Wahrheit. Er blickte tief hinein in das Licht, das durch ihn floß, als wolle er schauen, woher es kam. Da sah er sich selbst als winziger, leuchtender Stern inmitten unzähliger Sterne an einem weit sich wölbenden Firmament. Manche von ihnen strahlten hell und rein, andere flackerten in verschiedenen Farben, wieder andere schienen

matt zu verlöschen. In vielen aber brannte das Licht so schwach, daß es nur mehr ein dunkles Glänzen war. Aelan betrachtete dieses Meer von Sternen, und plötzlich erkannte er, daß sie nur Öffnungen waren in einer unermeßlichen, schwarzen Wand, die ihm als der nächtliche Himmel erschienen war. Die Sterne, die hell strahlten, waren weite Öffnungen in dieser Wand, die anderen aber, deren Licht fast erloschen war, hatten sich verengt und geschlossen. Aelan war eine dieser Öffnungen. Er blickte hinaus in das endlose Dunkel und sah, wie das Licht, das durch ihn floß, draußen in der Finsternis Bilder erzeugte, Dinge, die seine Aufmerksamkeit fesselten und die flüchtige Illusion von Leben hervorriefen. Doch sie waren nur Schemen, die entstanden, wenn sich das weiße Licht im Spiegel seines Herzens brach und sich vermischte mit der Dunkelheit. So entstand das Leben in den Welten des Ehfem. Es war ein Echo des Hju, ein Widerschein des unendlichen Lichts der Einen Kraft in der Welt der Schatten. Lange war Aelan zufrieden mit dem Spiel der Bilder vor seinen Augen, an dem Scheidepunkt, wo das ewige Hju sich spaltete in das vergängliche Ehfem, dann aber ergriff ihn die Sehnsucht nach dem reinen Licht und er wandte sein Haupt, um auf die andere Seite der dunklen Wand zu blicken. Es fiel ihm schwer, die Augen loszureißen von den unzähligen Spiegelbildern, die er geschaffen. Sie schrien nach seiner Aufmerksamkeit und plötzlich waren die Lichtstrahlen, durch die er mit ihnen verbunden war, wie Fesseln, die ihn an die Dinge seiner Schöpfung ketteten. Er wehrte sich gegen sie, wollte sie mit der Kraft seines Willens von sich stoßen, doch je mehr er sich bemühte, desto tiefer versank er im Gespinst des Ehfem wie das Opfer im Netz einer Spinne. Unstillbare Sehnsucht aber drängte Aelan, die Welt der Spiegelungen zu verlassen und das wahre Licht zu suchen. Lange währte sein Ringen, doch erst, als er den Kampf seines Willens aufgab, als er sich in den Namen des Sonnensterns fallen ließ, lösten sich die Fesseln. Aelan wandte sich um, um auf die andere Seite der Dunkelheit zu blicken.

Dort aber war nichts als blendendes, weißes Strahlen, raumlose Unendlichkeit, angefüllt mit Licht, so hell, daß es Aelans Augen auszubrennen schien. Es gab kein Maß mehr für dieses Meer von Licht, es hatte keine Ufer, keinen Grund und keine Grenzen, es kannte keinen Raum und keine Zeit, und es gab keine Quelle mehr, aus der es floß. Es war die Urkraft des Lebens selbst, das Hju, die allesdurchdringende Essenz, das Wasser des Lebens. Als Aelan dies erkannte, spürte er Demut wachsen vor diesem wirbelnden, unerschöpflichen Lichtmeer. Eine winzige Öffnung nur war er für diese unfaßbare Kraft. Die pul-

sierende Macht, die er zuvor aus seinem Herzen hatte strömen sehen, war unbedeutend im Angesicht der Ganzheit des Lichts, ein Rinnsal, verglichen mit tausend Ozeanen. Je mehr diese Demut aber anwuchs in seinem Herzen, desto größer wurde die Öffnung, durch die das Licht nach draußen floß und desto reiner wurde der Spiegel in seinem Inneren. Immer weniger Farben und Bilder erwuchsen aus ihm, wenn das Licht ihn traf. Bald ging es rein durch ihn hindurch, floß ungetrübt hinaus in die endlose Welt der Dunkelheit. Das dichte Gewebe der Lichtfäden, die ihn gehalten und gefesselt, verschwand. Aelan spürte grenzenlose Freiheit. Zu einem Stern gleißender Helligkeit war er angewachsen, zu einem Stern, der alle anderen überstrahlte, wie das Licht des Sonnensterns die Gestirne des nächtlichen Firmaments überstrahlte, wenn er in seiner Nacht über den Bergen emporstieg. Aelan sah den Sonnenstern hell am Himmel ziehen, zugleich aber sah er ihn in seinen eigenen Händen liegen wie ein leuchtendes, schlagendes Herz, so wie er es im Traum erblickt, vor vielen Jahren in der Hütte des Schreibers. Es war das Licht des On-Nam, das für einen Augenblick in seinen Händen lag. In diesem Moment sah Aelan all seine Leben in den Welten des Ehfem aufgereiht wie Perlen auf einer endlosen Schnur. In einem Blitz der Einsicht erfaßte er das gesamte Gewebe seines Lahf, das er durch die Bilder im Spiegel des Herzens geschaffen. Er sah keine Einzelheiten, sondern den ganzen, unendlichen Bogen seiner großen Wanderung, die ihn aus dem reinen, grenzenlosen Licht hinausgeführt hatte in die Dunkelheit und langsam, Schritt für Schritt wieder zurück zur Erkenntnis des Lichts, die nun, nach Äonen des Suchens und Findens und Wiederverlierens, wiedergekommen war für einen ewigen Augenblick. Er blickte in das Licht in seinen Händen und sah die Aufgabe in ihm, die ihm zugedacht war im Dienst des Sonnensterns, die Bestimmung und das Ziel seiner großen Wanderung, schemenhaft nur, wie eine Ahnung, und doch von solcher Klarheit, daß Aelan erschrocken die Augen abwandte, denn noch war er nicht stark genug, es zu ertragen.
Als er wieder hinblickte, zögernd, mit aufgeregt schlagendem Herzen, sah er das Schimmern von Fackelschein in dem Wasser in seinen Händen. Er hatte getrunken von der Quelle von Hak und spürte die kühle Flüssigkeit noch in seiner Kehle.
Im nächsten Augenblick näherten sich eilige Schritte in dem Gang, durch den Aelan und der Harlana zur Quelle hinabgestiegen waren. Rah sprang herab, warf die Fackel zu Boden und löschte sie aus. Dunkelheit schlug in der Felsenkammer zusammen.

»Sie kommen durch den großen Gang!« flüsterte Rah aufgeregt. »Kein Laut jetzt!«
Im Hauptgang, durch den die drei Eindringlinge gekommen waren, näherten sich Stimmen. Hohl, von Echos gebrochen, drang der Gesang der Waiyas in die Kammer der Quelle. Sie schritten am Schacht vorbei, der zur Quelle hinabführte. Nur der Schimmer ihrer Fackeln drang herab und spiegelte sich im Wasser. Atemlos standen Aelan, Rah und der Harlana und beobachteten die Schatten an der Wand, die vom Feuerschein bewegt wurden. Die Schritte und der Gesang der Waiyas erfüllten die enge Kammer mit klirrenden Echos, dann verschwanden sie so rasch wie sie gekommen waren.
Stille senkte sich herab. In ihr klang rein und gläsern das Fallen der Tropfen in die Felsenschale, die sich allmählich wieder füllte mit dem Wasser der Quelle.

## Kapitel 2
### DIE LIEBE DER FLAMME

Über Mahlas Gesicht flog ein Lachen. Wie ein Sonnenstrahl erhellte es die Züge der jungen Frau.
»Leas, ich kann die Kuppeln von Feen sehen!« rief sie. »Dort hinter den Bäumen! Seht Ihr sie nicht?«
Leas nickte. Aber Mahla achtete schon nicht mehr auf ihn. Sie reckte sich hoch auf im Sattel ihres Pferdes und schirmte die Augen mit einer Hand, um im Licht der Morgensonne besser sehen zu können.
Leas betrachtete die schöne Kaufmannstochter. Sie trug eine dicke, mit Pelz gefütterte Jacke aus grobem, speckigen Sokleder, wollene Beinkleider und klobige, vom Schmutz der Landstraßen bedeckte Stiefel, doch selbst diese derben Kleider, wie sie üblich waren bei den Karawanenleuten, wenn sie über Land zogen, vermochten der jungen Frau nichts von ihrer Anmut zu nehmen. Wenn Mahla lachte, die vollen, dunklen Haare aus der Stirn strich und die weißen Zähne hinter ihren sanft aufgeworfenen Lippen zeigte, schien ein Licht von ihr auszustrahlen, das Leas mit wohliger Wärme erfüllte.
Der Sanla hatte Mahla dem Schutz seines ersten Gurena anvertraut, und Leas, der seinen Herrn nur ungern in den Ebenen des Westens zurückgelassen hatte, war auf dieser Reise von Melat nach Feen keinen Augenblick von Mahlas Seite gewichen. Tagsüber ritt er neben Mahla, und des Nachts schlief er vor dem Eingang ihres Zeltes. Anfangs hatte er diesen Dienst aus Treue zum Sanla verrichtet, der diese Frau zu seiner Botin erwählt, dann aber hatte Mahlas Liebreiz sein Herz gewonnen und er genoß jede Stunde, die er in der Nähe der Kaufmannstochter verbringen durfte. Auch Mahla hatte Gefallen gefunden an dem Gurena, der aus einer edlen Familie Melats stammte und viel zu erzählen wußte von den Bräuchen des Westens und der geheimnisvollen Insel San. Sie unterhielt sich gerne mit ihm, ließ sich Geschichten über die Taten des Sanla erzählen und lauschte den Legenden von San, die

von den Menschen des Westens überliefert wurden, sie aber erzählte Leas die Märchen des Nordvolkes, die in den Chars von Feen lebendig waren. Sie freute sich an der Gesellschaft des wohlerzogenen, jungen Mannes, der sie mit höflicher Liebenswürdigkeit behandelte, stets gut gelaunt war und an dessen Seite die endlose, eintönige Reise durch die Wälder wie im Fluge zu vergehen schien.

Doch als Mahla spürte, daß im Herzen des Gurena Liebe zu ihr wuchs, zog sich ein Schleier von Traurigkeit über ihre unbeschwerte Zuneigung zu Leas, denn es war eine Liebe, die sie nicht zu erwidern vermochte. Der Gedanke an Aelan wischte ihre Heiterkeit fort und wühlte quälende Sorge um den Geliebten auf. Unauslöschlich hatte sich sein Bild in ihr Herz gebrannt in der einen Nacht, in der sie sich gefunden und geliebt, bevor das Schicksal sie auseinandergerissen. Mahla wußte, daß auch Aelan sie liebte, über die Tiefen ihrer Trennung hinweg, und sie wußte, daß sie ihn wiederfinden würde, irgendwo in den Wirren dieser schrecklichen Zeit, die alles zerstört, was ihr lieb und teuer gewesen. Vielleicht konnte ihr Lok-Ma etwas über den Geliebten berichten. Aelan war in der Mehdra gewesen, als die Anhänger des Be'el und des Tat unter den Mehdraj sich geschlagen hatten. Oft schon war Mahla diesen Gedanken nachgehangen auf der Reise, und sie hatten sie mit einer Schwermut erfüllt, die auch der immerzu heitere Leas kaum aufzuhellen vermochte. Nun aber, da die Kuppeln von Feen am Horizont aufstiegen, durchströmte sie neue Hoffnung. Das Ziel der gefahrvollen Fahrt durch die Wälder war erreicht. Es schien Mahla für einen Augenblick, als sei es das Ziel all ihrer Wünsche und Hoffnungen.

»Laßt uns vorausreiten, Leas,« drängte sie. »Die Karawane ist so entsetzlich langsam. Ich bin ungeduldig. Nun brauchen wir ihren Schutz nicht mehr. Das letzte Stück des Weges können wir alleine reiten.«

»Ihr wißt, Mahla, wie es uns in Ütock ergangen ist,« entgegnete Leas ruhig. Seine Stimme klang wie die eines großen Bruders, der mit gespielter Strenge seine übermütige Schwester ermahnt. »Wären wir nicht mit der Karawane in die Stadt gekommen, so hätten uns die Torwachen eines peinlichen Verhörs unterzogen. Auch in Feen werden die Männer des Be'el auf alle Verdächtigen lauern.«

»Nicht in Feen, lieber Leas. Feen war immer eine freie Stadt. Ach, ich weiß nicht, ob ich froh oder traurig sein soll, in die alte Heimat zurückzukehren. Soviel Schönes habe ich dort erlebt, aber auch soviel Schmerz. Ich bin aufgeregt wie ein kleines Mädchen, das zum ersten Mal durch das Lichtertor von Dweny geht.«

»Es wäre besser, Ihr bliebet die Fremde, die Feen zum ersten Mal sieht, die Tochter aus dem Haus der Qua, meine Schwester.« Leas lächelte. »Es wäre schlimm, würde man Euch erkennen als Kind der Sal.«

»Es gibt die Sal nicht mehr,« sagte Mahla tonlos. »Rake und Ly sind die letzten aus dem Haus meiner Kindheit. Nichts ist geblieben von der alten Zeit. Ich komme wirklich als Fremde nach Feen.«

»Umso mehr freut es mich, daß mir der Himmel eine solch schöne Schwester beschert hat,« entgegnete Leas mit strahlendem Lächeln, um Mahla aufzuheitern.

»Gut, lieber Bruder, doch seht auch Euch vor. Wer will Euch glauben, daß Ihr mein Bruder seid, wenn Ihr mich so verliebt anschaut.« Mahla errötete, denn diese Worte waren über ihre Lippen gerutscht, ohne daß sie es wollte. Sie versuchte ihre Verlegenheit mit einem Lächeln zu überspielen.

»Bruder und Schwester sind wir nur zu Eurem Schutze, um die Wachen zu täuschen. Unsere Herzen sind davon nicht gebunden.« Leas' Stimme wurde ernst.

Mahlas Lächeln erstarb. »Doch,« sagte sie leise. »Ich bitte Euch, Leas, ich vertraue und liebe Euch wie einen Bruder. Trübt diese Zuneigung nicht durch unbesonnene Leidenschaft.«

Der Gurena senkte das Haupt und rang nach Worten. Er hatte Mahla schon oft seine Gefühle offenbaren wollen auf der langen Fahrt, nie aber hatte er den Mut dazu aufgebracht, doch nun, kurz vor dem Ziel, zwang er sich dazu. »Es ist nicht nur Leidenschaft, Mahla. Es ist etwas gewachsen in meinem Herzen, das ich noch für niemand empfunden habe. Es . . .«

»Schweigt, Leas,« schnitt Mahla ihn ab. Ihre Stimme war ernst und schroff. »Vergeßt, was Ihr mir sagen wollt. Es kann nicht sein. Vergeßt es für immer, Leas. Ich bitte Euch.«

Der Gurena zuckte zurück wie von einem Schwertstreich getroffen. Begütigend fügte Mahla hinzu: »Verzeiht mir, Leas, ich will Euch nicht verletzen, aber ich bitte Euch, bannt diese Gefühle aus Eurem Herzen. Sie würden uns nur Leid zufügen, Euch und mir. Laßt uns Bruder und Schwester sein. Glaubt mir, ich schätze Euch wie einen wirklichen Bruder, doch es wird mir nie möglich sein, Euch zu lieben wie einen . . .« Mahla brach ab und drehte sich zur Seite.

Leas nickte stumm. In seinem Hals brannte es wie Feuer. Er versuchte ein Lächeln, dann wandte er sich von Mahla ab. Unter seinem Schmerz brach bittere Enttäuschung auf.

Mahla war wie verzaubert, als sie hinter den mit Warenballen beladenen Packpferden, die Kapuze tief ins Gesicht gezogen, das südliche Tor von Feen passierte. Jede Gasse, jedes Haus schien sie wiederzuerkennen, obwohl sie sich nicht daran erinnern konnte, in all ihren Jahren in Feen jemals in diesen Vorstädten gewesen zu sein. Doch alles schien in einer vertrauten Sprache zu ihr zu sprechen – die mit bunt bemalten Schnitzereien verzierten Türen der hölzernen Handwerkerhäuser, die steilen, halbrunden Brücken über den Wasserläufen, die winzigen, grellfarbigen Schreine, in denen Butterlampen brannten, die dunkelroten Steine, mit denen die Hauptstraßen gepflastert waren, die ineinander versetzten Kuppeln der bedeckten Märkte, die im Sonnenlicht schimmernden Fayencen der Tempelportale. Auch die Menschen schienen Mahla innig vertraut, die alten Männer vor den Häusern, die die einziehende Karawane betrachteten, die Kinder, die in ihren bunten Trachten hinter den Reitern herrannten und ihnen neugierige Fragen zuriefen, die aufrecht und stolz schreitenden Frauen, die Wasserkrüge auf dem Kopf trugen. Als Mahla ihr Rufen und Plaudern in der leichtzüngigen Feener Mundart vernahm, füllte sich ihr Herz mit Freude, doch sie zog die Kapuze noch enger über ihr Gesicht, denn sie glaubte, jeder dieser Menschen würde sie sonst augenblicklich erkennen. Als sie tiefer in die Stadt vordrangen, wurde das Treiben auf den Straßen heftiger. Die Menschen schienen aufgeregt, eilten geschäftig hin und her und schmückten Häuser und Straßen mit Blumen und festlichen Bändern.

»Was geht hier vor?« fragte Mahla den Gurena an ihrer Seite, doch Leas, der in abweisendes Schweigen gefallen war, zuckte nur die Achseln.

Der Führer der Karawane, ein Anhänger des Sanla, der einem Kaufmannshaus von Melat diente, dessen Herr dem Erhabenen ebenfalls nahestand, lenkte sein Pferd neben das von Leas.

»Unsere Wege trennen sich hier, Leas-Qua,« sagte er leise, während er seine Augen nach allen Seiten schweifen ließ, um sicherzustellen, daß niemand ihn belauschte. »Die Männer der Karawane sind verschwiegen. Sie haben Euch nie gesehen. Möge Eure Mission glücken, im Namen des Erhabenen.«

Leas neigte den Kopf. »Ich danke Euch. Die Liebe des Erhabenen sei mit Euch bei Euren Geschäften mit den Dienern des Bösen.«

Der Kaufmann wiegte den Kopf. »Nicht lange werden wir säumen in Feen. Ich spüre die Hand des Verderbten auf dieser Stadt und möchte so rasch wie möglich wieder fort. Laßt mir ein Zeichen zukommen, wenn

Ihr bereit seid, zurückzukehren. Doch seid auf der Hut. Ich hörte, daß die Soldaten die ankommenden und abreisenden Karawanen genau kontrollieren.«

»Aber die Wachen an den Toren kümmerten sich kaum um uns. Auch in diesem Gedränge der Straßen droht keine Gefahr,« warf Mahla ein.

»Wachen werden uns erwarten bei den Magazinen, um von den Waren, die wir mit uns führen, die Steuern festzusetzen. Und sie werden auch die Leute in Augenschein nehmen, die mit uns gereist sind. Es ist besser, wenn ihr nicht mit in den Hof der Magazine reitet. Doch der Tat ist uns wohl gesonnen. Feen bereitet ein Fest vor. Viele Menschen aus den umliegenden Dörfern strömen in die Stadt. Aber hütet euch trotzdem. Möge der Glanz des Einen Tat Euch beschirmen.«

Ohne ein weiteres Wort ritt der Karawanenführer voran. Leas und Mahla aber zügelten ihre Pferde und fielen langsam zurück. Die hoch bepackten Lasttiere der Karawane zogen an ihnen vorbei. Niemand bemerkte, als Leas und Mahla an einem weitläufigen Platz, auf dem Menschen und Wagen lärmend durcheinanderdrängten, einen anderen Weg einschlugen.

»Welches Fest bereiten sie vor?« fragte Mahla. »Ich kann mich nicht entsinnen, daß Feen um diese Jahreszeit ein Fest feierte.«

Leas zuckte die Achseln. »Wenn Ihr es nicht wißt, die Ihr aus dieser Stadt stammt, woher soll ich es wissen?«

Mahla blickte den Gurena erschrocken an. Er wich ihrem Blick aus, denn noch immer wühlte Enttäuschung in ihm. Mahla senkte die Augen und errötete. Sie hatte Mitgefühl mit ihrem Reisegefährten, wollte ihn nicht kränken, wollte vermeiden, daß ihre heitere Verbindung an den falschen Hoffnungen des Gurena zerbrach. Sie suchte nach Worten, ihn zu trösten, ihm noch einmal zu erklären, daß sie ihn schätzte wie einen Bruder, daß sie ihn ins Herz geschlossen hatte, aber daß es ihr unmöglich war, seine leidenschaftliche Liebe zu erwidern. Doch als sie seine Verschlossenheit spürte, zog sie es vor, zu schweigen.

Sie fanden Unterkunft in einer bescheidenen Herberge an der Straße nach Dweny, in der Landleute einkehrten, die vom duftenden Schimmer des Lichtertores angelockt wurden, aber die hohen Preise der Chars von Dweny nicht zu bezahlen vermochten. Wenn Mahla in früheren Jahren im kostbar geschmückten Wagen der Sal ausgefahren war, um an der Seite ihrer Mutter eine Gesellschaft in einem reichen Feener Haus zu besuchen oder eine Lustfahrt an die Bucht von Dweny zu unternehmen, hatte sie den Anblick der kleinen, niedergeduckten Häuser der geringeren Handwerkerviertel kaum ertragen. Sie hatte das

Fenster des Wagens geschlossen und die Nase in ein parfümiertes Tuch versenkt, damit die üblen Gerüche der Garküchen und Märkte nicht ihre empfindsamen Sinne beleidigten. Mahla mußte daran denken, als sie hinter dem Wirt die knarrende Treppe hinaufstieg und ihr der Geruch des ranzigen Fettes seiner Butterlampe fast den Atem nahm. Der Wirt wies seinen beiden Gästen, die sich als Geschwister ausgaben und berichteten, sie seien aus dem Land um Teras gekommen, um in Feen Familienangelegenheiten zu erledigen, eine schmale, einfache Kammer an. Als er bemerkte, daß Leas an der Türe zögerte und einen mißfälligen Blick über den engen, düsteren Raum schweifen ließ, brummte er: »Ihr könnt Euch glücklich schätzen, überhaupt Unterkunft gefunden zu haben. Die Chars von Feen sind überfüllt. Alles strömt herbei zum Fest des Fhalach, zu Ehren der Großen Mutter, die sich vermählen wird mit dem Be'el.«
Er blickte Leas fragend an, um herauszufinden, ob der stattliche junge Mann ein Anhänger der Flamme war oder einer der Zweifler oder Aufrührer, von denen es noch so viele gab in Feen. Doch Leas ging nicht auf den Wirt ein. »Es ist gut,« sagte er. »Laßt uns ein kaltes Mahl bringen. Wir sind müde von der langen Reise und werden uns bald zur Ruhe begeben.«
Der Wirt verneigte sich knapp und ließ seine Gäste in ihrer Kammer alleine. Mahla setzte sich auf den dreibeinigen Hocker, der einzigen Sitzgelegenheit außer den beiden auf dem Boden bereiteten und mit bunten Überwürfen bedeckten Betten. Sie sah sich in dem kargen Raum um und mußte an das Haus des Vaters denken, das geräumige, altehrwürdige Haus der Sal, das eines der prächtigsten Häuser Feens gewesen war. Einen Augenblick ging ihr das Bild an der Decke ihres Schlafgemachs durch den Kopf, die kostbaren Intarsien, die den Sonnenstern darstellten und die zwölf Zeichen des Lahf. Wie oft war sie wachgelegen in ihrem Bett aus Seide und hatte schaudernd hinaufgeblickt zu diesem Bildnis, das tröstlich und furchtbar zur gleichen Zeit sein konnte. Dunkle Ahnungen hatten sich manchmal geregt in ihr, wie etwas Bedrohliches, das sie damals, in der Geborgenheit ihres Wohllebens nicht hatte begreifen wollen, bis es schließlich herabgebrochen war über sie. Unbarmherzig hatte das eherne Gesetz des Lahf sie hinausgestoßen in die Ungewißheit, hatte die Mauern ihrer Sicherheit zertrümmert, ihr den Vater genommen, die Mutter, zwei ihrer Brüder. Doch sie war stark geworden in dieser Zeit der Not und Verlassenheit. Die Verzweiflung und der Schmerz hatten sie geläutert. Sie hatte Aelan gefunden und den Sanla, und sie hatte gelernt über das Leben

und die Liebe. In den Armen von Aelan hatte sie alles gefunden, was ihr Herz je begehrte, und die Weisheit des Sanla hatte ein Feuer in ihr entfacht, in dessen Licht die Vernichtung ihrer behüteten Vergangenheit wie die Befreiung von einem vorbestimmten Schicksal schien, das ihr nur Leere und Sinnlosigkeit gebracht hätte. Man hätte sie dem Sohn eines reichen Kaufmanns oder Tnachas zur Frau gegeben. Sie hätte ein müßiges Leben gelebt im Gepränge der Gesellschaften und Feste, gebunden von der strengen Etikette der wohlhabenden Häuser. Ein Dasein in gleichförmigen Bahnen, abgeschnitten von der schillernden Fülle des Lebens, die sie in den vergangenen Jahren in sich aufgesogen, in Kurteva, in Ütock, in Melat, in der schwarzen Dschungelstadt Sari und in den weiten Landen, durch die sie gereist war, widerstrebend und ängstlich zuerst, dann aber mit offenen Sinnen und einem freudigen Herzen. Was ihr erst wie ein grausames Schicksal erschienen, das sie zu zerbrechen drohte, hatte ihr Leben reich gemacht. Mahla mußte lächeln, als sie die dürftige Kammer betrachtete, in der sie saß. Früher, als verzärtelte Tochter der Sal wäre sie wahrscheinlich in Ohnmacht gefallen, hätte man ihr zugemutet, einen solchen Raum nur zu betreten. Seither aber hatte sie in schmutzigen Karawanenunterkünften genächtigt, in den Hütten von Bauern, unter dem Laubdach des Waldes, daß ihr die enge, aber reinliche Kammer in dieser Char nach der beschwerlichen Reise durch die Wälder wie unnötiger Luxus erschien.
Ein Klopfen an der Türe schreckte sie aus ihren Gedanken. Leas, der damit beschäftigt war, die Habseligkeiten in seinem Reisesack zu ordnen, fuhr hoch. Der Gurena war von Unruhe ergriffen, seit sie in Feen waren. Er spürte Gefahr in jedem Augenblick.
Ein Bediensteter der Char brachte ein einfaches Mahl. Schweigend trat er herein, ein gebückter, alter Mann mit schlohweißem Haar. Er stellte das Tablett mit den Speisen auf einen Tisch neben der Türe. Als er sich zurückziehen wollte, mit langsamen, schlurfenden Schritten, warf er einen Blick auf die neuen Gäste. Leas beachtete den Alten nicht mehr, aber Mahla, von ihrer sanften Melancholie ergriffen, schenkte dem Diener ein Lächeln. Der Mann blieb wie erstarrt an der Türe stehen und gaffte die junge Frau an.
Leas wandte sich um und herrschte ihn an: »Was gibt es noch? Du kannst gehen! Es ist gut.« Doch der Diener hörte ihn nicht. Er schloß die Türe wieder, die er schon geöffnet, ging einige zögernde Schritte auf Mahla zu und fiel vor ihr auf die Knie.
Leas sprang auf und griff zum Schwert, doch der Diener wollte Mahla

nichts Böses. Er neigte seinen Kopf tief vor ihr, griff zitternd nach ihrer Hand, küßte sie und führte sie an die Stirn zum Zeichen tiefster Demut. Als er wieder aufblickte, standen ihm Tränen in den Augen. Erst als er zu sprechen begann, mit stockender Stimme, erkannte Mahla ihn. Er war einer der Diener ihres Vaters gewesen, ein treuer Alter, der zur Familie gehört, seit Mahla denken konnte und dem sie als kleines Mädchen zusammen mit Ly so manchen Streich gespielt.

»Diad,« sagte Mahla gerührt und beugte sich zu dem Alten nieder, der das Haupt senkte, um seine Tränen zu verbergen.

»Daß es mir in diesem Leben noch einmal vergönnt ist, das Licht Eurer Augen zu sehen, Herrin,« flüsterte er mit gebrochener Stimme. »Ich danke dem Tat für diese hohe Gnade.«

Unschlüssig stand Leas neben dem Alten. Es war gefährlich, daß jemand um Mahlas Anwesenheit in Feen wußte. Leas überlegte, wie er den Alten zum Schweigen bringen sollte.

»Kein Wort, daß du deine Herrin hier gesehen hast, verstehst du, sonst muß ich dich töten!« zischte Leas, doch der Diener schien ihn nicht zu hören. Mahla blitzte den Gurena vorwurfsvoll an.

»Diad würde sich eher die Zunge herausschneiden lassen, als das Haus der Sal zu verraten. Er war einer der treuesten Diener meines Vaters,« sagte sie heftig.

Der Gurena wandte sich unwillig ab. Es verletzte seinen Stolz, daß eine Frau ihn vor einem Lakaien zurechtwies. In die Enttäuschung über seine verschmähte Liebe mischten sich Ärger und Bitterkeit. Die junge Frau aber wandte sich freundlich an den Greis. »Erzähle mir, Diad, wie ist es dir ergangen? Was ist geschehen in Feen in all den Jahren?«

Diad machte eine beschwichtigende Handbewegung. Es war ihm nicht möglich zu sprechen in seiner Ergriffenheit. »Ich muß wieder gehen, Herrin,« stammelte er. »Der Dienst in diesem Haus ist hart, aber der Tat hat mich reich belohnt dafür.« Wieder küßte er Mahlas Hand. Er sah nicht, daß seine ehemalige Herrin in schmutzigen Karawanenkleidern vor ihm saß, er sah nicht, daß aus dem verwöhnten Kind eine von den Härten des Lebens geklärte junge Frau geworden war, er verlor sich in der Liebe zur einzigen Tochter seines toten Herrn. Das Licht ihrer Augen, das er unverhofft wiedergefunden, beschwor das Glück früherer Tage in seinem Herzen herauf.

»Ich muß gehen, aber wenn mein Dienst zu Ende ist, heute nacht, kann ich kommen,« sagte er, als er sich etwas gefaßt hatte. »Ach, ich kann es noch immer nicht glauben, mit Euch noch einmal unter einem Dach zu weilen. Dem Tat sei Dank für diese Gnade.«

»Komme zu uns, Diad, um uns zu berichten. Aber sieh dich vor. Niemand darf erfahren, daß ich in Feen bin,« sagte Mahla.
Der Alte nickte beflissen. »Auch wenn man mich folterte in den Kammern des Be'el, ich würde schweigen, Herrin. Ich kann ruhig sterben, jetzt, da meine Augen Euch lebend und gesund erblicken durften.«
Mahla lächelte mild. Auch ihr brachte der Anblick des alten Dieners einen Strom von hellen und schönen Erinnerungen an ihre Jugendzeit. »Komm bald zu uns, Diad. Es gibt so viel, das ich wissen möchte. Du mußt mir alles genau berichten.«
Der Diener nickte, erhob sich schwerfällig und verschwand. Leas schloß die Türe hinter ihm und setzte sich schweigend auf sein Bett. Unbändiger Groll nagte in ihm.
Es war schon spät, als Diad leise an Mahlas Tür klopfte. Der Gurena ließ den Alten ein. Er war müde von seinem schweren Dienst in der Char, doch er wollte sich nicht auf den einzigen Stuhl setzen, den Mahla ihm anbot.
Die junge Frau nahm ihn am Arm. »Ich bin nicht mehr deine Herrin, Diad. Heute bin ich ärmer als du. Setze dich nur auf den Stuhl, wie es deinem Alter gebührt.«
Der Alte aber schüttelte trotzig den Kopf und ließ sich umständlich auf dem Boden nieder.
»Erzähle mir, Diad! Wie ist es dir ergangen? Was ist geschehen in Feen, seit wir fortgingen?« drängte Mahla.
Diad nickte bedächtig. »Ach, Herrin, meine Geschichte ist rasch erzählt. Die neuen Herren aus dem Hause La kamen in das Haus Eures Vaters, des edlen und guten Torak-Sal, noch bevor die neunundvierzig Tage der Trauer vergangen waren, die den Toten die Ruhe gewähren, aufzusteigen in das Licht des Tat. Aber die alten Bräuche gelten nichts mehr in dieser Zeit des Niedergangs. Sie kamen mit ihren Gurenas und nahmen das Haus in Besitz mit allen Dienern und Sklaven. Mich aber, der ich alt bin und schwach, haben sie fortgejagt aus dem Haus, das mich geboren, weil ich nicht mehr taugte für schwere Arbeit. Meine Söhne jedoch haben sie fortgesandt mit ihren Karawanen. Ich habe nichts mehr vernommen von ihnen seither. Vielleicht sind sie entflohen irgendwo, vielleicht haben sie sich den Räubern angeschlossen, vielleicht hat man sie nach Kurteva geschleppt, um das Haus der Khaïla zu bauen, vielleicht aber sind sie tot. Ich weiß es nicht, doch ich weiß, daß ich sie niemals wiedersehen werde mit diesen Augen, meine Söhne, die mein Stolz waren und meine Freude. Ich habe mich abgefunden damit, meinem Weib aber brach das Herz darüber. Sie starb

elend an ihrem Kummer. Ich jedoch blieb am Leben, und hätte sich der Wirt dieser Char nicht meiner erbarmt, ich wäre verhungert in den Straßen Feens, denn die Menschen sind hartherzig geworden in dieser Zeit, da der Be'el über Atlan herrscht. So verdiene ich mein Gnadenbrot in dieser Char und danke dem Tat, daß er mich nicht hinsiechen ließ auf den Straßen wie einen räudigen Bettler.«

Mahla senkte das Haupt. Sie empfand tiefes Mitgefühl mit dem alten Diener. Der Niedergang des Hauses Sal hatte nicht nur ihr Not und Kummer gebracht, anderen war es noch schlimmer ergangen. Sie erhob sich und brachte Diad einen Becher Wein. Mit zitternden Händen nahm ihn der greise Diener und trank ihn leer. Es schien Mahla selbstverständlich, den alten Mann zu bedienen, der einst ein Lakai gewesen war in ihrem Hause. Was bedeuteten schon die Eitelkeiten der Menschen, die sich nach Rangstufen maßen und nach klingenden Namen? Auch der Sanla behandelte die Bauern und Sklaven mit der gleichen Güte und Wärme wie hochgestellte Persönlichkeiten, die zu ihm kamen oder deren Paläste er heimlich aufsuchte. Ihm waren alle Menschen gleich, da in allen das Licht des Tat strahlte. In diesem Augenblick verstand Mahla diese einfache Botschaft des Sanla, und sie sprach zu dem alten Diener wie zu einem guten Freund, der des Trostes bedarf. Sie erzählte ihm von ihrer Flucht nach Kurteva, sie berichtete, wie ihre Mutter, die stolze Zehla-Sal, ermordet wurde von Plünderern, wie sie ihre Brüder wiederfand in Ütock, wie zwei von ihnen getötet wurden, wie sie nach Melat ging, um den Sanla zu suchen und wie sie nach Feen gelangt war nach einem endlosen Ritt durch die Wälder. Aufmerksam hörte Diad zu. Auf seinem Gesicht malte sich Anteilnahme am Schicksal seiner Herrin.

»Nun aber suche ich Lok-Ma, den Mehdrana. Ich hoffe, daß er noch in Feen weilt,« beendete Mahla ihren Bericht.

Diad nickte. »Ja, der Mehdrana ist noch in Feen. Ich habe Gäste von ihm sprechen hören. Er soll morgen ein letztes Mal in der Mehdra sein. Er möchte Feen verlassen. Ach, Herrin, ich kann ihn verstehen. Wäre ich jünger und im Besitz meiner Kräfte, auch ich würde fort in die Wälder ziehen, denn Feen ist tief gesunken unter der Herrschaft des Be'el.«

Mahla sah den Alten fragend an.

»Seit die Flamme herrscht in Atlan, ist das Leben unerträglich geworden. Die Soldaten knechten das Volk. Jeder, der aufbegehrt, und sei es nur mit einigen unbedachten Worten, wird fortgeschleppt, um als Sklave am Haus des Trem zu verbluten. Sie haben Schmieden gebaut in

Feen, um Waffen zu fertigen für die Heere des Be'el, denn die Essen von Ütock vermögen die Gier der Flamme nach einer starken Kriegsmacht nicht mehr zu befriedigen. In unserer alten, heiteren Stadt, in der das Handwerk blühte und der Handel, klingen Tag und Nacht die Schmiedehämmer, denn der Be'el rüstet für einen großen Krieg. Man munkelt, er wolle die Insel San überfallen, um Atlan unter seiner Hand zu einen. Fremdes Volk lungert in den Straßen von Feen, und Dweny, die fröhliche Stadt der Lichter, ist zu einem Ort häßlicher Ausschweifung verkommen. Die Soldaten vergnügen sich dort, wenn sie von ihren Zügen durch die Wälder zurückkehren, wo sie nach versprengten Ponas suchen. Arm ist Feen geworden. Der Glanz seiner großen Familien schwand dahin, denn Kurteva hat drückende Steuern auf sie geworfen, und Gesetze, die ihre Unternehmungen behindern. Nur das Haus der La hat sich emporgeschwungen zum mächtigsten und reichsten Kaufmannshaus in Atlan. Der Herr des Feuers selbst war hinter der Maske von Sen-Ju verborgen. Er hat Hem-La zum ersten Kaufmann Atlans erhoben. Er lebt in Kurteva in unermeßlichem Reichtum, während Atlan ausblutet unter der eisernen Faust des Be'el. Es ist ein schweres Schicksal, verdammt zu sein, in dieser Zeit des Untergangs zu leben. Das Volk aber rast in Verblendung. Habt Ihr gesehen, daß sie das Fest des Fhalach vorbereiten?«

»Nie hörte ich von einem solchen Fest in Feen,« sagte Mahla, die dem Diener aufmerksam lauschte.

»Nie wurde es gefeiert in Atlan, außer in den verfluchten Zonen jenseits der Kahlen Berge. Dieses Fest der Khaïla soll fortan in jedem Jahr begangen werden zu ihrer Ehre, da sie sich vermählen wird mit der Flamme. Es ist ein Fest für die Liebe der Flamme, verkünden die Tam-Be'el, die Liebe der Flamme zur Mutter der Erde. Doch welcher Gestalt ist die Liebe eines Gottes, den der Haß geboren hat und der verdorben ist vom Bösen? Ach, wie oft habe ich den gütigen Tat angefleht, mir einen sanften Tod zu senden. Ich war verbittert, als ich seine Ohren taub fand, doch nun weiß ich, daß ich am Leben bleiben mußte, um Euch, Herrin, noch einmal mit diesen alten Augen zu sehen, die soviel Arges erblicken mußten in den letzten Jahren, daß es besser gewesen wäre, sie wären erblindet. Nun aber haben sie Euch gesehen. Jetzt können sie sich schließen für immer. Doch es ist spät geworden. Zu lange schon säumte ich und raubte Euch die Ruhe nach Eurer langen Reise. Der Tat segne Euch.«

Er erhob sich, und auch als Mahla ihn bat, doch zu bleiben, ihm Wein anbot und Gebäck, verabschiedete er sich rasch und ging, als treibe ihn

eine innere Unruhe. Er nahm noch einmal Mahlas Hand, küßte sie mit zitternden Lippen, legte sie lange an seine heiße Stirn, dann eilte er davon.
Als Mahla am nächsten Morgen aus tiefem, traumlosen Schlaf erwachte und ein junger Lakai das Morgenmahl brachte, hörte sie aufgeregte Stimmen auf den Treppen der Char.
»Was geht dort draußen vor sich?« fragte Leas.
»Nichts, Herr,« antwortete der junge Diener beim Hinausgehen. »Es ist nur der alte Knecht gestorben, der Euch bediente gestern abend.«
Mahla starrte den jungen Mann fassungslos an, der leise die Türe hinter sich schloß, dann warf sie sich auf ihr Lager und weinte, wie sie nicht mehr geweint, seit sie Aelan verloren und ihre beiden Brüder.

Die Mehdra von Feen, der Tempel der Weisheit, war offen für jeden, der eintreten wollte, die Lehren der Mehdranas zu hören, denn in alter Zeit war das Wissen der Hochschulen nicht nur den Gelehrten vorbehalten und den Söhnen und Töchtern reicher Häuser, sondern war bestimmt für die Ohren aller, die den Durst nach Wissen spürten. Wenn die Tso sprachen, die Wissenden der Zeit, drängten sich in der großen Halle der Mehdra auch Bauern und Handwerker, um einen Blick zu tun in den Brunnen der Zeit. Diese glücklichen Tage waren lange vergangen, doch noch immer galt das Gesetz, daß niemandem der Zutritt zur Mehdra verwehrt war, der ihre Bräuche würdigte und den heiligen Frieden ihrer Mauern nicht verletzte. So gelangten Mahla und Leas unbehindert in die stillen Gänge und Säle des alten, prächtigen Gebäudes. Als sie die Halle betraten, in deren Mitte der Brunnen unter der lichtdurchfluteten Kuppel sang, glaubte Mahla, die Zeit sei stehengeblieben an diesem Ort. Sie war mit Ly hier gewesen, um Lok-Ma zu hören, den wundersamen Mann, der manchmal zu Gast gewesen war im Haus des Vaters, und von dem manche sagten, er sei der letzte Tso Atlans. In die Mehdra war sie geflüchtet, als Aelan sie freigelassen hatte aus der Sklaverei der La, als sie im Haus der Sal den Vater tot gefunden und ihre Gemächer in Besitz genommen von Fremden. Hier hatte sie Aelan wiedergesehen im wogenden Handgemenge der Mehdraji, und als sie ihn erblickt, als er sie gerufen hatte und auf dem Rand des Brunnens auf sie zugelaufen war, hatte sie plötzlich gewußt, daß sie ihn liebte.
Wie verzaubert war sie gewesen von der Erzählung des Mehdrana, die weit zurückgeführt hatte in die Zeit von Hak. Die Bilder, die vor ihr inneres Auge getreten, waren erfüllt gewesen von banger Erregung. Sie

hatte sich selbst gesehen an der Seite Aelans. Sie hatte gespürt, daß sie innig verbunden war mit diesem Handan, vor dem sie sich noch vor Stunden gefürchtet hatte wie vor einem wilden Tier. Nun wußte sie, daß es nicht die Angst vor Aelan gewesen war, nicht die Angst vor der Schmach der Sklaverei, sondern ein Erschrecken über die bodenlosen Räume der Zeit, die sich aufgetan hatten vor ihr, als sie den Geliebten zum ersten Mal gesehen in diesem Leben. Tod und Vernichtung waren hereingebrochen über das Haus der Sal, um ihr Herz aufzusprengen für das Wissen um die uralte Liebe, die sie mit Aelan vereinte.

Mahla schritt durch die leere Halle, während die Bilder der Erinnerung vor ihren Augen tanzten. Tiefer Friede herrschte hier. Der Lärm der Straßen, auf denen die Menschen Feens die letzten Vorbereitungen für dieses fremdartige Fest trafen, prallte an den Mauern der Mehdra ab. Nur das Singen des Brunnens brach sich in der Kuppel, wie es immer gewesen war, und die Mosaiken an den Wänden glänzten im Sonnenlicht in ungebrochener Frische.

Leas riß Mahla aus ihren Betrachtungen. »Lok-Ma spricht in einem anderen Saal,« sagte er. »Bitte kommt.«

Mahla nickte abwesend und folgte dem Gurena.

Der Mehdrana hatte bereits begonnen, als Mahla und Leas in den kleinen Saal traten, zu dem ein Bediensteter der Mehdra sie gewiesen. Nur eine Handvoll Mehdraji war um ihn versammelt. Seltsam, dachte Mahla, wenn früher der Tso sprach, vermochte die große Halle die herandrängenden Mehdraji kaum zu fassen, und nun kommen nur noch so wenige, ihn zu hören. Mahla und Leas stellten sich zwischen die Mehdraji und lauschten Lok-Ma, der wieder über das Reich von Hak sprach, in dem die gegenwärtige Zeit wurzelte wie ein mächtiger Tnajbaum.

»Sie bereiten das Fest des Fhalach in Feen, heute, in der Nacht des Neumonds,« sagte Lok-Ma. »Sie bereiten es vor, ohne zu wissen, welch dunkle Gewalten sie beschwören. Sie feiern es, weil die Priester des Be'el sie dazu aufgestachelt haben und nennen es die Liebe der Flamme, die Liebe des Be'el zur Khaïla. Scheint es nicht seltsam? Der Ruhm der Tat-Tsok gründet sich auf ihren Siegen über die Khaïla, auf ihren Triumphen in den schrecklichen Kriegen von Hak. Sie stiegen zur höchsten Macht über Atlan empor, weil sie die dunkle Kraft der Khaïla bannten, doch nun befiehlt ihr letzter Abkömmling dem Volk, das höchste Fest der Mutter in den Städten Atlans zu begehen.« Lok-Ma lächelte bitter. »Es scheint seltsam fürwahr, und doch ist es der unerbittliche Lauf der Zeit, daß es sich so fügt, denn es war prophezeit

seit den Tagen von Hak, daß die dunklen Mächte sich vereinigen werden, um Atlan zu vernichten.
Einst war das Fest des Fhalach ein Dankesfest für die Fruchtbarkeit der mütterlichen Erde. Es wurde schon gefeiert von den Stämmen des Südens, bevor die Namaii die Macht des Sonnensterns vom versinkenden Kontinent Mu nach Atlan brachten. Es wurde gefeiert zum Dank an die weise Erdmutter, die alles Leben hervorbringt, die das Korn reifen läßt auf den Feldern und den Keim des Lebens im Schoß der Frau zum wachsen bringt. Ein Fest des Friedens war es, ein Fest tiefer Hingabe an die Kräfte der Natur, die den Menschen als heilig galten und als unantastbar. Wenn sie nahmen von der Erde, was sie brauchten für sich und die ihren, wenn sie sähten und ernteten, besänftigten sie die Mutter der Erde mit Dankesopfern und Gebeten, um ihre Gnade und ihren Schutz zu erflehen. Die Weisheit der Natur war ihren Herzen nahe. Alle Wesen, ob Fels, Pflanze oder Tier, galten ihnen heilig. Eigentlich verehrten sie den Strom der Einen Kraft des Hju, der das Leben schafft und erhält, in seinen sichtbaren Erscheinungsformen. Ihr Wissen um die Geheimnisse der Erde war ohne Worte, es floß aus ihrem Herzen und war erfüllt von inniger Dankbarkeit und Liebe. Dann aber, als die sternförmige Stadt Hak um das Haus der Quelle wuchs, als Tempel entstanden und Paläste und die Nachfolger des Harlar über das blühende Land des Südens herrschten, gab das alte Volk der Mutter Namen, schuf Bilder von ihr und baute ihr Heiligtümer. So nahm aus der formlosen Kraft der Erde die Muttergöttin Gestalt an, die sich Khaïla nannte in späteren Tagen. Zu dieser Zeit aber war die Weisheit des Sonnensterns schon fast erloschen im Reich von Hak. Das Volk machte sich Bilder vom Einen Tat und verehrte ihn nicht mehr als die formlose Quelle der Einen Kraft, sondern als den väterlichen Gott der Güte und Gnade, den Gott des Elrach. Doch zugleich wuchs auch die dunkle Seite des Ehfem, denn Gut und Böse, Licht und Dunkel, Elrach und Elroi müssen sich die Waage halten in den Welten der Vergänglichkeit, so will es das Gesetz der Einen Kraft.
Es war die Zeit, in der die Linie der Namaii sich trennte von den Königen von Hak, in der die Hohepriesterinnen der Mutter zu herrschen begannen, und Elod, der On-Nam, von ihnen ermordet wurde, weil er das Volk warnte vor dem Übel der dunklen Kraft. Viele von denen, die dem Weg des Sonnensterns folgten, lehnten sich auf gegen den unabänderlichen Lauf der Zeit und wurden hingemetzelt in der Stadt Hak, die viele Jahrhunderte in Frieden bestanden. Es war die Zeit, in der die Nokam, die Herren der dunklen Macht des Elroi, die Kraft der Erd-

mutter für sich gewannen, um sie für ihre Machtgier zu mißbrauchen. Denn im Wesen der Khaïla liegen beide Seiten des Ehfem verborgen. Sie kann das Leben spenden und sie kann es nehmen, sie kann gebären und vernichten, sie kann dem Elrach dienen, der weißen Seite des Tat, oder dem Elroi, der dunklen Seite, die sich später verkörperte im Be'el, dem feurigen Gott aus dem Vulkan Xav. Die Nokam nun machten Gebrauch von der dunklen Seite der Khaïla. Unter ihrem Wirken wurden die sanften Kräfte der Erde, die für so lange Zeit das Reich von Hak erblühen ließen in Frieden und Weisheit, zu Mächten der Zerstörung. Das Fest des Fhalach verkam zu einem dunklen Ritus, in dem die Opfer des Dankes zu Blutopfern wurden und die heiteren Gesänge an die fruchtbare Erde zu Anrufungen böser Dämonen und Kambhuks. Grenzenlose Macht war das Ziel der Nokam, doch erst mit Norg, einem Schüler des Harl, des Erlösers von Hak, den die Waiyas der Khaïla hinschlachteten, nahm ihre Vision von der Macht Gestalt und Namen an. Er gewann die Khaïla ganz für die dunkle Kraft des Elroi und gab der entsetzlichen Macht, der er diente, den Namen Be'el. Er stachelte die Khaïla zu den Kriegen auf, die das Land des Südens verwüsteten und lehrte sie das Geheimnis, die Ströme der Erdkraft, die Macht der Elemente im Haus des Trem zu stauen, damit sie zu Kräften der Vernichtung wuchsen. Norg aber erschaute in seiner Vision von der Macht des Be'el, daß die Khaïla sich vereinigen müsse mit dem Be'el wie Mann und Frau, um dem Elroi zur höchsten Macht zu verhelfen, zu einer Macht, der in Himmel und auf Erden nichts zu widerstehen vermag. Und er wußte, daß sein Traum von der Macht sich nur erfüllen würde, wenn es ihm gelang, auch die Kraft der Liebe zu verdunkeln und dem Elroi zu unterwerfen.
Die Liebe aber ist das Licht des Sonnensterns in den Menschen, der höchste Ausdruck der Einen Kraft des Hju. Unangreifbar steht ihre Reinheit über den Polen des Ehfem. Wie aus einer Quelle ergießen sich aus ihr unzählige Formen, die der Sphäre des Menschen näher stehen als die ungeformte und bedingungslose Liebe des Hju zu allem Leben. Jede Form der Liebe aber ist verwurzelt in dieser Liebe des Hju, die Liebe zwischen Mann und Frau, zwischen Bruder und Schwester, zwischen Mutter und Kind ebenso wie die Liebe zur Wahrheit oder die Liebe zu den Göttern. Norg nun zwang die Liebe in den Bann der dunklen Kraft, indem er ihre niedersten Formen, in denen sie sich zur rohen Begierde wandelt und zur Lüsternheit, im Volk von Hak aufstachelte, ihre hohen Ideale aber verfinsterte in den Herzen der Menschen. In den Festen des Fhalach, die Norg nun feiern ließ im Namen der Khaïla,

wurde die hohe Liebe zwischen Mann und Frau, die Ausdruck der Liebe des Hju ist, geschändet zu geiler Wollust. In ausschweifenden Orgien fielen die Menschen von Hak übereinander her wie Tiere, ergötzten sich an gräßlichen Blutopfern und empfanden Lust an hemmungsloser Grausamkeit, alles der Khaïla zu Ehren, die im Haus des Trem im Blut badete und die Kräfte des Blutes und die Kräfte der geschändeten Liebe, die die Menschen ihr zum Opfer brachten, in ihrer Pyramide staute. Wenn die Menschen sich in blinder Gier vereinigten, trugen sie das Zeichen des Trem auf der Stirn, denn die Energie ihrer Lust sollte allein der Khaïla gehören. Das Haus des Trem aber war der Speicher dieser Kräfte, die den Herzen und Körpern der Menschen entströmten. Gräßliche Ausschweifungen geschahen in der goldenen Stadt Hak, bevor die Gewalt, die sich im ersten großen Krieg über dem Haus des Trem entlud, das Reich des Südens in die Vernichtung riß. Die Nokam aber, die sich im Gewand der Unschuld mit den Priestern des Tat nach Kurteva retteten und dort Einfluß gewannen, nahmen ihre Vision von der Einigung des Be'el mit der Khaïla mit sich und hegten sie geduldig über die Jahrhunderte. Die Dunkelheit der Liebe, die in Kurteva gefeiert wird zu Ehren des Tat in der Nacht des Sonnensterns, ist ein schwacher Abglanz jener Zügellosigkeiten in der späten Zeit des alten Reiches. Nun aber, da der Be'el zurückgekehrt ist zur Macht über Atlan, da die Vision der Nokam von der Herrschaft des Elroi sich zu erfüllen beginnt, da die Khaïla sich erhoben hat im Süden, um sich zu vereinen mit der Flamme, wie Norg es prophezeite, soll das Fest des Fhalach wieder gefeiert werden in den Städten Atlans. Wieder soll die reine Kraft der Liebe geschändet und in den Schmutz gezerrt werden, um sie in den Dienst des Elroi zu zwingen und das neue Haus des Trem, das bei Kurteva entsteht und an dem das Blut Atlans sich vergießt, mit der dunklen Kraft zu laden. Die Liebe der Flamme nennen sie dieses Fest zu Ehren der Vermählung der Kräfte der Vernichtung, als könnte ein Gott des Hasses lieben. Doch das Wissen um das Wirken des Ehfem ist verloren. Willig taumeln die Menschen in den Abgrund, der Atlan verschlingen wird.
Lange herrschte der doppelgesichtige Tat-Be'el über Atlan, das Sinnbild des vereinigten Ehfem, des Ausgleichs zwischen der hellen und der dunklen Kraft. Dieses Gleichgewicht zwischen Elroi und Elrach erlaubte den Tat-Tsok, Atlan zu einen und eine neue Hochkultur erblühen zu lassen unter Führung von Kurteva. Doch es ist das Gesetz des Ehfem, daß Elroi und Elrach sich bekämpfen, auch wenn sie scheinbar Frieden geschlossen. Im Verborgenen schwelte der ewige Streit, bis

er offen ausbrach, als der Tat-Tsok den Be'el verstieß, der nun zurückgekehrt ist, um die alleinige Macht zu erringen. Als das Licht des reinen Sonnensterns in der alten Zeit von Hak erloschen war, herrschte lange Zeit der Frieden des Elrach, dann glichen sich die Kräfte des Ehfem aus, doch nun ist die Zeit des Elroi gekommen. Wie ein Pendel schwingen die Kräfte des Ehfem, wie Ebbe und Flut des Meeres. Nichts vermag es zu verhindern, denn es geschieht, damit die Menschen im Zwiespalt des Ehfem den Weg des Sonnensterns wiederfinden, der sie hinausführt über die vergänglichen Welten der zweigeteilten Kraft. Wenn sie ihn vergessen im Glanz des Elrach und sie ihn nicht zu finden vermögen im Zwielicht von Gut und Böse, so müssen sie ihn suchen in der Dunkelheit des Elroi. Doch die dunkle Zeit ist günstig für diese Suche, denn in der Nacht leuchtet jedes Licht heller. Würde der Sonnenstern am Tage, im Schein der Sonne über das Firmament wandern, kaum einer würde den Blick zum Himmel wenden, ihn zu suchen, doch in der Finsternis der Nacht gilt er als Glanz der Götter und als Sinnbild der Hoffnung in den Herzen der Menschen.
Atlan wird am ewigen Krieg des Ehfem zerbrechen, so wie der Kontinent Mu daran zerbrochen ist und unzählige Reiche vor ihm, deren Glanz und Macht von unvorstellbarer Größe waren, von denen aber nicht einmal die Namen geblieben sind. Die Namaii aber, die Hüter des Sonnensterns, tragen sein Licht weiter in neue Weltenalter, und jene, die ihren stillen Ruf im Herzen vernehmen, werden ihnen folgen, um den Mächten der Vernichtung zu entgehen. So gelangte das Wissen des Hju nach Atlan, und so wird es weitergetragen werden in neue Länder, wenn der Name Atlan in den Legenden fremder Völker erklingt wie eine wundersame Mär aus lange vergangenen Zeiten.«
Langes Schweigen herrschte in dem kleinen Raum in der Mehdra von Feen, als die Worte des Tso in den Mehdraji zu Bildern wurden und mancher von ihnen einen Schimmer des neuen Weltenalters, das am Horizont der Zeit aufdämmerte, erblickte. Noch aber atmeten sie die Luft Atlans, noch glänzte das Mosaik hinter dem Mehdrana in ungebrochenen Farben, noch fiel das Licht der Sonne durch die schmalen Fenster herein und noch warfen die Bäume im Garten der Mehdra ihren Schatten auf die Wiesen, die zum schimmernden Meer hinabführten. So fielen die dunklen Ahnungen von den Mehdraji ab und die Hoffnung wurde stark in ihnen, daß die Erfüllung des Unheils, das sich über Atlan zusammenzog, noch in ferner Zukunft liege. Lok-Ma aber blickte mit Wehmut auf die jungen Menschen, die vor ihm standen, die wenigen, die noch kamen, um seine Worte zu hören, während die

anderen in den Straßen Feens der Liebe der Flamme huldigten. Mahla spürte das Mitgefühl und die Liebe, die von dem Mehdrana ausströmten, als er noch einmal das Wort an seine Mehdraji richtete.
»In alten Zeiten wanderten die Mehdranas frei durch das Land, um in den Städten und auf den Dörfern zu lehren. Schon zu lange erklingt meine Stimme in diesen ehrwürdigen Hallen. Eng wurde die Freiheit, die den Mehdranas verliehen ist durch ein altes Gesetz der Tat-Tsok. Die Hand des Be'el hat auch die Tempel des Wissens und der Weisheit ergriffen in den Städten Atlans. Also ist es die Aufgabe eines Mehdrana, wieder hinauszuziehen in die Länder und Provinzen, um zu jenen zu sprechen, die ihm ihr Ohr in Arglosigkeit leihen wollen, weil sie dem Drang ihres Herzens folgen. Lebt also wohl. Wir werden uns nicht mehr begegnen auf dem Boden Atlans.«
Betroffen starrten die Mehdraji Lok-Ma an.
»Aber wer soll uns den Weg des Sonnensterns weisen?« fragte einer von ihnen mit besorgter Stimme.
»Der Weg des Sonnensterns ist allein in euren Herzen. Dort wohnt auch der, der ihn euch zu weisen vermag. Dort ist der On-Nam immer bei euch. Hört auf seine Stimme.«
Lok-Ma hob die Hand zum Gruß. Mahla spürte, wie die Liebe des Mehdrana sich gleich einer Welle von Licht über seine Mehdraji ergoß, die eine Weile schweigend verharrten, bevor sie den Raum verließen. Lok-Ma wollte sich ihnen anschließen, als Leas ihm entgegentrat und ihn höflich ansprach.
»Ich bitte Euch, Mehdrana, gewährt uns einen Augenblick. Wir sind von weither gekommen, Euch zu sprechen,« sagte er und wies auf Mahla, die auf ihrem Platz wartete. Als Lok-Ma sie sah, huschte ein Lächeln über sein Gesicht. Er deutete eine Verbeugung vor Leas an und ging auf die Tochter der Sal zu.
»Mahla-Sal,« sagte er freundlich. »Ihr seid noch schöner geworden, seit ich Euch zuletzt sah.«
Mahla errötete und erwiderte den Gruß des Mehdrana.
»Wie es mich freut, Euch noch einmal zu sehen, bevor ich Feen verlasse. Doch Ihr seid nicht nur schöner geworden, Mahla, sondern die Stärke Eures Herzens, die ich immer in Euch vermutete, ist in ganzer Kraft aufgeblüht.«
»Viel ist mir zugestoßen in den Jahren, seit ich Euch zuletzt sprechen hörte in der Mehdra von Feen, viel habe ich verloren, doch viel auch gewonnen aus dem Leid.« Mahla blickte Lok-Ma offen und ohne Scheu an.

Der Mehdrana nickte. »Es ist das Segensreiche an dieser dunklen Zeit, daß sie uns Erfahrungen schenkt, die die Kraft des Sonnensterns wachsen lassen im Herzen, auch wenn sie bitter scheinen.«
»Ich komme von weither, Euch zu sprechen. Ich bitte Euch um eine Stunde Eurer kostbaren Zeit,« sagte Mahla nach einer Weile der Stille, als sie nach geeigneten Worten suchte, ihr Anliegen, das der Sanla ihr aufgetragen, vorzubringen. Die Gegenwart des Mehdrana erfüllte sie mit einer heiteren Gelassenheit, die sie lange nicht mehr gespürt. Plötzlich schien ihr das, was sie Lok-Ma sagen wollte, bedeutungslos. Es war gut, nur bei ihm zu sitzen und in seine tiefen, gütigen Augen zu blicken.
Lok-Ma schmunzelte. »Meine Zeit ist nicht kostbarer als die Eure. Sie vergeht von alleine, wir können sie nicht halten. Doch wäre ich geehrt, eine Stunde im Licht Eurer Schönheit zu verbringen.«
Wieder errötete Mahla. Leas, der an der Türe stand, wurde unruhig. Hatte er Mahla von Melat nach Feen gebracht, damit sie sich von diesem Mehdrana Komplimente machen ließ?
»Doch ich kann Euch nicht in mein Haus bitten, Mahla-Sal, um die Gastfreundschaft zu erwidern, die mir Euer Vater so oft hat angedeihen lassen. Mein Haus gehört mir nicht mehr, denn wenn ich heute die Hallen der Mehdra verlasse, bin ich ein wandernder Mehdrana, ein Dhan, der nur besitzt, was er am Leibe trägt und der seine Zuhörer in den Dörfern der Ebenen und Wälder sucht. Wir müssen mit diesem Raum vorlieb nehmen.«
Mahla nickte und warf Leas einen fragenden Blick zu.
Wieder kochte Unmut in dem Gurena auf. War er ein Lakai, den man fortschickte, wann immer es beliebte? Hatte er kein Recht zu hören, was im Namen des Erhabenen von dieser Frau gesprochen wurde? Doch Leas verstand, seine Mißstimmung zu verbergen. »Ich werde Wache halten vor der Türe, damit niemand Euer Gespräch zu stören wagt, Mahla-Sal,« sagte er mit kühler Höflichkeit und trat mit einem knappen Nicken ab.
Mahla schien einen Augenblick verwirrt. Ihre Augen irrten unruhig im Raum umher, während sie fühlte, daß der Blick des Mehdrana auf ihr ruhte. Sanft war dieser Blick, er suchte sie nicht zu drängen, ihr Anliegen vorzubringen, es war nicht der Blick eines Mannes, der mit Wohlgefallen eine schöne Frau betrachtet und es lag in diesem Blick keine Frage und keine Neugierde. Frei und unbefangen fühlte sich Mahla, als sie Lok-Mas Blick spürte, als sei ihr der Raum gewährt, alles zu sein, was sie wünschte. Als sie die Augen hob, um dem Blick des

Mehdrana zu begegnen, glaubte sie, in einen Spiegel zu schauen, der ihr klar und lichtdurchflutet ihr eigenes Bild zurückwarf. Mahla mußte lächeln bei diesem Gedanken. Sanfte Heiterkeit erfüllte sie plötzlich. Im nächsten Augenblick begann sie zu sprechen, als rede sie zu sich selbst, als flössen ihre Worte von alleine über die Lippen, ohne Scheu, ohne Zurückhaltung. Sie spürte in Lok-Mas Schweigen, daß der Mehdrana das, was sie sagte, nicht wertete und aburteilte, sondern es gewähren ließ und mit Anteilnahme hörte. Mahla schien es, als sei ein gewaltiger Stein von ihrem Herzen fortgewälzt, damit all ihr Kummer und all ihr Glück, das darunter eingeschlossen war, sich endlich zu befreien vermochte. Sie erzählte dem Mehdrana ihre Geschichte, die sie auch Diad berichtet, doch nun war es, als erlebe sie alles noch einmal, als brächen Freude und Leid der vergangenen Jahre zugleich auf sie herein. Sie berichtete von Dingen, die sie Diad verschwiegen hatte, sprach von Aelan und vom Sanla, und es löste sich sogar das Geheimnis der schwarzen Stadt Sari von ihren Lippen, das Geheimnis des Aufenthaltsortes des Erhabenen, um das nur seine engsten Getreuen wußten. Doch Mahla spürte, daß es sicher war im Schweigen des Mehdrana. Für einen Augenblick glaubte sie, er wisse längst um all das, was sie ihm sagte. Als sie vom Sanla sprach und von seinem Streben, das Reich der Gerechtigkeit wieder zu errichten in Atlan, erinnerte sie sich an ihre Pflicht, die zu erfüllen sie nach Feen gekommen war. Ihre Stimme wurde ernst.

»Der Erhabene hat mich zu Euch gesandt,« sagte sie. Mahla fühlte, wie sich etwas vor die weit geöffneten Tore ihres Herzens schob und die Unbefangenheit ihrer Rede einengte. Plötzlich fiel ihr das Sprechen wieder schwer. Sie schluckte, rang nach Worten. Erst als der Mehdrana ihr zunickte, sprach sie weiter. »Er hat mich zu Euch gesandt, da Euer Name bis in die Ebenen des Westens gedrungen ist als ein Name der Weisheit. Die Vertrauten des Erhabenen wohnen in allen Städten und Provinzen Atlans, um den Weg zu bereiten für das neue goldene Zeitalter, das anbrechen wird, wenn das Böse für immer vertrieben ist. Alle, die Rechtschaffenheit und Liebe im Herzen tragen, sammeln sich unter dem Zeichen des Sanla. Er ist kein Herrscher und kein Gott, sondern einer, der Atlan zurückführen wird auf den Weg des Lichts, damit es sich selbst wiederfinde im Glanz der Weisheit. Er sandte mich auf diese lange Reise, um Euch zu bitten, dem Licht des Tat zu dienen in Feen, meiner Heimatstadt. Auch Ihr seid ein Mann der Weisheit. Die Besorgtheit des Sanla um das Schicksal Atlans spricht auch aus Euren Worten. Groß ist Euer Einfluß und zahllos sind die Menschen, die auf

Euch hören. Verzeiht, Herr, wenn ich offen und ohne Umschweife zu Euch spreche und Euch bitte. Ich weiß, daß meine Worte des Respekts entbehren, der Euch gebührt, doch in diesen Tagen, in denen die Vernichtung Atlans droht, wie Ihr selbst soeben sagtet, finde ich keine gezierten und höflichen Umschreibungen, Euch das zu gestehen, was mein Herz bedrückt.« In Mahlas Augen flackerte wachsende Glut. Sie dachte an den Sanla, der zum heiligen Krieg gegen den Be'el gerufen. Sie dachte an die Menschen des Westens, die ihn liebten und ihre Hoffnungen in seine Hände legten. Sie dachte an Rake, der sie am liebsten begleitet hätte, um den Mehdrana selbst für die Sache des Erhabenen zu gewinnen. Es schien ihr in diesem Augenblick, als liege das Schicksal Atlans allein in ihrer und Lok-Mas Hand. »Es geht um das Wohl Atlans,« sagte sie, »um das Licht des Tat, das neu erstrahlen soll in Weisheit und Liebe über seinem Volk. Ihr müßt dem Sanla helfen.« Der Mehdrana blickte sie an, ohne ein Wort zu erwidern.

»Nicht um einen neuen Krieg geht es, nicht um den Zwist von Priestern, nicht um die Macht über Atlan und nicht um einen Aufruhr gegen den Tat-Tsok um irgendwelcher Ungerechtigkeiten wegen,« fuhr Mahla mit erhobener Stimme fort. Sie glaubte Zurückhaltung zu spüren im Schweigen des Mehdrana, legte die ganze Kraft ihres Herzens in ihre Worte, um ihm begreiflich zu machen, daß das Schicksal Atlans auf dem Spiel stand. Sie sprach von den Wundern, die der Sanla wirkte, von seinen Worten der Weisheit, die er an das Volk richtete, von seinem schweren, inneren Kampf, den er durchfochten, bevor er zum heiligen Krieg gegen den Be'el gerufen. Doch Mahlas Worte begannen abzubröckeln. Immer unsicherer sprach sie. Das Feuer ihrer flammenden Rede, das plötzlich aufgelodert war, erlosch. »Ich bitte Euch, versteht mich...« sagte sie noch, bevor sie das Haupt senkte und verstummte.

Lange herrschte Schweigen. Lok-Ma schien tief in Gedanken versunken. Mahla vermochte auf seiner unbewegten Miene nicht zu lesen, was in ihm vorging. Als der Mehdrana endlich zu sprechen begann, erschrak die junge Frau, denn in seiner Stimme lag eine Ergriffenheit, die nicht passen wollte zu seinem reglosen Gesicht.

»Vor undenklichen Zeiten,« begann er, langsam, den Blick noch immer in einer unergründlichen Ferne verloren, »in einem lange vergangenen Leben, sprach eine Frau zu mir vom Wohle Atlans, mit Worten der Vernunft und Einsicht. Sie rührte mich tief, so wie Ihr es eben tatet, Mahla. Aus dem alten Volk des Südens stammte sie und sie war schön wie ein im Mondlicht schimmernder Opal. Ich liebte sie mit der ganzen Kraft meines Herzens, nahm sie zum Weib, zur Königsgemahlin, hob sie auf den Thron von Hak. Besinnt Euch, Mahla, wovon ich in der Halle der Mehdra sprach, als Ihr das letzte Mal in Feen weiltet: Elf Könige folgten dem Harlar, dem Vater Atlans, auf dem Thron von Hak, jeder ein On-Nam, dem Weg des Sonnensterns und den Namaii in der Gläsernen Stadt verpflichtet ... Erinnert Ihr Euch, Mahla? Mir kommen diese Worte über die Lippen, als hätte ich sie erst gestern gesprochen.«

Mahla nickte. Sie erinnerte sich gut an die Erzählung des Mehdrana, die damals auch ihr Herz aufgewühlt.

»Elf Könige folgten dem Harlar,« fuhr Lok-Ma fort. »Der zwölfte aber, Sahin, nahm ein Weib aus dem alten Volk, um die Gemeinschaft von Hak vor dem Zerbrechen zu bewahren. Er tat es aus bestem Willen, das Wohl des Reiches vor Augen. Zerrissen war sein Herz, weil er das Licht des Sonnensterns sinken sah im Land von Hak, weil er sah, daß die Menschen begannen, die Kräfte des Ehfem zu verehren, den formlosen Tat als Gott des Elrach anzubeten und zurückzukehren zum Kult der mütterlichen Erde. Das goldene Reich von Hak wollte er retten, doch er tat es auf falsche Weise, verführt von der Illusion des Ehfem. Statt seiner Bestimmung zu folgen und das Volk zu warnen vor dem aufkeimenden Dunkel, hörte er auf den Rat seines Weibes, die Khaïla hieß und später verehrt wurde als die Verkörperung der Großen Mutter. Ängstliche Unentschlossenheit leitete ihn, als er der Mutter einen Tempel bauen ließ, um das alte Volk zu gewinnen und als er gemäß dem Willen seiner Gemahlin die Würde des Königs von Hak erblich machte, anstatt mit Billigung der Namaii den Weisesten und Fortgeschrittensten unter denen zu erwählen, die dem Weg des Sonnensterns folgten. Schmal ist der Weg der Einen Kraft, und Sahin spürte nicht, daß er abgewichen war von ihm in seinem Streben, den Glanz des Reiches von Hak zu bewahren, obwohl die goldene Zeit des Südens zerronnen war wie der Sand in einem Stundenglas und der Große Plan der Einen Kraft voranschritt in neue Epochen. Verdunkelt hatte sich der Blick des Sahin für die unerforschbaren Wege des Sonnensterns, da er glaubte, das Wohl des Reiches, von dem sein Weib Khaïla sprach, sei die Erfüllung seiner Aufgabe als On-Nam. In Verblendung fiel Sahin. Es geschah, was nie geschehen war – der On-Nam, der Erste im Dienst am Sonnenstern, strauchelte und fiel ab von der Einen Kraft. Mächtig war er als König von Hak, über eine Macht gebot er, vor der die Macht der Tat-Tsok von Kurteva gering erscheint. Die Macht der Einen Kraft aber, die er nach unzähligen Leben auf dem Weg des Sonnensterns errungen, die Macht des On-Nam, die er von den Namaii der Gläsernen Stadt erhalten, sie erlosch in ihm wie ein fallender Stern. Als die Namaii sie ihm entzogen und an Elod gaben, den nächsten On-Nam von Atlan, wußte Sahin, daß nichts von ihm geblieben war als eine leere, ausgebrannte Hülle. Denn alles von sich hat der On-Nam dem Sonnenstern gegeben, nichts mehr gibt es in ihm, das nicht durchdrungen ist vom Licht der Einen Kraft. Fällt er jedoch ab von ihr, so bleibt nur Leere. In elender Verzweiflung starb Sahin. Vergeblich hatte er versucht, das Licht des Sonnensterns wiederzuerlangen. Verdorrt war sein Herz wie ein trockenes Flußbett der Wüste. Unzählige Leben mußte er durchwandern, bis er die Eine Kraft wiederfand in sich. Grausame Härten mußte er durchstehen, bis er das Unheil gesühnt, das aus seinem Frevel für so viele andere Menschen erwachsen, bis er wieder geläutert war für den Dienst am Sonnenstern. Doch allvergebend ist die Eine Kraft. Auch der, der von ihr fällt in die Dunkelheit des Unwissens, ist getragen von ihr und wird ihr Licht wiederfinden. Mancher findet es gleich, im nächsten Augenblick, doch wer aus der Macht des On-Nam fällt, stürzt in unnennbare Tiefen.«

Mahla blickte den Mehdrana verwundert an. Er offenbarte ihr die tiefsten Geheimnisse seines Herzens. Es schien ihr, als sei auch sie verwickelt in die Geschicke dieses Mannes, so wie sie mit Aelan verbunden war und mit dem Sanla. Lok-Ma aber schüttelte den Kopf.

»Nicht Ihr wart es, Mahla, die damals zu mir kam, obwohl auch die Fäden Eures Lahf eng verwoben sind mit dem Geschick des alten Reiches, Eure und die von Aelan, der Euch liebt in diesem Leben, so wie er es damals tat. Doch in dieser Zeit der Dunkelheit ist es bestimmt, daß sich das Gewebe des Lahf vollendet für uns alle. Ihr kommt zu mir als Botin des Tat-Sanla, des Sohnes des Tat, der das Reich der Gerechtigkeit wieder errichten will in Atlan. Auch mit ihm seid Ihr verflochten im Wirken des Lahf. Sahwa wart Ihr, die dritte Königin von Hak, die den Harl verschonte, der gekommen war, um den verblendeten Menschen das Licht des Elrach wiederzugeben. Ihr verschontet ihn, weil die Kraft seines Herzens Euch bezwang. Die Waiyas haben Euch dafür in Stücke gerissen, denn die Khaïla forderte sein Blut von Euch, Ihr aber wart ungehorsam. Ihr habt ihn wiedergefunden in diesem Leben und seid wieder in Bann geschlagen von seinen Worten und Taten, durch die das Licht des Elrach fließt. Und Ihr kommt zu mir, um mich auf die Probe zu stellen, wie ich schon einmal auf die Probe gestellt wurde, als man mir vom Wohle Atlans sprach. Das Wohl Atlans aber liegt nicht im heiligen Krieg des Tat gegen den Be'el, es liegt nicht im Wirken der zweigespaltenen Kräfte des Ehfem. Auch wenn der Sanla siegen würde in diesem Krieg – die Zeit von Atlan ist vorüber, ein neues Weltenalter dämmert herauf. So wie es dem Dahinsiechenden Erlösung bringt, wenn der Tod an sein Lager tritt, um ihn zu befreien für eine neue Wiedergeburt, so gereicht es den Menschen Atlans zum Wohl, wenn der Kreis des Lahf sich schließt. Noch einmal bäumt sich die Kraft des Elrach im Sanla gegen die Mächte des Elroi auf, doch auch er, der vieles zu vollbringen vermag durch die Güte des Tat, kann den Lauf der Vernichtung nicht aufhalten. Nicht im Kampf gegen das Böse liegt das Wohl von Atlan, sondern in der Bemühung jedes einzelnen Menschen, den Sonnenstern wiederzufinden in sich und die Fesseln des Lahf abzuschütteln, um hinauszugehen über den ewigen Krieg des Ehfem.« Vergeblich rang Mahla um Worte, doch die Gedanken verwirrten sich in ihrem Kopf. Es wollte ihr nicht gelingen, sie zu beruhigen.

»Es ist spät geworden, Mahla. Bald beginnt das schändliche Fest in den Straßen von Feen. Ich möchte die Stadt verlassen haben, bevor die Sonne sich neigt. Sie bereiten das Fest des Fhalach, das sie die Liebe der Flamme nennen. Sie zerren die Wahrheit der Liebe in den Schmutz der Lüge, und doch ist auch in diesen dunklen Zeiten der Weg der Liebe niemals verschüttet,« sagte Lok-Ma.

Mahla nickte abwesend.

»Lebt wohl,« sagte der Mehdrana und küßte Mahla auf die Stirn. »Hart sind die Prüfungen für Euch und für den, der Euch liebt und den auch Ihr liebt,« flüsterte er, bevor seine Lippen ihre Stirn berührten. »Doch die Eine Kraft wird Euch leiten auf dem Weg durch die Wirren des Lahf. Vertraut ihr.«

Als der Mehdrana sie küßte, durchschoß Mahla für einen Augenblick ein Bild, in dem sie das Gewebe des Lahf in all ihren Leben vor sich sah wie ein aufgeschlagenes Buch. In diesem Augenblick verstand sie den Lauf ihres jetzigen Lebens und den Lauf der Dinge, die in Atlan geschahen. Und sie verstand die Verknüpfungen ihres Herzens zu denen, die sie liebte und zu denen, die sie fürchtete. Einen winzigen Moment nur blitzte dieses Licht in ihr auf, dann sank ein Schleier herab und hüllte Mahla in Dunkelheit. Ihr Herz aber war weit geöffnet jetzt, und es war erfüllt von einer grenzenlosen Liebe. Ohne Form und ohne Richtung war diese Liebe, beglückend und ehrfurchtgebietend zugleich. Sie strömte in gewaltigen Wellen hervor und Mahla spürte, daß sie ohne Ende war, daß sie nie versiegen würde.

Der Mehdrana war lautlos fortgegangen. Mahla jedoch saß noch lange im Saal der Mehdra, den Blick im Nichts verloren, spürte diese Liebe

fließen, die sie nicht zu benennen vermochte, die sie besänftigte und zugleich aufwühlte. Dann aber dachte sie an Aelan und ihre Augen füllten sich mit Tränen. Sie sah sein Gesicht vor sich, hörte die zärtlichen Worte, die er in der einen glücklichen Nacht gesagt, die sie in Ütock mit ihm verbracht, und sie spürte, daß sie ihm nahe war durch die sich verströmende Liebe ihres Herzens, so nahe, als stünde er neben ihr und berühre ihre Hand. Tränen flossen über Mahlas Wangen, aber sie wußte nicht, ob es Tränen der Trauer waren, weil der Geliebte fern und unerreichbar schien, oder Tränen des Glücks, weil sie ihm näher war als je zuvor.
Die Stille der Mehdra sank auf Mahla herab. Sie hielt den Atem an. Für einen Augenblick glaubte sie den Klang einer fernen Flöte im Raum wahrzunehmen, und den rasch verfliegenden Duft von Rosen.

*Kapitel 3*
DER GOLDENE FISCH

Mit geschlossenen Augen hockte Aelan in der Kammer der Quelle, den Rücken an die glatte Felswand gelehnt. Sein Atem ging ruhig. Wie Echos hallten die Klangwellen des Hju in ihm nach, doch die Flut des Lichts, die Fülle der Bilder war verebbt. Aelan war noch benommen davon, aber seine Sinne waren klarer und wacher als jemals zuvor. Es schien ihm, als hätte er Äonen im uferlosen Meer der Einen Kraft verbracht. Und doch, es war nur für den Bruchteil eines Augenblicks gewesen, aber es hatte genügt, um etwas zu öffnen in ihm, von dem Aelan wußte, daß es nie wieder versiegen würde. Wenn du von der Einen Quelle trinkst, hatte der On-Nam einmal gesagt, wirst du nie wieder durstig sein. Aelan mußte lächeln. Damals hatte er geglaubt, die Quelle von Hak führe wundertätiges Wasser und hatte sich vorgenommen, es in ein Gefäß zu füllen, um es stets bei sich zu tragen, nun aber wußte er, daß die wirkliche Quelle in seinem eigenen Herzen lag, daß sie es war, von der die Namaii gesprochen, die unversiegbare Quelle der Einen Kraft, der Sonnenstern im Herzen jedes lebenden Wesens. Er hatte sie immer schon in sich getragen, und auf einmal schien ihm, als wäre der gefahrvolle Weg zu den Ruinen von Hak nicht notwendig gewesen, um das Wasser des Lebens zu finden. Aber jeder Schritt auf der großen Wanderung war wichtig und unvermeidlich. Sie kannte keine Umwege und keine vergebliche Bemühung. Die Namaii hatten ihn nicht in das verbotene Land des Südens gesandt, um von der reinen Quelle zu trinken, sondern ihm geheißen, die Quelle in sich selbst zu finden, aber trotzdem waren die beschwerliche Reise und alle schmerzlichen und freudigen Erfahrungen unausweichlich und nötig gewesen, um den Weg in das eigene Herz zu finden. Verschlungen und manchmal widersprüchlich schienen die Wege des Sonnensterns, doch waren sie von erhabener, weitblickender Weisheit. Aelan fühlte sich geborgen in der Felsenkammer tief unter dem Haus des Trem, geborgen in dem wachsenden Verständnis der Einen Kraft. Er spürte die tödliche

Gefahr, die in diesen Gängen und Hallen lauerte. Seine geschärften inneren Sinne griffen weit hinaus und erfühlten die drückende Gegenwart einer bösen, vernichtenden Kraft. Entsetzliches ging vor sich im Labyrinth der Khaïla, die schreckliche Gewalt der dunklen Macht schien sich mit jedem Augenblick zu steigern, und doch war alles gut. Aelan lächelte und öffnete die Augen. Aber die Finsternis der Kammer war so dicht, daß es gleichgültig schien, ob seine Lider offen waren oder geschlossen. Er spürte Rah neben sich. Der Freund war zum Sprung gespannt wie eine Raubkatze. Sein Ka vibrierte in höchster Erregung. Es war gewachsen in ihm in den letzten Stunden, und es schien Aelan, als sei es von dem alten Meister des Schwertes ganz auf den Gurena übergegangen, denn von dem Harlana strömte eine Ruhe und Leere aus, daß Aelan ihn kaum zu erfühlen vermochte, obwohl er unmittelbar neben ihm an der Wand kauerte. Es war die Gelassenheit der Einen Kraft, die still aus dem alten Mann sprach. Er hatte den Kreis seines Lahf umschritten, hatte aus der Quelle des Sonnensterns getrunken, deren Wasser er zurückgewiesen vor langer Zeit. Doch auch seine große Wanderung, sein endlos scheinender Umweg, der ihn an den Punkt zurückgeführt, an dem er abgewichen war vom Weg des Hju, war vorherbestimmt und unausweichlich gewesen für ihn. Auch wenn es scheinen mag, du seiest sinnlos im Kreis gegangen, erinnerte sich Aelan an Worte des On-Nam, war dies für dich der schnellste und direkteste Weg. Weit schweiften Aelans Gedanken, tiefe Ruhe war in ihm, doch als er spürte, daß Rah sich lautlos erhob, sammelte sich seine Aufmerksamkeit jäh in der Gegenwart. Das Geräusch des aus der Felswand herabtropfenden Wassers erfüllte die Stille der engen Kammer mit seltsam widerhallenden Klängen. Rah stieg den Schacht empor, der zum großen Gang führte und kehrte nach einer Weile zurück.

»Es ist alles still. Wir können es wagen,« flüsterte er. Aelan und der Harlana erhoben sich. Sie tasteten sich durch die Dunkelheit voran, die wie eine undurchdringliche Wand vor ihnen stand. Aelan spürte, daß etwas in ihm erwacht war, das so klar zu sehen vermochte, als sei das Labyrinth der Waiyas erfüllt von gleißendem Sonnenlicht. Es war kein Sehen, wie das Sehen der Augen, sondern ein selbstverständliches Wissen um jeden Schritt, den er in die bodenlose Finsternis tat, eine Bewußtheit, die ihn mit untrüglicher Sicherheit führte. Aelan ging voraus, Rah und der Harlana folgten dicht hinter ihm dem Klang seiner Schritte und seines Atems. Sie schlichen den breiten Gang zurück, den sie gekommen waren, doch schon nach kurzer Zeit hielt Aelan an. Noch bevor seine Ohren die fernen, zu unzähligen Echos gebrochenen

Klänge hörten, spürte er die Gefahr, die auf ihn zukam. Ein Geräusch wie das Summen von Bienen erfüllte das Labyrinth. Unmittelbar darauf huschte der flackernde Widerschein von Lichtern durch die Dunkelheit.

»Sie kommen uns entgegen,« flüsterte Rah. »Wir müssen zur Quelle zurück. Es gibt vorher keine Abzweigungen des Ganges, in denen wir uns verbergen könnten.«

Schweigend machten die drei Männer kehrt und flohen zur Kammer der Quelle zurück. Doch eine jähe Warnung durchzuckte Aelan, als er den Schacht betreten wollte, der zur Quelle führte. Diesmal werden die Waiyas hinabsteigen, schoß es ihm durch den Kopf. Ohne einen Augenblick zu überlegen eilte er an dem vorhin so sicheren Versteck vorbei und führte Rah und den Harlana tiefer in das Labyrinth hinein. Die beiden folgten ihm ohne zu zögern.

Unendlich lange eilten sie durch die Finsternis des breiten Stollens, an Abzweigungen vorbei, an Schächten, die nach oben und unten führten und an Öffnungen, hinter denen sich große Gewölbe auftaten. Aelan sah sie nicht in der dichten Finsternis, aber seine neu erwachten inneren Sinne nahmen sie mit untrüglicher Gewißheit wahr. Das Summen und Dröhnen von fernen Stimmen und Geräuschen drang nun von überallher, brach sich in den Gängen und Hallen und schien das ganze Labyrinth zu erfüllen. Aelan blieb einen Augenblick stehen, um den unheimlichen Klängen zu lauschen.

»Es ist der Tag des Fhalach,« flüsterte der Harlana, »der Neumond vor der Nacht des Sonnensterns, das höchste Fest der Khaïla. Alle Waiyas versammeln sich unter dem Haus des Trem, und alle, die der Mutter huldigen.«

»Wir müssen uns verbergen. Es ist unmöglich, an einen Ausgang zu gelangen, wenn sie von allen Seiten kommen,« sagte Rah. Seine Stimme klang ruhig, und doch war der Gurena von fiebriger Erregung gepackt. Verirrt inmitten des Labyrinths, in einer lichtlosen Finsternis, umgeben vom Summen geheimnisvoller Stimmen und dem Gefühl tödlicher Gefahr, die sein Ka stumm aufschreien ließ, fuhr mit einem Male Unruhe in ihm auf. Es war nicht die Angst vor dem Tod, die ein Gurena schon früh zu verachten lernt, sondern das Gefühl, hilflos einem unsichtbaren Feind ausgeliefert zu sein. Mit Freuden hätte Rah sich in den Tod der Schlacht gegen einen übermächtigen Gegner gestürzt, im Licht des Tages, im Schimmern des Mondes oder im trüben Schein von Fackeln, doch dieses Dunkel, in dem Raum und Zeit zu versinken schienen, lag mit unerträglicher Schwere auf ihm. Er wußte

nicht mehr, wie lange er schon in diesen Gewölben umherirrte. Waren es Stunden, oder Tage, oder Jahre? Wie tief war er hinabgestiegen in den Leib der Erde? Jedes Gefühl für die Welt des Lichts hatte sich aufgelöst.
Er spürte das Haus des Trem über sich wie eine erdrückende Last, die gewaltige Pyramide, die unzähligen Stockwerke und Gewölbe des Labyrinths. Zugleich schien sein Körper, seine Füße, die irgendwo auf unsichtbaren Boden traten, seine Hände, die er nicht zu sehen vermochte, selbst wenn er sie unmittelbar vor die Augen führte, immer unwirklicher zu werden. Für einen Augenblick schien es Rah, als habe er sich aufgelöst in diesem Dunkel und werde niemals wieder einen Schimmer von Licht erblicken, als der ferne Widerschein einer Fackel durch die ewige Nacht der Gänge huschte. Rahs Hand fuhr zum Schwert. Er wünschte sich sehnlich, den Waiyas entgegenzutreten, um im Licht ihrer Fackeln zu kämpfen, doch er bezwang sich und sammelte wieder das Ka, das begonnen hatte, sich im Strom seiner Gedanken zu verlieren. Plötzlich spürte er, daß diese Zeit der Hilflosigkeit in der Finsternis des Labyrinths eine Prüfung seines neugefundenen Ka war, daß der Harlana jede seiner Regungen und Bewegungen aufmerksam verfolgte. Im nächsten Augenblick hörte er wieder Aelans Schritte, das einzige, das ihn in dieser Verlassenheit führte. Er folgte ihnen, ohne noch einen Gedanken daran zu verschwenden, ob er das Labyrinth der Khaïla jemals wieder verlassen würde.
Aelan ging ein Stück weiter, dann verließ er den breiten Gang und stieg einen glatten, engen Schacht empor, der steil nach oben führte. Lange kletterten sie die ausgetretenen Stufen hinauf, niedergebeugt, folgten einem Quergang und stiegen wieder weit nach oben, bis sie in der Schwärze, die sie umgab, einen feinen Lichtschimmer wahrnahmen. Diesmal führte Aelan sie darauf zu, zögernd zuerst, mit heftig pochendem Herzen, doch etwas in ihm sagte, daß keine Gefahr drohte. Das Licht wurde stärker. Zugleich wuchs das Summen der Waiyas. Sie stiegen lange den Schacht empor, bis sie zu einer winzigen Kammer gelangten, durch deren schlitzförmige Öffnungen das Licht von Fackeln und Öllampen und der Gesang einer großen Menschenmenge drangen. Der trübe Schein, der die Kammer beleuchtete, blendete die Augen nach der langen Zeit in der Dunkelheit. Die drei Freunde ließen sich in dem Felsgemach nieder, keuchend, die Köpfe an die Wand gelehnt, denn der eilige Aufstieg durch die steilen Gänge hatte ihre letzten Kräfte gefordert. Dann spähten sie durch die Öffnungen.
Sie blickten von hoch oben auf einen riesigen Felsensaal herab. Im Schimmer unzähliger Lichter sahen sie eine wogende Masse von Men-

schen, die mit gedämpften Stimmen eine summende Hymne sangen. Wie aus den Tiefen der Erde heraus schien der Gesang zu dringen, dumpf widerhallend, als verkörpere sich in ihm die Erdmutter selbst. »Das große Gewölbe!« flüsterte der Harlana. »Hier finden die Feste statt und die Opferungen. Das Blut der Opfer tropft hinab in die Kammer der Khaïla, die sich tief unter dieser Halle befindet und von der eine Kluft hinabführen soll bis in den Kern der Erde. Sie liegt genau unter der Spitze der Pyramide. Wir sind im Zentrum des Labyrinths.«
Immer mehr Menschen schoben sich in den Saal. Ihre Stimmen brandeten zu einem Tosen auf, das sich in tausendfachen Echos brach. Als sich die Augen der drei Eindringlinge an das Licht gewöhnt hatten, vermochten sie die Menschen, die sich tief unter ihnen drängten, zu unterscheiden. Bewaffnete mit dem Zeichen des Trem auf der Stirn verharrten in einem großen Kreis an den Wänden des Saales, innerhalb ihres Ringes aus Speeren aber standen die Waiyas, die Priesterinnen der Khaïla, eng gedrängt, in weißen, langen Gewändern, die Haare gelöst, die Arme im wiegenden Gesang erhoben. Aelan sah, daß sich hinter dem Ring der Bewaffneten weitere Räume öffneten, niedere Gelasse, die sich an die große Halle anschlossen. Auch sie waren angefüllt mit Menschen, mit Männern und Frauen, die in gebannter Erregung warteten.
Rah sagte verwundert vor sich hin: »Die Tat-Tsok haben die Khaïla niedergeworfen und die Waiyas vernichtet. Das Land des Südens ist zur unfruchtbaren Wüste verbrannt und die Wege über die Kahlen Berge werden streng bewacht. Wie konnte die Khaïla wieder so stark werden?«
»Die Tat-Tsok halten sich für die mächtigsten Herrscher des Weltkreises, doch kümmerlich ist ihre Macht, verglichen mit den dunklen Kräften, die im Verborgenen wirken,« antwortete der Harlana. »Kein Mensch vermag sie für immer zu tilgen, selbst wenn ihm Heere zur Verfügung stehen und tapfere Gurenas. Glaubten die Tat-Tsok nicht auch, der Be'el sei vernichtet durch einen Erlaß in der Nacht des Rates und den Tod einiger Priester? Diese Toren!
Viele Waiyas überlebten die Kriege von Hak. Der Tat-Tsok gab Befehl, ihre Kammern unter dem Haus des Trem zu zerstören, doch die Hand seiner Rache erreichte nur wenige. Die Waiyas gaben die oberen Gewölbe preis, den Zugang zu den unteren aber verschlossen sie. Die Soldaten, die den Befehl des Tat-Tsok ausführen sollten, suchten kaum nach ihnen, denn sie fürchteten sich im Dunkel dieser verwirrenden Gänge und Kammern, in denen heimtückischer Tod lauerte. Auch am

Haus des Trem, dessen Steine von der Magie der Nokam gefügt wurden, versagte die Kraft des Tat-Tsok. Städte vermag er zu zerstören, Dörfer vermag er niederzubrennen, Völker vermag er zu bewegen, die Wege der dunklen Macht aber vermag er nicht zu verändern. Er trieb die Bewohner des Südens über die Kahlen Berge, doch der Glaube an die Wiederkehr der Khaïla ging mit ihnen. Viele Frauen Alanis sind zu Waiyas geweiht und verbreiten die Lehre der Khaïla. Viele Pfade über die Berge gibt es, die den Soldaten des Tat-Tsok unbekannt sind. Viele der Familien von Alani bringen seit den Kriegen von Hak ihre erstgeborenen Töchter über die Berge, um sie den Waiyas zu übergeben, und vielen jungen Männern von Alani gilt es als heilige Pflicht, wenigstens einmal in ihrem Leben nach Hak zu pilgern, das schützende Zeichen des Trem auf der Stirn, um zum Fest des Fhalach der Khaïla Nachkommen zu zeugen mit den Waiyas.

So wuchs die Kraft der Mutter wieder heran. Die Töchter, die die Waiyas gebaren, wurden erzogen im Dienst an der Khaïla, die Söhne aber zu Kriegern herangebildet. Von zäher Geduld ist der Haß der Khaïla. Über Generationen hinweg pflanzte er sich fort, immer das Ziel der Rache vor Augen. Als der Tat-Tsok den Be'el verstieß und Yort, einer der Xem, über die Kahlen Berge floh, fand er das Haus des Trem angefüllt mit Waiyas wie einen Bienenstock. In emsiger Arbeit hatten sie Landstriche im Westen und Süden wieder fruchtbar gemacht, um sich zu nähren, während die Tat-Tsok in Kurteva sich im Besitz der höchsten Macht wähnten und glaubten, das verbotene Land jenseits der Kahlen Berge sei für immer vernichtet. Nur die Xem, die Herren des Feuers, wußten um die wachsende Macht der Khaïla. Sie wußten, daß der Be'el sich mit der Mutter der Erde vereinen muß, um die höchste Macht des Elroi zu erlangen, so wie Norg, der Herr der Nokam, es prophezeit hatte im alten Reich. Erde und Feuer werden Wasser und Luft bekämpfen. Die alten Götter Atlans, die so oft ihre Namen wechselten, werden einander zermalmen, der Tat des Ozeans, der Tat der Bergeshöhen, der Be'el des Feuers und die Mutter der Erde, Gut und Böse, Hell und Dunkel, Tag und Nacht, Elrach und Elroi. Wehe dem, der nicht den Weg auf Messers Schneide kennt und wehe dem, dessen Waage des Lahf nicht schwebt, wenn die Zeit hereinbricht.«

Sie schwiegen eine Weile und blickten in den Saal hinab, in den immer noch Menschen hineindrängten.

»Heute aber feiern sie das Fest des Fhalach,« begann der Harlana wieder. »Und mir scheint, es geschieht zu einem besonderen Anlaß, denn ich sehe dort unten auch Männer in den Kleidern des Be'el.«

In einer Nische, abgeschirmt von einer Doppelreihe Wachen, saßen Tam-Be'el in den dunklen Kleidern der Flamme. Zwischen ihnen thronten hohe Waiyas. Eine von ihnen erhob sich und gab ein Zeichen. Der Gesang verstummte. Stille senkte sich über die Menschen herab. Obwohl der Saal überfüllt war, begannen die Waiyas von der Mitte der riesigen Halle nach hinten zu treten, so daß allmählich eine kreisförmige Fläche frei wurde. Inmitten dieses Platzes befand sich eine große, dreieckige Öffnung im Felsenboden, die von einem Eisengitter abgedeckt war. Diese Öffnung war die tiefste Stelle des Raumes. Der Boden fiel von allen Seiten hin sanft zu ihr ab. Enge, in den Stein gezogene Rillen strahlten von ihr aus.
»Seht nur, dies ist das heilige Trem, das Tor zur Mutter. Durch dieses Gitter rinnt das Blut der Opfer in die Kammer der Khaïla,« flüsterte der Harlana. »Ein Schlachthaus ist diese Halle, ein Ort gräßlichen Mordens, denn unersättlich war der Blutdurst der Mutter in den späten Zeiten von Hak.«
»Öffnet das Trem, öffnet das Trem,« raunten die Stimmen der Waiyas. Drei nackte, kräftige Sklaven, deren eingeölte Körper im Licht der Lampen glänzten, kamen heran und zogen mit schweren Ketten das Gitter von der Öffnung fort. Sie schleppten es durch einen schmalen Korridor, den die Waiyas nun freiließen, an einen dafür vorgesehenen Platz hinter dem Ring der Wachen und kehrten zur Öffnung zurück. Drei Waiyas lösten sich aus der Menge und traten auf die Sklaven zu, die mit gesenkten Köpfen warteten. Die Männer schienen unter einem Bann zu stehen, denn sie bewegten sich nicht, als die Priesterinnen Messer aus ihren Gewändern zogen. Gemurmel erhob sich. Die Waiyas stimmten den Gesang wieder an, als die blitzenden Klingen die Kehlen der Sklaven durchtrennten. Lautlos sanken sie hin an den Rand der dreieckigen Öffnung. Ihr Blut ergoß sich in pulsierenden Stößen in die bodenlose Tiefe.
Eine Waiya im golddurchwirkten Gewand einer Hohepriesterin, das dunkle Haar mit goldenen Bändern festlich geschmückt, trat vor und begann mit leierndem Sprechgesang:
»Keine Tiere opfern wir dir heute, Erhabene, nicht das Blut von Böcken und Stieren fließe dir zum heiligen Fest des Fhalach, sondern der Lebenssaft kräftiger Männer, damit er dich stärke, Erhabene. Stehe auf und sei bei uns.«
Zustimmendes Raunen ging durch die Reihen der Waiyas.
»Erhebe dich aus der Tiefe, Mutter. Aus dem Leib der Erde steige herauf, aus dem fruchtbaren Schoß des Trem, dem wir das lebende Blut

zum Opfer weihen, damit Leben sich in ihm rege. Erwache und zeige dich deinen Kindern. Komm, Mutter, komm. Wir rufen dich.«

In der dreieckigen Öffnung begann es schwach zu glänzen. Etwas bewegte sich in dem Abgrund. Die Stimme der hohen Waiya, die die Gebete der Anrufung sprach, steigerte sich zu heiserem Schreien. Rufe aus tausenden Kehlen antworteten ihr, bis die Felsenhalle vom Tosen der Stimmen erbebte. Tausendfache Echos verwoben sich mit den Stimmen der Frauen zu einem gellenden Orkan. Aus dem Abgrund des Trem hob sich langsam ein goldener Thron. Schwerelos schien er über der schwarzen Öffnung zu schweben, emporgetragen von unsichtbarer Kraft, ein auf drei Beinen stehendes, niedriges Bett in Form des Trem, zu dem von allen Seiten Stufen hinaufführten. Eine Stufe nach der anderen wuchs aus der Erde heraus, bis die letzte den Abgrund der Öffnung ganz ausfüllte und mit dumpfem Krachen einrastete. Der schrille Gesang der Waiyas brach abrupt ab.

»Leer ist das Lager der Erhabenen,« begann die hohe Waiya mit klagender Stimme. »Generationen deiner Dienerinnen haben dich gerufen, Ehrwürdige, haben Blut vergossen für dich zum Fest des Fhalach, wuchsen auf in der Hoffnung auf dein Kommen, weihten dir ihr Herz und starben, ohne dich erblickt zu haben. Leer ist das Lager der Allgewaltigen seit ungezählten Jahren, leer erhebt sich der Thron der mütterlichen Erde aus seiner heiligen Kammer. Ein Wehklagen ist der Gesang der Waiyas, wenn der leere Thron erscheint, doch es ist prophezeit, daß die Erhabene einst ihren heiligen Sitz unter uns wieder einnehme. Lange, lange harrten die Waiyas auf dein Kommen, Göttliche, geduldig wie die Kräfte der Erde, die sich heben und senken in deinem Atem, die Gebirge wachsen lassen und Meere und Kontinente. Wenige waren es einst, heute aber faßt die große Halle die Gläubigen nicht mehr, die herandrängen, um das Fest des Fhalach zu feiern. Die Zeit ist gekommen, die du prophezeit hast, die Zeit ist gekommen, auf die wir warteten im unerbittlichen Regen der Zeit. Die Macht der Mutter wird herrschen in Atlan, wie es vorhergesagt ist. Heute feiern sie das Fest des Fhalach in allen Städten Atlans zu Ehren der Erhabenen, die sich vermählen wird mit dem Herrn des Feuers. Komme zu uns, bräutliche Mutter, verweile nicht länger in den Tiefen der Erde, in die du hinabgestiegen bist, um zu schlafen. Steige herauf aus dem Herzen der Erde. Die Zeit ist gekommen. Siehe, wir bereiten deinen Thron. Erwache und komme zu uns, deine Macht zu empfangen. Siehe, wir bringen Nahrung für dich, damit du lebst.«

Kinder wurden an den Thron der Khaïla herangeführt, Knaben und

Mädchen in weißen Opfergewändern. Willig stiegen sie die Stufen des Thrones hinauf und wurden von den Waiyas, die sie führten, mit einem blitzschnellen Schnitt durch die Kehle getötet. Ihr Blut strömte über den Thron und ihre leblosen Körper blieben auf den Stufen liegen. Aelan, der gebannt das Schauspiel verfolgt hatte, krümmte sich vor Schmerz. Er wandte sich ab, als die Messer der Waiyas aufblitzten, doch er spürte die Todesangst der Opfer, die in ihren letzten Augenblicken aufbrach. Sie traf ihn wie der Schlag einer Keule. Als er die Augen schloß, durchströmte sie ihn in mächtigen Wellen, packte ihn wie eine eherne Faust. Wieder öffneten sich Eindrücke aus vergangenen Leben in ihm, lichtdurchflutete Abgründe, aus denen Ketten plastischer Bilder stiegen. Auch ihn hatte man hingeschlachtet in dieser Halle, in der das Blut der Opfer seit Jahrtausenden floß. Die Qual derer, die jetzt ihr Leben gelassen, hatte auch er einst gefühlt. Unentwirrbar waren die Fäden des Lahf verschlungen, und viele von ihnen wurden von der Kraft der Khaïla gewebt. Aelan sah auch Mahla, die Geliebte, eingeflochten in dieses Gewebe aus unzähligen auseinanderstrebenden und sich wieder zusammenfindenden Fäden. Er sah sie, wie sie vor seinen Augen unter den Dolchen der Waiyas starb und er sah sie, wie sie nach ihm schrie, als man ihn zum Abgrund des Trem führte. Der Strom von Angst und Schmerz brach mit solcher Gewalt aus diesen Bildern der Vergangenheit hervor, daß Aelan fast die Sinne schwanden. Doch eine unbarmherzige Kraft zwang ihn, die Augen zu öffnen, um das blutige Werk der Waiyas zu betrachten. Er dachte an das Licht des Sonnensterns, das er in der Kammer der Quelle gesehen, den unendlichen Ozean des Hju. Am Ort der tiefsten Dunkelheit hatte er ihn gefunden, doch nun schlug die Finsternis mit ganzer Macht über ihm zusammen und begrub ihn in einem Meer von rasendem Leid. Aelan wand sich, krallte sich in die glatten Felswände, doch er konnte den Blick nicht abwenden vom Thron der Khaïla, der beschmiert war mit dem Blut der Kinder.

Viele dunkle Bilder verbergen sich in dir, hörte Aelan den On-Nam sagen. Viel Schmerz liegt in verschwiegenen Kammern des Herzens verschüttet, Leid und Angst, die noch nicht befreit sind durch das Wirken des Lahf, das Ausgleich fordert für alles, was geschehen ist, das gibt und nimmt, um sein ewiges Gewebe zu vollenden. Befreie dich von diesen Bildern, indem du sie betrachtest. Steige hinab in die Tiefen der Vergessenheit, um sie zu lösen aus ihrem Bann, der auf dir lastet wie eherne Gewichte und der das Wasser des Lebens abschnürt in deinem Herzen. Tote Bilder sind es, aber sie sind schwer geworden durch das

Gewicht der Zeit und tief hinabgesunken in dich. Betrachte sie, damit das Leid, das eingeschlossen liegt in ihnen, gefroren wie Wasser zu Eis, zerschmelze und fortfließe aus dir wie der Schnee im Frühling. Das Licht deiner Aufmerksamkeit löse sie auf. Es mag dir Qualen bereiten, sie zu betrachten und noch einmal zu durchleben, doch es wird dich für immer befreien von ihnen. Läutere dein Herz, damit es keine Bilder mehr erweckt in den Spiegeln der Gläsernen Stadt. Wenn die Erinnerungen aber zu tief versunken sind in den Gewölben deines Herzens, so wirst du ihnen wiederbegegnen in der Welt der Erscheinungen. Sie werden unerbittlich aufstehen vor deinen Augen, damit du sie sehen, damit du auskosten kannst, was sie dich lehren. Du kannst ihnen nicht entfliehen, denn sie sind Teil von dir.
Aelans Herz raste. Seine Glieder zitterten. Kalter Schweiß brach aus allen Poren. Aelan zwang sich, hinabzusehen in die Halle der Khaïla. »Unschuldige, reine Kinder opfern wir dir, Erhabene,« sang die Waiya. »Ihr lebendes Blut stimme dich günstig. Wir warten auf dich, Göttliche, denn die Zeit ist gekommen, zurückzukehren auf den Thron, auf dem du Atlan beherrschen wirst. Sie haben ein Haus des Trem erbaut für dich, an einem heiligen Ort, an dem unzählige Linien deiner Erdenkraft sich vereinen. Sie haben es erbaut als dein Brautgemach, als deinen Sitz der Macht. Es erwartet dich, Erhabene, denn es ist bereitet für dein Kommen. Schon ist lebendes Blut geflossen in ihm, schon warten deine Waiyas auf dich, daß du das Reich des Südens verläßt und deine Hand ausstreckst nach der Macht über Atlan, wie du selbst es uns verheißen hast.«
Erregtes Gemurmel erhob sich in dem riesigen Saal. Die Waiyas wichen zur Seite, um hochgewachsenen, klobigen Gestalten Raum zu machen, die langsam in die Halle einzogen. Rah und Aelan blickten sich erschrocken an, der Harlana aber flüsterte, ohne den Blick von dem Geschehen zu wenden: »Die Kambhuks der Khaïla.«
Aelan gefror das Blut in den Adern, als er an den Kambhuk dachte, der in die Hütte des Harlana eingebrochen war. Der alte Krieger hatte diese Kreatur, in der die Stärke vieler Männer zu wohnen schien, in Stücke gehauen, doch sie hatte mit verbissener Wut weitergekämpft, als sei sie unsterblich und von Menschenhand nicht zu überwinden. Er hatte seine Behausung niederbrennen müssen, um sie in den Flammen ganz zu vernichten. Nun schritten zwölf dieser Geschöpfe des Hasses in den Saal der Khaïla. Jetzt spürte Aelan, daß Dämonen in ihnen wohnten und sie lenkten, Wesen der Zwischenwelten, die Form angenommen hatten in Körpern, welche die Magie der Khaïla ihnen geschaffen.

»Die Wesen der Wüste, die nach Blut lechzend um das Haus des Trem schwärmen wie Motten um das Licht,« sagte der Harlana, »die Dämonen und körperlosen Kambhuks, die Aibos der Dunkelheit, ihnen will die Khaïla Körper gebären aus ihrem Schoß, um ihr Heer unbesiegbar zu machen. Noch sind es wenige, denn viel vom Wissen der Waiyas um die Magie des Trem ist geschwunden, doch unzählige dieser Kreaturen werden einst über die Kahlen Berge ziehen, um die Khaïla zu schützen in ihrem Haus des Trem.«

Hinter den schrecklichen Wächtern der Khaïla, inmitten von zwölf der höchsten Waiyas, schritt aufrecht eine große Frau. Ihr kreideweißes Gesicht war starr wie ein Marmorbild und ihre steifen, eckigen Bewegungen ähnelten denen der Kambhuks.

»Komm Khaïla, die du wiedergeboren bist, um zu vollbringen, was wir erhoffen seit undenklichen Zeiten,« lockten die Stimmen der Waiyas sie. »Komm und lasse dich nieder auf dem heiligen Thron, damit die Mutter dich finde.«

Langsam schritt die Frau die Stufen des Thrones empor und ließ sich auf dem goldenen Bett nieder. Die Kambhuks standen in einem Kreis vor den untersten Stufen, die zwölf höchsten Waiyas knieten zu Füßen des Thrones nieder.

»Du hast die höchsten Weihen des Trem erlangt,« rief die Stimme wieder, »denn dich hat die Erhabene zu ihrem Gefäß erwählt. Die Zeit ist da. Bereite dich für die hohe Aufgabe, der dein Leben geweiht ist.«

Drei junge Frauen, feingliedrig und schön, wurden vor den Thron geführt. Auch sie fielen den Dolchen der Waiyas zum Opfer. In goldenen Schalen fing man ihr Blut und goß es über die Frau, die regungslos auf ihrem Sitz verharrte. Rote Bahnen zogen sich über ihr weißes Gewand, das weit über den Thron herabwallte. Das Opferblut tropfte aus ihrem aufgelösten Haar. Ihr bleiches Gesicht aber regte sich nicht.

»Erwache zum Leben, Khaïla, die du dich versenkt hast in die ewigen Mysterien des Trem. Schon ist dein Ich fast aus dem Körper gewichen, um ihn der Erhabenen zu schenken,« tönte die Stimme.

Eine Waiya schritt heran, eine flache, dampfende Schale vor sich hertragend.

»Trinke den Nektar des Vergessens, Khaïla. Erwache noch einmal zum Leben, damit die Erhabene eintreten kann in dich.«

Die Waiya stieg die Stufen des Thrones hinauf und führte den Kelch an die Lippen der Reglosen. Während sie trank, gossen die Waiyas wieder Blut über sie aus. Der leiernde Gesang von Gebeten und Hymnen erfüllte von neuem die Halle.

Die drei Eindringlinge, die das grausige Schauspiel beobachteten, schienen wie erstarrt. Keiner dachte daran, zu fliehen, jetzt, da sich alle Waiyas in der großen Halle befanden. Ein mächtiger Bann hielt sie an ihrem Platz. Aelan spürte, daß sich eine gewaltige Kraft im Haus des Trem zusammenballte. Sie schien aus den Tiefen der Erde zu steigen wie dumpf rumorende Wellen und sammelte sich zitternd über dem Thron der Waiya. Es war die Kraft der Mutter, die sich schon einmal verkörpert hatte im Reich von Hak und die wiederkommen würde, um das Geschick Atlans zu erfüllen. Aelan kannte den Sog dieser Kraft. Die Erinnerung daran erwachte in ihm als lebendiges Bild. Man hatte ihn geopfert an diesem Thron, als die Khaïla sich das erste Mal einen fleischlichen Leib genommen. Im Augenblick seines Todes hatte diese Kraft, die wie ein Wirbelsturm durch den Raum gerast war, ihn ergriffen und sich durch den Schmerz seines Sterbens für immer eingebrannt in sein Herz. Sie hatte ihn begleitet durch viele Leben, hatte ihn gehemmt, ihm Ängste eingegeben, die er nicht verstand, doch die aus den tiefsten Kammern seines Herzens aufstiegen wie giftige Dämpfe. Nun aber, da er sie wieder leibhaftig spürte, da sie zum Orkan wuchs in der Halle der Waiyas, löste sie sich aus ihm. Die eiserne Klammer, die so lange sein Herz umschlossen, zerbrach. Mächtige Wellen von neuer, erfrischender Kraft durchflossen ihn plötzlich, eine Stärke befreite sich, die lange geknebelt gewesen von der ehernen Last. Jetzt wußte er, daß er seine Aufgabe, die er im Licht der Einen Quelle erahnt, die Aufgabe, die der Sonnenstern ihm bestimmt hatte in diesem Leben und vor der er ängstlich zurückgeschreckt war, würde vollbringen können. Du mußt stark werden, hörte er den Schreiber sagen, in jener Nacht, als er, erfüllt von Zaudern und Schwachheit, den Namen des Sonnensterns gefunden hatte auf den Lippen des On-Nam. Nun befreite sich diese Stärke in ihm. Die Last der dunklen Kraft wurde von ihm genommen wie ein Stein, der die Öffnung einer Quelle verschließt.

Mit jähem Ruck fuhr die Waiya von ihrem Thron auf. Die goldene Schale entfiel ihren Händen und rollte klirrend die Stufen hinab. Die Hymnen und Gebete der Waiyas verstummten. Mit steifen Bewegungen stieg die große Frau vom Thron der Khaïla herab. Ihre Augen waren weit geöffnet, doch es schien kaum mehr Leben in ihnen. Sie begann, den Thron zu umrunden, ging an den regungslos verharrenden Kambhuks vorbei. Während sie schritt, begann sie die Arme wie in einem Tanz zu bewegen, langsam zuerst, fast unmerklich, dann aber wurden ihre Glieder von einer fremden Kraft ergriffen, die sie zu bizarren Zuckungen trieb.

»Verlasse deinen Tempel aus Fleisch,« begann die Stimme wieder, »verlasse ihn, damit die Erhabene einzutreten vermag in dich. Gib ihn der Mutter, die wohnen will in dir. Du bist in die höchsten Mysterien des Trem eingedrungen durch die Gnade der Mutter, die Mysterien, die nur erfahren kann, wer die Kraft der Mutter selbst in sich trägt. Nun aber bringe das Opfer, das der Preis ist für die hohe Gnade, die dir zuteil wurde. Verlasse deinen Leib, denn die Mutter will wohnen in ihm.«
Der Tanz der Waiya wurde wilder. Die zwölf höchsten Priesterinnen erhoben sich von den Stufen des Thrones, ergriffen Geißeln und begannen, die Tanzende zu peitschen. Die Frau wirbelte an ihnen vorbei und empfing stumm die grausamen Hiebe, die ihren Tanz zu ekstatischer Wildheit trieben. Die Metalldornen, die in die Bänder der Geißeln geflochten waren, rissen ihr vom Opferblut rot gefärbtes Kleid in Fetzen. Mit einer stolzen Geste warf sie es ab. Nun trafen die Hiebe ihren nackten Körper und zerfleischten ihn.
»Verlasse deinen Leib, denn die Mutter will wohnen in ihm,« rief die Stimme. Sie steigerte sich wieder zu einem Kreischen, in das alle Waiyas einfielen. Die Bewegungen der Frau flossen im stampfenden Rhythmus der Gebete und Anrufungen. Endlos schien der Tanz und das Schreien der Priesterinnen. Die Felsenhalle erbebte. Die Kraft der Mutter verdichtete sich zu einem wütenden Orkan. Wie ein Sturm war sie, der sich von ferne ankündigt und plötzlich mit rasender Gewalt hereinbricht.
Die tanzende Waiya begann zu röcheln.
»Verlasse deinen Leib, denn die Mutter will wohnen in ihm,« tobten die zu heiserem Brüllen aufgestachelten Stimmen.
Die höchsten Waiyas schlugen wie von Sinnen auf die Tanzende ein, deren Bewegungen matter wurden. Ihr Tanz wurde zu einem heftigen Todeskampf. Sie taumelte die Stufen zum Thron hinauf, um den wütenden Hieben zu entkommen. In ihren Augen war namenlose Angst erwacht, doch sie war schon gebannt von der entsetzlichen Kraft, die jetzt mit ganzer Gewalt die Halle durchbebte und eindringen wollte in den zerschundenen Leib der Priesterin. Die Waiya warf sich auf den bettähnlichen Thron. Die Bewegungen ihres Körpers erstarben.
»Verlasse deinen Leib, verlasse deinen Leib,« schrien die Waiyas. Endlich, in einem letzten Erzittern, hauchte die Frau den Rest ihres eigenen Lebens aus. Zugleich aber brach die Kraft der Mutter mit solcher Macht in sie ein, daß der für einen Augenblick leblose Körper heftig zu zucken begann.

Das Schreien der Waiyas verebbte, doch die Stille ließ das Geschehen, das sich auf dem Thron der Khaïla vollzog, noch grauenvoller erscheinen. Der Körper der Frau schwoll an, daß die Haut platzte. Innerhalb von Augenblicken war er zu einer formlosen, wabernden Masse aus blutigem Fleisch aufgequollen. Nur die Geräusche dieses langsam sich bewegenden Leibes waren in der riesigen Halle zu vernehmen. Dann aber erstarrte er mit einem Ruck.

Ein Ächzen ging durch die Reihen der Waiyas. Hatte die Mutter den Leib verschmäht, den man ihr herangezogen in langen Jahren der Vorbereitung? Zürnte sie ihren Dienerinnen? Waren die endlosen Opfer, die Gebete, die strengen Kasteiungen umsonst gewesen?

Da erwachte Leben in den Kambhuks, die wie Statuen an den Stufen zum Thron verharrt hatten. Mit einem Satz sprangen sie nach vorne, an den Hohepriesterinnen vorbei, auf die eng gedrängte Menge der Waiyas zu. Jeder von ihnen ergriff wahllos eine der Frauen und trug sie zum Thron. In gleichem Rhythmus vollzogen sich die Bewegungen der Kambhuks, als seien sie von einem einzigen Willen gelenkt. Wie zierliche Puppen wanden sich die Waiyas in ihren Pranken. Die Kreaturen der Dunkelheit hielten sie mühelos, trugen sie die Stufen zum Thron empor, töteten sie mit einem Schnitt ihrer messerscharfen Klauen und gossen ihr Blut zugleich über die Khaïla aus, bevor sie wieder in Regungslosigkeit erstarrten.

Einen endlosen Augenblick herrschte fiebernde Stille in der Halle des Trem. Dann erhob sich der formlose Leib der Mutter, richtete sich auf, während sich die Kambhuks mit langsamen Schritten zurückzogen. Zwischen ihren in Ehrfurcht gebeugten Häuptern wuchs die Khaïla auf und ihr Mund öffnete sich zum Sprechen. Wie aus den Tiefen der Erde klang die Stimme der wiedergekehrten Mutter, dunkel murmelnd und doch brachte sie die Wände des Gewölbes zum Erzittern.

»Lange hat die Mutter geruht
in den Tiefen der Erde.
Nun aber hat sie sich erhoben,
dem Ruf zu folgen,
der ihr höchste Macht verleiht.
Sie selbst prophezeite es,
bevor sie hinabstieg in langen Schlaf.
Bereitet ihre Reise
zu ihrem bräutlichen Gemahl,
der lodernden Flamme.

Im Haus des Trem
wird sie sich vereinen mit ihm,
um die Macht der Erde
im Feuer zu läutern.
Doch bereitet auch Opfer,
damit sie erstarke
in ihrem neuen Leben.
Blut muß sie trinken,
um zu leben.
Blut muß sie trinken,
denn ihre Feinde sind stark.«

Die Waiyas stöhnten in Verzückung, als die Mutter zu ihnen sprach. Die Hohepriesterinnen gaben den Wachen hastige Anweisungen, neue Opfer herbeizuschleppen.
Schon begann sich der Thron der Khaïla in den Abgrund des Trem hinabzusenken, als die Stimme noch einmal dröhnend erklang:

»Nicht das Blut von Opfertieren gebt der Mutter,
sondern das Blut der Verräter,
die sich eingeschlichen haben in das heilige Haus.«

Langsam hob sich die Hand der Khaïla. Sie wies auf das winzige Gemach hoch über den Häuptern der Waiyas, in der die drei Eindringlinge sich verbargen. Die Blicke der Waiyas folgten der Hand. Rah und der Harlana zuckten rasch zurück, als ein Schrei der Entrüstung aus tausenden Kehlen brach, Aelan aber verharrte unbeweglich. Er blickte in die haßerfüllten Gesichter der Waiyas und er blickte in das lodernde Auge der Khaïla. Sie wollte ihn bannen, wollte die Kraft ihrer Magie in ihn brennen, wie sie es schon einmal getan, vor ungezählten Jahren, als ihre Macht in den Sterbenden gefahren war, den man ihr zum Opfer brachte, doch nun hielt Aelan ihrem Blick stand.
Für den Bruchteil eines Augenblicks erkannte er das Wesen der Khaïla. Jetzt, da der Panzer seines Herzens zersprungen, da der Bann gebrochen war, der sich vor so langer Zeit um ihn geschlossen, blickte er ohne Schaudern in das Auge der Khaïla und sah, daß das Licht des Sonnensterns auch in ihm glimmte, verloren in einem Ozean der Finsternis und des Hasses, getrübt und verdunkelt von der Gier nach Macht, doch Aelan sah den Funken der Einen Kraft, der selbst in der Khaïla lebte.
Die Kambhuks setzten sich in Bewegung, die Eindringlinge zu ergrei-

fen und die Wachen mit dem Zeichen des Trem schwärmten mit gezückten Schwertern aus. Die Waiyas erhoben wütendes Gezeter, zeigten mit den Fingern nach der Kammer der Fremden, schrien nach ihrem Blut. Aelan aber blickte ohne Angst in das Auge der Khaïla, die auf ihrem Thron in das Dunkel der Erde hinabsank. Bevor auch er aufsprang, um mit Rah und dem Harlana zu fliehen, leuchtete Mitgefühl für dieses Geschöpf der dunklen Kraft in ihm auf, in dem schwach, tausendmal gebrochen und fast erloschen, das Licht des Sonnensterns glimmte.

Sie flohen durch die raumlose Nacht der Gänge. Dumpfes Tosen erhob sich überall, drang, zu unzähligen Echos zersplittert, durch die Schächte und Stollen des Labyrinths. In keinem Augenblick wußten sie, ob die Verfolger unmittelbar hinter ihnen waren oder ihnen an der nächsten Biegung entgegenkamen. Ihre Flucht war aussichtslos, denn selbst wenn es ihnen gelang, einen Ausgang aus dem Labyrinth zu finden, wohin sollten sie sich wenden in der offenen Wüste des Südens, die keine Verstecke bot und in der die Geschöpfe der Zwischenwelten auf sie lauerten? Doch als sie flohen, dachten sie nicht daran. Ihr einziger Gedanke war, dieser grenzenlosen Finsternis zu entrinnen, in der sie jedes Gefühl für Raum und Zeit verloren hatten.
Aelan eilte Rah und dem Harlana voran. Sie folgten wieder dem Klang seiner Schritte, Aelan aber vertraute einzig dem Gefühl des Augenblicks, diesem inneren Wissen und Spüren, das ohne Form und Worte war und das ihn mit der untrüglichen Sicherheit eines neu erwachten Sinnes durch die Dunkelheit leitete. Aelan wußte, daß diese Gabe des Sonnensterns ihn augenblicklich verließe, würde er beginnen, über sie nachzusinnen oder ihre jähen Impulse auf die Waage der Vernunft zu legen, doch selbst das Wissen um die Unbeständigkeit dieser Fähigkeit war kein Gedanke, den er faßte und dachte, sondern eine plötzliche, wortlose Einsicht, die ihn durchzuckte und ihn im nächsten Augenblick wieder verließ. Aelan fühlte, daß die Eine Kraft mit ungestümer Heftigkeit durch ihn strömte. Er flüsterte still den Namen des Sonnensterns in sich, während er rannte. Er spürte, daß die Stärke, die in ihm aufgeblüht, als der Bann der Khaïla gebrochen war, noch immer wuchs. Viele Leben lang hatte diese Saat des Dunklen in ihm gewohnt, hatte ihn irregeleitet auf dem Weg des Hju, hatte ihn hinabgezogen in die Wirren des Lahf. Sie hatte ihm unermeßliches Leid gebracht, doch sie hatte ihn auch verführt, nach der Illusion ihrer Macht zu streben. Er hatte gekämpft gegen sie, doch sie war stärker gewesen. Aber auch

dieser Kampf war Teil seiner großen Wanderung durch die vielen Leben gewesen, ein Weg der Erfahrung, der ihm jetzt die Stärke gab, die eiserne Klammer für immer abzuwerfen. Aelan spürte die Macht des Sonnensterns in sich wie einen Rausch. Nie wieder sollte diese Quelle versiegen, die in seinem Herzen aufgebrochen war. Zugleich fühlte Aelan tiefe Demut. Schon einmal, in Ütock, hatte er sich in Vermessenheit der Hilfe der Einen Kraft sicher gefühlt und er hatte bezahlt für seinen Stolz mit den qualvollen Jahren am Haus des Trem.
Das Haus des Trem! Er hatte seinen Schweiß und sein Blut vergossen an diesem Bauwerk des Bösen, hatte mit der Einen Kraft gehadert, die zugelassen, daß er dieses Schicksal erlitt. Doch nun dämmerte ihm, daß es die Bezahlung gewesen war für die Augenblicke der Macht, die er vor unzähligen Leben im Dienst an der dunklen Kraft genossen.
Immer wieder hatte ihn die Macht verlockt, die Macht, die das Gegenteil der Liebe des Hju war, die Macht, die das Tuch des Lahf wob mit süßer Verblendung. Auch die unzähligen Sklaven, die am Haus des Trem geknechtet wurden, ernteten die Früchte des Lahf, die sie selbst gesäht, irgendwann in ihren vielfältigen Leben. Wie ein mächtiges Bauwerk des Lahf schien die große Pyramide in den Ebenen von Kurteva, ein Bauwerk, das errichtet war aus dem Schicksal Unzähliger und das denen, die daran wirkten, die Möglichkeit gab, die Knoten ihres Lahf zu lösen, die alten Schulden zu begleichen, um frei zu werden, bevor Atlan hinabsank in die Vergessenheit. Die Mächte des Elroi, die sich zusammenballten in dieser Zeit des Untergangs, schufen unzählige Gelegenheiten, das Gewebe des Lahf zu vollenden. Für viele Menschen war es die rechte Zeit, zurückzufinden auf den Weg des Sonnensterns.
Während Aelan rannte, während er steile Gänge emporkletterte und die hallenden Schritte und das Keuchen seiner Freunde hinter sich hörte, schossen ihm diese Einsichten durch den Kopf wie Blitze. Er mußte an Mahla denken, die ihm verbunden war in all diesen Leben, in Freude und Leid. Er spürte, daß die Trennung von ihr die letzte Prüfung war, die der Sonnenstern ihm auferlegte. Für einen Augenblick durchfuhr ihn beklemmende Angst, er könnte die Geliebte niemals wiedersehen. Sofort verflog die Kraft, die ihn leitete. Aelan stolperte über eine Unebenheit des Bodens und stürzte in die Dunkelheit. Hart schlug er auf den Felsen auf, spürte den Geschmack von Blut in seinem Mund, doch als er den Kopf wieder hob, sah er weit vor sich, verloren im Meer der Finsternis, einen schwachen Lichtschimmer. Er raffte sich auf, fühlte Rahs Hand, die ihn stützte und weiterführte, dem Licht zu, das

aus einem fast verschütteten Schacht, der schräg nach oben führte, hereindrang. Aelan, Rah und der Harlana begannen, mit bloßen Händen das Geröll fortzuräumen, das den Ausgang versperrte. Zwischen den verkeilten Steinen schimmerte das Licht des Tages. Es blendete die Augen der drei, die verzweifelt gruben. In der Dunkelheit hinter ihnen kam das Schreien der Verfolger näher. Der Schein von Fackeln huschte durch den Gang. Als Rah einen großen Stein lockerte, brach ein Erdrutsch herab. Der Gurena vermochte im letzten Moment zur Seite zu springen, sonst hätte ihn das herabprasselnde Geröll unter sich begraben. Mit letzter Kraft zwängten sich Aelan, Rah und der Harlana durch das freigewordene Loch, das ans Tageslicht führte. Die Steine hatten den Schacht hinter ihnen verschlossen und die Verfolger abgeschnitten, doch bald würden aus allen Ausgängen des Labyrinths die Krieger der Khaïla strömen und mit ihnen die Kambhuks, die Kreaturen der Mutter, besessen von mächtigen Dämonen.

Der Harlana richtete sich hoch auf im Licht des späten Nachmittags und ließ seinen Blick schweifen. Sie waren im Südosten der Pyramide aus dem Labyrinth gekrochen. Der Meister des Ka verharrte einen Augenblick, dann deutete er nach Osten und setzte sich unverzüglich in Bewegung. Sie flohen über das im Wüstensand versunkene Trümmerfeld, das einst die Stadt des Sonnensterns gewesen, zu der Bucht, die bis zu den Ruinen heranreichte, seitdem das östliche Land im Meer versunken war. Sie flohen dorthin, ohne zu wissen, warum. Es schien gleichgültig, wohin sie sich wandten, denn schon erreichten die Verfolger die Ausgänge des Labyrinths und begannen die Frevler zu suchen, die es gewagt hatten, das Heiligtum der Mutter zu schänden. Der Harlana deutete auf ein kleines Gebäude, das sich am Rande der Wüste erhob. Es war ein Heiligtum der Khaïla, das nur aus dreieckigen, dicht beisammenstehenden Säulen bestand, die ein riesiges Trem als Dach trugen. Es stand am Rande eines Felsabbruchs, der sich zur Bucht hinabsenkte. Doch erst als sie den Tempel erreicht hatten, vermochten sie das Meer zu sehen, tiefblau, schimmernd im Licht der Sonne, eine enge Bucht, die zwischen Felsen eingebettet lag. Eine Trittspur führte vom Tempel steil hinab zu einem schmalen, sichelförmigen Strand aus golden glänzenden Kieseln.

»Der Tempel der Waschungen,« keuchte der Harlana, als er sich hinter eine der breiten Säulen warf. Auch Aelan und Rah schmiegten sich an die heißen Steine des Tempels, nach Luft ringend, die Köpfe an die Säulen gelehnt.

»Hier reinigen sie die Klingen, mit denen sie ihre Opfer schlachten,«

sagte der Harlana bedächtig. Er schien sich mit keinem Gedanken um die Verfolger zu kümmern. »Sie haben das ganze Gebiet von Hak mit ihrem blutigen Kult geschändet.«
Aelan wandte sich dem Harlana zu. Der Meister des Ka saß aufrecht hinter einer Säule, den Blick zum Meer gewandt und schien verloren im Strom seiner Gedanken. Auch Rah blickte den Alten an. Als er die heitere Gelassenheit des Harlana bemerkte, die kein Hauch von Angst vor dem unvermeidlichen Tod zu trüben vermochte, mußte er lächeln. Das war das Geheimnis des Ka, dachte er, aufrecht und würdevoll zu sterben, ohne Furcht und ohne Regung. So würde der Weg des Schwertes für immer verlöschen in Atlan, wie der Harlana es in den Kahlen Bergen prophezeit. Der Alte, der Rahs Gedanken zu spüren schien, sagte mit scharfer Stimme:
»Du denkst an den Tod, Rah-Seph, obwohl du lebst und eine Kraft in deinem Herzen wohnt, die du nie zuvor gekannt?«
»Wir werden sterben,« entgegnete Rah, »aber wir werden mit Würde in den Tod gehen. Wir werden im Kampf sterben, nicht auf dem Altar dieser gräßlichen Ausgeburt des Bösen.«
Der Harlana blitzte Rah an. Der Gurena fuhr zusammen, als ihn die Kraft dieses Blickes traf. »Als die Gurenas begannen, den Tod in der Schlacht zu verklären, haben sie das Ka verloren,« sagte der alte Mann. Seine Stimme klang hart und trocken. »Das Geheimnis des Ka ist nicht der Tod, sondern das Leben. Denke niemals an den Tod, Rah-Seph, auch wenn du das Schwert deines Feindes schon auf der Brust fühlst, dann wirst du das unsterbliche Ka begreifen. Das Ka ist der Augenblick, und der Augenblick ist ewiges Leben.«
Aelan blickte in die Wüste hinaus, über die das Abendlicht einen milden Glanz warf. Einen Tag nur waren sie im Labyrinth der Khaïla gewesen, doch Aelan schien es, als sei er in einem lange vergangenen Leben in es eingedrungen und nun als neuer Mensch hervorgekommen, als sei er wiedergeboren worden in einem neuen Körper, als er aus dem Loch in die Freiheit gekrochen war. Die Eine Kraft erfüllte ihn jetzt mit solcher Stärke, daß ihm schien, als gebe es keine Trennung mehr zwischen jeder Faser seines Körpers, jedem seiner Gefühle, jedem seiner Gedanken und der allesdurchdringenden Macht des Hju. Gedanken vermochten sie nicht zu umfassen und Worte nicht zu beschreiben. In diesem gegenwärtigen Augenblick aber war sie in ihm. Auch Aelan schien der Gedanke an den drohenden Tod fern und unwirklich. Der Harlana hatte recht, der Augenblick war ewiges Leben. Endlose Abgründe trennten einen Punkt in der Zeit vom nächsten. Es

gab nichts anderes, als den gegenwärtigen Augenblick, das Hier und Jetzt der Einen Kraft. Im gleichen Moment sah Aelan zwei Kambhuks mit wiegenden Schritten näherkommen. Die Krieger des Trem waren ausgeschwärmt, das Trümmerfeld von Hak zu durchstreifen, um die Fliehenden aufzuspüren.
»Die Kambhuks kommen heran,« flüsterte Rah.
Der Harlana lachte. »Sie suchen uns in der Wüste, dabei sitzen wir in ihrem Heiligtum.«
Rah, tief berührt von den Worten, die der Harlana über das Ka gesagt, schien verwirrt. Hatte der Alte den Verstand verloren? Er blickte aufs Meer hinaus und lachte über die Kambhuks, die in weiten Kreisen das Trümmerfeld um die Bucht absuchten und langsam auf den Tempel zukamen.
»Was sollen wir tun?« preßte Rah hervor.
Der Harlana schmunzelte. »Rah-Seph,« mahnte er. »Bleibe in den unbegrenzten Grenzen des Augenblicks, in der formlosen Form des gegenwärtigen Moments, denke keinen Gedanken, fühle kein Gefühl und spreche kein Wort, das die Ewigkeit des Augenblicks überschreitet. Was spürst du jetzt, außer dem Frieden und der Schönheit des Meeres, das sich vor uns ausbreitet? Die Kambhuks vermögen nur den zu finden, der sich vor ihnen fürchtet, oder dessen Herz verdorben ist vom Haß. So haben sie meine Hütte gefunden, weil du sie geführt hast wie ein Licht in der Nacht. Haß und Angst ist die Macht des Bösen. Wer sie im Herzen trägt, ist der Finsternis verfallen. Nun aber wohnt das grenzenlose Ka in dir, Rah-Seph, die unendliche Heiterkeit des Augenblicks. Die Angst ist der Tod, denn sie zerstört dich, noch bevor das Schwert eines Feindes dich zu erreichen vermag. Sie öffnet dem Tod die Pforten. Die Geschöpfe der anderen Welten vermochten uns nicht zu berühren auf unserer Wanderung durch die Wüste, weil wir keine Angst vor ihnen hatten. Auch die Kambhuks wittern nur den Gestank der Furcht und des Hasses, nicht aber den zarten Wohlgeruch der Heiterkeit.«
Der Harlana blickte lange über die Bucht, die in der Abendsonne glänzte. Er sog dieses Bild in sich ein, als sei es der Atem des Lebens und lächelte dabei. Aelan spürte den Strom rauschhaften Glücks, das der Alte in diesem Augenblick empfand.
»Das Geheimnis des Ka ist das Lachen, denn es führt dich immer in den Augenblick, der keine Zukunft kennt und keine Vergangenheit, nur das Glück des einen Moments,« sagte der Harlana.
Ein Geräusch, das vom Meer her wehte, schreckte ihn aus seiner

Betrachtung. Auch Rah und Aelan, die jede Bewegung der Kambhuks beobachteten, fuhren herum. Aus dem tiefblauen Wasser stieg ein goldenes Glänzen. Ein metallenes Wesen erhob sich gemächlich aus den Fluten, ein gewaltiger Fisch, ganz aus Gold gemacht, schlank und schön, mit einer hoch aufragenden Schwanzflosse. Er blitzte und funkelte in der Sonne, daß es die Augen blendete. Rah und Aelan starrten ihn ungläubig an, glaubten, ihre Sinne würden sie trügen oder die Magie der Khaïla habe eines ihrer Blendwerke vor ihre Augen gezaubert. Der Harlana aber lachte.

»Ein goldener Fisch aus San,« rief er. »Eines der Boote, die unter dem Meer zu schwimmen vermögen.«

Der Harlana sah Aelan an. »Die Stimme des Sonnensterns hat es gerufen, denn auf San sind viele der Kräfte lebendig, die einst im goldenen Zeitalter Atlans blühten. Es kam, um den Träger der Einen Kraft zu retten.«

»Die Kambhuks haben uns entdeckt,« rief Rah dazwischen.

Die mächtigen Wesen der Dunkelheit hatten das Geräusch des auftauchenden Fisches vernommen und eilten auf den Tempel der Waschungen zu, in dem sich die Fliehenden verbargen. Die Krieger der Khaïla aber hatten Rah entdeckt, der aufgesprungen war, um den Harlana zu warnen. Rah zog sein Schwert und stellte sich zwischen zwei der Säulen. Die Kambhuks rannten herbei, grunzend und geifernd, mit weit ausgreifenden Schritten, die die Erde erbeben ließen.

Der Harlana aber wandte sich an Aelan, als sei ihm alle Zeit der Welt gewährt, Abschied zu nehmen.

»Einst brachte ich in meiner Verblendung Tod und Leid über jene, die dem Weg des Sonnensterns folgten,« sagte er. In seiner Stimme lag große, weite Ruhe. »Nun aber ist die Zeit da, diese Schuld zu begleichen, indem ich den Berufenen, der den Sonnenstern trägt und der mir zu trinken gab vom Wasser des Lebens, auf seinem Weg beschirme. So erfüllt sich das Gesetz des Lahf und so erfüllt sich die Bestimmung dieses Schwertes, das viele Jahre diesen Augenblick erwartete.«

Gelassen zog er das Schwert des Harl aus der Scheide, die heilige Klinge der Harlanas. Mit einem langen Blick nahm er Abschied von Aelan, bevor er, behende wie eine Wildkatze, an Rah vorbei auf die heranstürmenden Kambhuks lossprang.

»Dein Ka schütze ihn fortan,« rief er Rah zu. Rah wollte ihm folgen, doch eine herrische Handbewegung des Harlana trieb den Gurena zurück. »Dein Platz ist an seiner Seite!« Die Kambhuks hielten einen Augenblick inne, dann stürzten sie dem alten Krieger nach.

»Auf das Boot!« rief Aelan. Im nächsten Augenblick eilten die beiden den Pfad zum Meer hinab. Menschen waren aus dem goldenen Fisch hervorgestiegen und verfolgten den Weg der Fliehenden, die mit todesmutigen Sprüngen die steile Felsenspur hinabhetzten und sich ins Meer stürzten. Mit verzweifelter Kraft schwammen Rah und Aelan, um die Stricke zu erreichen, welche die Menschen von ihrem Boot herabgeworfen hatten. Schon kamen Krieger der Khaïla den Pfad herab, aber sie zögerten beim Anblick des goldenen Fisches. Ihr Anführer trieb sie weiter, doch die kurzen Augenblicke ihres Zauderns retteten Rah und Aelan das Leben. Ein Hagel von Pfeilen prasselte gegen den metallenen Leib des Fisches, aber es war zu spät. Langsam bewegte sich das Boot aus San, trieb in die Bucht hinaus. Keuchend lagen Aelan und Rah auf ihm und blickten angestrengt zur Küste zurück. Doch sie sahen den Harlana nicht mehr. Tiefe Verzweiflung kam über Rah. Er sank mit dem Gesicht auf das kalte Metall des Bootes und blieb liegen wie tot.

Der Harlana war am Rand des Felsabbruchs entlanggelaufen, um die Kambhuks von Aelan und Rah fortzulenken, aber die Wesen der Finsternis hatten ihn innerhalb von Augenblicken eingeholt. Mit einer blitzschnellen Bewegung fuhr er herum und führte einen gewaltigen Hieb gegen sie. Sie taumelten zurück. Schwarzes Blut ergoß sich in Stößen aus ihren Kehlen, doch der Dämon, der in ihnen wohnte, trieb sie unerbittlich voran.
Der Harlana lachte, als er sah, wie Aelan und Rah den goldenen Fisch erreichten und von den Menschen aus San emporgezogen wurden. Er rannte noch einige Schritte weiter, dann schleuderte er das Schwert des Harl weit von sich. Hoch über die Felsen flog es hinaus, langsam in der Luft sich drehend. Die Klinge blitzte im Sonnenlicht, schnitt durch das Blau des Himmels, drehte sich und fiel, tief hinab in das Meer. Der Alte blickte ihm nach und lachte. Sein weißes Haar schien in der Sonne zu leuchten. Weit dehnte sich sein Ka nach allen Seiten, wurde endlos wie der Himmel, wie das Meer, ohne Grenzen, ein lachender Rausch, ohne Anfang, ohne Ende.
Mit gräßlichem Grunzen stürzten sich die Kambhuks auf den Harlana und rissen ihn in Stücke, brüllend und fauchend, dann sanken sie leblos neben ihm nieder, hielten die Klauen an ihre durchtrennten Kehlen, aus denen noch immer stinkendes Blut quoll und verendeten mit einem Röcheln. Einen Augenblick herrschte tiefe Stille, bevor die Krieger des Trem herankamen.

In der sanften Brandung des Meeres aber schien das Lachen des letzten Harlana nachzuklingen.

Kapitel 4
BRÜDER IM MEER

Ein feiner Dunstschleier verwischte die Steilküsten, die aus dem endlosen Blau des Ozeans emporwuchsen. In den Spalten und Wölbungen der mächtigen, weißen Felsen, die wie Mauern aus der Brandung aufragten, lagen dunkelblaue Schatten. Die Sonne hatte längst den Zenit überschritten. Ihr milder gewordenes Licht flirrte auf den Wellen. Delphine begleiteten das Boot, das geräuschlos auf dem ruhigen Meer dahinglitt. Übermütig sprangen sie aus dem Wasser, schienen zu lächeln, während sie sich in der Luft reckten und tauchten elegant zurück in die See. Rah wurde nicht müde, das Spiel der Tiere zu beobachten, die wie ein Reigen ausgelassener Kinder den goldenen Fisch umtanzten, als sei er einer ihrer Gefährten.

»Als ich in Melat war, hörte ich, daß die Leute des Westens die Wale und Delphine Brüder im Meer nennen,« sagte Rah. »Einst sollen sie Menschen gewesen sein, weiser als die anderen und näher bei Tat. Die Erde wurde ihnen zu eng, also tauchten sie hinab in die Unendlichkeit des Ozeans. Aber sieh nur, wie mühelos sie sich bewegen, und doch voller Kraft.«

Aelan nickte. Auch er war bezaubert von diesen Geschöpfen der Tiefe, die ihnen seit Tagen folgten. Seine sehnsüchtigen Träume vom Meer, denen er im Inneren Tal von Han nachgehangen, waren unvermittelt Wirklichkeit geworden. Er hatte das Meer schon in Feen gesehen, doch erst jetzt, als er auf dem goldenen Fisch von San wie schwerelos über das endlose Gewässer hinschwebte, begleitet von den Brüdern im Meer, wurde er ergriffen von der erhabenen Schönheit des Ozeans. Er erinnerte sich an die leuchtenden Bilder seiner Träume und Phantasien, an die Muschel, die Ros-La ihm mitgebracht, und an die Stunden, da er am See von Han gesessen war, die Augen halb zugekniffen, um sich die Weite des Meeres auszumalen. Nun aber fuhr er seit vielen Tagen auf ihm dahin, spürte den Wind auf der Haut, der nach Salz roch, sah das Glitzern von Sonne und Mond auf den Wellen, fühlte das

Schaukeln des Bootes unter sich, doch die Erregung in seinem Herzen hatte kaum nachgelassen. Stundenlang saß er mit Rah auf dem breiten, abgerundeten Bug und betrachtete die wechselnden Stimmungen des Meeres, oder spähte nach den Brüdern im Meer, die ihnen auf der langen Fahrt immer wieder begegneten, die schnellen, eleganten Delphine, die verspielten, schwarzweiß gezeichneten Orcas und die riesigen Wale, die sich wie Gebirge aus dem Meer hoben, um Fontänen in die Luft zu blasen. Manchmal kamen sie so nahe an den goldenen Fisch heran, daß es für die Besatzung des Bootes ein leichtes gewesen wäre, sie zu jagen, doch die Menschen aus San begrüßten die Geschöpfe des Meeres mit schnatternden Rufen und Händeklatschen wie gute Freunde. Es schien Aelan, als verständigten sie sich mit den Brüdern im Meer durch ihre Rufe und Gesten.
Aelans Gedanken wanderten weit ab. Die ruhigen Tage nach den aufwühlenden Erlebnissen in den Wüsten von Hak und im Labyrinth der Khaïla gaben ihm Gelegenheit, die Flut der Bilder und Eindrücke zu ordnen und zu verstehen. Eine wunderbare Fügung hatte sie gerettet, doch Aelan fühlte, daß der goldene Fisch von San nicht zufällig an die Küste von Hak gekommen war. Die wenigen Menschen auf dem Boot hatten auf Fragen nur ausweichende Antworten in ihrer weichen, singenden Mundart gegeben, die nur entfernt mit der Sprache verwandt schien, die auf dem Festland von Atlan gesprochen wurde. Sie hatten gesagt, daß das Boot um die Südspitze Atlans herum nach San fahre, alle weiteren Fragen aber hatten sie mit sanftem Lächeln und bedauerndem Heben der Schultern beantwortet. Aelan fühlte, daß die Menschen von San nicht feindlich gesonnen waren. Unbehelligt durften sich die Freunde im Rumpf und auf Deck des Bootes bewegen, bekamen hängende Netze zugewiesen, in denen sie schliefen und erhielten Ras-Brote, die als Nahrung für die lange Fahrt nach San genügten. Aelan dachte nicht daran, was sie in San erwartete. Er genoß die Fahrt über das Meer, die ihm wie die Erfüllung seiner Kindheitsträume schien, und die heitere Gelassenheit, die bald sein Herz erfüllte, nachdem die schrecklichen Bilder von Hak von ihm abgefallen waren, übertrug sich auf den Gurena.
Rah dachte an den Harlana. Er fühlte keine Trauer um den alten Lehrer, der ihm das Ka wiedergegeben hatte, denn der Weg des Todes, den der weise, alte Mann freiwillig gegangen, um seinen Schützlingen die Flucht auf den goldenen Fisch zu ermöglichen, war das letzte Stück auf dem Weg des Schwertes, das kein Gurena fürchtete. Aber er sann nach über die Aufgabe, für die der letzte der Harlanas das Schwert des

Harl geführt und sein Leben gelassen hatte. Er hatte den Handan beschützt als Träger des Sonnensterns, Aelan, den schweigsamen, bescheidenen Freund, in dessen Herz eine Kraft gewachsen war, die Rah deutlich spüren konnte in der Wachheit seines wiedererlangten Ka, doch die er nicht zu verstehen vermochte. Er hatte sie schon erfühlt, als Aelan als Sklave vom Haus des Trem zu ihm gekommen war, eine stille, leuchtende Kraft, die aus den Augen sprach und aus dem Schweigen. Sie hatte zugenommen auf der Reise in den Süden, nach den Abenteuern im Labyrinth der Khaïla aber schien sie ins Unermeßliche gewachsen, als sei ein Damm gebrochen, der einen reißenden Fluß nicht mehr zu bändigen vermag. Es war nicht das Ka, die Kraft der Gurenas, doch es schien, als strömten beide Kräfte aus der gleichen Quelle, es schien, als habe der Harlana in den Jahren der Versenkung am See des Spiegels diesen sanften und zugleich mächtigen Strom auch in sich erschlossen, als letzte Erfüllung des Ka. Rah aber wußte nicht, wie er zu Aelan darüber sprechen sollte. Auch das Ka war nicht mit Worten zu erklären, dachte er, es verschloß sich Beschreibungen und Gedanken, mußte erfahren werden im Herzen. Das Ka war nun stärker in ihm denn je. Er mußte es nicht mehr sammeln am Punkt über der Nasenwurzel, sondern es war selbstverständlich in ihm, war Teil seines Wesens geworden. Rah wies auf die im Abendlicht erglühenden Felsenküsten von San, die allmählich näherkamen.
»Wir werden bei Sonnenuntergang am Ziel sein.«
Aelan nickte. »Ja. Wir werden das Sonnensternfest in diesem Jahr in San feiern, auf der verbotenen Insel.«
»Und wir werden sehen, ob sie uns als Gäste aufnehmen oder als Gefangene,« entgegnete Rah.
Aelan zuckte die Schultern. »Glaubst du, sie haben uns vor den Kambhuks gerettet, um uns gefangenzunehmen?«
»Wir kommen aus Kurteva. Tiefe Feindschaft besteht zwischen San und den Tat-Tsok. Zuviel Leid haben die Te den Provinzen des Westens zugefügt. Die Leute auf dem Boot beachten uns kaum. Wer weiß, was sie mit uns vorhaben.«
»Es sind gute, sanfte Menschen. Sie haben uns das Leben gerettet. Würden sie uns hassen, so hätten sie uns an der Bucht von Hak den Kambhuks überlassen.«
»Fast scheint es, als seien sie mit ihrem Boot nur gekommen, um uns zu holen. Ein merkwürdiger Zufall.«
»Es gibt keine Zufälle, Rah.«
Rah lächelte. »Wie dem auch sei. Ob sie uns in San als Freie oder Gefan-

gene behandeln werden – es ist besser, als von Kambhuks zerfleischt oder im Labyrinth der Mutter hingeschlachtet zu werden.«

»Mir erscheint es wie ein Traum, auf diesem goldenen Fisch zu fahren, eine lebendig gewordene Erinnerung, so, als wären wir schon einmal zusammen auf einem Boot von San gereist, in einem lange vergangenen Leben.«

»In Kurteva gilt der goldene Fisch von San als Legende und die verbotene Insel als ein Land von Wundern. Mir erscheint diese Reise wie ein lebendig gewordenes Märchen, das ich als Kind in einer Char hörte. Vielleicht sitzen wir noch im Dunkel des Labyrinths und träumen dies alles nur.«

Aelan lachte. »Was ist schon ein Traum und was ist Wirklichkeit? Vielleicht haben wir das Labyrinth nur geträumt und fahren schon immer auf diesem Boot.«

»Wenn ich schon immer auf diesem Boot führe, dann wüßte ich, wie sie es vorwärtsbewegen, denn sie haben keine Segel und keine Ruder. Und wie bringen sie es fertig, unter dem Wasser zu fahren? Als sie auftauchten, dachte ich, zu all den Kambhuks stiege noch ein Meeresungeheuer aus der Tiefe herauf, um uns zu verschlingen.«

»Viel von dem Wissen aus Hak soll in San erhalten sein, Dinge, die längst vergessen wurden in Atlan. Noch Wundersameres soll es im alten Reich gegeben haben – Schiffe, die durch die Luft fliegen konnten und Wagen, die ohne Pferde fuhren.«

»Die Legenden berichten viel.«

»Auch der goldene Fisch ist eine Legende. Trotzdem trägt er uns sicher über das Meer.«

Rah lachte. »Ja, du hast recht. Vielleicht fliegen wir bald über Atlan oder fahren in pferdelosen Kutschen.«

Aelan stimmte in sein Lachen ein, dann versank er wieder in die Betrachtung der Delphine, die unermüdlich das Boot begleiteten.

Noch vor Sonnenuntergang erreichte der metallene Fisch den Hafen von Sanris an der westlichen Küste von San, eine weite, flache Ausbuchtung zwischen hoch aufragenden, weißen Felswänden, die in der Umgebung der Bucht wie die Falten langer, fließender Gewänder schienen. Die sinkende Sonne warf goldenes Licht über die Häuser, die, eingestreut in große Gärten, einen sanft zum Meer abfallenden Hang bedeckten. Auf der Kuppe der Anhöhe erhob sich das größte Gebäude, ein würfelförmiger Bau mit schlitzartigen Fenstern, die senkrecht aus dem Boden aufwuchsen, die breiten Seitenflächen des Baus

in einer ungewöhnlichen Anordnung teilten und oben in einen gewaltigen Dom mündeten, der fast ganz aus Glas gemacht war. Trotz seiner seltsamen Form und seiner riesigen Ausmaße schien das Gebäude zierlich und von schwebender Leichtigkeit. Die Kuppel funkelte und strahlte im Licht der untergehenden Sonne wie ein riesiger Edelstein, als das Boot in das Hafenbecken glitt. Die zahllosen Menschen, die auf anderen Schiffen und auf dem großen Platz des Hafens ihren Beschäftigungen nachgingen, nahmen kaum Notiz von dem goldfunkelnden Tier aus Metall, das sanft an eine der Landestellen glitt und von einigen Männern vertäut wurde. Die Besatzung des Bootes sprang an Land, ohne sich um Aelan und Rah zu kümmern, die zögernd auf dem Rumpf des goldenen Fisches stehenblieben und verwundert die fremde Stadt und das Treiben der Menschen betrachteten.
»Kommt, kommt,« rief plötzlich eine helle, etwas heisere Stimme, bemüht, den Tonfall der Sprache des Festlandes zu treffen.
Die Freunde bemerkten inmitten der Menge einen kleinen, fast kahlköpfigen Mann mittleren Alters in einem weißen, von einem um die Hüften geschlungenen Stoffgürtel gehaltenen, faltigen Leinengewand. Er winkte ihnen zu und rief, sie sollten das Boot verlassen. Als Aelan ihn sah, erkannte er ihn augenblicklich wieder. Er hatte dieses Gesicht in einem Traum gesehen, den er in den sanft wiegenden Hängematten im Rumpf des goldenen Fisches gehabt. Dieser kleine, unscheinbare Mann, der zwischen den geschäftig hin und her eilenden Leuten des Hafens kaum auffiel, war der, der das Boot ausgesandt hatte, um sie aus der Gewalt der Khaïla zu retten. Aelan sprang an Land und ging mit einer höflichen Verneigung auf ihn zu.
»Es freut mich, euch wohlbehalten in San zu empfangen,« sagte der Mann. »Ich hoffe, ihr hattet eine angenehme Reise.«
Aelan nickte. »Und wir danken Euch für die Rettung.«
»Oh,« wehrte der Mann ab und lächelte vieldeutig, »nicht mir dankt, sondern den Leuten des Bootes, die genau im richtigen Moment an der richtigen Stelle waren. Mir scheint, es ging um Augenblicke, doch wie ich sehe, hat sich alles gut gefügt.«
Aelan nickte und betrachtete den kleinen Mann, der nun den zögernd herantretenden Rah begrüßte. War er ein Namaii, der auf San lebte, oder diente er dem Sonnenstern auf andere Weise? Oder war er ein Herr der magischen Kräfte, die man den Menschen von San in den Legenden des Festlandes zuschrieb? Er schien zu wissen, was sich an der Bucht von Hak zugetragen, obwohl keiner der Männer vom Boot mit ihm gesprochen hatte.

Mit einer angedeuteten Verbeugung sagte der Mann:»Mein Name ist Mendes. Ich diene der Schule des Fai in den Bergen nördlich von Sanris. Seid willkommen auf San.«
»Sind wir frei oder gefangen?« fragte Rah.
Mendes sah ihn belustigt an.»Gefangen?« rief er mit seiner heiseren, aber freundlichen und wohlwollenden Stimme.»Es gibt keine Gefangenen auf San. Wenn Ihr Euch gefangennehmen lassen wollt, müßt Ihr aufs Festland zurückgehen. Dort aber seid Ihr vor denen davongelaufen, die Euch gefangennehmen wollten. Ihr solltet Euch entscheiden, junger Freund. Wie ist übrigens Euer Name?«
»Rah-Seph,« antwortete der Gurena und sah Mendes verblüfft an.
»Mein Name ist Aelan-Y,« sagte Aelan.
Mendes streifte Aelan mit seinen flinken, dunklen Augen.»Aelan-Y,« wiederholte er nachdenklich, als prüfe er den Klang dieses Namens.
»Willkommen auf San, Aelan-Y und Rah-Seph.«
»Habt Ihr das Boot nach Hak gesandt?« fragte Rah. Endlich schien er jemand gefunden, der bereit war, seine brennenden Fragen zu beantworten, die bei der Besatzung des Bootes auf taube Ohren gestoßen waren.
»Sollte es das Land von Hak und die Waiyas der Khaïla auskundschaften«?.
»Oh, nein,« antwortete Mendes freundlich,»es gibt andere Wege, das Land der Mutter ›auszukundschaften‹, wie Ihr es zu nennen beliebt. Wir haben den goldenen Fisch nur geschickt, um euch abzuholen.« Er sagte es, als handle es sich um die selbstverständlichste Sache der Welt.
»Es wäre schwierig gewesen für euch, auf andere Art abzureisen.«
Rah lachte.»So habt ihr wohl schon gewußt, daß wir an diesem Morgen an der Bucht von Hak warten würden, lange bevor wir die Kahlen Berge überquert hatten?« In Rahs Stimme klang ein Hauch von Spott.
»Nein. Wir konnten nicht wissen, wie lange ihr im Labyrinth bleiben würdet. Das Boot mußte einen Tag auf euch warten. Aber letztendlich hat sich alles gut gefügt,« entgegnete Mendes ruhig.
Rah glaubte, der eigentümliche Mann scherze und sann auf eine heitere Erwiderung, doch als er in seine Augen sah, wußte er, daß er es ernst meinte. Noch bevor sich sein Erstaunen gelegt hatte, sagte Mendes:
»Ihr werdet erschöpft sein von der langen Fahrt. Seid meine Gäste in Sanris und in der Schule des Fai. Bitte folgt mir. Ein bescheidenes Quartier in der Stadt ist für uns vorbereitet. Morgen nacht ist das Fest des Sonnensterns. Ich dachte mir, es würde euch gefallen, es in Sanris zu feiern, um zu sehen, nach welcher Art es die Menschen von San be-

gehen. Wenn ihr mir dann folgen wollt, so seid herzlich willkommen in der Schule des Fai. Ihr habt eine lange und gefahrvolle Reise hinter euch gebracht. Die Abgeschiedenheit der Berge wird euch guttun.« Er verneigte sich knapp und wandte sich zum Gehen. Rah und Aelan folgten ihm schweigend.

Vom Hafen stiegen die Straßen die Anhöhe hinan, doch sie verliefen nicht gerade, sondern führten in weichen Kurven, Schleifen und Verzweigungen zwischen den Häusern und Gärten hindurch wie der Lauf ungebändigter Flüsse. Am Rand der Straßen floß Wasser in steinernen Rinnen, die von zahllosen Quellen und Brunnen in den Gärten und auf den Plätzen gespeist wurden. Auch die Häuser und die weißen, mit blühenden Pflanzen überwucherten, niedrigen Mauern der Gärten waren nicht in strengen Winkeln, Geraden und Rundungen erbaut wie in den Städten Atlans, sondern zeigten sich in einer Vielfalt scheinbar zufälliger Formen, die wie natürlich gewachsen wirkten und sich doch in einer klaren rhythmischen Gliederung aneinanderfügten. Die Häuser waren schlicht und schmucklos. Obwohl keines dem anderen glich, ein jedes vielmehr eine vollendet ausgeführte, einzigartige Idee seines Baumeisters war, fügten sich alle in das übergreifende Muster einer freien, natürlichen Harmonie. Die Straßen trafen sich auf Plätzen von verschiedenem Zuschnitt, die mit Brunnen oder Bäumen geschmückt waren, oder die an größere Gebäude und Säulenhallen grenzten, welche als Chars, Theater, Bäder und Versammlungsorte dienten. Manche dieser Bauwerke waren mit Mosaiken oder Bildern geschmückt, die aber nicht, wie bei den Prunkbauten des Festlandes üblich, Menschen, Tiere oder heilige Gegenstände und Zeichen darstellten, sondern aus ineinander zerfließenden Formen und Farben bestanden, die in einer stillen, begrifflosen Sprache das Herz des Betrachters berührten. Sanris wirkte auf Rah und Aelan wie eine unbeschwerte, beglückende Melodie, die von den Instrumenten eines riesigen Orchesters vorgetragen wird und sich erst im Zusammenklang aller Stimmen entfaltet, trotzdem aber einem streng durchgeführten Rhythmus folgt, der keine Zügellosigkeit und Auswucherung duldet. Kein Mißklang fand sich in diesem scheinbaren Gewirr der Formen, Farben und Linien, keine Übertreibung, keine Maßlosigkeit. Nicht das geringste Detail war überflüssig; alle Teile aber verbanden sich zu einem wohlausgewogenen Ganzen, das von einer Anpassung an die in Atlan üblichen Normen augenblicklich zerstört worden wäre. Nichts in Sanris erinnerte an die Städte des Festlandes. Aelan und Rah schien, als seien sie auf einem fremden Kontinent, in einer fremden Welt gelandet, und doch war diese Insel einst mit Atlan verbunden gewesen und lag nur wenige Meilen von den Küsten Melats entfernt.

Auf den Straßen und Plätzen wurden Lampen entzündet, die heller brannten als die Öllichter und Fackeln Atlans, doch Rah vermochte nicht zu erkennen, wie das ruhige, gleißende Licht in ihnen entstand. Reges Treiben herrschte in Sanris, denn die Menschen nutzten die Stunde des beginnenden Abends, an dem die Hitze des Tages sich kühlte, für ihre verschiedenen Geschäfte und Besorgungen. Plaudernd und lachend standen Männer und Frauen auf den Plätzen zusammen oder spazierten gelassen, einander an den Händen haltend, durch die Gassen und Straßen. Sie schienen die Fremden nicht zu beachten, die neben Mendes hergingen, doch wenn sie auf die beiden Jünglinge aufmerksam wurden, die staunend um sich blickten, lächelten sie ihnen freundlich zu oder grüßten sie mit einigen Worten in ihrer sanften, singenden Sprache. Ein linder Wind wehte vom Meer durch die Stadt und trug den Duft der blühenden Gärten mit sich. Schon nach kurzer Zeit waren Rah und Aelan wie berauscht von dem heiteren Frieden, der Sanris erfüllte.

Mendes führte seine Gäste in ein Haus, das inmitten eines weitläufigen Gartens lag. Aelan mußte an den sorgsam gepflegten Garten von Ros-La in Feen denken, den er geliebt und auf den er viele Stunden mühevoller Arbeit verwendet hatte. Der Garten dieses Hauses aber war ganz der Natur überlassen. Die Pflanzen schienen wild zu wuchern, und doch erkannte Aelan die ordnende Hand eines Gärtners, der den freien Wuchs der Natur zu einem Werk vollendeter Schönheit formte. Moosbewachsene Felsen waren wie zufällig zwischen die üppigen Büsche und Bäume gesetzt, Wasserläufe schlängelten sich um sie herum und sammelten sich in einem Teich, doch auch sie waren so harmonisch in die Gesamtheit des Gartens eingefügt, daß Aelan immer wieder stehenblieb, um die ständig sich wandelnden Bilder und Ausblicke, die der Weg durch dieses Kunstwerk im letzten Licht des Abends eröffnete, in sich aufzunehmen.

»Ihr habt Interesse an der Gartenkunst?« fragte Mendes.

»Ein Jahr lang half ich einem Freund, der mir wie ein Vater war, bei der Pflege seines Gartens, der als einer der schönsten und kostbarsten in Atlan galt. Doch dieser hier übertrifft ihn noch, obwohl er viel schlichter und fast unberührt von einer menschlichen Hand scheint. Doch alles fügt sich so wundervoll zusammen, daß ein großer Meister in ihm gewirkt haben muß.«

Mendes schmunzelte. »In der Tat hat ein nicht unerfahrener Mann

an diesem Garten gewirkt. Doch ihr könnt in Sanris und selbst in den Dörfern auf San andere Gärten sehen, die diesen hier übertreffen.«
»Auch die Anlage der Stadt scheint mir von einem Meister der Baukunst entworfen, obwohl es scheint, als sei sie willkürlich gewachsen,« sagte Rah.
Mendes nickte. »Die Menschen von Atlan, die nach Sanris kommen, sind erstaunt, daß Freiheit der Form und wohlausgewogene Harmonie keine Feinde sind.«
»Dabei ist alles schlicht und ohne Prunk. Nur das eine Haus auf der Spitze der Anhöhe hebt sich von den anderen Gebäuden ab.«
»Das ist das Haus des Rates von Sanris,« entgegnete Mendes.
Sie hatten den Garten durchquert und traten durch ein halbrundes Portal in das Haus ein. Auch die feine Harmonie des kleinen, unscheinbaren Gebäudes erregte Aelans und Rahs Aufmerksamkeit.
»Es freut mich, daß euch der ernste Prunk Kurtevas nicht die Sinne getrübt hat für die kindliche, unbeschwerte Schönheit von Sanris,« sagte Mendes. Die Freude über die angenehme Verwunderung seiner Gäste stand ihm auf dem Gesicht geschrieben. »Die meisten Menschen, die vom Festland kommen, bemerken sie nicht, denn nur wer diese Schlichtheit im eigenen Herzen trägt, kann sie auch in der Welt um sich erkennen.«
»Kommen oft Gäste von Atlan?« fragte Rah.
»Heute kaum mehr. Früher aber, als das Reich von San aufblühte und der Weststamm noch vereint war, herrschte reger Austausch zwischen den Menschen Atlans.«
Mendes bat seine Gäste in den größten Raum des Hauses, wo auf einem niedrigen Lacktisch, neben dem statt Stühlen große weiße Kissen als Sitzgelegenheiten bereitlagen, ein einfaches, kaltes Mahl aufgetragen war. Der Raum strahlte die gleiche Schlichtheit aus wie das Äußere des Hauses. Auf einem blank polierten Fußboden aus weißem Holz lagen Teppiche, die ähnliche Farbenmuster trugen wie die Bilder und Mosaiken an manchen Gebäuden der Stadt. Der einzige Schmuck des Zimmers, dessen Wände keinen rechten Winkel aufwiesen, bestand aus einer irdenen Schale, in der Blumen, Gräser und Steine zu einem Miniaturgarten gestaltet waren. Große Öffnungen in den weiß getünchten Wänden gaben den Blick auf ausgesuchte Stellen des Gartens frei. Aelan fühlte sich augenblicklich wohl in diesem Haus. Diese Einfachheit ließ ihm Raum zu atmen. Er dachte an das Haus der La in Feen, dieses kostbar ausgestattete, düstere Kaufmannshaus, in dem er

sich stets bedrängt gefühlt. Und er dachte an die niedrige, lichtlose Char im Inneren Tal, die ihm für so viele Jahre Heimat gewesen. Als er sich auf eine einladende Geste von Mendes hin an dem Tisch niederließ, war es ihm, als fühlte er sich zum ersten Mal in seinem Leben wirklich zu Hause. Freudig sprach er den Speisen zu, die wie Kunstwerke angerichtet waren, köstlich zubereitete Früchte und Gemüse, deren Farben auf den lackierten schwarzen Schalen und Tellern zu leuchten schienen.

Auch auf Rah wirkten die Eindrücke von San. »Es ist, als sei man in einer völlig fremden Welt,« sagte er zu seinem Gastgeber, »in Augenweite vom Festland Atlans entfernt. Selbst die Speisen, die ich heute esse, habe ich nie vorher gekostet.«

Mendes lachte vergnügt. »Ja, nicht einmal die Menschen des Westens, die San täglich vor Augen haben, wissen etwas über die Insel, die ihnen verboten ist von ihren Herrschern des Festlandes. Und doch teilt San mit Atlan ein gemeinsames Schicksal.«

»Ich habe nie mehr als Legenden und Gerüchte über San gehört. Es scheint mir noch immer wie ein Traum, daß wir an seiner Küste gelandet sind. Selbst die wenigen Handelsleute, die das Privileg besitzen, nach San herüberzukommen, wissen nichts zu berichten über das Leben und die Gebräuche der Insel,« erwiderte Rah.

»Weil sie nichts von San sehen. Es ist ihren Schiffen nur gestattet, den Hafen von Lom anzulaufen, der auf einer kleinen Insel vor San liegt, einem Stück der alten Landbrücke, die San einst mit dem Festland verband, gleich hinter der Landspitze von Sanra. Dort löschen sie ihre Waren und empfangen die Güter von San. Sie sehen nichts als einen Hafen und Magazine, die denen ähneln, die sie von Melat kennen. Nichts Ungewöhnliches erregt ihre Aufmerksamkeit in Lom. So bleibt ihnen nichts übrig, als Legenden zu erfinden oder die Geschichten aus den glücklichen Zeiten zu erzählen, da der Weststamm noch vereinigt war.«

»Doch Ihr sagtet vorhin, daß manchmal Gäste vom Festland nach Sanris kommen.«

»Ja, aber die wenigen, denen gestattet ist, den Fuß auf das Land von San zu setzen, kommen heimlich und sind dem Volk von San verbunden. Die Schule des Fai oder der Rat von Sanris muß ihnen die Genehmigung erteilen, den Boden von San zu betreten. Wenn sie zurückkehren, schweigen sie, denn sie wissen, daß auch in den Ebenen von Melat viele Menschen dem Tat-Tsok dienen als Spione und Verräter. Noch immer haben die Herrscher von Kurteva und ihre Priester die Insel San nicht vergessen und strecken die Hand in Gier und Mißgunst nach ihr aus.«

»Nichts weiß Atlan von San. Doch was weiß San von den Dingen in Atlan?«

Mendes wiegte den Kopf. »So manches, mein junger Freund. Wir wissen zum Beispiel, daß der Heerführer der Flamme mit seinem Freund vor den Häschern des Be'el aus Kurteva nach Süden geflohen ist, in die verbotenen Wüsten von Hak.«

»Aber woher...«

Mendes wehrte Rahs ungestüme Frage mit einer scherzhaften Geste ab. »Greift zu, meine Freunde. Ihr habt lange nichts anderes genossen als das Brot des Ras. Obwohl man Monate gut davon leben kann, ist es nach einer langen Seefahrt eine Freude, die Genüsse des Landes wieder zu kosten.«

»Wollt Ihr uns berichten, warum San ein anderes Schicksal beschieden war als Atlan?« bat Aelan. »Auch ich hörte vieles über die verbotene Insel, gutes und schlechtes.«

»Gerne,« entgegnete Mendes. »Es ist gut für euch, etwas über die Gebräuche des Landes zu wissen, dessen Gäste ihr seid.«

»Gäste aber können abreisen, wann immer es ihnen beliebt,« warf Rah ein. »Seid Ihr nicht in Sorge, daß wir die wohlgehüteten Geheimnisse von San verraten könnten, wenn wir nach Atlan zurückkehren?«

»San hat keine Geheimnisse,« sagte Mendes ruhig. »Ihr könnt San verlassen, wann immer Ihr wollt. Ihr könnt den Menschen Atlans berichten, was Ihr gesehen und gehört habt bei uns. Ihr wärt gerne gesehen in den Chars von Atlan, doch eure Berichte klängen in den Ohren der Menschen nicht anders als die üblichen Legenden. Man würde Euch nicht einmal glauben, daß ihr selbst auf San gewesen seid. Auf diese Weise, lieber Rah-Seph, hüten sich die Geheimnisse von San von alleine.«

»Und doch gestattet ihr den Kaufleuten nicht, nach Sanris zu kommen,« beharrte Rah.

»Früher kamen auch die Kaufleute nach Sanris und mit ihnen viele Gäste aus den Provinzen um Melat. Doch als die Tat-Tsok nach der Macht über San drängten und Spione sandten, die das Volk von Sanris aufwiegeln und der Herrschaft Kurtevas geneigt machen sollten, hat der Rat von Sanris bestimmt, daß nur mehr Fremde mit ausdrücklicher Genehmigung die Insel betreten dürfen. Seither ist San für die Menschen Atlans nur mehr ein Märchen.«

»Aber was vermag eine solch kleine Insel gegen die Macht der Tat-Tsok?« fragte Rah. »Bitte verzeiht mir, ich meine dies nicht beleidigend, doch könnte sich San gegen die Heere Atlans zur Wehr setzen?«

»Rah-Seph,« sagte Mendes streng, »habt Ihr vergessen, daß einer Eurer Vorfahren aus dem Geschlecht der Seph vor langer Zeit ein Heer des Tat-Tsok gegen den Westen führte und daß er scheiterte bei dem Versuch, auch San dem Willen seines Tat-Tsok zu unterwerfen? Damals waren die Tat-Tsok auf dem Gipfel ihrer Macht, und doch ist es ihnen nie gelungen, San zu erobern. Es gibt nur wenige Stellen, an denen eine Kriegsflotte zu landen vermag. Diese Stellen sind gut befestigt und leicht zu verteidigen von einem kleinen Heer. Und San verfügt über Kräfte, die lange verloren sind in Atlan.«

»Nun aber wächst eine böse Gewalt in Atlan, die auch San nicht verschonen wird,« sagte Aelan.

Mendes sah ihn lange an. »Ja. Ich weiß es. Dies ist die Sorge der Menschen von San. Lange haben die vernichtenden Mächte geschlafen, die einst San vom Festland trennten, doch sie sind wieder erwacht und rüsten zu einem Krieg, der auch San in den Abgrund des Todes reißen wird. Seit den vergeblichen Kriegszügen gegen San schwand die Macht der Tat-Tsok. Zuletzt waren die Gottkönige von Kurteva nicht einmal mehr imstande, die Unruhen in ihren eigenen Städten und Provinzen zu unterdrücken. Sie dachten nicht mehr daran, San zu erobern, haben die Insel vergessen. San hat in tiefem Frieden gelebt für hunderte von Jahren. Doch nun ...«

»Kann San seine geheimen Kräfte, die schon einmal die Tat-Tsok zurückwarfen, nicht gegen das Böse wenden, das in Atlan wächst? Ist es nicht so, daß einer aus San auf das Festland ging, um die Menschen zum heiligen Krieg zu rufen?« fragte Rah. »So viele sehen in ihm die Rettung vor dem Untergang des Reiches und die Rettung vor den bösen Göttern, die um die Macht kämpfen. Sein Wort hat alle Städte Atlans erreicht. Selbst in Kurteva bekennen sich viele Menschen heimlich zu ihm.«

»Der Tat-Sanla stammt nicht aus San. Nur der erste, der vor vielen Jahren den Westen durchwanderte, war ein Kind von Sanris, einer, der die Schule des Fai verließ, um die Kraft seines Herzens, die er entfaltet hatte, in den Dienst des Elrach zu stellen. Doch der zweite, der heute die Menschen aufzurütteln sucht in der Dunkelheit dieser Zeit, um das Licht des Tat noch einmal zu entzünden, kommt von den Ebenen um Melat.«

»Aber verlangte nicht selbst das Orakel des Be'el nach dem Blut des Einen aus San?« warf Aelan ein.

»Ja. Der aus San Geborene ist der einzige, der die Macht des Be'el zu brechen vermag, doch nicht mit der Gewalt von Waffen, sondern mit der Weisheit des Herzens. Er vermag den Untergang Atlans nicht abzuwenden, wenn das Ende der Zeit gekommen ist, doch er vermag das Licht der Einen Kraft und jene, die dem reinen Weg folgen, zu retten, damit an anderen Orten neue Kulturen aus ihm erwachsen, vom Geist des Sonnensterns genährt,« sagte Mendes nachdenklich. »Deshalb trachtet der Be'el ihm nach dem Leben. Wenn es den Mächten des Ehfem gelingt, den zu töten oder zu verblenden, dem bestimmt ist, die ungebrochene Linie der Namaii fortzuführen und das Licht des Sonnensterns zu bewahren, so vermögen sie die Menschen ohne Ausweg in die Sklaverei der zweigespaltenen Kraft zu zwingen und sich emporzuschwingen zur Herrschaft über die Gläserne Stadt. Lange war dies unmöglich, denn das Licht des Hju war stark in vielen Menschen Atlans, nun aber, im Wandel der Zeiten, da nur mehr wenige die Eine Kraft suchen, da das Elroi stark wird und das Elrach zum Krieg ruft, vermag das Ehfem das Hju zu schwächen, indem es den Einen Erwählten auf seinem Weg straucheln läßt. Aber der aus San muß stark werden auf seiner großen Wanderung, um seine Bestimmung zu erfüllen, die den Sonnenstern von Atlan forttragen wird. So ist es prophezeit seit der goldenen Zeit des alten Reiches.«

Aelan durchfuhr es heiß. Die Augen des kleinen Mannes begegneten den seinen. In ihnen fand Aelan die Bekräftigung seiner nebelhaften Schlüsse, die er aus Bemerkungen des Schreibers und Lok-Mas und aus den leuchtend klaren Bildern an der Quelle von Hak gezogen hatte.

»Als er geboren wurde in einem Dorf bei Sanris, an der Bucht, an deren Strand die gewaltigen Wellen schlagen, die des Nachts zu leuchten scheinen,« fuhr Mendes fort, »sprach das Orakel des Be'el und warnte die Tam-Be'el vor ihm. Sie sandten Tempelwachen an den bezeichneten Ort, um die Neugeborenen zu töten. Es gelang ihnen, auf geheimen Wegen, unterstützt vom Verrat einiger Menschen des Westens, zur Insel zu gelangen und die Kinder des Dorfes zu töten, bevor sie selbst ihr Leben lassen mußten unter den Schwertern der Krieger von Sanris, die zu Hilfe eilten. Der eine aber, den sie suchten, nach dessen Blut das Orakel der Flamme schrie, wurde geborgen von Wissenden aus der Schule des Fai, die das Unglück kommen sahen. Unter großen Mühen wurde sein Leben gerettet. Seine Familie jedoch, seine Eltern, seine Brüder und Schwestern, kamen bei den Kämpfen um. Die Krieger des Be'el haben schrecklich gewütet in San, bevor sie geschlagen wurden.«

»Was geschah mit ihm?« fragte Aelan wie im Traum. Bilder öffneten sich in seinem Inneren, vage, verschüttete Erinnerungen, die ihn plötzlich mit brennender Klarheit erfüllten.
»Er blieb im Haus des Fai in den Bergen von San, doch auch dort wäre er nicht sicher gewesen vor dem Zorn der Flamme. Also brachte man ihn in den Ring des Schweigens in den Gebirgen des Am, den selbst das Auge des Be'el nicht zu durchdringen vermag.« Mendes sah Aelan lange an. Aelan spürte, daß die Wahrheit der Einen Kraft aus den Augen dieses Mannes sprach, er spürte, daß ein Kreis auf seiner großen Wanderung sich geschlossen hatte durch seine Rückkehr nach San. Dieses fremde und zugleich vertraute Land war seine Heimat, die ihn geboren. Aelan senkte den Blick, als Rah ihn verwundert musterte. Mendes aber lenkte den Gurena sofort wieder ab.
»Doch für viele sind auch das Legenden,« sagte er. »Und es ist nicht sicher, was geschehen wird. Es ist nicht gewiß, ob der aus San die Aufgabe erfüllen wird, die ihm bestimmt ist. Es ist nicht gewiß, ob er das Ziel seiner großen Wanderung erreicht. Laßt mich jetzt die Geschichte Sans erzählen, damit ihr begreift, was ihr sehen und hören werdet auf dieser Insel. Eßt und trinkt dabei. Es ist Sitte auf San, bei den Mahlzeiten Geschichten zu erzählen oder Balladen zu singen. Ich bin gerne der Chari, der euch unterhält.«
Mendes nahm einen Schluck von dem dickflüssigen Getränk, das aus dem Saft süßer Früchte gemacht war, goß aus einer tönernen Karaffe nach und begann. »Als das Licht des Sonnensterns trüb wurde im alten Reich von Hak, als die Linie der On-Nam sich trennte von der Linie der Herrscher von Hak, und Elod, der Wahrer des Sonnensterns, ermordet wurde von einem Mob, den die Khaïla gegen ihn aufgehetzt, ging die Macht des On-Nam auf Ul über, einen Mann aus dem Volk des Westens. Die wenigen, die noch den reinen Weg des Hju gingen und das Blutbad überlebt hatten, das die Krieger des Trem in den Häusern der Weisheit angerichtet, folgten Ul über die Gebirge nach Westen, denn es war bestimmt, daß das Licht des Sonnensterns den Süden Atlans verlassen würde, wo nun die Khaïla herrschte. Viele Menschen von Hak, die der Khaïla mißtrauten oder dem Glauben an den väterlichen Tat anhingen, gingen mit ihnen.
Die Menschen, die an den Küsten des Westens lebten, empfingen Ul und die seinen mit offenen Armen. Sie erkannten das Licht und die Weisheit des Sonnensterns, die der On-Nam ihnen brachte, denn auch sie waren einst in der Gläsernen Stadt gewesen und hatten vom Wasser des Lebens getrunken. Genügsam lebte das Volk des Westens. Vom

Fischfang nährte es sich und von den Früchten der Felder, die die Bauern der großen Ebenen bestellten, und es wohnte in einfachen Hütten und Häusern. Sanfte Menschen waren es, die den Krieg nicht kannten und den Haß, die in Einklang lebten mit der Natur, die alle Geschöpfe achteten und den endlosen Ozean als Tat verehrten. Die aus Hak gekommen waren, brachten nun die Weisheit des alten Reiches in den Westen und begannen, an der Küste von San die Stadt Sanris zu bauen. Ein neues Sinnbild des Sonnensterns sollte erblühen im Angesicht des Meeres, da Hak, die sternförmige Stadt, von der Magie der Khaïla und der Nokam für immer geschändet war. Hak war erfüllt gewesen von unsagbarer Pracht. Die Häuser und Tempel dort waren erbaut aus Marmor, Gold und Kristall, denn sie sollten die überweltliche Schönheit der Gläsernen Stadt widerspiegeln. Doch der Prunk von Hak war eitel geworden, der Ausdruck von Schönheit und Fülle der Einen Kraft zur Schaustellung irdischer Macht verkommen. Die Baumeister und Künstler aber, die aus dem Süden gekommen, waren ergriffen von der reinen Einfalt der Menschen des Westens und wollten fortan die Kraft des Sonnensterns in der Schlichtheit suchen.

Sie erbauten Sanris aus dem weißen Stein der Klippen, aus Holz und aus gebrannten Ziegeln. Einfach und zierlos waren die Häuser und Tempel, doch der Wohlklang ihrer Proportionen, der Schwung ihrer Linien und der Rhythmus ihrer Formen drückte auf vollendete Weise die ewige Ordnung der Einen Kraft aus, die alles in Himmel und Erde bewegt. In Hak hatte das Volk seinen Göttern und Herrschern Bildwerke geschaffen und begonnen, sie anzubeten. In Sanris sollte deshalb die Kunst des Formlosen blühen, denn die Eine Kraft ist das Ungeformte, das Ehfem aber das Geformte. So entstand Sanris und selbst auf Atlan, in den Landen um Melat, findet man noch Reste der hohen Kunst von San. Das Volk nun trug Ul die Herrschaft über Sanris und die Länder des Westens an. Die Weisheit des Sonnensterns sollte wieder über den Menschen leuchten, wie es gewesen war in der goldenen Zeit von Hak. Ul aber wußte, daß die Tage, an denen auch die weltliche Macht in den Händen des On-Nam gelegen, für immer vorüber waren. Das Schicksal von Hak, das sich erfüllt hatte in Sahin, dem On-Nam, der abgefallen war von der Einen Kraft, um dem Weg weltlicher Macht zu folgen, sollte sich nicht wiederholen im Reich des Westens.

So bestimmte Ul, daß ein Rat von Sieben über Sanris herrschen sollte. Der On-Nam, der Hüter des Sonnensterns, sollte eine Stimme in diesem Rat haben, wie alle anderen seiner Mitglieder. Also berief er einen Mann aus dem Stand der Seefahrer, einen aus dem Stand der Bauern, einen aus dem Stand der Mehdranas, die das hohe Wissen von Hak bewahrten und es in San zu neuer Blüte brachten, einen aus dem Stand der Baumeister und Künstler, einen aus dem Stand der Handwerker und einen aus dem Stand der Kaufleute. Doch nicht Ul benannte die Namen der Ratsmitglieder, sondern die Stände sandten den Würdigsten und Weisesten aus ihren Reihen in das Haus des Rates. Jedem Bürger des Westens, gleich welchen Standes, war gestattet, vor dem Rat die Stimme zu erheben und den Beratungen der Sieben beizuwohnen. Es galt das Gesetz, daß niemandem Schaden erwachsen dürfe aus seinen Worten vor dem Rat, wenn es Worte der Wahrheit waren. Kein Herrscher aber sollte über dem Rat und dem Volk stehen, um es mit seinem Willen zu beherrschen. Auch den Palast, den die Menschen des Westens ihm bauen wollten, lehnte Ul ab. Stattdessen wanderte er durch die Länder und Provinzen und kam nur zu den Tagen des Rates nach Sanris. Die Geschichten von San erzählen, daß Ul auch die Wälder der Yach durchwanderte und die Berge von Mombas, um das Wort des Sonnensterns zu den Menschen zu bringen. Eines Tages aber kehrte Ul nicht mehr zurück. Die Legende sagt, er sei für immer in die Gläserne Stadt gegangen.

Mides, sein Nachfolger, baute die Schule des Fai, eine Schule der alten Kunst des Mühelosen Reisens, versteckt in den Bergen im Norden von San, denn er wußte um die Dinge, die kommen würden im unerbittlichen Lauf der Zeit. Menschen aus ganz Atlan kamen in dieser Epoche nach San, denn die Insel war noch mit dem Festland verbunden durch die Landbrücke von Sanra und ein neues goldenes Zeitalter schien angebrochen, obwohl das Licht, das die Zeit der On-Nam in Hak erleuchtet, nicht mehr in voller Helligkeit strahlte. Viele, viele Jahre leuchtete es, im Süden jedoch wuchs die Macht der Khaïla. Norg stellte die schwarze Magie der Nokam in den Dienst der Mutter und trieb sie an, die Herrschaft über Atlan zu begehren. Ihre Späher schwärmten aus in alle Provinzen, die zu dieser Zeit von Königen und Aibos regiert wurden. Sie gelangten auch in die Länder des Westens, die in der Weisheit des Sonnensterns aufgeblüht waren. Groß war die Macht von San in diesen Tagen, denn die Mehdranas von Hak, die das alte Wissen bewahrten, schufen Dinge, die heute auch in San nur noch als Wunder gelten. Sie wußten um die Geheimnisse der Einen Kraft und vermochten sie nutzbar zu machen für das Wohl der Menschen. Wenige aber folgten ihnen nach, die würdig waren, ihr Wissen zu erben, denn die Mehdranas der alten Tage legten es nur in die Hände von jenen, deren Herzen reif waren für die tiefe Weisheit des Hju. Die Gesandten der

Nokam aber sähten das Gift der bösen Macht in die Herzen vieler Menschen von San und rasch keimte die Saat der dunklen Kraft.«
»So hat es wirklich Schiffe gegeben, die in der Luft zu fliegen vermochten?« fragte Rah.
Mendes lächelte. »Ja, solche Dinge gab es, aber als die Mehdranas sahen, daß die Unschuld der Menschen von San dahinschmolz und Unwissende begannen, die Werke der Einen Kraft für ihr Streben nach Gewinn und Macht zu mißbrauchen, als sie sahen, daß die Herzen der Menschen sich dem reinen Licht des Sonnensterns verschlossen, ließen sie dieses uralte Wissen in Vergessenheit geraten. Viel versank für immer im Dunkel der Zeit, damit es nicht mißbraucht werde von den heranwachsenden Geschlechtern, die nur mehr wenig wußten von der Macht des Hju. Das geheime Wissen um die Eine Kraft war von Mu gekommen und war neu erblüht im goldenen Reich von Hak, doch nur mehr ein Funke davon war aufgeleuchtet im Land von San, ein Funke, der bald zu erlöschen begann.«
»Aber noch immer gibt es Dinge, die in Atlan nur Legende sind,« sagte Rah. »Der goldene Fisch, auf dem wir gefahren sind und der sich bewegte ohne Segel und Ruder ...«
»Es sind Bruchstücke, Reste. Das Volk von San war immer dem Meer verbunden. Viel des alten Wissens wurde auf den Bau von Schiffen verwendet. Auch die goldenen Fische, die einst so groß waren, daß sie weit über die Meere fahren konnten, die in den Ländern der Nok im Osten waren, noch bevor die Tat-Tsok in ihrer grenzenlosen Gier das dunkle Volk unterwarfen, werden bewegt von der Einen Kraft, der Urquelle aller Kräfte von Himmel und Erde. Kontinente fanden sie, von denen die Seefahrer Kurtevas nichts wissen, Länder und Inseln über dem westlichen Ozean, dicht von Dschungeln überwuchert, und rauhe Gestade im Nordmeer. Die goldenen Fische nutzen die Kraft der Sonne und des Meeres, um die Wellen zu durchpflügen. Einige Menschen von San haben die Kunst bewahrt, sie zu bauen. Viele andere Dinge aber wurden für immer vergessen.
Trotz allem war die Macht von San groß. Die Khaïla wurde ergriffen von Neid und Haß gegen die Provinzen, in denen das Licht von Hak noch leuchtete. Der Rat von Sanris erkannte die Gefahr sogleich, die dem Land des Westens drohte. San begann, Soldaten zu rüsten und das alte Wissen zu gebrauchen, um Kriegsgerät zu bauen. Allein der On-Nam sprach sich im Rat dagegen aus, doch die Menschen von San schenkten seinen Worten der Weisheit kein Gehör mehr. Sie schüttelten die Köpfe, als er sagte, die Macht der Einen Kraft werde San

beschützen, die Macht von Waffen aber werde den Geist des Krieges und der Vernichtung einladen nach Sanris. Da verließ der On-Nam den Rat von Sanris für immer. Der Führer eines neuen Standes, des Standes der Krieger, nahm fortan seine Stelle ein. Der Rat wurde ergriffen von einem Rausch der Macht, denn er glaubte, das auserwählte Volk des Tat zu führen, das allen anderen Stämmen Atlans überlegen sei. Nur kurz währte dieser Wahn der Macht, doch er trübte das Licht von San. Die Menschen des Westens begannen, dem Tat, den sie als endlosen Ozean verehrten, Tempel auf den Klippen zu erbauen. Ein Gott der Weisheit und Güte ist dieser Tat des Meeres, ein Instrument des Elrach, reiner und wahrhafter als der Tat von Kurteva, der herabsank zu einem Götzen der Prunkentfaltung und der priesterlichen Macht. Der Tat des Meeres ist es, der jetzt aufsteht gegen den Be'el, um ihn zum letzten Kampf zwischen Elrach und Elroi zu fordern. Die Weisheit der formlosen Einen Kraft aber verlor sich in San und wurde nur in der Schule des Fai bewahrt.

Die Khaïla jedoch, von den Nokam mit der Magie der dunklen Seite gerüstet, sandte ein Heer aus, um San, das Reich des Lichts, das Land des schimmernden Meeres, zu zerstören. Ein grausamer Krieg begann, in dem das Schicksal Sans auf Messers Schneide stand. Wäre Won-Te, der König von Teras, der die Stämme des Ostens beherrschte, nicht mit einem Heer zu Hilfe gekommen, wäre San für immer vernichtet worden. Der erste große Krieg, der Atlan erschütterte, war furchtbar, doch die Khaïla wurde geschlagen und die Heere von San und Teras folgten den fliehenden Kriegern des Trem in den Süden, um den Kult der Mutter für immer zu bannen. Die Khaïla aber entlud die vernichtende Kraft des Elroi, die im Haus des Trem gesammelt war. Eine schreckliche Katastrophe brach über die Länder und Provinzen von Atlan herein. Die Landbrücke von Sanra versank im Meer und fortan war San eine Insel, abgeschieden von Atlan. Damit ging das zweite Zeitalter Atlans zu Ende, das silberne, das der goldenen Zeit von Hak folgte. Viel geschah seither in Atlan – die Stämme und Völker bewegten sich, das Reich zerfiel in zahllose Provinzen und der On-Nam, der Träger des Sonnensterns, geriet in Vergessenheit. Die On-Nam lebten fortan unerkannt unter den Menschen Atlans, irgendwo in den Provinzen und Städten, um jene zu lehren, die nach dem Weg der Einen Kraft suchten. Viele kleine und große Kriege gab es zwischen den Königen und Aibos, bis die Tat-Tsok die wieder erstarkte Khaïla ein zweites Mal niederwarfen und das Reich von Atlan einten unter der Herrschaft Kurtevas. Der Sturm der Vernichtung aber hatte San schwer getroffen, hatte vieles zerstört, das künftige Generationen nicht mehr zu schaffen vermochten. Damals war der Westen verbündet mit den Königen von Teras. Als sich die Khaïla ein zweites Mal erhob, sandte auch San ein Heer, um die Mutter für immer zu bannen. Doch später, als die Herrscher aus dem Geschlecht der Te sich Tat-Tsok nannten und die Verblendung der Macht von heuchlerischen Nokam in ihr Herz gesäht wurde, als ihr Feuergott Be'el sich mit dem Tat des Südens vereinte und Kurteva am Delta des Mot entstand, brachen die Bande der Freundschaft. Die Tat-Tsok, getrieben von unersättlichem Hunger nach Macht, unterwarfen die Stämme Atlans und überzogen das Land mit furchtbaren Kriegen. Ihre Gurenas unterwarfen auch den Westen des Festlandes, doch sie scheiterten an der Insel San. Der Stamm des Westens wurde geteilt in dieser unseligen Zeit und gegen San wurde der Bannfluch der Tat-Tsok geschleudert.

So kam es, daß die Kultur von San abgetrennt vom Atlan der Tat-Tsok wuchs und blühte. Der doppelgesichtige Tat-Be'el blieb der Insel fern und auch der Tat der Priester Kurtevas, der nach der Verbannung der Flamme alleine über Atlan herrschte. Die Tat-Los von Kurteva sandten Botschafter nach Sanris, um dem Rat vom Sieg des lichten Tat über die Nacht des Be'el zu künden, doch die Menschen von San wußten, daß der Tat von Atlan schwach geworden war, verkommen im Prunk der Tempel und Zeremonien. Daher wiesen sie die Tat-Los zurück, die Atlan und San einen wollten im Namen ihres Tat. Sie taten gut daran, denn die Flamme kehrte zurück in die Tempel und das Böse, das die Tat-Los gebannt glaubten, brach mit neuer Kraft, einer Flutwelle gleich, über Atlan herein. Es wird wieder nach San greifen, wie einst, als es die Macht über das Alte Reich errang.

Aber es ist spät geworden, meine Freunde. Ihr seid müde von der langen Reise und bedürft der Ruhe.«

Mendes erhob sich. »Morgen beginnen die Vorbereitungen zum Fest des Sonnensterns, das dem Tat des Meeres geweiht ist. In der Nacht fahren die Menschen von San auf das Meer hinaus, um den Stern in der Unendlichkeit des Ozeans zu begrüßen,« sagte er. »Ihr werdet viel vom Geist von San erspüren bei diesem Fest. Obwohl die alten Tage goldenen Friedens längst vergangen sind, haben die Menschen des Westens einen Schimmer ihrer Einfalt im Herzen bewahrt. Sanftmütig sind sie und heiter, und so ist auch ihr Gott, den sie im Meer verehren.«

Am anderen Morgen führte Mendes seine Gäste durch die Straßen von Sanris, in denen sich die Menschen für das Fest des Sonnensterns bereiteten. Frauen in bunten Gewändern schritten würdevoll zu den Tempeln des Tat, kunstvoll aufgetürmte Opfergaben auf den Köpfen tragend, Früchte und Kuchen in silbernen Schalen. In den Häusern und Gärten entzündeten die Männer Räucherwerk und sangen die alten Hymnen des Sonnensterns, der sich über dem Meer erhebt, um mit seinem Licht allem Leben den Glanz seiner Liebe zu schenken. Der beglückende Friede, den Rah und Aelan bei ihrem ersten Gang durch Sanris empfunden hatten, schien noch gesteigert durch die Gesänge und die schweren, süßen Düfte, die alle Straßen erfüllten. Mendes hatte für Aelan und Rah Gewänder zurechtgelegt, wie sie die Bewohner der Stadt an diesem Festtag trugen und Rah hatte sich sogar überreden lassen, das Schwert der Seph im Haus zurückzulassen.

»Am Tag des Sonnensterns trägt niemand Waffen, denn das Auge des Tat, so sagen die Menschen hier, würde beleidigt von Werkzeugen des Todes,« erklärte Mendes.

»Aber habt Ihr nicht selbst berichtet, daß San auch Heere schickte und zur Verteidigung gegen die Tat-Tsok wohl gerüstet ist,« beharrte Rah.

»Die Menschen von San sind sanftmütig und friedfertig. Eine tiefe Ehrfurcht vor allem Lebenden erfüllt sie. Auch das Töten von Tieren gilt ihnen als Frevel. Nicht wenige ächten selbst den Fischfang als Verstoß gegen die Gebote des Tat. Doch haben die Menschen von San gelernt, sich gegen Feinde zu wehren. Tapfere Krieger sind sie, aber sie erheben die Waffen nur, wenn Gefahr droht.«

In der heißen Zeit des Tages versank Sanris in Stille. Die Menschen schliefen in ihren Häusern und auch Mendes und seine Gäste ruhten, um Kraft zu sammeln für die Nacht des Sonnensterns.

Die Dämmerung senkte sich herab, als Mendes sie zum Hafen führte, wo bereits eine große Menschenmenge versammelt war. In tiefem Schweigen lauschten die Bürger von Sanris einem Orchester, das auf Instrumenten, die Rah und Aelan noch nie gesehen, eine Musik von unbeschreiblicher Schönheit spielte. Rah, der häufig Gast in den Theatern von Kurteva gewesen war, wo man die Stücke der alten und neuen Meister aufführte und wo die besten Musiker vom Hof des Tat-Tsok ihre Kunstfertigkeit bewiesen, war ergriffen von den sanft schwebenden Tönen, die über den Hafen von Sanris hinwehten. Ganz ohne Rhythmus schien diese Musik. Keine Trommeln und Schlaginstrumente begleiteten den vielstimmigen Klang der Flöten und Muschelhörner, der von einem Teppich von harfenähnlichen Instrumenten und tiefen Streichern getragen war. Rah spürte, wie ein warmer Strom aus seinem Herzen aufstieg und seine Augen mit Tränen füllte. Nie zuvor hatte ihn eine Musik so ergriffen. Er hörte in ihr die Melodien, die

sich in ihm drängten, wenn er die Ne-Flöte spielte, doch die seine Finger und sein Atem nicht zu formen vermochten auf dem Instrument. Auch Aelan war tief berührt. Er schloß die Augen und spürte den Namen des Sonnensterns wachsen in sich, als die Klänge ihn in einem breiten Strom umflossen. Er schien diese Musik zu kennen, obwohl er ähnliches nie vorher vernommen. Plötzlich wußte er, daß sie eine Nachahmung jener Klänge war, die der Ne-Spieler in den Felsen und Gletschern der Am-Gebirge weckte, wenn er auf seinem Boot hinausfuhr auf den See von Han, die weiße Musik der Gläsernen Stadt, die im Inneren Tal den Sonnenstern auf seiner Wanderung über den Himmel begleitete. Es war eine Musik, die unmittelbar aus dem Ne floß, dem Klang der Einen Kraft, und die Menschen von San auf den Glanz des Sonnensterns vorbereitete. Aelan ließ sich treiben in den Klängen. Sie flossen in seinem Inneren mit der wirklichen Musik des Ne zusammen, die er in sich hörte, wenn er den Namen des Sonnensterns rief, mit jenem unaussprechlichen Klang des Hju, den nur die inneren Ohren zu vernehmen vermochten, doch der allen Tönen der Welt zugrundelag. Alle Gedanken um Vergangenheit und Zukunft fielen in diesem Augenblick von Aelan ab. Sein Herz war leicht wie eine Feder im sanften Wind dieser Musik, erfüllt von Klarheit und Glück. Aelans letzte Zweifel schwanden, die ihn in der Nacht nach dem Gespräch mit Mendes geplagt. Nun wußte er, daß er der von San war, dessen Blut das Orakel des Be'el gefordert, daß ihm bestimmt war, den Weg des Sonnensterns zu vollenden und jene, die bereit waren, der Stimme der Einen Kraft zu folgen, aus der Vernichtung Atlans fortzuführen in eine unbekannte Zukunft. Er hatte es erahnt im gewaltigen Licht an der Quelle von Hak, als er vom Wasser des Lebens getrunken, doch es hatte ihn bestürzt und verwirrt. Auf der langen Fahrt durch die Meere des Südens und Westens aber war die Gewißheit in ihm gewachsen, daß er diese Aufgabe erfüllen mußte im Dienst am Sonnenstern, und jetzt, im süßen Strom der Musik von San, wußte er, daß die Eine Kraft ihm Stärke geben würde dafür.
Er dachte an die dunkle Macht des Be'el und der Khaïla, die den aus San mit ihrem Haß zu verderben suchten, er dachte an den Sanla, der die Fackel des Tat in den heiligen Krieg tragen wollte, um Atlan zu retten. Doch er wußte, daß es vergeblich war, daß sich das Geschick des Reiches erfüllen würde im letzten Krieg des Ehfem, im tobenden Kampf von Elrach und Elroi. Und er dachte an die Namaii, die vor undenklichen Zeiten den Sonnenstern gerettet hatten, als auch auf dem Kontinent Mu die Kräfte von Gut und Böse gegeneinander aufgestan-

den waren im ewigen Spiel der Zeit. Allen Menschen war bestimmt, auf ihrer großen Wanderung die beiden Seiten des Ehfem zu durchstreifen. Stets wiederholte sich ihr Kampf. Unerbittlich war das Rad des Lebens, auf dem sich Geburt und Tod, Blüte und Vernichtung abwechselten, unerbittlich, und doch von unsagbarer Güte und Weisheit. Das Schicksal der einzelnen Menschen glich dem Geschick mächtiger Länder und Reiche. Wie das Spiel von Meereswellen vollzog sich ihr Kommen und Gehen, ihr Entstehen, Wachsen, Blühen, Reifen, Welken und Vergehen, in ewigem Rhythmus. Jede Welle war verschieden von der anderen und doch glichen sie einander. Auch das Geschick von Atlan war nur das Sichbäumen und Verströmen einer Woge im Meer der Zeit. Atlan war verbunden in diesem Meer mit den Reichen und Kulturen, die einst das Gesicht der Erde prägten und längst vergessen waren, oder die zur Legende wurden wie Mu, und es war verbunden mit den Reichen und Kulturen, die nach ihm kommen würden, wenn auch von Atlan nicht mehr geblieben war als neblige Erinnerungen in den Sagen der kommenden Geschlechter. Von geringer Bedeutung waren die Geschicke der Menschen und ihrer Schöpfungen in der Illusion des Ehfem, in diesem ständig sich wiederholenden Spiel von Leben und Tod. Tropfen im unermeßlichen Meer des Laht glichen die Menschen, in das sie geworfen waren, um die Eine Kraft in ihren Herzen wiederzufinden. Immer wieder verkörperten sie sich auf ihrer großen Wanderung, bis sie lernten, das Licht des Sonnensterns, das unwandelbar und ewig über den Schleiern des Ehfem leuchtete, zu erkennen.

Gelassene Heiterkeit durchdrang Aelan. Die Eine Kraft würde ihn tragen bei der Erfüllung seiner schweren Aufgabe. Und doch, es lag allein an ihm, seine Bestimmung zu vollenden, welche die Namaii ihm zugedacht. Auf dem Weg des Hju gab es keine Sicherheit. Schmal und gefährlich war er, jeder konnte fallen auf ihm, gleich, wie weit er fortgeschritten war. Selbst der On-Nam konnte straucheln, wie es geschehen war im alten Reich von Hak. Unablässige Prüfungen und Weggabelungen begegneten jedem auf dem Weg der Einen Kraft. Selbst wenn er um seine Bestimmung wußte, konnte er noch abirren vom reinen Weg. Aelan schauderte bei diesem Gedanken, denn er spürte, daß jede Vermessenheit, jede Verblendung, jeder Irrtum ihn noch stürzen lassen konnte, wie es schon oft geschehen war in seinen vergangenen Leben. Du wirst ratlos sein, wenn die Wege sich gabeln und die tausend Stimmen dich rufen, hatte der Schreiber gesagt. Und doch gab es einen sicheren Pfad durch das Labyrinth des Ehfem – die Dinge zu sehen, wie

sie wirklich waren und das Licht des Sonnensterns auch in den dunkelsten Tiefen aufzufinden, Demut zu lernen, und Liebe.
Die Klänge des Orchesters schwollen an. Aelan wurde fortgehoben in eine Welt, in der es keine Gedanken mehr gab. Willig überließ er sich diesem Strom unnennbaren Glücks, der den Namen des Sonnensterns mächtig in ihm aufrührte.
Als die Musik endete, war die Nacht hereingebrochen. In schweigender Dankbarkeit verbeugten sich die Menschen von Sanris vor dem Orchester, das den Ton des Hju in ihnen erweckt. In der Stille, die über ihren Häuptern aufblühte, schienen die Echos der Musik zu verklingen. Lautlos verlief sich die Menge. Viele strebten den Klippen zu, von denen aus sie das Licht des Sonnensterns über dem Ozean betrachten wollten, andere aber stiegen in Boote und ruderten auf das Meer hinaus, das still wie ein Spiegel im samtenen Dunkel der Nacht lag. Leise und ohne Eile ging alles vonstatten. Als Aelan sich umblickte, bemerkte er, daß die Lichter in Sanris erloschen waren. Die sternklaren Räume der Nacht öffneten sich in unendliche Weiten. Mendes berührte Aelan und Rah am Arm und deutete auf ein kleines Boot, das für sie bereitstand.
Schweigend nahmen sie in ihm Platz und ergriffen die Ruder. Schnell wie ein Pfeil schoß das lange, schmale Boot in die Dunkelheit hinaus, umgeben von unzähligen anderen. Der Sonnenstern war am nördlichen Horizont aufgegangen und warf sein silbernes Licht über das endlose Wasser. Eine riesige Flotte von Booten und kleinen Schiffen war von Sanris aufs offene Meer hinausgefahren. Nun, da der Sonnenstern höherstieg, zogen die Menschen die Ruder ein und ließen ihre Boote treiben. Sie lehnten sich zurück und schauten zum Himmel empor. Auch Aelan und Rah blickten in das Schimmern des Sonnensterns, noch erfüllt von dem Glück, das die Musik von San in ihre Herzen gelegt. Lange saßen sie schweigend in ihrem Boot, als Rah unruhig wurde.
»Ich spüre die Gegenwart von etwas,« flüsterte er.
Auch Aelan fühlte die Anwesenheit von mächtigen Wesen, die aus dem offenen Meer gekommen waren und sich jetzt in unmittelbarer Nähe befanden. Er ließ seinen Blick nach allen Seiten wandern, doch er sah nichts als die endlose, glatte Fläche des Wassers und die Silhouetten der unzähligen Boote aus Sanris im sanften Glanz des Sonnensterns.
Mendes lächelte. «In dieser Nacht feiern die Menschen von San das Licht der Einen Kraft, das sich am Himmel zeigt, zusammen mit ihren

Brüdern im Meer. Auch sie steigen herauf aus der Tiefe, um den Sonnenstern zu sehen.«
In diesem Augenblick hoben sich dunkle Schemen aus dem Wasser. Aelan hörte, wie ein Murmeln des Erstaunens von den Booten in ihrer Nähe kam, denn um das schmale Schiffchen, das Mendes und seine Gäste trug, ragte plötzlich ein dichter Kreis aus riesigen Meeresgeschöpfen auf. Ihre Leiber standen wie ein Ring um das Boot. Einige Momente nur verharrten sie, bevor sie geräuschlos in die Tiefe zurücksanken. Eine Welle der Liebe zu diesen Kreaturen des Meeres brach aus Aelan hervor. Für einen Augenblick fühlte er sich verbunden mit allem Leben im endlosen Ozean und er spürte, wie die Liebe der Einen Kraft weit aus ihm hinausgriff, um die Brüder im Meer zu berühren. Er wußte, daß das Licht des Sonnensterns auch in ihnen leuchtete, daß auch sie sich auf der großen Wanderung auf dem endlosen Rad der Geburten und Tode befanden. Alle Lebewesen waren verbunden durch die Liebe der Einen Kraft, die Aelan in diesem Augenblick in sich spürte. Als die Brüder im Meer wieder hinabtauchten in die Tiefe, war es ihm, als würde er nie wieder getrennt von ihnen sein.

Mendes nickte Aelan zu.»Sie sind gekommen, den Träger des Sonnensterns zu grüßen, den aus San, den die große Wanderung zurück in seine Heimat geführt hat,« sagte er. Dann kniete er nieder und legte ein Ohr an den Boden des Bootes. Aelan und Rah zögerten einen Augenblick, bevor sie ihm nachtaten. Aus endlosen Fernen vernahmen sie nun den Gesang der Brüder im Meer, weit aus den Tiefen des Ozeans, lange klagende Laute, die mit der gleichen Kraft an die Herzen faßten wie die Musik des Orchesters von Sanris. Auch in ihnen schwang in gewaltigen Wellen der ewige Klang des Hju.

Lange knieten die drei Männer schweigend in ihrem Boot und lauschten der Musik des Meeres, bis sie allmählich in der Ferne verhallte. Der Sonnenstern hatte sich zum Zenit erhoben. Hell flimmerte sein Licht auf den Wassern des westlichen Ozeans.

*Kapitel 5*
EIN DORN IM FLEISCH

Grelles Sonnenlicht sickerte durch das Laubdach des Waldes und glitzerte auf dem träge hinziehenden Fluß, doch es vermochte das trübe, grüne Wasser nicht zu durchdringen, um zum schlammigen Grund hinabzuleuchten. Auf einem der zahlreichen, namenlosen Nebenflüsse des Mot flirrte es, die in den Melat-Hügeln oder den Sümpfen von Alas entsprangen und sich als dichtes Netz durch die Urwälder um Sari zogen. Das Volk der Yach benutzte diese Flußläufe als Wege durch das undurchdringliche Dickicht des Dschungels, befuhr sie mit schmalen, flachen Booten oder Flößen aus hohlen Stämmen und Schilfrohr. Aber nur die kleinen Menschen des Waldes kannten die sicheren Wege durch das Labyrinth der Flüsse, wußten, wo tückische Strömungen und Untiefen lauerten und in welchen Buchten Kaimane wohnten, die mit einem Schlag ihres mächtigen Schwanzes ein Boot umzustürzen vermochten. Ein Fremder, der versucht hätte, sich auf einem dieser Flußläufe Sari zu nähern, wäre hilflos verloren gewesen in diesem Irrgarten der weit verzweigten Arme und Nebenflüsse, und kaum einer, der es gewagt hatte, in die Wälder südlich des Mot vorzudringen, war lebend aus ihnen zurückgekehrt.
Der hochgewachsene Mann aber, der eines der Boote der Yach ruderte, gehörte nicht dem kleinen Volk von Sari an und auch nicht die schöne, junge Frau, die hinter ihm saß und versonnen das Spiel des Lichts auf dem Wasser betrachtete. Leas und Mahla hatten die Karawane verlassen, nachdem sie den Mot überschritten, den breiten, trägen Strom, der die Wälder des Nordens von den Dschungeln und Sümpfen des Südens trennte. Bei der verfallenen Karawanenunterkunft, an der die alte Straße von Ütock dem Weg begegnete, der dem Mot entlang nach Kurteva führte, waren sie zurückgeblieben und hatten die Kaufleute weiterziehen lassen.
Ungefährdet hatten sie den langen Weg von Feen durch die nördlichen Wälder auf der alten Karawanenstraße zurückgelegt, die nun, nach-

dem die Ponas niedergeworfen waren, wieder benutzt wurde von einigen Kaufleuten des Nordens und Westens, die die Wucherzölle Kurtevas zu umgehen suchten. Endlos war Mahla der Ritt durch die Wälder erschienen, an der Seite des schweigenden Leas, der sie mit höflicher, kühler Zurückhaltung behandelte. Ihr Herz war schwer geworden, als die Türme und Kuppeln Feens hinter ihr versunken waren; die Ahnung hatte sie befallen, daß sie die Stadt ihrer Kindheit niemals wiedersehen würde. Und der Ritt durch den herbstlichen Wald, in dem das Laub wie bunter Regen von den Bäumen fiel und die letzten warmen Sonnenstrahlen die im Wind treibenden Spinnweben zwischen den Zweigen und über den verblühenden Distelfeldern der Lichtungen schimmern ließen wie Perlenketten, hatte ihre Schwermut wachsen lassen. Doch niemand gab es, dem sie ihr Herz hätte ausschütten können. Leas, der die Reise nach Feen mit seinen Geschichten und Späßen wie im Fluge hatte vergehen lassen, war jetzt verschlossen und schweigsam. Die Mauer enttäuschter Hoffnung stand unüberwindlich zwischen Leas und Mahla, und die plötzliche Trübung ihrer zuvor so unbeschwerten Freundschaft lastete schwer auf der jungen Frau. Mit jedem Tag, den sie weiter in den Süden vordrangen, wuchs das Widerstreben in Mahla, nach Sari zurückzukehren und vor die Augen des Sanla zu treten. Als sie schließlich an den Mot gelangt waren, über dem der Dunst der südlichen Dschungel schwebte, war nur mehr hoffnungslose Leere in ihr geblieben.

Nun aber, da sie alleine mit Leas dem Flußlauf durch den dichten Urwald folgte, fühlte sie sich wie eine Gefangene des Gurena, der sie gegen ihren Willen zurück zu seinem Herrn schleppte. Mit kraftvollen Stößen trieb Leas das Boot gegen die Strömung voran. Sie hatten es an der bezeichneten Stelle in einem Versteck gefunden, nachdem sie eine Weile dem Weg am Ufer des Mot nach Osten gefolgt waren. Mit der Sicherheit eines erfahrenen Führers steuerte Leas das Boot, ohne sich nach Mahla umzusehen, die hinter ihm saß, verloren in einem Strom von Gedanken, der so träge und schwer schien wie der Fluß, auf dem sie fuhren. Drei Tage lang betrachtete Mahla das grüne Wasser und das Dickicht des Waldes, aus dem Tag und Nacht ein ewig gleiches Konzert unzähliger Stimmen drang. Am Mittag des vierten Tages gelangten sie an einen Pfad der Yach, der nach Osten, nach Sari führte. Mahlas Herz schnürte sich zusammen, als Leas das Boot aus dem Fluß zog, es mit Blättern bedeckte und ohne zu zögern den engen Weg in den Dschungel einschlug. Nun wurde das Fortkommen mühsamer. Obwohl sich der Pfad der Yach durch die lichteren Teile des Waldes

schlängelte und unzählige Füße ihn festgetrampelt hatten, mußte Leas ihn immer wieder mit seinem Schwert von herabhängendem Geäst und Luftwurzeln säubern.
Mahla war tief in Gedanken versunken. Mechanisch folgte sie dem Gurena, übermüdet von den Strapazen der Reise, niedergedrückt von den Zweifeln und Sorgen, die sie plagten. Was sollte sie dem Sanla berichten, als dessen Botin sie aufgebrochen war? Die Mission, zu der er sie ausgesandt, war vergebens gewesen. Was sollte sie berichten von den Stunden in der Mehdra, in der sie wie verzaubert gewesen war von der Gegenwart des Tso, der die innersten Kammern ihres Herzens geöffnet? Wie sollte sie Lok-Mas Worte wiederholen, die ihr tiefen Einblick gewährt hatten hinter die Schleier der Zeit? Der Sanla hatte sie ausgesandt, den Mehdrana zu gewinnen für den Kampf gegen die Macht des Bösen, der Erhabene hatte sie zu seiner Botin erkoren, um das Wort seiner Weisheit nach Feen zu tragen. Sie war mit fester Überzeugung im Herzen zu dieser langen und gefahrvollen Reise aufgebrochen, nun aber kehrte sie unverrichteter Dinge zurück, zweifelnd an der Bestimmung des Sanla. Der Mehdrana hatte ein Licht in ihr geweckt, das wie ein Blitz das vergessene Dunkel ihrer Vergangenheit erhellt hatte. Auf der langen Reise durch die Wälder hatte sie den Bildern nachgespürt, die sie vor ihren inneren Augen gesehen. Bruchstücke waren sie, aus lange vergangenen Leben, und immer war Aelan an ihrer Seite gewesen, in Freude und Leid, in Liebe und Verzweiflung. Als Frau und Mutter, als Geliebte und Schwester hatte sie ihn geliebt und als Gefährtin auf dem Weg der Erkenntnis. Das Licht dieser Liebe, das auch in diesem Leben jäh wieder aufgeflackert war, verband sie mit ihm wie ein Seil, das aus unzähligen Fäden geflochten war. Doch auch der Sanla war eingebunden in dieses Netz des Lahf, das der Mehdrana ihr in den Tiefen ihres eigenen Herzens gezeigt, aber je mehr Mahla darüber nachgrübelte, desto unentwirrbarer wurde es. Alles drehte sich in ihrem Kopf, wenn sie versuchte, die einzelnen Linien aufzunehmen und ihrem Lauf zu folgen. Immer neue Ketten von Bildern und Gefühlen traten aus dem Dunkel der Erinnerung hervor, verworren und scheinbar zusammenhanglos, in allen aber fand sie Aelans Bild.
Die Nacht brach herein, als sie Sari erreichten. Lautlos kamen Yach aus dem Blattwerk des Waldes hervor und trugen ihnen Lichter voran, damit sie den Weg durch die schwarze Stadt zu ihren Quartieren fanden. Mahla vermochte nicht mehr zu unterscheiden zwischen den Bildern vor ihren Augen und den Bildern, die in den von bleierner

Müdigkeit ausgehöhlten Räumen ihres Kopfes leuchteten. Wie eine Traumwandlerin folgte sie den Yach, die sie an den Händen nahmen und sie zärtlich streichelten. Sie fühlte die sanften Berührungen der kleinen Menschen wie durch einen Nebel, doch sie lächelte, denn die Zuneigung der Yach tat ihr wohl nach der endlosen Reise im eisigen Schweigen von Leas. Mahla wunderte sich, warum die Yach sie so liebevoll begrüßten, denn bei ihrer ersten Ankunft in Sari hatten sie die Begleiter des Sanla gemieden. Sie sah nach Leas, der vor ihr ging. Ihm blieben die Yach fern, nur eine Fackel torkelte dem Gurena voran, um ihm den Weg durch das Dunkel der schwarzen Stadt zu weisen. Keine Lichter brannten mehr in den Würfeln und Kammern von Sari. Das Geschrei der Nachttiere erfüllte die Stille. Mahla erschrak. Vielleicht waren die anderen nicht mehr hier, vielleicht hatte der Sanla Sari verlassen, vielleicht hatten ihn die Krieger des Be'el aufgespürt und ergriffen. Doch auch diese Gedanken zerbarsten in ihrem Kopf in tausende Splitter. Die Yach brachten sie zu ihrem Quartier, das seit ihrer Abreise unverändert geblieben war. Leas verschwand in der Nacht, ohne ein Wort zu verlieren und ohne sich umzuwenden nach Mahla. Sie verharrte einen Augenblick unschlüssig, wollte dem Gurena etwas nachrufen, doch ihre Stimme versagte. Mit letzter Kraft betrat sie die steinerne Halbkugel, warf sich auf ihr Lager und sank sofort in tiefen Schlaf.

Am anderen Morgen wurde Mahla von ungestümen Küssen geweckt. Rake kniete neben ihr, strich der Schwester über das Haar und küßte sie immer wieder mit kindlicher Freude. Mahla schlug erstaunt die Augen auf. Als sie Rake erkannte, der sie mit zärtlichen Kosenamen rief und nicht aufhörte, sie zu küssen, war ihr, als sei die dunkle Leere ihres Herzens nie gewesen. Es schien, als sei sie aus einem langen, bösen Traum erwacht. Für einen Moment glaubte sie, sie liege in ihrem Bett im väterlichen Haus in Feen und Rake sei gekommen, sie zu wecken, wie er es so oft getan als kleiner Junge. Als warmes Gefühl der Geborgenheit flog diese Erinnerung an die Kindheit in ihr auf.»Rake,« sagte sie zärtlich und schob den stürmisch auf sie eindringenden Bruder lachend fort. Noch einmal schloß sie die Augen, um die aufwallende Freude auszukosten, dann blickte sie an die Decke. Doch ihre Augen fanden nicht das Bild aus kostbaren Intarsien, das ihr Schlafgemach geschmückt hatte, sondern die kahle, schwarze Kuppel der Halbkugel, die ihr in Sari als Unterkunft diente. Wie ein schweres Tuch fiel da die Wirklichkeit auf sie herab, und der Abgrund ihres

Kummers, über den eine dünne Haut des Vergessens gewachsen war, brach unbarmherzig wieder auf.

»Wie war ich in Sorge um dich,« sagte Rake und faßte nach Mahlas Händen. »Ich hätte mit dir kommen sollen. Ich habe mir Vorwürfe gemacht deswegen. Ich hätte beim Erhabenen darauf bestehen müssen. Ich lasse dich nie wieder alleine gehen. Ach, wie habe ich auf dich gewartet. Doch nun bist du wieder da, wohlbehalten. Dem Tat sei Dank.« In seiner überschäumenden Freude bemerkte Rake die sanfte Wehmut nicht, die von seiner Schwester Besitz ergriff.

»Erzähle mir von Feen! Was ist geschehen dort? Bist du Leuten begegnet, die wir kennen?« drängte Rake und streichelte Mahlas Hand.

Die junge Frau nickte nachdenklich, den Blick in eine unendliche Ferne verloren. »Ja, Diad ist mir begegnet, der gute alte Diad, auf dessen Knien wir geritten sind als Kinder und der uns Geschichten und Märchen erzählte, wenn wir zu ihm ins Gesindehaus schlichen. In der Nacht seines Todes habe ich ihn gesprochen.« Mahlas Stimme wurde traurig. »Ich werde dir alles berichten, Rake, obwohl es nicht viel ist, denn ich war nur kurz in Feen und habe wenig gesehen. Doch das alte, heitere Feen, die Perle des Nordens, wie wir es kannten, ist nicht mehr. Es war gut, daß du bei Ly geblieben bist.«

»Ach, Ly,« entgegnete Rake. In seine Stimme mischte sich ein bitterer Klang. »Ly ist anders geworden, seit du fortgingst.«

Mahla sah ihren Bruder fragend an. Rake zwang sich zu einem Lachen. »Aber ich bin so froh, daß du wieder bei mir bist, meine Schwester. Freust du dich auch?«

Mahla nickte. »Ja, Rake,« sagte sie und küßte den Bruder, »ich freue mich, daß ich wieder bei dir bin. Du bist das letzte, das mir geblieben ist. Du und Ly. Wo ist sie? Wie geht es ihr? Ist sie wohlauf? Ich habe oft an sie gedacht auf der Reise. An dich und an sie.«

Rake senkte den Kopf. »Ihretwegen kam ich so früh zu dir ...«

»Wie in alten Zeiten in unserem Haus, wenn du nicht erwarten konntest, bis ich aufwachte,« unterbrach ihn Mahla.

Rake nickte abwesend. Er war plötzlich verändert, sah seine Schwester ernst und besorgt an. »Ich muß dir berichten, bevor du Ly siehst. Und ich ... ich muß dich warnen vor ihr,« sagte er.

»Warnen?« Mahla hob lachend den Kopf. »Vor Ly? Liebst du sie denn nicht mehr? Was ist geschehen zwischen euch?«

Rake biß sich auf die Lippen. »Sie ... sie ist anders geworden in der Zeit deiner Abwesenheit. Du weißt, wir alle lieben den Erhabenen, sie aber drängt sich in seine Nähe, will seine ganze Aufmerksamkeit gewinnen

und seine Zuneigung. Er schenkt allen von uns seine Güte, Ly aber will mehr. Sie will ihn für sich allein, umschwärmt ihn wie die Motte das Licht, trägt ihm ihre Dienste an, umsorgt ihn und wacht eifersüchtig darüber, daß niemand anderer in seine Nähe gelangt. Und wenn er von dir sprach, Mahla, wenn er sich sorgte um dich, wenn er zum Tat betete, daß er dich schütze auf deiner langen Reise, geriet Ly fast außer sich vor Eifersucht. Beinahe glaube ich, sie wünscht, du mögest nie zurückkehren aus Feen.«
Mahla lachte. »Ach, mein lieber Rake. Bist nicht *du* vielleicht eifersüchtig, weil das Herz deiner Geliebten dem Sanla zufliegt? Doch ihm gebührt eine andere Form der Zuneigung.«
Rake schüttelte entschlossen den Kopf. »Ly ist nicht mehr meine Geliebte,« sagte er zerknirscht. »Sie hat mein Haus verlassen, wenn man diese Halbkugeln Häuser nennen will. Ich war ein Hindernis auf ihrem Weg zum Herz des Sanla.«
Mahla strich ihrem Bruder zärtlich über das Haar. »Du bist noch ein Kind, Rake, Ly aber ist eine Frau. Die Aufregungen unserer Reise von Ütock haben euch zueinandergeführt. Ihr habt euch festgehalten aneinander, und das war gut so. Nun aber ist alles anders. Mein kleiner Rake, enttäuschte Liebe schmerzt heftig, aber nicht lange.«
Rake drehte sich beleidigt weg. »Das ist es nicht,« sagte er und versuchte, seiner Stimme einen festen, männlichen Klang zu geben.
Mahla unterdrückte ein Lächeln. Sie hörte nicht auf, Rake zu streicheln. Er schob ihre Hand fort. »Ly haßt dich, weil sie weiß, daß der Sanla dich mehr liebt als sie. Er hat viel von dir gesprochen, als du fort warst. Ly ist eifersüchtig auf dich. Sie ist ehrgeizig und wird versuchen, dich um jeden Preis zu verdrängen.«
»Rake, mein Liebes, Ly ist meine Freundin, was sage ich, sie ist mir eine Herzensschwester, die Freude und Leid mit mir geteilt hat, seit ich denken kann. Und der Sanla ist kein Mann, um dessen Gunst man zu buhlen vermag. Keiner seiner Getreuen steht seinem Herzen näher als ein anderer. Er liebt jeden einzelnen mit der gleichen Kraft, die der Tat ihm eingibt. Seine Aufgabe ist eine andere, als sich um menschliche Eifersüchteleien und Liebschaften zu kümmern. Ich wage es nicht, auf diese Weise an ihn zu denken. Er ist nicht ein Mann, der Begierde weckt, er trägt das Licht des Tat.«
»Ja,« entgegnete Rake, »und es ist eine wunderbare Fügung, daß wir in seiner Nähe sein dürfen. Ich habe ihn beobachtet in all den Wochen und Monden. Ohne Makel ist sein Herz. Ohne Unterlaß strömt die Gnade des Tat aus ihm. Ein Bote ist gekommen aus Kurteva, verletzt,

geschlagen von einem tückischen Fieber. Der Sanla hat ihn geheilt durch das Auflegen seiner Hand. Ich habe mit eigenen Augen gesehen, wie der Mann sich erhob, gesund und kräftig. Auch die Yach riefen ihn und er hat einen der ihren geheilt, den ein böser Geist befallen hat. Ja, Mahla, der Sanla trägt das Licht des Tat. Ihm ist es gegeben, das Böse für immer von Atlan zu bannen.«
Mahla senkte den Kopf. Die Worte Lok-Mas klangen ihr im Ohr, die sie in der Mehdra von Feen gehört, die Worte, die vom Untergang Atlans sprachen, vom ewigen Kampf zwischen Elrach und Elroi.
»Was ist dir?« fragte Rake.
Mahla schüttelte den Kopf. »Nichts, mein Liebes, ich bin nur müde von dieser langen Reise.«
»Der Sanla wird dich bald sehen wollen, Mahla. Leas ist schon zu ihm gegangen. Aber bitte, höre auf mich, achte auf Ly, laß dein Vertrauen in sie nicht blind sein. Sie ist . . .«
Rake brach ab, als einer der Getreuen des Sanla eintrat. Der Mann begrüßte Mahla ehrerbietig und brachte ihr die Bitte des Sanla, ihn aufzusuchen, wann immer sie bereit sei.

Die Sonne hatte sich gerade über der schwarzen Stadt Sari erhoben, als Mahla durch die schmale Öffnung der Kugel trat, die dem Sanla als Unterkunft und Ort der Versenkung diente. Er saß mit gekreuzten Beinen auf einem flachen, mit Blumen geschmückten, steinernen Podest in der Mitte des Raumes. Die Getreuen, die mit ihm nach Sari gekommen waren, saßen im Halbkreis um ihn. Rake war unter ihnen und Ly, die dem Sanla am nächsten saß und mit gedämpfter Stimme auf ihn einsprach. Als Mahla den dämmrigen Raum betrat und der Sanla sie erkannte, erhob er sich. Ein Lächeln flog über sein Gesicht.
»Dem Tat sei Dank, daß er dich wohlbehalten zurückgeführt hat nach Sari,« sagte er, während er auf Mahla zukam, um sie zu begrüßen. »Ich habe zuviel von dir gefordert, als ich dich bat, die Reise nach Feen zu unternehmen. Ich machte mir Vorwürfe, nachdem du fortgegangen warst.«
Mahla schüttelte den Kopf. Der Sanla umarmte sie und küßte ihre Stirn. Augenblicklich fühlte sich die junge Frau wieder in den Bann dieses sanften Mannes gezogen, der eine warme, liebende Kraft auszustrahlen schien. Zugleich spürte sie den abschätzenden Blick Lys auf sich gerichtet.
»Setze dich zu uns, Mahla,« sagte der Sanla. »Du kommst zur rechten Zeit. Meine Boten brachten Kunde aus den Städten und Provinzen

Atlans. In mir formen sich Pläne und Gedanken, die ich beraten will mit meinen Getreuen.«

Mahla nickte und ließ sich zwischen den anderen nieder. Lange ruhten die leisen, dunklen Augen des Sanla auf ihr, bevor der Erhabene zu sprechen begann. Mahla sah nach Ly, doch die Freundin warf ihr ein gequältes Lächeln zu und wich ihrem Blick aus.

»Boten sind gekommen aus Atlan,« sagte der Sanla mit seiner weichen, sanften Stimme, die unmittelbar die Herzen der Zuhörer zu berühren schien. »Sie haben berichtet von Dingen, die zu deuten nicht schwer fällt. Die alten Prophezeiungen erfüllen sich. Die Zeit ist nahe, in der das Licht des Tat zur Fackel werden muß, um seinen Heeren voranzueilen, die Atlan befreien werden vom Auswurf des Bösen. Doch hört, was die Boten berichteten. Die Khaïla hat wieder einen fleischlichen Leib angenommen in den Blutkammern ihres Labyrinths. Sie ist wiedergekommen, um sich mit dem Be'el, der Macht des Hasses, zu vereinigen. Die Herrschaft der Finsternis soll für immer errichtet werden in Atlan. Das Haus des Trem, das erbaut wurde durch das Blut unzähliger Unschuldiger in der Ebene von Kurteva, ist fertiggestellt als Brautgemach der Verderbten. Schon beginnen die Opfer dort, um den Ort des Bösen zu bereiten für ihre Ankunft. Die Sklaven, die es aufgerichtet haben, werden hingeschlachtet wie Tiere und die Steine und Kammern der Pyramide bestrichen mit ihrem Blut. Unsäglich ist das Leid, das die Unschuldigen erdulden müssen. Ich spüre ihren Schmerz in mir wie einen gewaltigen Schrei. Die Khaïla wird das Labyrinth von Hak verlassen, wird aufbrechen mit ihren Waiyas zum Haus des Trem bei Kurteva. Auf einer prunkvollen Barke wird der Leib der Verworfenheit mit den hohen Waiyas nach Kurteva fahren. Schon eilen Priesterinnen und Krieger des Trem ihr über den Paß von Alani voran, um den Empfang zu bereiten. Die Khaïla wird einziehen in das Haus des Trem, um sich beim nächsten Fest des Sonnensterns mit der Kraft des Be'el zu vereinen.

Dies aber darf niemals geschehen, denn Atlan wäre unrettbar verloren, würde die Magie der mütterlichen Erde mit dem vernichtenden Haß des Feuers verschmelzen. Schon bereiten die Herren der Flamme die Ankunft der Khaïla vor, schon lassen sie das Fest des Fhalach in den Städten Atlans feiern, um die Kraft der Liebe zu schänden und das Haus des Trem mit den Mächten des Dunklen zu laden, wie es schon einmal geschah im alten Reich von Hak. Schwer lastet die eherne Faust des Be'el auf dem gequälten Atlan. In den Städten ächzen die Menschen unter der Herrschaft der Priester. Die Gurenas und Tnachas knechten das Volk. Wer aufbegehrt gegen die Lüge der Flamme, wer nur ein falsches Wort spricht, wird fortgeschleppt zu den Opferaltären oder zu den Minen und Waffenschmieden. Die Tempelgarde durchkämmt die Städte nach Verrätern und Aufwieglern, verwüstet die letzten Heiligtümer des Tat und wirft die wenigen, die sich noch zum Herrn des Lichts zu bekennen wagen, in ihre Kerker und Folterkammern. Niemand ist vor ihrem Haß gefeit. Neider verleumden Unschuldige, Kinder, von den Priestern aufgehetzt, klagen ihre Eltern an, Schwestern ihre Brüder und Männer ihre Ehegattinnen. Ein Rausch der Verblendung ist über die Menschen der Städte gekommen. Wer einmal beschuldigt ist, verfällt unrettbar dem Tod. Wie fühllose Ungeheuer gehen die Wachen des Tempels vor, morden und quälen, zerren die Menschen von ihren Lieben, ziehen ihren Besitz ein, verkaufen ihre Kinder als Sklaven. Haß und Angst herrschen in den Städten, die einstmals blühten in Heiterkeit und Freude. Gnadenlos schänden die Männer des Be'el das Land, holzen die Wälder ab, um Schiffe zu bauen, die San überfallen sollen und um die hungrigen Essen der Waffenschmieden zu füttern. In allen Städten des Reiches bauen sie Kriegsgeräte und zwingen die heiligen Kräfte der Natur in ihren Frondienst. Atlan ist zerrissen und geschändet wie ein kranker Leib, in dem die Saat des Todes keimt. Der Tat-Tsok aber ist eine willfährige Handpuppe der Xem, der Herren des Feuers, ein Mund ihres Willens, ein Gefäß der dunklen Kraft. Unbändig ist die Macht der Finsternis, die losgebrochen ist. Keine Rettung scheint es zu geben für die Städte und Provinzen. Faßte das Böse im alten Reich nur nach dem Süden, weil der Tat stark war in den Ländern nördlich der Kahlen Berge, so hat es nun ganz Atlan unterjocht. Nur San und die Küsten des Westens widerstehen ihm noch, doch auch die Länder um Melat verfallen dem Bösen. Der Tat Atlans ist schwach geworden in den unzähligen Jahren, seit er aus dem Süden nach Kurteva kam. Das Böse hat ihn durchdrungen wie Wasser einen brüchigen Fels, als er sich verband mit dem Be'el zum doppelgesichtigen Tat-Be'el, und doch war er noch immer das Sinnbild des einen, allgewaltigen Vaters, der alles Leben erschaffen hat. Auch wenn seine Priester den Verlockungen von Macht und Wohlleben erlagen, auch wenn ihre Gebete zum Einzigen nur mehr hohle Worte waren und ihre Zeremonien bloß noch Anlaß zu prunkvollen Festen, so war es doch der weise Tat, der in vielen Tempeln wohnte, und die Gläubigen, die schlichten Herzens waren, fanden auch in diesem Zerrbild der Tat-Los Schimmer der Wahrheit. Nun aber erhebt sich die Macht des Dunklen zum letzten vernichtenden

Schlag gegen das Licht des Tat, will es verschlingen wie die Nacht den Tag.
Und doch regt sich unter dem grausamen Zwang noch immer das trübe gewordene Licht des Allgewaltigen. Eine schwere Prüfung liegt auf den Menschen Atlans, eine Prüfung, die Spreu vom Weizen trennen wird und aus der jene erleuchtet hervorgehen werden, die dem Tat die Treue halten. Sie sollen das strahlende Reich erschauen, das nach der Dunkelheit des Be'el anbrechen wird. In allen Städten und Dörfern leben die Söhne und Töchter des Tat und bereiten sich, das Joch der dunklen Kraft abzuschütteln. Ihre Herzen vertrauen dem Tat. Geduldig warten sie auf den, der gesandt wurde vom Allgewaltigen, um Atlan zu erretten. Viele von ihnen haben schon ihr Leben gelassen, doch der Tat wird ihnen eine günstige Wiedergeburt gewähren im Reich der Liebe, das erwachsen wird in Atlan. Der verweichlichte Tat Atlans wird gestählt durch diese Prüfung, gewinnt seine Stärke wieder, die er verlor im Prunk der Tempel. Seine wahre Kraft wird hervorbrechen wie das Licht des Morgens. In allen Ständen ist die Hoffnung auf den Sieg des Tat lebendig, bei den Kaufleuten und den Handwerkern, bei den Gurenas und den Sklaven. Sie alle werden sich vereinigen im Kampf gegen den Be'el, sie alle werden aufstehen als eine mächtige Kraft, in allen Städten, in allen Provinzen. Doch sie bedürfen der Führung und eines leuchtenden Zeichens.«
Der Sanla schwieg einige Augenblicke, als sinne er nach, dann fuhr er mit leiser Stimme fort: »Den der Tat sandte in diese Welt, um seine Glut neu zu entfachen, kam nicht als ein Mann des Krieges, sondern als Bote der Liebe. Lange währte der Zwiespalt in ihm, bis er zum heiligen Krieg gegen den Be'el rief, denn der Tat ist der Vater der Güte und des Verzeihens. Und doch muß es sein, daß er sich wappnet mit einem Heer seiner Getreuen, daß er das Wort der Liebe in Stahl kleidet, um das Böse für immer zu vertilgen von Atlan. Ein Bote kam von der Insel San, uns zu rufen. Auf San herrscht noch der Friede des Tat, unberührt von den Mächten des Dunklen, die losgebrochen sind auf Atlan. Der Be'el aber rüstet gegen San und will auch diesen letzten Schimmer des Lichts im Rachen der Nacht verlöschen lassen. Viele Soldaten sind gekommen in die Provinzen um Melat, um den vom Tat Gesandten zu suchen. Seit wir zuletzt die Küsten verließen, ist das Unheil des Be'el auch auf die Länder des Westens herabgebrochen. Sie suchen den Sohn des Tat in den Städten und Dörfern, verschleppen Unschuldige, morden, brennen und plündern, um den stolzen Stamm des Westens zu unterwerfen, der sich so lange auflehnte gegen die Unterdrückung durch

Kurteva. Die Bucht von Melat ist rot vom Blut unserer Brüder und Schwestern im Tat, die sich widersetzten, vor dem Götzen der Niedertracht und Verderbtheit das Knie zu beugen. Es ist, als gebe der Eine Tat uns ein Zeichen, zuerst sein erwähltes Land zu befreien, das ihm die Treue hielt über Jahrhunderte, während die anderen Stämme im Sumpf der Lüge versanken.
Wir werden nach dem Fest des Sonnensterns aufbrechen und die Wälder der Yach verlassen, die uns so lange geschützt. Schon fliegen Gerüchte auf, der Sanla sei verschwunden, gefaßt von den Gurenas wie einst der, der vor ihm wandelte auf dem Weg des Tat und der das Unheil prophezeite, das herabbrechen wird über Atlan. Doch er verkündete auch, daß die Macht des Tat sich erheben werde gegen das Böse, daß die Worte der Liebe zu Schwertern würden und die Stimme der Sanftheit zu einem Ruf des Krieges. Wir werden nach Melat gehen und nach San übersetzen, um den Rat von Sanris zu gewinnen für den heiligen Krieg des Tat. San verfügt über ein Heer von tapferen Kriegern, um dem Überfall des Be'el zu begegnen, wie schon einmal, als die Khaïla die Hände nach dem Reich des Westens ausstreckte. Diesmal jedoch darf San nicht warten, bis die Kräfte des Bösen sich gesammelt haben und angreifen, diesmal muß San Atlan befreien. San wird die Provinzen von Melat befreien und den Weststamm wieder vereinen. Auf dieses Zeichen hin werden in Atlan die Kinder des Tat aufstehen, gerechten Zorn im Herzen. Das Heer des Westens wird ihnen beistehen und das Licht des Allgewaltigen über Atlan tragen. In allen Städten haben mächtige Männer, Tnachas, Mehdranas und Gurenas, heimlich die Weisheit des Tat bewahrt. Sie warten auf das Zeichen, das zum heiligen Krieg ruft. Auch wenn es scheint, daß die Nacht des Bösen undurchdringlich ist, regen sich doch Keime des Lichts, die aufbrechen werden zu einer Morgendämmerung der Liebe. Auch Mahla-Sal, die als Botin des Tat die beschwerliche Reise nach Feen auf sich nahm, ist zurückgekehrt. Der Allgewaltige hat sie beschützt auf ihrer langen und gefahrvollen Fahrt. Hören wir, was sie berichtet.«
Die Augen der anderen wandten sich Mahla zu, die verschämt den Blick senkte. Sie hatte gehofft, den Sanla alleine zu sprechen, um ihm den Zwiespalt ihres Herzens zu gestehen, doch nun, da sie vor allen reden mußte, wollte ihre Stimme versagen. Lange saß sie schweigend und rang nach Worten.
»Lok-Ma habe ich gesprochen, den Mehdrana, den Tso, den Wissenden der Zeit,« begann sie schließlich, leise, mit zu Boden gerichteten Augen, »wie es mir bestimmt war als Botin des Erhabenen. Ich traf ihn

an dem Tag, als man in Feen das Fest des Fhalach rüstete und er sich anschickte, die Stadt für immer zu verlassen. Geduldig hörte er mich an, und er öffnete mir den Blick in die Tiefen der Zeit. Gewaltiges sah ich in dem einen, kurzen Moment. Es erwies die Wahrhaftigkeit der Worte, die der Mehdrana an diesem Tag sprach: Immerwährend ist der Krieg zwischen Elrach und Elroi, zwischen Gut und Böse, zwischen Licht und Dunkel, immerwährend und ohne dauernden Sieg für einen der Pole des Ehfem. Unerbittlich ist das Pendel, das zwischen den beiden Mächten schwingt, aus denen alles Leben geschaffen ist, solange, bis es bricht und hinabstürzt in den Abgrund des Vergessens, damit ein neues sein Werk beginne an einem anderen Platz der Erde. Atlan wird versinken in diesem letzten Krieg des Ehfem. Wie ein sterbender Stern in der Nacht wird es verlöschen. Keine Macht der Erde vermag seinen Untergang zu hindern.«

Etwas brach auf in Mahla. Die Worte flossen auf einmal wie von selbst aus ihr heraus. Dinge, die sie in der Gegenwart Lok-Mas wie verschwommene Silhouetten gesehen und die auf der Reise zurück nach Sari wie Schatten durch ihre Gedanken gegangen waren, traten nun leuchtend klar aus ihr hervor. Wie eine Seherin war sie in diesem Augenblick, der sich ein inneres Schauen öffnet, dessen Bilder sie hervorbringt, ohne sie wirklich zu verstehen. Worte sprach sie aus, die sie nie zuvor gehört, doch die schon im alten Reich von Hak die Namaii vom Orakel der Quelle vernommen: »Wenn die mütterliche Erde wiedergeboren wird in einem Leib aus Fleisch, wenn der Haß der Flamme sich ergießt über die Länder als sengendes Unheil, wenn das Licht des Tat noch einmal erglüht, vergeblich wie ein fallender Komet, wenn der aus San den Ring des Schweigens verläßt, um rastlos die Lande zu durchwandern, wird das zweite Weltenalter enden. Nicht fern ist dann die Stunde, da der Sonnenstern erlischt am nächtlichen Firmament und das Dunkel des Vergessens hereinbricht über die blühenden Städte Atlans.«

»Verstumme, Unwürdige, du lästerst den Erhabenen. Du bist eine Verräterin der Wahrheit des Tat,« schrie Ly in das betroffene Schweigen der anderen. Mahla schlug weinend die Hände vor das Gesicht, denn sie wußte die Worte, die aus ihr herausbrachen, nicht zu hindern. In Lys Augen flackerte Haß auf. Sie wollte fortfahren, doch der Sanla brachte sie mit einem unwilligen Blick zum Schweigen. Mahla krümmte sich und zitterte. Rake trat zu ihr, nahm sie in den Arm und beruhigte sie.

»Mahla ging als Botin des Einen nach Feen und brachte Kunde von den

Worten des Tso. Unsägliche Gefahren hat sie auf sich genommen aus Liebe zum Tat. Die Worte, die sie brachte, sind Worte der Weisheit, auch wenn sie unsere Ohren nicht erfreuen. Willst du sie schelten darum?« sagte der Sanla zu Ly. Seine Stimme klang streng und unerbittlich.
»Doch sie nannte das Licht des Tat einen fallenden Kometen, der vergebens leuchten wird,« verteidigte sich Ly. »Sie frevelt und widersetzt sich deinem Willen.«
»Nicht mein Wille geschehe, sondern der Wille des allgütigen Vaters. Nur das geschehe, was er fordert durch sein demütiges Instrument auf Erden.« Die Worte des Sanla klangen gepreßt, als quäle ihn ein schrecklicher Schmerz. »Laßt mich,« rief er, »laßt mich! Heute nacht wird der Sonnenstern über den Himmel wandern und die Yach werden sein Fest feiern, wie sie es taten seit dem Anbruch der Zeit. Ich aber werde allein in die Wälder gehen, damit das Licht des Einen meinen Weg erleuchte. Kein Korn eigenen Wollens darf mehr in mir sein, wenn sein Wille in mich eintritt, um Erfüllung zu finden. Laßt mich jetzt! Geht!«
Verstört blickten die Getreuen des Sanla ihren Herrn an. Nie zuvor hatten sie ihn so gesehen. Schweigend erhoben sie sich, ohne den Blick von ihm zu wenden, zogen sich langsam zurück, als warteten sie auf ein Zeichen, das sie zurückrufen würde. Doch der Sanla saß mit versteinerter Miene und blickte starr durch sie hindurch.

Mahla verbrachte den Tag schlafend. Bleierne Müdigkeit zog sie nochmals in die Räume tiefen, traumlosen Schlummers, der die Zerrissenheit ihres Herzens vergessen machte. Als ein ferner Klang von Trommeln sie weckte und sie sich auf ihrem Lager aufrichtete, schien ihr die Begegnung mit dem Sanla, die Worte, die aus ihr hervorgebrochen waren und die haßerfüllte Entgegnung Lys unwirklich wie ein Traum. Als sie sich erhob, schlüpfte Rake herein und setzte sich zu ihr.
»Wie geht es dir, Mahla?« fragte er besorgt.
»Ich war unendlich müde,« antwortete sie. »Nun aber fühle ich mich erfrischt.« Rake blickte sie prüfend an. Der fremdartige Ausdruck, der sich auf Mahlas Gesicht gelegt, als sie vor dem Sanla gesprochen hatte, war fortgewischt. Mahla schien um Rakes Sorgen zu wissen.
»Es ist gut, Rake, alles ist gut. Manchmal spricht die Stimme des Herzens, ohne daß wir Gewalt über sie haben,« sagte sie lächelnd.
»So glaubst du nicht mehr an die Macht des Erhabenen?« fragte Rake. Mahla überlegte lange. »Doch, ich glaube an seine Macht, denn sie

strahlt aus seinen Augen, aus seinen Gesten, aus seiner Gestalt. Und doch ... Als ich den Mehdrana hörte, fühlte ich, daß etwas über uns wirkt, vor dem auch die Macht des Sanla sich beugen muß, vor dem sie unbedeutend scheint, auch wenn sie Kranke zu heilen und Tote zu erwecken vermag. Wie der mächtige Fluß ist sie, dessen Fluten ganze Länder mit sich fortreißen und der doch klein erscheint vor der Unendlichkeit des Meeres, in das er mündet.«

Rake wollte etwas entgegnen, in seinen Augen glimmte das Feuer des Eifers, doch Mahla kam ihm zuvor. »Nein, lieber Rake, laß uns dies nicht jetzt erörtern. Alles ist klar und zugleich verwirrend in mir. Laß mir Zeit, die Eindrücke meiner Reise zu ordnen. Alles wird sich fügen. Alles wird gut werden.«

»Doch was willst du tun? Der Erhabene wird Sari verlassen nach dem Fest des Sonnensterns.«

»Ach Rake. Mir scheint, es gibt in dieser Welt keinen Platz mehr für mich,« sagte Mahla traurig. »Es war gut, ohne Ziel zu reisen, von einem Ort zum anderen, heimatlos. Ich habe dieses ruhelose Glück gespürt auf dem langen Ritt durch die Wälder und hätte alles darum gegeben, wäre ich nie am Ziel angelangt.«

»Nein Mahla!« rief Rake. »Dein Platz ist bei uns, bei mir. Du wirst mit uns nach San gehen. Wenn du wieder um den Erhabenen bist, wird das Licht seiner Liebe deine Zweifel verscheuchen wie lästige Schatten.«

Mahla schüttelte den Kopf. »Es sind keine Zweifel, Rake. Es ist ein Wissen, das sich mir unvermittelt eröffnet hat und das ich nicht zu deuten vermag.«

»Sprechen wir nicht mehr davon in dieser Nacht,« sagte Rake. »Laß uns hinausgehen zu den Yach. Schon den ganzen Tag tanzen und singen sie in Erwartung des Sonnensterns. Wer weiß, vielleicht ist es das letzte heitere Fest, das wir erleben dürfen, bevor der Krieg beginnt. Es wird dich von deinen düsteren Gedanken ablenken. Und wenn wir erst auf San sind, wird alles gut. Dort strahlt das Licht des Tat noch hell und klar. Es wird auch deinem Herzen Frieden schenken.«

Mahla nickte nachdenklich und verließ mit Rake ihr steinernes Gemach. Eine schwüle Nacht war über Sari hereingebrochen. Leuchtkäfer schwirrten in der Luft wie grün schimmernde Kometen. Rake führte seine Schwester zu einem offenen Platz im äußeren Ring von Sari, den Mahla nie zuvor gesehen hatte. Er glich dem Platz im Zentrum der schwarzen Stadt, an dem der Sanla mit seinen Getreuen lebte, nur fehlten die steinernen Halbkugeln. In seiner Mitte stand eine große, filigran durchbrochene Kugel, in der ein unruhiges Licht brannte. Um diese Steinkugel tanzten die Yach, die jungen Männer und Frauen, nackt, schweißüberströmt, in kurzen, rhythmischen Bewegungen, zu einer treibenden Musik von Flöten und Trommeln. Dazu erklangen die heiseren Gesänge der alten Yach, die sich auf den Stufen am Rand des Platzes niedergelassen hatten und die Bewegungen des Tanzes durch langsames Wiegen ihrer Oberkörper nachahmten. Die Schatten, die das Licht in der Kugel warf, schleuderten jähe Zuckungen in die Nacht, so daß es schien, als seien auch die Steine und Mauern von Sari von dem Tanz ergriffen. Mahla mußte sich auf die Stufen setzen, die zu dem Platz hinabführten, denn sie glaubte, der Boden unter ihr beginne zu schwanken.

»Der Sanla sagt, daß sie einen Trank aus Siji zu sich nehmen, bevor sie tanzen,« flüsterte Rake. »Sie tanzen, bis sie ihre zu eng gewordenen Körper verlassen, um eins zu werden mit dem Licht des Sonnensterns.«

»Siji?« fragte Mahla verwundert.

»Ja, doch nicht das Siji, das die genußsüchtigen Lebemänner der Städte aus Langeweile zu sich nehmen, um ihre abgestumpften Sinne zu kitzeln, sondern das echte Siji, das nur die Yach zu brauen verstehen und das die Kraft haben soll, den Geist vom Körper zu lösen. In der Nacht des Sonnensterns senden die, die vom Siji trinken, ihren Geist aus, damit er das erschaue, was sie im tiefsten Herzen ersehnen. Jene aber, die die Weihe des Siji nicht empfangen haben, begegnen ihren fürchterlichsten Ängsten, die schrecklicher sind als der Tod. So hat uns der Erhabene berichtet.«

Mahla nickte, gebannt von der wogenden Masse aus schweißgebadeten Leibern, die sich um die steinerne Kugel wälzte. Das Zucken der Tanzenden schien mit dem leisen Wiegen der alten Yach zu einer Bewegung verschmolzen, die von einer einzigen Kraft getrieben wurde. Mahla spürte, wie diese Macht an ihr zog, einem reißenden Gewässer gleich.

»Fast möchte ich mit ihnen tanzen,« flüsterte Mahla aufgeregt, und erschrak zugleich über diesen Gedanken.

»Eine Kaufmannstochter aus Feen, die mit dem nackten Volk des Waldes eine steinerne Kugel umtanzt?« fragte Rake lächelnd. »Mir scheint es fast schon zuviel, daß wir hier sitzen, um diesem absonderlichen Fest beizuwohnen. Die anderen sind dem Beispiel des Erhabenen gefolgt, haben sich in die Stille der Versenkung zurückgezogen, damit das Licht des Sonnensterns ihre Herzen erleuchte.«

»Und doch hast du mich hergeführt, Rake.«

»Ja, ich war neugierig. Wer in Atlan hat schon das Fest des Sonnen-

sterns bei den Yach gefeiert? Und wer weiß, ob wir je nach Sari zurückkehren? Aber der Erhabene hat uns gewarnt, ihrem Tanz nicht zu nahe zu kommen, denn seine Kraft ist ein Opfer für die alten Götter der Wälder. Ist es nicht seltsam? Sie beten den Seris an und doch gewähren sie dem Erhabenen und den seinen Unterschlupf im heiligen Bezirk ihrer Stadt. Ist nicht auch das ein Beweis für die Macht des Sanla?«
Mahla nickte abwesend. Die Musik und der Tanz der Yach nahmen sie gefangen. Das flackernde Licht in der Kugel wurde schwächer, schien allmählich im tiefen Dunkel der Nacht zu vergehen. Es vermochte nicht einmal mehr den ganzen Kreis der Tänzer zu erhellen. Ihre Körper zerflossen zu einer formlosen Masse aus Lichtreflexen und Schatten, die keinen Anfang und kein Ende zu haben schien. Gebannt starrte Mahla von ihrem erhöhten Platz auf den Stufen in das wogende Meer aus Leibern hinab. Das Verlangen, einzutauchen in es, sich mitreißen zu lassen von diesem Strom, wurde übermächtig.
Plötzlich griffen aus der Dunkelheit Hände nach ihr, zogen sie hoch und führten sie fort. Mahla ließ es geschehen, als habe sie darauf gewartet, als sei es die Erfüllung einer heimlichen Sehnsucht. Als Rake es bemerkte und aufsprang, um seiner Schwester nachzueilen, war sie schon in der Finsternis verschwunden. Willig ergab sie sich den Händen, die sie führten und streichelten. Mahla spürte tiefe Liebe zu den kleinen Menschen der Wälder. Fiebernde Erregung packte sie, als sie sich plötzlich inmitten der Tänzer wiederfand und ergriffen wurde von ihrem stampfenden Rhythmus. Sie fühlte, wie ihr Körper sich in die Einheit der Tanzenden fügte, wie die Musik ihn durchdrang und bewegte. Eine jubelnde Lust war es, sich diesem Sog hinzugeben, sich fortreißen zu lassen vom dröhnenden Pulsschlag der Wirbel und Strudel, die um die steinerne Kugel wogten. Mahla verströmte sich, schien sich aufzulösen, vergaß, wer sie war und wo sie sich befand. Irgendwann hob sie den Blick und sah den Sonnenstern am Himmel. Er funkelte klar und rein wie ein im Licht glänzender Diamant. Ein Rausch des Glücks durchströmte Mahla. Sie wußte, es war das Glück, das auch die Tänzer um sie herum ergriff, die lachend zum Himmel blickten, während die Heftigkeit ihres Tanzes sich steigerte, bis er in einem plötzlichen Höhepunkt mit einem Mal stillstand. Die Musik brach ab, die Tänzer erstarrten in ihrer Bewegung. Im gleichen Augenblick erlosch das Licht in der steinernen Kugel. Dunkelheit brandete wie eine Welle über die Menschen hinweg. Im silbernen Schimmern des Sonnensterns sanken die jungen Yach zu Boden. Mahla begriff, daß der Tanz dazu gedient hatte, die Männer und Frauen zueinander zu führen, die

sich nun umarmten und liebten. Mahla war zuletzt an den Rand des Kreises geraten, in dem die Tanzenden sich bewegten, in die Nähe der alten Yach, deren Gesang verstummt war und die schweigend das Licht des Sonnensterns betrachteten. Niemand wagte die fremde Frau, die selbst die größten Yach um Haupteslänge überragte, zu berühren und in das Meer der Liebenden hinabzuziehen. Mahla blieb stehen zwischen den niedersinkenden Leibern wie ein Fels in den fallenden Gezeiten. Einen Augenblick verharrte sie, benommen vom Wirbel des Tanzes, mit zitternden Gliedern und wild pochendem Herzen, als einer der alten Yach zu ihr trat.

Das Gesicht, das aus dem Dunkel auftauchte, war mit weißen und roten Streifen bemalt. Es glich der Maske eines Dämonen, doch Mahla erschrak nicht. Es schien ihr vertraut, daß die Gestalt ihr ein hölzernes Gefäß mit einem Trank reichte, in dem fahl das Licht des Sonnensterns glänzte. Sie empfing die Schale und führte sie an die Lippen. Brennende Hitze ergoß sich mit der Flüssigkeit durch alle Fasern ihres Körpers. Sie leerte das Gefäß und gab es dem Alten zurück, der es stumm entgegennahm und in der Dunkelheit verschwand. Mahla spürte, wie ihr Körper sich zu verwandeln begann. Sie sank zu Boden, mitten unter die alten Yach, die auch den Trank des Siji empfangen hatten. Mahlas Kopf fiel nach hinten auf die steinerne Treppe. Der Sonnenstern über ihr begann sich zu drehen und in allen Farben zu strahlen. Sie schloß die Augen, doch das Flimmern der leuchtenden Farben war auch in ihr und begann, ihren Körper zu ergreifen und aufzulösen. Panische Angst überfiel die junge Frau. Ihr Atem jagte. Sie wollte aufspringen, doch ihr Körper war starr wie der eines Toten. Sie spürte, wie die Lebenskraft langsam aus ihren Gliedern wich und sich schmerzhaft an einem Punkt unter der Brust zusammenkrampfte. Hände und Füße wurden kalt und steif. Jedes Gefühl erstarb in ihnen. Die Lähmung des Todes kroch durch Mahlas Körper. Ihr Herz schlug in heftigen, zitternden Stößen. Wie das Schlagen eines mächtigen Hammers tief in den Gewölben eines Gebirges schien es. Mahla wollte nach Rake rufen, doch ihre Stimme gehorchte ihr nicht mehr. Wie durch einen Schleier vernahm sie das Murmeln der alten Yach, das Seufzen der jungen, die sich auf dem Platz um die steinerne Kugel liebten und das vielstimmige Lärmen der Nachttiere im Dschungel. Es schwoll an zu einem Brausen, das noch einmal den Sturm der Todesangst in Mahlas Innerem aufwühlte, dann wurde alles still.

Es war Mahla, als bewege sie sich. Ihr Körper schien aus unzähligen funkelnden Sternen gemacht. Er war so leicht, daß er sich vom Boden

hob und über die steinerne Kugel schwebte. Ein silbern schimmerndes Band ging von ihm aus. Mahla verfolgte es mit ihren neuen Augen, die das Dunkel des Dschungels mühelos zu durchdringen vermochten. Es reichte hinab zu ihrem Leib aus Fleisch, der wie tot zwischen den alten Yach auf den Stufen lag. Langsam und schmerzhaft dehnte sich die leuchtende Kordel, brannte und pulsierte an ihrem Herzen, doch Mahla empfand keine Angst mehr. Sie blickte zum Himmel und sah den Sonnenstern glitzern. Wie durch rasch ziehende Nebel hindurch blitzte sein Licht, gebrochen in viele Farben. Eine Welle der Liebe überkam Mahla bei seinem Anblick. Sie dachte an Aelan und spürte, wie die Liebe zu ihm sie fortnahm aus den Wäldern von Sari. Die Bilder vor ihren Augen verschwammen in den kreisenden Nebeln. Neue traten hervor. Sie sah Aelan mit zwei Männern in einem fremdartigen, langen Boot auf einem dunklen Meer. Auch über den nächtlichen Räumen, die sich über diesem Ozean wölbten, strahlte hell der Sonnenstern und warf seinen Glanz über eine Unzahl von kleinen Schiffen, die aufs offene Meer hinausgefahren waren. Große Kreaturen hoben sich zwischen ihnen aus dem Wasser, dunkel glänzend im Licht des Einen Sterns, und sanken gemächlich wieder zurück in die Tiefe. Mahla spürte die Liebe, die diese Wesen mit den Menschen in den Booten verband. Wie ein endloser Atem wehte sie über das Meer hin. Mahla erkannte, daß die Quelle dieser Liebe in Aelan floß. Von ihm strömte ein silbernes Licht aus und ging in pulsierenden Wellen über die weiten Wasser hin. Mahla spürte, wie diese Liebe auch sie erfaßte und mit innigem Glück erfüllte. Weit hinter den Booten schimmerte im Licht des Sonnensterns eine hohe, weiße Felsenküste. Mahla wußte in diesem Augenblick, daß es die Klippen der Insel San waren.
Aelan ist auf San, schrie es in ihr. Ich werde ihn wiedersehen, wenn der Erhabene nach Sanris geht. Wogen der Freude schlugen über ihr zusammen. Plötzlich schien alles gut. Sie würde Aelan wiederfinden. Er war auf San und wartete auf sie. Er war gerettet aus der Gefangenschaft. In ihren dunklen Stunden hatte sie ihn tot geglaubt und für immer verloren, doch nun hatte sie ihn gefunden. Nie wieder würde sie getrennt von ihm sein. Ungeduld brach in ihr auf. Wann würde der Sanla Sari verlassen? Wann würde er aufbrechen nach Sanris? Die Ungeduld wuchs zu einer pochenden Erregtheit. Die friedlichen Bilder des Meeres von San verschwammen. Rot, wie von einem mächtigen Feuer erleuchtet, schienen die Nebel, in denen sie versanken. Mahla fühlte sich von einer unbarmherzigen Kraft gepackt und fortgenommen aus der Gegenwart Aelans. Wieder griff Angst nach ihr. Sie wollte sich an

Aelans Bild klammern, rief verzweifelt seinen Namen, doch erbarmungslos riß die fremde Macht sie von ihm fort. In den Nebeln blitzte das Bild einer riesigen Pyramide auf. Frauen in weißen Gewändern waren auf einmal um Mahla. Sie trieben sie vor sich her, durch enge, von Fackeln beleuchtete Gänge, schlugen sie mit Peitschen, stießen sie zu Boden. Sahwa, Sahwa, du Verräterin, hörte Mahla rufen. Die Stimmen brachen sich in den unterirdischen Gewölben zu unzähligen Echos. Eine der Frauen sprang nach vorne, ein Messer in der Hand. Mahla bäumte sich auf und schrie, doch eine eherne Macht hielt sie fest und lieferte sie der Mörderin aus. Als die Klinge herabzuckte, erkannte Mahla die Züge Lys, von Haß und bösem Triumph verzerrt. Mit wilder, verzweifelter Angst im Herzen starb Mahla, und aus dem Todesschmerz, den sie nun noch einmal durchlebte, brach eine Lawine wirrer Bilder hervor. Wie Steinschlag prasselten sie auf Mahla herab und begruben ihre weit gedehnten Sinne unter sich. Ein Sturm von Angst und Schmerz raste über sie hin. Eine Sekunde nur vermochte sie ihn zu ertragen, dann brach er ihren Willen wie einen dürren Zweig und stürzte Mahla in die Vergessenheit einer abgrundtiefen Nacht.

»Glaube mir, sie ist wie mein eigen Fleisch und Blut,« sagte Ly, ohne den Blick vom Sonnenstern zu wenden. »Wie Schwestern wuchsen wir auf. Wir hingen aneinander, daß wir glaubten, sterben zu müssen, wenn wir nur einen Tag getrennt wären. Alle Männer, die kamen, um meine Hand anzuhalten, schlug ich ab, nur um Mahla nicht verlassen zu müssen. Nie habe ich einen Menschen geliebt wie sie. Und doch...«
Ly brach ab. Leas, der neben ihr auf den warmen Steinen vor der Kugel saß, die dem Sanla als Unterkunft diente, blickte Ly an. Tränen flossen über die Wangen der jungen Frau. Zögernd berührte Leas ihren Arm. Ly ließ es geschehen.
»Und doch habe ich im Erhabenen eine Liebe gefunden, die alle menschliche Zuneigung weit übersteigt,« fuhr Ly fort. »Im Licht des Sonnensterns gibt es keine Verstellung und keine Unwahrheit. Du hast ihre Worte gehört wie ich. Mir fuhren sie ins Herz wie glühende Speere. Sie hat sich abgewandt vom Erhabenen und ringelt sich wie eine giftige Schlange zu seinen Füßen in der Wärme seiner Liebe. Er liebt sie, denn er ist arglos und kennt das Böse nicht. Sie hat die Saat des Zweifels in sein Herz gelegt, Dinge, die ihr dieser Mehdrana einflößte...«
»Ein merkwürdiger Mann,« sagte Leas leise. »Ich hörte ihn sprechen zu seinen Mehdraji...«

»Ja, ein Mann, dessen Worte große Kraft besitzen. Auch ich kenne ihn. Er war zu Gast im Haus der Sal und ich hörte ihn oft in der Mehdra. Er vermag die Menschen zu berücken, doch ich spürte stets eine eisige Kälte hinter seiner Weisheit, einen schneidenden Wind, der mich wie ein Messer verletzte, wenn ich mich ihm öffnete. Es ist die gleiche erschreckende Kraft, die heute auch aus Mahla sprach. Sie kehrte verwandelt aus Feen zurück.«
»Ja. Ein kalter Panzer scheint sie zu umgeben. Auch ich spürte es auf unserem Weg zurück nach Sari,« entgegnete Leas. Seine enttäuschte Liebe zu Mahla regte sich in ihm und riß die noch nicht verheilten Wunden wieder auf. »Vielleicht hast du recht. Vielleicht hat der Mehdrana sie verzaubert.«
»Und diese unheimliche, gefühllose Macht stellt sich jetzt dem Erhabenen entgegen, in der schweren Stunde, da er sich anschickt, das Los Atlans zu wenden. Er ist rein wie die Blüte der Nat. Mächtig strömt die Liebe des Tat aus ihm, um das Böse zum Guten zu wandeln, doch sie vermag ihn nicht zu schützen vor einer, die sich in sein Herz schlich und die er arglos liebt im Überschwang seiner Güte. Hast du gesehen, wie das Gift wirkte, das sie ihm ins Herz goß mit ihren frevlerischen Worten?«
Leas nickte, doch er wußte nichts zu erwidern.
»Wir müssen ihn schützen vor ihr, damit er nicht abirrt von seinem Weg, den der allweise Tat ihm bestimmte, damit er nicht wankt in seiner Pflicht, Atlan in das Zeitalter des Lichts zu führen.«
»Ich werde mit ihm sprechen, Ly. Ich danke dir, daß du mir dein Vertrauen geschenkt hast. Auch ich trage tiefe Sorge um den Erhabenen, seit ich die heitere Gelassenheit seines Herzens brechen sah an diesem Morgen, doch ich wagte nicht, meine Gedanken zu offenbaren.«
»Nein, Leas. Es wäre nicht gut, ihn in dieser schweren Zeit mit den Werken des Bösen zu belasten. Er, der auch seine Feinde liebt und ihnen verzeiht, würde lieber sterben, als Mahla des Frevels zu bezichtigen.«
»Doch was sollen wir tun?«
»Wir werden nach Melat wandern, sagte der Erhabene, um überzusetzen auf die Insel San. Die Schlange, die das Gift der Zwiespältigkeit in sein Herz träufelt, muß entfernt werden von seinem Busen. Sie darf San nicht erreichen.«
»Du willst sie töten?« Leas fuhr auf wie von einem Peitschenhieb getroffen. »Du willst die Liebe des Tat mit Mahlas Blut beflecken? Selbst wenn sie es verdiente, wäre dies ein Frevel, den nichts zu rechtfertigen vermag.«

»Nein, Leas,« beschwichtigte ihn Ly. »Sie zu töten, würde bedeuten, auch mir das Leben zu nehmen, so liebe ich sie trotz allem. Ich bete zum Tat, daß sie den Weg des Lichts wiederfinde im Dunkel ihrer Abirrung. Es reißt mir das Herz in Stücke, sie als Frevlerin zu sehen, doch meine Liebe zu ihr ist ungebrochen. Nein, Leas, nichts soll ihr geschehen. Kein Tropfen ihres Blutes soll vergossen werden. Doch sie muß zurückbleiben in Melat. Sie ist sicher dort im Haus des Kaufmanns, mit dessen Karawane ihr nach Feen gereist seid. Wenn sich ihr Herz gewandelt hat, mag sie sich den Getreuen des Erhabenen wieder anschließen, wenn er zurückkehrt an der Spitze des Heeres von San, um Atlan zu befreien. Er aber, der das Licht des Tat trägt, muß unberührt von den Worten der Verblendeten seinen schweren Gang nach San tun. Der Tat will es so. Sind wir nicht um den Erhabenen, um ihn zu schirmen vor Gefahr?«
Leas nickte. »Doch wie willst du erreichen, daß Mahla in Melat zurückbleibt? Der Erhabene selbst hat sie gebeten, mit ihm zu kommen.«
»In einem Traum in der Nacht, als Mahla zurückkehrte von Feen, das Herz schwer vom Gift des Zweifels und des Verrats, sah ich, was zu tun ist, um den Erhabenen vor ihr zu schützen,« sagte Ly geheimnisvoll. Sie wandte den Blick vom Sonnenstern ab und begann mit gesenkter Stimme, Leas in ihren Plan einzuweihen.

Am Tag des großen Marktes langten der Sanla und die seinen in Melat an, in den Kleidern von Bauern und Lastenträgern, Bündel und Körbe auf dem Rücken, verteilt in einem Strom von Menschen, der in der Kühle des Morgens durch die Tore der Stadt drängte. Ein milder Herbsttag brach an in der Stadt an der großen Bucht. Wie hellblaue Seide spannte sich der wolkenlose Himmel über den Häusern, zwischen denen noch die feuchten Schatten der Nacht lagen. Der Geruch von frischgebackenem Brot wehte durch die engen Gassen in der Nähe des Marktes und mischte sich mit den Düften von Gewürzen, Früchten und Blumen. Hinter allen Wohlgerüchen aber wehte eine frische Brise den salzigen Atem des Meeres durch die Stadt.
»Wie ein Dieb in der Nacht schleicht sich der Sohn des Tat aus Atlan fort, doch er wird wiederkommen als strahlender Künder des Morgens,« hatte der Sanla gesagt, bevor er sich von seinen Getreuen getrennt. In kleinen Gruppen sollten sie nach Melat gehen, durch verschiedene Tore, um unauffällig zu dem Schiff eines Kaufmanns zu gelangen, das mit der Flut zum Handelshafen von San auslaufen würde. Es war abgesprochen, daß der Sanla und die seinen wie La-

stenträger an Bord gehen und sich im Rumpf des Schiffes verbergen sollten.

Rake begleitete Ly und Mahla. Knapp hinter dem Sanla gingen sie, dem Leas nicht von der Seite wich. Es war der Wunsch des Erhabenen gewesen, daß die Frauen auf dem gefährlichen Weg zum Hafen in seiner Nähe blieben. Hoch aufgerichtet ging der Erhabene durch die Menge. Es schien, als teilte sich das Menschenmeer vor ihm, das über den Marktplatz wogte, und doch war es, als ginge ein Unsichtbarer zwischen den geschäftigen Leuten hindurch, denn niemand beachtete ihn. Soldaten patrouillierten durch das bunte Treiben, Gurenas, die das Zeichen der Flamme an den Helmen trugen. Scheu wich die Menge vor ihnen zurück. Mißmutiges Murmeln schien ihnen zu folgen wie eine unsichtbare Wolke. Doch auch an den Kriegern des Be'el ging der Sanla vorbei, ohne sein Gesicht abzuwenden. Die Gurenas schienen ihn nicht zu sehen.

»Seht nur,« flüsterte Rake. »Das schützende Licht des Tat umgibt ihn. Viele von denen, die heute achtlos an ihm vorübergehen, haben ihn schon gesprochen, wurden berührt von seiner heilenden Hand und doch erkennen sie ihn nicht.«

Plötzlich knickte Ly unter der Last ihres Korbes mit einem spitzen Aufschrei zusammen. »Es ist nichts,« beschwichtigte sie, als Rake ihr aufhalf. An seinem Arm humpelte sie zu einem Brunnen in der Nähe. Die Menschen gafften neugierig nach den zwei schönen Frauen und dem jungen Mann, die am Brunnen ihre Lasten abstellten. Auch der Sanla blieb stehen und wandte sich um.

»Laßt uns weitergehen, als sei nichts geschehen,« flüsterte Leas und faßte ihn am Arm. »Es gäbe ein Aufsehen, würden wir bei ihnen bleiben. Die Menschen würden Euch erkennen.«

Der Sanla zögerte. Er selbst hatte angeordnet, daß die Getreuen einander begegnen sollten wie Fremde, sollten ihre Wege sich kreuzen in der Stadt.

»Ly kennt den Weg zum Hafen,« drängte Leas. »Rake ist bei ihnen.«

Der Sanla sah Leas lange an. »Du bist erregt, Leas. Was ist dir?« sagte er sanft.

Leas senkte den Blick und schüttelte den Kopf. »Ich bin in Sorge um Euch,« antwortete er.

»Trage keine Sorge um den, in dem das Licht des Tat leuchtet, aber trage Sorge um die Reinheit deines Herzens,« entgegnete der Sanla. Seine Stimme klang traurig, als bedrückte ihn etwas. Fast widerwillig ließ er sich von seinem Begleiter weiterführen.

Leas errötete. In seinem Hals brannte es wie Feuer, als er den Erhabenen mit nervösen Bewegungen auf eine Gasse aufmerksam machte, die zum Hafen hinunterführte.
»Lauf zum Erhabenen und sage ihm, daß wir ihm zum Schiff folgen. Es gibt keinen Grund zur Sorge. Ich kenne den Weg,« sagte indes Ly zu Rake.
»Ich lasse euch nicht alleine, hier, mitten auf dem Marktplatz,« entgegnete Rake trotzig. Er verwünschte Ly, die ihnen so kurz vor dem Ziel noch solche Unannehmlichkeiten bereitete.
»Geh nur, Rake,« sagte Mahla, die Lys Fuß untersuchte. »Der Erhabene sorgt sich sonst um uns. Wir kommen gleich nach.«
Widerstrebend machte Rake sich auf den Weg. »Er ist noch nicht weit. Ich komme sofort zurück. Wartet hier auf mich,« brummte er und schlüpfte elegant durch die Menge davon.
Kaum war Rake verschwunden, als Ly Mahla mit einem kräftigen Ruck von sich stieß. »Fort Diebin!« schrie sie. Sofort rotteten sich Menschen an dem Brunnen zusammen.
Mahla raffte sich auf. »Ly!« rief sie verwundert. Doch Ly schien außer sich geraten.
»Sie wollte mich bestehlen, als ich mich am Brunnen niederließ!« schrie sie. »Holt die Wachen.«
Schon drängten sich zwei Soldaten mit dem Zeichen des Be'el durch die schaulustigen, erregt durcheinanderrufenden Menschen.
»Nur das Gekeife von Weibern,« sagte ein Mann in feinen Kleidern, der alles gesehen hatte und winkte ab. »Sie saßen friedlich am Brunnen und plötzlich will die eine bestohlen worden sein.«
Die Soldaten lachten und wandten sich achselzuckend zum Gehen, aber Ly, die ihren Plan scheitern sah, sprang ihnen nach, gewandt wie eine Wildkatze, ein irres Flackern in den Augen.
»Greift sie! Sie ist eine Getreue des Tat-Sanla,« zischte sie. Die Gurenas fuhren herum und stürzten sich auf Mahla, die wie gelähmt am Brunnen lehnte, ohne zu verstehen, was vorging. Das Bild der Sonnensternnacht in Sari schoß ihr durch den Kopf, als eine gnadenlose Kraft sie gepackt und fortgerissen hatte von Aelan. Sie schrie auf, als die Soldaten sie ergriffen, doch sie wehrte sich nicht.
Die Menschen von Melat wollten ihr beistehen. »Rettet sie, sie ist eine des Sanla,« flog der Ruf durch die Menge. Doch die Gurenas zückten die Schwerter und streckten zwei Wagemutige, die Mahla zu Hilfe kommen wollten, mit blitzschnellen Hieben nieder. Die übrigen wichen zurück.

»Tötet die Schlange, die den Sanla verriet,« riefen andere. Bald toste der Platz vom Schreien der erregten Menge. Ly aber war im Gedränge verschwunden. Gurenas stürzten mit blanken Schwertern herbei und bildeten einen Wall aus Schilden um ihre Kameraden, die Mahla festhielten. »Nieder mit dem Tat-Tsok!« schrien die Menschen. »Nieder mit dem Be'el, dem Auswurf des Bösen! Der Sanla wird sie vernichten!« Früchte und Steine wurden gegen die Gurenas geschleudert, die Mahla mit sich fortschleppten und sich langsam den Weg durch die Menge bahnten. Willenlos hing Mahla im eisernen Griff der Soldaten.
Im gleichen Augenblick sprang Rake auf sie zu. Wie im Traum sah Mahla, wie ihr Bruder den Dolch zog und einen der Soldaten niederstach. »Nein, Rake,« hörte sie sich schreien, durch dichte Nebel hindurch, erfüllt von einem bleiernen Gefühl der Machtlosigkeit. Alles drehte sich um sie. Der Krieger sank röchelnd neben ihr nieder und starb. Sein Helm rollte klirrend über den Boden. Mahla sah, wie Rake einen zweiten Soldaten traf, bevor er mitten in der Bewegung erstarrte. Als er sich im Fallen drehte, sah sie den Speer in seinem Rücken. Die Schwerter, die ihn noch im Hinstürzen durchbohrten, blitzten im Sonnenlicht. Helles Blut troff von ihren Schneiden. Noch einmal wollte Mahla schreien, aber ihre Stimme versagte. Das Tosen der Menschenmenge, das Trampeln unzähliger Füße auf dem mit steinernen Platten belegten Platz wuchsen zu einem wirren Orkan von Tönen, der jede Lebenskraft aus ihr fortriß. Mit ungläubigen Augen starrte sie auf die um sie herum wirbelnden Gesichter und Körper zwischen den Schilden der Soldaten, sah Rakes gebrochene Augen zwischen ihnen, sein bleiches, im Todesschrei verzerrtes Gesicht, bis eine schwarze, erbarmungslose Kraft ihre Sinne auslöschte.

»Es hat einen Aufruhr gegeben, plötzlich,« wimmerte Ly und warf sich dem Sanla zu Füßen, der unruhig im Rumpf des Schiffes auf und ab ging. »Die Menschen haben die Wachen angegriffen. Mahla wurde losgerissen von mir. Ich habe sie verloren im Getümmel. Doch sie wird ins Haus des Kaufmanns flüchten, wie es vereinbart war, wenn etwas geschehen sollte. Sie ist in Sicherheit. Rake ist bei ihr.«
»Wir müssen sofort ablegen,« schrie einer der Bootsleute von Deck, »sonst ist alles verloren. Die Wachen werden kommen, um das Schiff zu durchsuchen.«
Der Sanla schien ihn nicht zu hören. Ly sah den Erhabenen flehend an, doch sein Blick bohrte sich unbarmherzig in sie und brachte sie zum

Schweigen. Noch einmal wollte sie mit ihren Beteuerungen beginnen, doch ihre Worte zersplitterten wie brüchiges Gestein. Eine vibrierende Kraft strömte vom Sanla aus. Die Getreuen, die sich um ihn versammelt hatten, wichen erschrocken zurück. Die Züge des Erhabenen schienen ruhig, doch ihre Unbewegtheit schien die fürchterliche Kraft seines Zorns ins Unerträgliche zu steigern. Lange stand er schweigend. Sein Schweigen war von solcher Gewalt, daß es den Rumpf des Schiffes zu sprengen drohte. Dann erklang seine Stimme, leise und dumpf, wie aus einem tiefen Gewölbe herauf und doch mächtig wie ein Donner: »Du bist ein Dorn im Fleisch des Tat, die Saat der Dunkelheit im Garten des Lichts, der Keim des Bösen im Reich der Liebe, der Auswurf der Lüge im Antlitz der Wahrheit. Ich trauere um dich, Verworfene, die Mißgunst und Eifer verblendeten, denn du wirst viele Leben leiden, bis die ewige Güte des Tat dich erlöst.«

»Nein!« schrie Ly in rasender Verzweiflung. »Nicht mich strafe! Leas hat Mahla verraten, weil sie seine Liebe zurückwies!«

Leas, der im Kreis der Getreuen stand, erbleichte und schien in sich zusammenzusinken. »Niederträchtige!« schrie er, in jähem Zorn auffahrend. »Du hast mich in das Gespinst deiner Lüge verwickelt!« Im Sprung auf Ly zu riß er das Schwert aus der Scheide und traf die junge Frau tödlich, bevor sie begriff, was ihr geschah. Den Bruchteil eines Augenblicks verharrte er, sah Lys Blut über die rohen Planken strömen, dann stürmte er mit großen Sätzen die Stufen zum Deck hinauf. Aufgeregt rufend drängten die Getreuen um den Sanla, der unbeweglich stand und Lys Körper anstarrte, der vor seine Füße gestürzt war.

»So fiel der Same des Hasses in den Garten des Tat,« sagte er. »Rake ist tot und Mahla in den Händen des Be'el.« Seine Stimme war von solcher Traurigkeit erfüllt, daß die Männer erschraken. Ohne sie zu beachten, wandte er sich um und stieg langsam die hölzerne Treppe empor. Einer der Bootsleute eilte ihm entgegen.

»Herr,« rief er aufgeregt. »Leas hat sich in sein Schwert gestürzt! Er ist tot!«

Der Sanla blickte ihn mit matten Augen an, dann ging er weiter, ohne daß seine versteinerten Züge sich regten.

Der Wind blähte das purpurfarbene Segel des Kaufmannsschiffes. Rasch flog es an den engen, weißen Steilküsten der Bucht von Melat vorbei. Möwen folgten ihm kreischend, ohne einen Flügelschlag.

## Kapitel 6
## DIE PRÜFUNG

Der Wind, der vom Meer über die Berge strich, sang in den Pinien. Aelan schloß die Augen und lauschte dem tiefen, sanft anschwellenden und wieder verebbenden Ton, der getragen war vom eintönigen Schrillen der Zikaden. Einen endlosen Augenblick sank Aelan in einen weiten Raum, in dem die Zeit stillzustehen schien. Tiefer Friede war dort, und das Lied des Windes tönte wie der vibrierende Klang des ewigen Hju. Aelans Gedanken und Gefühle, seine Sorgen und Hoffnungen zerschmolzen in diesem Moment stillen Glücks, der für immer zu währen schien und doch rascher verflog als ein Schlag seines Herzens. Er öffnete die Augen. Die Schüler des Fai, zwischen denen er und Rah saßen, verharrten bewegungslos, die Lider halb geschlossen, in Erwartung ihres Lehrers. Der weitläufige, hohe Raum, in dem sie sich niedergelassen hatten, war schmucklos und vollkommen leer. Die kleine Gruppe saß auf dem blank gewachsten Boden aus Zedernholz, einer großen, kreisförmigen Öffnung gegenüber, die in eine der hölzernen Wände geschnitten war. Sie reichte vom Boden bis zur Decke und gab den Blick frei auf sanft geschwungene Hügel, die mit Pinien und Zedern bewachsen waren. Weit hinter ihnen schimmerte im Sonnenlicht das Meer, aus dem drei winzige, schroffe Felseninseln aufragten.
Die Schule des Fai lag zwei Tagesreisen von Sanris entfernt in den fast unbewohnten Bergen des Nordens, auf einer steil ansteigenden Erhebung am Ende eines langgezogenen Tals, ein niedriger, weißer Bau, verborgen in einem weitläufigen Pinienhain. Obwohl man von dem Gebäude nach allen Seiten freie Sicht genoß und weit über die Berge und das Meer hinausblicken konnte, war es so geschickt in die Landschaft gefügt, daß man es erst zwischen den Bäumen aufleuchten sah, wenn man den durch Kreise aus weißen Steinen bezeichneten Bezirk des Fai betrat.
Aelan nahm den Ausblick durch die kreisrunde Öffnung in sich auf,

ein vollendetes Bild, wie von einem Künstler komponiert, dann schloß er wieder die Augen. In den Jahren seiner Wanderung hatte er die Kunst des mühelosen Reisens ganz selbstverständlich erlernt und angewendet, ohne um die Techniken zu wissen, die von den Meistern des Fai gehütet wurden. Der Name des Sonnensterns hatte diese alte Fertigkeit der Namaii in seinem Herzen erschlossen. Es schien, daß sie zu seiner Verfügung stand, wann immer er sie brauchte, ohne daß er Gewalt über sie besaß. Nie hatte er darüber nachgedacht oder versucht, Methoden zu finden, das Fai in den Dienst seines Willens zu zwingen. Aelan war überrascht gewesen, in der Entlegenheit der Berge von San einen Ort vorzufinden, an dem eine kleine Gruppe von Schülern das mühelose Reisen erlernte wie eine Kunst, die sich festen Regeln und Maßstäben fügte. Doch er wußte, daß er einst zu ihnen gehört, daß er sein letztes Leben in dieser Schule des Fai verbracht hatte, um sich auf dem Weg der Einen Kraft zu vervollkommnen. Und er spürte, daß die Kraft des Fai in ihm wuchs, daß sich unter Mendes' Anleitung die letzten Geheimnisse des mühelosen Reisens wie von selbst erschlossen, daß er klares Bewußtsein erlangte über die alte Kunst der Namaii, die sich zuvor nur nebelhaft in ihm geregt. Ein notwendiger Schritt auf dem Weg seiner Bestimmung war dieser Aufenthalt in den Bergen von San, weise vorbereitet vom geheimen Wirken des Hju.

Auch Rah war erstaunt gewesen, als Mendes ihm auf der Wanderung durch die Berge in knappen Worten die Grundlagen des Fai dargelegt hatte, denn es schien dem Ka verwandt, dem Geheimnis der Gurenas. Die stille Abgeschiedenheit der Schule und der streng geregelte Tageslauf, der das Leben der wenigen Schüler bestimmte, erinnerte ihn an die Ghura, in der er seine Jugend verbracht hatte. Das Fai schien ein Schlüssel, die Kraft zu verstehen, die er in Aelan spürte. Deshalb nahm er freudig Mendes' Einladung an, als Gast in der Schule des mühelosen Reisens zu verweilen, solange es ihm beliebte. Er fügte sich in das Leben der Schüler, nahm an ihren Übungen teil, lauschte den knappen Unterweisungen von Mendes und spürte, daß sein Ka mit jedem Tag stärker wurde. Die Flut von Ereignissen und Eindrücken, die seit der Flucht aus Kurteva nicht zum Stillstand gekommen war, begann sich in der Ruhe der Berge zu klären. Rah genoß die langen Stunden des Schweigens und der Versenkung, doch er spürte, daß sie eine letzte Vorbereitung auf die Bestimmung waren, der er sein Schwert weihen wollte, ein Atemholen vor dem Kampf gegen die Macht des Bösen, an der Seite des Tat-Sanla.

An diesem Tag nun unterbrach ein besonderes Ereignis den gleichförmigen Tageslauf an der Schule. Ein Neuankömmling sollte aufgenommen werden, ein junger Mann, der nach dem Fest des Sonnensterns aus Sanris heraufgekommen war und geduldig an der Grenze des inneren Bezirkes gewartet hatte, bis Mendes ihn rufen ließ. Er saß abseits der anderen Schüler in der Mitte des Raumes, regungslos, voll Ehrfurcht vor der stillen Erhabenheit der Schule.

Lautlos trat Mendes ein und kniete sich vor den Neuling, der sich ehrerbietig vor ihm verneigte.

»Schließe die Augen,« befahl Mendes, noch bevor der junge Mann seine höfliche Verbeugung beendet hatte.

»Worauf wartest du? Wir beginnen sofort.« Mendes schien ungeduldig, als der Schüler ihn verblüfft anblickte. Er hatte Mendes zuvor nicht gesehen, und auch die älteren Schüler, die ihn empfangen, hatten ihn weder nach seinem Namen, noch nach Stand und Herkunft gefragt, sondern ihn angewiesen, in der Halle des Fai den Meister zu erwarten. Nun sah er den üblichen langwierigen Fragen und Prüfungen entgegen, die Neuankömmlinge in den Mehdras oder den Schulen der Künstler gewöhnlich über sich ergehen lassen mußten. Der Auftritt dieses Lehrers aber überraschte ihn.

Verwundert gehorchte der Schüler. Die anderen beobachteten ihn schweigend, mit ungerührten Mienen. Eine Weile herrschte tiefe Stille. Ein schwerfälliger, schwarzer Käfer flog mit dunklem Surren eine Runde durch die Halle und verschwand wieder im grellen Sonnenlicht. Die gespannten, anmutigen Züge des Neuankömmlings, seine feingliedrigen Hände und die würdevolle Haltung, die er einnahm, ließen auf den Sohn eines reichen Hauses schließen, niemand aber schien Notiz davon zu nehmen. Mendes saß dem Neuling mit geöffneten Augen gegenüber, doch sein Blick schien durch den jungen Mann hindurchzugehen.

»Nun, was siehst du?« fragte er schließlich.

Der Schüler verharrte eine Weile schweigend. Es war deutlich zu spüren, wie sehr er sich bemühte, auf die Frage des Lehrers eine würdige Antwort zu finden. Über sein Gesicht lief ein leises Zucken.

»Nichts,« sagte er schließlich zerknirscht, im Tonfall einer Selbstanklage.

»Das sagen alle. Doch du sollst nicht nach irgendwelchen Großartigkeiten Ausschau halten, sondern mir sagen, was du siehst, was immer es auch sein mag. Also, was siehst du?«

Der junge Mann zögerte. »Einen Hund,« stieß er schließlich hervor. Er

schämte sich, diesen heiligen Ort mit einer solchen Belanglosigkeit zu entweihen.
Mendes aber nickte knapp. »Gut!« sagte er. »Was tut der Hund?«
Der Schüler schluckte. Feine Röte zog sich über sein Gesicht.
»Was tut er?« drängte Mendes.
»Er ... er hebt das Bein,« flüsterte der Schüler.
»Gut,« sagte Mendes. »Öffne die Augen wieder.«
Der junge Mann gehorchte und senkte sofort den Blick.
»Was genau hast du gesehen?« fragte Mendes. »Beschreibe den Hund, den du gesehen hast.«
Wieder zögerte der junge Mann, dann brachte er hervor: »Er war klein und getigert, einer der Straßenhunde, wie es sie überall in Sanris gibt.«
»Gut! Wo hat er sein Bein gehoben?«
»Am Haus der Bücher neben der Mehdra.« Ein unsicheres Lächeln huschte über das Gesicht des jungen Mannes. Er machte sich zum Narren vor dem Meister und den anderen Schülern. Sie würden ihn in Schimpf und Schande davonjagen, weil er die heilige Schule des Fai mit solch törichtem Geschwätz entwürdigte.
Mendes aber nickte. »Gut,« sagte er. »Das ist mehr, als die meisten anderen beim ersten Mal sehen. Du bist begabt, junger Mann. Jetzt aber sage mir, wo ist dieser Hund jetzt?«
»Herr, er ist nur eine Einbildung in meinem Kopf, eine Vorstellung, die mir zufällig kam, ich weiß nicht warum. Ich bitte um Verzeihung, daß ich meinen Geist nicht reinigte, bevor ich zu Euch kam, um das Fai zu erlernen. Ich ...«
»Gehe zur Öffnung in der Wand und blicke hinaus,« unterbrach ihn Mendes. Der junge Mann gehorchte widerstrebend, denn er fürchtete, der Meister würde ihn fortschicken.
»Was siehst du?«
»Ich sehe das Meer und die Felseninseln von Hach,« antwortete der Schüler. Mendes winkte ihn wieder zu sich. Der junge Mann folgte augenblicklich und ließ sich an seinem Platz nieder.
»Nun sage mir, was ist der Unterschied zwischen dem Hund in deinem Kopf und den Felseninseln im Meer?« fragte Mendes.
Der Neuankömmling blickte den Lehrer verwundert an. Die Augen des kleinen, fast kahlköpfigen Mannes schienen ihn zu durchdringen.
»Nun?« drängte Mendes. »Was ist der Unterschied, außer daß die Felsen im Meer nicht ihr Bein heben können?«
»Der Hund in meinem Kopf ist meine Einbildung, die Felsen im Meer sind die Wirklichkeit,« brachte der Schüler schließlich hervor.

»Aha!« machte Mendes. »Einbildung und Wirklichkeit. Ganz einfach, nicht wahr? Jedes Kind weiß das. Einbildung und Wirklichkeit. So spricht man an den Mehdras. Du warst an einer Mehdra, bevor du zu uns kamst?«
Der junge Mann nickte.
»Wodurch unterscheidet sich deine Einbildung von der Wirklichkeit? Hat man es dich gelehrt an der Mehdra? Was ist der Unterschied zwischen den Felsen im Meer und dem Hund im Kopf?«
»Die Felsen im Meer kann ich anfassen, den Hund in meinem Kopf nicht.«
»Gut,« nickte Mendes. »Dann geh hinaus und fasse die Felsen an.«
»Aber sie sind zu weit entfernt!«
»Woher willst du dann wissen, daß sie überhaupt dort sind? Vielleicht sind auch sie nur in deinem Kopf, wie der Hund.«
»Ich kann hundertmal zur Tür gehen und werde hundertmal die Felsen sehen, aber wenn ich hundertmal die Augen schließe, sehe ich hundertmal etwas anderes,« entgegnete der junge Mann, der seine ehrfürchtige Scheu vor dem Lehrer des Fai zu verlieren schien.
»Wenn du zu hundert verschiedenen Türen gehst, siehst du auch hundertmal etwas anderes,« sagte Mendes ruhig. »Was also ist der Unterschied zwischen dem Hund in deinem Kopf und den Felsen im Meer?«
In dem Neuling wuchsen Ratlosigkeit und Verstimmung. Seine Freunde hatten ihm abgeraten, den Weg zur Schule des Fai anzutreten. Sie hatten ihm gesagt, er würde dort nur Narren und Wirrköpfe antreffen, die irgendwelchen Legenden nachhingen. Tatsächlich hatte er statt der heiligen Ehrwürdigkeit, die er von der Schule dieser uralten, geheimnisvollen Kunst erwartete, eine Gruppe schweigsamer Schüler und diesen merkwürdigen Mann angetroffen, der ihn über Hunde und Felsen ausfragte.
»Der Hund ist bloß ein Gedanke, eine Phantasie, eine Vorstellung. Die Felsen im Meer aber sind wirklich und echt, denn alle anderen Leute sehen sie auch. Sie stehen da und werden auch im nächsten Jahr und in hundert Jahren noch dastehen.«
»Da magst du recht haben, denn sie können nicht fortlaufen wie ein Hund. Aber glaubst du, das macht sie wirklicher? Glaubst du, weil hundert Menschen sie sehen können, sind sie wirklicher als der Hund in deinem Kopf? Schließe die Augen und betrachte die Felsen im Meer noch einmal, mit deinem inneren Blick.«
Der Schüler gehorchte.
»Siehst du sie?«

Der junge Mann nickte.
»Welche sind wirklicher? Die im Meer oder die in deinem Kopf?«
»Aber die in meinem Kopf sind doch nur ein Bild!«
»Und die draußen? Sind sie nicht auch nur ein Bild, das deine Augen sehen? Bilder. Alles sind nur Bilder. Du siehst nichts anderes als Bilder. Innen und außen. In deinem Kopf und im Meer. Die einen siehst du mit offenen Augen, die anderen mit geschlossenen. Deine äußeren Augen sind beschränkt, deine inneren aber von unendlicher Weite. Sie sehen an allen Orten und in allen Zeiten, hier und dort, oben und unten, im Himmel und auf Erden. Deine geschlossenen Augen sehen besser als deine offenen, aber man hat dir beigebracht, daß nur die offenen die Wirklichkeit sehen, weil alles wohlgeordnet an ihnen vorbeizieht, weil du anfassen kannst, was sie sehen. Ein Augenblick nach dem anderen, ein Bild nach dem nächsten, wie auf eine Schnur gezogen. So einfach, daß jeder Narr es begreifen kann. Die Wirklichkeit der offenen Augen ist für die Narren.«
»Aber die inneren Bilder sind nur Phantasie!« rief der Schüler erregt.
»Woher kommt der Hund, den du gesehen hast? Hast du ihn geschaffen? Bist du Tat, der Hunde schaffen kann? Nein, du hast einen wirklichen Hund gesehen, so wie du einen wirklichen Felsen gesehen hast, nur steht der Hund nicht vor unserer Tür im Meer, sondern läuft in Sanris herum. Er ist an einem anderen Ort und vielleicht auch in einer anderen Zeit, und doch hast du ihn gesehen. Wenn du wieder in Sanris bist, kannst du die Augen schließen und die Felsen vor der Schule des Fai sehen. Du bist in Sanris, die Felsen aber sind hier, und doch siehst du sie. Der Hund ist in Sanris, du aber bist hier, und doch siehst du ihn. Alles ist wirklich. Es gibt keine Phantasie, es gibt keine Vorstellung, es gibt nur Wirklichkeit. Du betrachtest immer nur die Wirklichkeit. Hier oder dort, gestern oder morgen, innen oder außen. Mit den inneren Augen aber kannst du sie besser sehen, denn sie sind unbegrenzt, sie zeigen dir alles, nicht nur einige kümmerliche Splitter. Die sich auf die offenen Augen verlassen, sind die Blinden. Wenn du das Fai lernen willst, mußt du lernen, wirklich zu sehen, alles zu sehen. Nicht nur das Stück Raum und Zeit, das vor deinen Augen steht. Wenn dir das genügt, verschwendest du hier deine Zeit.«
»Wenn alles Wirklichkeit ist, was ich in mir sehe,« sagte der Schüler, »so frage ich Euch, was ist mit den Dingen, die es gar nicht gibt? Was ist mit den Traumbildern der Phantasie?«
»Ist denn nur das wirklich, das du schon einmal mit deinen äußeren Augen gesehen hast? Ist nur das wirklich, was es auf dieser Welt gibt, an

die uns diese blinden Augen fesseln? Das Fai sieht nicht nur in der Welt, die wir anfassen können mit unseren Händen. Alles, was du in dir siehst, ist Wirklichkeit. Alles, was in den Köpfen aller Menschen umherspukt, ist Wirklichkeit. Kein Mensch kann etwas schaffen, das nicht schon geschaffen ist, denn kein Mensch ist der schöpfende Tat. Der Mensch kann nur finden und betrachten, was bereits existiert. Die Schöpfung ist vollendet. Alles ist fertig. Nichts kann hinzugefügt oder fortgenommen werden. Alle Möglichkeiten sind bereits fertig geschaffene Wirklichkeit. Auch unsere Baumeister und Künstler und Dichter, die glauben, das Neue hervorzubringen, es selbst zu schaffen, tun nichts anderes, als Dinge, die sie in sich sehen, fertige Dinge, in dieser Welt zum Leben zu erwecken. Das Auge ihrer Herzen ist schärfer als das anderer Menschen, darum vermögen sie diese Dinge zu sehen, die in höheren Bereichen existieren, irgendwo im Raum und in der Zeit. Es gibt keine Grenzen für das Fai. Es umfaßt die ganze Schöpfung des Tat, allen Raum und alle Zeit, auch die feinen Welten, in denen nur die Gedanken sich bewegen und die Gefühle. Das Fai durchdringt alles, denn alles existiert hier und jetzt.«

»So beherrscht jedes Kind, das in den Tag hineinträumt, die Kunst des Fai? Wozu gibt es eine Schule, die das Fai lehrt?« fragte der Schüler trotzig.

»Jedes Kind, das in eine Ne-Flöte bläst, erzeugt Töne. Wozu gibt es Schulen, die das Spiel der Ne lehren?«

Der junge Mann gaffte Mendes an. Saß er einem Narren gegenüber oder einem Weisen? Höhnische Zweifel mischten sich mit dem leisen, untrüglichen Gefühl, daß dieser kleine Mann, auf dessen fast kahlem Haupt die Sonne glänzte, Wahrheiten aussprach, die längst vergessen waren an den Mehdras von Sanris.

»Das Fai ist eine Gabe, die jedem Menschen angeboren ist, doch er muß lernen, sie zu gebrauchen,« sagte Mendes. »Jeder sieht Bilder vor seinen inneren Augen. Du hast einen Hund gesehen, der an der Mehdra von Sanris sein Bein hob. Doch du hättest auch sehen und hören können, was in der Mehdra vor sich geht. Wenn du das Fai erlernt hast, siehst du nur das, worauf du deine Aufmerksamkeit richtest. Das Geheimnis des Fai ist die Aufmerksamkeit. Das ziellose Reisen an zufälligen Bildern vorbei ist verlorene Mühe. Alle Menschen tun das, jedes Kind, das in den Tag hineinträumt, wie du sagtest. Du aber mußt es bewußt tun, um den Teil der Wirklichkeit zu sehen, von dem du lernen kannst für deinen Weg. Du mußt die Dinge sehen, die für dich bereitliegen, damit du dich entfaltest auf dem Weg der Einen Kraft. Ein

endloser Strom von Bildern umflutet dich in jedem Augenblick, Bilder aus allen Zeiten und von allen Orten. Du mußt lernen, ihn zu beherrschen. Es gibt keine Vergangenheit und keine Zukunft, nur den gegenwärtigen Augenblick. Es gibt kein Da oder Dort, nur den Punkt, an dem du dich hier befindest. Alles ist hier und jetzt. Das ist die Wirklichkeit des Fai. Wenn du hier und jetzt bist, hast du die Gesamtheit der Wirklichkeit in dir. Du umfaßt alle Orte und alle Zeiten. Du bist alles. Es gibt keine Trennung zwischen dir und den Felsen im Meer, und zwischen dir und dem Hund in Sanris. Alles ist in dir. Du reist nur in dir selbst, ohne Bewegung, ohne Mühe, doch du mußt lernen, das Notwendige zu sehen und deine Aufmerksamkeit weise zu lenken, denn du kannst nicht alles zugleich wahrnehmen. Grenzen gibt es nur für deinen Körper und deine Augen, im Inneren aber bist du frei.«
Der Schüler blickte Mendes noch immer ungläubig an. Er wußte nicht, war das alles ein Scherz, eine Schrulle des Lehrers, ein Märchen oder Wahrheit. In seinem Kopf ging ein Mühlstein, der alle Gedanken, Einwände und Fragen zermalmte.
»Du kannst das Fai nicht durch das Denken lernen, das sie dir in der Mehdra beigebracht haben. Du mußt es erfahren.« Mendes' Stimme war leise und bestimmt.
Der Schüler gab sich einen Ruck. »Darf ich bei Euch bleiben?« fragte er und verneigte sich.
»Wenn Du bleiben willst, bleibe. Doch ich kann dich nur wenig lehren über das Fai, denn es ist in deinem Herzen. Mehr als ein paar einfache Methoden wirst du hier nicht erfahren.«
»Nehmt mich als Euren Schüler an,« bat der junge Mann.
»Gut. Dann lege deine alten Augen ab. Vergiß deine alte Wirklichkeit. Die Wirklichkeit des Fai ist einfach. Der Hund in deinem Kopf ist ein Hund, nichts anderes, und die Felsen im Meer sind Felsen. Wenn du das mühelose Reisen wiedergefunden hast in dir, wirst du nichts weiter wissen, als daß ein Hund ein Hund und ein Felsen ein Felsen ist, und doch wirst du mehr wissen als alle, die nur mit ihren Augen schauen.«
Mendes erhob sich und verließ die Halle des Fai, ohne den jungen Mann noch einmal anzusehen.

Rah saß im Schatten einer Zeder auf der Spitze des Hügels und blickte aufs Meer hinaus, als Mendes sich neben ihm niederließ. Das Licht der Mittagssonne löste die endlose Weite des Ozeans in grell flimmernde Punkte auf.
»Du suchst die Einsamkeit, Rah-Seph?« sagte Mendes freundlich. Von

der fordernden Bestimmtheit, mit der er den Neuankömmling behandelt hatte, schien nichts geblieben.
»Der Morgen in der Schule hat viele Fragen geweckt in mir,« entgegnete Rah.
Mendes lächelte. »Du warst Zeuge eines seltenen Ereignisses,« sagte er. »Der Aufnahme eines neuen Schülers. Wenige nur kommen noch herauf aus Sanris und den Dörfern, um die alte Kunst zu erlernen. Andere Dinge haben die Herzen der Menschen gewonnen. Viele lächeln über das Fai wie über ein Märchen. Und doch kommen selbst vom Festland noch Menschen, die vom Fai vernommen und begonnen haben, es zu suchen.«
»Nehmt Ihr sie alle auf?« fragte Rah.
Mendes zuckte die Achseln. »Nicht an mir ist es, zu entscheiden, wer bereit ist für das Fai. Es gibt keine Prüfung für die Neuankömmlinge, doch nur jene bleiben bei uns, deren Herzen rein sind, und die die Wahrheit des Fai zu erkennen vermögen. Es ist gleich, wie sie heißen, woher sie kommen, welchem Stand sie angehören.«
»Und wie lange bleiben sie bei Euch?«
»Wer will es wissen? Eines Tages gehen sie. Niemand hält sie zurück. Die Schule des Fai ist keine Mehdra, an der die Mehdraji feierlich verabschiedet werden, wenn sie gelernt haben, was es zu lernen gibt. Das Fai ist unerschöpflich. Sie lernen es, bevor sie zu uns kommen und sie lernen es noch, wenn sie von uns gehen. Aber wenige nur begreifen die tiefsten Geheimnisse des Fai. Die Menschen, die heute kommen, wollen das Fai erlernen wie eine Methode, sie wollen es für ihr eigenes Wohl benutzen, wollen Wunderdinge damit tun. Viele gehen enttäuscht von uns, weil sie in ihrer Suche nach Außergewöhnlichkeiten die Einfachheit des Fai nicht begreifen. Sie wollen es lernen, wie andere den Trank des Siji nehmen, der ihnen um den Preis der Todesangst einige flüchtige Bilder zeigt. Die Kunst des mühelosen Reisens ist zu schlicht für die verwirrte Zeit, in der wir leben. Würden wir die Schleier von Mysterien über sie breiten und den Honig geheimnisvoller Worte, so könnte die Schule des Fai die Menschen nicht fassen, die zu ihr drängten. Das Fai aber ist einfach, wie jede Wahrheit einfach ist. Die Menschen jedoch suchen nur das, was in ihnen ist. Die Schlichten suchen das Schlichte. Die Verwirrten suchen das Verwirrte. Die Wahrhaftigen suchen das Wahre. So schützt sich das Geheimnis des Fai von selbst. Auch viele, die in dieser Schule leben, werden es nie wirklich finden. Viele der Schüler hier suchen nicht das Fai, sondern eine Lehre, die sie mit ihren Gedanken zu fassen vermögen.

Die Wahrheit aber ist nie in einer Lehre, sondern im lebendigen Herzen.«
»Mir scheint es ähnlich dem Ka, der Kunst der Gurenas,« sagte Rah. Mendes lächelte den Gurena an. »Es gibt nur eine Wahrheit, Rah-Seph, so wie es nur eine Sonne gibt. Ihr Licht spiegelt sich im Meer, in den Flüssen, in den Seen der Gebirge und in den trüben Tümpeln der Sümpfe. Und doch ist es nur *ein* Licht. Einst war das Fai eine Gabe, um die alle Menschen wußten, die ihnen vertraut war wie Essen und Trinken, dann aber, als die Reinheit ihrer Herzen sich trübte, vergaßen sie die alte Kunst, mit den Augen der Wahrheit zu schauen. Überall jedoch erhielten sich Erinnerungen an das Fai. Auch jene, die das Siji trinken, um ihr Bewußtsein zu spalten, damit es an anderen Orten und in anderen Zeiten sehe, benutzen einen Teil des Fai, wenn auch einen niedrigen, einen, der dem Unbedachten den Tod bringen kann, weil er den Geist zwingt und schändet, ihn gewaltsam aus dem Körper reißt. Denn bricht die silberne Schnur, die ihn mit seiner fleischlichen Hülle verbindet, so stirbt der, der sich leichtfertig dem Siji hingibt.«
»In Kurteva sind viele dem Siji verfallen,« sagte Rah.
»Ja, doch sie kennen nicht das reine Siji der Yach, das den Sternenkörper löst. Ihnen dient es nur zur Betäubung ihrer Ängste und zum Kitzel ihrer Sinne. Die Aussendung des Sternenleibes ist die niedrigste Art des Fai. Viele geheime Schulen lehren das Fai in verzerrter Form, und viele der Dhans in den Wäldern suchen nach den vergessenen Bruchstücken, um Erkenntnis zu erlangen. Auch das Ka der Gurenas ist ein Teil des Fai, obwohl das wahre Ka vergessen ist.« Mendes sah Rah lange an. »Der dich lehrte auf dem Weg nach Hak, war der letzte, der die wahre Tiefe des Ka erfahren hat, doch ich sehe, daß auch du sie erahnst in deinem Herzen. Es macht dich zu einem mächtigen Krieger, Rah-Seph. Niemand in Atlan vermag deinem Schwert zu widerstehen. Du weißt die Kraft, die dem Fai innewohnt, zu nutzen. Doch dies kann eine große Verführung der Macht sein. Auch das Fai ist nicht die letzte Erkenntnis, sondern nur ein Weg zum Verständnis der Einen Kraft. Durch das Fai bist du eins mit allem Leben, doch du wirst das Fai nur verstehen, wenn du es nicht länger zu beherrschen suchst durch deinen Willen. Das Fai ist der Weg zur Liebe für alles Leben, nicht zu seiner Beherrschung. Wenn du diese Liebe erfahren hast, brauchst du das Fai nicht mehr. Es ist nur das Gefäß, in dem dir das Wasser des Lebens gereicht wird. Hast du getrunken, so benötigst du das Glas nicht mehr, worin es war. Das Fai ist ein Weg von vielen zur Erkenntnis der Einen Kraft. Dein Lehrer vom See des Spiegels ist auf dem Weg des Ka

in das Herz der Einen Kraft gegangen, der Weg anderer zum gleichen Ziel jedoch hat vielleicht nicht einmal einen Namen.«
»Darf auch ich in der Schule des Fai bleiben, um den Weg des Ka zu vervollkommnen?« fragte Rah.
»Jeder kann bleiben und jeder kann gehen,« antwortete Mendes achselzuckend. »Doch denke nicht zu weit in die Zukunft, Rah-Seph. Manche bleiben Jahre in der Schule des Fai, andere nur Tage. Es ist nicht von Bedeutung. Der Weg des Fai ist nicht gebunden an eine Schule.«
Eine Wolkenbank schob sich vor die Sonne. Das Flirren des Lichts auf dem Meer erstarb.

Aelan war nach dem Empfang des Neuankömmlings in der Halle des Fai geblieben. Die anderen Schüler hatten sich zurückgezogen, um in den Gärten der Schule ihren täglichen Übungen der aufmerksamen Betrachtung nachzugehen, Aelan aber schien festgebannt an seinem Platz. Mendes' Worte zogen durch seinen Kopf, während er das Bild in der großen, runden Wandöffnung betrachtete. Er hörte den Klang des Hju im Rauschen des Windes und im Gesang der Zikaden, lauschte tief in ihn hinein und ließ den Namen des Sonnensterns in sich schwingen. Sanfte Wehmut überkam ihn. Er dachte an Mahla. Wieviele Jahre waren vergangen, seit er sie zuletzt gesehen, sie in den Armen gehalten hatte für eine kurze Nacht? Und doch war ihr Bild in ihm lebendig und leuchtend, als sei er nie getrennt gewesen von ihr. Er fühlte ihre Nähe in diesem Augenblick, spürte, daß auch sie an ihn dachte, daß auch sie ihn liebte, und doch mischte sich in seine Gedanken eine Besorgtheit, die er lange nicht empfunden. Stets hatte er gewußt, daß Mahla geborgen war im Schutz wohlgesinnter Menschen, nun aber drängte sich wachsende Unruhe zwischen seine Gedanken. Etwas war ihr zugestoßen. Die vage Ahnung wuchs in Aelan zu einem unangreiflichen Wissen. Er schloß die Augen und ließ seine Gedanken und Gefühle in Mahlas Bild zusammenfließen. Der Strom seiner Liebe zog seine Aufmerksamkeit auf Mahla wie ein Magnet. Was die Schüler des Fai in langen, mühevollen Übungen lernten, die völlige Sammlung der Aufmerksamkeit auf einen Brennpunkt klarer Bewußtheit, ohne sie mit der Kraft des Willens zu zwingen, gelang Aelan wie selbstverständlich. So wie ihn das Fai zum On-Nam führte, wenn er den Namen des Sonnensterns wiederholte, bis alles andere um ihn ausgeschlossen war, so führte ihn der Strom seiner Liebe zu Mahla.

Alles um ihn herum versank. Er spürte seinen Körper nicht mehr. Das Rauschen des Windes in den Pinien verlor sich im aufgeregten Raunen einer Menschenmenge. Mahlas Bild in ihm wurde auf einmal lebendig. Er sah die Geliebte zwischen Soldaten des Be'el, die mit ihren Schilden eine aufgebrachte Menge zurückdrängten. Mahlas Züge waren erstarrt. Sie stolperte, aber die Fäuste der Krieger rissen sie grob empor und stießen sie weiter. Aelan spürte Mahlas schreiende Angst, die allmählich in stumpfer Willenlosigkeit versank.
Ein glühender Stich durchfuhr ihn und riß ihn in die Wirklichkeit der Schule zurück. Sein Herz schlug heftig. Schweiß stand auf seiner Stirn. Mahlas namenlose Verzweiflung pulsierte in ihm wie ein langsam verklingendes Echo. Aelan hatte stets gewußt, daß er die Geliebte wiedersehen würde in diesem Leben. Dieses Wissen hatte ihn getröstet und besänftigt in der langen Zeit der Trennung. Nun jedoch brachte ein schrecklicher Zweifel die innere Sicherheit zum Einsturz. Nun war Mahla in den Händen von Feinden. Vielleicht töteten sie Mahla. Vielleicht taten sie ihr Gewalt an. Aelan sprang auf und wanderte rastlos in der großen Halle umher. Er rief den Namen des Sonnensterns, um sich zu beruhigen, spürte die Wellen des Hju in sich, warf sich hinein in sie und legte auch die Sorge um die Geliebte in den sanften Strom klingenden Lichts. Die Eine Kraft würde Mahla schützend umhüllen. Aelan gab sein und ihr Schicksal in die Hände dieser namenlosen Macht, die zum Wohle allen Lebens wirkte. Dies schien die Wogen der Erregung ein wenig zu glätten. Er mußte Vertrauen haben in die Kraft des Hju. Vielleicht war es nur eine Prüfung. Vielleicht war das Bild, das er gesehen, nur die Spiegelung einer Angst, die aus den Tiefen seiner Seele aufgestiegen war. Er konnte nichts tun, als dem Wirken der Einen Kraft zu vertrauen.
Im gleichen Augenblick traten Mendes und Rah in die Halle des Fai. Mendes spürte Aelans Unruhe sofort, doch seine Gesichtszüge blieben ungerührt.
»Ein Bote kam heute morgen von Sanris,« sagte Mendes. »Er brachte die Kunde, daß der Rat zusammentreten wird, um einen wichtigen Gast vom Festland zu empfangen, und um zu beraten über die Bedrohung Sans durch die Krieger des Be'el, die sich in Melat sammeln. Obwohl der Herr der Schule des Fai schon seit langem keine Stimme mehr besitzt in diesem Rat, ist es doch gerne gesehen, wenn er bei den Beratungen anwesend ist. Nicht lange war mir vergönnt, im Kreis meiner Schüler zu verweilen. Ich werde mich morgen bei Anbruch der Dämmerung wieder auf den Weg nach Sanris machen. Wenn euch die

Strapazen dieser Reise nicht zuviel sind, seid ihr willkommen, mich zu begleiten.«

Aelan nickte heftig, denn eine Ahnung rührte sich in ihm, daß er in Sanris etwas über das Schicksal der Geliebten erfahren würde. Auch Rah gab ein Zeichen der Zustimmung. Mendes verneigte sich und ließ die beiden Freunde allein.

In der Halle des Rates drängten sich die Menschen von San. Der runde, von weichem Licht durchflutete Raum unter der großen Kuppel war bis auf den letzten Platz gefüllt und hallte wider vom Murmeln und Zischen der Menge. In der Mitte der Halle, in einem mit Marmorintarsien geschmückten Kreis, standen die sieben Sitze der Ratsmitglieder, schlichte, aus dunklem Holz gefertigte Stühle. Unmittelbar hinter ihnen stiegen steile Stufen in konzentrischen Ringen empor, auf denen sich die Bewohner von San niedergelassen hatten. So vermochten selbst die Zuschauer, die auf der letzten Stufe Platz gefunden hatten, weit hinten an der Wand, welche die Kuppel trug, zu sehen und zu hören, was im Kreis des Rates vor sich ging. Als die Mitglieder des Rates eintraten und sich auf ihren Plätzen niederließen, verebbte das Gewirr der Stimmen, das die Kuppel erfüllte. Tiefe Stille senkte sich nieder. Die sieben Männer schlossen die Augen und neigten die Köpfe, damit die Weisheit des Einen Tat auf sie herabkomme und sie leite in ihrem Amt. Die Zuschauer taten ihnen nach.

»Möge der Segen des Tat mit uns sein,« sagte der Älteste des Rates nach einer Weile. Seine Stimme war leise und doch im ganzen Saal deutlich vernehmbar.

»Möge der Segen des Tat mit uns sein,« murmelten die Menschen zur Antwort und öffneten die Augen. Ohne zeremoniellen Ernst vollzog sich diese kurze Andacht. Danach begann der Älteste ohne Umschweife mit dem Anliegen des Rates. »Ein Gast kam vom Festland, der sprechen soll zum Rat und zum Volk von San,« sagte er.

Zustimmendes Murmeln erhob sich bei den Zuschauern.

Rah, der neben Aelan und Mendes auf einer der vorderen Stufen saß, blickte den Lehrer des Fai verwundert an.

Mendes lächelte. »Es ist Aufgabe des Rates, keine unnötigen Worte zu verlieren,« flüsterte er. »Langatmige Rituale und blumige Reden sind den Menschen von San fremd. Das Volk kennt keine falsche Ehrfurcht vor seinem Rat. Alle sind frei und können frei sprechen.«

Ein Mann betrat den Ring des Rates und grüßte die sieben Männer auf den Sesseln mit einem Nicken. Er war klein, von feingliedrigem Wuchs und trug ein schmuckloses, weißes Leinengewand, wie es üblich war bei den einfachen Leuten des Westens. Obwohl kaum einer der Menschen in der Halle diesen Mann zuvor gesehen, wußten doch alle, daß der Tat-Sanla vor ihnen stand, der herübergekommen war vom Festland, um zu den Bewohnern von San zu sprechen. Die Berichte von seiner Ankunft hatten sich wie Lauffeuer in Sanris und den umliegenden Dörfern verbreitet. Viele der Menschen, die gekommen waren, ihn zu sehen und zu hören, hatten keinen Platz mehr gefunden in der Halle des Rates, obwohl sie Tausende zu fassen vermochte. Das Schweigen unter der gewaltigen Kuppel vibrierte in der gespannten Erwartung der Menschen. Es wuchs und dehnte sich, und als es schien, es würde die Kuppel sprengen, hob sich die leise, sanfte Stimme des Sanla, die augenblicklich an die Herzen der Menschen faßte.

»Wenn das Dunkel der Nacht hereinbricht und die Mächte der Finsternis wachsen, wenn die Liebe sich wandelt in Haß und das Leid unerträglich wird, sendet der Eine Tat seinen Boten, um in der Zeit des Verfalls das Licht zurückzubringen, das sie verlor,« begann er. »Denn von unermeßlicher Größe ist die Liebe des Allgewaltigen für seine Kreaturen. Wenn ihre Verzweiflung am größten scheint, sendet er seinen Sohn herab, um den Menschen Trost zu spenden und ihre Herzen zu stärken. So war es in allen Weltenaltern und so wird es sein, solange Menschen diese Erde bewohnen. Er sendet seinen Sohn herab aus den Welten des Lichts, wieder und wieder, in immer neuen Verkörperungen, damit er die Menschen, die verblendet sind von der Macht des Bösen, aus ihrer Verirrung rette, und das Reich des Tat, das Reich der Liebe und Gerechtigkeit, wieder errichte auf Erden. Der vor mir wandelte auf dem Boden Atlans, kam in einer Zeit, als eine Seuche die Menschen dahinraffte und die grausame Hand des Tat-Tsok wie ein Strafgericht bei den Völkern des Westens wütete. Durch ihn sprach die Wahrheit des Einen, als er die Priester in den Tempeln des Tat anklagte, sie würden den Namen des Allgewaltigen in den Schmutz treten durch ihre Gier und ihre Eitelkeit, und als er die Männer der Flamme Diener des Bösen hieß. Sie griffen und mordeten ihn, und mit seinem Blut floß das Blut des Tat. Eine Zeit tiefer Dunkelheit brach an in Atlan, als dieses strahlende Licht erlosch. Alles aber, was er prophezeite, bevor er sich für die Kinder des Tat zum Opfer gab, ist eingetreten, und nun, da die dunkelste Stunde der Nacht angebrochen ist, da Atlan ächzt unter der Herrschaft der bösen Macht, und die Gewalten der Finsternis sich anschicken, das blühende Land hinabzureißen in den Abgrund der Vernichtung, ist er wiedergekommen. Er ist wiedergekommen, um die

Heere des Lichts zu sammeln im Kampf gegen das Dunkel, das Atlan zu verschlingen droht. Er ist wiedergekommen, um den Morgen zu verkünden, der das goldene Reich wieder erstehen lassen wird im Glanz der Weisheit des Einen Tat. Er ist wiedergekommen, nicht als Prophet, sondern als Erfüller, als einer, der die Kinder des Tat in den heiligen Krieg führen wird, um Atlan zu befreien. Denn die Liebe des Tat ist nicht schwächlich, und seine Weisheit nicht unentschlossen.«
Zustimmendes Murmeln erhob sich in der Halle.
»Nur auf San, der Insel der Glücklichen, hat das reine Licht des Tat der Dunkelheit getrotzt. Viele Jahrhunderte lang leuchtete es wie eine einsame Fackel in der Nacht, die auf Atlan herabsank. Nun aber greifen die Mächte des Bösen auch nach diesem letzten Bollwerk des Allgewaltigen. Die Städte und Provinzen des Festlandes sind lange schon im Sumpf der Lüge versunken, doch nun, da der Be'el, der Auswurf der Verderbtheit, der Urfeind des Lichts, die Macht errang, wurde die Finsternis undurchdringlich. San ist das Licht Atlans, die Sonne, die den Bann des Bösen brechen wird, der Funke, der die Fackeln der Gerechten entzünden wird im heiligen Krieg. Schon einmal schlug San die Heere der Khaïla, die das goldene Reich von Hak zerstörten, doch nun hat das Netz der Finsternis ganz Atlan überspannt. Gewaltige Kräfte regen sich, um San zu verderben und die Städte und Provinzen des Festlandes in die Vernichtung zu stürzen. Die Macht des Einen Tat aber ist stärker. Sie liegt in den Händen von San.«
Der Sanla berichtete den gebannt lauschenden Menschen, was die Boten aus den Städten Atlans ihm gemeldet hatten. Seine Stimme hob sich nicht in Erregung, sondern schwebte fein und zerbrechlich im Raum. Die Kraft jedoch, von der sie getragen war, stellte die Bilder des Schreckens, die der Sanla mit schlichten Worten aussprach, mit ungeheuerer Wucht vor die Menschen hin. Als er geendet hatte, sank eine Stille herab, die ohne Grenzen schien. Der Sanla stand im Kreis des Rates und ließ seine Augen langsam über die Menschen schweifen. Viele berichteten später, es sei das sanfte Licht und die Kraft dieser Augen gewesen, die den Rat für die Sache des Sanla gewonnen hätten.
»Wir alle wissen um die tödliche Macht, die San bedroht, und wir wissen um die Prophezeiungen, die verkündeten, daß einer kommen werde, um San und Atlan zu retten. Doch wer sagt uns, daß du wirklich der Tat-Sanla bist, der vom Tat gesandt wurde in dieser schweren Zeit?« fragte ein Mitglied des Rates nach langer Pause, der Sprecher der Kaufleute, der fürchtete, ein Krieg könne die gewinnträchtigen Verbindungen zum Festland unterbrechen.

Der Sanla blickte ihn ernst an, doch er schwieg.
»Siehst du es nicht in seinen Augen?« gab stattdessen der Älteste des Rates zur Antwort. »Siehst du es nicht im Licht der Güte und Liebe, das aus diesen Augen fließt, deren Blick Tod in Leben wandeln kann, und Trauer in Freude?« Der greise Mann erhob sich schwerfällig von seinem Sitz. »Viele Jahre lasten auf meinem alten Rücken. Ich habe als Jüngling den Ersten Tat-Sanla gesehen und gehört, als die Seuche wütete im Land des Westens. Unrettbar war ich dem schwarzen Tod verfallen, doch man trug mich zum Erhabenen und das Licht seiner Augen hat mein Leben gerettet. Es war das gleiche Licht, das auch aus den Augen dieses Mannes fließt. Die Worte des Weisen, der sein Leben ließ im Tempel der Götzen von Kurteva, sind ebenso die Worte des allgewaltigen Vaters, wie es die Worte dieses Mannes sind, der San zum heiligen Krieg ruft. Wahrlich, er ist der Tat-Sanla, der wiederkam, wie es uns verheißen ist. Er ist das zu Fleisch gewordene Wort des Alleinen, das die Macht des Bösen abwenden wird von San und von Atlan. Er ist das Licht, das uns führen soll, um die Prophezeiungen zu erfüllen.«
Erregtes Raunen brandete in der Halle auf. Die Menschen erhoben sich von ihren Sitzen und drängten an den Ring des Rates heran, um dem kleinen Mann, der in seiner Mitte stand, näher zu sein. Regungslos verharrte der Sanla, als der Älteste des Rates auf ihn zukam, um sein Haupt zu senken und die Knie vor ihm zu beugen zum Zeichen tiefster Ergebenheit. Nie war ähnliches geschehen im Rat von Sanris. Die anderen Mitglieder sprangen von ihren Sitzen hoch. Der Sanla legte die Hand auf das weiße Haupt des Alten. Als sich der Greis nach wenigen Augenblicken wieder erhob, schien die Kraft einer neuen Jugend aus seinem Gesicht zu strahlen.
»Endlose Jahre habe ich gewartet auf diesen Augenblick,« flüsterte er. »Mit Sorge sah ich das Böse wachsen auf dem Festland, ohne daß die Prophezeiungen des Einen sich erfüllten. In meinem Herzen regte sich Zweifel, als die ersten Nachrichten kamen von einem, der sich Tat-Sanla nennt und die Ebenen um Melat durchwandert. Doch als ich ihn jetzt mit meinen Augen sah, als ich seine Macht spürte, wich aller Zwiespalt aus mir im strahlenden Licht des Tat. Der Sohn des Tat ist wiedergekommen und wird uns führen in das Reich der Liebe.«
Die Menschen ließen zustimmende Rufe hören. Die Kraft des Sanla füllte nun den ganzen Raum. Auch Aelan und Rah waren ergriffen von den Wellen der Liebe, die von dem kleinen Mann im Ring des Rates auszuströmen schienen. Aelan spürte die Kraft des Elrach in ihm, die helle, strahlende Macht des Lichts, so wie er damals die vernichtende

Gewalt der Finsternis in Xerck gespürt hatte, bei jenem Gang durch die herbstlichen Gärten der La.

In diesem Augenblick wußte er, daß der Krieg, der Atlan hinabreißen würde in den Abgrund des Vergessens, unvermeidlich war. Nichts vermochte den Kampf zwischen den Polen des Ehfem zu verhindern. Er war so natürlich wie der Kampf des Meeres gegen die Küste, wie der Kampf des Tages gegen die Nacht. Aelan sah, daß die Kraft, die aus dem Sanla floß, der Kraft des Be'el ebenbürtig war, und er wußte, daß der Sanla die Wahrheit gesprochen hatte. Immer wieder kam der Gesandte des Elrach zur Erde, um das Dunkel zu bekämpfen, so wie auch das Elroi sich immer wieder verkörperte, um das Reich des Lichts anzugreifen, das einige kurze Jahre irgendwo auf dieser Welt bestand. Wie Ebbe und Flut schien dieser Zwist des Ehfem. Er würde niemals enden, solange die Welt bestand und Menschen auf ihr lebten.

Aelan betrachtete den Sanla, den bescheidenen, sanften Mann, der mit einem feinen Lächeln inmitten der herandrängenden Menschen stand, und fühlte tiefes Mitgefühl mit ihm, denn auch er hatte eine Aufgabe zu erfüllen im ewigen Gewebe des Lahf, auch er diente dem Sonnenstern auf besondere Weise, auch er förderte das Wirken der Einen Kraft zum Wohle allen Lebens. Aelan wußte in diesem Augenblick, daß auch er schon dem Elrach gedient hatte im unaufhörlichen Spiel der Gezeiten des Ehfem. Er wußte, daß es ein letzter, wichtiger Schritt auf der großen Wanderung zur Erkenntnis des Sonnensterns war, des Weges der Einen Kraft über die Welten des Ehfem hinaus. Die Menschen, die dem Sanla in den heiligen Krieg folgten, würden lernen in diesem Kampf, so wie auch die lernten, die das Trem auf den Stirnen trugen oder das Zeichen der Flamme. Sie würden lernen durch ihren Schmerz und ihren Triumph, durch ihre Siege und Niederlagen, durch ihre Tode und neuen Geburten. Eine gewaltige Mehdra war diese Erde, in der alle Menschen lernten, zurückzufinden zur ursprünglichen Kraft des Sonnensterns. Die Eine Kraft umgab sie immer, auf der großen Wanderung aber wurden sie sich dessen bewußt, wie Schlafende, die allmählich erwachen. Dies war der Zweck des ewigen Krieges des Ehfem, dies war der Zweck der Verflechtungen des Lahf und dies war der Zweck von Leben und Sterben, von Liebe und Leid, von Freude und Verzweiflung. Auch das Versinken von Ländern und Kontinenten war nur eine Lektion in dieser Schule der Einen Kraft, eine Erfahrung, die es unzähligen Menschen gestattete, den nächsten Schritt zu tun auf ihrer großen Wanderung. So war es nichts Erschreckendes, wenn die Zeit Atlans sich zum Ende neigte, wenn auf

dem Festland die Mächte des Dunklen sich vereinten, und wenn der Sanla die Menschen des Westens aufrüttelte, damit sie ihm folgten in den heiligen Krieg gegen den Be'el. Aelan spürte die tiefe Gelassenheit der Einen Kraft in sich, als er den Sanla betrachtete und die Liebe des Elrach spürte. Alles war gut, alles in dieser Schule des Hju geschah, wie es geschehen mußte, und doch hatte jeder einzelne Mensch die Möglichkeit, sich frei zu entscheiden, welchen Weg er einschlug.
Auch Rah war ergriffen von den Worten und der Erscheinung des Sanla. Sein Ka wuchs in pulsierenden Wellen in ihm, als es die Liebe des zierlichen Mannes zu umfassen suchte. Rahs Herz pochte aufgeregt. Er hatte vergeblich die Ebenen um Melat durchstreift, um den Sanla zu finden, er hatte sich aufgemacht, ihn erneut zu suchen, als ihn der Ruf nach Kurteva ereilte, und er hatte selbst in den dunklen Tagen der Verblendung geahnt, daß er eines Tages sein Ka und sein Schwert in den Dienst dieses Mannes stellen würde, der das Licht der Liebe verströmte wie eine Sonne. Rah erinnerte sich an die Worte seines Vaters, als er den Kriegsfächer der Seph empfangen, am Tag seiner Rückkehr aus der Verbannung: Das Ahnenschwert der Seph ist dem Blühen Atlans geweiht, dem Kampf des Guten gegen das Böse, des Lichtes gegen die Dunkelheit. Nun war die Zeit gekommen, in dem das Schwert der Seph diese Bestimmung wahrhaftig erfüllen sollte. Es war gefügt von einer mächtigen Vorsehung, daß er den Sanla nun gefunden. Es war bestimmt, daß er ihm dienen würde im heiligen Krieg gegen den Be'el. Sein Weg durch die Dunkelheit zum Licht hatte keinen anderen Sinn gehabt, als ihn zu läutern für diese hohe Aufgabe. Entschlossene Gewißheit wurde fest in ihm. Rah spürte, wie seine Hingabe an den Sanla mit den Wellen des Ka aus ihm hinausdrängte und das Licht des Erhabenen berührte. Die Augen des Sanla wandten sich Rah zu, fanden den Gurena inmitten der drängenden Menge. Rah spürte sie auf sich wie einen Lichtstrahl. Er fühlte sich tief verbunden mit dem Sanla in diesem Augenblick, als wisse der Erhabene alles über ihn, als könne er in seinem Herzen lesen wie in einem offenen Buch.
Die Mitglieder des Rates versuchten, die Menschen in der Halle mit ausladenden Gesten zu beruhigen. Allmählich legte sich das Gewirr der Stimmen. Die Menschen kehrten zu ihren Plätzen zurück. Der Gesandte des Standes der Krieger, ein großer, breitschultriger Mann, trat in die Mitte des Kreises und erhob seine dröhnende Stimme.
»San ist wohl gerüstet für den Krieg gegen den Be'el, denn unsere Späher berichten seit langem, daß die verderbte Flamme sich anschickt, San zu überfallen.« Er wandte sich an den Sanla und verbeugte

sich. »Doch auch ich neige mein Haupt vor dir, du Weiser, der du uns gewinnen willst für den heiligen Krieg. Du bist der Funke, der das Feuer der Begeisterung entzünden wird in den Herzen der Menschen. Denn viele zaudern und wollen nicht glauben, daß ihrer Heimat, die in tiefem Frieden liegt, tödliche Gefahr droht. Nie hat ein fremdes Heer San erobert, immer gelang es den Gurenas des Tat, die Feinde zurückzuschlagen. Diesmal aber wird San untergehen, wenn wir warten, bis der Be'el sich erhebt. Wir dürfen nicht zögern, die Flotte nach Melat zu entsenden, um unsere Brüder am westlichen Festland vom Joch Kurtevas zu befreien, um dann vereint mit ihnen gegen die Stadt des Bösen zu ziehen. Dein Licht aber leite uns in dieser schweren Pflicht.«

»Ja, so sei es!« riefen die anderen Mitglieder des Rates und ihrem Aufschrei antwortete das tausendstimmige Echo der Menge in der Halle. »Ja, so sei es!« riefen die Menschen von San. »Erhabener, wir folgen dir in den heiligen Krieg! Führe uns!«

Da erhob noch einmal der Sanla seine Stimme. Augenblicklich herrschte tiefe Stille unter der großen Kuppel. »Den der Tat sandte, ist kein Mann des Krieges, auch wenn er zum Kriege ruft. Doch der allweise Tat hat zur rechten Zeit einen Gurena zu uns gebracht, der die Heere Sans in den heiligen Streit führen wird. Ein Fremder ist er, und er ist den schweren Weg durch die Dunkelheit gegangen, damit sein Herz reiner werde als das aller anderen, die das Schwert für den Tat schwingen. Geschliffen wurde sein Herz von den Mächten des Bösen wie ein kostbarer Diamant, damit es heller strahle im Licht des Tat. Ihr müßt ihn annehmen als euren Führer im Krieg gegen die Macht des Dunklen.«

»Wer ist es?« riefen die Männer des Rates. »Zeige ihn uns, Erhabener. Führe ihn zu uns. Wir werden ihm folgen in deinem Namen.«

Rah schwanden fast die Sinne, als er den Sanla so sprechen hörte. Mechanisch erhob er sich von seinem Sitz, als die Augen des Sanla sich ihm zuwandten, um ihn zu rufen. Die liebende Kraft des Erhabenen zog den Gurena nach vorne. Es schien ihm, als habe der Sanla immer gewußt, daß ihre Wege sich an diesem Ort kreuzen würden, als sei Rah innig verbunden mit dem Schicksal des Erhabenen, als erfülle sich in dieser Stunde etwas Unvermeidliches. Ein erstauntes Raunen ging durch die Menge, als Rah den Ring des Rates betrat. »Einer der Fremden, die zur Schule des Fai gingen,« riefen einige.

Der Sanla trat einen Schritt zurück, um Rah den Platz in der Mitte des Kreises zu überlassen, doch Rah spürte, wie bittere Betrübnis sich seiner bemächtigte. Er war ein Seph. Seine Ahnen hatten die Heere des

Tat-Tsok immer wieder in blutige Kriege gegen den Westen geführt. Es war nicht möglich, daß er nun die Gurenas von San führte. Langsam zog er sein Schwert aus der Scheide, das ruhmreiche Schwert der Seph, den unvergleichlichen Stahl der Väter.
»Diese Klinge hat dem Volk des Westens viel Leid zugefügt,« sagte er niedergeschlagen. »Sie ist befleckt mit dem Blut unzähliger eurer Brüder. Sie ist nicht würdig, dem Erhabenen zu dienen.« Zugleich aber spürte Rah die mächtige Kraft, die sein Ka ausdehnte. Wieder erfüllte ihn die unumstößliche Gewißheit, daß das Schicksal ihn auserkoren hatte, für das Licht des Sanla zu kämpfen.
Betroffene Stille breitete sich aus. Rahs Blick flog über die Menschen hin. Sein Ka war endlos weit, umfaßte die ganze Halle, pulsierte in mächtigen Stößen bis zur hohen Kuppel hinauf und sog alle Gedanken und Gefühle dieser Menschen in sich auf. Rah spürte die abwägenden und zweifelnden, die unsicheren und feindseligen Gedanken der dichtgedrängten Menge. Dann wandte er sich um, legte die Klinge über beide Hände und reichte sie dem Sanla.
Der Erhabene nahm sie und wiegte sie prüfend in den Händen. Seine Augen durchdrangen Rah, als er schließlich sagte: »Dieses Schwert ist geschaffen, den heiligen Krieg des Tat zu führen. Abgewaschen ist die Macht des Bösen von ihm, die es befleckte in den Jahren, als es im Dienst der Lüge stand. Mühsam ist der Weg durch die Dunkelheit, doch endlos ist die verzeihende Güte des Einen Tat. Gesegnet ist diese Klinge, um Atlan das Licht wiederzugeben.« Der Sanla gab Rah das Schwert zurück. Der Gurena nahm es in tiefer Verbeugung entgegen.
»Ich bin gekommen, um die alte Schuld meiner Vorväter zu sühnen,« sagte Rah leise. »Die Seph haben unendliches Leid über das Volk des Westens gebracht im Namen des Tat-Tsok, doch einer aus dem Geschlecht der Seph ist gekommen, um die Heere des Westens zu führen, im Namen des Erhabenen, um den Tat-Tsok für immer zu stürzen, um sein Blut und sein Leben zu geben für die Menschen von San. Einst diente auch er in Verblendung dem Be'el, doch sein Herz hat sich gewandelt im Licht des Tat. Ein Schwert des Hasses habe ich in die Hände des Erhabenen gelegt, ein Schwert der Liebe aber habe ich empfangen.«
»Der goldene Fisch hat dich nach San gebracht, denn der Tat hat dich geschickt, zur rechten Zeit, um seinem Sohn zu dienen,« sagte der Älteste des Rates. »Noch nie hat San gesehen, daß ein Fremder seine Heere führte. Eine schwere Prüfung ist es für uns alle, daß der, den der Erhabene erwählte, einem Geschlecht entstammt, das grausam wütete unter den Völkern des Westens. Und doch, es ist ein Zeichen des All-

gewaltigen, daß Namen nichts gelten in dieser Zeit der Dunkelheit, sondern nur das Licht des Herzens. Der Tat hat dich gesandt und der Erhabene hat dich erwählt. Wir werden dir folgen, Sohn der Seph, wir werden dir folgen in den heiligen Krieg, der das Licht des Tat nach Atlan tragen wird.«
Die anderen Mitglieder des Rates nickten zustimmend. Der Sprecher der Gurenas erhob noch einmal das Wort. »Einen Würdigen hat der Tat uns gesandt,« rief er. »Freudig beugen sich die Krieger von San diesem Mann, denn er besitzt das Große Ka der Harlanas, das lange verloren schien. Hell wie eine Sonne leuchtet es in ihm. Es wird uns zum Sieg führen.«
Rauschhafte Begeisterung ergriff Rah. Im nächsten Augenblick zuckte das Schwert der Seph hoch in die Luft. Ein Schrei löste sich von Rahs Lippen, der die hohe Halle des Rates erzittern ließ. »Tat Atlan!« schrie er, Atlan dem Tat, den alten Schlachtruf, der den Stämmen des Westens vorangeflogen war im Krieg gegen die Khaïla und in den blutigen Kämpfen gegen die Heere Kurtevas. Einen kurzen Moment nur hallte das Echo dieses Schreies in der riesigen Kuppel wider, dann brach er auch aus den Menschen hervor, tosend wie eine Urgewalt. »Tat Atlan!« antwortete die Menge in einem befreienden Aufschrei, in dem sich ihre Begeisterung und Hoffnung, ihre Liebe für den Sanla und ihr Zorn gegen den Be'el zu einer mächtigen Kraft vereinten.

»Komm mit mir,« sagte Rah. »Eine Kraft wohnt in dir, die selbst das Ka der Gurenas zu übersteigen scheint.«
Aelan schüttelte traurig den Kopf. Er ging mit Rah durch die Gärten, die das Haus des Rates umgaben. Sie waren von erlesener Schönheit, wie Aelan sie nirgendwo in Atlan oder auf der Insel San gesehen, doch er vermochte sich nicht an ihnen zu erfreuen. Der Abschied von Rah, der nun bevorstand, lastete wie bleierne Gewichte auf ihm. Die Freunde blieben unter einem wohlriechenden Baum stehen, dessen vom Wind bewegte, silbern glänzende Blätter im Sonnenlicht flirrten und blickten über die weißen Häuser von Sanris hinweg aufs Meer hinaus.
»Noch einmal wird das Licht des Tat siegen über die Mächte des Dunklen,« sagte Rah. »Sein lebendes Licht soll herrschen in den Herzen der Menschen. Es wird keinen Tat-Tsok mehr geben und keine Priester, so wie es war in der goldenen Zeit von Hak. Ist es nicht so, als würde ein Ring sich schließen in der Geschichte des Reiches, ein Ring, in dem unser aller Schicksal mit eingeschlossen ist. Niemand

darf sich seinem Wirken verschließen in dieser Stunde der Entscheidung.«
»Der Ring des Lahf wird sich schließen,« bejahte Aelan. »Doch er schließt sich, weil die Zeit Atlans vorüber ist und ein neues Weltenalter anbrechen muß. Atlan ist verloren, Rah, auch wenn es scheinen mag, als könne das Licht des Erhabenen es noch einmal erretten.«
»Doch was sollen die Menschen tun? Sollen sie geduldig warten, bis die Nacht des Be'el sie verschlingt? Sollen sie ihre Häupter neigen vor dem Auswurf des Bösen?« drängte Rah, der von fiebernder Unrast befallen war.
»Nein, Rah, alles ist gut. Es ist gut, daß der Sanla sich gegen den Be'el erhebt. Es ist gut, daß das Elrach aufsteht gegen das Elroi, denn es ist eine Prüfung für alle, die in diesem ewigen Spiel kämpfen, das niemals enden wird. So ist es bestimmt und so wird es geschehen. Denn einmal wird jeder den schmalen Weg finden, der hinausführt über die Gewalten des Ehfem.«
Rah schüttelte entschlossen den Kopf. »Es ist nicht die Zeit, feinsinnige Gespräche zu führen. Es ist Zeit zu handeln, wie das Herz es befiehlt. Ist es denn die Bestimmung der Menschen Atlans, das Böse zu erdulden? Haben sie nicht früher schon gekämpft, um das Joch der Khaïla abzuschütteln? Was wird mit denen geschehen, die diesen schmalen Weg gehen, von dem du sprichst, die sich nicht kümmern um die Geschicke des Reiches? Werden sie verschont werden vor dem Abgrund der Vernichtung, den der Be'el aufreißen wird?«
Aelan schwieg eine Weile. »Auch der schmale Weg der Einen Kraft ist ein Weg des Tuns. Doch er ist ein Weg des Tuns ohne zu tun, ein Weg der wachen Erkenntnis auf Messers Schneide zwischen beiden Seiten des Ehfem. Schwer ist dieser Weg, und zerrissen von harten Kämpfen, denn er führt in das unerschütterliche Vertrauen in die Eine Kraft, die ewig zum Wohle des Ganzen wirkt. Oft scheint dieser Weg der falsche, weil er nicht dem menschlichen Wollen folgt, weil er sich dem scheinbar Offensichtlichen widersetzt, und doch führt er letztendlich in das Licht der Erkenntnis, weil er weiter zu blicken vermag als die Vernunft des Menschen. Verschlungen und schmerzlich ist er oft, denn er fordert alles von denen, die ihn gehen. Und doch beschützt die Eine Kraft jene, die ihrer Führung vertrauen. Auch wenn Atlan versinkt, werden sie vor dem Untergang bewahrt werden. Einem ist es bestimmt, sie fortzuführen aus Atlan.«
»So ist die Kraft, die ich in dir sehe, nur die Kraft des Vertrauens und der Hingabe an deinen Weg?« fragte Rah.

»Ich weiß es nicht, denn ich besitze diese Kraft nicht. Sie fließt durch mich, ohne daß ich sie zu halten und zu lenken vermag. Und doch ist sie alles in mir. Ohne sie wäre ich nichts. Es ist meine Bestimmung, ihrem Willen zu folgen.«
»So trennen sich unsere Wege in San, Aelan,« sagte Rah betrübt und faßte den Freund am Arm.
»Nicht für immer, Rah,« entgegnete Aelan. »Unsere Wege sind verknüpft seit undenklichen Zeiten. Sie werden uns wieder zueinander führen.«
»Möge es in einer besseren Zeit geschehen, als in der jetzigen, in einer Zeit des Friedens und des Lichts,« sagte der Gurena und versuchte ein Lachen. »Ich werde nach San zurückkehren, wenn der Krieg gegen den Be'el vorüber ist.« Doch Rah spürte, daß seine Wort hohl klangen. Die Ahnung regte sich in ihm, daß er San niemals wiedersehen würde.
»Es wird geschehen, wann immer das Gesetz des Lahf es fordert.«
Schweigend gingen die Freunde durch den Garten. Sie hielten sich an der Hand, und jedem schien es, als würde ihm der Schmerz des Abschieds das Herz zerreißen. Aelan dachte an Mahla. Die Bilder, die er in der Schule des Fai gesehen, traten leuchtend vor seine inneren Sinne. Die Unruhe, die er mühsam besänftigt hatte, brach wieder in ihm auf. Sie überquerten einen Bach auf einer steilen, halbrunden Holzbrücke, als ihnen plötzlich, aus dem Halbdunkel eines Haines, der Sanla entgegenkam. Er war vor dem Volk, das ihn bedrängt hatte, in die Gärten geflohen. Ein Lächeln flog über sein Gesicht, als er Rah erblickte. Er grüßte den Gurena mit einer anmutigen Geste, bevor seine Augen die von Aelan trafen. Wieder spürte Aelan die Liebe und Güte des Sanla, und wieder erhob sich tiefes Mitgefühl für diesen Mann, der in die Welt gesandt war, um den Massen von Atlan die Weisheit des Elrach zu bringen. Der Sanla lächelte Aelan zu, als der junge Mann sich höflich verneigte.
»Wir sagen uns Lebewohl,« sagte Rah und wies auf seinen Freund, »denn unsere Wege, die uns bis ins Labyrinth der Khaïla führten, trennen sich in San.«
»Die Zeit des Abschieds ist schmerzlich,« erwiderte der Sanla. »Doch es gibt keine Trennung in der Liebe des Tat. Auch ich mußte Abschied nehmen von lieben Getreuen.«
Er blickte lange aufs Meer hinaus. Aelan spürte, wie für einen Augenblick eine Wolke von Schmerz das lichte, heitere Wesen des Sanla überschattete.
»Eine Frau, deren Herz so rein ist wie die Blüte der Nat, fiel in die Hände

des Be'el,« sagte er. »Ihr Bruder aber, ein liebenswerter, feinsinniger Jüngling, wurde getötet, als er sie retten wollte. Wir vermochten ihnen nicht beizustehen. Doch wenn der Allweise Tat es will, wird seine Gnade sie zurückführen zu uns. Das Heer des Lichts wird sie aus der Gewalt des Be'el befreien.«

Etwas schrie auf in Aelan. Es schien unsinnig, aber Aelan wußte, daß der Sanla von Mahla sprach.

»Was ist geschehen?« fragte er, obwohl eine solche Frage roh und unhöflich war. Rah blickte ihn tadelnd an. Der Sanla aber nickte verständnisvoll.

»Ihre Vertraute hat sie verraten, aus Mißgunst und Eifersucht. Sie fiel in die Hände der Krieger des Be'el. Es geschah in Melat, an dem Tag, als wir übersetzten nach San. Es war ein Zeichen, das uns zeigen sollte, daß in diesen Zeiten der Dunkelheit der Same des Bösen auch in den Gärten des Lichts keimt.«

Aelan sah Mahla wieder vor sich, in den Händen von Soldaten, wie er sie im Schauen des Fai erblickt. Jäher Schmerz hieb mit scharfen Krallen in sein Inneres.

»Sie wollte mit uns nach San reisen, um ihren Geliebten wiederzufinden, den sie verloren in den Wirren dieser Zeit, doch der rein in ihrem Herzen wohnt,« fuhr der Sanla fort.

»Wie ist ihr Name?« hauchte Aelan. Er fühlte, daß die Bilder in seinem Kopf sich zu drehen begannen, immer rascher, wie in einem mächtigen Sog. Alles in ihm krampfte sich in einem brennenden Schmerz zusammen.

»Mahla-Sal,« entgegnete der Sanla ruhig. Er blickte Aelan an, als wisse er um die Verzweiflung, die den jungen Mann nun erfaßte. Wie ein Keulenschlag traf Aelan der Name der Geliebten aus dem Mund des Sanla. Er blickte noch einmal in die gütigen Augen des Erhabenen, drückte Rahs Hand in der seinen, dann stammelte er einen wirren Gruß und stürzte davon.

Einen Mond später war die Flotte von San bereit, um das Heer des Tat-Sanla nach Atlan überzusetzen. Boten des Rates waren in alle Städte und Dörfer der Insel geeilt, um die wehrfähigen Männer zum heiligen Krieg zu rufen, und es zeigte sich, daß der Rat von San weise Vorsorge getroffen hatte für den Fall, daß der Be'el seine Hand ausstreckte nach der Insel des Tat. Ein starkes, gut ausgerüstetes Heer sammelte sich bei Sanris unter dem weißen Banner des Sanla. Aelan aber war zurückgekehrt in die Schule des Fai, doch es war ihm nicht mehr gelungen, seine rasende Unruhe zu besänftigen. Alles in ihm drängte danach, mit Rah und dem Sanla überzusetzen nach Melat, um Mahla zu suchen. Man hielt sie gefangen dort, Aelan spürte es, wußte es, obwohl ihm die verzweifelten Versuche, sich ihr durch die Kunst des Fai zu nähern, keine klaren Bilder mehr brachten. War es nicht seine Pflicht, sie zu retten? War es nicht eigensüchtig, in der friedlichen Abgeschiedenheit der Schule zu verweilen, während die Geliebte in den Kerkern des Be'el schmachtete? Aelan war zerrissen. Etwas in ihm sagte, daß die Eine Kraft Mahla schützen würde, wenn Aelan sich und die geliebte Frau dem verborgenen Willen des Hju hingab, doch die Stimme seiner Verzweiflung schrie lauter.

»Ich werde nicht lange fort sein,« sagte er zu Mendes. »Ich werde mit dem Heer nach Melat gehen, um sie zu befreien, und dann mit ihr zurückkehren nach San. Auch sie wird in die Schule des Fai eintreten, um den Weg der Einen Kraft zu erlernen, wie wir es gemeinsam taten in unserem letzten Leben.«

Mendes antwortete nicht.

»Ist es denn schändlich, dies zu tun?« rief Aelan. Mendes' Schweigen schien ihm wie ein Vorwurf. »Es ist meine Pflicht, sie zu retten! Jahrelang war ich ruhig, denn ich wußte sie sicher, beschützt von guten Menschen. Nun aber ist sie in tödlicher Gefahr.«

»Du mußt tun, was dein Herz dir befiehlt, Aelan,« entgegnete Mendes. »Du bist frei auf dem Weg des Sonnensterns, denn der Weg zur Freiheit der Einen Kraft kann nicht mit Geboten beginnen.«

»Ich verlasse den Weg der Einen Kraft nicht,« sagte Aelan. »Ich werde die Mission erfüllen, die mir bestimmt ist, zu der ich aufgebrochen bin auf dem Weg der großen Wanderung. Doch ich muß Mahla retten. Auch sie wird uns folgen, wenn die Eine Kraft uns fortführt aus Atlan. Eng verschlungen ist unser Gewebe des Lahf. Wir müssen es vollenden in diesem Leben, da Atlan versinken wird.« Aelans Augen begannen zu leuchten. »Ja, ich sehe es deutlich: Auch das ist ein Teil meiner großen Wanderung – die sichere Zuflucht in San zu verlassen für die Geliebte. Es ist ein Gebot der Liebe der Einen Kraft, sie zu suchen und zu retten.«

Mendes betrachtete Aelan schweigend, ohne Regung auf dem Gesicht.

»Ist es nicht so, Mendes?« fragte Aelan.

Der Lehrer des Fai zuckte die Schultern. »Nichts ist gewiß auf dem Weg der Einen Kraft,« antwortete er. »Ständig werden die geprüft, die ihn gehen. Hart sind die Prüfungen, denn sie treffen uns an der schwächsten Stelle, dort, wo wir blind sind und verletzlich.«

»Aber ich muß es tun!« flüsterte Aelan.
Mendes schloß die Augen. »Wer nicht fällt in der Zeit der Prüfung, wird stärker durch sie,« sagte er. Dann bedeutete sein starres Gesicht, daß das Gespräch beendet war. Lautlos erhob sich Aelan und schlich mit einer Verbeugung aus der Halle des Fai fort.
Am nächsten Tag wanderte er das Tal hinab nach Sanris. Kein Windhauch regte sich. Insekten summten geschäftig zwischen blühenden Kräutern. Große, türkis schillernde Eidechsen sonnten sich auf heißen Steinen. Der warme, harzige Geruch der Pinien stand in dichten Wolken in der Luft. Der strahlende Morgen war erfüllt vom Schrillen unzähliger Zikaden.

## Kapitel 7
## LOHN DER LÜGE

Der Chor bejubelte in einem fürchterlichen Rachegesang den Tod des Verräters. Kurze, helle Schläge von Trommeln und Klanghölzern mischten sich wie schmerzende Hiebe in den vielstimmigen, anschwellenden Ton der Xelm und die schrillen, abgehackten Laute der Sänger. Die Zuschauer zuckten unwillkürlich zurück, als der Engel des Todes durch die Reihen des Chores trat, eine hohe, hagere Gestalt in fließendem, weißen Gewand, die vor den schwarzgekleideten Sängern wie eine leuchtende Erscheinung wirkte. Die Musik wuchs zu einem unerträglichen Crescendo, als die vermummte Gestalt den Verräter in ein blutrotes Leichentuch hüllte, um ihn für immer in die Abgründe der Verdammnis hinabzuführen.»Die Geißel der Rache wird dir durch deine Verkörperungen folgen, wieder und wieder soll unter Qualen dein Blut fließen, wieder und wieder sollst du furchtbare Tode sterben, nie soll ein Schimmer des Glücks dich erfreuen,« dröhnten die Worte des Chores.

Auf Hem-Las Stirn standen Schweißperlen. In dem Theater herrschte dumpfe Schwüle. Er öffnete den Kragen seines Festgewandes und blickte zu Sae hinüber, die unbewegt neben ihm saß. Ihr weiß gepudertes, makellos schönes Gesicht schimmerte in der Dämmerung. Hem vermochte keine Regung in ihren Zügen zu erkennen. Sie nahm das grausige Drama um den Tod eines Verräters, das Stück eines Dichters aus der großen Zeit von Teras, das die Theater des Ostens oft spielten, seit der Be'el die Macht errungen, ungerührt auf. Auf den Gesichtern der anderen Menschen, die Hem im Halbdunkel zu sehen vermochte, spiegelte sich Schrecken und Entsetzen über das Schicksal des Verräters, der die Tam-Be'el betrogen und die Ehre der Flamme in den Schmutz gezerrt hatte. Sie empfanden Mitgefühl mit dem Verbrecher, und nicht wenige hofften, er möge trotz seiner Schandtaten errettet werden vor seinem grausamen Geschick.

Auch Hem war gefesselt von dem Stück, das die besten Schauspieler und Sänger Kurtevas so lebendig vorführten, daß die Grenzen von Spiel und Wirklichkeit verschwammen. Doch es war nicht Mitleid mit dem Mann, das Hem rührte, sondern eine tief im Inneren schwelende Angst. Sah er dort im flackernden Licht der Öllampen nicht sein eigenes Schicksal, das ihn unabwendbar erwartete? War nicht auch er ein Verräter? Die alten Ängste brachen unvermittelt in ihm auf. Nervös griff er nach dem Pokal und nahm einen Schluck Wein. Das schwere, gewürzte Getränk sandte einen wohligen Schauer durch seine Glieder. Hem lächelte gequält. Er hatte keinen Grund, sich zu ängstigen. Lange hatte ihn der Herr des Feuers nicht mehr nach dem Ring gefragt. Sein Mißtrauen war besänftigt, und er begegnete Hem in den seltenen Stunden, wenn er den Kaufmann in den Tempel rufen ließ, mit kühler Freundlichkeit. Hem nestelte an der Kette, an der er den Ring um den Hals trug. Hier war der lebende Beweis, daß er dem Be'el noch immer von Nutzen war, daß er ihn nicht betrogen hatte wie dieser törichte Verräter auf der Bühne. Der goldene Reif, in den geheime Schriftzeichen eingraviert waren, die niemand zu entziffern vermochte, doch die Xerck als Zeichen der Gläsernen Stadt erkannt, war unverändert geblieben. Der alte Handan hatte nur gedroht in jener Stunde am Brüllenden Schwarz. Was sollten seine Worte schon bewirken? Die Kraft des Ringes war ungebrochen. Es gab keinen Grund, sich zu sorgen. Immer wieder sagte Hem sich dies vor, doch nie gelang es ihm, seine Angst ganz zu bannen.

Aber gerade jetzt war er sicher. Der Herr des Feuers hatte im Augenblick andere Sorgen, als sich um die Gläserne Stadt zu kümmern. Ein Heer war gekommen von San, unerwartet, hatte die Provinz des Westens überrannt. Der Sanla hatte sich erhoben und führte die Anhänger des Tat gegen den Be'el. Nur wenige der Gurenas aus Kurteva, die Melat verteidigt hatten, waren entkommen, und was sie zu berichten wußten von der Stärke des feindlichen Heeres, erregte große Sorge im Palast des Tat-Tsok. Es war zu Aufständen gekommen in Kurteva; die Menschen, die noch immer heimlich dem Tat anhingen, hatten sich unbedacht erhoben gegen den Be'el, doch sie waren niedergeschlagen und grausam bestraft worden. Aber es gärte in der Stadt des Tat-Tsok. Mit eiserner Hand sorgte die Tempelgarde für Ordnung, die schwarzen Elitekrieger des Be'el, die Tarke-Um ausbildete und führte. Keine Gnade kannten diese Soldaten, deren Masken aus schwarzem Metall jede Regung ihrer Züge verbargen. Schrecklichen Dämonen gleich durchstreiften sie Kurteva, begierig nach dem Blut von Verrätern und Abtrünnigen. Die Theater aber spielten Stücke wie dieses,

in denen der Lohn des Verrats den Menschen warnend vor Augen geführt wurde.
Auf der Bühne stimmte der Chor die Hymnen des Lobpreises für den Be'el und seine Getreuen an. Ein schlechtes Stück eigentlich, dachte Hem und nippte an seinem Wein. Die Kraft, die sein Herz zusammengekrampft, ließ nach, und sogleich regte sich wieder sein Hochmut. Ein schlechtes Stück, doch man mußte seine Treue zum Be'el öffentlich zur Schau stellen, indem man das Theater an solchen Abenden aufsuchte. Viele lästige Pflichten galt es zu erfüllen, seit Sae die Herrin der La geworden war, die kalte, unnahbare Sae, die Xerck in das Haus der La geschickt hatte, um den Träger des Rings zu bewachen und zu belauern. Keinen anderen Grund gab es für diese von Xerck befohlene Heirat. Sae war den Herren des Feuers treu ergeben, schien ganz aus den kalten Flammen des Be'el gemacht, wie ein Wesen, das nicht aus Fleisch und Blut war. Anfangs hatte Hem sie wild begehrt, doch ihre Umarmung war kalt gewesen, ohne Leidenschaft, und Hem hatte begonnen, sich vor ihr zu fürchten, so wie er sich vor Xerck fürchtete. Sah er den Herrn des Feuers aber nur zu seltenen Gelegenheiten, so war Sae beständig in seiner Nähe, um ihn stumm zu mahnen, daß er seinen Reichtum und sein Leben nur der Macht der Flamme verdankte. Die Musik schwoll noch einmal an. Ein letztes Mal verwoben sich die Stimmen des Chores mit dem Schnarren der Xelm, dann war das Stück zu Ende.
Gemurmel erhob sich. Die Tore des großen Saales wurden von unsichtbaren Händen aufgestoßen. Hem bot seiner Frau den Arm und verließ den Bezirk, der den edlen Familien vorbehalten und durch eine hohe Stufe von den Sitzen des gewöhnlichen Volkes abgetrennt war. Stolz promenierte er mit Sae die weiten Marmortreppen hinab und erwiderte die ehrerbietigen Grüße, die man ihm entbot, mit einem knappen Nicken. Die Lakaien an den Toren zur Straße neigten sich tief vor Hem-La und seiner Gemahlin, drängten die Neugierigen zurück, die sich die Hälse reckten und öffneten den Schlag der kostbaren Sänfte, die das Zeichen der La trug und von Sklaven aus dem Westen getragen wurde. Nach der Niederlage des Be'el gegen die Rebellen von San galt es als fein, den Haß gegen die abtrünnige Provinz zur Schau zu stellen, indem man Sklaven aus dem Westen die niedrigsten Dienste verrichten und öffentlich peitschen ließ. Die Lakaien der La, die die Sänfte begleiteten, schlugen mit dünnen Gerten auf die Männer ein, die sich mit ihrer Last durch die aus dem Theater strömenden Menschen voranarbeiteten. Hem aber lehnte sich in den gestickten Kissen zurück

und blickte Sae an. Sie war schön heute, hatte sich herausgeputzt für den Besuch des Theaters. Die türkisfarbene Seide ihres Gewandes schimmerte kühl in der Dämmerung. Hem berührte ihren nackten Arm, fühlte Leidenschaft wachsen, wollte sie an sich ziehen, um sie zu küssen, aber Sae wehrte ihn mit einem raschen Zucken der Schulter ab, ohne ihn anzusehen. Ihre schmalen Augen wanderten ärgerlich über die Einlegearbeiten im Inneren der Sänfte. Hem ließ ein mißmutiges Grunzen hören und sank mit verschränkten Armen in die Polster zurück.
»Betrübt dich etwas?« fragte er nach einer Weile, als ihm Saes Schweigen unerträglich wurde.
Sae streifte ihn mit einem verächtlichen Blick. »Ja, es betrübt mich, daß mein Gatte in einer Zeit der Not nur sein Vergnügen im Sinn hat, daß er sich dem Wein und dem Siji ergibt, während die Heere der Flamme zur entscheidenden Schlacht rüsten gegen die verblendeten Aufrührer aus dem Westen, und daß er selbst nach einem solch aufwühlenden Stück keine andere Regung in sich fühlt als die der Wollust.«
Hem seufzte. Zu oft hatte er sich solche Vorwürfe anhören müssen in den letzten Wochen, wenn er ein Fest gab, oder wenn er mit den Freunden, die er aus Feen hatte kommen lassen, eine Nacht in einer Delay verbrachte, um der freudlosen Enge des eigenen Hauses zu entfliehen.
»Was soll ich tun?« fragte er achselzuckend. »Ich bin Kaufmann, kein Gurena. Soll ich mit dem Heer in die Schlacht ziehen? Ich diene der erhabenen Flamme auf andere Weise.«
»Wie dienst du dem Allgewaltigen denn?« fragte Sae scharf. »Dienst du ihm durch deine Vergnügungen und Ausschweifungen? Sie sind eines Mannes, der die Gunst des Be'el genießt, nicht würdig.«
Hem lachte gekünstelt. »Du weißt, es gibt einen ganz besonderen Dienst, den nur ich dem allgewaltigen Be'el erweisen kann,« sagte er genüßlich und spielte mit der Kette um seinen Hals.
Sae blitzte ihn herausfordernd an. »Wir werden sehen, wenn die Zeit gekommen ist, wie wertvoll dieser Dienst ist,« sagte sie abschätzig.
Ein Stich durchfuhr Hem. »Was willst du damit sagen?« rief er. Sae war wieder im Tempel gewesen, bei Xerck. Das Mißtrauen in ihren lauernden Katzenaugen schien noch gewachsen seither. Vielleicht hatte Xerck einen Verdacht geäußert, vielleicht war etwas geschehen, was das Geheimnis des Ringes verraten hatte.
»Was erregst du dich?« fragte Sae mit kaltem Lächeln. »Der Be'el hat dir seine höchste Gnade gewährt, und du genießt sie, ohne etwas zu geben

dafür. Irgendwann wird er den Dienst von dir fordern, den du ihm schuldest.«
»Er wird ihn bekommen,« sagte Hem zerknirscht, »denn so ist es bestimmt.«
»Und doch ist es nötig, ihm schon vor dem Tag, an dem er diesen Dienst fordert, den nur die La tun können, ein Zeichen der Hingabe zu gewähren, ein Opfer zu bringen.«
»Was meinst du? Ich opfere dem Tempel regelmäßig. Ich gebe viel von dem Segen, der mir durch die Gunst des Allgewaltigen zufließt, freudig an seine Diener zurück,« verteidigte sich Hem.
»Ist das genug?« Sae wiegte den Kopf. »Eine schwere Zeit ist angebrochen für die Getreuen der Flamme. Viele Männer des Be'el wurden erschlagen in den Provinzen des Westens, und seine Tempel geschändet. Du aber frönst deinen Lustbarkeiten und glaubst, ein Säckel leicht verdienten Goldes wäre genug, das Wohlwollen des Be'el zu erkaufen.«
»Was soll ich denn tun? Gerne gebe ich mehr,« sagte Hem und verdrehte die Augen. Er war dieser Zänkereien überdrüssig.
»Du mußt deine Ergebenheit vor dem Volk Kurtevas beweisen, das den Herrn der La schon mit Argwohn betrachtet, da er in einer Zeit rauschende Feste feiert, in der die Häuser anderer Familien um gefallene Söhne trauern. Schon fliegen Gerüchte auf, sein Herz habe sich abgewandt vom strengen Weg der Flamme.«
Hem winkte ab. »Ach, Neider gibt es überall. Der Herr des Feuers aber weiß, wem mein Herz gehört.«
»Auch er sieht mit Sorge, daß du dem Laster verfällst, Hem-La. Und mir, die der Be'el bestimmte, dein Leben zu teilen, wohnt Kummer im Herzen.«
»Was kann ich tun ...« rief Hem und wollte Sae zärtlich berühren, doch sie schüttelte seine Hand ab.
»Gib dem Be'el und seinen Getreuen ein Zeichen, daß dein Herz ganz ihm gehört. Sende deine verderbten Freunde, die du aus Feen kommen ließest, fort aus deinem Haus und lasse den Ernst dort einkehren, der dieser schweren Zeit geziemt. Und bringe dem Allweisen ein Dankesopfer für die Gunst, die er den La gewährt.«
Hem nickte bereitwillig. »Die Freunde aus Feen, die mit der Karawane kamen, werden bald wieder abreisen, und ein Dankesopfer gebe ich gerne. Was schlägst du vor, soll ich dem Be'el darbringen? Soll ich Stiere schlachten lassen für ihn, oder dem Tempel Sklaven schenken, oder kostbares Räucherwerk?«

Sae schüttelte den Kopf. »Nein, nicht Tand sollst du ihm geben, der dich kaum berührt, sondern etwas, das deinem Herzen nahe steht. Du sollst nicht Gold vor seinen Altar werfen, von dem du mehr besitzt, als du zählen kannst, sondern von dir selbst sollst du ein Opfer bringen.«
Hem zuckte resignierend die Schultern.
»Du weißt, daß am großen Bild des Be'el in den Mot-Hügeln ein Opferfeuer brennen soll, am Abend vor der Schlacht gegen die Rebellen, um den Allgewaltigen günstig zu stimmen. Nur auserlesene Opfer dürfen in dieser Nacht der heiligen Flamme als Speise dienen. Die edelsten Familien Kurtevas schenken dem Be'el die kostbarsten Sklaven, die in ihren Häusern wohnen. Der Tat-Tsok, so hörte ich, will gar eine seiner Nebenfrauen dem Feuer vermählen. Morgen werden die Opfer in den Tempel gesandt und geweiht.«
»Ich weiß. Auch ich habe ein würdiges Geschenk vorbereitet. Die Gabe der La wird die Opfer der anderen Familien übertreffen. Einen Knaben und eine Jungfrau habe ich ausgewählt, beide rein und unberührt wie frisch gefallener Schnee, ein Zwillingspaar aus Melat, das von fliehenden Gurenas den Feinden geraubt und nach Kurteva gebracht wurde, eine Kostbarkeit, die selbst viel Gold nicht zu kaufen vermag in dieser Zeit. Ihre zarten Leiber werden dem Allgewaltigen ein angemessenes Opfer sein.«
Sae lächelte spöttisch. »Ein Opfer ohne Entsagung, denn Knaben und Jungfrauen werden dir genügend zugeführt in den Delays, in denen du das Gold verpraßt, das die Gunst des Be'el dir gewinnt. In dieser Stunde aber fordert er etwas von dir, das eine Wunde reißt in dein Herz, er fordert einen Tropfen deines Blutes, das du ihm einst versprochen. Gib ihm die Nok-Sklavin, die Prinzessin aus dem Land über dem östlichen Meer, mit der du heimlich dein Lager teilst, in dem Glauben, ich wüßte nicht um die Schande, die du über das Haus der La bringst.«
Hem erstarrte. Ein Zucken lief über sein Gesicht. Saes Augen leuchteten, als sie sich an Hems Schreck weidete.
»Ich fordere sie von dir, und der Be'el fordert sie von dir,« zischte Sae, ohne Hem zu Wort kommen zu lassen. »Verweigerst du sie ihm, so soll der Herr der Flamme darüber befinden, ob es sich ziemt, daß einer, der die höchste Gnade des Be'el empfing, die Ehre der Feuerblüte befleckt, die der Allgewaltige selbst ihm vermählte.«
Hem versuchte mühsam, die Fassung wiederzugewinnen. Sae beobachtete ihn regungslos. In ihren Augen blitzten Verachtung und Haß.
»Ich will ihr schwarzes Fleisch brennen sehen im reinen Feuer des

Be'el, und ich werde beten zu ihm, daß die Flamme, die deine lebende Schande verbrennt, auch dein Herz läutere.«

Hem wollte sich empören, rang nach Worten, die er Sae entgegenschleudern könnte. Er öffnete den Mund, schnappte nach Luft, dann sank er matt in sich zusammen. »Es sei,« flüsterte er tonlos und wandte sich von seiner Gemahlin ab. Die Sänfte passierte das mächtige, von Lampen erleuchtete Tor seines Palastes.

Als Stille eingekehrt war im Haus der La, ließ Hem die schwarze Nok-Prinzessin in seine Gemächer holen. Ihr ebenholzfarbener Körper glänzte in der Dämmerung der Öllampen, doch keine Begierde überkam Hem in dieser Nacht, als er sie betrachtete, keine Wollust reizte ihn auf, als er seine Hände über ihren Körper gleiten ließ, der von einem seidenen Schleier verhüllt war.

»Tarra,« sagte er wehmütig, »Tarra.« Die junge Frau wiegte den Kopf. Tarra nannte Hem sie, denn dieses Wort hatte er herausgehört aus ihren schnatternden Reden, und es schien zu passen zu ihrem schlanken, schwarzen Körper, zu ihrem feurigen Blut, zu ihren geheimnisvollen Tieraugen. Sie war seine schweigende Vertraute geworden, seit Sae in das Haus der La eingezogen. Sie schien ihm wie eine Erinnerung an das ungebundene Leben vor seiner Heirat mit der Blüte des Be'el, eine Erinnerung, an die er sich klammerte mit der ganzen Kraft seines Herzens. Und nun wollte man sie ihm fortnehmen, wollte sie dem Feuer des Be'el opfern, diese unvergleichliche, unersetzliche Frau. Ein bitteres Brennen krampfte sich in Hems Kehle zusammen. Er zog die Sklavin zu sich auf das Lager. Unzähligemal schon hatte er sie gehabt, doch der Kaufmann, dem ein Vergnügen rasch schal wurde, wenn er zuviel davon genoß, empfand noch immer einen prickelnden Schauder, wenn er sie berührte, wenn sie vor ihm stand, ihn anblickte mit ihren unergründlichen Augen, und er nicht wußte, ob sie ihn liebte, ihn fürchtete oder ihn haßte. Noch immer spürte er ihren Widerwillen, wenn er sie an sich zog. Vielleicht war es diese ungebrochene Kraft in ihr, dieser stumme Stolz, der ihn zu ihr lockte, der ein Feuer der Leidenschaft in ihm entfachte, das er bei keiner anderen Frau fühlte. Auch bei Sae nicht, der kalten, abweisenden Schönen, die nur in sein Haus gekommen war, um ihn zu belauern und jeden seiner Schritte den Herren des Tempels zu melden. Unfrei war er im eigenen Palast, ein Sklave dieses verfluchten Ringes, um dessen Besitz willen ihn der Be'el erwählt und mit Vorrechten und Gunstbeweisen gekauft hatte. Nun war er ganz in den Händen der Flamme, durch diese fischblütige Frau, die man zu seiner Gemahlin gemacht, ohne daß er es gewollt hatte. Hem fluchte hilflos, um seinen würgenden Schmerz zu unterdrücken. Er sprang auf und nahm aus der geheimen Schublade eines Schrankes eine kleine, gläserne Phiole. Das Siji würde seinen Kummer vertreiben, wie schon so oft, es würde ihn heiter stimmen für die letzte Nacht mit Tarra. Er mischte einige der schweren Tropfen des Siji in einen Pokal mit Wein und leerte ihn mit einem Zug. Die Nok-Frau beobachtete ihn aufmerksam. Sie spürte, daß ihr Herr heute anders war, daß etwas Bedrohliches im Raum lastete. Sie sagte einige Worte in der Sprache der Nok.

Hem lächelte. »Ja, rede nur, Tarra! Laß mich noch einmal deine Vogelstimme hören.«

Er setzte sich zu ihr und schloß die Augen. Hem spürte, wie sich das Siji in seinen Adern verströmte und ein sanftes Glühen durch den Körper sandte. Rasch wachsender Nebel legte sich über seine ärgerlichen Gedanken. Sie versanken in einer Tiefe, aus der sie für Stunden nicht wieder auftauchen würden. Hem lachte. Was sollte er sich quälen? Niemand wußte, was morgen war. Vielleicht eroberten die Rebellen aus dem Westen Kurteva. Dann würde es vorbei sein mit der Macht des Be'el, vorbei mit den Herren des Feuers. Ihm aber konnten sie nichts tun. Er war ein Kaufmann, er hatte niemandem etwas zuleide getan, er hatte keinen Krieg geführt, er hatte keinen Tat-Priester getötet und keinen Tempel geschändet. Sollten sie nur kommen, die Heere des Tat-Sanla. Vielleicht war es besser so, vielleicht konnte er dann diesen verfluchten Ring ins Meer werfen, der ihn wie eine Kette an seine Angst fesselte. Tarra würde er behalten. Vielleicht gab es eine Möglichkeit, die Opfer hinauszuzögern, bis die Gurenas des Sanla Kurteva erreicht hatten. Einen Augenblick schien Hem dies die Lösung seiner Probleme. Ein Gefühl dumpfen Glücks flackerte in ihm auf. Er lachte und küßte die Frau, die regungslos neben ihm saß und ihn anschaute. Das Siji schien seine Gedanken in Watte zu betten. Langsamer zogen sie dahin, schwerer und klarer, dunkel glänzende Bilder mischten sich zwischen sie, und die Empfindung, als sinke der Körper unter ihnen fort. Ein beglückendes Gefühl war es, frei zu sein für einen Augenblick, alle Ängste und Sorgen fortfallen zu spüren, doch bevor Hem es auskosten konnte, zerrann es in ihm. Er wollte es festhalten, griff danach, doch je mehr er sich mühte, desto schneller zerfloß es und machte einer Angst Raum, die ohne Ausweg schien. Seine tröstlichen Gedanken brachen wie dürre Zweige. Der Be'el würde die Aufrührer niederschmettern und vernichten. In Melat hatten sie die Gurenas der

Flamme überrascht, und das Volk des Westens hatte sie unterstützt. Nun aber würde sich ihnen ein Heer entgegenstellen, das vorbereitet und wohl gerüstet war. Die Rache des Be'el würde mit furchtbarer Gewalt alle treffen, die es gewagt hatten, gegen ihn aufzubegehren. Und dann würde Xerck den Ring fordern, um den Weg zur Gläsernen Stadt zu öffnen. So rasch wie das Siji Hem in die lichten Höhen der Hoffnung emporgetragen hatte, so rasch ließ es ihn hinabstürzen in betäubende Verzweiflung.
»Sie werden dich mir fortnehmen,« sagte er zu der Nok-Frau und griff nach ihr. Er spürte den Schauder auf ihrer Haut, den seine Berührung auslöste, das leise, fast unmerkliche Zurückzucken, heute aber erregte es ihn nicht, sondern erfüllte ihn mit unendlicher Traurigkeit. »Sie werden dich fortreißen von mir, um dich in den Rachen der Flamme zu werfen.« Hem lächelte bitter. »Und du verstehst es nicht. Du wirst mit ihnen gehen und nicht wissen, was dir geschieht. Oder ahnst du es schon, gleich einem Tier, das seinen unvermeidlichen Tod vorausfühlt?«
Hem küßte sie leidenschaftlich. »Küß mich noch einmal, Tarra. Es ist unsere letzte Nacht zusammen. Morgen werden sie dich schmücken wie eine Königin, so daß du glauben wirst, du seiest zurückgekehrt als Prinzessin deines Volkes. Aber sie schmücken dich für den Tod. Diese Frau will dich brennen sehen, diese kalte, schreckliche Frau, die so grausam ist wie der Gott, dem sie dich opfern werden. Diese Frau, die der Herr der Flamme in mein Haus sandte wie eine Strafe, um den verfluchten Ring zu bewachen, den ich für den Be'el tragen muß.«
Die Sklavin blickte Hem an. Die Sprache Atlans klang seltsam in ihren Ohren und erheiterte sie. Die Prinzessin der Nok lächelte. Ihr Lächeln steigerte Hems Schmerz ins Unermeßliche. Das Siji machte ihn weich wie Wachs, in das jede Empfindung tiefe Spuren prägte.
»Du lächelst,« sagte er. »Du lächelst, und doch werden sie dich töten. Sieh her, dieser Ring ist schuld daran, daß sie dich töten. Er liefert mich der Willkür dieser Frau aus, die dich brennen sehen will.«
Hem zog die Kette mit dem Ring über den Kopf und pendelte sie vor den Augen der Frau. Sie griff spielerisch danach, noch immer lächelnd, nahm den Ring in ihre Hand und betrachtete ihn. Dabei redete sie in der Sprache der Nok, als wolle sie Hem antworten.
»Siehst du ihn?« fragte er düster. »Er hat Reichtum ins Haus der La gebracht, unermeßlichen Reichtum. Aber auch Verderben, einen entsetzlichen Fluch, der die La einst vernichten wird.«
Die Bilder des Theaters drängten sich zwischen Hems verschleierte

Gedanken. Er sah den Verräter im roten Leichentuch, sah den Engel des Todes, der ihn unter dröhnenden Rachegesängen fortschleppte. »Siehst du ihn, Tarra? Es ist der Ring des Todes. Du wirst sterben für ihn, schöne Tarra, Prinzessin, du wirst sterben, ohne zu wissen warum, für einen Gott, den du nicht kennst. Wie sind die Götter der Nok? Sind sie sanft oder sind sie unerbittlich wie der Be'el? Er wird auch die Götter der Nok besiegen. Wenn er Atlan unterworfen hat, wird er Schiffe zu den Nok senden, um der Flamme Tempel zu bauen, damit auch deine Brüder und Schwestern ihn anbeten können. Oh Tarra, für diesen Ring hat die Flamme mich groß gemacht, für diesen Ring hat sie den La die höchste Macht verliehen. Verstehst du mich, Tarra? Lache nur. Es ist gut, mit dir zu reden. Es befreit mein Herz, dir Dinge zu sagen, die ich kaum zu denken wage. Bei dir ist ihr Geheimnis gut bewahrt. Du hörst sie, ohne sie zu verstehen, und du lachst. Lache nur. Es ist gut, daß du lachen kannst über diese furchtbaren Dinge. Lache auch über deinen Tod, Tarra. Ich gebe dich hin für diesen Ring, damit er sein Geheimnis bewahrt, sein Geheimnis, das nur ich kenne. Denke dir nur, der allgewaltige Be'el, der Herr des Feuers, hat mich emporgetragen zu den Höhen der Macht wegen dieses Ringes, der ihm den Weg in die Gläserne Stadt öffnen soll. Den Weg in die Gläserne Stadt, diesen Ort der Legenden. Ein Trugbild, ein Ammenmärchen. Es gibt keine Gläserne Stadt, es gibt nur stumpfsinnige Bauernböcke dort in diesen Bergen. Ich weiß es, denn ich war selbst im Tal hinter dem Brüllenden Schwarz. Und der Ring hat seine Kraft verloren. Generationen lang haben ihn die La bewahrt. Er hat meine Vorväter ins Tal der Handan geführt, doch nun ist er nichts weiter als ein gewöhnliches Stück Gold. Die Handan haben seine Macht erlöschen lassen, diese widerspenstigen Schweiger. Er hängt an meinem Hals, ein nutzloses Schmuckstück, und doch hat der Herr der Flamme eine Tochter des Be'el in mein Haus geschickt, um seinen Träger eifersüchtig zu beäugen. Sie bewacht wertloses Blendwerk, diese Närrin. Du mußt sterben, Tarra, weil sie dich als ihre Nebenbuhlerin haßt, diese Frau mit einem Herz aus Eis. Wie sinnlos das alles ist. Du stirbst für einen kraftlosen Ring, für ein Stück Gold, das weniger wert ist als ein Almosen, das ich achtlos in die Schale eines Bettlers werfe. Mein Leben aber hängt von der Lüge ab, die sich um diesen Ring rankt. Nimm dieses Wissen mit in den Tod, Tarra, meine Schöne, und lache dabei. Es ist alles sinnlos und zugleich unendlich komisch.«

Die schwarze Prinzessin kicherte über den schwerzüngigen Redefluß ihres Herrn, der den Ring vor ihrem Gesicht hin und her pendelte. In diesem Augenblick schien es Hem, als seien die Ängste, die er seit Jahren in sich verbarg, die ihn quälten und Nachts aus dem Schlaf auffahren ließen, nichts als groteske Hirngespinste. So leicht ließen sie sich aussprechen, und diese Nok-Prinzessin lachte darüber mit ihrer zwitschernden Stimme. Auch Hem lachte jetzt. Er spürte, wie das Siji schwere Schleier der Müdigkeit über ihn senkte. Alles um ihn schien in gleichgültiger Leere zu versinken. Er griff nach der Frau, die noch immer ihr helles, kindliches Lachen hören ließ, und das Schnattern von Worten in der Sprache der Nok. Sie glaubte, er wolle spielen mir ihr und wich ihm aus. Hems Hände griffen ins Leere. Er verlor das Gleichgewicht und fiel nach vorne. Sein Kopf sank in Tarras Schoß. Im nächsten Augenblick war Hem eingeschlafen. Das Lachen der Frau erstarb. Vorsichtig befreite sie sich und huschte lautlos aus dem Gemach ihres Herrn, den sie nie wiedersehen sollte.

Kaum hatte sie die Türe hinter sich geschlossen, als grobe Hände sie packten und die Stimme der Herrin der La wütend zischte: »Bringt sie zum Tempel, um sie als Opfer für den Allgewaltigen zu schmücken.« Tarra wand sich und wollte schreien, doch eine unbarmherzige Hand preßte sich auf ihren Mund. Die schwarzen, metallenen Masken der Tempelgarde lösten sich aus der Dunkelheit.

Die Straßen Kurtevas leerten sich rasch in dieser Nacht, denn vom Meer wehte ein heftiger, kalter Wind. Die Zwillinge Az aber hatten ihre Sänfte fortgeschickt, die sie vom Theater nach Hause bringen sollte, waren in die Delay des Minh gegangen, die in der Nähe lag, doch sie hatten keine Freunde vorgefunden dort. Trotzdem waren sie geblieben, hatten Lemp getrunken und Quan gespielt, aber nichts wollte sie erinnern an die vielen heiteren Stunden, die sie als Ghurads an diesem Ort verbracht, in geselliger Runde, im Kreis der anderen. Enttäuscht machten sie sich auf den Heimweg. Sie hatten sich gefreut auf Kurteva, als sie von einer Mission in Teras zurückkehrten, aber die Stadt der Ringe hatte sich verändert, schien düster geworden und eng. Fremdes Volk hauste in den Quartieren des äußeren Rings, grobschlächtige Menschen aus Ütock und Mombut, die in den Waffenschmieden arbeiteten, und Soldaten, die in Kurteva zusammengezogen wurden für die Entscheidungsschlacht gegen die Rebellen. Wie eine fremde Stadt schien Kurteva. Viele der Freunde, die nun als Gurenas des Tat-Tsok dienten, waren in die Städte Atlans gesandt, um den Krieg vorzubereiten, manche aber waren gefallen im Westen, als das Heer der Rebellen von San gekommen war und das Volk von Melat sich erhoben hatte gegen den Tat-Tsok. Schweigend gingen die Brüder durch die leeren Straßen des äußeren Ringes, durch die der Wind dünne Regenschauer trieb. Von irgendwo klang das Schlagen von Schmiedehämmern. Die Feuer der Essen erloschen auch Nachts nicht mehr, seit der Be'el zum Krieg rüstete. Der scharfe Geruch von Asche und schmelzendem Metall hing in der Luft. Die Zwillinge strebten einer der Brücken zu, die zum zweiten Ring Kurtevas hinüberführte, in dem der Palast der Az lag.

Auf dem Platz vor der Brücke lungerten im trüben Schein von Öllampen gebückte Gestalten, in schäbige Mäntel gehüllt, aber sie wichen scheu zur Seite, als die Gurenas festen Schrittes auf die Brücke zugingen. In einer Nische auf der Brücke kauerte ein Bettler, die Kapuze seines zerrissenen Mantels tief ins Gesicht gezogen, und hielt den Zwillingen eine blecherne Schale entgegen.

»Ein Almosen für einen Armen,« rief er mit zittriger Stimme, als die beiden Krieger an ihm vorbeigingen. Sie würdigten ihn keines Blickes.

»Das also ist die goldene Zeit Atlans, in der ein Bettler verhungern muß auf der Brücke zum Bezirk der Gurenas,« zischte die Stimme des hingekauerten Mannes. Die Brüder fuhren herum und griffen nach ihren Schwertern. Es war unerhört, daß ein Bettler das Wort an einen hohen Gurena richtete.

Der Bettler lachte. Im Dämmerschein der Lampen, die auf beiden Seiten der Brücke leuchteten, erkannten sie nur das Weiß der Zähne in dem bärtigen Gesicht unter der Kapuze. »Wollt ihr eure Schwerter an einem Bettler erproben? Sind die Gurenas von Kurteva wirklich so tief gesunken, wie man überall im Lande erzählt?«

Die Zwillinge sprangen auf den Kerl zu, der es wagte, auf offener Straße Gurenas zu beleidigen. Der Bettler wich mit einer blitzschnellen, katzenhaften Bewegung aus. Seine Kapuze rutschte nach hinten. Über sein Gesicht huschte ein Schimmer von Licht.

Die Gurenas stießen einen Laut der Verwunderung aus.

»Rah!« brachte Ko, der Erstgeborene, ungläubig hervor.

Sein Bruder Lo drängte heran und starrte dem Bettler ins Gesicht. »Rah,« flüsterte auch er und blickte sich eilig nach allen Seiten um, ob niemand sie beobachtete.

Rah lachte und faßte die Zwillinge am Arm. »So lange Zeit ist vergangen, doch ihr geht noch immer den alten Weg vom Garten des Minh zum Haus der Az.«

»Bist du von Sinnen, Rah?« zischte Ko. »Du wagst dich nach Kurteva, gegen das du Krieg führst? Wir sind deine Feinde, Rah, wir ...«

»Laßt uns rasch von der Brücke gehen, sonst schöpfen die Leute Verdacht,« drängte Lo und schob Rah und Ko fort.

»Seid ihr wirklich meine Feinde?« fragte Rah spöttisch, als er mit den Zwillingen zum zweiten Ring hinüberging.

»Wir können nicht in unser Haus. Es sind überall Späher und Verräter. Selbst den eigenen Dienern kann man nicht mehr vertrauen,« sagte Ko. »Gehen wir in den Garten am Kanal, dort ist niemand mehr um diese Zeit. Auch die Wachen kommen nicht dorthin.«

»Wo ist dein Schwert, Rah? Ich habe dich nie ohne dein Schwert gesehen,« fragte Lo, während sie die Brücke verließen und in der Dunkelheit des Gartens verschwanden.

»Ich habe es zurückgelassen. Oder hast du schon einmal einen Bettler mit einem Schwert gesehen?«

»So kannst du dich nicht einmal wehren, wenn man dich entdeckt!«

»Oh, ich habe eine Bettelschale, die ich meinen Feinden an den Kopf werfen kann.« Rah legte den Arm um Los Schulter und lachte vergnügt.

»In der Nähe des Brunnens ist ein Pavillion, in dem wir reden können,« sagte Ko.

»Was ist geschehen in Kurteva, daß die hohen Familien ihre Gäste Nachts in den öffentlichen Gärten empfangen?« fragte Rah scherzhaft. Der Gurena schien bester Laune, als sei es das selbstverständlichste der Welt, in der Stadt des Be'el, die nach seinem Blut schrie, Freunde zu besuchen. Die Zwillinge senkten die Köpfe und schwiegen. Sie fanden den kleinen, hölzernen Pavillion, in dem die Arbeiter des Gartens ihre Geräte untergebracht hatten, stießen die Türe auf und schlichen gebückt in die Dunkelheit hinein. Stickiger Modergeruch schlug ihnen entgegen.

»Daß ihr euch mit eurem Feind an einen solchen Platz wagt,« scherzte Rah. »Ich bin auch ohne Schwert gefährlich.« Sein unbeschwertes Lachen löste die Zwillinge aus der staunenden Erstarrung. Sie drängten an Rah heran, umarmten ihn, drückten seinen Arm, küßten ihn und überfielen ihn mit einer Unzahl flüsternd hervorgestoßener Fragen. Als er die Stimmen der alten Freunde hörte, als er ihre aufgeregte Freude fühlte, ihren Atem, ihre Berührungen spürte, überkam Rah ein ungestümes Gefühl des Glücks. »Ich sehe,« sagte er und kauerte sich nieder, »eure Herzen sind rein geblieben in dieser dunklen Zeit. Der Haß der Flamme hat nicht vermocht, die Bande unserer Freundschaft zu zerbrechen. Ich habe mich nicht getäuscht. Es wäre furchtbar für mich, euch auf der Seite der Feinde zu wissen.«

»Rah, wir hörten von geflohenen Soldaten aus dem Westen, daß du das Heer der Rebellen anführst, daß du Melat im Sturm genommen hast, daß viele Krieger des Be'el übergelaufen sind zu dir.«
Rah lächelte. »So dringen die Taten der Seph noch immer bis nach Kurteva, auch wenn sie ihr Schwert nun gegen die Stadt der Tat-Tsok gewandt haben.«
»Ja, aber sie gelten als die Taten eines Verräters und Erzfeindes, nach dessen Blut das Volk lechzt, und dessen Tod die Tam-Be'el in den Tempeln herbeiflehen. Es gibt keine Rettung für dich, wenn man dich entdeckt in Kurteva.«
»Aber ihr habt mich doch entdeckt,« lachte Rah.
Die Zwillinge schwiegen. War Rah verrückt geworden, hatte eine fremde Kraft ihn verblendet oder ein Jahch ihn bezaubert, wie manche erzählten, wenn sie vom Sohn der Seph sprachen, der einst ein Kriegsherr des Be'el gewesen?
»Wärst du auf manche andere unserer alten Freunde getroffen, sie hätten dich verraten und getötet, ohne einen Augenblick zu zögern,« sagte Lo vorwurfsvoll.
»Steht es so schlecht um die Gurenas von Kurteva?« fragte Rah nachdenklich. »Ist es wirklich so, daß sie ihr Schwert in den Dienst des Bösen stellten, daß sich ihre Herzen verdunkelten und der freie Flug ihrer Gedanken lahmte?«
»Nicht alle sind so, aber viele.«
Eine Weile herrschte Stille in dem dunklen Verschlag.
»Hört mich an, Ko und Lo,« sagte Rah plötzlich mit ernster Stimme. Nun spürten die Zwillinge die gespannte Kraft, die von Rah ausstrahlte und sie unvermittelt packte. »Ich bin euretwegen nach Kurteva gekommen, habe mich in den Lumpen eines Bettlers am Markttag durch die Tore geschlichen und euch gesucht, denn ich wußte, daß ihr nicht verdorben seid vom Gift des Be'el, auch wenn ihr dem Tat-Tsok dient, wie es sich geziemt für die Gurenas von Kurteva. Ihr habt mich aus den Wäldern zurückgerufen in die Stadt der Väter, und ich folgte euch damals, weil auch in mir die Sehnsucht wohnte nach der goldenen Zeit, die wir als Ghurads erträumten. Doch die Morgendämmerung Atlans, die wir uns im Be'el erhofften, war das Leuchten eines Feuersturms der Vernichtung. Der Be'el ist das Böse.«
»Ja, Rah,« erwiderte Ko. »Der Be'el ist das Böse. Wir wissen es, doch wir hatten nicht den Mut, es dir nachzutun, Kurteva zu verlassen, Haus und Familie aufzugeben, um dem Bann der Flamme zu entgehen.«
Kos Stimme klang gedrückt. »Wir glaubten, dem Wohle Atlans besser

dienen zu können, indem wir versuchen, in unserem Wirkungskreis die Sache der Gerechtigkeit zu fördern, doch der Be'el hat uns betrogen.«

»Noch lange dachten wir, es wäre möglich, den Strom seiner dunklen Macht zu zähmen, noch lange vertrauten wir auf die Einsicht und die lauteren Herzen der Gurenas, doch immer mehr verfielen den Lügen der Flamme. Der Fluß des Hasses trat über die Ufer, hemmungslos,« mischte Lo sich ein.

»Ich mußte schmerzlich erfahren, wie schwer es ist, sich aus dem Bann der Flamme zu lösen,« entgegnete Rah. »Fast unmöglich scheint es, ist man einmal in ihrem klebrigen Netz der Lüge gefangen. Und doch gibt es eine Kraft, die stärker ist als der Be'el. Sie vermag das Herz zu befreien, und sie wird auch Atlan erlösen.«

»Ja, Rah, es ist die gleiche Kraft, die auch uns noch immer im Herzen wohnt und die wir zu erkennen glaubten, als der Be'el aus der Verbannung zurückkehrte und die Zeiten sich wendeten. Doch es war ein Trugschluß. Du hast ihn durchschaut und auch wir haben längst das wahre Gesicht der Flamme erkannt. Doch nur wenige Gurenas vermochten sich aus den Fängen der Lüge zu befreien. Viele von ihnen wurden ermordet, weil sie ihr Herz auf der Zunge trugen, weil sie sich hinreißen ließen, gegen den Be'el aufzubegehren. Schlimmes hat sich ereignet in Kurteva.«

»Ja, einige Unbedachte erhoben sich, als das Heer von San kam, weil sie glaubten, die Zeit sei gekommen, das Joch des Be'el abzuschütteln. Aber sie waren zu wenige und sie handelten leichtfertig.«

»Sie wurden niedergeschlagen und grausam getötet. Hast du die zerschundenen Leiber gesehen, die vor den Toren Kurtevas auf langen Pfählen verwesen?«

Rah nickte.

»Das sind die einfachen Menschen, die es gewagt haben, sich überstürzt gegen den Be'el zu erheben. Die Leichen der Gurenas und Tnachas, die sie führten, sind an den Straßen am inneren Kanal zur Schau gestellt, zur Abschreckung für jene, die ihnen nachtun wollen.«

»Sie starben vor unseren Augen ihren langen, schrecklichen Tod.« Rah legte die Hand vor die Augen. »Unermeßlich ist das Leid, das der Be'el über die Menschen Atlans bringt.«

»Ja, Rah. Aber wir haben sie gewarnt. Wie du weißt, gab es ein Netz von Verschwörern unter den Tnachas und Gurenas. Aber einige wollten nicht die rechte Zeit erwarten. Sie waren übereilig in ihrer Begeisterung, als sie vom Sieg des Sanla im Westen hörten, als sie vernahmen,

daß Rah-Seph das Heer von San anführt. Unbeherrscht war ihr Zorn gegen die Flamme.«
»Wir waren nicht in Kurteva, als es geschah. Aber auch uns mißtraut der Be'el. Tarke-Um ahnt, daß wir verbunden sind mit den Aufrührern. Er ließ viele von ihnen foltern, um die Namen von Mitwissern zu erpressen. Ihr beharrliches Schweigen hat uns das Leben gerettet.«
»Aber Tarke-Um hat Spione in allen Häusern der Gurenas und Tnachas. Er haßt die alten Familien Kurtevas. Jedes falsche Wort kann den Tod bedeuten. Seine Tempelwachen sind überall. Hast du sie gesehen, die Männer in den schwarzen Rüstungen und den eisernen Masken, die Dämonen der Finsternis, grausam und blutrünstig?«
Rah nickte.
»Tarke-Um hat sie aus allen Provinzen Atlans um sich geschart. Nur Männer, die ihr Herz dem Be'el geweiht haben, werden aufgenommen in diesen inneren Kreis des Hasses. Sie werden nicht überlaufen zu den Leuten des Sanla, wie es die Soldaten in Melat taten. Wie Kambhuks sind sie, seelenlos, gelenkt von der bösen Macht des Be'el.«
»Wie eine Befreiung war es für uns, Kurteva zu verlassen, als der Tat-Tsok uns nach Teras sandte, um die Aushebung von Soldaten zu leiten. Lange waren wir fort, doch als wir zurückkehrten aus Teras, wo das Böse noch nicht die Herzen aller Menschen ergriffen hat, erkannten wir, daß Kurteva zu einem Pfuhl schlimmster Verderbnis herabgesunken ist.«
Rah hörte still die Zwillinge an, die sich gegenseitig unterbrachen und den Freund mit einem Schwall von Worten überfluteten.
»Kurteva, die leuchtende Blüte, ist zu einem zweiten Ütock oder Mombut verkommen. Die Gärten verfallen, die Brunnen verstummen, der Unrat sammelt sich auf den Straßen und in den Kanälen, niemand pflegt mehr die Bilder in den Alleen. Alles dient nur dem Krieg.«
»Allein die Tempel des Be'el erstrahlen in reichem Glanz. Die Priester herrschen uneingeschränkt, als seien sie Herren über Leben und Tod. Das Volk zittert vor ihnen, und wenn die Menschen die Garde des Tarke-Um kommen sehen, verriegeln sie ihre Häuser und beten, daß die schwarzen Engel des Todes nicht durch ihre Türe treten, um einen Unschuldigen, der sich verdächtig machte oder der angezeigt wurde von einem Neider, zu verschleppen. Die Kerker und Folterkammern sind überfüllt. Fast täglich werden Gefangene zum Haus des Trem gebracht, um dort ihr Blut für die Khaïla zu lassen.«
»Uns aber sind die Hände gebunden. Nicht einmal zu fliehen vermögen wir, denn kämen wir auch in Verkleidung durch die Tore hin-

aus, so würden sie sich an unserer Familie vergreifen. So manche alte Familie Kurtevas wurde ausgelöscht von den Herren der Flamme.«
Ein jäher Schmerz durchfuhr Rah. »Was ist mit Sinis geschehen? Was haben sie meiner Schwester getan?« rief er. »Auch ihretwegen bin ich gekommen. Der Gedanke an sie wühlte in mir jeden Tag und jede Nacht.«
»Es ist ihr nichts geschehen, als du aus Kurteva flohst. Die Herren des Feuers haben deine Flucht geheimgehalten, um das Volk nicht zu beunruhigen. Niemand sollte erfahren, daß ein Kriegsherr der Flamme abtrünnig wurde. Sie wollten dich verfolgen und töten und dann dem Volk verkünden, du seiest im Kampf gegen Feinde gefallen zum Ruhme des Be'el. Das Haus der Seph blieb unangetastet. Schon gab es Gerüchte, du seiest tot, dann aber kam die Kunde, daß du das Heer von San anführst. Auch dies sollte verschwiegen werden, doch alle in Kurteva wissen es.«
»Wo ist Sinis?« Fiebernde Unruhe hatte Rah ergriffen.
»Sie ist noch immer die Gemahlin des Tat-Tsok. Er behielt sie in seinen Gemächern, um den Schein zu wahren, doch sie sank herab zu einer Nebenfrau.«
»Er vermählte sich ein zweites und drittes Mal, da dem Stamm der Te keine Söhne und Töchter entsprossen.«
»Wir vernahmen aus dem Palast, daß der Tat-Tsok zu schwach und zu krank sei, einen Nachkommen zu zeugen.«
»Das Geschlecht der Te wird jämmerlich aussterben.«
»Was wird mit Sinis geschehen, nun, da der Tat-Tsok und die Priester wissen, daß ihr Bruder das Heer des Sanla gegen Kurteva führt?«
Furchtbare Ahnungen stiegen in Rah auf.
Die Zwillinge schwiegen betreten.
»Sagt es mir!«
»Die Herren des Feuers bereiten ein Opferfest am heiligen Bild des Be'el in den Mothügeln, um die Flamme günstig zu stimmen für den Krieg gegen die Aufrührer. Alle hohen Familien Kurtevas sind aufgerufen, wertvolle Opfergaben zu senden.«
»Doch keine Stiere und Böcke will der Be'el. Das Blut von Menschen soll ihm fließen, und der Tat-Tsok, so riefen die Herolde, werde ein Beispiel geben für den Opfermut, der gefordert sei von jedem Gläubigen in dieser schweren Zeit.«
»Er bestimmte eine seiner Nebenfrauen zum Opfer.«
»Sinis!« rief Rah.
Ko berührte Rahs Arm. »Noch ist nichts geschehen. Noch sind die

Opfer im Tempel von Kurteva. Sie sollen an der Spitze des Heeres zu den Mothügeln ziehen, wo die Schlacht gegen die Aufrührer stattfinden wird. Wir fürchteten schon, man werde Sinis heimlich ermorden, um das Geschlecht der Seph auszulöschen in Kurteva.«
»Sie wollen sich uns in den Mothügeln entgegenstellen?«
»Ja Rah. Kein Fuß eines Rebellen soll die Ebenen von Kurteva betreten. Späher haben erkundet, daß das Heer des Sanla dem Mot folgt, um Kurteva anzugreifen.«
»Die Herren des Feuers fürchten um das große Kultbild des Be'el in den Mothügeln.«
»Das steinerne Bild der Verderbnis,« flüsterte Rah. Eindrücke der Sonnensternnacht, in der er das Ka und das Schwert der Väter verloren, blitzten in ihm auf. »Es ist der geheime Sitz der Macht der Flamme. Wir werden es zerstören. Mit ihm wird die Kraft des Be'el für immer brechen.«
»Das Heer der Flamme will die Rebellen aus dem Hinterhalt überfallen, wenn sie in das Tal des Mot eindringen.«
»Ein guter Ort für einen Hinterhalt,« brummte Rah. »Doch der Sanla muß den Be'el nicht fürchten. Fast kampflos ergab sich der Westen. Das Volk erhob sich und viele Soldaten des Be'el verließen ihre Reihen, um zum Sanla überzulaufen, als sein Licht ihren Schleier der Verblendung durchdrang. Auch die Krieger Kurtevas werden es tun. Die Macht des Be'el wird vergehen im Glanz des Tat.«
»Ach Rah, die wenigen, die reinen Herzens waren, sind grausam ermordet in Kurteva. Die anderen aber sind verführt von der Lüge der Flamme. Die Khaïla ist auf dem Weg nach Kurteva. Selbst der Krieg im Westen hielt sie nicht zurück, die Reise zu unternehmen, um sich in der nächsten Nacht des Sonnensterns mit dem Be'el zu vereinen. Eine gewaltige Kraft wird sie wecken im Haus des Trem, das ihrer harrt, und sie wird sich vermählen mit dem Haß des Be'el.«
»Deshalb rief der Sanla zur Eile! Wir müssen verhindern, daß die Khaïla sich vereint mit dem Be'el, denn die Kraft ihrer Magie ist stark. Sie wird ins Unermeßliche wachsen durch den Haß der Flamme. Ich habe sie gesehen und gespürt im Labyrinth von Hak.«
»Du warst in Hak?« riefen die Zwillinge erregt.
»Es ist nicht die Zeit, Geschichten von Abenteuern zu erzählen. Vielleicht haben wir Gelegenheit dazu, wenn der Be'el gefallen ist und wir friedlich im Garten des Minh sitzen.«
»Wir kommen mit dir. Wir verlassen Kurteva.«
»Nein, meine Freunde. Zieht mit dem Heer des Be'el in den Krieg gegen

den Sanla, doch wiegelt die Männer auf, die noch einen Funken des Lichts im Herzen tragen. Brecht die Kampfreihen der Flamme von innen auf. Seid wie das Licht einer Fackel im Dunkel und legt den Brand, der den Be'el vernichten wird. Auch in den anderen Städten Atlans gibt es Männer des Sanla, die sich zur rechten Stunde erheben werden. Weiht die wenigen ein, denen ihr noch vertraut.«
»Es ist nicht die Art der Gurenas, heimlich zu kämpfen wie Verräter.«
»Der Be'el muß fallen, wenn die Blüten aufbrechen im Frühling, sagte der Sanla, und nach ihm die Khaïla in ihrem Haus des Trem, das sie bald erreichen wird. Das nächste Fest des Sonnensterns soll nicht ein Fest der Vereinigung des Bösen sein, sondern ein Fest der reinen Liebe des Tat. Es ist kein Verrat, das Licht zu entzünden im Herzen von Verblendeten. Es schmerzt mich, das Blut von Brüdern zu vergießen, die der Be'el verführte. Ihr müßt sie aufrütteln, während sie in diesen sinnlosen Krieg ziehen, ihr müßt zusehen, daß kein unschuldiges Blut vergossen wird in diesem Kampf. Wißt ihr, was der Sanla sagte, als er mich auf diese Mission sandte? Das Heer des Be'el ist nicht mein Feind, sagte er, es ist ein Heer von verblendeten Brüdern, die ihre Augen öffnen werden für das Licht des Tat, wenn man sie leitet auf ihrem Weg. Kein Ruhm läßt sich erringen in diesem Krieg.«
Die Zwillinge schweigen.
»Ich habe den tiefen Grund des Ka erforscht und die Liebe des Sanla gefunden. Sie führt mein Schwert. Es dürstet nicht mehr nach Ehre und Blut, sondern sucht den Frieden,« fuhr Rah fort.
»Wir werden tun, was du sagst, Rah,« flüsterte Ko. »Zum Wohle Atlans, für das wir immer gekämpft haben.«
Rah berührte Kos Arm zum stummen Zeichen des Dankes.
»Morgen ist ein Fest im Großen Tempel, bei dem die Opfer geweiht werden,« stieß Lo hervor. »Die Herren des Feuers werden das Volk zum Krieg rufen. Vorher aber werden die Schlachtpläne beraten vom Rat der Gurenas. Wir werden sie kennen, bevor der Abend sich neigt. Treffen wir uns morgen zur gleichen Stunde an diesem Ort, damit du sie erfährst, bevor du Kurteva verläßt.«
»Ich werde im Tempel sein, denn ich hörte, daß morgen auch das gemeine Volk Zutritt hat zum inneren Ring, damit es vor der Macht der Flamme erzittere und willig in den Krieg ziehe. Wenn die Menschen zurückströmen vom Tempel, werde ich euch hier begegnen,« sagte Rah bestimmt.
»Bist du von Sinnen, Rah?« rief Ko. »Willst du dich mutwillig in den Rachen des Be'el wagen?«

»Wüßte jemand, daß ich in Kurteva bin, würde er mich überall suchen, nur nicht im Tempel des Be'el,« sagte Rah. »Ich muß diesen Gang tun, denn ich muß wissen, ob mein Herz stark genug ist, der Macht der Flamme zu widerstehen. Nur dann bin ich würdig, das Heer des Sanla zu führen.«
Die Zwillinge wollten etwas erwidern, doch das Schweigen Rahs, das nun wie eine greifbare Macht von ihm ausströmte, ließ sie verstummen. Noch lange kauerten sie still neben ihm in der Dunkelheit und spürten die Kraft seines Ka. Es war von solcher Gewalt, daß sie erschauderten.

Nur an wenigen Festtagen war der Große Tempel von Kurteva dem gewöhnlichen Volk geöffnet, doch seit die Flamme zurückgekehrt war aus der Verbannung, hatten die Herren des Feuers nicht gewagt, die Wachen von den Brücken zum innersten Bezirk abzuziehen und die Tore des Tempels zu öffnen, aus Furcht, Aufrührer könnten sich im Schutze der Menge in das Heiligtum schleichen. Das Volk murrte, weil seither nur Auserwählte den heiligsten Tempel des Reiches betreten durften. Nun aber, da der Krieg gegen die Rebellen des Westens bevorstand, wollten die Xem die Menschen Kurtevas günstig stimmen und ihnen die Allmacht des Be'el, für den sie in die Schlacht ziehen sollten, im Heiligtum der ewigen Flamme vor Augen führen. Der Haß des Feuers sollte ihre Herzen erfassen, damit sie willig ihr Blut und ihr Leben gaben im Kampf gegen den Sanla und nicht überliefen zu den Heeren von San wie viele der Soldaten in Melat.
Eng gedrängt stand das Volk hinter dem doppelten Ring von Tempelwachen, der es abschied von den Edlen, den Gurenas und Tnachas, den Priestern und hohen Kaufleuten, und jenen, die sich die Gunst der Flamme erworben. Mit gebeugten Häuptern standen die Menschen hinter der unbeweglichen Wand aus schwarzen Rüstungen. Das Murmeln von Gebeten erfüllte die in der Dämmerung verschwimmende Kuppel. Stundenlang wartete und betete das Volk, bis auch die Plätze der Tam-Be'el und Edlen sich gefüllt hatten, die durch Seitentore hereinkamen und in die vorbereitenden Hymnen und Anrufungen einstimmten. Als die Hohepriester der Flamme eintraten, eine lange Reihe dunkelgekleideter Männer, schwoll das Raunen der Gebete zu einem Brausen. Das Spiel der Xelm setzte ein. Allmählich steigerte sich die Spannung in den Menschen zu einem unerträglichen Beben, denn an diesem Tag sollten sich auch die Xem, die drei Herren der Flamme, dem Volk zeigen. Die Körper der Menschen begannen sich im Fluß der

schnarrenden Musik zu wiegen. Ihr eigener Wille löste sich auf im Strom der vielstimmigen Klänge.
Rah spürte die wachsende Erregung der Menschen. Er stand mit tief ins Gesicht gezogener Kapuze zwischen ihnen, das Haupt demütig gesenkt, doch mit wachen Augen beobachtend, was im Tempel vor sich ging. In den Jahren, als er dem Be'el als Kriegsherr gedient, hatte er den Zeremonien im Tempel auf dem Ehrenplatz der Seph beigewohnt, doch sie hatten nie vermocht, sein Herz zu rühren. Nun aber, da er unter dem Volk stand, ein Abtrünniger, der die Macht des Be'el in sich gebrochen, nun, da er die ehrfürchtige Scheu der Menschen spürte, ihre Erwartung und ihre Angst vor dem grausamen Feuer, fühlte er die Kraft dieses Gottes wieder wie in jener Nacht des Sonnensterns beim steinernen Bild in den Mothügeln. Eine eisige Hand faßte nach seinem Herzen und eine fremde Kraft wollte Besitz ergreifen von ihm. Einen Augenblick lang durchzuckte ihn jähe Furcht. Die Erinnerung an jene Nacht, in der er das Ka verloren, wollte ihn überwältigen, dann aber spürte er, wie sich die Klarheit des Ka in ihm weitete. Damals war er töricht gewesen, hatte sich leichtfertig eingelassen auf ein Abenteuer mit einer Macht, der er nicht zu widerstehen vermochte. Nun aber war das Ka weit und rein in seinem Herzen, und es drängte mit einem weit ausholenden Streich die fordernden Kräfte des Be'el fort.
Rah sah Tarke-Um auf dem Platz, der einst der seine gewesen. Der Krieger aus Mombut, vor dessen Grausamkeit das Volk zitterte, und der das Heer des Be'el in den Kampf gegen den Sanla führen würde, saß unbeweglich, in prunkvoller Rüstung, auf einem erhöhten Stuhl neben den Hohepriestern. Rah betrachtete ihn und spürte die dunkle Macht des Hasses, die von dem Gurena ausstrahlte. Sein Herz gehörte ganz der Flamme, aus ihrer gewaltigen Kraft schöpfte er die seine, die kein Krieger Atlans zu brechen vermochte. Das also war das Ka des Be'el, dachte Rah, eine unversiegbare Quelle des Hasses. Er wußte in diesem Augenblick, daß er Tarke-Um auf dem Schlachtfeld begegnen würde. Dann würde sich erweisen, ob das Ka der Harlanas der Kraft des Be'el wirklich gewachsen war. Die Zwillinge hatten ihm berichtet, daß Tarke unermüdlich mit dem Schwert übte, daß er mit seiner unnachahmlichen Kampftechnik alle Meister der Ghuras bezwungen hatte, daß er in seinem unstillbaren Durst nach Ruhm danach fieberte, Rah zu begegnen, um Rache zu nehmen für die Niederlage in der Ghura des So. Ohne Regung betrachtete Rah den Gurena, dann wanderten seine Augen weiter zu Hem-La, der in kostbaren Prachtgewändern bei den Kaufleuten saß. Fast erkannte Rah ihn nicht, so war das schmale, blasse

Gesicht des Feener Kaufmanns vom Genuß des Siji entstellt. Sae thronte mit unbewegter Miene neben ihm, die schöne, kalte Sae, nach der Rah sich jahrelang in brennender Leidenschaft verzehrt, die Blüte aus dem Feuer, die ihn in das Netz des Bösen gelockt. Als er sie anblickte, fühlte er, daß ihn nichts mehr mit dieser Frau verband. Die Bilder, die er im Spiegel des Sees erblickt, blitzten in Rah auf, aber sie berührten ihn nicht mehr. Die Fesseln aus lange vergangenen Leben, die ihn an Sae gebunden, waren abgestreift für immer. Mit Genugtuung spürte Rah, daß alle Spuren der dunklen Kraft getilgt waren aus seinem Herzen.

Ein Raunen ging durch die Menge. Die Opfer, geschmückt mit Blüten und Kränzen, wurden von Tempelwachen zu den Stufen des Altars geführt. Junge Frauen und Männer waren es, Knaben und Mädchen, alle von erlesener Schönheit, dem Be'el dargeboten von den ersten Familien Kurtevas, damit er den Heeren des Tat-Tsok den Sieg schenke im Krieg gegen die Aufständischen. Rah spürte einen glühenden Stich, als er Sinis zwischen ihnen erkannte. Die Tochter der Seph stand gedemütigt zwischen Sklaven, in einem weißen Totengewand, das lange schwarze Haar gelöst, den gierigen Blicken der Menge ausgeliefert. Rah fühlte einen Haß auf den Be'el in sich wachsen, der ihm fast die Sinne raubte. Er ballte die Fäuste, drückte die Nägel ins Fleisch seiner Hände, doch zugleich spürte er, wie das Ka zu zittern begann und die Macht der Flamme ungehindert auf ihn hereinbrach. In diesem Augenblick wurde sich Rah bewußt, daß die Macht des Be'el der Haß war, daß jeder, der Haß in seinem Herzen empfand, unrettbar der Flamme preisgegeben war, auch wenn dieser Haß gerecht schien. Wer sich der Macht des Be'el im Haß widersetzte, gehörte der Flamme ebenso wie jeder, der den Gott des Feuers fürchtete. Haß und Angst waren die Kräfte des Be'el. Nur die Reinheit des Ka vermochte ihnen zu widerstehen, der enge Weg auf der Schneide des Schwertes, das Ka, und die liebende Güte des Tat-Sanla. Rah bezwang sich, indem er an den Erhabenen dachte, an die Macht seiner Liebe, die den Heeren von San wie ein schützender Schild vorangeflogen war in den Kämpfen bei Melat, die viele Soldaten des Be'el bewegt hatte, die Waffen niederzuwerfen. Die Macht dieser Liebe würde auch das Heer von Kurteva bezwingen.

Rah blickte auf seine Schwester. Stolz stand sie zwischen den anderen, das Haupt erhoben, die Züge in würdevoller Fassung erstarrt. Ihre Schönheit schien noch aufgeblüht, seit Rah sie zum letzten Mal gesehen. Sinis sah dem Tod entgegen, wie es der Tochter der Seph gemäß war, furchtlos, ohne zu klagen. Rah spürte tiefe Liebe zu seiner Zwillingsschwester, eine Liebe, die ihm vorher nie bewußt gewesen. Noch war Sinis nicht in Gefahr. Die Opfer sollten dem steinernen Be'el in den Mothügeln dargebracht werden, dem Sitz der flammenden Kraft, am Abend vor der Entscheidungsschlacht. Es mußte eine Möglichkeit geben, sie zu retten. Fieberhaft arbeitete es in Rahs Kopf, während die Tam-Be'el die Rachegesänge der Flamme anstimmten, die das Volk aufstacheln sollten zum Krieg gegen die Aufrührer.

Hem-La wurde von einem Schauder des Hasses und der Furcht gepackt, als er seine Tarra unter den Opfern erblickte. Die schwarze Prinzessin schien das grausame Schicksal zu ahnen, das sie erwartete. Angst funkelte in ihren Augen, die unruhig über die Menschenmenge im Tempel irrten, bis sie sich in der Dämmerung des riesigen Raumes verloren. Die Hohepriester begannen mit den Segnungen der Opfer, flehten den Be'el an, seine allgewaltige Macht auf das Heer seiner Getreuen herabkommen zu lassen, das in die Schlacht ziehen würde, um den Tat für immer zu vernichten. Sie zeichneten die Stirnen der Opfer mit dem Blut eines frisch geschlachteten Tieres. Fortan durfte niemand anderer sie berühren, als die hohen Tam-Be'el, die sie in den Tod stoßen würden.

Hems Kopf schien ausgehöhlt. Das Siji hatte ihm in der vergangenen Nacht schreckliche Träume und Todesängste beschert. Er hatte noch mehr des bitteren Saftes genommen, um sie zu vertreiben, doch stattdessen waren sie ins Unerträgliche gewachsen. Mit letzter Kraft hatte er sich zum Tempel geschleppt, denn nie würde Xerck ihm verzeihen, fehlte er bei einer der Zeremonien, ließe er nach in seinen Pflichten gegenüber dem Be'el. Der Gesang der Priester und die grelle Musik der Xelm verursachten ihm Übelkeit, drohten, die hohlen, brennenden Räume seines Kopfes zu sprengen. Hem war versucht, die Hände an die Ohren zu pressen, doch er zwang sich zur Ruhe. Ein Zittern lief durch seinen Körper. Er fror und schwitzte zur gleichen Zeit. Alles hätte er gegeben, jetzt fortgehen zu dürfen, in seinem Gemach einen Schlaftrunk zu nehmen und hinabzusinken in die Räume des Vergessens. Sae saß mit ungerührter Miene neben ihm und betrachtete die Menschen, die im Feuerschlund des Be'el ihr Leben lassen sollten. Hem fühlte sich verraten von ihr. Sie hatte ihm die schöne Tarra genommen, das letzte, das ihm Ablenkung und Vergessen schenkte von seiner quälenden Angst. Mit glatter, geheuchelter Freundlichkeit hatte Sae ihn auf dem Weg zum Tempel behandelt. Hem ahnte, daß ihre Liebenswürdigkeit nicht nur der Freude über ihren Triumph entsprang, ihm die Nok-Sklavin entrissen zu haben. Doch seine Gedanken waren zu träge, um den Vermutungen nachzuspüren, die sich warnend in ihm erhoben.

Als die Opfer die Weihe der Flamme empfangen hatten, wurden sie fortgeführt. Noch einmal sah Hem zu ihnen hinauf, um einen letzten Blick auf Tarra zu erhaschen, als er Mahla zwischen ihnen entdeckte, die Tochter der Sal, die einst in Feen für einige Stunden seine Sklavin gewesen, bevor Aelan sie befreit hatte.

Sein Erstaunen aber wurde verdrängt von der grimmigen Genugtuung, daß auch diese Frau, um deretwillen ihn Aelan angefallen hatte wie ein Raubtier, im Feuerrachen des Be'el sterben würde. Die stolze Sinis stand neben ihr, die Schwester von Rah. Der Tat-Tsok hatte die eigene Gattin hingegeben, um dem Volk zu zeigen, welche Opfer die Flamme in dieser Zeit der Entbehrung verlangte. Die Gewißheit, daß der Be'el etwas verschlingen würde, das seinen ärgsten Feinden innig angehörte, erfüllte Hem-La mit fiebernder Befriedigung. Dies würde ihn über den Verlust der Nok-Sklavin hinwegtrösten. Ein böses Lächeln spielte um seine Lippen, als er sich vorstellte, wie die beiden jungen Frauen, die das Blutmal der Opfer trugen, in den Flammen des Be'el enden würden. Fast schien es, als würden Aelan und Rah, diese Erzverräter und Abtrünnigen, die um das Geheimnis des Ringes wußten, um die Ursache seiner Angst, selbst verbrannt und für immer vernichtet. Einen flüchtigen Augenblick fand Hem Ruhe in dieser Vorstellung, die das Siji plastisch vor seine inneren Sinne stellte.

Die Tam-Be'el hetzten nun den Haß des Volkes gegen den Sanla auf, forderten das Blut der Verräter, die gegen die Allmacht der Flamme aufbegehrten, erinnerten die Menschen an den Ersten Sanla, der in diesem Tempel sein Leben gelassen. Die Menge antwortete den endlosen Haßtiraden mit heiseren Schreien.

»Wir wollen sein Blut!« brüllten die Menschen. »Wir werden ihn in Stücke reißen!«

Die Macht des Hasses steigerte sich zu einem Rasen. Die Kuppel dröhnte von den Schreien der Wut und Empörung, die wie aus einem Mund aus den Tausenden hervorbrachen. Der tosende Lärm schnürte Hem den Atem ab und verursachte jeder Faser seines Körpers unerträgliche Schmerzen.

Dann, auf das heftige Zeichen eines Priesters hin, verebbte das tobende Meer der Schreie. Die Hohepriester fielen auf die Knie. Ein Seufzen ging durch die Reihen der Menschen. Die Xem, die Herren der Flamme, traten aus der Tür des Allerheiligsten und ließen sich auf ihren Thronen um die ewige Flamme nieder.

Lange herrschte Stille im Tempel, dann erhob sich die tiefe, knarrende Stimme des Xerck. Es schien, als senke sich ein Schild der Angst auf die Menschen herab, die mit gebeugten Köpfen verharrten.

»Ihr schreit nach dem Blut des Verräters,« sagte Xerck mit versteinerter Miene. »Doch seid ihr bereit, euer Blut zu geben für den Be'el?«

»Ja, unser Blut gehört dem Be'el!« antworteten die Menschen. Sie schrien nicht mehr, sondern stießen ihre Worte in einem gepreßten Flüstern hervor, niedergedrückt von der entsetzlichen, kalten Angst, die auf ihnen lastete.

»Seid ihr bereit, das Liebste aus euren Herzen zu reißen, wenn es den Makel der Lüge trägt?«

»Ja, wir sind bereit!«

»Und doch duldet ihr Verräter unter euch!« sagte Xerck streng.

Ein Gurgeln der Entrüstung brach aus den Menschen hervor.

»Vertilgt sie, bevor ihr reinen Herzens in den Krieg gegen die Verblendeten zieht, die sich erheben wollen gegen die Allmacht des Be'el. Nur die Reinheit der Flamme leite euch.«

Hem sank in seinem Stuhl zusammen. Die Worte von Xerck prasselten mit vernichtendem Ingrimm auf ihn herab.

»Wenn ein Verräter neben euch steht in diesem Tempel, dann zeigt ihn an bei den Wachen, auch wenn er euer Freund scheint, auch wenn er euer Geschwister ist oder euer Ehegemahl. Zeigt ihn an, damit er den Lohn der Lüge empfange, und euer Herz rein sei von aller Schuld.«

Ein Raunen ging durch die Menge. Die Köpfe drehten sich nach allen Seiten. Flackernde Augen suchten nach Zeichen des Verrats auf den Gesichtern der Umstehenden, doch keine Stimme der Anklage erhob sich im weiten Rund des Tempels.

Der brennende Blick des Xerck wanderte langsam über die Menschen hin. Jeder einzelne fühlte sich getroffen und bis in die geheimsten Kammern seines Herzens durchdrungen von diesen furchtbaren Augen. Jede Bewegung, jeder Laut gefror im Großen Tempel. Für einen Moment schien die Zeit stillzustehen. Ein Grausen griff nach den Menschen, das schrecklicher war als die Angst vor dem Tod und die Furcht vor dem Krieg gegen die Heere aus San. Jeder hätte lieber sein Blut hingegeben, als diesen Blick des Be'el noch länger zu ertragen.

Die Augen des Herrn der Flamme schlossen sich langsam, doch das Volk war noch immer gebannt von ihrer Macht. Die Menschen wagten kaum zu atmen, obwohl sie zum Bersten gefüllt waren von zitternder Angst.

Da hob sich aus dem bleiernen Schweigen, hell wie ein Fanfarenstoß, die Stimme einer Frau. Sae war von ihrem Sitz aufgesprungen und schrie: »Hem-La klage ich an des Verrats, den höchsten Kaufmann von Kurteva, den die Gnade des Be'el beschirmte. Ich klage ihn an, den Allgewaltigen schändlich verraten zu haben.«
Hem wollte schreien, doch die Stille des Tempels schnürte seine Kehle zu. Er starrte Sae an, die mit dem Finger auf ihn wies, doch er wußte nicht, ob dies Wirklichkeit war oder einer seiner furchtbaren Alpträume, die ihn Nachts heimsuchten. Erwachen, erwachen, riefen seine vom Siji umnebelten Gedanken, aber das Bild vor den Augen wollte nicht schwinden. Tempelwachen in schwarzen Rüstungen, metallene Masken vor den Gesichtern, stürzten herbei und rissen ihn von seinem Stuhl hoch. Hem wehrte sich nicht.
»Wessen klagst du ihn an, Sae, die du ein Kind des Feuers bist, eine reine Blüte der Flamme?« fragte Xerck.
»Die Flamme hat ihn erwählt, weil er den Ring trägt, der dem Be'el den Bann der Gläsernen Stadt öffnen soll. Doch er hat den Allgewaltigen belogen, denn der Ring hat seine Kraft verloren. Er selbst hat es seiner Sklavin bekannt in einer Stunde, da seine Sinne umnebelt waren vom Siji. Auch Männer der Garde haben es vernommen.«
Aus Hems Kehle brach ein Schrei. Seine Erstarrung löste sich. »Nein,« brüllte er. Wie ein Besessener tobte Hem im eisernen Griff der Wachen. »Es ist nicht wahr! Hier ist der Ring! Ich trage ihn bei mir!« Mit erbarmungsloser Gewalt traf Hem die Gewißheit, daß nun der Augenblick gekommen war, den er mehr gefürchtet hatte als die Stunde seines Todes. Die unermeßliche Angst, die ihn packte, machte seine Sinne klar wie nie zuvor.
Die unbarmherzigen Augen des Xerck brachten ihn zum Schweigen.
»Lange schon argwöhnte ich dies, Hem-La,« sagte der Herr der Flamme leise. »Du hast die höchsten Gnaden des Be'el empfangen, doch du hast ihn betrogen. Nun empfange den Lohn deiner Lüge.«
»Nein,« hauchte Hem. Er besaß nicht mehr die Kraft zu schreien. Auf ein Zeichen von Xerck ließen ihn die Wachen los. Hem sank auf die Knie und neigte das Haupt zum Boden. »Ich habe den Ring,« winselte er. »Ich bewahre ihn für den Einen Be'el.«
»Stecke ihn an deinen Finger und erhebe dich, Hem-La,« befahl Xerck.
Hem gehorchte beflissen. Leise Hoffnung regte sich in ihm, es möge ihm noch einmal gelingen, den Herrn der Flamme zu täuschen.
»Alle Lüge vergeht im Angesicht des Einen Be'el. Du vermagst seine

Diener zu betrügen, niemals aber die reine Flamme. Komm zu mir, Hem-La.«

Als Hem zögerte, stießen ihn die Wachen nach vorne. Hem begann zu zittern, als er die Macht spürte, die von Xerck ausströmte. Eine unsichtbare Klammer ergriff seine Hand und bewegte sie zur ewigen Flamme, die in einer kleinen metallenen Schale sprang. Hem wollte die Hand zurückziehen, doch die unerbittliche Kraft, die in ihn gefahren war, hielt ihn fest. Seine Augen weiteten sich vor Schreck. Entsetzt starrte er die bläulichen Flammen an, die seine Hand umzüngelten, doch er spürte keinen Schmerz.

»Wer sich der Flamme ergeben hat, den versengt sie nicht, ihre Feinde aber brennt sie zu Asche,« sagte Xerck.

In diesem Augenblick fuhren flammende Speere aus der kleinen Schale und faßten nach Hem. Der Kaufmann schrie auf und wollte fliehen, doch der Bann des Be'el ließ ihn erstarren. Die Flammen ergriffen ihn, doch sie verbrannten ihn nicht. Zitternd stand Hem in dem ruhig züngelnden Feuer. Nichts als Angst spürte er in diesem Augenblick, tobende Angst, die schrecklicher war als alles, das er sich in den dunkelsten Stunden seiner Furcht jemals ausgemalt.

Xerck hob die Hand und sprach zum Volk, das erschrocken den mächtigsten Kaufmann Atlans anstarrte, der sich eben noch in der Gunst der Flamme gesonnt. »Furchtbar ist der Lohn der Lüge. Bis an das Ende der Zeit wird die Rache des Be'el jeden Verräter verfolgen. Niemand vermag sich ihrer Gerechtigkeit zu entziehen. Selbst der Tod ist keine Rettung vor dem Zorn der Flamme. Wehe dem, der abfällt vom Be'el. Wehe dem, der in seinem Glauben wankt. Wehe dem, der Falschheit und Lüge im Herzen trägt. Denkt daran, wenn ihr in die Schlacht zieht gegen den Verderbten aus San. Denkt an diesen Unglücklichen, der die Flamme verriet, die ihn einst in die Macht erhob.«

Xercks Stimme war von schneidender Schärfe. Er wandte sich zu Hem um. Noch einmal ruhten seine Augen auf dem Kaufmann, den er zum Dienst an der Flamme erzogen, doch der ihn schmählich verraten. Ein Zucken lief über sein versteinertes Gesicht, als er den Ring an der Hand des Kaufmanns sah, den Ring, der dem Be'el den Weg in die Gläserne Stadt öffnen sollte, den letzten Ring der Namaii, der nun wertlos war, verspielt von diesem Narren. Haß erhob sich in Xerck, zäher, tödlicher Haß. Hem spürte diesen Haß, fühlte, wie er sich unauslöschlich einbrannte in sein Innerstes.

Hem begann zu schreien, denn das Pulsieren dieses Hasses war schrecklicher als der qualvollste Tod. Als Xerck die Augen von Hem abwendete, schlugen die Flammen wild in die Höhe und ergriffen den Kaufmann. Der Bann der Erstarrung fiel ab von ihm. Er wand sich und brüllte, doch mehr noch als die rasenden Schmerzen, die sein Körper fühlte, quälte ihn der Haß des Be'el, der über ihn gekommen war. Die Menschen wichen zurück, als sie den Kaufmann zu Asche brennen sahen. Seine Todesangst fuhr in ihre Herzen und grub den Zorn der Flamme mit glühenden Krallen in sie. Nur Sae stand regungslos. Auf ihrem Gesicht malte sich kalter Triumph.

*Kapitel 8*
DAS FEUER ERLISCHT

Die Prozessionsstraße aus mächtigen Steinplatten, die von Kurteva zum Haus des Trem führte, war gesäumt von jubelnden Menschen. Aus allen Toren der Stadt waren sie hinausgeströmt, aus den Dörfern der Ebene waren sie herbeigelaufen, und selbst von den Mothügeln waren sie gekommen, um dem unvergleichlichen Ereignis beizuwohnen, das noch niemand vor ihnen mit Augen gesehen. Die Khaïla, die Große Mutter des Südens, war aufgebrochen aus dem verbotenen Land von Hak, um einzuziehen in das Haus des Trem bei Kurteva, das der Be'el ihr gebaut. Die Herren der Flamme hatten sie gerufen, um die Macht des Feuers mit der mütterlichen Kraft der Erde zu verbinden, damit ein neues goldenes Zeitalter anbreche in Atlan. So hatten es die Tam-Be'el in den Tempeln verkündet. Sie hatten geweissagt, die Zeit des Leidens und der Entbehrung werde für immer vorüber sein, wenn Erde und Feuer sich vereinten zum Wohle des Reiches. Auch die törichten Aufrührer, die von San gekommen waren, um sich gegen die heilige Flamme zu erheben, würden sich beugen vor dieser neuen, unerhörten Macht, die Atlan einen würde für alle Zeit und Ewigkeit. Die Khaïla war angekommen auf einer prächtigen, silbernen Barke, auf spiegelglatter See. Hundert Gurenas hatten ihr Schiff gerudert und ein rotes, dreieckiges Segel hatte es zu eiliger Fahrt getrieben. Es war empfangen worden im Hafen des Tat-Tsok von den Waiyas und Kriegern des Trem, die über die Kahlen Berge gezogen waren, um die Ankunft der Mutter zu bereiten. Ein Fest wurde gefeiert in den Straßen Kurtevas, in der Stadt des Tat-Tsok, die düster und freudlos geworden war in Erwartung des drohenden Krieges. Die Menschen feierten es, als sei es der Lohn für eine lange Zeit der Not. Die Angst vor der schwarzen Garde des Tempels schien vergessen, die erdrückende Last der Steuern und Opfer, die zahllosen Unschuldigen, die in den Kerkern schmachteten oder am Haus des Trem hingeschlachtet wurden, die unerbittliche Hand des Verfalls, die die Stadt der Te ergriffen. Es schien, als sei die heitere, glückliche Zeit des alten Kurteva wiedergekehrt, denn ein solches Fest hatte es lange nicht gegeben in den weißen Doppelmauern. Selbstvergessen feierten die Menschen, ausgelassen und unbeschwert, so daß es manchen, die heimlich der Flamme fluchten und sehnlich das Heer des Sanla erwarteten, wie ein gewaltiger Totentanz schien, das Aufflackern eines Feuers, über dem schon die Hand dessen droht, der es löschen wird.

Eilig war die Khaïla gekommen, denn die Herren der Flamme fürchteten, die Aufrührer aus dem Westen könnten Gurenas nach Hak senden, um die wiederverkörperte Mutter zu überfallen. Im Haus des Trem bei Kurteva aber war sie sicher, denn ein Heer stand zu ihrem Schutz bereit, ein Heer, größer und besser gerüstet als die Armeen der früheren Tat-Tsok, und den Scharen der Rebellen, welche die Provinz des Westens überrannt hatten, weit überlegen. Denen, die dem Be'el treu ergeben waren, schien dieses Fest, das durch Kurteva rauschte, wie eine frühe Siegesfeier. Keiner zweifelte daran, daß die Macht der Flamme die Abtrünnigen vernichten würde wie Ungeziefer. Und waren diese letzten Unbelehrbaren zerschmettert, so konnte das heilige Feuer sich in Frieden vereinen mit der Macht der mütterlichen Erde, beim nächsten Fest des Sonnensterns, um die Herrschaft über die Gläserne Stadt und die Herrschaft über Atlan zu erringen, wie es verkündet war vom brennenden Orakel des Tempels.

Geduldig warteten die Menschen an der Straße des Trem. Lange vor Anbruch des Tages schon waren viele hinausgeströmt, um sich die besten Plätze zu sichern, noch benommen vom Rausch des Festes. Die edlen Familien aber wandten hohe Summen Goldes auf für einen Sitz in einer der Ehrenlogen, die an bevorzugten Stellen errichtet waren. Schwaden von Räucherwerk erhoben sich in den weiten Himmel, und in ihnen verklang das Murmeln endloser Gebete und Hymnen.

Unschlüssig ließ sich Aelan in dem Meer der Menschen treiben. Nun, da er Kurteva erreicht, sein Ziel, das ihm in den letzten Wochen drängend vor Augen geschwebt, verließ ihn der forsche Mut, der ihn auf seinem Weg angetrieben. Plötzlich schien ihm, als sei die lange Wanderung von Melat nach Kurteva sinnlos gewesen.

Er war mit dem Heer von San auf das westliche Festland übergesetzt, war an Rahs Seite in Melat eingezogen, umjubelt vom Volk als einer der Befreier. Es hatte kaum Kämpfe gegeben; die Menschen von Melat hatten sich erhoben gegen die Soldaten des Be'el, als die Schiffe des Sanla an der Küste anlegten. Aus allen Dörfern waren sie herbeigeströmt, den Retter zu begrüßen, denn endlich war die Stunde ge-

kommen, das Joch Kurtevas für immer abzuschütteln, die Stunde, die der Erste Sanla prophezeit hatte vor seinem Opfertod. Nur den Haupttempel des Be'el und den Palast des On-Tnacha hatten die Gurenas und Soldaten der Flamme zäh verteidigt, doch die Krieger des Sanla hatten sie im Sturm genommen, beflügelt von einer jähen Siegerkraft. Auf der Ebene südlich von Melat hatten sich die Scharen des Be'el noch einmal gesammelt und sich zur entscheidenden Schlacht gestellt, doch in wenigen Stunden waren auch sie überrannt. Viele aber hatten die Waffen fortgeworfen und waren übergelaufen zu den Männern des Tat. Unbeschreiblicher Jubel war losgebrochen im Westen. Die Gurenas von San hatten Rah, der sie weise geführt und der selbst heldenmütig gekämpft, auf ihren Schultern durch Melat getragen, in einem wogenden Meer von Fackeln, umtost von den Freudengesängen des Volkes. Der Sanla hatte seine sanfte Stimme erhoben in der weißen Stadt des Westens, und tausende und abertausende hatten ihm ehrfürchtig gelauscht. Vom Reich der Liebe hatte er gesprochen, das anbrechen würde nach der Zeit der Not, von den goldenen Jahren des Tat, und die Menschen des Weststammes, der wieder vereint war nach langen Jahrhunderten, hatten ein Fest der Freude gefeiert, wie es Melat noch nie gesehen.
Aelan aber hatte nach Mahla gesucht, hatte die Gefangenen befragt, denen man die Kerkertore öffnete, hatte die unterirdischen Gewölbe durchstreift und gefangengenommene Soldaten ausgehorcht. Einer vermochte sich zu erinnern an die schöne Frau aus Feen. Er berichtete, daß man sie fortgeschleppt hatte, zusammen mit denen, die als enge Getreue des Sanla galten, um sie nach Kurteva zu bringen. Wie von Sinnen vor Enttäuschung war Alean gewesen, als er dies vernommen. Er hatte sein Versprechen vergessen, das er Mendes gegeben, zurückzukehren in die Schule des Fai, um seine Aufgabe zu erfüllen, die die Namaii ihm bestimmt. In einem Traum hatte er Mahla gesehen, in einem Traum, in dem das Fai ihn weit vom Körper fortgenommen. Er hatte sie gesehen in einem weißen Opfergewand, wie er es kannte von der schrecklichen Zeremonie im Labyrinth der Khaïla, hatte sie gesehen in einem Tempel des Be'el, ein Blutmal auf der Stirn, vor einem lodernden Rachen, und quälende Unruhe war in ihn gefahren, die ihn seither nicht mehr verlassen.
Aber auch der Sanla hatte zur Eile gemahnt, hatte verkündet, die Sache des Tat sei für immer verloren, wenn der Be'el sich vereine mit der Magie der mütterlichen Erde. So war das Heer unvermittelt aufgebrochen, um auf der alten Karawanenstraße gegen Kurteva zu ziehen. Zu

einer großen Armee war es angewachsen, denn die Männer des westlichen Festlandes schlossen sich freudig den Kriegern aus San an, und aus den Wäldern stießen Männer dazu, die der Herrschaft des Be'el entflohen waren. Aelan war mit ihnen gezogen, ungeduldig, weil der schwere Troß nur langsam vorankam. Als Rah zu seiner Mission nach Kurteva aufgebrochen war, um die Gurenas seiner Heimatstadt für den Sanla zu gewinnen und die Kriegspläne des Be'el zu erkunden, war er mit ihm gegangen.

Schweigend waren sie durch die Wälder geritten, wieder umhüllt von ihrem Einvernehmen, das keiner Worte bedurfte. Abends, wenn sie rasteten, hatte Rah vom Sanla gesprochen, von der Kraft seiner Liebe und vom goldenen Zeitalter, das er Atlan bringen würde. Aelan hatte geschwiegen, denn das Wissen um seine Bestimmung, um die Weisheit der Einen Kraft, um das stille Wirken der Namaii in der Gläsernen Stadt schien nicht mehr unerschütterlich, wie es noch in der Schule des Fai gewesen war. Die heitere Gelassenheit seines Herzens hatte sich getrübt, seit er verzweifelt nach Mahla suchte, seit er wußte, daß sich die Geliebte in tödlicher Gefahr befand. Die Vergeblichkeit seiner Suche bescherte ihm Stunden tiefer Verzweiflung. Fast schien es ihm wieder, als hätte der On-Nam ihn verlassen, als sei der Sonnenstern, der schon hell geleuchtet, wieder verblaßt in ihm. Er mußte an die Jahre in der Sklaverei am Haus des Trem denken, als eine andere dunkle Nacht der Verlassenheit ihn umgeben. Damals hatte ihn seine eigene Unvernunft in Verzweiflung gestürzt, sein verletzter Stolz und seine Unbewußtheit über den verschlungenen Weg der Einen Kraft. Nun aber war es die bohrende Sorge um die Geliebte, die wehrlos den Mächten der Finsternis ausgeliefert war. Stünde sein eigenes Leben auf dem Spiel, er hätte es lachend hingegeben für die Eine Kraft. Hätte man ihn ergriffen und fortgeschleppt, um der Khaïla als Opfer zu dienen oder als niederer Sklave zu sterben, er hätte es auf sich genommen, denn das Wissen, daß diese Welt und der Körper, der in ihr wirkte, nur belanglose Illusionen waren im ewigen Reigen des Seins, lebte unauslöschlich in ihm. Seine Liebe zu Mahla aber ragte weit über die Sorge um sein eigenes Leben hinaus. Er mußte die Geliebte wiederfinden, bevor er den Weg seiner Bestimmung ging, wie die Namaii es forderten von ihm, er mußte sie finden und retten vor der dunklen Macht, die über Atlan hereinbrach. Er tat es nicht für sich, nicht aus Eigennutz, sondern um der Liebe willen, die ihn mit Mahla über alle Zeit hinweg verband, und er war trotzig entschlossen, eher zu sterben und vom Weg seiner Bestimmung abzufallen, als Mahla in dieser Zeit des Untergangs zu verlassen. Es war besser, mit ihr zu sterben, als sie wieder zu verlieren, wie schon so oft in den vergangenen Leben, deren Bilder er durch die Augen des Fai erschaut.

Vor den Toren Kurtevas hatten Rah und Aelan sich getrennt. Von hier waren sie einst aufgebrochen, um gemeinsam in den Süden zu fliehen, und hierher waren sie zurückgekehrt, um erneut Abschied zu nehmen. Doch Aelan wußte, daß er auch Rah wiedersehen würde, bevor das Schicksal Atlans sich neigte, daß auch ihr Lahf vollendet werden mußte in dieser Zeit, in der alle Kreise sich schlossen. Ohne Worte waren sie auseinandergegangen, nur mit einem Blick und einem Nicken. Rah hatte sich in Verkleidung eines Bettlers in die Stadt des Be'el geschlichen, um sein Leben zu wagen für die Sache des Sanla. Aelan aber war zum Haus des Trem gewandert, hatte sich Pilgern angeschlossen, die dorthin zogen, um der Mutter zu opfern, deren Ankunft bevorstand. Aelan hatte geschaudert, als er die Pyramide wiedergesehen, an der er selbst jahrelang sein Blut und seinen Schweiß vergossen. Er hatte gefühlt, daß die Macht des Bösen sich sammelte um sie, daß die Wesen der Finsternis, deren Haß er gespürt im verbotenen Reich des Südens, der Khaïla voranflogen, um Besitz zu ergreifen von ihrem neuen Wohnsitz. Die schrecklichen Bilder, die er im Labyrinth der Waiyas gesehen, waren lebendig geworden in ihm, doch er hatte sein Grauen niedergezwungen und nach Zeichen von Mahla gesucht, allein, es war vergebens. Er hatte versucht, den Blick des Fai auf die Geliebte zu richten, doch die Kraft des Bösen, die am Haus des Trem wohnte, hatte das Fai zerschlagen und mit düsteren, grauenvollen Bildern durchwirkt.

Dann hatten sich die Menschenmengen in der Ebene von Kurteva gesammelt, um die Ankunft der Khaïla zu feiern, um einen Blick zu erhaschen auf ihren Wagen, um sie auf dem letzten Stück ihrer Reise zu geleiten. Aelan hatte sich unschlüssig treiben lassen in der wachsenden Menge, war dem Strom der Menschen gefolgt, hatte sich im nächsten Augenblick gegen ihn gestemmt, um gleich wieder aufzugeben. Alles schien sinnlos, alles war verloren. Für Momente hatte Aelan die Stunde der Vernichtung herbeigewünscht, die Atlan hinabreißen würde in das Dunkel des Vergessens.

Aelan fühlte sich elend, glaubte für einen Augenblick, die Sinne würden ihm schwinden. Er hatte kaum geschlafen in den letzten Nächten, war rastlos umhergezogen, und nun, da seine drängende Anspannung einem matten Gefühl der Verzweiflung wich, spürte Aelan die weiten Fieberräume in sich, die seinen Kopf aushöhlten und ein leises Vibrieren in alle Glieder sandten. Aelan gab eine Kupfermünze für einen Becher Lemp, den ein fahrender Händler im Schatten eines Hains anbot, kauerte sich zwischen die Menschen, die den Lempverkäufer umringten, lehnte sich an einen der hohen, schlanken Bäume, und goß das lauwarme, mit Wasser verdünnte Getränk in die Leere seines Inneren. Es schmeckte fad. Aelan verzog das Gesicht, als er seinen Becher zurückgab, doch er war zu zerschlagen, um sich zu erheben. Er verharrte in seiner kauernden Stellung und schloß die Augen. Das Stimmengemurmel um ihn schien lauter zu werden, schien aufzubrausen in der fiebrigen Weite seines Kopfes, aber er vermochte nicht mehr, die bleiernen Lider zu öffnen. Schlafen, dachte er, lange und traumlos schlafen, und nicht mehr erwachen in dieser Welt.

»Dieses Gebräu weckt kaum die Erinnerung an wirklichen Lemp, nicht wahr?« hörte er plötzlich eine Stimme neben sich, eine Stimme, die ihm vertraut war wie die eigene. Klar und deutlich vernahm er sie, doch Aelan wußte in diesem Augenblick nicht, ob sie wirklich neben ihm sprach oder tief in den Räumen seines Herzens, wo er sie in den letzten Jahren vernommen, in Träumen und in weiten Reisen des Fai. Aelan schmunzelte müde, als er diese Stimme hörte, denn sie schien wie die Erinnerung an eine lichte Zeit der Klarheit und Gelassenheit, dann aber durchfuhr ihn ein heftiger Schreck. Er riß die Augen auf. Ein Mann kauerte neben ihm und blickte ihn mit unergründlichen, dunklen Augen an, schweigend, ein Lächeln auf dem Gesicht, dessen kantige Züge noch schärfer geworden waren, seit Aelan es zuletzt gesehen.

Einen Augenblick schien Aelan wie betäubt, dann löste sich seine Bestürzung in einem kurzen Lachen. Zugleich aber ging eine Welle von Scham und Betroffenheit über ihn hin.

»Lok-Ma!« flüsterte er. »Als wir uns das erste Mal begegneten in dieser Welt, fandest du mich im Schmutz der Straße von Dweny, in einer Stunde tiefster Verzweiflung. Mir scheint, als habe sich nichts geändert, als sei die gleiche Zerrissenheit noch immer in mir, jetzt, da wir uns wiedersehen.«

Lok-Ma schmunzelte. »Welten liegen zwischen diesen beiden Augenblicken, die sich so ähnlich scheinen. Doch wir waren nie getrennt seither, auch wenn wir uns fern waren in der sichtbaren Welt.«

Aelan nickte. Erinnerungen an die unzähligen Begegnungen mit dem On-Nam in den inneren Welten schossen durch seinen Kopf. Erinnerungen an die Ströme der Weisheit, die Lok-Ma ihm geschenkt, an Augenblicke der Klarheit, in denen er die tiefsten Geheimnisse der

Einen Kraft in einem einzigen, weiten Schauen erfaßt. Einmal nur war er dem On-Nam begegnet in dieser Welt, für eine kurze Stunde in Feen, doch seither war er nie wieder getrennt gewesen von ihm. Seine innere Gegenwart schien ihm vertrauter und wirklicher als diese Begegnung jetzt, da der On-Nam unvermittelt neben ihm kauerte und ihn anblickte mit seinen Augen, die tief wie Brunnen schienen.

Aelan wußte nicht, was er ihm sagen sollte. Verlegenheit lähmte ihn. Er lächelte, stotterte ein paar abgehackte Höflichkeiten, doch die selbstverständliche Vertrautheit seiner inneren Gespräche mit dem On-Nam wollte sich nicht einstellen. Zugleich aber wußte er, daß diese Begegnung mit Lok-Ma kein Zufall war, sondern eine Führung der Einen Kraft, eine Gelegenheit, die ihm gewährt war, damit er einen Ausweg fand aus seiner Verzweiflung. Eine Flut von Fragen erhob sich in seinem Kopf, doch Aelan war nicht fähig, zu sprechen, seine Zunge wollte nicht gehorchen. Schon begann er sich zu schämen für seine Unbeholfenheit, wollte sich entschuldigen, zuckte steif die Achseln, als der On-Nam das Wort an ihn richtete.

»Du bist unglücklich, Aelan, weil du getrennt bist von der Frau, die du liebst,« sagte er.

Aelan blickte Lok-Ma an. Tiefes Mitgefühl sprach aus den Augen des Mehdrana.

»Die Liebe ist das innerste Wesen des Sonnensterns, doch zugleich kann sie eine schwere Prüfung sein,« fuhr der On-Nam fort.

Diese Worte trafen Aelan in den Kern seines Herzens. Sie schoben seine törichte Befangenheit zur Seite, gaben dem Strom der Empfindungen Raum, der sich in ihm drängte. Befreit vermochte Aelan jetzt zu sprechen. Es war ihm auf einmal, als sei er mit Lok-Ma in einem leuchtenden Traum, als seien die Menschen und Dinge um ihn herum nicht mehr als flüchtige Bilder, die er mit einem Gedanken zu erschaffen und wieder auszulöschen vermochte. Wie einer der zahllosen Träume und Reisen des Fai schien es, die wirklicher gewesen waren als die Welt des Körpers, aus denen er widerwillig erwacht war, mit der Empfindung, zurückgezwungen zu werden in die dumpfe Enge eines Alpdrucks. Nun aber sah er die äußere Welt mit den Augen eines Traums, und alle Grenzen von Illusion und Wirklichkeit verschwammen in ihm. Allein Lok-Ma schien wirklich. Es war gleichgültig, ob er in seinem Körper aus Fleisch bei ihm war oder in der lichten Gestalt des Fai. Die Liebe der Einen Kraft, die aus den Augen und den Worten des On-Nam strömte, griff über alle scheinbaren Wirklichkeiten hinaus.

»Ja, ich liebe Mahla,« sagte Aelan. Seine Worte flossen nun wie von selbst. »Wir sind uns wiederbegegnet in diesem Leben, in dieser düsteren Zeit des Untergangs, um den ewigen Kreis unseres Lahf zu vollenden, doch wir wurden auseinandergerissen von den Mächten des Bösen. Aber ich weiß, daß wir uns erneut finden müssen, bevor das Schicksal Atlans sich besiegelt. Unsere Liebe ist stärker als die Kraft des Hasses, die über Atlan hereingebrochen ist.«

»Du weißt auch um deine Bestimmung, die du erfüllen mußt im Namen des Sonnensterns, die Aufgabe, die zu ergründen du aufgebrochen bist aus dem Ring des Schweigens, das Ziel deiner großen Wanderung,« entgegnete Lok-Ma ernst.

»Ja, doch wie vermag ich der Einen Kraft zu dienen, wenn mein Herz zerrissen ist von Sorge und Verzweiflung? Wie kann ich ruhig sein, wenn die Geliebte, die mir seit unzähligen Leben verbunden, in den Händen des Dunklen verloren scheint? Ich muß sie finden, und wenn ich selbst hinabstürze in den Rachen der Vernichtung, der Atlan verschlingen wird. Die Kraft unserer Liebe ist stärker als der Tod.« Aelan erregte sich. Er wollte dem On-Nam die Erschütterung seines Herzens mitteilen, seine Worte aber klangen spröde und töricht. Lok-Ma blickte ihn ruhig an. Wieder spürte Aelan das tiefe Mitgefühl des On-Nam.

»Weißt du, warum du mit Mahla verbunden bist, über die Grenzen der Zeit hinweg?« fragte Lok-Ma.

»Unzählige Bilder sah ich im Spiegel des Fai, Bilder des Glücks und Bilder der Verzweiflung. Liebe und Tod teilte ich mit Mahla, Lust und Leid. Eng verwoben ist unser Lahf. Bilder sah ich aus den Tiefen der Zeit, aus dem alten Reich von Hak, und Bilder auch von unserer letzten Existenz, von San, wo wir gemeinsam den Weg der Einen Kraft erlernten in der Schule des Fai. Ein Bild aber trat immer wieder hervor, leuchtend, mit erschütternder Kraft, das Bild der sterbenden Mahla in meinen Armen, niedergestreckt von Pfeilen des Trem. Ein Augenblick tiefster Verzweiflung war dies, ein Augenblick, wie er so qualvoll niemals wiederkehrte in all den Existenzen auf dem Rad des Lahf. Unauslöschlich hat er sich eingeprägt in mein Herz, wie ein Siegel in weiches Wachs.«

»Weißt du, wann sich dies zutrug?«

Aelan nickte gedankenverloren. »In der Zeit des alten Reiches von Hak. Rah war mein Bruder damals, und Mahla eine Frau, die ich liebte wie mein Augenlicht, doch der ich mich nur scheu zu nähern wagte, obwohl sie meine Liebe erwiderte. Wir umarmten uns das erste Mal im Moment unseres Sterbens. Wir fanden und verloren uns in einem

Augenblick. Alles versank im Tod – mein Bruder wurde hingemetzelt von den Kriegern des Trem, und Mahla starb im Hagel ihrer Pfeile. Ich aber warf mich todessüchtig in den Kampf, denn es gab nichts mehr, für das zu leben sich lohnte. Wie ein süßer Augenblick der Freude war das Verlöschen, ein bitteres, schmerzliches Glück.«

»Ja, Aelan, es war die Zeit, in der das Rad des Lahf sich zu drehen begann in Atlan. Lange, lange schien es stillzustehen, als die Menschen Atlans in der Gläsernen Stadt weilten, um von den Namaii zu lernen, und als im goldenen Zeitalter von Hak die On-Nam herrschten, im Namen des Sonnensterns, der Weisheit der Einen Kraft hingegeben. Eine Zeit der Ruhe war es nach der dunklen Epoche, als der Kontinent Mu versank und unzählige Menschen ihr Leben ließen im Sturm der bösen Macht. Dann aber begann auch in Atlan die Zeit des Lahf, als das dunkle Licht, das Aban, erstmals seinen Schatten warf über die Farben, die aus dem Berg des Lichts über der Gläsernen Stadt strömen. Das Schicksal der Menschen Atlans begann sich zu bewegen und ineinander zu verschlingen. Die Wurzeln der Dinge, die sich heute ereignen, reichen zurück in jene fernen Tage. Auch ich bin verwoben in das Geschehen dieser längst vergangenen Zeit. Schwerer als alle anderen habe ich Schuld auf mich geladen, für die ich bezahlen mußte in unzähligen Runden auf dem Rad des Lebens, in unzähligen Toden und Geburten. Doch auch der Kreis meines Lahf schließt sich in dieser düsteren Zeit, in der alles endet, damit alles neu zu beginnen vermag. So ist es bestimmt vom unergründlichen Willen der Einen Kraft, die zum Wohle allen Lebens wirkt. Hat das Fai dir gezeigt, welchen Körper ich trug in dieser Zeit, als das Licht des Sonnensterns zu erlöschen begann im alten Reich von Hak?«

»Verworrene Bilder nur sah ich manchmal,« antwortete Aelan. »Doch ich weiß, daß du schon damals der On-Nam warst, der Träger des Sonnensterns, und daß auch ich bei dir war, um die Geheimnisse der Einen Kraft aus deinem Mund zu erfahren.«

Lok-Ma sah Aelan lange an. »Ja, Aelan, Sahin war ich, der zwölfte On-Nam nach Harlar, jener Unglückliche, der den Weg der Einen Kraft verlor, weil er eigenmächtig den Lauf der Zeit anhalten wollte, weil der lebende Fluß der Einen Kraft erstarrte im Zwang seines engen Willens, weil er den Lockungen des Ehfem Gehör schenkte. Du kennst die Geschichte des Sahin, Aelan. Ich selbst habe sie immer wieder den Mehdraji erzählt, und jenen, die den Weg des Sonnensterns beginnen. Ein Tso wurde ich in diesem Leben, ein Wissender der Zeit, um den Baum meines Lahf ganz zu erkennen, bis hinab zu seinen Wurzeln,

und um die Kraft des Sonnensterns wiederzuerlangen, die ich einst verlor. Unzählige aber wurden in den Sog hineingerissen, den mein Fallen bewirkte. Ich muß Sorge tragen für sie alle. Auch du, Aelan, begannst in dieser Zeit die Runden auf dem Rad deines Lahf, nach einer langen Zeit friedlichen Lernens und Wachsens unter den On-Nam von Hak.«
»Rah und ich gingen den Weg des Hju, als Sahin fiel. Wir liebten ihn, der unser vertrauter Lehrer war, ein Quell der Weisheit, das lebende Licht des Sonnensterns, doch als er dem trügerischen Schleier des Ehfem verfiel, folgten wir dem Leuchten der Einen Kraft in Elod, seinem Nachfolger. Elod aber wurde ermordet von den Kriegern der Mutter, und die eine Quelle, in der das Wasser des Lebens fließt, geschändet von Unwürdigen. Wenige nur blieben dem Weg der Einen Kraft treu in dieser Zeit, als alle Werte sich wandelten im Reich von Hak, weil der königliche On-Nam gefallen war. Viele folgten Sahin, der verzweifelt versuchte, die verlorene Macht des Sonnensterns zu ersetzen mit weltlicher Größe. Rah und ich aber fühlten uns berufen, das Haus der Quelle mit unserem Leben zu schützen. Auch wir erlagen der Illusion des Ehfem, die unsere Herzen aufwühlte und verblendete, weil wir für etwas kämpfen wollten, das keiner Verteidigung bedarf. Wir fielen in diesem sinnlosen Kampf, zusammen mit anderen, die noch dem Weg der Einen Kraft folgten. Wir verloren den reinen Pfad, weil wir für ihn kämpften. Rah starb an meiner Seite und in der gleichen Stunde verlor ich Mahla. Es war, als werde mein Herz in zwei Teile gespalten. Gebrochen suchte auch ich den Tod.«
»Dieser Tod war eine schreckliche Erfahrung für dich, verbunden mit endlosem Schmerz. In dieser Stunde verzweifelten Sterbens begann sich das Rad des Schicksals wieder zu drehen für dich und für Rah und für Mahla. Doch die Wurzeln eures Lahf reichen noch tiefer in die Zeit hinab. Nicht in Hak begann deine Liebe zu Mahla, nicht in der Zeit des Friedens im alten Reich, als ihr zusammen dem Weg der Einen Kraft folgtet, und nicht in jener Stunde, als ein grausamer Tod euch trennte. Schon damals war eure Liebe nur eine Erinnerung an ferne, vergessene Zeiten.«
Aelan horchte auf. Alles in ihm spannte sich in wacher Aufmerksamkeit. »Ich weiß, daß der Brunnen der Zeit von unendlicher Tiefe ist, doch ich vermochte nicht ganz hinabzusteigen in seine Abgründe,« sagte er leise. »Nur dunkle, verschwommene Ahnungen brachte das Fai. Ein undurchdringlicher Schleier lag über diese Tiefen gebreitet. Ich habe oft versucht, ihn zu lüften, doch es wollte mir nicht gelingen.«

»Du warst nicht bereit dafür. Gütig ist das Wirken der Einen Kraft. Langsam und sanft führt sie uns an das Wissen heran, damit es uns nicht versenge mit seiner unbarmherzigen Klarheit. Sie stärkt uns durch die lange Zeit der großen Wanderung, damit wir es zu ertragen vermögen. Nun aber, da du deine Bestimmung erkannt hast an der Quelle von Hak und in der Schule des Fai, kannst du den Blick tun in die Tiefen der Zeit. Tauche hinab in sie, Aelan, doch wisse, daß es in Wirklichkeit keine Zeit gibt, denn alles ist jetzt, in diesem Augenblick. Gewinne Klarheit, damit du nicht wankst in deiner Aufgabe, die der Sonnenstern dir erneut bestimmte.«

Aelan schloß die Augen, spürte, wie die Welt neben ihm fortsank. Jetzt schien die Wand, gegen die er in der Vergangenheit so oft vergebens gerannt, wenn er dem Fai in die Räume der Zeit gefolgt war, niederzustürzen. Eine neue, nie gesehene Welt tat sich vor seinen inneren Augen auf.

Üppiges, grünes Land sah er, eine Stadt aus Kristall auf blühenden Hügeln, Menschen in bunten Gewändern, die ein Fest feierten in den hell erleuchteten Straßen und Gärten dieser Stadt. Fremdartige Musik hörte er und Rufe in einer unbekannten, ihm aber doch vertrauten Sprache. Und er sah eine junge Frau, in deren Gesicht Mahlas Augen leuchteten. Jäher Schmerz durchzuckte Aelan, als er dieses Gesicht sah, denn es wühlte innige Vertrautheit in ihm auf, und wehmütige Gefühle, die wie Feuer brannten.

»Mahla!« rief er, weit in die unendlichen Räume des Traums, der über ihn herabgesunken war.

»Ja, Mahla,« hörte er die Stimme des On-Nam. »Sie war eine Prinzessin der Maoi, der Herrscher von Mu, die der dunklen Kraft verfielen in der späten Zeit ihres Reiches. Sie haßten die Hüter des Sonnensterns, weil sie ihnen die Kraft des Hju nicht nutzbar machten für ihre niedrigen Zwecke des Krieges und der Machtgier. Sie verfolgten die Namaii, deren Wissen Mu lange gedient, und wiegelten das Volk gegen die Bewahrer der alten Weisheit auf. In dieser Zeit beschlossen die Namaii, Mu zu verlassen, um das Licht des Sonnensterns an einem anderen Ort dieser Erde leuchten zu lassen, denn das Ende des Ersten Weltenalters war gekommen.

Die Prinzessin aber war berührt von der Weisheit der Einen Kraft, die der Hauptmann ihrer Garde, ein junger Mann aus edelster Familie, ihr nahebrachte. Er war ein heimlicher Schüler und Vertrauter der Namaii, und von all ihren Schülern der am weitesten entfaltete. Ihn hatten sie bestimmt, die Menschen aus Mu fortzuführen, die noch dem Weg der

Einen Kraft folgten, denn sein Mut und seine Umsicht waren ebenso groß wie sein Wissen um die verborgenen Wege des Sonnensterns. Er war jung, doch in vielen Leben hatte er die Weisheit der Einen Kraft gewonnen, die ihn befähigte, diese Aufgabe zu erfüllen, welche die Namaii ihm zugedacht. Er aber liebte die Prinzessin, und auch sie war ihm zugeneigt, denn das reine Licht des Sonnensterns, das aus seinen Augen floß, hatte ihr Herz gewonnen. Er weihte sie ein in seine Bestimmung, sprach zu ihr von der Aufgabe, welche die Namaii ihm anvertraut, und er beschwor sie, mit ihm zu fliehen vom Kontinent von Mu, der dem Untergang geweiht war. Sie aber blickte durch das Fenster ihres Palastes, sah hinab in die blühenden Gärten, sah ihre Brüder und Schwestern, die im milden Abendlicht spielten, sah die schimmernde Stadt aus Glas, in denen die Menschen mit kindlicher, ausgelassener Freude ihr Fest feierten, sah die blauen Silhouetten der Berge in der Ferne. Da lachte sie über den Geliebten, der so düster vom Abschied sprach, vom Untergang, von einem Sturm der Vernichtung, der über Mu hereinbrechen würde. Er drängte sie zu kommen, flehte sie an im Namen der Namaii und im Namen der Einen Kraft, und er beschwor sie im Namen seiner Liebe zu ihr. Sie aber schüttelte sanft den Kopf und zog ihn auf ihr Lager, um ihn zu umarmen und ihm das erste Mal ihre Gunst zu schenken, denn ihre Sinne waren berauscht von dem fröhlichen Fest, das die Menschen von Mu feierten, von der Musik, die in den Straßen und im Palast erklang, und von dem Wein, den sie genossen.

Sie liebten sich mit heftiger Leidenschaft, und im Rausch ihrer Liebe drängte sie den Geliebten, zu schwören, sie niemals zu verlassen, gleich was geschehen würde. Einen Augenblick kämpfte er einen schweren Kampf in seinem Herzen. Seine Liebe zu der angebeteten Frau stand auf gegen seine Pflicht für die Eine Kraft. Dann aber schwor er der Prinzessin, was sie forderte, überwältigt von dem Glück, daß sie endlich sein Liebeswerben erhört. Im Licht seiner Liebe klangen die Prophezeiungen der Namaii auch ihm wie leere Drohungen. In dieser Nacht der Wonne verlor er den Weg seiner Bestimmung, und ein anderer, der weit vorangegangen war auf dem Weg des Sonnensterns, führte die Menschen aus dem versinkenden Mu zum Kontinent von Atlan. Lange währte die Erfüllung der Liebe, die das Licht des Sonnensterns im Herzen des jungen Mannes überstrahlt hatte, und es schien, als hätten die Namaii Unrecht gehabt, denn blühende Jahre folgten ihrer Flucht aus Mu. Die Maoi stiegen noch einmal zu höchstem Glanz empor, dann aber brach erbarmungslos das Schicksal Mus herein, wie die Namaii es vorhergesehen, denn die Herrscher von Mu schändeten das Wissen um die Eine Kraft und zwangen es in den Dienst ihrer Gier nach Macht und Ruhm. Der junge Mann, der die Prinzessin liebte, verriet in der Blindheit seiner Verzückung viel von den Geheimnissen des Hju an die Maoi, in dem Glauben, er handle zum Wohle des Reiches. Zum Dank erhielt er die Hand der Prinzessin, und sein Glück wuchs ins Unermeßliche. Nun dankte er den Mächten des Himmels, daß er nicht den Namaii gefolgt war, sondern der Stimme seiner leidenschaftlichen Liebe.

Erst als die Stunde des Untergangs kam, als die Flut sich erhob, als die Feuerberge aufbrachen und gewaltige Beben den Kontinent von Mu hinabrissen in die Tiefe des Ozeans, erinnerte er sich wieder an die Worte der Namaii und den Weg des Sonnensterns, den er einst selbst gegangen. Wie Echos klang dieses Wissen in seinem Herzen, das von den Schleiern des Ehfem verdunkelt war. Doch nichts vermochte ihn und seine Geliebte zu retten. Es war ihnen nicht einmal vergönnt, in den Armen des anderen zu sterben. Sie wurden getrennt vom Schicksal und verloren sich in dem Sturm der Vernichtung, der über Mu hereinbrach. Sie starb allein, seinen Namen auf den Lippen, und auch er starb seinen einsamen Tod, zerrissen bis zum Wahnsinn von verzweifelter Sorge um die verlorene Frau. Nur sein Bruder war bei ihm, als sie in die Berge flohen, um den Springfluten zu entkommen, die über die Stadt und die Hügel hinwegrasten.«

»Rah!« rief Aelan, ohne die Lider zu öffnen. Während der On-Nam sprach, zogen leuchtende Bilder an Aelans inneren Augen vorüber. Aus verborgenen Kammern seines Herzens stiegen sie herauf, vertraute, schmerzhafte Bilder, tief in ihm eingebrannt vom Feuer der Verzweiflung. Aber als er sie wieder erblickte, als er die Stunden des Leids noch einmal durchflog in rasender Eile, spürte er, wie ihre Glut erlosch und die Wunden seines Herzens sich schlossen.

»Ja, Rah,« fuhr Lok-Ma fort. »Auch er war den Weg der Einen Kraft gegangen, doch er war den Namaii nicht gefolgt, weil er den Bruder, den er liebte und auf den er hörte, nicht verlassen wollte. Jetzt schleppte er den Verzweifelten fort, der wie von Sinnen nach seiner Geliebten schrie. Er ritt mit ihm in die Berge, um sich und ihn zu retten, doch ihre Flucht schob den Tod nur um Tage hinaus. Nur wenige der Menschen von Mu überlebten den Untergang des Reiches der Maoi. Der junge Mann starb, vom Wahnsinn umnachtet, doch das Bild seiner verlorenen Geliebten begleitete ihn selbst in die dunkle Nacht des Vergessens, die der Tod schenkt.

Im Reich von Hak knüpften sich die Bande ihres Lahf wieder an, friedlich zuerst, in der Zeit der On-Nam. Sie fanden sich wieder dort, als Geschwister, als Mann und Frau, und sie folgten dem Weg der Einen Kraft, wie einst in Mu, doch dann, als sich der erste Schatten der Dunkelheit über Hak herabsenkte, als Sahin fiel und die Khaïla sich zu erheben begann, starben sie wieder einen verzweifelten Tod, und das Rad ihres Schicksals begann sich erneut zu drehen. Nun aber, da auch das Zweite Weltenalter enden wird, ist die Gelegenheit wiedergekommen, den Weg zu finden, der aus den Wirren des Ehfem in die Klarheit der Einen Kraft führt, die Gelegenheit, deine Aufgabe für den Sonnenstern zu erfüllen, die dir schon einmal anvertraut war. Die große Wanderung bringt dich immer wieder an die gleichen Prüfungen und Weggabelungen, bis du schließlich den Weg ins Herz der Einen Kraft findest.«

Ein jubelnder Aufschrei des Volkes riß Aelan jäh aus dem Strom der Erinnerungen. Er öffnete die Augen und begegnete dem Blick des On-Nam.

»Wie damals jubelt das Volk, denn es weiß nicht, daß es die Mächte feiert, die es vernichten werden,« sagte Lok-Ma.

Aelan, der kaum mehr zu unterscheiden vermochte zwischen den Bildern in seinem Inneren und den Geschehnissen vor seinen Augen, gaffte den Menschen nach, die überall aufsprangen und zu der Straße liefen, wo sich unter einer riesigen Staubwolke schon eine unüberschaubare Masse drängte. Auch der Lempverkäufer verbarg eilig sein Faß und seine kupfernen Trinkbecher im Gebüsch des Haines, und folgte den anderen. Aelan und Lok-Ma blieben alleine unter den hohen, schlanken Bäumen zurück, in deren silbrigem Laub ein sanfter Wind spielte.

»Khaïla, Khaïla!« schrien die Menschen und versuchten mit allen Kräften, einen Blick zu erhaschen auf den Zug, der nun rasch an ihnen vorbeijagte. Krieger des Trem zu Pferde drängten das Volk zurück und schufen Raum für die gewaltige Sänfte der Mutter. Auf einer Plattform, die von hunderten auserwählter, kräftiger Sklaven im Laufschritt vorangetragen wurde, erhob sich ein kleines Haus des Trem aus vergoldetem Holz. Über den Köpfen der Krieger ragte es auf, die es in dichten Scharen umgaben, um das Volk von der heiligen Pyramide fernzuhalten. Uferlose Menschenmengen folgten der seltsamen Sänfte, die stumm wie ein Spuk vorüberflog, strahlend im milden Licht der Abendsonne. Die Menschen, die viele Stunden an der Straße gewartet hatten, warfen sich jubelnd in den wogenden Strom, um die Khaïla zum Haus des Trem zu begleiten. Aelan erhob sich und blickte ihnen nach. In diesem Augenblick entdeckte er die Frauen im weißen Totengewand, die an den vier Seiten der Pyramide standen, die Augen geschlossen, unberührt vom Lärm des Volkes, in tiefer Sammlung und Vorbereitung auf den Augenblick, da ihnen das geweihte Messer einer Waiya die Kehle durchtrennen würde.

Wie ein Keulenschlag traf Aelan dieses Bild. Ein ähnliches hatte er im Fai gesehen – das Bild von Mahla im weißen Opfergewand, doch sofort versank es wieder in dem rasenden Sog von Eindrücken, der Aelan ergriffen hatte. Vergangenheit, Gegenwart und Zukunft wirbelten durcheinander in ihm, Bilder seiner unzähligen Leben mit Mahla, seine Liebe für diese Frau und seine Angst, sie wieder zu verlieren im Untergang Atlans. Ohnmächtige Verzweiflung packte ihn, als er die Pyramide der Khaïla in der vom Abendlicht durchglühten Staubwolke verschwinden sah. Sie eilte dem Haus des Trem zu, in dem Ströme von Blut fließen würden zu ihrem Empfang. Vielleicht war auch Mahla dort, vielleicht starb sie in diesem Augenblick unter dem Messer einer Waiya. Doch er konnte nichts tun, ihr zu helfen. Er war machtlos. Seine verzweifelte Wut, die ihn von San nach Kurteva gehetzt, zerrann im Nichts und ließ Aelan ausgebrannt und leer.

Kraftlos sank er neben dem On-Nam zu Boden, der ruhig in seiner kauernden Stellung verblieben war, ohne sich um die Aufregung des Volkes zu kümmern. »Ich kann nichts mehr tun,« flüsterte Aelan zerknirscht. »Alles ist wieder zerronnen, wie schon in Mu, wie schon in Hak. Mahla ist verloren.«

»Es ist gut, daß du aufgehört hast, zu kämpfen,« antwortete der On-Nam.

Aelan schien ihn nicht zu hören. Er war ganz in sich zusammengesunken und starrte zu Boden.

»Wie oft schon mußtest du auf bittere Weise erfahren, daß dir erst das Aufgeben deines kleinen Willens die Hilfe der Einen Kraft brachte?«

»Nicht ich brauche die Hilfe, sondern Mahla,« sagte Aelan verbittert.

»Auch sie ist in den Händen des Sonnensterns. Du mußt zulassen, daß die Eine Kraft ihr beisteht, indem du aufhörst, um sie zu kämpfen. Laß los, Aelan. Laß los und vertraue dem Hju. Es ist mächtiger als alles, das du tun könntest.«

»Aber ich liebe Mahla und will sie nicht wieder verlieren.«

»Ja, Liebe ist die Essenz der Einen Kraft. Sie ist die Macht, die alles Leben erschafft und erhält. Sie ist die wahre Kraft des Sonnensterns.«

»Aber es ist die Liebe, die mich nach Mahla suchen läßt!«

»Die Macht der Liebe kann nicht gelenkt werden vom Willen. Sie ist die ungeformte und unwandelbare Gewalt, die durch dich wirkt, wenn du der Einen Kraft auf rechte Weise dienst. Ihr Wirken aber scheint wie ein Widerspruch: Du mußt deinen Willen hingeben und doch mußt du handeln. Du mußt tun, ohne zu tun. Du mußt alles wollen und doch nichts. Bemühung wird dich von deinem Ziel entfernen, doch ohne Bemühung wirst du es nie erreichen. Die Wahrheit der Einen Kraft ist paradox. Sie ist ein Weg auf Messers Schneide, ein Weg des sorgfältigen Gleichgewichts. Ein Gedanke kann dich zu Fall bringen, ein Wort, eine Tat. Nur das unbedingte Vertrauen in die Eine Kraft vermag dich auf diesem engen Weg zu beschützen. Wenn du der Kraft vertraust, wirst du den Weg mit geschlossenen Augen finden. Alles wird sich fügen zu deinem Wohl.«

»Aber ich vertraue ihr aus ganzem Herzen!«

»Ja, Aelan, du hast dich selbst ganz in die Hände des Sonnensterns gegeben. Schwer war der Weg der Prüfungen, der dich bewegte, deinen Stolz und deinen Willen aufzugeben, damit die Eine Kraft durch dich zu wirken vermag. Aber die Eine Kraft fordert alles von dir. Du mußt auch die, die du liebst, einschließen in dieses Vertrauen. Du mußt auch die Frau, die du mehr liebst als dich selbst, in die Hände des Hju legen. Nur wenn deine Liebe frei ist von den Schatten des Ehfem, nur wenn die reinste und lauterste Kraft aus deinem Herzen fließt, das wahre Licht des Sonnensterns, nur dann vermag die Eine Kraft durch dich zu wirken, zu deinem Wohl und zum Wohl derer, die du liebst. Lerne aus den Bildern deiner vergangenen Leben. Nur wenn du alles losläßt, kannst du alles haben. Nur wenn du aufhörst zu kämpfen, wirst du wirklich siegen. Erst dann vermagst du die letzte und höchste Stufe der großen Wanderung zu erklimmen.«

»Welche ist diese Stufe?«

»Die bedingungslose Liebe für alles, das lebt.«

Die Worte des On-Nam hatten die ausgebrannte Leere in Aelan mit gelassener Ruhe angefüllt. Aelan schien wieder in einem Traum versunken. Er hatte die Lider halb geschlossen, doch alles in ihm war in wacher Erregung gespannt. »Ja, ich werde diesen Schritt tun und meine Bestimmung erfüllen auf dem Weg der Einen Kraft. Und trotzdem muß Atlan hinabsinken in die Vernichtung,« sagte er. »Unzählige werden ohne Rettung dem Tod ausgeliefert sein, wie einst, als Mu unterging. Ich fühle den ohnmächtigen Schmerz von Millionen, die in Verzweiflung aufschreien, wenn sie erkennen, daß alles verloren ist.«

»Nichts, das in den Welten des Ehfem geschieht, geschieht vergebens.

Alles dient dem Lernen jedes einzelnen Menschen auf seiner großen Wanderung zur Erkenntnis des Sonnensterns. Die Liebe der Einen Kraft scheint manchmal erbarmungslos, denn sie schleift aus dem rohen Edelstein den funkelnden Diamant. Auch du hast die gnadenlose Härte des Hju gefühlt in deinen unzähligen Leben, und auch in diesem, das dich wieder zu der Bestimmung führte, die du einst verspieltest. Endlos dreht sich das Rad des Schicksals, doch es dreht sich nur zum Zweck des Lernens, solange, bis du keine Bilder mehr erzeugst in den Spiegeln des Lahf. Dann vermagst du den Kreis der Geburten und Tode für immer zu verlassen. Aber nicht nur für die einzelnen Menschen kreist dieses Rad, auch für ihre Götter, für ihre Länder und Kontinente. Ein Atom nur ist der Mensch im Wirken der Einen Kraft, und zugleich ein gewaltiges Universum, so wie jedes Atom deines Körpers ein Universum ist. Das Kleine und das Große ist der Mensch. Universen bewegen sich in ihm, gewaltige Sternenräume, in denen sich der Kreislauf von Werden und Vergehen auf gleiche Weise vollzieht wie in der Welt, die er für wirklich hält, weil seine Augen sie sehen. Ein Gott ist er, doch zugleich nur ein Staubkorn in dem Universum, in dem er lebt mit all den anderen Wesen und Göttern. Aber auch das All, das er für unendlich hält, in dem das Verlöschen eines Sterns und das Sterben eines Planeten nicht mehr bedeutet wie ein vom Baum fallendes Blatt, auch dieser Weltenraum ist nur ein Staubkorn in einer höheren Schöpfung. So finden sich im ewigen Rad des Lebens Welten in Welten und Universen in Universen. Alle sind umhüllt vom Schleier des Ehfem, der zweigespaltenen Kraft der Illusion. Nur im Hju, der Urquelle, aus der alles Leben fließt, das Große und das Kleine, ist Wirklichkeit. Alle Universen sind aus der Einen Kraft hervorgegangen, aus dem Einen Klang, dem Einen Licht. Sie sind zu Materie geronnene Musik, Klang und Rhythmus, unendlich, sich immer neu erschaffend, ohne Anfang und Ende, denn auch der Klang, aus dem ein Kosmos entsteht, ist nur das Echo des Tosens, in dem das Universum, das vor ihm war, unterging. So reihen sich die Lebenskreise von Menschen, von Göttern, von Kontinenten, von Planeten und Universen aneinander wie Töne im Fluß einer unendlichen Melodie. Diese Melodie aber ist die Liebe der Einen Kraft für alles Leben, das aus ihr strömt, die Liebe, die auch in deinem Herzen fließen wird, wenn du es läuterst für das reine Licht des Sonnensterns.«

»Was wird geschehen mit uns?« fragte Aelan, dem schwindelte vor den unermeßlichen Räumen, welche die Worte des On-Nam in ihm aufgerissen. Er schämte sich seiner Frage, noch während er sie aussprach,

denn was bedeutete das Schicksal eines Menschen, das Schicksal von Atlan im Wirken dieser unbegreifbaren Kräfte.
Lok-Ma schien seinen Gedanken zu erraten. »Jeder Augenblick ist bedeutend, jedes Leben, jedes Lebewesen. Kein Ton darf fehlen in der vielstimmigen Melodie des Sonnensterns. Die Schöpfung zerbräche, fehlte in ihr nur das geringste Staubkorn. Jeder Schritt auf der großen Wanderung ist nötig. Du mußt ihn tun mit deiner ganzen Aufmerksamkeit, denn er führt dich weiter auf dem Weg deiner Bestimmung. Er bringt dich näher ans Herz der Einen Kraft, ans Herz der allesumfassenden Liebe. Wir werden uns trennen, Aelan. Du wirst deine Bestimmung erfüllen, so wie ich die meine.«
»Wohin wirst du gehen?«
»Am Morgen nach dieser Nacht, in der die Khaïla das Haus des Trem erreicht, wird der Tat-Tsok in der Halle des Rates die Edlen seines Reiches zusammenrufen, um den Willen des Be'el zu verkünden und sie in den Krieg zu hetzen gegen das Heer des Tat-Sanla. Unaufhaltsam dämmert das Ende herauf. Der On-Nam, der Gesandte der Gläsernen Stadt, wird nach ungezählten Jahren wieder seine Stimme erheben vor den Menschen Atlans, um sie zu warnen vor der drohenden Vernichtung, so wie es einst war im Reich von Hak. Der Kreis schließt sich.«
»Es ist aussichtslos! Sie werden dich töten!« rief Aelan erschrocken.
Lok-Ma lächelte. »Sahin, der On-Nam, strauchelte auf dem Weg der Einen Kraft, weil er der falschen Stimme des Ehfem folgte, in einer Zeit, da ein Schatten des Bösen sich herabsenkte auf Atlan. Er strauchelte, weil er sich dem Willen des Sonnensterns nicht beugen wollte in seiner Vermessenheit, weil er fürchtete um sich und um weltliche Dinge. Lok-Ma, der On-Nam, wird seinen Weg vollenden. Er wird den letzten Hauch seiner Schuld tilgen, die er damals auf sich lud. Keine lockende Stimme vermag ihn mehr abzulenken von seiner Bestimmung, keine Angst, selbst der Tod nicht.«
Aelan schwieg. Alles hätte er gegeben, Lok-Ma begleiten zu dürfen, doch er wußte, daß ihre Wege sich trennten in dieser Welt und daß ihre Aufgaben im Dienst an der Einen Kraft andere waren.
»Zweimal sind wir uns begegnet in dieser Welt der starren Dinge,« fuhr Lok-Ma fort, »und doch waren wir nie getrennt. Das ist das Geheimnis des On-Nam – er ist nicht an einen Leib aus Fleisch gebunden, nicht an eine menschliche Form. Der On-Nam ist eine formlose Kraft, die Essenz des Sonnensterns. Obwohl sie sich verkörpert in einem, der den Weg ins Herz der Einen Kraft ging, damit er den Menschen den Weg weise, lebt sie in jedem Menschen, und wartet darauf, erweckt zu wer-

den. Auch wenn ich jetzt nach Kurteva gehe, um die letzte Aufgabe zu erfüllen, die der Sonnenstern mir auftrug in diesem Leben, und um den Kreis meines Lahf zu beenden, werde ich immer bei dir sein, näher als dein Atem und näher als der Schlag deines Herzens. Und doch bin nicht ich es, sondern die namenlose Kraft des Hju, die zur Form wird in mir. Deshalb folge nie einer menschlichen Gestalt. Die menschliche Form, durch die das Hju wirkt, vermag zu fallen, vermag abzuirren vom Weg, die formlose Kraft des On-Nam aber ist das Hju selbst. Die Wahrheit des On-Nam verändert ständig ihre Namen und ihre Gesichter, ihr innerstes Wesen aber bleibt immer gleich.«

Aelan nickte. Müdigkeit überwältigte ihn plötzlich. Das Rasen der Bilder, der verzweifelte Kampf, den er mit sich ausgefochten, bis er die Gelassenheit der Einen Kraft wiedergefunden, hatte ihn ausgezehrt. Aelan vermochte kaum mehr die bleiernen Lider offenzuhalten. Er sah Lok-Ma an, der ihm zunickte. Noch einmal versank er in den Augen des On-Nam. Er fühlte die Berührung einer Hand an der Stirn, wußte, daß dies der Abschied war von seinem Lehrer, doch so sehr er sich auch mühte, er vermochte nicht mehr, den Schlaf abzuschütteln, der über ihn kam.

Im nächsten Augenblick sah er Lok-Ma wieder. Der On-Nam saß im Kreis der Namaii in dem Raum, in dem Aelan die Hüter des Sonnensterns zum ersten Mal gesehen. Hier hatten ihn die Namaii auf die Suche nach der reinen Quelle des Sonnensterns gesandt, als er mit dem On-Nam in die Gläserne Stadt gekommen war. An diesem Platz war er gesessen, und die Worte der Namaii waren an ihm vorbeigegangen, ohne daß er ihren Sinn verstanden. Ein Unwissender war er gewesen, ein Schlafender, der die Macht des Hju nur vage erahnte, der nichts wußte um seine Bestimmung im Namen der Einen Kraft. Willst du dem Sonnenstern dienen, hatten sie ihn gefragt damals, und er hatte genickt, ohne zu verstehen, worin dieser Dienst bestand, ergriffen von Ehrfurcht vor den Namaii, die ihn zu sich gerufen. Nun stand er wieder vor ihnen und fühlte ihre Blicke auf sich, ihre Blicke, die nichts begehrten von ihm, die ihn nicht drängten, die keine Neugierde verrieten. Aelan begegnete ihnen mit Gelassenheit. Alle Scheu war von ihm abgefallen. Er war in wacher Erwartung gespannt, spürte die Eine Kraft in sich, die in gewaltigen Wellen aus seinem Herzen strömte, stärker als je zuvor.

»Das Aban, das Unlicht, hat die Farben, die aus dem Berg des Lichts fließen, verdrängt,« sagte der Schreiber, der bei den Namaii saß. »Die Gläserne Stadt beginnt zu zerbrechen, denn sie lebt allein vom Licht

der Einen Kraft. Die Zeit ist gekommen für die Hüter des Sonnensterns, Atlan zu verlassen, wie sie einst Mu verließen.«
Die anderen nickten.
»Die Kräfte des Elroi werden sich vereinen in der nächsten Nacht des Sonnensterns. Sie werden ihre ganze Macht der Vernichtung gegen den Ring des Schweigens richten, der die Gläserne Stadt umgibt und sie lange schützte. Doch die Kraft der Zerstörung wird kein Ziel mehr finden und wird in rasender Wut zurückkehren auf die, die sie riefen. Der Sonnenstern wird fallen und Atlan wird untergehen, wie Mu unterging am Ende des Ersten Weltenalters.«
In diesem Augenblick erinnerte sich Aelan an den Traum, der vor vielen Jahren zu ihm gekommen war, in der Hütte des Schreibers, in der Nacht, als er die Fremden erschlagen hatte in der Char des Inneren Tales, als er in die Berge geflohen war, zerrissen vom Gefühl seines Fremdseins: Der fallende Sonnenstern, der am Himmel verlöschte, der schwarze, gläserne Stein in seiner Hand, in dem ein Licht glühte, der jäh wieder aufstieg in den Himmel, gleißend und strahlend, und hinschwebte über die brennenden Städte Atlans. Es war das Sinnbild seiner Aufgabe.
»Der Sonnenstern wird fallen, und doch wird er ewig leuchten,« sagte er leise vor sich hin.
»Ja, Aelan, und dir ist es bestimmt, ihn über die Schwelle eines neuen Weltenalters zu tragen,« erwiderte der Schreiber. »Er wird nicht mehr am Himmel leuchten, damit die Menschen ihn mit ihren äußeren Augen zu sehen vermögen, doch er wird strahlen in ihren Herzen. Die Eine Kraft hat dich wieder berufen, diese Aufgabe zu erfüllen. Du bist aufgebrochen zur großen Wanderung, um stark zu werden, damit du ihr gewachsen bist.«
Aelan nickte.
»Deine große Wanderung hast du begonnen am Fuße der Gläsernen Stadt, in dem Tal, über dem der Bann des Schweigens liegt. Er schützte auch dein Leben, als man dich von San brachte. Du mußtest ihn verlassen, um den Weg der Einen Kraft zu finden, doch nun, da das Los Atlans sich erfüllt, kehre zurück zu den Gebirgen des Am, um jene zu führen, die sich dort einfinden werden. Einst, als die Namaii von Mu kamen, riefen sie die Stämme Atlans zur Gläsernen Stadt, damit ein neues Menschenalter beginne auf diesem Kontinent. Nun, da die Kreise sich schließen, da die Zeit Atlans vollendet ist, kehren die letzten zur Gläsernen Stadt zurück, die den Weg der Einen Kraft gefunden haben in den Wirren des Ehfem, und die den Ruf des On-Nam

vernahmen. Sie führe fort aus dem versinkenden Land, damit die Weisheit des Sonnensterns weiterwandere über den Rücken der Erde, und neue Reiche und Kulturen entstehen jenseits des östlichen und westlichen Meeres. Willst du dem Sonnenstern dienen auf diese Weise?« Wieder nickte Aelan. »Ja, ich will ihm dienen, wie es mir bestimmt ist,« sagte er.

Alles war ruhig in ihm. Die Klarheit der Einen Kraft war wiedergekehrt in seinem Herzen. Er dachte an Mahla, doch auch ihr Bild, das ihn seit seinem Aufbruch von San mit Sorge und Angst zerrissen, stand nun still und klar vor ihm. Er hatte die Geliebte in die Hände der Einen Kraft gegeben, und er wußte, daß die Macht des Hju sie bewahren würde vor ihrem drohenden Schicksal. Zugleich erkannte er, was geschehen wäre, hätte er weiter um sie gekämpft, wäre er ihren Spuren weiter gefolgt und hätte er versucht, sie mit seinen ungenügenden Mitteln zu retten. Das Fai öffnete ein Bild der Zukunft in diesem Augenblick. Aelan sah, daß die Zukunft nicht zu festen Bildern geronnen war wie die Vergangenheit, sondern daß sie aus unzähligen Möglichkeiten bestand, aus Weggabelungen, die sich immer weiter verästelten. Er sah, daß es von Augenblick zu Augenblick seine Entscheidung war, einen dieser Wege zu wählen und zu gehen. Alle Möglichkeiten flossen dort zusammen, alles war vollendet, alles lag bereit, doch es mußte zum Leben erweckt werden durch die Kraft des Willens. In diesem Augenblick begriff Aelan das Wesen der Zeit. Er sah, daß die unzähligen Möglichkeiten, die in seiner Zukunft warteten, fertig geschaffene Wirklichkeit waren, doch daß es allein an ihm lag, eine davon zu wählen und zur sichtbaren Wirklichkeit zu formen. Das Licht der Einen Kraft zeigte ihm den Weg, der dem Wohl des Ganzen diente, doch die allweise Macht des Sonnensterns griff nicht ein in seine Entscheidungen. Aelan sah, daß die Menschen von ihrem selbst erschaffenen Lahf durch diesen Irrgarten der Zeit getrieben wurden, daß sie blind voranstolperten und die Wege wählten, die am breitesten schienen und am leichtesten zu gehen. Das Licht des Sonnensterns wollte auch ihnen den Pfad durch das Dickicht des Lahf weisen, doch sie verschlossen sich ihm und folgten stattdessen den tausend Stimmen des Ehfem, die sie lockten.

Aelan sah die beiden Wege, die sich in diesem Augenblick vor ihm auftaten. Der eine führte in die Bestimmung, die er zu erfüllen hatte im Namen des Sonnensterns, und weiter in das Herz der Einen Kraft, der andere aber führte zu Mahla. Verlockend schien dieser Weg, alles drängte noch einmal, ihm zu folgen, doch in diesem Moment sah

Aelan, was ihn auf diesem Pfad erwartete. Er sah, wie die Krieger des Be'el Mahla am steinernen Bild ihres Gottes den Flammen opferten. Und er sah, wie sie auch ihn ergriffen, um ihn in den Feuersturm des Be'el zu schleudern. Er sah Xerck triumphieren, daß der aus San gefallen war, der Erwählte des Hju, daß es den Kräften des Ehfem wieder gelungen war, ihn in den Netzen der Illusion zu verstricken. Sein Schicksal, das er in Mu erlitten, wiederholte sich auf diesem Pfad der Zeit. Getrennt von der Geliebten stürzte er hinab aus der Klarheit der Einen Kraft in die dunkle Verwirrung des Lahf. In unzählige neue Runden auf dem Rad von Leben und Tod führte dieser Weg, zu dem ihn seine Sorge um Mahla drängte, zu einer langen, mühevollen Wanderung durch die Welten des Ehfem. In einem Augenblick nur wischte dieses Bild an Aelan vorbei, wühlte seine Zerrissenheit noch einmal auf, dann verging es jäh.

Als Aelan erwachte, kroch das purpurblaue Licht der Morgendämmerung über den Horizont. Die Ebene von Kurteva war menschenleer. Aelan fröstelte. Der On-Nam war fort. Aelan glaubte, Lok-Mas Gegenwart noch zu spüren irgendwo zwischen den Bäumen. Er schob die Äste von Büschen zur Seite, doch er fand nur das leere Faß des Lempverkäufers. Einen Augenblick stand er unbeweglich, spürte dem seltsamen Duft nach, der in der kühlen Morgenluft hing, einem feinen, rasch verfliegenden Duft von Rosen, dann straffte er sich, nahm seinen Reisebeutel und ging mit festen Schritten davon.

In der Halle des Rates in Kurteva verharrten die Edlen des Reiches mit geneigten Häuptern, als der Tat-Tsok langsam die Stufen zu seinem hohen Thron emporstieg, um die Worte zu sprechen, welche die Herren der Flamme ihm eingegeben. Hoch über den Menschen ließ er sich nieder auf dem Thron des Tigers, dem Sitz der Macht der Te. Seine Augen irrten gehetzt über die Köpfe der Menschen hin, die sich versammelt hatten, um die Stimme der fleischgewordenen Flamme zu vernehmen. Aus allen Provinzen waren sie gekommen, um die Ankunft der Khaïla zu feiern, und um in die entscheidende Schlacht gegen die Rebellen zu ziehen. Viele von ihnen aber hatten nicht freiwillig die Reise nach Kurteva angetreten, sondern waren geflohen vor den Menschen ihrer Städte und Bezirke, die sich erhoben hatten im Namen des Tat-Sanla, um das Joch des Be'el abzuschütteln. Mit wankelmütigen Herzen waren sie gekommen, denn in vielen Provinzen tobte schon der Krieg, und es schien, als hefte sich der Sieg an die Fahnen des Sanla.

In der Halle des Rates aber, in dem ehrfürchtigen Schweigen, im Angesicht des Tat-Tsok und der Herren des Feuers, die im Kreis ihrer höchsten Priester zu Füßen des Tigerthrones saßen, spürten sie noch einmal die unüberwindbare Macht des Be'el, und ihre Sorgen um die bevorstehende Schlacht gegen das Heer des Sanla erschienen auf einmal töricht. Fast greifbar schien die Gewalt der Flamme, die unter der Kuppel vibrierte. Sie drückte die Menschen nieder, erfaßte ihre Herzen und erfüllte sie mit der Gewißheit, daß keine Macht der Erde dem Be'el zu trotzen vermochte. Unbeweglich saßen die Xem auf ihren Thronen zu Füßen des Tat-Tsok, doch jeder in der Halle spürte, daß die Macht über Atlan nicht dem letzten Te auf dem Tigerthron gehörte, sondern den drei Herren des Feuers, dem innersten Kern der Flamme. Schweigend saßen sie, doch die dunkle Kraft, die von ihnen ausströmte, lähmte die Menschen und sähte Angst in ihre Herzen, obwohl sie alle dem Be'el treu ergeben waren. Unbeweglich stand auch die Garde des Tempels, die Wachen der Flamme, in schwarzen Rüstungen, eiserne Masken vor dem Gesicht, ein dichter, waffenstarrender Ring, der die Xem und die hohen Priester umschloß. Vielen Menschen schien es, als habe die vernichtende Macht des Be'el in diesen Kriegern Gestalt angenommen. Lange hing das drückende Schweigen in der Halle des Rates, bevor sich die Stimme des Tat-Tsok erhob, leise wie ein Flüstern. Die Augen der Menschen wandten sich ihm zu, doch sie erblickten den Herrscher über die vier Stämme Atlans nur als das Glitzern seines goldenen Gewandes, verloren in der Dämmerung der Halle. Niemand sah das Zucken, das über sein Gesicht lief, während er sprach, und das Zittern, das seinen Körper schüttelte, als sei ein Dämon in ihn gefahren. Das Sprechen schien ihm Mühe zu bereiten. Seine Stimme, deren Wohllaut und Wärme einst sein von Krankheit zerfurchtes Antlitz hatten vergessen lassen, klang brüchig und krächzend.

»Die Große Mutter ist gekommen, sich dem Be'el zu vermählen,« sagte er. »Sie ist eingezogen in das Haus des Trem. Ihre hohen Waiyas, die Hüterinnen ihrer Macht, sind bei uns in dieser Stunde des Rates, in der das Schicksal Atlans entschieden wird.« Er deutete mit einer fahrigen Geste auf die Hohepriesterinnen der Khaïla, die auf einer Galerie an der Seite der Halle Platz genommen hatten.» Vereint werden wir in den Kampf ziehen gegen die Verräter und die Verblendeten, die sich erhoben haben gegen die Macht der Flamme. Sie werden brechen wie dürres Gehölz im Sturm, und sie werden brennen, dem Be'el und der Khaïla zum Opfer. Auch der aus San, der sie anführt, wird fallen in diesem ungleichen Kampf. Ein läuterndes Feuer ist dieser Krieg für alle Getreuen der Flamme. Gestählt werden sie aus ihm hervorgehen, als die Herren Atlans. Die Tat-Tsok werden das Erbe der Gläsernen Stadt antreten, und ein Reich immerwährenden Glücks wird anbrechen im Namen der Flamme. So ist es bestimmt vom ewigen Be'el und so wird es geschehen.«

Der Tat-Tsok hielt einen Augenblick inne, um Atem zu schöpfen, als sich aus der Dämmerung des Raumes eine Stimme erhob, die wie ein Lichtstrahl den Schild der dunklen Kraft durchschnitt. Die Köpfe der Menschen fuhren herum, doch sie erstarrten in ihrer Bewegung, als diese Stimme weitersprach. Ein großer Mann drängte sich durch die regungslos verharrende Menge und ging auf den Ring der schwarzen Garde zu. »Du sprichst von der Gläsernen Stadt, letzter Sproß aus dem Stamm der Te, und du willst herrschen in ihr über Atlan,« sprach er, klar und laut, daß es von den Wänden der riesigen Halle widerhallte. »Lange ist es her, seit einer aus der Gläsernen Stadt die Stimme erhob im Rat der Menschen von Atlan, doch die Zeit ist gekommen, daß sie noch einmal erklinge.«

Die Herren der Flamme wollten von ihren Sitzen hochfahren, aber auch sie waren gebannt von der Kraft des On-Nam, der langsam auf sie zuschritt. Er trat an den Ring der Krieger heran und eine Schneise öffnete sich ihm. Mühelos wie ein rasch hinfliegender Kahn teilte er das Meer der Rüstungen und Speere, ohne daß er eine Hand rührte. Ruhig ging er voran, als schreite er in Gedanken versunken durch das hohe Gras einer Wiese. Der Tat-Tsok aber stieß einen Schrei aus und krümmte sich in Angst auf seinem Tigerthron. Der On-Nam würdigte ihn keines Blickes.

Vor den Thronen der Xem blieb Lok-Ma stehen und wandte sich zu den Menschen um. »Die Herren der Gläsernen Stadt haben mich als Boten gesandt, um die Menschen Atlans zu warnen,« sagte er. »Dort auf den Gletschern des Am wuchs die Kraft, die das Reich von Hak erfüllte, und alle Reiche, die seither auf dem Kontinent von Atlan bestanden. Dort ist der Sitz der wahren Macht Atlans, auch wenn er den Augen der Menschen verborgen war für lange Zeit und sie ihn vergaßen in den Schleiern der zweigespaltenen Kraft. Nun aber, da das blühende Land hinabsinken wird in den Schlund des Vergessens, zeigt sich die Macht der Gläsernen Stadt noch einmal, um all jene zu warnen, die Ohren haben zu hören und Augen zu sehen.«

Ruhig ging der Blick des On-Nam über die Menschen hin, die ihn entgeistert anstarrten. »Einst leuchtete die Kraft des Sonnensterns hell in den Herzen aller Menschen Atlans, und seine Weisheit herrschte im Reich von Hak. Dann aber trübte sich sein Licht, als die zweigespaltene Macht stark wurde und das Rad des Lahf sich zu drehen begann. Viele von denen, die damals strauchelten auf dem Weg der Einen Kraft, sind heute versammelt um den Tigerthron, und die Lüge des Elroi umgarnt erneut ihre Herzen. Andere aber rüsten sich im Namen des Elrach, um die Herren der Finsternis zu stürzen. Noch einmal wird das Licht gegen das Dunkel kämpfen, das Gute gegen das Böse, Atlan aber wird zugrundegehen in diesem Krieg des Ehfem.«

Xerck erhob sich von seinem Sitz und trat auf Lok-Ma zu. Funken schienen aus den Augen des Herrn der Flamme zu sprühen, als er sich mühsam von der Kraft des On-Nam befreite. »Ich erkenne dich, du Bote der Gläsernen Stadt,« rief er. »Ein Namaii bist du, einer der Narren, die längst der Legende gehören und sich verkriechen hinter einem Bann des Schweigens in ihrer Stadt, deren Macht zerronnen ist. Nichts gilt dein Wort in dieser Halle. Die Aufrührer, die dich senden, werden zerschmettert werden von der Hand des Be'el, und der in San Geborene, nach dessen Blut die Flamme dürstet, wird sterben wie einst sein Vorgänger. Der Be'el aber wird herrschen in der Gläsernen Stadt!«

»Norg, so nenne ich dich,« antwortete Lok-Ma ruhig, »Norg, Herr der Nokam, der die dunkle Macht des Elroi beherrschte im Reich von Hak, der die Khaïla verdarb und die Götter Atlans, du bist wiedergekehrt als Xerck, ein kümmerlicher Abglanz nur des Meisters der Finsternis, doch stark genug, Atlan ins Verderben zu stürzen. Ja, der Be'el wird siegen in diesem letzten Krieg des Ehfem. Der Tat-Sanla, der noch einmal die Heere des Elrach rief, um das Böse abzuwenden, kämpft einen vergeblichen Kampf. Doch nicht er ist es, nach dessen Blut die Stimme des Bösen schrie. Der in San Geborene wird leben, auch wenn der Tat-Sanla fällt. Du hast es immer geahnt, als das Orakel der Verderbtheit nach seinem Blut schrie. Er wurde stark, nachdem er den Ring des Schweigens verließ. Er wird den Sonnenstern retten vor der Vernichtung Atlans. Dies zu verkünden kam ich in die Halle des Rates von Kurteva. Atlan wird untergehen, die Macht der Einen Kraft aber, die in der Gläsernen Stadt gehütet wurde, wird leuchten im Dritten Weltenalter, das aus der Asche Atlans aufsteigen wird. Die dem Weg des Sonnensterns folgen, werden das sterbende Atlan verlassen. Der aus San wird sie führen, wie es prophezeit ist seit den frühen Tagen von Hak. Der Haß der Flamme aber, vermählt mit der Magie der Khaïla, wird Atlan zerstören. Wehe euch, wenn die Kräfte des Elroi verschmelzen. Wehe euch, wenn der Sturm des Bösen Atlan ergreift.«

Hohngelächter unterbrach den On-Nam.»Du Tor!« rief Xerck. »Niemand mehr vermag der Macht des Be'el zu widerstehen. Zu unendlicher Stärke ist sie gewachsen in den Jahrhunderten, seit das Reich von Hak fiel. Auch der Ring des Schweigens vermag seiner Kraft nun nicht länger zu trotzen. Der Wille der Nokam erfüllt sich. Der Be'el wird herrschen in der Stadt aus Glas. Er wird herrschen über Atlan. Seine Kraft wird fließen aus dem Berg des Lichts. Alles ist seiner Macht untertan, auch die Namaii, auch du, On-Nam, vermessener Narr, der du es wagst, den allmächtigen Be'el zu schmähen.«

Lok-Ma wandte sich zu Xerck um und lächelte.»Ein Nichts ist die Macht des Be'el, eine vergängliche Illusion, flüchtig wie der Schaum des Meeres,« sagte er.

Die Kraft, die vom On-Nam ausströmte, schien zu erlöschen. Die Menschen lösten sich aus ihrer Erstarrung und drängten an den Ring der Krieger heran. Xerck aber, wie von Sinnen vor Zorn, riß ein Schwert aus dem Gürtel eines Gurenas.

»Seht her, ihr Edlen von Atlan!« rief der Herr der Flamme mit bebender Stimme.»Seht den Gebieter der Gläsernen Stadt niedersinken vor dem Be'el. So wird seine Stadt der Legenden fallen. So werden alle enden, die sich dem Willen der Flamme widersetzen.«

Das Schwert zuckte durch die Dämmerung des Raumes. Doch als es den On-Nam traf, der regungslos verharrte, den Blick gelassen auf Xerck gerichtet, ein Lächeln auf den Lippen, ein Lächeln, in dem sich Wehmut und Mitgefühl mischten, als es in einem gewaltigen Streich herabfuhr auf den Hüter des Sonnensterns, erloschen alle Fackeln und Ölbecken in dem riesigen Raum. Ein Schrei des Entsetzens brach aus tausenden Kehlen, als die Dunkelheit auf die Menschen herabstürzte. Im selben Augenblick erlosch die ewige Flamme des Be'el in der gläsernen Kuppel und vor dem Allerheiligsten des Tempels, die Flamme, die gebrannt hatte, schon bevor Kurteva aus der Ebene des Mot erwachsen war.

Eilig brachten Diener neu entzündete Fackeln herbei, doch der Schauder, der in die Menschen gefahren war, wollte nicht weichen aus ihnen. Der Tat-Tsok war wimmernd auf dem Tigerthron zusammengesunken. Xerck, der Herr des Feuers, griff selbst eine Fackel, um das Werk zu betrachten, das sein Schwert getan. Er leuchtete hinab zu den Stufen des Thrones, Lok-Ma aber war verschwunden. Nur der Duft von Rosen wehte wie ein leiser Hauch durch die Halle des Rates.

## Kapitel 9
### HEILIGER KRIEG

Gewitterwolken zogen sich über dem Tal des Mot zusammen. Von dem träge hinziehenden Fluß stieg feiner, weißer Nebel auf und legte sich wie ein Schleier über die bewaldeten Kuppen. Die Luft schien stillzustehen in Erwartung des erlösenden Sturms. Weit in der Ferne grollte Donner. Im Heiligtum des Be'el, das die Tat-Los hatten zerstören lassen, als sie die Flamme in die Verbannung getrieben, dröhnten die Gongs. Im letzten Licht des Tages sammelten sich die Hohepriester, um das Ritual der Darbringung zu beginnen. Der Tempel der Flamme und der heilige Weg, der zum steinernen Bild emporführte, dem Sitz der Macht des Be'el, waren neu errichtet worden in den Jahren, seit die Herren des Feuers die Herrschaft über Kurteva wiedererlangt. Fackeln säumten die Stufen, die den Berg hinaufführten, eine Kette flackernder Lichter, die sich in der Dämmerung des Waldes verlor.

Als die Opfer, die man in prunkvollen Sänften von Kurteva herbeigebracht und die man behandelt hatte wie edle Gäste, die tiefen, rollenden Klänge der Gongs hörten, wußten sie, daß die Stunde ihres Todes gekommen war. Sie waren in der Höhle untergebracht, die vom Tempel in den weißen Fels führte, saßen auf kostbaren Teppichen und Kissen, wurden aufgewartet von Sklaven, doch sie rührten die erlesenen Speisen nicht an, die man ihnen auf goldenen Platten reichte. Schweigend saßen sie beisammen. Manche drängten sich eng aneinander, um in der Wärme des anderen Trost und Vergessen zu finden. Als die Tam-Be'el im Tempel Räucherwerk verbrannten und in einem vielstimmigen Chor Gebete an den Herrn des Feuers anstimmten, als sie seinen Segen erflehten für die Schlacht, die in der Morgendämmerung beginnen würde, erlosch die letzte Hoffnung auf eine wunderbare Rettung in den Menschen, die von den edlen Familien Kurtevas dem Be'el zum Opfer dargebracht worden waren. Stumm starrten sie zu Boden. Einige begannen still zu weinen.

Eine junge Frau aber stimmte ein Lied an den Tod an, das einst aus dem

Reich von Hak nach Kurteva gekommen war und dessen Worte sie
schon als Kind in dem Gurenahaus gehört, aus dem sie stammte. In das
monotone Murmeln der Gebete klang plötzlich die reine, samtene
Stimme der Frau. Keiner der Tempelsoldaten, die den Eingang der
Höhle bewachten, gebot diesem Frevel Einhalt, denn die geweihten
Opfer des Be'el galten als heilig und durften nur von hohen Priestern
berührt und angesprochen werden. Die Stimme brach sich an den
Wänden der Höhle, drang hinaus in den Tempel, und es schien, als
griffen die schlichten Worte selbst den schwarzen Kriegern des Be'el an
die verhärteten Herzen. Ein Dichter aus dem alten Reich hatte sie gesungen, als das goldene Zeitalter Atlans in den Kriegen um Hak für
immer unterging. Er hatte sie gesungen in der Stunde seines Todes in
den Ruinen eines Tempels. Ein Gurena aus dem Haus der Seph hatte
sie vernommen und seinen Nachkommen überliefert:

»Tod: Lichtbringer, Sanfter,
Verwandler. Tausendmaskige Reinheit.
Deine Augen, das Fallen der Geschlechter.
Dein Hauch, der Liebenden Blütenduft.
Herr des Rades, Wissender.
Deine Sprache, Musik der Geburten.
Dein Name, der Herzen Blindheit.
Trenner und Vereiner, Einsamer.
Weg in die leuchtenden Nächte.
Brücke über der Flüsse Gleissen.
Tod: Atem des Schönen.
Blühende Rose ohne Makel.
Tausendmaskige Reinheit.«

Hoch richtete Sinis-Seph sich auf, als sie das alte Lied beendete. Ihre
langen schwarzen Haare fielen frei über das weiße Totengewand, das
sie trug. Sie strich eine Strähne aus der Stirn und lächelte, als sie dem
Echo ihrer Stimme nachhorchte und den Blick über die Menschen
schweifen ließ, die ihr andächtig gelauscht. Stolze Verachtung für ihr
Schicksal regte sich in ihrem Herzen. Sie würde sterben wie eine Seph,
ohne eine Miene zu verziehen, ohne zu klagen, ohne um ihr Leben zu
bitten. Mit einem Triumphschrei würde sie in den flammenden
Rachen dieses Götzen springen, denn er würde fallen und für immer
untergehen, der Name der Seph aber würde leuchten über Atlan in
strahlendem Licht. Rah, der geliebte Bruder, den sie schon tot geglaubt,

führte das Heer des Tat-Sanla. Sie hatte es erfahren in jener Nacht, als der Tat-Tsok die Wachen in ihre Gemächer geschickt hatte, um sie in den Tempel schleppen zu lassen. Diese schwächliche Handpuppe der Priester hatte sie hingegeben zum Opfer für seinen Götzen, weil er sich fürchtete vor der Tochter der Seph. Sinis verzog ihr Gesicht in Abscheu. Ein Tat-Tsok, der sich ängstigte vor seinen eigenen Frauen, der sich einschloß in seinen Gemächern, der seine Gemahlinnen nur um sich duldete, wenn die Zeremonie des Palastes es erforderte. Ein Weichling, mit dem das Geschlecht der Te jämmerlich erlöschen würde, denn er war nicht fähig, dem Tigerthron einen Bayhi zu zeugen. Er hatte die Tochter der Seph seinem bösen Gott geschenkt wie eine Sklavin, weil er fürchtete, sie könne der rächende Arm ihres Bruders sein. Doch Sinis fühlte keine Bitterkeit. Der Tod war ein leichteres Schicksal für die Tochter eines Gurena, als jeder Tag im Palast an der Seite dieses Unwürdigen. Vielleicht hätte sie ihn getötet, um dem Schwert ihres Bruders, dem Schwert der Seph, diese schändliche Aufgabe zu ersparen, doch besser noch war es, selbst in den Tod zu gehen, mit unverletzter Ehre, wissend, daß die Flamme fallen würde.

Eine Hand griff nach der ihren. Sinis blickte in das Gesicht der Kaufmannstochter aus Feen, mit der sie auf der Reise von Kurteva die Sänfte geteilt. Sie hatte tiefe Zuneigung gefaßt zu dieser Frau, die ein unstetes Geschick durch alle Provinzen Atlans gehetzt. Sie hatten gesprochen in den endlosen Stunden in der Sänfte, und Nachts in den Zelten, wenn der Schlaf nicht kommen wollte. Mahla hatte vom Unglück ihres Hauses in Feen erzählt, von ihrem Geliebten, den sie gefunden und wieder verloren im Sturm des Schicksals, und vom Sanla, an dessen Seite sie den Westen durchwandert hatte und der nun ein Heer in den heiligen Krieg gegen das Böse führte. Sinis hatte Mahla beneidet um ihr an Abenteuern reiches Leben, war nicht müde geworden, der Kaufmannstochter zuzuhören, denn sie selbst wußte nur von ihrem abgeschiedenen Dasein im Palast der Seph zu berichten, und von ihrem Bruder Rah, der die Krieger des Sanla anführte. Mahla aber fühlte sich erinnert an die Geborgenheit ihres Hauses in Feen, wenn sie Sinis sprechen hörte, an ihre Brüder, an Ly, und eine sachte Wehmut war über sie gekommen. Wie im Traum waren die letzten Tage vergangen. Mahla war verloren gewesen in ihren Erinnerungen, die leicht aus ihr hinausflossen, wenn sie zu Sinis sprach, und die Verständnis fanden bei der Schicksalsgenossin aus Kurteva. Sie hatte die schönen und bitteren Jahre noch einmal durchlebt, während sie davon erzählte, aufgelöst in dem Strom von Bildern, die an ihr vorüberzogen. Aelans Bild aber hatte sie alle überstrahlt. Kein Augenblick war vergangen, ohne daß Mahla an den Geliebten dachte, seit Ly sie verraten, seit ihre Hoffnung, Aelan in San zu finden, jäh zerbrochen war. Er schien ihr stets nahe, und sie hatte gefühlt, daß er nach ihr suchte. Die Hoffnung, er möge sie finden und befreien, hatte ihr Kraft gegeben, hatte sie die Stunden der Verzweiflung im Kerker von Melat überstehen lassen, die Flucht vor den Truppen des Sanla nach Kurteva, im Troß der Soldaten des Be'el, die Auslieferung an die Herren der Flamme und die Bestimmung zum Opfer für diesen furchtbaren Gott. Bis zuletzt hatte sie geglaubt, eine wunderbare Fügung würde Aelan herbeiführen, um sie vor dem drohenden Schicksal zu retten, wie schon einmal in Ütock, als der Geliebte aus dem Nichts erschienen war, um sie aus den Händen der Plünderer zu befreien.

Nun aber, als die Worte des Liedes, das Sinis gesungen, Mahla im Innersten aufwühlten, zerbrach auch diese Hoffnung. Auf einmal wurde ihr bewußt, daß es kein Entrinnen mehr gab vor dem Tod, daß sie Aelan nicht wiedersehen würde. Doch als sie begriff, daß ihre Phantasien von einer wunderbaren Rettung nur Trugbilder gewesen waren, stürzte sie nicht in die Dunkelheit der Verzweiflung hinab, die sie immer um sich gespürt, sondern fühlte schwebende Gelassenheit in sich. Wie eine Befreiung war es, sich fallenzulassen in den sanften Strom der Schwermut, sich loszumachen von falschen Hoffnungen und Träumen. Nur die Gewißheit blieb in ihr, daß sie Aelan in einem anderen Leben wiederfinden würde, in einer besseren Zeit. Die Liebe zu ihm hatte die grausamen Schläge des Schicksals überstanden, und sie würde selbst über den Tod hinausgehen. Mahla fühlte sich leicht, als sei eine schwere Last plötzlich von ihr gefallen.

Sie griff nach der Hand von Sinis und zog die junge Frau zu sich. »Dein Lied hat mich getröstet, Sinis,« sagte sie. »Der Gedanke an den Tod hat nichts Schreckliches mehr. Wir werden zusammen sterben. Das wird den Tod leichter machen. Wir werden uns festhalten aneinander, wir werden an die denken, die wir lieben, und es wird ein leichter Tod zu uns kommen.«

In diesem Augenblick öffnete sich die Reihe der Tempelgarde. Die Priester kamen, um die Opfer der Flamme auf dem heiligen Weg zum Bild des Be'el zu geleiten.

In ihren Sänften wurden sie den Berg hinaufgetragen, in raschem, wiegenden Rhythmus. Lichter und Schatten huschten ineinander. Das Gemurmel der Anrufungen und das Rollen der Gongs begleitete sie auf ihrem langen Weg zum Sitz der Macht des Be'el.

»Als das Feuer in der Kuppel des Tempels erlosch, wußte ich, daß der Be'el fallen wird,« flüsterte Sinis. »Etwas Gewaltiges muß geschehen sein in der Halle des Rates, bevor man uns fortbrachte aus Kurteva. Selbst diese Priester, die uns zu ihrem Götzenbild schleppen, haben Angst vor etwas. Ich fühle es in der Luft. Es lastet auf diesen Hügeln wie das herannahende Gewitter.«

Mahla nickte. Auch sie spürte fiebernde Unruhe. »Sie haben Angst, weil sie die Kraft ihres Gottes schwinden sahen. Es war ihnen ein böses Omen für die Schlacht gegen den Erhabenen.«

»Das Feuer in der Kuppel des Tempels brannte seit hunderten von Jahren, nun aber ist es erloschen. Wir werden die letzten sein, die das Leben geben müssen für diesen gefallenen Gott.«

»Ich habe keine Angst mehr vor dem Sterben,« erwiderte Mahla. »Eine Freude ist der Tod in dieser Stunde vor dem Beginn eines neuen Morgens, ein Opfer für den anbrechenden Tag.«

Die Schiebetüren der Sänfte wurden geöffnet. Die Frauen stiegen neben dem steinernen Bild des Be'el ins Freie.

Die Kratermulde war erfüllt von huschenden Schatten. Im Rachen des Steinkopfes loderte ein mächtiges Feuer. Als die Sänften niedergestellt wurden, erhob sich die schnarrende Musik der Xelm. Vor dem Bild des Be'el saßen zwischen den Priestern der Flamme die hohen Gurenas und Führer des Heeres, das im Tal des Mot den Morgen erwartete, um die Schlacht gegen die Rebellen zu schlagen. Tarke-Um, der Kriegsherr des Be'el, hatte gut vorgesorgt. Die Hauptmacht seiner Armee erwartete die Aufrührer auf der Ebene von Motok an der westlichen Öffnung des Tales, aber auch die Höhen waren von den Gurenas und Soldaten der Flamme besetzt, damit sie dem in den Kampf verwickelten Feind in die Flanken fallen konnten. Späher hatten den Anmarsch des feindlichen Heeres beobachtet, und Tarke hatte klug den richtigen Ort für die Schlacht gewählt, die das Geschick Atlans entscheiden sollte. Weit überlegen war das Heer des Be'el den Rebellen aus dem Westen. Man würde sie überrennen bei Anbruch der Morgendämmerung und sie ohne Gnade niedermachen, der heiligen Flamme zum Opfer. Der Herr des Feuers hatte befohlen, keine Gefangenen zu machen, sondern die Verblendeten, die es gewagt hatten, sich dem Willen des Be'el zu widersetzen, vom Angesicht der Erde zu vertilgen. Regungslos saß Tarke-Um auf seinem Ehrenplatz zwischen den Hohepriestern des Be'el, in einem anschwellenden Strom von Gebeten und Hymnen, und dachte an die bevorstehende Schlacht. Die Stunde der Rache war gekommen. Er würde Rah wiedersehen, den Erzverräter und

Abtrünnigen, der ihn als einziger besiegt hatte in einem Übungskampf in der Ghura des So, als der Tat noch herrschte in Kurteva, und der feige geflohen war aus seinem hohen Amt, um zum Tat-Sanla überzulaufen. Tiefe Schmach hatte der Sohn der Seph ihm angetan, doch nun stand der Augenblick bevor, den Tarke so lange Zeit herbeigesehnt. Rah würde fallen unter seinem Schwert. Sein Tod würde ein Zeichen sein, daß die Macht des Be'el endgültig gesiegt hatte über den Tat. Tarke starrte gedankenverloren in den Feuerrachen des steinernen Be'el. Das Band, das seine Haare zusammenhielt, schien in der roten Dämmerung zu leuchten. Er hatte es nicht mehr abgelegt seit seiner Niederlage gegen Rah, es war das Symbol seines Hasses auf den Sohn der Seph geworden, ein Zeichen, das jeder Gurena in Kurteva kannte und fürchtete. Tarke spürte die Macht der Flamme in diesem Augenblick am heiligsten Platz des Allgewaltigen, und er spürte, daß sie eins war mit dem Haß, der in seinem Herzen brannte. Tarke gab sich dem Strom dieses Hasses hin. Er wußte, daß es dieser Strom war, die Kraft des Be'el, die sein Schwert unbesiegbar machte. Der Haß, der in ihm so hell loderte wie das Feuer im Schlund des steinernen Bildes, war die reine Kraft, nach der die Gurenas suchten, und die sie das Ka nannten. Tarke spürte, wie der Haß in ihm wuchs, wie er sich ausdehnte, bis er die ganze Kratermulde zu erfüllen schien. Er spürte, wie die Kraft des Be'el auf ihn herabkam in diesen Stunden vor der Schlacht. Ein grimmiges Hochgefühl packte ihn. Sein Haß auf Rah würde auch den Sanla und seine Männer ins Verderben stürzen. Sie würden fallen, und schon in der kommenden Nacht würde ein Siegesfeuer brennen, geschürt von ihren Leichen. Tarke ließ den Blick über die regungslos verharrenden Tempelwachen schweifen, die das Bild des Be'el und die hohen Gäste, die der Opferzeremonie beiwohnten, in einem weiten Kreis umringten. Der Widerschein des Feuers glänzte auf ihren schwarzen Rüstungen, ihren metallenen Masken. Auch diese Männer waren dem Be'el bedingungslos ergeben. Auch in ihren Herzen wohnte die reine Kraft des Hasses. Tarke hatte sie unter den besten Gurenas der Provinzen ausgewählt und zur Garde der Flamme herangebildet. Sie waren der zum Leben erwachte Haß des Be'el, seine Herzenskraft, seine eherne Macht, und sie würden nach diesem Krieg den Platz der hohen Gurenas von Kurteva einnehmen. Allein ihre unerbittliche Kraft würde das Heer der Aufrührer zersprengen und vernichten.
Tarke nickte zufrieden. Die Hohepriester beschworen die Kraft der Flamme, baten sie um günstige Aufnahme der Opfer, die ihr dargebracht würden. Der Höhepunkt der Zeremonie stand bevor. Tarke

reckte den Hals, um die Opfer besser sehen zu können, die neben dem Rachen des Be'el warteten. Er suchte nach Sinis, der Schwester seines Feindes. Als er sie entdeckte, wandelte sich der Haß in seinem Herzen in wilden Triumph. Nicht nur Rah würde fallen durch die Rache des Be'el, auch seine Schwester war dem Tod geweiht. Mit ihr würde das Geschlecht der Seph für immer erlöschen.

Im gleichen Augenblick erhob sich Geschrei. Eine Welle der Unruhe durchlief die Reihen der Tempelgarde. Tarke sprang von seinem Sitz hoch. Im Feuerschein, der durch die Senke huschte, erkannte er Krieger mit gezückten Schwertern, die von Norden und Westen in die Kratermulde herabströmten. Ein Hagel von Pfeilen prasselte auf die Garde des Be'el nieder. Die Musik der Xelm und das Murmeln der Gebete brachen jäh ab. Einen Augenblick verharrte Tarke unschlüssig, dann riß ihn sein aufwallender Zorn fort. Er zog das Schwert und stürmte mit einem wütenden Schrei den Angreifern entgegen.

Tarke-Um, der im Rat der Kriegsherren alles wohl bedacht hatte, der sämtliche Wege im Tal des Mot streng bewachen ließ und ein Heer auf den westlichen Hängen hatte ausschwärmen lassen, um den Feind von der Seite zu attackieren, war überrascht von diesem Angriff. Die felsigen, mit undurchdringlichem Wald bewachsenen Kuppen der Mot-Hügel galten als unpassierbar, und die Senke des flammenden Be'el war nur durch wenige Pfade vom Fluß her zu erreichen. Und niemals würden es die dem Heer der Flamme weit unterlegenen Aufrührer wagen, das heilige Bild des Be'el anzugreifen. Während Tarke mit gezücktem Schwert an den Reihen der Tempelwachen vorbeirannte, die eilig in Kampfstellung gingen, flog ihm dies durch den Kopf. Es mußte doch einen geheimen Pfad geben. Vielleicht hatte ihn ein Hirte verraten oder einer der Dhans, die in diesen Wäldern lebten. Vielleicht aber waren die Angreifer von der Magie des Sanla beschirmt, vielleicht hatte ein Zauber ihnen geholfen, die Felsen zu überwinden. Tarke schrie Befehle, während er rannte. Der Ring der Garde löste sich auf. Die schwarzen Krieger sammelten sich vor dem Rachen des Steinbildes, um die Hohepriester und die Opfer zu schützen. Mit erregten Rufen drängten die Tam-Be'el durcheinander. Aus den Reihen der hohen Gurenas aber, die von ihren Ehrensitzen aufgesprungen waren, tönte eine laute Stimme: »Nieder mit dem Be'el! Nieder mit dem Götzen!«

Tarke fuhr herum. Lo, einer der Zwillinge aus dem Haus der Az, schrie die Gurenas an: »Gehorcht der Stimme eures Herzens! Die Stunde der Wahrheit ist gekommen! Nieder mit dem Be'el.«

»Elende Verräter!« brüllte Tarke, als er bemerkte, daß viele Gurenas in die Rufe von Lo einstimmten und die Schwerter zogen. Er hatte den Az seit langem mißtraut, hatte versucht, sie des Verrats am Be'el zu überführen, doch es war ihm nicht gelungen. So waren die beiden Söhne aus der alten, einflußreichen Gurenafamilie an der Spitze ihrer Soldaten mit in den Krieg gezogen. Ihre Lippen priesen den Be'el, doch Tarke wußte, daß sie im geheimen die Unzufriedenheit unter den Gurenas der Stadt schürten. Maßlose Wut packte den Kriegsherrn des Be'el. Sein unversöhnlicher Haß auf die Gurenageschlechter Kurtevas, die ihn so viele Jahre ihre Geringschätzung hatten spüren lassen, brach wild in ihm auf. Nun würden sie bezahlen dafür, nun konnten ihr Einfluß und ihre hohe Stellung sie nicht mehr vor der Rache des Be'el bewahren. Diese Verräter hatten heimlich die Gurenas aufgewiegelt, hatten sich verschworen gegen den Be'el. Die Vergeltung der Flamme würde fürchterlich sein.

Ein heftiger Kampf entbrannte zwischen den Gurenas, die dem Be'el die Treue hielten und denen, die auf Los Ruf die Schwerter gezogen hatten. Tarke blickte sich um. Die Verräter waren in der Minderzahl, doch sie nutzten klug die Verwirrung. Es schien, als hätten sie von dem Überfall gewußt. In diesem Augenblick stürzte sich die erste Welle der Angreifer auf die Krieger des Be'el. Die notdürftig gebildete Schlachtordnung der schwarzen Garde brach auseinander. Bald war die flache Senke um den lodernden Kopf des Be'el von kämpfenden Menschen erfüllt. Schreie und Schwertklirren erhoben sich in den von rotem Feuerschein erhellten Nachthimmel. Einige der Tam-Be'el versuchten zu fliehen, doch sie wurden niedergemacht. Die anderen drängten sich neben dem Feuerrachen ihres Gottes zusammen, um die heiligen Opfer vor den Frevlern zu bewahren. Gurenas und Tempelwachen scharten sich schützend um sie.

Rah-Seph, der die Angreifer führte und auf einer kleinen Erhöhung stehengeblieben war, wußte, daß sein kühner Plan gelungen war. Als er die Krieger des Be'el in heilloser Unordnung durcheinanderlaufen sah, als er bemerkte, daß die Zwillinge Az die Reihen der Gurenas sprengten, ergriff ihn ein Gefühl des Triumphes. Die erste Schlacht, die den Feind ins Herz treffen und den Kern der Macht des Be'el zerschmettern sollte, war so gut wie gewonnen. Dieses steinerne Bild sollte fallen, bevor die Hauptheere bei Motok aufeinandertrafen. Sein Fall sollte den verirrten Brüdern zeigen, daß die Macht des Be'el gebrochen war. Auch sie würden überlaufen zu den Reihen des Sanla, wenn die Schleier der Verblendung fielen. Rah warf einen angewiderten Blick auf den steinernen Koloß, in dessen Rachen ein Feuersturm raste. Einst hatte er die Macht dieses Bildes gespürt, war er niedergeworfen worden von ihr, hatte das Ka verloren vor der Fratze dieses schrecklichen Götzen, nun aber war er zurückgekehrt, um es für immer zu vernichten. Was den Tat-Los, den Priestern eines falschen, kraftlosen Tat, nicht gelungen war, würde dem Sanla gelingen, dem Abgesandten des Alleinen; er würde dieses Bild zerstören und mit ihm die Quelle der Macht des Bösen.

In diesem Augenblick entdeckte Rah Tarke-Um in den Wogen des Kampfes. Der Krieger aus Mombut drängte sich mit wütenden Stößen durch das Getümmel, um Lo-Az zu erreichen, der mit seinem Bruder und einigen anderen Gurenas zum steinernen Kopf vordrang, um die Opfer zu befreien. In seinem weiten, vibrierenden Ka spürte Rah in dem Tumult des Kampfes den grenzenlosen Haß von Tarke. Wie der Schein des hoch lodernden Feuers war er, klar und brennend. Rah wußte, daß die Zwillinge der Macht dieses Hasses nicht gewachsen waren. Ohne zu überlegen, rannte Rah los. Mit mächtigen Hieben bahnte er sich eine Gasse, um seinen Freunden zu Hilfe zu kommen. Die schwarzen Kämpfer des Be'el wichen vor diesem Kriegsdämon zurück, der unter sie gefahren war, und dessen Schwert nach allen Seiten zuckte wie ein todbringender Blitz. Die Männer des Sanla aber wurden angefeuert in ihrem Eifer, als sie ihren Anführer unter sich sahen.

Tarke hatte Lo-Az, den jüngeren der Zwillinge, von seinem Bruder und den anderen Gurenas abgedrängt und zum Kampf gestellt. Mit wütenden Hieben trieb er den Krieger, der sich geschickt und tapfer zur Wehr setzte, vor sich her. Lo kannte die zornige Entschlossenheit, mit der Tarke zu kämpfen pflegte. Sie war gefürchtet gewesen bei den Ghurads des So, doch die tödliche Gewalt, die nun Tarkes Schwert führte, schien unüberwindlich. Gewandt wie eine Katze wich Lo den Schwertstreichen aus, parierte sie, versuchte selbst einen zaghaften Angriff, doch der Sturm des Hasses, der in Tarke losgebrochen war, wuchs mit jedem Augenblick.

Als Rah durch die Reihen der Kämpfenden brach, zuckte Tarkes Schwert in mehreren wilden Hieben auf Lo nieder. Der junge Gurena wich den ersten aus, zog sich langsam zurück, dann aber traf ihn Tarkes Klinge, als er über einen Stein stolperte und für einen Augenblick das Gleichgewicht verlor. Mit einem Röcheln fiel Lo. Eine Fontäne hellen Blutes schoß aus seinem Hals. Tarke ließ ein triumphierendes Grunzen hören, als er nachsetzte und dem Fallenden den Schädel spaltete. In

diesem Moment spürte er die Kraft des Ka in seinem Rücken und fuhr herum.
Die Erschütterung über den Tod des Freundes lähmte Rah für einen Augenblick. Schwer atmend wich Tarke zurück und ging in Kampfstellung. Als Rah in Tarkes Gesicht blickte, das runde, von pechschwarzen Haaren gerahmte Gesicht des Kriegers aus Mombut, als er die vor Haß funkelnden Augen sah, wandelte sich sein Schmerz in unbändige Wut. Mit einem Schrei sprang er auf Tarke zu, doch noch im Anspannen seiner Muskeln erkannte Rah, daß er verloren war, wenn er sich in diesem Kampf von Gefühlen des Hasses und der Rache leiten ließ. Tarke wich ruhig zurück und hielt sein Schwert auf Rah gerichtet, der jäh zum stehen kam und regungslos verharrte. Der Haß, der von Tarke ausströmte, wollte ihm die Luft nehmen, drohte ihn zu ersticken, suchte ihn anzustacheln zu einem neuen, unbedachten Angriff. Alles in ihm schrie danach, den Mörder seines Freundes zu erschlagen, ihn anzuspringen wie ein Tiger, um sein Blut fließen zu sehen. Rah spürte, wie dieser Haß sein Ka lähmte, wie die weit gedehnte Glocke der gespannten Wachheit zu zerspringen drohte unter den pochenden Schlägen des Hasses. Rahs Gesicht zuckte. Sein Atem ging rasch. Tarke aber stand unbeweglich und goß die ganze Macht seiner Feindseligkeit über den Heerführer des Sanla aus.
Sie traf Rah wie eine mächtig anbrandende Welle, setzte sich fest in ihm mit unzähligen, schmerzhaften Widerhaken und wühlte das unstillbare Verlangen in ihm auf, den Gurena des Bösen anzugreifen und zu töten, um sich zu befreien von dieser dunklen Kraft. Doch Rah spürte, daß sein Ka schwächer wurde, wie einst, als er vor dem Bild des Be'el gegen die Macht der Flamme gerungen. Aus den Augenwinkeln sah er den steinernen Kopf, in dessen Rachen das Feuer loderte. Er sah, wie Sturmböen die Bäume am Rand der Kratermulde ergriffen, spürte die unerträgliche, zitternde Spannung des nahenden Gewitters. Er sah seine Männer, die die Tempelgarde allmählich zurückdrängten. Er erkannte Ko-Az inmitten des Kampfgetümmels, allen voran, der mit weit ausholenden Schwerthieben die schwarzen Soldaten zurückwarf, und er sah nahe am Feuer des Be'el, hinter einer Wand aus Rüstungen und Schilden, die weißen Kleider der Opfer.
»Sinis!« entfuhr es ihm. Einen Augenblick wich seine Aufmerksamkeit ab, als Tarke vorsprang und einen Hieb gegen ihn führte. Rah parierte blitzschnell. Tarke zuckte zurück, doch über sein Gesicht flog ein Hauch von Triumph. Rah spürte einen brennenden Schmerz am linken Arm. Die Spitze von Tarkes Schwert hatte ihm eine lange

Wunde beigebracht. Blut tränkte sein weißes Gewand. Wieder brandete eine Welle des Hasses in Rah hoch, schnürte ihm den Atem ab, griff nach seinem Willen, erstickte die Kraft des Ka. In jener Sonnensternnacht am Bild des Be'el hatte diese fremde Macht ihm Angst eingeflößt, lähmendes Entsetzen, nun aber rührte sie Haß in ihm auf, rasende, unversöhnliche Rachgier. Tarke fühlte, wie die Macht des Be'el seinen Feind ergriff, wie sie ihn wanken machte, ihn lähmte. Noch spürte er die Kraft des Ka, die stark geworden war in Rah, unendlich stärker als in allen anderen Gurenas Kurtevas, doch sie würde vor der Macht des Be'el versiegen wie ein Rinnsal, das in der brennenden Sonne der Wüste austrocknet. Die Schwachen besiegte der Be'el durch den Schrecken der Angst, die Starken aber bezwang er mit seinem Haß. Wenn Rah angriff in der Verblendung seiner Wut, würde er verloren sein, denn was vermochte sein kümmerlicher Zorn gegen den unermeßlichen Haß des Be'el.

Rah fühlte, daß er im Bann des Hasses versank wie in einem aufgewühlten Meer. Mit letzter Anstrengung bezwang er sich. Jede Faser seines Körpers schrie nach Tarkes Blut, wollte den Triumph auskosten, dieses Werkzeug des Bösen fallen zu sehen. Gefühle der Überlegenheit stiegen in Rah hoch, Siegesgewißheit, Verachtung für diesen tumben Kämpfer aus Mombut, den Sohn eines Minenbesitzers, den er in der Ghura des So schon einmal bezwungen. Er würde ihn auch jetzt niederwerfen, aber diesmal würde er ihn töten, ohne Mühe, mit einem einzigen Hieb. Zugleich erkannte Rah, daß diese vermessene Einschätzung seines Gegners eine Falle war, eine Verblendung, die der Strom seines Hasses über ihn warf wie ein Netz, eine törichte Einbildung, vom Willen des Be'el erzeugt. Jeder Augenblick seines Zorns öffnete dem Be'el neue Räume in seinem Herzen. Wie lähmendes Gift kroch die Macht der Flamme in ihn hinein, langsam und eisig, krallte sich unbarmherzig fest in ihm. Rah spürte, daß er verloren war, wenn auch die letzten Reste seines Ka zerfielen. Wie einst in der Nacht des Sonnensterns an diesem schrecklichen Ort zerbrach sein Ka und gab ihn dem Willen des Be'el preis. Damals wollte die Flamme ihn gewinnen, ihn ihren Plänen gefügig machen, nun aber wollte sie ihn zerstören. Rah spürte, wie das Ka gleich einem erschlaffenden Segel zusammenstürzte, wie es sich auflöste in der Flut des Hasses, der übermächtig wurde. Rah bäumte sich verzweifelt auf, spannte sich zum Sprung, um in einem Angriff auf Tarke diese Fessel abzuschütteln, als er die Worte des Harlana in sich hörte, die dieser in der verfallenen Burg in den Kahlen Bergen gesprochen: Der Weg des

Schwertes ist nicht der Weg des Krieges, sondern der Weg der klaren Wahrheit.

Rah glaubte, das Ka des alten Mannes zu spüren, das ihn auf dem Weg durch die Kahlen Berge und die Wüsten von Hak begleitet hatte, das diamantklare, grenzenlose Ka. Einen Augenblick lang fühlte er es, und die Worte des Harlana klangen in ihm nach: Der hohe Weg des Ka ist nicht der Weg des Siegens, sondern der Weg der Erkenntnis. Ein Hauch von Gelassenheit berührte Rah mit diesen Gedanken. Sofort wurde die erdrückende Last in seinem Herzen leichter. Er blickte Tarke an, der regungslos lauerte, das Schwert erhoben, angespannt in geballter Konzentration, die Lider halb geschlossen, den Atem in kurzen Schüben hervorstoßend, Schweißperlen auf dem runden, glänzenden Gesicht. Rah sah ihn an und spürte wieder die mächtigen Wellen des Hasses, die von Tarke ausströmten. Nun aber sah er sie wie ein Unbeteiligter. Sie berührten ihn nicht mehr in diesem Augenblick der Gelassenheit, in dem sein Ka wuchs und die Ströme des Bösen in ihm zurückwichen.

Auch Tarke spürte die Verwandlung in Rah. Seine Augen begannen zu sprühen, als sei eine fremde, schreckliche Macht in ihnen erwacht. Da erkannte Rah, daß es die Macht des Be'el war, die im Blick seines Feindes floß. Der Krieger in der schwarzen Rüstung, auf der ein roter Widerschein des Feuers tanzte, war nur das willenlose Instrument der Flamme, der Arm, der das Schwert für sie führte, kaum mehr als ein Kambhuk, von einer bösen Macht gelenkt. Und er erkannte, daß Tarke den Platz im Spiel der Flamme einnahm, der ihm selbst zugedacht gewesen. Rah erschrak, als er sich selbst in der schwarzen Rüstung sah, erfüllt von der Macht des Hasses, rettungslos dem Willen des Be'el verfallen, eine Marionette des Bösen. Einen verzweifelten Kampf hatte er ausgefochten, um diesem Schicksal zu entgehen und den reinen Weg des Ka wiederzufinden. Nach unendlichen Mühen war es ihm gelungen, sich dem Netz der Flamme zu entwinden. Sie haßte ihn dafür, und sie hatte einen anderen verführt, in dessen Herz das Feuer des Ehrgeizes brannte, einen, der weit fortgeschritten war in der Kunst des Krieges, doch der die Demut nicht kannte, und die Weisheit, daß es auf dem Weg des Schwertes keinen Sieg gab außer dem Sieg über sich selbst. Rah erkannte, daß er einst gewesen war wie dieser Krieger aus Mombut, von blindem Eifer getrieben und von dem Willen, der erste der Gurenas zu sein, unbesiegbar und mächtig, ein Herr über Leben und Tod. Dieser unbezähmbare Stolz hatte dem Be'el die Tür in sein Herz geöffnet, und fast war es der Flamme gelungen, den letzten Sproß

aus dem Geschlecht der Seph straucheln zu lassen auf dem reinen Weg des Ka.
In der Ghura des So hatte er gegen Tarke gekämpft. Er hatte ihn niedergeworfen durch die stärkere Kraft seines Willens, jetzt aber las Rah in den Augen des Feindes, daß dieser Weg des Kämpfens und Siegens, dem er einst selbst gefolgt, ein Weg in die dunkle Macht war, ein Weg in die Verblendung des Herzens. Eng war der reine Pfad auf der Schneide des Schwertes. Wer nur um Haaresbreite davon abwich, war verloren. Unbarmherzig strömte die dunkle Kraft des Be'el in jede Ritze, die sich ihm auftat, wie Wasser, das in die Risse eines Felsens dringt, um ihn zu zersprengen. Rah erkannte, daß er lange in dem falschen Glauben gelebt, den wahren Weg des Ka zu gehen, doch daß das Innerste seines Herzens angefressen gewesen war von Ruhmsucht und Ehrgeiz, von den Verlockungen der dunklen Kraft.
Er blickte Tarke an, der diesem Weg der Dunkelheit gefolgt war bis zum Ende. Eine Welle des Mitgefühls für seinen Todfeind ergriff ihn, eine Woge von Verständnis und Liebe. Der Haß in seinem Herzen erlosch. Das Ka spannte sich in leuchtender Klarheit um ihn. Auf einmal begriff er das Wesen des Ka, über das er sein Leben lang nachgesonnen. In einem lichten, mühelosen Blick umfaßte er es ganz, und er war verblüfft von seiner Einfachheit, die ohne Worte und Gedanken auskam. Das Ka war die Kraft der Liebe. Es war die Liebe, die aus den Augen des Sanla floß und alle mit ihrer Macht berührte, die in seine Nähe kamen, die Liebe, die sanft war und doch von unbeugsamer Strenge. Sie war die einzige Kraft, die den Be'el zu bezwingen vermochte.
Der Bann der Flamme fiel ab von Rah wie die tönerne Form von einem Bildwerk aus Erz. Zugleich aber spürte er, wie Tarkes Haß sich zu einem rasenden Sturm steigerte, als der Krieger des Feuers bemerkte, daß das Ka seines Feindes dem Willen des Be'el zu trotzen vermochte. Liebe und Haß, Licht und Dunkel, Gut und Böse prallten aufeinander. Es schien, als spiegle sich der heilige Krieg des Sanla in seiner ganzen Gewalt im stummen Zweikampf der beiden Gurenas.
Wenige Augenblicke nur währte er, kurze Momente, in denen Rah ergriffen wurde vom Willen des Be'el und er ihn überwand durch die Erleuchtung des Ka, in denen die Macht der Flamme ganz Besitz nahm von Tarke-Um und seine Hand führte in einem mit unmenschlicher Gewalt loszuckenden, von einem heiseren Schrei begleiteten Hieb.
Rah wich mit einer blitzschnellen Bewegung aus, als habe er Tarkes Angriff vorhergesehen, als habe ihm das Ka den Blick in die Zukunft eröffnet. Die Schwertspitze des Feindes ritzte seine Schulter, sein

Gegenhieb aber, den Rah noch im Sprung führte, traf den Heerführer des Be'el tödlich. Zwei zuckende Bewegungen nur waren es, nach endlosen Augenblicken der Reglosigkeit, dann schien alles wieder stillzustehen, als habe sich das Rad der Zeit ruckend aus einem Bann gelöst, um sofort wieder darin zu erstarren. Rah blickte in Tarkes brechende Augen, sah, wie das Feuer des Be'el in ihnen erlosch, spürte, daß mit dem Tod dieses Gurena ein Knoten des Lahf, eine Fessel des Hasses sich löste, die sie in vielen Leben aneinandergekettet. Das Schwert entfiel Tarkes Hand. Sein massiger Körper krachte zu Boden. Doch Rah fühlte keine Freude und keinen Triumph über diesen Sieg, nur tiefes Mitgefühl mit dem Krieger, der sein ärgster Feind gewesen. Trauer spürte er, und zugleich schwebende Leichtigkeit, ein Gefühl erlösender Befreiung.

Nun hörte Rah den Lärm der Schlacht wieder, die um den steinernen Kopf des Be'el tobte. Wie aus einer unzugänglichen Ferne jenseits von Raum und Zeit kehrte er zurück in die Wirklichkeit. Tat Atlan, den Schlachtruf seiner Truppen hörte er, den Lärm der Waffen, das Schreien von Verwundeten und Sterbenden, das Rauschen des Sturmes in den Bäumen, das heisere Keifen der Tam-Be'el, die ihre langsam zurückweichenden Garden anfeuerten. Die Krieger des Sanla hatten gemeinsam mit den übergelaufenen Gurenas die Tempelwachen bis fast an den Feuerrachen des Standbildes gedrängt. Die schwarzen Soldaten sammelten sich in einem waffenstarrenden Ring um die Priester, die ausgeharrt hatten, um die heiligen Opfer zu bewachen. Die in weiße Totenkleider gehüllten Menschen drängten sich angsterfüllt an die Seite des Steinkopfes. Sie fürchteten, sie könnten jetzt, da die Männer des Sanla wie vom Himmel gesandte Retter gekommen waren, noch in den Feuerschlund des Be'el gestoßen werden.

Als die Tam-Be'el erkannten, daß die Feinde die Überhand gewannen, erhoben sie flehende Gebete an den Herrn des Feuers, riefen seinen Namen und schrien um Rache für den Frevel, der am heiligsten Ort der Flamme geschehen. Sie ergriffen zwei Frauen und schleuderten sie mit einem wütenden Stoß in das Feuer des Be'el. Eine Stichflamme schoß hoch in die dunklen Gewitterwolken und ließ die Angreifer für einen Augenblick zurückschrecken. Die anderen Opfer begannen zu schreien, als die Tam-Be'el auch nach ihnen griffen, schlugen um sich und versuchten vergebens, den hart bedrängten Ring der Garde von innen zu sprengen.

»Sinis!« schrie Rah und stürmte auf den Kampfplatz zu. Er stürzte sich auf die schwarzen Soldaten, schlug eine Bresche in ihre Reihen, doch es schien ihm, als berühre sein Schwert sie nicht, als bahne ihm allein die Macht des Ka den Weg. Rah sah, wie die Tam-Be'el ein weiteres Opfer in den Feuerschlund warfen, eine Frau vom Stamm der Nok, stolz und schön, mit einer Haut wie Ebenholz. Sie wehrte sich heftig, doch vermochte dem Tod nicht zu entrinnen. Mit furchtbarer Gewalt wütete das Schwert der Seph jetzt unter den Tam-Be'el, die zu fliehen versuchten, doch behindert wurden von den eigenen, zurückweichenden und fallenden Kriegern. Der Verteidigungsring der schwarzen Garde brach zusammen. Die Männer des Sanla überrannten ihn mit jubelnden Siegesschreien. Doch die Krieger des Be'el wehrten sich mit wilder Verzweiflung. Von einer unbarmherzigen Kraft getrieben, warfen sie sich immer wieder in den aussichtslosen Kampf.

Rah entdeckte Sinis unter den Opfern. Ein Tam-Be'el hatte sie gepackt und wollte sie über die steinerne Lippe des Be'el in das hoch lodernde Feuer stoßen, aber eine Frau versuchte Sinis aus der Gewalt des Priesters zu retten. Sie hatte ihn angesprungen, schlug verzweifelt auf ihn ein, biß und kratzte ihn, doch der große, kräftige Mann schüttelte sie ab und zerrte Sinis fort. Er wollte die Tochter der Seph mit heftigem Schwung in den Flammenrachen schleudern, als ihm Rahs Schwert den Schädel spaltete. Im nächsten Moment hielt Rah seine Schwester in den Armen.

Einen Augenblick drückte Rah den bebenden Körper der jungen Frau an sich, aufgewühlt von einem Sturm der Freude, dann fuhr er jäh herum, denn eine unheimliche Kraft, die aus dem Rachen des steinernen Be'el zu strömen begann, erschütterte sein Ka.

»Fort von hier!« rief er aufgeregt. »Etwas Schreckliches wird geschehen!«

Sinis, die noch nicht fassen konnte, daß sie dem Tod entgangen war, starrte mit vor Schreck geweiteten Augen in den Feuersturm vor ihr. »Mahla hat mir das Leben gerettet,« flüsterte sie. »Hätte sie den Priester nicht zurückgehalten, wäre ich verloren gewesen.«

Mit einem raschen Blick streifte Rah die Kaufmannstochter aus Feen, die sich niedergekauert hatte und still zu Boden starrte, als sei nichts geschehen.

Mahla hatte sich entschlossen zu sterben. Der Gedanke, Aelan wiederzufinden in einem anderen Leben, in einer besseren Zeit, hatte Besitz von ihr ergriffen in dieser Stunde vor dem Bild des Be'el und sich wie eine undurchdringliche Glocke um sie gelegt. Sie hatte nicht zu fliehen versucht, als die Krieger des Sanla die Tempelwachen angriffen. Es war ihr gleichgültig, ob sie gerettet wurde für ein sinnloses Leben ohne den

Geliebten, oder ob man sie hinabstieß in den Rachen dieses gräßlichen Gottes. Das Sterben schien ihr wie die Erfüllung einer dunklen Sehnsucht, der Weg in ein Vergessen, das den Schmerz und das Leid der letzten Wochen von ihr abfallen lassen würde wie ein abgetragenes Gewand. Gnadenlos hatte sich das Schicksal zwischen sie und Aelan gestellt, und jetzt hatte Mahla aufgegeben, gegen es zu kämpfen. Doch als der Tam-Be'el Sinis packte, die Leidensgenossin, die sie liebgewonnen in den Tagen der Gefangenschaft im Tempel des Be'el und auf der Reise zum Tal des Mot, hatte besinnungslose Wut sie ergriffen. Sinis durfte nicht sterben, nicht in der Stunde, in der ihr Bruder mit seinen Kriegern kam, um sie zu retten. Sinis' Augen hatten triumphierend aufgeleuchtet, als die Männer des Sanla in die Talsenke gestürmt waren. Tat Atlan hatte sie gerufen, den Kriegsruf des Sanla, ein Rausch wilder Freude hatte sie ergriffen, als die Soldaten des Be'el zurückgeschlagen wurden und die Gurenas von Kurteva sich den Angreifern anschlossen. Als ein Tam-Be'el die Tochter der Seph ergriffen, die Schwester des Gurena, der es wagte, den heiligsten Ort anzugreifen und zu entweihen, war Mahla aus ihrer Versunkenheit erwacht. Sie war dem Priester in die Arme gefallen, hatte sich selbst als Opfer angeboten, hatte geschrien, sie wolle vor dieser Frau sterben, hatte die anderen abgeschüttelt, die sie zurückhalten wollten, die ihr zuflüsterten, sie solle ruhig sein, denn sie würde gerettet werden. Wie eine Wildkatze hatte sie den Tam-Be'el angegriffen, der Sinis fortschleppen wollte. Er hatte sie von sich gestoßen, doch sie hatte ihn wieder angesprungen, wie von Sinnen, als ginge es um ihr eigenes Leben. Sie wollte nicht dulden, daß auch Sinis' Hoffnung sinnlos gewesen war, so wie ihre eigene Hoffnung sich zerschlagen hatte. Mahla kämpfte nicht für die Gurenatochter, sondern es schien ihr, als kämpfe sie um ihr eigenes Glück, das jäh zerronnen war, doch das sich in Sinis erfüllen sollte.
Als Rah den Ring der Garde durchbrochen und den Tam-Be'el getötet hatte, fiel Mahla zurück in den Zustand schwebender Gleichgültigkeit, der jetzt erfüllt war von Genugtuung. Nun war alles gut. Mahla lächelte, als sie Sinis in den Armen ihres Bruders sah. Nun war es gut zu sterben, nachdem sie noch einmal einen Hauch von Glück gespürt. Sie dachte an Aelan. Vielleicht suchte er noch nach ihr, irgendwo in den Provinzen Atlans, vielleicht aber war auch er schon tot, tot wie ihre Brüder, wie ihr Vater und ihre Mutter, wie alle, die sie je geliebt. Atlan würde versinken in einem Sturm der Vernichtung, wie Lok-Ma es in der Mehdra von Feen vorhergesagt. Dieser blutige Kampf vor dem Antlitz des Be'el war wie ein Abbild des Untergangs, der sich über Atlan

herabsenkte. Es war unmöglich, den Geliebten in diesen Wirren zu finden. San war weit, wo er sich vielleicht noch befand, wo sie ihn gesehen hatte in einer Vision des Siji. Vielleicht war er dort in Sicherheit, sie aber würde sterben mit dem Gedanken an ihn, und sie würde ihn wiederfinden in einer anderen Zeit, denn ihre Liebe war stärker als der Tod. Sie hatte ihre Verflechtungen mit Aelan erkannt in jenem Blitz der Klarheit in der Gegenwart des Mehdrana, und sie wußte, daß es keine Kraft gab, die sie für immer von dem Geliebten zu trennen vermochte. In diesem Leben aber war es zu spät. Die Nacht war hereingebrochen über Atlan, die Finsternis der Vernichtung. Es war gut, jetzt zu sterben, um die Stunden tausendfachen Todes nicht erleben zu müssen, denen Atlan entgegentrieb wie ein steuerloses Schiff. Die Ahnung durchschoß Mahla, daß sie schon einmal in einem Sturm der Verheerung ihr Leben gelassen hatte, inmitten unzähliger hilfloser Menschen, getrennt vom Geliebten, doch dieses Bild verlor sich in den Worten des alten Liedes, das Sinis gesungen, und das Mahla nun murmelte. Tod: Lichtbringer, Sanfter. Dein Hauch, der Liebenden Blütenduft. Trenner und Vereiner. Tausendmaskige Reinheit. Der Tod würde sie vereinen mit Aelan. Sie würde den Geliebten wiederfinden in den leuchtenden Welten über dem dunklen Fluß des Vergessens. Der Tod würde sie rascher zu ihm führen, als dieses verdüsterte Leben.

»Wir müssen fort,« hörte sie Rahs Stimme. Wie durch Nebel drang sie an Mahlas Ohr. Die junge Frau beachtete sie nicht.

Der Gurena hielt seine Schwester eng an sich gedrückt, während er die Männer anwies, sofort den Rückzug anzutreten und die wenigen Tempelwachen, die sich an manchen Stellen der Senke noch wütend verteidigten, zu lassen. Rahs Blick schweifte rasch über das Schlachtfeld. Die meisten Männer des Be'el waren gefallen, aber auch viele der Angreifer hatten ihr Leben gelassen in dieser Schlacht im zuckenden Widerschein des Feuers.

»Mahla muß mit uns gehen,« rief Sinis, als der Bruder sie fortnehmen wollte. Rah blickte die schöne junge Frau an, die zusammengekauert saß und die Welt um sich nicht mehr wahrzunehmen schien. Er spürte, daß sie abgeschlossen hatte mit ihrem Leben, daß die Sehnsucht nach dem Tod übermächtig geworden war in ihr. Jeder Versuch, sie zur Flucht zu bewegen, war sinnlos. Rah wollte seine Schwester fortziehen, doch Sinis befreite sich aus dem Arm ihres Bruders und ließ sich neben Mahla nieder. Die lähmende Kraft, die aus dem Rachen des Be'el strömte, wuchs rasch an. Rah fühlte ihre tödliche Bedrohung. Sein Ka vibrierte. Die Krieger des Sanla stürmten in wilder Flucht davon. Die

Macht des Be'el selbst griff nun nach ihnen, nachdem sie seine Kämpfer besiegt hatten.
»Ich werde sterben, Sinis,« sagte Mahla mit mildem Lächeln, »doch es ist gut so. Mein Weg ist zu Ende. Ich sterbe glücklich, weil ich die Erfüllung deiner Hoffnung sah.«
»Wir haben uns beide dem Tod gegeben, du aber hast mir das Leben gerettet. Ich will mit dir leben, oder werde mit dir sterben,« erwiderte Sinis.
Mahla schüttelte heftig den Kopf. In diesem Augenblick brach ein furchtbarer Blitz aus dem Rachen des steinernen Kopfes hervor. Rah sprang auf seine Schwester zu, um sie zu schützen, doch unerbittlich packte ihn die Macht des Be'el und hielt ihn fest. Auch die fliehenden Krieger erstarrten in ihrer Bewegung, als habe ein Bannstrahl sie getroffen. Neu entfacht loderte die Flammensäule aus dem Rachen des steinernen Götzen hoch in den Nachthimmel. Als Rah mit letzter Kraft seinen Kopf wandte, sah er die Gestalt des Xerck im Feuer schweben. Die nackte Macht des Be'el strömte von der regungslosen Erscheinung aus, deren Leib aus züngelnden Flammen gemacht schien. Es war eine Macht, vor der Rahs Ka versagte. Entsetzt starrten die Krieger des Sanla in den Feuersturm, der um Xerck tobte. Selbst die schwarzen Soldaten und die Tam-Be'el wurden von Angst ergriffen, als sie den Herrn des Feuers erblickten.
Mit vernichtender Wut griff die Kraft des Be'el nach den Männern. Sie schrien auf, als eine eisig brennende Hand an ihre Herzen faßte und sie zu zerreißen drohte. Orkanartige Böen jagten durch die Kratermulde und fachten das Feuer im Rachen des Be'el zu rasender Gewalt.
Im selben Augenblick erschien zwischen den vom Sturm gepeitschten Bäumen am Rand der Senke der Tat-Sanla auf einem weißen Pferd. Das weiße Festgewand, das er angelegt, als er seine Männer in den heiligen Krieg geführt, bauschte sich im Wind. Er verharrte einen Moment, dann sprengte er auf den steinernen Koloß zu, einer leuchtenden Erscheinung gleich. Ein Licht schien von ihm auszustrahlen, das die Finsternis der Nacht und das rote Zucken des Feuerscheins zurückweichen ließ. Diesem Licht wohnte eine Kraft inne, die sich wie ein Fels der erdrückenden Welle des Be'el entgegenwarf. Eine Erschütterung ging durch die Senke, als die Kräfte von Licht und Dunkel aufeinanderprallten. Die Menschen um das Bild des Be'el wurden zu Boden geschleudert. Ein Zittern durchlief den Herrn der Flamme. Sein Feuerleib begann zu verschwimmen. Für einen Augenblick schien es, als ließe die Macht des Be'el nach, doch sie sammelte

sich nur in einem hell gleißenden Kern um Xerck. Der Leib im lodernden Feuer begann sich zu verwandeln. Dichter und größer wurde er, das hagere, regungslose Gesicht schwoll zu einer Dämonenfratze, Krallen wuchsen aus Händen und Füßen. Mit einem entsetzlichen Schrei löste sich das Geschöpf der Flamme aus dem Feuerrachen und hetzte auf den Sanla zu, der nahe an das Bild des Be'el herangekommen war.

»Ein Kambhuk!« schrie Rah. Ohne zu zögern rannte er los, um den Sanla zu beschützen. In diesem Augenblick des Schreckens schien die lähmende Gewalt des Be'el von ihm abgefallen. Sinis wollte den Bruder zurückhalten, doch Rah stürmte mit ausgreifenden Schritten davon, kämpfte sich voran gegen den Sturmwind, der sich ihm entgegenwarf und ihm den Atem raubte.

Der Sanla hielt sein Pferd an und erwartete den Angriff der schrecklichen Kreatur. Er lächelte gelassen, als der Kambhuk ihn erreichte, doch er tat nichts, um sich zur Wehr zu setzen.

Rah wußte, daß der Sanla sich selbst zum Opfer gab, um die Macht des Be'el zu brechen. Der Erhabene hatte es angedeutet in den letzten Tagen, als das Heer sich zur entscheidenden Schlacht rüstete, doch Rah hatte geglaubt, er spreche in Bildern, wie so oft, wenn er vom Krieg des Lichts gegen das Böse redete. Auch wenn mein Körper stirbt, hatte er noch vor dem Aufbruch der Krieger zum Bild des Be'el gesagt, wird das Licht des Tat niemals verlöschen. Ich bin nur sein unwürdiges Instrument. Ein schmerzliches Lächeln hatte um seine Lippen gespielt, als Rah ihm entgegnete, jeder der Männer werde bis zum letzten Tropfen seines Blutes um das Leben des Erhabenen kämpfen, ein Lächeln, das schon eine Ahnung des Schicksals barg, das ihn erwartete. Während Rah rannte, schoß ihm diese Erinnerung durch den Kopf. Übermenschliche Kräfte trieben ihn voran, doch er wußte, daß er den Erhabenen nicht zu retten vermochte. Als Rah sah, wie der Sanla fiel, einen Augenblick bevor er ihn erreichte, wie der Kambhuk ihn ergriff und vom scheuenden Pferd zerrte, wie die Klauen des geifernden und brüllenden Wesens den Erhabenen zerrissen und das Blut des Sanla den Boden dieses verfluchten Platzes tränkte, wurde der Gurena fast besinnungslos vor Schmerz. Das Schwert der Seph fuhr in einem Hagel wütender Hiebe auf den Kambhuk nieder, schlug ihn in Stücke, als eine gewaltige Erschütterung den Hügel ergriff. Ein dröhnendes Krachen ging durch Himmel und Erde. Das Bild des Be'el barst in der Mitte entzwei und stürzte nieder. Das Feuer stob auseinander und sank rasch in sich zusammen. Zugleich erlosch die lähmende Macht des

Be'el, und in einem Gewittersturm entlud sich die Spannung, die lange über den Mothügeln gelastet. Blitze zuckten durch die Nacht, begleitet von ohrenbetäubendem Donner. Regenströme prasselten mit Urgewalt vom Himmel herab.

Rah, den das Beben niedergeworfen hatte, raffte sich auf und kroch auf den toten Sanla zu, keuchend und zitternd von dem vergeblichen Kampf. Der Regen troff von seinem Gesicht. Er spürte den Geschmack nasser Erde im Mund. Enttäuschung ergriff ihn, das Brennen bitterer Leere. Er wußte, daß nun alles verloren war, auch wenn es schien, als sei die Kraft des Be'el gebrochen. Tränen stiegen in seine Augen. Der Sanla hatte sich geopfert, um der dunklen Macht entgegenzutreten, und so würden sich auch seine Männer opfern in einem verzweifelten letzten Kampf im Morgengrauen. Das Heer der Flamme war den Kriegern des Sanla weit überlegen, und nun, da der Erhabene tot war, schien auch die Macht erloschen, die sie befeuerte und führte. Obwohl Rah das Bild des Be'el hatte zerspringen sehen, fraß sich das Wissen, daß der heilige Krieg des Sanla vergebens, daß ganz Atlan verloren war, wie sengendes Gift in sein Herz. Er mußte an Aelan denken in diesem Augenblick der Enttäuschung, an die Worte des Freundes, die den Untergang Atlans vorhergesagt. Jetzt wußte Rah, daß Aelan recht gehabt hatte.

Im selben Augenblick regte sich etwas im Gras neben Rah. Der Gurena fuhr herum und sah einen abgeschlagenen Arm des Kambhuk gewandt wie eine Schlange durch das nasse Gras zucken. Wie zähe Glut lebte der Haß der Flamme im zerstückelten Körper dieser Kreatur fort. Rah führte einen Hieb mit dem Schwert nach der blitzartig vorschnellenden Klaue, doch es war zu spät. Messerscharfe Krallen fuhren in seine Waden. Mit einem Schrei sank Rah in die Knie. Er riß die Klaue aus seinem Fleisch und schleuderte sie mit letzter Kraft von sich. Eisige Lähmung strömte von der Wunde aus. Das Gift der Flamme ergoß sich in Rahs Adern. Das Licht seiner Augen schwand. Er sah noch, wie Ko-Az durch die dichten Regenschleier herankam und mit seinem Schwert auf die verzuckenden Gliedmaßen des Kambhuk einhieb, sah, wie der Körper des Sanla sich vor seinen Augen in einem weißen Leuchten auflöste, dann stürzte Rah in samtenes, unermeßliches Dunkel.

Mahla sprach besänftigend auf Sinis ein, die neben ihrem Bruder niedergesunken war, streichelte sie, doch Sinis schien es nicht zu bemerken. Die Gewalt des Regens hatte nachgelassen. Milder Frühlingsduft entströmte dem nassen Erdreich. Fernes Donnerrollen verklang über den Hügeln des Mot.

»Er ist nicht tot. Er atmet schwach,« sagte Mahla.

Sinis wandte sich um, doch blickte starr durch die Kaufmannstochter hindurch. »Es ist zu spät,« flüsterte sie. »Er ist kalt und starr wie ein Toter.«

Mahla schüttelte den Kopf, doch auch sie spürte, daß der Gurena verloren war. Seine Wunden schienen nicht schlimm, doch ein rasch wirkendes Gift lähmte seinen Körper. Sein Gesicht war aschgrau, seine Züge erstarrt. Mit jedem Augenblick schien Rah tiefer im Abgrund des Todes zu versinken.

»Rasch, wir müssen fort,« drängte Ko-Az, der Männer herbeigerufen hatte. »Einige sind entkommen. Sie werden Verstärkung holen. Wir müssen zurück ins Lager.«

Die Männer packten Rahs steifen, leblosen Körper und trugen ihn fort. Sinis und Mahla folgten ihnen. Wie Schatten schlichen die wenigen Krieger des Sanla, die den Kampf überlebt hatten, aus der Kratermulde des Be'el fort, niedergeschmettert vom Tod des Erhabenen und seines Heerführers.

Rah spürte nicht, daß man ihn trug. Er fühlte seinen Körper nicht mehr, hörte die Stimmen nicht, die um ihn waren, und doch sah er deutlich die Kratermulde, in der das zerbrochene Standbild des Be'el lag und das Feuer zu wabernder Glut zusammensank. Er blickte aus der Sicht eines Vogels darauf hinab, als schwebe er regungslos hoch über den Hügeln des Mot. Aber der Ort, den er sah, war verändert, schien herausgelöst aus der Welt, hatte keine Begrenzung, sondern verlor sich auf der einen Seite in abgrundtiefer Dunkelheit, auf der anderen in gleißendem Licht. Rah sah, wie die Mächte von Licht und Dunkel über dem Sitz der Macht des Be'el aufeinanderstießen, Ströme reiner Energie, die gegeneinander aufbrandeten wie turmhohe Wogen in einem sturmgepeitschten Meer. Dann lösten sich die Reste der Landschaft auf, die Rah noch zu erkennen vermochte, und der Gurena sah nur mehr das Tosen der Ströme von Licht und Dunkelheit. Heftig wogten sie hin und her. Manchmal schien es, als verschlinge die unergründliche Finsternis das Licht, dann wieder trieb das Gleißen unzähliger Sonnen die Schatten zurück. Unaufhörlich tobte dieser Kampf, in dem es keinen Sieger gab. Wie das Spiel von Fels und Meer, von Tag und Nacht, war er, dem keine Macht der Erde Einhalt zu gebieten vermochte. Rah sah, daß die beiden Ströme aus der gleichen Quelle flossen, daß sie gespeist wurden von der selben ursprünglichen Kraft. Er sah, daß aus ihrem Kampf

Wesen und Dinge hervorgingen, daß Welten und Universen erschaffen wurden aus der Energie, die ihr Widerstreit erzeugte. In diesem Augenblick verstand Rah, daß beide Kräfte notwendig waren, um das Leben in den Welten von Raum und Zeit zu erhalten, daß sie in jedem lebenden Wesen flossen, daß ihre Spannung das Schicksalsrad aller Menschen bewegte. Und er sah, daß der heilige Krieg des Sanla nur eine winzige Regung war in dem immerwährenden Fließen, ein kurzes Aufflackern des Lichts im übermächtigen Dunkel. Er dachte an die rätselhaften Worte des Harlana über das Ka als den Weg auf des Schwertes Schneide. Er dachte an die Gespräche mit Aelan und Mendes über die Eine Kraft, aus der die Ströme des Ehfem flossen, und über den Weg des Sonnensterns, der hinausführte über den Wirkungskreis der zweigespaltenen Macht.

Auf einmal war es Rah, als falle ein Schleier von seinen Augen. Jetzt, da er hinabsank in die Abgründe des Todes, da er spürte, wie das Gift des Be'el auf sein Herz zukroch, um die letzten Funken des Lebens in ihm zu ersticken, fand er die Antwort auf all seine Fragen in einem hellen, klaren Licht. Das wahre Ka der Gurenas war der Weg auf Messers Schneide zwischen Elroi und Elrach, zwischen Licht und Dunkel, ein schmaler Pfad, unberührt vom immerwährenden Kampf des Ehfem. Es war der Weg, auf dem Aelan weit fortgeschritten war, der Weg, aus dem der stille, bescheidene Freund die liebende Kraft des Herzens geschöpft, die ihn stark machte, ohne daß seine Stärke eitel nach draußen strahlte, der Weg des kampflosen Kampfes, der mühelosen Bemühung. Rah lächelte, als er an Aelan dachte. Sanfter Frieden kam über ihn. Er hatte die Wahrheit spät gefunden, doch er hatte sie gefunden. Sein Leben und seine Suche waren nicht sinnlos gewesen. Er konnte sterben jetzt, denn er wußte, daß ihn die Erkenntnis dieser Wahrheit über die Grenzen des Todes hinaus begleiten würde. Auch der Tod war nur eine Illusion im Spiel des Ehfem. Ein Strom warmer Liebe für Aelan ergriff ihn und brachte die Wanderung der eisigen Giftströme in ihm für einen Augenblick zum Halten. Auch die tiefe Verbundenheit mit Aelan vermochte Rah nun ganz zu durchschauen. Wie ein Buch voll von Bildern fächerten sich die Leben vor ihm auf, die er an der Seite des Freundes verbracht. Rah sah, daß auch er dem Weg des Sonnensterns gefolgt war, einst, in lange vergessenen Tagen, im alten Reich von Hak, bevor er das Ka der Harlanas gesucht, bevor er sich verstrickt hatte mit Sae und dem Weg der dunklen Macht. Das Bild trat wieder hervor, das er kurz hatte aufblitzen sehen, bevor er dem Dhan begegnet war im Wald bei Feen, das Bild eines verzweifelten Kampfes gegen die Krieger des Trem auf den Stufen des heiligsten Ortes von Hak, Aelan an seiner Seite. Nun vermochte er dieses Bild ganz zu umfassen. Er war dem Weg des Hju gefolgt in jenem Leben, zusammen mit Aelan, der damals sein Bruder gewesen, doch als er die Aussichtslosigkeit dieses Kampfes erkannt, als er gewußt hatte, daß er und der Bruder verloren waren, und mit ihnen die anderen, die dem Weg der Einen Kraft folgten, hatte er am Sonnenstern gezweifelt. Du hast keine Macht, wenn du zuläßt, daß dies geschieht mit den deinen, hatte er in seiner Hilflosigkeit geflüstert, als die Krieger des Trem ihn bedrängten, als ihre Schwerter ihn trafen und er den Schreckensschrei seines Bruders hörte, der neben ihm kämpfte. Er hatte dem Sonnenstern geflucht im Fallen, in dem Augenblick, da sein Leben hingeschwunden war. In seiner Todesstunde erlebte Rah diesen Tod, der sich vor undenklichen Zeiten zugetragen, noch einmal, und er schien wirklicher als die schleichende Kälte, die jetzt auf ihn zukroch, um das Licht seines Lebens zu löschen. Er sah die wütenden Gesichter der Krieger des Trem, die auf ihn einhieben, und er erkannte in einem von ihnen die Augen des Hasses wieder, die er in Tarke-Ums Gesicht gesehen. Sie gehörten dem Krieger, der ihn schließlich mit einem Triumphschrei durchbohrte. Sie waren Rah gefolgt auf dem Rad seiner Geburten und Tode, bis er Tarke wiedergefunden hatte auf dem Schlachtfeld vor dem steinernen Bild des Be'el. Alles löste sich in diesen Stunden. Rah schien es, als sei er leicht und frei jetzt, als begegne er dem Tod nicht in einem Augenblick der Verzweiflung, und nicht in einem süßen Rausch, wie er ihn erlebt, als er in zahllosen Schlachten für irgendeinen Herrscher oder Gott gefallen war. Gelassen trat er dem Tod entgegen, ohne Bindung an die Welt, die er zurückließ, nur mit einem Gefühl tiefer Liebe für Aelan und Sinis.

Rahs Blick wanderte lange durch die unermeßlichen Räume seines Inneren, die immer weiter und größer wurden, sich in rasender Geschwindigkeit ausdehnten. Er sah, wie die zweigespaltene Kraft des Ehfem, die er zuvor erblickt, klein und unbedeutend wurde in ihnen, während er auf die ewige Quelle dieser Kräfte zustürzte, in freiem Fall und doch sanft schwebend. Der Weg des Ka, dem er in diesem Leben gefolgt, der Weg des Sonnensterns, den er wiedergefunden in dem Blick in eine versunkene Zeit, die Worte Aelans und Mendes', die Worte des Harlana, das vergessene Wissen um die Eine Kraft, das wieder lebendig wurde in der Klarheit des Todes, alles verschwamm zu einem großen, strahlenden Bild, auf dem der Sinn all seiner Existenzen abzulesen war. Schlicht wie die Linien einer rasch hingeworfenen

Zeichnung schien es. Rah lächelte, als er diese Einfachheit erkannte und verstand.
Dann versanken alle Formen in einem gleißenden, weißen Licht.

Im ersten Morgengrauen brach das Heer des Sanla auf, um in die Schlacht gegen den Be'el zu ziehen, niedergedrückt vom Tod des Erhabenen, doch befeuert von der Nachricht, das Bild der Flamme sei zertrümmert, und mit ihm die Macht seiner bösen Magie. Der Tat-Sanla hatte sich zum Opfer hingegeben für alle Kinder des Tat, um ihnen den Weg zum Sieg über das übermächtige Heer des Dunklen zu ebnen. Aber er würde auferstehen, wenn Atlan befreit war vom Schleier der Verblendung, um die Guten und Gerechten in ein neues, goldenes Zeitalter zu führen. Das erste Erschrecken über den Tod des Sanla wich dieser Hoffnung, die noch einmal die Männer beflügelte. Viele der Krieger hatten in der dunkelsten Stunde der Nacht ein leuchtendes Zeichen am Himmel gesehen, den Lichtkörper des Sanla, der einging in die Gefilde des Tat. Die Kunde flog durch das Lager, der Sanla werde mächtiger sein denn je zuvor, da er seinen Leib hingegeben habe zum Opfer für den väterlichen Tat.
Als die Krieger auf Rahs Rückkehr warteten, als sie sich anschickten, dem Sieger über die schwarze Garde und den Kriegsherrn des Be'el einen jubelnden Empfang zu bereiten, hatten die Getreuen des Sanla dem Heer verkündet, Rah werde mit einigen ausgewählten Männern der Armee des Be'el in den Rücken fallen. Die wenigen aber, die wußten, daß der Heerführer des Sanla an der Seite des Erhabenen gefallen war, schwiegen, denn sie suchten zu vermeiden, daß Mutlosigkeit das Heer ergriff.
Tat Atlan, Atlan dem Tat, der Schlachtruf des Sanla, den Rah in der Halle des Rates von San zum ersten Mal gerufen, donnerte über die Ebene von Motok, als die Krieger des Tat-Sanla in einem todesmutigen Sturm die tief gestaffelten Schlachtreihen des Be'el angriffen.
In einem der verlassenen Zelte des Heerlagers aber stimmte Sinis die Totenklage um den gefallenen Bruder an, das Lied an den Tod, das sie im Tempel des Be'el gesungen, bevor die Priester sie fortgeführt. Leise, mit gebrochener Stimme sang sie es, die tränenlosen Augen in unergründliche Fernen verloren, wie es Brauch war im Haus der Seph seit hunderten von Jahren.
Mahla kauerte schweigend neben ihr und betrachtete die anmutigen Züge des Kriegers, der in ein rotes Totentuch gehüllt lag. Sie hatte ihn

beim Bild des Be'el zum ersten Mal gesehen, doch sie glaubte, der Schmerz um ihn würde ihre Brust zerreißen.

Als Sinis' Stimme verklang, sank tiefe Stille über die beiden Frauen herab. Regungslos verharrten sie neben Rah, um den Ausgang der Schlacht zu erwarten, die auch ihr Schicksal entscheiden würde. Gelassen und ruhig ging ihr Atem. Keine Hoffnung und keine Furcht malte sich auf ihren Gesichtern. Die Planen des Zeltes knatterten in einem Windstoß.

## Kapitel 10
## LETZTER FRÜHLING

Der Duft blühender Bäume wehte über die Hügel des Mot. Vögel sangen im frisch ergrünten Laub. Im warmen Sonnenlicht erwachte die vom Winterregen aufgeweichte Erde zu neuem Leben. Blumen in allen Farben wuchsen zwischen dem fetten Gras. Kleine weiße Wolken zogen über den azurblauen Himmel, über den der erste Hauch des Abendrots wischte. In den wenigen, weit verstreuten Siedlungen der nördlichen Mothügel begannen die Bauern mit der Aussaat. Im wiegenden Rhythmus der Gesänge an die fruchtbare Erde schritten sie über die Felder und sähten das Korn, aus dem sie ihr Brot backen würden am nächsten Fest des Sonnensterns.

»Es ist wie im tiefen Frieden. Als sei die Zeit stehengeblieben hier. Sie sähen und ernten, als wüßten sie nicht, daß die Götter sich erhoben haben gegeneinander, und daß der Mot gefärbt ist von Blut.« Aelan blickte lange von der großen, waldfreien Bergkuppe in das weite Land hinab.

»So sind die Bauern,« entgegnete der Dhan achselzuckend und verzog sein ledriges Gesicht zu einer Grimasse. »Sie denken an nichts anderes als an ihr Stück Erde, das sie bebauen, um ihre hungrigen Mäuler zu stopfen. Was kümmern sie sich um die Götter, wenn nur die Sonne scheint und zur rechten Zeit der Regen fällt.«

»Dächten alle so, gäbe es keine Kriege, und Atlan hätte sich nicht verändert seit den Tagen des alten Reiches,« sagte Aelan nachdenklich.

»Oh, es hat sich verändert,« rief der Dhan mit klagend erhobenen Händen. »Würde mir mein Name einfallen und mit ihm meine Geschichte, so könnte ich dir von den Dingen berichten, die sich zugetragen haben in den Städten, von haarsträubenden, schaudererregenden Dingen. Aber du bist selbst weit gereist, mein Freund. Du weißt es besser als ich, der ich siebzig Jahre, oder auch schon mehr, in den Wäldern wohne. Ich weiß nichts mehr von den Städten, habe sie lange nicht gesehen, und möchte sie auch nicht sehen. Aber selbst für einen Dhan, der noch

weniger will als diese Bauern, der nicht säht und nicht erntet, der lebt wie die Tiere des Waldes, haben die Zeiten sich geändert, glaube mir das, selbst für einen Dhan, der nichts anderes sucht, als ein wenig Ruhe vor dem Getriebe der Welt, um sich endlich mit den Dingen beschäftigen zu können, die wesentlich sind.«
Aelan lächelte. Der Alte, dem er in der letzten Nacht in einer Höhle begegnet war, wo er vor dem schweren Unwetter Unterschlupf gesucht, erheiterte ihn. Auch der zahnlose Mund des Dhan verzog sich zu einem Grinsen. Seine wachen, schwarzen Augen blitzten. »Vieles hat sich geändert, auch für einen einfachen Dhan,« fuhr er fort. »Ich habe bei meinem Bruder, dem Baum, zu Gast gewohnt, habe jahrelang keinen Menschen gesehen, nur die Brüder und Schwestern des Waldes, und, wenn mir nach dem Anblick eines menschlichen Gesichtes war, ein paar Karawanenleute, die auf der Straße reisten, oder ein paar Kranke, die man mir brachte. Aber plötzlich herrschte im Wald ein Getriebe wie in Kurteva. Erst nisteten sich die Ponas ein auf dem Hügel der Zwei Flüsse und verjagten die letzten Karawanen, dann zogen wieder Gurenas in die Wälder auf der Suche nach Abenteuern, suchten Rat bei mir, den sie aber nicht befolgten, dann kam ein Heer von Kurteva, um die Ponas auszurotten, worauf die Karawanen es wieder wagten, auf der alten Straße zu reisen, und zuletzt hatte ich sogar einen Mehdrana in meiner Hütte zu Gast, stell dir vor, einen Mehdrana, der sagte, er habe sich an die Bräuche der alten Zeit erinnert, als die Mehdranas nicht satt und zufrieden an den Mehdras saßen, sondern durch die Lande zogen und unter dem freien Himmelszelt schliefen wie die Dhans.«
Aelan horchte auf. »Ein Mehdrana?« fragte er.
»Ja, ein Mehdrana aus Feen, Lok-Ma, ein weiser Mann, der mich in der einen Nacht, die er unter meinem Dach weilte, mehr zu lehren vermochte, als die siebzig Jahre, die mir in diesem Wald vergangen sind. Nur eines vergaß ich in meiner Verwirrung, ihn zu fragen, das wichtigste von allem. Also verließ ich kurzentschlossen meinen Palast in den Blättern, um ihm nachzulaufen. Und wäre ich nicht auf dieses Heer unten am Mot gestoßen, ich wäre ihm bis nach Kurteva gefolgt, denn dorthin wollte er. Bis nach Kurteva, in die Stadt der Tat-Tsok wäre ich ihm gefolgt, zu den Menschen, die ich vor siebzig Jahren verließ.« Der Dhan zögerte und musterte Aelan aufmerksam. »Aber was rede ich. Du bist dem Mehdrana begegnet, nicht wahr? Ich spüre es, denn dein Licht gleicht dem seinen, das meine Hütte erhellte für eine Nacht.«
Aelan nickte knapp.

»Man lernt in den Wäldern, das Licht der Menschen zu sehen, man spürt ihre Gedanken und Gefühle schon von weitem, und man weiß, ob es gute oder böse Menschen sind. Das Heer, das ich am Mot sah, war böse, dunkel und böse. Welche Zeiten sind angebrochen in Atlan, daß sich einem Dhan, der siebzig Jahre in den Wäldern war, ein ganzes Heer entgegenwirft, um ihn von seinem Weg nach Kurteva abzuhalten? Hat er kein Recht mehr, nach Kurteva zu gehen, um den zu suchen, der ihm seine brennende Frage beantworten kann? Aber dafür habe ich dich getroffen, einen guten Menschen nach tausenden bösen. Jetzt laß uns ein Nachtlager suchen.« Der Dhan blickte prüfend in den Himmel. »Die Nacht wird klar sein und mild, und es gibt Tnajbäume hier. Ich schlafe besser in den Armen eines Tnajbaumes, mußt du wissen, obwohl ich auf meiner Wanderung unter ihnen nächtigte anstatt auf ihnen, wie ich es gewohnt bin. Tnajbäume sind weise, alte Brüder. Man kann viel lernen von ihnen. Ich habe den meinen, dessen Gast ich für so viele Jahre war, nur ungern verlassen für diese Wanderung. Ich werde wohl zu ihm zurückkehren, denn nach Kurteva gelüstet es mich nicht mehr, seit ich dieses Heer sah. Vielleicht können wir ein Stück zusammen reisen, denn auch du willst in den Norden, wenn ich dich recht verstanden habe.«

Die Rede aus dem zahnlosen Mund verstummte, als der Dhan und Aelan die Kuppe des Hügels verließen. Bald umfing sie wieder dichter Wald. Als der Tag sich neigte, begannen sie, nach einem geeigneten Platz für ihr Nachtlager zu suchen.

Sie ließen sich auf einer Lichtung am Fuße eines Tnajbaumes nieder, den der Dhan bestimmt, nachdem er an einigen anderen nach kurzem Überlegen vorbeigegangen war. »Nicht alle Brüder beherbergen gerne Gäste,« sagte er, »dieser hier aber freut sich über unseren Besuch. Er wird uns seine Geschichte erzählen, wenn wir zwischen seinen Wurzeln träumen.«

Rasch sank die Dämmerung herab. Der Dhan setzte sich schweigend ins Gras, schloß die Augen und begann, mit seinem Oberkörper langsame, kreisende Bewegungen zu vollführen. Nach einer Weile hörte er abrupt auf und wandte sich mit mißmutigem Grunzen zu Aelan um.

»Er will und will nicht!« rief er zornig. »Ist es Unrecht, wenn ein Dhan nach siebzig Jahren schießlich ungeduldig wird? Warum bewegt er sich nicht? Warum lerne ich es nicht? Der Mehdrana weiß die Antwort darauf, aber ich alter Narr habe versäumt, ihn zu fragen, als er bei mir war. Ich war zu eingenommen von seinem Licht, deshalb muß ich ihm jetzt

nachlaufen bis nach Kurteva. Nichts als Ungeduld, aber verständliche Ungeduld. Findest du nicht auch?«
Aelan blickte ihn fragend an.
»Dieser faule, träge, nichtsnutzige Leib will sich nicht bewegen,« schimpfte der alte Mann. »Siebzig Jahre lang bin ich Tag für Tag durch die Kraft seiner Muskeln zu meinem Palast im Laub emporgeklettert, kein einziges Mal aber habe ich es fertiggebracht, ohne Bemühung hinaufzusteigen, kein einziges Mal war ich einfach nur oben. Überall kann ich sein, überall kann ich sehen und hören, nur dieser schwere Leib bleibt stur am Boden sitzen. Verstehst du mich?«
Aelan nickte lächelnd. »Du beherrschst das Fai in Vollendung, alter Mann. Aber du bist nicht der Körper, sondern das, was in ihm wohnt, was mühelos und leicht zu reisen vermag. Dein Körper wird längst zerfallen sein, du aber wirst noch immer überall sehen und hören. Er ist nicht wichtig. Das Fai betrifft nur das, was du wirklich bist.«
Der zahnlose Mund des Alten, der zu einem neuen Redeschwall ansetzen wollte, klappte zu. Entgeistert starrte der Dhan Aelan an. Dann nickte er knapp und neigte sein weißes Haupt zum Boden, während er etwas Unverständliches murmelte, das wie ein ehrfürchtiger Dank klang. Im nächsten Augenblick sprang er auf und hielt witternd die Nase in die Luft.
»Welch eine Zeit ist angebrochen in Atlan,« flüsterte er, »da in den Wäldern ein Treiben herrscht wie auf dem Marktplatz von Kurteva?«
Aelan erhob sich. Auch er spürte die Gegenwart von Menschen in der Nähe, doch es schien keine Gefahr von ihnen zu drohen. Nach einer Weile brachen Schritte durch das Unterholz. Erregte, gedämpfte Stimmen hallten im Wald wider. Kurze Zeit später waren die Speere von Kriegern auf Aelan und den Dhan gerichtet.
»Sucht ihr Menschen zum töten?« keifte der Dhan und hüpfte vor ihnen auf und ab. »Genügt euch das Heer nicht, das den Mot entlangzieht, geifernd vor Blutrunst? Wollt ihr auch Wanderer ermorden, Dhans, Bauern, Mehdranas? Stecht zu, wenn es euch gefällt! Die Reise nach Kurteva lohnt ohnehin nicht mehr und der Heimweg ist lang. Verkürzt ihn mir, spießt mich auf! Der Körper ist unwichtig. Nur was in ihm lebt, ist von Bedeutung. Los, worauf wartet ihr?«
Die Krieger sahen sich verdutzt an, dann ließen sie die Speere sinken. Aelan spürte, wie sich ihre Angespanntheit löste. Sie hatten Angst gehabt vor Feinden, die im Hinterhalt auf sie lauerten.
»Wir suchen ein Nachtlager für unseren Herrn,« sagte einer mit

knapper Verbeugung,»und einen würdigen Platz für einen Toten, der gefallen ist in der Schlacht gegen den Be'el.«
Der Dhan hielt in seinem grotesken Tanz inne und nickte.»Dieser Tnajbaum ist ein guter Wächter für einen Toten, ein weiser, alter Bruder, in dessen Krone der Wind schon sein Lied sang, als das alte Reich von Hak noch bestand,« sagte er und lud die Krieger mit einer Handbewegung ein, näherzukommen.»Bringt euren Toten her. Wir werden die Litaneien singen, wie sie einem Helden gebühren, der gefallen ist im Namen des Tat.«
Die Krieger verharrten unschlüssig, als ein junger Gurena durch das Unterholz trat und mit mißtrauischen Blicken die Lichtung überschaute. Hinter ihm trugen vier Männer auf einer aus Ästen notdürftig gezimmerten Bahre einen Körper, der in ein rotes Totentuch gehüllt war. Ein anderer Krieger führte zwei kleine Pferde am Zügel, auf denen Frauen mit gesenkten Gesichtern ritten, Angehörige des Toten offenbar, denn sie trugen rote Bänder der Trauer im Haar. Die Männer wichen zurück, um ihnen Platz zu machen.
Aelan, der sich zur Seite gewandt hatte, fuhr herum und ließ seinen Reisebeutel fallen. Einen Moment stand er atemlos, glaubte seinen Augen nicht zu trauen, dann rannte er einige Schritte auf die beiden Reiterinnen zu. Ein Schrei löste sich von seinen Lippen. Der Gurena riß das Schwert aus der Scheide und die Krieger legten in einer blitzartigen Bewegung die Speere auf den Fremden an. Doch als die Frau vom Pferd sprang und Aelan entgegeneilte, ließen sie die Waffen zögernd wieder sinken. Die Frau, die ihnen während der Flucht in die nördlichen Mothügel wie tot erschienen war, die teilnahmslos und schweigend im Sattel saß, versunken in eine andere Welt, die nicht hörte, wenn man sie ansprach, die es willig geschehen ließ, wenn man ihr bei einer Rast vom Pferd half und sie beim Aufbruch wieder in den Sattel hob, war zu jähem Leben erwacht. Ko-Az hatte auf Sinis' Bitte eingewilligt, sie mitzunehmen, obwohl sie die Flucht vor den Kriegern des Be'el behinderte. Der Gurena kannte sie aus dem Haus eines Freundes in Kurteva, hatte sich erinnert an die schöne Kaufmannstochter aus Feen, die er einst mit seinem Bruder umschwärmt, und wollte sie nicht hilflos ihrem Schicksal überlassen.
Aelan blieb wie gebannt vor Mahla stehen. Auf seinem Gesicht malte sich tiefe Betroffenheit, dann nahm er ihre Hände und führte sie an seine Lippen. Das Erstaunen, das Erschrecken über das plötzliche Wiedersehen, war mit seinem Aufschrei verflogen. Als er in Mahlas Augen blickte, als er ihre Hände in den seinen fühlte, war ihm, als sei kein Tag

vergangen, seit er sie zuletzt gesehen, als sei ihre Begegnung so selbstverständlich wie das Treffen zweier Geliebter, die sich erst vor Stunden für diesen Augenblick verabredet hatten. Aelan spürte, daß er in Wirklichkeit nie getrennt gewesen war von ihr, daß sich jetzt nur ihre Körper wiederbegegneten, ihre äußeren Hüllen, geleitet vom Strom der Liebe, der niemals versiegt war, der weit hinausgriff über die Grenzen dieses einen, engen Lebens. Doch als Aelan Mahla in die Arme nahm, als er ihr warmes, von Tränen nasses Gesicht an seiner Wange fühlte, als er den Duft ihrer Haut einsog, schlug eine Woge des Glücks über ihm zusammen, die ihm den Atem nahm und flimmernde Schleier vor seinen Augen tanzen ließ. Er drückte die Geliebte an sich, preßte sein Gesicht in ihr Haar und wurde fortgerissen von dem Strom wilder Freude, der ihn ergriffen. Ein rotseidenes Trauerband löste sich aus Mahlas Haar, schwebte sanft wie ein fallendes Blatt zu Boden. Mahla spürte es nicht. Auch sie war verloren im Taumel unsagbaren Glücks, in dem alles um sie herum versank.

Ein kreischender Ausruf des Dhan schnitt durch die Stille des Waldes. »Rah-Seph!« schrie er. Der alte Mann war an die Totenbahre herangetreten und hatte das Auge des Tigers am Schwertknauf des Toten erkannt. »Bin ich aufgebrochen nach Kurteva, um die, die einst bei mir zu Gast waren, tot zu finden?« rief er.

»Ja, Rah-Seph,« erwiderte Ko-Az ernst, während er den alten Mann von Kopf bis Fuß musterte. »Er ist gefallen im Kampf gegen die Flamme, als Heerführer des Tat-Sanla. Er hat verdient, eine würdige Ruhestätte zu finden, die keiner der Frevler aufzuspüren vermag. Niemand soll je seinen Frieden stören.«

Aelan riß sich erschrocken von Mahla los und starrte den leblosen Körper in dem roten Totentuch an. Eine böse Ahnung hatte sich in ihm geregt, als die Krieger die Bahre gebracht, doch Aelan hatte den unerträglichen Gedanken fortgedrängt, Rah könne unter dem Leichentuch verborgen sein. Mahlas Hand entglitt der seinen, als er einige zögernde Schritte auf den reglosen Körper zuging. Seine rauschhafte Freude erlosch jäh in einem Abgrund bitteren Schmerzes. Schatten stürzten vor seine Augen. Die Menschen und Bäume versanken hinter Schleiern der Dunkelheit, zerflossen zu schwarzen Schemen. Um den Toten aber schimmerte ein matter, schwach pulsierender Lichtschein. Aelan erschrak und löste sich aus der Lähmung, die ihn befallen. Er sah das fast erloschene Glänzen durch die Augen des Fai, die mühelos die Welten der feineren Wirklichkeit durchdrangen und sich über die Grenzen von Raum und Zeit zu erheben vermochten. Die klare Bewußtheit des Fai durchzuckte Aelan und ließ seine Erschütterung abklingen. Er erkannte, daß das schwache Licht, das von Rahs Körper ausstrahlte, durchdrungen war vom Aban, vom Nichtlicht, von der schwarzen Leere des Todes. Von einer Stelle an Rahs Beinen strömte die eisige Kraft aus, wie schleichender Nebel, und riß große, dunkle Löcher in das matt glimmende Licht.

»Er ist nicht tot,« flüsterte Aelan.

Das erstaunte Raunen der Krieger ließ den Blick des Fai verschwimmen. Das Glänzen des Lichts erlosch in der rasch hereinbrechenden Dämmerung zwischen den Bäumen.

»Was sagt Ihr da?« rief Ko-Az und trat zu Aelan heran.

»Er ist nicht tot. Ich spüre noch einen Hauch des Lebens in ihm. Ein Gift hat ihn gelähmt und an den Abgrund des Todes gestoßen. Aber er ist noch nicht hinabgestürzt. Seine Kraft ist stark. Sie klammert sich fest an den letzten Fäden des Lebens. Die dunkle Macht, die über ihn gekommen ist, hat seinen Atem und seinen Herzschlag ausgelöscht wie bei einem, der scheintot ist, doch in ihm ist noch Leben, das der Hand des Todes trotzt.«

Aelan flüsterte dies, ohne den Blick von Rah zu wenden. Die Stimme der Einen Kraft sprach aus ihm, ohne daß er sie mit seinen Gedanken zu fassen vermochte.

»Rette ihn, Aelan,« sagte Mahla leise. Sie spürte die Macht, die in ihrem Geliebten gewachsen war, eine stille, gewaltige Kraft, die ihr Verwunderung einflößte und Scheu. Zugleich erkannte sie, daß es dieselbe Kraft war, die sie in der Gegenwart Lok-Mas gefühlt.

Auch Sinis war auf Aelan aufmerksam geworden, fühlte die Kraft, die aus dem unscheinbaren jungen Mann strahlte. Rah hatte ihr einst erzählt von Aelan, dem Handan, den er auf seiner Reise zu den Gebirgen des Am zum Freund gewonnen und den er tot geglaubt. Und sie erkannte, daß es der Mann war, nach dem Mahla gesucht hatte in den Provinzen Atlans, und für den sie ihr Leben lassen wollte, als er verloren schien. Sinis gab Ko durch ein Nicken zu verstehen, daß er das Totentuch um Rah lösen sollte. Widerstrebend gehorchte der Gurena. Als das erstarrte, graue Gesicht Rahs zum Vorschein kam, wandte Sinis sich ab. Die Krieger wichen entsetzt zurück, denn es galt als Frevel, die Ruhe eines Gefallenen zu stören.

Mit tiefem Mitgefühl blickte Aelan den Freund an, den er liebte wie sein Augenlicht. Die Erinnerung an das Leben, in dem Rah sein Bruder gewesen, in dem er gefallen war im Tempel der Einen Kraft in Hak, stieg plötzlich in Aelan auf. Noch einmal fühlte er den verzweifelten

Schmerz über den Verlust des geliebten Menschen, noch einmal sah er ihn hinsinken, sah seine Augen brechen, sein Gesicht erbleichen im Tod, so wie dieses Gesicht vor ihm auf der Bahre fahl geworden war. Schwach nur mehr war die Kraft des Lebens in Rah, ein verlöschender Funke in der dunklen Gewalt des Aban. Unsägliche Verzweiflung brach in Aelan auf. Rah würde wieder sterben, vor seinen Augen. Fieberhaft überlegte Aelan, wie er Rah der Hand des Todes entwinden könnte. Er erinnerte sich an den Schreiber, der einst seine tödliche Wunde geheilt, der die Löcher, die das Aban in seinen Lichtkörper gerissen, geschlossen hatte durch die Kraft des Hju. Aelan versuchte, die Macht, die im Namen des Sonnensterns ruhte, zu fassen und auf den Freund zu richten, doch sie zerrann in ihm, je stärker er sich bemühte. Ohnmächtiger Schmerz überwältigte Aelan für einen Augenblick. Er spürte die Eine Kraft in sich, die Macht des Sonnensterns, die Urquelle, aus der alles Leben strömte, und doch vermochte er dem sterbenden Freund nicht zu helfen. Alles schien zu zerfließen in ihm.

Gebrauchst du die Kraft für deinen Willen, so mißbrauchst du sie, hörte er den On-Nam sagen. Im selben Moment bezwang sich Aelan und legte das Geschick von Rah in die Hände der Einen Kraft, so wie er auch Mahlas Schicksal von seinem Wollen gelöst und dem Sonnenstern hingegeben hatte. Er gab Rah frei in seinem Herzen, gab ihn dem Licht der Einen Kraft, ohne den Gedanken, er möge geheilt werden und ohne die Sorge, er könnte sterben. Aelan spürte, wie das Bild in seinem Inneren sich auflöste, das Bild vom Tod des Bruders, das sich vor unzähligen Leben in sein Herz gebrannt. Es verschwamm zu einem Schatten, der die Kraft des Schmerzes nicht mehr besaß. Im gleichen Augenblick aber sah er durch die Augen des Fai, wie das Licht der Einen Kraft gleich einer mächtigen Welle nach Rah griff, wie es das Aban zurückdrängte, eine ungestüme, wirbelnde Kraft, die den leblosen Körper einhüllte und die eisigen, schwarzen Löcher zu schließen begann.

»Er atmet,« rief Ko aufgeregt. Die Männer drängten heran, um das Wunder zu sehen, das der Fremde vollbracht, ohne eine Hand zu rühren und ohne ein Wort zu sprechen.

»Er hat ihn zum Leben erweckt! Die Macht des Tat fließt in ihm!« murmelten sie.

Aelan aber wandte sich schweigend ab. Alles war still in ihm, erfüllt vom sanften Klingen des Hju. Als die Männer ihn neugierig anstarrten, sich ehrfürchtig verbeugten vor ihm, sagte er ruhig: »Ich habe ihn nicht geheilt. Sein Leben liegt nicht in meiner Hand. Ich vermag nichts, denn

die Eine Kraft gehorcht unserem Willen nicht. Wenn sie bestimmt hat, daß er leben soll, dann wird er leben. Doch wenn es sein Lahf ist, zu sterben, so wird er sterben.«
»Und er braucht einen Verband mit diesen Kräutern,« krähte der Dhan, während er in dem Beutel kramte, den er am Gürtel trug. »Holt Holz oder macht ein Feuer aus euren Speeren, denn zu etwas anderem sind sie nicht nutze hier in diesem Wald. Wir wollen einen Sud kochen, der das Gift aus der Wunde zieht. Worauf wartet ihr noch? Was steht ihr und gafft? Habt ihr nie einen Verwundeten gesehen, ihr Krieger?«
Einen Augenblick zögerten die Männer, dann warfen sie die Speere ins Gras und gehorchten dem Dhan, der sie mit ungeduldigen Bewegungen fortscheuchte. Der Alte trat zu Rah heran und blickte prüfend in sein Gesicht. »Man hat mir manchmal Kranke gebracht. Allen habe ich meinen Sud gebraut. Manche sind aufgestanden von ihrem Lager und manche sind gestorben. Wer vermag es zu lenken, außer der Gnade des Tat?« brummte er, während er sich an den Kleidern des Gurena zu schaffen machte.

Die Nacht war längst hereingebrochen, als Ko-Az mit leiser, brechender Stimme vom Angriff auf das Bild des Be'el berichtete, vom Tod des Sanla, vom Fallen Rahs, und von der furchtbaren Schlacht, die im Morgengrauen nach der Gewitternacht auf der Ebene von Motok begonnen hatte. Eng gedrängt saßen die Männer um das kleine Feuer, Mahla und Sinis aber halfen dem Dhan, die Wunden Rahs zu versorgen, der auf ein Lager aus Laub und Moos abseits des Feuerscheins gebettet lag.
»Übermächtig war das Heer der Flamme,« sagte Ko-Az, »und doch schien es, als weiche es zurück vor der Kraft des Sanla. Das Bild des Be'el war zersprungen, die Quelle seiner Magie, doch die Macht des Erhabenen schien gewachsen durch seinen Opfertod. Es schien sich zu erfüllen, was er prophezeit. Mit Todesmut kämpften seine Gurenas und Krieger gegen den überlegenen Feind, der Verstärkung erhielt von Soldaten, die auf den Hügeln im Hinterhalt lagen und uns in die Flanken fielen. Und doch schien sich der Sieg uns zuzuneigen. Viele Feldzeichen des Be'el fielen, und plötzlich kamen auch Yach aus den Wäldern hervor, überraschend, wie ein Wunder, das der Tat sandte. Sie kämpften für den Sanla, Bogenschützen und Speerkämpfer, die sich in die Schlacht warfen wie Besessene. Die Krieger des Be'el begannen sich zurückzuziehen, manche aber liefen zu unseren Reihen über, wie das schon geschehen war in den Kämpfen bei Melat. Die Macht der

Flamme schien gebrochen, und der Weg nach Kurteva frei, als plötzlich Krieger des Trem erschienen, ein kleines Heer nur, doch aus ihren Reihen brachen Dämonen hervor, Kambhuks der Khaïla, Geschöpfe des Bösen, unverwundbar und von furchtbarer Kraft.«
Ko-Az hielt inne, senkte den Kopf, rang nach Worten, um das Schreckliche auszudrücken, das er selbst noch nicht zu fassen vermochte.»Sie wüteten mit solcher Gewalt,« fuhr er fort, »daß die Männer zu hunderten unter ihren Klauen hinsanken. Selbst die Gurenas waren machtlos gegen sie. Ihre Schwerter versagten vor ihnen, und ihre Wut schien den Kreaturen der Dunkelheit noch mehr Kraft zu geben. Unzählige Pfeile und Speere trafen sie, doch sie wankten nicht, und hinter ihnen stürmte das neu gesammelte Heer des Be'el heran, vereint mit den Kriegern des Trem, von einem blutrünstigen Rausch des Sieges erfaßt.«
»Nur ein Krieger, dessen Ka rein ist wie ein Diamant, der keinen Haß mehr spürt und keinen Ehrgeiz, den Sieg zu erringen, vermag einen Kambhuk zu fällen,« sagte Aelan leise.
Ko-Az blickte ihn erstaunt an, dann nickte er. »Unsere Schlachtordnung löste sich auf. Alle flohen, um ihr nacktes Leben zu retten, doch die Kambhuks und die feindlichen Krieger setzten zur Verfolgung an. Ich kam zurück ins Lager, um Sinis-Seph und die Tochter der Sal vor den Männern des Bc'el zu schützen, als ich den Atem eines Kambhuk im Nacken spürte. In diesem Augenblick der Verzweiflung, als ich das Zelt der Frauen schon sah, das Zelt, in dem auch Rah lag, spürte ich nichts mehr als das Ka, so tief, wie ich es nie gespürt, und der Kambhuk fiel unter meinem Schwert, als sei er eine Marionette ohne Fäden. Es war eigenartig, doch es ist wie Ihr sagt – ich fühlte keinen Haß in diesem Augenblick, ich dachte nur an die Frauen und an Rah.«
Aelan nickte. Ko wollte mit seiner Erzählung fortfahren, als der Dhan an das Feuer trat, mit wiegendem Kopf, und flüsterte: »Er wird leben.« Eine Welle des Glücks wollte sich in Aelan erheben, doch er ließ sie verebben im Klingen des Hju, so wie er zuvor seinen Schmerz aufgegeben hatte. »Gut,« sagte er. »Wird er die Reise zu den Gebirgen des Am überstehen?«
»Er kehrt zurück aus der kalten Welt des Todes wie aus einem tiefen Schlaf. Seine Kraft wächst. Seine Wunden sind nicht schlimm, und die Macht des Giftes schwindet,« antwortete der Dhan.
»Wohin wollt Ihr gehen?« fragte Ko-Az.
»Was geschehen ist auf dem Schlachtfeld, war vorherbestimmt,« sagte Aelan ernst. »Ebenso ist es vorherbestimmt, daß die Zeit Atlans endet. Die Prophezeiungen werden sich erfüllen, die schon im alten Reich

von Hak von dem kommenden Unheil sprachen. Sie sahen das Ende heraufdämmern in der Zeit, da die Macht des flammenden Hasses sich mit der Magie der Erde verbindet. Wenige nur wußten um die Bedeutung dieser Worte, nun aber erfüllen sie sich, wenn der Be'el sich vereint mit der Khaïla im Haus des Trem. Hat nicht auch der Sanla davon gesprochen?«
Ko nickte. »Ja, Rah erzählte mir, daß der Sanla davon sprach und das Heer zur Eile mahnte, doch...« Der junge Gurena brach ab, blickte seine Krieger an, die schweigend um das Feuer saßen. Es konnte nicht sein, daß die Sache des Sanla zerronnen war. »Nur eine Schlacht ist verloren. Viele Krieger konnten fliehen. Die Yach führten viele nach Süden in die undurchdringlichen Wälder. Andere konnten sich wie wir in die nördlichen Hügel des Mot retten. Das Heer des Be'el stand am Rande der Niederlage. Es ist schwer angeschlagen. Der Westen ist befreit und vereint mit San. In den anderen Städten sind Aufstände losgebrochen, in Teras, in Ütock, in Feen, in Mombut. Überall erhebt sich das Volk gegen den Be'el. San ist mächtig. Ein neues Heer wird sich sammeln. Ganz Atlan wird aufstehen gegen die Flamme.«
»Atlan ist verloren,« klang eine schwache, brüchige Stimme aus der Dunkelheit, leise wie ein Seufzen. Sie packte die Männer mit einem Grausen, als habe ein Toter gesprochen.
»Rah!« rief Ko-Az.
Alle wandten sich erschrocken um, doch Rah war wieder in tiefen Schlaf gefallen. Die beiden Frauen tupften den Schweiß von seiner fiebernden Stirn.
Ko-Az starrte Aelan an. »Glaubt Ihr, daß die Gebirge des Am der Macht des Be'el zu trotzen vermögen?« fragte er. »Wißt Ihr nicht, daß das Orakel des Be'el nach der Herrschaft über die Gläserne Stadt schreit, nach dieser Stadt der Legenden, die irgendwo in den Bergen verborgen sein soll, hinter einem Ring des Schweigens? Rah hat uns berichtet von seiner Reise in die Täler des Am. Auch von Euch hat er gesprochen, doch er glaubte Euch tot.«
Aelan nickte knapp, ohne den Blick von dem jungen Gurena zu wenden. »Es war immer das Streben der dunklen Kraft, die Gläserne Stadt zu beherrschen, doch es kann nicht sein.«
Ko wurde unsicher. «Bislang schreckte die Flamme zurück vor der geheimen Macht der Berge. Doch sie hat verkündet, daß auch der Ring des Schweigens fallen wird, wenn sie sich vereint mit der Magie der Khaïla. Ein schrecklicher Krieg wird losbrechen um die Täler des Am, um diese sagenumwobene Stadt, an die niemand mehr glauben wollte

in Kurteva, bis das Orakel des Be'el davon zu sprechen begann. Gibt es sie denn, diese Stadt, und verfügt sie über ein Heer, das stark genug ist, den Be'el zurückzuschlagen?«

Aelan mußte lächeln. »Ja, es gibt diese Stadt, doch sie ist den menschlichen Augen entzogen, seit das goldene Reich von Hak in Trümmer fiel. Sie besitzt kein Heer, denn es ist nicht nötig, sie zu verteidigen. Die Dinge geschehen, wie sie geschehen müssen.«

»Aber was wollt Ihr tun in den Bergen? Der Haß des Be'el wird nach dem Tal des Am greifen, sobald die Unruhen in den Städten niedergeschlagen sind. Die Flamme wird sich am Fest des Sonnensterns vereinigen mit der Khaïla, wie das Orakel im Tempel es bestimmt hat. Die Macht seiner Magie wird ins Unermeßliche wachsen. Die Khaïla offenbart ihm die Geheimnisse der mütterlichen Erde, die verschlossen waren seit dem Untergang von Hak.«

»Das Licht Atlans zittert im Wind der Zeit. Es ist niedergebrannt wie ein Talglicht. Keine Macht der Erde und Himmels vermag es zu retten. Alles geschieht, wie es bestimmt ist, so selbstverständlich wie der Tag in der Nacht versinkt. Jene aber, die dies wissen, werden Atlan verlassen.«

»Atlan verlassen?« Ko schüttelte den Kopf. Empört rief er aus: »Ihr scheint es zu wissen und Ihr sagt es uns, die wir Euch zufällig begegneten in diesem Wald. Warum sagt Ihr es nicht den Menschen der Städte?«

Aelans Blick ruhte gelassen auf dem jungen Krieger. »Ist nicht einer vor den Rat von Kurteva getreten und hat allen verkündet, was ich Euch jetzt sagte?«

Ko nickte erschrocken. Auch er war im Palast des Tat-Tsok gewesen, als der seltsame Mann erschienen war, der Bote der Gläsernen Stadt, und einen Bann herabbeschworen hatte über die Halle des Rates. Das Feuer des Be'el war erloschen in dem Augenblick, als Xerck den Fremden niedergestreckt, doch sein Körper war verschwunden gewesen, aufgelöst in einen Duft von Rosen. Aus tiefer Dunkelheit kam die Erinnerung in Ko hervor. Wie konnte er sie nur verloren haben! »Die böse Magie des Be'el hat einen Bann des Vergessens über alle geworfen, die es hörten,« flüsterte er niedergeschlagen. Er vermochte sich nicht zu erinnern, wie er fortgegangen war aus der Halle des Rates. Am anderen Morgen aber hatte er sich an nichts anderes zu entsinnen vermocht als an die üblichen Zeremonien und Ansprachen, an die Haßreden gegen den Tat und den Schrei der Menschen nach dem Blut des Sanla.

»Viele, die die Worte des On-Nam mit ihren Ohren hörten, haben sie vergessen, weil ihre Herzen nicht offen waren für sie,« fuhr Aelan fort. »Die anderen aber, die seinen Ruf vernehmen, werden ihren Weg finden, Atlan zu verlassen.«

»Aber all die Unschuldigen, die Bauern, die ihre Saat auswerfen, die Krieger, die vergeblich gekämpft haben für das Wohl Atlans?« beharrte Ko.

«Geht hin zu den Bauern und sagt ihnen, sie sollen ihre Äcker verlassen, um fortzuziehen über das Meer. Sie würden Euch mit Steinen fortjagen. Und sagt es den Kriegern, die beseelt sind von dem Ideal, Atlan zu befreien vom Bösen, um ein neues goldenes Reich zu errichten. Sie würden Euch einen Verräter heißen und niedermachen. Der stille Weg der Einen Kraft ist nur für die, die ihn in ihren Herzen gefunden haben, bevor sie ihn mit Füßen gehen. Aber auch jene, die scheinbar niemals hörten von ihm, werden ihn finden, wenn ihr Lahf sie zur rechten Zeit an den rechten Ort führt, so wie Euch und Eure Männer.«

»Aber warum geht Ihr in die Gebirge?« fragte Ko. »Wie wollt Ihr Atlan verlassen in den Gebirgen? Wollt ihr von den Gipfeln fortfliegen wie die Vögel?«

Kos Worte durchfuhren Aelan wie glühende Nadeln. Der Gurena hatte recht. Welchen Zweck hatte es, in die Gläserne Stadt zurückzukehren, ins Innere Tal, das umschlossen war von den Schneegipfeln des Am? Es wäre besser, nach San zu fliehen oder nach Feen, um auf einem Schiff Atlan zu verlassen. Schatten des Zweifels flogen in Aelan auf. Noch einmal wollte die Vernunft anrennen gegen sein inneres Wissen, das er mit Worten nicht zu erklären vermochte, doch Aelan wischte diesen Zwiespalt fort, indem er den Namen des Sonnensterns in sich aufbranden ließ. Die Eine Kraft hatte seine Schritte nach Norden gelenkt, in die Gläserne Stadt, zu den Namaii. Er würde ihr unbeirrbar folgen.

»Die Wege der Einen Kraft sind verschlungen,« antwortete er dem Gurena, »und doch ist es weise, ihnen zu folgen. Auch Ihr könnt mit mir in das Tal des Am gehen, wenn Ihr wünscht, Ihr und Eure Männer.« Damit erhob sich Aelan und ließ den verwirrten Ko-Az zurück, um nach Rah zu sehen. Das Feuer brannte nieder. Die Männer begaben sich zur Ruhe. Ko übernahm die Wache, gürtete sich mit seinem Schwert und verschwand in der Nacht, um seine wild kreisenden Gedanken zu ordnen.

Rah war in tiefen Schlaf gefallen. Seine Brust hob und senkte sich ruhig. Leben schien zurückgekehrt in sein Gesicht. Aelan blickte ihn

an und fühlte milde, stille Freude in sich. Alles fügte sich im Gewebe des Lahf. Er hatte Mahla und Rah wiedergefunden. Er hatte in seinem Innersten gewußt, daß es so kommen würde, und doch hatte er schwere Kämpfe ausgefochten gegen die Zweifel in seinem Herzen. Aelan spürte, daß sein Vertrauen in die Eine Kraft nun von unendlicher Tiefe war. Würde sie ihn in die Gebirge führen und ihm sagen, er solle von den Gipfeln hinabspringen, so würde er es tun, ohne zu zögern. Der Name des Sonnensterns erfüllte ihn jetzt ganz. Er war das einzige Licht der Wahrheit in dieser Zeit des Verfalls.
Der Dhan wollte die Frauen fortschicken, doch Sinis bestand darauf, neben ihrem Bruder zu wachen. Aelan nahm Mahla an der Hand und führte sie fort. Die Liebe zu ihr brach wie eine klare, leuchtende Welle aus dem Strömen der Einen Kraft hervor. Als sie sich auf dem notdürftigen Lager niedergelassen, das Aelan unter dem Tnajbaum bereitet, küßten sie sich lange und berührten sich zärtlich, so, als wollten sie mit ihren Händen spüren, daß ihr Glück kein Traum war, der im Licht des Morgens verflog.
»Es scheint, als sei kaum eine Stunde vergangen, seit wir so gelegen sind, in Ütock, in der Nacht, als wir uns fanden,« flüsterte Mahla. »Und doch scheint es, als sei damals ein anderes Leben gewesen.«
»Jeder Augenblick ist ein anderes Leben,« antwortete Aelan. »Doch die Liebe bindet alle Zeit zusammen wie ein goldener Faden.«
Dann lagen sie schweigend, Wange an Wange, und blickten in die Wipfel der Bäume, in denen ein milder Frühlingswind rauschte, bis der Schlaf ihre müden Körper wegsinken ließ.
Am anderen Morgen drängte Aelan zur Eile. Eine seltsame Unruhe hatte ihn ergriffen. Jeder Tag ist kostbar, hatte Lok-Mas Stimme im Traum zu ihm gesagt, in einem langen, leuchtenden Traum, in dem auch Mahla und Rah gewesen waren. Doch Aelan vermochte sich beim Erwachen nur an diese wenigen Worte zu entsinnen.
Rah hatte die Augen aufgeschlagen. Als Aelan zu ihm hintrat, lächelte er matt, doch er fand nicht die Kraft zu sprechen. Die Männer wechselten sich ab, ihn auf der Bahre zu tragen, als der Dhan die kleine Gruppe auf einem verborgenen Pfad nach Norden führte.
»Wir wandern auf dem Kamm der Hügel nach Norden, bis zu der Stelle, wo der Am in den Ysap mündet,« sagte er verschmitzt zu Aelan. »Dann folgen wir dem Am bis zu seiner Quelle. Mein fauler Körper hat sich kaum je mehr als hundert Schritte von meiner Hütte im Tnajbaum fortgewagt, und doch habe ich ganz Atlan bereist und kenne jeden Weg durch diese Wälder.«

Aelan lachte vergnügt. Der Alte stimmte mit krächzender Stimme in das Lachen des jungen Mannes ein.

Der Frühling begleitete sie auf ihrem langen Weg in die Berge, ein Frühling, der mit wilder Kraft hervorbrach, wie ein verzweifelter Aufschrei der Natur, die das Verderben erahnte, das Atlan drohte. Nie hatte Aelan die Bergwiesen prächtiger gesehen, bedeckt von einem Blumenteppich, aus dem blühende Lempbäume und Rhododendronbüsche aufragten. Der Am war zu einem mächtigen, reißenden Fluß angeschwollen, trug gestürzte Bäume und Felsen von den Bergen herab und war an manchen Stellen über die Ufer getreten, daß kaum ein Weg zu finden war für die Menschen, die durch sein Tal wanderten. Wehmut ergriff Aelan, als er das Aufbäumen der Erde gegen das unvermeidliche Schicksal spürte, das wie eine böse Ahnung den duftenden Rausch des Frühlings durchwirkte. Aelan spürte eine tiefe Verbundenheit mit den Bergen, den Bäumen, dem Fluß, den Tieren, die er im Wald sah. Jeder Grashalm, jede Blume schien ihm innig vertraut wie ein Stück seiner selbst. Er war verbunden mit allem Leben durch die Kraft des Sonnensterns, die Liebe des Hju, die übermächtig wurde in ihm. Mit jedem Schritt schien sie anzuschwellen, und es war ihm, als vermöge er durch sie alle Welten und Universen in einem einzigen Augenblick zu umfangen.

Als die kleine Gruppe nach einer endlos scheinenden, beschwerlichen Wanderung das obere Tal des Am erreichte, empfing sie ein gutes Stück vor Vihnn der dicke, rotköpfige Wirt No-Ge, aufgelöst in zitternder Erregung. Ohne sich um die anderen zu kümmern, stapfte er auf Aelan zu, nahm ihn am Arm und begann zu zetern: »Was ist geschehen, Aelan-Y? Der Mehdrana sagte mir beim letzten Fest des Sonnensterns, daß Ihr kommen würdet, und tatsächlich, da seid Ihr. Aber was geht vor in Atlan? Ich bin außer mir, Aelan-Y! Die Handan wollen die große Wanderung fortsetzen, die sie begonnen haben, als sie die Gläserne Stadt verließen, am Beginn der Zeit. Tausende von Jahren lebten sie zufrieden in ihrem Tal und dachten darüber nach, ob es gut war, daß ihre Vorväter die Stadt verlassen haben, und jetzt wollen sie die große Wanderung fortsetzen und zum Meer gehen! Stellt Euch das vor! Zum Meer! Wo ist das Meer? Weit hinter den Am-Gebirgen ist das Meer! Ich verstehe die Welt nicht mehr. Als meine Ahnen aus Mombut in diese Berge kamen, suchten sie Ruhe vor dem Unfrieden der Ebenen, und gerade mir muß es widerfahren, daß selbst die Handan sich bewegen, die starrer waren als ihre Gipfel. Fremde sind aus den Ebenen heraufgekommen, aus Feen, aus Ütock, aus Mombut, sogar aus Kurteva. Viele Fremde, die ich nie zuvor in den Bergen sah. Niemand weiß, wie sie den Weg gefunden haben. Sie wollen ins Innere Tal. Was ist nur geschehen?«

»Sie sind gekommen, das versinkende Atlan zu verlassen,« erwiderte Aelan.

No-Ges Aufregung steigerte sich. »Ja, Lok-Ma hat uns berichtet von den schrecklichen Dingen, die geschehen werden in Atlan, als er zuletzt Gast in meiner Char war. Der Tat sei uns allen gnädig. Doch woher wissen die Fremden es?«

»Die das Hju in ihrem Herzen finden und dem On-Nam folgen, sind in ganz Atlan verstreut. Sie kennen einander nicht, und doch sind sie verbunden durch die Liebe der Einen Kraft. Das Wort des On-Nam erreicht sie alle. Er hat sie gerufen durch die Kraft des Fai.«

No-Ge schien sich durch den freundlichen Klang von Aelans Stimme etwas zu beruhigen. »Sie sitzen in Vihnn,« fuhr er fort und wies mit dem Finger in die Richtung seines Dorfes, »denn der Weg durch das Brüllende Schwarz ist unpassierbar nach der Schneeschmelze. Einige haben ihr Glück versucht, aber sie kehrten enttäuscht zurück. Nun warten sie auf irgendjemanden, der sie führen soll, so jedenfalls reden sie. Sie glauben mir nicht, daß der Weg nach Han erst in Monaten wieder offen sein wird, denn der Winter war hart in den Bergen in diesem Jahr. Viel Schnee ist gefallen . . .«

»Sorge dich nicht, dicker Bruder,« krähte der Dhan mitten in die Rede No-Ges. »Es gibt immer irgendeinen Weg.«

No-Ge verstummte und starrte den Alten entrüstet an. Erst jetzt schien er Aelans Begleiter wahrzunehmen. Die Röte seines Gesichtes schwoll wieder an. Er machte kehrt und eilte voran, um seinen Gästen das Kommen weiterer Wanderer zu melden.

Zwei Tage nach seiner Ankunft führte Aelan die Menschen, die sich in Vihnn eingefunden hatten, ins Innere Tal. Mahla erkannte unter ihnen einige der Schüler Lok-Mas, die sie in der Mehdra von Feen gesehen, doch auch aus anderen Städten und Provinzen Atlans waren Männer und Frauen in die Berge gekommen. Aelan fragte nicht nach ihren Namen und ihrer Herkunft. Ganz selbstverständlich schien es, daß er sie führte. Er sprach zu ihnen und den Bewohnern des Am-Tales, die am Abend vor dem Aufbruch ins Innere Tal von ihren Höfen herbeikamen. Mit schlichten Worten berichtete Aelan von den Ereignissen in Atlan, und von den Plänen der Namaii, Atlan zu verlassen, bevor die Mächte des Elroi sich vereinigten in der kommenden Nacht des Sonnensterns. Als die Menschen Aelan hörten, erkannten sie, daß das Licht der Einen Kraft durch ihn floß, daß er der Erwählte war, von dem der On-Nam gesprochen, der aus San, der sie führen sollte auf ihrer Flucht vor den Gewalten der Dunkelheit. Als Aelan sprach, fühlte er, daß der Augenblick wiedergekommen war, auf den er sich viele Leben vorbereitet, und an dem er schon einmal gescheitert war im Reich von Mu. Er spürte es klar, und doch wagte er es nicht zu denken – es war ihm bestimmt, Lok-Ma nachzufolgen als On-Nam, als Träger des Sonnensterns. Aelan wurde unsicher, als diese Ahnung ihn streifte. Er war unwürdig für diese hohe Pflicht, war ein Unwissender vor den Namaii, der die große Wanderung, den Pfad des Lernens, noch lange nicht beendet hatte. Doch zugleich wußte er, daß es die Bestimmung eines jeden war, der dem Weg des Sonnensterns folgte, einst in die Reihen der Namaii zu treten, um der Einen Kraft zum Wohl allen Lebens zu dienen. Aelan erschrak, aber klarer als je zuvor vernahm er die Stimme des Hju in sich, den Namen des Sonnensterns, und er spürte, wie die Eine Kraft aus ihm hinausfloß zu den Menschen, die seinen Worten lauschten.

Als er schwieg, sprachen einige der anderen. Sie erzählten vom heiligen Krieg des Sanla, dem letzten, vergeblichen Aufbäumen des Elrach gegen die Kräfte der Finsternis, von blutigen Aufständen in den Städten und vom grausamen Wüten der Garde der Flamme, die tausende von Opfern am Haus des Trem zusammentrieb, um die Vereinigung des Be'el mit der Khaïla vorzubereiten. Auch Rah sprach, erzählte in schlichten, demütigen Worten von seinem Irrweg durch die zweigespaltenen Mächte des Ehfem in das Licht der Erkenntnis. Rah war rasch genesen auf der Wanderung. Die Verbände des Dhan hatten das Gift aus seiner Wunde gesogen, und das Licht der Einen Kraft, das neu in ihm floß, hatte ihm seine Stärke wiedergegeben. Auch er erkannte nun, daß Aelan der Träger des Sonnensterns war, der Eine, der das Wissen des Hju vor dem Untergang bewahren sollte. Und er wußte, daß es die Bestimmung seines Schwertes war, das Ziel seines langen Weges auf dem Pfad des Ka, ihn zu begleiten und zu schützen, wie der Harlana es vorhergesagt auf der Wanderung durch die Kahlen Berge und die Wüsten von Hak. Sein Gang durch die Nacht des Todes hatte ihm das Licht wiedergeschenkt, das er verflucht und fortgeworfen in den lange verflossenen Tagen von Hak und das er verzweifelt gesucht hatte seither in den Schleiern von Elroi und Elrach.

Lange saßen sie in dieser Nacht beisammen und sprachen. Sie nahmen mit ihren Worten Abschied von ihrem Leben in Atlan, bevor sie den Weg in den Ring des Schweigens begannen. Niemand fragte Aelan, auf welchem Weg er sie führen wolle, da die Schlucht des Brüllenden Schwarz unpassierbar war durch die Fluten des Am. Ohne Worte war ihr Vertrauen in den aus San, den sie nie zuvor gesehen, doch in dem klar und hell das Licht des Sonnensterns floß.

Im ersten Schimmer der Morgendämmerung entfernte sich ein langer Zug von Menschen von den Häusern von Vihnn. Auch No-Ge hatte sich ihm angeschlossen und manche der Bauern des Tales. Die alten Lieder der Berge erzählten, daß die Zeit des Untergangs gekommen war, wenn die Handan ihre große Wanderung fortsetzten, wenn der Eine aus den Tälern heraufstieg, um das Licht des Sonnensterns zur Gläsernen Stadt zurückzubringen, von wo aus es am Beginn der Zeit in die Ebenen Atlans hinabgegangen war. Viele der Bergbewohner vertrauten der tiefen Wahrheit ihrer Legenden, andere aber, die sich nicht zu trennen vermochten von ihren Gütern, von den Feldern, die sie besaßen und bebauten und den Häusern, in denen sie seit vielen Generationen lebten, blieben zurück im äußeren Tal des Am, in das der Frühling gekommen war, nach einem langen, strengen Winter.

Ohne sich umzublicken führte Aelan die Menschen auf dem geheimen Weg, den der Schreiber ihm einst gezeigt, am Beginn seiner großen Wanderung. Mühelos fand er den Zugang zu dem unterirdischen Pfad, und das Licht von Fackeln führte die Menschen die Treppe im ausgehöhlten Fels empor. Nun sah Aelan die kostbaren Mosaiken an den Wänden, von denen er damals, als ihn der Schreiber ins Tal hinabgeführt, nur einen flüchtigen Schimmer erblickt. Die Geheimnisse der Einen Kraft waren auf ihnen enthüllt – sie erzählten vom Kommen der Namaii vom versinkenden Kontinent Mu, vom Blühen des goldenen Zeitalters von Hak, vom Sinn der großen Wanderung, von den unbeugsamen Gesetzen des Lahf, von der Kunst des Fai, des mühelosen Reisens, vom Wirken der zweigespaltenen Kraft des Ehfem, und vom Weg des Hju, der über sie hinausführte in das unvergängliche Licht der Einen Kraft, in die Urquelle allen Lebens. Einige aber sprachen vom letzten Krieg zwischen Elroi und Elrach, vom Untergang Atlans, vom Erlöschen des Sonnensterns am Firmament, und von dem aus San, der kommen würde, um das Licht des Hju fortzuführen über das Meer. Auch die Bilder des Traums, den Aelan in der Hütte des Schreibers geträumt, in der Nacht, bevor er aufgebrochen war zur großen Wanderung, sah er leuchtend an den Wänden dieser endlosen steinernen Treppe, gestaltet aus schimmernden Edelsteinen. Staunend folgten ihm die Menschen, doch als sie wieder ans Tageslicht traten, hoch auf den Bergrücken über dem Inneren Tal, glaubten manche von ihnen, ihre Augen würden sie trügen, und sie seien in den Spiegelungen einer Illusion gefangen.

Auf dem Gipfel des Sum, der höchsten Spitze der Am-Gebirge, erblickten sie im gleißenden Sonnenlicht die Gläserne Stadt, glänzend und funkelnd, klar zu erkennen für die Augen aller, wie einst, zu Beginn der goldenen Zeit von Hak. Viele hatten die Gläserne Stadt in ihren Träumen besucht oder durch die Kunst des mühelosen Reisens, niemand aber hatte sie jemals so erblickt, herauswachsend aus dem ewigen Eis der Gletscher, erfüllt von einem reinen Licht, das sich tausendfach in den kristallenen Türmen und Gebäuden brach. Lange standen die Menschen verzaubert von diesem Anblick.

Aelan aber sah durch die Augen des Fai den Berg des Lichts, aus dem die sieben Farben des Lebens flossen, doch die Ströme, die einst klar und leuchtend gewesen, waren nun ganz überschattet vom Aban, das mächtig zwischen ihnen hervorbrach. Ihre Farben waren versunken in trübem Grau, und das Unlicht riß klaffende Abgründe des Nichts zwischen ihnen auf. Aelan erschrak, als er das Aban erblickte. Es war zu einer rasenden Macht gewachsen, seit er den Berg des Lichts zuletzt geschaut, und es hatte auch die Stadt der Namaii ergriffen. Risse zeigten sich in den Gebäuden, einige der Kuppeln und Türme waren eingestürzt. Aelan schien, als welke die schimmernde Pracht der Gläsernen Stadt vor seinen Augen dahin. Da verschwand die Sonne hinter einer Wolke. Das Funkeln der Stadt aus Kristall erstarb.

Aelan führte die Menschen weiter. Auf einmal wußte er, wohin er seine Schritte lenken sollte. Die Eine Kraft leitete ihn, als er seine Gedanken an die Zukunft, an den nächsten Schritt, den er tun würde, fallen ließ. Er erinnerte sich an den alten Handan, den Dunklen, dem er in jener Nacht der Verzweiflung begegnet war, als er vor den Räubern aus dem Haus des Vaters in die Berge geflohen. Er war plötzlich verschwunden gewesen, wie vom Erdboden verschluckt. Nun erinnerte sich Aelan an eines seiner Leben in der Zeit des alten Reiches, als die Menschen Atlans frei auf dem Weg zur Gläsernen Stadt wanderten und leicht den Zutritt fanden durch ihre zahllosen Tore. Alle Zugänge aber waren vernichtet worden, als die Khaïla ihre verheerende Macht ausgesandt am Ende der Zeit von Hak, nur einer war geblieben, verborgen im Ring des Schweigens. Am Wasserfall des Nam, über dem der Schreiber wie ein Wächter in seiner Hütte lebte, lag das letzte verbor-

gene Tor zur Gläsernen Stadt, das die alten Handan fanden, wenn der Bote des Todes sie rief.
Als sie den Fall des Nam erreichten, neigte sich der Tag. Auch die Handan des Inneren Tales waren heraufgekommen zum Tor der Gläsernen Stadt, um die große Wanderung fortzusetzen, wie es verheißen war in ihren Legenden und Liedern. Schweigend zogen sie die Schlucht hinauf, entzündeten Butterlampen und verschwanden in einer Felsenspalte hinter dem wild herabstürzenden Wasser des Nam. Eine hohe Gestalt hielt an diesem Eingang Wache. Schon bevor Aelan ihr Gesicht sah, erkannte er den Schreiber. Der dunkelgesichtige Handan nickte Aelan zu.
»So sehen wir uns wieder im Inneren Tal,« sagte der Schreiber ernst, als Aelan herangekommen war. »Du hast gelernt, der Einen Kraft zu vertrauen und bist den Weg deiner Bestimmung gegangen. Doch noch eine letzte Prüfung wartet auf dich. Du mußt noch einmal vor die Namaii treten, bevor du diese Menschen fortführen kannst über das Meer.«
»Das Meer...« sagte Aelan zögernd. Die Zweifel, die Ko-Az geäußert, kamen ihm in den Sinn.
Auf dem fast schwarzen Gesicht des Schreibers formte sich ein Schmunzeln, während er Aelan und seine Begleiter in den Berg hineinführte. »Der Berg der Stadt ist durchschnitten von einem Gang, der das Innere Tal mit einer Bucht hinter den Gipfeln des Am verbindet, die tief in das Land schneidet. Kein menschlicher Fuß vermag die Welten aus Fels und Eis zu überwinden, um zum nördlichen Meer zu gelangen, der Pfad im Herzen des Berges aber bringt den Wanderer mühelos zum Ziel. Einst gehörte er zu den zahllosen Wegen, die zur Stadt der Namaii führten. Vor allem die Leute aus San nutzten ihn. Sie kamen mit ihren Schiffen zu jener Felsenbucht und stiegen im Inneren der Berge zur Gläsernen Stadt hinauf. So wurdest du als neugeborenes Kind in den Ring des Schweigens gebracht, um dich vor dem Zorn des Be'el zu bewahren, und so wirst du das Innere Tal für immer verlassen. Die Kreise der großen Wanderung schließen sich auch in dieser Welt der vergänglichen Erscheinungen. Seit Hak fiel, wanderten nur wenige auf dem geheimen Pfad, doch nun werden ihn die Menschen Atlans ein letztes Mal gehen. Schiffe aus San liegen bereit in der Bucht. Mendes, der Hüter des Fai, hat sie hergeführt. Du aber gehe ein letztes Mal zur Gläsernen Stadt, um vor die Namaii zu treten.«
Aelan nickte. Er blickte Mahla an, die neben ihm stand. Sie wußte, daß sie diesen Weg nicht mit dem Geliebten zu teilen vermochte. Zärtlich

berührte sie seinen Arm, dann schloß sie sich Rah und Ko-Az an, die Sinis in die Mitte genommen hatten und schweigend den Handan folgten, deren Lichter sich in der tiefen Finsternis des Ganges verloren. Sinis nahm Mahla an der Hand und führte sie fort. Aelan blickte ihr nach, bis sie in der Dunkelheit verschwunden war. Für einen Augenblick schoß jäher Schmerz in ihm hoch. Es war ihm, als würden Mahla und Rah wieder von ihm gerissen, wie einst in Mu und in Hak. Sofort aber faßte er sich und bedeutete dem Schreiber, daß er bereit sei. Der alte Handan nickte knapp und führte Aelan in den Berg hinein. Ein kurzes Stück folgten sie den anderen Menschen, dann wies der Schreiber in einen schmalen Seitengang, der steil nach oben führte.

»Gehe diesen Weg, Aelan,« sagte er knapp. Aelan fuhr herum, denn er spürte, daß er den Schreiber nie wiedersehen würde in dieser Welt, doch der alte Handan war schon im Dunkel verschwunden.

Aelan ging einige Schritte voran. Das tosende, in den Felsengängen widerhallende Rauschen des Wasserfalls und die Schritte der Menschen erstarben in ehrfurchtgebietender Stille. Der trübe Dämmerschein der Butterlampen verschwand. Aelan stand in tiefem, raumlosen Dunkel.

Langsam tastete er sich voran, bis er weit entfernt, verloren in der Finsternis, ein schwaches, weißes Licht erblickte. Er ging darauf zu, ohne auf die plötzlich hervorbrechenden Ängste zu achten, die ihn abhalten wollten, diesem Weg zu folgen, die ihn drängten, zurückzukehren zu den anderen, um mit ihnen zum Meer hinabzusteigen. Sie werden dich zurücklassen, schrie es in ihm, du wirst Mahla und Rah nie wiedersehen. Doch Aelan ging weiter, den Namen des Sonnensterns in sich schwingen lassend. Kein Zweifel vermochte mehr Wurzeln zu schlagen in seinem Herzen, das durchdrungen war vom Glanz des Hju. Auf einmal war das Licht überall. Der fern schimmernde Punkt blitzte auf und verwandelte das Gewölbe in einen strahlenden Raum. Aelan hielt die Hände vor die Augen, um sich vor der blendenden Helligkeit zu schützen. Als er die Arme wieder sinken ließ, sah er, daß sich das gleißende Licht in unzähligen Spiegeln brach, die einen grenzenlosen Raum erfüllten. Aelan blieb stehen und blickte sich um. Mit Verwunderung bemerkte er, daß er sich selbst nicht in den Spiegeln zu sehen vermochte, und daß das Licht, das den Raum anfüllte und sich in ihnen brach, aus ihm selbst strömte. Erstaunen ergriff ihn. Im gleichen Moment sah er schemenhafte Gestalten und Figuren in dem hellen Gleißen. Ein Gedanke der Angst durchfuhr ihn. Sofort wuchsen die hellen Silhouetten in den Spiegeln zu bedrohlichen Schatten. Aelan

wandte sich nach allen Seiten. Überall um ihn waren die Spiegel, strahlend in seinem Licht und erfüllt von rasch wachsenden Formen. Seine Gedanken und Gefühle, seine Ängste und Wünsche nahmen Gestalt an in den Spiegeln der Stadt. Erschrocken schloß Aelan die Lider, doch die im Licht wirbelnden Formen standen auch vor seinen inneren Augen. Die Angst riß für Momente dunkle Löcher in das Licht, wollte Aelan fortreißen in die Nacht des Aban, dann aber verebbte sie im Klingen des Hju. Nun spürte Aelan, wie das Vergessene und Fortgedrängte in ihm zum Leben erwachte. Alle Knoten des Lahf, die noch ungelöst waren, bildeten sich ab in den Spiegeln der Stadt, wuchsen auf zu mächtigen Bildern. Aelan betrachtete sie ruhig, ohne berührt zu werden von ihnen, sah, wie sie allmählich in dem stärker werdenden Licht zerflossen. Er wußte, daß er verloren gewesen wäre, hätte er die Halle der Spiegel damals betreten, als er den sterbenden Handan gebeten, ihn mitzunehmen in die Gläserne Stadt. Der Sturm des Gestalten und Schatten formenden Lahf hätte ihn erbarmungslos vernichtet. Nur wer keine Bilder mehr erweckt in den Spiegeln der Stadt, kann ihre Tore passieren, hatte der alte Handan damals gesagt. Aelan wehrte sich nicht gegen die Bilder, die um ihn rasten. Durchlässig wie Glas war er geworden, kein Widerstand regte sich mehr in ihm, kein Gefühl, kein Gedanke. Die Eine Kraft erfüllte ihn ganz. Nichts, das den Welten des Ehfem angehörte, vermochte ihn mehr zu berühren.
Die Erscheinungen in den Spiegeln wurden überstrahlt von dem Licht, das stark geworden war in Aelans Herzen. Mit stiller Gelassenheit ließ er den Namen des Sonnensterns aufbranden in sich, verströmte sich im ruhigen Meer des Hju. Letzte flüchtige Schatten hoben sich aus ihm, zuckten rasch durch das Licht und vergingen. Dann floß nur mehr das reine Strahlen der Einen Kraft aus Aelan, die Woge des Hju, das Licht des Ban, das getragen war von den gläsernen Klängen des Ne. Es erfüllte die Halle der Spiegel mit tosendem Gleißen, löste alle Formen auf, ließ Raum und Zeit in einem uferlosen Meer klingender Helligkeit versinken.
Einen ewigen Augenblick stand Aelan in der Unendlichkeit dieses Lichts, wie einst, als er an der Quelle von Hak vom Wasser des Lebens getrunken, dann sah er die Namaii vor sich, Silhouetten, die sich allmählich aus dem grellen Glanz lösten. Doch nicht nur die neun Namaii standen jetzt vor ihm, die er im Rat der Gläsernen Stadt gesehen. Das endlose Gewölbe war plötzlich angefüllt von allen Hütern des Sonnensterns, die jemals die Macht des On-Nam getragen, seit die Erde sich drehte.

Tief verbeugte sich Aelan vor ihnen. Er spürte ein leises Zittern in sich, als er in ihre ernsten, schweigenden Gesichter blickte. Harlar erkannte er, den ersten On-Nam Atlans, der die Stämme aus der Gläsernen Stadt geführt, den Schreiber sah er zwischen ihnen, Mendes, Lok-Ma und viele andere, denen er auf der großen Wanderung durch unzählige Geburten und Tode begegnet war.

»Du bist den Weg gegangen, der dir bestimmt war, Aelan-Y,« sagte der Schreiber streng. »Du hast den Pfad des Dienstes an der Einen Kraft gewählt, wie du es vor dem Rat der Namaii gelobtest.«

Aelan nickte. Alles in ihm war ruhig jetzt.

»Eines noch spreche aus im Angesicht aller Namaii, bevor du in ihre Reihen trittst, um als On-Nam zu dienen, als erster im dritten Weltenalter, das anbrechen wird nach dem Untergang Atlans.«

Obwohl Aelan wußte, daß er vor den Namaii stand, um die Macht des Sonnensterns aus ihren Händen zu empfangen, erschrak er bei den Worten des Schreibers. Der Handan hielt einen Augenblick inne. Aelan spürte die Blicke der Namaii auf sich.

»Liebst du alles Leben?« fragte der Schreiber. Wieder nickte Aelan. Sein Herz schien aufzublühen im Strom des Hju, der noch immer anschwoll. Die Macht der Liebe, die wahre und tiefste Essenz der Einen Kraft, das letzte Geheimnis des Sonnensterns, war still in ihm gewachsen auf seiner großen Wanderung, hatte begonnen, seine Worte und Taten zu lenken, seine Gedanken und Gefühle, bis sie in der Nacht seiner letzten Begegnung mit dem On-Nam ganz Besitz von ihm ergriffen. Der Name des Sonnensterns, die Kraft des Hju, die nun aus Aelan strömte, sich in all seinen Regungen offenbarte, war die reine Macht dieser Liebe, unergründlich und frei. Es war die Liebe, die aus der Erkenntnis floß, daß in jedem lebenden Wesen der Sonnenstern wohnte, das Licht der Einen Kraft, daß alles Leben der Urquelle des Hju entsprang und von seinem unversiegbaren Strom getragen wurde. Reiner als je zuvor spürte Aelan jetzt diese Liebe. Er vermochte sich nicht mehr zu unterscheiden von ihr, verschmolz mit ihr, löste sich auf in ihren gewaltigen Wellen, zugleich aber spürte er, daß eine Macht auf ihn herabkam, die ihn zur Quelle dieser Liebe machte, zum höchsten Instrument der Einen Kraft. Die Macht des On-Nam kam über ihn, des Trägers des Sonnensterns, eine Macht, die gewaltiger war als alle Kräfte von Himmel und Erde, doch zugleich sanft und still. Sie machte ihn zum Herrn der Welten, doch zugleich zu einem demütigen Diener. Sie hob ihn über alle Menschen empor und doch machte sie ihn geringer als das unbedeutendste Lebewesen. Aelan ertrug sie kaum. Als er ihre

Last auf sich spürte, glaubte er unter ihr zu versinken, fühlte sich unwürdig vor den Augen der Namaii, der Uralten, die das hohe Wissen um die Geheimnisse des Sonnensterns seit undenklichen Zeiten bewahrten.

Der Schreiber lächelte. «Du wirst wachsen mit deiner Aufgabe, und die Namaii werden dir beistehen in deiner Pflicht. Sie alle, die vor dir gingen, standen einst an deiner Stelle, als sie die Kraft des On-Nam empfingen, und alle fühlten sich unwürdig. Du bist jung, doch du hast die Macht in unzähligen Leben verdient, die Macht, die ohne Macht ist, die Macht der Liebe. Du bist der letzte der Namaii, der sie in der Gläsernen Stadt erhält, denn du wirst hinausgehen aus der verfallenden Stadt, um die Menschen in das dritte Weltenalter zu führen. Dunkler wird es sein als jenes, das in der nächsten Nacht des Sonnensterns endet, und doch wird es beginnen mit einem neuen Blühen, so wie der Frühling dem Winter folgt. Das Reich von Hak leuchtete als goldenes Zeitalter nach dem Untergang von Mu, und so werden neue Reiche aufwachsen nach der Vernichtung Atlans, doch wie das Licht von Mu niemals wieder so hell erstrahlte, wird auch das Licht der alten Zeit Atlans nie wiederkehren. Die Gläserne Stadt ist verlassen. Ihre Bewohner sind fortgegangen aus Atlan. Auch die Namaii werden sich verstreuen über den Rücken der Erde. Nicht eine neue Kultur wird erblühen, sondern viele, über dem westlichen und dem östlichen Meer, und in ihnen allen wird ein Schimmer des Sonnensterns glänzen, bis auch sie fallen müssen im Gang der Zeit. Nicht eine Gläserne Stadt wird den Namaii als Wohnstatt dienen, sondern sieben Städte aus Licht werden entstehen, an verborgenen Orten, unsichtbar den Blicken der Menschen, um die Kraft des Sonnensterns zu hüten. Die mit Atlan versinken, werden ihre große Wanderung in den neuen Ländern fortsetzen, um den reinen Weg durch die Illusion des Ehfem zu finden. Du aber, Aelan, führe die auf ihrem Weg, die der On-Nam, der vor dir ging, in das Tal der Gläsernen Stadt rief. Die Schiffe aus San werden nach Osten segeln, an den Küsten der Nok vorbei, durch eine Meeresenge bis zu den Strömen, die fruchtbares Land speisen jenseits großer Wüsten. Andere Schiffe aber brechen auf aus Atlan, die das westliche Meer befahren werden auf der Suche nach neuem Land. Über Atlan jedoch wird ewige Nacht hereinbrechen, wenn der Ring des Schweigens fällt, der die Gläserne Stadt beschirmte. Denn nun endet meine Pflicht, den Bann des Schweigens zu hüten.»

Aelan spürte, wie die Macht des Schweigens, die über den Bergen lag, im Nichts verging wie der Schimmer einer verlöschenden Kerze. Zugleich lösten sich die Namaii im Licht auf. Aelan neigte den Kopf und schloß die Augen. Als er die Lider wieder öffnete, stand er allein in der tiefen Finsternis des Felsenganges.

Lange verharrte er reglos, ewige Augenblicke, in denen er die Macht des On-Nam spürte, die wie brennendes Licht seine endlos gewordenen inneren Räume erfüllte. Alles war er in diesem Augenblick, das Hohe und das Niedere, alle Welten und Universen umspannte und durchdrang er durch die Liebe des Hju, alles Leben bewegte sich in ihm und wurde getragen vom Strom der Einen Kraft, dessen Quelle in seinem Herzen floß.

Als Aelan in den Stollen zurückkam, der in die Tiefe des Berges führte, fand er keinen der Menschen mehr, die zuvor durch die Felsenspalte hereingeströmt waren. Das Rauschen des Wasserfalls erfüllte das Gewölbe mit mächtigem Dröhnen. Aelan sah eine einzelne Butterlampe am Boden. Ihr Flackern warf huschende Schatten über den rauhen Stein. Er hob sie auf und folgte ihrem Licht auf dem Weg hinab zum Meer, wo Mahla auf ihn wartete und Rah. Allmählich verlor sich das Donnern des Wassers hinter ihm in sanfter, singender Stille.

# EPILOG

Zwei Monde vor dem Fest des Sonnensterns begann im Haus des Trem die Darbringung der Opfer. Das Blut tausender Menschen floß in die Kammer der Khaïla, die sich bereitete für ihre Vereinigung mit der Kraft der Flamme. Die Magie der Erde rief sie und sammelte in ihrer Pyramide die Mächte, die gebannt werden durch das Mysterium des Trem. Die rot bemalte Spitze schien zu flimmern in der Nacht, als züngelte Feuer aus ihr, die Ebene von Kurteva aber begann zu verdorren unter den Wellen der Kraft, die sich im Haus des Trem stauten. Am Tag des Sonnensterns betraten die Xem, die Herren des Feuers, in feierlicher Prozession das Haus der Khaïla, um das Ritual zu vollziehen, das den flammenden Haß des Be'el mit der Magie der mütterlichen Erde vereinte, und eine Kraft erzeugte, die den Ring des Schweigens um die Gläserne Stadt, die Macht der Namaii, brechen sollte für immer.
Als der Sonnenstern am Himmel erschien, legte sich schreckliche Stille über den Kontinent von Atlan. Der Wind hörte auf zu wehen, die Tiere in den Wäldern verstummten und die Menschen, die sich anschickten, die Dunkelheit der Liebe zu feiern, wurden gelähmt von eisigem Entsetzen. Unerträglich war diese Stille. Sie bebte in der Luft und wälzte sich wie ein Schild aus Blei über die Städte und Provinzen. Die Zeit schien stillzustehen für einen atemlosen Augenblick, dann aber brachen die Gewalten der Vernichtung aus dem Haus des Trem hervor wie ein rasender Orkan.
Sie griffen nach den Gebirgen des Am, um den Ring des Schweigens zu zertrümmern und die Macht der Gläsernen Stadt zu brechen, doch sie fanden kein Ziel mehr, das ihrem Sturm trotzte. Ungehemmt rasten sie über die Berge hin, und das Aban, das nun allein aus dem Berg des Lichts über der zerfallenen Stadt aus Kristall floß, die schwarze Leere des Unlichts, in der die Farben des Lebens für immer versunken waren, vervielfachte die Gewalt dieser tobenden Wut. Als sie keine Kraft traf,

die ihr widerstand, wandte sie sich zurück gegen die Quelle, aus der sie geströmt. Die Magie der Khaïla und des Be'el aber vermochte die entfesselte Kraft des Elroi nicht mehr zu zähmen.

Das Haus des Trem, das die Mächte der Vernichtung geweckt, zerbarst in einem verheerenden Blitz, der die Nacht mit gleißender Helligkeit erfüllte. Wie eine Feuersäule fuhr er hoch in den Himmel und erschütterte zugleich die Gewölbe der Erde. Durch Atlan lief ein Zittern, das Berge einstürzen ließ und riesige Abgründe öffnete. Die Feuerberge der östlichen Küste, die lange geschlafen, brachen auf und schleuderten die tödliche Glut der Erde aus ihren Schlünden empor. Die Städte und Dörfer sanken in Trümmer und ein Feuersturm raste über die Länder und Provinzen hinweg.

Der Sonnenstern aber glühte am Himmel, rot wie Blut. Groß wie ein Mond war er jetzt. Die Menschen schrien auf in Entsetzen, als sie ihn erblickten. Zitternd verließ er seine Bahn und stürzte vom Himmel herab, einen brennenden Schweif hinter sich lassend, leuchtete noch einmal in einem Gleißen, das die Augen der Menschen versengte, bevor er für immer verlöschte. Der Eine Stern, das Sinnbild der Kraft des Hju, fiel zur Erde als schwarzer, glühender Meteor, schlug mit vernichtender Wucht in das Land ein und riß es hinab in den Abgrund des Todes.

Wie ein sterbender Leib zuckte der Kontinent von Atlan, als der erloschene Sonnenstern ihn traf und er hinabsank in die Fluten des Meeres.

Der Himmel des dritten Weltenalters aber, das in dieser Stunde der Zerstörung anbrach, war dunkel und leer. Für immer war die Zeit dahin, da der Sonnenstern über das Firmament wanderte, als Zeichen für das Licht der Einen Kraft, das in jedem lebenden Wesen wohnt.

# ANHANG

# GLOSSAR

*Aban*  Das schwarze Licht, das Nichtlicht, das Unlicht, die Leere. Fließt als siebter Strahl aus dem Sum, dem Berg der Kraft. Gegenpol des Ban.

*Aibo*  Adeliger aus alter Familie. Bevor die Tat-Tsok Atlan vereinen, ist das Land in Aibokas unterteilt, die von unabhängigen Aibos regiert werden. Die Aibos, die sich nicht freiwillig den Tat-Tsok unterwerfen, werden bekämpft und ausgerottet. Die anderen werden entmachtet, dürfen ihren Familienbesitz aber behalten. Nicht selten bekleiden sie hohe Ämter in den Provinzen.

*Alok*  Die sieben höchsten Priester des Tat. Der Rat der Alok ist für lange Zeit die höchste geistliche Instanz neben dem Tat-Tsok.

*Ban*  Das reine Licht des Sonnensterns. Der zweite Aspekt der Einen Kraft des Hju.

*Bayhi*  Erbe des Tigerthrones. Der älteste Sohn und Thronfolger des Tat-Tsok.

*Be'el*  Das heilige Feuer, die Flamme. Ursprünglich Gottheit des Oststammes, aus dem Vulkan Xav geboren. Später die Gottheit, die das Elroi repräsentiert. Die Nokam von Hak sehen im Be'el das Symbol der höchsten Macht. Die Tat-Tsok verbinden den »Tat des Südens« mit ihrem Stammesgott Be'el zum doppelgesichtigen Tat- Be'el. Später werden der Be'el und seine Anhänger verstoßen und der Tat zum einzigen Gott erhoben. Der Be'el erringt schließlich aber die alleinige Macht über Atlan.

*Char*  Erzählhalle. Raum für Dichter, Märchenerzähler, Komödianten und Gaukler. In den Städten meist prunkvolle, theaterähnliche Bauten. In Dörfern wird die große Stube der Herberge oder Gastwirtschaft als Char benutzt. Im Norden steht Char gleichbedeutend für Gasthaus.

*Chari*  Erzähler in einer Char. Chari tragen alte Legenden, Lieder und Gedichte vor, aber auch eigene Erzählungen und Balladen. Manche

Chari wollen belehrend wirken und nähern sich entweder den Mehdranas oder den Dhans an.

*Delay* Vergnügungshaus. Ort zwanglosen Zusammentreffens zum Trinken, Speisen, Spielen, Baden, Singen und Tanzen für die reichen Kreise der Städte. Die niederen Delays sind meist Bordelle oder Orte der Ausschweifung und Perversion.

*Dhan* Wörtlich: Offenes Herz. Bezeichnung für alle Heiligen, Prediger und Lehrer außerhalb der Hierarchien der Priesterschaft. Der Bettler, der sich mit ein paar weisen Worten sein Almosen verdient, wird ebenso Dhan genannt, wie der Eremit oder der wandernde Lehrer, der eine besondere Weisheitslehre vertritt. Die Dhans führen sich auf Maisha zurück, einen Jünger des Harl, der das Leben in Askese und Einsamkeit als Weg zur Vervollkommnung lehrte.

*Ehfem* Die zweigespaltene Kraft. Das Hju, die Eine Kraft, ist das Unendliche, Ewige, Ungeformte. Tritt sie durch das individuelle Bewußtsein des Menschen in die vergänglichen Welten von Raum und Zeit ein, so erzeugt sie das Ehfem, das aus zwei Strömen, dem Elrach und dem Elroi (Hell und Dunkel, Gut und Böse, etc.), besteht. Aus dem Widerstreit beider Pole entsteht das vergängliche Universum in Raum und Zeit. Die beiden Seiten kämpfen beständig gegeneinander, können aber nie einen endgültigen Sieg erringen, da sie beide zur Erhaltung des Universums nötig sind. Das Hju ist das Ungeformte, das Ehfem das Geformte. Das Hju ist der Klang, das Ehfem das Echo. Das Hju ist das Licht, das Ehfem der Widerschein. Das Hju ist die Realität, das Ehfem die Illusion. In den Bereichen des Ehfem gelten die Gesetze des Lahf.

*Elrach* Der helle Pol des Ehfem. Das Licht, der Tag, die Sonne, das Gute, das Schaffende, der Himmel, das Warme, das Trockene, das Zeugende, etc. als Gegenpol des Elroi. Manifestiert sich im Tat.

*Elroi* Der dunkle Pol des Ehfem. Die Finsternis, die Nacht, der Mond, das Böse, das Zerstörende, die Erde, die Kälte, das Feuchte, das Empfangende, etc. als Gegenpol des Elrach. Manifestiert sich im Be'el.

*Fai* Müheloses Reisen. Die Kunst, an allen Orten und in allen Zeiten gleichzeitig zu sein. Eine natürliche Fähigkeit des Sonnensterns im Menschen, die vergessen wurde und von den Namaii gelehrt wird. Die letzte Schule des Fai befindet sich auf der Insel San.

*Fhalach* Fruchtbarkeitsfest zu Ehren der Khaïla. Auch geheimes Ritual der Waiyas, das die Verkörperung der Mutter in einem menschlichen Körper nachvollzieht. Einweihungsritual der Novizinnen und Priesterinnen.

*Ghura* Kriegsschule oder Schwertschule. Ausbildungsstätte für junge Gurenas, in der jedoch nicht nur Kampftechniken und Strategie gelehrt werden, sondern auch Wissenschaften, um dem jungen Gurena eine ausgeglichene Bildung von Körper, Geist und Seele zu geben.

*Ghurad* Schüler an einer Ghura.

*Gurena* Krieger des Tat-Tsok. Später Bezeichnung für alle freien Krieger und Soldaten.

*Harlana* Schwertmönch des Harl, Hüter des Ka, der geheimen Kraft der Krieger. Später auch Bezeichnung für den Meister einer Ghura.

*Hju* Die Eine Kraft des Sonnensterns, die Quelle und der Urstrom des Lebens, die Gesamtheit allen Seins und Bewußtseins, die sich als Licht (Ban) und Klang (Ne) ausdrückt. Das Hju ist die ungeformte Kraft, die sich durch das Bewußtsein als Ehfem manifestiert. Das Hju ist der Weg der Mitte zwischen den Polen des Ehfem.

*Jahch* Beherrscher des Ehfem. Herr der Elemente. Magier, der entweder die helle oder die dunkle Seite des Ehfem nutzt. Der Name bezeichnet manchmal auch Zauberer, Gaukler und Taschenspieler.

*Ka* Die Kraft und absolute Bewußtheit des Augenblicks. Von den Harlanas als höchste Kunst der Erleuchtung gepflegt, später teilweise von den Gurenas der Tat-Tsok als Weg des Siegens übernommen, und so dem ursprünglichen Zweck entfremdet.

*Kambhuk* Lebender Toter, Vampir, Zombie, manifestierte Geisterscheinung, meist von einem Jahch gesteuert oder von einem Dämon besessen. Später auch Kreatur, die aus der Magie der Khaïla geboren und im Krieg eingesetzt wird.

*Khaïla* Name der Großen Mutter, abgeleitet von der ersten Königin von Hak.

*Lahf* Das Gesetz des Lebens in den Bereichen des Ehfem, das für alle Taten, Gefühle und Gedanken Ausgleich fordert. Es bestimmt den Fortschritt des Menschen auf dem Rad von Leben und Tod.

*Lemp* Gegorener Saft aus den Früchten des Lemp-Baumes.

*Maoa* (Mz: Maoi) Titel der Herrscher von Mu.

*Mehdra* Ort der Lehre. Universität oder Hochschule.

*Mehdraj* (Mz: Mehdraji) Student an einer Mehdra.

*Mehdrana* Lehrender an einer Mehdra. Ursprünglich ziehen Mehdranas durch das Land und lehren nicht nur an Mehdras, sondern auch auf öffentlichen Plätzen in Städten und Dörfern. Der Unterschied zu den Charis und den Dhans ist fließend. Später sind

Mehdranas fest an Mehdras tätig und genießen hohes gesellschaftliches Ansehen.

*Mu* Zivilisation des Ersten Weltenalters auf einem Kontinent über den westlichen Meeren und Ländern, die versank, als die Namaii Mu verließen, um die Kraft des Sonnensterns nach Atlan zu bringen.

*Muri* Kampfspiel des Oststammes mit einem kleinen harten Ball, das für Ungeschickte tödlich sein kann, und das ungeheuere Schnelligkeit und Reaktionsvermögen verlangt. Unter den Tat-Tsok verbreitet es sich über ganz Atlan und verkommt zur grausamen Volksbelustigung.

*Namaii* Die Hüter des Sonnensterns und der Einen Kraft des Hju. Uralte Linie von Meistern, die ununterbrochen bis zum Beginn des Ersten Weltenalters zurückreicht. Einer der Namaii lebt als On-Nam immer unter den Menschen, um sie auf ihrem Weg zu leiten.

*Nat* Blumen aus den Sümpfen von Alas, deren Blüten des Nachts einen betörenden Duft verströmen, aber sofort zerfallen, wenn eine Hand sie berührt. Symbol für Reinheit und für die Illusion der vergänglichen Welt.

*Ne* Die weiße Musik des Sonnensterns, die in allem Leben widerklingt. Die Musik der Sphären und aller Himmel. Der unendliche Klangstrom. Alle Töne, Geräusche, alle Musik sind ein Echo des Ne. Höchster Aspekt der Einen Kraft des Hju.

*Ne-Flöte* Rohrflöte des Nordstammes, die sich über Atlan verbreitet hat. Ihr Ton soll dem wirklichen Ne am nächsten kommen.

*Nok* Die schwarzen Menschen aus den Provinzen und Kolonien gleichen Namens über dem östlichen Meer. Die unterste Schicht der Sklaven.

*Nokam* Beherrscher der Elemente im alten Reich von Hak. Aus ihren Reihen kommen die ersten Tam-Be'el, nachdem Norg in einer Vision den Be'el als Herrn der höchsten Macht des Elroi erblickte.

*On-Nam* Der Erste Hüter des Sonnensterns. Nie ist die Welt ohne einen lebenden On-Nam.

*On-Tnacha* Der oberste Tnacha einer Stadt oder Provinz außerhalb Kurtevas. Statthalter des Tat-Tsok, mit oberster Gerichtsgewalt und Entscheidungsbefugnis in allen weltlichen Angelegenheiten.

*Pona* »Herrscher der Wälder«. Name für die Räuber, die das zentrale Atlan kontrollieren.

*Pregh* Rechtloser, Sklave, Kriegsgefangener oder jemand, der durch den Beschluß eines On-Tnacha in diesen Stand versetzt wurde. Der

Pregh kann sich durch Geld oder besondere Verdienste von diesem Status befreien.

*Quan*  Brettspiel der Gurenas, das strategisches Denken, aber auch spontanes, intuitives Entscheiden fördern soll.

*Rak*  »Der große Diamant aus der Erde Dunkel.« Symbol des Einen Tat beim Nordstamm. Wurde in einem Bergtempel bewahrt, bevor er bei der Trennung des Nordstammes zerbrach.

*Ras*  Brot von der Insel San. Eine stark konzentrierte Kraftnahrung.

*Seris*  Affengott der Yach. Wird meist in einer durchbrochenen Kugel dargestellt, welche die Einheit des Alls symbolisiert, in dem der Schöpfer Seris allgegenwärtig ist.

*Siji*  Rauschmittel, das aus dem Saft eines Busches in den südlichen Dschungeln Atlans gewonnen wird. Von den Yach wird Siji bei religiösen Zeremonien zum Einleiten einer Trance und zur Abspaltung des Sternenkörpers verwendet. Eine Abart des Siji wird im späten Atlan als Genußdroge mißbraucht.

*Sok*  Bergbüffel der nördlichen Gebirge. Nutz- und Lasttier. Auch Musikinstrument der Gebirgsvölker aus den Hörnern der Sok.

*Talma*  Frei wandernder Krieger, keinem Herrn verpflichtet.

*Tam-Be'el*  Anhänger oder Priester des Be'el. Die Hierarchie der Tam-Be'el gliedert sich in vier Stufen: 1. Laien, die sich dem Be'el hingegeben haben – (die Wärme der Flamme), 2. Priester – (das Licht der Flamme), 3. Hohepriester – (das Innere der Flamme), 4. Xem – (der innerste Kern der Flamme).

*Tat*  Name für Gott. Das Tat ist in der alten Lehre von Hak das unpersönliche, formlose und unerreichbare Zentrum aller Universen, der Ozean der Liebe, aus dem die Eine Kraft des Hju ausfließt, die Essenz, der Wille und der Geist des Tat, die gesamte Schöpfung erzeugend und durchdringend. Später wird der Name Tat für die oberste Vatergottheit verwendet, die das Elrach repräsentiert. Zu Beginn der Neuen Zeitrechnung wird der Tat mit dem Be'el zu einer Doppelgottheit verbunden, die beide Seiten des Ehfem versinnbildlicht.

*Tat-Lo*  Glaubender des Tat. Bezeichnung für die Priester des Tat. Die Hierarchie der Tat-Los gliedert sich in sieben Stufen: 1. Probekandidaten, 2. Novizen, 3. Unterer Priesterrang, 4. Oberer Priesterrang, 5. Meisterpriester, 6. Hohepriester, 7. Alok (Die sieben höchsten Priester). Über dem Alok steht nur der Tat-Tsok.

*Tat-Tsok*  Gottkönige des späten Reiches von Atlan, als die Ostkönige aus dem Geschlecht der Te die Herrschaft über ganz Atlan erringen. Tat-Los-Te nimmt nach dem Sieg seines Vates über die Khaïla diesen

Titel an und verleiht ihn rückwirkend allen Herrschern der Te-Dynastie. Deshalb gilt Won-Te, der erste Bezwinger der Khaïla, als erster Tat-Tsok. Später werden die Tat-Tsok oberste weltliche und geistliche Autorität.

*Te* Dynastie der Ostkönige, die sich später Tat-Tsok nennen lassen. Ihr Symbol ist der Tiger.

*Tnacha* Rechtskundiger. Hoher Beamter im Dienst des Tat-Tsok. Die obersten Tnachas (On-Tnachas) verwalten anstelle der abgesetzten Aibos die Provinzen.

*Tnaj* Riesiger Baum mit kostbarem weißen Holz.

*Trem* Dreiecksymbol der Khaïla und der Waiyas. Es symbolisiert die drei Aspekte der Khaïla – die Gebärende, die Nährende und die Zerstörende.

*Tso* »Wissender der Zeit«. Meister der Zeitspur, der vergangene und zukünftige Leben zu lesen vermag.

*Waiyas* Priesterinnen der Khaïla. In der Hierarchie der Waiyas gibt es drei Rangstufen: 1. Novizinnen, 2. Priesterinnen, 3. Hohepriesterinnen. Nur die Hohepriesterinnen haben Zutritt zu den inneren Kammern der Khaïla.

*Xelm* Holz- und Metallschalmei mit bauchigem Resonanzkörper, die einen tiefen, schnarrenden Ton erzeugt. Kultinstrument des Be'el, das in großen Xelm-Orchestern zusammen mit Gongs, Trommeln und Hörnern gespielt wird.

*Xem* Innerster Kreis der Tam-Be'el. Die drei Herren der Flamme.

*Yach* Das alte Volk der Wälder um Sari, das nicht in der Gläsernen Stadt war.

## HAUPTPERSONEN DER HANDLUNG

*Aelan-Y* – Wächst im Inneren Tal auf und beginnt dort die »große Wanderung«, den Weg zur Erkenntnis der Einen Kraft.
*Rah-Seph* – Sohn aus dem ruhmreichsten Kriegergeschlecht Kurtevas.
*Mahla-Sal* – Tochter eines Feener Kaufmannshauses
*Hem-La* – Kaufmann aus Feen.
*Lok-Ma* – Mehdrana aus Feen.
*Xerck* – der Herr des Feuers.
*Tat-Sanla* – das Licht des Tat, Erlöser aus den westlichen Provinzen.
*Tat-Tsok* – Herrscher aus dem Geschlecht der Te. Gottkönig von Atlan.
*Der Harlana* – Ein Meister des Schwertes aus den Kahlen Bergen.
*Der Schreiber* – Einsiedler in den Gebirgen des Am.
*Mendes* – Leiter der Schule des Fai auf der Insel San.
*Ly* – Freundin und Vertraute von Mahla-Sal.
*Sae-Mas* – Die Blüte aus dem Feuer.
*Tarke-Um* – Gurena aus Mombut.
*Ros-La* – Vater von Hem-La.

Vom gleichen Autor sind erschienen

## QUERUNG
### Ein Triptychon – Gedichte

Die Querung der dunklen Sphäre,
des Todes zwischen zwei Leben,
der Nacht, die zwei Tage scheidet –
eine Zeit des Übergangs, des Sichhäutens,
des Wechsels von einer Spanne des Lebens zur anderen,
von einem Dasein zum nächsten.

Buchverlag Ralph-Peter-Rauchfuss, München
ISBN 3-924482-01-2

## REISEGESCHICHTEN
### Für alle Leute, denen Flugzeuge zu langsam und Fernseher zu langweilig sind.

Sieben bezaubernde Geschichten über die Kunst,
ganz ohne weiteres, am hellichten Tag etwa,
im Handumdrehen von einer Welt
in eine andere zu verreisen,
ohne einen Fuß vor die Tür zu setzen –
überallhin, nach innen und außen, nach gestern und morgen.

»edition dhun« im Drei Eichen Verlag
ISBN 3-7699-0482-6

(Die Reisegeschichten erscheinen im September 1989)